当代欧美文学名篇导读

（上册）

主　编　徐　明
编　著　徐　明　张敬品　高　红　石广清

南开大学出版社
天　津

图书在版编目(CIP)数据

当代欧美文学名篇导读 / 徐明主编. —天津：南开大学出版社，2009.4

ISBN 978-7-310-03117-7

Ⅰ.当…　Ⅱ.徐…　Ⅲ.①文学评论－欧洲－现代②文学评论－美洲－现代　Ⅳ.I106

中国版本图书馆 CIP 数据核字(2009)第 038116 号

版权所有　侵权必究

南开大学出版社出版发行

出版人:肖占鹏

地址:天津市南开区卫津路 94 号　　邮政编码:300071

营销部电话:(022)23508339　23500755

营销部传真:(022)23508542　　邮购部电话:(022)23502200

*

南开大学印刷厂印刷

全国各地新华书店经销

*

2009 年 4 月第 1 版　　2009 年 4 月第 1 次印刷

880×1230 毫米　32 开本　26.125 印张　742 千字

定价:43.00 元(上、下册)

如遇图书印装质量问题,请与本社营销部联系调换,电话:(022)23507125

前言

当代欧美文学是欧美文学史上的一个极不寻常的篇章。20世纪下半叶,欧美文坛发生了深刻的变化,显示出突出的特色,也取得了辉煌的成果。这是一个激进实验主义盛行的时代。无数文学新人以前所未有的热情与自觉在艺术上开拓创新,独辟蹊径,推出一个又一个文学新潮。同时,也有众多的作家坚守文学传统,坚持传统的文学创作原则与创作方法。在这个时期,后现代主义文学异军突起;现实主义文学雄风依旧;现代主义文学余波尚存。一时间流派林立,名家辈出,佳作如潮,形成了一片五彩纷呈、盛况空前的繁荣景象。无疑,当代欧美文学以它的形式锐意求新,多元并存共荣,气势宏大壮美等鲜明特征奠定了其在欧美文学史中举世瞩目的地位。

为此,早在世纪之交我们就萌生了一个想法:编一部书,系统全面地介绍二战后欧美主要文学流派、作家和作品。在其后的几年间,我们进行了大量阅读,广泛涉猎了当代欧美文学作品。但真正开始选择的时候才意识到其难度之大。20世纪的西方文学,数量之多,汗牛充栋,名家如林,群芳竞艳,流派纷繁,高潮迭起,定夺起来实属不易。经过认真梳理和反复筛选,我们最后确定了159个题目,力求涵盖二战后欧美主要国家的主要文学流派与代表作家、代表作品。

本书的编写宗旨是站在一定的高度上,对20世纪后半期西方文学作一俯瞰,对其中的名家名作作一概览。本书的特点是:内容系统全面,资料翔实求新,学术性与普及性并重。

一、内容系统全面

虽然战后欧美文学浩如烟海,流派纷呈,百家争鸣,创作多元化,各种形式并存,在编写中我们还是力求最大限度地涵盖其主要文学流派、作家与作品。从“荒诞派戏剧”到“危险喜剧”；从“垮掉派文学”到“黑色幽默”；从“自白派诗歌”到“运动派诗歌”；从“新小说”到“新新小说”；从“废墟文学”到“魔幻现实主义文学”；从传统的现实主义手法到后现代的“拼贴”、“剪切”、“元小说”、“戏仿”等手法；从戏剧到小说，到诗歌；从现实主义，到现代主义，再到后现代主义……诸多方面，基本上全方位地对20世纪下半期西方文学现象作了一番概述。以美国为例，入选的作家中有黑人作家的主要代表，也有犹太作家的代表；既有女性作家的代表，也有南方作家的代表；既有真实再现现实生活的作家作品，也有以夸张、象征手法表现现代人苦闷心情的作家作品；既有现实主义作家及作品，也有后现代作家及作品。内容丰富，覆盖面广。

在编排体例上，我们一般先对一个国家的战后文学作一概括性描述，介绍其社会文化背景、主要作家和作品等，然后对该国的主要文学流派做专门介绍，再对其主要作家、主要作品进行评介。概述部分着重阐述文学总貌、总特征及其形成原因。对作品的简析力求以洗练的语言叙述作品的主要内容、表现的思想内涵以及写作特点等。本书重点部分是英美文学，其篇幅占到了全书的五分之二。其他内容包括法国、前苏联、意大利、德国、西班牙、加拿大、拉美等国家的主要作家与作品。由于澳大利亚与欧洲的历史文化渊源，本书也将澳大利亚的当代文学列入其中。

二、资料翔实求新

编写人员广泛收集资料，其中互联网为我们提供了一个便捷的获取最新资料的途径。在编写过程中，我们力求使材料做到最新，很多作家作品信息都更新到了2008年。比如法国“新小说”派中的诺贝尔奖得主——克劳德·西蒙2005年去世；美国后现代作家多克特罗的《进军》于2005年出版；美国著名作家诺曼·梅勒2007年去世；2007年英国女作家多丽斯·莱辛荣获诺贝尔文学奖。还有一些作家推出的新作，如美国小说家约翰·厄普代克2005年出版了《东威克的寡妇们》，英国著名作家、评论家戴维·洛奇2008年推出了新作《耳聋判决》，活跃在澳大利亚文坛的“新派作家”彼德·凯里在2006年推出了作品《窃亦是爱》后，2008年又有一部新作《他非法的自我》出版，加拿大杰出女诗人、小说家玛格丽特·阿特伍德的新作《上帝的园丁》预计2009年出版。我们还对当代美国后现代主义代表作家如约翰·巴思、菲利普·罗思、罗伯特·佩恩·沃伦、库弗·冯尼格特、多克特罗等作了叙述。可以说本书反映了西方文学的最新发展状况。

三、学术性与普及性并重

本书无意成为纯学术著作。在具有相当的理论与学术内涵的基础上,本书力求内容通俗易懂,语言风格自然轻快,读起来不觉费力。应该说本书首先是一部普及性读物。目的在于让一般读者读后能够对欧美文学有一个清晰、明确、实用的整体了解。同时,它也是专业论著,可供研究西方文学的相关人员参考使用。总之,本书适合于广泛的读者群,专业人士与普通外国文学爱好者均读之有益。为方便读者查寻相关资料,在涉及作家名字、作品名称的地方,我们尽可能地提供英文对照。但鉴于手头掌握的资料所限,有些篇章里需提供英文对照的地方仍有缺失,并非有意遗漏,请读者见谅。

我们希望通过这本书的编写,能够为那些对文学感兴趣的人提供一条快捷、方便的途径,全面、系统地了解20世纪战后西方文学的主要特点,把握其主要脉络。

由于水平有限,书中肯定还存在错误和不足,再加时间仓促,本书还有未尽翔实之处,恳请读者提出宝贵意见。

本书的出版得到天津南开大学出版社的大力帮助,谨在此表示感谢!

编　者

2008年6月

目 录

上册

综述　五光十色、多姿多彩的当代美国文坛

第一次世界大战以后,美国新一代的青年对社会、世界、人生产生了一股茫然无知的失望情绪,新的社会意识和人们思维的复杂化使传统的现实主义开始动摇,加上从欧洲大陆传播过来"意识流"、"象征主义"、"未来主义"、"超现实主义"等新思潮的直接影响,一股新的文学潮流开始在美国产生了。它的萌芽是在20年代,以海明威(Earnest Hemingway)为代表的"迷惘的一代"文学和以福克纳(William Faulkner)为代表的"南方文学"是其中最主要的流派。当然,就20年代到30年代整个美国文学来说,占主导地位的还是正统的现实主义文学,小说创作尤其如此——与德莱塞(Theodore Dreiser)、安德森(Sherwood Anderson)相比,海明威和福克纳毕竟是属于后辈,但这股潮流已经摆出了挑战的姿势,它的出现已经意味着其最终必将取代现实主义的地位。

到了第二次世界大战之后,那些成名的作家,无论是从整体还是从个别来看,都表现出新颖的风格和特色,在五六十年代先后形成了"犹太文学"、"战争文学"、"心理文学"、"'黑色幽默'文学"、"黑人文学"、"政治文学"、"科幻文学"、"存在主义文学"、"反现实主义文学"、"超现实主义文学"等各种流派。这些流派文学的主要表现形式是小说,因此在美国战后文坛上,形成了最有影响力的"犹太小说"、"战争小说"、"心理小说"、"黑

色幽默小说”、“黑人小说”、“政治小说”、“科幻小说”、“超小说”、“超现实主义小说”、“荒诞派小说”等小说类别。其间涌现的著名小说家有索尔·贝娄(Saul Bellow)、艾萨克·辛格((Isaac Bashevis Singer)、诺曼·梅勒(Norman Mailer)、尤多拉·韦尔蒂(Eudora Welty)、赫尔曼·沃克(Herman Wouk)、卡森·麦卡勒斯(Carson McCullers)、伯纳德·马拉默德(Bernard Malamud)、杰罗姆·塞林格(J.D. Salinger)、约翰·厄普代克(John Updike)、乔伊斯·奥茨(Joyce Oates)、理查·赖特(Richard Wright)、约瑟夫·海勒(Joseph Heller)、托马斯·品钦(Thomas Pynchon)、约翰·契弗(John Cheever)、库特·冯尼格特(Kurt Vonnegut)、弗兰纳里·奥康纳(Flannery O' Connor)、艾丽丝·沃克(Alice Walker)、托尼·莫里森(Tony Morrison)等人。

美国文坛上流派小说的产生和发展是有其深刻的时代背景的。首先是40年代末,第二次世界大战对人们的精神摧残,引起了美国人民对现存道德标准和人生观念的怀疑,特别是数百万犹太人在德国法西斯集中营惨遭屠杀和1945年8月两颗原子弹在日本广岛和长崎爆炸给日本人民带来的毁灭性灾难,这两件事对美国社会影响最大。法西斯惨绝人寰的暴行和美国统治集团对敌国平民的肆意屠杀,不能不在广大美国人民尤其是中产阶级知识分子阶层里产生一个巨大的疑问:人的道德何在?人的价值何在?战争消耗了人们的精力,也形成了他们毫不含糊的明朗态度:对于生存环境的洞察能力和对于未来事态的预见能力。同时,随着科学技术的发达,人与人之间的关系日益冷漠,人们只注重自身的精神小天地,于是以描写和刻画个人精神的发展与演变为主要内容的“心理小说”随之兴起。这些作品的主人公往往是受到战后社会风气感染的“反英雄”形象,他们出身中产阶级,具有一定的文化水准,但他们思想矛盾、精神迷惘、内心复杂,又没有独立的社会根基,只得听命于垄断集团控制的社会的摆布。

随后出现的所谓的“怯懦的50年代”既是对现实主义的直接打击,也为流派小说的发展提供了思想基础:在麦卡锡主义横行的年代里,慑于统治集团反共政策的淫威,一部分美国人(包括大多数中产阶级在内)沉默了,循规蹈矩了,不敢有越轨的举动了;但另一部分人(主要是一代年轻的工人、知识分子、大学生）由于对虚假的现实的反感，继续发起叛逆和挑战，用他们认为适当的方式来反抗社会。“垮掉的一代”文学即是其中的一个主要表现。在这些作品中小说占绝大多数，它们反映了这些年轻一代的美国人对精神生活的追求和向往心情，对于“美国生活方式”提出了大胆的否定。看来这确实是美国当代人考虑的一个主要问题。在混乱的生活面前他们充满着困惑，战争、种族矛盾、贫困、失业和政治迫害等使人们产生变态心理，而这种变态心理又成了流派作家进行创作的一个重要思想内容。代表作家有杰克·克鲁亚克（Jack Kerouac）、艾伦·金斯堡（Allen Ginsberg）、威廉·巴罗斯（William Burroughs）、劳伦斯·弗林盖梯（Lawrence Ferlinghetti）、约翰·霍尔姆斯（John Holmes）和加里·斯奈德（Gary Snyder）等。

第二次世界大战结束后，美国的动乱几乎没有停止过，仅所经历的战争就有朝鲜战争、越南战争，60 年代又有古巴导弹事件、肯尼迪被刺、黑人暴动和全国性的反对侵越战争高潮；70 年代初又爆发了震惊国际的“水门事件”和随之而来的在职总统尼克松的辞职。这一系列政治事件必然影响到千千万万美国人的心理、思想和精神状态的变化，反映到小说创作中则是黑色幽默小说、荒诞派小说、反现实主义小说、存在主义小说等流派小说的产生，一般人把它们合称为“后现代派小说”。所谓“后现代派小说”大都是用荒诞的、隐喻的、超现实的笔法，以曲折的形式达到揭露现实、反映人们内心世界的目的，它们的作者几乎都厌恶这个社会，甚至抱着绝望的心情。所以这个流派的小说家们不惜用夸张、讽刺乃至歪曲现实的“愤世嫉俗”之笔来揭示社会的本质，而结果往往以荒谬隐喻真理，以丑陋代替美感，把一切都颠倒了。60 年代以来，在整个文学潮流中以“黑色幽默”派影响最大。当然这些流派从整体上说是建立在非理性主义和虚无主义的基础之上的，是人们找不到思想出路时的苦闷和厌世情绪的表露，它们否定人生，否定世界，尽管客观上起到了一定的揭露作用，但消极成分是十分明显的。当然不同的作家常用不同的形式、内容和风格，对他们的作品也需要具体分析。

70 年代之后，美国的小说创作步入了一个更加繁荣的时期，南方小说东山再起，犹太小说一鸣惊人，心理小说方兴未艾，黑人小说异军突起，加上政治小说、科幻小说、灾难小说、社会小说的发展，大有百花争妍之势，各种流派互相竞争、互相渗透，形成了空前活跃的小说创作局面。在这中间，进步的与消极的、严肃的与荒谬的、求实的与唯心的、现实主义的与反现实主义的各种小说相互影响，良莠并存。但大量当代名著佳作则代表了美国当代小说的主流。这是20世纪60年代初自海明威、福克纳去世之后美国小说创作的又一个高潮。1976年、1978年和1993年的诺贝尔文学奖获得者索尔·贝娄、艾萨克·辛格和托尼·莫里森便是这批优秀小说家的杰出代表。

南方小说是属于怀旧式的文学流派，它具有鲜明的地方特色，经过南方小说家们几十年的努力，在这类作品中已经呈现出美国南方社会一幅兴亡盛衰的通俗历史画卷。尽管是描写过去的时代，尽管不无神秘、虚幻、痛苦的感情色彩，但自从30年代福克纳创建南方小说以来一直拥有广泛的社会影响。他成功的秘诀在于写了一个时代。其他著名南方作家还包括：罗伯特·佩恩·沃伦（Robert Penn Warren）、尤多拉·韦尔蒂、杜鲁门·卡波特（Truman Capote）以及弗兰纳里·奥康纳和卡森·迈卡勒斯等人。他们以犀利的笔调刻画了美国南方特殊的地理环境、历史背景和风土人情，表现出南方人民特有的坎坷经历和不幸遭遇。特别是几位女性作家以其特有的典雅、细腻和敏锐的创作风格赢得了人们的爱戴。

"迷惘的一代"乃是第一次世界大战的产物，20年代是它的鼎盛时期。50年代以后，随着海明威健康状况的恶化以至最后自杀而结束，但作为一个小说创作的历史现象应有它的一席地位。它的意义在于真实地反映了20年代美国青年的精神面貌。

战争小说实质上是社会小说在战争问题上的表现。第二次世界大战后，由于战争在美国人民中间所引起的思索和考虑，形成了描写战争小说的热潮。从反映时代精神的角度来看，战争小说中的绝大部分作品都有一定的历史价值，它们记录了一场人类浩劫的真实画面。

犹太小说往往被认为是描写异化世界的小说。由于历史、种族以及宗教的原因，犹太民族在美国社会中居于一个特殊地位，这个特殊地位反映到小说中便成了犹太小说的基础。一来是犹太教的信仰,二来是异乡漂泊所造成的精神压抑,形成了犹太人的特殊心理——怀旧、彷徨、冷漠、苦闷。贝娄和辛格的崛起带来了犹太小说的黄金时代,组织了以他们两个为首的一支可观的犹太小说家队伍,作为一个少数民族的文学流派,这在美国历史上是空前的。犹太小说以描写怀旧生活和反映美国犹太人现实生活为主要内容,到70年代形成高潮。以后是否会因犹太人的不断被同化而昙花一现,只能让历史去总结。索尔·贝娄、艾萨克·辛格、伯纳德·马拉默德是其中的典型代表。

所谓“心理现实主义小说”,乃是着重通过对人物心理上的描写去反映社会精神演变的现实主义小说流派。从詹姆斯在19世纪末开创以来,这一流派的描写形式是经久不衰的,到了20世纪六七十年代,由于厄普代克、契弗,特别是女小说家奥茨的创作把这一小说流派推向了新的高潮。从现实主义的角度来讲,可以把它看作是19世纪传统的继承,从心理描写的手法来讲,则是创作上的新发展。由于心理现实主义小说家们大都年富力强,可以预料,它的影响还将持续下去。

黑人小说则是20世纪以来黑人文学光荣传统的继承。赖特的黑人反抗小说代表作《土生子》的问世成为第二次世界大战之后当代黑人小说成熟的标志,20世纪六七十年代黑人反抗斗争的加剧使得反抗小说出现了一个兴旺的局面。在这中间,拉尔夫·埃利森(Ralph Ellison)、詹姆斯·鲍德温(James Baldwin)的小说创作和哈利(Alex Haley)的《根》(1976)的出版所产生的影响最大。到了80年代,又出现了艾里斯·沃克的《紫色》(1982)以及托尼·莫里森,后者因其所创作的《最蓝的眼睛》(1970)、《秀拉》(1973)、《所罗门之歌》(1977)和《爵士乐》(1992)等作品荣获了诺贝尔文学奖。她是第一位获此殊荣的美国黑人。莫里森的小说虽以黑人经历为素材,但又涉及美国文化中的普遍问题。

黑色幽默小说是“黑色幽默”在小说方面的表现。所谓“黑色幽默”来源于1965年3月美国作家弗里德曼编选的当代美国小说家集的标题,意谓痛苦的、绝望的、荒诞的幽默,因而也被西方评论家称为“病态的幽默”、“变态的幽默”,或是“大难临头的幽默”,甚至说是“绞刑架下的幽默”。

“黑色幽默”严格地说并非一个文学流派，被人称作“黑色幽默派”的作家也并无统一的文学主张，更无明确的宣言。这些作家大抵由于对社会现实的不满和反感形成了他们荒诞、讽喻的艺术特色，它们的反常性格来自于社会的精神压抑和两次世界大战以来人类道德沦丧的消极影响。以作品反映的色彩而论，黑色幽默小说最具有时代特征，它与同时期出现于英、法的荒诞派戏剧一样，用一种非常规的方法来揭示生活的实质，它的主题基本上是严肃的，这也就是黑色幽默小说之所以能成为“后现代派”的主要代表并在美国文坛上造成重大影响的原因。约瑟夫·海勒、托马斯·品钦、库特·冯尼格特的作品都以非逻辑性的叙事结构和反理性的荒诞内容，表现了美国20世纪60年代的恐怖、暴力、绝望和混乱的现实，反映了当时人们的失望和苦闷的心情。

20世纪，美国小说的创作日益多元化。由于大批移民进入美国，形成了族裔文学的繁荣景象。1974年赵健秀与人合作编撰了《哎—咿！》，收录了华裔、日裔、菲裔等美国作家文集，被称作是“亚裔美国文艺复兴的宣言”。现在美国文坛比较著名的华裔作家包括：汤亭亭（Maxine Hong Kingston）、谭恩美（Amy Tan）、任碧莲（Gish Jen）、赵健秀（Frank Chin）、黄哲伦（David Henry Hwang）、哈金（Ha Jin）、李健孙（Gus Lee）、雷祖威（David Wong Louie）、黄玉雪（Jade Snow Wong）等，他们打破了华人以前曾经被阉割、消音的状况，尽力表达他们的心声，并取得相当的成果。他们的作品日益走向成熟，也越来越多地引起人们的关注。

20世纪的美国诗歌出现了以罗伯特·洛威尔（Robert Lowell）、西尔维亚·普拉斯（Sylvia Plath）、安妮·塞克斯顿（Anne Sexton）为主的自白派，及以查尔斯·奥尔逊（Charles Olson）、罗伯特·邓肯（Robert Duncan）、罗伯特·克里利（Robert Creeley）、丹尼丝·莱弗托夫（Denise Levertov）为主要成员的黑山派。自白派以惊人的坦白方式把自己心灵深处的种种隐私、自我创伤以至性欲冲动都公诸于世，引起了极大的反响。这种开放体、口语化、自白式的诗，引来了众多的追随者。“黑山派”的领袖人物奥尔逊认为诗是一种抛射物，一种射入时空的装置或力。诗是把诗人的“能”传递给读者的东西，因此诗是“能的结构”和“能的放射”。“黑山派”在形式上的全方位“开放”,使许多日常口语入诗,给往日僵板的诗歌增添了不少生活中的真实感。

20世纪是美国戏剧走向成熟的时期。20年代和30年代美国戏剧出现了第一次高峰,其中最突出的人物是尤金·奥尼尔(Eugene O'Neill)。他于1936年获得诺贝尔文学奖,充分说明美国戏剧已经得到世界的认可。50年代末出现了美国戏剧的第二次高峰,出现了善于描写被扭曲灵魂的田纳西·威廉斯(Tennessee Williams),敢于深刻反映社会现实的阿瑟·米勒(Arthur Miller)以及美国荒诞派戏剧的代表爱德华·阿尔比(Edward Albee)。他们是美国戏剧的杰出代表,他们使美国戏剧走向成熟并建立自己的民族传统,因而饮誉全球。

总之,20世纪的美国文学五光十色,各种思潮和流派起伏跌宕,呈现出蔚为大观的景象。

1. 《麦田里的守望者》——战后美国文学的第一部经典之作

1951年,美国文坛上持续近十年的相对沉寂突然被一部篇幅不长的长篇小说打破了,这部小说就是杰罗姆·塞林格(Jerome David Salinger, 1919－)的《麦田里的守望者》(The Catcher in the Rye, 1951)。该书出版后立即引起轰动,风靡全美,受到广大青少年读者的欢迎。一时间美国大、中学学生竞相购阅此书,纷纷模仿书中主人公霍尔顿的言行举止。像霍尔顿那样身披晴雨两用风衣,倒戴红色猎人帽的青少年构成了当时美国街头最新奇的景观。50余年来,该书的影响力经久不衰,它在美国当代文学中的地位日益巩固,已被公认为二战后美国文学中的第一部经典作品。如今美国大多数中学和大学都把它列为课外必读书,有的学校还以它做教材。这部小说的故事是这样的:

出身于一个富有的律师家庭的霍尔顿·考菲尔德是座落在纽约郊区的贵族学校潘西中学的初中生。他是在因功课太差被其他两所中学先后开除后来到潘西的。但现在他又被潘西开除了,因为在期末的五门考试中,他有四门不及格。霍尔顿与学校的一切格格不入,对身边的人与事深感厌烦。他认为学校充满伪君子,是个阴森可怕的地方。他学习懒散,词汇贫乏,爱说谎且满口脏话。虽然只有16岁,可他总想女人并经常利用个子高的条件冒充成年人买酒喝。他对自己的所做所为也感到不安，但又觉得在这个虚伪的世界里只能这样做。

在被学校开除的当天霍尔顿还碰上一件倒霉事。那天他带领潘西击剑队去纽约参加比赛。由于坐错了地铁，把比赛用具全弄丢了，结果没能参赛。他在纽约买了一顶长鸭舌红色猎人帽，将帽子的鸭舌向后戴在头上，率队垂头丧气地回到潘西。

霍尔顿回到宿舍楼“奥森贝格纪念斋”。这栋宿舍楼是潘西校友奥森贝格出钱建的，因此以他的名字命了名。奥森贝格从潘西毕业后靠开殡仪馆发了大财。他曾来校给学生们讲演，要大家做耶稣的好朋友。但霍尔顿认为他一心只希望耶稣帮他多赚些钱。霍尔顿刚进宿舍，邻屋“将每个人都恨之入骨”的阿克莱就走了进来。霍尔顿非常烦他，就说难听话想把他气走。但他赖着不走。他找霍尔顿借剪刀。霍尔顿给他拿剪刀时放在高处的网球拍被碰落，重重地砸在霍尔顿头上。阿克莱见状哈哈大笑。随后霍尔顿的同屋斯特拉德莱塔回来了。他高大魁梧，相貌堂堂，是个勾引女人的行家。他告诉霍尔顿他刚和一个叫琴的女孩幽会完。霍尔顿一直暗恋琴，听罢大怒，就和他打了一架，但被他打得口鼻流血，躺倒在地。

霍尔顿心情坏透了，于是决定当晚离开学校。他打算在纽约找家旅馆住几天，等父母接到自己被开除的通知，消了气后再回家。他现在有很多钱。他提着手提箱走出房门，在楼梯上踩到花生皮滑了一下，重重地摔了一跤。

霍尔顿乘火车回到纽约。下车后他想给妹妹、女友萨丽等人打电话，但他在电话间里呆了20多分钟，一个电话没打就又走了出去。他来到一家小旅馆住了下来。他发现这里住了很多心理变态的人。他们在房间里做出怪异的举动，连窗帘都不拉上。在一个房间里一个看上去很有身份的中年男人穿上一套女装像女人一样扭来扭去，在另一个房间里一对男女口里含着不知是酒还是水，相互间不停地喷着玩。看着这些怪现象，霍尔顿禁不住胡思乱想起来。他找出过去认识的一个脱衣舞女的电话号码，给她打了个电话约她出来玩。但对方借口时间太晚拒绝了他。霍尔顿无奈之中来到旅馆的舞厅。他在那里看见三个姑娘坐在一旁，就邀请其中一位同自己跳舞。跳舞时他吻了姑娘一下,姑娘非常生气。最后他替她们全都付了账。他又想到琴。他们过去常在一起下棋、打网球、看电影。一次下棋时他曾把她搂在怀中狂吻过一遍。由于无聊,霍尔顿乘出租车去了一家夜总会。夜总会里挤满了粗俗不堪的人。在那里他意外地遇到了哥哥过去的女朋友莉莉恩。莉莉恩邀他与她及她现在的男友一同喝酒,他不愿意。他对他们说他另有个约会后就离开了夜总会。

霍尔顿步行回到旅馆。夜里很冷,他的手都冻僵了。走进电梯后电梯工毛里斯问他要不要找个妓女玩玩。他同意了,两人说好五元钱。霍尔顿回房间后很紧张,因为虽然过去他曾同女孩子搂搂抱抱,但从来没有真正的性经验。妓女来了之后他突然失去了兴致。他借口身体不好,给了她五元钱打发她走。妓女很生气,向他要十元钱,他没给。妓女走后不久便同毛里斯一同回来了。他们要他再付五元钱,他不给。毛里斯就叫妓女从他的皮夹子里硬拿走了五元。他们临走时毛里斯还揍了他一拳。他气坏了,但毫无办法,只好在幻想中向毛里斯复仇,向他开了六枪。当时他真想从窗口跳下去自杀。

第二天上午 10 点霍尔顿才起床。他给一个女朋友萨丽打了个电话,约她下午两点出来玩,她同意了。霍尔顿离开旅馆,先去吃了饭,然后看时间还早,就在街上闲逛起来。他看到一对夫妇领着一个小孩在散步。小孩边走边用悦耳的嗓音唱着《你如果在麦田捉住我》这支歌。听到这歌声霍尔顿心情舒畅了许多。他想给妹妹买一张她喜欢的唱片,结果在碰到的第一家唱片店便买到了。下午他见到了萨丽,萨丽非常漂亮,但有些俗气。他们一同看了一场伦特夫妇主演的日戏《我知道我的爱》,因为萨丽最崇拜伦特夫妇。看完戏他们又一同去溜冰。在整个冰场上就他们两个溜得最糟。他们受了一会儿罪后便来到一间酒吧边喝边谈。霍尔顿说他痛恨这里的一切,不想在纽约呆下去了。他建议萨丽与他一同出走,住进一间林中小屋。他现在有 180 元钱,花光后他可以去工作。但萨丽不同意,说他们还是孩子。此外如果找不到工作他们会饿死。他们越谈越崩,最后霍尔顿生气地说了一句:“你这人真讨厌。”萨丽大怒,不顾霍尔顿随后的一再道歉,起身离去了。

霍尔顿心情沮丧地离开了溜冰场。他看了场很乏味的电影，又打电话约一个老同学在一间酒吧胡聊了一通。同学走后他独自喝得酩酊大醉。他来到盥洗室把头在凉水里浸泡了好长时间。随后他来到中央公园。在路上他不小心摔碎了给妹妹买的唱片，这使他很伤心。他坐在一张长椅上，冻得浑身发抖。此时他的头发已经结了冰。他觉得自己会染上肺炎死去。他决定回家看看。他溜进家，恰巧父母都出去了。他叫醒了妹妹菲比，同她聊了一会儿。他告诉妹妹他想做一名麦田里的守望者，当一群孩子在麦田里玩耍时，他就站在旁边的悬崖上看他们，以免他们掉到悬崖下。后来父母回来了，他就悄悄地又溜出家。临走时菲比把她的零用钱都给了他。他感动得哭了出来。离家后他来到过去的老师安多里尼家，想在他家过夜。但半夜时他突然被惊醒，感到安多里尼在摸他的脑袋。他怀疑安东里尼有同他搞同性恋的企图，就匆匆地离开了他家。

霍尔顿下定决心远走高飞，到西部去。走前他想同妹妹告别，就托人带给她一张便条，约她出来见面。菲比来到见面地点，手里拎着一只旅行箱。原来她要同哥哥一同去西部。霍尔顿慌了，他连哄带骗叫她回家，她就是不听。无奈之下霍尔顿只好同她一起回了家。回家后霍尔顿就病倒了，他住进了医院。说来好笑，此时他却想念起他遇到过的人们，包括那些欺负伤害过他的人。

《麦田里的守望者》是一部情节简单、平淡的小说。它的成功主要在于它真切地反映了二战后美国青少年一代的精神状态，道出了他们的心声，具有强烈的现实感和浓郁的生活气息。战后美国人的物质生活水平有了显著提高，但精神生活却日益变得空虚与贫乏。人的命运愈发为外界因素所主宰，其作为独立个体的价值日渐消失。社会要求人们规行矩步，恪守现行的准则与制度。对此青年一代深为不满。他们看不惯虚伪、庸俗的社会，拒绝前辈倡导的生活方式与价值取向，追求个性的独立与自由。然而他们找不到出路。无助无奈之际，他们大都通过反常的生活方式来表达他们对现实的不满与对社会的挑战。霍尔顿正是这一代美国中产阶级青少年的典型代表。由于此书真实地描写了一些青少年学生抽烟、酗酒、搞女人等劣迹，出版后引起了极大的争议。在大多数人对它齐声赞誉的同时也有不少人对它严厉批评，说它会给青少年带来极坏的影响，并要求学校与图书馆把它列为禁书。结果一些学校（如加利福尼亚的桑胡斯中学）就禁止学生阅读此书。

该小说的作者 J.D.塞林格是一个怪人，是美国文坛上少见的遁世作家。他 1919 年生于纽约的一个犹太商人家庭。13 岁时也曾就学于一个非常好的私立中学，但一年后因考试不及格而被迫离校。后来他进入宾夕法尼亚一所学校，在那里获得了毕生唯一一张文凭。在军校时他同霍尔顿一样曾任击剑队队长并开始写作练习。1942 年他应征入伍。在军旅生涯中他坚持文学创作。据说他曾在散兵坑内写作。此时他结识了海明威，被海明威称为鬼才。从军期间他曾与一个与他有心灵感应的女医生有过短暂婚史。1946 年他回到纽约。每日除写作外还举重，修练禅宗，装扮成各种形象与一所女子旅馆里的女人约会，夜访格林威治林。他说他这是体验生活，收集语汇。1951 年《麦田里的守望者》问世，塞林格一举成名。1953 年他结识女学生克莱，当时他正与“母亲，妹妹，15 个和尚及一个说话怪癖的瑜珈教徒住在一起”。1995 年克莱在经过一次婚变后与塞林格结婚。

成名后塞林格在新罕布什尔州乡间买下一块土地，在山顶建了一座小屋，过起了隐居生活。此后他又出版了《弗拉尼和朱埃》（Franny and Zooey，1961）、《西摩和木匠们，将屋樑举高》（Raise High the Roof Beam，Carpenters and Seymour，1963）两个中、短篇小说集。1965 年后他没有再发表任何作品。

2. 没有垮掉的美国垮掉派文学

美国“垮掉的一代”(the Beat Generation)是第二次世界大战后在美国出现的一个文学流派。它是吸收欧洲存在主义、东方的神秘主义和美国早期的超验主义思想而形成的。这个流派的成员大多是青年作家,他们对战后美国社会现实不满,又迫于麦卡锡主义的反动政治高压,于是感到苦闷、彷徨,便以“脱俗”方式来表示抗议。他们奇装异服,蔑视传统观念,厌弃学业和工作,长期浪迹于底层社会,形成了独特的社会圈子和处世哲学。50年代初,他们的反叛情绪表现为一股“地下文学”潮流,向保守文化的统治发动冲击。多数垮掉派文人来自东部。著名的有杰克·克鲁亚克(Jack Kerouac,1922 – 1969)、艾伦·金斯堡(Allen Ginsberg,1926 – 1997)、威廉· 巴罗斯(William Burroughs,1914 – 1997)、格雷戈里·柯尔索(Gregory Corso,1930 – 2001)、劳伦斯·弗林盖梯(Lawrence Ferlinghetti,1920 –)、肯尼斯·雷克斯罗斯(Kenneth Rexroth,1905 – 1982)、约翰·霍尔姆斯(John Holmes,1926 – 1988)和加里·斯奈德(Gary Snyder,1930 –)等。

“垮掉的一代”小说家克鲁亚克在小说《在路上》(On the Road,1957)中首次把“垮掉”这个词引入文学作为专门术语,并对此做了阐释。他说“垮掉”有三个意思:一是指灰心丧气、颓废厌世;二是指节拍紧张、狂乱敲打;三是指极乐世界。

1950年，克鲁亚克与巴罗斯合写侦探故事未成，却各自完成了一部垮掉派小说《小镇与城市》（The Town and the City，1951）和《吸毒者》（Junky，1953）。霍尔姆斯从中受到启发，在小说《走吧》（1952）中更明确地反映纽约"垮掉青年"的生活感受，又在《纽约时报》上鼓吹垮掉派文学，但这种尝试受到东部学院派势力的压抑，他们就往西部寻求同道和发展基地。当时洛杉矶近郊的西威尼斯有个以劳伦斯·李普顿为首的垮掉派组织，他于1955年发表小说《神圣的野蛮人》。在旧金山，以劳伦斯·弗林盖梯的"城市之光"书店为中心，聚合了一群立志从事"文艺复兴"的反学院派诗人，他们的首领即是后来成为"垮掉的一代"理论家的肯尼斯·雷克思罗斯。

1955年夏天，"垮掉文人"和反学院派诗人（包括旧金山诗人和黑山派诗人）在旧金山联合举办诗歌朗诵会，自此之后垮掉派文学作品开始流行。金斯堡在会上朗读了他那首被誉为"50年代《荒原》"的长诗《嚎叫》（Howl，1956）。这首诗以怨气冲天的哀号表达"我这一代精英"的痛苦与自暴自弃，斥责"莫洛克"神统治下的军事化、商业化的社会，代表"垮掉的一代"向社会发出了愤怒的、声嘶力竭的抗议。1956年，他的诗集出版，轰动全国。

金斯堡的长诗《嚎叫》表达了被异化的美国的呐喊，表达了他对美国社会乃至整个世界及人生的看法。他将超越的世界与物质的世界结合在一起，将神秘的狂热和城市生活的痛苦结合在一起。他的诗是愤怒的，打破一切传统的束缚。他的诗作打开了一个全新的领域，斯文的诗歌传统所拒绝的领域。

1957年，克鲁亚克的长篇小说《在路上》出版，《在路上》描写几个美国青年漫游美国各州的生活经历。他们没有固定的职业，不组织家庭以避免一切连累，以浪迹天涯为解放，寻求刺激，不承担任何社会责任。他们对现实极度不满，厌恶社会文明，以"看透一切"、"空虚无聊"、"及时享乐"的眼光和心理看世界，是一些苦闷、彷徨的青少年。它使大批精神苦闷的青年为之神往，奉为"生活教科书"。这两部作品出版后，《常青评论》、《黑山评论》等杂志连续出版专号，加以推荐。诺曼·梅勒的被称为美国存在主义宣言的《白种黑人》（The White Negro，1957），以及1960年他在波士顿审讯中为巴罗斯小说所做的辩护，则从理论上论证了“垮掉文学”的意义。商业化宣传使得美国青年纷纷接受“垮掉”生活方式，从爵士乐、摇摆舞、吸大麻、性放纵直至参禅念佛和“背包革命”（指漫游旅行），一时成为风气。《嚎叫》与《在路上》成为“垮掉的一代”的圣经。

巴罗斯对暴行、堕落、吸毒和犯罪等的描写在“垮掉”作家中首屈一指。他同时又在语言和小说的形式上进行大胆实验，用“剪裁法”拼凑和改变小说的结构。他的代表作《赤裸裸的午餐》(Naked Lunch，1959)，由于反映了“真正地狱般的”地下生活，引起了一场诉讼。这本小说主要讲述的也是作者漫游、吸毒、性爱、同性恋等经历，内中充满肉体虐待的描写、猥亵不堪的细节、卑俗下流的语言。有的批评家将它斥为“一堆不知所云的垃圾”，“一片精神病态的呓语”。波士顿等城市一度以“淫猥”为名禁止这本书出版和发售。但是，另一些人认为，这本书“以幽默的形式抨击社会的伪善，探寻人们心灵荒唐的一面”，“富有深刻的道德内涵”，“是一部古怪的天才之作”。这样，争论了近两年时间，这本小说才于 1962 年在美国出版，随后被译成 16 种文字出版发行。

巴罗斯以后的作品如《诺瓦快车》(Nova Express，1964)和《柔软机器》(The Soft Machine，1966)，也采用了真实与梦相混合的手法，全面、冷酷地表现作者厌恶社会的冷酷的幽默感，后来有人因此把巴罗斯列入“黑色幽默”小说家行列。

“垮掉的一代”人生哲学的核心是个人在当代社会中的生存问题。霍尔姆斯和梅勒借用欧洲存在主义观念，宣扬通过满足感官欲望来把握自我。斯奈德和雷克思罗斯则吸收佛教禅宗的学说，以虚无主义对抗生存危机。在政治上，他们标榜自己是“没有目标的反叛者，没有口号的鼓动者，没有纲领的革命者”。在艺术上，据雷克思罗斯在《离异：垮掉的一代的艺术》(1957)中宣称，他们“以全盘否定高雅文化为特点”。克鲁亚克发明的“自发式散文”写作法和查尔斯·奥尔逊的“放射诗”论，在“垮掉文人”中被广泛奉行。

大量“垮掉诗”因具有大众化和反象征主义倾向，长期在青年中流传。在小说方面，克鲁亚克的一组用自发表现法写成的“路上小说”，除了《在路上》之外，还有《地下人》(The Subterneans, 1958)、《达摩流浪汉》(The Dharma Bums, 1958)、《特莉斯苔萨》(Tristessa, 1959)、《孤独天使》(Desolation Angels, 1959)等。它们的一个特点是继承了马克·吐温的《哈克贝里·费恩历险记》所开创的美国文学中写流浪生活的传统，形成了一种为当代其他小说家所仿效的模式，主人公为逃脱污浊的环境而四处漫游，寻找自由和归宿。它们的另一个特点是主人公毫不隐讳地大谈自己的境遇和感受，作自我剖析，这种"个人新闻体"手法在那个年代得到较大的发展。

"垮掉派"把美国大众诗歌传统的修辞风格同充满激情的个人理智和智慧糅合在一起，以反抑扬格的音步、反诗节的分行、咄咄逼人的口语和美国化——情感、节奏、宗教和毒品野蛮地、强硬地、热忱地引入诗歌的合法领域。垮掉派诗人写的是一种即兴的、属于准文化的反诗歌，他们冲破形式主义的束缚，恢复惠特曼的传统，使用庞德、威廉斯的"开放"诗体和奥尔逊所提倡的"抛射诗"手法，用呼吸调节诗行的节奏，发扬和光大了林赛和桑德堡开创的现代朗诵艺术，把诗歌从大学的讲台上重新带回街头，无遮无掩地向读者呈现一般人难以启齿、只愿向牧师或医生述说的个人隐私，使最初的读者瞠目结舌，万分震惊。这种大胆暴露灵魂、直抒个人胸臆的风格对后来的自白派诗歌运动产生了直接影响。

事实上，"垮掉的一代"并不是个严密的文学组织，而是一群松散的年轻人聚集在一起。他们不问政治，反对传统的道德观，鄙视旧价值观的维护者，追求无拘无束的自我。因此，他们逃离喧嚣的社会，离开象征现代化的城市，向往粗犷的西部生活，追求爵士乐疯狂而快速的节奏，陶醉在性爱和吸毒的自我享乐中，过着一种没有理想、没有希望的颓废生活。

"垮掉的一代"作为西方现代主义的一个文学流派还是有其特征的。

第一，"垮掉的一代"的作家们，在政治上信奉无政府主义和虚无主义，自诩为"没有目标的反叛者，没有口号的鼓动者"。大部分作家来自美国东部，他们渴望自由，却又不甘心沉沦到底；他们不满美国现实，却又是盲目的，只是做了一番毫无希望的搏斗。诗中充满了对美国社会的不满与蔑视，揭露其虚伪，预示其死亡。

第二，在艺术上提出全盘否定"高雅"文化，倡导并实践过"发射诗"、

“自发散文”、和“剪裁法”多种艺术主张。

第三，执意抛弃传统，打破一切文学的固有形式和正常规律，并把个人情绪化为无拘无束的方式信笔发泄。

第四，“垮掉的一代”的小说，情节支离破碎，形象粗犷粗野；诗歌的节奏奇特，多为长行自由诗，一泻无余，易于朗诵。

“垮掉的一代”主要是诗歌和小说。它从二战结束后产生，到 50 年代末达到高峰，由美国影响到欧洲各国，于 60 年代初便销声匿迹了。“垮掉文学”虽然只是昙花一现，但在美国文学史上仍然留下了一定的影响。

3. 美国垮掉派之王克鲁亚克与他的《在路上》

20世纪50年代，旧金山的反叛诗人金斯堡（Allen Ginsberg，1926－1997）和小说家克鲁亚克（Jack Kerouac，1922－1969）分别以长诗《嚎叫》和小说《在路上》发难，掀起了那个沉闷时代中最惊世骇俗的一次文学运动：他们被称为“垮掉的一代”（the Beat Generation）。他们反对传统的文学创作方式，以激烈如本能冲动的“自动写作法”挑战学院派的精心巧构；他们更反对保守的生活方式，以吸毒、性解放、精神漫游去瓦解日常生活，满足感官欲望从而达致他们所追求的东方的“禅悟”。由于克鲁亚克在自己的小说中最先使用“垮掉分子”一词，以及他曾为西海岸“垮掉派”作家的重要成员，因此他被认为是“垮掉的一代”的代言人。《在路上》（On the Road，1957）被称为“垮掉的一代”的圣经。

小说以第一人称“我”作为叙述者，叙述了一个荒唐而现实的故事。

在我，作家萨尔，和妻子离婚后的混乱日子里，我认识了狄恩·莫里亚蒂。狄恩是一个注定的流浪者，他的父母在颠簸的车上让他降临到世间，以后他也是一个必须凭借不断地奔波才能让自己平静下来的人。狄恩的野性与自我无疑是一把打破平静生活的尖刀，令人感到无比畅快——“狄恩的智慧……更能给人启发，也更为完整，绝不故作斯文、令人乏味。他那种越轨的‘劣迹’甚至也并不招致愤懑，被人鄙视。那是美国式的欢乐，对人生持肯定态度，是情感的疯狂发泄，具有西部特征，犹如西部吹来的狂风，发自西部草原的一曲赞美诗，令人感到清新……”。而我，一个在内心深处潜藏着躁动不安气质的家伙，狄恩的出现则将这种躁动不可阻挡地激发了出来——于是我们带着无限的憧憬，上路了。

在纽约哈莱姆区的一座旧公寓中，狄恩带着他的新婚的聪敏、漂亮的妻子玛丽露刚到这里。我和几个家伙去看他们。他听说我是一个作家，就向我讨教写作的事。不久，他和玛丽露闹翻，她回了丹佛。狄恩在一个停车场找了份工作。那期间，狄恩又结识了卡罗·马克斯，那次会面开始了后来所发生的一件惊人的事件。狄恩这个充满美好理想的圣徒，与忧郁而隐晦的诗人卡罗·马克斯一相遇，立刻互相吸引，他们在一起无话不谈，又狂放不羁，几乎废寝忘食地呆在一起。

春天来了，人们纷纷找地方去旅游。我把小说写到一半，也去往西部旅行。狄恩先去了丹佛，卡罗也随后去了丹佛。我先去了芝加哥，又去了爱荷华。在哥伦堡城搭上了一辆卡车，也去了丹佛。后来，我找到了卡罗，他告诉我，狄恩和玛丽露经常幽会，又与新认识的卡米尔同居。我找到狄恩时，他正赤裸裸地同皮肤黝黑而又健美漂亮的卡米尔在一起。在丹佛呆了几天，我又去了奥克兰，在回洛杉矶的旅途上，结识了墨西哥姑娘苔丽，我们一起厮混了半个多月，然后，去了她哥哥的农场。在那里，田园的风光和快乐的生活，使我忘记了东部，忘记了狄恩和卡罗。10月间，我们回到洛杉矶，包围我们的是黄金海岸之夜的喧嚣和疯狂。我折腾得身无分文，要姨妈寄来一些钱才回到纽约。

一年之后，我依靠退伍军人助学金重进大学，并又见到了狄恩、玛丽露和埃迪·邓克尔。我们又找到了卡罗。在纽约的一次舞会后，玛丽露同我做了爱，狄恩则把我带来的露西尔领上了汽车后座。后来，我们都住在卡罗的公寓里，过了几天有趣的日子。在卡罗那里，我和狄恩、玛丽露睡一张床，狄恩要我勾引玛丽露，我无法在狄恩面前同玛丽露做爱，便走了出去，屋里传来狄恩在玛丽露身上发狂而快乐的扭动声。

我们又一次出发去加利福尼亚，头上的蒙蒙细雨使我们的旅行一开始就带着一种神秘的色彩。我们开着一部哈得逊日夜兼程，把一切都甩在了背后。狄恩驾车到华盛顿后，邓克尔又掌起了方向盘。在一个三岔路口，警察说我们超速行驶，不由分说地罚了25美元。为了赚沿途加油的钱，我们在路上只得又拉上几个乘客。一路上，我们除了自己在一起胡闹外，还沿途追逐姑娘，痛快极了。车到了奥查那，狄恩跳下车脱光衣服在草地上狂奔，他并要我们脱光衣服晒太阳。玛丽露和我都脱了衣服，赤身裸体地走向全是橘黄色岩石的佩克斯峡谷，游客们看到我们都无法相信自己的眼睛。继续上路后，我睡着了，狄恩与玛丽露下车做起爱来。车到埃尔帕索后，狄恩去喝啤酒，玛丽露与我谈起狄恩，我们都认为狄恩越来越疯狂了。我们终于到了旧金山，租了一间房子然后去吃饭，我们一起生活的两天常发生争吵。一天晚上，玛丽露同一个夜总会老板私奔了。我漫无边际地在街上游荡，并昏倒了。狄恩找到了我，把我带到卡米尔住的地方。后来，卡米尔对我表示了厌烦，狄恩又找回了玛丽露，我也想离开他们，于是在一个清晨踏上了开往纽约的巴士。

1949年，我去了丹佛，想在那里定居下来。但到了那里，我又想去旧金山看看。一到旧金山，我就去找狄恩，他睡眼惺忪又一丝不挂地来开门。卡米尔又与狄恩闹起了别扭，大骂他是“骗子”。玛丽露跟许多海员睡了觉之后，又嫁给了一个卖旧车的商人。狄恩气愤不过，找到玛丽露揍了她一顿。狄恩离开了卡米尔和小女儿艾米，他说是卡米尔把他赶了出来，卡米尔却说是狄恩只顾自己寻欢作乐，抛弃了她们母女。别的人也认为狄恩是“世界上最糟糕的无赖”。我告诉狄恩别人对他的议论，他说：“伙计，别去管它，一切都会好的。”第二天，我和狄恩还有其他几个人开车向东进发。轮到狄恩开车时，他把车开得飞快，几位乘客都大叫受不了。但我们的路仍然很长很长，生活本身就是一条无尽头的路。

我们途经芝加哥到了底特律。我带狄恩住在姨妈家，结束了我们的旅行。很快，狄恩在一个晚会上又结识了一个风流姑娘，并使她成为他的新情妇。

后来我的书出版赚到一笔钱，我们又开始一个州一个州地旅行，在妓院里寻欢，在旅馆里喧闹。

后来我得了一场热病，整日昏昏沉沉，神志不清。我在晕眩中抬起头，知道我正躺在堪称世界屋脊的海拔8 000英尺的一张床上。狄恩告诉我，他已办好跟卡米尔离婚的事，要回纽约去了。在他走后，我恢复了过来，意识到狄恩是多么可耻，但还是理解了他生活的复杂和他的痛苦。

外表的放荡与内心世界的脆弱就这样奇妙地混合在一起，这或许也是"垮掉的一代"最动人之所在。对于生命希望的渴求，让他们不断地在路上。

狄恩的生活中充满了矛盾、痛苦、反抗和颓废。他对自己所出生的那个社会充满了反感和憎恶。他的一行一动表明他在试图进行反抗，但由于他的反抗是消极的、颓废的，因此，其结果只能是失败。他所采取的行动丝毫损失不了社会这个庞然大物。他的行动只能使我们明白，他既是一个叛逆者，又是一个浪子。虽然他的内心常常迸发反抗的火花，可是那火花太渺小、太暗淡。既引不起燎原之火，也照不亮前进的道路。所以，尽管他有着执著的追求，有着对知识的欲望，有着对美好生活的向往，然而他走的却是一条堕落的道路。他离家和大伙到纽约的一路上的所作所为，要么玩女人，要么酗酒，要么偷鸡摸狗……虽然，他视这些为发泄对美国社会现实的不满，以此追求强烈的刺激来抚慰自己的伤痕累累的心灵。但这种方式的发泄只能是折磨人、毁灭人，丝毫也不能给自己的心灵带来宽慰。他是整个"垮掉的一代"的化身。

作品中自传式的叙述令人感到亲切可信，大量运用俚语增添了叙述的生动性，使青年读者找到了知音，引发感情上的共鸣。作品把爵士乐与东方佛教禅宗、吸毒与存在主义、个性自由与现代科技成果结合起来，生动地揭示了二战后新一代青年对于美国社会旧价值观的反叛和精神危机的苦闷，具有一定的现实意义。《在路上》一问世，就引起了轰动，成为美国"垮掉"青年的"生活教科书"。

杰克·克鲁亚克出生于马萨诸塞州洛威尔镇一个工人家庭，法国—加拿大血统。他是家中三个孩子里最小的一个，九岁时他哥哥死于疾病，让他很伤心。他是个热情又严肃的孩子，爱他的妈妈，和许多男孩子建立了珍贵的友谊。很小他就爱编故事，常听一个叫"阴影"的神秘色彩的广播节目，后来又喜欢上了托马斯·沃尔夫的小说，这影响了他一辈子，他所有的小说都是用第一人称写的。

虽然他的《在路上》经历了很大的波折才于 1957 年出版,《纽约时报》称之为“垮掉的一代”的圣经,而克鲁亚克则是他们的代言人。历史已证明以克鲁亚克及其“垮掉的一代”的伙伴的经历而写成的这部汽车流浪小说《在路上》具有其他经典作品那样的永恒性价值。“on the road”一词已进入美国人的日常用语,有特殊含义,与“背包革命”同义:向往自由,精神独立,敢于冒险,勇往直前,而这正是“垮掉的一代”的理念积极的方面。难怪五十年来至今畅销不衰,仅在美国就已售出 350 万册,而其现在每年还以 11 万册到 13 万册的平均数持续增长;在许多国家,《在路上》也有多种译本,都十分畅销。克鲁亚克于 1969 年因酗酒而死。

4. 美国垮掉派的怪杰金斯堡和他的《嚎叫》

艾伦·金斯堡(Allen Ginsberg,1926–1997)作为"垮掉的一代"的桂冠诗人而被公众所知。20世纪50年代,在战后一代人中,普遍存在一种不满的情绪,他们抗议美国所代表的文化主流,这就被称作"垮掉的一代"(The Beat Generation)。"垮掉"一词代表了一种在有关性、宗教、美国的生活方式等方面的传统价值观念的不尊崇、反叛的态度,这种态度源于压抑、沮丧的情绪和想逃避到一种非传统的——或者是公共的——生活方式的需要。"垮掉的一代"文学在小说和诗歌创作方面都表现出了新的形式。小说方面代表作有杰克·克鲁亚克的《在路上》(On the Road,1957),威廉·巴罗斯(William Burroughs)的《赤裸裸的午餐》(Naked Lunch,1959)。从成就和影响来说,金斯堡是"垮掉的一代"的翘楚。

金斯堡1926年6月出生在新泽西州纽瓦克市的一个犹太家庭。父亲路易斯当中学英文老师,崇尚传统文化,是个保守的自由派,时而写点诗。他的艺术气质遗传给了儿子。母亲是俄国移民,信奉马克思主义,曾积极参加左翼运动,患有歇斯底里症。每当母亲犯病时,童年的金斯堡常常缺课陪伴母亲。他同情母亲,但母亲犯病时狂怒的责骂、不正常的裸露以及变化无常的情绪,都深深折磨着儿子幼嫩的心,使他痛苦、孤寂、焦虑和无可奈何。母亲的疯病最终导致了儿子的心理畸变,使他成为一个同

性恋者。

父母对儿子后来激进思想的产生和对文学的爱好有过不同程度的影响。1943 年，金斯堡进入纽约的哥伦比亚大学，初学经济学，意在将来“为劳工运动说句话”。但他对诗歌兴趣更浓，不久即改学文学。父亲得悉，担心他走向斜门歪道，警告他决不要写任何“有实验倾向”的诗歌。可是，他自有主张，没有听从父亲的劝告，儿子走上了一条与父亲人生和诗歌创作完全相反的道路。

他很快结识了高年级同学克鲁亚克和从哈佛来的巴罗斯。他们意气相投，又都是同性恋者，就在格林尼治村合租一套公寓同居，整天谈论新的文学创作问题。他后来回忆说：“自从结识克鲁亚克和巴罗斯之后，我才认识到，我以前只是用一个空脑壳在讲话，没有想自己所应想，写自己思之所得。”1945 年，他因受一桩杀人案的牵连被迫退学，先后当过电焊工、厨工、搬运工、船工，广泛接触下层社会。1947 年春，他重返哥伦比亚大学，着手根据自己的经历写小说。他父亲看到小说的部分章节后非常生气，认为主人公干的那些事情太缺德。金斯堡则认为，整个美国社会都腐化堕落，没有必要对此加以掩饰。1948 年，他大学毕业，找不到理想的职业，就到处打零工。他因撞车坐过牢，因言行异常接受过精神治疗。无论在何种艰难、窘迫的情况下，他都没有放弃诗艺的探索和诗歌的写作。

1955 年，金斯堡辞去在纽约一家广告公司的工作，离开正统学院派势力较大的东部地区，前往西海岸“呼吸更自由的空气”。他在旧金山结识了一些有相似思想倾向的文学青年。他们在一起酗酒吸毒，并由此找到“新的诗的灵感”。他的一首有 13 个打字页的诗作在一次聚会上朗诵后，由意大利裔诗人劳伦斯·弗林格蒂（Ferlinghetti）办的城市之光书店出版，立即引起轰动。这首题为《嚎叫》（Howl）的诗一开始这样写道：

我看到这一代最杰出的头脑毁于疯狂，

饿着肚子歇斯底里赤身裸体，

黎明时分拖着脚步走过黑人街巷寻找一针来劲的麻醉剂，

头脑天使一般的嬉皮士渴望与黑夜机械中那繁星般的发电机发生古老的天堂式的关系……

这首诗以松散的形式、毫无藻饰的粗卑语言，对美国社会视为圣洁的一切进行了无情的讥讽与揭露。它一出版就在美国文坛上掀起一场轩然大波。有人斥之为“淫秽之作”，甚至就此告到司法当局。旧金山警方和海关将这部作品扣留。出版商弗林格蒂受到传讯。但是，一些开明的评论家持有不同看法，认为《嚎叫》是“对社会的一种严厉批评，具有拯救社会的价值”。一年后，法院将此案撤销，宣布弗林格蒂无罪。这样，这场在美国轰动一时的文案，不但使名不见经传的金斯堡立时名闻遐迩，也使他及其朋友们的同类作品出版合法化。这不啻正式宣告了“垮掉的一代”作家堂而皇之地登上美国文坛。

《嚎叫》一诗后来被一些评论家称为“美国新崛起的文学流派‘垮掉的一代’的经典之作”，印行近40万册，风靡美国和西欧。金斯堡深受鼓舞，诗兴一发而不可收。1961年，他发表长诗《祈祷》(Kaddish and Other Poems)。据说，这首献给母亲的挽诗是他在注射吗啡陷入幻境时所作。他在诗中追忆自己的童年、描述母亲的病痛、申述家庭的无奈，隐含着对第二次世界大战期间希特勒迫害犹太人罪恶行径的谴责。这首诗以意识流手法写成，想象丰富奇诡，被称为金斯堡的“最优秀诗作”。从此，他跳出自我，扩大活动范围，诗界进一步开阔。他到美国和世界各地漫游，并到处朗诵自己的作品。有时，为表示自己的率真，他在成千上万人的集会上赤身裸体进行朗诵。他积极参加民权运动和反对越南战争的大游行，成为美国群众运动中一名活跃人物。同时，他信佛参禅，耽于幻觉沉思，鼓吹性解放，宣扬同性恋。他说，他“把自己的这一切经历、一切信仰、一切失望、一切激愤都倾注到自己的创作中去了”。他先后出版有诗集《现实三明治》(Reality Sandwiches, 1967)、《星球消息》(Planet News, 1968)。1973年出版的诗集《美国的堕落》中，有不少反对美国侵越战争的诗作。1974年，这本书获得美国全国图书奖。通过这些作品，金斯堡进一步奠定了他作为“垮掉的一代”的代言人地位，受到美国和国际文艺界的广泛关注。

1971年起，金斯堡出任纽约诗歌基金会理事，在科罗拉多州的纳罗巴学院教授诗学。1973年金斯堡成为美国文学艺术院的成员。1974年，获全国图书奖。1997年在纽约逝世。

《嚎叫》以惊世骇俗的反传统文化和社会准则的大胆内容，对压抑个性的一切形式的无情嘲弄，赤裸裸地展示了美国生活的混乱，诸如吸毒、暴力、同性恋，很快便受到一些批评家的猛烈抨击，被旧金山法院指控为淫秽作品。不过，对《嚎叫》的指控反而使它成为50年代在美国最畅销的诗集，金斯堡的诗兴也从此一发不可收拾。他的诗句不拘形式，气势磅礴，时而热烈、奔放，时而感伤、激愤，他那蓄长发的尊容时而温文尔雅，时而玩世不恭，略带沙哑但低沉深厚的诗朗诵具有强烈的感染力，成为主流文化所不屑一顾的活力和异端邪说的象征，也是一代反叛青年所崇拜的精神宗师。

像《嚎叫》和他的其他诗集一样，金斯堡总是直抒胸臆，毫不掩饰地抒发自己想说的一切，他曾直言不讳地宣称，"我写诗，因为英文中'灵感'来自拉丁文的'呼吸'一词，因此，我要自由地呼吸……因为写诗可以回顾自己的思想……因为生命是无限的多，在宇宙中生物是无限的多，我自己的贪婪、愤怒是无限的，我所看到的境遇也数不胜数，能唤起人们过去的事是无限的。"这应该是金斯堡的诗歌创作宣言。在他看来，诗歌没有禁区，凡是生活中的一切都可以成为诗歌描写的对象，就表现形式而言，他不承认有任何一种固定不变的经典模式。他虽然被称为"当代惠特曼"，但他的自由诗体，他的政治主张甚至比惠特曼更偏激、大胆，走得更远。不应该认为这只是一般意义的标新立异，这种独立不移的执着和创新表明，金斯堡并没有改变。他过去是，现在是，或许将来也会是循规蹈矩的艺术形式的叛逆者和美国现实的预言家，更重要的是，他是一位诗人。

金斯堡在创作上深受惠特曼和英国诗人布莱克的影响，醉心于滚滚而来的长行自由体诗，以显示出旋风般的节拍气势，这与爵士乐强烈不断的节奏是完全一致的，极能体现垮掉派的狂热激情。他的《嚎叫》在形式上模仿惠特曼的长句式预言体诗，通篇是满腹不平的牢骚和责问以及无可奈何的哀诉，带着一种强烈的冲动，表现出美国现代青年在资本主义非人化世界中的敏感、急躁情绪和忧郁彷徨的心态。

《嚎叫》是金斯堡代表他那一代"垮掉分子"对麦卡锡时代施加于美国青年精神上的重压所表达的强烈的抗议，是对中产阶级的"文明"表示的极大蔑视，对美国物质主义进行的强烈抗议，对美国社会的现存秩序和传统的价值观念提出的空前挑战，其批评、反叛精神是可贵的，对社会所产生的震惊和冲击力是巨大的。在创作空间上，《嚎叫》开启了诗歌一向回避的领域，把疯狂的吸毒者、裸露的莽汉、放纵的群居者、颠沛的流浪者、病态的同性恋者引进了诗歌殿堂，扩展了诗歌表现的范围。《嚎叫》真实记录了诗人病态的、畸形的人生和他生活于其中的病态的、畸形的社会，抒发了他对现实的极度痛恨，是"垮掉的一代"对社会绝望的明证。

《嚎叫》自问世以来，在美国对它始终有着两种不同的评价：一种认为这首诗内容极端，语言粗俗，缺乏诗歌技巧，毫无价值。另一种则认为它结构完整，韵律感强，内容和形式高度统一。但无论两派的争论结果如何，《嚎叫》将诗歌从象牙塔中解放出来，使其通俗化、大众化，在美国当代文学史上具有独特的地位和影响却是毋庸置疑的。

5. 绝望的喜剧
——美国黑色幽默小说概说

“黑色幽默”(Black Humor)是20世纪60年代美国重要的文学流派。1965年3月,美国作家弗里德曼(B. J. Friedman,1930－)编了一本短篇小说集,收入12个作家的作品,题名为《黑色幽默》,因为他认为黑色幽默是这些思想和艺术风格颇不相同的作品中共同的东西,“黑色幽默”一词即由此而来。它是60年代美国小说创作中最有代表性的流派之一。进入70年代后,“黑色幽默”的声势大减,但不时仍有新作出现,它在美国文学中至今仍有相当深远的影响。它的主要作家有约瑟夫·海勒(Joseph Heller,1923－1999)、库特·冯尼格特(Kurt Vonnegut,1922－2007)、托马斯·品钦(Thomas Pynchon,1937－)、约翰·巴思(John Bath,1930－)、詹姆斯·珀迪(James Purdy,1923－)、布鲁斯·杰伊·弗里德曼(B. J. Friedman,1930－)、唐纳德·巴塞尔姆(Donald Barthelme,1931－1989)和弗拉迪米尔·纳博科夫(Vladimir Nabokov,1899－1977)等。

从作品的思想内容说,不同的“黑色幽默”作家的思想倾向不尽相同,但大多数都很关心现实,对现实的荒诞有一种深沉的苦痛和恼怒。他们不同程度地触及了现实生活中人们关注的许多尖锐的问题,揭示了西方现代人的荒诞处境。

“黑色幽默”作家的思想基础是存在主义,即荒谬的世界造成人的异化。西方现代社会使人们丧失了信仰,道德沉沦,人性扭曲。精神上的痛苦将人变成“虫”。他们面对现实,清醒地看到社会上的种种丑恶,深感痛心和绝望,以玩世不恭的态度加以揭露和嘲笑。因此,他们的作品具有现实主义成分。虽然表现手法奇特或荒诞,仍然有积极的社会意义。从某种意义上说,它跟垮掉派小说和诗歌以及荒诞派戏剧是一样的。它们都是存在主义树上结出的不同果实。这是60年代初美国社会矛盾重重,社会思潮混乱,商业的发展与政府官僚制度的冲突和知识分子内心危机感的集中表现。

“黑色幽默”作品中的主人公大都是“反英雄”的形象。他们生活在变态的社会里,命运坎坷,任凭权威力量的支配,身心备受无理的折磨,变成言行古怪,人性扭曲的“荒诞人”。作家们以喜剧手法,将社会中的荒谬因素加以渲染和凸显,使人物在绝望的困境中发出辛酸的笑声,说出“美国梦”破灭后凄凉的感受,这些人物在现实环境无情的压迫下无可奈何,既无法改变现状,又没有能力逃避,他们只能用“黑色幽默”的笑声来忍受一切说不清的痛苦。他们的反抗、嘲笑和讽刺现状的背后是难以解脱的悲观主义。他们的遭遇和不幸令人同情,但他们用虚无主义代替了激进的社会理想,提不出代替他们所冷嘲热讽的世界的可行的蓝图。

“黑色幽默”作为一种美学形式,属于喜剧范畴,但又是一种带有悲剧色彩的变态的喜剧。这种幽默显然和传统的幽默差别极大,因为这种幽默并不显示作者精神上的优越感,作者在荒诞的世界面前感到的是自己的无能为力,无法超越,只能怀着沉痛、恼怒、绝望的心情,和痛苦、罪恶保持相当的距离,在表面上采取玩世不恭的态度,一笑了之。“黑色幽默”的产生是与60年代美国社会的动荡不安相联系的。当代社会的荒谬可笑的事物和“喜剧性”的矛盾不是作家们凭主观意志所能创造的,它们是那种社会生活的反映。这种反映虽然具有一定的社会意义和认识价值,作家虽然也抨击了包括统治阶级在内的一切权威,但是他们强调社会环境是难以改变的,因而作品中往往流露出悲观绝望的情绪。

“黑色幽默”小说家突出描写人物周围世界的荒谬和社会对个人的压迫,以一种无可奈何的嘲讽态度表现环境和个人(即“自我”)之间的互不协调，并把这种互不协调的现象加以放大、扭曲，变成畸形，使它们显得更加荒诞不经、滑稽可笑，同时又令人感到沉重和苦闷。因此，有一些评论家把“黑色幽默”称为“绞架下的幽默”或“大难临头时的幽默”。“黑色幽默”作家往往塑造一些乖僻的“反英雄”人物，借他们的可笑的言行影射社会现实，表达作家对社会问题的观点。

在艺术形式上，“黑色幽默”也反对传统小说的模式，完全打破了传统小说按照一定的时间和空间关系展开情节、叙述故事、描绘人物的基本格局。“黑色幽默”小说的情节缺乏逻辑联系、情节荒诞、结构零乱，常常把叙述现实生活与幻想和回忆混合起来，把严肃的哲理和插科打诨混成一团。例如海勒的《第二十二条军规》、品钦的《万有引力之虹》、冯尼格特的《第一流的早餐》。有些“黑色幽默”小说则嘲笑人类的精神危机，如巴斯的《烟草经纪人》和珀迪的《凯柏特·赖特开始了》。有的小说还富于梦幻和神秘色彩，写得十分晦涩难解。《万有引力之虹》的内容包括现代物理、火箭工程、高等数学、性心理学、变态性爱。冯尼格特的小说有大量的科幻小说的成分。

托马斯·品钦的作品常常通过荒诞、夸张的情节以表现他的玄之又玄的哲理，但这些哲理虽然玄奥，却并非没有现实的内容。他的《万有引力之虹》(Gravity's Rainbow, 1973)被一些评论家认为是西方当代文学中最重要的作品之一。小说围绕着V-2火箭展开。第二次世界大战中V-2袭击伦敦，英美两国都想弄到它的秘密，在一支代号叫“加速投降的心理情报计划”的部队里，研究心理战的美国军官蒂龙·斯罗士洛普在一张地图上，把自己和那些偶然与他相识的女人发生性行为的地方标出来。统计学家罗杰尔、梅克西科则根据观察统计和计算，也把V-2落下或将要落下的地方在地图上标出，奇怪的是，两张地图上标出的位置竟完全相同，这做何解释？是V-2的神秘力量使斯罗士洛普冲动起来，还是性行为会导致死亡？一个研究巴普洛夫心理学的专家认为，在人的大脑中有一个特殊的开关，可以打开性和死亡，他企图寻找到能控制斯罗士洛普的开关的、尚不可知的刺激物，以便确定能关闭死亡的键纽而获得诺贝尔奖。梅克西科不同意他的推论，他认为两张地图上的标记位置完全相同这个事实是不能解释的。其他一些专家也纷纷提出自己的推断,但都难以令人信服。小说企图告诉人们,用理性的、科学的方法是难以解释生活中的许多现象的。这部小说还表现了作者对西方现代人的命运的忧虑。斯罗士洛普的父亲为了儿子的前途,在儿子还是婴儿的时候,就把他卖给了一个专门从事刺激物反应研究的人,以便儿子以后能念大学。那个研究者竟使用一种特别的聚合物制造的布去调节斯罗士洛普的性冲动,以判断他的反应能力。斯罗士洛普在自己一无所知的情况下,就被别人投入这样的荒诞境况中,而参与其事的竟有确实很爱他、关心他的父亲。导弹是毁灭人的力量,但他开始向人飞来的时候,将被它毁灭的人是根本不知道的。"万有引力之虹"——导弹的诡计,象征性地反映了人的困境。

荒诞喜剧代表作品是海勒的《第二十二条军规》(1961)。小说写战争时期一支美国空军部队驻扎在意大利一个小岛的故事,以根本不存在的"第二十二条军规"为象征,表示某种超自然的力量对人们命运的捉弄,显示现实生活的荒谬可笑。黑色本来是恐怖、绝望的象征,人们面对这种绝境的痛苦,却用幽默的态度来调侃人生,即为"黑色幽默"。它的内容多为表现世界的荒谬和命运对人的嘲弄,艺术手法则无严谨的结构和连贯情节,无明确、完整的人物形象和反讽意味的笔法。总之是用"黑色幽默"的手法表达世界人生荒谬的主题。贯穿整个故事的一条悖论是:空军基地的飞行员必须是疯子才可以免于执行飞行任务,但必须自己申请。不过只要还能够申请,就不是疯子,所以就不能免除飞行。今天"第二十二条军规"已经成为一个著名的悖论,用以描述那种荒唐的制度或规定。

尽管"黑色幽默"流派没有统一的组织和纲领,但是他们的创作有着许多共同的特征:它是一种阴沉痛苦的幽默。面对无法逃避的痛苦和死亡,只能痛极而笑;它是一种睿智尖刻、痛快淋漓的讽刺,在谈笑之间异常深刻地揭示了荒诞;作品具有散乱零碎的结构。作家往往以违反常规的艺术构思、离奇的艺术情境反映人的悲剧境遇。

"黑色幽默"不仅仅是一种风格上、手法上的特点,从根本上说,它反映了这些现代主义作家和客观世界的一种新关系。许多黑色幽默作品揭示了现代西方社会的病态和矛盾,有的蕴含着丰富的哲理。

6.《第二十二条军规》——美国黑色幽默小说的开山之作

约瑟夫·海勒(Joseph Heller,1923 - 1999)是“黑色幽默”派最重要的代表作家。他出生于一个犹太移民的家庭。第二次世界大战期间在美国空军服役,战后在纽约大学、哥伦比亚大学和英国牛津大学受教育,以后在大学教英国文学。1952 年后在《时代》、《展望》等杂志社工作。《第二十二条军规》于 1961 年出版后在读者中引起轰动,评论界认为,他开创了欧美讽刺小说的新写法,这种新的小说就是后面所说的“黑色幽默”。他的第二部长篇小说《出了毛病》(1974)是用第一人称写成的。作者以“黑色幽默”的笔法写人物的内心活动,书中笑话很多,但在读者内心引起的却是阴郁。小说中人与人的疏远、敌对,他们生活中惴惴不安的气氛,揭示了美国社会的精神危机。《像高尔德一样好》(Good as Gold,1979)在讽刺性地描写一个犹太教授的自我本质危机的同时,也嘲弄了美国的政治和社会生活。从这些作品中可以看到,海勒深受存在主义哲学的影响:他把资本主义社会的荒诞用夸张、漫画的手法加以强化,揭露了客观世界的真实。

《第二十二条军规》(Catch - 22,1961)是海勒成名作,也是“黑色幽默”文学的代表作,已被公认为美国当代文学史上的“经典性”作品。

“黑色幽默”文学形成于 20 世纪 60 年代的美国,有着其特殊的国内和国际背景。当时美国刚刚从朝鲜战争失败的阴影中摆脱出来，又卷入了越南战争。这又是一场错误的时间、错误的地点、错误的对象的战争。美国人蒙受了沉重的损失。士兵厌战、国内反战情绪高涨。所有这一切使国内局势动荡不安。另一方面，60 年代的美国，黑人争取民权的运动也此起彼伏，民族矛盾、政治问题等都在极大地影响着作家们的创作。

“黑色幽默”，不同于此前一个世纪马克·吐温那样的幽默，因为马克·吐温幽默中除了讽刺以外，更有着生活的情趣。如果说马克·吐温的幽默的基础是对生活的乐观的话，那么“黑色幽默”则是彻底的悲观，黑色是“死亡”的同义词。

作为后现代派的一种形式，他们通过寓言式的嘲笑和讽刺，来表现环境和个人间的不协调；并以冷酷的调侃态度把这种不协调现象，把生活中滑稽、丑恶、畸形、残忍以及一切阴暗的东西放大、扭曲，使它显得更加荒诞不经、滑稽可笑。“黑色幽默”与荒诞派戏剧是同时期的产品，作家们通过不同的形式反映了他们对当时社会的认识和看法。作家们以自己的作品讽刺社会，但是他们所发出的笑声却是阴沉的，充满着绝望的意味，以自己特殊的喜剧形式表达着悲剧的内容。

《第二十二条军规》描写二战期间驻扎在意大利附近一个岛上美国空军部队的故事。士兵们对荣誉、对“为祖国而战”这些口号已麻木不仁，每完成一次飞行任务，他们就尽情玩乐，以庆幸自己又一次死里逃生。

主人公尤索林首先出场，如同其他“黑色幽默”作家作品的人物一样，按照传统的标准，他从来就不是传统意义上的英雄，而是个典型的“反英雄”。这也是“黑色幽默”中所普遍用到的写法。他是机组的轰炸手，一心只想逃避飞行，保存性命。对于投弹是否命中目标他毫不关心，只求投完了事。一次，他为了延迟执行轰炸任务，在食堂的饭菜里掺了药，使大伙都腹泻，无法飞行。尤索林还经常谎称有病，逃进医院躲避飞行。最让他心烦的是他总觉得中队司令官卡思卡特上校故意找他的碴。因为第二十二条军规规定飞满 32 次的人可以不再飞行，但你是否可以停止飞行的最终决定权又掌握在司令官手中。换句话说，司令官可以任意增加飞行次数。这样一来，停止飞行不过是痴心妄想。第二十二条军规还规定，疯子可以停止飞行，但必须由本人提出申请；如果你能提出申请，显然就没有发疯，因此，你还是不能停止飞行。

一次，尤索林在完成飞行任务后到罗马玩乐，认识了妓女荷西安娜。尤索林看到她身上有美国人留下的伤疤，顿起怜悯，提议娶她为妻。荷西安娜拒绝了，因为她认为只有疯子才会娶一个妓女。

在执行又一次飞行任务时，与尤索林同机的一个飞行员被打死，溅了尤索林一身血。他发誓从此不穿衣服，这让长官们十分尴尬。

一天，尤索林擅自飞往罗马，只见美丽古老的罗马已被炸成废墟。尤索林被押送回岛上，上司们考虑到他是个棘手的人物，决定不惩罚他，并准备送他回国，条件是尤索林回国后要在媒体宣传他们的英勇功绩。尤索林答应了。不料他一步出房间就被一妓女刺伤，送进了医院。官方谎称尤索林是因拦阻纳粹刺客暗杀长官而受的伤。在医院里，尤索林向牧师希普曼坦白了一切。最后，尤索林在牧师与丹比少校的帮助下，逃到了中立国瑞典。

飞行大队的司令官卡思卡特上校圆滑自负，把手下的飞行员当成晋升的阶梯，多次增加飞行次数，以为自己升级铺平道路。他宣布仍活着的丹尼卡医生死了，并把丹尼卡医生的死作为增加飞行次数的借口。与上校同出一口气的科恩上校申明一旦医生出现，立即就地火化，因为医生已经是个死人了。用部下的生命去建树自己的功勋，但表面的理由是军人一定为祖国尽责。他甚至不惜通过宗教的途径，他命令随军牧师在飞行员每次执行任务前领着他们念新的祷告文："让上帝保佑使炸弹散布得更密集些"，这样就可以"从空中拍出更清晰的照片"，让上司高兴。他一心往上爬，冷酷无情，使部下对他无比痛恨。在所有人中，卡思卡特最恨尤索林，最信任食堂管理员米洛。

米洛是个食堂管理员，表面老实，实际最会阿谀奉承。卡思卡特上校规定每个中队派一架飞机一名飞行员随米洛去各地采集新鲜食品。米洛利用这个机会，四处贩卖投机，大发横财，成立了"迈—明水果土产联营公司"，宣称中队的人都占有公司股份，以怂恿别人为他服务。作为商人，米洛与各方面都做生意，甚至把石油等军需品卖给德方。米洛同德军签合同,合同规定德军每击落一架美机就付米洛一万美元。同时,米洛又与美军签合同,合同规定米洛帮美军炸毁德军桥梁。这样一来,两方都能保持势均力敌,米洛则坐收渔利。为了安全飞抵各地做生意,米洛还在飞机上涂上纳粹标志。总之,米洛的行事原则就是:只要有生意可做,要价再高也行;只要能获得最大利润,冒再大的风险也值。米洛凭生意成了大人物,他是巴勒莫城的市长、马耳他岛的总督、巴格达的哈里发、大马士革的教长、阿拉伯的酋长,甚至被一些落后地区的人奉为神灵。

随军牧师希普曼在军中的地位十分尴尬。在军队的经历使他对自己的信仰丧失信心。哈里德将军发现他思想不纯,扬言要枪毙他。卡思卡特上校拒绝他减少飞行次数的请求,让他十分沮丧。他一心只想与妻子团聚,过平安的生活。他的良心使他鼓起勇气帮助尤索林逃到希望之乡瑞典。

这是一部人物画廊式的作品,没有主要线索,小说有四十章但并没有一个完整的故事情节,这一点与其他的同时代的作品相似。每一章讲述一个人物,在这一章是主要人物的,在另一章则退居次要地位。这些人同尤索林多多少少地联系在一起。"杂乱"而又成为一个整体,统率它的是无处不在的"第二十二条军规"。

作者说在这个岛上,各种各样的怪事还在不断发生着。

完整的军规是什么?在小说中并没有系统描写,但作者告诉我们"第二十二条军规"实在是个了不起的"圈套"。军规规定,凡在面对迫在眉睫的、实实在在的危险时,对自身的安危所表现出的关切,是大脑的理性活动过程。如果一个人疯了,可以获准停止飞行。他必须做的事,就是提出要求,然而,一旦他提出要求,他便不再是疯子,必须继续执行飞行任务。如果他继续执行飞行任务,他便是疯子,但假如他就此停止飞行,那说明他神志完全正常,然而,要是他神志正常,那么他就必须去执行飞行任务。假如他执行飞行任务,他便是疯子,所以就不必去飞行;但如果他不想去飞行,那么他就不是疯子,于是便不得不去。"第二十二条军规"用的是螺旋式的诡辩,是一种没有确定内容,由当官的给下级设置的一个永远摆脱不掉的圈套。今天,"第二十二条军规"已经含有特定的含义,指那种难以逾越的障碍,或者令人左右为难的规定或处境。

《第二十二条军规》在艺术上充满了荒诞派手法的讽刺,突出了存在主义关于人在荒谬的处境中和无可逃脱的命运支配下无能的人生哲理,为"黑色幽默"文学的经典著作。

从《第二十二条军规》可以看到,"黑色幽默"小说渗透着内在的、深不可测的悲哀和阴郁,有时甚至到了绝望的境地。但"黑色幽默"小说并非悲剧性作品。悲剧是严肃的,而"黑色幽默"的阴郁的内容总是伴随着幽默,悲剧成分总是掺和着喜剧性成分,因为它描写的毕竟是阴郁的、可怕的、残酷的东西,是人的巨大的不幸。"黑色幽默"就存在于悲剧性成分和喜剧性成分的统一之中。

7. “彻底的悲观主义者”冯尼格特与他的黑色幽默小说

库特·冯尼格特(Kurt Vonnegut, 1922 - 2007),美国“黑色幽默”的重要代表作家。

库特·冯尼格特出生于一个建筑师兼画家的家庭,自幼受到艺术熏陶。1940 年在大学学习生物化学,对自然科学的谙熟直接影响到他日后用科学幻想形式讽喻现实的独特创作风格的确立。1942 年应征入伍,不久派往欧洲作战。1944 年 12 月 12 日被俘,关押在德累斯顿战俘营直至战争结束。他亲历了盟军对德累斯顿的大轰炸,因躲入地下冷冻库才幸免于难。战后美国政府授予他紫心勋章。1945 年再入大学主攻人类学,同时担任采访刑事案件的新闻记者。1947 年在通用电器公司担任对外联络工作。1950 年成为专业作家。1973 年被选为美国文学艺术院院士。

库特·冯尼格特的第一部长篇小说《自动钢琴》(Player Piano)出版于 1952 年,带有明显的科学幻想成分,强调世界应当归还于人的主题。第二部小说《泰坦族的海妖》(The Sirens of Titan, 1959)以未来时代为背景,描写了人类对宇宙空间的探索。第三部小说《夜妈妈》(Mother Night, 1962)写一个间谍的复杂心情。从这部小说开始,冯尼格特的创作转向了荒诞的形式,以表达人的复杂情感为主,逐渐形成了黑色幽默的独特风格,并成为这一流派的代表人物之一。他的闻名主要是因为60年代出版的三部小说:《猫的摇篮》(Cat's Cradle,1963)、《上帝保佑你,罗斯瓦特先生》(God Bless You, Mr Rosewater,1965)、《第五号屠场》(Slaughterhouse Five,1969)。

《猫的摇篮》提出了科学如何造福于人类的道德问题,作品以科幻小说的形式、荒诞的手法和幽默可笑的风格来揭示帝国主义利用科学为战争服务的罪恶,因而具有明显的人道主义色彩。这是一部政治预言小说。作者以夸大的手法,用科学幻想小说的形式和荒诞的手法,揭露美国的军事科学,特别是核武器的发展对人类的危害和威胁。小说描写一个名叫乔纳的小说家为了写一本《世界末日》的书采访了一个极端保密的军事科学研究机构。这里的工作人员大多是不懂科学的打字员、秘书等人物。只有少数的从事新式杀人武器发明的科学家是做研究工作的,他们根本不知道科学与人类幸福的关系。那位发明第一颗原子弹而被称为"原子弹之父"的费利克斯·霍尼克博士便是其中的一个。当他用一根绳子在手上翻成一个"猫的摇篮",哄着孩子做游戏的时候,他发明的原子弹就落在广岛上了。后来,他发明了一种代号叫"九号冰"的凝固剂,可以使江湖沼泽在常温下冻结起来,使敌人的军舰冻住受困,成为军事上极其有用的武器。然而霍尼克博士却在发明完成后不久就去世了。结果,"九号冰"被他的三个孩子分去,各自用它来换取自己所需要的东西:美国、苏联分别利用男色和女色从他的女儿安吉拉和小儿子牛顿手中骗取了"九号冰",大儿子弗兰克以"九号冰"为资本当上了中美洲山洛伦左共和国的科学发展部部长和国家元首的接班人。但最后一阵龙卷风把"九号冰"吹撒到岛上各地,整个岛上的人都冻死了。只有前去采访的乔纳和牛顿少数几个人躲在地下室里才幸免于难。

这部小说的问世使冯尼格特成了美国最受欢迎的小说家之一,而且因为他的小说中所显示出的艺术特色和创作思想同人们所理解的"黑色幽默"十分吻合,评论界也就把他归入这个流派的作家行列之中。

《第五号屠场》的出版使冯尼格特成为美国最有影响的小说家之一。小说以作者在战争时期的亲身经历为基础,以德国的一个小城市遭受轰炸为题材，采用近乎于半自传体的形式写成。冯尼格特的小说具有揭露性。小说以现实世界与幻想世界相结合的手法，把现实、幻想、恐怖、控诉、祈祷和爱情等糅合在一起，描绘了一个被破坏的城市中的种种可怕的景象，揭露和讽刺了战争的荒诞、残酷和不人道。作品以其看似荒诞实则深刻的主题，写出了作者对于当今世界战争与暴行的抨击。

《第五号屠场》抨击了战争的荒诞和残酷，反映了作者本人在战争中的经历和体验。他在参加第二次世界大战时被德军俘虏，被监禁在德累斯顿战俘营，直至战争结束。他亲身体验了德国法西斯的暴行，也目睹了盟国空军对德累斯顿的大轰炸。这座不设防的、有一千多年历史的古老城市在十四小时内被夷为平地，有近十四万人死亡。他参加战争，本是为了抗击法西斯，无辜平民的死亡和德累斯顿的命运，使他的理想幻灭。《第五号屠场》是一部具有超现实主义色彩的科学幻想小说。主人公比利·皮尔格林在第二次世界大战中被德军俘虏，在英美空军轰炸德累斯顿时，他因为躲在屠场的地下冷藏室里而保全了性命，成为幸存者，在德战区流浪。战后，他回到美国当了验光配镜的技师。他的儿子后来参加了特种部队赴越南作战。他四十四岁时被外星人用飞碟劫走，放在他们的动物园里展览。他从外星人那里学到了时间的新概念。他能作“时间旅行”，在不同的时间、空间乃至生与死之间跳来跳去。作者寥寥数语，就写出了德累斯顿被炸后的可怕的景象：“外面是片火海。德累斯顿成了一朵巨大的火花。一切有机物，一切能燃烧的东西都被火吞没了”。在 541 号大众星的动物园里，一个观众问他到目前为止，他在那个星球上学到的最宝贵的东西是什么？比利回答说：“学到一个星球上的全体居民能和平生活。你们知道，我原来居住的那个星球开天辟地以来，就进行着愚蠢的杀戮，我亲眼目睹过被我的同胞活活煮死的那些女学生的尸体。”“……地球上的居民想必是宇宙的恐怖分子。如果说其他星球没有受到来自地球的威胁，那么他们不久就会受到威胁了。所以请授给我秘诀，星球上的人如何能和平地生活？以便我回去，拯救我们大家。”他以“黑色幽默”的笔法，从宇宙的高度，嘲笑地球上的战争。

他在地球和超越时空的外星球上的经历，使他深刻领悟了死亡和战争的不可避免性。表现了对人类不幸的同情,对宗教虚伪的嘲讽,也表达了作者的悲观宿命思想。作品中现实与科幻交织,荒诞的笔调、杂乱的章法、玩世不恭的嘲讽形成了作者"黑色幽默"的风格,为作者最有影响力的作品。

1973年出版的《第一流的早餐》(Breakfast of Champions,1973)是冯尼格特又一部长篇力作。

他在《第一流的早餐》中给自己画过一幅漫画:两眼流泪,鼻孔冒烟,表示他既悲伤又愤慨。这是一个颇为真实的写照。他善于将荒诞不经的幻想和重大的社会题材结合起来,用科学幻想的意境去嘲讽现实。小说讲的是两个孤独的、皮包骨的、年纪相当老的人如何在一个正在迅速死亡的星球上会面。一个是大汽车商德威·胡佛,另一个是叫基尔戈·特劳特的科幻小说家。德威由于长期服用化学药品,在身体内产生了有害的化学物质,引起精神失常。他感到周围的环境生疏而可怕,感到生命没有意义。他还常常产生幻觉,例如,在晚上看到天空有11个月亮,又看到巨大的鸭子在指挥交通。他的情妇劝他找一些艺术家谈谈,恰好米德兰市举办艺术节,于是他赶到米德兰希望能找到一位艺术家指导他认识生活的意义。他在米德兰一家旅馆的酒吧间遇到远道来参加艺术节的特劳特,向他询问生活的奥秘。他见特劳特没有回答,就抢走了他的一本小说《现在可以说了》。小说告诉他:"你是全宇宙唯一有自由意志的人",而其他包围着他的人只不过是一些各式各样的机器,"他们唯一的目的就是要从各方面使你激动起来,以便宇宙造物主能够观察你的反应。而他们却像有摆的大座钟,既无感情也无理智。"于是他疯病大发,大打出手,一连打伤了11个人,其中包括他的儿子和情妇,到最后,警察只好把他抓起来。小说的主线极为简单,根本不成其为贯穿全书的"故事"。作品的结构也不同一般,它主要写同一时候德威和特劳特分别去米德兰途中两人各自的活动,重点在特劳特。在这个轴线上,写他和一路遇到的人的谈话,他的思想活动,他已经写出或正在构思的作品的情节。作品十分灵活自由,作者信笔写来,笔之所至,触及了美国社会许多尖锐的问题。《第一流的早餐》还对美国的种族歧视、性别歧视、在越南战争中的罪行等都有着有力的揭露。

冯尼格特最喜欢多斯·帕索斯和约翰·斯坦贝克的作品，所以他的小说中带有不少现实主义的成分。在创作上，他不受传统小说结构模式的束缚，主张一切顺其自然。他的许多小说是没有结构、没有主要故事主线的，人物是漫画式的怪诞形象。在叙述中经常插入作者或人物的议论，"黑色幽默"的特点比较突出，加上他独特的科幻色彩，所以小说很能引人入胜，扣人心弦。他博学多才，熟悉自然科学，所以喜欢臆造新词。这类新词颇受青年学生的青睐。

冯尼格特在小说中采用了不同于传统的现实主义作家的新视角和独特的黑色幽默的艺术手法，来反映二战后美国的现实社会的荒诞和人性的扭曲，保持了新颖的艺术特色和深刻的批判主题。他通过文学作品改变了整整一代人的生活方式和思维模式。他被认为是美国文学史上一位"黑色幽默"大师。

冯尼格特的小说体现出既简单又复杂的艺术特征。一方面，冯尼格特小说中的句子、段落和章节都显得简短、利落，晓畅易懂。另一方面，他经常采用意识流、蒙太奇、时空跳跃以及现实与幻觉交错并置等技巧来表现极其复杂的现代经验。冯尼格特还不时利用外星人或某个具有不同文化背景的人物从人类学的角度对美国的现实社会进行批判，并以此来揭示其荒诞性与可笑性。

冯尼格特后期的主要作品有：《滑稽剧》(Slapstick, 1976)，《囚犯》(Jailbird, 1979)，《神枪手迪克》(Deadeye Dick, 1982)和《蓝胡子》(Blue Beard, 1987)，都体现了较高的艺术质量。

8. 痛苦的灵魂裸露
——美国自白派诗歌扫描

20世纪50年代和60年代,美国形式主义诗人罗伯特·洛威尔(Robert Lowell,1917-1977)从学院派中冲杀出来。洛威尔于1959年出版了诗集《人生研究》(Life Studies),他一反早期崇尚以艾略特为代表的新批评诗风,采用惠特曼、威廉斯式的自由体诗,大胆、直率地披露个人赤裸裸的经验事实,以惊人的坦白方式把自己心灵深处的种种隐私、自我创伤乃至性欲冲动都公诸于世,引起了极大的反响。这种开放体、口语化、自白式的诗,引来了众多的追随者,使许多人纷纷效法,从而在60年代中期形成了轰动一时的"自白派诗歌"(Confessional Poetry)运动。罗伯特·洛威尔也就成为"自白派"的一代宗师。

第二次世界大战以后,科学技术和物质文明的迅速发展,精神文明的日益衰落,一些文化人的精神生活面临绝境是产生这派诗歌的主要社会背景。西方有些评论家依照弗洛伊德学说认为,受压抑的性本能要求通过文学创作来发泄是产生这派诗歌的心理学基础。"自白派诗"注重表现充满绝望、痛苦、焦灼、通往自杀的主观世界。这派诗歌的作者,以惊人的坦白方式把自己的内心活动、隐私、创伤、痛苦、欲望等在诗歌中揭示出来,把诗歌当作自我发泄、自我揭露的手段。

"自白派"诗人没有基地,没有主张宣言,也不是一个组织。他们几乎从不涉及社会和意识形态问题，也不提供解决病态自我的道路和方法。他们的兴趣所在只是坦诚描写与玩味自我近似神经病的一些症状，如仇恨、吸毒、手淫、乱伦、自杀欲等。他们认为人的社会性一面既不真实且已死亡，只有释放出被社会习俗压抑了的自我内核，才能达到与他人沟通、彼此增长知识的目的。"自白派"的一位女诗人安妮·塞克斯顿为之辩解说："写内心生活的诗能通达读者的内心生活，而反战诗歌却不能停止战争。"或许"自白派"诗的社会作用在于它通过描写内心伤疤而达到亚里士多德所说的"感情净化"吧！

在形式上，"自白派"诗只有一个共同点，即不受任何格律形式束缚。但有名气的"自白派"诗人写的还是很有神韵的，将形式因素自然融入或隐藏在仿佛无法控制的情感倾泻中。

"自白派"诗人把自我当作生活的原形，关心的是自我中的"真实"，揭露的是关于他们自己痛苦的真理。"自白派"诗人把诗歌当作一个自我暴露、自我发泄的工具，创造了一个新的、可以看见的关于自我的神话。他们苦于找不到崇高的理想和解脱的途径，只好沉浸在个人的天地里，进行自我发泄、自我暴露，恨不得在毁掉这个不尽如人意的世界的同时也毁掉自己。因此，"自白派"诗人常常以写自杀冲动而著称，并认为"自杀就是一门艺术"，诗人约翰·贝里曼（John Berryman，1914 - 1972）、西尔维亚·普拉斯（Sylvia Plath，1932 - 1963）、安妮·塞克斯顿（Anne Sexton，1928 - 1974）——都是在成名后自杀身亡的。

这一派最有成就的诗人是罗伯特·洛威尔，他的诗集《生活研究》（Life Studies，1959）被认为是为这种新诗潮打响了第一炮，也由它而有了"自白派"的名称。《生活研究》由四部分组成。第一部分包括4首诗，主要写诗人似乎失去信仰，开始面对和关心人生。第二部分是散文，题目为《里维尔街91号》（91 Revere Street）。这部分属自传，反映出诗人对以其父为代表的新英格兰文化的堕落而忧心忡忡，其中他对父亲的剖析是无情的。第三部分由4首诗组成，旨在探索艺术作为逃避与存活的途径的可能性。第四部分叫《生活研究》，由两小部分，共15首诗组成。这一部分是诗人对家族、对自己所做的入骨的剖析。其中最有名的是最后一首《臭鼬出没的地方》，里面写道人已经堕落到不如臭鼬的地步，应当学习臭鼬的求生欲望，振作起来。《生活研究》揭示自我内心，描述迷惘的自我的尴尬和惊骇之状，把自我和世界的病态清晰地表现在读者面前。它糅合了个人经历与公众意义，是战后诗坛的重要诗作。

另一位诗人约翰·贝里曼的精神痛苦似乎主要来源于12岁时目睹作为银行家的父亲在他窗前开枪自杀以及此后不稳定的家庭生活。1956年他出版了《向布拉德斯垂特女士致敬》(Homage to Mistress Bradstreet)而进入"自白派"行列。安妮·布拉德斯垂特是17世纪的清教徒诗人，通过57节与她的对话诗，贝里曼表达了自己动荡不安、意欲反叛的心情。《梦幻之歌》(Dream Songs, 1964)是自传体的小诗集，但是诗人使用多个叙述声音，不但缓解了诗中的紧张气氛，也显示出他的才华，并使他荣获普利策文学奖和国家图书奖，以及其他一些奖项。但这些成就并没有使贝里曼摆脱父亲自杀的阴影，他于1972年自杀身亡。

安妮·塞克斯顿是洛威尔的学生，她的题材不但是自传性的，而且只强调她生活中的某些内容，如罪恶感、性关系、婚外情、疯狂、自杀等。她还写自己住在精神病院时的感受以及几个月内父母相继去世给她造成的心灵创伤等。她擅长用意象表达陌生感或强烈印象。1974年在连续精神崩溃后自杀。她的诗集有《去疯人院和半路回程》(To Bedlam and Part Way Back, 1960)、《生或死》(Live or Die, 1967)、《死亡札记》(The Death Notebooks, 1974)和《拼命划向上帝》(The Awful Rowing Toward God, 1974)。

塞克斯顿诗歌的主题常与她的精神病治疗有关，因为她一直受到精神病医生的监护，数次住精神病医院接受治疗。因此，她试图用写诗——事实上一开始是作为一种疗法——来解除自己自童年时代以来就有的那种内疚、恐惧和焦虑感。如果她的诗有时候看起来像一个精神病患者的病历，那么它们则是以非常出色的方式翔实地再现了一种显示出天赋却又遭受折磨的情感的发育过程。塞克斯顿的诗风直率、强劲、无畏，读者会在其中领略到超常的美感，获得艺术上的享受。

1960年塞克斯顿的诗集《去疯人院和半路回程》发表后，很快得到国际上的公认。英国诗歌学会从她的诗集《去疯人院和半路回程》和《所有我可爱的人》(All My Pretty Ones,1962)中挑选出部分诗歌,编成诗集,以《诗选》(Selected Poems)为题于1964年在英国出版。1965年她被推选为英国皇家文学学会会员。1967年是她诗歌生涯的顶峰期:荣获美国诗歌学会颁发的雪莱纪念奖;她于1966年发表的诗集《生或死》也在这一年里获得普利策奖。在后来的岁月中,她还获得过哈佛(1968)和雷德克利夫(1969)大学的菲伯塔联谊会(Phibeta Kappa)荣誉奖及塔夫茨(1970)、费尔菲尔德(1970)大学和里吉斯学院(1973)颁发的名誉博士学位。然而就在诗歌生涯如日中天之时,塞克斯顿却悄悄地离别了这个世界。她曾先后于1956年、1966年和1970年三次试图自杀,但均未成功。1974年10月4日下午3时半,她在自己的车库里以一氧化碳中毒的方式成功地实现了自杀的夙愿。

安妮·塞克斯顿的一生是短暂的,然而作为一个诗人,她又是多产的。她根据自己特殊的生活经历和感受,以泰然自若、毫无羞涩、几乎是令人难为情的直率,做着比她同时代的诗人更多、更为深刻的自白。我们不能只停留在她所写的精神病、自杀、月经、流产、手淫、乱伦、同性恋、通奸、吸毒、死亡、家庭及宗教信仰危机等等的题材上,要透过这些题材去发掘诗人真正要表现的深层次主题。其实,塞克斯顿是在寻找出路,却没有出路,从而在精神崩溃的状况下,转向自我,进行自我发泄、自我暴露,以这种特殊的方式,勇敢地与传统势力和不义的社会进行抗争。诗人自杀也可看作是对社会的一种反抗。塞克斯顿在诗歌艺术上勇于探索,大胆创新,留下了许多值得我们研究和借鉴的艺术成果,也为她自己在美国文学史上挣得了一个引人注目的席位。

西尔维亚·普拉斯是"自白派"诗的代表作家之一。她是洛威尔的学生,塞克斯顿的同学,从以上二人处学到了写个人生活和禁忌的题材。她的诗歌被认为是"辉煌的痛苦与神圣的嚎叫",其技巧是"将艺术和疯狂糅合在一起",是"对我们时代的一个试验"。她的第一本成名作品《钟形坛》(The Bell Jar,1963)是自传体式小说,描写了一个19岁的少女夏季为纽约一妇女杂志做客座编辑,对工作环境和社会交往都感到平淡无聊,精神突然崩溃后企图自杀,不得不到精神病院治疗。在《爸爸》(Daddy,1962)这首诗中,她首次显示了心情不畅与儿时的痛苦经历有关。她8岁时父亲病逝,母亲带着两个幼儿苦苦为生活挣扎,但在此之前的几年中,父亲已患糖尿病,专横跋扈,以自我为中心,弄得妻儿苦不堪言。该诗用语、比喻和情感都非常激烈,最后一行是"爸爸,爸爸,你这个畜生,我说完了"。她谈到心已被咬碎,被一个像爸爸一样的吸血鬼折磨了一年,这是披露被丈夫抛弃的现实经历。她的遗作《空气精灵》(1965)收集了她大部分的诗作,是她1963年自杀前几个月所写,表达出极端的孤独、不安全感和自毁的欲望。但在谈到自杀时,又往往用轻快、开玩笑的口吻。

虽然最有成就的"自白派"诗人只有四五位,但是最有代表性的是普拉斯的诗,她反复写自己如何追求死亡,醉心于在自我与客观之间的关系中发掘混乱,几乎把"自白派"中的那种悲剧式的自我揭露推到了极端。在她眼里,自我和世界靠痛苦结合。她最强烈地代表了美国当代诗歌中的"自白派"倾向。对普拉斯来说,生活都是多余的,多余的部分既避免不了发疯的体验,也不能和它分开。疯狂即癔病式的疯狂,把它看作是作者对生活荒谬性病态的一个隐喻更为妥当。这种隐喻,我们从她的诗中时时可以感觉到。没有一位当代诗人(至少是她以前)能如此彻底地揭露自我对性虐——性受虐狂,对毁灭自己欣喜的强烈迷恋。她在美国后现代主义的"自白派"这条小溪中,坦率地将个人隐私、内心创伤、紊乱情绪、自杀愿望和性冲动公诸于众,在散乱的密码中,目睹她血压升高,换气过度的呼吸,从而达到了"自白派"的目的——"内心和语言上的象征融为一体"。

强烈的自我意识的凸显是这场诗风转变的核心。"自白派"诗人有意地抛弃了艾略特传统,以第一人称写作,采取一种所谓"自白"的形式,把传统诗人羞于启齿的心灵阴暗面:诸如酗酒、精神病、性变态、嗜死等等以激烈的方式展示于众人。比如艾略特在《荒原》里也描写过性行为,但他并没有让自己作为叙述者,他让梯雷西亚斯这位半男半女的神话人物去观察一切,唯独避开了自己,这是他"非个性化"的方式,然而安妮·塞克斯顿就可以大胆地写下诸如以下的诗句:"你的火焰至今咬在我的腿上\你的轮子转动,我的肋骨压碎\这样的女人不会羞于死亡\我一向就是她那一类”。

“自白派”虽然有点使人感到故弄玄虚，但他们采取的确实是一种特殊的揭露社会病态的方式。这也可以被看作是诗人们对西方机械化、标准化、非人性化、高度物质文明的社会的一种反叛。诗人们毫不顾忌地揭示自己为常人所避讳的隐私，例如性欲、死念、羞辱、绝望、精神失常、接受外科手术、与雇主难处的矛盾、对妻子或父母或儿女所持的扭曲心态等。向世人揭示自己种种痛苦真相，一方面对自己真的或想象中的精神崩溃症进行疏导，另一方面，归咎于他们痛苦的时代，归咎于美国政府和侵略战争。在“自白派”诗歌里，精神崩溃是酿成一切胡思乱想的总根子，而这个根子又往往蔓延成自杀的企图和行为。

“自白派”诗歌掺有强烈的个人因素和感情，内容大半是非理性的，甚至是荒谬的，如有的写自己自杀的冲动（塞克斯顿的《想要死》，1960），有的探讨自杀心理活动（普拉斯《拉扎勒斯女士》，1962），有的写自己精神上的苦闷和痛苦心情（约翰·贝里曼的《梦幻之歌》，1964），有的写堕胎、女人的性生活等，但确是今日物质丰富、精神濒于崩溃的美国社会的真实写照。及至70年代，由于“自白派”一些著名诗人，如普拉斯、塞克斯顿和贝里曼都在60年代和70年代自杀，洛威尔在1977年病逝，“自白派”诗歌的影响逐渐衰落。

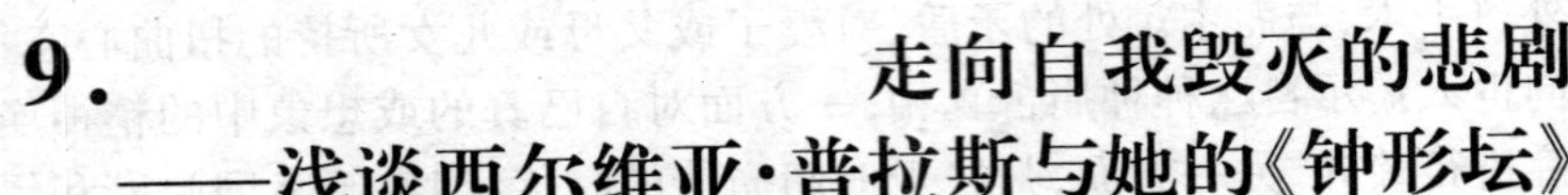

9. 走向自我毁灭的悲剧
——浅谈西尔维亚·普拉斯与她的《钟形坛》

西尔维亚·普拉斯(Sylvia Plath,1932 - 1963)生于美国马萨诸塞州的波士顿,父母是奥地利与德国血统。受在哈佛大学获得昆虫学博士学位的父亲的影响,她也对这一学科感兴趣。在她的诗集《精灵》(Ariel,1965)中,这种影响随处可见。读过普拉斯的自传体小说《钟形坛》(The Bell Jar,1963)的人都可以感受到她眼中母亲的形象——一个有着极强控制欲且异常苛刻的女人。普拉斯 8 岁时,父亲就去世了。父亲的死让普拉斯差点发了狂。一边要面对母亲的苛求,另一边又感到被自己爱慕的父亲抛弃,普拉斯开始发疯似地追求自我完善,不管是作为女儿,还是学生、情人乃至妻子,当然,还有作家。

她曾就读于麻省的史密斯学院。她早熟、聪慧、敏感、好强,是史密斯学院有名的校花、女高材生。自从 8 岁时波士顿的《先驱报》发表了她描写蟋蟀和萤火虫的处女作散文以后,她对写作一直都非常着迷。上高中的时候,她那些短文就登上了诸如《十七岁》、《基督教科学箴言报》等名刊的大雅之堂。1953 年,作为史密森学院的模范生,她被纽约的《女士》杂志选中,成了该杂志的一名客座编辑。整个大三的暑假她都在那儿工作。开始时,她对此得意洋洋。跟 50 年代的很多青年知识分子一样,普拉斯对弗洛伊德的精神分析学说非常着迷,但她过于敏感了,甚至认为自己有"阳具妒忌心理"并患上了"精神分裂症"。1953年6月,学业优秀的普拉斯受到一次打击:她报读哈佛大学暑期写作研修班被拒,她崩溃了:"我感到内心沉寂、空虚,像是在一片喧嚣中的行尸走肉"。同年8月,她滞留在家,精疲力竭,开始想到自杀,并做过试验。一天,普拉斯躲在家中的游泳池里并服用了过量的安眠药,差一点点就送了命。家人和医生认为,普拉斯的这种行为已经不是孩子气的"自杀"姿态,而是精神病,于是她被送到了疗养院。她在疗养院住了一段时间,并接受了电休克治疗。

痊愈后,她于1955年从学校毕业,并作为富尔布赖特奖学金(Fulbright Grant)学生在英国的剑桥学习文学。1955年秋天,她出发前往英国,目标不仅是磨砺写作的技艺,可能的话,还要拿一个博士学位,另外,还要为自己找到生命的另一半。

金发、姣好的容貌、修长的玉腿和创作的天赋使她出尽了风头。在那儿,她找到了她的巨神——英国诗人休斯(Ted Hughes)。他们在一次舞会上邂逅,一见钟情。就连在最初的狂喜中,也笼罩着不幸的阴影:"我已极端地坠入爱情里,这只能导致严重的伤害,我遇到了世界上最强壮的男人,最硕大最健康的亚当,他有着神一般雷电的声音。"1956年6月16日,他们终于喜结连理。其后两年可能是西尔维亚最快乐的日子。

婚后,西尔维亚回美国教学、写作,日子并不安逸。1959年,搬回英国居住,一女一儿相继出世。不久婚姻开始瓦解。休斯移情别恋,使普拉斯被嫉妒吞噬着,而且数度发烧感冒。普拉斯一下子陷入了孤独。她那成为一个完美的妻子的理想刹那间灰飞烟灭。她开始变得越来越绝望,不得不把所有的心思都花到写作上,因为只有这才能给她最大的安慰。她开始发奋地用她那锋利、诚实而又热烈的笔锋写诗,其中一些诗发表到了《纽约人》、《观察家》等杂志上。这一切让人觉得她已经从痛苦中破茧而出,并且找到了自己人生的新目的、希望和她最真实的声音。她希望的是一种田园诗一般的生活——每天看看书,照顾孩子,下厨房炖些牛肉。她希望的是一种真正女人的、艺术家一样的生活。然而在艺术上,为了工作她又不得不站到悬崖边上。所以,或许她暂时需要一个厚实的情感依靠,才能到达更高的艺术层次。而这一依靠正是他们婚姻的终结。

她母亲恐怕她精神再度崩溃,曾要求她回家居住,但为她所拒:“我一旦开始了奔跑,就不会停下来……”她跑进了死亡的阴影,无法摆脱。1963年,一个仍然寒冷的早晨,普拉斯撇下两个年幼的孩子,结束了自己的生命——她选择了煤气,她以死亡将另一个春天挡在门外。

《钟形坛》以作者自己早年的生活经历为蓝本,采用第一人称回忆的方式讲述了女大学生埃丝特·格林伍德大学时期的一段生活与心灵的历程。

19世纪末美国女性文学兴起。这一时期的女性文学作品开始客观地反映妇女的不幸遭遇和朦胧的反抗意识。精神失常或疯狂是这一时期女性小说的重要主题,陷于家庭的妇女由于没有正当的职业和经济来源让她们自主、自立,她们又像关在笼中的小鸟在痛苦中挣扎、哀鸣。社会对她们的欺骗以及自身的无能为力把她们逐步推向疯狂。西尔维亚·普拉斯在揭示妇女蜕变中的艰难自我挣扎时,把对女性困境的思索上升到更理性的高度,她把妇女生活中的不合理现象与整个社会的不合理状况联系起来,探究妇女在社会环境和心理环境双重压力下的困境。普拉斯在她的《钟形坛》中,从女主人公无法忍受传统任务而精神崩溃的角度,再现妇女在家庭和职业进行选择的艰难。

十九岁的女主人公埃丝特是一所大学的文科高才生,她因在征文比赛中获奖而被聘为纽约一家著名时装杂志社的见习编辑,从而得以经历纽约繁华喧哗、光怪陆离的生活。埃丝特在纽约做新闻采访的实习中,开始接触社会、接触男性。尽管她也一度难以抵挡这种生活的诱惑,但不久就发觉在社会上毫无她的立足之地,学业与艺术上的成就并不能给她带来充实的内心。“我看见我的人生像小说中那棵无花果树一样,枝繁叶茂……我哪枚都想要,但是选择一枚就意味着失去其余所有的果子。我坐在那儿左右为难的时候,无花果开始萎缩、变黑,然后,扑通、扑通,一枚接着一枚坠落地上,落在我的脚下。”在纽约的世界里,她可以以一个职业妇女的姿态出现,但得应付繁华社会中的种种虚伪和不道德行为,这使她很反感,在内心深处终究拒绝了这种生活中女性扮演的角色。

见习结束她回到故乡——波士顿郊区一个保守封闭的小镇。小镇上婚姻美满、儿女成群的"幸福主妇"的生活又让她感到窒息。她渴望凭借过人的天资与勤奋过另外一种生活。但她曾寄予很大希望的一个写作讲习班拒绝录取她。一时间,从小到大全优的成绩、雄心与抱负,仿佛都化为泡影。埃丝特的出路是当贤妻良母,做个"幸福的主妇"。但当地的实用主义价值观及男友的俗气、自私又使她厌恶。在混乱的现实面前,埃丝特不知所措,她看不到继续活下去的意义,精神崩溃,企图自杀。在她神经失常时,犹如被扣在一个钟形的坛子里。自杀获救后她被送往精神病院接受治疗。小说结束时,埃丝特正准备出院回大学继续学业。

"钟形坛"的意象来源于埃丝特在医学院见到的浸泡在钟形玻璃瓶中死去的胎儿,象征着女性在男权社会中所处的一种永远被抑制生长、被扭曲的状态。"钟形坛里的酸腐空气像填塞衬料似的将我四周的空气塞得满满实实,叫我动弹不得。"

埃丝特的精神危机首先来自女性所面临的角色困境。埃丝特成长的时代是20世纪50年代的美国,社会舆论积极鼓吹让那些在二战期间接替男人在各个领域大显身手的妇女放弃一切工作回到适合自己的领域——厨房和育婴室,以便为大批退伍的男人腾出职业位置。传媒倾力打造快乐、满足的家庭主妇形象。专家们热衷于指导年轻女孩怎样去勾住一个男人并且守住他,怎样科学地育儿,怎样穿着、美容以更显"女人味"。心理科学推波助澜,将这一切称为所谓的"女性奥秘"、符合女性自然本性的身心健康状态。而将那些有事业抱负的女性视为没有女人味、神经质,甚至有精神障碍。这样的文化背景,给埃丝特的成长遣成了巨大的心理压力。小说中为埃丝特治病的精神病专家戈登、埃丝特在精神病院接受的电休克疗法,都具有明显的象征意味。

面对令人窒息的"钟形坛",埃丝特的挣扎更显凌厉与决绝。她拒绝成为"幸福的主妇",也拒绝学习速记当秘书。她不愿成为男人(不管这个男人是她的丈夫还是雇主)"射向未来之箭"的出发点,她自己就要做一支"往四面八方射出"的箭。这不仅因为她特立独行的个性,还因为她深知,箭一旦射出,"出发点"将被视若敝屣。埃丝特也曾被"花瓶式"生活所诱惑,想方设法妆扮自己吸引异性,但来自男性的伤害终于使她顿悟这种生活的危险。离开纽约前夕，埃丝特将自己所有的时髦服装从窗口扔下，服装随风而逝，象征着她对这种角色彻底唾弃。而事业成功但颇为男性化的杰·西，在博得她尊敬的同时却难得到她的认同。

当埃丝特得知男友威拉德与女招待有染，便在图书馆的台阶上随意找到年轻教授欧文，借助他让自己摆脱"像磨石一样沉沉压在我脖子上"的处女贞操，埃丝特以主动的失身来挑战男权社会的性贞操观念。埃丝特在自己体内汩汩涌出的、标志着处女身份终结的鲜血中体验到反叛的快慰。

女性身体对于男权文化的全部意义在于它的性价值和生育价值，因此，埃丝特憎恨自己的女性之躯。因为正是这副躯体给予男性可乘之机。她多次自杀，一方面是由于精神危机，另一方面也是想"用我所剩无几的心智给我的身体一个伏击，不然的话我就会被困在它那愚蠢的牢笼里，五十年，神志尽失"。埃丝特在精神病院被治愈后第一次面对镜中自己那副丑怪的面容，她不是惊诧、伤心，而是快慰地笑了。

"钟形坛"是全书的一个中心意象。暗喻这个社会就是这样一只令人窒息的瓶子，每一个独立个性的人结果却成了蜷缩在瓶中僵硬的婴孩。埃丝特对纽约、对生活、对爱情、对一切都感到失望。

《钟形坛》被称作是一部具有自传性质的小说。"钟形坛"中，勇敢坚强的普拉斯，终难承受诗人、知识分子、母亲、妻子种种角色的撕扯——这些女性生命中不能承受之重，使特立独行的普拉斯终难超越情感——这个女性生命中永恒的炼狱。

让我们再来看一看这位美女诗人的诗篇，自杀，即是她最美丽的天堂：

死去
是一种艺术，和其他事情一样。
我尤善于此道。

普拉斯用绝无仅有的冷静和坦率打破了传统模式和印象主义的束缚，向世人揭示了藏匿在人类内心中的恶魔，展显了内心中与时代和性别局限的斗争。她在1963年年仅30岁时自杀，使她年轻美丽的生命成了这个动荡时代"钟形坛"中的又一个牺牲品。

10. 美国黑山派诗歌面面观

黑山派诗歌(Black Mountain Poems)是美国当代的一个诗歌流派。20世纪50年代初,一场诗歌革命在北卡罗莱纳州“黑山学院”(Black Mountain College)文学艺术学院悄悄兴起,领导这场革命的是诗人兼评论家查尔斯·奥尔逊(Charles Olson,1910 - 1970)。奥尔逊当时担任黑山学院的校长,其时学院发展达鼎盛时期,他创办了《黑山评论》(Black Mountain Review)。许多刻意求新的艺术家云集于此:罗伯特·邓肯((Robert Duncan,1919 - 1988)、罗伯特·克里利(Robert Creeley,1926 - 2005)、丹尼丝·莱弗托夫(Denise Levertov,1923 - 1997)等诗人,逐步形成一个流派——“黑山派”。奥尔逊和邓肯认为,在我们的感知中,现实是偶然的、前后不一贯的、一直变化的和难以解释的,反映这种现实的诗歌形式必然不可能预定,一定是多变的。因此,他们的诗行参差不齐。黑山派诗人是自我和非个性的自然融合。

“黑山诗派”的创作被认为是后现代主义诗歌崛起的标志。二战前,美国诗坛被以艾略特为代表的“学院派”统治着。奥尔逊在1950年发表的论文《放射体诗歌》(Projective Verse)被认为是战后反学院派的总宣言。奥尔逊在这个纲领性的论文里开宗名义地提出了他的主张:“而今1950年的诗歌,如果要想前进,且具有实质性的价值,我认为必须牢牢地把握某些呼吸的规则和可能性，即把一个人创作时的呼吸和自我听到的某些呼吸规则和可能性放进诗里。”奥尔逊认为诗是一种抛射物，一种射入时空的装置或力。诗是把诗人的“能”传递给读者的东西，因此诗是“能的结构”和“能的放射”。他主张用自然呼吸的节奏代替传统的音乐，将节奏感与诗的内容结合起来，并要求诗人借助诗歌形式把物体的能量传达给读者，要以顺应呼吸的“音乐片语”代替传统诗律中的节拍；形式只是内容的延伸；一个意念必须直接导向另一个意念，提倡快速写作。黑山派诗人还倡导应将诗歌创作变成艺术演出形式，到剧场、咖啡馆等公共场所进行朗诵。他们强调诗歌的自发性和口语化，采用美国口语和俚语，反对艾略特等人精雕细刻、广征博引的学院派诗风。“黑山派”在形式上的全方位“开放”，使当时美国的诗风为之一变，使许多日常口语入诗，给往日僵板的诗歌增添了不少生活中的真实感。

可惜，1956 年因经费短缺，学生来源少，黑山学院不得不停办。作为一个诗歌流派，黑山派诗人纷纷离去，诗派自动解散，但几位主要人物仍致力于创作“投射诗“，占据美国诗坛一隅，备受青年读者的崇拜。黑山派诗人的主要作家及其作品有：罗伯特·邓肯，其代表作为《拉弓》(1968)；罗伯特·克里利，其代表作是《致爱情》(1962)和《字》(1965)；女诗人丹尼丝·莱弗托夫，其代表作为《此时此地》(1957)和《啊尝尝·看看》(1964)。

奥尔逊出生于马萨诸塞州一个移民家庭。父亲来自瑞典，母亲是爱尔兰裔美国人。1932 年他毕业于韦斯利扬大学。工作三年后，他重返母校念书获硕士学位，后来去哈佛大学攻读博士学位。1947 年他发表《叫我伊斯梅尔》，一举成名，走上了诗坛。1951 年至 1956 年，他到黑山学院担任讲师和院长，创办了《黑山评论》，主要刊载该学院诗人的诗歌。1970 年，奥尔逊因患肝癌去世，终年 60 岁。

1950 年，他发表了颇有影响的文章《放射体诗歌》。所谓“放射体诗”，即放弃传统诗歌中的形式安排与韵律节奏，尽可能直接地体现诗人创作时的具体心境与“气韵”(breath)；诗歌应将作者从自然或社会中获得的“能量”(energy)生动地传达给读者；诗不是对某一具体的心境的总结与描述，而是对这一心境的“符号纪录”(notion)。“放射体诗”为诗人真实地记录自己的片刻感受提供了良好的形式。而这些片刻感受的组合，恰好构成了当代诗人孜孜以求的“心灵成长的画卷”。

他将诗歌创作与物理学相比，认为一首诗就是一项高能结构，一种感觉应立即直接导向另一种感觉。就像在动力场中的情况，诗的意和声是互动的，将诗文按自己的呼吸节奏排成行组成诗。在他的自由诗作中，格律不起任何作用，他要求置于页面上的诗行反映出诗人创作时思考、呼吸和举止的节奏，以此协调头脑的活动和形体活动，就像做瑜伽功或打坐。奥尔逊的诗往往是通过描写外部事件抒发自己的感想，他的感想可集中到一点上，即西方文明切断了人与自然的有机联系，因此有必要发掘无意识中的神话源泉。他的放射体诗歌理论在评论界引起了热烈的争论，得到诗坛的重视，他对诗歌语言的创新也得到肯定。他成为美国后现代派诗歌的先驱。

奥尔逊的代表作是《马克西马斯(音译，意谓“最高点”)诗集》(1960－1975)，诗集分为三个部分。第一部分说到马克西马斯观察现代故乡，到故乡及美国历史中寻找价值观。第二部分再现古代世界的某些神话与寓言。最后一部分的中心主题是借助古代价值再造已被现代生活商业化改变了的家乡。诗集包括300余首关于诗人青少年时代在麻省一渔镇见闻的诗歌，通过这些小事，投射出小镇的历史、地理、社会概貌，说明它们是构成观察者、马克西马斯、意识的重要力量。

奥尔逊在代表作《马克西马斯诗集》中将放射体诗的技巧发挥得淋漓尽致。全诗除了第一人称的叙述者和主要的叙述对象格洛斯特之外，其余的人物、事件并没有按一定的逻辑顺序组织在一起。相反，奥尔逊以他兴致所至，任意将之编排起来，其中事物之间的联结纵横交错，有时令人难以捉摸。诗句构成有长有短，诗行排列也不合常规，标点符号、字母大小写和其他一些传统印刷形式或遭到摒弃，或得到革新，整首诗显示出极其复杂的形态。但它们正是奥尔逊从自然和社会中汲取而来、又通过诗句传达给读者的无穷无尽的“能”。

奥尔逊强调诗行应该是心理与情感完美结合的忠实记录，主张通过所谓“原野创作”来重新振奋诗歌语言。他认为，除了庞德和威廉斯以外，当时美国诗歌都属于“封闭诗”,而现在需要一种“开放诗”,诗人把他所得到的能量通过诗歌本身,不加任何人为的干涉,忠实地传给读者。诗行不仅表现轻重音节而且是诗人写作时的呼吸,是身体的节奏在诗的进展中的体现。句子的构造由声音而不是意义来决定,意义是通过从一个感悟到另一个感悟的运动,而不是通过书页上字与行之间不同的距离来理解诗歌。因此,只有在诗人创作的“原野”上,诗歌的形式才能直接产生于事物之中,诗行才能成为各种瞬间理念的忠实纪录。奥尔逊指责艾略特的诗歌“完全来自诗人的头脑,而且是一个学究气十足的头脑”,并认为艾略特的诗歌是当时诗歌创作的危机所在,因为他以及新批评所提倡的诗歌,没有给诗人留下足够的想象空间去拓展诗歌文本以外的、诗人对现实生活所提出的历史的和批评的观点。他要模仿庞德的《诗章》,重新找回这种创作立场。从 1950 年到 1970 年奥尔逊创作了《马克西马斯诗集》。这是一部揭露资本主义社会弊端,刻画在资本主义社会中个人脱离于社会的现代史诗。其实,奥尔逊不仅接受庞德和威廉斯的诗歌原理,他还接受爱默生、惠特曼等浪漫主义诗人关于诗人是媒介的思想影响。他把肉体重新带进诗歌,拒绝把想象力和产生它的身体器官分割开来,而是把艺术创造看成是生理机能的过程。

奥尔逊一生中花了很多时间研究古代玛雅文化、苏美尔人文化以及其他非西方的人类文明,并在自己的诗歌中进行了深入探讨,其根本目的是为现代西方社会寻找真正的自我、寻找混乱世界的重生之路,在这一点上,奥尔逊无疑具有不同凡响的深刻性。

罗伯特·克里利是黑山派的另一位主要诗人。“黑山派”诗歌的显著特点是试图脱离美国诗歌中受欧洲严格韵律和模式影响至深的学院风格;而克里利曾引用美国作家梅尔维尔的话写道:“看得见的真相,是对当前事物所具备的绝对条件的理解。”这一观点也成了克里利自己写作的目标——情感都压缩在简短的语句里,但要突出感觉本身。他有一名句:“形式仅仅是内容的延续。”

他早期的诗歌内容范围较小,主题大多围绕个人感情如爱情、婚姻、复杂的人际关系等。对他的创作产生过影响的有庞德、威廉姆斯、奥森和同辈诗人金斯堡等。诗作节奏受美国爵士乐即兴演奏的影响很深；他经常与音乐家和视觉艺术家合作，善于用“口吃”似的语言中断和空白以产生特殊效果。他的作品直抒情怀，很具口语化，节奏感强，形式上接近威廉姆斯的短诗、短句，简洁紧凑。他的诗作貌似简明、实则蕴涵深邃，比如《谜》(The Riddle)、《绝望丈夫之歌》(Ballad of the Despairing Husband)和《我认识一个人》(I Know a Man)等。《我认识一个人》乍读是两个人的简单谈话，细品则发现实乃关于生活悲剧的看法。他的诗也许气魄不大，但总体上看却显得精巧。代表作包括诗集《为了爱》(1962)、《记忆花园》(1986)、《窗》(1990)、《回音》(1994)、《生与死》(1998)和《恰逢其时》(2001)。2001年他荣获耶鲁大学的Lannan终生成就奖，1999年荣获著名的Bollingen奖，在此之前还获得福罗斯特奖、雪莱纪念奖、美国国家艺术基金奖和洛克菲勒基金奖，并曾两次获得古根汉姆基金奖。作为黑山派最年轻的诗人，他在传播黑山派的主张、维护黑山派的影响方面起到了重要作用。

罗伯特·邓肯也是黑山派的主力干将。与奥尔逊相似，邓肯认为诗歌的形式决定于其内容的发展，因为在人的感知中现实世界的变化是难以预测、前后不一、偶然无序的，诗歌的形式也就必然是自由的、开放的。在具体实践中，邓肯经常随意写下即兴而作的诗歌而不加修改，其诗行排列、断句等常常不合常规，正体现了放射体诗的特点。他一生中发表了30本左右的诗集，其中最重要的是《田野的开掘》(The Opening of the Field, 1960)和《弯弓》(Bending the Bow, 1968)。邓肯深受其他美国诗人的影响，包括威廉姆斯、庞德、斯泰因以及奥尔逊等，但他同时建立了自己的风格。但由于过分强调诗歌的自然生成以及诗歌的即兴性，他的诗歌时常显得晦涩难解。

丹尼丝·莱弗托夫作为女性诗人，更关心日常生活中的点点滴滴，她善于描写平凡的事物、表达朴素的感情，诗风细腻、清新，容易为人们所理解。

11.《无形人》——美国黑人文学的新高峰

无形人(Invisible Man)是美国南方的一个黑人青年。他没有形体是因为人们看不见他,或者说不愿意看见他。他如今正躲在纽约一个从19世纪起就被人们遗忘的地窖里回忆自己的往事。他在地窖里偷偷接上电线,装了1 369只灯泡,不花一分钱电费便使这里成为全纽约最明亮的地方。他这样做是因为他喜欢光亮,只要有了光亮他才能感到自己的存在。

20多年前在家乡的时候,无形人是一个温顺规矩的黑孩子,对白人总是毕恭毕敬,俯首帖耳,从不惹事生非。在中学毕业典礼上他作了一个讲演,阐述了进步的秘诀在于谦恭的道理,大获成功,人人称道。此后他又被请到本镇一个白人头面人物的聚会上再次演讲。这个社交聚会在一家大旅馆的舞厅里举行,其间的娱乐节目中有一场由一群黑孩子表演的拳击格斗。无形人与其他黑孩子走进大厅时,一位一丝不挂的美丽的白人女郎正在大厅中央翩翩起舞。看到这个情景的黑孩子们个个窘迫难当,牙齿打战,浑身发抖。脱衣舞结束后拳击搏斗开始了。白人先用白色布条将黑孩子们的眼睛蒙上,然后就让他们混战一场。无形人也被迫加入战团。最后格斗场上只剩下无形人与另一个黑孩子决一雌雄。无形人被打昏败北。拳击比赛一结束白人司仪便招呼黑孩子们到地毯上去拿赏钱。但黑孩子们一碰到钱币就都惊跳起来,原来地毯已被通了电。虽然被电流击得浑身发麻，东倒西歪，黑孩子们还是拚命抢钱，逗得白人们捧腹大笑。完事后，孩子们才发现他们拼命抢到的钱原来都是假币。最后白人老爷们让无形人作了演讲。由于紧张，无形人在讲演中错将社会责任说成社会平等。在他纠正了口误后白人对他的演讲表示了满意。他们奖给他一只新皮包和一份上黑人大学的奖学金。

无形人就学的学院校园非常美丽，古色古香的建筑物上爬满了长春藤。在学院里无形人读书用功，做人循规蹈矩，因此很得黑人院长布莱索博士的赏识。在无形人上三年级的时候，白人诺顿先生来学院访问。他是波士顿的银行家，学院的创始人之一。他在学院逗留期间院里派无形人为他开车。一天无形人驾车送诺顿先生去开会时，因为时间还早，诺顿就让他开车带他在四下里随便逛逛。他们来到黑人居住区。在那里他们遇到了与女儿乱伦的学院佃农吉姆。诺顿对吉姆很感兴趣，执意要同他谈一谈。吉姆向诺顿讲了自己的事情。诺顿听罢变得面如死灰，精神恍惚。他给了吉姆 100 元钱，然后让无形人开车快走。原来他心爱的独生女儿最近病故了。吉姆的故事使他想起了亡女，给了他很大的刺激。归途中诺顿要喝一点酒，无形人就把他送到了附近的金日酒家。在那里他们遇到一帮患有精神病的退伍军人闹事。在他们的混战中诺顿被碰伤了一块头皮。回学院后布莱索闻讯大怒。他让无形人停学，但为他给学院在北方的校董写了七封信，让他持信找这些校董寻一份工作。

无形人满怀希望地去了纽约。在路上他下定决心要好好工作，取得雇主的好感，再让他们为自己找布莱索说情，使自己在秋天能够重返校园。到纽约后无形人先后送出了六封介绍信，但一周后没有听到任何回音。他决定将收信人叫爱默生的第七封信也送出。他来到爱默生的公司，见到了他的儿子。小爱默生是一位诚实的人，他看了信后很同情无形人，就对他讲了实情。原来布莱索在信中将无形人说得一无是处，并要收信人对他敷衍搪塞，不真雇佣他，以便让他在北方颠沛流离，永远无法回到南方。无形人听后如梦方醒。他感到无比的悲愤与沮丧。最后小爱默生告诉他自由油漆厂正在招工。无形人被自由油漆厂录用了。他的工作是往每桶白漆里加上 10 滴黑漆。据说这样做会使白漆更光更亮。但上班第一天他就搞错了配料，将配完的75桶油漆都弄成了灰白色。为此他受到了严厉斥责，并被改派到锅炉房干活。锅炉工布罗克韦对他的到来怀有很大的戒心，事事处处与他为难。最后两个人公开闹翻，大打出手。他们打架时忘了调整气压，结果锅炉爆炸，无形人受了重伤。

无形人在工厂医院里躺了多日。住院期间医生们拿他当了新治疗仪器的试验品。他们将他放在一个用玻璃和金属制成的箱体里，给他身上通上电，然后向他提出很多问题以测试他的反应。他经受了巨大的痛苦，神经系统受到很大的伤害。出院时他脑内一片空白，大有恍如隔世之感。

后来一个叫玛丽的好心的黑人大娘收留了他，照顾他的饮食起居，使他的身体逐渐复原。冬天来到了。一个雪花飞舞的早晨他外出闲逛，看见几个白人法警正把一对拖欠房租的黑人老夫妻赶出家门，并把他们的家俱扔到街上。老太太气得泪流满面，四周聚集着很多围观的群众。无形人见状非常气愤。他一时激动便站出来为老夫妻说了一通话。他的话感染了在场的人群，大家一拥而上，打跑了蛮横无理的警察。在这次事件中一个左派组织兄弟会的领导人杰克也在场。他很欣赏无形人的口才，便邀请他加入了自己的组织，让他负责哈莱姆区的宣传鼓动工作。无形人加入兄弟会后换了新名字、新身份、新住址。这使他感到获得了新的自我。他恢复了对生活的信心与热情。他工作得非常出色，经常在街头集会上发表演说，号召听众起来反对剥削、压迫与种族岐视。兄弟会的活动令他非常振奋。他认为通过这一活动可以证明自己的能力，实现了自身的价值。一次演说后他与一位白人中年贵妇有了一夜风流。

然而很快无形人便与兄弟会的领导发生了矛盾，因为他们只把他当成一个工具，一只传声筒，根本不允许他有自己独立的思想与意志。不久一位兄弟会成员被警察杀害，无形人借机组织了一次大规模群众抗议活动。但他的作法受到了组织的严厉批评。他从此变得心灰意冷。此外，哈莱姆区有一个激进的黑人民族主义组织专门与兄弟会作对，双方经常发生冲突。该组织的头目拉斯成了无形人的死敌，经常向无形人挑衅并试图加害于他。为此无形人感到非常烦恼、恐惧。

一天夜里无形人正在一个白人荡妇家与她调情，哈莱姆区突然发生骚乱。他来到街上，看暴民正在又砸又抢。警察开始开枪镇压暴乱。无形人在慌乱中撞上了拉斯一伙，拉斯招呼手下人把他抓住吊死。无形人夺路而逃。在奔跑中他失足跌进了一个打开盖子的地下煤窑，在这里变成了一个人们看不见的人。

《无形人》是美国当代著名黑人作家拉尔夫·艾利森的一部名作，也是他所著的唯一一部长篇小说。这部小说与传统的美国黑人文学有着很大的不同，因为它采用了一个全新的角度来探讨黑人命运与种族问题，即把黑人问题与西方人问题联在一起考虑的角度。因此，在这部小说中黑人主人公的难题就是所有现代西方人共同面临的难题——自我的丧失与追寻自己的艰难，黑人所处的荒诞境遇也正是整个现代西方荒诞现实的一部分。

《无形人》在创作手法上体现了多种艺术技巧的结合。在它使用的艺术手段中最突出的一个就是象征手法。无所不再的象征大大地增强了本书的艺术感染力。

拉尔夫·艾利森(Ralph Waldo Ellison, 1914 - 1994)，1914 年出生在美国南方的俄克拉荷马市。他的父亲是一个小建筑商。他望子成龙，给儿子取名拉尔夫·沃尔多，希望他能成为 19 世纪美国著名文学家拉尔夫·沃尔多·爱默生那样的伟人。艾利森 3 岁时父亲去世，母亲靠给白人当佣人养活全家。母亲经常给艾利森带回白人丢弃的书籍与唱片，从而帮助他从小养成爱读书、爱听音乐的习惯。艾利森中学毕业时因成绩优异获州奖学金进入黑人教育家布克·T. 华盛顿创办的塔斯吉克学院学习了三年音乐。1936 年他前往纽约改学雕刻。此时他结识了著名黑人作家理查德·赖特并在赖特的鼓励下开始写作。赖特本来要在自己主编的杂志发表艾利森的第一篇短篇小说，因杂志社倒闭没能发成。艾利森毫不气馁，继续坚持创作活动。在大萧条的岁月里，他白天与弟弟一起打猎，卖猎物维持生计，晚上写作并研读文学大师的作品。他非常喜欢海明威的小说，不仅学习海明威的写作技巧，而且在打猎时还模仿他的打猎方法。

1944 年艾利森获得罗森瓦德基金会的赞助，开始写作《无形人》，历时七年将此书完成。《无形人》1952 年面世，立即轰动美国文坛，不久便荣获美国全国图书奖。艾利森就此一举成名，取代赖特成为最引人注目的黑人作家。1965年，美国200位作家、评论家应《读书周刊》之邀共聚一堂投票推举二战后的最佳美国小说，结果《无形人》一举夺魁。虽然艾利森曾担心《无形人》的生命力不会超过20年，但半个世纪过去了，这部小说依然是深受读者喜爱的作品。事实上，它已被公认为当代美国文学中的一部经典著作。

《无形人》出版后不久艾利森开始创作他的第二部长篇小说。该作品的片断从1960年开始曾在杂志上陆续发表。遗憾的是未发表的手稿在一场火灾中化为灰烬，因此全书一直没能成型。1994年，艾利森在纽约逝世。美国的各大报刊都发表文章对他表示悼念。

12. 美国黑人作家诺贝尔奖折桂第一人——托尼·莫里森

1993年,诺贝尔文学奖的桂冠落在了一位黑人女性——托尼·莫里森(Tony Morrison,1931 -)的头上,她是第一位获此殊荣的美国黑人,是全世界第八位获此奖的女性,也是第八位获此奖的美国人。

瑞典文学院在公告中称"托尼·莫里森是个精通文学的一流作家","她在小说中以丰富的想象力和富有诗意的表达方式,使美国现实的一个极其重要的方面充满活力。"文学院的公告还说:"她深入钻研语言本身,要把语言从种族桎梏中解放出来。她用诗歌一样璀璨的语言写作。"

托尼·莫里森生于俄亥俄州钢铁小城洛雷恩。父亲是蓝领工人,母亲在白人家帮佣。1949年以优异成绩考入华盛顿特区专为黑人开设的霍华德大学深造,攻读英语和古典文学。1952年获该校英语学士学位。1953年进入纽约的康奈尔大学攻读硕士学位,专门研究威廉·福克纳(William Faulkner)和弗吉尼亚·伍尔芙(Virginia Woolf),1955年获文学硕士学位。1955~1957年在得克萨斯州南方大学任教。以后又先后在耶鲁、哈佛等大学任教。1966年,她在纽约兰多姆出版社担任高级编辑,曾为拳王穆罕默德·阿里自传和一些青年黑人作家的作品的出版竭尽全力。她所主编的《黑人之书》,记叙了美国黑人三百年历史,被称为美国黑人史的百科全书。莫里森于60年代在美国文坛脱颖而出，以她现实主义与现代主义的手法，开创了黑人文学中的新潮流，描写了黑人种族与妇女在美国的坎坷遭遇，赢得了读者的同情。70年代起，她先后在纽约州立大学、耶鲁大学和巴尔德学院讲授美国黑人文学，并为《纽约时报书评周报》撰写过30篇高质量的书评，1987年起出任普林斯顿大学教授，讲授文学创作，直至2006年退休。莫里森可以说是一位学者型的小说家。2005年她获得牛津大学颁发的“文学名誉教授”称号。

莫里森小说的基本内容，是表现处于边缘地位的黑人社区在咄咄逼人的主流文化的进攻面前如何坚守住阵地。我们可以把她的小说创作划分为三个彼此交叉重叠的阶段。(1)《最蓝的眼睛》(The Bluest Eyes，1970)和《秀拉》(Sula，1974)；(2)《所罗门之歌》(Song of Solomon，1977)和《柏油娃娃》(Tar Baby，1981)；(3)《宠儿》(Beloved，1987)和《爵士乐》(Jazz，1992)。从时代背景看，第一阶段的两本小说描写40年代发生在莫里森的家乡洛雷恩的故事，有她童年生活的印痕；第二阶段的两本小说分别描写了60年代和70年代黑人寻根及两种文化的冲突，有更多现代生活的气息；第三阶段的两本小说则分别描写了美国内战结束后“南部重建”时期黑人的惨痛经历和他们在20年代的生活状况。所以，这六部小说共同构成了一幅美国黑人自奴隶制废除以来至今一百多年发展演化的历史画面，从中可以看出他们的痛苦挣扎、意识觉醒以及依然面临的困难。

《最蓝的眼睛》是她发表的第一部小说。讲的是一个年仅11岁的黑人少女佩克拉·布里德洛夫，因为相貌平平，不被家人、同学和邻居喜欢，生活压抑，于是便梦想着能有一双像白人姑娘那样美丽的蓝眼睛，因为当时黑人女孩子普遍相信“蓝眼睛的黑人是最美的”。然而美好的梦想与丑陋的现实有着太大的反差。她不仅没有实现自己的愿望，反而被父亲强奸，怀上了身孕，堕入更加痛苦的深渊。理想与现实的矛盾冲突使佩克拉精神错乱，心智疯狂，她出现了幻觉，相信自己真的拥有了一双十分美丽的最蓝的眼睛。作品通过这一被扭曲的小小的心灵，表明白人社会在传统、文化和政治上对黑人的统治，造成了黑人在价值观念上的自我扭曲。同时，也揭示出三百多年来的蓄奴制和种族歧视对黑人精神的重大伤害。

正是这部作品确立了托尼·莫里森在美国黑人文坛上的地位。之后，她继续探索黑人生活，尤其是黑人妇女的遭遇，又创作了反映黑人反抗精神的小说《秀拉》，成名作《所罗门之歌》，1981 年出版了《柏油娃娃》，1987 年的《宠儿》获普利策小说奖，进入 90 年代后，她还发表了长篇小说《爵士乐》、《乐园》（The Paradise，1998）、《爱》（Love，2003）、《仁慈》（A Mercy，2008）。这些作品均以美国的黑人生活为主要内容，笔触细腻，人物、语言及故事情节生动逼真，想象力丰富。莫里森的作品揭示了在美国种族压迫的大背景下，白人文明与黑人传统之间的矛盾冲突，探讨黑人获得自由人格的出路。莫里森在作品中利用黑人民间文学和神话传说来渲染气氛，又借鉴魔幻现实主义的创作手法，给环境和人物笼罩了一层诡谲的神秘色彩，把今天的现实描绘成“现代神话”，而且她的语言十分口语化，人物的对话写得生动传神。所有这些特点，使莫里森成为当代美国黑人文学的代表和领袖人物，因而，她于 1993 年荣获诺贝尔文学奖也是毫不奇怪的。

《秀拉》是莫里森的第二部长篇小说，故事的时间跨度是从第一次世界大战结束前后至黑人民权运动和妇女解放运动高涨的 20 世纪 60 年代的中期。小说以女主人公秀拉与女友奈尔的友谊及秀拉成长经历为主线，描写了四五十年间俄亥俄州梅德林市一个富有传奇和魔幻色彩的黑人社区“底层”的生存境况和生活变迁。该书虽然篇幅不长，但它所涉及的内容却十分丰富。它探索了种族歧视与黑人女性的自我成长、友情、性爱与婚姻、生与死、善与恶、传统与现代的冲突等多重主题。

《所罗门之歌》是一部以家史、神话和传说穿插在一起的历史性作品，反映了自南北战争以来一百年间的黑人发展历史。

《柏油娃娃》以男女的性爱描写来揭示存在于白人文明与黑人传统之间的矛盾冲突，带有明显的自然主义色彩。黑人女模特扎丹似乎是成功的样板，在白人大资本家的帮助下，她读完大学，打入巴黎时装广告界，但又时时有些失落感。在她到赞助人家，即她叔婶终身伺候的美国糖果业巨子家过圣诞节时，巧遇黑人逃犯小子，两人互相吸引，坠入情网，同去了纽约。半年的共同生活中彼此希望改造对方：扎丹要小子入大学，找个固定工作，小子要扎丹记住黑人历史，摒弃白人世界的诱惑。分歧终于无法弥合，扎丹重返巴黎，而小子最后意识到即使追到天涯海角也要与扎丹重归于好。本书故事框架既简单又复杂：除扎丹和小子的恋爱外，还包括了白人与黑人之间的冲突、男女之间的冲突、代沟冲突和经济冲突等，人人处于焦虑、失落、孤独和异化状态中。

《宠儿》来自一则真实的故事：当一个逃跑了的黑人女奴无法容忍生活时，她杀了自己的女儿，避免女儿一辈子做女奴的苦命。小说中的主人公——女黑奴塞丝怀着身孕只身从肯塔基的奴隶庄园逃到俄亥俄的辛辛那提，奴隶主循踪追至，为了使儿女不再重复自己做奴隶的悲惨命运，她毅然杀死了自己的一个女儿。虽然这已是18年前的往事，但往事的梦魇一刻也不曾停止过对塞丝的纠缠。本书通过逃亡女黑奴塞丝的经历，深刻揭露了奴隶制及对黑人心理的影响，它甚至超过了他们所受的苦难本身。本书意义深刻，是现代文学的经典之作。《宠儿》堪称美国黑人历史的一座纪念碑。这本小说不仅刻画了奴隶制度和种族歧视，同时还揭示出人性最残忍的一面：当爱至极深时，“爱”可以活活“杀”人。她认为，在这种极端的情感领域里，理性不可能存在。该书获得普利策文学奖。

《爵士乐》以20世纪20年代的哈莱姆区为背景写一个年过半百的推销员乔和18岁的中学生多斯卡邂逅并相爱，后因多斯卡移情他人，乔枪杀了她。乔的妻子维奥莱特大闹多斯卡的葬礼，但她经过访谈，逐步了解了多斯卡，随之改变态度，最后与乔和解，化怨恨为爱心。这一主干故事的时间跨度虽然只有五个月，但插入的回忆长达60年，涉及四代人。回忆中的事件和主干故事中的事情有着密切的关系，是这起暴力事件的根源与起因。维奥莱特的转变在于在她审视内心世界的过程中，意识到自己从儿时起便爱上了外祖母告诉她的金发男孩。身为黑人的她却向往碧眼金发的白人，这种审美和价值观念上的错位，必然会否定黑人的自尊和自我，因而也就导致了她一生的悲剧。这反映了黑人的自我意识的觉醒和发展。小说之所以用“爵士乐”命名，就在于它那跳跃的心理时空、多角度的叙述、复杂的穿插结构、忽隐忽现的人物、意象的借代和转换等创作手法，形似音乐又神似音乐，类似爵士乐的演奏风格。

西方评论界普遍认为莫里森继承了拉尔夫·埃利森和詹姆斯·鲍德温的黑人文学传统，她不仅熟悉黑人民间传说、希腊神话和基督教《圣经》，而且也受益于西方古典文学的熏陶。在创作手法上，她那简洁明快的手笔具有海明威的风格，情节的神秘隐暗感又近似南方作家福克纳，当然还明显地受到拉美魔幻现实主义的影响。但莫里森更勇于探索和创新，摒弃以往白人惯用的那种描述黑人的语言。莫里森的文学创作主要表现黑人求生存和自由的奋斗历程、黑白种族间的矛盾冲突、家庭历史的追寻以及自我身份的确认。莫里森的小说虽以黑人经验为素材，但又涉及美国文化中的普遍问题，如物质主义、代沟问题、妇女地位等。莫里森的小说富有创造性，雅俗共赏，深受评论界和广大读者的欢迎，几乎每部小说都十分畅销。瑞典学院对莫里森的作品给予了高度评价。文学院的公告说："她的作品异常精练、紧凑，同时又富于变化。人们能够从她无与伦比的叙事技巧中得到享受。她每部作品的写作方法都不同，形成了自己独特的写作风格，尽管从中可以看到福克纳和其他美国南方作家的影响。不过，给人们留下持久印象的是那种总是充满幽默的态度表达出来的同情心和人性。"荣获 1991 年诺贝尔文学奖的南非作家戈迪默说："诺贝尔文学奖不会授予描写低级趣味的作家，莫里森获奖是因为她是一位受人尊敬和出类拔萃的一流文学家。"

13. 《所罗门之歌》的无限魅力

《所罗门之歌》(Song of Solomon, 1977)是当代美国黑人女作家托尼·莫里森(Tony Morrison, 1931 –)的长篇杰作之一,它确定了莫里森在美国黑人文学史上的杰出地位。1977年,《所罗门之歌》的出版使莫里森获得了巨大成功,它以1977年的最佳小说赢得了美国艺术研究院和全国书籍评议会奖,它成为美国黑人文学的里程碑式的作品。

《所罗门之歌》写的是一个黑人青年奶娃寻找自我的过程和一个黑人家庭三代近百年的历史。

当黑人史密斯先生试图用蓝色绸翼代替翅膀飞行的时候,北卡罗来那州的慈善医院破例收下了一个黑人产妇,那天,她生下了这里的第一个黑种男孩,那女人的名字叫露丝。那孩子长到四岁,有一天,母亲把他叫到跟前,解开了她的上衣。孩子还太小,不会在乳房面前感到眼花缭乱,但他又太大,对无味的母乳感到厌倦。他很别扭地吸着奶,就像干着一件不顺心的工作。这情景被看门人看见了,他直盯着男孩,发出一声低沉的窃笑,他找到了一个最合适的字眼:奶娃(Milkman)。

露丝的丈夫麦肯是城里最富有的黑人,他拥有一部漂亮的大轿车,在1936年,这样富裕的黑人简直是凤毛麟角。麦肯每周日的下午都要带着全家乘车出游,人们把那辆车称作麦肯的棺材。

麦肯怎么也不会想到他的独生子会有这么个绰号：奶娃，这名字听起来肮脏、淫秽，而且还和他妻子有关，一想到这，他就痛苦不堪。

奶娃的祖父是一个获得解放的奴隶，当他获得自由登记姓名的时候，一个醉醺醺的经办官员询问关于他的父亲，他应了一句“Dead”（意思为“已死”），结果这话被那个醉汉错登为他的姓。他的家庭于是将错就错，就以“Dead”一词为姓。麦肯有个妹妹叫派特拉，住在贫民窟里，兄妹俩很早就断绝了来往。妹妹出生时，母亲死于分娩，父亲不识字，拿着本《圣经》一个劲地翻，他想给女儿起个好名字，就挑了一组看着挺有劲挺神气的字母，然后照葫芦画瓢把这些字母描在一张褐色的纸上，接生婆瑟丝看了，说是叫“派特拉”。妹妹长到12岁，把父亲当年写的那张纸找到，放进一个小铜盒里，又把这一整套玩意穿到她的左耳垂上。派特拉一家三口，祖孙三代全是女人。在麦肯眼里，她家全是一伙疯子，他们酿私酒，在街上唱歌，跟街头的妓女一模一样。自从有了奶娃，派特拉常来看望，她给孩子唱歌，那热切、认真的表情，使麦肯惶惶不安。他终于告诉她不要再来了。

麦肯从来不让自己的孩子们跟黑人来往，因为他们是有身份的人。奶娃不管这些，他长到12岁，结交了个黑人伙伴叫吉他。吉他把他带到派特拉那里，派特拉生下来没有肚脐眼，只这一点就让奶娃着迷。在学校里，奶娃曾因有这么个古怪、邋遢的姑妈，受到同学们的耻笑，可在这儿，她却反过来嘲笑了奶娃的学校和老师，她看上去很穷，但眼神里却不见一点能够证明她贫困的东西。她给孩子们讲她的爸爸和她本人的经历，奶娃坐在那里，听得如醉如痴，就在这一天，他爱上了派特拉17岁的外孙女哈格尔。

同哈格尔一起厮混了12年后，奶娃决定跟她分手了，他在她身上太自由、太轻易，反倒失去了吸引力。这对哈格尔几乎是致命的一击，她唯一想做的事就是杀奶娃。哈格尔每个月都要发一次疯，用不知从哪儿找来的轻便武器，来杀她的情人，派特拉每次都用鞭子狠狠抽她一顿，但根本不管用。她就是要杀人。

吉他参加了“七日”，这个组织有七个人，专门对白人进行报复。如果一个黑人被白人杀了,他们就随便挑一个类似的对象,如可能的话,就用类似的方法处理掉他或她,吉他是负责执行星期日任务的。奶娃对此很不理解,既然白人那么坏,为什么还要学他们的样呢?他为朋友感到害怕。

奶娃的父母彼此仇恨,父亲对奶娃说,他母亲爱着他的外祖父,她父亲死的时候,她曾赤身裸体地守护在尸体旁;而母亲则对奶娃说,根本不是那么回事,是他父亲杀死了他的外公。不仅如此,他还想害死奶娃。奶娃脑子里一片混乱。他想脱离这个家,可是没有钱,他只能在父亲的卵翼下苟活。

奶娃已经30岁出头了,但父亲还是把他留在手下干活,尽管他说所有的一切将来都归奶娃所有,但奶娃需要现在就支取一部分。他告诉父亲不要学姑妈的样子把钱装进口袋里,吊在梁上谁也够不着。麦肯突然像一条老狗嗅到了生肉就扔掉鞋,他立刻答应放奶娃走,条件是奶娃必须把那口袋偷来,两人各分一半,他坚定不移地相信那口袋里装的是金子。当年,老麦肯被白人用枪打死,他们兄妹俩死里逃生,麦肯在山洞里杀了一个白人老头,后来他们又在那洞里发现了一袋天然金块。麦肯想拿走那袋金子,但派特拉拼死不让,因为这会被人看作是图财害命。两人厮打起来,最后派特拉用刀子顶着哥哥的头,把他逼出了山洞。第二天夜里,麦肯悄悄地返回山洞,那死人还在,但妹妹和金块都不见了。多少年来,麦肯一直认为妹妹把那袋金子花光了,现在看来还有希望。

奶娃和吉他把口袋偷来了,然而里面装的不是金块,而是石子和人骨头,两人为此被警察扣留,还是派特拉出面这事才算了结。麦肯开着车把奶娃从警察局接回来。在车上,派特拉告诉哥哥,人骨头是那个白人老头的。她同哥哥分手后,父亲的鬼魂就一直来找她,叫她唱,叫她把丢下的人拾回来。她就这么又回到那个山洞,把那人的骨头捡了起来,一直带在身边,而那些石头是她每到一地的纪念物。

麦肯断定那金块还在洞里,奶娃自告奋勇决定到南方故土去找金子。

家乡的老人们怀着敬畏和爱戴向奶娃谈起他的祖父和父亲。老麦肯曾经营着这里最好的农庄,小麦肯曾经是这里出人头地的小伙子,耕地、打枪、骑马没人能比得过他。白人来了，抢走老麦肯的农庄，这里也开始走下坡路，成了强盗出没的县份。在祖父当年被人霸占的住宅里，奶娃意外地发现了已经一百多岁的瑟丝。她一直住在这里，亲眼看着那个白人家的最后一个人自杀。从瑟丝那里，奶娃了解到了那个山洞的地址，还知道了姑妈当年找回来的人骨头，并不是那个白人老头的，而是祖父的遗骨。祖父的名字叫吉克，祖母叫兴，他们是乘着一架马车从弗吉尼亚的沙理玛来到这里的。

奶娃找到了山洞，里面什么也没有。当奶娃坐在汽车里吃汉堡包的时候，他忽然明白过来，根本就没有什么金子，找金子不过是个借口，他所寻找的真正目的是自由。现在，他急于想知道的是祖父、祖母到底来自何处。

奶娃赶到了沙理玛，在那里，他了解到了祖父母的一切。奶娃的曾祖姓所罗门，他来自非洲，是个会飞的黑人，吉克是他第21个孩子。所罗门原想把他带回非洲，但刚起飞他便掉了下来，一个印第安女人拾到了他，这人就是兴的母亲，两个孩子长大后就一同私奔了。吉克的其他兄弟姐妹都在沙理玛繁衍，这里的黑人都姓所罗门，他们热情好客，奶娃又一次体会到了在姑妈家里的情形，那自然和谐的情调令人陶醉。

奶娃迫不及待地要回家去，把他所了解的一切都告诉自己的亲人们、朋友们。

奶娃第一个找到派特拉，告诉她，祖父鬼魂说的丢下的人不是那个白人老头，而是他自己；鬼魂说的是“兴”，不是“唱”，那是呼唤祖母的名字。祖父的遗骨应该埋在他所属的地方，就是曾祖当年起飞的地点——沙理玛的所罗门跳台。

姑侄俩来到所罗门跳台，那是位于峰巅上的一块平地。当派特拉打开口袋，准备把骨头埋进挖好的土坑时，口袋里逸出一声深深的叹息。遗骨埋好后，派特拉把耳坠猛地一扯，在坟上挖了个小洞把兴的鼻烟壶和吉克一生中所写的唯一的一个词放进坟中。她刚站起来，传来一声枪响，她扑倒在地，鲜血从脖子里涌了出来。这时，飞来两只鸟，其中的一只一头扎进新坟，叼起一个亮闪闪的东西飞走了。奶娃如今明白了他为什么这么爱姑妈,是她把自己带到了这里。他知道刚才那枪是吉他打的,因为吉他认定是自己独吞了那金子,决意要报复,他不会再射错目标了,让他拿走自己的生命吧。奶娃跳了出去,他轻盈地朝吉他所在的那个山头盘旋过去。他成了自己的主人,死也无所谓了。

奶娃的家庭将错就错,以“Dead”一词为姓,它意味着:“过去的苦楚一去不返,而今万象更新。”奶娃因为厌倦了周围的环境以及出于年轻人爱好探索冒险的精神,决心离家出走。经过一番肉体上和精神上的折磨之后,他变得成熟了,又获得了新生。他不仅找到了祖辈的踪迹,而且加深了对世界和自我的认识,寻到了自己的根。作为书中的“所罗门”,曾经是奶娃的南方祖先的教名,在儿歌中就有所闻。奶娃内心生活的狂飙挟带着他,穿过重重“云雾”,重新回到他的源头故土——黑非洲。所罗门的狂喜魂灵最终也就是奶娃的超脱心神,而这种魂灵正是作者要歌颂的。作品表明,黑人的历史是黑人个性的核心。同时,暗示当今的黑人仍在遭受西方精神文明的奴役,只有让黑人返朴归真,恢复本民族古朴的风范,才能挣脱这种精神的桎梏。

莫里森的创作代表了当代美国黑人文学中的一股新潮流,她善于把“神话色彩和政治敏感有机地结合起来”,创造了一个独特的艺术天地。她一方面继承了黑人文学中“艺术即武器”的优秀传统,另一方面在艺术上大胆创新,用黑人民间传说和童话来渲染气氛,使环境和人物罩上一层神秘的色彩。

14. 紫色
——女性尊严与追求的永恒象征

1982年美国黑人女作家艾丽斯·沃克(Alice Malsenior Walker,1944 -)的代表作、长篇小说《紫色》(The Color Purple)问世,立即引起很大的反响。虽然媒体对它的评价并不算高,但它却成了深受读者欢迎的畅销书,荣登《纽约时报》畅销书榜达一年半之久。1983年这部小说获得了美国文学界的两项大奖——普利策奖(该书是第一部获得这项美国文学最高奖的黑人女作家的作品)及美国国家图书奖。1985年它又被改编成一部国际知名的同名影片。该片同样非常成功,曾被列入奥斯卡金像奖的候选名单。《紫色》这部小说的故事是这样的:

善良纯真的茜丽是美国南方一位家道殷实的黑人农民的女儿。茜丽的父亲精明勤劳,在务农的同时还经营商店与铁匠铺,生意非常红火。他的成功引起了白人的妒嫉。他们认为自己的财源被他抢走了。一天夜里他们合伙砸了他的店铺,并将他拖出家门用私刑活活烧死了。父亲死时茜丽刚一岁,母亲正怀着她的妹妹。由于受打击过重,她母亲的精神和身体都垮了下来。后来她又结了婚,但婚后身体状况一直不好。茜丽14岁时继父无耻地奸污了她,并使她先后生下了一儿一女。但这两个孩子一落生便都被她继父偷走送了人。病魔缠身的母亲不明真象,不久便连病带气而死。

几年后一位丧妻的有钱农夫看上了茜丽漂亮的妹妹耐蒂，来到她家求婚但遭到她继父的拒绝。她继父建议这位农夫娶茜丽为妻。农夫开始不同意，最后勉强答应下来。婚后农夫与他的孩子们都不喜欢茜丽，他的大儿子哈波在农夫与茜丽成婚当天就用石块将茜丽的头打破。此后，农夫每日对茜丽非打即骂，百般虐待，并将她当成女仆使唤。对此茜丽始终默默忍受，从不反抗。同时，她还尽心尽力、任劳任怨地操持家务，料理农活，照料农夫的四个孩子。每当感到痛苦难挨的时候，她便给上帝写信倾诉她的遭遇。她对丈夫毫无感情，她从不叫他的名字阿尔伯特，只将他称为某某先生。

一天茜丽进城购物时看见一位黑人太太领着一个小女孩在散步。她觉得女孩长得很像自己与自己的继父，因而猜想她可能是自己的女儿。她走上前与那位太太搭话，得知她是一位牧师的夫人。女孩是她的女儿，已经六岁。

不久耐蒂从家里出逃来找茜丽。但某某先生对她存心不良，总纠缠她，于是她又被迫离开。茜丽让妹妹去投奔她新结识的牧师夫妇。分手时姐妹俩相约互相写信。某某先生的妹妹来他家作客。她看到茜丽如此受气非常气愤，就鼓励她与丈夫斗争。茜丽没有听她的话。她要把自己变成木头以便能够忍受任何不幸。随着岁月的流逝，哈波长到了 17 岁。他爱上了一个叫索菲娅的姑娘并很快与她结了婚。索菲娅性情倔强泼辣，总是与哈波吵嘴打架，哈波经常被她打得鼻青脸肿。哈波与索菲娅都与茜丽成了好朋友。

一天镇上来了一位女歌手莎格。她是某某先生的情人，曾与他生过三个孩子。虽然他们因某某先生父亲的反对未能成亲，但始终旧情未断。莎格在镇上演唱时某某先生每场必到。不久莎格病倒了，某某先生就把她接回家，由茜丽伺候她。开始莎格对茜丽充满敌意，总是欺负、刁难她。但茜丽对她却始终逆来顺受，百依百从。她无微不至地照料她，每日为她做饭，帮她洗澡、梳头，使她很快便康复如初。莎格被茜丽的善良与真诚深深地打动了。她们成了亲密无间的人生知己，经常在一起谈心，相互吐露自己不幸的过去与内心的苦楚。

哈波与索菲娅虽然相亲相爱并有了四个孩子,但依然吵嘴干架。最后索菲娅带着孩子们去了她姐姐家,与哈波分居了。索菲娅走后哈波用自己的住房开了一家酒店,并将莎格请去唱歌。酒店办得很成功。哈波很快结交了一个外号吱吱叫的新女友并有了一个小女孩。

一天索菲娅与她的男友突然来到了酒店。她与吱吱叫言语不合,很快便撕打起来。索菲娅打落了吱吱叫的一颗门牙。此后没几天便传来了索菲娅出事的消息,索菲娅因为与白人市长的夫人吵架被警察抓了起来。在拘禁期间她遭到了警方的毒打,被打破了脑袋,打断了肋骨,还打瞎了一只眼睛,警方说还要判她12年徒刑。为了搭救索菲娅,一家人反复商量了对策。最后吱吱叫想起监狱长是自己的一个亲戚,便自告奋勇去疏通关节。索菲娅入狱以来,她一直照看着她的孩子们。吱吱叫被她那个无耻的叔叔奸污了,但她最终还是把索菲娅救出了监狱。索菲娅出狱后被迫到市长家作了女佣。吱吱叫开始向莎格学习唱歌,并很快就公开演唱了。

莎格走了,但在圣诞节时又赶了回来。不过这一次她是同新婚丈夫一起来的。如今莎格已经成名,在全国各地演出,发了大财。她买了汽车,还在孟菲斯购置了一所漂亮的房子。耐蒂走后茜丽一直没有接到她的来信,心中一直非常挂念。莎格告诉茜丽耐蒂来过信,但她的信都被某某先生锁在一个箱子里藏了起来。莎格与茜丽找到箱子,打开了它,取出了一捆捆的书信。茜丽如饥似渴地读起信来。从信中她得知妹妹找到了牧师家。牧师叫塞缪尔,夫人叫科琳。他们收养了一男一女两个孩子,男孩叫亚当,女孩叫奥莉维亚,他们就是茜丽的儿女。牧师夫妇待耐蒂很好,他们一同去了非洲。此后不久科琳病故,耐蒂就与塞缪尔结了婚。

茜丽为妹妹来信被藏匿之事恨透了某某先生。她愤然离家,同莎格去了孟菲斯。在孟菲斯她成为服装设计师,开办了一家服装厂,赚了很多钱。后来她的继父去世了,她收回了根据她母亲当年遗嘱属于她与妹妹所有的自家旧宅。此时哈波与索菲娅已破镜重圆。吱吱叫(她的真名是玛丽·阿格纽斯)成了歌星,已移居南美。茜丽经常去看望哈波夫妇。在哈波家里碰到某某先生几次。某某先生如今像换了一个人,变得非常诚恳、温柔与善解人意。他为自己过去做的错事深感内疚。他对茜丽非常亲切,同她谈心,帮她干活。茜丽渐渐地原谅了他。她又搬回家居住,并改称某某先生为阿尔伯特。他们不再是夫妻,但变成了好朋友。不久莎格离开了她的丈夫,又回到阿尔伯特家。茜丽、莎格、阿尔伯特三个人和睦地住在一起。他们都老了。

一个六月的傍晚,茜丽、莎格与阿尔伯特晚饭后正坐在门廊里闲谈,一辆飞驶而来的汽车在他们面前停了下来。从车上走下了耐蒂、塞缪尔,长大成人的亚当、奥莉维娅与亚当的妻子塔希。历尽别离之苦的一家人终于团圆聚首了。大家悲喜交集,热泪长流,茜丽拥抱着妹妹与儿女,内心中充满了对上帝及万物的感激之情。

《紫色》是一部歌颂女性自尊自立精神的作品,小说中一位最初精神麻木的黑人妇女觉醒后通过自强自立创造了真正的自我,闯出了一条成功的人生之路。她的经历表明了一个道理,即在男性占主导地位的社会里,女性只有认识自我、顽强自立才能实现人格的完整并在生活中得到自己的位置。同时,该书还通过对其他人物的描写,歌颂了人性中真善美的一面,颂扬了人世间的友谊、真爱、互助和宽容。此外,《紫色》在艺术上也很有特点。该小说的结构是传统的书信体,全书由 92 封长短不一的信件组成。但此书中书信体的运用很有创造性。小说中女主人公的大部分书信都是写给上帝的,因此事实上都是她的内心独白。这一表现手法颇为新颖独特,很具艺术感染力。同时,该小说还成功地运用了象征手法。例如小说中提及的紫色就很有深意。本书不仅用紫色做了书名,而且还在书中多次提到紫色。根据小说内容,在这里紫色代表尊严、庄重、高尚、美丽的人生与对美好人生的不懈追求。因此,紫色在对女主人公精神世界与命运的表现中发挥了重要作用。

创作了《紫色》的艾丽斯·沃克 1944 年出生于美国南方佐治亚州一个黑人佃农家庭。她自幼家境贫寒,8 岁时患了眼疾,因无钱及时手术而使一只眼睛失明。艾丽斯以写诗开始了自己的文学生涯。她在上大学时曾将当诗人的愿望告诉一位白人教师,这位教师却对她说农家女不是当诗人的材料。但她不为冷言冷语所动,始终痴心不改,一如既往地坚持诗歌创作，终于在大学毕业前夕将她的第一部诗集《一度》脱稿。1968 年《一度》面世。从那时以来，艾丽斯已出版五部长篇小说、两个短篇小说集、两部诗集及一部传记作品。如今艾丽斯已是美国文坛上一位成就斐然、引人注目的黑人女作家。在从事文学创作的同时，艾丽斯还积极参加美国妇女运动，曾担任女权主义组织喉舌《女士》的编辑。艾丽斯对中国人民非常友好，曾于 1984 年来我国旅行观光。

15. 索尔·贝娄
——战后美国最出色的小说家

索尔·贝娄(Saul Bellow,1915 - 2005),1915 年 6 月 10 日出生于加拿大魁北克省的一个犹太家庭。1924 年随父母迁居美国芝加哥。他小时候大部分时间是在芝加哥度过的,在他以后的大部分小说中都弥漫着这个城市的气息。1933 年中学毕业后,考入芝加哥大学。在芝加哥大学学习了一段时间后,他觉得不喜欢那里传统的教学大纲,于是转入西北大学学习社会学和人类学。以后,又在威斯康辛大学攻读硕士学位。像其他许多当代作家一样,他有多个学术职位。1938 年在芝加哥师范学院任教。1941 年发表第一部小说《两个早晨的独白》。1943 年担任《大英百科全书》编辑。1946 年担任明尼苏达大学讲师。1950 年为纽约大学特约讲师。讲课之余,从不间断文学创作。1952 年成为普林斯顿大学创作会会员,并获国家文学院奖金。1953 年担任纽约德巴专科学院英语教师,并获美国文学艺术院奖。以后又多次获得国家图书奖和普利策文学奖。

索尔·贝娄可谓美国文坛的一员宿将,从作品《晃来晃去的人》(Dangling Man, 1944)问世,到《奥吉·玛琪历险记》(The Adventures of Augie March,1953)奠立自己的创作风格,再到《赫索格》(Herzog,1964)和《赛姆勒先生的行星》(Mr Sammler's Planet,1970)获国家图书奖,《洪堡的礼物》(Humboldt's Gift,1975)获普利策小说奖,贝娄在美国文坛纵横驰骋了半个多世纪，却依然宝刀不老，向世人贡献了一部部充满睿智和深意的力作。他成了继福克纳和海明威之后最杰出的当代美国小说家。

在《传统与梦想》一书中，评论家瓦尔特艾伦说贝娄的早期作品中存在明显的分界线："似乎是两个作家在写作，一个内向，一个外向。"《晃来晃去的人》和《受害者》(The Victim, 1947)是两篇内向型的小说。这两本书以一种幽闭恐惧症，有时是超现实主义的方式，描述了生活在现代城市里的人的内心的焦虑感。在第一部作品中，以日记的形式揭示了主人公在等待入伍时百般无奈、六神无主的痛苦酸楚的心情，生活在极度的痛苦之中。而在第二部作品中，主人公是一个反犹太主义的受害者，这种人物在贝娄笔下的犹太裔人物形象中带有普遍意义。他们是资本主义文明的受害者和畸形儿，但对造成他们不幸的社会制度束手无策。《只争朝夕》(Seize the Day, 1956)又恢复到这种模式。但在《奥吉·玛琪历险记》和《雨王亨德森》(Henderson the Rain King, 1959)，贝娄显示了他才华的另一个方面。两部作品都是松散的，自由发挥的，是以歹徒为题材的喜剧。特别是《雨王亨德森》，采用了大量的喜剧性幻想。

这些作品奠定了贝娄作为战后美国文学史上最重要的犹太作家的地位。在小说《只争朝夕》发表以后，一位著名的评论家莱斯利·费德勒说："索尔·贝娄不仅是一位我们能够理解的作家，而且是一位我们必须去理解的作家。假如我们想了解目前小说在写些什么，那么他是所有作家中我们最需要理解的。"这种断言在 1964 年贝娄的另一部作品《赫索格》发表之后得到了进一步的证实。这部小说获得了评论家的广泛好评。在几十年之后，它仍然是现代小说中的精品。

贝娄擅长描写大都市知识分子的生活和心态，探索现代人的精神危机和出路，多层次、富有质感地刻画人物的心理活动，文笔轻快跳跃，故于 1976 年以"对当代文化富于人性的理解和精妙的分析"获诺贝尔文学奖。

以 1953 年出版的《奥吉·玛琪历险记》为标志，贝娄的作品被认为是美国现实主义文学的代表，他的主人公通常备受压抑、孤独，却背负着一种寻求的任务，探索包含在人类共同命运中的自己的命运，寻求一种尊严和道德的实现。在孤独已经成为机器工业时代的"流行病"时，贝娄的作品就像一个新的声音,探求人类的尊严和价值。他相信人性的神圣,想去证明人在现代文明中仍可能过一种有意义的生活,他攻击传统文学中的绝望、自我否定,但同时又因为自己的所见所闻和个性所至而感到绝望。

贝娄的小说总体上是道德小说,他对善、恶、人性、爱、死亡、权利欲都从不同角度进行探索和开掘。美国文化传统对他的小说有深远的影响,尽管有时很难分辨,因为这种传统是18世纪浪漫主义的产物,并且在很多方面和犹太人的文化传统相似。

贝娄小说的独特之处在于以流行小说的主题,通过丰富的语言和细致入微的刻画,变成一种"反流行"。他的作品中有很多现实的描写,并运用具有讽刺意义的寓言式的写作技巧。这体现了他提出的"把深奥的道理和浅显的现实生活结合起来"的写作原则。同时贝娄擅长运用喜剧手法来处理严肃的主题——人类苦痛的悲怆。

长篇小说《奥吉·玛琪历险记》中的主人公奥吉·玛琪出身于芝加哥贫民区,是个幻想摆脱人的社会性以完成自我实现的流浪汉年轻人。他不断地避开亲人、雇主和异性的约束,他的原则是"从来不接受别人的决定,也不愿意作一个别人想使我成为的那样的人"。他追求自己的本性所规定的命运,渴望无限的自由。他和哥哥西蒙、弟弟乔治3人从未见过他们的父亲,也不知父亲是何许人,从小由可怜的弃妇、奴隶般的母亲操劳、抚养着。他12岁开始打工,给戏院散发戏报,给旅馆当打钟人,在一个亲戚家帮忙。当亲戚家想把女儿嫁给他时,他不愿受到约束,不愿作亲戚家的女婿,便离开这家。接着到火车站卖报,由于顾客少付钱,被雇主辞退。他又到一家商店卖圣诞节礼物,在同学的唆使下贪污了钱,被雇主发现,让他退赔了超过实际贪污的钱。后来到资本家艾因霍恩家去打工,给瘫痪的霍恩推车,上街买东西,打扫卫生,陪少爷比赛拳击等,换来维持自己生活和高中读书的费用。艾因霍恩家道中落,他只好离开,生活又无着落,先后偷过东西,当过店员。后来找到一个马具商店的工作,老板娘很器重他,供他到夜校读书,培养他学会各种上流社会的娱乐和习惯,带他出去交际、避暑等。然而,当老板娘要收他为养子时,他断然拒绝。他宁愿受穷,不愿放弃自由。离开这家马具商店,他又和偷车贼合伙,想私运移民未遂。便又到狗俱乐部去饲养狗，后又到一个大学生公寓传电话、送信，并从书店偷书卖给大学生。这时的哥哥西蒙因娶了有钱的妻子，成了资本家，他便帮哥哥开煤店，并几乎娶了嫂嫂的表妹为妻。只因他帮助了一个可怜的女工做人工流产，遭到女家误会，于是这门亲事告吹。之后，他又和原来在马具商店结识的有钱女子西奥鬼混了一段，为西奥所抛弃。战争爆发后，他到一所培养轮船工作人员的学校学习，并与一个同他一样不愿受别人约束的女子斯特拉·切斯尼结婚。婚后一次出航时，船被鱼雷炸沉，他和另一个人在海上历险漂流 15 天后得救。战争结束，他随妻子先后到意大利、法国从事电影工作，历尽艰辛坎坷后，目睹现实世界，他有所顿悟，回顾以往生活觉得可笑。最后他的理想是：安下家来，生儿育女。作品描写主人公追求不受任何约束的自由，最后只好向社会妥协的经历，不无嘲讽意义和鞭挞作用。

《拉维尔斯坦》可以说是沿袭了他先前作品的主题和风格，反映的依然是都市中产阶级知识分子的生活方式和情感困惑，以及对社会和人类终极意义的理性思索。

小说以美国著名哲学家和作家艾伦·布卢姆(Allan D. Bloom, 1930－1992)为原型，塑造了艾比·拉维尔斯坦教授的形象。布卢姆潜心研究西方古典哲学，还写了一本名为《美国思想的终结》(The Closing of American Mind)的书，这本书的畅销给他带来了滚滚利润，使他成为一个腰缠万贯的学者。

小说从主人公艾比·拉维尔斯坦教授暴富后开始写起，用讽刺讥诮的笔法叙述他怎样在欧洲一掷千金，挥霍无度，住大饭店，买高级车，一件休闲服就花了近 5 000 美元，床上要铺最高档的安哥拉羊毛和貂皮毛；他还挥金如土地到处送礼，花 80 000 美元买一辆宝马车送给性伴侣尼吉；与此同时，他还整天高谈阔论，没完没了地兜售他的忠告、俏皮话、低级的玩笑和崇高的思想，他的话题广阔无垠，从法律和政治，到雅典和耶路撒冷，到公牛队的乔丹和巴黎的美食。而他之所以这样放纵和无所顾忌，是因为他由同性恋伙伴处感染了艾滋病，已经来日无多。在他的富足和慷慨后面，实际上是对生命价值的茫然和摒弃；他滔滔不绝地发表议论，似乎一切事情都能理得清清楚楚,说得头头是道,而在这后面,隐藏着一种精神的漂泊和无可归依。他以反传统的知识分子形象出现,对自然不屑一顾,认为:"受过教育的人都犯了同样的错误认为自然和孤独对他们有益。实际上,自然和孤独都是有毒的。"然而,物欲横流的放纵生活带给他的却是艾滋病和死亡。

奇克是教授多年的密友,也是本书的叙述者。他亲眼目睹了拉维尔斯坦在生命的最后几个月中戏剧性的行为方式,以及情绪的跌宕起伏,并将它们断断续续地记录了下来。因为奇克不仅是拉维尔斯坦的暧昧伙伴,而且还被拉维尔斯坦选中撰写他的传记。在两个人的关系中,尽管奇克年龄稍长,但他处处表现得像个小弟弟,在现实生活中需要教授的点拨和指导。这种小弟弟的角色在贝娄的许多部自传性的作品中都出现过,他似乎对此情有独钟。

但这部小说并不是一篇平铺直叙、角色单一的传记,作者同时还投入大量笔墨描写一些次要角色的生活和心理,如奇克以及奇克的前妻维拉、现任妻子罗萨蒙,通过他们来影射或衬托主人公拉维尔斯坦。似乎在作者看来,表现一个人物有时并不需要长篇大论的记叙和讲解,或是简单的事实的堆砌,而可以通过一些有选择的片断,一些间接的影射和一些精辟的只言片语来勾勒人物的轮廓、神态。

《赫索格》是贝娄的代表作,1964 年发表后,轰动美国,作为有高级趣味的严肃作品进入畅销书行列。小说探讨了各种社会问题,反映了 60 年代美国知识分子的思想情绪,揭示了人道主义的危机。贝娄的成功在于他把早期创作的两种模式——内向型和外向型有机地结合起来。摩西·赫索格——失败的、困惑的、半疯狂的学究——的故事,把丰富的喜剧发明与对现代知识分子的深刻理解结合起来。其结果是一出反映现代人焦虑感的悲喜剧。

这部小说的主人公赫索格是一位中年犹太知识分子,最近他放弃了历史教授的工作,住在马萨诸塞州西部乡村的一所破旧的别墅里。他对自己的前半生,尤其是对他回到这所房子以后五天的经历作了回顾与反省。他结过两次婚,但两次婚姻都是失败的。家庭的变故,再加上社会对他的摒弃，使他对社会的现状感到嫉妒沮丧，精神濒临崩溃的边缘。他的大多数时间都花在给朋友、亲戚、仇敌、社会名流甚至已经死去的人写信上，但这些信他从未寄出。他苦闷的中心是在他生活的这个混乱的世界上找不到赖以生存的立足之地。他发现，在现代社会中，人的观念已发生变化，人道主义理想已被现实生活击得粉碎。他不知道应该怎样来认识周围的现实，怎样对待和安排自己的生活，甚至弄不清楚自己的生命到底在哪里。小说真实地反映了中产阶级知识分子在现代社会中的苦闷与迷惘。

在20世纪下半叶美国文坛上，贝娄是现实主义倾向比较强烈的作家。他把现实主义的冷静、细致、客观的观察和现代主义的深层心理分析结合了起来，以戏剧性的嘲讽和富于夸张的幽默，以及象征、荒诞、意识流等手法的综合运用，表现人物的外貌特征和内心世界，从而使数十年创作中一以贯之的同类任务既有深刻的共性，又有鲜明的个性。在时空观念上，贝娄常常将历史、现实和将来融为一体，同时展现各种社会生活画面；而且常常打破传统的空间概念，采用横跨几个国家乃至几大洲的“跳跃式”写法。文笔清新、流畅、自然，富有“跳跃性”，给人以轻松愉悦之感；语言上的特点则是高雅与俚俗混杂。

总之，贝娄通过犹太知识分子在美国的遭遇描写了美国社会的精神危机。他采用现代派的新技巧和现实主义细节描写，塑造了性格迥异、多姿多彩的“反英雄“形象，展示了处于尴尬时代的广阔而生动的美国社会生活图景，揭示了当代西方人没有立足点而不断奔波的深刻主题，将现实主义推向新高度。贝娄在美国文坛享有“我们时代所拥有的最优秀的作家”之盛誉，被公认为“在二次大战后的美国小说中，他的小说最深刻、最令人信服地展现了现代都市人寻求自我本质的问题”。

16. 在迷惘与疯狂中苦苦挣扎的赫索格

美国当代著名作家索尔·贝娄(Saul Bellow,1915－2005)在1964年出版了一部小说,这部小说讲述了这样一个故事:历史学教授摩西·赫索格第二次婚姻的破裂给他造成了极大的精神创伤。他变得举止失常、行为怪诞,为此他的前妻玛德琳与她的情夫瓦伦丁四处散布谣言说他已经疯了。听到这些话赫索格认为:"要是我真的疯了,也没什么,我不在乎。"离婚之后,他遵医嘱到欧洲旅游休养了几个月,可第二年回国后健康状况却比出国前还要糟糕。到春深时节,他便觉得再也无法忍受了,他要进行解释,要把一切讲清楚以正视听。当时他正在纽约一家夜校里代课。最初的一个月一切正常,可后来他就开始在讲课时东拉西扯,语无伦次了。到了期末,他竟经常在课上长时间哑口无言,有时干脆喃喃地说声"对不起",便停止授课,掏出钢笔在一些碎纸片上使劲写起来,弄得讲台也吱吱嘎嘎地作响。学生们个个面面相觑,目瞪口呆。以后,他便迷上了写信。他无休止地写,并时时地为自己写的东西所感动。他写给自己的亲友,写给报章杂志,写给知名人士,最后居然给死人也写起信来。他开始时给自己的故友写,后来又给过世的名人写。

赫索格家是来自俄国的犹太移民。他的父亲是个一生命乖运蹇的商人。他在彼得堡时本来很有钱,但因从事非法经营被判刑。为了逃避服刑，他带着家人移居加拿大。到加拿大后他做过多种生意，但都以失败告终。最后他做了私酒贩子，但也是惨淡经营同时还要担惊受怕。赫索格的母亲出身名门，但后来也习惯了过贫苦的生活。她在操持家务之余还为人洗衣做衣以补家用。后来母亲去世，父亲又结了婚，孩子们都称后母陶贝阿姨。赫索格家的儿子们长大后都很有出息。瑞拉成了百万富翁，威利当了建材商，也是腰缠万贯。最小的摩西也成了知名学者。他虽然不像哥哥们那样有钱，但也衣食无忧。同时更重要的是他在学术上获得了很大的成就与极高的声誉。他取得了博士学位，当了教授，写出了许多很有影响的论文和一本叫《浪漫主义与基督教》的专著。他的著作如今已在许多地方被列入必读书目，受到年轻一代史学家的推崇。

摩西在当副教授时同第一个妻子戴西结了婚。那时她还是一个纯朴的大学生。戴西冷静、稳重，为人处事循规蹈矩。他们在一起生活得很平静，很快就有了一个儿子马可。在他撰写《浪漫主义与基督教》那年，他们相伴在康涅狄格州一所小房子里度过了严寒难耐的冬天。后来摩西结识了一个聪明漂亮的姑娘玛德琳，立即便爱上了她。玛德琳是一个生活放荡的艺术家的女儿，生性专横任性，爱慕虚荣，还有些神经质。在与摩西相识时她正在经历一场精神危机，皈依了天主教（她也是犹太人）。不久摩西就与戴西离婚，同玛德琳成了亲。婚后由于玛德琳不愿丈夫做个平凡的教书匠，摩西就辞去大学里的教职，用父亲给他的二万美元遗产在麻省路德村买了一座古老的大房子，同玛德琳一起来这里隐居。在这里玛德琳生下他们的女儿琼妮。然而一年后玛德琳又厌倦了乡居生活，决定去读完她的斯拉夫语研究生课程。对她百依百顺的摩西又在芝加哥市区大学谋得一个职位，同时按照她的意思为他们在路德村的邻居、好友瓦伦丁在芝加哥电台找到一份工作，然后两家一同来到芝加哥。然而，在芝加哥住了一年之后玛德琳突然变脸，坚决地与摩西离了婚。后来摩西才知道玛德琳与瓦伦丁早有私情。

摩西的生活中还有几个女人。在华沙时他曾与一个叫旺达的波兰女子交往过很长的时间。后来他在纽约又与日本女人园子有了一段露水姻缘。园子出身巨富，父亲让她来美国学习服装设计。她现在早已回日本。

此后在夜校里摩西又结识了一位获得了哥伦比亚大学艺术史硕士学位的花店女老板雷蒙娜。雷蒙娜30多岁,刚刚离婚,是个漂亮迷人的女人。夜校结束后她建议摩西同她一起去她在海边的一所别墅度假。摩西对此感到害怕,他知道她在追求自己,但他此时不想被她俘虏。考虑再三,他决定去葡萄园港看望一个老朋友莉比·文。他过去曾给予她很多帮助。在为这次旅行做了充分准备后他来到葡萄园港,受到莉比夫妇的热情欢迎。他们都要求他在此多住些日子,散散心。但不知为什么摩西此时突然感到强烈的不安与别扭。他匆匆写下一个致歉的便条,趁莉比夫妇在厨房为他准备早餐的时候悄悄地离开他们家,乘飞机回到纽约。回家后的第二天他就接到了雷蒙娜的电话,她邀请他去她家吃晚饭。经过再三犹豫后他答应了下来。他来到雷蒙娜家,两个人边吃边谈,都感到非常愉快。当晚他就住在了雷蒙娜家。

此后摩西打定主意去芝加哥看望女儿琼妮,并勇敢地面对玛德琳与瓦伦丁。他到芝加哥后租了一辆汽车,然后开车先去了父亲家看望后母陶贝姨妈。陶贝姨玛现已年逾八旬,孤零零一个人住在老宅里。在那里摩西想起父亲在世时有一次他找父亲借钱,与父亲发生争吵,父亲一怒之下取出一支手枪要打死他,幸亏陶贝姨妈将父子二人劝开。摩西决定找出父亲的手枪,用它杀掉瓦伦丁与玛德琳。他找到了手枪,还顺便翻出了一些帝俄旧钞票。他打开枪膛,看见里面有两粒子弹,心想这就够了。他将枪用一张大额卢布包好放入衣袋,离开了家。他来到玛德琳的寓所,意外地从窗外看到瓦伦丁正温柔地给琼妮洗澡。他心头一阵感动,就放弃了杀死瓦伦丁的念头。他来到瓦伦丁家,想找他的妻子菲比谈一谈。菲比对摩西很冷淡,她抱怨说她与瓦伦丁本来在路德村生活得很平静,是摩西与玛德琳的到来彻底地扰乱了他们的生活。她还说瓦伦丁一向很关心摩西。摩西告诉她瓦伦丁与玛德琳通奸之事,要她与瓦伦丁离婚。菲比严辞拒绝了摩西的请求。

摩西从瓦伦丁家出来后给女儿买了几件衣物,然后找到了朋友卢卡斯,请他给玛德琳打个电话,为自己约个时间与女儿见个面。当晚他住在了卢卡斯家。第二天在卢卡斯的安排下摩西终于在博物馆门前见到了女儿琼妮。他本来怕女儿已忘记他,但琼妮一见面就一边亲切地喊他爸爸一边扑到他的怀里。他与女儿参观了博物馆,并谈了很多事情。琼妮说她很喜欢瓦伦丁叔叔,因为他会做鬼脸。但她又说爸爸讲故事讲得最好。离开博物馆后摩西驾车带女儿去吃午饭。他们在路上出了车祸,摩西受了伤。两个警察跑过来把摩西抬出了汽车。他们发现了他身上的俄国卢布和手枪,就把他们父女带回警察局审问。问明情况后警方通知玛德琳领走了琼妮。然后摩西叫来哥哥威利,请威利为他交罚款,将他保释出去。

离开警察局后威利要摩西到他家去住。摩西拒绝了。但他请求哥哥帮他将路德村的房子卖掉。威利答应了他。随后摩西独自去了路德村。他在到处是蜘蛛网与田鼠的自己的旧房子里住了下来,每天只吃些罐头豆、干乳酪和老鼠吃剩下的面包。晚上他就睡在没铺床单的床垫上。在这几天他又写了大量信件和歌曲、赞美诗和发言稿。三天后威利又驾车远道赶来看望摩西,向他表达了深深的兄弟之情。这时摩西又接到了雷蒙娜的电话,原来她也已来到此地,就住在离摩西住处不远的巴林顿。她与摩西约好晚上来他家吃饭。威利走后摩西请来一位邻居帮他将房子彻底清扫了一遍。他决定过几天把儿子马科接来小住几日。此时他感到自己过去那股写信的冲动已经消失,如今连一个字也不愿意写了。

索尔·贝娄在与人谈及《赫索格》(Herzog,1964)写作过程时曾言这是一本使他吃尽苦头才写完的书。他经常从第一行第一个字重头写起,记不清有多少次了。后来他又说一共写了13次,“把它像一个祈祷轮一样转来转去”。然而贝娄在《赫索格》上花费的心血结出了硕果。该书被写成了一部精品,成为贝娄的代表作,连续荣获三项大奖(1964年美国国家图书奖,1965年国际图书奖与1968年法兰西文学艺术荣誉奖),并作为一部高雅的严肃作品进入了畅销书的行列。

通过描写这样一个善良真诚、敏感脆弱、不谙世事的高级知识分子在一些“机灵精明的家伙们”的愚弄下遭受的种种磨难,作者展示了现代西方文明的危机,社会的冷酷与人心的黑暗。然而与此同时本书又洋溢着乐观向上的精神。它通过主人公最终满怀希望地重新拥抱生活的结局,充分显示了其人性不灭与人文主义精神终将复归的思想主旨。

贝娄在创作《赫索格》时采用了大量融入现代主义成分的现实主义写作手法。小说在塑造赫索格这一西方现代社会的典型人物时主要运用了内心独白、回忆、联想、感受等意识流方法。全书很少有外在行动,主要由主人公内心活动组成。全书结构表面看来散漫杂乱,但细理起来却脉络清晰,有极强的内在统一性与完整性。总之,《赫索格》是一部寓意深刻、手法独特的当代文学佳作。

17. 艾萨克·巴什维斯·辛格与他的《卢布林的魔术师》

艾萨克·巴什维斯·辛格(Isaac Bashevis Singer, 1904 – 1991)是美国当代著名的犹太作家。他出生于波兰的拉其比恩镇,祖父和父亲都是犹太教士。他自幼受过系统的犹太教教育,他通晓希伯来语和意第绪语,熟悉犹太民族的历史、典籍和各种风俗习惯。1935 年他随哥哥移居美国,1943 年入美国籍。他的全部作品都是用意第绪文写成的,再经亲友们的协助译成英文出版。著名作品有长篇小说《卢布林的魔术师》(The Magician of Lublin, 1960)、《奴隶》(The Slave, 1962)、《庄园》第一部(The Manor, 1967)、《庄园》第二部、《产业》(The Estate, 1969)、《仇敌:一个爱情故事》(Enemies: A Love Story, 1972)、《舒莎》(Sho-sha, 1978)等;短篇小说《市场街的斯宾诺莎》(Spinoza at Market Street)、《傻瓜吉姆佩尔》(Gimpel the Fool)、《短暂的星期五和其他故事》(Short Friday and Other Stories, 1964)、《羽毛的皇冠》(A Crown of Feathers, 1978)、《卡夫卡的朋友和其他故事》(Friend of Kafka and Other Stories, 1970)以及回忆录《在我父亲的庭堂上》(In My Father's Court, 1967)。

《莫斯卡特家族》(1950)、《庄园》(1967)、《产业》(1969)等描写了在现代文明和排犹主义的压力下,波兰的犹太社会解体的过程,反映了犹太民族的苦难经历。《卢布林的魔术师》、《舒莎》等表现了爱情和宗教的主题。

作品情节生动，语言幽默，饶有趣味，常常是既描写古代波兰和当代美国的犹太人生活，又绘声绘色地讲述鬼怪神灵、上帝和撒旦的故事，读来趣味盎然，爱不释手。

辛格的语言流畅明白，简朴诙谐，同时又富有哲理。他的人物的性格主要靠对话来表现。辛格的作品情节生动，富有趣味性，文笔清晰简练，大都是描写波兰犹太人往昔的遭遇和美国犹太人现今的生活，其中也有不少是神秘的灵学和鬼怪故事。他说，“我最了解犹太人，最熟悉意弟绪语文，所以我的故事的主人公和人物总是犹太人，讲意弟绪语。我跟那些人在一起感到自在。但是我并不单单因为他们讲意弟绪语，是犹太人，才写他们。我对于人们所感兴趣的东西同样感兴趣，那就是爱情、背叛、希望和失望。”他在作品中，借写神画鬼，对犹太人传统生活与美国现代生活的冲突，作了深入的哲理探讨，显示了故事巧妙安排的魅力，所以不止在美国拥有大量的读者，世界上懂意第绪语和英语的人中，对他顶礼膜拜的也大有人在。

辛格曾两次获得美国路易士·兰姆德文学奖，又于1970年获得美国布兰代斯大学创作艺术奖和国家图书奖，1978年荣获诺贝尔文学奖，评语是“他的充满了激情的叙事艺术，不仅扎根于犹太血统的波兰人的文化传统中，而且反映和描绘了人类的普遍的处境……”。他还是美国全国艺术和文学学会、美国艺术和科学院的会员。

《卢布林的魔术师》故事发生在19世纪末波兰东部的卢布林省。主人公雅夏·梅休尔，或者叫卢布林的魔术师，出生在一个虔诚的犹太教徒的家庭。他7岁丧母，从小缺少应有的关心和帮助，过着艰苦辛酸的卖艺生活。经过自己的勤学苦练和多年的江湖漂泊后，终于成了远近闻名、红极一时的魔术大师。他在卢布林有了一个安宁的家庭和一个贤惠的妻子埃丝特。

每次演出回来，雅夏都要在床上躺一两天，由妻子端吃端喝，好生伺候。妻子忠贞而能干，美中不足的是年近40而不能生育。结婚20多年来，他们的关系始终不冷不热。

雅夏在贝拉的酒店喝了半天酒，回家的路上朦朦胧胧地想起了他在华沙的情人埃米里亚，她是个教授的未亡人。想起腼腆而风骚的埃米里亚，雅夏总有一种马上去见她的冲动。但回到家里，看到妻子忙前忙后的身影，他又感到埃丝特才是他唯一的依靠。

雅夏要离家去华沙演出，行前，埃丝特一再叮咛他要小心保重，然后拥抱吻别。雅夏途经皮阿斯克镇时停留下来，那里有他的两个情人——铁匠的女儿玛格达和离婚的女人泽弗特尔。她们都跟雅夏有某种私情。20多岁的玛格达给雅夏的魔术表演当助手已经8年了，父亲把她送到小学就去世了。好心的雅夏从此担负起供养她和她母亲的责任。雅夏的到来，玛格达母女高兴万分。他们一起吃饭、聊天到深夜，然后雅夏急切切地同玛格达同床共枕。第二天，雅夏又去看望住在屠宰场附近的泽弗特尔。他想到现有的女人已够自己应付了，干脆给泽弗特尔送条珊瑚项链，从此拉倒算了。泽弗特尔发现雅夏的神情不对，便问他是否又有了新情人。雅夏正想与她好好谈谈，便说了与教授寡妇相好的事：已有一个14岁女儿的埃米里亚漂亮而高雅，她愿意抛弃一切跟雅夏结婚，但使雅夏为难的是，不仅要先离婚而且要改变信仰。雅夏带着玛格达来到华沙时，宣传他演出的海报已贴得到处都是。埃米里亚更漂亮迷人了。见面后，两人急切地亲热后又谈起他们的未来。雅夏对如何使玛格达接受眼下的事实犯了难。他和埃米里亚借看剧的机会又一次幽会，回到埃米里亚家里，雅夏留下来过夜。几天后，泽弗特尔到华沙来找雅夏，无奈，雅夏把她送到佣人介绍所，给她找了一份工作。

雅夏为弄到一笔钱同埃米里亚结婚并远走他乡，打听到有一位地主的房产钱放在普鲁兹纳街附近的一所房子里，便在一天晚上去行窃。不料没有找到钱反在惊恐中跌伤了自己。他只好躺在床上养伤。他感到自己非得去看埃米里亚不可，但衣服、胡子刀等都被玛格达藏匿起来。同玛格达吵了一架后，雅夏去往埃米里亚家，他坦然地告诉她，自己除去卢布林的一所房子外没有钱和其他财产。而与埃米里亚结婚及最初一段时间的生活安排，至少也需要一万五千卢布。突然有人来找埃米里亚，原来雅夏那天行窃时留下了一个笔记本上有她的地址，警方叫她当心一些。听到这里，雅夏心里不免紧张起来，在言谈中，埃米里亚已知道雅夏就是那个行窃的人。露了马脚的雅夏,失意地离开了她家。

惧怕逮捕一直折磨着雅夏,他去了祈祷堂,回家时,发现玛格达已因失去他而上吊自杀。苦闷的雅夏又去喝酒,随后又去另找旅店,因无身份证到处碰壁,茫然无助地踯躅于华沙街头。

雅夏回到卢布林,在自家的附近盖了一间砖屋,请了一位教师指导他苦修赎罪。人们都预言他在砖屋里呆不了多久,但说这话的人后来认输了。雅夏在里边呆了三年多,每天埃丝特给他送三次吃的东西,谈几分钟话。但雅夏仍时时受着心里潜藏的烦躁、欲念的折磨。一天,埃丝特除了带来食物还带来了一封信,那是埃米里亚写来的。信上说,她已嫁给了一个热烈追求她的教授,她谨代表教授、女儿向他表示良好的祝愿。

作品旨在揭示情欲对人的命运的影响,并要求人们恢复在现代文明社会中被抛弃了的信仰,从而从现实的罪孽中解脱出来。

辛格是波兰的犹太人,而东欧犹太人几千年来一直保留着极为浓重的犹太教传统。特别辛格的父亲是个笃信犹太传统教义的教士,因此他自幼深受犹太教规的熏陶。这成为辛格内在的"真实"存在,而且似乎已深入到辛格连篇累牍的作品中去,变成了他的一种精神实体。犹太教把世俗世界看成是种"不洁"的存在,对之具有戒心,因此宁愿远而避之,或视而不见,只顾自身精神的洁净,使自己可以超凡入圣。辛格在那篇《在我父亲的庭院里》,曾经描写他父亲一听见华沙街头受糟蹋妇女的呼救声,便把书斋的窗户紧闭起来。但是身为儿子的辛格,却对世俗好奇而又留恋,因之终于有一天,走到面临华沙街头的阳台,去一睹世俗的生活,而且把亲眼所见的世俗,全部记了下来。他似乎在一刹那间发现除了上帝的世界还有个世俗的世界,这一发现使他离开了犹太教的教义,而且他写来那样得心应手。他无法跨越这两个世界的间隔,便只能用他出色的天赋和超然的观点,使犹太教的传统——接受上帝的法律、上帝的意志、甚至上帝的杀戮——转化为故事、传说和幻想。卡静说,"辛格是用他的轻松、平易、机智来说服读者的。"

由于辛格生活在美国,接触到美国的犹太人,这些犹太移民不自觉地囿于祖先的习俗,但这些祖先的习俗却不见容于现实的美国生活,辛格就抓住这一矛盾加以讥刺嘲讽,得到读者的欣赏,终于由一个用意第绪语写作的人,一跃而成为美国的名作家。辛格笔下的犹太人体现了犹太人的真正精神面貌:固然"我"有一定之规,现实既然不合我的"规",唯一的办法就是加以接受。犹太人原本就是"逆来顺受"的人,因此这个民族虽然到处受异族人的歧视迫害,他们终能随遇而安,在人类好斗的夹缝里生存下来。辛格小说里的人物活着受上帝权力的主宰,死了则是应了上帝的感召。

18. 马拉默德的小说创作

伯纳德·马拉默德(Bernard Malamud,1914 - 1986)出生于纽约市布鲁克林区。父母亲都是俄国的犹太移民。在纽约开店做小生意,境况不佳,他的童年生活很贫困。中学毕业后,他就读纽约市立学院和哥伦比亚大学,获文学硕士学位。他曾就职于纽约人口调查局,后在中学教书,并开始写作。1952 年出版了第一部长篇小说《天生的运动员》。1957 年他的代表作《店员》问世,引起了文坛的重视。随后,他的作品不断问世。其作品有三部短篇小说集:《魔桶》(The Magic Barrel,1958)、《白痴优先》(Idiots First,1963)和《伦布兰特的帽子》(Rembrandt's Hat,1973);八部小说:《天生的运动员》(The Natural,1952)、《店员》(又译为《伙计》)(The Assistant,1957)、《新生活》(A New Life,1961)、《修理工》(又译为《装配工》)(The Fixer,1963)、《费德尔曼写照》(Pictures of Fidelman: An Exhibition,1969)、《房客》(The Tenants,1971)、《杜宾的传记》(Dubin's Lives,1979)和《上帝的恩赐》(God's Grace,1982)。他曾荣获国家图书奖、普利策奖和美国艺术院颁发的小说金质奖章等。晚年,他担任哈佛大学等校的客座教授。1986 年 3 月因心脏病突发去世。

马拉默德最常见的主题是寻求新生活,途径是皈依宗教和道德新生。他写的最动人的作品是关于犹太裔美国人。犹太文化中根深蒂固的通过受难取得救赎的思想往往是马拉默德主人公行动的指南，就此评论家往往称他的作品为道德的现实主义。他的作品中，通过受难取得救赎的犹太文化思想核心是其作品主人公共同的人生信条。

《店员》以幽默的风格写主人公经历了痛苦磨炼后，善的一面战胜了恶：犹太移民莫里斯·波伯与妻子艾达靠在纽约日趋败落的犹太人区开的一家小店为生。莫里斯起早摸黑，终日劳累不息，在小店里呆了22年，日子仍不好过。他为儿子的夭亡而伤心掉泪。女儿希望上大学以改变处境，但又眷恋这里的文化传统和父母。她的最大障碍还是缺乏经济能力。父母抵制烧掉小店以骗取保险金的诱惑，坚持笑迎苦难的犹太道德准则。他待人诚恳，富于同情心，他把食品赊欠给孤儿寡妇，明知钱讨不回来也不忍心看着孩子饿得直哭。在他走投无路之际，还把身上仅有的一点钱给了一个小贩可怜的儿子。他带病在店门外扫雪以方便过往的群众。总之，莫里斯是个勤劳、正派、诚实、善良的犹太劳动者，他的生活信条是"做老实人，觉才睡得安稳"，"做个犹太人，就得有副好心肠"。但他在社会上受到歧视，遭过流氓的抢劫，吃过合伙人诈骗的亏，赔光了老本，最后，带着无穷的烦恼离开了人间。他是个虔诚的犹太教徒，对自己的不幸遭遇逆来顺受，结果成了资本主义自由竞争的牺牲品。他的小店成了一座见不到阳光的监牢，他的身心完全被摧残了。

弗兰克是意大利裔的非犹太移民，在美国西海岸天主教的孤儿院长大。后来他从西部流浪到纽约市，找不到工作，夜宿街头巷尾，忍饥挨饿。他看不起埋头苦干的犹太人。有一天，他和流氓沃德去抢劫莫里斯的杂货店，并把他打得头破血流。事后，他发现莫里斯很穷，自己良心受到责备，便找机会去帮他干活。他表面上不要工资，暗地里却偷店里的钱。他爱上莫里斯的女儿海伦，但不久，他偷钱被发现而被赶出店门。绝望之余，他在公园里对海伦施暴，造成两人感情破裂。后来，莫里斯病逝，弗兰克又回到小店里帮助莫里斯的遗孀孤女维持生计。他学习莫里斯善良勤劳的品德，日夜辛苦操劳，想帮海伦上大学。最后，他改邪归正，皈依了犹太教。他继承了莫里斯的遗业，生活在无边的苦海之中。他弃恶从善，赢得了海伦的爱情，这是他心灵上唯一的安慰。

《店员》写出了美国犹太移民的内心世界,体现了作者的人道主义精神,也表明了作者对19世纪以来现实主义传统的继承。作品艺术结构严谨,情节生动,对话简洁,诙谐幽默,人物形象栩栩如生,细节描写精细,内心刻画层次分明。作者巧妙地将意第绪语的节奏和风趣融入现代英语,又吸取了海明威式的简洁明快的风格,表现了人物的希望和痛苦、善良和忧虑,令读者回味无穷。

短篇小说《魔桶》也贯穿了道德新生的主题,讲的是一个犹太神教学生,为了适应圣职的需要请婚姻介绍人撮合自己的亲事。他意识到自己从未真正爱过上帝或同胞,因此在媒人为他介绍对象时他总找不到称心如意者,最后被媒人的女儿所吸引,他决心要娶这个道德上很不够格、生活上极不检点的女人为妻,通过改造她来改造自己。

作品着重刻画了两个人物——穷学生和婚姻介绍人。穷学生的性格主要通过心理描写来体现。当他知道自己的意中人原来是媒人的女儿,而她又不配给自己做老婆时,作者把他的心理矛盾刻画得细致入微。婚姻介绍人是个犹太老头。他的风貌、举止描绘得十分逼真,谈吐尤其能传神。他时而卑下、时而幽默、时而苦闷,性格表现得非常活跃。小说的笔触灵活多变,幽默中带着淡淡的凄婉。作品还蕴涵着有关信仰、道德、情感的哲理,使风趣的故事有了深刻的含义。

《修理工》是马拉默德最好的作品,既重视通过受苦而获得救赎的主题,又把犹太人问题置于世界政治舞台上。故事讲的是个命运多舛的俄国犹太人博克,在他妻子离他而去后,改头换面来到基辅市非犹太人区居住。一场误会导致警察认定他杀了一个基督教少年,入狱待审。无意间他成了1905年间俄国政治斗争的牺牲品。几个派别都要利用这一事件取得政治上的筹码。如果他坚持真相,答应争取从轻发落,他的排犹太团体决不肯罢休。如果他承认有罪,整个犹太社区就将成为迫害对象。从这个意义上看,博克的故事是整个犹太人的寓言,想要掩盖自己的犹太身份是徒劳无益的,只有面对偏见和迫害。

《杜宾的传记》描写了56岁的主人公杜宾在三年的精神危机中不懈的追求和苦闷。杜宾是一个有成就的传记作家,曾获约翰逊总统颁发的自由奖章。由于种种原因,他30岁出头才从报纸上的征婚启示中找到了一位带孩子的寡妇基蒂为妻。婚后生下女儿毛德。两人缺乏真挚的爱情和相互了解。他埋头写作,对妻子关照不够,令妻子失望,时常怀念死去的前夫,杜宾对家庭生活不称心,又不想离婚;他与妙龄少女、大学生芬妮频频约会,以满足自己的心理需要,摆脱无尽的苦恼和矛盾。儿子吉拉尔德逃避越南战争,开小差逃到瑞典,极少来信;女儿毛德为了追求个性解放,与一位已婚的黑人老教师同居怀了孕,与父母感情上疏远。基蒂因丈夫有外遇而苦恼,为子女的前途担心。杜宾深感生活的孤独,迷上芬妮,不肯与她断绝来往。他对自己的内心忧虑和家庭矛盾,既无力解决又无法回避。他的心理历程看不见终点。小说从一个美国中年知识分子的精神危机的侧面,深刻地反映了60年代美国社会的个人困惑和家庭解体。也许,这正是美国60年代的缩影。小说中的人物不多,但每个人心里都充满了失落感和危机感。

《房客》写同住一所行将倒塌的大楼里的一位犹太白人作家和一位黑人作家相互蔑视、倾轧,个人都把自己封锁在对自己命运的认识之中,反映了60年代美国知识分子普遍存在的孤寂心理状态和犹太人与黑人之间的种族关系的变化。

《上帝的恩赐》写一名叫卡尔文·科恩的古生物学家,在一场核灾难之后,与另一个幸存者——一个装有人工喉的黑猩猩在印度洋一个孤岛上共同生活的故事。

在美国作家中,马拉默德的作品最能体现犹太文学的传统。他非常重视文学中的"犹太性"。他的作品大多取材于犹太人的日常生活,在他的笔下,主人公都是他所熟悉的美国犹太下层人物:小店主、伙计、小贩、鞋匠,以及失意的知识分子,他们在资本主义社会环境中拼命挣扎,尽力抗争,追求新的生活和创造更高的精神境界。作者正是通过这些遭受苦难的犹太人,揭露资本主义社会的丑恶与不平,对下层的苦难人民寄予深切的同情,并使作品具有抑恶扬善的寓意。在艺术上,他采用现实主义的手法刻画人物性格和描绘环境,作品风格幽默,故事情节富于戏剧性,读来娓娓动听,令人难忘。马拉默德作品的基调是现实主义的,但有时有超

现实的细节和神话韵味。犹太文化和意第绪语知识增加了他作品的特性。

1969 年和 1973 年他两度获得欧·亨利小说奖，1964 年被选为美国全国文学艺术学会会员，1967 年被选为美国文学艺术院院士，后又任美国作协常务理事和国际笔会美国分会主席。

19. 新一代犹太小说家的杰出代表——菲利普·罗思

菲利普·罗思(Philip Roth, 1933 -)被认为是当代最杰出的美国犹太裔作家之一。

罗思出生于新泽西州纽瓦克市的一个中产阶级犹太人家庭。1954年毕业于宾夕法尼亚州巴克内尔大学,1955年获芝加哥大学文学硕士学位后留校教英语,同时攻读博士学位,但在1957年放弃学位学习,专事写作,以小说《再见吧,哥伦布》(1959)一举成名(该书获1966年美国国家图书奖)。

1960年罗思到爱荷华大学作家班任教,两年后成为普林斯顿大学的驻校作家。他还在宾夕法尼亚大学承担过多年比较文学课程的教学。1992年退休后继续写作。罗思的作品深受读者和批评家的青睐,获奖颇多,其中包括美国犹太人书籍委员会的达洛夫奖、古根海姆奖、欧·亨利小说奖和美国文学艺术院奖,他本人也在1970年被选为美国文学艺术院院士。

其主要作品有《再见吧,哥伦布》(Goodbye, Columbus, 1959)、《放任》(Letting Go, 1962)、《波特诺伊的抱怨》(Portnoy's Complaint, 1969)、《乳房》(The Breast, 1972)、《情欲教授》(The Professor Desire, 1977)、《鬼作家》(The

Ghost Writer, 1979)、《解放了的祖克曼》(Zuckerman Unbound, 1981)、《解剖课》(The Anatomy Lesson, 1983)、《夏洛克战役》(Operation Shylock, 1993)(获福克纳奖)、《萨巴斯剧院》(Sabbath's Theáter, 1995)(获美国全国图书奖)、《美国牧歌》(American Pastoral, 1997)(获 1998 年普利策小说奖)、《遗产——一个真实的故事》(Patrimony: A True Story, 1991)、《我嫁了一个共产党员》(I Married A Communist, 1998)、《人性污点》(The Human Stain, 2000)、《垂死的肉身》(The Dying Animal)、《反美阴谋》(The Plot Against America, 2004)等。其中《波特诺伊的抱怨》和《美国牧歌》两部作品还入选《时代》杂志评出的 100 部最佳英语小说。

罗思的小说创作风格多变、主题选择广泛。罗思以他生活的犹太聚集区为背景,描写了犹太文化传统在美国主流文化的冲击下面临的巨大挑战、犹太文化与美国主流文化和各宗教间的互相冲突和融合的过程。同老一代的犹太作家不同,罗思从全方位的角度审视了犹太人在美国社会全新的生活方式、价值观和不同的心理特征,表现出他们在陌生环境中的绝望、挣扎和虚幻的精神状态及犹太传统的失落、不安和无可奈何,刻画出个人在当今美国社会中所面对的问题和他们内心的痛苦、苦闷和欲望。

除了表现犹太传统同美国主流文化的冲突外,罗思的许多作品也针砭时弊,抨击了美国社会的弊端。在创作手法上,他运用了传统的现实主义和现代主义相结合的创作风格,在他的许多作品中大量运用荒诞的故事情节和夸张的卡夫卡式的叙述技巧,表现了当代美国社会的问题和人们的心理困惑。他还充分运用喜剧、闹剧、滑稽剧和游戏性的写作手法来展示生活的荒谬。罗思的小说文体优雅、结构严谨、情节可信、人物栩栩如生。他擅长描写人物的内心冲突,被人称为心理小说家。

在其早期作品中以卡夫卡式荒诞手法揭示了现实社会中人们的身份危机和生存状况,用犹太人在美国的种种遭遇说明社会环境对人性的压抑和他们相应的反抗。后期作品既秉承现实主义传统,又吸纳运用现代主义、甚至后现代主义实验小说的某些技巧,逼真地再现了几代犹太移民美国梦幻灭的过程,表现出明显的新现实主义倾向。

《再见吧,哥伦布》是罗思的代表作。主人公尼尔在一家公共图书馆工作,他是一位具有反叛精神的犹太青年,爱上了布伦达,两人不久发生了性关系。布伦达的中产阶级的父母发现后,十分不安。布伦达努力做一个父母心目中的好姑娘,并想把尼尔改造成为循规蹈矩的犹太中产阶级。尼尔蔑视犹太传统家庭的价值,最后离开了布伦达。罗思在作品中揭示了犹太文化传统同美国主流文化的冲突以及在这一冲突过程中犹太价值的衰落和不可挽回这一现实。

他在长篇小说《波特诺伊的抱怨》带有自传性质,小说中作者带有供认性质的自白达到了极致。他的喜剧才能,他的第一人称酣畅淋漓的自然表述,他的讽刺笔调,他对性的痴迷,他对犹太精神模棱两可的态度等,都得到了充分体现。书中描写了一个犹太孩子以手淫和追逐非犹太女子为反抗策略,寻求性格自由发展的途径,但在犹太传统的代表——自己母亲的长期压抑下,未能遂愿。这是一个有反叛传统的犹太儿子和犹太母亲之间发生的故事,实际上是文化与理念的冲突。

小说对犹太人社会带来的震惊是空前的,因为它不光有悖于犹太人的宗教信条,而且在性描写方面达到了毫无节制的地步。罗思也因此遭到犹太社区和保守的犹太知识分子的猛烈抨击,但他因祸得福,该书被《纽约时报》评为 1969 年度畅销书,反而增大了其知名度。

他和同时代的其他犹太作家一样,擅长使用幽默和反讽的手法,通过人物的言行嘲弄社会传统、伦理道德和乡土风俗。他的荒诞小说《乳房》与卡夫卡的《变形记》(1912)如出一辙,揭示现代社会中人的异化,以极度夸张的手法表现内心压抑的情欲:主人公从半夜到凌晨 4 点钟,突然变成一只巨大的重达 155 磅的乳房,而人们一定会以为只有"在梦中或达利的画里才能看到此般情形"。罗思从身份危机的角度审视人际关系和社会环境,用由人到物的变化说明生存的艰辛。

从 1979 年起,罗思逐步推出第一个三部曲(祖克曼三部曲),这几部小说在描述文人尴尬处境的同时也阐明了他的文学思想。其中的《鬼作家》所刻画的人物祖克曼是根据罗思的个人经历创作而成的;第二部《解放了的祖克曼》里的祖克曼已人到中年,有丰富的社会阅历,更加务实;而

在《解剖课》中，祖克曼虽然年迈，却仍执着追求更高的精神境界。

《遗产——一个真实的故事》(简称《遗产》)是罗思的一部纪实作品。在书中，震撼读者心灵的是菲利普·罗思在照顾父亲过程中的大量心理独白和日常细节，以及不断闪现的这个普通犹太人家庭生活的记忆碎片，时而幽默，时而忧郁，时而深沉……视线凝聚的焦点，不再是广阔的社会、宏大的命题，而是罗思刚刚去世的父亲，一个平凡、卑微的犹太老头。

临终前的日子，他的一生像一条浸透了琐碎往事的河，在他和他的作家儿子眼前，半明半灭地流过。父与子之间的关系，从来没有像现在这样既亲密又陌生，既血肉相连又渐行渐远。当亲人的生命进入倒计时，所有的思索与拷问，所有的惶恐与悲伤，都逼得人透不过气来——哪怕这个人，是以冷峻著称的菲利普·罗思。

作家罗思和儿子罗思在《遗产》的字里行间不停地互换，激情与理性时而鏖战、时而讲和，努力还原生活的真相。生活的真相足以让任何文字都相形见绌，也足以征服全美国最苛刻的书评人。1992 年，《遗产》荣获美国国家书评人协会奖，成为非虚构类作品的当代经典。

《美国牧歌》、《我嫁了一个共产党员》和《人性污点》是罗思在 20 世纪结束时的又一个三部曲。这三部小说在继续关注人类命运的同时，对美国社会现实和政治状况提出了质疑。《我嫁了一个共产党员》反映了美国第二次世界大战后掀起的反共热潮——臭名昭著的麦卡锡时代的残酷、背叛和报复，它不仅侵扰了国家政治，而且极大地伤害了人与人之间的感情。而作为世纪末最抢眼的《人性污点》被评为当年的十大好书，却与它直接控诉种族主义偏见有关：一个研究古典文学的著名犹太老教授，在事业达到顶峰的时候，因一次讲演时的疏漏而遭到校方的驱逐，家庭也因婚变而破裂。《美国牧歌》是罗思迄今为止最有思想深度、最优秀的作品，因而获 1998 年普利策小说奖。

《垂死的肉身》描写的是一位七旬老教授爱上年轻女学生的侃侃自述。他迷恋她的身体，但青春的嫉妒与年老的恐惧让他挣扎于垂死与性爱间。在他们的关系结束后，他饱受精神上的折磨。然而分手八年后的一天，他却接到女孩得乳癌的消息。作品从他与她的关系描写中，道出了

60年代中期美国文化对于性的情欲解放与革命的理解，同时其间还巧妙安排了一位角色来讽刺美国赖以立国的清教徒精神。作品还以犀利的手笔，叙述了伦理道德问题和权利关系。

《反美阴谋》是罗思第26部小说，故事背景设置在20世纪40年代初期。小说采用一种回忆录的视角来叙述，通过一个家庭故事的发展作为线索，描述犹太人为了成为地地道道的美国人所做的各种痛苦挣扎。1940年，罗斯福谋求连任，最后赢得了第三届任期的大选，英国当时是在德国的进攻之下，美国没有参战。日本进攻珍珠港之后，美国终于不再坚持中立立场，开始卷入反法西斯的战争。罗思的《反美阴谋》故意改写了这段历史。小说的重点不是集中在总统任期或二战事件的描述上，而是集中在这段时间发生的事情对书中主要人物的家庭和人物自己的童年所造成的影响及伤害上。尽管这本书虚构的是过去的历史事件，它却被认为是现代社会的一种寓言，它对美国当前的政治形势有着明显的影射性，书中暗示出国家向法西斯主义方向前进是非常危险的。

菲利普·罗思擅长表现当代中产阶级犹太人的生活和心理，反映他们在多变的美国社会中的处境和失落感。罗思近年来在美国文坛更是独领风骚，获得过普利策小说奖、美国国家图书奖、美国国家书评人协会奖、首届贝娄文学奖等，还是3次获得福克纳小说奖的第一人。菲利普·罗思已连续多年成为诺贝尔文学奖最具竞争力的候选者之一。

20. 梅勒与他的《刽子手之歌》

诺曼·梅勒(Norman Mailer,1923 – 2007)是美国犹太裔小说家,也是美国“非虚构小说”文学形式的开创者之一,他两度入选普利策文学奖,并荣获国家图书奖、全国艺术与文学院奖等,成为美国在第二次世界大战以后最重要的作家之一。

梅勒出生于新泽西州郎布兰奇一个犹太人家庭。1939 年梅勒中学毕业进入哈佛大学学习航空工程,同时阅读了大量美国现代文学作品,深受影响,并发誓要成为一个像海明威、福克纳那样的大作家。1943 年他从哈佛大学毕业后,去巴黎学习深造一年。后来他应征入伍,被派往菲律宾和日本服役两年。这一段军旅生活成为他日后创作的重要素材,并酿造出他对人生与社会的基本看法。这些经历大部分都写进了《裸者与死者》(The Naked and the Dead,1948)。其他主要作品有长篇小说《巴巴里海滨》(Barbary Shore,1951)、《鹿苑》(The Deer Park,1955)、《一场美国梦》(An American Dream,1965)、《我们为什么呆在越南?》(Why Are We in Vietnam? 1967),非小说类作品《夜间军队》(Armies of the Night: History as a Novel, The Novel as History,1968)、《迈阿密和围攻芝加哥》(Miami and the Siege of Chicago,1969)、《月球上的火焰》(Of A Fire on the Moon,1970)。2007 年 1 月,梅勒的小说新作《森林城堡》(The Castle in the Forest)出版。

梅勒被认为是美国最伟大的作家，他创始了所谓"新新闻写作"（New Journalism，取用对白与描写，相似于中国的报告文学）。他与另一作家杜鲁门·卡波蒂同时也开创了所谓"非虚构小说"（用小说手法记述实事，把想象与事实熔为一炉）的文学格式。玛丽·V.狄尔邦（Mary V. Dearborn）在传记《梅勒》中指出，梅勒不但是位文学作家，而且是过去五十年来美国社会最敏锐观察者之一。读一本梅勒的小说等于是熟悉美国社会的演化。

梅勒是当代美国文学中的文体家。他擅长描写以个人生活经历为基础的事件，在小说中深刻而生动地再现历史的场面，并采用超现实主义的手法，揭示了社会权力与人性的冲突。梅勒于60年代发表了多部"非虚构小说"作品。他不仅以确凿的事实为依托，还掺入小说的艺术构思和想象，开创了新闻体纪实小说这一新的文学形式，被年轻一代作家竟相模仿，以至成为当代美国文学的一种重要体裁。多产与多变，构成了梅勒文学创作的主要特点。

《刽子手之歌》（The Executioner's Song，1979）用所谓"非虚构小说"手法写出一个杀人犯在处刑前夕的心理。梅勒在这部作品中试验了新的表现手法，自称它是一部关于刽子手加里·吉尔摩一生的"生活实录的长篇小说"。主人公吉尔摩确有其人。1976年7月，美国犹他州普罗沃市发生了一起轰动一时的凶杀案。一个名叫加里·吉尔摩的假释犯无故杀死一个汽车加油站的工人和一个汽车旅店经理。他多次犯罪，进出监狱达22次。被捕之后，杀人犯对自己的罪行供认不讳，并甘愿接受枪决。他的死打破了美国10年无死刑的记录。梅勒不厌其烦地走访了有关人士达100多次，从主人公加里的情人尼科尔，从他的亲戚、朋友、他的雇主和受害者，从警察、侦探、监狱看守、法官、律师、精神病专家、记者等人那里获得了大量的第一手材料，收集了犯人吉尔摩与他人来往的信件、法庭的记录和证人的陈述等等，然后加以整理和提炼，最后写成了1 000多页的《刽子手之歌》，由史实和虚构两大部分组成。作者根据真人真事，深入挖掘了加里内心的潜意识和社会环境对他精神上的腐蚀，成功地再现了其痛苦扭曲的内心世界。他认为这使虚构的小说更接近生活，所以《刽子手之歌》从内容到形式都可称为小说。他的"新新闻报道"当然很有独创性，跟一般的新闻报道大不一样。它在客观事实的基础上进行艺术加工，突出了真人真事的前因后果和人物的内心活动，给读者以更深刻的印象和有意的启迪。

故事的内容是这样的：

1976年4月，加里·吉尔摩由表妹布伦达等人作保，获得假释出狱。他14岁时因盗窃进少年管教学校，到现在已断断续续坐了18年的牢，最长的一次连续在狱中生活了12年。获释出狱后，加里回到母亲的故乡犹他州普罗沃市，住在姨夫弗恩的家里，并在弗恩开的鞋铺当帮工。长期的监狱生活，使加里形成了独特的品性，而一旦获得自由，他便在各方面都使这些品性膨胀起来。在鞋铺，加里无心认真干活学艺，却整天以喝啤酒为乐，并四处闲逛，追逐女人。姨母艾达把一位姑娘介绍给他，第一次约会，他便把她灌醉强行奸污。渐渐地，周围的人对他反感起来，弗恩夫妇也被他搅得不得安宁。这样，表妹布伦达不得不在另外一家工厂给他找到了一份工作。

在这家工厂，加里认识了一个叫斯特林的人，与他交了朋友。一次，他去斯特林家，碰巧斯特林的堂妹尼科尔也去了那里。尼科尔年轻貌美，身材丰满，虽然经历坎坷，近乎放浪，却又心地简单，不失少女的纯真。加里与尼科尔一见钟情，很快就搬到一起同居了。他们整天纵情欢娱，陶醉在爱情之中。但加里毕竟是加里，尼科尔毕竟是尼科尔，生活毕竟是生活。加里仍然终日酗酒，并且不时偷些东西，甚至偷了许多枪支。尼科尔则经常为他担惊受怕，提心吊胆。两人的关系渐渐紧张起来，加里开始对尼科尔大打出手。有一次，尼科尔实在忍受不了加里的毒打，离家躲了起来，坚决不见加里。这使加里急得发了疯，坐立不安。本来在生活中失去了很多的加里，这时又失去了自己内心深深爱恋着的情人，不由得失去了理智。在驾车四处寻找尼科尔而又找不到时，他在一个汽车加油站随意用枪打死了正在值班的工人。第二天，他又持枪闯进了一家汽车旅馆，凶残地开枪杀死了这家旅馆的经理。在逃跑的途中，他把手枪藏在一片灌木丛中，不料手枪走火，伤了自己的手。随后，加里给表妹布伦达打电话，把自己的藏身之处告诉了布伦达，请求她来给自己包扎伤口。这时，警方已经开始认为这两起凶杀案的重大嫌疑者是加里，正在追捕他，并到布伦达家去打听加里的下落。布伦达左右为难，最终还是把加里的藏身之处告诉了警察，警察精心布置，最后逮捕了加里。

10月5日，普罗沃市法院公开审理这两起凶杀案。在法庭上，公诉人列举了大量证据证明加里是杀人凶手，而加里本人也面对法官和陪审团讲述了自己杀人的整个过程，并为自己终于引人注目、受到重视而流露出得意之情。这一切都给法庭及陪审团留下了很坏的印象。最后，法庭判处加里死刑，12名陪审员一致举手通过。

此时，美国已经整整10年、加里犯罪所在地犹他州已经16年没有实施死刑了。如果加里上诉，州法院极有可能对他改判为无期徒刑。加里的官方指派律师等都希望他上诉，以便免于一死。可加里却不愿这样做，他不想在坐了18年的牢以后继续坐牢，在监狱里过一辈子，因此，他坚决要求按期对他执行死刑。

在狱中，加里终日思念情人尼科尔，主要事情就是给尼科尔写信，向她倾诉自己的思念之情，尼科尔这时也意识到，自己仍在深深地爱着加里，离开他，自己的生活就变得毫无色彩、毫无意义。分开得愈久，两人的爱情愈热烈，尼科尔每天都去监狱探望加里。

11月11日，应犹他州大赦委员会的要求，州长宣布推迟刑期，加里听到这个消息后决定自杀。尼科尔也不愿意自己一个人生活在这个世界上，决定为加里殉情。她设法搞到了50片安眠药，一半留给自己，一半藏在身上，探监时趁看守不注意交给了加里。两人约定当天午夜同时服药自杀。不料，由于药量不够，两人都没死成，被送到医院里抢救了过来。加里康复得很快，而尼科尔却因此受了刺激，脑神经严重损伤，被送进了精神病院隔离治疗。

此时，加里的名字传遍了整个美国，印有他头像的T恤衫风靡一时，《时代》杂志选出他作为本年度新闻人物，在扉页上刊登了他的大幅照片。加里每天都接到许多来自全国各地的来信，其中不乏求爱的情书。各新闻单位也都派出了记者，关于加里的消息每天都出现在电台、电视台及各类报刊杂志上。

12月25日，犹他州法院宣布，将于1977年1月17日对加里执行判决。加里的母亲身患重病，派小儿子麦克尔飞到犹他州，劝加里上诉，加里向他倾诉了自己的想法，希望弟弟能设身处地地想一想一生都被关在铁窗里面会是什么滋味。麦克尔被哥哥说服了。1月15日，麦克尔去监狱向加里告别。加里交给他一张画着只破鞋的纸，说这是自己的自画像，送给弟弟留作纪念，又托弟弟给母亲带去一本《黑暗的人》和一幅尼科尔的肖像。最后，加里情不自禁地拥抱了弟弟，说："转达我对妈妈的爱。好孩子，你得多吃点，你太瘦了。"

1月16日晚，加里第一次也是最后一次获准与自己的律师和亲友通宵聚会。他没有丝毫的沮丧与绝望，兴致勃勃地表演拳击、跳舞。唯一让他难过的是再也见不到尼科尔了，他托弗恩把自己的一盒讲话录音磁带和一顶罗宾汉帽转交给尼科尔，凌晨1点钟，狱方通知加里，州法官里特再次宣布缓刑，理由是纳税人的钱不能用于处决犯人。加里急得差点哭了，提出由他自己出钱买子弹枪毙自己，否则他就再次自杀。

1月17日早晨6点55分，州法院召开紧急听证会。经过激烈辩论，主张处死加里的一派占了上风，法院最后裁决维持原判。

7点55分，加里做好了服刑的准备，手捧尼科尔的照片走出牢门。他被推上警车，押往刑场。刑场是一家废罐头厂的一间破厂房，厂房的一端是一座用麻包垒成的高台，高台的前面放着一把椅子，警察将加里绑到椅子上。他看上去瘦削衰老，但双目炯炯有神，面无惧色，几个参观死刑的亲友依次走到椅子前与加里话别。加里招呼弗恩走到自己身旁，示意他解下自己腕上的手表。表已经被加里砸坏，正好停在原定的死刑时间——7点55分上。这时，典狱长走上前来向他宣读了判决书，然后问他还有什么话说，加里回答道："让我们动手吧！"法医在他的黑色上衣胸前用粉笔画了个白圈。8点7分，几名刽子手一起瞄准这个白圈开了4枪。加里的手臂轻轻地抬了一下，心脏停止了跳动。

加里死后，按照他的遗嘱，医生摘取了加里的眼睛等身体器官，他的亲友则把他的骨灰用飞机洒到了犹他州的上空。

《刽子手之歌》发表于 1979 年，当年即发行逾百万册，列为美国年度畅销书之首，1980 年获普利策奖。它是一部扣人心弦、引人深思的非虚构长篇巨著。小说基本上采用的是新闻语言，开创了世界范围内非虚构小说的先河，在当代国际文坛上的地位和影响是显而易见的。

21. 纳博科夫与《洛丽塔》的出版风波

在世界文学史上有一个奇特的现象:很多为世诟病、横遭查禁的文学作品后来都成了名扬四海的经典名著。波德莱尔的《恶之花》,福楼拜的《包法利夫人》,乔伊斯的《尤利西斯》,劳伦斯的《查特莱夫人的情人》及兰陵笑笑生的《金瓶梅》无一不是如此。当年人们对它们的漫骂与死刑宣判最终竟促成了它们的世代留传。在20世纪的后半期,一本名为《洛丽塔》(Lolita)的小说又遭逢了这样的命运。

《洛丽塔》一书的作者是驰誉欧美文坛的俄裔美籍作家、后现代主义文学的开山鼻祖弗拉迪米尔·纳博科夫。纳博科夫(Vladimir Vladimirovich Nabokov,1899 - 1977)1899年生于沙皇俄国圣彼得堡市的一个贵族家庭。祖父曾任帝俄司法部长,祖母为女男爵,父亲是位法理学家、出版家与政治家,一位拥护君主立宪制的自由党人,二月革命后曾进入临时政府。纳博科夫的父亲博览群书,著作等身,并对文学有着特殊的爱好。据说他熟知几个世纪的文学作品,酷爱普希金的诗作与狄更斯、司汤达等人的小说,能背诵几百首诗歌并撰写过文学方面的论文。在他的安排与影响下,纳博科夫从小受到良好教育,掌握了英、法两门外语(他六岁时就能熟练地运用英语、法语会话),并养成了对文学的浓厚兴趣。纳博科夫自幼酷爱读书,他家丰富的藏书也为他在书海中遨游提供了便利条件。在少年时代他阅读过英语、法语、俄语的威尔斯、爱伦、勃朗宁、济兹、福楼拜、魏尔伦、韩波、契诃夫、托尔斯泰、布洛克等人的大量诗歌与小说。在他 15 岁前已通读了托尔斯泰全集(俄文)、莎士比亚全集(英文)和福楼拜全集(法文)。后来,他又阅读了柏格森、乔伊斯、普鲁斯特等人的作品。十月革命爆发后纳博科夫曾计划参加邓尼金的部队,但他最后下决心时邓尼金已被红军消灭。1919 年 3 月红军攻入纳博科夫家暂居的克里米亚,于是他全家乘上一艘破旧的希腊小货船希望号逃往君士坦丁堡,嗣后,又取道希腊转往西欧开始了他们的流亡生涯。到达英国后纳博科夫靠一笔奖学金进入剑桥大学三一学院攻读法国与俄罗斯文学,并于 1922 年获得学士学位。同年,他的父亲在柏林被白俄右翼保皇党人误杀。此后,纳博科夫先后侨居巴黎与柏林,一边从事文学创作,一边以教书为生,甚至还充当过网球与拳击教练。纳博科夫的文学写作从少年时代就开始了。1914 年的夏天,在一股如醉如痴的作诗狂热中,写下了他的第一首诗。旅居西欧期间,纳博科夫创作了大量诗歌、小说与剧本,如《斩首的邀请》(1935)、《蒙昧的镜头》(1936)、《礼物》(1937)、《黑暗中的笑声》(1938)等。与此同时,他还翻译了一些欧洲作家的作品。在此期间他主要是用俄语写作,读者多为流亡到欧洲的俄国难民。1940 年,在纳粹德国入侵法国前,纳博科夫为逃避战乱携全家移居美国。此后他先是在斯坦福大学和威斯利学院任教。1948 年后一直在康奈大学讲授俄国和欧洲文学,最终被晋升为俄国文学教授。此外,在 1941 年到 1948 年间他还在哈佛大学比较动物学博物馆任研究员,从事鳞翅目昆虫如蝴蝶的采集与研究工作(纳博科夫一生爱好蝴蝶研究,曾言他的最大梦想是担任一个大博物馆的蝶类部主任)。1945 年纳博科夫加入美国国籍。到美国后纳博科夫改用英语进行文学创作。《洛丽塔》出版后纳博科夫一举成名,收入剧增,于是他于 1959 年从康奈尔大学退休,专门从事写作。此后他不断推出新作,并在儿子的帮助下将俄文旧作译成英语出版。1962 年发表了他的另一部杰作,被美国著名女作家玛丽·麦卡锡称之为本世纪最伟大的艺术珍品之一的长篇小说《微暗的火》。1960 年纳博科夫移居瑞士蒙特鲁斯安渡晚年,据说是为了离在米兰学声乐的儿子及住在日内瓦的妹妹近一些,以便全

家团聚方便。在风景如画的日内瓦湖畔纳博科夫深居简出，继续坚持写作与翻译。闲暇之时他就携老妻沿着留下过果戈里、陀思妥耶夫斯基及托尔斯泰等前辈大师足迹的湖边散步。到了夏天，他还常步行10多公里到山道上采集蝴蝶标本。1977年纳博科夫在瑞士溘然长逝。

纳博科夫学识渊博，才华横溢，精通多国语言，自称"脑子说英语，心说俄语，耳朵听法语"。同时，他还通晓德语与意大利语。作为20世纪的散文体大师、著名的小说家、诗人、批评家与剧作家，他一生勤奋，笔耕不辍，共创作出17部长篇小说，50余篇短篇小说，9个剧本与400余首诗作。纳博科夫文学创作的最高成就是长篇小说。他的小说多取材于他的个人经历，其中的人物经常是身世漂零的知识分子。他们常常沉溺于回忆、梦幻之中，行为怪诞，滑稽可笑。在艺术形式上他不落前人窠臼，刻意求新，以荒诞讽刺为基调自创一体。他的风格对美国后现代派作家如品钦、巴思及巴塞尔姆等产生了重大影响。纳博科夫的写作方式也很特别，据他自己讲是"躺着写散文，站着写诗，坐着写学术文章"。纳博科夫的主要作品是《洛丽塔》、《微暗的火》、《普宁》、《阿达》等，而其中给他带来众多麻烦的《洛丽塔》又是最著名的代表作。

《洛丽塔》的成书一波三折，历尽磨难。纳博科夫最初萌发写作此书的念头在1939~1940年间。他先是用俄文写了一个30页左右、内容类似的短篇小说。由于不满意，他到美国后不久就将它焚毁了。九年之后，他再次产生写作这个故事的冲动，于是就在纽约近郊的伊萨卡用英语重写此小说。他写得很慢、很困难，并于1950年及1951年两度因种种疑虑欲将未完成的书稿付之一炬，只是在妻子的及时劝阻下才改变主意。1954年全书成稿后，由于担心这个畸恋故事会招致非议，他曾在朋友劝告下想匿名出版此书，但后来又觉得这样做反会使事情复杂化才鼓起勇气，改变初衷。此后，纳博科夫先后将书稿寄给美国与英国数家出版商，都遭拒绝。出版商中有的要他对本书故事彻底修改，有的对书中没有一个好人感到遗憾；有的仅读了188页就嫌第二部分太长，有的回信说如果他出版了此书他就会同作者一起身陷囹圄，还有的干脆建议作者将原稿埋入地下1 000年。说到底，他们都认为这部小说内容淫秽，荒诞不经。

后来经过多方努力，法国奥林匹亚出版社老板吉若迪亚斯终于在1955年出版此书(但后来因版税、版权等问题纳博科夫与吉若迪亚斯反目成仇，二人分别都在杂志上著文攻击对方)，但是作为一套外包装相同的黄色小说中的一本出版的。1956年该书在法国被禁，1958年1月解禁，但同年8月法国政府再度将此书查禁。然而，英国著名作家格雷厄姆·格林看到该书后却对它大加赞赏，称之为1955年的最佳小说，并为此同持相反意见的约翰·戈登发生争论。他们的争执很快引起美国文学界的注意。1957年《铁锚评论》夏季号刊登了《洛丽塔》的节选并发表了F.W.杜皮教授所写的前言与纳博科夫本人撰写的后记《谈一本题为〈洛丽塔〉的书》。由此，该书开始得到广泛的重视，几家出版商同时对它产生了兴趣。最后，普特南出版社于1958年首次在美国出版此书。该书在美国没有遭禁，但同样引起了一场轩然大波。一时间舆论大哗，一边是激烈的批评与抗议，一边是热情的赞誉与宣传。《纽约时报》的一篇书评写道："《洛丽塔》的出版无疑是图书界的一件大事，但不幸的是这是一件大坏事。第一，该书太乏味。第二，此书令人反感，黄得不能再黄。"然而评论界对《洛丽塔》的攻击似乎反而刺激了读者对它的兴趣，使它的发行量与日攀升。该书上市后头三周就卖了10万册，其销售量之大只有当年的《飘》可以与之相比。不久，该书荣登畅销书榜首。此后，洛丽塔的名字传遍了全美国。电视节目主持人常用洛丽塔开玩笑，商店里出现了与真人一样大的洛丽塔洋娃娃。万圣节的晚上，有的父母将小女儿打扮成洛丽塔的模样。同时，纳博科夫名声大振。记者们纷纷上门采访，六所大学及国会图书馆邀请他前去讲演。学生们在他的办公室门前排成长队请他在自己手中的《洛丽塔》上签名留念。与此同时，反对之声仍此起彼伏，不断出现：辛辛那提公共图书馆严令查禁此书；洛杉矶一位官员发现图书馆借阅此书后立即到有关部门告状；一位读者寄给纳博科夫一只绣有"洛丽塔"字样的汤壶套以讥讽他为了混饭吃而编造此书。

《洛丽塔》在英国的出版发行也遇到了很大麻烦。法国版《洛丽塔》传到英国后英国一位地方长官立刻宣布此书为色情小说，并对一位销售此书的书商罚款200英镑。此后，为了此书的出版之事在英国出现了激烈的论战。为此英内务部秘书巴特勒提出一份针对淫秽出版物的新议案，而国会议员、韦登弗尔德—尼克尔森出版公司合伙人尼克尔森则在辩论时为《洛丽塔》的出版据理力争。此外，伯纳德·利文及其他很多文学界名人也相继撰文为《洛丽塔》伸张正义。最后，经过有关各方的不懈努力，韦登弗尔德—尼克尔森公司终于冲破重重阻力将《洛丽塔》在英国正式出版。

随着岁月的流逝，虽然今天仍有国家将《洛丽塔》作为淫书严加查禁，当年那场沸沸扬扬的围绕该书的论战及禁与反禁之争已硝烟散尽，成为历史。如今多灾多难的《洛丽塔》已无可争议地跻身于现代文学经典之列，成为在全世界广为传诵的文学精品(1967 年该书就已有 25 种译本，现在会更多)。纳博科夫本人还把它改编成了一部非常成功的电影。据《伦敦时报》报导，英国一家图书杂志已将此书列入二战以来影响世界最大的 100 本书之内。

《洛丽塔》这部纳博科夫注入最多心血的小说也是他本人最喜爱的作品。当记者要他像一位父亲评论自己的子女一样谈谈他的作品时，他曾毫不迟疑地回答："我所最钟爱者，《洛丽塔》。"毫无疑问，纳博科夫对《洛丽塔》的偏爱是理所当然的。

22. 深情无限的《洛丽塔》

亨伯特·亨伯特因谋杀罪被捕入狱。候审期间，他用56天时间写下一部《一个白人鳏夫的自白》，以下就是这份自白书讲述的内容：

亨伯特出生在巴黎的一个富人之家，他的父亲在一旅游胜地拥有一家豪华的大宾馆。亨伯特三岁时他的母亲不幸在野餐时遭雷击而死。此后，他便在姨妈的照看下长大成人。在他13岁时结识了一个同龄的叫安娜贝尔的小姑娘，就与她双双坠入爱河。安娜贝尔家与他家是邻居，双方家长都是好朋友。亨伯特对安娜贝尔迷恋得如痴如狂，两个孩子一有机会就在安娜贝尔家花园深处拥抱接吻。然而，不久以后安娜贝尔竟染疾夭亡了。安娜贝尔的死给亨伯特留下了永难愈合的心理创伤，造成了无法克服的精神障碍。从此安娜贝尔成为了他一生苦苦追求的理想之梦。为了寻找安娜贝尔的替身，他从此一心迷恋他称之为宁芙的十三四岁、情窦初开的美丽女孩。他觉得她们体现出来的自然本性不是人性，而是一种令人心醉神迷的魔性。

亨伯特成年后来到伦敦和巴黎求学，先学医，后改学英国文学。一个春天的下午他遇到了一位美丽的雏妓，便同她一起度过了两天令他销魂的时光。此后不久他便同一位叫瓦莱利娅的姑娘结了婚。他生得一表人材，又得到父亲死后留下的一小笔遗产（他父亲生前就将宾馆卖掉了）。

不久他在美国的姨夫去世，给他留下每年几千美元的年金，并要他去美国工作。此时瓦莱利娅已另有所爱，不愿随他去美国，于是他们二人便离了婚。

到美国后亨伯特一边在姨夫的公司工作，一边给一所大学编写教材。枯燥无聊的生活很快使他精神崩溃，住进疗养院。出院后为了促进康复，他参加了一个北极考察队。考察期间他的身体状况大为好转，可回来后他又精神失常，住进医院。

再次出院后一位熟人介绍他到小镇拉姆斯戴尔一位中年寡妇黑兹夫人(夏洛特)家租房居住。他本来对黑兹夫人的房子很不满意，但他在她家看到一个十二三岁，顾盼非凡的女孩洛丽塔，在她身上他又看到了早已魂断香消的安娜贝尔的影子。他一下子就被女孩迷住了，于是立刻答应住下来。

住进黑兹夫人家后亨伯特与母女俩相处得很好，他们在一起聊天、拍照、晒日光浴、游湖、做游戏。但由于他整天想着洛丽塔，可在敏感精明的黑兹夫人眼皮底下又不敢与她太亲近，因而心里很苦恼。有时他甚至想给她们母女都喝下烈性安眠药以便在她们熟睡时占有洛丽塔。一天黑兹夫人到朋友家作客，亨伯特趁机将洛丽塔拥入怀中，亲昵了一番。不久，黑兹夫人宣布要将洛丽塔送到夏令营去度过整个夏天。亨伯特听罢顿觉五雷轰顶。为了掩饰自己的沮丧心情，他装做患了牙痛症。黑兹夫人提出带他去看一位牙医博士，并说她家与博士的一个亲戚，剧作家奎尔梯也很熟悉。

夏洛特开车送洛丽塔去夏令营。她走时给亨伯特留下一封信。在信中她表示了对他的爱意及与他结合的愿望。同时她还说如果他不同意就希望他立刻离开。为了不失去洛丽塔，亨伯特答应了这门婚事。婚后夏洛特非常愉快，重现了青春的风采。她对亨伯特非常温柔体贴，把他们的生活也安排得很好。然而，与她在一起时亨伯特心里只有洛丽塔。他把自己对她的思念全部都写进了日记，并将日记本锁在一个只自己有钥匙的抽屉里。但夏洛特很快就注意上了这个抽屉。一天亨伯特外出回来，发现夏洛特正在写信。一见他进来，夏洛特立刻同他大吵大闹。原来她已将抽屉撬开,看到了里面的日记。亨伯特分辨说那些日记不过是他写的一部小说的片断,但夏洛特根本不相信。她写完信便怒气冲冲地出去送信,但她一出门便被汽车撞死了。

夏洛特死后亨伯特开车来到夏令营去找洛丽塔。在路上他为她买了很多礼物。见到洛丽塔后他告诉她,她妈妈得了重病,因此她必须跟他马上回家。在回去的路上洛丽塔主动同亨伯特接吻。亨伯特将洛丽塔带到了一个早已物色好的叫做迷魂的猎人的幽僻的旅馆。到旅馆后,亨伯特虽然欲火中烧,但由于种种矛盾心理在整个夜间他始终没有碰洛丽塔。天亮后洛丽塔醒来,在她的主动要求下亨伯特才与她疯狂地作了爱。事情过后洛丽塔要给妈妈打个电话,但亨伯特告诉她,她妈妈已经死了。

此后他们开始按照一本旅游手册的指点驾车在全国漫游。白天他们参观名胜古迹,晚上就住在各种各样的汽车旅馆里。虽然亨伯特一直在把洛丽塔理想化,将她看做十全十美的小仙女,在经过一段时间接触后他也发现她只是个平庸俗气、娇生惯养、喜怒无常的小女孩。同时他还看出她在内心中对他有一股强烈的怨恨。他们之间经常发生龃龉。此外,亨伯特还发现有很多男人对洛丽塔极为注意,而洛丽塔对他们也很感兴趣。亨伯特开始为他们的关系感到担心。此后他开始小心翼翼地监视洛丽塔,尽量避免她与青年男子接触。为此他甚至不愿让人搭车。此外他们无论在什么地方住下,他都不允许洛丽塔单独外出活动。对此洛丽塔非常气恼。一次在她的一再请求下亨伯特让她独自去滑了一会儿旱冰,可她从旱冰场出来时身边就有了一个小伙子。

后来他们回到东部,在一个比尔兹利的小城住了下来。亨伯特将洛丽塔送进了比尔兹利女子学院读书。他们在这里的生活开始很平静。他们与邻居的关系处得不冷不热,亨伯特还结识了洛丽塔几个可爱的女友。洛丽塔获得了单独外出的自由。除上学外她还每周两次骑车去上钢琴课。后来她又迷上了演戏,参加了一个“迷魂的猎人”剧组。这个剧的剧本是一个叫奎尔梯的剧作家写的。但很快亨伯特就察觉到洛丽塔与男人有了接触。一次她离家去上钢琴课,但钢琴教师却来电问她为什么没来上课,并说她已缺课好几次了。为此亨伯特与她大吵了一通,他们的吵闹声把邻居都惊动了。吵完架洛丽塔冒雨跑出了家门。

亨伯特在一个电话亭找到正在打电话的洛丽塔。她一见到他便立刻把电话挂断了。她告诉他她已做出了一个重大决定:她不想上学,也不想演戏了,她要同他离开这里,再去做长途旅行,但旅行路线要由她定。亨伯特同意了。

他们又上路了。不久亨伯特发现一辆红色轿车一直在跟踪他们。此后一天当他在一个加油站加完油付款时看到了洛丽塔正和那辆车的主人谈话,从谈话态度看他们非常熟悉。他回车后问洛丽塔那人是谁,洛丽塔说那是个问路的。

此后不久洛丽塔便失踪了。亨伯特想方设法到处找她,但始终没有找到。三年后他突然接到她的一封书信,信上说她已结婚,快生孩子了。目前她急需钱用,希望他能给她寄去400美元。他找到了她,了解到当年她是被剧作家奎尔梯诱拐走的。奎尔梯让她拍男女群交的影片,她不同意,于是他又抛弃了她。此后她四处流浪,最后遇到一个叫迪克的工人,与他结了婚又怀了孕。亨伯特要洛丽塔与他回去,她坚决不同意。于是亨伯特给她留下4 000美元后便离开了。他找到了奎尔梯,开枪打死了他,然后向警方自首。在狱中他写下了这部《一个白人鳏夫的自白》,并在开庭前几天死于冠状动脉血栓。一个月后,洛丽塔也在生下一女死婴后死去。

《洛丽塔》这部当年惊世骇俗的小说如今已成为公认的20世纪文学经典。问世以来它以独特的感染力征服了全世界无数的读者,该小说描写了一个精神不正常的中年男子对一个13岁少女的畸型恋情。然而它写得毫不污秽,而且很美。亨伯特童年时与一同龄女孩有一段刻骨铭心的恋爱经历。他将她看成了美的象征。女孩死后他一直在寻找她的替身,最后找到了洛丽塔。因此他对洛丽塔的迷恋既有情欲的一面,又有精神的一面,他对洛丽塔爱得如此投入、如此痴心,以至于他在失去她后只能走向死亡。可以毫不含糊地说,亨伯特对洛丽塔的感情虽然变态,但也确有凄美动人之处。此外,该书在艺术上极为精美。首先它的语言优雅精致,诗意盎然。其次它的笔调机智洒脱,有一种超凡拔俗的气韵。虽然它写了恋爱悲剧，但却写得幽默风趣，谐谑丛生，将悲凉与滑稽、抒情与嘲讽巧妙地熔为一炉。与此同时该小说还是纳博科夫写实性最强的作品，细节刻画客观逼真，情节安排有根有据，具有较强的生活气息。所有这一切构成了《洛丽塔》的无穷魅力，使它成为了不多见的畅销不衰的艺术精品。

23. 约翰·厄普代克与他不安分的“兔子”

约翰·厄普代克(John Updike 1932 - 2009)是当代美国小说名家和诗人。厄普代克生于宾夕法尼亚州。1954年从哈佛大学毕业后,到英国牛津大学研究美术;1955年回美国后,在《纽约人》杂志编辑部任职。他的短篇小说往往首先在《纽约人》杂志上发表。因为这个原因,有人把他和契佛等作家一起合称为“纽约人派”作家。

1959年他的第一部长篇小说《贫民院义卖会》(The Poorhouse Fair)出版,描写了生活在老人院的居民的情况。在这部作品中,第一次出现了他系列小说的主人公哈里·昂哥斯托姆(Harry Angstrom),天生的运动员,一个具有极大的性魅力的蓝眼睛的瑞典人。小说获得成功,他从此成为专业作家,接连出版了长篇小说《兔子,跑吧》(Rabbit, Run,1960)、《在农庄》(Of the Farm, 1965)、《夫妇们》(Couples, 1968)、《兔子回来了》(Rabbit Redux,1971),短篇小说集《鸽羽》(Pigeon Feathers and Other Stories,1962)、《音乐学校》(The Music School,1966)、《博物馆和女人》(Museums and Women and Other Stories,1972)、《兔子富了》(Rabbit Is Rich,1981)、《兔子死了》(Rabbit at Rest,1990)、《巴西》(Brazil,1994)和《美丽百合花》(In the Beauty of the Lilies,1997)等。除了小说,厄普代克还写诗歌,如诗集《电线杆》(1963)、《团体舞蹈》(1969);剧本,如《布彻南弥留之际》(Buchnan Dying,

1974);以及散文、回忆录等。

厄普代克作品颇丰。厄普代克的短篇小说很具特色,曾受到社会的好评,并多次获奖。它题材广泛,一部分带有自传性质,故事大都以作者家乡的小镇为背景,描写中产阶级人物的日常生活和家庭琐事,以及他们精神上的空虚。1968年的《夫妇们》就是其中之一。60年代是美国社会最动荡、最具革命性的年代,反越战、黑人人权、女权等各种运动造成民间性自由风气。这种风气甚至延及中上阶层的郊区居民,大城市中有提倡陌生男女性交的夜总会;在郊区收入甚高的家庭中,家庭主妇闲来无事,举行周末换妻会。十几对夫妻举行派对,男子各将汽车钥匙抛在室内一个大烟缸中,妻子们随意取个钥匙,即随车子主人前往行欢过夜。《夫妇们》的故事背景就是描述麻省靠近大学这一个小城镇的生活。这本文学小说不但替厄普代克赚了巨额版税,而且使他成为当时一期《时代》周刊的封面人物,封面上的大标题是"通奸社会"。

厄普代克最著名的著作还是他的"兔子"系列小说:《兔子,跑吧》、《兔子回来了》、《兔子富了》、《兔子死了》。这一系列"兔子"小说讲述了体育明星"兔子"哈里·昂哥斯托姆(Harry Angstrom)从青年时代,经过60年代的社会动荡和性的经历,到晚年,到最后的死亡的生活。故事以一个出身中下层社会的平庸的美国人的经历为中心,展现50年代以来近30年的美国社会生活,注重揭示其精神文化中的悲剧性因素。厄普代克强调,小说家所反映的现实"是通过显微镜般的精细观察而反映出来的各种精确细节的综合",这在当代美国小说史上实属不多见的自觉的现实主义创作主张。

"兔子"系列小说叙述了一个普通人的普通生活经历。这位绰号叫"兔子"的人既害怕死,又害怕生活中失去目标。作为丈夫和父亲,他害怕承担义务,想摆脱责任,追求"自由"和"平静"。为了寻找"自我","拯救自己",他抛下家庭"跑了"。但他不知道应该做些什么,只好听凭本能的使唤,沉溺于性刺激的官能享受,结果自然一无所获。十年后,他性格成熟了,头脑也冷静了,成了中产阶级一分子。但是他不仅没有能确立"自我",反而弄得妻子"跑"出去与他的朋友同居了。他心中无所寄托,整日与女嬉皮士鬼混，与“新左”派分子、反战分子和吸毒者交往，结果出了大事。最后他的妻子也同他一样回到家来，恢复了以前的那种生活，甚至到后来还成了富翁。但是他的生活始终是漫无目的的，不知道人究竟为什么活着，无论怎样追求，也始终没有实现绝对自由的“自我”。“兔子”的经历，代表着战后整整一代人的矛盾心理、对社会强烈不满的情绪和精神生活痛苦的经验。他们在追求“生存的价值”时，丧失了传统的美德和理想，对美国政治的神话感到幻灭，在生活中惶惚恐慌，因而转向寻求刺激。但是肉欲的刺激又使他们进一步意识到“存在”的虚无。为了取得心理平衡，与社会保持一致，最后的道路是皈依正统，抛弃先前的狂热追求，淡化对“异化的存在”的思考。

“兔子”是作者同时代的人——生于30年代，是同一个世界的产物。他是一个“漂亮的没有头脑的家伙”，他作为小城镇的高中篮球明星在18岁时达到了事业的顶峰。如他妻子所说的那样，在他们过早的、仓促的婚姻之前，他已经“开始走下坡路了”。

第一部《兔子，跑吧》讲的是一个20多岁的厨刀推销员哈里·昂哥斯托姆，因为他抽烟时鼻子下面的肌肉好颤动，所以有人给他起外号叫“兔子”。他在平稳的家庭生活中，总感到有些欠缺，时时回想起中学时当校篮球队明星的往事，终于有一天他开车离家而去，与一个妓女同居，后又几次来往于妻子和情妇之间，每次出现新情况他就会开车跑掉。该书写的是50年代作家们惯用的主题：青年不安于现状，总想通过跑动，如去历险、找奇遇等重新发现自我。对于他们来说，安于现状意味着窒息。

第二部《兔子回来了》说的是10年后，“兔子”已36岁，是个人到中年的中产阶级一员，处在60年代末一片动荡不安的美国社会。“兔子”的妻子离家出走与一同事同居，使他的生活变得一团糟。“兔子”招来一个18岁的女嬉皮士，她又招来一个从越战回来的黑人流浪汉，再加上“兔子”12岁的儿子，组成一个奇怪的家庭。女嬉皮士爱谈禅经，黑人给他们讲毒品、放纵的性关系和用残暴手段对付种族问题等。不久，房子起火，女嬉皮士葬身火海，黑人离去，“兔子”和儿子无家无业，寄居于亲戚家。在这部小说中动荡的60年代特点历历在目：有越战、种族冲突、毒品、自由性行为、嬉皮士现象等。作为这些现象的历史坐标，这一切的后面有激动人心的登月行动广播和兔子代表的中产阶级价值观的动摇。

第三部《兔子富了》是又过了10年后的"兔子"现状。这时他和妻子继承了岳父的财产，他成了丰田汽车代理商，并发了财。他已步入中产阶级的行列，与妻子和好，买了新房，是当地高尔夫俱乐部的成员，经常出入有钱人家。其儿子已经长大成人，他希望儿子不要重复昔日他做的蠢事。"兔子"心满意足的生活态度可以说是反映了70年代末美国出现的趋于保守、接受现行价值观的思潮，一种希望维持现状直到永远的心境。

第四部《兔子死了》1990年出版，是厄普代克长篇小说中最发人深思、最浓缩的一部。"兔子"55岁了，超过正常体重40磅，过着休闲的生活。他以在当地非常受欢迎的山姆大叔的形象出现在7月4日的国庆游行队伍中。"兔子"除了他自己的文化外对其他文化一无所知，而他自己的文化主要来自电视。他坚定地相信"总的来说，这是这个世界所见到过的最幸福的国家"。儿子纳尔逊已经步入中年，有两个孩子，生活富裕，他同父亲年轻时一样精神空虚经常靠吸毒来麻醉自己。一天，儿子带着一家人要来他所在的佛罗里达看望他，他正等待飞机的到来。他隐约感觉到他的死期就要到了。哈里看着孩子们一起打篮球非常高兴，这使他回忆起了自己中学时代的美好经历，他让孩子们把球传给他，他想证明自己像年轻时一样是一个出色的球星，在投篮时因为心脏病发作，哈里不幸死去。展示时代发展画卷的"兔子"系列小说终于落下了帷幕，给这个与时代同步的系列划上了句号。

"兔子"系列小说通过这个绰号为"兔子"的哈里·昂哥斯托姆20年来的经历，揭示了50年代至70年代美国社会现实，如种族问题、越南战争、石油危机、登上月球等重大事件以及两代人之间的不协调和吸毒等，都有不同程度的反映。

厄普代克关注的是他所说的性、艺术和宗教。他被认为是美国作家中描写复杂的性爱态度和生活冲突最出色的。他善于到新的文学空间中去探索，这使他的作品具有一种复杂性，这种复杂性与其他同时代的美国作家的纯洁与专一性恰成对比。他并不把他的小说专注于某一个地区。

与同时代的战后作家相比，厄普代克更注意进行文学试验，他试验不同的文学形式。他不用梅勒式的直接的“我”，而运用他自己特有的方式来表达。厄普代克的洞察力和敏感是杰出的。有的批评家认为，他的文体异常精确，有一种画家般的美学效果。

厄普代克荣获多种奖项，其中包括 1959 年荣获全国艺术与文学学院奖，1964 年全国小说图书奖，1967 ~ 1968 年欧·亨利奖，1982 年国家图书奖，1982 年、1990 年全国评论家协会小说奖，1984 年全国艺术俱乐部荣誉奖，1989 年全国艺术奖，小说《兔子富了》、《兔子死了》荣获普利策奖。

约翰·厄普代克于 2009 年 1 月 27 日去世。

24. 痛苦的人生,辉煌的事业
——记美国女作家奥康纳

弗兰纳里·奥康纳(Flannery O'Connor,1925 - 1964)美国 20 世纪著名小说家,是美国南方现代主义文学中极具代表性的女作家之一。她出生于乔治亚州萨凡诺,父母亲都笃信罗马天主教,这个地区的精神遗产对她后来的创作产生了深刻的影响。在父亲于 1941 年因患红斑狼疮去世后,她在母亲和外婆的帮助下,进入乔治亚州立女子学院学习,1945 年毕业后获莱因哈特奖学金到衣阿华州立大学深造,两年后获得文学硕士学位。在校期间,她开始写作。1952 年她发表第一部长篇小说《慧血》(Wise Blood)。以后又发表了多部短篇小说和两部长篇小说。1950 年她发现自己也患了她父亲那种红斑狼疮,便回到母亲办的农场疗养和创作。以后,病情渐渐恶化,但她仍然以顽强的毅力与病魔搏斗。1964 年,她不幸病故,年仅 39 岁。

奥康纳特别以她的那些把喜剧、悲剧和野蛮的成分融为一体的短篇小说而闻名。与卡森·迈卡勒斯(Carson McCullers)、尤多拉·韦尔蒂(Eudora Welty)一样,同属于南方哥特式的小说传统,使用的体裁形式是现实主义短篇小说,表现日渐衰败的南方社会以及居住在那儿的可怜的人们。奥康纳的作品数量不多,只有 32 篇短篇小说、2 部长篇小说和一些讲演稿和信件，收入《好人难寻》(A Good Man Is Hard to Find, and Other Stories, 1955)和《汇合》(Everything That Rises Must Converge, 1965)中，此外还有长篇《强暴者夺走了它》(The Violent Bear It Away, 1960)。她的作品常描写极端暴力、恐怖事件和怪诞人物。

奥康纳是一个虔诚的天主教徒，犯罪和赎罪往往是她的主题。她相信"原罪说"，她的作品中的主题多是描写邪恶、赎罪和得救，作品中既有神秘的宗教意义，又有浓郁的南方乡土气息。

《慧血》描写了想建立一个没有基督的教堂的宗教狂热者汉则尔·莫特。年轻的莫特从军队服役回来，信仰发生了倾斜。他建立了一个没有基督的教堂来否定上帝的存在。他穿着教士的天蓝色制服，戴着教士的黑帽子，身边是一些怪异的恶棍相随。阿萨·霍克假装弄瞎了自己。他女儿萨贝斯·莉立变成了一个性贪婪的怪物。长着狐狸脸的伊诺克·艾莫里从博物馆偷来了一具木乃伊，他认为是"新的基督"。伊诺克了解很多事情，因为他"有着像他父亲一样的慧血"。后来莫特被特殊的恩典所感化，醒悟过来，用石灰水弄瞎了自己的双眼以表示"赎罪"，最后掉进了深沟，死于非命。

她的第二部小说《强暴者夺走了它》也是相关的主题。《强暴者夺走了它》使用的是光明与黑火与镜这些对比的意象。故事讲的是叔侄二人抢夺甥孙灵魂信仰。主人公塔沃特年轻时就做牧师，与舅爷一起住在森林里，接受着老人的信仰教育，老塔沃特警告他说："你是那种魔鬼时刻想要帮助的男孩，教你抽烟、喝酒，让你搭车。你见到陌生人的时候最好当心。"但同时又有一个声音教他如何反抗。塔沃特的舅舅是个无神论者，总想把塔沃特接到城里教给他自我选择，自我委派，不靠上帝。塔沃特在舅爷去世后急不可待地投奔了舅舅，但又听到了一个声音召唤他去完成给舅舅的傻儿子行浸礼的使命。舅舅坚决不同意，可又允许他带着儿子去划船。行到湖中心时塔沃特给小白痴行了浸礼并淹死了他，自己回到森林中经营继承下来的财产。最后，塔沃特点燃了森林以洗清自己的罪孽，像他那疯狂的预言家舅爷那样，成为了预言家和疯子。

她最优秀的作品是短篇小说。《好人难寻》是她的代表作。在这篇小说里，作者以一种使人意外的轻松笔调和含蓄幽默的语言风格向人们叙述了一个乐极生悲、触目惊心的故事。

小说描写了一家六口——奶奶、儿子、儿媳以及三个孩子——假日开车外出旅游。途中由于奶奶想去看一看记忆中的一栋旧房子，于是汽车拐进了一条小路，但因为路面高低不平而翻了车。不久，来了一辆旧的大汽车，从车上下来三个男人。他们是逃犯密斯非特和他的两个杀手。当奶奶无意中认出其中一个正是今天报上登的自称"不合时宜的人"是被通缉的逃犯时，三个歹徒先把老太太留下，其他五人惨遭暴徒杀害。歹徒同老太太经过一番"谁是好人"、"什么是犯罪"的辩论之后，也把她杀了。密斯非特杀了她并说："如果有人在她生活的每一分钟都杀她一次，她会成为一个好女人。"这番话令人不寒而栗，万分愤慨。作者揭露了人世间充满兽性的人和野蛮的暴行，小说弥漫着哥特式小说的恐怖气氛和宗教色彩，富有浓郁的南方生活气息。情节本身固然带有明显的社会价值观念，但作者的立足点在于"不合时宜的人"所发表的种种言论。"不合时宜的人"由于被人诬告杀父罪而关进监狱，使他良心泯灭，自称"不是一个好人"，说"耶稣把一切都搅得乱七八糟"，因此"除了伤天害理，别无其他乐趣"。为了逃避追捕，他与同伙枪杀了这无辜的一家，在他看来这是对社会和人类的报复。"人生根本没有真正的乐趣"，也许这就是作者对整个社会的归纳。

在《汇合》中，儿子朱利安自诩是个自由主义者，能以积极坦然的胸怀等待因民权运动而出现的黑人地位提高、白人特权消失的形势，并公开嘲弄难以保持心理平衡、出身没落世家的母亲，但作者揭示出在这个面具下掩藏着一个比母亲更恋旧、更空虚和焦虑的灵魂。当母亲因旧习难改无意间侮辱了一个黑人妇女挨了一拳而中风后，朱利安才恢复了正常心理，既恐惧失去母亲又悔恨以往的尖刻。

《林中风景》(A View of the Woods, 1957)也是一篇充满暴力的故事。79岁的伏特恩和他9岁的孙女玛莉都很自私，也很卑鄙。故事结尾时，两个人发生了争斗。爷爷用力地把玛莉的头在岩石上撞，杀死了她。他自己筋疲力尽，用尽力气走了几步，最后"看了一眼林中风景"，然后死于心脏病。

作为南方女作家，奥康纳善于描写南方乡下人的生活，用细腻的文笔刻画他们怪诞的形象和迷信宗教的复杂心理。她的人物具有丰富的内心生活，一旦背离了宗教，就出现了反常的行为和变态心理，最后走向暴力和死亡。她写作态度严肃，描写人物的痛苦和不幸富有戏剧性，故事情节充满南方哥特式小说的紧张而恐怖的气氛。有时，她则以客观的态度，叙述意外的突发事件，挖掘人性中潜意识的东西，将荒诞与讽刺融于一炉，产生震撼人心的艺术效果。她一生与病魔搏斗，生活天地狭窄，又笃信天主教，所以小说题材范围有限，宗教色彩浓烈，仿佛回到南方的天主教传统。她的小说情节引人入胜，风格清新隽永，细节真实生动，语言简洁流畅，大量使用日常生活中民众的口语，给人独特的艺术感受。奥康纳的文笔机智幽默，往往接近黑色幽默，文中多意象和象征，在通过对话表达人物声音上有独到之处，是优秀的短篇小说家。

奥康纳的短篇小说没有她的长篇小说那样具有强烈的神学基础。它们的主题集中描写怪异的人物，可以有不同的理解。故事中反复出现的意象有燃烧的太阳、毁伤的眼睛、孔雀（她在她妈妈的农场饲养孔雀）、鲜艳的衬衫、还有教士穿的天蓝色的制服和严肃的黑帽子。

尽管奥康纳的小说几乎都以哥特式的怪诞风格为特征，但她笔下的人物性格鲜明突出、环境描写的细腻生动和作品结构的巧妙严谨，在当代短篇小说创作领域颇具影响。所以，她曾被认为是美国最有前途的青年小说家，福克纳传统的优秀继承者。

奥康纳英年早逝，但她的文学成就得到社会和评论家们的充分肯定，曾获得多种荣誉和奖励：1962 年和 1963 年分别获得玛丽学院和史密斯学院的文学博士学位，1957 年、1963 年和 1967 年三次获得欧·亨利短篇小说奖；1957 年获美国文学与艺术学院奖学金；死后出版的《奥康纳短篇小说全集》(1971)获 1972 年美国国家图书奖。

25. 奥茨与她的心理现实主义小说

乔伊斯·卡罗尔·奥茨(Joyce Carol Oates,1938－)的小说有她独具的一格,即所谓"心理现实主义"。奥茨认为,作家和作品在本质上是分离的,读者从作品中了解到作家是"私下的自我",而现实生活中的作家则是"公开的自我",创作过程就是从"公开的自我"到"私下的自我"的演变过程。由于大多数人的外部自我都是以伪装形式出现的,因此,最真实最有价值的自我则潜藏在灵魂之中。这种对作家、作品与现实间相互关系的独特认识和处理,形成了奥茨创作的最明显特点,即评论界所称的"心理现实主义"。

奥茨是以多产、风格多变和富有力度而蜚声美国文坛的女作家。她是个尊重传统的作家,无论是得莱塞、斯坦贝克的现实主义,还是亨利·詹姆斯、福克纳的心理分析,她都认真研究和汲取,并热衷探索新的表现手法,这使她的整个创作显得格外缤纷多姿。70年代以前,她的创作风格是现实主义和自然主义的,之后,她采用寓言、传说、神话等方式进行创作。

奥茨出生于美国纽约州。1960年毕业于锡拉丘兹大学,次年在威斯康星大学获得硕士学位。以后在底特律大学和加拿大温莎大学执教,同时从事文学创作。奥茨是个多产作家,从1963年出版她的第一部短篇小说集《北门畔》(By the North Gate)起，已陆续出版了三十几部著作。其中较为著名的有长篇小说《人间乐园》(A Garden of Earthly Delights，1975)、《他们》(Them，1969)、《刺客》(The Assassins，1975)、《文身的姑娘》(The Tattooed Girl，2003)，短篇小说集《爱的轮回》(The Wheel of Love，1970)、《黑暗的一边》(Night Side，1977)，诗集《情网中的女人》(Women in Love，1968)，剧本《星期日的午餐》(Sunday Dinner，1973)等。此外她还写过不少随笔。她两次获国家艺术基金，一次获古根汉姆研究基金，两次获欧·亨利奖，一次获国家图书奖，并于1978年当选美国科学院院士。

奥茨的小说创作根据创作手法、创作心理等以1971年为界分属两个不同的阶段。

奥茨的作品早期主要采用客观的、现实主义的描绘，作品注重从社会与历史的角度去描绘当代美国人的心灵。七八十年代以后她越来越向实验性靠近，开始借鉴国际上流行的如"魔幻现实主义"等新手法，把它们和传统文学中的浪漫主义手法，如爱伦·坡式的描写恐怖与怪诞事物的哥特式手法相结合。后期的创作趋于离奇的、富于神秘色彩的超现实主义，作品多为各种时髦手法的文学实验。在她的一些优秀小说中，她能把日常生活中的细节描绘得栩栩如生，又能把人物预感凶兆的潜意识和潜伏在各个角落的暴力的威胁表现得恰到好处。她借助大胆实验的超现实主义手法在揭示人物复杂的内心世界和幻想世界上，有时的确达到了艺术中的"心理真实"。

《在冰山上》(In the Region of Ice)是她的一部优秀的短篇，1967年获美国欧·亨利奖第一名，以后收入短篇小说集《爱的轮回》(The Wheel of Love，1970)。

在这篇小说中，她用"心理现实主义"手法探索了一个天主教修女教授寂寞、惆怅的内心。这个修女教授由同情一个犹太族学生而产生强烈的共鸣，从而陷入了纷扰、苦恼的窘境。犹太学生的影子成了她生活的一个部分。可是这个犹太学生是个精神病患者。他一心想在他那个混乱的世界中确立"自我"，但是得到的却是蔑视和冷漠，于是被迫走上了绝路。奥茨着意描写了他与日俱增的纠缠不清和他所给予这个修女的影响，使我们看到美国当代社会冷酷的现实怎样残害年轻人，也看到了宗教的伪善这样压抑人们的感情。也许对这位修女来说这只不过是一刹那的“凡心”，然而奥茨正是凭着这“一刹那的凡心”写出了修女生活的凄楚。

《他们》(Them，1969)中的故事围绕温德尔一家展开，描写了在长达30年的时间里，母亲洛蕾塔和女儿莫琳从农村小镇到工业化大城市的贫民区里求生存的过程。小说用第三人称交替叙述女儿莫琳和儿子查尔斯两人的经历。小说对城市生活的凶杀、卖淫、斗殴、背弃等阴暗面着墨较多，俨然是一个美国现代化都市生活的写照。

《他们》以描写母亲一代的生活开始。洛蕾塔自幼失去母亲，父亲失业在家，整天借酒浇愁，烂醉如泥；哥哥布洛克整天混迹于大街，带着一把枪，躁动不安。洛蕾塔16岁就开始工作，替闲混的父亲和哥哥操持家务。但她对生活充满了美好的幻想，像所有的情窦初开的少女一样幻想浪漫的爱情。但接下来发生的事情使她的梦想彻底破灭。她第一次带男友回家，醒来却发现男友伯尼脑浆迸裂，床上、地上血污一片。她知道是哥哥所为，但惊慌失措的洛蕾塔第一个念头就是跑到朋友家，借一把枪。她并不是为了报仇，而是出于保护自己的直觉。借枪未果，洛蕾塔遇见了有过一面之交的警察温德尔，她向温德尔求救，而这个年轻的警察就在尸体旁边的饭桌上占有了哭哭啼啼的洛蕾塔。然后，洛蕾塔就嫁给了这个帮她处理掉尸体的救命恩人温德尔。16岁少女的浪漫爱情在无端的暴力中化为泡影。在暴力中孕育成长的下一代也和暴力结下了不结之缘。洛蕾塔有三个孩子，她也像邻居们一样把孩子们交给大街去教养。大街上的人也无一不浑浑噩噩。吵架斗殴、毒打子女、酒精、暴力和性，是“他们”生活的主要内容。洛蕾塔的儿子查尔斯很快就成为其中一员，偷窃、引诱女孩子，几乎无恶不作。对于《他们》中的男性而言，暴力似乎是生活的支点，与摆脱贫困乏味的生活，实现赚钱的梦想紧密相连。查尔斯的女友雅旦在精神苦闷中开枪打伤了查尔斯后自杀。查尔斯的妹妹莫琳恬静、温和，但内心强烈渴望逃脱像她母亲那样的命运。她对暴力充满恐惧，家庭对于莫琳来说，不仅不能提供庇护，还为家庭暴力提供便利。她认识到只有金钱能使她摆脱“他们”的圈子。莫琳对金钱的理解可谓深刻，这个社会一切都是金钱在操纵。奥茨尽管在描绘莫琳的意识，但通过莫琳对金钱的感受，作家对社会本身进行了入木三分的剖析。实际上，像莫琳这样的下层社会的女孩子们，身无分文，没有能力养活自己，又时刻处于暴力的包围之中，几乎没有什么出路。因此，还是14岁中学生的莫琳开始出卖肉体，在上学或放学的路上钻进陌生男子的汽车。令人吃惊的是她麻木的情感。她感觉实际上什么也没有发生，她想的只是顾客钱包里的钱。在遭到继父又一次毒打后，她几乎死于残忍的家庭暴力。但是她依然抱着挣钱脱离家庭的梦想。最后，她精心策划、毫不动摇地实现了自己的计划，使一位夜校男教授遗弃原来的妻子和三个孩子，和她结婚。她如愿地住进了郊区的大房子里，不用工作，安心地等待着第一个孩子的出世。莫琳的梦想终于实现了，看着另一个女人带着孩子痛苦地退场，良心上没有丝毫的愧疚。这就是“他们”的暴力教给她的自然主义的生存法则。

奥茨选择暴力情境来透视女性的生存状态和梦想的破灭，一方面是因为这样写更接近美国的社会现实，另一方面是因为她相信自然主义的法则，她常常以弗洛伊德主义和荣格的集体无意识来解释人的冲动。奥茨的小说对城市生活的凶杀、卖淫、斗殴、背弃等阴暗面着墨较多，但同那些宣扬暴力和色情的以招徕读者的畅销小说家相比，奥茨还是不同的，她对于暴力和性，不做气氛渲染，只重视后果，重视其对女性人物造成的精神和肉体的伤害。

她把女性压抑在心头的恐惧与不安诉诸笔端。她有力地抓住了美国六七十年代动荡不安的社会精神，把握住了人们由于对世界感到无能为力而麻木了的心态。然而她的作品还试图唤醒普通女性的自我意识，告诉她们如何战胜并超越痛苦。

奥茨1971年发表的小说《奇境》(Wonderland)可看作是一个分界线，标志着奥茨第二创作阶段的开始。自此，奥茨的作品开始触及美国复杂的社会关系和权利分配。写作手法也从早期的现实主义转向运用各种后现代派技巧的新现实主义。作品主人公杰西在《奇境》中的漫游象征着一个有代表性的美国人在美国文化领域的漫游。故事的开场充满着血腥气息。杰西的父亲因破产杀死全家人后自杀身亡。杰西逃得快而幸免于难。随后在作品中暴力、吸毒成瘾、非法堕胎、阉割、同性恋、残杀同类、自断肢体、暗杀肯尼迪总统等等应有尽有。杰西在成为孤儿以后，被心理学家皮德森收养，从由惊吓而沉睡的状态中清醒过来。与皮德森一家共同生活了几年之后，由于他企图帮助皮德森太太摆脱性情怪异丈夫的控制，杰西被驱逐出来。他到一家医科学校学习，娶教授之女为妻，很快就成为了一名脑外科医生并开了一家诊所。尽管事业有成，杰西并不感到事事如意。与妻子感情不和，子女也与他疏远，精神十分苦闷。他甚至想与一位找他打胎的女嬉皮士私奔。而他心爱的女儿受他影响，堕落成了一名嬉皮士，吸毒、群居。最后杰西带女儿出去划船时把她谋杀了，重演了一幕40年前的悲剧。结局充满了绝望，社会意义较为突出。尽管时隔两代，美国的社会问题不但没有解决，反而从物质生活发展到了精神生活。

《爱的轮回》(The Wheel of Love，1970)是奥茨短篇小说集中代表性作品，内容主要是描写生活在城市或学校环境中的各种类型妇女的爱情遭遇，从心理上探索心灵在爱的轮回上所遭受的折磨以及其中的一些内心感受。

奥茨的作品从30年代写到60年代和70年代，对美国现代社会采取了一种批判的态度，她的一些优秀作品不仅反映了美国各阶层人民从经济危机时期的物质贫困过度到物质富裕而精神空虚的过程，揭示了资本主义制度下人们精神蜕变的原因，而且也表现出作者对弱小人物命运的深切关注。

26. 美国社会风俗画巨匠约翰·契佛

在当代美国作家中，约翰·契佛(John Cheever, 1912 - 1982)以善于观察社会、剖析中产阶级，尤其是市郊的中产阶级的心理而著称。他的小说主题是生活中的精神和感情空虚。他特别擅长描写住在郊区的美国中产阶级的生活方式和道德观念，从平淡无奇的日常生活中发现幽默可笑之处，通过琐细的家庭纠葛反映资本主义社会中人们精神上的空虚和苦闷。他文笔流畅、细腻，笔调诙谐、幽默，被称作是“郊区的契可夫”。

契佛生于马萨诸塞州昆西市，他的父亲拥有一家鞋厂，所以家庭还算富有，直到1929年他父亲失去了生意并抛弃了家庭。年幼的契佛对他父母关系的破裂深感不安。他17岁结束了学业并离开了家。他当时在南布雷恩特里的塞耶学院就读，但由于吸烟而被开除。这次经历成为他所发表的故事《开除》(Expelled, 1930)的主要情节。他16岁开始发表小说，逐渐成为《纽约人》杂志的撰稿人。后来，他搬到波士顿与他的弟弟住在一起，为多家杂志撰写文章。1935年他开始与《纽约人》的长期合作。1943年他发表了第一部作品《某些人的生活方式》(The Way Some People Live)。故事描述了郊区居民的生活或是他自己在部队中的经历。他在第二次世界大战中从军四年，曾作过步兵和信号兵。

战后契佛当过教师，也为电视台写剧本。后来成为专职作家。他的

第二本短篇小说集《巨型收音机》(The Enormous Radio)于1953年出版。故事大部分的背景是在纽约。50年代中期,契佛开始他的长篇小说创作。《瓦普肖特编年史》(The Wapshot Chronicle,1957)是根据他父母之间的关系,他家境的衰败和他自己的生活所写成的一部自传体小说。此书获得1958年美国国家图书奖。

他以后曾在波士顿大学任文学创作客座教授。70年代他在衣阿华大学和星星监狱任教,从1974年~1975年在波士顿大学作客座教授教写作。在波士顿,契佛感到压抑又染上了酒瘾。他在纽约的一个戒酒中心呆了一个月。这些经历在他后来的作品《法康纳监狱》(Falconer,1977)中得到再现。故事讲述了一位大学教授在法康纳监狱中找到自我、从而再生的经历。法拉古特(Ezekiel Farragut)杀了他的弟弟艾本,并染上酒瘾,还常常产生幻觉。他发现了宗教并从监狱逃脱,从暴力和绝望中摆脱出来,这可以被理解为他的自我拯救的过程。

契佛写过五部中、长篇小说,但他的成就主要在短篇。他最著名的短篇小说集有《巨型收音机》(The Enormous Radio,1953)、《绿荫山的窃贼》(The House Breaker of Shady Hill,1959)、《苹果世界》(The World of Apples,1973)等。他1978年自选出版的《契佛短篇小说集》(The Stories of John Cheever),获得普利策奖,全国评论家协会图书奖和美国图书奖,是《时代》杂志推荐的八部"70年代最佳小说"之一。

二次大战以后,科学技术的高度发展使美国成为一个"丰裕社会"。这样一个"丰裕社会",尽管物质生活舒适、富裕,但是同时也是一个冷酷的世界;在这样的社会中人与人互不了解,个人精神苦闷、彷徨。这个社会中的主要阶层是一批"新中产阶级",它主要由科技、管理等专业人员组成。他们受雇于雇主,无经济根基也无明确的生活信念。美国社会风尚小说家们主要就是描写这些人以及他们的家庭与子女的生活琐事。契佛正是这样一批被称作社会风尚小说家(又叫社会风俗小说)中的代表人物。

社会风尚小说家们习惯于将自己所熟悉的社会某个片断,或者是最具有代表性的某一个阶层转换为艺术场面或者艺术人物形象,以此向读者展现一个他们所赖以生存的社会。第二次世界大战后的20年间,住在市郊的中产阶级白人开始成为普通美国人的象征。因此,他们的生活方式与世界观便代表着战后的社会风尚、道德观念的主流。契佛专门写美国中产阶级中间的这些人。他从那些常年因上下班乘车往返于城市与郊区之间的中产阶级小人物中挑选自己作品中的角色,写他们生活中的恐惧、挫折与徒劳。他的作品大力渲染了这些人在郊区定居以后的忧郁心情和拚命逃避现实的心理状态,探索并始终追踪着中产阶级由城市往市郊的迁徙,热衷于表现这一特定阶级的风尚和日常琐事。霍夫曼编的《哈佛当代美国文学指南》一书指出:

"对于约翰·契佛来说,社会风尚小说的基调就是人们所观察到的普通的日常生活的框架。"

契佛是一个擅长于描写美国城郊中产阶级生活、家庭关系、精神状态和道德观念的小说家。他的短篇小说经常以新英格兰地区的小镇和城市郊区为背景,以上层资产阶级和中产阶级的生活为描写对象,从而显示出这些富人们在人生道路上的微妙变化。他虚构了大城市郊外一个名叫"荫山村"的小镇作为人们生活的场所,这个地方看起来是远离尘嚣的世外桃源,实际充满着阴暗的色彩。在那里居住的人表面上一本正经,背地里却干着不可告人的勾当。契佛描写的人物通常都是有身份的中产阶级男子,他们有固定的职业,有丰厚的收入,有和谐的家庭,有活跃的社交;他们在妻子面前是多情丈夫,在孩子面前是称职的父亲;每天下班从纽约坐火车到荫山村,然后由仆人接回家中,在柔和的灯光下与妻子儿女们同享共进晚餐的天伦之乐;在周末假日,他们带领家人,或探亲访友,或旅行游玩,或舞会消闲……一切都显示出这些中产阶级完美的生活方式。然而,在这种生活方式的背后却隐藏着明显的危机:为了维持表面排场而使经济日不敷出,为了满足自身感官的刺激而去私通偷情,为了逃避生活日益衰竭的冲击而幻想探索一条"新路",但结果是处处虚伪、处处碰壁,只能在美国式的梦中寻找安慰。

契佛小说中的主人公虽受过教育,生活富裕,但精神空虚缺乏明确的生活目标,往往是在丑恶的社会现实面前进退维谷、无可奈何。契佛短篇小说的特点有以下几点：首先是题材狭窄，人物是同一经济、地理和道德环境中的同一模式；他的小说结尾是开放性的，是个淡淡的悬念。读者往往记住了他创造的气氛而忘记了故事的内容。这种技巧本身就反映了作者对人生和社会的特殊见解。

契佛作品中的人物都是一些现代"反英雄"，他们放荡不羁、纵欲无度，有的则是骗子、流氓。他时刻注意观察这部分人的生活、行为和道德观，因此契佛作品的主题经常带有社会共性。这一点我们从他的第一部作品集的名字——《某些人的生活方式》中也不难看出。总之，契佛的作品如实地反映了现实美国社会中的中产阶级的社会风尚与情操。契佛的笔下没有什么重大的主题，但是他却如同一位技艺超众的摄影师，始终将自己的镜头对准中产阶级人们的日常生活，用自己的一张张"特写"作品组成了一整幅反映中产阶级精神风貌的画卷。

如同传统的现实主义和自然主义作家一样，以契佛、厄普代克等人为代表的社会风尚小说家在创作中都利用现实生活勾画成一个读者们所熟悉的世界。不过，现实主义和自然主义作家注重自己作品的覆盖面，试图以各阶层形形色色的人物的生活向读者展示一幅囊括美国社会全景的、气势磅礴的巨幅画面。然而社会风尚小说家不特别注重对于人物的刻划，只对整个世界中的某个较小的区域感兴趣，对社会生活中较小的场景和侧面感兴趣，因此他们十分注意细节的描写，力求使作品具有"以小见大"的功效，向读者展现的往往只是某一特定社会阶层的精神风貌。

在《法康纳监狱》(Falconer，1977)中，契佛让我们看到了一个被囚禁的美国人的内心世界，他的寂寞、苦闷、悲哀和对社会的绝望。

这个美国人是一个退伍军人，第二次世界大战时在海外服役。他有漂亮的妻子、富裕的家庭，但是在一个混乱的世界里他面临着种种社会问题——他在战争中染上了吸毒的恶习，以后又因失手误杀其兄而被捕入狱。这使他家庭破裂，精神濒于崩溃。

作者用熟练、细腻、深沉的手笔描写了这个人物在狱中的精神状态和心理活动。他内心充满了痛苦，他得不到人情温暖，于是他"对猫也产生了爱意"。他渴望自由，可是自由人又怎样呢？他们的行动也带上了"禁锢的标志”。从孤独的主人公的心声和作者的议论,我们看到了战后美国人的精神——他们的信念和对当代社会的失望。

作者不愧为短篇小说的名家。一篇一万字的故事,能写出一座现代监狱的内幕,揭示一名囚徒的内心世界,并通过他的“意识流”展现出一幅幅中产阶级家庭的图景,隐含着对社会的抨击,可见作者的艺术修养。

《巨型收音机》表现了契佛在小说中惯用的主题,即在人类日常生活的表面下总是隐藏着某些怪异而带有破坏性的成分,人们很难将这些成分完全置于控制之中。在《巨型收音机》这个故事中,吉姆和威斯科特是一对普通的夫妇,除了对音乐特别喜爱之外,对一切都十分节制。吉姆买了一架新的收音机,这实际上应该给他们带来协调和欢乐,但事情并非如此。威斯科特弄不明白收音机上的各种按钮和开关,也不喜欢胶木盒子。当她打开收音机时,听到的不是和谐的音乐,而是别人家的隐私:有的邻居背着妻子与别的女人偷情,有的欠债不还,有的表面斯文,暗地里脏话连篇……所以,当威斯科特再见到这些邻居时,她会目不转睛地盯着他们看,想知道他们脑子里在想些什么。这篇故事揭示了人们的虚伪。

作者对中产阶级的心理疾患十分熟悉,写那神经兮兮的样子入木三分。他对中产阶级的心理描写与索尔·贝娄的不同。他在鞭挞他们的怪癖时,带有几分讽刺,不像索尔·贝娄那么哲理与深沉。

约翰·厄普代克评论契佛是“在美国当代小说家中没有人能匹敌的”。

27.《飞越杜鹃巢》赏评

美国著名小说家肯·克西(Ken Kesey,1935－2001)的一生颇具传奇性:1935年9月出生于科罗拉多州一个奶牛场主家庭,后迁移到俄勒冈州祖父家。肯·克西自幼体格强壮,喜好运动,尤擅长摔跤,为此获奖学金进入俄勒冈大学学习新闻学。1959年,到斯坦福大学攻读创造性写作学位,自愿参加了政府在一所医院的毒品实验项目,尝试过像LSD这样的致幻兴奋毒品。1963年,基于这一体验写成并出版了长篇小说《飞越杜鹃巢》(One Flew Over the Cuckoo's Nest)而一举成名。由于吸食大麻,他曾经在加利福尼亚州被监禁4个月。1965年,与高中认识的女友法耶结婚,后来在普勒真特西尔(Pleasant Hill)定居,养育了4个子女。他还在好莱坞影片中出演过次要角色。1990年携家回到俄勒冈,任教于俄勒冈大学,直至去世。

《飞越杜鹃巢》出版后很快就被译成了多国文字,几乎每年都在重版。1963年企鹅出版社的版本封面是中央精神病院房顶的一角,但见一只杜鹃昂头站立,仿佛在期待呼唤什么,这在美国近代史上众所周知的动荡年代里其象征意义不言而喻。与肯·克西同时代的诗人和朋友金斯伯格曾经写过长诗《卡迪什》(Kaddishi)悼念其患精神病而死在“疯人院”的母亲娜阿米,读过该诗的读者无不被诗中“疯人院”的恐怖和娜阿米受到的精神折磨而震惊。《飞越杜鹃巢》为我们揭露了这一阴暗角落里更不人道的种种细节，可它绝不是单纯的精神病院故事，其强烈的社会认识意义远远超于其故事本身。

故事发生在美国太平洋西北部的一个精神病院，第一人称叙述者是在病院呆得最久、有一半印第安血统的布罗德曼。他从不说话，经常产生幻念，总以为屋子里满是青蛙。病院实际上由浑名是“大护士”(Big Nurse)的拉齐德(Ratched)统治。她竭力掩盖其女性生理特点，可笑的是，无论如何也不能“消灭”她那一对硕大乳房。她狡猾、机灵、对病人冷酷无情、独裁和控制欲表现强烈。故事情节主要在主人公爱尔兰裔人麦克穆菲(McMurphy)和“大护士”之间的抗争中展开。麦克穆菲联合其他病人挑战“大护士”的权威。他们赌博、酗酒、同女人约会等。最终麦克穆菲和布罗德曼逃离病院。耐人寻味的是布罗德曼此时才开始说话。麦克穆菲集中体现了追求自由、人格独立、反体制压迫这样一些精神。

“疯人院”实际上是当时美国社会的一个缩影，“大护士”则代表美国资本—军事一体化体制对人性的压抑。此书出版后好评如潮，《时代》周刊称此书“是向体面阶级社会的陈规以及支持这些陈规的看不见的统治者发出的愤怒抗议”；《纽约客》则说此书“预示了大学骚乱、反越战、吸毒以及反文化运动”。显然，此书的主旨同《麦田守望者》和《在路上》传达的“垮掉的一代”(the Beat Generation)的理念一脉相承。难怪不少评论家把肯·克西也归入“垮掉的一代”。

丰富的隐喻性的破译是读解《飞越杜鹃巢》的关键，后结构主义理论家福柯在他的著作《癫狂与文明——理性时代的精神病史》中，提出“现代精神病院是文明社会的重要权力机构”。疯人院在福柯那里预示着关于现代文明社会的经典寓言。小说中透出的强烈的叛逆情绪与20世纪60年代的文化思潮有很大的联系。20世纪60年代的美国是一个“光荣与梦想”破灭的时代，一系列属于社会体制意识形态的冲突以激烈的形式暴露出来。而反传统、反秩序、反主流的文化思潮极大地影响了当时的艺术创作。

在疯人院里体现出的是一种被遮掩的压制，看起来气氛似乎是和谐的，光线是柔和的，吃药治疗时放着轻柔的音乐，病人有着充分的自由在医院里活动，可以打牌、可以抽烟，甚至表现好的人有机会在医护人员的带领下外出。但是只有麦克默菲可以轻易地击中看似完美的疯人静谧世界中的脆弱，一开始，他就要求把音乐声减弱，而不是像其他人那样乖乖地在音乐下吞咽无名的药丸，对秩序完整、封闭的疯人院来说，麦克默菲是一个意外的闯入者，而麦克默菲也并非刻意地去反叛，他的所作所为，只是出于天性，他的无拘无束的个性必然与严谨的压制格格不入。在麦克默菲的撞击下，众“疯人”，原来规矩、安分守己的病号开始流露出正常人的天性：他们欢乐地享受海边阳光的沐浴，和女人在一起的乐趣，以及争取自我的反抗。这是在一种反常规的活力的冲击下体验到发自生命本身的愉悦。

麦克默菲破除的是一种仪式，他到来之后，吃药、开会、心理治疗这些程序都遭到质疑，尽管麦克默菲每次的要求都遭到拉齐德的拒绝，但是对于一直机械、呆板地重复这些程式的疯子们，麦克默菲的举动无疑触动了他们。使得他们在面临这种非暴力的压抑时，可以产生新的反应，如一病人对拉齐德质问：“既然比利不愿意说，你为什么非要问他”。而查理也可以大声哭泣着要自己的香烟。在一个坏孩子作了示范之后，所有的好孩子都被诱发了“坏”的天性。

而护士长拉齐德似乎担任了一个恶毒母亲的角色，管理和维持着疯人院秩序的是拉齐德，她永远处在一种端庄、对局势的把握游刃有余的表情和状态。她调度着这个规范化世界里的疯子，她熟知他们的弱点，尽管她并不曾从人性的角度去了解过他们，疯子们对她而言，都是犯了错误、在这里寻求管教的孩子。尤其对于比利，她更像是一个母亲，一个视孩子的长大为犯罪的母亲。比利的孱弱、口吃都像是处在青春期的孩子，从书中开会讨论的内容也在昭示着比利“疯狂”的真因：母亲阻止了他同女孩的约会。比利曾反问麦克默菲：你以为我不想离开吗？比利作为一个不成熟的大孩子只有滞留在有“母亲”庇护的疯人院里才能安全，尽管他渴望长大并离去。就在圣诞夜的“成人仪式”之后，比利奇怪地恢复了语言的功能，面对拉齐德的诘问，他充满男人的理智和风趣：我可以解释一切。

但是拉齐德甩出了对付比利的致命武器:想想如果你妈妈知道了会怎样?于是比利瑟缩着恢复成那个惧怕母亲惩罚的孩子,杀死了自己。他是被恶母亲不愿孩子成熟的心态所杀戮的。

印第安酋长则代表着另一种文化的表征:来自丛林,回归丛林,他的反抗并不像麦克默菲那样是无意识地舒展自己的天性,他的装聋作哑也不完全是为了避免伤害,而是为了躲避,拒绝语言意味着拒绝与体制发生关系。我们看到的酋长很像一位真正的隐士,他安然地生活在这个类同于囚禁的空间,而麦克默菲似乎警醒了他身上的原始力量,他主动对他说话了,最后,他用解除躯壳束缚的方式让麦克默菲的灵魂随着他回到丛莽之中,酋长搬起了麦克默菲生前扬言要举起、却没有力量举起的大理石水槽,用它砸破了桎梏,飞越了麦克默菲没有来得及飞越的疯人院。

护士长拉齐德的管理机器和以麦克默菲为首的精神病人之间发生了一场控制与反控制的斗争,最后麦克默菲被捉住,头部被动手术而瘫痪。他的病友、书的叙述者布罗德曼——一位印第安部落首领的后裔,为结束他的痛苦,使其窒息而死,尔后自己逃出。他已在麦克默菲的帮助下克服了自己的心理障碍。麦克默菲虽然已死,但他的精神依然活着,他已搞垮了护士长所代表的专制权威。书中的精神病院代表着整个美国社会。自然、个体、情感与高度机械化的伪善社会的对立和斗争构成本书的主题。

《飞跃杜鹃巢》的叙述结构亦独具匠心。小说的真正主人公是叙述者布罗德曼。他从麦克默菲的生与死的事迹中不断汲取经验和教训而逐步成熟,最后把自己的潜力和朋友的长处集于一身,从而避免了朋友的遭遇,满怀信心地正视生活。随着麦克默菲力量的减弱,布罗德曼的性格渐臻成熟。这样的结构可使作者同时享有第一人称和第三人称两种叙事角度的优势;人物性格被塑造得饱满酣畅,给人一种栩栩如生的立体感。克西与"垮掉的一代"过从甚密,他的作品是当代反主流文化的重要组成部分。

肯·克西的小说多为描写"心理上的罪犯"(psychic outlaw),自传成分极浓。肯·克西后来写过一些自传体短篇小说、儿童故事、文章等,但除了《有时冒出了一个伟大的念头》(Sometimes a Great Notion,1964)和《水手之歌》(Sailor Song,1992)以外都不太成功。前者叙述俄勒冈州一小镇两个独立谋生的伐木工人的故事,贯穿于全书的人生基调是"永不屈服"(Never Give An Inch),使人联想到梅尔维尔的《白鲸》和海明威的《老人与海》所传达的那种不向命运让步的大无畏精神,受到评论家一致称赞,他本人也颇满意。后者带有科幻性质,以阿拉斯加渔村为背景,表达了他对全球气候变暖、核污染、癌症等重大紧迫问题的思考。不过,更多读者也许是因为看过其同名小说改编的影片(在中国译为《飞越疯人院》)才知道肯·克西的。此片在1974年一举夺得奥斯卡5项大奖,后又被美国电影学院列入其20部最佳影片之一。

肯·克西的《飞越杜鹃巢》同塞林格的《麦田守望者》和克鲁亚克的《在路上》一样已成为"垮掉的一代"和嬉皮士反文化运动的经典著作。美国及西方各大媒体对肯·克西的去世反应强烈,称他是嬉皮士时代的催生者和见证人,是一位严肃的小说家,可以同菲利普·罗思(Philip Roth)和约瑟夫·海勒(Joseph Heller)相提并论。他的历史意义在于:把20世纪50年代发端的波西米亚"垮掉的一代"运动同20世纪60年代的反文化/嬉皮士运动联系了起来。他们极端的反叛方式现在当然不会再具有当年那样的吸引力,可张扬个性、向往自由、不循规蹈矩、追求冒险新奇这些理念及世界范围内许多业已接受、习以为常的先锋/前卫行为,应该是他们留下的精神遗产。

28. 麦卡勒斯与她的《伤心咖啡馆之歌》

卡森·麦卡勒斯(Carson McCullers,1917－1967)是美国20世纪40年代具有较大影响的南方女作家。她的小说怪诞离奇,颇具哥特式小说的特点。在她的带有浓郁地方色彩的小说中,主人公大多是生理残疾和心理病态者,比如,一个又聋又哑的男人爱上了一个又聋又哑的弱智女人;一个精神失常的女人用剪草刀切掉自己的奶头;一个有阳刚之气的女人爱上了患肺病的驼背的矮男人,这驼背后来成了同性恋者。在不无极端的表现形式下,小说蕴涵着对美国精神文化的深刻的忧患意识。从某种意义上讲,她已经超越了地方主义甚至于美国主义,而成为世界上所有孤独者和异化者的代言人。她最优秀的作品是抒情性的,而非哲理性的,在以揭示心灵阴暗面为主题的南方文学作品中占据着十分突出的地位。

1917年2月19日,卡森·麦卡勒斯出生于乔治亚州,从小酷爱文学。1935年至1936年在纽约哥伦比亚大学和纽约大学读书,后长期住在纽约。多次的婚姻失败,给她留下心灵创伤,形成孤僻的性格。她的第一部长篇小说《心灵是孤独的猎人》(The Heart is a Lonely Hunter,1940)发表后一举成名,引起评论界的重视。小说对压抑人性的法西斯主义提出了象征性的批评。创作的成功带来的喜悦并不能冲淡第一次婚变造成的精神痛苦,她的内心世界从此难以摆脱抑郁、孤寂的阴影。更不幸的是,她早年患上的心脏病越来越成为她生活和创作的障碍。20世纪40年代后期，她完成了第四部重要小说《婚礼的成员》(The Member of the Wedding)之后，便半身瘫痪，从此长年缠绵病榻，中年又染癌症，其间第二任丈夫病逝。这一连串的不幸在她的心灵上刻下深深的伤痕，造成她感受和理解人生的特定方式，使她写起畸形、病态、痛苦和悲伤来是那样得心应手，活脱出一个渴望生命而又被灾难扼杀的绝叫的灵魂。灾难和不幸同时培养了她的倔强。1961年她发表了长篇小说《没有指针的钟》，这是她在极困难的条件下用生命完成的最后一部作品。小说以南方种族问题为题材，从心理开拓的角度揭示出种族歧视的反人性。作者因此被称为"第一次在南方小说中能以正义感写黑人"的白人作家。她的主要作品有：《心灵是孤独的猎人》(The Heart is a Lonely Hunter, 1940)、《金色瞳孔中的映像》(Reflections in a Golden Eye, 1941)、《伤心咖啡馆之歌》(The Ballad of the Sad Café, 1943)、《婚礼的成员》(The Member of the Wedding, 1946)、《没有指针的钟》(Clock without Hand, 1961)、短篇小说集《受抵押的心》(The Mortgaged Heart, 1971)。

《伤心咖啡馆之歌》以寓言的形式表现了"爱情乖谬性"，哪怕是无所不能的爱，在冲破人类永恒的孤独状态上也是无能为力的。三个主人公之间的爱情都得不到应有的回报，反而造成破坏性的惨剧。作者通过爱的悲剧从反面深化了孤独的主题。

《伤心咖啡馆之歌》是麦卡勒斯对畸形人物进行的最大胆也最成功的一次描写。这是一部充满18世纪哥特式小说浪漫、怪诞气氛的作品，作者以一种漫不经心而又娓娓动听的抒情笔触，向人们讲述了发生在南方一座沉闷、冷僻的小镇的一个奇特的三角恋爱的故事。

这个悲剧故事中的主角都是超出常人想象范围的极端性人物。故事发生在40年代南方某个小镇。小说的主人公是身材高大、生性强悍、家道殷富的爱米利亚小姐——小镇上唯一一家咖啡馆的主人。还有两个人物是她的前夫——马文·马西和她的驼背表兄罗戈。故事开始的时候，爱米利亚已经30岁了，她继承了父亲的家业，靠着比普通男人还要高大和强壮的身躯，有条不紊地经营着一家酿酒厂和这家既经营土产又带卖酒的店铺，日子过得挺红火。唯一使爱米利亚心中不悦的是，她十九岁时与本镇纺织厂的机修工马文·马西的那段该死的婚姻，结婚十天，马西便被她赶出家门，因为她不愿意跟这个男人睡在一张床上。后来马西在外犯了法被关进监狱，爱米利亚心里才踏实下来。就在这一年四月的一个晚上，爱米利亚家来了一位自称是她的表兄的小驼子罗戈。镇上的人都以为她准会把驼子赶走，可是出人意料的是爱米利亚收留了他，还把他当作心爱的人来侍候，整天带着驼子到处走，惟恐他不高兴。这场奇特的爱情维持了六年才被马文·马西从监狱里出来后破坏了。驼子一见马文·马西就像奴才见了主子，把他请回咖啡馆来居住，请他喝酒，整天围着他转。爱米利亚与马西之间终于爆发了一场恶斗，在两人扭打的关键时刻，深受爱米利亚物质、金钱和爱情之恩的驼子罗戈却毫不犹豫地站在马西一边。爱米利亚被打败了，马西和驼子把咖啡馆砸个稀烂，还放火烧了酒厂扬长而去。从此，爱米利亚变了，她让人把屋子里的窗户都钉死，自己独自呆在紧闭的房间里，曾经有三年之久她每天眺望着那条路，但始终不见驼子表兄罗戈回来。

显然，这是畸形(包括外表上的和内心的)人物的一场畸形的爱情：早年马西爱着爱米利亚，但她不爱这个魁梧、潇洒的机修工，却在后来深深爱上了她那又丑又矮的表兄弟罗戈，但罗戈并不感激爱米利亚的爱，反而恨她，恨周围所有的人。而罗戈却爱上了她的前夫马西，那美男子成了他同性恋的对象，并谦卑地企求马西的爱。作者把爱和恨交织在一起，形成了一对不可分离的矛盾。在这里我们所能见到的是三颗孤独的心灵，他们都在追求理想中的爱，但由于被爱的人不理解这种爱，反而激起对方的怨恨和敌意，结果使自己更加孤独。小说呈现出来的正是这样一种奇异的“人性”，由于这种人性成分的存在，人类的感情只能永远处于“孤独”之中。感情是痛苦的产物，它只能带来不幸，带来人与人之间的冲突。用畸形人的命运来反映畸形社会的现实，是麦卡勒斯在创作上的一大特色。她仿佛一个冷漠、镇静的“局外人”，用严峻、冷酷、尖刻的口吻讲述着人世间的荒诞。爱米利亚的孤傲怪僻、驼子罗戈的自卑感和马西的复仇狂心理都是“荒诞”的产物。不仅如此，整个小镇，包括那些形形色色的爱管闲事、爱搬弄是非的人物在内，都属于荒诞的产物，在作者看来，这个小镇便是世界，咖啡馆便是人生表演的舞台。

小说中变态的爱情和怪诞的气氛具有"哥特式小说"的特点。作者巧妙地运用表现主义手法来揭示人物的内心世界：反映南方的凄凉与畸形人物的辛酸和孤独。

卡森·麦卡勒斯是美国文坛上一位重要的作家。在短暂的一生中，她著有五部长篇小说、两部戏剧、二十篇短篇小说，还有散文、诗歌等。尽管麦卡勒斯在少年时期就离开了南方，但她的作品多取材自南方，技巧方面继承了南方写作的特色。从她的小说中，读者可以体会到她对南方的热爱。进入20世纪后，受工业化和商业化浪潮的影响，南方经历了翻天覆地的变化。新一套的价值体系取代了传统的价值观。商业和竞争精神渗透到人们生活的方方面面。在物化了的人际关系下，人们感受到的是孤独与无助，精神的隔绝困扰着他们。由于自身不幸的遭遇，麦卡勒斯比其他的作家更能敏感地感受这种孤独。孤独与精神隔绝成了她终身创作的主题。她描绘下层民众，并把他们塑造成各种身体或生理上畸形的人。通过运用荒诞、象征、使幽默与悲剧情调并存等手法，麦卡勒斯展示了现代人无法交流的困境。此外，通过分析可以看出，她对这一困境还做出了解答。现代文明、种族歧视和爱的缺失都可能是造成人与人之间相互隔阂的原因。在她的作品中爱不再是无所不能的力量。相反，它本身就存在着悖论的地方，人们要借助它来摆脱孤独的努力只是徒劳。在揭示了孤独这一"精神危机"之后，麦卡勒斯显得过于悲观。但她那趋于极端的描写也许只是企图唤醒读者乃至整个社会的注意。打破孤独、走向团结、复活爱心和建立沟通才是她真正的目的所在。

麦卡勒斯的小说带有较多的暴力和病态的描写，充满着孤独和绝望情绪，这固然与她的个人经历有关。但更重要的是，她从感受、分析南方现实社会生活和社会心理出发，对整个美国社会动荡极为敏感。她笔下一个个痉挛的生命，反映了她对社会精神危机灾难性后果的预感和忧患，因此，在不无极端的表现形式下，蕴涵的是作家强烈的社会责任感。在艺术上，麦卡勒斯的创作可以作为20世纪50年代蔚为大观的自我探索小说的先声。

29. 威廉·斯泰伦
——美国新一代南方作家的杰出代表

威廉·斯泰伦(William Styron,1925–2006),美国著名小说家,出生于弗吉尼亚州,父亲是个造船工程师。他在戴维森学院念书,1947年在杜克大学得过学位,第二次世界大战期间中断学习,参加海军陆战队,战后回大学继续读书。1951年朝鲜战争爆发,他又去当兵,后来写了小说《长途行军》(1956),反对这场侵略战争。他在杜克大学动笔写得第一部长篇小说《躺在黑暗中》(Lie Down in Darkness,1951)出版后一举成名。《将这座房子烧掉》(Set This House on Fire,1960)叙述了寄居意大利的美国人消极颓废、到处游荡,最后发生了暴力行为,揭示了他们之间复杂关系的奥秘。《南特·特纳的自白》(The Confessions of Nat Turner,1967)成功地运用了大段大段的内心独白,描写了1831年黑奴领袖南特·特纳领导的起义,以历史的题材探索人生的意义。这部小说获得当年的普利策奖。

1979年斯泰伦出版了另一部长篇小说《苏菲的选择》(Sophie's Choice)。讲述了一个从德国纳粹集中营受尽非人折磨后逃到纽约的漂亮姑娘苏菲的经历。小说情节曲折、气氛紧张、充满惊险的场面和哥特式的恐怖气氛,有人称它为一部高级的惊险小说。

斯泰伦还发表过一部喜剧《在霹雳声中的棚屋里》(In the Clap Shack,

1972)、一部评论、杂文和回忆录《寂静的人世间》(This Quiet Dust, and Other Writings, 1982)、一部随感录《看得见的黑暗:发疯的记忆》(Darkness Visible: A Memoir of Madness, 1990)以及一部短篇小说集《一个涨潮的早晨》(A Tidewater Morning: Three Tales from Youth, 1993)。

斯泰伦被认为是"南方作家",他的作品也具有南方派的不少特点,但他的小说并不局限于南方小说的主题范围,常常以曲折的情节结构和细腻的人物描写来表现人生的进退两难的处境和其他精神现象。他的作品因具有历史感、文化感的多重侧面,内容往往十分丰厚,而在作品表现形式上,主观色彩浓厚的视角中,又伴之以生动的语言、敏锐的感觉和幽默,现代主义因素和现实主义框架熔为一炉,因而好读又耐读,颇受读者青睐。

他的小说创作可以分为两个阶段,在第一阶段,他探索美国南方社会;在第二阶段,他宣称"南方作家现在必须脱掉沼泽与地方色彩的襁褓,把注意力转向其他方面"。他把注意力转向整个美国社会以及如何在这个社会中保持人性的完整。在《苏菲的选择》中,斯泰伦扩大了视野,把场景从南方移到了纽约。他从探索人沦为非人进而探索人沦为非人的终极原因是什么。他认为,这终极原因就是人性的邪恶。他在小说卷首引用了法国小说家安德烈·马罗的话:"我探索灵魂中那本质的部分,绝对恶在那与友爱相抗衡。"

1951年,斯泰伦的长篇小说处女作《躺在黑暗中》刚一问世,就获得了美国艺术学院大奖,作品描述了一幕发生在南方贵族家庭当中的悲剧,米尔顿跟妻子海伦长期不和,并有了外遇,自从残疾的大女儿死掉之后,米尔顿便把所有的父爱都给了小女儿佩登,这引起了妻子的妒忌。少女佩登不堪忍受,只好到外面寻找刺激,最后对生活充满了绝望,跳楼自杀。的确,斯泰伦的叙述具有许多现代派小说的特征,例如意识流、梦幻和内心独白,加之故事的主题、发生的背景及氛围,使人很容易联想起福克纳的《押沙龙,押沙龙》和《献给艾米丽的玫瑰》,因此,把斯泰伦当作美国南方传统的继承人是有一定根据的。

在参加了朝鲜战争之后,斯泰伦分别在耶鲁、纽黑文、康涅狄格等多所大学任教，他的下一部长篇小说《将这座房子烧掉》流露出厌世的情绪。小说叙述了寄居意大利的美国人消极颓废、到处游荡，最后发生了暴力行为，揭示了他们之间的复杂关系的奥秘。

《南特·特纳的自白》获得了1967年普利策文学奖。几乎早就被划定为南方作家的斯泰伦又一举跻身优秀的"黑人作家"行列。白人斯泰伦以超然的小说笔法重述了发生在1831年弗吉尼亚州的一次黑奴叛变的历史事实，黑人领袖特纳在最后的受审时刻将一页页爱恨纠缠的内心自白交给了白人律师，他一边怀念死去的白人姑娘，一边又竭力反抗种族歧视。斯泰伦以此审视人物内心的矛盾，令作家始料不及的是，他的小说竟遭到了《黑人文摘》等黑人团体的严厉批驳，认为斯泰伦只是在描写白人的假想，大肆歪曲了黑人领袖的形象，将黑人爱戴的南特·特纳写成笨头笨脑的、优柔寡断的、神经不正常的人，迷恋白人女人，被捕入狱后想活命等。为了躲避攻击，斯泰伦只得向墨西哥作家富恩特斯求助，到他那里去寻取清静。

20世纪70年代起，斯泰伦开始编辑《美国学者》杂志，并且获得豪威尔斯奖章，入选了美国文学与艺术研究院院士，名气越来越大。一天早晨，他忽然回忆起早年遇见过的一个叫做苏菲的女子，她向作家讲述了自己悲惨的生活经历。斯泰伦着手写成了那部产生了广泛影响的长篇小说《苏菲的选择》，由著名的兰登书屋（Random House）推出后，不久即成为1979年夏天《纽约时报》的金榜畅销书，隔年又摘得了国家图书奖，后来编导阿仑·帕库拉将它拍摄为同名影片，扮演女主角的梅丽尔·斯特里普还荣膺了1983年奥斯卡最佳女演员奖。

《苏菲的选择》是他的代表作。小说以青年作家斯廷戈与犹太姑娘苏菲关系为基础。全书的故事情节由两条线索组成：一条是主线，即苏菲这个波兰姑娘从德国纳粹的奥斯维辛集中营逃到纽约后，与一个疯疯癫癫的犹太青年纳森姘居，后来又爱上了住在楼下的斯廷戈，她要在两个男人之间做出选择。他们的三角关系演绎了复杂而生动的故事。苏菲还是选择了精神已经失常的纳森，最后双双服毒自杀。另一条副线是苏菲在二战中被关押在奥斯维辛集中营里，一个残暴的监狱官员告诉她，她只能留一个孩子,由她做出选择(她在波兰时已经结婚,生了两个孩子。她和两个孩子同时被捕入狱)。苏菲要求保存两个孩子的生命,结果遭到拒绝,她不得不进行选择,最后她的小女儿被纳粹送入了毒气室。此后为了打听跟自己隔离开来的儿子的下落,她又充当了德国军官的性奴隶。最后两个孩子都被杀掉了,她永远地失去了他们。这给她心灵上留下了难以愈合的创伤。这就是《苏菲的选择》的双重含义。

小说是以斯廷戈第一人称的叙述展开的。他是个从南方来纽约的天真的青年,住在布鲁克林区准备开始写第一部长篇小说。苏菲是个犹太姑娘,纳粹集中营的幸存者。战后,她来到美国,恰好跟她的情夫纳森住在斯廷戈的楼上。斯廷戈与他俩接触日渐增多,成了好朋友。纳森英俊聪明,但性格多变,起先貌似犹太科学家,后来斯廷戈看出纳森有精神分裂症,对苏菲过去的经历耿耿于怀,甚至愤怒。苏菲很有魅力,斯廷戈爱上了她,但不了解她的过去。一天,斯廷戈走进她的房间,突然发现她的脸变形了,她的牙齿在集中营里全给打掉了。她装上假牙后,他才松了口气,但他无法接受她悲惨的经历。这时,纳森与苏菲的关系出现了更多的麻烦。纳森的愤怒加剧了,斯廷戈劝苏菲与情夫分手。可是,几天后,苏菲离开了斯廷戈,与纳森重归于好。因为苏菲将二战期间的可怕的遭遇告诉斯廷戈后,他感到在波兰和美国南方之间存在一片相同的凶兆的地区。因为这部小说,斯泰伦又成功地进入了犹太文学圈,他对战争的控诉特别震撼人心。

今天,随着南方现代化的飞跃发展,古老的南方早以解体,老一代的南方文学被写进文学史。作为新一代的南方作家,斯泰伦另辟蹊径,反映当代社会对南方人的自我压抑。南方过去的重大事件仍可作为历史小说的题材,但他更关注的是南方人的精神危机及出路。《苏菲的选择》就是斯泰伦的大胆尝试,他给南方文学增添了新的活力。

30. 不幸母女的悲歌——《玻璃动物园》

田纳西·威廉斯(Tennessee Williams, 1911 – 1983)常常被评论家称作是"第二次世界大战结束时期所出现的最杰出的美国剧作家"。与这一时期的另一位重要剧作家阿瑟·米勒不同,威廉斯的戏剧着重反映的不是当代社会的价值观、道德观,而是各种被扭曲的灵魂。他的主题通常涉及色情、暴力和美国南方的独特传统。

田纳西·威廉斯是二战后崛起的第一位重要剧作家。他出身于密西西比州,原名托马斯·拉尼尔·威廉斯(Thomas Lanier Williams)。幼年时,威廉斯与外祖父母、母亲和姐姐罗丝生活在一起,1918年,随父亲举家迁至圣·路易斯市。悠闲的乡村式小镇、慈爱的外祖父母与喧嚣的大都市、酗酒嗜赌的父亲之间的强烈反差给敏感的威廉斯和罗丝造成了心灵的创伤。罗丝日益封闭起来,直至精神崩溃,被迫做了脑叶切除手术。威廉斯相对较幸运,在文学创作中找到了出路。1929年威廉斯进入密苏里大学学习,两年后因家境窘迫辍学。父亲在鞋厂给他找到了一份工作。他白天工作,晚上写作,终因疲劳过度得了神精衰弱症。在外祖父的资助下,威廉斯才得以重返大学校园,1938年毕业于衣阿华大学。1939年他的独幕剧集《美国布鲁斯》(American Blues)出版,次年又推出《天使之战》(Battle of Angels)。因为《天使之战》涉及通奸、私刑、谋杀、色情狂等许多禁忌主题，只上演一场就遭禁演。1943 年，威廉斯任米高梅影片公司的编剧时创作了脚本《绅士访客》，未引起重视；1945 年由《绅士访客》改编的《玻璃动物园》在纽约上演轰动一时，使威廉斯扬名剧坛。从此以后，威廉斯每两年就推出一部新作。20 世纪 50 年代后期，威廉斯沉溺于酒精与毒品，走入创作低谷，但他一直坚持写作，直至 1983 年在纽约去世。

《玻璃动物园》(The Glass Menagerie, 1945)是威廉斯第一部获得巨大成功的戏剧，是一部动人而富有诗意的剧作。它以 20 世纪 30 年代美国经济萧条时期为背景，故事发生在圣·路易斯一幢拥挤的经济公寓里。描写一个没落南方家庭一家三口人——母亲、女儿、儿子的矛盾和不幸境遇。此剧共有四个出场人物：故事的叙述者兼剧中人汤姆，母亲阿曼达，姐姐劳拉，和劳拉的“拜访者”吉姆。这是一部没有反面人物的悲剧。全剧背景和场景均通过主人公汤姆的回忆叙述向观众展现，故称“回忆剧”(memory play)。用剧中的男主角兼叙述者汤姆的话来说，当时“在西班牙，有革命。而在这儿，只有喊叫和混乱。在西班牙，有格尔尼卡。而在这儿，有工人闹事……就像在芝加哥啦、克里夫兰啦、圣·路易斯啦……”作者没有直接反映工人斗争，而是描写在这种压抑的气氛下温菲尔德一家——母亲阿曼达、女儿劳拉、儿子汤姆的矛盾。

母亲阿曼达年轻时在南方有过一段浪漫奢华的经历，然而时过境迁，如今变得憔悴且穷困潦倒，她却仍旧沉湎于往昔美好时光的怀想之中，常常自怨自艾嫁错了人。在家庭生活中，阿曼达下意识地将自己的悔恨转化为对子女的近乎病态的严格要求，本希望他们都有出息，过上幸福的生活，却毫不觉察自己对子女形成了一种无法承受的压力。身罹残疾的女儿劳拉是一个极端自卑的女孩，从小便与外界隔绝。强烈的自卑感使她在生活中毫无竞争力，高中没有毕业，在商学院学习速记又由于紧张而没有通过学校测验，只好闲在家中消磨时光，终日与爸爸留下来的一些旧唱片和一些玻璃制作的小动物摆设为伴，这就是她的“玻璃动物园”。脆弱易碎的玻璃动物无疑是劳拉的象征。她没法自立，所以阿曼达特别为她担心，只怕她将来“像没有窝的小鸟”那样寄居在吝啬的亲戚家，睡在老鼠笼似的小房间里，过低声下气的生活。儿子汤姆是一位与现实格格不入的青年工人，他怀有理想抱负，热爱写作，想要做一名海员，但他却不得不为家庭生计而奔波，为了母亲和妹妹而留在一个鞋厂仓库做工，终日生活在苦恼之中。他在家里呆不住，老是往外跑，看电影、纵酒以逃避现实。竭力维持体面生活的阿曼达请求儿子为他那内向、敏感而且稍有残疾的姐姐劳拉寻找一位合适的男友。阿曼达沉痛地对他说："只要劳拉有个人照顾，结了婚，她有了自己的家，……那你就可以自由自在地爱上哪儿就上哪儿，……"矛盾的焦点是劳拉；冲突的双方是阿曼达和汤姆。

最后，汤姆无奈，又不愿向母亲解释，只好把仓库调度员吉姆请到家中应付。吉姆又恰巧是劳拉在中学时代就一直暗暗倾慕的同学。吉姆是"现实世界里来的使者"，富有上进心，上班以后还在学校里学无线电工程和演讲，一心想出人头地。他果然唤醒了劳拉压抑在自卑情绪下的热情，给了她欢乐和希望。吉姆在与劳拉相处的短短时间里被劳拉的温柔善良所打动，甚至情不自禁地吻了劳拉。但吉姆在明白这家人的意图后，坦诚地告诉他们自己已有女友，结果使汤姆的母亲和妹妹受到更大的伤害。劳拉心中刚刚点燃的生活的火焰一下子被扑灭了。她勇敢地承受了这个巨大的打击，送给吉姆一只断了角的玻璃独角兽，作为这第一次、也是最后一次见面的纪念品。阿曼达的失望可想而知，她为这事同汤姆大吵一场，骂他是个"自私的梦想家"，"对一个被遗弃的母亲，一个瘸腿的、既没有工作又没有结婚的姐姐"毫不关心。不久以后，汤姆因为在皮鞋盒盖上写诗被开除了。此剧结尾，生性浪漫的汤姆不能忍受生活的乏味而步其父亲的后尘，离家出走，但是汤姆生性并不冷漠，他始终不能对劳拉忘怀。

该剧具有浓厚的自传色彩，一方面反映了战后美国南方旧贵族的日益没落，另一方面更表现出美国下层人民在困境中挣扎求生的艰难，曾被誉为"开创西方戏剧的新篇章"。它充满柔情地反映了普通人生活的艰辛与无奈。其中的每个人都生活于现实与幻想之间，都有自己独特的美。尽管汤姆和吉姆对待现实的态度截然相反，他们的憧憬也大不一样，他们无非是通过不同的途径在追求各自的未来。他们代表着美国"这个最大的、基本上受奴役的阶层"下层中产阶级不甘心浑浑噩噩过日子的人的两种不同的倾向。至于阿曼达和劳拉，她们的处境就更凄惨了。作为一个被遗弃的妻子，阿曼达对自己已经不存在什么幻想；她只是像一个殉道者热爱自己的信仰那样，热爱自己的儿女，尤其是丧失自立能力的劳拉。而劳拉几乎没有任何前途；在阿曼达看来，她唯一的出路就是嫁人。这是美国贫困妇女的真实写照。威廉斯有丰富的社会底层的生活经验。他用他自己的母亲和姐姐做原型，带着辛酸和愠怒的心情，作为下层中产阶级的代言人，把《玻璃动物园》当作一份反对不公正社会的控诉书。剧本所以获得巨大的成功，而且直到今天，它还没有失去现实意义，仍然会感动观众和引起他们的沉思，应该说这就是主要的原因。从这个意义上说，《玻璃动物园》是一部批判现实主义的作品。

《玻璃动物园》充分体现了威廉斯简练、优美的语言艺术。从阿曼达惆怅的回忆已逝的青春到绅士访客故做自信的术语满篇，威廉斯将南方语言特有的优雅、含蓄、诗意盎然表现得淋漓尽致。全剧哀而不怨、动人心弦，宛如一缕清新的春风给美国戏剧界带来了生机，曾在百老汇成功地连演531场，并获得当年纽约剧评界奖，被视为第二次世界大战后新戏剧的开端。

两年后威廉斯又创作出了一部成功之作《欲望号街车》(Streetcar Named Desire, 1947)。该剧上演后，轰动程度超过了《玻璃动物园》。它以新奥尔良为背景，描写女主人公——一位南方没落贵族小姐布兰奇·杜波伊丝的悲剧生活。布兰奇在南方种植园长大，一味沉湎于过去，留恋南方古老的传统和文明，为了想过新的生活，她来到新奥尔良城的妹妹斯黛娜家中居住。她与城市生活格格不入，婚事又被妹夫斯坦利破坏，在他妹妹进产院的晚上又遭到斯坦利强奸，因此她感到生活无望，最后发了疯，被送进了疯人院。威廉斯把两性关系看作是一种生命的隐喻，揭示出南方古老传统和文明在资本主义现代文明的冲击下或者像斯黛娜那样被征服、同化，或者象布兰奇那样被强奸、被摧毁。剧本结构紧凑，语言生动、幽默，人物刻画出色。曾赢得纽约剧评界奖和普利策奖。

威廉斯的其他重要作品还有《夏与烟》(Summer and Smoke, 1948)、《玫瑰纹身》(The Rose Tattoo, 1951)、《热铁皮屋顶上的猫》(Cat on a Hot Tin Roof, 1955)、《鬣蜥之夜》(The Night of the Iguana, 1962)等。

与同时期的另一位重要的剧作家阿瑟·米勒的社会抗议剧不同，威廉斯对美国戏剧的最突出的贡献在于他拓宽了美国戏剧的主题，改变了美国观众的戏剧品位，使同性恋、拜物主义、性与宗教的关系不再是禁区。他的优美诗意的语言精雕细刻而又不落痕迹，剧情悬念迭起，引人入胜，人物形象栩栩如生。他所特有的精确的自然主义和象征主义的融合为后来出现的探索人类心灵深处复杂情感的戏剧开辟了先河。威廉斯继承南方作家不公开评论社会问题的传统，关注时间和空间对人的影响，满怀同情地描写人类的感情危机和堕落。其笔下的人物都有无法摆脱的过去，过着梦游一般的生活，内心极度孤独又徒劳地试图通过性爱、暴力等来逃避现实。因此，威廉斯被称为"描写受伤心灵的桂冠诗人"。他的作品中某些惊世骇俗的怪诞情节并不仅仅为了创造耸人听闻的效果，同时也出于他自己试图如实地描绘他所憎恶的畸形的西方社会，并加以艺术渲染，以期在社会上引起更强烈的反响。

威廉斯一生创作了35部剧本。威廉斯的戏剧集中反映了美国南方的没落，表现了世间的冷漠和敌意，普通人的失意、苦闷，以及他们对现实的不满和逃避。威廉斯笔下的人物或凶残或堕落，大多有病态或变态心理，他们都是畸形社会所造就的心理畸形人物，作者对其给予了一定同情。在艺术上，他自成一格，融浪漫主义、现实主义、现代主义、表现主义为一体，对作品的主题、题材、舞台艺术等进行了大胆的探索与革新，以求揭示人生的底蕴与真谛，给美国剧坛以巨大、深刻的影响。威廉斯的戏剧丰富发展了美国戏剧文学，成为继奥尼尔之后又一位戏剧大师。

31. 无望人生的绝唱——《推销员之死》

1983年5月，北京人民艺术剧院将一部美国当代戏剧搬上了中国舞台，引起了空前的反响。此剧大受中国观众的欢迎，盛演不衰，最后成为剧院的保留剧目。这部剧作就是美国当代著名剧作家阿瑟·米勒（Arthur Asher Miller, 1915 - 2005）的代表作《推销员之死》（Death of a Salesman, 1949）。该剧的剧情是这样的：

威利·洛曼是美国瓦格纳公司的推销员。他已经在这家公司干了34年，如今已年过六旬。威利为人质朴天真，对生活总是持乐观态度，坚信人可以靠自己的品格魅力及不懈的努力赢得众望，获得成功。威利年轻时曾见过一位叫大卫·辛格曼的推销员，被他的辉煌业绩所打动，从而选定了推销员这一职业。辛格曼干了60年推销员，跑遍了美国的31个州，取得了很大的名望与影响力。当年他已84岁，可他坐在家里，打打电话就可以谈成一笔笔的生意。他生前钱多得花不完，死后有几百名同行与客户来参加他的葬礼。威利把他当成了自己的偶像。通过他威利看出推销这一行当很值得一干。干这一行不仅能赚钱，而且能赢得尊敬与感激。威利来到瓦格纳公司后勤勤恳恳，任劳任怨，对老板忠心耿耿，对客户热情周到，一心一意，不辞辛苦地为公司闯牌子，建销路，创利润。公司的新英格兰市场就是他打开的。他的忠诚与业绩曾赢得老瓦格纳的赏识，他在儿子出生时曾请威利为其取名，并许诺说只要威利跑得动，公司里就永远有他的位置。老瓦格纳死后小瓦格纳当了家。他开始对威利还不错，但后来由于威利年龄增大，精力减退，销售业绩逐渐滑坡，他便对威利不满起来。最后他竟取消了威利的固定工资，只按推销量发给他佣金。

威利是个家庭观念非常重的人。他心疼老妻，宠爱儿子，把他们的幸福当成自己的最大心愿。当年他曾与另一个女人有染，将自己为妻子琳达买的丝袜送给了她。当他回家看到琳达正补袜子时便深感内疚。他抢过琳达手中的袜子，告诉她自己要补偿她的一切损失。威利对两个儿子比夫与哈比曾满怀希望。但他们都很不争气。虽然他们都已过而立之年，可均一事无成，令威利非常伤心。

一天威利开车700英里去了波士顿，希望能谈成一两笔生意，但一无所获。他直到半夜才精疲力尽地回到家里。由于心情不好，他一到家就与两个儿子吵了起来。他回房休息后琳达劝说儿子们要多体谅父亲，不要再伤他的心。她告诉他们她已发现威利有过自杀的打算。两个儿子听后受到震动。他们决心要重新开始，大干一场。哈比建议哥哥去找老同学奥利佛借一笔钱组织一个橄榄球队去推销体育用品，比夫同意了。琳达非常高兴，叫他们马上把这个想法告诉威利。威利听罢儿子们的计划立刻表示赞成，并给他们出了些主意。当晚一家人心中都充满了希望。

第二天威利上午10点才起床，此时两个儿子都已出门。他坐在桌旁一边喝老伴煮好的咖啡一边与她闲谈。他告诉她自己昨晚睡得很好，然后又问她儿子们离家时情绪如何。琳达说他们早上8点就都出去了，比夫走时信心百倍，好像换了一个人。威利听后非常高兴，说这一次比夫肯定会大变样。接着他又说今天自己从公司回来时要买些种子，回家后种些蔬菜，养点鸡。随后他们便开始兴奋地规划自家的生活前景：儿子们将要成家，到了周末他们会携妻带子回来看望二老。为此威利要为他们建两个客户，琳达也要为他们做些针线活。接着他们转了话题。威利说今天要同老板谈调换工作的事，他不能再东奔西跑了。他应该在公司得到一份市内的工作。琳达要他向公司预支一些工资，因为又要交保险费了，而且家里零用钱也不够了。威利的汽车刚刚换过发动机，分期交的房款与买电冰箱的钱又要交付了。威利抱怨起汽车与冰箱的质量太差，后悔当初没有买好一点的。但令他们高兴的是，他们要付的房款已是最后一笔，付清这笔钱后房子就属于他们了。他们在比夫 9 岁时买下这栋房子，如今已经 25 年了。这些年来威利曾多次对房子进行修补，现在它已连一个裂缝都没有了。随后琳达又告诉威利今晚 6 点儿子们要请他在饭店吃饭。威利听罢满心欢喜。他满怀信心地离家去公司了，临走时他对老伴说他一定能够在公司的纽约总部得到一个职位，同时也肯定能拿到一笔预付的工资。

威利来到公司，见到了小瓦格纳，但小瓦格纳对他很冷淡。他向小瓦格纳提起圣诞晚会上他曾允诺给自己找一份市内差事之事，请求他现在就给自己安排一下，每周给 65 美元工资就行。但小瓦格纳一口回绝了，他说公司里现今一个空位都没有。威利只好说每周只给自己 50 美元就可以。但小瓦格纳说买卖就是买卖，没有商量的余地。威利激动起来，他谈起自己来瓦格纳公司的缘由，自己过去的业绩，及老瓦格纳对自己的友好态度，希望以此打动对方，但对方无动于衷。威利无奈又提出只要给他安排一个办公室工作，每周他只要 40 美元，但小瓦格纳仍不同意。威利发了火，说我在公司干了 34 年，可如今连买保险的钱都没有。你不能吃了桔子就扔掉皮，人不是水果。小瓦格纳很不耐烦，借故离开了办公室。威利对自己的失态很后悔，他叫回小瓦格纳，表示收回请求，继续当旅行推销员，并马上去波士顿谈生意。但小瓦格纳此时却说他不能再去波士顿了，因为公司不准备再用他了。威利听罢此言如五雷轰顶。他哀求小瓦格纳留用自己，但小瓦格格纳坚决不答应。他要他马上回家，方便时将公司的样品送回。说完便走出办公室。

威利被气得精神恍忽。幻觉之中他又见到了大哥本。大哥当年曾劝他同自己一起去阿拉斯加，他没有答应。如今他问大哥自己应该怎么办，大哥没有给他明确答复便匆匆离去了。无奈之中威利只好找邻居查利借一些钱。自从他没有固定薪金后他已多次找查利借钱。查利过去也是推销员，但后来自己开了商号当了老板。他要威利到自己公司干，威利不同意。他很不快，说威利嫉妒自己，两位老友争吵起来。但查利还是把钱借给了威利。威利含着眼泪说他是自己唯一的朋友。

晚上6点威利来到与儿子们约好的饭店同他们见了面，得知比夫的事也没有办成。他发了财的老同学根本没有见他。威利失望已极，埋怨比夫，一气之下还打了他一拳。随后他回忆起当年比夫因为撞见自己与情妇幽会，精神上受到打击，从此一蹶不振的经过。在他陷入回忆之际两个儿子各带女伴离开了饭店。

威利买了菜籽，回到家中。半夜时分他拿着手电筒在院子里撒菜种，还抱怨四周的高楼大厦挡住了阳光。恍惚之中他又见到了大哥。此时他决定自杀以给妻儿换回2万元人寿保险。他真没想到自己劳碌一生，到头来活着不如死了值钱。

儿子们回来了。琳达痛责他们将老父撇在饭店不管的行为，要他们滚蛋。比夫对父亲说出了心里话。他说到动情处不禁痛哭流涕。威利深受感动，更坚定了自杀的决心。他奔出房门，驾车离去，最后撞车而死。

《推销员之死》是一曲"美国梦"破灭的悲歌。剧中主人公老威利一生笃信美国社会流行的人人经过努力都能成功的梦想，最终却落得穷困潦倒，梦断车轮下的下场。他的人生悲剧充分说明了在弱肉强食、残酷无情的资本主义制度下，普通人的"美国梦"只是一种天真的幻想。该剧在艺术上很有创新。为了更深刻地展示主人公的心理活动，它引用了回忆、梦幻等意识流手段取得了极好的效果。

阿瑟·米勒是当代美国戏剧的主要代表之一。他1915年出生在纽约一个犹太富商家庭，但其父在经济大萧条时期破产。米勒在大学时代开始写作。他一生主要从事戏剧创作，主要作品有：《全是我的儿子》（All My Sons，1947）、《推销员之死》（Death of a Salesman，1949）、《炼狱》（The Crucible，1953）、《两个星期一的回忆》（A Memory of Two Mondays，1955）、《桥头眺望》（A View from the Bridge，1957）、《堕落之后》（After the Fall，1964）等。《推销员之死》是米勒最成功的剧作，公演后轰动一时，连演742场，并获得了纽约剧评界奖及普利策奖。后来此剧还被改编成一部经典电视作品。由于米勒取得的杰出的文学成就，他在1956年获密歇根大学荣誉文学博士学位，1958年获得美国全国文学艺术研究院金质戏剧奖章，1984

年荣获华盛顿肯尼迪艺术中心奖。此外,他还从1965年起连续两届被选为国际笔会主席。

米勒是中国人民的朋友。他曾于1978年携妻来华访问,并在回国后出版摄影集《中国见闻》(1979)。1983年他又来北京亲自指导话剧《推销员之死》的演出,受到中国观众的广泛赞扬。

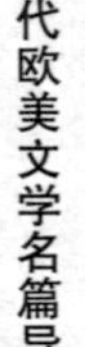

32. 异化人性的告白——《动物园的故事》

爱德华·阿尔比(Edward Albee,1928 –)是美国剧坛上最引人注目的人物。他是美国荒诞派戏剧(Theatre of the Absurd)的代表,其戏剧试图表达莫名的恐惧感和焦虑,一般没有具体情节,舞台形象空虚,人物动作机械,语言反复而又生硬、破碎,近乎儿童的语言,主要反映生活的无意义。

爱德华·阿尔比生于华盛顿,从小便桀骜不逊,多次被学校开除。他当过电台编辑、推销员、旅馆服务生、电报公司杂差等,坎坷的经历为他提供了创作之源。

20 世纪 50 年代荒诞派戏剧首先在欧洲大陆兴起。它采用看似荒诞不经的语言、形象和场景表现生活的"荒诞之感",反映了二战后资本主义世界人心慌乱、精神空虚的状况。代表作家有贝克特和尤内斯库等。美国远离二战主要战场,受战争的冲击较小,阿尔比等人在欧洲荒诞派戏剧的影响下,结合美国现状,大胆地融会现实主义和荒诞臆想,创造了美国的荒诞派戏剧。作品中采用象征、暗喻、夸张等手法辛辣地讽刺了资本主义社会中精神的空虚、贫弱和虚伪,表现了人情冷漠、人心隔膜所带来的悲哀。

阿尔比第一部上演的剧目《动物园的故事》(The Zoo Story,1958)引起了广泛注意。这个独幕剧只有两个人物,杰里和彼得。杰里自幼丧失父母，贫困潦倒，孤独绝望，憎恨现实社会，和任何人都不能“思想沟通”。彼得是个有家室、有身份的中产阶级人物。一天，杰里来到中央公园，看到坐在长凳上衣冠楚楚的彼得，便试图与他交谈，向他介绍自己游动物园的感受，认为人类同动物园里的动物一样，相互之间是被栅栏隔开的。彼得开始感到局促、困惑，最后终于不知不觉地领悟到他的家庭实际上也是个动物园，他表面上好像很满足，内心却空虚、苦闷。但由于彼得对他人漠不关心，除了最肤浅的敷衍之外没有任何有深度的反应，因此，杰里事实上是在作大段的独白，讲他渴望与人甚至东西甚至房东的小狗有某种感情交流，讲他试图爱哪条狗、恨哪条狗，甚至想杀死哪条狗的心情。然而令人沮丧的现实是任何人，甚至动物都拒绝与他有精神上的交流，彼得也不例外。绝望中，杰里为了打破与彼得之间的隔阂以求得“沟通”，便蛮横地把彼得从长凳上挤开，并扔给彼得一把短刀，挑动彼得跟他决斗。当彼得拿起短刀自卫时，杰里自己就扑上去，迫使彼得杀了他。杰里最终用自己的生命使彼得与自己有了交往，其代价之大看似荒诞，然而阿尔比正是通过这种极端的方式展示了现代社会中人与人之间的冷漠以及人们内心深处对精神沟通的强烈需求。

《动物园的故事》深刻地反映了西方社会中人们严重的孤独感和异化感。显然，主人公杰里是孤独、焦虑和绝望的现代西方人的化身，同时也是荒诞社会的受害者。他虽身居世界上最发达、最繁华的大都市之中，但却单身无靠、空虚寂寞，甚至连一个能说话的人都没有，整天生活在极度的孤独之中。正如他本人所说的：“同我说话的人不多，”“但我有时很想同某人交谈，真正地交谈，很想认识他、了解他的一切。”显然，杰里是现代机械文明和垄断资本主义的牺牲品。从某种意义上来说，他同彼得之间难以交流、无法理解的现象是西方工业社会中的一种通病，也是现代西方人异化的象征。阿尔比借杰里之口揭示了这样一个令人震惊的事实：“人人都被铁栅栏隔开了。”“如果这是动物园，那是理所当然的事。”然而，这已成为现代西方社会的一种普遍现象，这无疑是高度发达的资本主义物质文明的悲哀。杰里的死既是他痛不欲生的表现，也是他对难以容忍的荒诞现实的自我解脱。

《动物园的故事》通过被社会遗弃者杰里和生活优裕的中产阶级代表彼得之间的冲突，深刻地反映了美国社会的病态与荒诞。杰里居住在四楼“一间小得可笑的房间”，隔壁住着一名被他称为“有色王后”的身穿日本和服的同性恋者。他“不认识三楼和一楼的任何人”。不过，他“的确知道三楼住着一个女人，因为她整天在不停地叫喊”。尽管杰里“不喜欢用过于严厉的词语来描述别人”，但他称“房东太太是一包肥大、丑陋、刻薄、愚蠢、肮脏、厌世、可鄙以及烂醉的垃圾”。不仅如此，杰里已经成了“她发泄那种带有汗臭的淫欲的对象”，只有“在我们下次见面之前我才感到安全”。可见，杰里仿佛生活在一个疯人院之中。他所描述的是一个荒诞不经而又令人恐怖的病态社会。

“杰里和狗的故事”同样令人觉得荒唐可笑，不可思议。杰里在生活中极度孤独，他告诉彼得，甚至连“动物也像人一样不理睬我”。然而，女房东的“那条狗却并不冷漠。从一开始，它就狂吠，然后向我冲来，并在我腿上咬了一口”。于是，杰里决定“先用溺爱来感化它，如此举不行，就将它杀死”。然而，当他的两种计谋都告失败之后，杰里与狗之间的交往也就此结束。“我们彼此用伤心和怀疑的目光注视着对方……我们既不爱、也不恨对方，因为我们不打算互相交往”。显然，杰里与狗这种井水不犯河水、老死不相往来的情景象征着资本主义商品社会中冷若冰霜的人际关系。在这表面富丽繁华的国际大都市中，杰里整天孤独不堪，犹如生活在动物园的铁笼子中一般。

剧本中最荒诞的也许是杰里和彼得为争夺长凳而进行的械斗。在彼得对杰里的“动物园的故事”显得越来越不耐烦的同时，杰里对彼得以及他所代表的傲慢自负、安闲自得的中产阶级的对立情绪也不断增强。两人为争夺一张长凳而展开了激烈的冲突。长期生活在孤独之中的杰里只能通过蛮横的行为才能迫使他人承认自己的存在。然而，更荒唐的是，他必须以生命为代价来实现与他人的“交往”。“现在你知道了动物园中所发生的一切了”，杰里在临死前如是说。显然，在他看来，不但生活已经变得荒诞无稽，而且西方社会仿佛也已成为一个不可思议的动物园。

这出戏具有象征意味的标题表示缺乏沟通的人们正如动物园里的动

物一样各自生活于自己无形的笼子里。《动物园的故事》的故事生动地烘托出弥漫在美国的孤独、绝望的气氛，反映出阿尔比对资产阶级文明的幻灭。

阿尔比是荒诞派戏剧在美国的主要代表，也是世界上最重要的荒诞派剧作家之一。他的作品混合着现实和幻想的因素，他善于用荒诞的情节和语言，夸大和象征的手法表现人的异化。他的剧作体现了荒诞派戏剧的特点，它表现了“生的痛苦”，有的剧作甚至陷入了怀疑和笼统地否定人类存在意义的境地。但是，总的来说，他的剧作在一定程度上暴露了美国资本主义社会在物质文明高度发展的同时，人们精神生活上所发生的深刻危机，因而还是具有积极意义的。阿尔比其他主要作品有：《贝西·史密斯之死》（The Death of Bessie Smith，1960）、《沙箱》（The Sandbox，1960）、《美国梦》（The American Dream，1961）、《谁害怕弗吉尼·沃尔夫？》（Who Is Afraid of Virginia Woolf? 1962）、《小爱丽斯》（Tiny Alice，1964）、《脆弱的平衡》（A Delicate Balance，1966）。《美国梦》是对日益衰微的美国梦想的嘲讽。《贝西·史密斯之死》写的是一位黑人歌手遭遇车祸、被送入一家白人医院后立即引起轩然大波，引发了一场涉及护士、实习医生和医院勤杂工的争吵。该剧隐晦地批判了30年代南方人心灵的麻痹和人性的泯灭。《谁害怕弗吉尼·沃尔夫？》描写了一对教授夫妇在酒精和臆想中打发空虚的荒唐生活，一般被公认为是阿尔比的代表作。乔治和玛莎是一对中年夫妻，生活无聊，精神空虚，互不满意，平日常用尖刻的语言伤害对方，以求得精神上的慰籍。他们多年来就谎称自己有一个儿子在外读大学。最后，就在这个假想的儿子21岁生日前夕，他们在互相漫骂中向来客披露了真情，于是自我幻想出来的一点幸福化为乌有，但却得到了感情上的净化，清醒过来，言归于好。剧本说明幻想不能代替现实，尽管现实是空虚的，但生活在幻想中只能更加烦恼、无聊。

阿尔比在戏剧中深刻地揭示了战后西方世界丧失理智而又混乱无序的现实以及现代人日趋严重的荒诞意识和精神危机。他的剧作表现了他对西方价值观念的某些背弃和否定，在一定程度上也可看出他对人类存在意义所持的怀疑和否定态度。

阿尔比不仅是美国荒诞派作家的杰出代表，而且也是20世纪下半叶英美现代主义文学的重要继承人之一。他的创作有力地促进了美国现代戏剧的繁荣与发展，同时对战后整个西方的舞台艺术也产生了一定影响。

33. 美国后现代主义文学概览

后现代主义是20世纪下半叶西方主要文学潮流之一。它于50年代起步,六七十年代达到全盛期,80年代开始衰落。作为一种思维趋势,后现代主义深入到了当代文化的几乎所有领域,并且也表明了一种完全不同于以前传统观念的特殊的思维方式。后现代主义文学在思想内容上倾向于悲观主义与虚无哲学,在艺术形式上追求打破常规,标新立异。由此,它在整体上呈现出平淡感、不确定性与荒诞性。此外,后现代主义文学有着极强的两面性。一方面它在思想内容上有明显缺陷;另一方面它在形式革新中创造出许多有益的东西,从而扩展了文学的表达可能性。

后现代主义文学是二战后西方社会、经济、文化条件的必然产物。第二次世界大战使人类从根本上对传统观念产生怀疑,并且对世纪初盛行的现代主义思潮也表现出不信任。现代主义否定传统的极端姿态不利于战后的复兴,物质与精神世界便需要一种新的理论来指导。后现代主义于战后应运而生。60年代以来,经济复苏和社会生活的正常化使文艺界的先锋派意识逐渐恢复,文学艺术家希望从新的视角去表现当代人的生活经验与心态,文学创作出现新倾向新形式。尽管对后现代主义的见解各异,但批评家们都承认:后现代文学包含着一种断裂,即文学家对纯艺术的追求与文学日趋商品化、通俗化,两者间距离越来越大。文学家一方面鼓励雅俗合流，一方面竭力维护纯文学，抬高实验性文学创作的价值。

后现代艺术是对现代派艺术的超越、抛弃与否定，是一种新的范式对旧范式的取代。“就小说而言，普鲁斯特、乔伊斯和曼的时代结束了”(美国作家莱斯利·菲德勒语)。后现代主义打破了现代主义艺术形而上的常规，主张思维方式、表现方法的彻底多元化。“后现代艺术最突出的特点是对世界知觉方式的改变。世界不再是统一的、意义单一明晰的，而是破碎的、混乱的、无法认识的。因此，要表现这个世界，便不能像过去那样使用表征性的手段，而只能采取无客体关联、非表征、单纯能指的话语”(威尔什语)。所以西方后现代主义文学各流派的创作特点纷繁多样，各不相同，其理论规范与法则没有统一的模式，也没有一套系统连贯的观点，只不过是众多观念的无序组合。同时，其各流派内部也是千差万别极不一致的。尽管如此，从整体上看，后现代主义文学仍具有一定的共性与总体特征。总的说来，后现代派文学创作思想的核心是非理性的怀疑主义、否定主义和虚无哲学。在后现代派作家看来，世上万物及人类生存环境本身都是极难捉摸、不可认识的。因此，对事物做出解释的传统理论观念、思维模式、价值取向都是武断和不可信的，都应通过逆向思维方式予以怀疑和否定。就文学而言，他们认为传统文学乃至现代主义文学的美学形式、艺术规范统统是人为的禁忌，是强加在作者身上的枷锁，因此必须彻底打碎。因而，后现代小说颠覆了传统小说的内部形态和结构，甚至对小说形式本身和叙述方式也产生了怀疑。后现代小说在形式和语言上导致了传统小说的解体，因此有“反小说”、“元小说”之称。

相当一部分后现代小说体现了“通俗化”的倾向。这些作品情节离奇、怪诞、曲折，可读性强。然而，这些作品并非取材于生活现实，而是幻想和虚构的产物。许多后现代小说家在他们的作品中对历史事件和人物，对日常生活现象，对古典名著的题材、内容、形式、风格进行夸张嘲弄的模仿，从而达到对传统、对历史、对现实价值意义及对旧文学范式的批判否定。

某些小说将其他文本(如文学作品的片断、日常生活中的俗语、报刊新闻等)糅合到一起，使看似不相干的东西构成关联的一体，从而打破传统小说的形式结构,产生异样的艺术效果。后现代主义是复杂的综合体,它融合了各种新的哲学人文科学思潮。在小说领域,这种多元化也表现得十分明显。

后现代主义作为一股声势浩大的文学潮流,它并不单指某一具体的文学流派,而是包括了二战后出现的林林总总的具有反传统色彩的文学思潮与派别,具有极强的包容性、多样性与开放性。法国的“荒诞派戏剧”、“新小说”,英国的“形式改革派”、“实验诗歌派”,德国的“具体诗派”、“新先锋派”,美国的“垮掉派文学”及“黑山派诗歌”、“黑色幽默小说”和“自白派诗歌”等已在不同方面、不同程度上具有了后现代主义特征。

一大批欧美作家被公认为后现代主义文学的代表人物,他们包括爱尔兰的塞谬尔·贝克特(Samuel Beckett,1906 – 1989),法国的阿兰·罗伯—格利耶(Allain Robbe-Grillet,1922 – 2008)、娜塔丽·萨洛特(Nathalie Sarraute,1900 – 1999)、克劳德·西蒙(Claude Simon,1913 – 2005)、米歇尔·布托尔(Michel Butor, 1926 –)、玛格丽特·杜拉斯(Marguerite Duras, 1914 – 1996),美国的约瑟夫·海勒(Joseph Heller,1923 – 1999)、约翰·巴思(John Barth,1930 –)、库特·冯尼格特(Kurt Vonnegut,1922 –)、弗拉迪米尔·纳博科夫(Vladimir Nabokov, 1899 – 1977)、托马斯·品钦(Thomas Pynchon, 1937 –)、唐纳德·巴塞尔姆(Donald Barthelme,1931 – 1989)、E.L.多克特罗(E. L. Doctorrow,1931 –)、罗伯特·库弗等(Robert Coover,1932 –),英国的B.S.约翰逊(B. S. Johnson, 1933 – 1973)、约翰·福尔斯(John Fowles, 1929 –),德国的彼得·汉特克(Peter Handke 1942 –)、博多·施特劳斯(Botho Strauss,1944 –)等。

后现代创作,尤其是小说创作,在艺术主张和审美追求上呈现出极其复杂、多元的形态。

由于有着怀疑一切、否定一切的指导思想,西方后现代派作家在创作实践中自然而然地一方面在思想内容上倾向于虚无主义与悲观主义;另一方面在表达形式上极力追求打破常规,标新立异,争奇斗怪。首先,后现代主义作品在内容上带有浓重的虚无和悲观色彩。它们主旨消极低沉,基调灰暗阴冷,充分反映出了冷漠、孤独、恐惧、绝望的情绪。在这些作品中，世界混乱无序，四分五裂，人生支离破碎，虚幻莫测。在这里，所有传统价值观念都崩溃了，人生失去目标、失去希望，陷入无法摆脱的精神危机。幻灭感压倒了一切，生命不再有任何意义。面对无意义的生存状态，人无能为力，只能冷漠地在迷惘、郁闷中痛苦地受煎熬，无聊地活着。无论是巴思的《飘浮的歌剧》(The Floating Opera, 1956)，还是罗伯—格利耶的《橡皮》(Les Gommes, 1953)，或是海勒的黑色幽默小说代表作《第二十二条军规》，贝克特所作荒诞派戏剧经典《等待戈多》(Waiting for Godot, 1952)，都揭示出了“人类在一个荒谬的宇宙中的尴尬处境”。

其次，在艺术形式上，后现代主义作家力图推翻所有传统的文学规范，“不受任何事先制定的规则的束缚，在没有规则约束的情况下从事写作”。他们在写作中大量使用实验性手法，力求篇篇花样翻新。在后现代派小说，如“黑色幽默”小说和“新小说”中，传统的故事情节和人物形象都被彻底消解了。

美国文艺理论家伊哈布·哈桑在1987年出版的《后现代转折》(The Postmodern Turn: Essays in Postmodern Theory and Culture, 1987)一书中，以拼盘式方法，将后现代主义艺术特征归纳为14个方面，即：不确定性，零散性，非原则化，无我性，无深度性，卑琐性，不可表现性，反讽，种类混杂，狂欢，行动，参与，构成主义，内在性。

就情节结构而言，后现代作品否定了其完整、连贯的传统标准，不再建构由开端、高潮、结尾组成的结构层次，不再寻求事物发展的线性因果关系，使所叙述的事件都成了断断续续的碎片。因此，这些作品结构松散零乱，难以辨认，情节或前后跳跃、颠三倒四，或散漫无章、若有若无，或头绪纷乱、扑朔迷离。有时现实世界与人物意识与潜意识交融，事实、回忆、联想、梦境交织掺杂一处，不加区别地同时展开，没有逻辑性，无情节可循。所谓故事，不过是人物活动的梗概。为了追求小说结构的创新，冯尼格特的《猫的摇篮》(Cat's Cradle, 1963)不到200页，却分成了127章。B. S. 约翰逊的《不幸者》由27个不相连的部分组成，读者可以随心所欲地从任何一个部分读起。

在后现代主义叙事作品中，人物往往被极大地淡化，甚至消解了。他们不再是作品的中心和支柱,而只是文本中一种可以替代的道具,起着把散乱的情节串在一起的作用。很多后现代作品很少描写人群、社会。在荒诞派剧作家阿瑟·阿达莫夫的剧本《弹子球机器》(Ping Pong,1955)中,真正的主人公不是人而是咖啡馆里一个电子操纵的台球台子,剧中人物个个为它所控制。在《窥视者》(The Voyeur,1955)中,作者主要描写的也不是人,而是物,小说自始至终充斥着一个接一个的物象。在后现代主义文学中传统的典型人物塑造方法被彻底否定了。这里的人物形象不再是浑圆饱满、发展变化的,而是粗线条、二维剪纸式的,而且经常还是用漫画手法描绘出来的。在这些人物中间没有传统的理性人物,有的只是性格扭曲、畸形,多有思维障碍、意志障碍、心理障碍,性情冷漠、麻木的怪人。比如贝克特所作荒诞派戏剧经典《等待戈多》和尤奈斯库的《秃头歌女》(The Bald Soprano,1950)中的人物。

小说家的观念也发生了转变:文学虚构在后现代小说创作中得以倡导和夸大。小说的一切都是假的,唯有文字和创作过程是真的。作者并非先于书而存在,作者与书是同时诞生的。这便是罗兰·巴特所说的"作者之死"的含义。20 世纪 60 年代后的小说家因社会现实的极度动荡而不安,感到历史或现实都不过是虚构的,小说不过是再现虚构的另一种虚构。因此现实与虚构并没有什么界限,无论是现实主义与现实不分的模仿,还是现代主义与现实相分离的虚构,都不再有意义了。虚构与现实所包含的一切都带有不确定性,小说开始在不确定性中产生荒诞的、幻想的、闹剧般的滑稽模仿形态。

读者被赋予完整的表演角色。后现代作品消除作者的重要性,夸大读者的意义。结果是,作者被舍弃,空间被创造,读者填补了这个虚空。而且"读者进入舞台中央,获得前所未有的自主。读者不再是作品愉悦或指导的受众,他已经被赋予给文本以意义的自由,且不会因此而承担任何后果或责任"。

后现代小说中充满了语言游戏。后现代小说家们极尽玩弄语言技巧之能事,目的不像现代派那样是在寻求新的表现方式,而是揭示语言虚构了现实这一本质。这些新的技巧突出表现为"蒙太奇"(Montage)、"戏仿"

(Parodie)、"拼接"(Collage)和"拼贴"(Pastiche)等。

很多后现代派小说,如福尔斯的《法国中尉的女人》,巴思的《迷失在游乐园》、《生活故事》等都采用了"元小说"(meta-fiction)的形式。在这类小说中,作者不仅交代故事内容,而且大谈小说的创作方法,就如何写作的问题同读者探讨,公开告诉读者,"我们写的东西都是编造的"。在《迷失在游乐园》中,作者使用大量篇幅介绍讲解有关写作的各种知识。同时,很多后现代派小说还采用了"拼贴"的方法。所谓"拼贴"是指在作品中插入大量不同风格、不同文学题材的材料,如他人语录、广告词、新闻报道、图画等。这类作品的写作高手巴塞尔姆曾说:片断是我信赖的唯一形式,拼贴原则是20世纪所有艺术手段的中心原则。

由于充斥着用特殊方式并列一起的各种毫不相干的语言片断,如答案选择、目录、大小不等的标题等,巴塞尔姆的小说曾被称为"语言拼贴画"。在他的小说《白雪公主》(Snow White,1967)中,不仅穿插与作品内容关系不大或根本无关的报纸标题、广告词、流行歌曲,甚至还有征求读者意见的问题表。库弗的《保姆》(The Babysitler,1969)共分108节,每节都构成一个独立的叙述单位,因此也明显地是用拼贴手法写成的。众所周知,现代派作家也曾广泛使用拼贴手法,但该手法在他们那里是重新组成整体的一种手段。后现代派作家则不同,他们的"拼贴"是将各种碎片原封不动地插入文本之中,让它们彼此之间及与文本之间没有任何逻辑关系,完全保持散乱无序状态,根本构不成具有统一性的整体画面。显然,这种拼贴组合是被用来体现了中心散失、世界支离破碎的现象的。此外,后现代主义文学中的人物描写也与传统文学大相径庭。

后现代主义文学思潮的产生是有一定历史必然性的,是文学内在动力与外界因素相碰撞的结果。后现代主义小说超越了虚构与现实的界限,超越了文学体裁之间的传统界限,也超越了各类艺术的传统界限。后现代主义小说突破了传统小说的美学标准,并且适应传媒时代的需要,从大众文化吸取了有益的艺术手法,形成了自己的写作模式和叙事话语。后现代主义小说不仅颠覆了传统小说的内部形态和结构,而且反思和发展了小说这一体裁及其叙述本身。后现代主义小说在颠覆传统的艺术形式时形成了自己的艺术特征：在写作模式和叙述技巧上以其跨体裁的艺术创作、非线形的叙述、嬉戏的形式、碎片的效果、高科技在小说中的运用、虚构和现实相结合的手段等，鲜明地表现了不同于传统小说体裁的特征。

后现代主义作为对传统思想和理论的颠覆，使20世纪的文化潮流焕然一新。消解权威、消解英雄、拼贴、碎片、迷宫……，形成了后现代创作的典型特点，极大地拓展了文学创作的空间。其中的一些上乘作品体现了20世纪下半叶欧美作家巨大的创作潜力和非凡的艺术才华，为现代世界文学的历史增添了新的一页。

34. 约翰·巴思
——当代美国实验派小说领军人

约翰·巴思(John Barth,1930－)是当代美国著名小说家,因其作品强烈的实验性而一度成为读者关注的热点,他的作品常常被冠以"荒诞"、"滑稽讽刺"、"黑色幽默"、"后现代"、"实验派"等标题。

约翰·巴思生于马里兰州的剑桥,从小喜欢音乐,1947 年中学毕业后来到纽约朱莉亚音乐学院学习音乐,后来进入约翰·霍普金斯大学学习,1952 年获文学硕士学位,此后开始文学创作,并先后在宾夕法尼亚大学、纽约州立大学等学校任教,直到 1995 年退休。巴思所有的小说都是以马里兰州的巴尔的摩和切西比克湖为背景的。

巴思创作了不少小说,评论家对其作品也是褒贬不一,莫衷一是。然而不可否认的是巴思的作品颠覆了传统的小说创作模式,采用新颖、大胆的手法使读者、作者、文本巧妙结合,将现代人的独特情感一一呈现,确实是后现代主义的扛鼎之作。

作为 20 世纪后半期文化领域里的一个重要思潮,后现代主义几乎渗透到了当代文化的各个方面,同时它也表明了一种完全不同于以前传统观念的特殊的思维方式。约翰·巴思是一位典型的后现代作家。身处于一个后现代的文学创作氛围之中,他深切地体会到了文学创作形式的枯竭,并且撰写过一篇影响颇大的文章《枯竭的文学》(The Literature of Exhaustion)表达了这样的观点。作为约翰·霍普金斯大学讲述文学创作的教授,巴思一直以来都认为小说的形式业已完美,如不另辟蹊径将逐渐没落。在《枯竭的文学》这篇文章中,巴思的真实意图是要挑战"写实主义"(也译为"现实主义"),而他挑战的目的却是要为文学创作开辟另一个"新的空间",因而,要达到这一目的首先就要挑战传统的"文学"观念——无论是总体意义上的"文学",还是特定意义上的"文学",从而开创一种他心目中"自由的"、"开放的"文学。

因此实验性的创作贯穿其作家生涯的始终,各种新颖元素纷纷出现,其中最为重要的就是元小说的色彩。巴思在写作中始终关注作品本身的创作过程并且承认小说的虚构性,主动向读者交代作品创作中如灵感、背景等相关情形,即通过有意凸显小说的虚构性而将读者置于作者相当的地位,且认为他们有明确的判断力和敏锐的洞察力,足以参与创作的本身。其作品情节离奇,结构复杂,充满荒诞、怪异。

巴思所倡导的小说技巧革新的思想在其早期作品中已有所表现:作者通过戏拟和语言游戏等后现代主义文学表现手法揭示了以存在主义为代表的现代主义文学的危机,预示着现代主义文学已经走入困境,也预示着以"语言"为中心的后现代主义文学的到来。巴思式元小说的语言纷繁但不凌乱,开放式的结构带有强烈且引人入胜的主观色彩,角色、角度的变换错落有致,无怪乎评论家将其称为元小说的教父。他充分利用与传统小说技巧相分裂的修辞手法,例如夸张、暗喻、黑色幽默、象征、语言游戏和反英雄描写来表现西方世界的荒诞和盲目。

巴思的主要作品有:《漂浮的歌剧》(The Floating Opera, 1956)、《大路尽头》(The End of the Road, 1958)、《烟草代理商》(The Sot - Weed Factor, 1960)、《羊童贾尔斯》(Giles Goat Boy, 1966)、《曾经沧海》(Once Upon a Time, or The Revised New Syllabus, 1994)、《喀迈拉》(Chimera, 1972)、《迷失在游乐园》(Lost in Funhouse, 1968)、《休假》(Sabbatical, 1982)、《星期五的书:论文及其他非小说》(The Friday Book: Essays and Other Nonfictions, 1984)、《滨海地区的故事》(The Tidewater Tales, 1987)、《某个水手的最后航行》(The Last Voyage of Someone the Sailor, 1991)、《三岔路口》(Where Three

Roads Meet, 2005)等。

作为一位主要的美国文学创作者和后现代主义的倡导者，约翰·巴思创作了许多具有典型后现代主义风格的作品，《生活故事》(Life Story, 1968)就是其中非常著名的一篇。在该故事中，巴思向我们展示了他的革新思想以及后现代主义的典型特征。

巴思曾说自己推崇萨特所奉行的存在主义，前三部小说是虚无主义三部曲，它们分别是《漂浮的歌剧》、《大路尽头》和《烟草代理商》。

《漂浮的歌剧》受20世纪50年代法国存在主义哲学思潮影响，是一部带有"虚无主义"色彩的作品。主人公托德·安德鲁是一位中年律师，小说的主要内容是他对1937年6月21日一天里发生的事件的回忆。这一天对他不同寻常，因为托德起床后打算当天结束自己的生命。他去一艘名叫"漂浮的歌剧"的船上想把看演出的人连同自己一起炸死，但是爆炸没有发生。经过思考，他得出"没有生存(或者自杀)的最终理由"这一结论，放弃了自杀的念头。小说的一个奇特情节是托德与他的朋友哈里森·麦克斯的太太简通奸，而哈里森对此一点也不在乎，夫妇俩经过理性的讨论，同意并支持托德定期与简上床。

《大路尽头》出版于20世纪50年代末期，是巴思的第二部作品，是一幕诠释存在主义的活报剧。作为美国后现代主义文学思潮的代表作家，这本《大路尽头》阐述了美国五六十年代比较富裕的中产阶级和知识分子之中存在的一种风尚或者说社会病。巴思所处的年代时值二战之后，美国成了西方第一强国，却又迎来了社会失衡的年代。对理性与进步，社会上普遍产生质疑，约翰·巴思从青年时代起，就加入了存在主义与黑色幽默这种怀疑主义、非理性主义的大合唱。他认为当时文坛纷纷推崇弗洛伊德和劳伦斯是很片面的，应该发扬菲尔丁、斯泰恩和乔伊斯的风格特色，直面人生、直面人性。

《大路尽头》人物简单，情节也简单，却以冷隽之笔，把平庸的生活里滑稽、可笑、可叹的人和事刻画得淋漓尽致，它描绘的不过是一个"三角性爱"事件，笔端却处处透出讽刺和感慨。作品中的三个人，一个叫雅各布·霍纳，是一个学院的英语语法教师，约翰·霍普金斯大学毕业生。一个叫乔·摩根，是同一学院的历史老师，哥伦比亚大学毕业生。另一个是乔的妻子伦尼·摩根，一个中学的英文教师，也是一个学院的毕业生。霍纳是当事人之一，也担当了讲述者的角色。作品通过他的所作所为、所见所闻，以及其内省和议论，为我们讲述着故事的来龙去脉。首先霍纳在作品中一出现，就是一个病人，他是到医院看病去的，害的是某种癫狂症和忧郁症。医生建议他最好去做一些规范性的工作，进行工作治疗。霍纳于是成为一个学院里的英语语法教师，而且还成了同事乔·摩根夫妇的朋友。这个癫狂病患者拥有那个时代人性里共有特征，他对性爱中的庸俗、无聊、荒唐、可笑极尽挖苦的笔墨，主人公与一个偶然相识的40岁女人发生性关系时，还在心里油腔滑调地插上一句："我在心里也给弗洛伊德博士行了个礼"，以对当时广泛流行的弗洛伊德学说的嘲讽、对当时性关系混乱的社会病的讽刺。霍纳与乔·摩根的妻子伦尼发生性关系也是在一种根本没有爱情和好感的基础上发生的。而当自己还是一个少女的时候，就有过赤身裸体跟初次见面的小伙搂抱一起经历的伦尼，从内心里是真正地厌恶丈夫的好友霍纳的。因此她把自己的出轨归结为霍纳的强奸，后来又颠覆以前的说法认为自己从心里是乐意的。更有意味的是乔·摩根认为自己的妻子跟朋友发生性关系本身问题不大，关系大的是要能够符合他的某种哲学，至于这种哲学究竟是什么，他的妻子与妻子的性伙伴都无法搞清楚，他让他们继续发生关系，他们一边听任性本能发展他们的三角关系，一边不知道自己将要到哪里去，路的尽头是什么？结局肯定是悲剧性的，最后性本能摆布了三个人的生活航向，伦尼堕胎致死，为伦尼堕胎，霍纳答应了医生的要求承诺用后半生做医生的特殊试验病症病人。乔·摩根因涉嫌与妻子死亡有直接责任被学校开除，他在小说最后出现时是一个将死之人给霍纳打的一个没有答案的电话：伦尼的事情该怎么办?！是问话，也是回答。一切都没有答案。

《烟草代理商》突出巴思本人认为历史不一定客观地记录了事实真相，在一个混乱的世界中，社会和个人都是荒诞不羁的观点。这是一部运用后现代主义史学模式探讨如何解释终极历史观的历史哲理小说。就其题材、史料和文化背景看，《烟草代理商》是一部长篇历史小说，涉及大量真实的历史事件、人物和历史文献。与通常意义上的历史小说不同，巴思在刻意书写17世纪美国马里兰州一段鲜为人知的历史时，在叙述中掺入虚构的人物和情节，从而引入历史陈述与小说、真实与虚构之冲突这一主题。从这个意义上讲，它又是一部关于小说的小说。而作品对史学一般性问题的探讨以及对历史真实性的质询，又赋予历史陈述以深邃的哲学深度，最后所引发的对人类历史发展模式的讨论更是发人深思。

《羊童贾尔斯》是一部寓言小说，这本书使巴思成为当代最受推崇和喜爱的美国小说家之一。在这本书中，巴思以"反英雄"的描写手法，通过对大学生贾尔斯受到来自两个方面魔力的迫害以至神经错乱的描述，映射冷战时世界两大政治集团对人类造成的伤害。

《迷失在游乐园》是一本令人捧腹、充满意外的故事集，显示了巴思最富于独创性和最调皮的一面。巴思在《迷失在游乐园》中通过隐喻、夹叙夹议、意识流、情节编排以及刻意混淆作者、叙述者等手法详细刻画了主人公在迷失时的所思所虑，这些思虑不是简单的胡思乱想，而是作家对小说写作本质的探索与思考。这些手法凸现了该小说作为元小说的一个最明显特征：自我反映性。小说中体现出来的强烈的作者、叙述者自我意识是小说不可分割的一部分。

《生活故事》从一定程度上说也体现了后现代主义的典型特点。它一方面讲述的是一位作家是如何创作他的作品的，另一方面实际上是在讨论小说创作本身。它运用的是一种故事套故事的结构，形成了一个环环相扣的故事链条。作者运用了《一千零一夜》中的故事来进行说明。通过其对叙述结构的创新、对元小说的自我指涉性的理解和表现、对神话的戏仿，以及对叙述的不确定性的表现，巴思在《生活故事》中向我们展现了后现代主义写作的一些最典型的特点。

2005年底，75岁高龄的巴思推出了又一部明显带有巴思式风格的作品《三岔路口》，这是他的第十七部作品。该书继续运用曾在《大路尽头》、《迷失在游乐园》等作品中多次出现的双关、戏仿、象征、文字游戏等手法，将元小说所具有的一切元素展现得淋漓尽致，在给读者带来充分的阅读乐趣的同时也突出了荒诞的世界、可笑的人生这一贯穿巴思所有作品的主题。离奇的情节、夸张的语言、黑色幽默以及玄学的成分在《三岔路口》中俯拾皆是。此外巴思极尽戏仿、调侃、文字游戏、双关等手法之能事的风格在《三岔路口》中也表现得相当明显。

巴思是美国后现代主义文学的代表人物，他的作品实验性很强，在叙述结构、形式上都进行了大胆创新，他是一位具有独特风格的作家。

35. 具有传奇色彩的托马斯·品钦

托马斯·品钦(Thomas Pynchon 1937 –)出生于纽约长岛,其祖先威廉·品钦是1630年马萨诸塞湾最早的清教徒移民之一。从高中时代开始,品钦就已经为校刊写稿,展现了自己出众的写作天赋。1953年,他进入著名的康奈尔大学,专业为工程物理。大学二年级结束后,品钦暂时离开校园,加入了美国海军,并在1957年退伍重返康奈尔大学。此时,品钦决定弃理从文,把专业换成英语。

品钦在康奈尔大学进一步显示了自己对于文学的兴趣爱好,积极从事小说创作。巧合的是,品钦当时在学校选了纳博科夫的文学课程,亲耳聆听了这位前辈的教诲。不过纳博科夫对这个未来影响美国文坛的才子并没有留下太深的印象,而品钦则私下抱怨纳博科夫的俄式英语太难懂。1959年6月,品钦在康奈尔取得了文学学士学位。

毕业以后,品钦开始一边工作一边创作自己的第一部小说《V》(V.,1963)。从1960年到1962年,品钦任职于西雅图的波音公司,负责整理写作技术文档。这段工程技术员的经历影响了他后来的文学创作,而品钦的小说都体现了理工科的知识背景。品钦在他的小说创作中成功地引入了热力学的一个概念——熵。虽然他不是唯一触及这个主题的作家,但是特殊的教育背景却使他可以更深刻地表现这一主题,所以他以描绘人类社会的熵主题而独树一帜。1963年，他的第一部小说刚一出版，就获得了评论界的好评，同年获得了福克纳基金会年度最佳小说处女作奖。

《V》是一部表现美国青年反文化的作品。虽然故事发生在20世纪50年代，但出于艺术家对社会发展趋向的敏感，作品中人物的精神实际更接近60年代。在《V》中，品钦塑造了一个被称为“全病帮”的群体。从名称上就可以看出，这个群体的成员都是那些脱离了正统社会生存轨道的失败者、失意者，被那个崇尚成功和权力的社会视为病态；是精神病人或活死人。在品钦的作品中人物多半都是各种“失败者”。他虽然并不歌颂他们，却通过对那些“成功者”的讽刺表明自己至少并不认为这些失败者真如社会所认为的那样低人一等。因此，有的评论者认为品钦“是描写那些被忽略了的人、被遗弃的人的最伟大的作家。通过对他们的描写，他对我们常常不加批判就接受了的有价值的和无价值的、值得称赞的和应当抛弃的观念提出质疑”。

品钦用跳跃的时空组合、取自主人公和旁观者的不分主次的多重视角——而且每个视角人物都有自己的名字和心理深度——组成了一幅万花筒般的时代画面。《V》中没有传统文学中那种统一的情节和意味着一致性的终极意义，只有杂乱的片段、不断爆发但没有结果的躁动。这种现代的叙述形式颠覆了传统叙述中那些规则和历史所包含的意义、价值、秩序等内涵，把读者直接抛入一个如霓虹灯般俗丽其外、空虚其内的世界。

这部小说奠定了品钦在美国文坛的地位。

之后，品钦辞去了波音公司的工作，先是去了纽约和墨西哥，然后定居在加利福利亚。1964年，品钦申请加州大学伯克利分校的数学专业研究生，结果被校方拒绝。1966年，他的第二部小说《拍卖第四十九批》(The Crying of Lot 49，1966)面世。

《拍卖第四十九批》的女主人公名叫奥帕蒂·玛斯，原本她和在电台做DJ的丈夫一起过着看似平静的生活。可是有一天，她突然接到通知，得知自己被指定为加州房地产巨头皮尔斯的遗嘱执行人。奥帕蒂虽然一度是皮尔斯的情人，但对他本人的背景和执行遗嘱的法律程序并不了解。

带着各种谜团，奥帕蒂来到加利福利亚北部的一个小城，见到了和她一起执行遗嘱的律师梅兹格。梅兹格当年曾是著名的童星，两人见面后一边喝酒一边看梅兹格当年拍的电视剧，随后还发生了关系。然后，她在某酒吧的厕所发现了一个神秘的符号以及WASTE的字样。起初，奥帕蒂以为这不过是集体性交的暗语或垃圾箱的意思，但在清点登记皮尔斯财产的过程中，这个神秘的符号和WASTE的字样开始不断出现，她逐渐意识到这背后有一个巨大的阴谋集团。皮尔斯收藏的邮票是证明一个地下邮政帝国特里斯泰罗的神秘网络存在的直接证据，并被标为"第四十九批拍卖品"进行公开拍卖。奥蒂帕来到拍卖行，期待"第四十九批拍卖品"的神秘买主出现，然而小说到此处戛然而止。

戏仿(Parody)是《拍卖第四十九批》的一个典型的后现代标签。品钦非常善于模仿各个社会阶层的口语特色：不同身份的人，不同阶层的人，说出来的语言就非常不一样。这是最表层、最浅显的戏仿。品钦还常常模仿不同的写作风格：从古典文学中的诗性或戏剧语言，到维多利亚式现实主义的风格，再到亨利·詹姆斯式风格，再到充满了时代气息的现代风格。虽然这部小说不是什么鸿篇巨作，但是它也从各个层面体现了后现代主义文学的各种特征，是战后美国文学的典范之作。这部作品于1967年获美国全国艺术与文学院的罗森塔尔基金奖。

1973年出版的《万有引力之虹》(Gravity's Rainbow, 1973)是品钦的第三部小说，也是他最伟大的一部作品，被称为后现代主义文学的巅峰之作。该书卷帙浩繁，长达760页，故事情节复杂，梦境一般的幻想中充满着扑朔迷离、错综复杂的交叉关系。小说内容丰富，涉及现代科学技术、国际政治、心理学，人物众多，达四百多人。这部小说把人的性欲和现代科学技术联系在一起，提出了生与死、世界与人性等问题，作者以导弹发射后形成的抛物线"万有引力之虹"来象征世界、象征死亡，表现了对世界未来的悲观情绪。

《万有引力之虹》是后现代主义的典型文本。小说以第二次世界大战中德国情报人员泰洛尼·斯洛思洛普的个人经历为题材，以荒诞的故事情节和令人难以置信的幽默和讥讽，揭示了20世纪美国社会和西方世界令人困惑和费解的难题以及人类在科学和技术快速发展的时代所面临的挑战。品钦呈现给我们一个异质性、多元化的后现代世界。1974 年,《万有引力之虹》获得美国国家图书奖,但与普利策文学奖失之交臂,因为后者的评审认为该书过分艰深。

品钦 1990 年出版的《葡萄园》(Vineland, 1990)并不像前一部那么费解难懂,但大部分批评家认为这部小说从质量上说是个退步。

品钦的第五部小说名叫《梅森和迪克逊》(Mason and Dixon, 1997),讲述了 18 世纪英国人梅森和迪克逊对宾夕法尼亚州和马里兰州进行土地测量、划分分界线的故事。品钦从 1978 年开始构思该书,但直到 1997 年才最终出版。这部长达 773 页的作品令众评家惊呼为“美国小说的终结”。该小说被《时代周刊》评为年度全美五部最佳小说之首。

品钦于 2006 年出版了他的第六部小说《迫在眉睫》(Against the Day, 2006),本书描写了在世界末日即将到来的前夕,形形色色的人们,包括建筑师、赌徒、企业巨头、间谍、侦探、探险家和枪手,对此毫无察觉,而是一如既往地生活着,到处充满了贪婪的欲望、虚伪的信仰和邪恶的意图。随着安宁生活的消失,前途未卜的他们一心活命,停止手头的工作,唱起愚蠢至极的歌曲,说着晦涩难懂的语言,做着有悖常理的事情。书中的时间跨度从 1893 年到第一次世界大战之后;空间跨度从发生劳工纠纷的科罗拉多到世纪之交的纽约、伦敦、维也纳、中亚,再到发生通古斯爆炸事件的西伯利亚、革命中的墨西哥、战后的巴黎和沉寂时期的好莱坞。这部新作构思奇谲、主题庞杂、用语晦涩,但亦有或明或暗的主题可循。

品钦的作品具有其鲜明的特色:他是一位用科学隐喻后现代社会的作家。他把自然科学和人文科学巧妙地融合起来,作品中既有自然科学,如普通物理学、核物理学、热力学、化学、数学,也有西方近现代哲学、历史和后现代文学技巧的熟练运用,其标志性的特点是他把热力学概念——熵用来隐喻这个充满不确定因素的、摇摆不定的后现代社会。

品钦的小说是一个熵的世界:人类社会混乱、无序直至死寂的悲剧性命运。在这样一个世界里,社会失去了传统的文化价值观,没有中心,没有秩序;人类失去了自我,精神世界混乱偏执。人和人、人和社会的交流因为信息的模糊、多义和不确定性被切断,社会和人变成一个商业化的惯性状态。在这个封闭的世界里,信息量不断增大,秩序不断减少,于是熵值不断增高。当达到最高熵值时,人类社会就消亡了。

不完全叙事是品钦最擅长的手法,他总是在故事迷宫建成以后就置身度外,把探索发现的乐趣完全交给读者。故事的嵌套或剧中剧(play in a play)是品钦小说的另一大特色。品钦的知识体系非常渊博,所以喜欢像乔伊斯那样,从事百科全书式的小说创作。读者如果没有相应的知识储备,是很难深入理解品钦的嘻笑怒骂的。戏仿(Parody)是品钦作品中另一个典型的后现代标签。拼贴和戏仿这些手段在后现代作家那里一般是为了解构宏大叙事,但品钦对于拼贴的各种文学风格或各种流行文化,对于戏仿的各种人物、事件、体裁,他并不是抱着一种轻视否定的态度。

品钦的作品并不多,但都具有很高的艺术性和实验性。他的作品情节离奇,结构奇特。他在创作中充分利用隐喻、夸张、闹剧、暗指、象征、戏仿等手法,融幽默和讽刺为一体,集历史和现实为一身,以超现实主义和现实主义相结合,深刻生动地再现了人类面临的困境和抉择。品钦有着丰富的想象力,人物塑造活灵活现,倒叙、穿插、回忆、切割等叙事手法令人印象深刻,其作品显示了他对语言文字的高超的驾驭能力和写作技巧。

品钦在美国的公众当中颇具传奇色彩,不仅仅是因为其文学作品的独特风格魅力,更是因为他神秘莫测的私生活。身负"黑色幽默小说家"、"实验派小说家"、"癫狂现实主义作家"和"后现代主义代表作家"等诸多美名的品钦,其创作的作品无一不以构思奇谲、语言晦涩且主题庞杂而令普通读者望而却步。他的作品尽管深奥晦涩,却连连获奖,畅销不衰。他很少抛头露面,却备受关注;他从来不接受任何采访,流传在媒体上的个人照片极少,大家甚至连他的家庭住址都不清楚。品钦的这种隐士风格颇有塞林格的遗风,所不同的是品钦依然不断有新的作品推出。

在美国整个后现代作家当中,品钦享有崇高的文学声望。他被著名批评家哈罗德·布鲁姆推崇为"依然健在的最伟大的四个美国小说家之一”，并很早就被大家视为美国文坛最有希望获得诺贝尔文学奖的作家。品钦于 1993 年获得了诺贝尔文学奖提名。他的作品已经成为研究后现代主义文学的必读作品，《万有引力之虹》更是被公认为后现代主义小说的经典之作。

36. 深刻的社会和文学批评家 ——威廉·加迪斯

威廉·加迪斯(William Gaddis,1922 - 1998)是美国当代杰出小说家,后现代派作家的杰出代表,美国文学与艺术研究院院士。

威廉·加迪斯1955年问世的长篇小说《承认》(The Recognitions,1955)获得广泛的承认,10年内连续再版3次。后来,他的代表作《小大亨》(JR,1975)一出版就受到热烈欢迎,获美国1976年度国家图书奖。其他作品有:《木匠的哥特式小说》(Carpenter's Gothic ,1985)、《诉讼游戏》(A Frolic of His Own,1994)获1994年度国家图书奖、《爱裂》(Agapē Agape,2002)、《争夺第二》(The Rush for Second Place,2002)等。此外,作者曾获古根海姆纪念基金奖(1981)和麦克阿瑟基金奖(1982)。

加迪斯的小说被认为是美国社会在后资本主义时期的缩影。他以一个社会和文化批评家的身份,对战后美国社会的衰退和混乱给人类社会带来的切实威胁表现出极大的关注。他的小说直接或间接地表现了美国资本主义制度、资本主义文化和个体自我的熵和地狱般的美国后工业社会的特征:庸俗的物质主义、道德的堕落、非民主的社会政治、霸权主义、贫瘠病态的现代文化和个体的异化。同时,加迪斯运用熵化的后现代小说世界折射了一个充满混乱、不确定性和或然性的迷宫般的资本主义世界。

加迪斯的第一部小说《承认》是一部冗长的、复杂的、充满隐喻的作品。小说长达956页,是一部乔伊斯式的作品,是对《克雷芒的承认》的后现代戏仿之作。它叙述的是一个青年艺术家游历成长、识别真伪、了悟己心的过程。主人公怀亚特·奎因,试图通过艺术来辨伪存真,澄明内心,使自己超脱出他不得不置身其中的充斥着虚伪造假的生存世界和文化环境。但他发现自己只有在模仿古典大师时,才能更好地表达自己。在书中,加迪斯一方面以伪造作隐喻,指涉美国社会各个层面的虚假,另一方面,怀亚特对古典艺术的渴望变成了在无意义与混乱的后现代世界中对意义和秩序的追寻。他从点金术、母性王国和弗兰德斯绘画中汲取宗教信仰,抵制后现代个性的丧失、历史的断裂感和消费主义的侵蚀。小说以一系列离奇荒诞的故事说明:怀亚特的后现代追寻终以失败告终。加迪斯以黑色幽默教给人们如何适应混乱,如何喜剧性地对抗生存困境——"这个世界越是糟糕,我们就越是喜剧性的"。

《承认》大量运用后现代主义的表现手法,通过碎片的叠加,将各种非线性叙事片段堆砌起来,将历时性与共时性叙事相结合,运用大量的松散句和许多典故的拼贴,解构了传统的时空连续性和美学封闭性。全书富含各种文学、艺术、历史、神话和宗教的典故和寓意,常常有突兀的时空转换和跳跃,着实令人费解。其对破产的人类精神的不依不饶的拷问和不留情面的讽刺也不得人心。

1975年加迪斯的第二部小说《小大亨》出版。该书被看做是其代表作,是承上启下的后现代派小说的力作,被称为"最伟大的美国讽刺小说"的"史诗式作品"。它以喜剧的笔法描写了一个名叫J.R.范森特的11岁商业天才,及其创建的一个囊括木材加工、矿产、出版和酿造业的大型企业昙花一现的讽刺故事。

主人公"小大亨"是个年仅11岁的学生,他从学校教育中懂得美国大公司赚钱的捷径是搞骗局,于是他动手一试,从小学走廊的投币电话指挥运作,按广告上的信息大搞投机买卖。不久,他创建了一个大跨国公司,从事运输业、医药、木材、火葬瓮、旧塑料花和避孕套等商品的电话交易,一跃成为美国企业界的巨头之一。近百个人物走进"小大亨"的幻想帝国。小说的主体部分犹如舞台的前台,用直接引语叙述,“小大亨”的交易全在后台进行。走廊里的电话成了主要道具,加上电报挂号和其他信息系统,从中传出人物的各种声音。作者将他们的独白和对话组成小说,语言多姿多彩:模仿前总统里根和老布什没有句法、克林顿没有语法的政治语言,电视节目主持人、被访问者的语言,财经界的语言,广告语和通俗歌曲等。小说揭露了跨国公司运用电信和信息手段发横财的恶劣本质和社会官员的腐败,讽刺色彩极其浓烈。《小大亨》成了反映二战后美国变态的“混沌”史诗。

《小大亨》比第一部小说《承认》还难以理解,几乎全部用对话形式完成,有时候读者很难确定是谁在说话。书中没有任何章节、场景之分,从头到尾几乎都由破折号引导的直接引语构成,人物与人物之间的对话经常由于话语的混杂、冗语、无关、能指与所指链条的断裂,而使谈话双方无法沟通,各自说着自己的梦呓。

加迪斯以一个个荒诞离奇的故事无情地揭露了资本主义的疯狂与贪婪,小说具有浓烈的讽刺色彩。它反映了商品拜物教和美国自由企业的疯狂滋长,扭曲了人的创造性和人与人之间的正常关系,揭示了金钱的扭曲力量所带来的道德的堕落、文化的衰败和自我的丧失。秩序是无法实现的,爱已经被商业化了,注定要分崩离析。但从另一个角度,加迪斯呼吁从艺术和自然获得美学感受和崇高精神,使心灵远离一切商品化的东西,从而升华到更高层次。在《小大亨》中,加迪斯塑造了一群在混乱的生存状况中寻找意义、反叛资本主义价值取向的艺术家,如作曲家爱德华·巴斯特试图用音乐感化小大亨那颗被铜臭吞噬的心灵。尽管各种努力只能有限地、暂时地抵制熵化的社会,但这种努力是值得尝试的。加迪斯建议人们必须顽强地生活,有勇气接受一个不确定和不友善的世界。

一位评论家说过,“没有一部小说能像《小大亨》那样如此确切地反映当代生活的现实”。

1985年出版的《木匠的哥特式小说》再次显示了加迪斯的讽刺天赋。在这部作品中,他讽刺的是美国社会中政府、宗教和大公司为发横财相互渗透。《木匠的哥特式小说》没有全知全能的叙述者揭露真相,小说所有的叙述均由语言碎片的"间断叙述"组成，读者试图得出结论，但会因更多的线索和对话的不可能而不断改变结论。

《诉讼游戏》发表于1994年，堪称一部跨体裁的典范。加迪斯把主人公奥斯卡以自己家族在南北战争的经历所写的长达70页的剧本、法律公文、诉讼程序分散插入整个小说文本，以此巧妙地从各个方面探讨了关于法律和正义的界限，文学的原创性，美国南北战争中的历史黑幕如血腥残杀、军队的腐败和自我的分裂，并告诉读者如何把握历史的真实。在这个好打官司的美国社会，法律并不维护正义，已被滥用为牟利的手段，对此，这部小说重新思考了法律与正义之间的界限。

加迪斯的前4部小说分别以艺术、商业、宗教和法律为主题，以各种不同融合的声音组成破碎的、非连续性和不确定性的艺术世界，折射了日趋走向衰亡的熵化的后现代人类社会。

《爱裂》整部小说是一个身患绝症的老人的意识流独白。他手术后苏醒过来，躺在床上，奄奄一息，却念念不忘一本他一直想要完成的关于艺术和机械化的书。他为这本书积攒材料达30年之久，如今想要将这些材料整理编辑成一本书。他大部分时间都在自言自语着他的材料。这些材料无所不包，甚至还有作者去世前不久才有的关于克隆羊多利的消息。他像李尔王一样将家产分给自己的三个女儿，轮流在各家居住；他也像旷野里的李尔王一样愤世嫉俗，叹惋文明的堕落枯竭，痛恨正在使艺术边缘化的公司化社会和技术主导文化，抱怨艺术的机械化、民主化和商业化，并急切地想要在自己辞世或变疯之前将这些忧虑告诉世人。加迪斯对此书主旨的概括是："世间一切的消解崩塌，意义、语言、价值、艺术，无一幸免；只剩下无序和混乱；无论你往哪看，视野中的一切都在被熵淹没。"

这是一部具有强烈的社会责任感和艺术自觉性的小说家的临终泣血之作。扭曲的句法，深奥的寓意，广博的知识，辛辣的风格，精英的姿态，悲观的语调，依然使这部作品显得倨傲而难以亲近。

批评家弗列德里克·卡尔认为，《承认》和《小大亨》是人们了解美国从50年代后期至80年代的"导游指南"。这两部小说为加迪斯赢得了两次国家图书奖以及其他一些荣誉和奖项。两部作品都荣膺"二十世纪最伟大的文学作品100名”之列。

威廉·加迪斯是一位深刻的社会和文学批评家,他不仅关注战后美国社会文化的熵化衰败,而且指出了后现代人类社会和人性的弊病。他的创作深深植根于美国社会,成为了解战后美国社会各个层面——艺术、商业、宗教和司法制度的指南。加迪斯成功地把小说中的整个叙事结构和语言变成了对战后美国社会的巨大隐喻,体现了后现代的艺术创新。更重要的是,加迪斯的小说具有较高的认识价值,引发读者对西方后现代世界虚构和分裂本质的思考。

威廉·加迪斯在美国后现代派文学中占有重要地位。他同品钦、巴塞尔姆和霍克斯一道,赢得了美国后现代派小说先驱者和巨匠的称号。尽管加迪斯被普遍认为是“最受人尊敬而又最少人阅读的重要的美国作家之一”,但他最终以其体现他对美国社会固有矛盾和弊病的关注及其独特的后现代主义艺术创新的小说作品获得了欧美文学界的高度评价。加迪斯是美国后现代派小说的先驱者和实践者之一,其小说创作实践为新一代的后现代派作家指出了发展方向。

37. 勤于探索，勇于实验的后现代作家巴塞尔姆

唐纳德·巴塞尔姆(Donald Barthelme, 1931 - 1989)是美国后现代主义小说家。他曾从事新闻记者、杂志编辑等工作，并曾在纽约城市大学任教。他一生写了大量的短篇小说，但其代表作是长篇小说《白雪公主》(Snow White, 1967)。

巴塞尔姆于1931年生于宾夕法尼亚州的费城，在休斯敦长大。父亲是著名建筑师，建筑设计风格十分现代，无形之中影响了儿子未来在文学中对现代风格的偏爱。唐纳德历来喜爱文学，在高中时就开始写诗歌和散文。中学毕业后，上了休斯顿大学。在休斯敦大学就读期间，参加编辑校刊《美洲狮》(Cougar)杂志，20岁那年又成为《休斯敦邮报》(Houston Post)艺术与娱乐版的编辑。他还曾任休斯顿当代艺术博物馆馆长，创办了文学刊物《论坛》。1962年前往纽约，担任文艺杂志《位置》的执行编辑。1974年至1975年任纽约市立大学杰出英语访问教授，曾是美国文学与艺术研究院院士。1989年因病在休斯顿去世。

大学期间他对哲学，尤其对存在主义哲学深有兴趣，仔细读过萨特和加缪的著作。他也喜欢读现代诗、现代主义文学理论以及形式主义的批评理论。大学毕业后，他来到反传统文化青年的“大本营”纽约的格林尼治村居住。这是个激进文化青年和先锋派艺术家的“保留地”，各派思想

在这里自由交往，作家云集，这种经历对巴塞尔姆小说创作产生了很大的影响。

巴塞尔姆一生坚持不懈地创作，根据巴塞尔姆妻子的回忆，从他 29 岁那年开始写第一篇小说起，巴塞尔姆不分周日周末，每天上午八九点钟开始坐下写作，直到中午，坚持了 29 年，直到 58 岁患咽喉癌去世。

他一生共写下了 4 部长篇小说和 8 部短篇小说集。他设计具有丰富想象力的情景，运用创造性的语言，以极强的对素材的把握选择能力，将各种奇特的、相关或者无关的事物或对话进行并置，让它们在碰撞中产生火花，夸张地表现当代西方社会普遍存在的荒诞。他具有滑稽模仿、创造黑色幽默的出色才能，既能逗读者发笑，又能把他们引向洞见。

他的一百多篇短篇收集在《回来吧，卡利加里博士》(Come Back, Dr. Caligari, 1964)、《难以启齿的行为，不自然的行动》(Unspeakable Practices, Unnatural Acts, 1968)、《城市生活》(City Life, 1970)、《悲伤》(Sadness, 1972)、《业余爱好者》(Amateurs, 1976)、《重要日子》(Great Days, 1979)等书中。虽然以短篇小说闻名，巴塞尔姆一生中亦著有四部中长篇小说：《白雪公主》(Snow White, 1967)、《死去的父亲》(The Dead Father, 1975)、《天堂》(Paradise, 1986)以及《国王》(The King, 1990)。另外，他的大部分作品汇集在了《故事六十篇》(Sixty Stories, 1981)和《故事四十篇》(Forty Stories, 1987)之中。巴塞尔姆还著有一些非小说书籍，如：《内疚的欢乐》(Guilty Pleasures, 1974)、《不知道的内容：唐纳德·巴塞尔姆散文与访谈录》《Not-Knowing: The Essays and Interviews of Donald Barthelme, 1997》。并和女儿一道写了儿童文学作品《不太寻常的救火车》(The Slightly Irregular Fire Engine, 1971)。

巴塞尔姆以他的丰富的文学创作建立了自己的文学声誉。《城市生活》获《时代》杂志 1971 年最佳图书奖；《不太寻常的救火车》在 1972 年获得美国国家图书奖；《故事六十篇》获 1982 年美国国家书评人协会奖提名、美国笔会/福克纳小说奖和《洛杉矶时报》图书奖。巴塞尔姆获 1966 年古根海姆奖，1972 年获全国文学艺术协会颁发的莫顿·多温·扎贝尔奖。他不仅被看作优秀的小说家，而且也是改变文学方向的开拓者之一，他是美国最富有影响力的后现代主义作家之一。

巴塞尔姆是现代派后期的微型小说家，酷爱简洁的短篇小说，比其他同时代的人作品更精炼、更幽默。但他的短篇小说作品通常只重视偶然和片断，传统、完整的叙述并不多见。一些作品背离了小说传统表现方式，甚至在一些作品里采用大量非文字的表达方式，例如插入让读者难以捉摸的图片或者单调的色块。他的小说成了“语言拼贴画”。在他看来，“拼贴原则是20世纪一切艺术手段的中心原则”。人们对他的作品有褒有贬。褒者认为巴塞尔姆的作品思维方式奇特、观点独到，贬者认为他的作品毫无意义不能理解。

他的代表作《白雪公主》为我们了解后现代作家的文化态度和表达技艺提供了极好的范本。作品体现了后现代思潮的一个重要特点：戏仿。《白雪公主》是对童话的滑稽模仿。

还是那个《白雪公主》的故事，一个美丽的公主，7个男人，王子和毒药。但是7个小矮人不是林间木屋里的小矮人，而是7个制造东方婴儿食品的商人。王子保罗已变成一个失业者。故事背景也被作家从幽静的森林和华贵的宫殿改成了现代美国的某个城市：汽车、飞机、打字机和毒品，包围、窒息着美丽的白雪公主，而她日夜等待的王子，最后也在一堆绿色的泡沫中死去。美丽的童话，在巴塞尔姆戏谑的笔下成为一个幻影，作家通过对这个美丽童话的滑稽仿写，宣告了童话世界的解体。

巴塞尔姆把童话中的白雪公主和7个矮人变成了现代社会中的普通人，与现实拉近了距离。小说中的白雪公主仍然保留着她的名字，而且外表依然美丽：“皮肤雪白如白雪，头发乌黑赛乌檀”，但境遇已今非昔比。她有了常人的嫉妒之心，在压抑的情绪下也会想入非非。她是7个男人的家庭“煮妇”，却依然做着“白马王子”的梦。内心对现状极度不满，盼望着能够得以改变。7个男人都喜欢白雪公主，但谁也满足不了她的情感需要，“王子”保罗不但无力担当拯救者的责任，还有观淫癖。她已经厌烦了那个“家”和自己的家庭角色，她对歧视女性的社会忿忿不满，听厌了“矮人们”喋喋不休的陈词滥调，因此内心充满改变现状的渴求。绝望中，她甚至盼望着能有一次疯狂的冒险，能打破单凋乏味的生活……此书充满了一种黑色幽默。《白雪公主》在作家用貌似疯狂的叙述中表达出一种玩世不恭的讥诮,以反映当代滑稽无奈的众生相。

《白雪公主》不仅颠覆了童话形象,也摧毁了童话的故事结构。他的整部小说与原来的童话文本形成强烈的反差:叙述无始无终,也没有情节和道德说教,故事故意散漫,不着边际,像简略而杂乱的提纲,但充满嘲讽和调侃。

巴塞尔姆是一位颇具奇妙创造力的作家,他的作品充分体现了后现代主义文学的写作模式。他突破传统的纯文字文本的叙述形式以及它们之间的互文形式,在作品中进行大胆的语言试验,将非线性、碎片性、拼贴画、戏仿等后现代主义写作手法运用于文本中,折射出作者独特的当代文学审美理念。"巴塞尔姆向我们显示了重大和琐杂混淆之后,人们失去了轻重缓急的意识,一切都同样有意义,同样令人失望,但同时,一切都没有意义"。在小说中,作者对人类普遍的生存状态寄予深切的关注和认真的探索。

巴塞尔姆在美国当代文学中占有重要地位,他是一位文体冷峻、具有形而上学的反讽、沉思式的超然与对政治敏感的小说家,对后现代主义艺术和文学批评做出了重大贡献,被誉为"后现代作家的新一代之父"。

38. 约翰·霍克斯与他的反小说

约翰·霍克斯(John Hawkes,1925 – 1998)是美国后现代主义的先锋和倡导者之一,他的作品具有后现代主义的典型特征。美国艺术与文学研究院院士,古根海姆学者奖(1962)、埃特兰格尔奖(1973)和法国美第斯奖(1986)得主。

1925 年,约翰·霍克斯出生于康涅狄格州,1943 年由柏丽高中进入哈佛大学,1949 年获得艺术学学士学位,期间曾出版诗集《堕落的庄园》。由哈佛毕业后,霍克斯分别任教于哈佛大学、斯坦福大学和布朗大学。1998 年 5 月因心脏手术失败去世。

霍克斯曾随父母居住在阿拉斯加,在那里他看到的梦魇般的景象一直在他脑海中挥之不去,在他日后的创作中反复出现。第二次世界大战对他的影响也很大。二战期间,他当了救护队司机,到过德国和意大利。他的亲身经历使得他体会到了战争的残酷和荒诞。战争对心灵的创伤使他形成了冷漠的世界观,这种态度强烈地体现在他的作品之中。

约翰·霍克斯是一位多产的作家,他一生创作了 18 部小说,其中包括《食人者》(The Cannibal,1949)、《甲虫腿》(The Beetle Leg,1951)、《陷阱》(The Lime Twig,1961)、《第二层皮》(Second Skin,1962)、《血橙》(The Blood Oranges,1971)、《死亡、睡眠和旅行者》(Death, Sleep, and the Traveler,

1974)、《滑稽模仿》(Travesty,1976)、《情欲艺术家》(The Passion Artist,1979)、《弗吉尼的两次生命》(Virginie Her Two Lives,1982)、《阿拉斯加的皮货交易》(Adventures in the Alaskan Skin Trade,1985)、《血与皮肤的幽默》(Humors of Blood & Skin,1984)和《一只爱尔兰眼睛》(An Irish Eye,1997)等,他还创作了戏剧《无辜群》(The Innocent Party,1966)。

霍克斯运用高度实验的手法追求超现实的效果,在他的作品中,传统的现实主义表现手法踪影全无。霍克斯的小说创作观是对传统小说形式的反叛。他在写作时,把情节、人物背景和主题视为小说的敌人,是去除的对象,留下的只是语言与想象力构成的结构。

霍克斯的早期作品《食人者》、《陷阱》等,主要表现战争、社会制度、性伦理对人性的摧残和压抑。

《食人者》被称作是新哥特式小说。作品以第二次世界大战为背景,内容涵盖了1914年至1945年的漫长岁月,描写了德国纳粹专制主义精神的崛起,造成许多人逃离欧洲大"疯人院"。整部作品充斥着腐烂、疾病、变态的意象,散发着死亡的气息。作品结构散乱,时空交叉,人物频繁变动。然而,作者正是运用这些奇特的手法,着力表现战争就是屠杀、堕落、死亡的主题,表达了作者对给人类带来沉重灾难的战争的深深的厌恶之情。

《陷阱》以战时和战后的英国为背景,描绘了一个劫后余生的荒芜的欧洲和一些人物在扭曲的社会里的变态心理。他笔下的世界既是历史的,又是想象的。他的哥特式世界从人们熟悉的现实移向作者虚构的世界。

在《第二层皮》之后,霍克斯小说的聚焦点开始由外部世界转向现代人内心对外部世界的纷乱的反应。

《第二层皮》以海军军官斯基波自述的方式展开。他是一次军舰哗变的受害者,周围的亲人也纷纷死去:父母相继自杀;妻子由于精神空虚绝望,在汽车旅馆和他的部下酗酒调情,最后在旅馆自杀;女婿也被残忍杀害;自己千方百计地想保护女儿卡桑德拉,但无力使她免遭同样的厄运,结果却使她被人引诱后跳塔自杀。他本人虽然是美国"海星号"军舰哗变的受害者，结果却无端地受到接二连三的挑衅和袭击。斯基波可谓遭际坎坷，最终在漂流岛上为奶牛人工受精的平凡的工作中找到了生活的乐趣，并从当地黑人姑娘卡塔莉娜身上找到爱情的归宿。

霍克斯在这部小说中，实验性地运用了大量后现代主义创作方法。小说中黑暗与光明、死亡与新生、虚幻与现实相互交织，堪称一部梦魇漫游史。小说主人公的叙述保持着超然性，极少发出评论的声音，这使读者可以参与到小说之中，进入斯基波的内心世界，与他一同在梦魇中游荡。

这部小说大量运用了时空错置方法，斯基波叙述中的地点出自幻想，时间也难以确定，一切时空都成为他骚乱心里的表现。小说题目本身就令人费解，难以确定。在这部作品中，毫不相连的回忆碎片代替了情节；梦魇般的心理叙述代替了人物刻画；背景常常游离于虚幻和现实之间；而主题却深深地编织在貌似漫不经心的叙述当中。就在这纷乱的时空中，霍克斯通过斯基波之口创造了一个万花筒般的现代神话，这里有炼狱般的世界，也有伊甸园式的幻境。他之所以运用这种技巧，按照他自己的话说是为了"揭露、嘲弄、抨击暴力和荒诞，同时也常常可以唤起和更新我们对暴力、荒诞和美好事物的潜在意识"，恰到好处地表现现代人纷乱的内心世界。

三部曲《血橙》、《死亡、睡眠和旅行者》、《滑稽模仿》是对美国六七十年代泛滥成灾的色情读物的戏仿，突出了死亡和性爱的主题。

《血橙》描写当代一对美国夫妇在南欧小岛的经历。一对中年夫妻来到荒凉偏远的海滨小镇，栖身在破败的别墅里。丈夫西里尔是一个高大强壮的男子，仪表堂堂，性情温和；妻子菲奥娜是一个富有个性的女人，热情、张扬。很显然，他们来自文明社会，与矮小猥琐甚至有些不开化的当地人自然显得格格不入。那么他们为何要来到这里呢？也许，他们是来度假的，因为两人喜爱冒险，对蛮荒之地充满了探索的兴趣；也许，他们是来避世的，因为这对夫妻对爱情和婚姻的观点颇有些离经叛道，为世俗所不容。西里尔被描写成一个"性歌手"，认为只有打破传统性观念，才能获得人性的自由。

他们曾经与无数对夫妻或恋人交换伴侣，两人甚至互相鼓励，乐此不疲。理所当然的，他们被主流社会所排斥；理所当然的，他们会寻找一片世外的乐土，以免受那些满含责难的视线的侵扰。

来到这座鲜有外人涉足的小镇，夫妻二人原本可以度过一段平静的生活。然而，一次意外打乱了这种平静。休和凯瑟琳，另一对来自文明世界的夫妻，因为意外而在小镇停驻。与西里尔和菲奥娜不同，休和凯瑟琳一直过着正统的家庭生活，他们有三个孩子，随行还养有一条狗。在漫长而沉闷的婚姻中，他们学会了忍耐，学会了压抑，他们更无从想象这次海滨之旅会给他们的生活带来怎样的冲击。

西里尔和菲奥娜一向无法忍受一成不变的婚姻生活，他们自然而然地向另一对夫妻伸出了诱惑之手。在他们看来，生活本该如此丰富多彩，爱情也本该如此自由奔放，只要双方你情我愿，就无需承担道德的压力。而休和凯瑟琳呢？虽然他们对这种诱惑充满了好奇和向往，也许他们的内心深处早就渴望着变化。可是，几十年来的传统道德观绝非一朝便可扭转，于是他们在放纵中自责，在欢愉中痛苦，在叛逆中挣扎。对爱情的追求，对家庭的忠诚，就像一根越拧越紧的弦，终于不可避免地绷断了。于是，在这场以婚姻和爱情为赌注的冒险中，悲剧在快乐中酿就，他们的世界轰然崩塌。作品展示了性爱和死亡的主题。

《死亡、睡眠和旅行者》叙述了一个男人产生了一连串变化无常的幻觉，他对一些事物的看法影响了他自己、他妻子和他的情人。

《滑稽模仿》描写了一个法国人夜里冒雨开车带着女儿和妻子的情人——一个诗人高速行驶，想撞上高墙，三人同归于尽。主人公在途中有长篇的独白，说明他这么做的原因。但坐在后座的女儿呕吐不止，似有怀孕的可能，诗人则劝他不要这样害人害己。主人公在独白里回忆了少年时车祸后的幸存，他感到人生是一幅漫画，生与死一样美。在他看来，自我毁灭就是极乐世界。在作品中交织着性欲、神话、想象和荒诞的因素与自我的死亡和贬值。

《情欲艺术家》是霍克斯成熟期的作品。小说以拉韦厄雷女犯监狱暴动为背景，用第三人称叙述了男人康拉德·沃斯特完成自我认识的过程。从跳跃而模糊的叙述中，我们大致可以辨析出这样的情节线索：康拉德·

沃斯特住在拉韦厄雷监狱旁边，参加了对监狱暴动的镇压，镇压失败之后，他自己反而成了拉韦厄雷监狱的囚徒。主人公是一个做事精明严格、富有洞察力，但却毫无社会地位的人。他倾向于自我封闭，仿佛生活在噩梦和幻觉之中。他一生中的每个决定和想法都因女人而起，他对女人有强烈而扭曲的情欲，但对她们又充满恐惧和仇恨。

这部小说堪称霍克斯小说创作观的典型实践：情节线索在叙事碎片之中若隐若现，人物容貌与个性变成了恍惚不定的心里起伏，背景若真若幻，主题则散落于叙述的字里行间，可思而不可接。小说中充满着犯罪、暴力、恐怖、死亡和变态的性爱，体现了霍克斯小说梦魇般的风格。

《弗吉尼的两次生命》以一个 11 岁的女孩弗吉尼在日记中自述的方式叙述了自己两次不寻常的经历，揭示了每个社会和个人都有性自由和堕落的可能。

《阿拉斯加的皮货交易》通过一个 40 岁妇女对自己童年的回忆表现了犯罪、失败、邪恶、父女关系等主题。

《一只爱尔兰眼睛》是霍克斯的第 16 部小说，被认为是他最成功的作品之一。小说的叙述者是一个 13 岁的孤儿，名叫德拉芙·奥谢农。在长达 150 页的篇幅中，作者让这位小姑娘不停地叙述自己的故事，却不令人感到沉闷，不能不说是一种成功。即使在这最后一部作品中，霍克斯仍然保存了他年轻时的实验精神。在形式上，作品是一个集童话故事、滑稽剧、书信体小说等不同小说样式为一体的混合物，被称作一种“后现代流浪小说”。

霍克斯的小说晦涩难懂，充满了恐怖、死亡、虚幻和变态心理的描写，因此常常遭到一些评论家的非议。但作为美国著名先锋派和后现代主义作家，霍克斯凭着他对现代生活的深刻洞察力，从反传统的视角，用后现代主义的创作技巧，奇特地创造了一个又一个与真实世界相异的梦魇世界，深刻反映了现代人的困惑与无奈。

39. 美国后现代主义实验派作家罗伯特·库弗

罗伯特·库弗(Robert Coover,1932 -)是美国当代著名的后现代主义小说家。

库弗1932年2月4日生于美国依阿华州查尔斯市,后随父母迁往伊利诺州的赫林镇。父亲是《赫林日报》的主任编辑。在校读书时,小库弗便表现出对编校报、写诗、写故事的兴趣。少年时的库弗梦想将来有一天能周游世界,人家问及将来的志向时,他总是说想当驻外记者。1951年赫林矿井灾难的一幕给库弗留下了深刻的印象,事后他据此创作了第一个短篇《矿井里的乌烟》(Blackdamp,1961)。

库弗在南伊利诺大学就读两年后转往印第安那大学,1953年在该校取得学士学位。毕业的当天,库弗便应征入伍,参加了海军;他被派往军官学校受训,在欧洲一住就是三年。在欧洲期间,库弗在地中海沿岸呆了一年,遇见在巴塞罗纳上大学的玛丽亚·德尔·皮拉·圣斯马拉法,这位姑娘后来成了他的妻子。1957年夏,库弗从海军退役,转向文学生涯。在去芝加哥大学读研究生之前,库弗隐居在威斯康辛雨湖湖畔的一个小木屋里埋头写作一个月,完成了后来收入《符号与旋律》(Prick Songs and Descants,1969)里的一系列短篇,其中包括《小组智力竞赛》(Panel Game,1957)。库弗的写作特色在这篇早期作品中已见端倪。故事讲的是一位被硬拉上电视参加智力竞赛的人在谜一般的节目中不知所措的情形。

1958年和1959年，库弗两度重返西班牙，第二次旅行是为了结婚。1959年夏，他骑摩托车遍游南欧，此行给他的第一个集子提供了素材；第一个集子《西班牙度过的一个夏季：诗五首》(One Summer in Spain, Five Poems)出版于1960年。同一时期，库弗还去一所艺术学院就读，期间还写过数篇小说，但从未发表。另几个短篇出现于《长青评论》等杂志上。1962年至1965年，库弗住在妻子的家乡塔拉刚那，在那里着手《布鲁诺分子的由来》和《环宇垒球协会》的创作。这时，他开始留心古人的作品，想从里面得到一些启示。奥维德的作品和《一千零一夜》使库弗给自己的小说找到了形式方面的依据。

60年代中期，库弗在欧洲(主要在英国、西班牙)居住的时间与他在美国的时间基本相等。在美期间，库弗曾一度经济拮据，他大多以教书为谋生手段，在《布鲁诺分子的由来》出版前夕，他携妻小来到纽约巴德学院任教。1967年，依阿华大学把他从繁重的课时里解脱出来；次年，他还在威斯康辛州立大学当过短暂的驻校作家。1969年开始，兰登书屋和一些私人基金会及几所大学给库弗提供了较稳定的生活来源。不过，真正解决经济问题的还是《公众的怒火》，尽管手稿完成后几年没人愿出。维金出版社慧眼识珠，这本小说才不致被埋没。

自从他的长篇小说处女作《布鲁诺分子的由来》在1966年获威廉·福克纳奖，库弗从此在当代美国文坛中站稳脚跟，被誉为最富创造力的作家之一。1979年起他和妻子迁居美国罗德岛州的普罗维登斯，并受聘在布朗大学任教。目前，他在该校主持"写作自由"项目，同时主要讲授"超文本写作"及其他的实验性文学创作。

库弗的作品所关注的焦点是人之耽于虚构想象。他的小说人物总是在创建某种体制以便给生活带来秩序，给世界带来意义。然而，这些体制本质上又是人为的，如作家之杜撰故事、经历灾难的人试图在宗教方面寻求解释、中年人在电子游戏机上获得慰藉等等。库弗甚至认为科学、历史观、政治观和神话的核心也都是虚构的想象。在他的大部分作品中，人一方面在制造虚幻的东西，另一方面总想强调这些虚幻的制度是本体的而不是理念的,两方面因而构成张力。在库弗看来,这种张力会导致人看不见这些制度的虚幻基础,最终被这些制度所控制所束缚。《布鲁诺分子的由来》和《公众的怒火》都涉及了社会问题。

库弗的主要作品包括《布鲁诺分子的由来》(The Origin of Brunists, 1966)、《环宇垒球协会》(The Universal Baseball Association, 1968)、《保姆》(The Babysitter, 1969)、短篇小说集《符号与旋律》(Prick Songs and Descants, 1969)、《公众的怒火》(The Public Burning, 1977)、《杰拉尔德的聚会》(Gerald's Party, 1986)、《皮诺曹在威尼斯》(Pinocchio in Venice, 1991)、《约翰的妻子》(John's Wife, 1996)、《刺玫瑰》(Briar Rose, 1996)、《鬼城》(Ghost Town, 1998)、《继母》(Stepmother, 2004)、《魔杖》等。

他的每一部小说出版时,都在文学批评界引起强烈反响,甚至会激怒一些批评家和作家同行。他的某些长篇小说,如《公众的怒火》对于美国的政治黑幕及政客的内心世界作了淋漓尽致的描述。由于库弗极具朗诵才能,而且绘声绘色,十多年来,每次他在各地朗诵此小说的某些章节时,都会引起极大反响。据他说,他还因此上过美国政府联邦调查局的监控黑名单。库弗的写作还涉及散文、戏剧、广播剧和文学批评等,他也曾执导过电影。

库弗的多部小说围绕"现实与虚幻"这一主题展开,揭露出人类历史、宗教、政治的虚构特征,引导人们看到人类历经多年建立起来的社会远非他们自以为那样的真实、可靠,却是虚构、假想而成,像是人类自己的游戏,充满了任意性和不确定性。

《公众的怒火》被认为是后现代主义文学的代表作之一,奠定了库弗美国当代主要小说家的地位。1977 年夏,《公众的怒火》一出版就引起强烈的反响。其主要原因有两个:作者以谐谑不恭的方式描写涉及罗森堡案件的人和事,他还选择了当时的副总统尼克松作核心叙述人。书中的语气是无政府的,有碍体面和秩序;点了全国半数要人,让另一半也带上了丑闻的色彩。

《公众的怒火》涉及了教条思想的危险和历史运作的复杂等库弗关心的主题,就涉及面的广泛而言,远远超出他此前的作品。库弗在再现 50

年代人们的偏执狂热情绪方面成绩的确不坏。他对尼克松的刻画也惟妙惟肖、入木三分，充分体现了这个人物的情感个性。《公众的怒火》的广度和深度部分归功于作者善于将真实和虚构有机地交织到一起。在库弗看来，艺术家的作用是使事物神话化；艺术家应该打破旧的故事框框，重组新的故事。像乔伊斯(James Joyce，1882 - 1941)的《尤利西斯》(Ulysses)一样，《公众的怒火》里的事情、人物、日期也真实得惊人。举凡与罗氏案件稍有关系的事如朝鲜战争、华盛顿政界阴谋以及当时的雅俗文化无一不入他的笔端。当时发生的一切似乎都与罗案有了联系。“插曲”章节的文字不是用来使情节发展或使悬念增强的，而是用来精确地再现 1953 年 6 月 19 日罗氏夫妇被处死时公众的意识的。

《公众的怒火》分 28 章，分别由尼克松和作者加以叙述。虽然“序曲”和“尾声”拉长了点时空，但全书基本上集中叙述罗氏夫妇被用电刑前两天两夜的事。库弗有意把行刑安排在时代广场这一西方世界举行庆典的地方，还把行刑时的场面弄得热闹如看马戏团表演。罗森堡夫妇不只是国家机器发疯时毁灭的无足轻重的人物，他们有典型意义。山姆大叔希望此事能使美国民众增强团结意识，找回在与幽灵战斗过程中失去的集体感。正如山姆大叔向尼克松所解释的，此次用电刑有具体的目的：需要一时的混乱和危险来避免一切都消失得无影无踪。小说结尾戏剧性的场面是用以将娱乐、宗教庆典和无政府情绪诸成分结合到一起。无政府冲动会使公众一旦摧毁一切时身心轻松地获得再生。

虽然库弗在书里嘻笑怒骂，但他对导致毁灭性结果的冲动也表示了同情理解。书中主要人物所犯的错误，也正是库弗其他小说中许多人物所犯的错误：教条，过分依赖僵化的体制，未能应付不断变化的现实。连自诩颇谙历史的山姆大叔也过于简单地对待与幽灵所作的斗争。山姆大叔是野蛮、粗俗、邪恶和投机的奇特混合物。正是这一系列的混合造就了美国。不过，在令人咋舌的“尾声”部分里，他粗鄙的一面却全然消失了。他向世人揭示反幽灵运动中的善恶对立全属骗局。

《公众的怒火》问世后，得到评论界的广泛称赞。《华盛顿邮报》称之为“伟大的艺术品”，《纽约时报》曾就这本小说的道德意义展开讨论，有评论家认为这本书是二战以来只有《洛丽塔》、《无形人》和《第二十二条军规》堪比其生命力的作品。

小说《鬼城》描写了一位无名牛仔在美国西部沙漠上来回骑马，时而吹过来西部边疆一个小镇，小镇又时而变为空空鬼城。在这部小说中，库弗的语言更加简练成熟，重复减少，形象生动犹如电影，时而富有诗意，具有一种梦幻似的超现实主义风格。

1969年出版小说集《符号与旋律》确立了库弗作为美国重要元小说家(meta-fictionist)的地位，与约翰·巴思、唐纳德·巴塞尔姆齐名。正如著名文学评论家拉里·麦卡弗里所说："罗伯特·库弗虽未能在大众市场获得成功，然在学院派读者中，却渐渐得到承认，被视作最为多才多艺、声调独特的后现代主义小说家之一。"

《保姆》共分108节，没有分标题。读《保姆》的第一印象是整体故事在不停地动，而且动中无序，仿佛觉得自己不是在读小说，而是在看电视机不停变换频道时显示的一幅幅画面。小说至少有三条情节线索：故事是一个少女到中产阶级家去做保姆；这家夫妇去朋友家聚会；少女照看两个孩子，一个吃奶的婴儿。故事在三个点上平行，一是哈里家保姆照料孩子；二是哈里朋友家，哈里是中心；三是哈里客厅电视屏幕，警长为中心，写了哈里幻觉想诱奸少女，另外少女男朋友和一帮朋友谋划去奸污少女，电视画面不停地变幻与切换。这个小说故事像漫天飞舞的碎片。这108节全无章法，上下节之间既没有承前启后的时间关系，也不见因果逻辑关系，它们是孤零零的事件。当我们说三条情节时，我们实际是在作为读者参与创作了，因为文本并没有提供如此明晰的线索。我们当然还可以按照这种思路，依据这三个情节，把文本事件的顺利打乱，将各事件挑出来归之为第一情节、第二情节、第三情节，然后又将所归属的事件按时间或因果关系进行排列，这样做，我们最后或许能够看见这三个情节中事件间的各自顺序，但是我们得到的还是三个空间，还是三个中心。三个中心并列就无所谓中心，而没有中心就没有确定性，只有可能性，于是，读者也就被抛在了可能性之中，在这种可能性里，读者的阅读实际就像换电视频道似的，换了一个又一个，而展现在眼前的只是一幅幅独立的画面。

《魔杖》为库弗的中、短篇小说集。它们从各个侧面反映美国当代生活情境，从内容到形式都是全新的。小说有好看的故事，艳丽的色彩，丰富而各异的生活情趣。

库弗在创作中侧重非现实的表现手法，他不断地对小说的文本及形式进行探索，刻意追求新的东西。因而它们更多地具有超小说的特点，叫人联想起纳博科夫、品钦和巴斯等人的作品。库弗不喜欢僵化的文学形式，厌恶教条；他的作品形式结构都是开放型的，这一特征很明显。

40. 唐·德里罗
——美国后现代社会的解剖大师

唐·德里罗(Don DeLillo,1936 -)是美国当代最杰出的小说家之一,总被冠以"后现代派小说家"的头衔。迄今已出版了十余部长篇小说和三本剧作,以及诸多短篇小说和散文。是一位既拥有广大读者,又在学术界享有崇高声誉的美国小说家。他是美国艺术与文学研究院院士。

唐·德里罗于1936年11月20日出生在纽约市福特汉姆区一个意大利移民家庭。童年时随父母迁居宾夕法尼亚州东部的波维尔市生活过一阵,返回纽约后居住在福特汉姆的一幢两层楼房里。1954年,德里罗进入福特汉姆大学学习神学、哲学和历史。他好像并不喜欢学校生活,曾说自己上了四年中学,睡了四年。现代派绘画、爵士乐、欧洲电影和格林尼治村的先锋艺术给了他些许乐趣和教益。相比之下,他孩时受到的天主教教育对其影响更大。在教堂的神秘气氛、仪式、教义中,他看到虚构的抽象的体系、教条、信念如何操纵人的思想与行为,并驱使他们走向极端——这为德里罗后来的思考与创作提供了一种样板。1958年大学毕业后,德里罗就职于一家广告代理公司,并在业余时间从事文学创作。

德里罗一生创作颇丰。他于1971年发表了第一部长篇小说《美国意象》(Americana,1971),从此佳作不断、声誉日隆,接连发表有《球门区》(End Zone,1972)、《大琼斯街》(Great Jones Street,1973)、《拉特纳之星》

(Ratner's Star, 1976)、《球员们》(Players, 1977)、《走狗》(Running Dog, 1978)、《名字》(The Names, 1982;获古根海姆奖)、《白噪音》(White Noise, 1985)、《天秤星座》(Libra, 1988)、《毛二世》(Mao II, 1991)、《地下世界》(Underworld, 1997)、《人体艺术家》(The Body Artist, 2001)、《大都会》(Cosmopolis, 2003)、《堕落的人》(Falling Man, 2007)。

德里罗在他的作品中,以辛辣反讽的笔触与临床透视式的描绘揭露了当代社会崇尚消费主义、追求感官刺激、充斥暴力谋杀的残酷现实,展示了一个富裕社会面纱下充满物欲、性欲、堕落、暴力、悲剧的、自然主义式的当代美国画卷。

德里罗曾说过,对他和他的创作产生重大影响的因素是抽象的表达方式、外国电影和爵士乐。在他的多部作品中都讽刺了学术界,探讨猖獗消费、地下阴谋、家族的解体和重组、通过暴力获得重生的承诺等后现代主题。在作品中,他还探讨了恐怖主义日益猖獗,进而控制人的思维,以及对艺术家,特别是作家传统角色的再认识主题。德里罗作品的另一种永恒的主题是大众媒体的无所不在,它能使事件脱离其背景语境,从而改变事件原有的意义。人们的从众心理和大众意识也是德里罗感兴趣的一个主题。

《美国意象》深刻探讨了美国大众媒体对社会的作用,揭露了大众媒体所制造的各种虚假形象对人与社会的影响和操纵。主人公大卫·贝尔是纽约一家电视网络的业务主管。他既是媒体形象的制造者,又是媒体形象的产物。他意识到自己以及所有媒体圈的人似乎都只存在于录像带中,可以随时被"洗"掉。他试图改变这一切,但最终以失败告终。他意识到自己无法摆脱媒体的影响,每一个电视时代的美国人都是根据某种形象制造出来的形象。

德里罗于 1985 年发表的《白噪音》使他在美国声名大震,次年即获美国的文学大奖——国家图书奖。《白噪音》以美国中部小城镇和坐落于该镇的"山上学院"为背景,描绘了杰克·格拉迪尼教授的家庭生活、山上学院的校园生活,以及小镇居民的日常生活和一次灾难事件中形形色色的表现。德里罗曾对亚当·贝格利说:"如果写作是思考经过提炼浓缩的形式，那么提炼得最浓缩的写作，也许就会终结为关于死亡的思索。"《白噪音》正是他"关于死亡的思索"的产物。

这本书是以一个美国中西部中产阶级知识分子家庭为背景，以第一人称叙述了主人公杰克·格拉迪尼走向堕落与暴力的生活历程。丈夫杰克在一所大学的"希特勒研究系"任系主任，妻子芭比特在成年人夜大教授"坐姿、站姿、如何得体进食"等课程。二人都离过婚，和几个来自不同家庭的孩子生活在一起。这部小说的前三分之一几乎没有什么情节进展，也无任何悬念，完全是这个家庭成员的琐碎生活片段的堆积，读起来几乎让人感到乏味。小说第二部分描述这个家庭所在的小镇发生了一起严重的毒气泄漏事件，造成全家人不得不和邻居一起离家逃难。小说第三部分揭示了事件后夫妇二人各自对死亡的焦虑。这本书的结尾部分有一个类似通俗小说式的很短的高潮。

这部小说的特色在于作者花了大量笔墨描写了当代生活中的各种"噪音"——电视机、收音机、汽车引擎、消防车的笛声、人声，有意义的、无意义的、意义不明的人声、流言、妄言、谎言、文字，有意义的、无意义的、意义不明的文字、信息，有用的、无用的、用处不明的信息、病毒，辐射、放射性元素，药物、功能不同的药物、功能不明的药物，焦虑、焦虑、焦虑、对死的焦虑、对活的焦虑——其实这些"噪音"才是这本书的第一主人公。

对于死亡的挥之不去的念头和对于死亡的恐惧，时时处处困扰着杰克和芭比特，并且支配着他们的行动。《白噪音》反映了围绕着超级市场和郊区商店区的居民生活、他们精神上的空虚和困惑以及对于未来和死亡的忧虑和恐惧。

1988 年他出版《天秤星座》，获《爱尔兰时报》国际小说奖。作品将肯尼迪被刺事件与美国中央情报局的特工策划联系起来，小说的虚构中包含了不少真事的素材。该书有三个层面的故事：一是肯尼迪遇刺的历史故事，二是叙述者讲的故事，三是作品中的人物讲的故事。这三层故事相互消解，元虚构和滑稽模仿——小说对历史的模仿、对以往作品的模仿以及对其自身的模仿——将真实人物推入想象的时空。

《天秤星座》借用了历史小说的形式，但德里罗的兴趣不在于真实再现肯尼迪被刺的历史事件或为这一事件提供新的说法，而是为这一事件提供一种新的思维方式，即借用肯尼迪被刺的历史事件来构建一种新的历史小说模式，从而达到颠覆传统历史小说的叙述套路与历史学研究方法的目的。美国评论认为此书是德里罗最具艺术性的作品之一。

1989年，他开始创作一部描写霍梅尼的小说——《毛二世》，并在发表后获得1992年度"福克纳笔会小说奖"。主人公比利·格雷是个离群索居的小说家，在一个不再看重个性与艺术的文化中，他努力想要保持住自己独特的思想与声音。然而自从他在纽约北部一个农舍的自我放逐后，他慢慢开始被人看做一个宗教人物。为了摆脱自己这种形象，他邀请专为作家拍照的摄影师布里塔·尼尔森前来为他拍照。这时他以前的编辑找上门来，请他到贝鲁特拯救一个被恐怖分子绑架的瑞士诗人。格雷来到伦敦公开亮相，要求释放人质未果。他决定亲自会见恐怖分子的头目阿布·拉什德。然而在前往贝鲁特途中，在雅典车祸时留下的伤势恶化而身亡。作品探讨了像霍梅尼那样的政治、宗教势力以及媒体对大众思维的控制。

1997年出版的827页的巨著《地下世界》，成功描绘了20世纪整整后半个世纪的美国社会，因此轰动美国和世界文坛，号称国际第一畅销书。该书将谋杀肯尼迪、奥斯瓦尔多、英国王妃戴安娜的死亡放在一起，再次探讨了媒体对大众意识的控制，指出大众媒体制造的思维方式已取代冷战思维方式，成为当代的"美国语言"。

2001年《人体艺术家》问世。作品关注的是人类生存状况，它的着眼点不是外部世界，而是人物的内心世界。它探寻的是我们人在没有演戏时的真实身份。小说把读者深深地带入了罗伦的内心生活，去感受她的痛苦、孤独和对于现实与时间的思考。

《人体艺术家》具有后现代派小说的诸多特点。首先是叙事的不确定性。对于罗伦来说，所有的事情都围绕"似乎"这个词而发生。真实和似乎真实之间的差别不清楚，叙事者的声音不断反映了这种不确定性。其次是虚实的结合。小说中的现实和罗伦的想象混在一起，很难分清哪里是想象，哪里是现实。塔特尔先生是真有其人，还是罗伦的想象虚构？再次是体裁的混杂。小说开篇有很多现实主义小说的细节描写,其他的章节又像是现代主义意识流小说,有时又像是一首精致的叙事诗,小说同时穿插报纸讣告和记者对罗伦人体艺术表演的评论。

2003年,德里罗推出第14部小说《大都会》。这部作品仿佛一个后现代社会的万花筒。像《尤利西斯》一样,该书也是描写发生在一天之内的故事。这部作品展示了异化与妄想狂、艺术与商业、现实与想象、性与死亡、全球市场与恐怖主义。有书评认为,这部作品并非是德里罗最优秀的作品,但同时又指出,这部作品将是近年美国创作界所能提供的最优秀的作品之一。

德里罗在文学界享有很高的荣誉和地位。1979年和1984年,德里罗先后获得声誉极高的古根海姆奖和美国艺术与文学研究院文学奖。1999年,德里罗获得了"耶路撒冷奖",使他成为获此殊荣的第一个美国人。2005年美国《纽约时报书评》杂志评选了自1980年以来美国最好的小说,德里罗有3部小说入选,它们是《白色噪音》、《天秤星座》和《地下世界》。英国著名作家马丁·艾米斯(Martin Amis)读完德里罗的《地下世界》后说了这样一番话:"它也许是,也许不是一部伟大的小说,然而毫无疑问,它已使唐·德里罗成了一位伟大的小说家。"

41. 美国的后现代派多产作家多克特罗

多克特罗(E. L. Doctorrow, 1931 -)是美国当代最重要的作家之一,是一位多产作家,作品带有后现代主义气息,深受读者喜爱。

多克特罗 1931 年出生于纽约,父母是移民美国的俄罗斯犹太人,是那种酷爱书本与音乐的知识分子。多克特罗在这种家庭的熏陶下,经历了 30 年代大萧条的艰难岁月成长起来,为他日后从事文学创作打下了基础。多克特罗曾在哥伦比亚大学研究院攻读戏剧,在那儿结识了日后成为他的妻子的海伦·亨斯莉。1953 年他去军队服役,两年后复员,本打算靠退伍金养家,自己可以专心去写一部小说,现实却不尽如人意,他只得先谋求一份稳定的工作,因而他甚至在机场当过订座员,其后又在哥伦比亚广播电视部和哥伦比亚电影公司做审稿人。60 年代初他从电影界转入出版界,先后在新美洲图书馆和戴尔出版公司任编辑,33 岁时成为戴尔出版公司的总编辑。他的第一部小说《欢迎到哈德泰姆斯来》于 1960 年出版,但当时未能引起文学界关注。1966 年他的第二部小说《像真的一样大》出版。此书描写纽约出现了比摩天大厦还要高大的裸体巨人时市民的恐慌心理,既讽喻人心不古,也表达了对普通人的同情与关切。多克特罗于 1968 年由出版界转入教育界,先后在加州大学、普林斯顿大学等任教,目前则在纽约大学担任教职。

多克特罗的代表作有《欢迎到哈德泰姆斯来》(Welcome to Hard Times, 1960)、《像真的一样大》(Big as Life, 1966)、《但以理书》(The Book of Daniel, 1971)、《拉格泰姆时代》(Ragtime, 1975)、《鱼鹰湖》(Loon Lake, 1980)、《诗人的生活:六个故事和一部中篇小说》(Lives of the Poets: Six Stories and a Novella, 1984)、《世界博览会》(World's Fair, 1985)(获1986年的美国国家图书奖)、《比利·巴思盖特》(Billy Bathgate, 1989)(1990年获美国国家书评人协会奖和美国笔会/福克纳小说奖)、《上帝之城》(City of God, 2000)、《进军》(The March, 2005)(2005年获美国笔会/福克纳小说奖)等。

多克特罗的小说大都取材于美国重要历史时期的事件,如30年代的大萧条、50年代的罗森堡夫妇间谍案、60年代的学生反叛运动等。他认为,作家的任务是在小说与历史之间架起桥梁,"因为小说与非小说之间并不像我们通常所理解的那样存在着区别,存在的只是叙事"。他的多部作品都是以30年代大萧条时期的美国为背景。

1971年出版的《但以理书》通常被认为是一部政治小说。作品假托50年代罗森堡夫妇间谍案,塑造了一个愤怒的但以理形象,试图为美国战后至60年代的美国政治释梦。主人公及故事叙述者但以理·艾萨克逊幼年时因父母涉嫌偷窃原子弹机密而被处以极刑。长大后,但以理终日在藏书图书馆阅读有关父母案件的资料,希望找到当年的事实真相。同时,60年代末政治运动风起云涌,妹妹苏珊因精神崩溃而自杀。但以理也在革命的空气中苦苦寻求自身情感、价值的最后归依。小说使用支离破碎的时空概念进行叙事,但以理与美国左翼政治运动的冥想、他在现实政治生活中保守的作为以及他对家庭破碎的心酸回忆相互交织,也使主人公精神上的迷惘和生存状态的游离得以彰显。

1975年出版的《拉格泰姆时代》为他奠定了声誉,这部作品作为美国20世纪70年代的代表作品之一,被列入了美国大学文学课程的必读书目。

《拉格泰姆时代》是一部以美国20世纪初期的社会状况为背景的长篇小说。作品采用了意象主义的表现手法,快节奏地推出了众多的历史真实人物,例如大名鼎鼎的美国大财阀摩根、举世闻名的汽车大王福特、世界著名的脱身术大师胡迪尼、美国总统老罗斯福和他的继任威尔逊以及心理学家弗洛伊德,游历美国,这些举世瞩目、地位显赫的真实历史人物混在纯属虚构的不同阶层和不同种族的三户美国普通人家之中,他们是火药制造商、黑人钢琴师、犹太剪影艺人。真真假假的人物,虚虚实实的情节,犹如一幅幅浩瀚纷繁的人物画卷,广泛地从种族关系、伦理道德以及情爱、性爱等方面深刻地揭示了人的本性。更重要的是这部作品以历史为素材虚构情节,又通过虚构的情节再现历史。

这部作品充分表现了一切人的命运都为社会、为经济、为情爱所左右,而自己却难以掌握自己的命运。作品中所展示的三户美国普通人家的成员以及那些显赫一时的历史人物,在他们无法控制的社会力量面前,各自的性格逐渐异化,人们的心理发生变态。这部作品通过各个阶层的内心呼喊,旨在探索人生,了解世界。这部作品推出了众多各阶层、各角落的人物,旨在揭示美国社会的劳资纠纷、种族歧视以及争取人权、女权等一系列美国社会的根本问题。贯穿全作品的中心线索是抨击美国社会,揭露歌舞升平、繁荣昌盛的社会表层下潜伏着的危机。作者以玩世不恭、揶揄取笑、嘲讽历史的手法批判社会。作品深刻地揭示了人和社会与历史关系的内涵,发人深省。可以说,这部作品展现的是一幅由许多明晰的画面和照片连缀而成的20世纪初叶美国社会的巨型风尘画。

这部小说打破了现实与历史的界限、通俗小说与严肃小说的界限,将现代派的艺术技巧与现实主义的细节描写和主题思想巧妙地融为一体,成为美国当代文学史上崭新的一页。

《鱼鹰湖》尝试了同时运用散文和诗歌两种文体、第一人称和第三人称两种叙述方式的手法。小说采用大量亮晶晶的碎片拼凑而成,像从万花筒中看到的图像,每个形象和每个插曲都可以在书中别处找到与之对称的东西。从某种意义上说这是50年代新批评派所提倡过的那种象征小说。它的主要象征在于鱼鹰湖的双重形象:湖水深澈、湖面如镜,反映着在它周围和在它上面所发生的一切;而鱼鹰则展翅直入湖心,划破宁静,叼着一尾鱼儿出水,振翼而去。书中:苦思冥想与探索追求;阴与阳;

太极与两仪,儿子与老子;被压迫者与压迫者;人间的温情与恐怖……诸如此类对立而统一的东西不胜枚举。这部小说尽管结构有些松散,但是并不抽象枯燥,读来饶有趣味,其中恐怕得力于作者总是不忘在自己的小说中表现那些极富人情味的生动东西。

《世界博览会》是一部充满激情和温暖的小说。它像是一部真实的回忆录,生动地记录了30年代一个少年在纽约市的生活故事。作者重现了当时在布朗克斯区和曼哈顿区的声音、景色和风土人情,许多穷苦人家相互帮助和关心,共同度过了经济危机的艰难岁月。埃德加具有纽约市的文化和习俗的色彩。他抱着希望去参加1939年世界博览会,想从中找到生活的启迪,实现自己的幻想。小说以通俗流畅的语言展现了埃德加从童年到成年的坎坷经历。书中不乏紧张而精彩的情节,激起无数读者对自己童年的反思。那非凡而真实的细节描写具有特殊的艺术魅力。

《比利·巴思盖特》被认为是多克特罗的最佳作品,也是以20世纪30年代大萧条为背景的小说,记述了一个15岁少年从童年到成年所经历的坎坷艰险的人生旅程。叙述者比利是个长在布朗克斯区街市的倔强的野孩子,被臭名昭著的黑道人物舒尔茨收养。在舒尔茨的团伙中,这个孩子目睹了盗窃杀人等犯罪勾当而成长起来。小说就是从这个孩子的视角描述了那些被摈弃于文明圈之外的罪犯歹徒的世界。

多克特罗的小说《进军》出版之后立刻畅销。2006年获一年一度的美国笔会/福克纳小说奖,多克特罗获得奖金15 000美元。这也是他继1990年的《比利·巴思盖特》之后,第二次获得这一殊荣。

《进军》是一部以南北战争期间谢尔曼将军最后一战为背景的历史小说。优雅的行文、曲折的故事、非凡的人物创造,都给读者留下了深刻的印象。在书中,多克特罗不失公正地批评了谢尔曼将军的“焦土政策”。

1894年到1895年间,北方军骑兵将军W.T.谢尔曼率6万联邦士兵南下,一举攻下亚特兰大。小说以亚特兰大那场漫天的大火拉开序幕,真实而残忍地揭开了那段至今还存在争议的历史伤疤。此后北方军便开始了著名的“向海洋进军”,在一路穿越佐治亚州和卡罗莱纳州向南部纵深地带60英里范围内的征途中,北方军对那里的居住者、风景、历史和敌人的各种军事设施进行了毁灭性破坏,使南方经济陷于瘫痪。随着行军的前进,聚集成团的自由的黑人和惶惶不可终日的白人之间爆发了一场场冲突。除了对主人公的刻画备受好评外,多克特罗还描绘了谢尔曼将军身边几十名令人难忘的男人和女人、黑人和白人的形象。他以特殊的写作技巧,在叙述过程中保持了人物复杂、多重的个性塑造。评论家认为,这段历史虽然被指残暴,但多克特罗的小说却是"唤醒了历史的阴暗面"。有评论说,这是一部让人"无法接受"的优秀历史作品。

多克特罗是美国当代为数不多的一流严肃小说家之一。他对叙事技巧进行实验,将事实与虚构熔于一炉"探索当代美国的历史根源"。尽管他从不愿以写作来取悦于人,但作品在美国却颇为畅销。《拉格泰姆时代》和《比利·巴思格特》都曾经名列畅销书排行榜首,他已毋庸置疑地成为当代美国最重要的作家之一。

42. 纷繁多样的20世纪下半叶英国文学

1945年,二战结束,反法西斯战争取得了胜利,站在伦敦废墟旁的英国人民把视线投向未来,期待着新生活的开始。

工党顺应时代的潮流和人民要求变革和改善生活的强烈愿望,在执政后进行了一系列改革,最大胆的当然是国有化。1946年到1948年,英格兰银行、煤矿、电力、铁路、公路等相继国有化。工党政府采取了有效措施解决了失业和食品短缺问题。1946年国家公费医疗法案的通过使英国人民在历史上第一次得到了公费医疗。国家保险计划为失业者、退休者、鳏寡者、产妇和病人提供经济补助。1944年制定并实施的教育法案使出身中下层阶级家庭的子弟得到政府的资助,从而使大批工人子弟得以进入高等学府。经过五年左右的经济恢复,一般家庭都有了小汽车、电冰箱和电视机。

经济的发展促进了文化的发展,音乐、绘画、戏剧、诗歌、小说等都得到了普及。英国的大部分人认为,日子的确好起来了。30年代经济危机时期的那种悲观失望,战争时期的惊恐、阴郁和困苦逐渐被一种心满意足和乐观情绪所取代。于是“福利国家”、“富裕国家”等名词流传开来,并为许多人所接受。

但是,统治阶级、中产阶级同工人阶级在经济和社会地位上的悬殊依然存在。繁荣的景象不久就被乌云笼罩:英国参加了美国发动的冷战和朝鲜战争;经济开始走下坡路;英国在亚洲和非洲的前殖民地纷纷掀起风起云涌的民族解放运动,使英国丧失了传统的市场和原料的来源地;侵略埃及战争失败;试验氢弹引起人们大规模游行示威和抗议……于是侵略战争的枪炮声、试验氢弹爆发的冲击波、愤怒群众抗议的吼声,以及对"福利国家"满怀期待后所产生的失望和失落汇集成一股洪流,朝着战后十多年盛赞的"富裕社会"、"太平盛世"冲去。

文学反映时代。在这一形势下,英国文坛出现了一批被称作"愤怒的青年"的作家。

1956年,约翰·奥斯本(John Osborne,1929 - 1994)的剧本《愤怒的回顾》(Look Back in Anger,1956)在伦敦皇家宫廷剧院上演,在剧坛上引起轰动。金斯利·艾米斯(Kingsley Amis,1922 -)的小说《幸运的吉姆》(Lucky Jim,1954)在此之前早已风靡一时。书中主人公吉姆一时成为人们谈论的话题。奥斯本的剧本中的吉米,与艾米斯书中主人公吉姆以英国战后青年的典型形象出现在人们的眼前。

一个新的青年作家群体应运而生,给多年来显得沉寂的英国文坛带来了生气。威廉·库柏(William Cooper,1929 - 1994)的《地方生活片断》(1950)、约翰·韦恩(John Wayne)的《大学后的漂泊》(1953)、约翰·布莱恩的《往上爬》(1957)、艾伦·西里托的《星期六上午和星期日早晨》(1956 - 1957)、《长跑运动员的孤独》(1959)、基恩·沃特霍斯的《说谎者比利》(1959)和戴维·斯托里的《如此运动生涯》(1960)等作品相继问世。他们的作品充溢着时代气息,为读者塑造了一批新时期青年的群体像:他们大多出身工人阶级或中下层阶级,受过高等教育,不少人曾经受过战争的洗礼。他们抛弃了英国的传统思想和道德观,没有任何固定的政治信仰和宗教信仰。他们期望跻身中产阶级和上层社会,却又事与愿违。他们缺乏30年代青年那种忧国忧民的责任感,那种为保卫民主和共和奔赴西班牙战场的献身精神,也没有抗击法西斯侵略时那种决战的勇气。想爬上去的人不择手段地追求名利。没有理想者则玩世不恭,放荡不羁。

这群青年作家形成了一支令人瞩目的文化新军,开创了一场文学运动。但是，无论是这批青年作家本人，或是书中的主人公，其所谓的“愤怒”只不过是个人欲望未能得到满足而产生的一种不满的怨恨。

他们没有开拓性的创作手法，也没有令人瞩目的写作技巧。但在英国文学史上，他们的存在和创作是不可忽略的一章。

50年代英国文坛还有一批很有才华的女作家：艾丽丝·默多克(Iris Murdoch，1919－1999)、多丽丝·莱辛(Doris Lessing，1919－)、奥莉维亚·曼宁(Olivia Manning，1908－1980)、缪里尔·斯帕克(Muriel Spark，1918－2006)等。她们的风格各不相同。默多克的《网下》(1954)和《钟》(1958)用象征性的手法叙事抒情。莱辛出生在波斯，她的青少年时期在非洲罗得西亚的农场度过。她的作品大部分以非洲为背景，反映殖民主义者和殖民地人民的生活。《野草在歌唱》(The Grass Is Singing，1950)是她的早期代表作。后来，她似乎不满足于现实主义的手法，开始用严肃的科幻小说形式来倾诉她对人间不幸的哀伤。曼宁的《巴尔干三部曲》(1960－1965)可以说是战后女作家出手的最具有影响的长篇小说，它生动地记录了战争对欧洲所产生的影响。

在反映战后英国政治和社会问题上颇有深度的格雷厄姆·格林从人性的观点来剖析人的灵魂中善与恶的斗争。

乔治·奥威尔(George Orwell，1903－1950)的两部小说在西方世界引起轰动。《动物农庄》(Animal Farm，1945)是一部政治寓言故事，通过一群动物影射集权主义统治下人民的悲惨生活。另一部小说《1984》(1949)也是一部政治讽喻、幻想、预言式的小说。预言1984年时英国被极权主义者统治，思想警察的直升飞机在空中盘旋着，每个房间里装有电子监视器，这一切监视着人们的一举一动，所有“异端邪说”都会被遏制，持这种思想的人会被强制洗脑。奥威尔的这两部小说反映了这样一个事实：曾经信奉或倾向于社会主义的左派作家在第二次世界大战前后在政治思想上发生了巨大变化。

战后活跃在英国文坛的还有许多早已成名的作家。C.P.斯诺的连续小说《陌生人和弟兄们》(1940－1970)、伊夫林·沃的三部曲[《士兵》(1952)、《军官和绅士》(1955)、《无条件投降》(1961)]、安东尼·鲍威尔的连续小说《随着时间的音乐跳舞》(1951－1975)、安格斯·威尔逊的《盎格鲁萨克逊的态度》(1956)、格雷厄姆·格林的《沉静的美国人》(1956)、威廉·戈尔丁的《蝇王》(1954)等都是50年代的佳作。

60年代,多丽丝·莱辛的《金色笔记本》(1962)和约翰·福尔斯的《法国中尉的女人》(1969)在手法上做出了新的尝试。到了70年代,科幻小说兴起。新的科幻小说并非超脱尘世的虚无世界,不少作家用科幻小说来探讨、抨击当时的社会和政治,例如厄休拉·莱·奎因所写的《黑暗的左手》(1969)和《失去者》(1974)。多丽丝·莱辛的《天狼星实验》(1981)和《第三、四、五区域间的联姻》(1980)等,她的这些新作的特点是把现实、寓言、科幻糅为一体,寓现实于科幻和神秘之中。哥特式小说也流行起来,如缪里尔·斯帕克的作品《司机的座位》(1970)、《不许打扰》(1971)等。文坛新秀伊恩·麦克尤恩的作品《水泥花园》(1978)、《陌生人的安慰》(1981)也属此类。

另有一股重要的力量,少数民族裔作家,就是那些在英国定居的或加入英国国籍、用英语写小说的作家也蜚声文坛。出生于印度孟买穆斯林富商之家,后加入英国国籍的印度作家沙尔曼·拉什迪(Salman Rushdie 1947 -)是位传奇人物。他先是以他的争议小说《撒旦诗篇》(Satanic Verses, 1988)因为不恰当地影射先知和《古兰经》,引起穆斯林世界广泛抗议。后于1981年出版的《子夜出生的孩子》(Midnight's Children)轰动英国文坛,荣获布克小说奖。特立尼达作家维·沙·奈保尔(V. S. Naipaul 1932 -)继佳作《比斯沃斯的房屋》(1961)后又写出了《河湾》(1979)和《信仰者之间》(1981)。奈保尔在作品中将虚构的故事、真实的叙述、自传性文字相融合,出色地表现了现代人缺乏归属感的生存状态。2001年奈保尔获诺贝尔文学奖。

石黑一雄(Kazuo Ishguro, 1954 -)是日本裔作家,5岁时跟随父亲来到英国,《盛事遗踪》(The Remains of the Day, 1989)荣获1989年布克奖时他才35岁。主人公史蒂文斯是一位英国贵族庄园管家,他在六天的回忆中,重新构建、反思消失的过去。《盛事遗踪》视角独特,以一个管家的眼睛来看30年代的欧洲,作者不直接写历史重大事件,而是通过家事来写国事、天下事。石黑一雄90年代中期发表的《未能安慰的人》(The Unconsoled, 1995)一改自己的创作风格,是一部卡夫卡式作品,展现了一个梦幻般超现实世界。

这些外来作家大多以现实主义的手法写发生在其出生国或异国他乡

的故事,这无疑拓展了英国小说的题材和艺术风格。

战后戏剧舞台也出现了一批青年剧作家,约翰·阿登、哈罗德·品特、阿诺德·韦斯克、希拉·迪拉尼等各具特色。阿登在剧中反映战后的社会问题。他认为社会是个人与集体之间不断变化着的相互关系。他借助语言的功力提高了剧本的艺术性和表现力。品特也高度重视戏剧中的语言。他的剧本中精湛的对话堪称当代英语的典范。他的语言有开阔的社会和文化跨度——各阶层人物的不同谈吐和非规范的方言处处可见,用来恰到好处。这些剧本中的对话融合了契科夫自然主义的朴实粗俗以及贝克特象征主义所蕴含的深邃的艺术表现力。

战后七八年间,英国诗坛凋敝冷落。到了50年代中期,情况发生了变化。1956年著名诗人罗伯特·康奎斯特把当时一批青年诗人的作品编入一本诗集,称其为《新诗行》。1954年10月1日,《旁观者》杂志的一篇文章把这批青年诗人的崛起称作英诗的一次"运动"。这批诗人中最重要的是菲力普·拉金(Philip Larkin,1922 - 1985),还有伊丽莎白·詹宁斯(E. Jennings,1926 - 2001)、唐纳德·戴维(D. Davie,1922 - 1995)、汤姆·冈恩(T. Gunn,1929 - 2004)等。他们的诗歌反对战前流行一时的浪漫主义文风,反对艾略特、庞德等的晦涩,反对存在主义诗人的抽象,主张回归传统、崇尚朴实的诗风。拉金是其中的领袖,他的诗结构清晰、语言质朴、感情深沉、技巧娴熟多变,是当时许多青年诗人效仿的楷模。

同时活跃在诗坛的另一位著名诗人是特德·休斯(Ted Hughs,1929 - 2004)。休斯的诗歌爆发出来的生命力量,对家乡原始风光的描绘,以及对动物世界的大量富有创造性的研究,使他的诗作具有强烈的鲜明个性,一扫50年代英国诗坛崇尚淡雅、平庸的萎靡气息。休斯的动物诗用词鲜明生动,韵律跌宕起伏,为英国诗歌带来一股勃勃生机。他于1984年12月被英国女王授予桂冠诗人的称号。

战后变革的英国社会造就了一大批青年小说家、剧作家和诗人。他们不是昙花一现似的人物。在整整一代人的时间里,他们以不间断的创作、探索、执著的艺术追求和令人瞩目的文学成果在英国文学史上树立了一个时代的里程碑。

43.《蝇王》——人类本性的有力探索

小说《蝇王》(Lord of the Flies,1954)是威廉·戈尔丁(Sir William Gerald Golding,1911 - 1993)的代表作。该书出版时曾颇费周折,先后为21家出版商所拒绝。1954年发表后仍反响不大,直到60年代才引起读者的重视。嗣后,它一跃成为畅销书,迄今再版近40次,印数超4万册。它已被译成30余种文字,两次拍成电影,并成为英美学校文学课必读书。1983年,该书助其作者荣获诺贝尔文学奖。这部文学名著讲述了这样一个故事:

在未来的第三次世界大战中,一架运送学童到国外避难的英国飞机被敌方炮火击中,在一座荒无人烟的无名孤岛上坠毁。机组人员全部遇难,但大多数学童却幸存下来,散落在荒岛各处。在这群6至12岁的学童中间有一个叫拉尔夫的12岁少年,他相貌英俊,高大魁梧,出身于富有的海军军官家庭,从小受到良好的教育。他上岛后首先结识了矮矮胖胖、患哮喘症、戴深度近视镜的男孩皮吉(意即猪仔)。皮吉热情殷勤,两人很快成为好朋友。在闲逛过程中,拉尔夫在草丛中发现一个金黄色的漂亮海螺。他把它拾了起来,爱不释手。皮吉建议吹起海螺以召集其他流落荒岛的学童。拉尔夫吹响了海螺,孩子们陆续应声而至。最先来到的是些年纪较小的孩子,随后到达的是一群身穿黑色制服的唱诗班成员。唱诗班的领队是一个身材瘦高、态度傲慢蛮横的男孩叫杰克。孩子们汇集一起,各自报上名姓后罗杰尔提议选举一个头头来管理大家的事情。罗杰尔话音刚落,杰克便大声说道:“应该由我来当头头。”但大家还是推选了手执螺号的拉尔夫。杰克非常地尴尬恼怒。为了安抚杰克,拉尔夫决定仍由他来管理唱诗班。选举结束后孩子们便在拉尔夫的主持下开会讨论制定规章制度与下一步行动方案。拉尔夫当即做出几项决定:第一,开会时不能七嘴八舌一齐讲话,只有拿到螺号的人才有权发言。第二,要马上在山顶点起篝火以便向外界发出求救信号。第三,要在沙滩上搭起窝棚以避风遮雨。杰克提出要把唱诗班成员变成猎手去为大家猎杀野猪,获取肉食。会后,大家在拉尔夫与杰克带领下一阵风般跑到山顶,七手八脚,热火朝天地搜集木柴,准备点火。孩子们情绪高昂,拉尔夫与杰克真诚合作,共同抬起一根粗大笨重的树干。柴堆搭好后,大家发现没有引火之物。杰克提出用皮吉的眼镜聚光取火。他不顾皮吉反对一把把他的眼镜抢到手中。拉尔夫点燃了篝火。孩子们都高兴地欢呼雀跃。杰克主动提出由他的唱诗班负责看管篝火,保证它不会熄灭。随后,大家又开始搭建窝棚,起初大家热情很高,一齐动手,但搭最后一个窝棚时,就只剩下拉尔夫与西蒙两个人干活了。

岛上最初的时光是平静而有趣的。这里果木成林,溪流潺潺,沙滩平坦,风景如画,山后还有一个美丽的湖泊。孩子们整天采集野果,游水嬉戏,随意游逛,日子过得惬意而又快活。然而。这种无忧无虑的生活中很快就出现了不和谐的因素。杰克一心迷上了打猎。他用红土、白泥和木炭给自己涂上花脸,整日提着用木棍削成的标枪四处侦察野猪的踪迹。罗杰尔开始表现出施虐倾向。当一群孩子在沙滩玩耍时,他躲在暗处满怀恶意地向他们投掷石块,虽然此时他还不敢将石子直接投到他们身上。由于文明约束的逐步减弱,孩子们内心中连自己也不认识的黑暗力量一点点地被释放出来了。

一天,拉尔夫望见海平面上升起了一团烟雾——那是一条船。他心头一阵狂喜,涌起了无限的希望。他兴奋地呼唤其他人一起观看。但此时他们突然察觉到山顶上自己的烟火不见了。他们大吃一惊,急忙奔上山去,发现看守火堆的孩子踪影全无,篝火也早已熄灭了。失望和愤怒使拉尔夫、西蒙等人流下了痛苦的眼泪。此时山下传来了嘈杂的人声。杰克同他的猎手们抬着一头刚刚猎获的野猪凯旋归来了。他们唱着充满杀机的猎手之歌,兴高采烈地返回了营地。原来杰克已私自把看火的孩子叫去打猎了。气愤已极的拉尔夫当面斥责了杰克。随后,他又召集全体会议整顿纪律和秩序。会议开得很不成功。先是几个小家伙提出的怪兽之事冲击了中心议题,后来杰克又当众同拉尔夫争吵,带着一些孩子离开了会场。困境之中,拉尔夫、皮吉和西蒙心中充满了对成人世界的渴望。

孩子们又点燃了一堆新的篝火,但拉尔夫与杰克的裂痕却已无法弥合了。一天夜里小岛上空发生一场空战。一架飞机中弹起火,身负重伤的飞行员跳伞逃生坠落到小岛上。虽然他一着陆便咽了气,他的降落伞却挂到了岩石上,因此风一吹他的尸身和降落伞便晃动起来。夜半时分,值班看火的两个孩子看到了这个死去的飞行员,由于黑暗之中看不清楚,便误以为他是一个怪物。他们吓坏了,急忙跑下山去向拉尔夫汇报。岛上出现怪兽的消息不径而走,引起一片恐慌。拉尔夫决定与杰克一起带人去搜捕怪兽。他们在岛上四处搜巡了一天没有结果,天黑之后来到山顶。黑暗中他们看到了死尸血肉模糊的面孔,个个吓得魂飞魄散,掉头便跑,从此再也不敢靠近山顶。

杰克野心勃勃,一直觊觎拉尔夫的地位与权利。怪兽之事发生后他认为时机已到,便开始向拉尔夫发难。他借故挑起事端,向拉尔夫提出挑战。最后,他公开与拉尔夫决裂,带着一群孩子离开营地到岛的另一端建立了一个敌对的部落。他们在林中杀死一头母猪,把猪头割下用木棍竖在地上作为献给怪兽的祭品。随后,他们又以打猎、吃肉为诱饵逐渐把拉尔夫阵营中的人吸引到自己的一边。最后拉尔夫身边只剩下皮吉、西蒙、双胞胎及几个小家伙。拉尔夫心灰意冷,皮吉却给他打气,建议他们自己在山下生起一堆小篝火,皮吉重理性、善思考,总是在拉尔夫遇到困难时为他出谋划策,是他的好参谋与得力助手。

在孩子们中间只有一人不相信有怪兽,他就是西蒙。西蒙性格内向,木讷寡言,但头脑清楚,思想早熟。同时,他还善良、正直、富有同情心。

但他有病，时常发作，因此常被孩子们取笑。一次会上他曾意味深长地指出真正的怪兽是人自己，只是他的话无人理解。杰克他们离开的当天他决定独自上山看个究竟，在上山的路上他目睹了杰克一伙残杀母猪的行为，很感震惊。他注视着盯满苍蝇，成了蝇王的猪头，半幻觉中感到它对自己说起话来："我就是怪兽。我存在于你们每个人的心中。我就是使事情变得如此糟糕的根本原因。"听到这里，西蒙旧疾发作，昏了过去。苏醒之后，他不顾病体，毅然决然地挣扎着爬到山顶。他终于看到了死尸，弄清了事情的真象。他决定立刻下山把这消息告诉所有人。

山下，在杰克的营寨里孩子们正在烧烤猪肉聚餐。他们吃完肉后夜幕降临了。这时天气突变，狂风大作，电闪雷鸣，一场暴风雨迫在眉睫。为了驱赶恐怖，孩子们在杰克带领下跳起了猎猪舞。此时精疲力竭的西蒙从山上爬了下来。孩子们误把他当成怪兽，一拥而上，把他活活打死了。西蒙咽气后，暴风雨停息了。银色的月光洒满河滩，将西蒙的遗容照得安详而庄重。随后潮水上涨，将西蒙轻轻托起，送入了大海的怀抱。

杀害西蒙后杰克一伙又在夜里偷袭了拉尔夫的营地，抢走了皮吉的眼镜。拉尔夫和皮吉随后赶到了杰克处辩理。罗杰尔用巨石砸死了皮吉。其后，杰克与拉尔夫展示了殊死格斗。拉尔夫寡不敌众，逃入了丛林。为了除掉拉尔夫，杰克放火烧山，把整个海岛变成一片火海。岛上的熊熊大火滚滚浓烟引起一艘过路的英国军舰的注意。一位军官带人登上孤岛，在拉尔夫身逢绝境时救了他。此时拉尔夫抑制不住心头的悲哀，失声痛哭起来。他为童心的泯灭和人性的黑暗，为忠实的朋友们的惨死而悲泣不止。

《蝇王》一书是戈尔丁讽刺性模仿19世纪英国作家巴兰坦的小说《珊瑚岛》而写成的。《珊瑚岛》1857年出版，是一部在英国尽人皆知的儿童历险故事。在这部小说中叫拉尔夫、杰克、彼得金·盖的三个男孩乘船旅行，中途遇险，轮船沉没。他们几经周折，流落到南海中一座无名的珊瑚岛上。在岛上他们遇上了食人生番与凶残的海盗，拉尔夫还一度被海盗劫走。然而，在这个险恶的地方，心地善良、机智勇敢的少年克服了种种艰难险阻，战胜了海盗，教育感化了生性野蛮的当地土著，救出了拉尔夫，搭救了一个险遭不幸的少女，传播了基督教精神，并按照英国模式在岛上建立了一个小型文明社会。最后三个孩子全部获救回到英国。显然，这部小说的主题是人性本善。然而戈尔丁却认为这个故事是不真实的，因为"人不是这样的"。他坚信人性本恶，文明脆弱。认为"人产生恶就像蜜蜂产蜜一样自然"。于是他写下了《蝇王》一书。在书中他也把一群孩子放到远离文明的荒岛上，但让他们做出了截然相反的事情。这样，该书就生动、深刻地揭示了人类与生俱来的邪恶本质。

44. 多丽斯·莱辛
——当今最丰产的英国小说家

多丽斯·莱辛(Doris Lessing,1919 -)是英国当代著名的女作家,2007年诺贝尔文学奖得主。

她生在波斯,自幼随父母四处漂泊,5岁那年去了非洲的津巴布韦。她的大部分童年和青年时光都是在南罗得西亚的农场度过。莱辛生活在非洲直至1949年,她30岁时经过两次婚姻的挫折后才回到英国伦敦定居,从此开始了她的创作生涯。不久就发表了她的成名作《野草在歌唱》(The Grass Is Singing,1950)。她的许多小说都以南非或英国为背景。她被看作是英国作家而不是非洲作家,是因为她所有的书都是在她30岁回到英国后出版的。莱辛早年投身政治运动,因而她的创作观可以说是与她的政治信仰紧密相关的。她曾经说过:“一个作家就应代表他所归属的、所负责任的、本人又无法倾诉的人们去说话。”显然,莱辛想要用一种“通俗的艺术形式”向读者传达“一种人性,一种人民的爱”。

五六十年代,她用17年工夫完成了5卷本的小说《暴力的儿女》(Children of Violence,1952 - 1969)。莱辛的早期作品思想比较先进,她写南部非洲白人与黑人的关系、统治者与被统治者的关系,同时关心西方社会妇女的权利。60年代以后,她的创造倾向发生了变化。1962年出版的《金色笔记》(The Golden Notebook)是一部内心世界小说。70年代以后她又以疯狂为主题写小说,探索人的超感官意识。70年代莱辛的创作风格发生了巨大的变化,她开始写科幻小说。莱辛从宇宙空间的不同视角来观察地球,以丰富的想象力描述了善良的老人星座和天狼星上的外星人等。

她的作品题材广泛,大多是关于20世纪陷于社会和政治动荡中的人们的。她的作品内容丰富、寓意深刻,大多具有口语风格。早期作品多以非洲南部为背景,运用现实主义手法批判了殖民主义者在种族和妇女问题上的歧视态度。她特别擅长于捕捉非洲的气氛和景色,描述独立女性的斗争,探索现代社会的代沟问题,反映白人移民在非洲生活的孤立感、隔绝感,表现了他们在一片不欢迎他们的土地上扎根而做的种种努力,以及一部分善良白人在非洲的种族悲剧面前感到的无能为力。以英国为背景的作品则表现了移居到英国这一与非洲有不同文化的社会后,莱辛心理上所产生的疑虑和不安。她作品中的许多人物,都跟她自己一样,是左派政治活动分子,而且很多是女性。当时代发生变化时,他们寻求途径做些有意义的工作。作品基调低沉,缺少她的其他作品中所具有的信念,给人失落感。70年代的作品试图探索心理病理学的本质,寻求解决当代政治混乱等社会弊病的方法。由于对现实社会的失望,近年来的创作倾向是把现实和幻想熔于一炉。

随着《金色笔记》的问世,莱辛便成了家喻户晓的名字。《金色笔记》是一部女性主义小说,它探索了一个独立生活在英国的女作家所遇到的个人、政治和社会问题。小说因其对女性独立意识及困境的率真描写而成为一本女性主义的必读书,因而常常被誉为法国女权主义作家西蒙·波伏瓦的《第二性》(The Second Sex, 1949)的姊妹篇。作品讲述的是一则关于离异职业女性的故事,小说的主人公是一位从事文学创作的职业女作家,名叫安娜·伍尔夫。在男友迈克尔离她而去后,这位一向以人格独立为荣的女强人顿时感到自己在感情上大受挫伤。政治理想的破灭以及对自己写作意图的质疑,更使这位一蹶不振的女性感到焦虑不安,精神几乎到了崩溃的边缘。于是她只好向心理医生求助,帮助自己分析梦境,但收效甚微。正当她疯狂、思想混乱时,家里来了一个名叫索尔·格林的新房客。莱辛或许是英国仅有的能在小说中真诚坦率地描绘女主人公性生活的女作家。书中安娜和保罗能在床第之欢中体验性的快乐是因为她真正爱保罗。当她意识到保罗想要控制她时,她就觉得再也没有原先那种性亢奋。安娜对那些只"视性为全部要求的男性"持鄙视态度,在他们面前她感到"肚皮发凉",感到这是对她的"彻底否定"。在莱辛看来,女性要求的是心灵的沟通和灵肉一致的性爱:"当女人和自己相爱的男人站在一起时就应该挺起胸脯,并不加掩饰地述说自己真实的内心活动、自己的感受和自己的经历"。作品生动地刻画了一个挣扎于旧传统与新意识之间的女性,在两性关系中的游移与困惑、清醒。这是一部探讨独身女人如何面对个人、婚姻、政治、社会诸方面问题的杰作。

这部小说的故事主线是女作家安娜·伍尔夫的生命历程。她写了一篇关于她自己的故事,名为"自由女性"。但这些信息并不是小说一开始就交代清楚了的,而是随着其故事及结构的展开才为读者所知。这一主线故事又与安娜写下的四部"笔记"的内容穿插交切在一起。四部笔记描写了安娜生活的不同侧面。这些故事频频相互交叉、彼此呼应,对现实的真实性或虚伪性、小说的真实性或虚构性、作家的自我欺骗以及文学的撒谎本质作了探讨。

《金色笔记》一书的结构安排曾引起颇多注意。该小说不分章,以名为"自由女性"的传统第三人称中篇故事为支撑的框架,讲述安娜和莫莉的生活和事业。"自由女性"被分为五节,每两节间夹着一大段所谓的"笔记集",其内容分别从安娜的四个笔记本(即黑色、红色、黄色、蓝色四本)中依次取来。在最后一节"自由女性"之前又插入独立的一节,即"金色笔记"。黑色笔记本中记述了安娜在非洲的某些经历,她的第一部小说《违禁的爱情》即为这段生活的产物。红本记录着与政治活动相关的经历,即她由最初一个坚定的共产党员到逐渐失望,最后感到幻灭而退出共产党的过程。黄本中是一部未成形的小说的草稿,描写一位名叫爱拉的女人的爱情纠葛。蓝本是安娜的日记,是她心理崩溃、文学信仰和实践的崩溃,以及相应的心理分析和治疗的记录。安娜之所以同时用四个本子,是想将过去与现在、真实与虚构、私人生活与政治事务等区分开来,以便在思想混乱中维持某种秩序。然而，笔记的实际内容却成了对安娜的原始意图的嘲弄。有关政治的内容没能被“关”在红色笔记本内；而实为纯粹的私人日志的蓝本有时竟成了报刊新闻剪贴簿。

小说的中心人物安娜和她的女友莫莉都被置于“自由女性”的标题之下。她们是离了婚的单亲家长，独立抚养儿女；各自都有工作（安娜是作家、莫莉为演员），在经济上不倚仗他人，在思想上、政治上也孜孜求索，不肯盲从。

安娜对男人仍有很深的依附眷恋之心；她被世代相传的蔑视妇女的思想所毒害，不时流露某种自我厌恶；尤为重要的是，她还代表着从政治斗争退却的消极倾向，等等。安娜曾向一位对她羡慕不已的已婚妇女说：“我并不自由。”“不自由”有多重的原由和多重的含义。在安娜谈话的上下文中，最直接的意思就是她也像那位妻子一样依赖于男人——至少心理上如此。她也渴望稳定专一的爱情，却又疑心重重，时时准备候补被欺骗、被遗弃的妻子的角色。当与她共同生活几年的男友迈克尔离她而去时，安娜勉强维持了“自由女性”的开明态度，但实质上却像老式的“受害”的妻子那样，一肚子的凄惶。后来她在半疯癫的失控状态下结识了索尔，举止便更似吃醋的女人。每逢索尔外出，她常常要歇斯底里地发作一番。

经过许多代妇女的担忧、挣扎和奋斗，如今安娜已不需要一个男人来安排她明日的吃、穿、住。她所面临的问题，不是婚姻市场上找丈夫的艰难，也不是贤妻良母们的娜拉式的觉醒，而是娜拉们出走之后的迷惘。安娜的恐惧和忧虑无疑更博大、更深刻。这位在南部非洲长大、富于正义感的女作家出于对种族主义的愤慨和对50年代初英美冷战政策的抗议，曾积极投身于左翼政治活动并一度加入英国共产党。随之而来的是疑惑与失望——对苏联失望、对本国共产党不满，以及对个人与集体的关系等问题困惑不安。像许多在“红色”30年代成年的西方左翼知识分子一样，安娜在创巨痛深的幻灭感中长久地踯躅彷徨着，双重的疏离感折磨着她。她一方面对现状下的英国共产党和社会主义实践感到失望；另一方面又不能心安理得地回到早已被她自己批判否决的旧资本主义体制中去吃一份中产阶级的黄油面包。她所眷恋的传统人道主义似乎于世道无补；她从事的具体文牍工作并不展示多少令人鼓舞的意义；甚至她对文学创作的热情和信心也几乎丧失殆尽。整个世界似乎被盲目的恶意和暴力所统治。她在笔记中记下了一起又一起的战事、屠杀和暴行。内在与外在的“混乱”使安娜终日惶惶。正是这种精神上的“破产”状况使得男人在她这般的“自由女性”的生活中显得举足轻重。

安娜虽已争得了某种经济独立和行事的自由，却仍然未能逃脱被视为“有价商品”的命运。一些妻儿俱全的“体面”男性把安娜一类单身妇女当作解闷的饭后点心，逢得太太们出门便打电话来相邀。也有的男人把情人视为“成功”的三大要素（发达的事业、美满的家庭和漂亮的女友）之一。无怪安娜们痛感屈辱和愤怒。即使像索尔这样深切感受现代西方社会的冲突和弊端的反叛的游离者，也不能真正摆脱传统观念的影响。如果说对社会现状的不满和忧惧在安娜们身上的表现形式之一是不时地渴望退缩回到旧式的受保护的“弱女子”位置，那么在索尔们身上却表现为神经质地逃避传统的“男子汉”的角色。他们之间相互需要而又相互敌视的关系，既表现了父权制度留下的病态的心理烙痕，也渗透着现代人的危机感。

莱辛不把安娜们写成冲决罗网、一往无前的英雄，却写她们左右掣肘，往复逡巡。这并非她的怯懦，却是她的深刻。她试图指出“自由女性”这个目标的局限性。谋求妇女的真正的解放，不能只靠伸张曾遭受不合理压制的个人欲望或争取某些男人享有的权利，而需更新整个的世界和全部的社会关系。正是这后一任务的艰巨和渺茫，使得安娜们在追求希望的路途上遭遇绝望，试图开拓未来却又蹒跚于“过去”的重负之下。

书中一位心理分析医生曾试图使安娜透视毁灭与创造的共生关系。安娜的精神崩溃就是一种毁灭并再生的经历。即一段行文并非对神智失常者的真实描写，却是对于新生的一种构想，一次象征性的地狱之行，一次置于死地而后生的“探险”。

安娜和索尔在疯狂中无节制地爱着、恨着、吵着、闹着。当他们终于从精神失常的深渊中升浮上来时，他们已多少地追回了一些对于理想——即对那“可望而不可及的美好蓝图”的信念。安娜又一次讲述了“推石人”的寓言。这个小故事初次出现时几乎完全是加缪笔下的西西弗神话的翻版:推石者们不停地推石上山。每当他们取得一点进展,石头就跌落下来,使他们的努力化作徒劳。不过,每经人复述一次,故事就发生某种变形。最后在安娜口中,它已转化为关于历史进步的寓言:“石头跌落下来。但并不一直滚到山底。每次它都落到比起点高几寸的地方。于是这些推石人又用肩膀抵住石头、重新奋力向前了。”安娜和索尔分手时,向协力工作的挚友和同志一样道了别。他们分别从对方那里获得了写下一部作品的灵感。而且索尔终于将他谈吐中的成串的“我”字换成了“我们”:“我们没有认输。我们将继续斗争下去。”

莱辛无愧为她所生活的时代的作家,深深卷入了近30年西方社会所经历的思想和文化的变化之中。她的生活和作品之间有着密不可分的联系。她的主要兴趣在于非洲的黑人和白人之间的种族关系、不同时代人的生活方式的变化以及女性在社会中的地位等方面。她代表着社会正义。她相信女性应该通过她们的影响、减少竞争的压力、提高社会文化水平和增进人与人之间的相互理解等诸多努力,从而在社会中起到更大的作用。

作为国际知名作家,莱辛不仅以长篇小说闻名,也以短篇小说与科幻小说享誉国际。她的写作风格在她描写非洲生活的短篇小说中表现得淋漓尽致,被看作是当今英国最佳短篇小说作家之一。70年代后她另辟蹊径,推出一系列总名为《南船座中的老人星:档案》的所谓“太空小说”,包括《什卡斯塔》(1979)、《第三、四、五区域间的联姻》(1980)、《天狼星试验》(1981)、《八号行星代表的产生》(1982)等,以科幻小说的形式写出了对人类历史和命运的思考与忧虑。如今,她虽88岁高龄,荣誉满身,仍然神采奕奕,笔耕不辍。自1994年起莱辛接连推出她的两部自传《在我的皮肤底下》(Under My Skin,1995)和《重坠爱河》(Love Again,1996)等小说。作为当今最丰产的英国小说家,莱辛的创作题材十分广泛,涵盖了种族矛盾、两性关系、美苏冷战、原子战争、环境污染、科学危机和青年暴力等20世纪的焦点问题。她的作品形式丰富多彩,包括小说、话剧、诗歌、散文、传记和其他纪实文学体裁。莱辛的作品广泛涉及殖民主义、女性主义、种族隔离等社会和政治热点问题。她开阔的视野和包罗万象的题材也为她赢得国际声誉创造了条件，曾获萨默塞特·毛姆文学奖、奥地利的欧洲文学国家奖、德意志莎士比亚文学奖、W.H.史密斯文学奖、意大利孟岱罗奖、意大利的 Grinzane Cavour 奖。作为 20 世纪最举足轻重的作家之一，连续数年她都是"诺贝尔文学奖"的候选人，终于在 2007 年如愿以偿获得诺贝尔文学奖。

45. 格雷厄姆·格林漫长的创作生涯

格雷厄姆·格林(Graham Green,1904 – 1991)是自20世纪40年代风靡欧洲的存在主义—心理小说的主要代表作家之一。这个新的文学时期的一个特点是不同小说类别,比如像严肃小说、侦探小说、科幻小说等的显著区别已经被抛弃,同时被抛弃的还有那种认为严肃小说高雅、惊险小说低级庸俗的看法。这些不同种类小说的成分会在同一部小说中任意结合。格林厄姆·格林使得惊险小说成为一种特别适合于现代生活的文学形式,引起了广泛的关注。他的名望不仅由于他的严肃的哲理小说,而且也由于他称之为"消遣品"的轻松的文学形式。他把自己的作品分成消遣品(entertainments)和严肃小说(novels)两类。消遣品顾名思义以消遣为目的,故作品侧重于以情节取胜;而严肃小说则着重探讨人生、宗教等严肃问题。但事实上,即使格林所谓的消遣品也探讨了人性与宗教等大问题,值得读者严肃对待,同时它们又融惊险故事、侦探故事等多种形式于一体,非常引人入胜。无论消遣品还是严肃小说,它们大都与宗教,特别是天主教有关,试图挖掘人性的因素,揭示人性与宗教的冲突。格林是英国创作力十分旺盛的作家之一,创作生涯持续了很长时间,一生作品颇丰。

格雷厄姆·格林1904年出生于英国中部赫特福德郡,是一所有名的私立学校校长的儿子,学校距伦敦不远。他舒适的家庭居住环境与学校的恶劣条件形成鲜明的对比。在他眼里，学校充斥着肮脏、暴力和残忍。他在学校做学生时，逃跑了。他父亲认为他疯了，就把他送到伦敦一个心理医生那里，他就住在心理医生的家。后来格林回忆说那是他一生中最快乐的一段时光。然而他还是回到了学校，以后又进入牛津大学学习。在那里，他开始创作诗歌。1925年，在他大学四年级的时候，发表了第一本诗集。格林大学毕业后，决定成为一名记者。他先是在一家小城市的报社当记者。1926年23岁时，他改变了其新教信仰，皈依罗马天主教。他不幸的童年可能导致了他追求一种更坚定、更教条的宗教。不久，他迁到伦敦，为英国最受欢迎的报纸《泰晤士报》工作。他结了婚，迷恋上了电影院，开始在业余时间写小说。他的第一部小说1929年出版，此时，他辞去工作成为一名自由撰稿人、文学评论家，为多家杂志撰写书评和影评。第二次世界大战期间他作为军情六处的官员被派往非洲。战后他创作了大量的间谍小说。他漫长的创作生涯一直延续到80年代。他的主要作品包括：《布莱顿棒糖》(Brighton Rock, 1938)、《权利与荣耀》(The Power and the Glory, 1940)、《第三个人》(The Third Man, 1949)、《爱情的结局》(The End of the Affairs, 1951)、《问题的核心》(The Heart of the Matter, 1948)、《沉默的美国人》(The Quiet American, 1955)、《我们在哈瓦那的人》(Our Man in Havana, 1958)、《人性的因素》(The Human Factor, 1978)、自传《一种生活》(A Sort of Life, 1971)。1991年4月，格雷厄姆·格林去世。

格林着迷于有关道德的问题，涉及爱情、宗教信仰、同情与背叛等。他认为世界充满了邪恶，人由于参与其中而使灵魂永不得超升。他小说中的主人公常常是被社会谴责为罪犯、疯狂的人或没有宗教信仰或英勇行为的人。他赞扬把这些人从虚伪的自我满足感中拯救出来的人性。邪恶不在于人的行为，而在于他的思想和动机。如果通过受苦，他能够面对自己的错误并从中悟出一些道理，那么他的灵魂也可以得救。

格林第一部比较成功的作品是《布莱顿棒糖》。小说情节甚为复杂：为一家报社进行有奖促销活动的黑尔在英国海滨城市布莱顿突然死亡，由此引出一系列与之有关的人物：黑帮头目平基、酒吧女招待罗思和歌女艾达等之间错综复杂的关系……。小说看来如同一部描写40年代黑帮的电影，但唯一的区别恐怕是没有一部电影能把人物的心理描写的如此细腻。

这是一部集侦探小说、情节剧、社会学和伦理学为一体的小说。在这部书中，格林把一个绝望的、被追捕的少年罪犯与一个乐天的人文主义者作对比。他明显地倾向于那个野蛮的年轻罪犯、天主教徒，其灵魂处于人间地狱的状态。邪恶的天主教徒受苦受难、寻求精神解脱的主题在他的多部小说中出现过。

《沉默的美国人》是其"政治小说"方面代表作。作品以越南抗法战争后期为背景。在法国殖民主义者即将面临失败之际，一个年轻而沉默的美国人趁虚而入，靠一帮土匪搞恐怖活动，企图建立所谓的"第三种势力"，而令无辜的老百姓不断遭受伤害。最后，这个多行不义的美国人也遭到暗杀。作品对新老殖民主义的恶劣行径作了有力的揭露和嘲讽。同时，作品还描写了这个美国人及本书另一位男主人公、英国某报社驻越南记者福勒与一位漂亮的越南姑娘之间一场爱情纠葛，大大增强了这部严肃作品的可读性。

《人性的因素》描写的是英国特工卡瑟尔被派往白人统治下的南非。他在那里和黑人女子萨拉相爱。为了萨拉不受种族主义迫害，也为了帮助萨拉的同胞，他寻求克格勃的帮助，成为双面间谍。可是克格勃为了自身利益出卖了他，英方也在追杀变节者，具有人性的卡瑟尔成了被剥削人性的工具和牺牲品。《人性的因素》不是一部传统的间谍小说，他着重刻画每个人物更重要的内心世界。

《权利与荣耀》属于格林的以宗教为主题的一类作品，小说的题材取自作者本人于1937年～1938年间对墨西哥的一次访问，其间弥漫着宗教迫害的恐怖气氛。书中的情节冲突围绕着两个主要人物展开：代表宗教势力的神父和代表政治势力的警官，作者的意图并非仅仅写这两个人之间的冲突，而是借这两者之间的一系列追捕和反追捕事件来表达更深一层的含义，通过这种讽喻手法来突现全书的主题：上帝的权利和荣耀。书中的两位主人公并没有被命名，这正好显现了作者的良苦用心，两人之间的冲突决不只是两个个人之间的矛盾冲突，而是两种势力的你死我活的斗争之缩影，最后虽然一位神父死于强权之下，但另一位神父却又开始了新的宗教活动，因为在作者看来，强权尽可以把一个人从肉体上消灭，但却无法消除宗教的巨大精神影响力。小说的讽刺意义在于，正是代表宗教势力的神父，通过自己的自杀身死为权利和地位的象征——警官指明了拯救自我灵魂的出路。

《问题的核心》写的是殖民地题材，同样也表现了人物的复杂的心理活动和矛盾冲突。主人公斯科比上校是一位警察局长，被当地居民公认为正直、廉洁的政府官员之表率。但正是这样一位正直不阿的官员却得不到殖民当局的重用，这不禁令他苦恼不堪，接踵而来的则是他家庭生活的种种不幸。由于某次偶然的机会，上校爱上了一位叫罗尔特太太的妇女，后者刚刚失去丈夫，正处于情感生活的真空。他们虽然趁斯科比太太外出旅游之际度过了一段浪漫的生活，但由于天主教徒的良心考虑，斯科比仍然既不敢与自己的太太离婚同时又羞于公开与罗尔特太太的婚外恋情，此外他还不得已卷入了走私案件，被指控与杀人犯同谋，等等。这样看来，对他来说，要解脱这一切的最好的选择就是以死来结束这种尴尬的人生。最后，他通过精心策划，终于死得非常平静，仿佛灵魂被上帝召进了天堂，只有在那里才能得到灵魂的救赎。

作为一位严肃的小说家，格林的严肃作品总是表现人世的卑劣和丑恶，他往往以描写暴力、犯罪、背叛、追捕等为主要情节，致力于表现善与恶、正义与非正义的搏斗，让人们在痛苦的煎熬中经受磨练，以此来展现人物的内心世界和灵魂的得救或沉沦。他虽然是一个天主教徒，但他却不屑在作品中大肆宣传宗教信仰，倒是常常对一些宗教教义提出质疑甚至挑战，其中一个重要手法就是对神职人员和其他宗教人士的种种活动进行嘲讽和挖苦。作为一位有着强烈的现实主义倾向的作家，格林认为作家应当忠于自己的艺术想象和审美理想，而不应当拘泥于宗教法典，这种矛盾常常令他苦恼。他一方面对西方文明、社会制度和传统提出异议，支持殖民地和第三世界人民的反殖反霸斗争，同情被侮辱被压迫的小人物，但另一方面又无法提出自己的良方，因而只好在小说中以幽默和讽刺的手法来寄托对这些小人物的同情。

由于格林的宗教信仰和《问题的核心》等宗教题材的小说，格林有时与沃等作家被冠以“天主教小说家”的称号。格林对小说背景环境的刻画非常典型而又寓意深刻。他的作品的背景大都设在远离英国的异地，往往充满着犯罪与暴力，评论界把这种环境称为“格林地”。《权利与荣耀》最能代表格林的这一创作特点。格林也创作了许多有关当代政治和社会问题的小说，主题深刻，人物刻画逼真可信，语言简明流畅，有很强的可读性。格林被认为是20世纪最重要的作家之一。

46. “愤怒的青年”的愤怒呐喊

二战后，英国戏剧向两个方向发展：荒诞剧和工人阶级剧或“厨房碗漕”剧。艾略特(T.S. Eliot)和其他一些人继续创作诗剧，但他们的宗教和神话主题置于现代背景下，使演员难以表演得令观众信服，而且观众也不大喜欢这种戏剧。所以，诗剧衰亡了。取而代之的是荒诞剧，其思想源于欧洲，特别是存在主义思想。这些剧作做出多种尝试，极大地拓宽了戏剧的范围。

与此相反，又一种新的戏剧形式出现了。这种戏剧不擅长于尝试各种不同形式，它只是对下层社会的生活进行真实的描述，因而得名“厨房碗漕”剧，以对应在英国舞台流行近一个世纪的“客厅”喜剧。这些新剧作家评论说，英国戏剧的问题是，大部分戏剧中的语言和行动不能表现当代英国生活。它们所表现的依然是战前中产阶级的行为方式和习惯。

约翰·韦恩(John Wain, 1925 – 1994)的《每况愈下》(Hurry On Down，又译《误投尘世》或《大学后的漂泊》，1954)和金斯利·艾米斯的《幸运儿吉姆》((Lucky Jim, 1954) 是最早表现出“愤怒”与不满的小说。1956 年青年剧作家约翰·奥斯本的剧本《愤怒的回顾》(Look Back in Anger)在伦敦上演，剧中主角对社会作了全面抨击，引起轰动。因此，这一剧本成为这个文学运动的代表作，奥斯本被人称作“愤怒的青年”，这个称号也被用来指这一新兴的文学运动。包括奥斯本、金斯利·艾米斯(Kingsley Amis, 1922 – 1995)、阿诺德·韦斯克(Arnold Wesker 1932 –)、阿兰·西利托(Alan Sillitoe, 1928 –)这些作家被冠以“愤怒的青年”的名称。

作为产生于20世纪50年代的文学运动,“愤怒的青年”反映了英国社会民众的呼声和愿望。英国人民希望对社会制度进行变革,而1945年当人们不满保守党的领导,推举工党执政后,这一愿望并没有得到满足,工党政府推行的是“福利国家”政策,在一定程度上改善了人民的生活。在1951年保守党再度执政后,仍继续执行这一政策,政治改革却成泡影,因此引起人民(尤其是青年人)的不满,这种情绪首先在文学作品中反映出来。有些小说和剧本愤怒地攻击了英国社会的阶级壁垒、统治集团和教会,对因推行“福利国家”政策而造成的单调的生活表示不满,对上层社会的虚伪和势利表示厌恶。他们之中有不少人出身于工人阶级或社会的中下层,以本阶级的举止行动为荣。这些作家彼此之间并不相识,但是他们的观点与感情是一致的。

不同于此前,他们的戏剧创作还是小说创作中的主人公反抗中产阶级和上层社会的特权。在此之前,这部分社会的特权阶级一直都是戏剧中被广泛接受的主流。无论是在社会评论剧还是在行为喜剧或是在艾略特后期的诗剧当中,都是以上层社会、知识分子或富有者为内容的。剧作家对英国的下层阶级不感兴趣,这部分人即使出现,最多也只是作为奴仆出现在剧中。约翰·奥斯本的创作无疑开辟了一个新的当代主题。当看到评论家和观众对此有如此大的热情,其他剧作家也纷纷效仿。

作品中的人物和他们一样,大都出身于中下层阶级,得益于工党政府的教育改革,受到了高等教育。他们期望跻身于上流社会,却发现不能如愿,几乎四处碰壁,因为工党的改革虽然在一定程度上给他们带来了物质上的稳定和新的机遇,但没有给他们明显的政治权利和社会影响。他们对仅仅是生活上的改善并不感到满意。社会中的重要职位和决策权依然掌握在上层社会手中,而且他们还控制着知识和文化领域。

“愤怒的青年”没有共同的组织和共同的纲领宣言,作家大都来自工人、小资产阶级,他们对战后社会失望、对上层阶级强烈不满,最后走向愤怒和抗议。在文学上他们反对詹姆斯·乔伊斯和伍尔夫追求的文学艺术创新与实验，却以严肃的态度讨论社会问题，反映与“有教养”的上层社会不同的普通人的生活，表达的是对社会和上层阶级的不满，形成一股风行一时的具有现实主义倾向的文学潮流。他们的作品情节模式大致相同，描写受过高等教育的下层男青年，通过占有、折磨上层社会的女性，达到报复上层社会的目的，宣泄对战后“福利社会”的不满与愤懑之情。

他们明目张胆地反知识，所以对传统及先前的文化不尊重。艾米斯在他后来的书中提到“肮脏的莫扎特”以及“所有那些腐朽的旧教堂、博物馆和艺术馆”，表达了对艺术、建筑和音乐的蔑视。“愤怒的青年”并没有提供一条新的出路，而只是确切地表达出了他们的内心感受。这种运动的否定一切的态度，使得一些评论家怀疑：是否他们这样做是出于嫉妒，他们愤怒地撞击文化的大门，不是为了摧毁它，而是为了制造噪音和混乱以使他们自己被接纳进来，使他们自己成为英国文学界的一重要分子。从某种程度上说，的确如此。他们的成就不在于他们的写作技巧而在于他们的写作主题。

一些文学评论家认为，人们常用的“工人阶级戏剧”一词其实并不准确。这些愤怒的青年所写的剧本表达了一种不安分、无组织性和沮丧的情绪，这种情绪不仅仅只局限于工人阶级，英国全社会的青年以及亚洲和非洲中产阶级中的人都具有这种情绪。

阿诺德·韦斯克在他的剧中表现了一幅更精确的政治图画。他主要描写生活在伦敦贫困东区的犹太工人的生活。犹太人作为少数民族，比其他社会下层的民族更有文化，更多地学习马克思主义，寻求政治解决方法。而在韦斯克的剧中，甚至犹太年轻人也表现出了同样的不安分和无组织性，所以，他们的政治抱负也没有形成有明确目的的运动。

无论是在奥斯本还是在韦斯克的剧中，都表现了对当时英国普遍存在的一种情绪的愤慨。他们没有过多描写社会的真实情况，而是描写了人们的思想状态。那种沮丧的失望情绪与贝克特的《等待戈多》中的情绪大同小异，然而却是在真实和现实的背景下表现出来的。无论是在奥斯本还是在韦斯克都没有明确提出解决问题的办法，然而他们进行的强有力的、充满感情的抗议，很容易引起观众的共鸣。

“愤怒的青年”成为50年代文学中占优势的力量。怀有这种“愤怒”的作家还有小说家约翰·布莱恩（John Brain，1922－1986），他的成名作是《向上爬》（Room at the Top，1957）；工人小说作家艾伦·西利托以长篇小说《星期六晚上和星期天早上》（Saturday Night and Sunday Morning，1958）著称；剧作家伯纳德·科普斯，曾写《斯特普尼·格林的村庄》（The Hamlet of Stepney Green，1956）一剧；工人出身的剧作家阿诺德·韦斯克以剧本《鸡汤加大麦》（Chicken Soup with Barley，1958）蜚声剧坛。1956年后，英国的戏剧得到了复兴。许多剧作家创作戏剧，或荒诞，或愤怒，或残忍，或兼而有之。“愤怒的青年”作为一种运动只存在于50年代，在英国风行十余年，其反抗十分有限。60年代后，这个文学运动渐趋消失。随着外界形势和自身社会地位的变化，这些作家成名并步入中年后，多不复具有早年锋芒，创作上趋于保守。有的作家改行撰写畅销小说，有的消极颓唐，有的悲观失望，只有少数能坚持文学创作的现实主义传统，写出一些较好的小说。目前的英国已不存在“愤怒的青年”这一文学派别和文学运动了。但在当时，他们的反叛带给战后文坛以极大的冲击力，迅速推动了战后反实验主义思潮的发展。

47．《愤怒的回顾》再回顾

约翰·奥斯本(John Osborne,1929－1994)第二次世界大战后英国著名的现实主义剧作家。

约翰·奥斯本1929年生于伦敦,正好是大萧条时期的开始。他的父亲是一个商业艺术家,他母亲是酒吧招待。父亲去世时他才12岁,由于他父亲已经在保险公司投了寿险,所以他的家人能够在他去世后得到一大笔钱。这笔钱用来支付约翰·奥斯本在一所乡下很有名的寄宿学校接受教育的费用,为他今后的生活打下好的基础。但约翰·奥斯本憎恨学校,在打了校长一顿之后,他回到了在伦敦居住的母亲那里。他起初尝试为一家贸易杂志社工作,但最后当他加入了一支年轻演员巡回演出公司后,才真正发现他的才华在剧院。开始他学着在舞台上表演,后来成为一些小镇多家演出公司的演员经理人,再后来,他尝试自己写剧本。

所有小地方的演员都梦想着在伦敦的表演机会。1956年在奥斯本27岁时,得到了这样的机会。从此,他再没有回到过乡下。其原因不是他的表演,而是他同一年在伦敦创作的第一个剧本《愤怒的回顾》(Look Back in Anger)。第一次,人们看到了一出表现30岁以下下层阶级英国青年的剧作。他们在二战时还是孩子,而现在他们发现英国是一个破旧、乏味、令人失望的地方,对于他们没有光明可言。在这出剧中,描写了工人家庭出身，靠自学获得知识的青年吉米愤世嫉俗、不满冷酷的社会、无聊的生活、伪善的人们，却又不愿意采取行动改革现实。评论家认为该剧反映了战后英国青年对现实不满的情绪，并使英国戏剧从描写上层社会的“客厅”转向反映忧郁、自怜的青年一代，对战后英国社会做了犀利深刻的批判，道出了当时英国青年对社会郁积的愤懑，所以一上演，立即轰动全国，成为现代英国戏剧的一座里程碑，从而掀起戏剧改革的新浪潮。

故事发生在50年代英国中部米德兰镇吉米·波特的一个家具齐全的单间屋里。

主人公吉米，是一个新建的大学的毕业生，生性敏感，能言善辩，但言词粗暴。他大学毕业后找不到工作，为生活所迫，当过记者、广告员，卖过吸尘器，现在和刘易斯合伙开了一家糖果店。两人都是二十五六岁。他的妻子阿丽森出身于中产阶级家庭，她天性热情、诚实、慷慨、坦率，抱着好奇心爱上了吉米。波特夫妇结婚已有四年，但由于家庭出身不同，他们的婚姻生活矛盾百出。除了被生理需要所左右的时候之外，吉米常常嘲笑阿丽森的教养，诅咒她那中产阶级的娘家。阿丽森父亲雷德封上校曾在印度统帅土邦主的军队，而吉米却出身于下层劳动人民。吉米不满现实，痛恨资产阶级，愤世嫉俗。再加上生活在单调的、无聊的狭小空间里，更使他精神上的压抑达到了极点。在阴雨的星期天，吉米尤其感到烦躁不安，这使他对妻子和好友横加指责，发泄心中的愤恨。

戏的第一幕发生在一个星期天的傍晚。吉米与阿丽森的矛盾逐渐激化，为后来阿丽森离家出走做了充分的铺垫。吉米认为伴侣的忠贞首先体现在精神上，他不能容忍阿丽森虽然嫁给了他，但思想上、精神上仍然与她上层社会的父母同一阵营。为此，他不遗余力地用犀利、尖刻的语言为武器，对阿丽森和她的父母所代表的上流社会进行攻击。就算偶尔流露出的温柔也不能消除他那无休止的猜忌，结果使爱情变成了征服，婚姻变成了报复。

第一幕中，阿丽森·波特正在烫衣服，而吉米百无聊赖，又无处可去，无奈只好呆在家里，和朋友克利夫·刘易斯懒散地伸开双腿躺在扶手椅上读报。他对报上所写的内容无动于衷，可又为自己麻木不仁的态度感到震惊。他觉得自己生活在绝望之中,年轻的生命转瞬即逝。于是他又开始向阿丽森挑衅、讥讽、挖苦乃至刻意谩骂,以便激怒阿丽森,挑起一场争吵,痛痛快快地发泄一番,来打破这平静、单调的生活。然而受过良好教育的阿丽森却一味地克制忍让。善良宽厚、乐于助人的克里夫和吉米与阿丽森住在一起,在他们家庭矛盾中一直起着缓冲和调节的作用。他一面制止吉米,一面安慰阿丽森,可吉米却变本加厉。克里夫终于忍无可忍,和吉米扭打在一起,但又不慎撞倒了阿丽森,熨斗烫伤了她的胳膊。吉米终于冷静了下来,走出门外。克里夫留在家里安慰阿丽森。阿丽森向他倾诉心中的烦闷,说吉米彷徨消沉,嘴上是满腔愤怒,内心却敏感脆弱。她最近怀孕了,可没敢告诉吉米,因为两人经济拮据,无法过活。阿丽森说着,与克里夫像情人一样拥抱在一起。吉米刚巧进屋,却视若无睹,自顾自地坐下来读报。此刻他的心情已经好转,与克里夫说笑打闹了一番,又向阿丽森道歉,两人言归于好。可惜好景不长,当阿丽森去接电话时,吉米翻到了阿丽森与母亲的往来信件,因信中从未提起他而发起火来。更糟糕的是阿丽森接完电话说她的好友海伦娜要来此借住。吉米视海伦娜为仇敌,这个消息无疑使他火上浇油,再次大发雷霆。第一幕也就在吉米的咆哮中降下了帷幕。

两星期后的黄昏。阿丽森与海伦娜在炉前回忆往事。四年前,阿丽森爱上了家境贫寒的吉米,不顾家人特别是母亲的反对,毅然脱离家庭和吉米结婚。婚后,吉米离开了他所厌恶的大学,但找不到工作。他们身无分文,无家可归,只好寄居在吉米的好友休家中。休也对社会愤懑、失望,他和吉米一样是愤怒的青年。休和阿丽森由于不同的阶级出身,彼此讨厌对方,甚至憎恨对方。他和吉米经常带一帮人到阿丽森认识的人家骗吃骗喝,诓诈钱财,自称这是对资产阶级的宣战和对社会的反抗。然而休自己却要靠母亲挣钱来养活。最后休悲观地认为英国完了,唯一的出路就是离开这个国家。和吉米经过一番争吵以后,休只身到国外去了。而吉米在休母亲的帮助下摆了个糖果摊,勉强度日。海伦娜听完阿丽森的经历后,劝阿丽森回家。这时吉米和克里夫走进屋来。对他们来说,海伦娜是个不受欢迎的人。他们挖空心思以恶言攻击,想把海伦娜赶走,可无济于事。吉米接到电话得知休的母亲已奄奄一息，想见见吉米和阿丽森。休的母亲勤劳善良，一生都过着苦日子，吉米很尊敬她，但阿丽森却认为她很无知。吉米此时心情沉重，恳求阿丽森与他同去，可心灰意冷的阿丽森已决意离开吉米，她不顾吉米的恳求，径直和海伦娜去教堂了。

海伦娜自作主张，给阿丽森的父亲打电话，请他来接阿丽森回家住一段时间。而海伦娜一方面同情阿丽森，另一方面又被吉米所吸引，对他产生了好奇心，于是她决定留下来与吉米一起生活。吉米回家后看到阿丽森留给他的信，十分生气。并认为阿丽森对休的母亲太绝情，甚至连一束花都不送到葬礼上去。当海伦娜告诉吉米阿丽森怀孕的消息后，吉米非但没有悔悟，反而咒骂起阿丽森和未出世的孩子来。

第三幕是在几个月后，又是一个星期天的傍晚，情景几乎和第一幕一模一样。吉米和克里夫在读报，所不同的是海伦娜取代了阿丽森站在那里熨衣服，也代替了阿丽森成为吉米泄愤的对象。克里夫再也无法忍受这种近乎疯狂的生活，终于离开了这个家。当海伦娜与吉米互吐衷情时，阿丽森拖着流产后疲惫、虚弱的身子出现在门口。吉米嘲弄了一句便漠然离开。海伦娜又与阿丽森谈论起吉米，海伦娜认为像吉米这种愤怒的青年生错了年代。海伦娜说她不愿再留下来分尝痛苦了。尽管她爱吉米，可是他们属于不同的两个世界。吉米回来了，看到海伦娜要走，他无动于衷。屋里只剩下吉米和阿丽森。吉米责备阿丽森为何对休的母亲的去世如此冷酷，接着又回忆起他初恋时的情景。阿丽森和吉米决心作为“相当疯狂，带点邪恶，而又极其胆怯的小动物”共存下去，并时刻提防着“到处都设置的残忍的铁的捕捉机”。

这本剧情非常传统的戏剧之所以会引起轩然大波，主要是它与观众所熟悉的戏剧反差太大。在此之前，戏剧的主人公往往是上层社会或中产阶级的一员，或举止文雅，或风趣幽默。中下阶层的人即使在戏剧里出现，也往往是滑稽可笑的程式化的小丑。奥斯本给人们展现的是活生生日常生活中随处可见的普通人，真实地描写了门第不同的婚姻所固有的危机。吉米思想活跃，对中产阶级的保守自满恨之入骨，但阿丽森和克里夫显然都不理解他。吉米只有用过激的言行才能触动他们的麻木冷淡。

有些中产阶级观众很难接受这种太真实的戏剧,但许多年轻人都觉得奥斯本说出了自己的心声,觉得愤世嫉俗,极需发泄但又无法采取任何行动改变现实的主人公反映了战后大部分人的情绪,尤其是这个“福利国家”中来自社会底层受过良好教育却仍被排除于中产阶级之外的那部分人。他们是“愤怒的青年”。他们并无明确的政治目的,只是对这个社会的虚伪、冷漠和生活的无聊空虚感到厌烦。

《愤怒的回顾》不仅成为当时英国30岁以下一代人的代言书,而且为他们赢得了“愤怒的青年”这一称谓。《愤怒的回顾》开了英国激进现实主义的先河,揭开了英国戏剧第二次高潮的序幕,对爱德华·邦德(Edward Bond,1934－)、阿诺德·韦斯克(Arnold Wesker)、汤姆·斯托帕德(Tom Stoppard,1937－)等人的戏剧创作产生了重大影响。

第二年,奥斯本创作了另一出剧《消遣》(The Entertainer,1957)。此剧通过两代下层喜剧演员的对比表现了英国的衰败。他几乎每年写出一部新剧本。1961年,他的剧本《路得》(Luther)在英国和美国都非常轰动。但他在60年代和70年代创作的剧本没有早期的剧本那么成功。1964年他重新回到沮丧的、受过教育的工人的主题,创作出了《不能接受的证据》(Inadmissible Evidence)。奥斯本的30多部剧作震撼了一代人的心灵。

48. 乔治·奥威尔与他的现代寓言小说

在英国文学史上从来不乏政治讽喻的传统，许多作家用自己的作品反应了各自对国家政治生活的看法。但在林林总总的政治讽刺作品中，乔治·奥威尔又是引人注目、影响力极强的一位，他是20世纪英国人们最常引用的作家之一。他的作品《动物农庄》是20世纪读者最多的讽刺小说，《1984》则位于20世纪排行榜榜首。

乔治·奥威尔（George Orwell，1903–1950）生于印度彭加尔省莫堤赫利，是英国著名的政治讽刺评论家。原名埃里克·阿瑟·布莱尔（Eric Arthur Blair）。1907年他随家人迁回英格兰，1917年，他进入伊顿公学。1921年到缅甸当警察，1928年辞职。随后的日子里他贫病交加，此间他当过教师、书店店员，直到1940年，他成为《新英语周刊》的小说评论员，才有了稳定的收入养家糊口。1936年底，他来到西班牙参加西班牙内战，其间受伤。奥威尔是一个温和的、有同情心的人，他厌恶以任何借口实施暴政。二战期间（1940–1943），他为BBS工作，并在此间写了大量政治和文学评论。1945年起他成为《观察家》的战地记者和《曼彻斯特晚间新闻》（Manchester Evening News）的固定撰稿人。1945年，他出版了《动物庄园》（Animal Farm），1949年出版了《1984》。1950年，47岁的奥威尔因结核病英年早逝，他给人类留下了一笔精神财富：揭露了社会的黑暗，唤起人们推翻万恶的制度,实现他未竟的理想。

《动物庄园》是奥威尔以动物寓言的形式进行政治讽刺的中篇小说,发表于1945年8月,正是第二次世界大战结束的时候,所以可认为它是英国在第二次世界大战后的第一部小说。"我所以写一本书,是因为我认为有一个谎言要揭露,有一个事实要引起大家注意。"

《动物庄园》是奥威尔第一部将政治目的和艺术目的融合在一起的作品,"自从1936年以来,我所写的每一行严肃的作品都是直接或间接地反对极权主义,支持民主社会主义的"(Why I Write,1947)。

《动物庄园》的主题是反乌托邦的。作者是为了揭露斯大林极权统治的虚伪和残酷。动物庄园中的动物象征着生活的真实人物,这种描写也展示了他的政治情感。这里所有的动物都是有所影射的。新的制度和政权已经远远背离了当初的目标——那种"所有动物全部平等",那种乌托邦式的理想,转而依靠思想控制、舆论欺骗、恐怖镇压、检举告密来维持,结果是人人自危。

故事发生在英格兰的某个农庄,以第三人称叙述。故事一开始,农庄中最受其他动物尊重的老公猪麦哲召集所有动物召开一次秘密会议。在会上他向所有动物描述了自己的一个梦想,将自己的智慧传递给其他动物,向动物们解释现在贫穷的根源,那就是由于人的压迫。几天后麦哲死了,但他的理论却给动物们尤其聪明的动物们一种新的生活观,那就是要造反、要起义、推翻人类的统治,那样动物们就会过上好日子。这些动物中最聪明的就是猪了,于是他们便成了动物造反活动的重要领袖。猪之中有两头更是脱颖而出,那就是拿破仑和斯诺鲍。两只猪各有特点,拿破仑强壮、结实,而斯诺鲍是个演说家,有许多新颖的观点,与第三只猪一起他们创造了动物主义的理论。数月后造反开始,以琼斯为代表的人类被驱赶出去,动物们成为了农庄的主人。农庄名称也由"麦纳庄园"变为"动物庄园"。猪制订了农庄的七诫:第一,凡靠两条腿行走者皆为仇敌;第二,凡靠四肢行走者,或者长翅膀者,皆为亲友;第三,任何动物不得着衣;第四,任何动物不得卧床;第五,任何动物不得饮酒;第六,任何动物不得伤害其他动物;第七,所有动物一律平等。

动物们一致同意任何动物都不再进入庄主院中,不再与人类接触。这些戒律总结为"四条腿好,两条腿坏"。过了一些日子,琼斯纠集一些人试图重新占领农庄,动物们英勇反抗,设法保护自己的来之不易的胜利果实。战斗中斯诺鲍受了伤,因为作战勇敢,斯诺鲍和鲍克御得到了荣誉奖章。然而拿破仑虽然没有参战,仍得到一枚奖章。因此两头猪经常争吵。斯诺鲍提议建造一个风车,那样可以发电,并极大地节省劳动力。拿破仑对此不以为然。突然间,他召来九条凶猛的狗,将斯诺鲍赶出了动物农庄。这样拿破仑成了唯一的领导人,从此开始谎言也就弥漫开来。首先斯诺鲍在牛棚大战中的勇敢是假的,因为它已经同人类串通一气;然后斯诺鲍根本没有得过奖章;后来拿破仑又要求建造风车,尽管是斯诺鲍建议而拿破仑反对,但现在却是拿破仑首先建议的了。随着风车的建造,动物的口粮份额减少了。普通动物越来越瘦弱,而猪们却越来越肥胖。他们需要良好的饮食,因为他们"要管理整个农庄,抵抗人类的进攻",他们是"脑力劳动者";再以后猪们要同人类做交易。这一点让动物们感到不安,因为当初有决议不同人类打交道。这时猪站出来说,根本没有这样的决议,那只是斯诺鲍的谎言。再以后猪们搬进了庄主院中,睡在床上。其他动物记起七诫中有动物不睡床上的规定,但此时那条戒律早已被涂改为"不许盖被子睡在床上"。接着其他的戒律也在一个接一个地改变,"所有动物不许杀害其他动物"变成了"不许没有理由地杀害其他动物","不许喝酒"变为"不许过量喝酒"。

几个月后,一场暴风雨摧毁了风车,拿破仑指责斯诺鲍破坏风车,他许诺谁要是抓到斯诺鲍就可以得到奖赏。风车的重建工作花了两年时间。琼斯又来攻击农场,虽然动物们坚决抵抗,但风车再一次被毁掉。动物们决定再重建风车,他们的食品供应降低到了最低水准。一天,鲍克御崩溃了。他被卖给了一个屠夫,但拿破仑却告诉其他猪说鲍克御被送到医院,不治身亡。三年后,风车终于又建好了。在这期间,拿破仑加深了同相邻农场的关系。一天,他甚至邀请相邻农场的主人视察它的农场。他们坐在屋子里。庆祝它所管理的农场的高效率,动物们靠着极少的食物工作却非常卖力。在此期间,所有其他的动物们聚集在农场的窗户下,

当它们向里面看时，它们分不清哪个是人，哪个是动物。

《动物庄园》传递的信息是，任何社会一旦其领导人掌握绝对的权力，则势必会失败，因为领导人为维护自己的利益而滥用权力。在奥威尔看来，革命实际上并不是解决现有问题的途径，因为革命会带来权力，而权力则会被滥用。革命不是改变社会的方法，通常革命会有好的意图，但是革命后出现的新面孔很快又会同旧面孔一样。小说的最后，“动物庄园”又将名字改回原来的“麦纳庄园”，动物们起义的目的是为了推翻人的统治，他们试图隔绝任何同人有关系的事，但事到如今，猪又开始模仿人的行为，小说的结尾处：“外面的众生灵从猪看到人，又从人看到猪，再从猪看到人；但他们已分不出谁是猪，谁是人了。”当这样的结局出现时，动物们，或者说庄园中除了猪以外的动物又回到了当初人类。

1949 年出版的《1984》是奥威尔的另一部重要的政治讽刺小说。在这部小说里，作者又一次极力讽刺极权主义的统治。作者设定的故事发生在三十多年后的 1984 年。那时世界已经被三个极权大国分割。他们之间勾心斗角，地点是其中之一的大洋国。

作品描写了一个幻想的未来社会。这个社会由一个被称为“大哥”的人统治，此人被说成是一贯正确、无所不能的，到处张贴着他的巨幅画像，下面写着“大哥正在注视着你”的字样。统治集团的三句口号是：“战争就是和平”、“自由就是屈服”、“无知就是力量”。小说的中心人物温斯顿·史密斯在真理部工作，任务是从以往的报纸和书中删去任何同现政策相抵触的东西，歪曲事实，编造修改大哥和他的亲信的过去的言论，使之适合当前新的需要。史密斯在当时愚昧地崇拜大哥的时代，是仅有的有自己头脑思考的人，并同部里一位叫朱丽叶的姑娘联络。由于中了一名老资格的官员奥布赖恩的圈套，两人被捕，受尽折磨。奥布赖恩告诉史密斯，光坦白和屈服是不够的，他们的目的是要折服他的心灵，在处决他前使他“真正地、全心全意地站到我们一边来”。

思想警察要消灭的不仅仅是肉体。“敌人不投降，就把他消灭”已远远不能满足党的野心。奥布赖恩告诉温斯顿：“你最后投降，要出于你自己的自由意志。”冠冕堂皇的“自由意志”在这里遭到了无情的解构和嘲弄。“我们在杀死他之前也要把他改造成我们的人。我们不能容许世界上有一个地方,不论多隐蔽、多么不发生作用的地方有一个错误思想存在。”也就是说,所有的被清洗者末了都是带着悔过自新、痛不欲生的虔诚走向死亡。他们被彻底打败了。

这种残酷“洗脑”,完全摧毁了原本坚强的温斯顿。当他面对老鼠喊出“咬朱丽叶”时,也就是他崩溃的那一刻。连他们曾经笃信不疑的爱情都被抛弃了,那么也就只有投降这一条出路了。小说的结尾,“渐悟”的温斯顿心甘情愿地回到“仁爱部”接受死刑的判决。“他战胜了自己。他热爱老大哥。”

奥威尔文笔犀利、洞察人性、描写深刻、想象力丰富,对独裁政治和可怕的极权主义,以及未来的前途,展现了大胆而精彩的剖析,并保持了他一如既往的冷峻。

奥威尔一反那些对未来作乌托邦设想的作品,他把 1984 年的世界推向极端,既排斥了对这部作品进行任何庸俗比附和政治图解的企图,也凸现了思想自由的弥足珍贵。无限扩张的权力全面侵入思想领域,“话语霸权”控制了每个人思维的细枝末节。“老大哥”无情地斩断了亲情、友情和爱情,成为人类感情唯一的寄托处——也就是牢不可破的樊笼。在压抑的处境中,反抗者原本拥有的思想的权利也被无情剥夺了。

49. 战后英国文坛的父子双杰——金斯利·艾米斯与马丁·艾米斯

金斯利·艾米斯(Kingsley Amis, 1922 - 1995)是英国小说家、诗人、评论家、教师。1954年,他出版的第一部小说《幸运的吉姆》(Lucky Jim)使他一举成名。这本书刻画了一个新型反英雄的喜剧人物。他的名字在英国家喻户晓。在50年代后期"幸运的吉姆"一词成了任何来自工人家庭、受到过良好教育、对英国文化感到厌恶并嘲弄英国社会的青年人的代名词。

艾米斯是一群来自底层社会的被称为"愤怒的青年"的作家之一。他们对二战后英国的社会状况进行尖锐的批判。这个名字来自于约翰·奥斯本(John Osborne)所写的《愤怒的回顾》(Look Back in Anger, 1956)。"愤怒的青年"弥补了在老一代作家——叶芝(W. B. Yeats)、詹姆斯·乔伊斯(James Joyce)、沃尔夫(Virginia Woolf)、劳伦斯(D. H. Lawrence)在二战末去世后英国文坛的空白,而当时奥尔登(W. H. Auden)等一代作家在战后也似乎迷失了方向,失去了原有的创作激情。实际上,"愤怒的青年"也完全抛弃了原来的文学形式。他们对英国文化感到失望,因为他们并不能代表他们的社会阶层和他们的生活经历。他们深深地厌恶"高雅"的文学,他们称之为"虚伪"或"虚假"。他们蔑视所有的文体尝试,因为他们认为那太复杂、太脱离现实生活。他们不像奥尔登一代作家那样有明显的政治倾向，他们只是对英国的新的社会制度感到失望和愤怒，因为它并没有带来一个可以使他们自由发展的、无阶级差别的社会。

在战后由工党提出的新的社会制度为下层阶级提供了经济保障和更多受教育和发展的机会，但并没有给予他们在社会中的政治权利和影响。他们对仅仅是生活上的改善并不感到满意。社会中的重要职位和决策权依然掌握在上层社会手中，而且他们还控制着知识和文化领域。

"愤怒的青年"致力于改变这一切。他们明目张胆地反知识，所以对传统及先前的文化不尊重。艾米斯在他后来的书中提到"肮脏的莫扎特"以及"所以那些腐朽的旧教堂、博物馆和艺术馆"，表达了对艺术、建筑和音乐的蔑视。"愤怒的青年"并没有提供一条新的出路，而只是确切地表达出了他们的内心感受。这种运动的否定一切的态度，使得一些评论家怀疑：他们这样做是否出于嫉妒，他们愤怒地撞击文化的大门，不是为了摧毁它，而是为了制造噪音和混乱以使他们自己被接纳进去，使他们自己成为英国文学界的重要分子之一。从某种程度上说，的确如此。他们的成就不在于他们的写作技巧而在于他们的写作主题。

金斯利·艾米斯在伦敦郊区长大，后来进入伦敦一所较好的学校学习，再以后进入牛津大学。二战的爆发中止了他的学业。他离开牛津参加了皇家信号部队，在通讯部服役。战后，他重新回到牛津学习并于1949年毕业，当时他已经27岁了。他的第一份工作是在威尔士斯旺西大学(Swansea)做教师，这个职位他保持了12年。在那儿，他写出了《幸运的吉姆》。此书使他一举成名，确立了他作为讽刺社会喜剧大师的地位。

《幸运的吉姆》是一部喜剧式作品，挖苦讽刺金斯利写作此书时所处的那种学院派环境。书中的主人公吉姆·迪克森跟他自己一样，也是来自低层社会的地方大学的教师。吉姆不得不忍受其低下的社会地位，不得不在学院里那些装模做样的资深人士特别是威尔奇教授面前低三下四、忍气吞声。后来，他逐渐走上一条同威尔奇教授及其儿子伯特朗抗争的道路，甚至把伯特朗的女友克丽丝汀争取了过来。最后他与威尔奇一家决裂，彻底脱离大学，带着克丽丝汀，投到她的富商叔父戈尔门下，干着一份高薪水的闲差事。由于《幸运的吉姆》涉及阶级间的斗争、精英与大众的矛盾、文化界与工商界的龃龉,故而其意蕴极其丰富。

他的第二本小说《拿不准的感觉》(That Uncertain Thing,1955)中的主人公跟幸运的吉姆相类似,但他是一个地方的图书管理员,他想通过与一个贵夫人的恋爱关系从而提高自己的地位。这个主题在艾米斯的小说中经常出现:来自工人阶级的主人公,或者跟一位他最初认为可望而不可及的上层社会的女性结婚,或者公开与她发生某种关系。开始时,他兴高采烈,但久而久之,他发现并不喜欢这种关系。他感到跟她的社会环境格格不入,而她也不能适应他的生活。他们互相责怪对方。然而,艾米斯暗示:这些聪慧的、受过良好教育的年轻人只能希望在上层社会中找到合适的妻子。

此后,他荣获了文学奖,这使他有了足够的钱去葡萄牙旅行。这次旅行使他创作出了小说《我喜欢这里》(I like It Here,1958)。1961 年,艾米斯去剑桥教书两年。他通常能够利用他所处的新的环境,使之成为他小说写作的素材。在美国普林斯顿大学做了一年的写作课的客座教师的经历使他创作出了《一个英国胖子》(One Fat Englishman,1963)。

艾米斯的作品情节复杂,人物幽默,笔调风趣活泼。他善于刻画人物的心理活动,擅长用讽刺喜剧的形式描写"福利国家"英国知识分子的精神迷惘,及其对当代社会和西方文化的不满。

除小说外,艾米斯也创作诗歌。艾米斯已经确立了在英国文坛的作家、教授、文学评论家的地位。但人们普遍认为他的第一部作品是他的最成功之作。他在现代文学史上的重要地位在于他发起了"愤怒的青年"的运动。

金斯利·艾米斯之子马丁·艾米斯(Martin Amis,1949 -)生于英格兰的牛津城,在英国、西班牙和美国受中小学教育。他从牛津大学毕业后,就开始担任《伦敦时报》文学副刊的编辑工作。他的美国背景使他的小说创作受益匪浅。这美国背景通过他给英国小说创作界带来了一股不小的活力。跨大西洋的背景自然成了他的一些小说的背景。马丁·艾米斯笔下的人物常常像他本人一样,往返于纽约和伦敦之间,这使得资本主义的西方显得更为一体化了。

1973年,24岁时,他的第一部作品《雷切尔之书》(The Rachel Papers, 1973)就获得了"毛姆文学奖"的新人奖。70年代,他创作了另外两部小说《死去的婴孩》(Dead Babies, 1975)和《成功》(Success, 1978),以及一些电视剧剧本。他的第四部小说《其他人:一个神秘故事》(Other People: A Mystery Story)于1981年出版。后来又相继出版了《伦敦场地》(London Fields, 1989)、《信息》(The Information, 1995)、《夜行火车》(Night Train, 1997)、《黄狗》(Yellow Dog, 2003)、《见面屋》(House of Meetings, 2006)、《怀孕的寡妇》(The Pregnant Widow, 2008)。

在小说中,他以幽默的笔触描绘了人类面临的生存状况。他有一种令人称奇的天赋,即使是对人类的卑劣和贫穷的描述也能引起读者的笑声。在他的笔下,悲惨可怜的景象也显得滑稽可笑。他常涉及的主题包括人类彼此之间交流的困难和障碍及相互间的残忍无情。有一些意象前后一贯地出现在他的小说中。比如,肮脏孤独的伦敦街道、秃顶肥胖等身体有缺陷的男人或女人。虽然他们都不是动人的景象,但经过马丁的处理,都非常令人深思。马丁的语言独具特色,他善于从街头俚语或行业切口中吸收新的词汇,丰富了作品的语言。

《雷切尔之书》记叙了某一晚上发生的事情,但通过倒叙、插叙等多种叙事手段,包含了很丰富的内涵,堪称是一本内容丰富、意义深刻的优秀作品。故事以查尔斯的第一人称写成。查尔斯聪明、敏感、富有进取心。他立志成为严格的作家,经常记录自己的体验和感想。在他20岁生日的前一晚,他正在考虑如何庆祝这一重要日子,突然联想起自己和雷切尔的恋爱以及自己所有过去的生活。他不时地翻开记录这些事情的记录本以帮助回忆。故事的结尾是查尔斯结束了与雷切尔的关系,同时也理解了他那不负责任的父亲。查尔斯成熟了。《雷切尔之书》实际上是借他与雷切尔的关系记录了查尔斯自己成长的故事。

马丁继承了现实主义社会讽刺小说的传统,但他的所有小说在为读者提供连贯可信的情节的同时,或多或少包含了实验的因素。他这些大胆的探索和实验使他成为当代备受瞩目的小说家,无论程度大小,他令人耳目一新的小说将会影响甚至改变当代小说的创作思路。索尔·贝娄称他为“新生的福楼拜”、“在世的乔伊斯”，即马丁是一个与“现实主义”相对的“实验主义”者。

福楼拜是现实主义小说的开山鼻祖，乔伊斯是现代主义小说的一员主将，两人都无疑是实验主义先锋。反实验、反精英的金斯利·艾米斯的儿子一反其父的风格，充当起80年代和90年代英国文坛实验主义的干将。但他与现代主义经典作家有一个很大的区别，那就是，他的作品中无处不有狂野、幻想的成分。这在《死去的婴孩》中清晰可见。《死去的婴孩》讲的是年轻人沉溺于性生活中的故事。性与毒品都是年轻人生活中极具破坏力的因素，年轻人在性与吸毒中找刺激，以期在自己空虚的生活中抓住一点什么。故而这部小说都可看作是颓废小说。

马丁在70年代发表的第三部小说是《成功》。《成功》也是关于死亡、变态、暴力、疯癫的作品，以及小青年极端离奇、由欲望的骚动所引起的幻觉。同他的其他小说一样，这部小说开始也描写平凡的日常生活，或“正常”生活中那些枯燥乏味的方面，但情节的发展很快便把这种平凡性带进荒唐、怪诞和阴暗之中。

马丁的第四部小说是《其他人：一个神秘故事》，讲的是自我身份错位的女主人公玛丽·兰姆逐渐发生了精神崩溃。她在拜金主义的社会中不可能不丧失自我，因而她的精神崩溃和最后的死亡便是情理之中的事了。

在《钱：自杀者的绝命书》(Money: A Suicide Note, 1984)中，马丁把金钱至上的社会品格当成主题。主人公约翰·塞尔夫经营广告代理公司，拍摄烟、酒、食品、色情刊物的电视广告。故事发生在1981年，塞尔夫在美国的朋友费尔丁·古德尼邀请他去美国，两人找大腕明星签约拍一部涉及毒品和性的大片。值得一提的是马丁·艾米斯本人作为小说人物出现在书中，帮助他们修改电影脚本。费尔丁拍电影是个骗局，他让塞尔夫大把大把花钱，实际上用的都是塞尔夫自己公司的钱。塞尔夫英文是“self”，是“自我”的意思，这是一个被金钱欲望吞噬的自我。他的生活没有节制，酗酒、嫖妓、挥霍无度，最后破产，服安眠药自杀未遂。经过了挫折后，塞尔夫对自己的生活进行了反思，意识到“我的生活是一个玩笑”。金钱作为一种破坏性力量，作为一种最主要的颓废和腐败的因素，从来没有像在这部小说中那样受到如此猛烈的抨击。

《伦敦场地》给马丁·艾米斯带来巨大声誉。34岁的妮科拉·西科斯美丽、性感，具有预见未来的能力。她预知自己将在35岁生日时被人谋杀，于是为这个日子的到来做了一步步安排。她引诱了两个已婚男人基思·泰伦特和盖伊·克林奇。她们形成了一种奇怪的三角关系，基思是下层社会的小混混，盖伊是上层社会的绅士，他们中的一个将成为谋杀者。一位身患绝症的作家介入这三者中间，希望自己去世前写下他们的故事。小说的背景是混乱的伦敦，恰似世界末日来临的天体现象正要发生。故事不断切换场景和叙述角度，挖掘作者和他笔下所写的人物之间的关系，给人以不同一般的阅读感受。

《时间之箭》(Time's Arrow,1991)中，他把时间的走向颠倒过来，把叙事的顺序颠倒过来，因果规律也因此被打破。一个纳粹战犯在战争结束时逃到美洲，在那里把时间颠倒又活了一次，即从死亡活到出生。在大屠杀中死去的人自然也活了过来，灭绝营呈现出一派再生的景象。食物，不是被吃进嘴里而是从胃里回流出来。清洁工不清扫垃圾，而是把垃圾撒到地上。犯了罪的纳粹军官自然又回到了清白无辜之状态。由此不难看出，作者想通过这部小说来传达他的社会政治信息。如果说历史上的大屠杀能够取消，死于大规模灭绝行动的人能够皆大欢喜地复活过来，有罪的人能够顷刻间变得无罪，那么是非善恶问题就不再是问题了。这对艾米斯心目中世界末日的"后现代"社会来说似乎不是纯粹的想象，而在某种意义上是正在发生着的事。借着不断翻新的叙述技巧，艾米斯尖刻的黑色幽默在《时间之箭》中达到一个新的高峰。

如果说金斯利·艾米斯被视为典型的现实主义作家，他的儿子马丁·艾米斯在叙事技巧上则有很大的创新。他想象奇特，文采飞扬，作品融喜剧、黑色幽默、讽刺批判于一体。当代英国文坛，在小说形式和叙事手法上进行最大胆实验的小说家当属马丁·艾米斯。布莱德伯里在《现代英国小说1878—2001》中认为："到90年代为止，他已成为英国所有小说家中最受人尊敬、最为人所模仿、最让人质疑的一位。"他所进行的叙事实验在英国文坛是独一无二的。

50. 幸运的吉姆
——颠倒了性别的现代灰姑娘

作为一位小说中的人物，吉姆·迪克逊在英国可谓是大名鼎鼎。1954年问世之初，创造吉姆这一文学形象的《幸运的吉姆》（Lucky Jim）便是轰动一时的畅销书。在随后的四十多年，该书一直魅力不减，畅销不衰，不同的出版社每年都要重印一到两次，其发行量不仅远远超过了文学经典《蝇王》，还毫不低于最成功的通俗小说。1955年此书荣获毛姆文学奖，并被评论界誉为"英国战后最成功的小说之一"。

小说中吉姆出身寒微，在某学院历史系当一名待遇低下的试用讲师，专授中古史。他学识平平，对本职工作毫无兴趣，因此课讲得很糟糕。同时，他还同虚伪做作的学院氛围格格不入，对身边趾高气扬的教授们深觉反感，对系主任威尔奇更厌恶之极。然而，为了能在这里混碗饭吃，他又不得不强迫自己适应这个环境，特别是对威尔奇百般曲意逢迎。威尔奇是个傲慢自负、附庸风雅，同时又浅薄无知的人。他抓住吉姆一心靠着他保住教职的心理，对吉姆总是颐指气使、呼来唤去。这一天他又把吉姆找去，先告诉他为了下学年得到续聘，他必须尽快发表一篇论文并在学院一年一度的期末报告会上作一次讲演。然后又要求他来参加他家的周末家庭音乐会，为他捧场。尽管吉姆对这类事深恶痛绝，还是违心答应了下来。为了不把两天周末全搭在这事上，他暗中请一位朋友在周日上午往威尔奇家给他打电话，使他有借口提前离开。

历史系有位未婚女讲师玛格丽特，吉姆来学院后不久便开始与她交往。玛格丽特还有位男友叫卡奇波。几天前他提出与她分手，她一气之下喝下一瓶安眠药，幸而及时发现获救脱险，随后应邀住进威尔奇家休养。接触中吉姆发现玛格丽特怪僻自负、矫揉造作、喜怒无常，同她在一起使人感到非常不舒服。一次他们外出吃饭时吉姆几次想借故离开，但都被一种责任感制止住了。

吉姆班上有一个非常用功的学生叫米切尔。他经常来找吉姆请教学术上的难题，而那些问题大多都是吉姆无力回答的。这天他又来找吉姆表示要报名选修他下学期开的专题课，吉姆一听就烦透了。他希望班上三个最漂亮的女生能够继续选他的课。

吉姆回到寓所，看到一封他刚投过稿的杂志编辑部主任卡顿博士的来信。信上说他对吉姆的文章很是欣赏。吉姆高兴得手舞足蹈起来。兴奋之余，他看到信箱里有一本寄给系办公室秘书、威尔奇的应声虫、与他住同一公寓的约翰斯的音乐杂志。他一时心血来潮，便用铅笔在杂志封面人头像上做了一番涂改。

周末时吉姆如约前往威尔奇的城郊别墅作客。到达后他发现那里客人很多，本系的好几位同事都在场。威尔奇的儿子、画家伯特朗也同女友克丽丝汀从伦敦赶了回来。克丽丝汀是位美丽大方、充满活力的姑娘，吉姆一见面就对她产生了好感。寒暄时，吉姆因误把克丽丝汀当成伯特朗过去的情人，叫错了她的名字。伯特朗为此大为恼火。在随后的谈话中由于伯特朗粗鲁势利、傲慢无理，吉姆又同他发生争执，几至闹翻动武。吉姆很不痛快。他中途退场，在外面酒馆喝得酩酊大醉方才返回。进屋时，他无意中发现了伯特朗与一位同事的妻子卡罗尔之间的暧昧关系。玛格丽特看见了他，把他叫到自己屋里。她起初对他非常热情，可当他对她也亲热起来时，却又突然变脸把他逐出屋外。吉姆心情沮丧地回到威尔奇为自己安排的房间沉沉睡去。第二天清晨他吃惊地发现自己不知什么时候竟用香烟将布单、毛毯烧出了大洞。他一时不知如何是好。他来到餐厅，发现只有克丽丝汀一人坐在那里。看到他心神不安，克丽丝汀便问他出了什么事情。他顺口说出失火之事。没想到克丽丝汀竟表示愿意帮他解决这个难题。他们一同来到他的房间。克丽丝汀建议重新铺床，在烧坏的毛毯床单上罩上一个新床单。他同意了。于是他们就用这个方法悄悄掩盖了他的过失。看到克丽丝汀如此热心助人，他觉得她的模样更加漂亮了。

学院的夏季舞会很快就要举行了。伯特朗一心只想带卡罗尔参加，所以一直躲着克丽丝汀。由于同伯特朗联系不上，克丽丝汀非常着急。得知此事后，吉姆决定帮助她探明伯特朗的行踪。他给威尔奇家打电话找伯特朗。接电话的是威尔奇太太。她听出吉姆的声音，便追问烧坏毛毯之事。吉姆急中生智，谎称自己是报社编辑，找伯特朗是为了向他约稿。他这一招把伯特朗母子都给蒙骗住了。

伯特朗最后还是带克丽丝汀参加了舞会。应学院院长之邀，克丽丝汀的舅父戈尔·阿夸特，一位热衷于赞助艺术事业的百万富翁，也远道赶来出席舞会。为了讨好他伯特朗特意把卡罗尔介绍给他作伴。舞会上克丽丝汀向吉姆问起了伯特朗与卡罗尔的关系，吉姆没有正面作答。随后，卡罗尔找到吉姆，同他讲明了自己与伯特朗的情人关系，指出伯特朗是一个无耻之徒，并鼓励他把克丽丝汀从伯特朗手中夺走。吉姆来到克丽丝汀身旁，说服了她与自己一同中途退场。他截下巴克利夫妇已经租好的出租车把克丽丝汀送回了威尔奇家。两人谈得非常投机，感到双方都已坠入情网。最后，他们还热切地拥抱接吻。然而同时他们也感到他们的关系是不合法的：克丽丝汀是伯特朗名正言顺的女朋友，吉姆虽然不喜欢玛格丽特，又没有同她确定关系，但也没有勇气把她摆脱掉。尽管如何，他们还是约定星期二一起去喝茶。

第二天玛格丽特来到吉姆的住所抱怨他冷淡自己。她越说越气，不觉话中带刺。吉姆一怒之下宣布与她断绝一切关系。玛格丽特听罢当场发了癔病。转日吉姆碰到威尔奇。威尔奇又要他去城里的公共图书馆为自己查资料。不久前他写一部地方志时就曾让吉姆四处为自己搜集资料。吉姆向他问起工作问题，他闪烁其辞，不肯明确回答。

应威尔奇之邀吉姆硬着头皮再次到他家作客。威尔奇夫人当面质问他毛毯被烧之事，他被迫招认并答应做出赔偿。伯特朗私下里警告他，不要再同克丽丝汀来往，并威胁他要小心自己的饭碗。无奈之中他认识到自己只能同玛格丽特在一起。

星期二吉姆与克丽丝汀克服了各自的困难依然按时约会。但由于心情不好，他们谈得很不融恰。最后二人不欢而散并说定不再见面。伯特朗得知此事后再次找吉姆兴师问罪。当吉姆对他反唇相讥时他恼羞成怒，竟对吉姆挥拳相向，但最后还是被吉姆打倒在地。

学期期末时吉姆按计划作了题为《可爱的英格兰》的演讲，但讲得很糟糕。在讲演过程中他精神紧张、语无伦次，最后竟然昏了过去。吉姆被学院炒了鱿鱼。回到家中，吉姆又发现他投给卡顿博士的论文竟已被他改头换面后在其他杂志上发表了。如今吉姆已走投无路了。正在此时，他突然接到戈尔·阿夸特的一个电话。电话中戈尔·阿夸特告诉他自己已决定将公司中一个伯特朗梦寐以求的职位留给他，并要他立刻到伦敦来上班。随后，他又接到克丽丝汀的一个口信，告诉他自己今天提前返回伦敦，希望他来火车站为自己送行。

吉姆赶到火车站，看见了克丽丝汀。原来克丽丝汀已同伯特朗吵翻分手。此时吉姆也已从卡奇波那里了解到有关玛格丽特的一些事实真相，因此也已觉得自己不必再对她负什么道义上的责任。吉姆与克丽丝汀终于走到了一起。当他们在车站闲逛以等待开车时间时，他们与威尔奇一家人不期而遇。面对威尔奇一家吉姆放声大笑，笑得那样得意，那样开怀。

《幸运的吉姆》是英国当代作家金斯利·艾米斯（Kingsley Amis，1922－1995）的第一部小说。这本书的起因是这样的：1948 年的某一天艾米斯应大学同学，后来成为著名诗人的菲利普·拉金之邀到莱斯特大学公共休息室喝咖啡。那里等级森严、气氛压抑，人们矫揉造作、装腔作势，令与吉姆性情、经历相似的艾米斯无法忍受。于是他便立即下决心把这一切都写出来。

《幸运的吉姆》一书的成功绝不是偶然的。虽然艾米斯写此书初衷在于嘲讽学院派及精英文化，但通过对一个小人物所遭所遇的生动描写，该书反映了大多数普通人对现实的不满情绪与广大青年人对英国传统文化的幻灭感。其次,由于小说中穷困潦倒的吉姆几经周折后最终与出身高贵的克丽丝汀结合并由此一步登天,该小说事实上讲的是一个现代版的、人们熟知的灰姑娘的故事,只是主人公变为了男性。小说中不幸者得到好运,弱者战胜强者,恶人遭恶报、好人得好报及有情人终成眷属等情节与主题永远是人们所喜闻乐见的。因此,该小说生命力经久不衰也就毫不奇怪了。

51. 安东尼·伯吉斯其人其事

安东尼·伯吉斯(Anthony Burgess,1917 – 1993)被广泛地认为是当代英国文坛最重要的作家之一。伯吉斯出生于英国兰卡斯郡的一个世代虔诚的天主教家庭,宗教对他的影响很大。伯吉斯的作品主要记叙英国人在英属殖民地的生活,探索了帝国主义的统治问题,但同时充满了浪漫的异域风光。创作以写实为主。

安东尼·伯吉斯于 1917 年出生于曼彻斯特。两岁时母亲因流感去世。他出身天主教世家,父母都从事音乐舞蹈工作,但他却心安理得地背叛了在英国不算主导宗教的天主教。伯吉斯坚持一种在某些方面非常保守的背离天主教的姿态,他蔑视自由天主教因为他认为他们在赢得现代社会认可方面已改变并成了另一种宗教。"当我说我是个天主教徒,那只是因为我有天主教背景,我的情感和我的反应是天主教,但在对天主教的确信方面我的思想与情感要弱得多。""当然,我写作时是从一个天主教徒立场写作,无论是相信天主教还是背离天主教的立场,这一点也是詹姆士·乔伊斯的立场。读《尤利西斯》时,你能感到那种一个全面了解教会然而又以大不敬的态度亵渎神明的人内心的冲突。"为此,他在小说中频频展现"自由意志"和"命中注定受天主拯救"观点之间的对立。

伯吉斯后来就读于曼彻斯特大学,因为自己没有进入牛津、剑桥而为之感到耿耿于怀。从很小时他就贪婪地读书,涉猎很广。恐怕在去前线的士兵中,他是唯一的可能会在行装里放上乔伊斯的《为芬尼根守灵》(Finnegans Wake)的一个人。战后1946年到1950年间,他在伯明翰大学任教,1950年起,在一所语法学校任教。1954到1959年他在马来西亚和文莱担任殖民地的教育官员。这段经历为后来的马来西亚三部曲提供了素材。这段时间里他已经熟悉了几门外语。1960年回到英国后他被诊断为患上了脑瘤,最多活一年的时间,由于担心妻子在自己死后会孤苦无依,加上医生过早的死亡宣判,反而使得伯吉斯狂热地开始文学创作。实际上医生错了,在此之后,他又活了33年。

伯吉斯一生创作颇丰。最初伯吉斯是一个音乐家,所以他的作品中还有为数众多的音乐作品,包括交响乐、歌剧、爵士乐等。1963年发表的《发条橙》(A Clockwork Orange)与奥威尔的《1984》和贺胥黎的《勇敢的新世界》一道被视为20世纪后工业时代异化的经典性作品,引导着人们在探索自由意志的意义以及善与恶之间的冲突。1993年伯吉斯去世。威廉·巴罗斯(William Burroughs)这样评论伯吉斯:"我从没有见过任何一个作家能像伯吉斯那样使用语言做了那么多的事情。"伯吉斯一生写呀,写呀,使用"多产"作家不足以描述他。他创作了三十多部小说,以及对诸多种语言、音乐的研究文章,他是研究莎士比亚和乔伊斯的专家,数百篇评论,电影、电视剧本,歌剧歌词,几部交响乐,报纸文章,儿童戏剧著作,一卷诗歌,一部芭蕾舞,一部两卷本的自传。他的两部自传《小威尔逊和大上帝》(Little Wilson and Big God, 1987)以及《你有时间》(You' ve Had Your Time, 1990)给我们揭示的是一个比起公众场合显得更加自我怀疑、缺乏自信的伯吉斯。他的第三部交响乐1975年在依阿华大学上演,他的音乐版的尤利西斯《青春和都柏林》(Blooms and Dublin)在乔伊斯去世一百周年时在电台播出。1978年他曾说道,"我不拒绝任何工作机会",他翻译过数部作品,他会说法语、意大利语、俄语、印尼语、盖尔语、瑞典语、盎格鲁—萨克森语,等等。当他70多岁时,他又开始学习希伯来语和日语。但他的日益模糊的眼睛却无法看清那些文字,即便如此他也不愿放弃。"任何人都不可能知道那么多",人们在提及伯吉斯时都会充满艳羡地这么说。

50年代他生活在马来西亚时开始了写作生涯。他对这里多种族、多语言共存的特殊文化氛围和浓郁的异国情调非常着迷，急切地记录下他所观察和感受到的一切。最初，他只是把小说写作当作一种业余爱好，记实性地描述当地给他留下深刻印象的风土人情。由于他身处殖民者的特殊身份，他的作品以笔名"安东尼·伯吉斯"发表。在此期间撰写了他的《马来西亚三步曲》:《老虎酒时间》(Time for A Tiger, 1956)、《毯中的敌人》(The Enemy in the Blanket, 1958)、《东方的床》(Beds in the East, 1958)，这三部作品描述一个不幸的公务员在反对马来西亚独立的过程中逐步的精神瓦解。

在这三步曲中，安东尼·伯吉斯描绘了一幅马来西亚不同种族的各色人共同生活的壮丽画卷，介绍了马来人、塔米尔人、锡克人、欧亚混血人，以及形形色色难以适应当地生活的英国殖民者。作品的语言由于成功地融入了各民族语言中的词汇而特色鲜明。三部小说由于一个共同的主人公的存在而构成统一的整体。维克多·布雷克是一位年轻的英国教师，他来到远东寻求新的生活。和伯吉斯其他小说中的主人公一样，布雷克也是心怀内疚，他的妻子溺水身亡的记忆时常萦绕在他脑海，折磨他。来到东方后，他感受到东方文明的神秘力量而为其所吸引。小说通过记录布雷克的所见所闻向读者展示马来西亚的灵魂。

《马来西亚三步曲》是伯吉斯文学生涯中里程碑式的作品。他相当成功地捕捉了马来西亚当地文化的多样性，评论界对这一庞大作品的好评鼓励着伯吉斯继续写作有关异域生活的小说。

《发条橙》的故事发生在似乎不太遥远的未来英国社会。那时人类科学技术相当发达，已经在"月宫"上建立了定居点，地球上的环球电视转播也已经形成了电视文化；而就在室外，冬夜里，却恶梦迭出。正如作者所提出的，"发条橙"外表像普普通通的橙子，内部却是机械装置，并非自然物产，作者之所以选用了发条橙的象征，而不是"发条苹果"、"发条葡萄"，是因为英语的"甜橙"称为 orange，马来语的"人"称为 orange。原来是机械控制下横冲直撞的人啊！具体落实在本书主人公身上，我们便看到了各种各样的反社会行为。

故事用一种由俄语、英语和美国俗语、吉普赛的话语还有古老的詹姆士一世时的方言写成。一个生活在未来某时代英国社会，酷爱贝多芬的问题少年操着独特的纳查奇语讲述了他从十五岁到十九岁的成长经历，青春期躁动在幻想题材中被夸大到极致，超越人伦之外：小亚力克斯残暴嗜血，吸毒纵欲，无恶不作。被捕后当局给他洗脑以改变他的谋杀犯罪倾向。政府采用生物技术对他进行改造，虽制止了其犯罪行为，却剥夺了其意志自由，从另一方面削弱了他的人性，仿佛一个技术社会制造的发条橙，在机械规律的支配下身不由己地行动。终于他恢复了意志自由，又度过了暴风骤雨期，回首往昔，醒悟到自己始终是上帝手中的一只发条橙……故事的中心思想是这样一个哲学问题，在一个有自由意志的坏人和一个没有自由意志的好人之间社会究竟喜欢哪一个？

《发条橙》尽管只有百余页,到今天却成了经典之作。故事分三部二十一章,写作以轮廓勾勒为主,富有象征性。小说第一部翔实地陈述了主人公的犯罪事实:殴打老人、打群架、持长柄剃刀;强奸、大喝掺了毒品的牛奶,最后攻击老太太致死;哥们将他出卖,送他吃了官司。第二部记叙了他的狱中经历,主要讲政府对他的治疗过程,方法十分奇特:药物加上恐怖视觉刺激,以改造他的思想。到头来他一想到色情、暴力、乃至音乐,就会恶心呕吐。他陷入了自身的人性遭到怀疑的地步,伯吉斯探索着道德选择和自由意志的基本问题,问道:“难道一个人不能选择作恶,就必然从善吗?”最后一部讲述几年后主人公成为牺牲品,无法反击以前树立的诸多敌手,人人都揍他,他却无能为力。在此他遇到了唯一忠于自己的哥们,对方已经成家立业,于是,主人公自由意志复苏,终于领悟到,自己得到了一次新生的机会。他立刻意识到也想结婚,也想要生儿育女,同时又感到困惑:自己的孩子会走上相同的自我毁灭的道路吗?

《发条橙》中对恶行的赤裸裸的描写在文学史中是极其罕见的,三分之一的暴力渲染——斗殴、抢劫、凶杀、强奸、吸毒等等,当今社会的一切丑陋暴行强烈刺激着人的感官和道德防线,让人深感恶心和恐惧。但这些暴力描写的真正目的是为了揭示人的本质,探索更为普遍的人类问题。

在《发条橙》中，伯吉斯用反乌托邦的形式将问题推向了两个极端，表现了一个有关人类社会自由的难题，即极端的自由意志将会给社会带来无尽的暴力灾难，而极权社会对人的无情控制又将导致人的自由的全面丧失。

在书中伯吉斯嵌入了大量真实或虚构的音乐，包括贝多芬、巴赫、莫扎特等的音乐。这些音乐主宰着主人公的精神世界，起初是他无尽快乐的源泉，后来又成为他无限痛苦的起因。音乐伴随着他的自由放纵和意志沦丧的始终，成为伯吉斯揭示人类生存困境的一个重要手段。

伯吉斯的写作风格与众不同，由于他的变化性充满了野性，在 20 世纪的英国文坛上，实在没有第二个人与他相似了。

52.《法国中尉的女人》——英国当代元小说的代表作

约翰·福尔斯(John Fowles,1926 - 2005)是当代英国文坛享有盛名的小说家,是英国后现代主义小说的代表人物,同时也是英国后现代主义小说的开创性人物。

1969年当《法国中尉的女人》(The French Lieutenant's Woman,1969)一书问世后,在大西洋两岸引起了极大的轰动。这是一部仿维多利亚小说的作品。福尔斯一方面惟妙惟肖地模仿维多利亚小说的传统写法,另一方面又对这种写法进行颠覆,同时在结构上进行大胆的实验。《法国中尉的女人》将传统的叙述手法和元小说的写作风格融合在一起,以现代的眼光,对维多利亚时期小说的内容、形式、风格和语言进行了滑稽的模仿,将这部貌似历史小说的作品变成了一部真正的实验小说。小说的主题是人的堕落,人在获取知识和文明后随即丧失了无知的乐园。

故事发生在1867年3月末一个寒风呼啸的早晨,一对男女向英国南端海湾上的古老小镇莱姆镇的码头走去。男的名叫查尔斯·史密斯,出身贵族,年约32岁,身材魁梧,仪表堂堂。女的名叫欧内丝蒂娜·弗里曼,富商的女儿,21岁,容貌秀美,穿着入时。他们刚刚订了婚,从伦敦来到莱姆镇休养,他们远远看到一个全身黑色打扮的女人站在堤上,眺望着大海。欧内丝蒂娜告诉查尔斯，这个女人原先爱上过一个法国中尉，后来被他抛弃，她总是站在堤上等待他归来，因此被当地人称作“法国中尉的女人”。好奇心促使查尔斯上前和她打招呼，他发现这个女人算不上漂亮，却有着无法让人忘却、满是哀伤的面容。这个年轻女人名叫萨拉·伍德伍夫，到莱姆镇不久，在当地富孀博尔特尼太太家当秘书。在刻薄、顽固的博尔特尼太太面前，萨拉学会了自卫和容忍，并且在葛罗根大夫的帮助下，她每天下午可以出去自由活动。每逢这时，她就去看海。萨拉出身贫穷，受过教育，雅致而有才学，但是由于出身卑微，一直得不到她所期待的上流社会男子的青睐。几年以前，她到一家做家庭教师，后来发生了“法国中尉”的事，于是辞职不干了。

查尔斯对古生物学感兴趣已经有多年的历史了，到了莱姆镇后也念念不忘考古。这天他来到了一处山势险峻、人迹罕至的山崖寻找化石，却意外地碰到了萨拉。原来是博尔特尼太太的管家费利太太告状，博尔特尼太太不准萨拉再去看海了。于是她偷偷来到这个悬崖峭壁俯视大海。查尔斯看到她孤独一人躲在这里，深感她内心的寂寞和绝望，不由地对她的命运感到愤愤不平。几天后，在相同的地方，查尔斯又碰到了她，在简单的寒暄过后，他正准备离开，可是萨拉的眼神里却流露出智慧与独立、自尊与自爱的神情，于是他忍不住对她深表同情，劝说她离开博尔特尼太太，离开莱姆镇，并且愿意提供帮助，可是萨拉却拒绝了他的好意。查尔斯以为萨拉还在等待着法国中尉，可萨拉说法国中尉已经结了婚，永远也不会回来了，说罢她痛苦地离开了。在与萨拉的交往中，查尔斯渐渐地对她有了好感。与浅薄虚荣、缺乏个性的欧内丝蒂娜相比，萨拉显得深沉而富有魅力。但查尔斯想到，自己既然已经与欧内丝蒂娜订了婚，或许婚后情况会有所改变的，于是查尔斯决定避开萨拉。

两天后查尔斯又上了山，特意绕开萨拉常去的地方，朝着相反的方向走去。他下定决心，倘若遇上她，再也不同她交谈。他正专心地找着贝壳，萨拉却悄然地出现在他的上方。原来她跟随着他，其目的是要告诉他18个月前所发生的故事。查尔斯拒绝了她的要求，想离开这个地方，没料到萨拉竟然跪了下来，恳求他听她讲述她的故事，并且说，如果得不到他的帮助,她真的会变疯的。查尔斯在犹豫之中答应了她的请求,也预感到自己将被卷进一种禁忌之中。查尔斯同葛罗根医生谈起了萨拉,医生说萨拉常常无缘无故地哭泣、沉默不语,看来是患上了抑郁症。医生曾劝她离开博尔特尼太太家,并为她找了个好人家,可她执意不肯离开,像患了鸦片烟瘾的人一样患上了忧郁瘾,她的痛苦已经变成了她的快乐。医生说药品已经对她失去了作用,她只有将心头的隐秘吐露出来,才能得到医治。听了医生这番话,查尔斯决定采取冒险行动,于是几天后他上山找到了萨拉。

萨拉将查尔斯带到了一个隐蔽处,把自己的故事对他全盘托出。原来法国中尉名叫瓦尔根尼,在船遇难后受了重伤。萨拉原先的主人出于同情接他到家中休养。由于主人不会说法语,只得由懂法语的萨拉负责照顾他。法国中尉年轻而英俊,对萨拉格外关注,后来向萨拉求爱,并且答应将萨拉接到法国。他先到威茅斯后让萨拉等待他,可是过了五天后萨拉实在忍不下去了,满怀着悲痛和绝望去寻找他。到了威茅斯后,萨拉发现他变了,知道自己受了骗,可她还是留了下来,将自己奉献给了他。萨拉这样做的目的就是要把自己变成另外一种人,要让人指着说这就是法国中尉的女人。她活下来就是要生活在这种耻辱之中。要她离开她的耻辱,她一定会茫然若失的。萨拉的话更加坚定了查尔斯要她离开这里的决心。在查尔斯的恳请下,萨拉答应考虑,这使得查尔斯倍感宽慰。

查尔斯正犹豫该怎样对欧内丝蒂娜解释所发生的一切,当他再次回到莱姆镇的时候,惊奇地发现萨拉已经被博尔特尼太太辞退,并且本人也失踪了。这时查尔斯收到了萨拉的一张便条,萨拉要求见他一面,查尔斯将自己与萨拉的几次交往的实情告诉了医生,医生警告他不要再去冒险,并且分析了萨拉的动机:她对世人待她不公感到不平,但她贫穷,没有什么更好的手段来勾引男人,只能扮作一个弱者,一个命运的牺牲者的角色,利用查尔斯对她的同情向人复仇。医生认为她只是一个精神病患者,并且要送她到当地一个条件较好的私立医院去治疗她的精神创伤。但是查尔斯觉得萨拉同那些精神病人不同,她只是面临绝境,需要他的帮助而已。于是第二天他又去茅屋看她。萨拉一见查尔斯就克制不住自己,承认是故意让别人看见自己和查尔斯在一起。突然查尔斯发现他的仆人山姆和女友正朝着茅屋走来。他就像当场被捉的罪犯一样，陷入了另一种恐慌之中。他警告山姆不得说出此事，自己去了伦敦，并且要萨拉去艾塞特。在伦敦查尔斯收到萨拉的信，上面只有三个字，写着一个地址。查尔斯在伦敦办完事后并没有去艾塞特，而是直接回到了莱姆镇，并且立刻向欧内丝蒂娜坦白了他和萨拉之间的关系。故事到此结束，萨拉从此再没有回来找过他，查尔斯和欧内丝蒂娜一直生活到老，可他们的生活并不很幸福。他们总共生了七个孩子。

作者在这个结局之后又安排了另一个结局：那就是当查尔斯收到萨拉那封信的时候，心中对自己与欧内丝蒂娜的婚姻产生了动摇。当回莱姆镇的列车停在艾塞特时，他径直下了车，来到了萨拉的住处。萨拉的脚扭伤了，坐在火炉旁，披着毛毯，在火光的照耀下显得格外生动。这时查尔斯突然明白自己为什么要到这里来：那就是为了再见她一面，是一种需要，是一种饥渴。可是不久他就发现她还是个处女，她对他撒了谎，她并没有失身给瓦尔根尼。萨拉承认在这件事情上她欺骗了他，可是在对他的爱情上，她从没有欺骗过他。欺骗他的只是她的孤独、愤恨和嫉妒。查尔斯痛苦万分，感到自己受到了引诱和欺骗。他即使去教堂祈祷也无法获得心灵的平静。不过渐渐地他理解了萨拉的用意，那就是她爱他。于是查尔斯决定先回莱姆镇解除同欧内丝蒂娜的婚约，然后向萨拉求婚。回到莱姆镇后，查尔斯经历了一场不小的风暴，受到众人的指责。不过，一想到将来同萨拉的结合，查尔斯就觉得经历这一切也值得。他连夜赶到了艾塞特，可萨拉早去了伦敦，连半个字也没留下。查尔斯又追到伦敦，开始寻找萨拉。他雇了四个密探，他们搜遍了伦敦、艾塞特和莱姆镇，结果一无所获。后来查尔斯停止了寻找。他先去了欧洲，又到了美国，几乎走遍了所有城市，也无法排遣心中的忧郁、孤独和空虚。一天他的律师告诉他萨拉找到了，不过她已经更改了姓名，已不再当家庭教师了，而是给一个画家当助手。当查尔斯找上门来时，萨拉就像换了一个人似的，对他的到来很不以为然。他向她求婚，愿意给她最大的自由，但是萨拉拒绝了。萨拉说她过去痛恨孤独，现在却十分珍惜它，因为她有有趣的工作，而且生活得也很幸福。这时查尔斯明白了一切，原来她把他招来的目的是为了给他最后一击，以发泄她对男人无休止的仇恨。查尔斯正要离开，这时萨拉唤人抱出一个小姑娘，这孩子正是他们的女儿。寂静之中，萨拉的头依偎在他身上，小女孩用布娃娃拍打着爸爸的脸颊。查尔斯经历了磨难，结局还算是圆满。

不过，在此之外，还有可能存在另一种结局，那就是萨拉准备再次牺牲查尔斯的感情。查尔斯终于清醒了，看出萨拉的虚假，离开了萨拉。

从福尔斯的作品中可以看出，他的想象力十分丰富，在创作技巧上称得上是一个能手。他擅长于模仿，也乐于创新，在风格上和文学类型上的确变化多端。他的艺术创新对小说的传统形式与创作手法、对小说表现的所谓真实，以及作者的绝对权威等均提出了挑战和质疑，并且在小说作为阐述思想的寓言形式方面做出了独特的努力。而且他的代表作《法国中尉的女人》，已经成为西方后现代小说的经典作品之一。

在创作手法上，他在大胆采用实验主义的同时，也不完全抛弃传统现实主义。因此我们在他的小说中看到的是两种创作方法的并存——现实主义和实验主义。女主人公萨拉是一个维多利亚时代的妇女，却跨越了一个世纪，具有现代意识。从思想内容看，这是一部反传统小说，对维多利亚时代的道德观和中上层人士的虚伪性进行了猛烈的抨击。在结构上，他采用小说中套小说的手法，把相隔一个世纪的两个时代（1867 年，1967 年）串联在一起，使读者同时领略两个时代的道德观和生活方式，用两个时代的相互参照说明道德与生活方式的变迁。

约翰·福尔斯 1926 年 3 月 31 日生于英国埃塞克斯郡利昂西镇。1947 年至 1950 年在牛津大学新学院读法语，逐渐崇拜法国作家，最崇拜福楼拜，还崇拜萨特、加缪和他们的存在主义。1950 年以优异成绩获文学学士学位。1950 年至 1951 年在法国普瓦捷大学教英语。读过纪德、季洛杜等法国作家的著作。自学基础拉丁语，开始阅读拉丁语诗歌，特别喜欢读马尔提阿利斯和贺拉斯的诗歌。1951 年至 1952 年，在希腊的斯佩塞岛教英语，并从事诗歌创作，包括《希腊诗集》中的许多篇。1963 年小说《收藏家》(The Collector，1963）出版，主要表现了主人公畸形的爱情生活。这是一部寓言体小说，但其中的细节描写给人以逼真的感受。1964年至1965年停止教学，专事创作。1964年，《高论》(The Aristos)一书出版。此书并非小说，而是"用各种见解进行的自我描绘"。1965年，《魔术师》(The Magus)出版。这是福尔斯的第一部小说，十二年前已动手创作。1966年，约翰·福尔斯移居多塞特郡莱姆里吉斯附近的安德希尔农场。1969年，《法国中尉的女人》出版，获国际笔会银笔奖，并获"W.H.史密斯父子图书馆奖"。1973年，《诗集》(Poems)出版。1974年，中短篇故事集《乌木塔》(The Ebony Tower)出版。1975年，《遇难船》(Shipwreck)出版，此书主要记述英国近海的船舶失事情况。1977年新创作小说《丹尼尔·马丁》(Daniel Martin)出版，本书写电影剧作家丹尼尔在与好莱坞、资本主义、艺术、以及妹夫的关系中寻找自我的漫长经历。小说的场景变化多端，叙事手法多样，是一部实验小说。1978年和1979年，非小说《海岛》(Islands)和《大树》(The Tree)出版。1982年，《曼蒂莎》(Mantissa)出版，是一部写性幻觉的小说，带有浓厚的神话色彩。

福尔斯是一个多产的作家，写作生涯长达40多年。他所创作的多部小说都是畅销书，而且从不重复同一个内容。但最为批评家和读者称道的还是《法国中尉的女人》。此外，他还写过一些短篇小说、诗歌、哲学作品和电影剧本。

1988年，福尔斯罹患中风，两年后，和他相依相伴33年的妻子伊丽莎白去世。此后，福尔斯只出版了日记集等极少量作品。他晚年一直深居简出，很少参加社会活动。他的出版商说，福尔斯"讨厌玩著名作家的游戏。他只想呆在莱姆里吉斯自家花园里。他热爱的是大自然、鸟和花朵，而不是人群"。福尔斯于2005年11月5日在英国西南部多塞特郡家中病逝，享年79岁。

福尔斯很善于把心理描写和社会生活巧妙地结合起来，刻画人物细致生动，情节曲折，引人入胜。

53. 人对上帝的抗争
——谈缪里尔·斯帕克的宗教小说

缪里尔·斯帕克(Muriel Spark,1918 – 2006)是英国战后一代杰出的女小说家、诗人、剧作家、文学评论家。她创作了许多脍炙人口的作品,其中不少还被改编成电影和电视剧,受到观众的普遍欢迎。一时间,斯帕克成了家喻户晓的人物。她的主要作品有:《安慰者》(The Comforters,1957)、《佩克姆绅士的歌谣》(The Ballad of Peckham Rye,1960)、《琼·布罗迪小姐的青春》(The Prime of Miss Jean Brodie,1961)、《贫家女子》(The Girls of Slender Means,1963)、《曼德尔鲍姆大门》(The Mandelbaum Gate,1965)、《驾驶员的座位》(The Driver's Seat,1970)等。2004 年,86 岁高龄的斯帕克又出版了一部长篇小说新作——《进修学校》(The Finishing School),她被誉为英国文坛上的一棵常青树。

缪里尔·斯帕克 1918 年生于苏格兰首府爱丁堡,父亲是一个犹太人,母亲是个虔诚的长老教派信徒。由于家庭的影响,斯帕克自幼受到宗教文化的熏陶。对此她坦诚地讲:"爱丁堡是我父亲的出生地,对我的思想、作品的风格和思想方式无疑产生了潜移默化的影响。"青年时代的斯帕克并不安分,她向往自由,19 岁那年远离故乡去了非洲的罗得西亚。就在那里成了家,但婚后生活并不美满。然而,这段富有异国情调的经历却成了她日后从事文学创作的最佳素材。她 1915 年创作的以非洲为背景的短篇小说《六翼天使与赞比西河》就是自己经历的写照。由于该作品所表现的洞察力和娴熟的语言技巧，斯帕克一举摘取了当年《观察家》“短篇小说奖”的桂冠。这一意外的成功更坚定了她成为一名专业作家的信心。不过，斯帕克真正的创作生涯几乎是与她的宗教信仰同时拉开序幕的。也就是在那个时候，她开始接触到 19 世纪有名的思想家、红衣主教纽曼的作品，并在其影响下成为一名天主教徒。应该说，她是在确立了信仰之后才开始了自己的文学生涯的。

50 年代初，斯帕克逐渐对罗马天主教产生了兴趣，她认为天主教帮她找到了自己的准确位置。于是，1954 年，她正式加入罗马天主教。这一信仰的转变伴随着一系列精神和心理上的混乱，对她的价值观乃至整个人生观都产生了极大的影响，也成为她以后许多小说探讨的主题。

斯帕克的第一部长篇小说《安慰者》问世后即博得喝彩，受到公众的重视。其作品中语言机智，带有讽刺意味和黑色幽默。在罗马的一段经历，作者受到宗教的影响，在作品中反映出对宗教的精神生活的追求。

这是一部深刻反映主人公卡罗林·罗斯对宗教、心理学和审美方面的感受和思考的作品。主人公卡罗林·罗斯与作者的境况有些相似：刚刚转而信仰天主教，正处于适应期，并且初步品尝了文学生涯的成功感。罗斯竭力追求一种自由意志，但并不成功，她是个具有双重角色的人物，既想从尘世中超脱，又因身陷其中而不能自拔。故事的情节围绕一些悬念和疑惑展开。最终，疑团一个个解开。从作品的内涵来看，这部小说反映了作者本人经历了精神方面的动荡后渴求心灵得到安慰的复杂心态。作品描写那些堕落的天主教徒借以嘲弄某些教徒对宗教的亵渎和懵懂，揭示了现代社会中人在精神方面的困境。这里，作者向读者暗示：宗教的研究对象首先是在世俗中生存的人，宗教必须参与现实方可具有活力。这也许就是斯帕克为何在皈依天主教后仍把创作视角投向现实社会和世俗凡人的缘由。斯帕克刻意从卡罗林的角度叙述故事，整个小说似乎是卡罗林创作而成。这样做的目的是为了探索文学作品中作者的作用。斯帕克认为，小说的作者有些类似上帝，作者创作小说与上帝创造世界有异曲同工之妙，小说的形式与世界的形式息息相关。这样，作者的全能全知困难与小说中人物的自由意志产生冲突。

斯帕克从第三部小说《死亡警告》(Memento Mori,1959)起，便开始重新审视自己的人生观和创作观并对其做出新的阐释。这是一部融艺术与想象、现实与超然于一体的小说。作者通过把20世纪一个普通真实的场景和神秘的匿名电话相结合，来实现自己表现自然力与超自然力之间制约与反制约关系的创作意图。作品以具有寓意特点的主题、新颖的故事内容和刻意安排的主次情节，揭示了死亡这个谁都无法抗拒的事实。这里，斯帕克借叙述人之口宣判了一群迈入古稀之年老者的“死刑”。这群男女老者虽然各自有着不同的经历和心思，但都患有身体和精神上的疾病，在风烛残年中同病相怜。作品明确指出，人应该在每天晚上都想到死亡，只有把死亡深深地镌刻在脑海中，人类才有可能增强生命感。在《死亡警告》里，作者通过主人公亨利·莫蒂默与琼·泰勒两位老人的故事揭示人对待死亡的态度：抵制死亡，而死亡是上帝对人反抗他的惩罚。小说里的两个人物表面上都不错，但作者认为只有泰勒可能得救，因为他相信了天主教。莫蒂默得救的可能性不大，因为他不信天主教。而“信”与“不信”本身就是服从与反服从的斗争。

《琼·布罗迪小姐的青春》是斯帕克的又一成名之作。小说探讨的是“背叛”问题。

小说写的是二战前爱丁堡一所教会小学里的事。布罗迪小姐是一位年轻漂亮雄心勃勃的教师，她心目中的英雄是墨索里尼和希特勒。她信仰爱丁堡十分盛行的加尔文教。该教否认一切个人自由意志，相信预定论，即人世间的一切、人的一生都是上帝早就安排好了的。而她却不服从上帝预先安排好了的世界，以种种办法笼络自己班上的一伙经她挑选的女孩子，并声称要把她们培养成为“人杰中的人杰”。她虽然去校外听宗教课，还建议在自己学校的课上向学生们读《圣经》，然而她自己的信仰并没有使她在道德上有所进步。她信上帝是因为她坚信“不论做什么事，上帝都在她一边”，所以她自命不凡，连走路时头抬得都比别人的高。事实上她的信仰只增加了她对自己不切实际的看法：认为她就是上帝。因此她能与音乐老师娄赛先生同床而不自责，甚至为了满足心爱的艺术教师劳埃德的性欲，不惜鼓动自己的学生去与他同床，丧失了一个教徒起码的道德。

虽然她把自己看成上帝和真理的代表，并对此坚信不疑，但她终究没有能实现自己的愿望：成为学生们的上帝。自从她的心腹桑蒂（作者的化身）皈依罗马天主教后，便开始对自己的教师采取了批判态度，桑蒂知道自己是个普通的英国人，生活在英国这块土地上，但在布罗迪小姐的控制下，她觉得自己已经被剥夺了在这种生活里生活的权利，无论这种生活多么叫人不愉快。她也迫切地想弄清楚这种生活的真实内容，并且不想再有什么人来保护她。

于是当布罗迪小姐告诉桑蒂是她劝说艾米尔到西班牙参战时，桑蒂再也忍受不了了，便以"天生的法西斯"的罪名向校长告发了自己的老师。布罗迪小姐因此而提前退休，并因病在 56 岁时去世。

作者显然是说，布罗迪小姐由于胆敢与上帝唱对台戏，背叛了上帝，背叛了她的学生，上帝便选桑蒂来背叛她，使她灭亡。但是布罗迪小姐的可悲之处还在于她没有皈依罗马天主教，否则她还是能得救的。因为"她的性格最适于信罗马天主教。罗马天主教可能会接受她，并用纪律约束她那狂涛汹涌般的思想使它变得正常起来"。末了桑蒂进了修道院，不论她有什么错误，罗马天主教就是她得救的地方。

《贫家女子》又一次触及了宗教信仰问题：主人公法灵顿因为无意中目睹了一场大火中一个少女的自私行为，而对人类感到失望，于是皈依了天主教。

《曼德尔鲍姆大门》以现实主义的笔法描述了英国女性巴巴拉改信天主教后去耶路撒冷朝圣途中的种种遭遇，以及一位驻以色列的外交官汉密尔顿为帮助巴巴拉秘密通过战争中的约旦所做出的努力和他最终的转变。两位主人公都通过转变实现了自身的解放。

斯帕克在不到 30 年的创作生涯中写了 30 多部作品，这些题材广泛的作品如同阵阵春风吹绿了当代英国女性文坛，也给整个当代英国文学注入了新的活力。通过以上对斯帕克作品的简略分析可以看出，她的创作思想内涵十分丰富，作品构思也很巧妙。斯帕克擅长穿插叙述，时空安排不受限制，故事情节前后跳跃。另外，她把残忍和一本正经糅合在一起，以超然、冷静的手法叙述荒诞的人生。仅据斯帕克的观点，现实充满了邪恶，而人的处境是荒诞的。要摆脱这样的窘境，就必须借助幻想的翅膀飞向自由的国度以找到自己的归宿。可见，斯帕克是用小说的形式虚构了一个可代替的现实。作为一个皈依天主教的教徒，斯帕克也许在宗教中找到了灵感，也获得了某种精神寄托。但是她留给读者的却是一长串问号：生活在现实生活中的人又如何能克服缺陷找到人生的真谛，进而从忙碌无为的生活中获得升华？比较而言，她的后期作品更为直面人生，现代精神也更为浓郁，其意蕴更为深邃、丰富。

如果我们走进斯帕克的小说，我们会发现那就是一个宗教的世界，因为斯帕克不仅是一位小说家，还是一位公认的“天主教”小说家。在她的小说里无处不存在罗马天主教的影子。从她小说的寓意到主人公的言行，从罪恶到道德，无处不渗透着罗马天主教的教义和宗旨。作家的作品反映的是她对世界的看法的，斯帕克作为一个忠实的罗马天主教徒，自然要以她的观点来反映世界。

1963年，斯帕克成为皇家文学协会会员，1978年成为美国艺术与文学院的荣誉院士。1993年，她获封为女爵士。1997年，她获得戴维·科恩的终生成就文学奖。斯帕克2006年在佛罗伦萨的医院去世，终年88岁。

54. 艾丽斯·默多克与她的创作思想

艾丽斯·默多克(Iris Murdoch,1919－1999)英国著名女小说家、哲学家,生于爱尔兰都柏林。在伦敦、布里斯托尔等地接受初、高等教育。1938年入牛津大学深造并获荣誉学位。尔后,默多克在一个政府部门谋职。不久,由于工作出色她又被联合国救济总署聘任并派往比利时和奥地利的难民营任职。二战结束后,默多克重返学堂,进牛津大学研习哲学。可以说,哲学对她思想的转变起了决定性的作用。曾任牛津大学哲学讲师。她是受法国存在主义影响很深的哲学家。从其创作意图来看,默多克明显受到了法国存在主义作家萨特和爱尔兰著名荒诞派作家贝克特的影响,这种影响尤其表现在她的早期作品中。在作品中主要关注现代人生存中的哲学问题。她利用大胆新奇的想象创作出稍显怪诞离奇的情节,借以展示西方现代文学的浅薄、庸俗和不稳定性。她后期的艺术风格接近"后现代派"。她对道德、哲学问题感兴趣。她的人物都取自她自己的生活阶层:学者、作家、艺术家、教师。从她对于哲学研究的理解,很明显地看出她把小说看作是反映社会和道德的中心舞台,所以,她把道德和哲学思想溶入她的作品之中。她的主人公经常发现他们处于艰难的道德选择境地。她的小说以富于情趣的语言、尖锐泼辣的讽刺著称。但小说结构复杂,内容脱离现实,往往晦涩艰深,令人难懂。情节常以两性关系为主线，将书中的各个人物串联在一起；人对爱情和自由的渴望被当作人的生存之必需的前提来进行考察。

默多克作品中的主人公大多是男性，尤其是虽已成年却对自我存在幻想，对他人不能很好理解的男性知识分子。默多克在作品中叙述了他们逐渐走向“真实”的痛苦而滑稽的过程。

默多克是战后小说家中最有趣、最复杂的一位。她的早期小说纤细精巧，字里行间洋溢着智慧和幽默，同时又内容庞杂、繁复、曲折多变。对于她来说，人只不过是由于偶然的机缘来到这个纷杂的世界，因此难免要受到自我、社会和自然的强力束缚。所谓身心自由或者主观能动性都只是人们美好的想象而已，好比水月镜花，可望而不可及。她的早期作品《钟》(The Bells, 1958)叙述的就是这样一个主题，小说中的女主人公对所谓人的主观能动性进行质疑，认为“世界发挥主观能动性之日就是它变得无趣无用之时”。整个作品情调消极、低微，读来让人伤感，甚至会产生迷惘。这个时期默多克其他主要作品有：《在网下》(Under the Net, 1954)、《从魔法中逃逸》(Flight from the Enchanter, 1956)。

默多克的处女作《在网下》就是一部哲理小说，基本阐述了作者本人对存在主义哲学观点的看法和对自由与意志的认识，默多克也因之一举成名。

《在网下》描写了一个年轻人徘徊于伦敦和巴黎，试图寻找并构建一种新的生活方式，但最终却大失所望。结局是他几乎一无所有，只好接受现实。

这部小说的主题是人们在整个社会背景下，在跟别人的相互交往中，寻求真理，寻求自我，寻求家、爱、金钱和一种更好的生活的过程，并揭示了幻想与真实、言语与行为之间的关系。小说的题目具有象征意义：社会被看作是一个丛林、一张大网，到处都是陷阱。一个人很难实现自己的计划或意图。虽然人们具有一种追求理想和知识的倾向，但他们最后却不得不接受这个充斥着混乱的现实世界。最好的选择就是放弃努力、引退，平静地接受现实。

小说的一个主要特征是作者并没有直接陈述她的观点，而是采用象征手法，通过她的人物，特别是那些次要人物，表达出了这些观点。题目本身就是一个极好的例子。

默多克在叙述中大量运用神话和象征因素，有些作品的艺术风格接近后现代风格。品尝了创作的甜头之后，默多克觉得再也舍不得放下手头的笔。她文思泉涌，接连写出了好几部作品。从此，她笔耕不辍，著述甚多，且不断更新创作内容，几乎每隔10年都要翻新一下。自60年代起，默多克开始批判萨特极端的观点，并主动放弃存在主义思想转向莎士比亚。这个时期的作品几乎无一例外地表达一种具有象征意义的善恶模式，如《被砍掉的头》(A Severed Head, 1961)、《非正式的玫瑰》(An Unofficial Rose, 1962)、《意大利女郎》(The Italian Girl, 1964)、《红与绿》(The Red and the Green, 1965)、《天使时节》(The Time of the Angels, 1966)和《美与善》(The Nice and the Good, 1968)等。

不过真正使默多克傲然于文坛的还是她在70年代创作的作品，如《黑王子》(The Black Prince, 1973)、《神圣的和亵渎的爱情机器》(The Sacred and Profane Love Machine, 1974)和《大海，大海》(The Sea, the Sea, 1978)等都获得大奖。《黑王子》获詹姆斯·布莱克纪念奖，其余两部分别获得了惠特布莱特奖和布克奖。

《黑王子》讲了一个近60岁的男主角——作家布拉德利·皮尔逊与20岁的青年姑娘朱利安·巴芬的爱情故事。从题材上看，《黑王子》多少受了纳博科夫《洛丽塔》的影响。

朱利安是布拉德利以前的朋友、现在的敌人、同样是作家的阿诺德·巴芬的女儿。布拉德利成功地使朱利安失去处女贞洁之前与她母亲雷切儿·巴芬有过短暂的私通。相应地，阿诺德也与布拉德利的前妻克丽丝汀·伊文黛尔有过私情。从精神分析的意义上看，布拉德利与阿诺德之间又存在着若即若离的同性恋关系。布拉德利与妹妹普丽西拉之间也有着微妙的感情。这些错综复杂的恋情关系说明《黑王子》是一部典型的默多克式小说。使故事情节更为复杂的是，《黑王子》包含了许多死亡事件。雷切儿有谋杀倾向，阿诺德便死在她的手下。布拉德利对此事负有责任，因为是他将阿诺德与克丽丝汀的暧昧关系披露给醋意十足的雷切儿的。

他到谋杀现场后因急于销毁雷切儿杀人的罪证而留下了自己的指纹，因而锒铛入狱，最后郁郁死在狱中。除此之外，普丽西拉是精神病患者，有强烈的自杀倾向，并且自杀成功。凡此种种线索加在一起，使得《黑王子》的故事结构远远复杂于《洛丽塔》中一个老头迷恋于一个少女这种单线索故事。

从叙事形式上看，《黑王子》是布拉德利在狱中写下的故事，是在他死后出版的。因此，默多克可以在故事正文之外让一个名叫"P.洛克西亚斯"的所谓的"编辑"写一个"序"和一个"跋"；让"作者"布拉德利本人也写了一个"自序"和一个"附录"。

布拉德利发现了阿诺德的写作才能，帮助他走上了文学创作的道路。可是阿诺德并不是一个全心全意追求艺术理想的人。他写得很快，但写的全是轻松易读的东西，因此他的书很畅销。与此相反，布拉德利本人坚持艺术至上，坚持慢工出细活，因此写得很慢、很吃力，产量也很少。事实上，布拉德利与朱利安的恋爱这一故事主线与追求生活和艺术的真实有直接关系。他与诸多女性发展性爱关系的动机也是为了艺术，因为他本来是个隐士般的人物，还是个讨厌女性和婚姻的人，但现在他认为，自己从前在艺术上之所以没有大的作为，正是由于自己性爱经历太贫乏、太单调，因而坚信，只有大大扩展和深化自己的性爱经历，才能写出真正杰出的作品。爱情的确打开了他的眼界，给他以创作的动力和灵感。对于年近六旬的人来说，爱情无疑使布拉德利焕发了新生命。再加上年龄赋予他的阅历、智慧和技巧上的成熟，布拉德利对朱利安的狂野激情终于结出了丰硕的果实，这就是被众多人物写了"序"、"跋"和"附录"的《黑王子》。小说写成了，他也死了。因此不妨说布拉德利用生命换来了艺术；对他来说，生命与艺术已经相互等同。

布拉德利以他那一大把年纪，竟然有朱利安、克丽丝汀、雷切儿、普丽西拉这四个女性围着他转来转去，为他死去活来，因此，他多少也算得上一个"王子"。然而，他又只可能是一个反讽刺的"王子"，一个不仅不能带来大团圆的美好结局，反而导致了十分悲惨的后果的"黑王子"。这种安排必然使《黑王子》在价值判断上显得模棱两可。这种模棱两可性是默多克许多重要作品所共有的格局。这是一种结构性的格局，默多克被囿于这一模式之内，似乎永远走不出来。

到了八九十年代，默多克的创作思想显得更为深沉。这个时期的小说是多维的，既没有单一的主题也没有单一的视角，而是全方位地展示了战后英国社会的人生百态，如《修女和战士》(Nuns and Soldiers, 1980)、《哲人的学生》(The Philosopher's Pupil, 1983)、《书与兄弟会》(The Book and the Brotherhood, 1987)、《绿衣骑士》(The Green Knight, 1993)和《杰克逊的困境》(Jackson's Dilemma, 1995)等。在她的这些小说中，人类自由平等的美梦和人类善良的本性都被残酷战争所释放出来的野性给摧毁了。然而，人类对上帝的信仰虽然动摇了，恶魔和咒语也开始操纵人类的命运，到处出现无知和贫乏，暴力和道德沦丧，但是人们依旧为寻找美与善的境界而努力。这也许就是默多克小说世界所展示的丰富内涵。

55. 戴维·洛奇
——英国当代文坛的多面手

有专家评论说:"戴维·洛奇在英国是个大名鼎鼎的人物！在文学界,他是著名的小说家,作品曾几度获奖,被称为'校园小说'的代表;在学术界,他是著名的教授和评论家,被认为具有理论思辨的天才;而对一般大众,由于他的作品改编成电视剧并两度获奖,他也是个知名度甚高的作者。"英国文学评论家伯纳德·伯冈兹在谈戴维·洛奇的独特性时这样说道:在英国文学史上,诗人和批评家兼于一身者很多,而小说家与批评家二者兼于一身者却寥寥无几,除了亨利·詹姆斯、弗吉尼亚·伍尔夫、E.M.福斯特之外,就是洛奇了。

戴维·洛奇(David Lodge,1935－)生于伦敦,先后就读于伦敦大学和伯明翰大学,获得博士学位。从1960年到1987年一直在伯明翰大学英语系任教。1987年提前退休成为专业作家,但仍为伯明翰大学荣誉教授,并一直担任英国皇家文学会会员。

戴维·洛奇的小说创作以轻松幽默、机智而充满活力见长,善于以喜剧的形式探讨严肃的主题,人性、宗教、文学批评、文化冲突,这些抽象、高深的东西是他惯常的主题,但他以喜剧性情节和机智幽默的语言写作,妙趣横生,这种诙谐与机智,像泡沫漂浮在书中人物身边,并融入其言谈举止之中,给读者以莫大的享受。

他的小说创作主要包括《大英博物馆在倒塌》(The British Museum is Falling Down,1965)、《换位》(Changing Places: A Tale of Two Campuses,1975,获霍桑登奖和约克郡邮报小说大奖)、《小世界》(Small World: An Academic Romance,1984,获布克奖提名)、《美好的工作》(Nice Work,1988)、《天堂消息》(Paradise News,1991)、《作者,作者》(Author,Author,2004)。文学评论著作主要有:《小说的语言》(Language of Fiction: Essays in Criticism and Verbal Analysis of the English Novel,1966)、《十字路口的小说家》(The Novelist at the Crossroads, and Other Essays on Fiction and Criticism,1971)、《伊夫林·沃》(Evelyn Waugh,1971)、《现代写作方式》(The Modes of Modern Writing: Metaphor, Metonymy, and the Typology of Modern Literature,1977)、《运用结构主义》(Working with Structuralism: Essays and Reviews on Nineteenth and Twentieth-Century Literature,1981)和《小说的艺术》(The Art of Fiction: Illustrated From Classic and Modern Texts,1992)、《意识与小说》(Consciousness and the Novel,2003)。另外他还编有《二十世纪文学批评》(Twentieth Century Literary Criticism: A Reader,1972)和《现代批评理论》(Modern Criticism and Theory: A Reader,1988)。

戴维·洛奇自己曾说:“因为我本人是个学院派批评家,……[所以]我是个自觉意识很强的小说家。在我创作时,我对自己文本的要求,与我在批评其他作家的文本时所提的要求完全相同。小说的每一部分,每一个事件、人物,甚至每个单词,都必须服从整个文本的统一构思。”洛奇是这样说的,也是这样做的。他创作的每一部小说都付出艰辛的劳动:通过想象和描写,将人类命运交织成一个时间与空间的网络,使其在文体、修辞、心理、社会和历史等诸多方面展现出意义。他从整体构思出发,对人物和事件不断进行选择和取舍,以实际作品体现他的学术观点:反对激进的“作者死了”的看法,认为作品中的各个场面并非偶然发生,也不是读者的创造,而是作者有意识的构思。

从题材上看,他擅写知识分子和学术界的生活。他最著名的小说都以知识分子(如教授和学生)为主要人物,以文化界的事件向社会辐射。

在写作技巧方面,他的作品贯穿着自己的理论。他以现代语言学理论为基础，充分运用隐喻、讽喻和转喻，在总体构思的框架内，调动各种喜剧因素，写得诙谐幽默，妙趣横生。他打破传统的时空关系，强调现时的经验：不注重时间的连续顺序，强调事件本身在空间中的真实存在。因此它的作品叙述常常像电影的蒙太奇火闪回法，穿插、跳跃、交叉，构成一个绝对空间中的客体。但这种叙述又有点像照相式的现实主义，仿佛抽象表现主义在反描写的抽象之后又回到描写，而最终并不是现实主义的描写。就此而言，洛奇的小说具有现代主义和后现代主义的双重特点。

另外，洛奇善于综合运用其他文类的技巧和特征，如歌特式小说、爱情传奇、流行传记、侦探小说、犯罪小说等等。他一方面保持高雅的文化品位，同时考虑到大众读者所受的商业化污染，力图跨越高尚艺术和商业形式之间的鸿沟，走出一条雅俗共赏的道路。因此它的作品里常常穿插浪漫的爱情故事，甚至有时出现性生活、夜总会、X级电影和脱衣舞的描写。他借用侦探小说中的神秘和悬念，通过寓言和象征，尽可能抓住读者的心理，使他们既喜欢阅读又必须充分展开他们的想象。所以，尽管洛奇的小说不乏深刻的寓意，但总是具有强烈的可读性。

洛奇的三部作品《换位》、《小世界》、《作者，作者》组成"卢密奇学院三部曲"，这一三部曲确立了洛奇作为"学院小说"代表的地位。

小说《换位》对当代美国风行的"换妻"风做了调侃式反映，它写美国和英国的两位教授——扎普教授与史沃娄教授——在一项校际交流计划中互换职位。他们经历了一系列的文化冲突之后，渐渐融入当地的环境，卷入了当地的学潮，并且在不知不觉中交换了妻子、家庭和汽车。在新的组合中，发生了一系列意想不到的戏剧性冲突。在结尾中，两对男女会晤于美国，但不知是原配重归于好，还是正式"换位"好。

《小世界》被视为一部典型的后现代主义小说。因为其中有着丰富的后现代主义小说的特征，比如，充满了"拼贴"——不同的故事线索和描写手法，包括心理描写、意识流、象征、隐喻等等，交替使用。

《小世界》除继续写两个教授之外，还有一条隐隐约约的线索，即青年学者柏斯对年轻美貌的女学者安吉丽卡的追求。柏斯对安吉丽卡一见钟情，随后走遍全世界追她——从一个学术会议追到另一个学术会议。每一次柏斯都几乎就要成功了,然而最终却总是镜花水月,失之交臂。

在《小世界》中,戴维·洛奇描述了当代西方文学界的种种景象,从学术会议到爱情追求,从追名逐利到寻欢作乐,从理论阐释到道德观念的冲突,展现了一幅生动而有趣的社会画面。他嘲讽了学术界的坏风气。学术界的许多人,满世界飞来飞去,表面上是为了学术交流,实际上却在追名逐利、寻欢作乐。小说通过"寻找"的主题,对现代理论与生活真实、宗教与人生、婚姻与爱情的矛盾这些古老的命题做了新的思考。小说巧妙地穿插了许多文学典故、新潮理论,设置了种种悬念、隐喻,幽默风趣。

《美好的工作》描写了一个地方小厂长维克爱上了一位年轻漂亮的女博士罗宾小姐,两个人不同的生活环境和文化间的差异,使这位小厂长的追求充满了危机,而女博士最终会做出怎样的选择呢?作品通过二人之间的关系,从学校生活辐射到社会,描写了大学与工业社会、女权主义与大男子主义、人文学者与企业家之间的种种矛盾。显然,这种题材的选择与洛奇作为教授的身份和经历是分不开的。

《大英博物馆在倒塌》这是一部别开生面、令人叫绝的小说。本书采取了喜剧形式,刻画了生活在"安全避孕法"重压之下的已婚男女生活的荒诞性与反讽性,并将之视为世上男女在理解、安排与满足他们的性生活方面所面临的一个普遍问题。主人公是一名穷困潦倒、信仰天主教、已婚的年轻研究生亚当·埃普比。他是已经有了三个孩子的父亲,他感觉妻子的避孕失败了,想象着妻子可能要第四次怀孕,为此他焦虑万分而陷入极大的混乱。他面临学业与家庭的双重压力,晕头转向,满脑子幻觉。作者通过这个人物对生活的荒诞性进行了喜剧化的反讽。

《大英博物馆在倒塌》的一个特点是:文学滑稽模仿与拼凑。小说以大英博物馆阅览室为线索,讲述了一系列流浪汉式的冒险故事,每个章节通过滑稽模仿、拼凑与引用让人联想到一位已经被社会公认的现代小说家的作品。小说主人公耽于幻想,这使得小说语调与叙述技巧的转变显得非常自然。此外,主人公不断为自己的婚姻状况而焦虑不安的事实也是促使他喜欢做白日梦的原因所在。具有讽刺意味的是,亚当·埃普比的困境在于:他生活中唯一真正属于他自己、尚未被某位小说家"写到"的因子就是他的焦虑之源。当亚当讲述自己在阅览室中的一段康拉德式经历时,他的朋友加莫尔说:"这是一种特殊的学术神经病症。""他再也无法分清生活与文学之间的区别。"亚当反驳说,"噢,对,我是分不清楚。大多数文学作品讲的是做爱,很少讲生儿育女。而生活则正好相反。"

《天堂消息》描写的是:伯纳德定居夏威夷的姑妈厄休拉突然打电话告诉他,说她身患绝症,将不久于人世,只盼能见到自己的哥哥杰克。于是在神学院任教的伯纳德利用暑假领着父亲杰克从伦敦飞往夏威夷。不料到达后的第二天杰克就受伤住院,兄妹团聚的时间被拖延了。在此期间,因为信仰动摇而放弃了神职和信仰的伯纳德,了解并化解了家庭中埋藏了几十年的宿怨,发现了厄休拉遗忘的一笔巨额财产,他自己也找回了生活的信心、希望和爱。与伯纳德父子同机而来的其他乘客,在旅游中各自的愿望也得到了满足。对他们的描写补充说明了该书的主旨:人能在现世中寻找到幸福,而不必等到来世;天国就在此世。

戴维·洛奇是成功的小说作家,同时又是英国当代著名的文学批评家;集这两种身份于一身是不容易的。

他的文学批评论著也大多写于他执教期间。他的文论既有学术性,又颇有授业解惑之感。如讲解当代文论中的流派、术语,系统地分析评论英国现当代文学史和西方文学理论。具体地说,人们比较熟悉的一个观点是他提出的"钟摆状说",即近百年来英国文学主流的走向是在现实主义和反现实主义两极间不同程度的来回摆动。但作为一个小说家,他的文论还表现出他对小说理论的偏爱,对现实主义小说美学分析的探求。

在写于1966年的《小说的语言》中,戴维·洛奇开宗明义表明了他的写作宗旨:"小说家使用的媒体是语言,不论他写什么,就他而言,他用语言并通过语言来写作。"这一观点他在其后的著作中反复声明,并强调"所有有关小说批评的问题归根结底是语言问题。"

作为自己创作经验的概括和小说研究的成果,洛奇的《小说的艺术》无疑具有极高的参考价值。在50篇不长的文章里,他以小说的"开头"起始,以小说的"结尾"收篇,深入浅出地分析了小说写作的各个方面,如"悬念"、"视角"、"意识流"、"陌生化""文本中的读者"、"魔幻现实主义"、"象征”、“讽喻”、“反讽”、“元小说”、“叙述结构”等等，既涉及传统的小说艺术，也涉及现代主义和后现代主义的小说艺术。每篇文章之前摘引一二段精彩作品的片断作为实例，以实例作为他分析解释的验证，既有深度，又浅显易懂。因此被称为是“自福斯特的《小说面面观》以来，最出色的面向大众的小说研究作品”。

戴维·洛奇现为英国伯明翰大学现代英国文学荣誉教授、英国皇家文学研究学会会员，1989 年被选为布克文学奖评委会主席，是当代西方著名学院派小说家和文学评论家。2008 年他推出了新作《耳聋判决》(Deaf Sentence，2008)，探索了一位大学语言学退休教授在经历了越来越明显的耳聋痛苦之后对生活的思考。

56. 安吉拉·卡特与她的现代童话

安吉拉·卡特(Angela Carter 1940 - 1992)是个独特的英国女作家。英国著名小说家安东尼·伯吉斯(Anthony Burgess)慧眼识英雄,在读了她的处女作《影舞》(Shadow Dance,1966)后对这位年轻人的才华赞许不已。他曾写下这样的评语:"读完这本书后,我心里充满了敬佩和恐怖;还有一种感激之情。因为我们有了一位有突出天才的作家。她有朝一日定会成为一个大作家。安吉拉·卡特有出色的描写天才和极强的想象力。"

卡特在伦敦南部出生、长大,在布里斯托尔大学攻读中世纪文学,曾先后在谢菲尔德大学、美国布朗大学、澳大利亚阿德莱德大学任教。

20世纪60年代正是英国小说家跨出传统框架,力图在文学创作中标新立异的岁月。一大批女作家此时在文坛争奇斗妍,各领风骚。卡特独树一帜,她热衷于写哥特式小说。后来,又把法国17世纪著名作家夏尔·佩罗的童话故事重新翻译,进而把那些古老的广为流传的童话改写成供当代人阅读的童话故事。《蓝胡子》、《睡美人》、《小红帽》等家喻户晓的童话故事经她改写,凸显了新意。卡特的改写并不是用花样翻新取悦读者,其背后有一种思想——用新内容、新观念、新寓意来教化儿童和成人。

由于起初儿童教育尚未诞生,今天所谓的童话故事当时作为口头民间文学的一部分,原来是说给成人听的。西方文艺复兴后,资产阶级兴起，才逐渐发展了儿童教育，童话才成为教化儿童的工具。作为一种文学现象，童话既反映人民的愿望和思想感情，也掺入了统治阶级的思想意图。君权、父权、夫权、扬善抑恶、因果报应深入童话故事的字里行间。童话世界里的男女是不平等的；男女关系的模式往往是这样：刚毅、勇敢的男子和柔弱、顺从的女子形成两极。有了虐待狂的男子，就得创作出受虐狂的女子。

卡特认为，童话是教育儿童的工具。而旧时代的童话，作为集体智慧的结晶，反映了父权制下的社会秩序、人际关系，以及性关系和性行为的种种神话。她显然是看到了：要改变人的观念，必须从儿童时期做起，童话自然是不能放过的重要教化工具。

安吉拉·卡特改写童话的目的就是要把童话里宣扬的社会秩序和道德规范颠倒过来——国王（亦即统治者）不再是最富有、最强大的；平民百姓不再是受欺压的人；君权、父权、夫权要打倒；妇女要解放。卡特对童话中宣扬的男尊女卑更是愤愤不平。童话里男女关系的传统格局总是这样：男子优越，女子卑劣；男人主动，女人被动；男人咄咄逼人，女人温顺；男人是虐待狂，女人是受虐狂。女人总是受害者（童话中杀死六个妻子的"蓝胡子"便是一例）。

在卡特改写的童话作品里，她显然是要改变传统童话中的妇女形象——温顺、懦弱、胆怯、任男人玩弄、施虐。在她的小说中，女人翻了身，也可以摆布男人了。在《与狼做伴》（The Company of Wolves，1984）中，读者能觉察出这位女权主义作家在如何改变女人的形象。《旧瓶装新酒》中，她把崭新的当代思想注入了古老的童话。《血淋淋的卧室》（The Bloody Chamber，1979）是继1977年重译佩罗的童话集后对其童话故事的改写。这些新编童话奇特古怪，如《美人和野兽》（Beauty and the Beast）中，凶残、柔情和性爱交织，贯穿始终。

1977年在夏尔·佩罗童话集英译本的前言中，卡特写道："每一个时代都根据这一时代的趣味创作或改写童话。"作为当代女权主义作家，她对文学作品中的妇女地位、妇女形象、男女性关系等问题十分关注，并从女权主义的视角探讨色情文学、哥特小说，以及男女之间的性关系。她认为男女之间的性关系是同历史发展和社会结构的变化联系在一起的。旧时代的文学作品(包括童话)是以旧的道德规范、父权思想、男子中心论来写男女关系和性问题的。卡特反对父权思想、大男子主义,抨击传统主义、现实主义和新教主义,是个思想开放、活跃、大胆的作家。在《虐待狂女人》(The Sadeian Woman and the Ideology of Pornography,1978)这部非虚构小说中,她大胆地涉猎色情文学。当然,不是写色情,而是从男女不平等的角度和作家写色情文学的心理状态和动机来研讨性这个禁忌。小说批判专写性变态的18世纪法国作家萨德侯爵的思想观念。卡特认为,萨德的小说反映了萨德和不少男人对女人的错误观念和荒诞的幻觉,宣扬的是男子中心论。在这个男人统治的世界,女人是男人施虐的对象,发泄愤怒和兽性的对象。

《血淋淋的卧室》正是按当代人的观念和情趣改写的佩罗在17世纪写的童话。比较一下处于理性主义时期的佩罗所写的童话和产生了歌德和席勒这样伟大的文人的德国浪漫主义时期的格林兄弟所写的童话以及当代一个女权主义作家所改写的成人童话,读者能体验到"每一个时代都根据这一时代的趣味创作或改写童话"这句话的意义。

卡特在《血淋淋的卧室》中改写了许多家喻户晓的童话故事,目的是传递这样一个信息:妇女翻身才能最终堵死这残害女人的"血淋淋的卧室"。

卡特把《白雪公主》改写成《雪孩》,目的是揭露父权制社会为了长期压制妇女总是在童话中制造妇女间的仇恨和不和。《灰姑娘》中灰姑娘同她的姐妹和继母的不和,《白雪公主》中继母迫害白雪公主,《林中睡美人》婆婆企图残害睡美人……在童话中,这些女人间的不和往往是源于男人——女儿的恋父情结引起母女不和,姐妹争夺一个王子的爱触发忌恨。这是一个女人围着男人转的世界,男人拯救女人的世界。你看,白雪公主被继母毒死(恋父情结中的母女之争),经男人(王子)一吻,活了过来。睡美人昏睡了100年,又是男人(还是王子)一吻,醒了过来。灰姑娘受继母和姐妹的虐待,又是男人(还是王子)救了她,改变了她的命运。

像卡特这样的女权主义作家自然不能容忍这种男人要么杀女人,要么是女人的救世主,并让女人相互忌恨、残杀的文学形式。她把温柔、善良、漂亮的白雪公主改写成一个哥特式的吸血鬼,很可能是出于矫枉过正,反传统之道而行的极端例子。

卡特决心彻底摧毁男人的权威还表现在她改写的童话中打破了文学作品(尤其是童话)中男女关系的传统格局。《青蛙王子》、《美人和野兽》和《小红帽》等童话故事中男人在性爱中那主动进取的角色被推倒,女人成了性爱中的主角。

《与狼做伴》糅哥特式小说与童话为一体,融合恐怖、柔情、性爱和寓意,是一篇不乏新意、耐人寻味的短篇故事。

《与狼做伴》中的小姑娘去看外婆,途经一片树林,在林子里碰到的不是一只凶恶的狼,而是一个英俊的青年猎人,一个化装成猎人的狼人。结尾是开放式的。狼已经吃掉了外婆,小姑娘却安然无恙,既无猎人出来杀掉狼,连小姑娘自备的防身武器(一把刀子)也未被动用。更令人惊讶的是她帮他解衣,同狼人一起上了床。

《与狼做伴》中还有不少新添的细节耐人寻味:

之一,"不久前,我们村里一个姑娘同一个男人结婚。新婚之夜,新郎突然消失,无影无踪……新娘躺在床上。新郎说,他要到室外去解手,他原本可以在室内解手,可是为了面子,坚持要去室外。新娘把被子盖到下巴,躺在床上等他……"

这里,原本属于女人的羞怯转移到了男人(新郎)。卡特嘲笑男人的羞怯。

之二,"新娘的兄弟们在外屋、室外厕所、干草堆搜了个遍,可一点影子也没有。所以,这个讲究实际的姑娘擦干了眼泪,另找了个丈夫……给他生了一对漂亮、健壮的孩子……"

这可是新女性,丈夫既然无影无踪,干吗要空床独守?她很快又找了个丈夫。

之三,她失踪的丈夫变成了狼人,回来了。发现妻子已嫁人,大怒,一下子把她的大儿子的右手给撕了下来。"夫妻俩用砍木头的斧子把他打倒"。跃然纸上的是一个临危不惧、不畏强暴、敢于抡起斧子杀死狼人的女人。

之四,小红帽在去姥姥家的路上,遇见一个年少英俊的猎人(实为狼人)。猎人和小姑娘之间有一番挑逗。他说:"我们来玩个游戏,好不好?如果我比你早到姥姥家,你给我什么?""你要什么?"她问。"我要一个吻。"男人用这种方式勾引女人是乡下常见的事。他窜进灌木丛,走了……月亮升起来了。她却不急着赶路,而是一路游荡,为的是让那年轻漂亮的男人能够赢得他的赌注——一个吻。

之五,卡特的结尾是开放式的。"你瞧这姑娘,在她姥姥的床上,在这只柔情的狼的怀里,睡得多香甜。"小姑娘与乔装猎人的狼共寝,事毕是否被他吞掉,故事的结尾未作交待。小红帽把道德规范、情理、世俗等超我的东西抛到九霄云外,大胆放纵自我,听从"享乐原则"。卡特在她改写的童话中着重揭示在性行为中的动物性。《与狼做伴》中的小姑娘就是一例。

卡特的结尾没有死亡。作为一个激进的女权主义者,她要在自己的文学作品中推翻旧时哥特式小说和童话故事中传统的收尾模式——女人被男人作为性工具占有、使用后被男人杀死。在《与狼做伴》中,占据中心地位的是个少女,一个在性行为上采取主动、进取、挑战的少女。代表男性的狼人失去了他施威的威力,成了少女手下的性俘虏。她征服了他,而且快活地活着。"她知道谁也别想吃掉她"。

读《与狼做伴》这个新编童话故事,你会从一开始就被它出色的描写和情节的编制所倾倒,情不自禁地要读下去。读完了还要细细品位其中的奥秘和寓意。她对情、景、人、兽的描绘有很大的感染力,对恐怖的叙述让读者既毛骨悚然,又爱不释手。

57. B.S.约翰逊与英国小说的极端主义形式创新

B.S.约翰逊(B. S. Johnson,1933 - 1973)是英国后现代主义文学的先锋人物,是形式革新派小说最重要的创作实践者和理论阐述者,是英国20世纪最前卫、最具创新意识的作家。他生于伦敦,50年代后期在伦敦大学攻读18世纪英国小说。在六七十年代活跃于英国文坛,经常做出出人意料之举。他出版过两本另类的书,一本书书页上打了许多窟窿,另一本更古怪,各章节的书页全部散装在一个盒子里,读者可以从任何一章开始读起。约翰逊一生挣扎在失意的境地,于1973年40岁时因作品无人问津而深感绝望在伦敦家中自杀。

60年代,B.S.约翰逊进行极端而有趣的小说实验,极力推崇乔伊斯式的形式革命,崇拜美国"垮掉派"干将威廉·巴勒斯(William Burroughs),热爱爱尔兰荒诞派剧作家萨缪尔·贝克特的早期小说。在他的创作中模仿借鉴了18世纪具有叛逆创新精神的作家劳伦斯·斯泰恩(Laurence Sterne,1713 - 1768)的一些创作手法,如排版形式,直接参与到作品中的作者独白、离题话语等等。他反对拘泥传统的叙事模式,崇尚在小说风格和形式上进行大胆革新。

他在1973年自杀身亡前不久发表了《你写回忆录是否还嫌太年轻了?》(Are You Rather Young to be Writing Your Memoirs? 1973),其中一篇评

论文章论述了当代英国小说的现状和他的创作如何源自他自身的经历和时代。约翰逊在文中称乔伊斯的《尤利西斯》是“一场革命”,“对于后代作家来说这场革新蕴藏着巨大的进展和自由”。他声称小说是一种演化渐进的形式而不是停滞僵化的模子。他认为“生活混乱不堪,流动不已;瞬息万变,留下无数未经整理、凌乱无序的线索……小说家没有理由、也难以成功地运用已经用尽用绝的形式来表现当今的现实”。因此,“尽管新版的狄更斯式小说”横行今日之英国文坛,“对于我们今天的时代它却无补于事,那种类型的写作已经落伍过时,无用无效,脱离实际,甚至有悖常情”。他责问为什么众多的作家竟然无视乔伊斯的革命而依然恪守讲故事的传统伎俩。他重申当前现实变化迅速。“小说家必须(通过发明、借用或从别的媒介偷窃、拼揍)发展新的形式,以便更加令人满意地包容变动不已的现实——他们自己的现实,而不是狄更斯的现实或哈代的现实,甚至也不是詹姆斯·乔伊斯的现实。”

对于约翰逊来说,现实并不仅仅是生活中的一些实际了解,而是高度个人化的经验。生活与写作事实上可以相互交换、相互影响、相互加强,甚至在某些方面还可以相互创造。他的作品最能体现生活和写作的相互反射。他严格细致地区分“小说”和“虚构”是两个含义不同的概念,小说这种文学体裁既能包含真实,又能容纳虚构。他说,“讲故事就是撒谎……我无意在自己的小说里说谎话。”他选择在小说里抒写真实。约翰逊的小说具有高度的自传性因素,渗透着自我反省的精神。

约翰逊的处女作《旅行的人们》(Traveling People,1963)以威尔士北部的乡村俱乐部为背景,记述一个年轻流浪汉式的经历,有很强的娱乐性,然而其形式风格却奇特多样。作者有时以维多利亚小说的方式介入小说对人物的行动做出解释,有时对作者本人对情节的操纵发表评论。书中内心独白和意识流的行文、客观叙述与主人公的第一人称评论交叉穿插,书信、日记、对话和引文的片断、电影剧本的残篇、图形的排列更是混迹其间,纷然杂陈。约翰逊还模仿劳伦斯·斯特恩在版面印刷上煞费苦心,别出心裁。在主人公亨利·亨利心脏病发作时书中忽然出现灰色的空白页,以表现意识的模糊;而当他坠入死亡深渊时又冒出了一张黑色的空白页。

但是，透过这种种花招读者还是能感觉到小说别有深意，作品中的人物害怕对感情做出承诺，只能在经历短暂的柔情之后悄然退却，他们对爱的需要和爱的失败不无感人之处。形似浮萍飘蓬的旅行漂泊是小说中的核心比喻和象征，它诱使读者深入和越过个人的经历而去发掘更深层的意蕴。

约翰逊的第二部小说《阿尔伯特·安琪罗》(Albert Angelo，1964)叙述一个建筑师因找不到工作而以当代课教师为生，他的失意和失恋以及他最后的被杀通过多种技巧的交错使用而得到充分的表现。小说由5个富于戏剧性和音乐性的部分组成：前奏、呈现、发展、解体、尾声。阿尔伯特校内校外的生活经历先以第一人称用现实主义和喜剧性的笔触描摹，中间杂以各种叙述形式：戏剧对白、学生作文、各种文本的剪辑(书信、广告、建筑学文章和诗歌等)和意识流篇章。作者分别用大写字体、罗马字体和斜体字分栏排列叙述、对白和内心独白。他在书页中挖洞以便窥看下页，展望将要发生的事，甚至还割去两页以显示阿尔伯特生活的无序和人生的无常。

约翰逊在第三本小说《拖网》(Trawl，1966)中，让自己充当故事中的主要角色做坦诚而直接的自白，弥漫于小说之中的依然是读者已经熟悉的那种孤独感和背叛感，那种对于写作的需要和对于虚构和事实的关系的理解。故事中无名的叙述者乘上拖网渔轮在北部海域游弋3周，以自我强加的孤独飘零来搜索以往的经验，试图找出某种关系以便接受现在和面对将来。小说的叙述线索往返于过去和现在之间，流转于回忆和现实之中，有时还以想象投向将来。思想的流动、行文的流动与海水的流动融为一体，在描绘顺利平稳的往昔经历时行文有如风平浪静，而在描摹以往的危难和眼前的晕眩时便似波涛汹涌。在海浪与晕船的间隙叙述者试图准备写作，实际上他是在准备迎接生活中的风浪。以写作影射生活，写作与生活互为观照。

他的另一部小说《不幸的人》(The Unfortunates，1969)彻底打破了小说固有的框架和结构。它由装在一个盒子里的27束书页组成，每部分长4至8页，除标明“首部”和“末部”外其余各部分均不标明次序，以活页散装盒内。读者可以随心所欲地变动或决定“故事”的顺序，尽管仍然可能存在着一种最“正确”的顺序。除了首部和末部由作者叙述外，其余各部分均是一个报道足球赛的记者的长篇内心独白。这本小说不像固定装订小说一样有固定的顺序，无论颠来倒去按怎样的顺序阅读，读者不是若有所悟便是不知所云，而它令人意想不到的效果恰恰在于时序的散乱和倒置所造成的猝不及防的感觉和难以捉摸的启示。读者可能在这一部分刚目睹主人公托尼的葬礼，而又在下一部分听到托尼被告知他的癌症已经治愈；读者可能在这一部分读到病重的托尼终于意识到他再也不会看到他独生的儿子长大成人，而在下一部分却获悉他的妻子怀上了第一胎。这种阅读上的凌乱无序是为了重现记忆的凌乱无序。同时，它也仿佛是一曲哀婉动人的挽歌。作者难以排遣死的忧虑，无论是故事人物的死还是他自己不久之后的死。他并不理解死亡，只是隐隐感到死的预兆和死的痛苦。

《通常的女管家：老年喜剧》(House Mother Normal: A Geriatric Comedy, 1971)是一部老年人的喜剧，它以一个养老院为背景，由8个老人和一个护士(即女管家)共9个人的内心独白组成。每人一篇，每篇均为21页长，记述同一时间跨度内的事。他在这部小说中所表现出的后现代主义倾向令读者感到惊诧不已。书中九股意识流此起彼伏、纵横交错，加之各种事情的盘缠搭接，形成一个万花筒般的世界。他的作品完全超越了合理的界限，陷入极端形式主义的泥沼。

在《克里斯蒂·马尔利自己的复式簿记》(Christie Malry's Own Double-Entry, 1973)中作者又发明了一种新的结构形式，他按复式簿记的记账方式将小说的核心事件分别列在借方或贷方栏下，后面跟以数量不等的款额。银行职员克里斯蒂感到社会以它的种种罪恶欠了他一笔又一笔债。他将生活中的每一件哀与乐分别按贷方与借方入账，对于社会欠他的每一笔账都须有他的报复行动来加以补偿，以平衡账目。于是他对社会发动了一场孤独的斗争，他的报复包括偷窃文具、炸掉税务所和在伦敦的供水源里放毒。随着他的报复心理越来越疯狂，他的收账方式也越来越荒唐。克里斯蒂无政府主义式的狂热、他轻易得手屡战屡胜的能耐以及他随意作乐的本领构成了小说的喜剧气氛，但是作者一本正经的行文风格更加强了作品的讽刺效果，即使在叙述水库放毒使伦敦西城20 479人丧生这样的惨祸时依然保持着冷冰冰的语调。克里斯蒂最后死于癌症，临死前通过勾销一笔坏账才总算使账目平衡。克里斯蒂其人其事或许令人难以置信，但是读者透过这个人物所看到的那种伤害与疯狂却并不全然陌生。小说为现代生活展示了一幅超现实主义图景的某些侧面。

约翰逊的最后一本小说《体面地见老太太》(See the Old Lady Decently, 1975)写于他 1973 年自杀前不久。小说以各种手段重现了他母亲早年的生活，以作者自己的降生为高潮，结尾时用乔伊斯的笔触赞美他作为胎儿在母亲腹中的生活。与母亲的经历相平行的是英国和大英帝国的衰落史。尽管约翰逊声称他抒写事实，小说不可避免地既有实际经历，也有虚构杜撰。约翰逊在有的部分标明虚构，在有的部分则拼合各种文本的片断，其中包括家庭文件、死亡通知、书信、英国旅游概况和原创诗歌，但这种任意性的结构组合手段很难为读者所接受。

约翰逊是战后英国小说中走得最远的一位现代派实验作家，他在短暂的一生中孜孜不倦地寻求适于表达他的题材的独特形式，锲而不舍地完善他的独特的形式。他别出心裁、独树一帜的多种文本组合形式、多重表现手段和作者直接介入小说或许确实是走到了文学实验的极端。

58. 巴恩斯与他的《福楼拜的鹦鹉》

朱利安·巴恩斯(Julian Barnes,1946 -)英国小说家、文学评论家和电视批评家。

巴恩斯1946年1月19日在英国莱斯特出生。父母都是法语教师。1968年他从牛津大学毕业,获现代语言学士学位。毕业后他找到一份编纂牛津英语词典补编的工作。1972年巴恩斯成为自由作家,同时也为《泰晤士报文学增刊》和《观察家报》撰写文学和艺术评论,并在《新政治家》和《星期日泰晤士报》兼职。1980年巴恩斯以"臭名昭著的丹·卡瓦纳"为笔名发表了第一部小说《达菲》(Duffy)。这是他在整个20世纪80年代发表的系列恐怖侦探小说中的第一部。他接着在1981年发表《小提琴城》(Fiddle City),1985年发表《小船下水》(Putting the Boat into Water),1987年发表《沉沦》(Going to the Dogs)。也是在1980年,巴恩斯第一次以自己的真名发表小说《都市郊区》(Metro Land,1980)。尽管评论界对他的这部小说毁誉参半,它还是在1981年获得毛姆文学奖。1982年他发表了小说《她遇到我之前》(Before She Met Me,1982)。1984年发表的《福楼拜的鹦鹉》(Flaubert's Parrot)完全是实验性的,发表时受到批评界和公众的普遍赞誉。该书列入布克奖最后入选名单并获得杰弗里·费伯纪念奖。此后,巴恩斯继续发表一系列小说:《凝视太阳》(Staring at the Sun,1986);

《10½卷的世界史》(A History of the World in 10½ Chapters,1989);《有事好商量》(Talking It Over,1991);《豪猪》(Porcupine,1992);《穿过海峡》(Cross Channel,1996);《英格兰,英格兰》(England, England,1998)。在《英格兰,英格兰》这部精心构思、巧妙布局的幻想小说中,作者脚踏坚实的英格兰土地,同时在怀特岛上想象着另一个英格兰,那儿充斥着作为主题公园生产出来的文化赝品。主题公园的概念是由一个无所顾忌的推销商发明的,是由一个脑子比心转得快的女人付诸实施的。这是一部出色的轻松幽默讽刺之作,以愤世嫉俗的态度对消费主义进行了一番审视,最终达到了一个激动人心的高潮性结局。他的小说《爱及其他》(Love, etc,2000)又获得布克奖提名。另外还有近作《柠檬餐桌》(The Lemon Table,2004)和《亚瑟和乔治》(Arthur and George,2005)。在《柠檬餐桌》中,作者坦荡地引用柠檬隐喻死亡,巧妙而轻松地处理了临终前的主人公们对待死亡的问题。其小说《10½卷的世界史》被喻为"奇怪的小说",它用十卷半书写世界历史,对历史、对爱这些"早有公论"的对象进行了怀疑主义的思考。小说家以诺亚方舟传说为主线,出入于远古、现代和未来,游移于人间、天堂和虫豸世界,或描绘蒙昧人物的愚行,或刻画现代精英的荒诞,或暴露权贵的残忍,或展现芸芸众生的自私……历史的变形充满哲理意味。在这些小说创作中,巴恩斯尝试了多种完全不同的风格和主题,而且都获得成功,这使得他在 2005 年又一次获得布克奖提名。

除了这里提到的文学奖,他还在美国、法国、意大利和德国获得著名的文学奖。虽然巴恩斯现在是职业作家,但他仍然是一位活跃的新闻记者和专栏作家。20 世纪 90 年代,他以《纽约人》伦敦记者的身份出现。他写的关于现代英国的报道选编结集成《伦敦来信》(Letters from London)于 1995 年发表。此外,他当了一小段时间的教师,曾到巴尔的摩的约翰斯·霍普金斯大学教创作。

《福楼拜的鹦鹉》既可以说是一部福楼拜传记,也可以说是一部包含着严肃批评理论的作品。

一个福楼拜迷杰弗里·布雷斯韦特意外发现了一桩尚待解决的学术公案:福楼拜在写作献给乔治·桑的中篇小说《一颗单纯的心》时,出于塑造人物的需要而使用过鲁昂博物馆的一只剥制的鹦鹉,这位研究者发现在福楼拜先人曾服务过的主宫医院内摆着一只鹦鹉标本,而在克鲁瓦塞的福楼拜故居同样摆着一只……究竟哪一只才是福楼拜笔下的鹦鹉"露露"的原型呢?小说作者朱利安·巴恩斯在小说的第一章就设置了悬念。

第一人称叙述者杰弗里·布雷斯韦特试图对"福楼拜的鹦鹉"进行"探究"和"考证"。在此过程中,他发现了好几只据称是福楼拜使用过的鹦鹉,甚至发现了几十只似乎历史同样悠久而且种类相似的鹦鹉。布雷斯韦特最后醒悟了:要找到福楼拜曾经使用过的那只是绝对不可能的。

不过,《福楼拜的鹦鹉》并不是一个单纯的探寻和觉悟的故事,它包含了在这个探究和考证过程中布雷斯韦特对自己与妻子关系的反省,对所谓"福楼拜的鹦鹉"性质的思考,乃至对所谓"生活的真实"以及语言反映现实的能力的思考。

在对"福楼拜的鹦鹉"和对福楼拜本人的生活阅历和艺术创作的探究过程中,布雷斯韦特发现,《包法利夫人》里包法利夫人的丈夫查尔斯的生活经历与自己的生活经历之间有一种奇怪的吻合,觉得自己完全可能像查尔斯·包法利那样懵懵懂懂地被带上了绿帽子。他妻子艾伦(Ellen Braithwaite)姓名的首字母与包法利夫人(Emma Bovary)姓名的首字母相同,她也与人偷情,最后自杀。布雷斯韦特对自己与妻子的关系进行反省:"我们曾经很幸福;我们曾经很不幸福;我想念她。"

小说结尾时,布雷斯韦特来到自然历史博物馆,发现尚有三只鹦鹉标本收藏在顶楼的储藏室。他凝视良久,然后悻悻离去,"也许它们当中有一只是福楼拜使用过的"。布雷斯韦特并未排除福楼拜使用过的那只标本存在的可能性,但是要确认它似乎是一件不可能的事。"福楼拜的鹦鹉"成为一个隐喻,指代已经消逝的过去和历史。

在布雷斯韦特看来,生活和艺术之间并没有截然的界限,艺术可以模仿生活,社会也可以模仿艺术。两者可以相互跨越,但有一点可以肯定,那就是人永远不可能把握它们。这正好像寻找"真正"的"福楼拜的鹦鹉"的企图那样,是徒劳无益的。

在文本样式方面,巴恩斯也作了相当大胆、也许是过分大胆的尝试,结果《福楼拜的鹦鹉》里不仅有传统的叙述性内容，也有文学批评论文式的成分；不仅有反映福楼拜生活的三个不同侧面的“大事记”，而且也有从福楼拜的角度讲述的动物寓言；不仅有以福楼拜为题的本科大学生考试试卷，而且有站在今人立场上对福楼拜时代所作的种种评论。叙事在过去和现在来回跳跃，虚构与史实巧妙地融为一体，使小说风格别具特色。

犹如制作一只鹦鹉的标本，首先要把这只美丽的、会像人类一样说话的鸟儿解剖一样，朱利安·巴恩斯像一位医生，把福楼拜的生平、著作“解剖”开来，让这个完整的人物成为无数的部分，呈现在我们面前。这是高明的，同时也是困难的，因为“解剖”福楼拜，首先要对他具有相当全面的了解。

在这本书里，既有福楼拜的作品摘抄，也有他的年表，以及其他人对他的评论。而朱利安·巴恩斯采用的解剖手段也是多种多样的，可谓“无所不用其极”。叙事、回忆、评论、对话、年表等多种形式在这本书里一一出现，甚至包括词典，他也引用了不少。这些不同的手法犹如鹦鹉身上那些美丽的羽毛色彩缤纷，令人目眩神迷。在第二章“年表”中，他书写了三份不同的福楼拜年表，一份是最常见的那种平铺直叙的、记录福楼拜所有成功事迹的年表；另一份则记录了他在成功背后所遭遇的挫折和失败；最后一份，是不同年份的福楼拜日记的摘抄。三份年表，三个不同的福楼拜，一个活着的鹦鹉，一个死去的鹦鹉，一个被制作成标本的鹦鹉。在这里显示出了朱利安·巴恩斯的智慧的力量：他真正地解剖了福楼拜的一生，抵达了这个文学巨匠最为隐秘的生活和内心。

这究竟是一本传记，还是一本小说？在这本书里，朱利安·巴恩斯化名为杰弗里·布雷斯韦特，一个外科医生，一个游览福楼拜纪念馆的人，他深入到那些幽暗的长廊，也深入到那些曲折的作品，最后发现了另一个福楼拜，他像一只被制作成标本的鹦鹉，却具有非凡的美丽。

59. 约翰·勒卡里与他的惊险小说

约翰·勒卡里(John Le Carre,1931－)是一位英国作家,以他的悬念间谍小说闻名。这些小说有着广泛的国际间谍知识基础。勒卡里著名的主人公乔治·斯密利,一个契诃夫式的人物,是英国外交部门影子似的成员。在作品中,作者探索了爱国主义、间谍、目的和手段之间等道德问题。

勒卡里的写作风格精确、文雅,他的小说以精巧的情节安排和睿智的对话见长。对情报部门的知识使得勒卡里加入到了间谍小说作家的古老传统行列,像早期的克里斯托夫·马娄、本·约翰逊、丹尼尔·笛福到现代的格雷厄姆·格林、毛姆等。

约翰·勒卡里其本名叫大卫·约翰·摩尔·康威尔(David John Moore Cornwell)。他 1931 年 10 月 19 日出生于英国沿海小镇普尔。他的父亲卷入了涉及几百万英镑的诈骗案中而被投进监狱。这是作者为什么对秘密那么着迷的原因之一。勒卡里说服他的父亲送他到瑞士读书。1948 到 1949 年,他在伯尼尔大学学习。在奥地利服兵役后,他回到英格兰,在牛津的林肯学院学习现代语言,并于 1956 年毕业。他在伊顿公学做了两年教师,讲授法语和德语,后来加入外交部门。

在瑞士伯尼尔大学时因为热衷参与英国社群的活动,被一位外交官相中帮忙情报工作。虽然他的任务大部分只是在日内瓦街头闲晃,递给某人一个包裹，或是找寻一位手持上周《时代》杂志的男性，他却感觉自己仿佛是世界上最伟大的间谍。勒卡里后来回到牛津的林肯学院，有关他在这段时间担任间谍的谣言已经行之有年，但他从没有出面证实。

结束学生生涯后，他的间谍工作更为发展，曾经在不同时期接受英国军队及民间组织的征召，担任情报工作。最重要的间谍活动是在50年代后期，他加入军情五处，接受过各种各样的间谍技术培训，1960年调入军情六处工作。最初的掩护身份是英国驻德国波恩使馆上等秘书，后又担任了驻汉堡的领事，在此期间，他结识了曾写过犯罪小说的丙厄姆。丙厄姆鼓励他写作。建造柏林墙时，帮助有价值的东德情报人员逃离苏联的控制，这是一项风险很大的任务。柏林墙建造时他正好在西德，并根据当时的经验完成了著名小说《从冷战中回来的间谍》。勒卡里开始创作间谍小说时，决定摒弃007夸张的传奇方式，改以纪实笔触来铺陈故事情节。如此仿真实的写作风格使得《从冷战中回来的间谍》问世时，一跃成为畅销热门书。这个发展也让他脱离情报员生涯，专心做个全职作家。

勒卡里的作品包括《锅匠、裁缝、士兵、间谍》(Tinker, Tailor, Soldier, Spy, 1974)、《从冷战中回来的间谍》(The Spy Who Came in from the Cold, 1963)、《巴拿马裁缝》(The Tailor of Panama, 1996)、《德国一小城》(A Small Town in Germany, 1968)、《红场恋影》(The Russia House, 1989)、《完美的间谍》(A Perfect Spy, 1986)、《镜子战争》(The Looking Glass War, 1965)、《危险角色》(The Little Drummer Girl, 1983)、《园丁的恒心》(The Constant Gardener, 2001)、《挚友》(Absolute Friends, 2003)，其中很多作品都被改编成了电影。

勒卡里素以国际政治为背景构思其惊险的间谍小说和反恐怖小说，在纪实的基础上充分反映了当代世界各国各势力间的复杂争斗。他的作品布局精妙，情节曲折，文风冷峻，体现了“我们现在生存方式的一种美学”(英国批评家埃里克·霍姆伯格语)。因此被读者和评论界认为“最具技巧，最具娱乐性，最具感染力”。

《从冷战中回来的间谍》是勒卡里的成名代表作，主要叙述英国资深间谍利马斯，在亲眼目睹自己的手下当场被枪杀之后，原本已心生倦怠，准备退休，但为了私人仇怨，毅然接下最后一次任务，潜入东德担任反间谍，熟料却陷入了扑朔迷离的危机中……

《锅匠、裁缝、士兵、间谍》这一书名源自英国的一首儿歌，但同时也是书中其中四位主角的代号。故事的重心是要查出谁是潜伏在英国情报局最高阶层的一个双面间谍。根据资料，这个间谍是10多年前由莫斯科安置在英国情报局卧底的，而且是身居要职的4个高级情报员其中之一，这四位都是优秀而复杂的人物，他们共事多年，相互依靠、相互扶持，虽然这一行的金科玉律就是永远不要相信别人。奉命要查出这个双面间谍的是一个被迫退休的超级情报员乔治·斯密利。记忆力像计算机一样好的斯密利，在一团乱丝中一点点理出头绪来，钻进尘封的旧档案里寻找蛛丝马迹，最后终于解开俄国情报头子所设计的这个"最后一个聪明的结"。

《挚友》描写英国将门之后泰德同德国纳粹分子的下一代萨沙之间的友谊。时间跨度近半个世纪，从20世纪60年代，到2003年3月发生伊拉克战争；场景遍及美国、英国、德国和中东地区。

泰德，一个英国军官之子，出生于巴基斯坦。由于母亲因生他时难产过世，他从小十分孤独。在父亲奉命调回英国后，他发现亲生母亲并非如父亲所言是名门淑女，而是一位护士，便对父亲有了成见。他是个总在现实中奋力求生存的家伙。虽然在柏林围墙尚存的年代里，他是假英国文化大使之名行搜集情报之实的间谍，但如今却只是一个穷困潦倒的导游，有一家子要养，还得小心不要惹祸上身。

但麻烦最终还是来了，就是他在学生时代认识的德国好友萨沙，一个激进分子、梦想家、无政府主义者，也是泰德以前担任间谍的同僚。泰德和萨沙这对曾经生死与共的好友，在冷战结束分道扬镳后再次重逢，因为一个神秘的中东亿万富翁提出了一项令人无法抗拒的合作计划，让历经沧桑的两人不但可以从此脱离贫穷，并且有机会扭转这个世界——这个他们相信会走上邪恶之途的世界。但这项看来完美的计划，却又明显带有令人疑虑与恐惧气味……

《园丁的恒心》是他的第18本书，写于70岁高龄之际，证明了他的革新。这部小说描述了一个学做间谍的人的成长经历。《园丁的恒心》讲的是在非洲奈洛比任职的英国外交官贾斯丁，他年轻美丽的妻子泰莎因为调查跨国药厂的恶行，无端地被神秘谋杀了。她喉咙被割断，全身赤裸；她的旅行同伴非洲医生布鲁姆也失踪了。贾斯丁出于对已故妻子的爱和疚悔，开始调查这桩案子，并由此走上了毕生的间谍之路，为自己安排了今后的命运。

作品结构严谨，充满道德寓意。除描述资本主义社会的黑暗面，也讲述了一个男人经历人生悲剧而重生的感人故事。这个喜欢园艺、无一技特长的公务员，最终才发现自己真正的力量何在，以及这个自己还来不及好好珍爱的女人所具备的超凡勇气。泰莎的形象光彩照人，这个神秘的女人尽管在作品一开头就因为想揭露一桩丑闻而被人杀死，却始终支配着整个故事的进展。

《危险角色》讲述以色列情报部门为了把近日的炸弹凶徒绳之于法，走了一着险棋，他们招募了一个英国舞台剧女演员渗入巴勒斯坦敌线，希望把对方的炸弹狂徒一举消灭。其中偶尔被选中的沙莉，一脚从虚拟的舞台剧走进生死一线的真实世界里，她发现她的专长使她从一次次的险境逃脱，但再专业的演员也无法完全控制自身的爱恶，任务继续进行中，她的精神已自真实脱轨……

在勒卡里写就的一连串情节复杂的谍报小说里，厉害的角色多是其貌不扬的人。小说的精彩之处在于他的精湛文笔、人物描写、对人性深刻而冷厉的洞悉，以及他严谨、丰富的推理逻辑与想象力。美国作家菲利浦·罗思(Philip Roth)就曾盛赞其自传性色彩最浓厚的著作《完美的间谍》是“自二次大战以来最好的英国小说”。

60. 菲力普·拉金
——英国运动派诗人中的第一才子

20世纪50年代，一群年轻的诗人和评论家试图给诗歌的传统的艺术形式带来新的生命力，恢复西方文化中的人文主义的价值观念，他们被统称为“运动派”（The Movement）。“运动派”之名来自1954年10月1日《旁观者》杂志的一篇评论，把当时一批青年诗人的崛起称为英国诗歌的一次“运动”，他们的目标与贝克特（Samuel Beckett）的创作观念形成鲜明的对比，因为贝克特的荒诞戏剧代表的是反文化、反人文主义的观念，表现了现代人在充满残酷的世界中无法通过相互沟通来克服自己的孤独和寂寞。而“运动派”完全不同意这种生活观念。

另一方面，“运动派”也不像那些严格的传统主义者那样。他们并不追随艾略特（T.S. Eliot）在古典文化和宗教中寻求拯救现代文化的出路。相反，他们想在严格的传统和抽象的存在主义之间找到一条中间路线。

他们的诗歌反对战前盛行一时的浪漫主义文风，反对艾略特、庞德（E. Pound）等的晦涩，反对存在主义诗人的抽象，主张回归传统、崇尚朴实的诗风。

这批诗人中最重要的是菲力普·拉金（Philip Larkin），还有伊丽莎白·詹宁斯（E. Jennings）、唐纳德·戴维（D. Davie）、汤姆·冈恩（T. Gunn）等。菲力普·拉金是其中的领袖，他的诗结构清晰、语言质朴、感情深沉、技巧娴熟多变。虽然这些诗人们大多不承认这一流派的存在,而只认为它是新闻界强加给他们的头衔,但他们在文学主张和创作风格上的确有不少共同之处。在题材方面,它表现为“对真人真事的崇尚”;在技巧方面,则“拒绝放弃理智的结构和易懂的语言”。

“运动派”诗人拒绝现代主义诗歌,并且极力宣扬理智、讽刺和传统的诗歌形式以对抗一些“启示派”诗人,尤其是迪伦的作品中“歪曲”的浪漫主义。

菲力普·拉金(Philip Larkin,1922 - 1985)无疑是运动派中成绩最为斐然同时也最有影响的诗人。他的诗歌创作同时受到托马斯·哈代(Thomas Hardy,1840 - 1928)和叶芝(W.B. Yeats)的影响,前期创作和后期创作略有不同,但总的特色在于其诗歌语言简洁凝练、描写含蓄、富有表现力和反讽意味。

拉金的诗歌涉及各种各样的主题,表达在当今的世界人们需要勇气来面对生活。而其中多数是有关孤独、年老、死亡等灰色主题,流露出哈代式的悲观情绪。在他的诗里,人总是不能掌握自己的命运,总是被客观世界的某种力量阻碍而不能实现自己的愿望。他诗中的世界总是充满着失败、失望和悲伤。不过,这些消极的情绪背后却隐含着积极向上的成分。在拉金看来,真正的英国传统是乔叟、华兹华斯和哈代等人一脉相承的,它与艾略特和庞德所代表的现代派传统这些舶来品相对。

拉金创作出了 50 年代英国最著名的诗歌。他模仿哈代开始创作反浪漫诗歌。他认为哈代最充分地表现了一个诗人应该如何根据自己的生活经验直接、真实地进行创作。他的风格高雅、简洁,如他的一个传记作者所说的:“像刚擦洗过的玻璃一样透明”。

拉金生于英国中部的工业城市——考文垂。虽然家庭生活贫苦,他还是在 30 年代靠奖学金进入牛津大学学习。他以此作为 1946 年他完成的第一部小说的创作素材。他写了两部长篇小说,但直到 1955 年他出版了第一本诗集《受骗较少的》(The Less Deceived),他才被读者广泛接受。当时,拉金与其他几位诗人开始聚集形成“运动派”,而诗集的题目表明了他们的态度。他们感觉英国诗歌在过去的 20 年中太浮夸了。他们不喜欢 30 年代奥登(Auden)派对政治的狂热,也不喜欢 40 年代诗歌中的太多的情感。

拉金在几所大学做图书管理员,这份工作能使他兼顾写诗也能追求他的第二个兴趣——爵士乐,在这方面他也被认为是个专家。他发表了许多诗集,众多的评论家都给予很高的评价。逝世前他在约克郡的赫尔大学(Hull)作图书馆馆长。拉金虽然不算非常多产,但涉及范围极广,除了写诗外,还创作小说,撰写音乐评论,其作品主要诗集包括《北驶的船》(The North Ship ,1945)、《受骗较少的》(1955)、《降临节婚礼》(The Whitsun Weddings,1964)、《高窗》(High Windows,1974)等。

拉金的早期作品,如《北驶的船》中的诗,明显受到叶芝的影响,大多数诗有矫情之嫌。他对《北驶的船》并不满意,他发现叶芝并不能满足他的要求。后来他重新发现了以前所抛弃的哈代的诗,倾心于他们的朴素和深刻。哈代的诗教会了他不要害怕写那些明显的和普通的东西,而是要精心地呵护它们,更重要的是,只去写那些自己有真情实感的东西。

在《受骗较少的》诗集中的一首诗《欺骗》里受哈代的影响十分明显,具体化了的人物、地点构成诗的主体。他把其小说中所讨论的道德责任与幻灭融进了他的诗行。诗中的一个年轻妓女惨痛地回忆起自己从被绑架、被强暴而走上这条不幸的路。拉金通过象征性的比喻表现了她所感受的痛苦和悲伤。

在《降临节婚礼》中,拉金简洁流畅的诗风更加纯熟。诗中的世界是战后的英国,拉金描写了在物欲刺激下迅速发展的大众文化和淹没在消费品和现代感当中的现代社会,人们不知道如何承担历史的重负,有些诗就是关于世俗的当代话题。即使是有关历史性的话题,拉金也是用当代人的眼光和口吻来描述的。但几乎所有的诗的结局都是消极的。

《高窗》继续着他以前的话题,观察着当代英国的社会和生活。诗人对于时光的流失、对于衰老和死亡的思考比年轻时更加睿智。他试图要在诗中保存"人的经历和美",但是在英国社会经历急剧变化的时代,拉金似乎感触更深的是生活的枯燥和贫乏,他的诗诉说着人生的悲怆。

拉金还对爵士乐颇有研究,著有音乐评论集《爵士乐纵横谈》(All

What Jazz：A Record Diary 1961 - 1971）。1973年他编辑了《牛津20世纪英国诗集》(The Oxford Book of Twentieth-Century English Verse)，在这部经典文献中，拉金提出了自己的看法，他认为，英国诗歌有其自身的独特传统，从早期的乔叟到浪漫主义时期的华兹华斯，直到哈代，这一发展线索有别于甚至截然不同于艾略特和庞德等人引进的现代主义传统。他的这种反浪漫主义—现代主义的立场比较接近早期的后现代主义文学观念。

总而言之，拉金的诗歌具有简约含蓄的特征，其字里行间充满了反讽和艺术表现力，在他的笔下，人面对强大的自然总是无能为力，整个世界充满了失败和悲怆，个人愿望始终无法在这个世界上实现，人总是受到外部世界某种力量的支配。评论家普遍认为，在战后的英国，没有哪位诗人像拉金这样如此栩栩如生、如此细致准确地展现了大英帝国衰落后英国社会的福利国家之现状。由于拉金在英国文体上的代表性地位和杰出贡献，他于1975年获得英国皇家文学院颁发的本森银质奖章，1976年在汉堡获莎士比亚奖。

拉金以一个普通人的立场，用机智的语言、细致的观察和传神的笔触再现英国本土的生活风情，逼真地展示出岛国人民复杂的心态和情感。在诗歌结构上，拉金师法哈代，采用整齐、严谨的格律，反对艰深、晦涩的现代主义风格，打破了20世纪英国诗坛上现代主义的统治，开创了一代新的诗风——运动派。

拉金认为，英诗的格律是植根于作为口头和书面语言的英语的本性之中的，这些规则已统治英诗达五百多年之久，是诗歌的语言规范，是维持诗歌本色的规律。拉金那严谨、整齐的格律诗与现代派的自白诗形成了强烈的反差，极大地扩张了传统诗的复兴。

拉金认为，诗歌应当被当作人们生活中的一部分，两者之间存在着直接、密切的关系。因此，诗人写诗时就应当尽力从生活中提取素材和语言，应该反映生活中自己感受最深的诗语。他的诗句子结构简单，采用口语词汇和非正式的语气，句意直截了当，清晰明了，把一种日常生活的感受表现得淋漓尽致。实际上，与现代派朦胧、晦涩的语言相比，简朴、平易的口语化语言也是一种诗歌的艺术创新，它缩小了诗歌的精神表达与人

的生活形式之间的距离，体现了诗人对生活的透彻领悟。

从战后废墟上站起来的英国人，在强大的邪恶面前深感个人的渺小和无助，他们不想再去充当什么英雄，不再想去关心什么世界大事，只想平平安安地过日子。拉金的诗歌艺术代表了这种社会心理。拉金有意避开现代派专注的大题材、大文学，而关注普通人和日常事物，体现出一种“平凡之美”。

拉金的创作固守英国本土传统，反对现代派的超然的道德态度，崇尚真即美。他提倡挖掘真实的英国题材，恢复诗歌面向现实、面向生活、面向英国本土的这一主要传统，这使得他赢得了英国“运动派”诗人的称号。

61. 桂冠诗人特德·休斯

特德·休斯(Ted Hughes,1930－1998)是活跃于五六十年代的英国重要诗人。1957年以诗集《雨中鹰》(The Hawk in the Rain)一举成名。此后,出版了十余部诗集,如《牧神》(Lupercal,1960)、《木神》(Wodwo,1967)、《乌鸦》(Crow,1970)、《穴中鸟》(Cave Birds,1975)、《四季歌》(Season Songs,1975)、《高迪特》(Gaudete,1977)、《沼泽城》(Moortown,1979)、《河》(The River,1983)等。1984年12月,英国女王授予他"桂冠诗人"称号。

特德·休斯1930年出生于英国的约克郡。在老师的热情鼓励下,15岁的休斯开始对阅读和写诗感兴趣。1948年休斯获剑桥大学奖学金,但他决定先为国家效劳再继续学业。他在英国皇家空军的一个地勤通讯站服役,当了两年无线电修理工。1951年,他进入剑桥大学学习英国文学专业,但他后两年从英文系转读考古学和人类学。他在这两个领域的学习大大扩展了他的视野,对其日后的诗歌创作产生了很大影响。大学毕业以后,他又做过各种各样的工作。1956年在剑桥举办的文学聚会上,他与美国女诗人西尔维亚·普拉斯(Sylvia Plath, 1932－1963)一见钟情。他们从相恋到结婚一共才用了四个月时间。婚后两人在诗歌创作上相互交流。通过普拉斯,休斯了解到美国的当代诗歌,并开始在美国杂志上发表诗歌,并因《雨中鹰》一举成名。但后来,他们的婚姻生活并不顺利,六年的婚姻生活一直处于磕磕碰碰之中。1962年休斯有了外遇，普拉斯受不了精神与生活的双重压力，在休斯离开她数月之后用煤气自杀身亡。普拉斯是“自白派”诗的代表作家之一，在她的诗中，坦率地将个人隐私、内心创伤、紊乱情绪、自杀愿望和性冲动公诸于众，用一种病态的意象表达了战后美国妇女孤独的情感和无能为力的心态。随着女权主义运动的兴起，普拉斯成了20世纪最知名的诗人之一。她的自杀使休斯成了众矢之的，也承受了巨大的身心压力。

影响休斯诗歌创作的有三个方面：战争在文化、历史和心理方面对欧洲造成的伤害；自然意识以及对动物世界的着迷；人类学理论。它们使休斯认识到人文主义的缺陷，以及诗歌中陈腐的意象和形式的土崩瓦解。在他的诗歌中经常出现动物意象，这些意象是同人类社会和动物界潜在的暴力相关联的。

休斯的父亲和叔叔参加过第一次世界大战，休斯从小就熟悉战争的残酷性。休斯本人在第二次世界大战期间也当过两年兵。两代人的战争经历在休斯身上浓缩为对战争的掠夺本质和残酷性的厌恶。人性和文明被贪婪和暴力撕去了美丽的面纱，露出了一脸狰狞相。于是，他用诗描绘了一个充满了掠夺成性的动物、原始的暴力构成的野性世界，一个恶性本能放纵的世界。

休斯小时候喜欢跟他的哥哥外出钓鱼、打猎，对各种动物观察入微，对自然界美和残暴之间的对立使他联想到理性与战争的对立：战争以其残暴和贪婪玷污了人类文明和理性。于是，诗人用诗歌描绘出了一个动物世界来影射资本主义世界。这个动物世界是原始暴力和恶性本能放纵的世界，“而自然界像一个牙齿和爪子都沾满了鲜血的猛禽野兽”。

休斯的诗歌爆发出来的生命力量，对家乡原始风光的描绘，以及对动物世界的大量富有创造性的研究，使他的诗作具有强烈的鲜明个性，一扫50年代英国诗坛崇尚淡雅、平庸的萎靡气息。休斯的动物诗用词鲜明生动，韵律跌宕起伏，为英国诗歌带来一股勃勃生机。

1957年，休斯出版的《雨中鹰》一鸣惊人，他的诗风与当时流行的格调大相径庭，展示了他与众不同的个性与观察世界的视角。他在诗中描绘了一个以动物的掠夺性为本体、以原始的暴力为手段的野性世界，这种暴露恶性本能的诗篇在当时令人耳目一新。

休斯的诗集简直就是一部动物寓言集。诗里的主角不是人，而是各种动物：乌鸦、鹰、美洲豹、狐狸、狼、熊、牛、马等。这些飞禽走兽不是起点缀作用的意象，而是诗歌的本体，象征着诗人各种影射的寓意。

《雨中鹰》中包括许多广为留传的优秀诗篇，如“雨中鹰”、“美洲豹”、“思考的狐狸”、“马”、“风”等。其中许多主题是诗人终生探索的主题。从广义的层面上讲，休斯试图探索人在自然界中孤立和不稳定的生存状态，以及人冲破自身这种隔绝状态的可能性何在。他把目光集中在动物身上，不仅仅因为动物具有象征性，而且还因为它们积极地参与到自然能量的循环中，而人却由于文明和理性的压抑想退步抽身。通过模拟动物看待世界的眼光，诗人又找回了人类在文明来临之初就丢失的一种视角，又找回了人类为一些别的考虑而同意放弃的某种力量和整体感。尽管我们仍生活在自然界中，我们却渐渐与它隔离了，一些自然力的表现使我们感到威胁，或感到离奇。休斯早期的诗就成功地刻画了这种源于我们隔离状态的矛盾情感。

表现人性是诗歌永不衰竭的主题，而暴力，似乎更能表现人之恶的本性。工业化给人们带来的是田园式生活的毁坏，而工业化进一步发展，科技水平的日益提高，在促进文明进步的同时又造成了人性的扭曲：理智与疯狂同在。休斯对自然力的描写，正是他力图揭示人性的尝试。在诗人看来，似乎当今世界分裂的根本缘由在于人性的分裂。

在他最优秀的诗篇里，生命力勃发、勇而无畏、超越一切的自然生灵跃然纸上；直白深入的语言撞击着人的灵魂；铿锵有力、掷地有声的诗句使人回肠荡气；诗中隐含的寓意与神秘、讽刺与表白展示了诗人与众不同的世界观。

他崇尚现代人所缺乏的那种直截了当的原始的野性和力量，诗歌往往以各种动物为象征或主角，“从内部”描写自然界弱肉强食的秩序，从而暗示人类社会也是如此。休斯的动物诗充满强烈的生命伟力，用词独特生动，韵律跌宕起伏，为英国诗歌带来了勃勃生机。

休斯还善于用有力的笔触，愤激的情绪表现自然界、生物界和人世间的力量和抗争。他尤以写凶禽猛兽的动物诗著称。在描写动物的诗篇中，显然不是一个莺歌燕舞的世上乐园，不管强弱大小，各类动物都深深陷入生存斗争的角力场中，都在使出浑身解数以掠得别个、保护自己。栖于高枝上的鹰，俯视脚下的世界，居然认为它的脚控制着乾坤，"我高兴时就捕杀，因为一切都属于我"，并且声称"我的举止就是把别个的脑袋撕下来/分配死亡"，还断言它的权力无须论证，决不允许世界有所改变。鹰表现了强有力者的称霸心理。"鸫鸟"则表达出弱小者出于求生本能所形成的体态、心态上的特点：光滑如卷曲的钢，两条细腿随时准备跃起，捕捉虫子；始终保持警觉，没有懒散的踌躇，没有慵倦的注视，专心致志，伺机捕杀。

这种尖锐紧迫的内在情绪使休斯的诗具有尖锐紧迫的节奏。他喜欢表现力度和逼真的细节。他写大风刮得他"眼球凹进去"，使"一只黑背鸥/像一支铁杆慢慢弯曲下来"。写十四马在破晓前冷寂肃穆的气氛中屹立不动的景象，把冷冻的气氛和马群的纹丝不动都描绘得很深刻："我呼出的气在铁青的光线中留下扭曲的塑像"，"麻鹬的嘶叫声锋利地切割着沉寂"。具体准确的有力刻画代替了光滑浮面的泛泛修辞，这些正是现代诗的长处。

休斯的动物世界是与人的世界相通的。他说过，激动我想象力的是生与死之间的斗争，我的诗可以说是为表彰双方斗士业绩的。它们企图通过我与世界真实关系的建立来证明世界的真实性和我在这个世界上的真实性。……它们是我解脱心上重负的唯一道路，就像六月里的公牛必须大声吼叫一样。正是这样，我们感到隐匿在休斯粗暴凶狠的诗歌形象后面是他对世道人心的忧虑，对现实世界的评论。

1970 年，休斯出版了他的另一佳作《乌鸦》。此集共收入了 67 首诗。诗人在这个诗集中塑造了不同于鹰的另一飞禽形象——乌鸦。无论在东方或西方，乌鸦的形象是丑陋的、令人厌恶的。可是在诗人笔下，它却同时具备了一些难得的品质——性情开朗、足智多谋、难以捉摸、能历经万险而幸存。乌鸦属杂食鸟类，布满细菌的腐尸足以致许多飞禽走兽于死命,却伤害它不得。于是,在休斯的诗里,乌鸦的形象升华了——它是精神和肌体都十分坚强的生物,是适者生存的精神化身。诗人赋予它飞禽的属性、人的特征、神的灵性。在乌鸦的身上同时凝聚着两股力量:生和死。

在《乌鸦最后的巨典》一诗中,万物皆在烈日的火焰下焚烧殆尽。但是所向无敌的烈火却遇到了"最后的障碍"——乌鸦。它巍然不动,若无其事地用"水灵灵、黑漆漆"的眼珠看守着烧焦了的堡垒上的城楼。诗人的寓意何在?也许是:烈火将焚毁人间万恶,永生的乌鸦将创造一个崭新的世界。

1998年休斯出版了诗集《生日书简》(Birthday Letters),以独特的方式对35年前他与普拉斯的婚姻生活做了反思。休斯运用接近散文的文体,淋漓尽致地向普拉斯倾诉内心深处的创痛和哀怨。《泰晤士报》称之为休斯纪念西尔维亚·普拉斯的惊世之作,并且宣称这些诗确立了这位桂冠诗人作为英国文学上重要作家之一的地位。

休斯的诗在内容和技巧风格上独树一帜。在技巧和风格上,他有别于同时代的许多英美诗人,突出的一点是,他几乎不写自己。他的诗很少用明喻,隐喻却独具一格,隐喻常常是动物。他的诗在语言上透彻、直截了当。他不拘泥于传统的形式,随心所欲地划分诗节和诗行。他既不拘泥于传统的格局,也不着意于形式上的标新立异,而是根据内容的需要和感情的爆发来结构诗体,来运用语言。诗的格律大胆、强劲,行文有如斩钉截铁,发出铿锵之声,没有柔情似水的缠绵,没有说教和评论,然而诗句却蕴含着神秘和美,其嘲讽也是不言自在的。可见在格率、用词、意向等方面,休斯都表现出了放荡不羁的风格。语言的凝练,音韵的美妙控制,形象的精雕细刻和刚劲有力,加之题材的新颖和时代性,使休斯的诗确实给人以耳目一新的感觉。桂冠戴在他头上,他是当之无愧的。

62. 哈罗德·品特与他的“危险喜剧”

哈罗德·品特(Harold Pinter,1930 -)出生于伦敦东区一个葡萄牙裔犹太裁缝移民家庭。品特从小就敏感、内向。像许多同龄人一样,二战期间伦敦被轰炸时他曾被疏散到其他地方一年多,早早体会到了与父母分离的痛苦。战后他所在的地区民族矛盾十分尖锐,新法西斯分子不断在街头挑衅滋事,使品特很早就意识到日常生活中存在的暴力和威胁。他有着强烈的道德感和正义感。13 岁时品特觉得自己对宗教越来越不相信。幼时在校学习时就经常参加戏剧演出。他 16 岁时,进入皇家戏剧学校学习,后又进入演讲及戏剧中央学校学习,1949 年成为一名职业戏剧演员。

品特的戏剧创作生涯开始于 1957 年,在这一年,他写了第一个剧本——独幕剧《房间》(The Room)。该剧描写了一对随时可能被逐出房外的夫妻房客。戏的开头,60 岁的女主人公罗斯一面絮絮叨叨说外面有多冷、屋子里有多温暖,一面无微不至地照顾丈夫伯特吃喝穿戴。她显然很畏惧一言不发的伯特。伯特出车后,一对年轻的、打算租房的陌生夫妇向她打听 7 号房间,说住在地下室的一个人告诉他们这是个空房间,但 7 号房间正是罗斯所住的地方。年轻夫妇离开后,一个自称赖利的黑人瞎子闯了进来,先说她父亲叫她回家,又用另外的名字称呼罗斯。就在罗斯走近他时,伯特回来了,兴奋地讲着他的车子。发现黑人赖利后,他二话不说便一面大声谩骂一面将他从椅子上推了下来,用脚踢他的头部,直到赖利一动不动。这时罗斯捂着眼睛大喊"我什么也看不见了",随即剧终。

在这部剧中包含了存在于日常生活中的某种神秘和外来威胁的成分,原因是作者没有说明行为的动机或对行为做出必要的解释。这将成为品特以后许多剧本的框架,以至于他的作品被称作"危险喜剧"。它们包含了他将一再探讨的一些主题:人们日常生活中的焦虑和不安全感、个人关系中的权利关系等。其主要剧作有:《生日晚会》(The Birthday Party,1958)、《愚蠢的侍者》(The Dumb Waiter,1959)、《送殡者》(The Caretaker,1960)、《看房者》(The Caretaker,1960)、《归家》(The Homecoming,1965)、《昔日》(Old Times,1971)、《无人之乡》(No Man's Land,1975)、《背叛》(Betrayal,1978)、《大山的语言》(Mountain Language,1988)、《晚会时光》(Party Time,1991)、《月光》(Moonlight,1993)等。

品特的"危险喜剧"在剧情安排、人物塑造、语言的运用等方面与贝克特的《等待戈多》有异曲同工之处。"危险喜剧"往往发生在离群索居的小城市的破房或地下室、乡村、海边。剧中人物往往只有两个,他们在期待着发生什么事情。环境在不断地变化,剧中的热闹也随着环境的变化而发生相应的变化,于是人物的个性和内心世界就在等待中发展和凸现。在品特的剧作中,喜剧和危险共生,轻松与恐惧俱存;嬉闹中透出严肃的对人生意义的思考,严肃借喜剧般的对话与动作得到发挥和展开。品特的剧作也属于荒诞派戏剧这一类型。

独幕剧《愚蠢的侍者》就是一出"危险喜剧"。剧中只有两个角色:格斯和本,一对属于某一神秘组织的杀手。他们潜伏在一个地下室里,等待着上司的命令和被杀害对象的到来。最后,命令终于下达了:杀手之一的格斯将成为另一杀手本的牺牲品。这个结局是格斯和本始料未及的。在剧尾,他们惊愕地相互而视,哑口无言,直至幕落。

该剧自始至终都笼罩在一种诡秘的气氛之中:抽水马桶注水时间太长;地下室的门底下塞进装在信封中的一盒火柴;送菜升降机在地下室和地面以上楼层间慢慢穿行,下行时带来顾客的订餐指令;悬挂在墙上的话筒传来上司的指令；格斯外出取水时再推门进屋时，其外套、领带及左轮手枪均被人扒下。格斯和本争吵了许久，但未能弄清这些事件的含义，但这些事件确实发生了。这时他们就像他们在该剧开始时读的报纸上的那些奇特的"新闻"（诸如一位 87 岁的男人钻进一辆大卡车下面企图横穿马路时被轧死；一个 11 岁的男孩看着一个 8 岁的女孩杀死一只猫等）一样莫名其妙。

剧中一连串无法解释的神秘事件也说明了格斯和本在这个世界上的可怜地位——既无知又无奈。作者在剧中加入了一些喜剧成分，主要是通过两个人毫无意义的闲谈表现出来的，他们以此来掩盖内心的焦虑。他们关于是用"点燃水壶"还是"点燃炉子"表达更确切的讨论，极具喜剧效果，也非常荒诞。

该剧中的格斯和本，犹如《等待戈多》中弗拉吉米尔和埃斯特拉贡一样，是人类的代表和缩影。他们每天生活在一大堆孤立、破碎、神秘而又毫无意义的事件之中。他们绞尽脑汁，企图理解这些事件的意义，以确立它们之间的关系，但一切努力都是徒劳的。

在《生日晚会》一剧中，主人公名叫斯坦利，一个三十多岁、对一切缺乏兴趣的人。他在海边一所多年来没有人居住的肮脏的房屋找到了避难所，在那居住了一年多。女主人梅格对待这唯一的房客既像挑逗的情人又像慈爱的母亲，梅格想借此机会为他举办一个所谓的"生日晚会"，让他高兴一下。但后来来了两个人——戈德伯格和迈肯，很快我们就清楚了他们是为追赶斯坦利而来。第二幕描写晚会的过程。两个陌生人一唱一和对斯坦利进行摧残，并砸烂了他的高度近视眼镜。第三幕中穿戴整齐、表情木然的斯坦利被两位陌生人带到楼下一辆等候的汽车里要被送到外面去"治疗"。

跟贝克特一样，品特也没有对他的剧中人物的行为做出合理的解释。这两人是斯坦利背叛的一个秘密组织的使者吗？或者他们是斯坦利从中逃跑的精神病院的男护理员，他们是来带他回去的？这些问题没有答案。这两个人为惊恐的斯坦利举办了生日晚会，但斯坦利极力否认是他的生日。

《归家》被西方许多评论家视为品特的代表作。该剧描写的是女主人公露丝跟随在美国某大学任哲学教授的丈夫特迪回到英国的公公家后最终离开丈夫留在这个家庭里当妓女的故事。剧中有许多令人费解的地方,如特迪告诉家人他和露丝结婚已六年,有三个孩子,但他的父亲、老屠夫马克斯以及特迪的弟弟似乎都没有将她视为特迪的妻子。特迪已故的母亲到底是一个什么样的人也是个谜。马克斯的弟弟、出租车司机萨姆在发觉露丝将留下来做妓女后透露了特迪的母亲与他人鬼混的内情。特迪居然能看着弟弟们勾引妻子而无动于衷,还帮着他们就从妓所需费用与露丝讲条件,的确令观众感到震惊。剧终时,特迪已启程回美国教书,露丝安然地坐在椅子上,抚摩着跪在身边的小叔子乔伊的头,公公也爬过来乞求亲吻,另一名小叔子莱尼则饶有兴趣地在一旁观看。这出戏的主要主题有恋母情结、卖淫等。

《看房者》的主题是个人关系中的权利关系,谁最终能控制谁。曾经患过精神病、思维不是很敏捷但热心助人的阿斯顿将岁数较大的流浪汉戴维斯领到自己的住处,为他提供住宿,为他找鞋,自己白天出去时也放心地将他留在家里,后来又建议戴维斯做看房人以便长期居住。阿斯顿的兄弟米克只是神秘地在阿斯顿不在时出现,两人即使偶尔碰上也不说话。米克行动敏捷,伶牙俐齿,从一开始就捉弄戴维斯。戴维斯是个典型的无赖,连身份证也没有,名字起码有两个,满嘴种族歧视的脏话。在与阿斯顿相处的过程中他得寸进尺,在无意中得知后者曾受过精神病治疗后更是变得放肆起来。由于米克也许诺过他看房人的位置,他便企图挑唆兄弟俩,使米克将阿斯顿赶走。结果适得其反,他又成了无家可归的流浪汉,而那兄弟俩却相视而笑。这出戏与贝克特的许多荒诞派戏剧很相似,悬念依然很多。它反映的既可以是人性的不同方面,又可以是象征父子关系。

品特善于捕捉日常生活中的一些小事。他通常以自己周围的人和物为素材进行创作。他简洁的风格和擅长于制造紧张气氛和恐惧的技巧使他成为当代最受欢迎的剧作家之一,并使他获得了 2005 年的诺贝尔文学奖。

63. 无根的作家——奈保尔

2001 年 10 月 11 日,瑞典文学院将诺贝尔文学奖桂冠授予英国后殖民小说家奈保尔,赞誉其作品“将具有洞察力的叙述和不为世俗所囿的详细考察融为一体,促使我们看清被隐蔽的历史真相”。奈保尔是一位极其多产的作家,迄今为止,奈保尔已出版了 20 多部书,获得过多种奖项。1989 年,他被英女王封为爵士。

1932 年 8 月 17 日,维迪亚达·苏莱普拉沙德·奈保尔(Sir Vidiadhar Surajprasad Naipaul,1932 –)诞生于南美洲西印度群岛特立尼达与多巴哥(Republic of Trinidad and Tobago)的查瓜那斯(Chaguanas)镇的一个印度移民家庭,他是第三代移民。他的祖父最早从印度西部作为契约仆役,也即跟负担他移民费用的人订立契约,到目的地后为后者工作若干年作为报偿的美洲移民,来到特立尼达。奈保尔的童年时代还处在相当浓厚的印度文化氛围之中。他是这样描述他的早年生活的:“对我而言,印度似乎是非常遥远、非常神秘的。但当时,就我们这个大家庭的各个支派而言,离开印度不过四五十年的时间。”他的父亲是位记者,出身于印度裔婆罗门家庭。奈保尔之所以能成为一名作家,在很大程度上是受了他父亲的影响。正是这种童年的生活,成了奈保尔早期作品的主要内容;也正是这种跟印度教文化的接触,造成了奈保尔身上浓厚的印度教徒气质。

1948年，奈保尔毕业于特立尼达与多巴哥首都西班牙港女皇学院。1950年，奈保尔以优异的成绩，从特立尼达的殖民地政府那里赢得了一笔丰厚的奖学金。这样的奖学金当时一年只有4个名额。拿了这笔奖学金，他可以在大英帝国的任何高等学校学习7年。他选择了牛津大学去攻读当代英国文学，并且以优异成绩毕业。大学毕业后，他担任英国广播公司编辑、《新政治家》杂志评论员。1955年，他在英国定居，与帕特利夏女士结婚。1996年，帕特利夏病逝，他与纳迪拉·卡纳姆·阿尔维结合。

1953年，他的第一部小说出版了。这年，他父亲去世。奈保尔出版的《父子之间》收入了两人的往来书信。1953年他成为自由撰稿人。1954年至1956年，担任BBC"加勒比之声"的栏目主持人。

60年代，奈保尔周游了南美洲、西印度群岛、美国、加拿大、印度和非洲。特立尼达和多巴哥是在英国殖民统治之下的多民族混居岛屿，这使他浸染了一种涉及社会、政治、历史发展的多元文化意识。周游世界开阔了他的视野，他以讽刺的笔调描绘沿途所见不同民族的风俗习惯，他发觉第三世界正在步西方国家之后尘，贪婪、混乱、暴力倾向日益严重，人们的生活被阴郁不祥的气氛笼罩，使他不得不在小说和非虚构散文作品中发出振聋发聩的警世呼声。《中间通道：对五个社会的印象》(1962)，这本书对西印度群岛的5个社会进行了痛苦与批判性的探索；《黄金国的失落》(1969)是关于特立尼达的历史著作。他对于当地的贫富两极分化和政治局势混乱深恶痛绝。1960年，他远涉重洋去印度寻根问祖。5个多月的深入考察，所闻所见令他震惊，促使他写出了三部曲：《黑暗地区：印度经历》(1964)、《印度：受伤的文明》、《印度：百万人大暴动》(1990)。他极其坦率地揭示了印度社会剧烈的矛盾冲突，对于印度极度贫困和不人道的种姓制度尤为厌恶。80年代初，奈保尔游历了中东及东南亚诸国，写了《在信徒们中间：一次伊斯兰地区的旅行》(1981)，书中对该地区的不良社会现象作了评述，对新伊斯兰的狂热进行了批判；《超越信仰：在皈依伊斯兰教的民族中的旅行》(Beyond Belief: Islamic Excursions among the Converted Peoples, 1998)，书中描写了他在印度尼西亚、伊朗、巴基斯坦和马来西亚这些非阿拉伯的伊斯兰教国家的旅行见闻，分析了他所见到的原教旨主义狂热。

奈保尔的文笔犀利，但他绝不盲目崇拜西方文明而贬低东方文明，他的批判是哀其不幸，怒其不争。他把英国称为“到处是政治斗争、傲慢作家、懒散贵族的国家”。在政论文集《过分拥护的奴隶市场》(1972)中，他痛斥奴役、欺凌、压榨以及一切不公正的黑暗统治。在小说创作中，他又通过众多漂泊者的故事揭露黑暗、反对压迫、寻求公正。

奈保尔之所以获得诺贝尔奖，决非偶然侥幸。其实早在20年前奈保尔就被视为诺贝尔奖的有力争夺者，曾多次获得毛姆奖、布克奖等著名文学奖项。1990年，他又被英国女王授封为骑士，这表明英国社会对其作为一个“当代经典作家”地位的承认。1993年，奈保尔荣获首届戴维·柯恩不列颠文学奖，这是对他“终身成就”的表彰。2001年，获得诺贝尔文学奖。

奈保尔的文化处境很特殊：他是印度的印度教徒后裔，但却疏离了印度的文化传统；他的出生地是特立尼达，但这个先是西班牙后是英国殖民地的岛国文化与历史却没有流传下来；他接受的是西方的主要是英国的教育，后来又定居于英国，但对英国人来说他又是一个外来人，一个殖民地人(colonial)。也是在西班牙港，他更多地感受到了一个外面的世界的存在。尽管奈保尔当时还没有成熟到能够反思这块弱小的殖民地在政治、文化、经济各方面所受的宗主国的主宰，但他却敏锐地感受到了这一点，并使之成为了他以后的小说的内容与素材。

成熟后的奈保尔不仅谴责了殖民主义，谴责这种伪装为恩赐与帮助的奴役与剥削，而且谴责了那些崇拜与模仿其主子的殖民地人。奈保尔在特立尼达岛度过青少年时代，他从亲历者的角度写小说，书中的人物原型都曾生活在自己身边，书中的场景就是自己生长的土地，写那些人物的生活也就是写自己的生活。

奈保尔主要小说有：《灵异推拿师》(The Mystic Masseur，1957)、《埃尔韦垃的选举权》(The Suffrage of Elvira，1958)、《米格尔大街》(Miguel Street，1959，获毛姆奖)、《毕司沃斯先生的房子》(A House for Mr Biswas，1961)、《斯通先生与骑士伴侣》(Mr. Stone and the Knights Companion，1963，获霍桑登奖)、《模仿者》(The Mimic Men 1967，获W.H.史密斯奖)、《在一个自

由国家里》(In a Free State，1971，获布克奖)、《游击队员》(Guerrillas ，1975)、《河湾》(A Bend in the River，1979)、《抵达之谜》(The Enigma of Arrival，1987)、《世界之路》(A Way in the World，1994)、《半生》(Half A Life，2001)、《魔种》(Magic Seeds，2004)；非小说有：《中间通道：对五个社会的印象》(Middle Passage：Impressions of Five Societies，1962)、《黑暗地区：印度亲历》(An Area of Darkness，1964)、《黄金国的失落》(The Loss of El Dorado ，1969)、《过分拥挤的奴隶市场》(The Overcrowded Barracoon and Other Articles ，1972)、《印度：受伤的文明》(India：A Wounded Civilization，1977)、《刚果日志》(Congo Diary ，1980)、《伊娃·庇隆归来》(The Return of Eva Perón and the Killings in Trinidad ，1980)、《在信徒们中间：一次伊斯兰地区的旅行》(Among the Believers：An Islamic Journey，1981)、《寻找中心》(Finding the Centre ，1984)、《南方转弯》(A Turn in the South，1989)、《印度：百万人大暴动》(India：A Million Mutinies Now，1990)、《选择无家可归》(Homeless by Choice ，1992)、《孟买》(Bombay，1994)、《难以置信》(Beyond Belief：Islamic Excursions among the Converted Peoples ，1998)、《父子之间》(Between Father and Son：Family Letters，1999)等。

小说《灵异推拿师》讲述了一个印度移民的后裔，在特立尼达成家立业，所面临的东半球与西半球地理、文化、环境的差异。故事主人公——印度裔移民甘涅沙的求学之路，叙述的笔调就带着调侃色彩。乡下孩子、书呆子的读书方式、甘涅沙印度习俗的服饰，在特立尼达当地人眼里，都是被嘲笑的，至少是不得体的。即使甘涅沙父亲用自己地里的油井租金支付学费，让甘涅沙读完大学，他仍不能如意地在当地生活。甘涅沙大学毕业后，当教师不成功，写作不成功。百般无奈之时，甘涅沙继承他父亲的旧业，做了一名推拿师，用土办法为居民治病，以求养家糊口，但依然不成功。甘涅沙真是走投无路了。婚姻也不成功，尽管杂货铺老板莱姆罗甘看中他的大学学历，亲自做媒把女儿嫁给他，还不情不愿地送了笔嫁妆，可是女儿莉拉不能生育。知识改变命运对甘涅沙来说几乎是不可能的，那么，就加上些愚昧试试？这一试，竟然成功了！想不到是迷信拯救了这个受过正规大学科学教育的人。甘涅沙装神弄鬼，以可以通灵的神汉模样开业，居然一下子平步青云，名声四扬。甘涅沙又通过商业手段，将自己的居所改造成印度神庙建筑式样的旅游点，用垄断方式将当地的出租车业、旅游购物业和供品祭物业一一归并自己手中，然后从商界步入政坛，最终成功地获得英帝国勋章——连他自己的姓名都改成英国式的了。小说就是这样夸张，用漫画笔触绘出了特立尼达这个英国殖民地在二战前后的风俗风情画卷。而一个早年无法融入西印度群岛当地生活的印度移民，最后居然功成名就的故事，只是一份展示民俗风情画卷的导游词。

《米格尔大街》由 17 个单独成篇又相互关联的短篇小说组成。但它们都是通过一个少年之口叙述的。小说写的是特立尼达和多巴哥首都西班牙港一条街上的人物。这条街可以说是贫民区。奈保尔写的全是街上的小人物，每篇有一个主人公，这些人收入少、文化低，境界当然高不了。可他们却都自有活法儿，有时还有惊人之举，愚昧无知和天真可笑是他们共同的特征。而这位少年与奈保尔一样是印度后裔，住在这座城市的喧闹的多种族的环境里。他一边观察周围形形色色的人物，一边在生理与心理上逐渐成长与成熟，最终乘上了飞机，兴高采烈地去外国读书。

长篇小说《毕司沃斯先生的房子》的主人公毕司沃斯先生也是一位小人物，刷广告、当工头，他为自己大材小用而不满；当了《特立尼达守卫者报》的记者，他又为随时可能降临的解雇而恐惧。他最大的苦痛莫过于没有自己的房子，不得不寄居丈母娘家——图尔斯大宅。在这个印度裔婆罗门大族里，他讨厌家族努力坚持日渐式微的传统，与人人为敌，两次自己建房搬家都以失败告终。等到终于有了自己像样的房子，“月供”还没还清，就在 46 岁时死于疾病。这个人物的原型是奈保尔的父亲，奈保尔对毕司沃斯先生不无讽刺和批判，也充满同情。如果说米格尔街上还有些许欢乐，毕司沃斯先生的一生则浸透了悲哀，他对身边的一切都不满意，可又无力反抗，只能是挣扎。

《河湾》为奈保尔的代表作品，是一部以后殖民时代动乱的非洲为背景的小说。书中描述了一位名叫萨林姆的非洲人，为实现自身价值，只身来到刚独立不久的非洲国家。通过他艰辛的身体和心灵历程，展现了殖民地人民边缘化的生活和殖民地本土文化的缺失，这种缺失使他们成为流浪的灵魂，无根的人，成为映证西方文化的他者。

1987年出版的半自传体长篇小说《抵达之谜》，被瑞典文学院选为获奖作品；奈保尔在《抵达之谜》中描绘了英国威尔特郡乡村旷野的景色，包括生活在那里的人及他们身上所发生的变化；同时交替穿插着自己写作的历程和外出旅行时的心情记录。这部作品打破了纪实与虚构、小说与散文的界限，以类似印象画派的笔法，捕捉外界事物留存在心中的影像——那些跳跃的记忆光点、闪烁的人影、生活碎片、乡野景色和朦胧的伤怀之情。它们在忧伤调的统领下，使流淌的语词所呈现的一切具有荡气回肠的意味；仿佛是对逝去岁月所作的一次邀请或回访。

《父子之间》又名《奈保尔家书》。奈保尔以小说成名，这跟他的父亲很有关系。虽然儿子的写作才能绝非做父亲的调教，但他在每封信里都流露着对儿子的殷殷期望。本书以时间顺序写成，既是一部奈保尔的成长史，又是一本不同寻常、感人肺腑的通信集。在这些父子之间的往来书信中，我们看到的是一位壮志未了、为家庭所累而心力交瘁的老人；以及立志在广袤的文学沃土上耕耘的年轻人形象。

《黑暗地区：印度经历》是印度三部曲中的第一部。1962年，奈保尔首次踏访印度——他父祖辈的家园。从孟买、德里、加尔各答，再到他外祖父的故乡，这个有着暖昧身份的"异乡人"与"过客"，见到的是无处不在的贫困与丑陋，感受到的是震惊、愤怒、疏离、鄙夷与失落。在一贯的冷嘲热讽与孤傲尖酸中，所见所闻后殖民情境中的印度乱象是那么的令人无奈与绝望。这一年的印度之旅其实也是他企图探询自己的历史与身份认同的内心之旅，而他的收获却是看到：印度属于黑夜——一个已经死亡的世界，一段漫长的旅程。

《印度：受伤的文明》是印度三部曲的第二部。这一次的探访，奈保尔对印度和印度文化投入了更为复杂的理性和情感。尖俏的讽刺让位于沉郁乃至悲怆的分析与描述。千年古国的难题一一揭示，现实中的国度却未找到再生的原点。奈保尔的困境是印度的困境。该书颇为激越，但也证明像奈保尔这样的小说家，可更快速也更有效地指出问题所在，比之世界银行的经济学家小组和各式专家来说有过之而无不及。

《印度:百万人大暴动》是印度三部曲的第三部。1988年,奈保尔第三度周游印度,这次的主题是从他特里尼达的童年生活中所感知的印度,验证对照已是单一实体的印度。近距离观察之后,他所看见的是它如何分解成宗教、种姓、阶级的拼图。对奈保尔而言,这种多样性正是印度的力量所在。与前两次游历印度相比较,他的看法又如何呢?最显著的,也许就是奈保尔更加接近或者说成为了一个印度人,也就能更准确地向我们描述印度。

《模仿者》是奈保尔的一部重要的有关第三世界政治的后殖民小说,涉及后殖民文学的多重深刻主题思想:模仿、身份、流亡、种族冲突、前殖民地与宗主国的关系等等。小说不仅再现了新近独立国家所面临的种种困境,民族主义者的两难境地,更重要的是揭示了长期的殖民统治和殖民教育给被殖民者造成难以摆脱的殖民心态以及由此产生的心理扭曲和人格分裂。

《世界之路》是一本人们期待已久的小说,它半是自传半是虚构的殖民主义的历史,里面叙述了从16世纪的沃特·罗利爵士到19世纪的委内瑞拉革命家弗朗西斯科·米兰达(Francis co Miranda)的故事。

《游击队员》是奈保尔一部重要的有关第三世界政治的后殖民小说。在这部小说里,奈保尔冷峻地剖析了发生在加勒比海某岛国的黑人权力运动的实质和革命领袖的真实面目,揭开了革命的幻象,暴露了残酷的真实。小说里种族、性、暴力、政治交织在一起,不仅涉及多重主题,而且其变化的叙述视角、众多的意象、互文性和反讽使之成为一部具有深刻象征意义和丰富心理内涵的作品。

《魔种》是奈保尔的封笔之作。奈保尔称《魔种》将联结起自己曾生活过的不同的世界。它讲述一个男子为了改变印度贫穷的状况而参加游击队,但却发现这样的抗争只是一种虚假的姿态,最终他因为杀死了三个警察而被投入监狱。

英国女作家玛格丽特·德雷布尔在她主编的第五版《牛津英国文学伴读》中认为,奈保尔作品中反复出现的政治暴力、内心无归宿感、异化疏离的漂泊感这些主题,可与康拉德作品中的主题相比。著名小说家维·索·普里切特把奈保尔誉为“当代最伟大的英语作家”。

奈保尔的作品主要由长篇小说和短篇故事构成,也包括一些纪实性作品。他是典型的后殖民小说家,不论在艺术上还是在思想上,他都是“一位世界公民”。他认为这源于自己无根的状态:他对于特立尼达文化和精神的贫乏感到悲哀,他感到与印度的疏离,也不能认同英格兰这个前殖民势力的传统价值。在这个世界上,他发现自己似乎永远是个漂泊无根的游子。

64. 乱花渐欲迷人眼——二战后法国文坛一瞥

第二次世界大战后的法国,在价值观念变化的牵动下,文学观念和文学方法也发生了剧烈变化。一部分作家和批评家大力营造舆论的气势,与当年的超现实主义运动相仿佛。20 世纪 50 年代后期,特别是进入 60 年代以后,法国文学的革新运动进入高潮。这一场文学革命在小说和戏剧领域形成了强大的冲击波。在小说界出现了“新小说”、“新新小说”,而在戏剧界则是“荒诞派戏剧”。

新小说派又被称为“反小说”,其最大的特点就是反传统,尤其是反对 19 世纪以来的以巴尔扎克为代表的现实主义小说。新小说派的领袖阿兰·罗布·格里耶(Alain Robbe Grillet)在《新小说》一文中说:“认为‘真正的小说’在巴尔扎克时代已经固定下来,这样的想法是错误的。”新小说的作家们公开站出来宣布与巴尔扎克为代表的传统小说决裂。他们力求探索新的小说领域,创造新的小说表现手法和语言,描绘出事物的“真实”面貌,展现一个从未发现的客观存在的世界,创造一种没有典型人物性格、没有故事情节、甚至取消了标点的怪诞小说。他们认为,从巴尔扎克以来,法国小说一直处于传统小说的统治之下,而当前,传统小说已进入了“僵化”状态,进入了死胡同,不和传统文学的旧一套成规彻底决裂就无法摆脱 20 世纪以来出现的小说危机。他们认为,19 世纪的那套传统小说的创作方法已经不适应于表达20世纪人们的思想感情和生活环境，特别不适应于第二次世界大战后的现实。他们反对以塑造人物为小说创作的主要任务，认为小说的主要任务无非是运用“非人格化”的、不带任何感情色彩的语言，即用冷静的、准确的、像摄像机似的语言来描述客观事物，而不是塑造人物形象，更不在于表达作者的思想感情、政治立场、道德观念等。他们认为人物只不过是表达某种心理因素或心理状态的“临时工具”。因此他们的小说中的人物不但没有特征、性格，有时连名字也没有。他们的小说结构特殊，认为不必受时间顺序和空间的局限；小说的情节很简单，往往从通俗小说或侦探小说中借用故事，反对以引人入胜的故事情节诱导读者进入一个“虚无的世界”。

从“新小说派”的总貌来看，这一流派的创作在哲学上深受现象学派和存在主义、直觉主义、相对论的影响，并且吸收了现代语言学、符号学、精神分析学和人类学等人文学科的成就，与超现实主义文学、存在主义文学、意识流小说创作方法等有很多相似之处。因此，从本质上看，新小说派在为未来的小说探索道路时，整个文学观念上也采取了开放性的态度，并以反传统的创新为其最重要的特征。

“新小说派”作家的作品有：阿兰·罗布·格里耶的《橡皮》(1953)、《窥视者》、《嫉妒》(1957)、《在迷宫里》(1959)；娜塔丽·萨略特(Nathalie Sarraute)的《向性》(1939)、《无名氏画像》(1947)、《行星仪》(1959)、《黄苹果》(1963)、《生死之间》(1968)；克劳德·西蒙(Claude Simon)的《作弊者》(1945)、《居里维尔》(1952)、《春天的加冕礼》(1954)、《风》(1957)、《草》(1958)、《弗兰德公路》(1960)、《豪华旅馆》(1962)；米歇尔·布托尔(Michel Butor)的《途经米兰》(1954)、《时间的支配》(1956)、《变》(1957)；以及克劳德·莫里亚克(Claude Mauriac)、玛格丽特·杜拉斯(Marguerite Duras)等人的作品。

新小说派的作家们在创作上相互之间存在着很大的差异，甚至在某一个作家的创作活动中也会有前后矛盾的情况，但是他们都一直信奉这样一条总的原则：小说艺术需要不断地创新。

新小说派的创作高潮是五六十年代以及70年代开始向纵深发展。到80年代，本来已渐渐销声匿迹，由于克劳德·西蒙1985年获得诺贝尔文学奖，新小说热又在法国掀起，并在世界范围内兴起了一股研究“新小说”和克劳德·西蒙热。克劳德·西蒙的名誉大大提高，他被认为是“新小说之父”；新小说派的地位也与日俱增。

原样派是20世纪60年代法国出现的另一个现代派文学流派，有“新新小说派”之称。

在新小说派的影响下，菲利普·索莱尔斯（Philippe Sollers，1936－）1960年和一些20多岁的年轻作家创办了杂志《原样》。所谓“原样”，即反对改变世界、人生和人类本身，要求一切都应该原封不动，力图通过文学创作获得世界，即获得“原样”的世界。文学作品就是“要把世界本来的面目表现出来”；作家就是要摆脱一切传统创作手法的束缚，写出符合当代实际的小说来。索莱尔斯和他的同伴们组成杂志编委会，并依照上述观点创作小说，后来又编辑出版了一套《原样丛书》。他们的影响逐渐扩大，评论界把他们看作是一个文学团体，杂志的名字成了他们流派的称谓，“原样派”便由此而得名。1968年，《原样》杂志编委会又以集体的名义发表了一部题为《总理论》的专论，全面阐述了他们的主张。因此，这部专论被认为是“原样派”的宣言。同年，索莱尔也发表了文学专论，到此，“原样派”便成了一个有理论、有组织、有宣言的文学流派。

原样派所宣扬的文学观点可以概括为下列几方面：第一，他们认为文学创作不仅要反映和剖析显示，更重要的是要抓住生活本质，把作者的意志渗透到现实中去，把世界的本来面目表现出来。第二，他们既不喜欢传统形式的小说，也不喜欢传统形式的诗歌，力求创造一种把诗和小说紧密结合在一起的新的文学形式。如索莱尔斯1961年出版的《公园》，是一部小说体的诗，其思想的连贯性和情境的连贯性都不受约束；他1965年出版的《悲剧》，则是一部小说体的日记，但却又不是小说。这些作品既不同于传统小说，又有别于“新小说派”的创作方法。如《悲剧》所叙述的不是情节，而是事件。这就构成了“原样派”的重要艺术特色。第三，他们把“文学”称为“文字”。索莱尔斯明确指出：“我们认为，曾称为‘文学’的是属于一个封闭的时代，它正让位于一个新兴的科学，即文字科学。”因此，在他们的术语中，“文学”均为“文字”所代替。第四，否定传统的文学体裁，创造了一个新的艺术结构。如索莱尔斯用64个“歌”来组成作品，就像填字游戏似的有64个黑白格子。在他看来，这是一种语言和方法上的创造。此外，他们的作品又摒弃了人物和情节。

原样派的主要作家除索莱尔斯外，还有让·蒂博多、让·皮埃尔·法耶等。由于他们对一切固有的文学形式和文学主张都表示怀疑和拒绝，带有虚无主义倾向，脱离现实，不易被广大读者所接受，因此，他们的影响范围很小，也没有产生重要的作品。

在戏剧领域，改革的先锋是“荒诞派戏剧”。

第二次世界大战后，西方世界在各个方面都发生了深刻的危机。战争的灾难给整整一代人留下了不可治愈的精神创伤。广大青年人的头脑里产生了一种全面的幻灭感。在他们的心目中，上帝已经死了，昔日的那些坚定的信仰早已彻底瓦解，希望、理想变成了肥皂泡，原有的那种安全、稳定的感觉也烟消云散，外部的一切都变得那样不可捉摸、瞬息万变，那样的动荡不安、那样的残酷和恐怖。生活在这样的环境中的一些敏锐的剧作家尤奈斯库、贝克特、阿达莫夫和热内等认为剧本既然要以真实地反映生活为目的，那就必须通过一种荒诞的戏剧形式，使人联想到生活的全部荒诞内容：没有意义、愚蠢、无法交际。于是这些作品在舞台上所显出的形象光怪陆离、荒诞不经、谁也无从看懂。整个戏剧没有具体的情节，也没有符合客观现实的人物形象，整个舞台无非是突出世界的荒唐的一种特征，剧中的所有人物似乎都是些神经病人、干瘪的老头、又脏又臭的流浪汉。为了表现人生的荒诞不经，他们任意破坏了传统戏剧的基本原则，把戏剧的动作、语言、人物等传统要素统统删去。戏剧中，人物是用具体的职业或字母来代替姓名的；语言已不再是人们交流思想的媒介；明确的时间、地点已被抽去，行动被压缩到最低限度，甚至不存在戏剧性的情节，全剧的开端、高潮、结局也没有了。

主要作品有尤奈斯库的《秃头歌女》(1950)、《椅子》(1952)、《未来在鸡蛋中》(1953)、《新房客》(1957)、《犀牛》(1959)；贝克特的《等待戈多》(1953)、《最后一局》(1957)、《哑剧》(1957)、《美好的日子》(1961)；阿瑟·阿达莫夫的《进犯》(1950)、《大小手术》(1951)、《达兰纳教授》(1951)、《弹子球机器》(1955);让·热内的《女仆》(1947)、《高度监视》(1949)、《阳台》(1956)、《黑人》(1959)和《屏风》等。

进入80年代后,法国文学处于一个相对低谷的时期。但也有几位作家崭露头角。他们中先后有米歇尔·图尼埃、帕·莫迪亚诺和勒克莱齐奥。尽管他们创作的题材、形式和风格各有不同,但他们全都特别着力于在形象描绘中蕴涵深邃的寓意,于是他们在当代法国文坛上就有了"新寓言派"之美称。

但他们不像其他的派别一样有共同的文学宣言、共同的创作活动;他们甚至也不像新小说派作家那样确实形成过一个小圈子。事实上,他们在文学创作上各行其是,只不过他们的作品都不约而同地体现了一种哲理寓意,或哲理倾向。

"新寓言派"的小说作品还有一个特点:通俗易懂。尤瑟纳尔、图尼埃和勒克莱齐奥的短篇尤其如此,这些故事简直像专门为小孩子写的童话,谁都能读懂其中的含义。如勒克莱齐奥的《哈扎汉王国》、《梦多》(1978)以及《梦多和其他故事》(1978)中的许多篇,图尼埃的《皮埃罗或夜的秘密》(1979)、《圣诞老太太》等。图尼埃说得好:"我的作品愈写愈短,愈写愈简练,很多批评家都以为我是在为儿童写作,其实我不是专为儿童而写,但如果儿童也能看懂我的作品,我以为自己就成功了。"也许童话的形式更能表达他们在淳朴的心灵中的希望,在未受现代文明熏陶的原始人的自然属性中看到人类本性的东西。人越回归童年,越回归自然,人的天性恐怕也就越是可爱,人们之间也就越是能互相沟通。

代表作品有:米歇尔·图尼埃的《礼拜五或太平洋上的虚无境》(1967)、《桤木王》(1970)、《阿芒迪娜或两个花园》等;帕特里克莫迪亚诺的《星形广场》(1968)、《夜巡》(1969)、《凄凉别墅》(1975)、《户口簿》(1977)、《暗铺街》(1978)、《一度青春》(1981)等;勒克莱齐奥的《笔录》、《荒漠》、《洪水》、《巨人们》等。

80年代法国文学的另一个显著倾向就是非虚构化,或称纪实化,即在作品中更多地采用史实与现实材料,采用真实的人物和真切的情结,以自传性文学、回忆录作品、历史小说、传记文学形成潮流。

65. 法国荒诞派戏剧的兴衰史

荒诞派戏剧是第二次世界大战后西方戏剧舞台上出现的一种新的戏剧品种。它的出现取代了存在主义在现实的主导地位,成为影响非常广泛的戏剧运动,是西方现代主义文学中最有影响的流派之一。这个流派于20世纪40年代末、50年代初兴起于法国,随后逐渐在欧美各国流行,直到现在还是西方重要的文学流派之一。

荒诞派戏剧产生于50年代的法国,开始时被称作"先锋派"。最初,荒诞派戏剧运动先是由数个法国移民作家发起的。1950年,剧作家尤金·尤奈斯库(Eugene Ionesco,1912 - 1994)创作了独幕剧《秃头歌女》。剧本一反常规,用荒诞的形式说明人与人之间互相隔绝、孤独、陌生的关系达到了十足的荒诞地步,引起观众的惊愕和热烈的争论。1953年,原籍爱尔兰的法国作家贝克特的同一类型的剧本《等待戈多》在巴黎连续演出300余场,后被译成20余种语言文字,在欧美各地上演后经久不衰。此二人被视为荒诞派戏剧的重要代表。紧接着阿达莫夫、热内等作家也打破传统的戏剧写作方法,从内容到形式都别具一格的剧作亦应运而生。这批惊世骇俗的新剧目,以其支离破碎的戏剧情节、莫衷一是的舞台形象、语无伦次的人物对白和令人费解的题目、宗旨,震动了一向以猎奇附新著称的巴黎观众。

在继尤奈斯库的剧本《秃头歌女》、贝克特的剧本《等待戈多》引起反响之后，1961 年英国著名戏剧理论家马丁·埃斯林出版了关于当代戏剧的研究论著《荒诞派戏剧》(Theatre of the Absurd)，从理论上对此类作品加以肯定和概括，才使其定名。书中概括地评述了塞谬尔·贝克特、尤内斯库和其他一些剧作家的作品。这些作家受存在主义哲学的影响，认为人生既无意义又无逻辑联系可言。因此，人类没有“有意义的”交流渠道。他们力图把宇宙的存在和人的一切行为举止都是“没有意义、荒诞、无用”的这样一个主题变成作品，搬上舞台。有的人甚至主张剧本应该取消台词，让演员以手势和身体的古怪动作来表达“荒诞”。还有人根据这一流派作家对传统戏剧的态度，又把它称作“反戏剧派”或“反传统戏剧派”。

荒诞派戏剧在艺术手法上自辟蹊径，别具一格，没什么戏剧性事件和通常的戏剧情节，只有零乱的、破碎的舞台形象，如满台的椅子，遍地的鸡蛋，好几个鼻子出现在一个姑娘的脸上，半截入土的人等。荒诞派剧作以不可理喻和荒诞不经的社会人生为内容，以不合逻辑的情节、性格不全的人物、机械重复的表现动作、紊乱枯燥的语言等为艺术手法，来表现和突出“世界是荒谬的”这样的主题。这类戏剧常用喜剧的形式来表现悲剧的内容，通过舞台把人存在的荒谬性成分展示出来，使人观后受到强烈的精神震撼。

关于“荒诞”的解释，众说纷纭，值得参考的有以下两种说法：一是存在主义作家加谬在《西绪弗斯的神话》中说：“在一个突然被剥夺了幻想与光明的宇宙中，人类感到自己是陌生人，他的存在实际上是一种不可挽救的流放……这种人与生活的分离，演员和布景的分离，真正地构成了荒诞的感觉。”而荒诞派作家尤奈斯库在一篇评论卡夫卡的文章中对荒诞派做了如下解释：“人类因与他宗教的、超自然的、超经验的本源割断了联系而不知所措，他所有的行动都变得毫无意义、荒诞、无用。”概括起来，荒诞的主题可以从两个方面去说：其一，人对他所处的世界的陌生感；其二，价值观念丧失后，人对自我的失落感。这种失落感表现为一切都变得不可思议，不可理喻，毫无意义，活着只是为了走向死亡而已。这便是荒诞派的基本主题。从一系列荒诞派剧作家的作品来看，所表现的主题即是如此。

在《秃头歌女》和《等待戈多》的带领下，荒诞派戏剧便如雨后春笋般地涌现出来。尤奈斯库相继完成了《椅子》（1952）、《未来在鸡蛋中》（1953）、《新房客》（1957）、《犀牛》（1959）等 14 个剧本。贝克特写有《最后一局》（1957）、《哑剧》（1957）、《美好的日子》（1961）等 10 多个剧本。他们因在短短数年中写出大量荒诞剧本，因此被文坛称为荒诞派奠基人而受到关注。贝克特还于 1960 年获诺贝尔文学奖，而尤奈斯库则于 1971 年入选法兰西学院院士。

荒诞派戏剧的另一位重要作家是阿瑟·阿达莫夫（Arthur Adamov, 1908 – 1970）。阿瑟·阿达莫夫祖籍是俄罗斯的亚美尼亚，后移居法国，20 年代后期至 50 年代，他先后接受过超现实主义作家艾吕雅和表现主义作家斯特林堡、卡夫卡等人的影响。40 年代起，他开始从事荒诞派戏剧的创作，50 年代后期进入创作的高峰，主要作品有《进犯》（1950）、《大小手术》（1951）、《达兰纳教授》（1951）、《弹子球机器》（1955）等多个剧本。代表作品《弹子球机器》（Ping – Pong）通过一群人围着一个电动台球台子而转动的情节，直喻人生的无聊，人们的追求无目的和无意义。阿达莫夫的这类戏剧，结构情节支离破碎，大都通过直觉的舞台形象传达某种象征意义，即把生活在这不合理世界上的孤独、恐惧和绝望通过高度抽象化的人物表现出来。到了 60 年代，阿达莫夫逐渐放弃了荒诞派戏剧的创作，回归到现实主义阵营。

让·热内（Jean Genet, 1910 – 1986）也是法国较为有影响的荒诞派戏剧作家。他的一生具有传奇色彩。他的童年是在收容所里长大的，10 岁起他就以盗窃为生。30 年代，他在欧洲各国流浪，与小偷、流浪汉、同性恋者为伍，多次被逮捕入狱。不可思议的是，罪恶的土壤竟孕育了他绮丽的文思，他在监狱里写了不少长诗、长篇小说以及荒诞剧《女仆》（The Maids, 1947）。以后，他专事荒诞剧创作，先后发表并上演了《高度监视》（1949）、《阳台》（1956）、《黑人》（1959）和《屏风》。这些荒诞剧的问世，使他成为这一流派的杰出作家，1983 年，由于他文学创作上的重要贡献，被授予国家文学大奖。他善于用戏中戏的结构方式来揭示主题和嘲笑现实。他的剧作有明显的无政府主义色彩和悲观主义倾向。

荒诞派戏剧是对20世纪以来出现的以表现主义为首的各种现代流派戏剧的一种新发展。从思想上讲，它是存在主义思潮在戏剧领域的产物，它接受并表达了“存在即荒诞，即虚无”等存在主义的基本观点。从艺术上讲，它反对传统的戏剧程式，以离奇古怪、荒诞不经的舞台戏剧形式轰动了欧美剧坛。荒诞派戏剧作为现代主义文艺思潮中最激进的一个流派，具有如下特征：

首先，它突破了现实主义戏剧的一般规律，着力表现“主观的真实”。荒诞派戏剧家认为，客观的社会不算真实，而人的主观感受和想象才是真实的、可信的。现实主义都不能反映生活的真实，只能缩小、削弱以及导致粉饰现实。他们认为，戏剧不是思想的直接语言，艺术是激情的王国，而非说教的领域。因此，他们反对思想剧、倾向剧、问题剧、哲理剧、心理剧等，要求戏剧表现超时代、超阶级的抽象的精神状态和生活现象，并在艺术上造成滑稽的漫画效果。无论是贝克特的《等待戈多》还是尤奈斯库的《椅子》等，都是“反戏剧”的范本。

其次，表现了人类生存条件的非人性、反人性特征，甚至进而表现人的存在的无意义。荒诞派戏剧作品着重表现人与其生活的环境的严重脱节而产生的痛苦、忧伤、迷惘、悲凉、失望和绝望。作品中的人物往往是失去了“自我”的可怜虫，成为没有任何意义的生物。《椅子》中一对老夫妇在半夜里像小孩一样大哭，《等待戈多》中两个衣衫破烂、浑身发臭的流浪汉反反复复说着一件事，要不就是讲噩梦、打瞌睡、脱靴弄帽，显得十分滑稽、可怜。正如尤奈斯库所说：荒诞即缺乏意义。人的所作所为“毫无意义、荒诞、无用”。这种思想在荒诞派的作品中贯穿始终。

再次，艺术形式上，荒诞派戏剧家喜欢采用漫画式的夸张和直喻手法，不表现人的性格和彼此关系，不强调戏剧性的故事情节。荒诞派戏剧虽然还保留着传统戏剧的分幕分场特点，但剧中人物没有典型性格，甚至没有较完整的人物形象。有的剧本好几个人用一个名字，甚至连人名都没有，用年龄、性别、职业来代替。有的剧目没有一个人登场，整个舞台空荡荡的。人物的台词很少，像电报一样，若有对话，也是东拉西扯，答非所问……给人以强烈的刺激效果，最大限度地表达作家所要表达的思想。

作品中的故事情节大多不连贯、不完整，而又荒诞不经、缺乏正常的因果关系与合乎情理的戏剧冲突。在荒诞剧作家看来，只有这样的戏剧故事，才能表现出非理性真实状况，才能表达出世界和人生的荒诞性。

最后，以喜剧的方式表现悲剧的内容，然而这种悲剧性与人对自己处境的麻木不仁形成巨大反差又造成一种喜剧效果。许多荒诞派作品充分挖掘了悲喜剧反差的戏剧性，使荒诞成为无奈的笑声中强咽下的一颗苦果。

50 年代至 60 年代是荒诞派戏剧的全盛期，但以后，几乎所有的荒诞派剧作家都转而采取了别的戏剧表达方式。某些艺术手法的不断地复现，也会成为新的俗套而使读者和观众厌倦。早在 1963 年，阿达莫夫就认为，尤奈斯库即使有时“还能写出点独创的东西”，也只不过是重弹老调罢了，而贝克特，“至少在戏剧方面”，“始终未能给卓越的《等待戈多》写出无愧于前作的‘续篇’”。这就是艺术发展的辩证法，作为一个流派，荒诞派戏剧的时代已经过去。

66. 荒诞派戏剧的开山鼻祖——贝克特

塞缪尔·贝克特(Samuel Beckett,1906-1989)是欧洲当代荒诞派剧作家和小说家,特别是为西方荒诞派戏剧的形式与发展做出了巨大贡献。

著名戏剧理论家马丁·埃斯林在《荒诞派戏剧》一书中介绍了包括贝克特和尤内斯库在内的一批作家和戏剧家。这些作家受存在主义哲学的影响,认为人生既无意义又无逻辑联系可言。因此,人类没有"有意义的"交流渠道。他们还认为剧本既然要以真实地反映生活为目的,那就必须通过一种荒诞的戏剧形式,使人联想到生活的全部荒诞内容:没有意义、愚蠢、无法交际。有的人甚至主张剧本应该取消台词,让演员以手势和身体的古怪动作来表达"荒诞"。埃斯林给这些剧作家的流派冠以"荒诞派戏剧"。而这其中,塞缪尔·贝克特又是奠基者和主要代表。

塞缪尔·贝克特生于爱尔兰都柏林的一个犹太人家庭。还在中学时代,贝克特就喜欢戏剧。1927年,他就学于都柏林三一学院。1928年他以英语讲师身份赴巴黎执教。1930年回母校任法语讲师。1932年后常住巴黎。在巴黎,他不仅受到了现代主义思潮的影响,而且还结识了意识流大师詹姆斯·乔伊斯(James Joyce),贝克特曾担任过他的私人秘书,并深受其影响。

20年代末,贝克特开始了文学创作,主要从事诗歌、短篇小说创作和文学评论工作。他的主要作品有诗歌《妓镜》(Whoroscope,1930)、《回声响板》(Echo's Bones and Other Precipitates,1936);短篇小说《寡不敌众》(More Pricks Than Kicks,1934)等。1931年出版评论著作《普鲁斯特》(Proust),对马塞尔·普鲁斯特(Marcel Proust,1871-1922)的小说语言进行了详尽的论述,显示了他对语言的交际作用不确定性的复杂感受。1938年出版的长篇小说《墨菲》(Murphy)最能代表贝克特小说写作才华。主人公生活在一个没有爱、没有恨、不思考任何问题的漫无目的的状态中,从而感到快乐和自由,作者采用直白式的叙事方式,小说语言滑稽幽默,同时表现了痛苦孤立的世界景象,这部作品已经和乔伊斯的《尤利西斯》同归于爱尔兰城市史诗之列。西方评论家认为他的小说是一种反传统的小说,称为"反小说"。

二战期间,贝克特逗留在巴黎,亲身经历了战争的灾难,而战争又深深地伤及了他的心灵。这期间他的小说已经暴露出了其悲观厌世的人生态度,以及他反现实主义的文学主张。这在他稍后的戏剧创作中表现得更加突出。

贝克特一生经历了两次世界大战,亲眼目睹战争给人们带来的灾难和现实世界令人绝望的一幅幅画面。这使得他在思想上更容易接受当时流行于欧洲的一种世界观和处世态度——存在主义。这种哲学认为"存在"包括"自我"和"自我"以外的世界。世界总是时时处处威胁、压迫着"自我",人所存在的周围世界充满了"敌意"、"荒诞"、"冷酷",所以,人活着毫无意义,只是痛苦和孤独,恐惧和失望。贝克特在存在主义的影响下,也认为存在是荒诞的,历史毫无规律,命运是不可知的,人类无能为力,他的这种观点也明显地反映在他的小说和戏剧中。

第二次世界大战结束后,贝克特开始创作第一部法语小说《梅西埃与卡米埃》(Mercier and Camier,1946)。他出版了三部曲巨著《马洛伊》(Molloy,1951)、《马洛纳正在死去》(Malone Dies,1951)和《无名的人》(The Unnamable,1953)。这是贝克特对自己世界观最详尽的描述。它以马洛伊寻找母亲的近似现实主义的细节描写开始,通过马洛纳超现实主义的临终反思,直到以无名人脱离躯壳的头颅在旋转的幻觉世界中心的灰色心理作为结局。作为对痛苦、失落和绝望心灵的文学阐述，三部曲是无与伦比的。它通过个人色彩浓厚的叙述风格，引导读者越过一切参照标志而进入纯主观的灰色格调。即使没有几个可以认出的地名，它也是赤裸裸的自传，因为贝克特试图描写那些似乎难以诉诸笔端、不言而喻、扑朔迷离而又完全属于个人的一切，而且作品中只有这些内容。

二次大战对贝克特具有特别的影响。这倒不是说战争的实际意义，或者说他自己曾参加的"抵抗运动"。其影响在于战争结束，社会重返和平后的种种现象，残酷的战争撕开了地狱的帷幕，展露出人性在强制命令下服从的本能，这已达到了非人道的堕落的程度，以及人性如何在这场掠夺下依然能残存不灭。受此影响，贝克特的作品一再以人的堕落为主题，而他所表现的生命态度，更强调了生命存在的背景犹如闹剧般地既怪异又悲哀。

他对于战后的西方社会所抱持的态度是决然否定的态度。尽管如此，他对艺术形式的革新却充满了信心。在他的第一部戏剧《等待戈多》中，已完全形成了自己的艺术风格。在戏剧创作中，贝克特极力主张现实生活与艺术形式的和谐与统一。贝克特的不少戏剧中都体现了他对形式的实验与探索。在他的戏剧中，布景、道具、情节和语言都被简化到了最低限度，其贫乏的程度简直令人惊讶。为了展示现实的无序性和经验的荒谬性，他不仅有意塑造扭曲甚至变形的人物形象，而且还经常使人物在特定的时间和空间内陷入公然无言的境地，用长时间的沉默来揭示人物难以言状的精神痛苦。毫无疑问，他的创作有力地推动了"荒诞派戏剧"的发展，同时也极大地丰富了现代主义文学的题材和形式。

50年代初，贝克特把主要精力集中于戏剧创作上，发表了一系列荒诞派戏剧，主要有《等待戈多》(Waiting for Godot, 1952)、《最后一局》(Endgame, 1957)、《克拉帕的最后一盘磁带》(Krapp's Last Tape, 1958)、《哑剧》(Act without Words, 1957－1959)、《啊，美好的日子》(Happy Days, 1961)等等。贝克特能同时用英、法两种文字写作，后期的作品大都用法文写成，有些由他自译成英文。

贝克特的代表作《等待戈多》是二幕悲喜剧。1952年，《等待戈多》轰动法国，连演三百多场。这是一出没有情节、没有戏剧冲突、没有人物形象塑造，只有乱无头绪的对话和荒诞插曲的戏剧。剧情和人物形象极其诡谲、荒诞。通过他们不可理喻、颠三倒四的荒诞言行表现了“生活就是痛苦的徒劳的等待”的思想，表现了生活没有意义、没有价值、没有目标，而且这种可怕的生活还无休止、循环不已的悲剧性，反映出西方现代人强烈的幻灭感。作为荒诞剧的首创篇，《等待戈多》上演后，在学术界引起了长期的争议，一派学者对他作品的晦涩持否定态度，另一派则认为《等待戈多》一剧具有深刻的象征意义，它是虚无荒唐的人类生活的真实写照，这种消极的人生观反映了当时的一股社会思潮，然而其内涵深刻，耐人寻味。

《最后一局》写了四个主要人物：汉姆、仆人克洛夫、汉姆年迈的父母。这四个人心智都不健全，汉姆四肢瘫痪而且眼瞎，克洛夫生了怪病，只能走动不能坐下，父母则没有腿，只能终生生活在垃圾箱里，不时伸出头来要东西吃，还拼命想拥抱、接吻，既丑恶又凄凉。汉姆让人推着他的轮椅在室内走动，就自认为是周游世界，让仆人把椅子推到舞台的中央，便认为自己是世界的中心。全剧没有什么情节，主要是汉姆与克洛夫的对话，剧中仅有的动作是克洛夫推着轮椅在室内转来转去，时而让汉姆看看垃圾箱中的父母。有时父母从垃圾箱中伸出头来向汉姆要东西吃。剧本向观众展示了一幅极其凄凉悲惨的生活图景。主人公们怀着绝望的心情等待结局，明知痛苦没有尽头，但悲惨生活还要继续下去。剧中通过汉姆一家极其悲惨的生活情景，极端荒诞的舞台形象，揭示出西方社会中人的可悲处境。

《啊，美好的日子》是一出两幕剧，全剧没有什么情节。写一对老夫妻在荒凉的海滩上，女主角是一“风韵犹存”的老妇人，已半截埋在土里，还不时掏手提包、照镜子、涂脂抹粉，干些无聊的杂事，回想着幸福的生活，一开口就称“又是一个美好的日子”，还同身后半死的老头打情骂俏。大地咔咔作响，即将崩溃，她仍无动于衷，自得其乐。第二幕中，当她身子愈陷愈深时，依然唱着下流的情歌，高呼：“又是一个美好的日子。”全剧在这对无论如何也爬不到一起的老夫妻的对望中落幕。两人一个身陷沙丘不能移动，另一个住在“洞中”，只能笨拙地爬动。生活悲惨，处境凄凉，在无聊、空虚与死亡的威胁中，仍然不厌其烦地重复着日常琐事，在习惯与本能的支配下消耗着生命。他们对自己的处境变得麻木，在死亡即将降临之时，却认为是“美好的日子”，一味地加以赞美，“又是一个美好日子”。他们这种麻木的笑声、赞美声，表现出人生的卑贱，没有价值。这是对当下人醉生梦死的生存状态的揭示，也表现了人们身处荒凉的世界而对荒诞的人生毫无觉察的悲剧。

1969年，“由于他那既有新奇形式的小说和戏剧作品，让现代人从困境中振奋”，贝克特获得诺贝尔文学奖，他的剧作被视为荒诞派戏剧的范本。

随着他的作品日渐出名，他却越来越退缩到自己的隐居状态之中。贝克特只是偶尔鼓起勇气迈出国门，主要是1956年因参加《等待戈多》的首演式而去过美国的迈阿密，1975年因导演该剧去过德国。此后他便隐居巴黎，只是通过他的出版商和外界联系。

贝克特在文学史上的地位，对于那些相信争取成功是人类合情合理行为的人们是一种普遍的嘲弄。贝克特在其文学生涯的早期就声明，他没有什么要表达的欲望，没有表达的缘由，也没有表达的对象；但是对他这样又不能不表达的人来说，结果表达得不仅丰富，而且深沉。学术界的许多人都认为，贝克特是迄今仍然在世的最伟大的作家，但他在巴黎却只有一套普普通通的寓所，只允许他的出版商和密友登门造访，偶尔写出一篇短的散文或舞台剧脚本，好像还不能够完全停止工作。虽然他全力沉溺于体现自己本体论的缄默之中，但还是出版了惊人的文学作品。贝克特的生活观就像《等待戈多》里的波佐所说的那样，“他们两脚分开骑在坟墓上生产，光明转瞬即熄，接着又是一片黑暗”，但他却安享天年，而且生活得很好。他的文学生涯以及面对虚无所展示出的个人的力量，实践了他的三部曲中最后的一段话：“一定要走下去，我走不动了，我还要走下去。”

67.《等待戈多》
——荒诞派戏剧的扛鼎之作

塞缪尔·贝克特大学毕业后于1928年应聘到法国巴黎任教。在此期间，经历了二战，并参加过地下抵抗组织。战争结束后，他专门从事文学创作。战争极大影响了他的思想。到战争结束时，他已经创作的多部诗歌和小说在传递着这样的信息：人生是周而复始的艰辛而又毫无意义的浪游。这些小说已经暴露出了他悲观厌世的人生态度，以及他反现实主义的文学主张。这在他稍后的戏剧创作中表现得更加突出。他于1948年创作的《等待戈多》是其中成就最高、影响最大、最有代表性的荒诞派戏剧作品，被视为荒诞派戏剧的范本。

《等待戈多》(Waiting for Godot, 1952)是贝克特的二幕悲喜剧，1952年用法文写成，英文版于1954年在纽约发行，1955年在伦敦上演。作为荒诞剧的首创篇，它曾引起整个西方评论界的注意。1961年荣获国际出版奖。剧情和人物形象极其诡谲、荒诞，然而其内涵深刻，耐人寻味。

剧中一共有五个人出现。两个流浪汉弗拉吉米尔和埃斯特拉贡、奴隶主波卓、幸运儿和一个小孩。他们通过不可理喻、颠三倒四的荒诞言行表现了“生活就是痛苦的、徒劳的等待”的思想，表现了生活没有意义、没有价值、没有目标，而且这种可怕的生活还无休止、循环不已的悲剧性，从而反映出西方现代人强烈的幻灭感。

在第一幕里，两个流浪汉弗拉吉米尔(简称"狄狄")和埃斯特拉贡(简称"戈戈")衣衫褴褛、神情恍惚，出现在一条村路上。四野空荡荡的，只有一棵光秃秃的树。他们在焦急地等待着一位神秘的戈多先生。戈多何许人也？无人知晓。他俩就这样盲目地等待着，顾盼着戈多的到来，企望他帮助改变他们的处境。他俩在等待戈多时，无事可做，为了解除等待的烦恼，便说些毫无意义的话，做些毫无意义的动作来消磨时间：前言不搭后语，胡乱的交谈，他们一会儿谈到忏悔，一会儿谈到应该到死海去度蜜月，一会儿又讲到《福音书》里救世主和贼的故事；还说这样一些话："我觉得孤独"，"我做了一个梦"，"我很快活"。因为无聊，他们便没事找事，做出许多无聊的动作，戈戈时而脱掉靴子，里边瞧，又伸手进去摸，时而解手；而狄狄脱下帽子，往里边看了看，伸手进去摸，然后把帽子抖了抖，吹了吹，重新戴上。更多时间两个人互相嘲弄、挖苦、斥责、争吵、和解、拥抱。可是戈多老是不来。

路过此地的奴隶主波卓和他的奴隶"幸运儿"走了过来，他们与波卓胡聊了一会，唯有"幸运儿"一声不吭，麻木不仁地听从主人的吩咐，并向他讨了一块吃剩的骨头。然而戈多终于没有出现。绝望之时，他们产生了自杀的念头，准备吊死在那棵枯树上，但因树枝太细而没有成功。第一幕结束时，一个男孩来报信说："戈多让我来告诉你们，他今天晚上不来，但明天肯定会来。"

第二幕，是次日晚，同一时间，同一地点，同样的那个枯树，只不过树上长出了四五片叶子。两个流浪汉仍在原地继续等待戈多。为了打发烦躁与寂寞，他们继续说些无聊的话，他们一会唱歌，一会瞌睡，做些荒唐可笑的动作。这时候，波卓和"幸运儿"又出现了，只是此时波卓的眼睛已经瞎了，而"幸运儿"已经气息奄奄，成了哑巴。他们四个人挤在一块，爬来滚去，互相打骂。波卓和"幸运儿"走后，那个男孩又来通知他们说戈多今晚不来了，但明天准来。他们非常失望，又企图上吊自杀，但这次因为用来上吊的裤带被拉断了而未能遂愿，他们商定明天再来等戈多，如果戈多再不来，再上吊自杀；如果戈多来了，"咱们就得救了"。看来戈多很可能不来，也许永远不来，他们只好继续无望地等待下去。这便是《等待戈多》

的全部内容。它所展示的是一个静态的乃至呆滞的戏剧结构：没有高潮，没有进展，只有重复；没有启示，只有等待。这些都表现出人的处境单调、刻板，以及人生所承受的没有尽头的煎熬。它无情地揭示西方社会的荒诞现实和现代人的绝望心理。

始终未出场的戈多在剧中居重要地位，对他的等待是贯穿全剧的中心线索。但戈多是谁，他代表什么，剧中没有说明，只有些模糊的暗示。两个流浪汉似乎在某个场合见过他，但又说不认识他。那么他们为什么要等待这个既不知其面貌、更不知其本质的戈多先生呢？因为他们要向他"祈祷"，要向他提出"源源不断的乞求"，要把自己"拴在戈多身上"，戈多一来，他们就可以"完全弄清楚"自己的"处境"，就可以"得救"。所以，等待戈多成了他们唯一的生活内容和精神支柱。尽管等待是一种痛苦的煎熬，"腻烦得要死"，"真是可怕"，但他们还是一天又一天地等待下去。

此剧1958年在美国上演，导演问作者：戈多究竟代表什么？贝克特的回答充满了机智与荒诞色彩："我要是知道，早就在戏里说出来了"。这个回答固然表现了西方作家常有的故弄玄虚的癖好，但也含有一定的真实性。贝克特看到了社会的混乱、荒谬，看到了人在西方世界处境的可怕，但对这种现实又无法做出正确的解释，更找不到出路，只看到人们在惶恐之中仍怀有一种模糊的希望，而希望又"迟迟不来，苦死了等的人"，这就使作家构思出这个难以解说的戈多来。

西方评论家对戈多有各种各样的解释，有人认为，戈多就是上帝，根据是戈多（Godot）是由上帝（God）一词演变而来；有人认为，波卓就是戈多，因为在剧本的法文手稿中，波卓曾自称是戈多；也有人认为，戈多这一人物的由来同巴尔扎克的一个喜剧剧本《自命不凡的人》有关，该剧中就有一个众人都在谈论又始终不曾露面的神秘人物戈杜（Godeau），等等。另外一些学者，则不满足于对戈多的索引式解释，而认为戈多无非是一种象征，是"虚无"、"死亡"，是被追求的超验——现世以外的东西。后一种理解似乎更容易为一般读者所接受。戈多作为一种象征，代表了生活在惶恐不安的西方社会的人们对未来的若有若无的期盼。

戈多究竟为何物，难以做出确切的解释，而对戈多的等待，又是贯穿全剧的最大悬案，那么，这个剧本的意义何在？它要告诉人们什么呢？剧中人物既无英雄业绩，亦无高尚德行，有的只是人们生活的空虚、无聊和无奈，只是人类生活的丑陋和生存的痛苦。

作品的空间形象对铺垫气氛、烘托主题起到了极为有效的辅助作用。贝克特认为："只有没有情节、没有动作的艺术才算得上真正的艺术。"他将人物置于一个贫瘠和荒凉的背景之中，一条光秃秃的公路和一棵仅有四五片叶子的矮树构成了这一空间内的全部内容。公路作为两名流浪汉的会面之地确实耐人寻味，这不仅意味着他们无家可归，而且还暗示他们的困境将不断延续。而那棵几乎枯萎的矮树则是对春天极大的讽刺，使人不禁联想起艾略特笔下的现代荒原。贝克特有意将人物的背景简化到最低限度，几乎将文化和自然的痕迹全部抹去，从而使人物不得不关注自身的困境：饥寒交迫、无家可归、精神孤独以及是等待还是自杀这样令人烦恼的问题。舞台上出现的荒凉、肮脏、丑陋等情景，是黑暗社会的真实写照。生活在这种混乱、荒谬的世界里的人们，完全被一种绝望的气氛所笼罩。他们无法理解这个世界，无法找到造成这一切的根源所在，更无法找到出路，只能在惶恐中怀着一线依稀希望。他们在盲目地等待，日复一日，不是欢乐地迎来希望的朝霞，而是一次次坠入失望的深渊。

贝克特在处理作品的时间问题上也颇具匠心，使其对主题起到了极强的渲染作用。全剧两幕所涉及的时间为两个晚上，集中展示了两个流浪汉现在的两个生活片段，而将他们的过去和未来搁置一边，按下不表。贝克特似乎向我们暗示：由于人们眼下已陷入极端的困境之中，因此他们的过去已无关紧要，而他们的未来也无从说起。

《等待戈多》以荒诞和变形的手法表现了西方人严重的异化感和精神危机。尽管弗拉吉米尔和埃斯特拉贡的性格迥然不同，但他们的处境却十分相似：他俩均无家可归，无所事事，处于极端孤独和悲哀之中；他俩虽争吵不休，但却同病相怜，互相依赖。由于他们"感到孤独"，在一起闲聊能使他们共同"度过一个晚上"而不至于"闷死"。主人公种种荒唐的行为深刻地反映了现代人严重的异化感和病态心理，同时也影射了现实生活的可怕和无望。

贝克特始终以人的虚无与绝望为主题。他向人们展示了生活的丑陋、猥琐、无聊与可悲。他剧本的背景色调灰暗而阴沉。他的主人公是一些浑浑噩噩的混世者、智力低下或精神不健全者、瘫痪者或残疾人。他们精神空虚,看不到任何出路,等待他们的是黑暗与死亡。

作者以其巨大的艺术才华和丰富的想象力,以荒诞化的手法,使人们觉察这个世界的状况,现实的可笑,自我的分裂及无所不在的死亡,他生动形象地阐释了自己对社会生活的本质思考,把人描绘成陷进了不可理解的力量漩涡之中,作者希望通过描绘事物的混乱、无聊来使人们获得深刻的印象,它展现在人们面前的是一个什么事也没有的世界,而人就在其中慢慢耗费掉毫无意义的一生。

68. 天才的荒诞戏剧大师尤奈斯库

尤金·尤奈斯库(Eugene Ionesco,1912 - 1994)是荒诞派戏剧的奠基人之一。他生于罗马尼亚,父亲是罗马尼亚人,母亲是法国人。他的童年是在法国度过的。他在布加勒斯特大学法文系学习,获法语文学硕士学位。大学毕业后主要从事法语教学和文学评论工作。后一直住在法国。

尤奈斯库自幼就喜欢文学艺术。11 岁时就开始写诗。13 岁时写了一个剧本。那时,他特别喜欢戏剧,常常整天在公园里看木偶戏。但后来,他对戏剧开始反感,认为从古希腊到现在,几乎所有的戏剧都是舞台与人生脱节,是虚伪的。为了讽刺传统戏剧,他创作了荒诞派戏剧的第一部作品《秃头歌女》(1950)。剧本上演的 6 周中,观众极少。但评论界的反响却很热烈。此后,随着他的新作的不断问世,在短短 10 年内,他一跃成为欧美舞台上红极一时的人物。

自 1949 年始,尤奈斯库写了 40 多部剧本。主要作品有《椅子》(The Chairs,1951)、《未来在鸡蛋中》(The Future is in Eggs,1951)、《新房客》(The New Tenat,1952)、《犀牛》(Rhinoceros,1958)等。

荒诞派戏剧是对 20 世纪以来出现的以表现主义为首的各种现代流派戏剧的一种新发展。从思想上讲,它是存在主义思潮在戏剧领域的产物,它接受并表达了“存在即荒诞,即虚无”等存在主义的基本观点。从艺术上讲,它反对传统的戏剧程式,以离奇古怪、荒诞不经的舞台戏剧形式轰动了欧美剧坛。尤奈斯库作为这一流派的经典作家,以丰富的创作,为荒诞派提供了艺术上的典范。

尤奈斯库的荒诞剧创作特点主要表现在以下几个方面:第一,表现了人生的荒诞或是人的自我疏远和沟通不易,或为痛苦无望和死亡威胁。尤奈斯库的剧本打破了传统戏剧程式。作品中的故事情节大多不连贯、不完整而又荒诞不经,缺乏正常的因果关系与合乎情理的戏剧冲突。在荒诞剧作家看来,只有这样的戏剧故事,才能表现出非理性真实状况,才能表达出世界和人生的荒诞性。第二,突破传统的戏剧形式,梦幻的景象,膨胀或人化的物体,变形或异化的人物,难以理喻的戏谑的语言等构成一种新的戏剧组合,以直接显示其悲剧性的思想内容。尤奈斯库认为现代人的语言已经堕落成"窠臼、公式和空洞的口号",不仅无法交流思想,而且妨碍认识真理。故他的戏剧语言的特点,一是有意抽掉语言的意义,大量使用胡言乱语,让人物不断说出颠三倒四、重复啰唆、莫名其妙、自相矛盾的废话和呓语,以此来表现人的无聊、空虚、隔膜和荒诞。第三,充分调动一切舞台手段,重视强烈的舞台效果。少用人物语言,多用灯光、音响、布景、道具和"无言的行动"来表现作品主题,把思想变成视觉形象。

《椅子》讲述了一位一生过着机械重复生活的耄耋老人和他的妻子,为了公开他们的人生信条以"拯救人类",在家里召集会议,并请了一位职业演说家做代言人。老夫妇离开了人世。然而,那位要宣布重要信息的演说家居然是个聋哑人,最终未能替老人传达遗言,只留下象征宾客盈门的空椅子。这部戏中,出场的客人不过是一把把椅子,人完全退化为物。尤奈斯库在解释这出戏时曾说:"这出戏的主题不是老人的信息,不是人生的挫折,不是两个老人的道德混乱,而是椅子本身,也就是说,缺少了人,缺少了上帝,……是说世界的非现实性,形而上学的空洞无物。"在现代社会中,人们创造了发达的物质文明,但到头来却被物挤得没有立足之地,最后自己也被异化成了物。表现的就是失去目的的行为的荒诞。剧本的主要人物是一对年过九十的老夫妇,居住的地方似乎是一座海滨灯塔。老头子在像儿童一样哭闹,叹息孤独和青春永逝之后,表示要向全人类宣布关于人生奥秘的信息。不过他感到“说清楚自己的意思非常困难”,所以特地聘请一个演说家来代替自己发布信息。参加发布会的客人陆续到达,从老夫妇颠三倒四的答谢中可以知道客人中有诸如美夫人、上校、雕塑家之类各色人等。不过舞台上却看不见客人的影子,只有不断增加的椅子表示客人越来越多,以至于把老夫妇挤得几乎无立足之地。最后,皇帝御驾亲临,老夫妇朝着象征皇帝的空椅子,语无伦次地表达感激之情。演说家终于到了,老人向演说家作最后的嘱托,然后与老夫人同时跃出窗户,投海自尽。演说家开始发布信息,然而他是个哑巴,呜呜哇哇吐出一串谁也不懂的词,随后便心满意足地离开会场。全剧在看不见的听众的议论和笑声中结束。

这出独幕剧有一个简单的情节,而且开场似乎在暗示观众,他们对于戏剧情节的习惯性期待能够得到一定满足。然而所谓的情节,其实空洞无物。空着的椅子、哑巴演说家、老夫妇的自杀,象征着生活的空虚无益,不但极其残酷地粉碎了观众对于情节的期待,也粉碎了他们对于生活的期待。老夫妇徒劳无益地生活了一辈子,连他们想在临终前做点什么的努力都可悲地归于枉然。尤奈斯库自己解释这出戏说:“这出戏的主题是空虚。”具体地说,它表现的是语言的空虚,更是行为的空虚、人生的空虚。

《犀牛》是他最具代表性的作品之一。描写的是全人类的变形,也就是异化。当异化像潮水一样涌来的时候,一般的人是难以抵挡的。

《犀牛》是否定理性的,写的是全城的人一个个相继失去了人形,都变成了犀牛。最后只剩下了贝兰吉孤身一人,虽然他悔恨自己没有变成犀牛,但还是竭力保持自己的形体不变,并发狂地喊叫“我是最后一个人,我将坚持到底!我绝不投降!”这出戏也是表现异化的主题的。尤奈斯库曾经说过:他主要是以30年代他在罗马尼亚时的亲身经历和感受写成《犀牛》的。当时法西斯思想好像一种病毒在周围人们中蔓延,却很少有人表示过怀疑和进行抵制与反抗。作者自己对法西斯主义非常反感,但也无力改变这种事实。就是像法西斯主义蔓延这种特殊的社会历史条件,造成了人的异化。同时,人们的精神堕落,普遍异化,在于他们浓重的从众心理,求同行为。博塔尔在科长巴比雍变形24小时后,也主动变成犀牛,他的理由是“必须跟上自己的时代”，这是典型的从众心理。狄达尔最初对“犀牛”有过惊慌恐惧，可很快就“习惯”了，甚至抱着欣赏之情谈论犀牛，继而他说：“我的良心不安！无论是好是坏，我的责任责成我追随我的上司和同志们。……我的责任就是不要抛弃他们，我受我的职责的指使”，于是他“全速奔下楼”，“和它们在一起”，成为“现实主义者”，盲目从众造成狄达尔的变形。苔丝在“犀牛病”蔓延之初，还准备和贝兰吉作夏娃亚当，可是渐渐地她也被同化了，产生了从众心理，面对四面八方拥来的数不清的犀牛，“到处找不到人影”时，苔丝把犀牛粗野的嗥叫看作是“悦耳”的歌声，把犀牛的“狂奔”当作漂亮的“舞姿”，认为如今犀牛们是“大伙儿”了，而她和贝兰吉是极个别，所以“在理的是大伙儿”，而不是作为极个别的她和贝兰吉，遂说道“我不能再坚持抵抗了”，迅速混入“群魔乱舞的世界”。由此可以看出，《犀牛》中各色人物，普通市民、社会名流、红衣主教等，他们都向往变形，自觉追求变形，他们甚至无不以变犀牛为美，变犀牛为荣，人们美丑不分，是非混淆，黑白颠倒，心甘情愿地丧失人形、人格，表现了人的精神堕落。即使狂叫着“我决不投降！”的苔丝和贝兰吉，也悔恨自己不能变成犀牛。

贝兰吉这个名字还出现在《不拿钱的杀手》(The Killer，1957)和《国王之死》(Exite the King，1962)两剧中。他的身份在这几出戏里各不相同，但是这些身份不同的人却有一个共同点，就是既厌倦生活又执著于生活，对生活抱着最简单然而也最顺乎人性的看法。在《国王之死》里，贝兰吉是一国之主，在位已经一二百年，虽然偶染小疾，身体却依旧硬朗。可是王后和医生突然告诉他，他的寿数已尽。国王立刻悲从中来，满头青丝瞬间变成白发。无论追思往日的赫赫武功，或回忆当年缠绵的爱情，都不能让他平静地接受死亡。他感到浑身上下布满了洞，而且洞在不断扩大，深不见底。这就是说，他的全部生命都从洞里流失了，剩下的只是虚空。与生命流失相对应，他的宫殿也在一点点坍塌。如果说，《犀牛》里的贝兰吉是人被异己的力量异化的危险，那么《国王之死》里的贝兰吉，面临的则是死亡这个人类存在的最大威胁了。《犀牛》里的贝兰吉为作人而存在，拒绝服从变为犀牛的“集体意志”，《国王之死》里的贝兰吉则拒绝接受死亡，这个摧毁生命、因而使生命失去所有价值和意义的最大荒诞。《国王之死》和《椅子》一样，调动各种戏剧语言来表达主题，布景的象征意义在剧中占有不可缺少的地位。前者中万乘之尊的君王和后者中作为卑微小人物的九旬老人，他们在荒诞的环境里显得同样渺小可笑，他们的生活显得同样空虚和无益。

尤奈斯库三十多年的戏剧创作全面彻底地体现了他自己倡导的“反戏剧”理论。1970年，他被选为法兰西学院院士，并被西方文学界公认为“荒诞派经典作家”。他的作品和思想一直对西方的文化生活有着影响。

69. 荒谬世界的狂想曲
——谈尤奈斯库的《秃头歌女》

《秃头歌女》(The Bald Soprano,1950)是尤奈斯库的处女剧本,自称“反戏剧剧本”,是一部语言悲剧,为荒诞剧的开创迈出了第一步。尤奈斯库认为:“人生是荒诞的,认真严肃地对待它显得荒唐可笑,真理只存在于我们的梦幻中。”戏剧主要是要表现“超时代、超历史的精神状态”,并且要“必不可少的变形”,使它直趋极端,造成滑稽的漫画的效果。他的代表作《秃头歌女》就是作家这种戏剧理论的一种实践。

以《秃头歌女》命名,台上却根本没有歌女,也没有秃头。这部怪诞的剧作,它的产生过程如同形式一样不可思议。剧本原名《简易英语》,源起于一本学习英语会话的小册子。尤奈斯库发现那些按语法、句式、词汇练习的需要而编写的会话,诸如“一周有七天”、“乡村比城里安静,但城里人口多,商店多”之类,全是毫无意义的废话。由此,他联想到,实际生活也和会话手册一样,充塞着这种无聊的废话,运用语言的人很难得到真正的思想感应和情感交流。这个思想激发了他的创作灵感,于是有了剧本《简明英语》。剧本排练时,一个演员把“金发歌女”误念为“秃头歌女”,观看排练的尤奈斯库拍案叫好,当即决定更名《秃头歌女》。他的意图很清楚,既然全剧都在表现语言只是什么也不说明的符号,那么用一个莫名其妙的剧名会更符合剧本的荒诞色彩。

这个剧名的本身正好为剧本增添了荒诞意义，描写两对夫妇平庸、琐碎、乏味的生活，其中的马丁夫妇在谈话中才突然发现他们原来是住在同一房间，睡在同一张床上的夫妻。房中挂着的一架钟随意乱敲，戏的结尾不过是两对夫妇互换了一下位置，重复原来的台词。

在《秃头歌女》中，作者一反传统戏剧的艺术手法，既没有连贯的情节，也没有矛盾冲突发生、发展和解决的过程。人物形象支离破碎，充满了主观的推理、虚幻的梦境和奇怪的变形。剧本的语言晦涩难懂，使人不能理解，成了单纯的一种声音和叫喊。《秃头歌女》戏剧手法上的创新和突破也是为了表达剧本的基本主题，这就是通过日常生活的平庸和无聊，来揭示人生和社会的荒诞不经，表现西方人们精神的空虚和贫乏。

《秃头歌女》是一幕十一场戏。它的情节是很难复述出来的。剧中共出现六个人物：马丁夫妇，史密斯夫妇，女仆玛丽和消防队长。

一个英国式的夜晚，在一个英国式的中产阶级家庭的起居室里，墙上的钟敲了 17 下。“啊，9 点了。”史密斯先生在看报，史密斯夫人漫无边际地东扯西扯。她的语言单调而枯燥，絮叨个没完，就像开足了发条的闹钟响了一般。后来史密斯先生也前言不搭后语地闲谈起来。他们讲到：博比·沃森先生已经死了四年，但尸体上还有热气；博比太太的相貌；他俩打算明年春天结婚；她年轻守寡，身边没有孩子，但又存在着她的一男一女两个小孩的抚养问题；博比·沃森这个家族中的共同姓名；沃森爱上了当商店推销员的小叔子，而商店推销员是他们家族所从事的唯一职业；……史密斯夫妇这些越来越不连贯、而又不可理解的对话进行着，墙上的那面挂钟像胡乱地打拍子似的，忽而敲 7 下，忽而敲 3 下，后来敲 5 下，又敲了 2 下，最后不敲了。

正当他们因为男人女人的喜恶而争吵不休时，女佣玛丽进来报告说，马丁夫妇应邀前来吃晚饭。史密斯夫妇去换衣服。马丁夫妇进屋后，却面面相觑，腼腆地微笑着——夫妻俩竟互不相识。经过长时间毫无表情、不断重复着滑稽对话的攀谈，回忆起了来伦敦的路线、乘坐的车辆、家中的摆设和女儿的特征之后，他们才恍然大悟：他们是坐同一趟车来的，住在同一间房子里，睡在同一张床上，“啊，我们原来是夫妻！”，而且还有一个两岁的小女儿。在挂钟胡乱敲打的伴奏下,他们不慌不忙地偎依着,毫无表情地拥抱接吻。就在这时候,女仆玛丽的一句话又使他们的夫妻关系出现了疑问:玛丽说,马丁先生的孩子左眼是红的,而马丁太太的孩子右眼是红的,他们通过逻辑推理确定的夫妻关系,竟被这样一个细节推翻了。他们到底是不是夫妻还很难确定。

根本没换衣服的史密斯夫妇出场与马丁夫妇见面,却忘记了事先约好吃饭的事。在闲谈中,响起门铃声,可是开门却不见人来。第五次开门才走进一个消防队长。他奉命扑灭城里所有的火灾,包括壁炉里的小火。因为当时工厂停工,消防队无事可做,无钱可赚。他因城内久无火灾,一直完不成任务,故来打听史密斯家是否着火。他应两对夫妇的请求,讲了几个不伦不类的故事:一头小公牛,吃了碎玻璃,生下了一头母牛。但小公牛不是母牛的“妈妈”,因为它是雄的,它也不是母牛的“爸爸”,因为它比母牛还小。于是小公牛和一个人结婚了。在这种胡言乱语的刺激下,玛丽上场,她也要讲故事。消防队长这才看清她是自己的恋人。玛丽还含着眼泪朗诵了一首对消防队长表示敬意的题为《火》的莫名其妙的诗,被愤怒不堪的史密斯夫妇推出了房间。消防队长为了扑灭三刻钟再加十六分钟以后要起的火灾而告辞。两对夫妇继续谈话,但对话驴唇不对马嘴,最后竟变成用单词、元音、辅音的喊叫。当喊叫的节奏越来越快时突然停住,灯光复明,由马丁夫妇“准确地”说出史密斯夫妇在第一场时的对白。幕徐徐落下。

这是一部表现荒诞世界的反戏剧剧本。剧中人物的时间观念根本不遵循一般真理的规律。史密斯先生说,一个星期由三天组成:星期二、星期四和星期二。又如那古怪的挂钟,它胡敲乱打钟点。所以就没有什么逻辑、规律,一切都是不可思议的,无法理解的。马丁夫妇如同素昧平生、互不相识,只有经过长时间攀谈之后,才恍然大悟:他们原来是同乘一趟车、同住一间房、同睡一张床、共有一个女儿的夫妻。同样,女佣玛丽和消防队长是一对恋人,却互相辨认好久才认识。夫妻、恋人尚且如此,何况他人呢?

这种“崩溃的现实”、“语言的悲剧”无疑是指人们生存灾荒但是接踵而来的荒诞感——即通过日常生活中的平庸和无聊来揭示人生和社会的荒诞不经。这就是该剧本的主题。正因为这些人没有思想,没有感情,因此只能无尽无休地唠叨一些日常琐事。既然如此,说和不说又有什么区别呢?作者以不厌其烦地重复这些乏味的琐事来突出空虚无聊与俗不可耐。在作者看来,这个世界就这样凝滞不前,它整个是一场漫无边际的噩梦,没有生气,半死不活,只有琐碎、乏味、平庸、空虚的继续,因而失去了对人类社会进步发展的信心,人生就只剩下了单调、枯燥、荒谬的一面。而人们却对这一切都习以为常、熟视无睹。这才是真正的荒谬悖理,是真正的悲剧。

70.“新小说派”——战后法国文坛的一支劲旅

“新小说”(Nouveau Roman)亦称“反小说”,是20世纪西方现代主义流派之一。“新小说派”形成于50年代的法国,60年代风行于欧美各国和日本,成为战后法国和西方重要的小说流派。它与巴尔扎克式的传统现实主义小说大相径庭,公开宣称与19世纪现实主义的文学传统决裂,探索新的小说表现手法和语言,描绘事物的真实面貌,刻画前人未曾发现的客观存在的内心世界。主张透过平凡的日常生活,揭示人物的潜意识活动,表现“潜在真实”。它不以塑造人物性格为中心,认为人物仅仅是表现心理因素或心理状态的临时道具。因而作品中人物形象虚幻,面目不清。认为在结构方面不必遵守时间顺序和囿于空间的局限,作者在自由重建纯属内心世界的时间和空间,所以情节具有“不确定性”,现实与想象、幻景、记忆、梦境相互交错,显得扑朔迷离。阿兰·罗布—格里耶的《橡皮》(1953)即是一部代表作。这派小说家思想上接受弗洛伊德精神分析学和柏格森直觉主义和胡塞尔的现象主义的哲学思想影响,在艺术上则对意识流小说和超现实主义小说有所继承。它主张不应赋予作品任何意义,而以内容的无意义来反映“世界没有意义”,以故事的无情节来表现世界的没有稳定性,并以人物形象的虚幻、面目不清来显示现实的混乱和没意义。

“新小说”概念见诸文坛是20世纪二三十年代的事。当时，法国作家萨特在为女作家萨略特的小说《无名氏肖像》(1948)撰写的序言中，曾把法国作家纪德的《伪币制造者》和美国俄裔作家纳博科夫的小说称为“反小说”。于是，在1955年前后，法国报章杂志就普遍使用“新小说”这一名称了。

“新小说派”并非一个创作团体，而是一种创作倾向，就连他们自己也不承认是一个文学流派。因为他们不曾结社、组织团体，也不曾发表过纲领和宣言，更没有掀起过声势浩大的文学运动。但是，他们的创作理论和实践，足以表明它是20世纪西方现代主义的一种文学思潮和流派。

在法国，被公认为“新小说派”的作家有：阿兰·罗布—格里耶(Allain Robbe-Grillet，1922－2008)、娜塔丽·萨略特(Nathalie Sarraute，1900－1999)、克劳德·西蒙(Claude Simon，1913－2005)、米歇尔·布托尔(Michel Butor，1926－)、克劳德·莫里亚克(Claude Mauriac，1914－1996)、玛格丽特·杜拉斯(Marguerite Duras，1914－1996)等。

阿兰·罗布—格里耶是“新小说派”的创始人和理论家。他的长篇小说《橡皮》(1953)被认为是“新小说”的开拓式作品，出版后引起很大的争论。两年后，第二部小说《窥视者》(1955)出版。对这两部小说，读者反应冷淡，但其形式上的特点引起了专家的关注，批评家巴尔特和作家兼批评家布朗肖都著文评说。后来被称作“新小说”的小说革新由此发端。这两部作品分获费内翁奖和批评家奖，虽然都不是大奖，但对由农技师转向小说写作不久的罗布—格里耶来说，无疑是一个令人鼓舞的开端。不久，起初似乎是孤立现象的罗布—格里耶的作品得到了响应，出现了一批与传统小说形式完全不同的作品，并且得到越来越热烈的欢迎。

1957年米歇尔·布托尔的《变》出版并获得雷诺多小说奖，翌年克劳德·奥利埃的《排演》获梅迪契小说奖。这两个小说大奖授予新小说作品，意义重大，标志新小说的价值开始得到广泛的认同。这时，已经出任巴黎午夜出版社老板吉罗姆·兰东顾问的阿兰·罗布—格里耶联合了一批小说家，当时人称“反小说派”或“午夜派”，主要人物有：阿兰·罗布—格里耶、娜塔丽·萨略特、克劳德·西蒙、米歇尔·布托尔、克劳德·奥利埃、里加尔杜、潘热等。与此同时，围绕新小说文学观的辩论也日趋激烈。从60年代到 70 年代，是新小说派大胆革新获得比较广泛认同、在理论层次上得到认可、在创作上也最活跃的时期。可以说，这个时期，新小说逐步进入了主流文学。这一点，从 70 年代关于新小说的学术研讨会接二连三地举办这个事实可以窥见一斑。1985 年新小说家克劳德·西蒙获诺贝尔文学奖。虽然有人对此有微词，但是无论如何，文学最高荣誉授予新小说派的一个重要成员，毕竟标志着西方文学界对新小说历史地位的最终肯定。

格里耶有关"新小说"的理论文章收集于《走向新小说》论文中，于 1963 年面世，其中的《未来小说之路》是该派的第一篇论文，影响甚大，被称为"新小说"派的理论宣言。他的《窥视者》(1955)是其代表作，在其全部创作中占据重要地位。

娜塔丽·萨略特为该派的重要代表作家和理论家。她的小说主要有：《向性》(1939)、《无名氏肖像》(1947)、《行星仪》(1959)、《金果》(1963)、《生死之间》(1968)等。《无名氏画像》是法国最早的"新小说"之一，描写主人公刺探父女二人的生活和心理，鲜明地反映了西方社会人与人之间的隔膜、猜忌、怀疑、冷酷。萨略特曾为此书写有序言，她说："我们这个时代最奇异的特点之一，就是这儿那儿出现了一些富有生命力的、持否定态度的作品，我们不妨称之为'反小说'"。"反小说"之名便由此而得。娜塔丽·萨略特的小说因受意识流影响较大，特别是在挖掘潜意识中的"下部世界"，"竭力表现我们言谈、举动、感情的内在根源，也是我们生活的秘密源泉，比较晦涩难懂；但多少也反映了资产阶级人物的灵魂空虚和苦闷。"

克劳德·西蒙并非一开始就是"新小说"派的作家，而是在 1957 年发表了《风》，才使他转向了"新小说派"的创作，成为了该派风格的一位重要作家。在此之前，他基本上是用传统的现实主义手法写小说，第一部小说是《作弊者》(1945)，宣扬"活着是一种荒谬之事，它以另一件荒谬的事告终，这就是死亡。"《风》中，作者通过描写一个没有个性，毫无作为的"反中心人物"，表达了世界是荒诞的，作品中的"风"象征着一种无规则的变化，人在它面前是无奈的，表示了一种存在的荒谬。此后，他相继创作了《草》等九部作品，大都描写战争与灾难。克劳德·西蒙在创作上多用回忆，时间、地点、人物变幻无常，场景的变化更是捉摸不定。1960 年他创作的长篇小说《弗兰德公路》(1960)描写一个病人在一个陌生城市的经历,通过回忆和幻觉将不同时间、地点所发生的事情错连在一起。据说这部作品带有自传性质,真实地反映了作家的内心世界,是一部"回忆小说"。

"新小说派"作为一个共同的文学流派,在创作上具有以下共同特点:

第一,"新小说派"既不塑造人物,也不构思情节,只讲求对事物的纯客观描写。在他们的作品中,人物不再是小说的中心和支柱,完全摒弃了传统小说靠虚构故事,精心设计离奇曲折的故事情节,有计划地安排人物的命运和遭遇的传统。因此,在他们的作品中,不写人与人、人与其他客体之间的关系,甚至有的作品基本不写人,即使写了人也没有姓名,不让他具有人的意义,只把他视为某种物质,对人的身世不做任何介绍,人物的一切活动都是下意识的,是一种物性的本能反应。作品基本没有情节,即使有所谓的情节,也是再简单不过的,既无完整性和连续性,又非常松散,只是照相似地把某些物的形态、位置、度量、光线、色彩等物理属性记录下来,与主题毫无关系。

第二,"新小说派"完全打破了时空观念和文体界限。"新小说派"作家,一般不是按照事物发展的时序进行叙述,更不受时间、地点的限制,而是采取复杂多变的叙述方式和混合的手段,把现实、回忆、联想、幻想、梦境、潜意识交织糅合在一起,把过去、现在、将来任意交错,在一个颠倒混乱的时空,叙述忽此忽彼、令人难以捉摸的事实,从而产生以假乱真的审美效果。

第三,"新小说派"重视"文字的变化",尝试"文字的历险",追求文字本身的结构变化。他们认为,传统小说的语言已经"僵化"、"陈腐",因此要在语言上大胆革新。在"新小说派"的作品中,尤其注重研究并尝试语言的重叠、对称、隐喻、类比、转移、节奏、谐音、人称变化等技巧,使语言多变,极富特色。

其实,"新小说派"作家们共同之处很少,各有不同的创作风格和途径,例如格里耶比较注重客观描述,尝试较为独特的叙述方式,作品有若干荒谬色彩;萨略特则侧重心理探索,体味语言的多重意蕴;布托尔重视小说技巧的讨论等。如果说有什么共同之处,那就是他们对文学的真诚探索，大大地丰富了语言艺术的表现力与空间，他们对文学的论述，比之理论家，自有其精微、独到之处。

“新小说”否定小说的社会意义和认识价值，追求纯粹的照相式的记录和不带感情色彩的客观描绘，致力于打造全新的小说形式，取得了一定的成效，对以后的“原样派”，“新新小说”都产生了一定的影响。

71. 执掌法国新小说派帅印的阿兰·罗伯—格里耶

阿兰·罗伯—格里耶(Allain Robbe-Grillet,1922－2008)法国作家、文学评论家和“新小说派”的代表。被公认为“新小说派”的领袖和理论家。

阿兰·罗伯—格里耶出生于法国西北部港口城市布勒斯特一个科学家和工程师的家庭。

第二次世界大战中,他在德国一家坦克工厂工作。1944 年他从巴黎国立农学院毕业。1945 年到 1949 年,他在巴黎的国家统计学院学习,而后 1949 年到 1951 年他在殖民地果木和农作物学院学习。阿兰·罗伯—格里耶曾在西印度群岛的马提尼克岛作农艺师,负责管理香蕉种植园。从 1955 年他开始担任午夜出版社的文学顾问。这是一家著名的出版社,吸引了像克劳德·西蒙、娜塔丽·萨略特、米歇尔·布托尔、玛格丽特·杜拉斯等作家。

阿兰·罗伯—格里耶的作品缺乏传统的成分,诸如富有戏剧性的情节、时间的连贯和对人物的心理分析。小说中充满了重复出现的意象,和不搀杂任何感情色彩的物体的描写,以及日常生活中随意发生的事件。在他的第一部小说《橡皮》(1953)中,罗伯—格里耶尝试了流行的文学体裁——传统的神秘小说形式。在《橡皮》一书中,他把侦探小说与角度的转换和对自然事物如西红柿的大量描写结合在一起。这部小说在 1954

年荣获费内翁奖。后来被公认为"新小说派"的开路之作，作品中的写法也被认为是"物本主义"(Chosisme)的发端。

该作品描写已经退休的政治学教授杜邦被某个暗杀集团派出的枪手射中，第二天的报纸新闻披露了他受伤不治而死的消息。实际上，杜邦并未真死，只是手臂受伤。在医院里，他受命要隐藏自己的行踪，于是他委托木材商人马尔萨代替自己到家中取出文件并于晚上7点以前交给他，并指派医生向警察局报告自己"确已死亡"的消息。由于杜邦的尸体并未找到，内政部方面派了侦探瓦莱斯调查此案件。瓦莱斯来到城里后，在迷宫般的街道上四处游逛，多次走进同一家文具店，寻找他想要的一种橡皮，但总发现买得不对。瓦莱斯从一些蛛丝马迹推断杜邦未死，于是来到他家中埋伏起来，希望抓到很可能第二次刺杀教授的凶手。不料，木材商人马尔萨也推测凶手会第二次行凶，在接受教授的委托后，半路溜之大吉。教授只好亲自出马。当他小心谨慎地拿着手枪推开凶手昨晚潜伏的书房门时，却被事先等在此处的侦探瓦莱斯开枪击毙。正当瓦莱斯打电话给警察局长报告误杀事件时，局长却兴高采烈地告诉他"杜邦教授没有死"。在这部小说中，作家不厌其烦地多次描写完全相同的环境和物体，对人物性格的描写却几乎找不到，读者也无法清理出完整的人物形象特征。整部作品只是把人物、事件、时间、地点像文具店里的货物一样陈列在作品的叙述中，颇似一部荒诞的侦探小说。

《橡皮》揭露了法国政治舞台上不同势力之间的斗争。但仔细研究作者的创作意图和小说的具体内容又会发现，这方面的内容并不是最重要的。这是它不同于传统小说的地方。小说在情节安排上因果颠倒，不可思议，与传统小说大相径庭。作者以此表明，世界是一团扑朔迷离的乱麻，人们理不出头绪，置身于这种混乱中的人，根本无法掌握自己的命运。

1955年，罗伯—格里耶发表了第二部作品《窥视者》。它的命运和《橡皮》一样，开始时没有引起太多关注，但作者成名之后却得到了高度重视，有人甚至把"新小说派"称为"窥视者派"。该书获得当年的法国"评论家奖"。

《窥视者》之后，作者相继出版了《嫉妒》(1957)、《在迷宫里》(1959)、短篇小说集《快照》(1962)、《约会的房子》(1965)、《纽约革命计划》(1970)、《弑君者》(1978)。

《窥视者》是罗伯—格里耶的主要代表作,也是"新小说派"的代表作之一。小说共分三个部分,写的是一件少女被奸杀案。某个星期二,旅行推销员马弟雅思乘船到一个小岛上去推销手表。小岛与世隔绝,居民不到两千人。马弟雅思在船上就不断盘算如何把带来的90块手表脱手,以便乘下午四点一刻的船返回大陆。当天不能返回的话,他就只能等到星期五。

但他很快发现人们对他的手表并不感兴趣,于是他就决定先到乡下去。镇子和乡村交界处有一户人家,住的是马弟雅思在渡轮上新结识的那个水手的姐姐勒杜克寡妇和他的三个外甥女,他被墙上一张美丽少女的照片所吸引。少女是女主人的小女儿雅克莲,她现在正在灯塔附近的悬崖上放羊。马弟雅思骑车向灯塔驶去。

马弟雅思没赶上渡轮,只好在小岛上住下来。

第二天,人们在悬崖边发现了雅克莲的尸体。心怀鬼胎的马弟雅思忽然想起昨天他在悬崖边的草地上扔过三个烟头,这可能会给他带来麻烦。但他只找到两根。他到马力克家,马力克正在训斥18岁的儿子于连,马力克怀疑于连行凶,把雅克莲推下悬崖。于连用异样的眼光打量马弟雅思,使马弟雅思神情紧张,语无伦次。但于连说谎提供了马弟雅思案发时不在现场的证据。

当马弟雅思再去悬崖边时,于连出现了,并提供了马弟雅思作案的三件证据。显然,当马弟雅思作案时,于连曾在一边窥视。

但小说的结尾,马弟雅思这个作案凶手并没有被告发,也没有受到应有的惩罚。小说的结尾是:"再过三个小时,他就回到大陆上了。"

小说就这样令人不解地结束了,真相没有大白于天下,凶手没有受到惩罚。这与传统小说大相径庭。这便是反传统的"新小说"。作者罗伯—格里耶主张用物本主义反对现实小说家的人本主义。他认为传统小说家把人置于世界的中心,给万物都涂上了人的感情色彩,从而掩盖了"事物的面貌"。他认为物是物,人是人,两者有着根本的不同。他主张小说家应当表现“物”对人的“中立性”和“陌生性”,应纯客观地记录事物本身。

另一本小说《在迷宫里》像一本侦探小说,但扑朔迷离,似梦似真。小说主人公士兵来到一座被白雪覆盖的陌生城市,他应该完成一项任务——将一个纸包交给一个人。他自己是谁,从哪里来,要在什么地方交出纸包,他统统记不清了,于是他在这座城里漫游。这里所有的房屋都一模一样,所有的交叉路口、所有的街道也一模一样;除了白茫茫一片街景以外,还有士兵受伤后躺在房间的场景,病倒后住在医院的场景,在咖啡馆喝酒的场景。这些场景相互交错,有些是幻想,有些是真正的经历;其中又加进油画,士兵又成为画中人;此外,士兵所遇见的孩子、女人、假残废人、拿雨伞手杖的男人,他们都是什么人?是密探?是奸细?最后士兵受伤死去。小说的叙述者是作家,有时也是士兵,最后是医生,正是这种叙述角度的转换使小说成为迷宫。

《嫉妒》作品中的一切事物都是在一个内心蕴藏着某种激情的人的目光下进行的,这双窥视的眼睛在观察、分析、记录,在猜测、推理、想象一桩似是而非的奸情。最终,这桩奸情是实有其事还是无中生有,读者仍然无从知晓。

在新小说的理论建树方面,罗伯—格里耶也卓有成效。1956 年和 1958 年,作者先后在《新法兰西杂志》上发表两篇重要的理论文章:《未来小说之路》和《自然?人道主义?悲剧》。这两篇文章鲜明地阐述了他的“新小说”观点和文学主张,引起极大反响,被视为“新小说派”的独立宣言。在《未来小说之路》中他说道:小说艺术正在衰落,20 世纪已经过了一大半,今天唯一流行的仍然是巴尔扎克的小说观念,这便是世界文坛的现状。为此,他主张舍弃传统,从小说观念和小说技巧方面努力革新与开拓。后来他又撰写了《自然?人道主义?悲剧》,进一步阐明了他的艺术观点。作者首先针对“世界是人”这种传统观念,提出了人与物分离的新见解,确认一部“非人的”小说存在的价值标准。在小说的艺术手法上,他既反对传统的镜子说,也反对“物我交流”或“物我中心”说,他主张在描写物件时,必须毅然决然地站在物之外,或站在它的对立面,既不能把它们变成自己,又不能把某种品质加诸于它们,而应表现它的外部存在及其独立性。1964 年,他把平时写的理论文章收集成册,以《走向新小说》之名出版。该书为整个流派的形成奠定了坚实的理论基础。因而人们普遍认为,虽然文学上的最高荣誉——诺贝尔文学奖由克劳德·西蒙获得,但无论是在理论上、创作实践上还是在宣传活动上,对"新小说"贡献最大的要算阿兰·罗伯—格里耶。

"我说过,我不是一个真实的人,但也不是一个虚构的人,说到底这是一码事。我属于一种坚定果断的、装备粗劣的、轻率冒失的探索者,他不相信在他日继一日地开辟着一条可行的道路的领域里先前存在的一切,也不相信这种存在的持久性。我不是一个思想大师,但是个同路人,是创新的伙伴,或是幸而能做这项研究的伙伴。我不过是贸然走进虚构世界的。"从这段自白中我们可以看出罗伯—格里耶对于真实与虚构的看法,也能感觉到他的那种独特的坦白与自信。

阿兰·罗伯—格里耶于 2008 年 2 月 18 日凌晨因心脏病在法国西部城市卡昂逝世,享年 85 岁。法国萨科齐总统办公室对他的去世表示:"毋庸置疑,法兰西学院失去了一位最具有反叛色彩的成员,随着罗伯—格里耶的去世,法国的知识分子史和文学史上的一个时代已经结束。"爱丽舍宫的声明评价说,"法兰西学院今天失去了最杰出同时也是最具反叛精神的一员"。也有人表示,"他的去世标志着法国新小说作家的时代悄然结束了"。

72. 看不到嫉妒者的《嫉妒》

法国作家、文学评论家和"新小说派"的代表罗伯—格里耶在创作上主张"重物轻人",即表现"物"对人的"中立性"和"陌生性",纯客观地表述"物的全部"。他的小说大都是他的艺术主张的具体实践与实验。《嫉妒》(Jalousie,1957)便是他的一部代表性作品。

法文 Jalousie 既有"嫉妒"的意思,还有"百叶窗"的意思。小说的叙述者(阿 A)是一个男人,他的存在只能从餐桌上的三副餐具和露台上的三个酒杯感觉到。他怀着嫉妒从百叶窗窥视妻子与邻居弗兰克,他怀疑他们之间有恋情。小说没有故事,既无开场,也无高潮和结局,只是某些日常场景的一再重复。妻子和弗兰克只是一些姿势、表象,而非传统小说中的人物。他们交谈的也无非是天气、健康、汽车抛锚、一本未读完的小说等等。小说中唯一的事件是妻子搭弗兰克的汽车进城,并且出于某种原因在外面过了一夜,仅此而已。小说的地点是非洲一个白人种植园,时间不确定,时序被打乱,前后穿插倒置。小说显然不是在讲故事,而是突出一个直观的、实在的世界。无论是房屋本身的结构,如露台、柱子、门窗、栏杆、墙壁、地砖,还是家具,如椅子、桌子、书桌,还是人的姿态,如食指、无名指、中指的动作,都是以科学实验报告式的语言一一做了细致入微的描绘:形状、质地、颜色、方位、距离、角度、光影、纹理、光滑度等等。而这些描绘往往受到观察者视野的限制,因此物体或姿势往往不是整体。小说中一再重复的是墙上的一个斑点,那是一只被捻死的蜈蚣的污迹,蜈蚣是怎样被捻死的,最初的污迹是怎样的,后来又如何变得模糊等等。这个污迹在交错的时序中反复出现,恰似一个挥之不去的顽念,表现出物质世界的魔力。

故事的内容是这样的:

现在,柱子的阴影将露台的西南角分割成相等的两半,阿A已经从通中央走廊的大门进了屋子。她在屋子里走了几步,打开橱柜最上层的那只抽屉,反复寻找了一番之后,她手中准是拿了张纸。那是一张淡蓝色的纸头,大小与一般的信封差不多,带有横竖对折过的痕迹。随后,阿A坐到桌边,从垫板的夹层里抽出一张纸——与刚才那张信纸是一样的淡蓝色,只是没写过字,俯下身开始写了起来。

阿A向厨师吩咐过关于晚饭的事,就面对山谷,坐在一张靠椅上读头一天借来的小说,这本书她和弗兰克已经在中午议论过一番了。她埋头读书,直到黄昏降临。

弗兰克留下来吃晚饭。这一回,克丽斯吉安娜因孩子有病没有陪他来。这一阵子丈夫不带她来这儿是常有的事。

天色已经很黑了,她却不要人掌灯。在一片昏黑之中,为了防止不慎将酒杯弄翻,阿A尽量地凑到弗兰克的座椅旁边。她凑得太近了一些,两人的头差点碰到了一块。

今天晚上,阿A亲自安排了椅子的摆法。她把自己那把椅子和留给弗兰克的那把椅子安放在窗户旁边,另外两把椅子放在茶几的另一侧。按照这种摆法,如果坐在后面两把椅子的人想要看到他们,就必须特意扭过头来。

阿A让人把餐桌上的灯拿开。她说,那灯光太刺眼。"您不觉得这样更好些吗?"阿A朝弗兰克转过身去问。

"当然了,这样显得更柔和。"他回答。

他们聊起了阿A正在读的那本小说,弗兰克对书发表了一句评论,那模糊不清的话语的最后一句是:"会掌握她(它)"。弗兰克看着阿A,阿

A也盯着弗兰克。阿A朝弗兰克微微一笑,在黑暗中,这只是转瞬即逝的一个眼波。不,她的表情根本没变,那个模糊的眼波,应该只是灯光的反映,或者是飞蛾掠过的影子。

“我看我该回去了。”弗兰克说。

“别走,”阿A立即说:“天一点也不晚,这样呆会多好啊。”

弗兰克一直在讲他那辆卡车上山时抛锚的事,他想进城弄辆新车。“我也需要进城办些事。”阿A说。

“那好,我带你去,只要早点出发,咱们当天夜里就能赶回来。”

现在,弗兰克的蓝色大轿车停在那里。阿A从车子里走了出来。弯腰凑到关着的车门边。假如车门上的玻璃是放下去的,阿A也许已经把脸伸到车厢里边去了。

在房子的另一头,房门开了又关上,脚步在书房前停了下来,然后打开又关上的,却是对面卧室的门。

阿A一动不动地注视着前面的山谷,沉默着。弗兰克在旁边也沉默不语。

“我们早点出发。”弗兰克说。

“几点?”

“如果可以的话,那就6点。”

他们小口小口地喝着加矿泉水和冰块的白兰地。

“假如一切顺利的话,”弗兰克说,“我们10点前就能赶到城里,午饭之前也就有充裕的时间了。”

“那当然,我也希望这样。”阿A说。

他们就这样喝着。随后两人又谈别的事,比如小说的主题、情节,以及还可能有别的写法等。随后又返回了旅行的话题。

弗兰克说:“不过,开始的时候很不错,”他转向阿A请她帮着证实:“我们准时出发,一路平安。我们到达城里才刚到10点。”

阿A接过了话头:“而且整整一天,你都没有发现任何反常现象,是不是?”

“一点不错,可是吃过晚饭,刚要启程,马达怎么也不转了。我们只好等到第二天再说。”

“我看我该回去了。”弗兰克说。

“再见,”阿A说:“谢谢你。”

弗兰克打了个手势,表示不必,阿A执意地说:“当然要谢！我耽误了你两天的时间。”

“正相反,害得您在那家蹩脚的旅馆忍了一夜,我很抱歉。”

她和弗兰克各自坐在椅子上,继续谈论哪一天进城为好,这次小小的旅行是他们昨天定下来的。

窗台上,弗兰克和阿A坐在椅子里。弗兰克的衬衣右边口袋里露出一张淡蓝色的信纸。弗兰克讲起汽车抛锚的故事。随着话题,弗兰克的蓝色大轿车自然而然地出场。阿A下了车,头、胳臂以及躯干的上部都塞到窗子里,使人无法看清车内发生的事情。阿A的手里提着一只很小的绿色盒子。她离开车子,又回头朝车子看了一眼。

现在,房子里空荡荡的。阿A跟弗兰克很早就出发进城了。他不会回来吃晚饭的,她与弗兰克一起在城里吃,她走时吩咐仆人等她回来。

他们早该回来了。

不过迟到的原因那可有的是,必然的偶然的都会有。

阿A不会回来吃晚饭,她跟弗兰克一块在城里吃晚餐,然后上路。也许,他们会在半夜前后赶回来。

在房间里,阿A站在窗前,从百叶窗的一个缝隙里往外看着。

大路上一辆卡车变换速度的声音,与这边房子里窗户插销的喀嚓声正相应着。阿A的身影出现在窗框中,“你好,”那声调又欢快又活泼。她很快在屋里消失了。要再看到阿A,必须正对着第一只窗子往里看:她在房子的最里端,站在柜厨的前面。她拉开最上面的一只抽屉,久久地寻找着什么。

弗兰克和阿A正在喝冷饮,他们断断续续地谈着他们计划在下周将要一块进城的事,弗兰克则是去打听新来的卡车。

他们已经商定了出发和返回的时间以及其他一些事情,就剩确定最适宜的日期了。

“这么说，克丽斯吉安娜不愿跟咱们一起去了？真遗憾……”

“是的，她不去了，”弗兰克说：“因为孩子。”

随后，他们又谈起了阿A正在读的那本小说。他就小说中丈夫的行为发表了一句评论——那位丈夫错就错在太粗心上。

弗兰克依然留下来吃饭。眼下，这位车主所要讲的行车事故，与他和阿A进城碰到的事故很相似。问题并不严重，可就是使他们回到种植园的时间整整拖了一宿。弗兰克说得很有分寸。

有好几秒钟了，阿A兴头十足地盯着弗兰克，好像在等他说出某一句话。除此之外，他们再没谈起那天的事情，也再没谈起那起事故和那个夜晚——其实他们总有单独待在一起的时候。

吃晚饭时，他们又一起筹划一道进城的事。在露台上喝咖啡时，话题依然是行将出门的事。

现在，阿A读完了欧洲的来信，低下头开始写信。

蓝色大轿车停在院子正当中，她刚刚走访了一趟克丽斯吉安娜，弗兰克把她送了回来。他也是刚刚忙完了一天的事情，回家前在这里小憩。

弗兰克讲起了自己亲身经历的一件汽车抛锚的故事。出于礼貌，阿A追问了故事的细节，以表示对客人所述故事的关注。客人起身告辞，回到自己的种植园去。

明亮的背景迅速黯淡下去，山腰上的香蕉林消失在暮色之中。

此时正是六点三十分。

这部小说是通过一个始终没有露面的人物的视觉来观察一切的，这是个隐身的嫉妒者。至于他的身份，这位神秘的叙述者，这个推测阿A嘴唇蕴含的意味、“模糊的眼波”的神秘的人，无疑是阿A的丈夫本人，这种解释看上去比较合理。罗伯—格里耶正是利用《嫉妒》中的隐形叙述者表面上的不在场，为我们制造和揭示出那一种对象性的、非意识的、确定的“作为隐蔽的东西的现实具体事物”，从而创造了一种更为真实的在场：一个“它的生命与一个目前已经进化了的社会的命运紧紧相连”的真实的现代世界。

这个叙述者注意的焦点始终在妻子和邻居弗兰克的相处上，他的观察精细入微，不漏过妻子的每个神态、表情、姿式、话语。这些透露出一个事实，他在怀疑自己的妻子，他在嫉妒！而他观察到的现象也不外乎是日常生活中极为普通的事情，像是妻子怎样搭弗兰克的车进城，又怎样乘他的车回家，怎样抛锚，耽搁了一夜等等。这些在她的丈夫那里，形成了一个个的疑问，在他的脑海中分析和设想，这些情景和细节又不断在他脑海里萦绕。但是罗布—格里耶只是隐约地在字里行间提出疑问，这一切都是通过这个没有露面的丈夫角色冷静地写下的。他似乎不存在、但又无所不在，他似乎没有感情，但时刻都充满着嫉妒心理，他没有行动和言语，连明显的内心思想活动也没有标示出来，一切都像是用摄像机拍下来的，那么准确，细到特写镜头的放大、那实则是主观的镜头。

《嫉妒》中的时间叙述顺序也对造成叙述者的隐身起了重要作用。这里的顺序并非简单的线性时间，而是一个光怪陆离的，呈杂乱、反复、螺旋状的完全属于意识的内在时间系统。“在这里，所看到的一切都是瞬间心理活动。一种连续的内心独自说明，不着边际的辩论，即啰啰唆唆的现象出现了——就像在《窥视者》中一样，思想机器混淆了过去、现在和将来，因为它们都融合与内心时间的连续性和潜意识的涌动之中，直陈式现在时的回忆，涵盖了现在、过去和将来的情况。罗伯—格里耶把不同的时间层次混在一起，并且悄悄地把一种情景转为另一种情境，使得我们既无法确定确切的时间，又无法确定叙述者是否想象、或者回忆着被描写的场面。”

73. 克劳德·西蒙
——“新小说派”中的诺贝尔文学奖得主

克劳德·西蒙（Claude Simon，1913－2005）法国小说家。1913年生于马达加斯加的首府塔那那利佛。他出生几个月后，身为骑兵军官的父亲就死于战场。西蒙被母亲带回法国的佩皮尼扬接受小学教育，后来又到巴黎一所著名中学就读，毕业后赴英国牛津和剑桥大学读书，他还曾随法国立体派画家安德烈·洛特学过绘画。1936年，他曾到西班牙共和军与佛朗哥部队激烈争夺的巴塞罗纳协助起义者，这场残酷的战争在他的心中留下极其深刻的印象。1939年第二次世界大战爆发，西蒙应征入伍，在骑兵团服役。1940年春，他参加了著名的牟兹河战役，受伤被俘，不久又逃出德军集中营，回国参加地下抵抗运动。战后他到苏联、欧洲、印度、中东各地旅行，归来后在乡间从事葡萄种植业，同时进行文学创作。他一共发表作品20多部，主要成就为小说创作，其重要著作有：《作弊者》（The Cheat，1945）；《钢丝绳》（Tightrope，1947）；《春之祭》（The Annointment of Spring，1952）；《风》(The Wind,1957)；《草》(Grass,1958)；《弗兰德公路》(The Flander Road,1960)；《豪华旅馆》；《法尔萨鲁斯之战》(The Battle of Pharsalus,1969)；《双目失明的奥利翁》(Blind Orion, 1970)；《导体》(Conducting Bodies,1971)；《农事诗》(The Georgics,

1981)；《洋槐树》(The Acacia，1989)。其代表作为《弗兰德公路》、《农事诗》和《洋槐树》。

西蒙的小说创作深受福克纳和加缪的影响，认为世界缺乏理性，人被莫名其妙的历史事件所左右。其作品不重情节的连贯，时间自由跳动，场景相互交错，并经常运用长达一页的、没有标点符号的句子以及起伏、回旋、重复、错乱的结构，来描绘各种瞬息间的感觉和现实生活中的琐碎。

西蒙的创作道路大致可分为三个阶段。第一阶段从处女作《作弊者》(1945)到《草》(1958)，这阶段的作品虽然还未能摆脱美国小说家福克纳的影响，但已试图探索一种像巴洛克式艺术的螺旋形结构代替传统的直线形叙述，以表现内心活动中不断变动的感觉、回忆、想象的"混杂体"。第二阶段从获"快报"文学奖的《弗兰德公路》(1960)到获"麦迪西"文学奖的《历史》(1967)。这一阶段的作品，体现出诗与画结合的特色，奠定了他在文坛上的地位。第三阶段从《双目失明的奥利翁》(1970)到带有总结性的、足以使作者进入世界文坛第一流作家行列的《农事诗》(1981)。这阶段的创作已不再是"叙述一场冒险经历"，而是一种"叙述的探索冒险"。作者几乎完全排除传统小说叙事中追索时间的方法，而是探索小说的空间组合，展示多层次的画面描述。

西蒙虽然是"新小说派"主要代表作家中唯一没有发表过系统创作理论的作家，但他却以自己的作品赢得了"新小说派"主要柱石的称誉。这位沉默寡言、不善社交、甘于寂寞的老作家，以其顽强的探索精神和成功的创作，赢得了"以诗和画的创造性，深入表现了人类长期置身其中的处境"的评价而获 1985 年诺贝尔文学奖。

西蒙在他的处女作《作弊者》中，尝试采用对主人公生活中的最重要的时刻的几个场面的描写来代替传统小说中的顺时性叙述，同时尝试从多种角度描绘同一场景，运用一种像巴洛克式螺旋形的结构以代替传统小说的直线形叙述，目的是在表现内心活动中不断变化的感觉、回忆、想象的"混杂体"。《作弊者》的主人公路易在自以为摆脱幻影的纠缠中把一位教士杀死了。小说对这一场景的描述，是通过路易的情妇芭勒对此事的议论、目击者义拉姆的讲述和路易的一位同事阿尔蒙的看法等组成的不同角度而展现的。

1957年发表的小说《风》，是他的第五本小说，被认为是西蒙创作道路上最重要的转折点。从此，西蒙逐步进入“小说实验”阶段，成为“新小说派”的创始人之一。小说中的叙述者是一位中学教师，他根据报纸上的一则社会新闻来叙述一个年轻人的经历：年轻人是一个无视社会传统习惯的人。他来到法国西南部经常刮暴风的一个小城来继承从未谋面的父亲死后遗留的家产，但在保留还是出售家产的问题上与公证人发生冲突。一方代表秩序，另一方代表反秩序，最后以年轻人的失败告终，这中间还穿插了爱情故事。值得注意的是《风》的小标题：“重建巴洛克式的圣坛装饰屏”。“装饰屏”表明西蒙是用作画的方式写小说的。他学过绘画但未能当画家，便在小说中追求绘画效果。他对外界的感知，对往事的回忆首先表现为视觉形象，表现为画面。他工作时甚至将不同的情节和人物标上不同的颜色，然后精心调配，使之相互交错，相互呼应。因此小说的时序被打破，过去和现在变成了支离破碎的片段，相互渗透重叠，似乎是同时发生的事情，形成不连贯的结构。巴洛克式的风格更突出了画面细节上的精雕细琢及华丽的装饰性渲染。“重建”只适用于已经存在过、已经发生过，而现在变得模糊或者隐没的事物，那就是过去的历史，个人的或集体的经历，如战争。西蒙往往根据回忆来重现过去的画面，有人称他为以文字作色彩的画家。作者还通过主人公的遭遇，表现经过两次世界大战的西欧人民的心境：在那像肆虐的暴风那样无法控制的力量下，人在历史中无法驾驭自己的命运，抗拒也无济于事；人的一切努力，都是徒劳无益，永远达不到目的，最终也找不到任何意义。

长篇小说《农事诗》讲述了一个法国大革命时期的将军让—彼埃尔·圣—米歇尔和一个第二次世界大战中的法国骑兵S，以及一个参加西班牙内战的英国青年O的生活情景。将军怀有一腔英雄主义激情转战欧洲20多年，而晚年却孤独凄凉；法国骑兵S被迫参加战争，战败后，溃逃途中中了埋伏而毙命；另一个英国青年O是自愿参战的，最后由于参加西班牙内战而遭警方追捕。小说同时以三个人物在三次战争中的经历为主线，超越时空界限，把他们联系在一起，进行比较，从而突出了他们的生活经历和命运的相似性。作品采用古罗马诗人维吉尔的长诗《农事诗》为名，是因为主人公无论是在大革命的惊涛骇浪中，还是在硝烟弥漫、炮声震天的南征北战中，都念念不忘家园春播夏耕秋收冬藏的农事，同时也寄予着维吉尔诗中所蕴涵的哲理：世事纷纭，复杂多变，人们在历史的洪流中身不由己，只有春夏秋冬四季恒常更迭，春种秋收，周而复始，人也只能在大自然的美景中获得安宁和慰藉，在田园耕作中享受着"诗情"的乐趣。

《洋槐树》以一棵百年的洋槐树为参照，叙述了两个家族百年间的变迁历史。这棵百年老槐树铁枝铜干，生长在法国南方的一座古宅旁，它目睹了这座古宅内100年间的变化。在这座古宅里曾住过一位拿破仑帝国的将军，他在家乡经营葡萄园，收入颇丰。但他的大部分时间却在欧洲打仗。后来在一次战役中惨遭失败，愧悔自杀于这座古宅内。若干年后，将军的孙女长大成人，与一位出身农家的年轻军官结为夫妻，是她从这座古宅里送夫上前线，而这位年轻人却于1914年8月27日战死沙场。25年后，他们的儿子——两个家族的希望，又是从这座古宅里出发，奔上了另一战场。然而这个青年深深预感到等待他的将仍然是前线的死亡。作品以百年老槐树作为人类历史的见证，在描述中突出了"历史和时间"，从而描绘了人类在历史无情的车轮下的悲惨命运。

《弗兰德公路》小说中的主人公乔治在战后的回忆，与40年代初法国在二战中的溃败场景交织在一起。作品几乎毫无情节可言，难以梳理出大概。没有刻画人物性格，对心理的描写几乎全由杂乱无章的回忆和思绪的片段构成，体现了作家重视场景、强调现象、细描物体的创作特点，他的写法因此被评论界称为"照相笔法"(Stylo Camera)。

经过40多年小说创作上的探索和试验，西蒙写出了十几部风格特殊的作品。他的每部作品都是精心设计、写作的，作家的个性跃然纸上。作者创作态度严谨，几乎篇篇都很成功。他不愧为"新小说之父"的称号。

西蒙于2005年7月在巴黎去世，享年91岁。法国总理多米尼克·德维尔潘在声明中表示，"法国文学失去了其中一位最伟大的作家，但他仍会作为最伟大的小说家之一活在个人或集体的记忆中。"

74.《弗兰德公路》
——克劳德·西蒙的成名作

《弗兰德公路》是法国小说家克劳德·西蒙在1960年出版的长篇小说。它不仅是法国"新小说"的代表作,也是20世纪西方文学的经典之作。

《弗兰德公路》主要内容在乔治的现实生活与对战争经历的往事回忆两个平面展开。叙述者自称乔治,有时用第一人称"我",有时用第三人称"他",有时又附着在其他人物身上,谈他们的记忆与经历;叙述者身份的转换或模糊性是西蒙小说的特点之一。作品通过主人公散乱的、不连贯的、无明显的前因后果的回忆,再现了1940年5月法军在法国北部接近比利时的弗兰德地区被德军击溃而退却时的情景。小说并无明显的故事情节,只是融合了战场上人与物的琐屑的画面,具有悲喜剧的格调。

小说写第二次世界大战结束后,主人公乔治和堂嫂、已故骑兵上尉德·雷谢克的妻子科丽娜在一家廉价饭店幽会,当二人热烈情爱时,乔治脑中突然掠过一切往事。1940年当德国入侵时,乔治随骑兵队朝靠近比利时边境的弗兰德地区撤退。担任骑兵中队队长的堂兄雷谢克率领的军队在弗兰德地区遭到埋伏军队的突然袭击而几乎全军覆没,只有雷谢克、乔治、雷谢克雇用的骑师依格莱齐亚和犹太人布吕姆四人幸存。在溃逃的过程中,雷谢克好像有意识地骑马走在大路上,暴露自己,最终被德军的一个伞兵击毙。乔治与依格莱齐亚被德军俘虏,关进战俘营,过着忍饥挨饿的非人生活。雷谢克是否是毫不犹豫地尽军人的职责、视死如归地倒毙疆场呢?乔治却认为他是明知道这个陷阱而故意自杀的,因为他始终为红杏出墙的妻子而深感愁闷。乔治竭力想弄清事实真相。因此,上尉的死因成了贯穿全书的主线。在这条主干上,蔓生出许多支干,如雷谢克和妻子科丽娜的关系,科丽娜和依格莱齐亚的关系,科丽娜和乔治的关系等;战争、死亡、搏杀、性爱等组成一连串画面,画面具体、精确、生动,又相互转化重叠,形成一种动态,使读者仿佛在纷乱而嘈杂的炮声中身临其境。

作品围绕上尉与比他年轻20岁的轻佻的妻子科丽娜和他们所雇用的骑师依格莱齐亚的三角关系展开。战后,乔治与科丽娜发生了性爱关系。战前,一次赛马开场前,骑师依格莱齐亚也经不起科丽娜肉体的诱惑,在马房里与她有过一次肮脏丑恶、犹如动物行为的通奸。因此,雷谢克的真正死因——前提是体面的自杀——在于其妻的放荡。那年赛马,雷谢克之妻要她的情人骑师依格莱齐亚出赛,使雷谢克心情不悦,比赛失利,为了顾全面子,雷谢克对妻子与骑师的私通佯装不知,内心却深为妻子的不忠而痛苦。有一次,他几乎把他们俩捉住,她由于惊骇和欲望未得到满足而在颤抖,几乎来不及在马厩中把衣服整理好,可是,他连一眼也不望就直走到那匹小雌马旁,弯下腰摸摸它的膝盖。他骑在这匹马上,默默沉思,无所作为,迎着那手指大概已指向他的死神走去。他渴望以死来寻找摆脱,因此,由于妻子的行为不检点,再加上贵族比较愚钝的荣誉观念,上尉"几乎是迎着敌人的枪弹"前进而被打死的。

上尉的死因,俘虏营中的生活,逃亡的险境,历经无数女人后又回到科丽娜的身边等种种永难磨灭的事实,使乔治想弄明白"真相究竟是什么?"他不断地想探索,并且努力地构成事实的影像,希望事实能将意识中的想法推翻。于是思绪走向"弗兰德公路"。作品通过主人公散乱的回忆,再现了战争的狰狞、死亡的阴影、饥寒的折磨、时间的遗恨、爱情的渴求、情欲的冲动等,从而表现了作者对生活独特的感受和深刻的思考。

作品的故事情节虽然散乱,但作品的主线却十分清楚,这就是雷谢克之死。围绕他的死，引出了一系列的人和事，把整个小说中的“真实”用回忆贯穿起来。作者把历史和现实，一股脑儿排在我们面前，各种互不相关的场景、语言、动作、记忆交错在一起，形成五颜六色、千姿百态的画面，这就要求读者沿着雷谢克死亡这条路径，跟随作者一起去探究“深在的真实”，和作者一起钻进人物内心，进行各种各样的探索，从而在自己的想象中重建起小说的人物、环境和故事，把读者的想象化为自己的想象，进入角色的领域去体验作者的思想感情。这样，读者才能看出这万花筒的真切图案，看出战争期间的人际关系和不可预测的命运。

小说展现的是人物内心心理的真实。西蒙并没有想记述一段历史，而是注重以残酷的战争给人物内心带来深深的伤痛来反思战争。他只想在这里再现他所目睹的那一段凌乱、片面和可怖的真实，但这种真实并非1940年那次战役的真实，而是20年以后仍然刻在他心中的真实。这就像身上的伤疤，常常在深夜把人痛醒，虽然受伤的经历已经过去了许多年，但只要伤疤还在，那经历便是真实的；况且，那伤疤刻在人的心中。战争在人的大脑里一瞬间全部涌现，他无法把它们排顺序。西蒙完全摆脱了传统小说的叙事方式，让历史、回忆、想象、印象、幻觉同时涌现，所以，小说故事情节没有连贯性。

《弗兰德公路》一个重要特点是，作品把战争与性爱交织在一起写，由性爱场面不断化入战争场面的嵌入，从而表现了控诉战争罪恶的深刻主题。作品中所有战时回忆均由科丽娜和乔治做爱时交叠在一起的肢体——腿被压得麻木的感觉唤起了战时曾经压过的腿的麻木感；由当时乔治的气喘吁吁，化入他逃出集中营时上气不接下气的狂奔；由对科丽娜身体的描写与感受，化入被俘后露宿的冬日草场和草场上清晨寒冷中的颤抖，等等。

《弗兰德公路》是一幅“文学画”，或者说是一种“绘画文学”。西蒙运用了他惯用的巴洛克式的画笔，以浓重斑斓的色彩汇出了时间的遗痕、死亡的阴影、战神的狰狞面目、性欲的冲动、爱情的渴望、饥饿和寒冷的折磨。这里，作者把写作当作画笔，把情节当作颜料，让诗情、幽默、讽刺等像杂七杂八的颜色似的，一点一点地泼向画纸，形成他别具一格的同步描写。就这样,他创作《弗兰德公路》时,就像站在一幅巨画前,经过反复思索和不断点缀、布局,最后产生一幅让人一眼看到许多事同时发生,多种情节同时展现,各种感情交错相融的具有立体感的文学画。人们在欣赏一幅画时,总是一眼就摄入整幅画的布局和特征,西蒙就是要把文学作品改造成视觉的艺术。西蒙自己在谈到这部书时说:"这部书,我是看不见的,我只是看到种种情绪同时在我心灵中呈现出来,一切都是同时出现的。"他创作的结果,就是把"心灵中呈现出来"的东西移于纸上。他还说:"我写小说就同人们作画一样",使文学艺术和绘画艺术一样具有共时性、多面性,因此,就产生了《弗兰德公路》等一部部把过去、现在、将来交织在一起,让历史、现实、回忆、梦境、想象、幻觉同时出现,使小说既像一部巨型油画,又像破碎的彩色玻璃画面构成的万花筒。而且,由于这些"文学画"的色彩浓郁、光度对比强烈、层次繁多、变化复杂,使人眼花缭乱,令人感到既迷惑又被深深吸引住,所以又让人觉得看这样的小说是坐在电影银幕前目不暇接的欣赏。大概正是这种绝妙的艺术特色,才促使瑞典科学院的权威们下决心把 1985 年的诺贝尔文学奖这颗文学上的明珠授予他。

75. "怀疑的年代"中的创新大师——娜塔丽·萨略特

娜塔丽·萨略特(Nathalie Sarraute,1900－1999),法国当代著名的"新小说派"作家及理论家。1900年出生于俄国一个犹太资产阶级知识分子家庭。她两岁时父母离婚,分别定居巴黎与俄国,自此她便经常来往于法国和俄国之间。后随父亲定居巴黎,并开始学习。在小学及中学时代她对文学表现出强烈爱好,博览名著,特别爱好陀思妥耶夫斯基、普鲁斯特、卡夫卡等的著作。先在巴黎大学专攻英语,后又赴英国及德国攻读历史、文学及社会学。1922年进巴黎大学攻读法律,1925年与丈夫一同从事律师工作。她在1932年开始文学创作,1939年发表了第一部小说《向性》(Tropismes),这是一本与传统小说不同的作品,在小说里已表现出了"萨略特式的心理描写"方法,自此成为专业作家。

自《向性》这部作品问世,萨略特就开始了新小说的实验性写作,其中包含了探索性因素,已发新小说之端倪。作品描写了一群无名无姓的人物过着惊慌失措而又碌碌无为的生活,说着不着边际的话语,人物的行为也无明确的目的意义。"向性"一词来自植物生理学,表示植物在受到外界刺激,例如光线时所产生的反应,或者是说某种倾向性。萨略特借用这个词来比喻人与人之间的微妙关系,比喻话语等日常生活中的刺激在人们内心深处引起的原始的、朦胧的心理活动。这种心理活动,萨略特称之为潜对话，因为它并不外化为语言。对话与潜对话是萨略特小说的支柱。潜对话属于心理活动，但并非传统意义上的心理小说中的心理，因为它并不分析感情，并不说明动机，也不解释性格。小说中的人物恰如小说标题所暗示的那样，他们只是一批强大的社会压力下的低等生物，只能对外界的刺激做本能的反射(即"向性")而已。这部作品初步体现了"新小说"的特点，情节支离破碎，人物性格模糊，没有贯穿全篇的完整线索，甚至被当时的文学评论家视为"文学废话"。

《无名氏肖像》(Portrait d' un inconnu, 1948)是作家第二部小说，于1948年发表。小说既无完整的故事，又无动人的情节，却得到了著名作家萨特高度的赞扬。萨特为之作序，称她的作品为"反小说"。这部小说以叙述者的视角窥探一对父女的生活纠葛。一个吝啬的父亲不愿满足女儿好挥霍的习惯，因此父女感情很坏。后来女儿找到了一个有钱的丈夫，父女言归于好。主人公像一个暗探一样，用各种方式时刻刺探那父女二人的思想和行为。作品揭示出中产阶级的人与人之间的隔膜、猜忌和冷酷，在向传统小说的冲击方面也很激烈，可以说是最早的"新小说"。

1956年，萨略特发表论文集《怀疑的年代》，奠定了在"新小说派"中的地位。《怀疑的年代》为当时兴起的新小说浪潮奠定理论基础并成为当代法国文学的重要理论文献。集子里共收录了《从陀思妥耶夫斯基到卡夫卡》、《怀疑的年代》、《对话与潜话》和《鸟瞰》四篇著名的新小说论文。这些文章集中概括了"新小说派"的主要观念，也是"新小说派"的纲领性文件。

在这部论文著作中作家主要阐述自己的文学主张。文中认为，自巴尔扎克以来的小说传统已经成为小说发展的桎梏，读者对精心设计的人物和跌宕起伏的情节已经表示怀疑和厌倦，传统小说观念已经走向僵化和教条，怀疑(小说真实性)的时代已经来临。她强调指出："一切艺术最终在于表现生活。但是现代人的生活已经抛弃了从前曾经一度大有可为的形式而另觅途径了。生活由于不断地运动，越来越朝着变化不定的发现发展，到了一定的时刻，当新的探索做出最大的努力时，生活就要冲破旧小说的各种局限，陈旧无用的小说道具也将被一一抛弃。"

她和其他"新小说派"作家一样反对现实主义小说传统，主张变革小说艺术，小说应该在日常生活的表层下捕捉真实，即人们内心深处的活动，顺着乔伊斯和普鲁斯特的足迹去发现真实而复杂的内心世界。

萨略特与罗伯—格里耶一样，被认为是“新小说”的理论家。罗伯—格里耶着重于看，萨略特则着重于听，她仿佛坐在窃听器前闭目倾听陌生人内心朦胧的颤动。萨略特偏好对人物心理做深度呈现，善于运用自由联想、内心独白和潜在话语，捕捉客观无序的心理反应。但是她并不描写人的思想感情，她笔下的人物心理，只是意识活动本身的状态及其细微变化而已。她的小说除了《童年》外，几乎全部都是心理现代主义的作品。

1959年发表的《行星仪》(The Planetarium)写的是一个年轻艺术家如何想讨好一个可笑的女作家，以及他和他的妻子如何想得到古怪的姑妈的一套公寓。小说中的每一个人都像行星仪中的分子那样，相互吸引、冲突和排斥，使人感到这个充满激烈冲突的世界是封闭的，像一座牢狱。作品的主要特点是运用不同人物的不连贯的对话和内心独白的互相交错，以及回忆、幻觉、下意识的预感和本能的欲望互相交错等手法，不仅打乱了人物与人物对话的空间，而且也打乱了人物意识活动的空间和时间。

1963年她发表了作品《金果》(The Golden Fruits)，此书曾获得国际文学奖。书中没有故事，没有人物，没有中心叙述者，有的只是话语声音，而说话人却隐没在浓雾中，话语成了主角。小说的真正主角是一部小说即《金果》，作者叫布莱耶，这是小说中唯一明确的细节。至于布莱耶是何许人？《金果》写的是什么？读者皆一无所知。

这是一次社交聚会，由一个妇人引起对此书的谈话，批评家、太太、先生们都参与进来。众人对刚刚出版的新书《金果》议论纷纷，毁誉不一，有的声音对《金果》五体投地，誉之为大喜大悲的杰作，有的声音称之为像地震海啸一样振聋发聩的传世之作，有的声音说《金果》是平庸乏味，矫揉造作，晦涩难懂。总之，《金果》究竟是杰作还是败笔，众说纷纭，莫衷一是，各有各的判断标准。有时出现一段内心独白或者对话，但是谁在说话读者却摸不着头脑。全书227页，不分章，仅有一些空行隔断这种独特的布局。在这一场热闹的谈话之后，小说就结束了。总之，小说讲的是一位不知底细的作者的一本不知内容的小说，在一群无名的读者和评论家中引起的反应。当然，读者可以感到书中充满了对夸夸其谈、自诩风雅的话语的讽刺，对文学判断标准的思考，但是整部作品的气氛，正像萨略特的其他小说一样，使人觉得是沉浸在一片喋喋不休的话语及尚未外化的内心话语的潮水之中。

以后萨略特继续创作了好几部成功的作品，如《马尔特洛》(1953)，《语言的应用》(1980)，《童年》(1984)等。跟其他“新小说派”的作家一样，萨略特的书中故事情节十分简单，而且都是日常生活、家庭琐事，从来不去表现重大的社会题材。因此，萨略特认为，新的小说已经放弃了传统小说叙述故事、进行道德说教的责任，要使读者“生活在人物中间”，用“真实”直接诉诸读者的意识。

76. 法国存在主义巨匠——阿尔贝·加缪

阿尔贝·加缪(Albert Camus,1913 - 1960),法国著名的小说家、戏剧家、理论家,存在主义主要代表人物之一。

阿尔贝·加缪祖籍法国阿尔萨斯省。1913 年 11 月 7 日出生于阿尔及利亚蒙多维城的一个农业工人家庭。母亲是西班牙人,父亲是法国人。他不到一周岁时,父亲在第一次世界大战中受重伤死去。从此,随寡母在阿尔及尔的贫民区艰难度日,靠奖学金读完中学,并由亲友资助和半工半读得以读完阿尔及尔大学,获得哲学学士学位。

加缪出身贫寒,自幼生活在劳动阶级之中,因而思想上具有明显的进步倾向。1933 年他参加了著名进步作家巴比塞领导的反法西斯运动,次年又加入法国共产党。1935 年从事戏剧活动,曾组织"文化之家"和"劳动剧团",并亲自担任演员。1937 年开始新闻记者的生涯,同年他因不满法共对阿拉伯人的政策而宣布退党,这是他在政治思想上出现转折的标志。此后,他投身于以戴高乐为首的法国资产阶级民主主义派系中,以新闻记者身份从事政治散文的写作。

第二次世界大战爆发后,加缪参加了法国的抵抗运动,担任地下出版的《战斗报》主编,著文揭露法西斯暴行,号召人们起来反抗侵略者。发表于 1942 年的中篇小说《局外人》是加缪的成名代表作,这部小说标明加缪

的早期创作属于存在主义思想体系。

40年代末至50年代中期，是加缪文学创作的旺盛期，他相继发表了长篇哲理小说《鼠疫》(1947)，剧本《误解》(1944)、《戒严》(1948)和《正直的人们》(1949，又译为《正义者》)，哲学随笔《反抗者》(1951，又译为《叛逆的人》)，中篇小说《堕落》(1956)，短篇小说集《流放与王国》(1957)等。

加缪短暂的一生发表的作品很多，有小说、戏剧、散文和哲学随笔。中篇小说《局外人》(The Outside)是成名作。长篇小说《鼠疫》(The Plague，1947)是代表作。《流放与王国》是较重要的短篇小说集。哲学随笔《西绪福斯的神话》(1942)反映了他的哲学思想。其他作品还有剧本《卡里古拉》(1938)、散文集《反与正》(1937)、《婚礼集》(1939)、《夏天》(1939)等。加缪的创作表明世界和人生的荒谬性，人的责任就在于反抗这种荒谬的存在。

1957年12月10日，瑞典文学院将诺贝尔文学奖授予加缪，因为他“作为一个艺术家和道德家，通过一个存在主义者对世界荒诞性的透视，形象地体现了现代人的道德良知，戏剧性地表现了自由、正义和死亡等有关人类存在的最基本的问题”。

加缪是与文学沙龙、文学名人、荣誉、勋章保持距离的“局外人”，但他的思考却深入到了现代社会的腹地。1960年1月4日他因遇车祸身亡，年仅47岁。

加缪生活在一个特殊的年代。两次世界大战一方面使人们感到自己孤独地处在这个世界，传统价值观念崩溃，借以安身立命的精神支柱已经失去，希望和幻想荡然无存，生命的存在似乎无意义可言；另一方面，至高无上的权威的解构，反而使人得到了意志的最大限度的自由，即人完全不受旧有规范的制约而自己主宰自己、重构自我，可以自由地“选择”与“行动”。

在现代法国的文坛上，加缪是一位与让·保罗·萨特齐名的存在主义文学大师。1937年至1939年所写的《卡里古拉》一剧中，加缪存在主义的世界观已初露端倪。40年代，加缪的存在主义哲学思想更趋成熟。1943年4月，加缪和萨特在一次戏剧排演中相识，此时萨特已是一位著名的存在主义哲学大师。虽然加缪从来没有承认过他也属于存在主义这个流派，但事实上他的哲学思想、他对世界事物的观点大多来源于“存在主义”这个总的哲学范畴。1944年他写的《误解》一剧，又流露出他那浓厚的虚无主义感情色彩。剧中描写了一些人，各自为自己的理想而奋斗，但一切落空，最后，他们明白了，只是出于误解才以为有可能获得幸福，而在现实生活中，人是孱弱的，被遗弃的，无能为力的，希望与事实是永远不能结合到一起的。

加缪的存在主义与萨特的存在主义有着内在的一致。萨特的存在主义理论体系概括为“存在、自由、选择、责任”。对加缪来说，人们所生存的世界是荒诞的，存在即荒诞，它是一种异己的力量，人的自由体现在自我的选择上。然而，无论其怎样选择，都不可能改变或战胜存在。存在主义强调选择并对选择承担责任，所突出的与其说是选择本身，不如说是对选择的至死不渝的负责态度。这是存在主义的实质，萨特和加缪正是在这一点上合而为一的。

但加缪和萨特之间在哲学和文学上存在很大的分歧，这使他们后来不可避免地分道扬镳。萨特认为我们这个世界是一个“肮脏的世界”，而加缪则认为这是一个“荒诞的世界”，所谓“荒诞派”文学就是由此而来的。作为“荒诞派”文学的倡导者，加缪在他的创作中竭力把人间世界、社会的一切描写成冷漠的、荒唐的真实。他笔下的人物都是具有那种“荒诞”感情的人，这些人总是与社会格格不入，总觉得自己活在世界上是一种偶然的错误，因而把自身当作是一个与世无关的“局外人”，这种“局外人”的典型形象就是由加缪最早在他的第一部小说《局外人》中创造出来的。

1951年加缪出版了哲学随笔《叛逆的人》，从根本上否定了法国大革命和十月革命以及其他革命行动，为此他和萨特之间爆发了一场激烈的论战，萨特因此而与他决裂。

《局外人》不仅是加缪的成名作，也是荒诞小说的代表作。作品主要揭示存在的荒谬。主人公莫索尔对外界一切事物都无动于衷，极端冷静以至冷漠无情，他感到自己与外界世界并无必然的联系。他被通知来参加母亲的葬礼，有人想打开棺材让莫索尔再看母亲一眼，但被莫索尔拦住了。晚上守灵，莫索尔呷着牛奶咖啡，抽着烟，但他还是打瞌睡。第二天母亲下葬时，莫索尔没掉一滴眼泪，倒像是一个局外人，冷眼观察着神态各异的送葬人。

在对待与女友玛丽的爱情上，莫索尔也似乎抱着无所谓的态度。她问他爱不爱她，他说这个问题毫无意义，如果一定要问，那就好像不爱。她问他愿不愿意跟她结婚，他说要结就结，随她的便。

后来由于错误杀人莫索尔被捕入狱，他对宗教不屑一顾的态度激怒了法官。但他渐渐习惯了监狱生活，尽管案子拖了将近一年，但时间对他来说已经没有什么意义了。对于坐牢他不当回事，律师的问话也懒得理睬。即使在被判死刑后，他对于死亡也没有什么恐惧。他意识到生活没什么可留恋的，既然人要死，那么怎样死和什么时候死都无关紧要。他拒绝忏悔，把神父赶了出去，独自一个人平静地等待着死亡的来临。他为避免感到太孤单，就想象着受刑那天一定有很多人来看他，并发出咒骂的呼声。这样，他就满足了。

加缪的《局外人》，仅仅几万字，却为我们塑造了一个层面丰富、值得反复研究的人物形象。莫索尔是一个超脱的人，他是职员，他有自己的住处，他与女人往来等等。他选择了寻常人的生活方式，这就使他有一个看上去与寻常人一样的外表。然而他并不认可寻常人对待生活的态度，他不愿意像这个社会的多数人那样扮演自己的角色：该哭的时候哭，该笑的时候笑，该害怕的时候害怕。他听命于自己的内心，内心深处驱使他的力量是随心所欲的和不可理解的，因而难以控制。在这种泛滥于莫索尔内心的力量的摆布下，莫索尔最终是走向了死亡，彻底地变成了一个局外人。

莫索尔就是“意识到一切都是荒谬的人”。既然人生原是一出荒诞剧，那么，一切都不必希望、不必执著、不必认真、不必热情，极端的冷漠才是唯一可奉行的人生哲学。加缪极为赞赏莫索尔对荒谬的认识和漠然的人生态度。《局外人》最后一段，作家以充满哲理和诗情的语言传达了莫索尔临刑前夕的心理活动：“我好像是两手空空。但是我对我自己有把握，对一切都有把握”，“对我的生命和那即将到来的死亡有把握”。因此，“我是幸福的”。这种“把握”，就是人物对荒谬现实的彻底洞察，就是冷漠、傲然的人生态度以及蔑视死亡、天神的气概，无疑，莫索尔的形象具有形而上学的寓言意义。“局外人”概括了西方20世纪三四十年代的部分青年对现实的绝望心理。

1942年10月加缪发表了哲学随笔代表作《西绪福斯的神话》,对荒诞进行了理论分析。我们习惯于周而复始的生活,突然某一天的某一刻,“为什么”的提问闪过头脑,它意味着荒诞的开始。原来我们每天都为着特定的目的活着,但在遭遇荒诞之后,一切都粉碎了,一切价值都在瞬间变得毫无意义。加缪认为荒诞源于社会碰撞:人在世界寻求活着的意义、价值,世界则冷漠地给予否定的回答。而对荒诞的正确态度应该是:首先要正视,其次是反抗。尽管没有希望,尽管毫无意义,仍需咬紧牙关反抗。通过西绪福斯这个永世被罚,周而复始地将巨石推至山顶,再令其滚下山坡的神话故事,颂扬了人类为了消除荒诞而达到永久平衡的挑战精神。

1947年出版的长篇小说《鼠疫》,使加缪的荣誉与日俱增,在国际上获得了声望。此书曾获法国批评奖。《鼠疫》讲述的故事发生在阿尔及利亚的奥兰市。该城发生了令人惊恐的鼠疫,全城人都受到死亡的威胁。灾难面前,人们做出了各自的“自由选择”:有人幸灾乐祸,有人听天由命,有人逃跑,有人主张反抗。主人公贝尔纳·里厄医生在这场鼠疫中意志坚强、忘我工作,同蔓延的鼠疫作顽强的斗争,从而感动了一些人,人们团结起来,同他一起向鼠疫开战,以至最后取得了胜利,奥兰城鼠疫解除。而他却收到妻子病逝的电报。面对生活,他感慨万千。小说赞扬了里厄医生等人的反抗精神。小说所描写的“鼠疫”具有象征意义:一是指自然界的对立事物,二是指法西斯等社会邪恶势力,三是指荒诞的世界。人们对抗鼠疫的斗争隐喻反法西斯的斗争。

《鼠疫》以极其平淡的口吻记述了一个足以使读者深思的故事,形象地描写了那个被鼠疫病菌吞噬着千万人生命的恐怖时代;鲜明地勾勒了在这场人与鼠疫的斗争中,人们从觉醒到胜利的艰难历程;并以冷静而细致的笔触写出了他同时代人在“鼠疫流行”的年代里的惧慌、焦虑、痛苦、挣扎和斗争,塑造了一系列性格鲜明的人物形象。加缪以虚构来表现真实,以历史影射现实,通过小说显示自己所追求的某种哲理,并以此影响读者。它同《局外人》均被列为现代世界文学名著。

77. 绝望中的人生抗争
——谈加缪的小说《鼠疫》

《鼠疫》(The Plague,1947)是法国著名的小说家、戏剧家、理论家,存在主义主要代表人物之一——阿尔贝·加缪的代表作。1947年出版的长篇哲理小说《鼠疫》,使加缪的荣誉与日俱增,在国际上获得了声望。此书曾获法国批评奖,也奠定了作者作为一个诺贝尔奖获得者的地位。

《鼠疫》的故事内容是这样的:

20世纪40年代某年4月16日,家住阿尔及利亚奥兰城的贝尔纳·里厄医生在宿舍的楼梯口发现了一只死老鼠,这令他吃惊。接着当天晚上他又发现一只老鼠在走廊里吐血而死。里厄医生对此不太在意,因为他太忙了。妻子身患重病,这天他到车站送妻子到外地疗养,下午又接待了一名来自巴黎的新闻记者郎贝尔。郎贝尔是为一家大报来采访有关阿拉伯人的生活和健康状况的。然而,两天后,奥兰城里到处都是死老鼠。里厄医生楼里的人们也病了,发高烧,呼吸困难。其他地方也出现了类似的病人,里厄医生认定这是鼠疫,经他呼吁,市长只能采取紧急措施。

此时,鼠疫已经蔓延,全城宣布封锁隔离,只有生死大事经过批准才能对外联系。医生收到妻子病危的电报,但他已经无法顾及,他尽一切努力以减少死亡人数。

郎贝尔被鼠疫吓坏,他要里厄开一纸证明离开奥兰,以赶回巴黎与情人团聚，遭到里厄的拒绝。他又去同一些走私者攀上关系，想混出城去。他认为自己有权去享受爱情的快乐。但当他知道里厄的妻子也在外地，并已病重时，郎贝尔被医生的言行所感动，他决定放弃出城的企图，和里厄医生一起抢救病人。后来，他的行踪被警方知道，里厄要他赶快逃走。郎贝尔却毅然留下来和里厄一同战斗。这时，他认为离开这里去寻求个人的幸福是一种耻辱。原来他觉得自己是个局外人，现在他觉得自己属于这儿。

在这紧急关头，有两个人例外，一是与里厄医生同住一楼的柯塔尔，在大家忙于预防鼠疫时他却企图上吊自杀；他似乎很害怕警察。二是帕那鲁神甫，他代表教会宣布鼠疫是神对人的惩罚，死去的人是罪有应得，但是一些无辜的孩子也患病死去，改变了帕那鲁的看法，他自己也终于得病，接受神的惩罚，平静地死去。

第二年春，鼠疫的势头渐渐减弱，人们开始面露喜色，唯独柯塔尔反而惶惶不安，原来他在鼠疫流行前就犯过案，所以要自寻短见，鼠疫流行后，没人再顾得上他，他反而自由自在，继续走私犯法，真希望鼠疫一直蔓延下去。当鼠疫结束的公告发表时，他逃跑了。城门开放了，火车开动了，轮船驶来了，长期隔离的人们团聚了，全城都在欢呼。唯独柯塔尔害怕受到惩罚，躲在屋子里，向欢呼的人群开枪，被警察逮捕，受到了应有的惩罚。

此时，里厄医生收到了妻子病逝的电报，郎贝尔和从巴黎赶来的情人在车站紧紧拥抱。里厄医生登高鸟瞰城市，感慨万千。他要把自己的所见所闻写下来，因为鼠疫杆菌并没有被消灭，威胁始终存在，几十年后也许还会给一个不幸的城市带来死亡。

小说写的是一个虚构的鼠疫流行的故事，但涉及的都是有关道义、政治、哲学等重大问题；小说写的人物、情节、内容都有象征意义：以鼠疫象征法西斯势力对各国的侵略，以鼠疫流行的奥兰城象征受德国法西斯侵略的法国，以市民们的抗鼠斗争象征法国人民的反法西斯斗争，以里厄医生的自我牺牲行为象征法国抵抗战士的斗争精神。凡此种种，表明小说显示了第二次世界大战法国人民以及全世界人民反法西斯的伟大战斗历程,是作者摆脱《局外人》中的悲观主义绝望心情后,在思想上的一次飞跃。作为抗灾斗争的代表,里厄医生是以一位舍己救人的人道主义者的身份出现的,是敢向恶势力斗争的为拯救人类命运做出贡献的英雄。他确认鼠疫流行是一种病菌的作祟,对此,人们只有奋起斗争消灭病菌才是出路。妻子的病危使他不安,但他更关心的是大批病人以及不断死去的患者,他不相信什么神对人的惩罚,他说:“应该让人们尽力与死亡做斗争,而不必眼望着听不到天主声音的青天。”他整天被紧张繁重的工作搞得疲惫不堪,还要忍受妻子病逝在外地的精神痛苦的折磨。当鼠疫之灾终于被战胜时,他感慨万千,但首先想到的是如何告诫后人,防止鼠疫杆菌卷土重来,祸害人间。作者通过象征的手法所刻画的这样一个人物是丰满高大的。他不但象征着在法西斯猖獗的时候与之作斗争的英雄的法国人民,还带有共产主义者的高瞻远瞩,为谋求全人类彻底解放的高尚思想。从“局外人”到里厄医生,这里有一个很大的飞跃。

在艺术上,加缪也像其他存在主义作家一样,基本采用的是现实主义创作方法,有情节,有人物,有心理描写。在作品中,他说:“笔者为了不歪曲任何事实,也不违背他个人的想法,尽力做到客观。他不愿通过艺术加工使任何东西失去真实。”他还多次强调:这是一篇纪实文字,是一篇证词,他要充当“历史学家的角色”。所以,他总是把真实事件的生动记述,人物主观的真切感受和引申一步的深入思考融为一体,用现实主义的笔调,刻画出一批面临绝境思考如何进行自由选择的存在主义人物。

存在主义者还认为:世界虽然是荒谬的,但人并非奴隶,不应俯首贴耳,顺应服从。人有主观意志,面对客观境遇,可以自由选择,选择自己的态度和行为,用自由选择的行动,进行自我创造,实现和证明自己的存在。许多存在主义的人物都带有强烈的主观色彩,其原因正在于此。但是,由于加缪的人道主义立场,抑恶扬善的基本观念,以及反法西斯的正义感情,使他笔下的一系列形象在自由选择中都具有鲜明的积极意义。

加缪意在指出,世界是荒诞的,面对荒诞的世界,人类应该团结起来,共同抗争。在创作开始,加缪就说:“我想通过鼠疫来表现我们所感到的窒息和我们所经历的那种充满了威胁和流放的气氛。我也想就此将这种解释扩展至一般存在这一概念。”显然，“鼠疫”已不仅是一种具体的传染病，而且是纳粹、战争、疾病、孤独、离别、死亡、罪行等多层面的象征。当然，小说的背景还是作者心目中的“荒诞的世界”，但在这个世界里，人们可以积极地、自由地选择，而不是无所作为，还可以以自己的行为去感化他人，以使正义最后战胜邪恶，将“荒谬的世界”变成光明的世界，这正是加缪作品中积极进步的因素。

《鼠疫》中所描写的这些人物，由于各有不同的追求、不同的观念，从而在同一境遇中做出不同的选择，因此个性各异，互不雷同，真实感人。其他几个人物，虽然是作为陪衬，但也很典型。帕那鲁神甫是一个在事实面前觉悟了的宿命论者；面对惨不忍睹的现实，他不无怨恨地大呼：“天主何在？”“为了人类得救”，他最后终于向里厄医生靠拢，超越有神论和无神论的观点分歧，积极投入共同的救灾工作。帕那鲁神甫象征着中间阶层的人士。开始时，他们对法西斯认识不清，在血淋淋的事实面前，他们清醒了。郎贝尔是个“局外人”，开始时是个“逃跑主义者”，后来受到里厄医生事实的感动，放弃与亲人团聚的机会，投身斗争。他也是那种完全有资格享受最后幸福的人。作品中还描写了一个败类柯塔尔，他是个趁火打劫、发国难财的坏蛋，最后得到了应有的惩处。这三个人物代表三种不同类型的人。加缪着力刻画这几个人物，衬托了主人公里厄医生的形象。

小说赞扬了里厄医生等人的反抗精神。小说所描写的“鼠疫”具有象征意义：一是指自然界的对立事物，二是指法西斯等社会邪恶势力，三是指荒诞的世界。人们对抗鼠疫的斗争隐喻反法西斯的斗争。

1957 年 12 月 10 日，瑞典文学院将诺贝尔文学奖授予加缪，因为他“作为一个艺术家和道德家，通过一个存在主义者对世界荒诞性的透视，形象地体现了现代人的道德良知，戏剧性地表现了自由、正义和死亡等有关人类存在的最基本的问题”。

78. 法国黑色幽默大师鲍里斯·维昂

鲍里斯·维昂(Boris Vian,1920 – 1959)是法国文坛首屈一指的黑色幽默大师,出生在巴黎近郊一个资产阶级家庭。他自幼孱弱多病,与疾病的搏斗使他更加热爱生活,他希望能让自己相对短暂的生命发出奇异的光。19 岁他考入巴黎中央高等工艺制造学院,毕业后成为工程师。

维昂早年与存在主义关系密切,常参加存在主义哲学家和作家的聚会。1946 年,维昂 26 岁,这对他是很重要的一年。他在这一年里认识了萨特和波娃,从此成为莫逆之交,也在这一年,维昂以维农·苏利万为笔名发表《我要啐你们的坟》(I Shall Spit on Your Graves),这是一部摹拟美国黑色幽默小说的作品,由于它残酷地讽刺人生,又挑战性地掺杂色情描写,因而引起众多非议。1946 年以后他又陆续发表了《卷叶虫与浮游生物》(Vercoquin et le plancton,1946)、《北京之秋》(Autumn in Peking,1947)、《岁月的泡沫》(Foam of the Daze,1947,也译为《生活的浪花》)、《红草》(L'Herbe rouge,1950)和《痛心》(Heartsnatcher,1953)等小说。他写的书,和第一本一样,受到的褒贬不一,但总是以他的大胆和离经叛道引起轰动。

从 1946 年到 1959 年,维昂的生活丰富得让人难以想象,他在每个力所能及的领域里尽情挥洒他的才华。他写了好几部书,演了几部电影,写了无数脍炙人口的歌,他甚至是第一个把摇滚音乐介绍到法国的人。这一段时光,大概是他生命里最美最好的春天。

其实,很年轻的时候,维昂就知道自己的心脏有毛病,他的身体一直很脆弱,为此他还不得不放弃了他最爱的小号。医生嘱咐他静养,但他的世界太大、太华丽,他不能离开文学、音乐、戏剧、电影和欢宴。也许是知道自己的生命会比大多数人短,他要让自己尽量活得灿烂。

生命只需好,不需长。

维昂的死,也充满了戏剧性。1959年6月23日,他坐在放映室里看根据《我要啐你们的坟》所改编的电影。电影才放了几个镜头,他就因心脏病突发离开了人世。那一年,他不过39岁而已。他在一个晚春的日子里离开,也在自己生命的春天里划下句点。也许这是件好事,他在人们的心里,永远那样年轻而充满了活力。

第二次世界大战刚结束,法国就掀起了一股美国黑色幽默小说浪潮。充满暴力和色情的美国翻译小说风流一时。维昂应他的出版商朋友的请求,写出了《我要啐你们的坟》。维昂声称该书的作者为维农·苏利万,他只是该书的翻译。小说主人公李·安德松石为26岁的黑人和白人的混血儿,但他的相貌完全与白人一样。他的哥哥汤姆被白人种族歧视者迫害致死。为了报仇,它通过朋友打入白人上层社会。他能歌善舞,结识了种植园主、种族歧视者阿斯基的两个女儿让和露。他使让怀上他的孩子,同时又引诱露。他告诉他们真相以后,掐死了她们,最后被警察打死在谷仓里。《我要啐你们的坟》还一度被禁。

他不赞成现实主义传统,从《我要啐你们的坟》开始就仿照黑色幽默小说,营造一种特殊的乃至离奇、怪诞的环境。在他笔下,最烦琐的生活小事竟好像可以决定历史的进程。有的作品将动物写进了人的世界,通过滑稽幽默的描写,企图拆解对于世界与生活的意义的传统认识。维昂的作品与存在主义作家的作品有很大的差别。在文学与生活的关系问题上,维昂的那种游离生活,含着讥讽的危险冷眼旁观生活的态度与萨特所主张的"介入"南辕北辙。但是,在否定世界的意义,认为世界从根本上所说是荒诞的这一点上,维昂的作品与存在主义思潮又有着一定的联系。他的作品中对现实世界暴力肆虐感到沮丧和忧虑,这和加缪的思想也有相通之处。从60年代起,维昂的小说逐步得到读者的喜爱,年轻的一代从维昂表面上玩世不恭,内里隐藏着忧虑的作品里找到了思想感情的共鸣。

在后来的作品中,维昂放弃了《我要啐你们的坟》的那种超现实主义的挑战态度,但是他笔下的世界仍然蒙着灰暗的色调。

《岁月的泡沫》被称为是"当代最凄婉动人的爱情小说",在这部充满超现实主义荒诞风格的小说中,维昂向我们讲述了几段动人的爱情故事:主要是高兰和克洛埃、希克和阿里丝之间的爱情。

23岁的男主人公高兰起初过着舒适的生活,雇了一名职业厨师,经常请他的工程师朋友希克吃饭。在一次音乐舞会上,他结识了一名叫克洛埃的姑娘,她的名字正巧是高兰最喜欢的美国爵士乐大师杜克·爱灵顿的一首曲名。他们一见钟情,结为连理。不久,克洛埃开始咳嗽,医生在她的胸里检查出一朵睡莲。克洛埃的病耗尽了高兰的储蓄,他卖掉心爱的钢琴,辞退厨师,并开始工作。爱妻死后,因为没有钱,葬礼显得很寒碜,不久他也抑郁而死。

黑色幽默是维昂小说的主要特点。单从结尾这一章来看就可以一窥全豹。小灰鼠是小说主人公高兰养在家里的宠物,它见证了高兰和克洛埃的忠贞爱情。高兰还没有来得及享受爱情果实的甜蜜,妻子克洛埃就因为在新婚蜜月旅行途中得的怪病——胸部长了一朵睡莲——使她痛苦不堪,长期卧床不起,并最终撒手西去。为了给妻子治病,深爱着她的高兰倾尽了自己的所有,天天买来大量的能减轻妻子病痛的鲜花,让花香围绕在克洛埃身边,希望睡莲不要开放。为此他不惜从事各种低下而繁重的职业,受尽了非人的残酷折磨。但最终仍然没能救得爱人的性命。

鲍里斯·维昂没有继续直接描述爱妻病逝后高兰心寂如灰的生活和心境,他用天才的想象力写出了这个具有击碎读者心脏力量的童话式结尾。为了爱,心碎的高兰只能以杀死睡莲的徒劳复仇方式抒怀,这伤心的情境竟然连宠物小灰鼠都觉得惨不忍睹,乃至无法承受到要自杀的地步。这一幕自杀的场景是何等的凄婉!养尊处优、衣食无忧的猫儿怎能理解这见证过人世间最忠贞爱情的小灰鼠?!小灰鼠心寂如灰,唯求一死,那个不食不饮、作毫无意义的复仇举动的高兰又何尝不是！小灰鼠为求一死，不惜低声下气忍辱含羞，为挽救自己爱妻生命而四处求职的高兰不也曾如此？在如此沉重的氛围里，鲍里斯·维昂却反其道而行之，刻意在这段描写里用笔轻快，甚至对死亡不时加以调侃幽默的笔调，足显其举重若轻的大家功力。

小说最后，这充满灵性的小灰鼠把头放到猫儿尖利的牙齿上，在难以忍受的气味中闭上眼睛，等待着善良的盲童小姑娘们用无辜的一脚踩动自己生命的休止符，人世间一段最哀婉的爱情就在这宣扬圣主的纯真歌声中缓缓落幕。仅仅凭着这样一段天才的结尾，《岁月的泡沫》就无愧于批评家们“法国当代第一才子书”的赞誉。

另一对情人的情况是：他们最初都是著名作家让·索尔·帕特的崇拜者。阿里丝迷恋着希克，而希克的热情却在搜集让·索尔·帕特的书、手稿、讲话录音、用过的物品上，他为了得到这些东西不惜一切代价，在泥潭里越陷越深。最后因未付房租被催债的宪兵打死。阿里丝是位富有反抗精神的女性。她用一切办法来唤回希克对她的爱，然而都失败了。于是为了断绝他的癖好，她找到正在工作的帕特求他暂停写作。遭到拒绝后，她就掏出她的特殊武器“揪心”，把帕特的心挖了出来，杀死了那个著名作家。随后，她又放火烧毁了城里的书店，自己也葬身火海。这两对情人争取爱情，历尽艰辛和辛酸，作者以调侃的笔调写来，充满幽默意味。

细节上黑色幽默的写法更是比比皆是。鳟鱼和鳗鱼是从水管里出来的；人离开房间关上门，跟着是一下手打在光屁股上的声音；高兰下楼时脚钩住了金属杆，到了楼下竟从大衣领子里抽出一根金属杆；克洛埃的肺里长出一株睡莲；她生病后，房子变形、缩小；苹果能直接长成树，长出的苹果越来越小；人的体温可孵出枪管；椅子会直立起来，在主人作了手势之后才安分；纸制的子弹能把门打出一个骷髅大的洞；无生命的东西和动物也会说话，如紫霞、小老鼠等。……

维昂在短篇小说《回忆》中也运用幽默的笔调描述主人公跳楼自杀的过程。作者荒诞地夸张了他的坠楼时间，插入了意识流式的回忆。此君飘飘欲仙，淡忘了死亡，最后落地摔成了一个“红色的美杜萨”。作者以调侃的态度从死亡中找到了幽默,是令人啼笑皆非的以喜写悲的典型。

《夺心记》中的雅克给猫作精神分析,最后他的举止都像猫,甚至吃猫食;克莱芒丁娜生怕孩子遇到灾难,把他们关在笼子里。她的丈夫造了一条小船,驾着小船不知去向。

1946年维昂写了一部晦涩难懂的小说《北京之秋》。故事既不发生在北京,也不在秋天,而是描写一群人在沙漠里修建铁路的经过。这个万花筒般的微型世界充满了悲欢离合和错综复杂的情节。艰难建成的铁路瞬息之间被沙漠吞噬了,董事会决定重建一条铁路,一切从头再来。书中充满了离奇的细节:公司经理马阿迪把办公室设在沙土上。考古队的人吃的是木乃伊做的罐头肉。

维昂还是诗人和剧作家,他还涉足电影领域。维昂的文字游戏世界以三种形式建成:解脱式的幽默、辛辣的讽刺和任意的交易。维昂从不正面迎击外界的问题,而是用幽默从侧面把它们变得滑稽可笑。第一层次的幽默通过对比、夸张、拟人、假逻辑等手段来引发自娱式的笑,第二层次的黑色幽默以喜剧的手法表达悲剧题材引发含泪的笑,第三层次的幽默通过揭示理智与非理智这一对抗性矛盾来引发荒诞式的笑。维昂辛辣地讽刺三个对象:宗教的虚伪和贪婪,国家的官僚机构,战争的残酷和愚蠢。他因此获得了三个别名:亵渎神明者、"无政府主义者"、反战主义者。维昂世界的一个明显的特点是任意的交易。物体、动物和人可以随意相互转换,这是一个近乎卡夫卡式的世界。

维昂的小说几乎都打上了超现实主义和存在主义的双重烙印。换言之,其时间具有可塑性,空间具有流动性。作品中的物体往往被赋予灵性,而人物则常常被异化。通过这些蓄意制造的错位,维昂抹去了生命体与无生命体之间的界限,创造了一个光怪陆离的世界。维昂作品的语言同他杜撰的故事一样不合常规。他大量运用曲解词语原意、制造新词新义、借助同音异义等词语游戏,丰富了语言的表达手段,使之与混乱不堪的情境相映衬,同样表现出了一种强烈的反叛意识与创新精神。

维昂是一个怪才:他想象奇特,才华横溢,对语言有极强的感受力,有多方面的建树。相对而言,维昂的小说更具生命力。他描绘的世界是超现实主义的世界，人物奇特，故事神奇。在这个世界中，常常发生变形：如狼变成人（《狼人》）、心理学家变成猫（《夺心记》），动物起着人的作用。

在词语上，维昂的创造别出心裁：钢琴和鸡尾酒两个词合在一起，成为新字，这是能配出鸡尾酒的钢琴；萨特的名字将字母顺序颠倒了拼写出来；睡莲象征疾病。维昂以这种轻松的笔调来表达他对现实的否定。

79. 新新小说的代表人物 菲力蒲·索莱尔斯与他的《挑衅》

菲力蒲·索莱尔斯(Philippe Sollers,1936 –)是法国当代最负盛名的作家和出版家,是“新新小说派”的代表人物。

索莱尔斯1936年出生于法国波尔多附近的一个笃信天主教的资产阶级家庭,中学毕业后曾在凡尔赛耶稣会学习,又曾求学于巴黎高等经济和贸易学校。1957年他发表第一篇短篇小说《挑衅》,便受到评论界重视。1958年发表《奇特的孤独》,这是一部用传统手法写成的小说,叙述了主人公与西班牙女护士贡莎的恋爱经历。这部小说为他赢得了很高的声誉,甚至有人宣称一个伟大的作家诞生了。不过,他并没有沿着传统现实主义的道路走下去,而是开始创作新小说风格的作品。

1960年索莱尔斯参加法国当代文学中很引人注目的文学杂志《原样》的创办,从此他的名字就和这份杂志联系在了一起。自从文学杂志《原样》创办以来,对新文学展开了多方面的探索。它的那些作家从罗伯—格里耶那里借鉴了不少东西,掀起了新小说的第二次浪潮,构成了新小说的新一代。

1986年,他以《原样》编委会的名义发表了论文集《总体理论》,提出了“新新小说”的主张,要使创作成为一门文字科学,在语言革新上大做文章。索莱尔斯不断地超越自己,在语言革新的道路上越走越远。

新新小说家把作品看作是文学创作的一种隐喻,也就是说文本是在谈论集资的创作过程,小说不再是书写一种奇遇,而是书写的过程。

新新小说是指对新小说的延续和极端化。索莱尔斯赞同新小说脱离道德、心理学范围来讨论人的倾向,但同时他也指责新小说派是"摇摆于心理学残余(意识流)和装饰用的结构性描写主义之间的实证主义的意识形态",他提倡"文字科学",认为文学创作应该以文字为中心,以文本创作为中心,小说并不是小说之外的任何东西的体现与表达。他曾被人称为"法国文学中的头号幽灵",他的雄心似乎是通过语言的创新与西方的一切意识形态的、道德伦理的"语法"决裂。

索莱尔斯认为,他的工作就是"寻找写作行为与叙述之间的那种尽可能的紧密联系,此刻我的愿望就是建立起一种永恒运动的机制,世界是被写出来、被读出来的,书变成了世界,在写字的同时,我仿佛觉得接触到一种几何的、代数的、神奇的内容,既不在其内,也不在其外,既不是有意识的也不是无意识的,我想到达我们被其构成的组织,问题是到达所有可能的故事的包围圈"。普通小说中的情节或人物在这样的小说中是找不到的。故事呈非线性,文本被分割成片断,这些片断在依据几何学的原理加以排列。人物消失了,只剩下人称代词"我"、"他"、"她"等。这些人称代词更多地是指位置,而不是指真实的人物,这些位置每个人都可以占据。这样的小说不再表现个体的心理,因为文本把不同来源的引语糅合了起来。

文本书写追求的是意义和任何个体性都已消失的空洞的叙述。文本成了语言的游戏,它不断地挖掘那种空洞的东西,把不属于它的一切都排除出去,文本既不再现也不表现,不再把信息的传递作为自己的目的,不再属于作者。主体不再看作是先于表达他的思想的语言。主体是在语言的运作中产生的,也就是说书写创造了主体,主体不再与传统意义的主体相同,主体不再存在于独特的清醒的意识中,而是要通过语言创造的多元空间去把握。

文本书写具有解脱的功能,它让我们不再被动地接受那些像我们表白并对我们具有决定作用的符号,它让我们重新掌握语言,进居其中。正如索莱尔斯所说："不写的却被写出了。"这可看作是对作者和读者说的。返回到话语不断发出的地方，不再离开这样的话语，这就是文本书写所倡导的"与话语抗争的艺术"，因而文本书写也是一种反抗的主要形式，人们根据什么理由反抗呢？直到目前所进行的实验都不是在进行反省，都不是无休无止地沉溺于自己的空间里，这样的实验是针对人及其欲望所进行的实验，这样的实验同样也是在历史时间里展开的，对于主体来说，语言与文化的整个过去突然变成了现实，因而文本具有了革命的意义。

1961年他发表《公园》(The Park)，这部获梅迪契文学奖的小说完全抛弃了传统小说的形式。1963年他发表论文及《媒介》，阐述他的小说理论。1965年的《悲剧》以语言为作品的主题，小说以写作为中心，没有故事情节，索莱尔斯交替使用"我"和"他"作为叙述者并用64支"歌"来组成作品，就像填空游戏似的有64个棋盘格。1968年的《数》和《逻辑》在语言实验上走得更远，把写作行为本身当成小说要表现的东西，是文本写作的主要范例。据说他父亲的去世使他爆发了一种灵感，促使他重新提笔完成他一度搁置的《规则》。这部作品出版于1972年，书中运用醉酒似的语言，并充斥着变态的色情描写。1973年他又发表了与《规则》有着同样趣味的小说《H》，这是他第一部不带标点的小说。此后，他一度对中国和毛泽东思想发生兴趣，翻译了毛泽东的诗词，并专门写了一篇毛泽东思想的论文《论唯物主义》，1974年他还曾到中国访问。

《天堂》(Paradise，1981)是索莱尔斯语言改革理论在创作上的实践，这部小说没有标点，不分段落，整部作品由245页长的一句话构成。他在小说中探索着阅读语言与听音语言的关系，并想要把小说和诗的语言统一起来。通过取消传统句法，索莱尔斯试图寻找语言的新的节奏，一种音乐性的节奏，用语言讲述个人的故事和欲望，讲述世界的文化，在从抒情到戏谑的宽广音域里，展示生与死、性和金钱等主题。在这本书中索莱尔斯表现出拒绝一切政治的态度，以文学孤独者和先锋的面目出现。

也许是这些极端的作品销路不畅，索莱尔斯要改变手法。名著《女人们》(Women，1983)被认为是索莱尔斯"20世纪对女性的认知最有震撼力的作品"，它的出版引起轰动，在文坛刮起了"女人旋风"，成为文坛的一大奇观。小说的主人公"我"正致力于为一本名叫《女人们》的书,以表现我的所见所闻,朋友们都在担心"我"这部书会比较"黄",因为书中"我"与女性的交往、对女性的见解、与女性的性关系、对女性的感受与体验,着实占了相当的篇幅。但"我"立志要原原本本地表达事实,所以书中必须存在具体的感官刺激,"我"决非故意以此来取悦读者,这无非是"我"提示真实的手段而已。《女人们》描写日常生活的琐事,展现出一幅现代生活纷繁复杂的画卷。主人公是一位不甘寂寞的美国人,也是一个以晦涩玄妙为能事的作家,他还是一个唐璜式的人物,追随他心目中真正的女人,仇恨妇女解放运动和革命,可也不失为一个好父亲和好丈夫。他还是个崇拜让·保罗的天主教徒,热爱音乐和旅行。这部书的风格脱离了新小说的轨迹,向较传统的叙事方式回归。

自传体小说《一个玩世者的画像》(Portrait du Joueur,1984)也试图"创造一种使读者一下子就明白的写作手法"。索莱尔斯的写作生涯总是飘忽不定,不断进行新的探索,已经成了他生存和写作的理由。

索莱尔斯曾说过,《公园》才是他第一部真正的作品。这部小说的确是他"新新小说"风格创作的开端。《公园》的情节是片断式的,现实与虚幻无法分清,人物更是模糊游移,难以辨识,整部小说像一部天马行空的诗作,完全抛弃了传统小说的形式。

小说散漫的叙事中,有一条隐约可见的线索:叙述者在自己房间的阳台上看着外面的世界,特别是公园中的景色与人群,不断地回忆和幻想着。没有任何惊天动地的事情发生,只是叙述者对他观察到的日常琐事详尽、准确而又令人压抑的描述。所谓的情节,便由对物精确描写的片断和叙述者意识中飘浮不定的幻觉和想象拼缀而成。小说中的人物也与传统小说中的人物全然不同,他们没有名字,只用人称代词表示,面目模糊不清,个性也无从了解,如同一些幻影。从小说中叙述者的联想和回忆中,我们可以辨识出两个形象——叙述者在战场上死去的战友和他深爱着的女子,加上他自己就是三个主要人物。小说中没有提到爱情、友谊和死亡,但我们从字里行间不难读出这三个主题无处不在地回荡。叙述者在用尽量平静的语气不厌其烦地详尽描述琐碎平淡的生活时,透露出动人的悲剧气息,我们也可以在某种意义上把这部小说看作关于爱与死的诗意表达。

他的近作《情人之星》,写一场灾难把一个男作家和一个女人抛在一个孤岛上,两人开始了像鲁滨逊那样的生活。他们细细地品味生活中的每一个小小的乐趣,恢复了被我们这个世俗社会麻痹了的感觉,试图重新创造一个人间天堂,也即情人的世界,情人的星球。

菲力蒲·索莱尔斯是当代法国文坛呼风唤雨的人物,被认为是法国文坛的"教父"。

80. 解读伊夫·博纳富瓦

伊夫·博纳福瓦(Yves Bonnefoy,1923 –)是法国当代最重要的诗人之一。他生于法国中部城市图尔,先后就读于当地的小学和中学,毕业于数学与哲学班,又入普瓦提埃大学的高等数学班及特别数学班。伊夫·博纳福瓦自幼喜爱诗歌,超现实主义的作品,特别是艾吕雅的诗篇是他进入诗歌殿堂的向导。20岁,到巴黎入大学,与超现实主义诗人和画家接触频繁。不久,博纳福瓦放弃了数学研究,但仍继续学习哲学,并选择了诗歌的道路。他的哲学教师中有很多著名的哲学家。他多次去意大利旅行,意大利绘画给他留下了深刻的印象。这些印象和古希腊哲人直至黑格尔的西方哲学家与象征主义诗人的影响结合,启发博纳福瓦构思了长诗《论多芙的动与静》(On the Motion and Immobolity of Douve,1953)。这是博纳福瓦的第一部诗作,发表后得到普遍的好评。

博纳福瓦在哲学上受到黑格尔、普洛丁、基尔凯郭尔和海德格尔德影响,创作上深受波德莱尔、马拉美、瓦莱里和超现实主义的影响。五六十年代,他的诗极为引人注目,诗集有《论多芙的动与静》(1953)、《昨天是一片沙漠》(1958)、《写字石》(1965)、《隐蔽之地》(1972)、《陷进门口的圈套里》(1975)、《语言的来源》(1980)、《那曾是无光的事物》(1987)。博纳福瓦也是一位卓越的诗歌理论家与艺术理论家,写过《不可能的》(1959)、

《在芒图做的一个梦》(1967)和《红云》(1977)等著作。他的论文集与叙事作品有《阿蒂尔·兰波》(1961)、《关于诗歌的谈话》(1980)、《梦里叙事》(1987)等。此外,他还是一个翻译家,曾出版有八卷莎士比亚译作集和叶芝诗歌选译。

在博纳福瓦的作品中,人们往往可以发现死,死与诗和冒险分不开。只有绝对的冒险,只有死,才能检验一切真实的东西;追求真理须付出代价,死的目的是要获得意义。博纳福瓦把现代诗等同于对死的发现。这一发现是一场革命,它彻底动摇了一切价值观念,用一个死能产生意义并让此时此地神圣化的世界代替了一个上帝独占意义的世界。

瞬间也是他诗歌时间所极力推崇的方式。死在那会消失的瞬间与存在的力量相遇,必然会破坏时间使之变成一种痉挛状态的瞬间。过去与将来会随着突如其来的死而消失。在博纳福瓦看来,时间是抽象的,它置物质于不顾,不遵从持续这一维度,然而排除存在本身。柏拉图总是用本质取代存在,从而导致了诗化时间和存在时间的分离,而在博纳福瓦的作品中,人们可以发现,一些表示瞬间性的时间副词,如"每一时刻"、"眼下"、"现在"、"突然"等,把事件的纯现在性推向了存在的极端,因而事件被置于时间之外,让瞬间激化,从而引起了存在的消失。

《论多芙的动与静》表现精神生活抗拒死亡的努力,以及寻索"真处"的一次艰难跋涉。全诗形象丰富、结构恢宏、节奏准确,充分发挥了语言的原创力,使读者听到一部前所未有并且能不断激起心灵回应的曲子。

博纳福瓦不是追求玄奥的诗人,但他的诗篇蕴含有多重意义。"多芙"这个女性形象是谁呢?是在火中焚烧又从灰烬中重生的凤凰?还是如诗人所说的那"被不屈不挠的存在拾掇好的散落的存在"?在众多可能性之中,可以肯定的是,"多芙"象征诗的诞生、诗的认识、诗的评说。诗篇表现的是最接近基本诗的语言。诗人相信语言的生命应在语言之外。

他的诗偏向于哲理问题的思考。"多芙"这个女性形象具有寓意,折射出非存在、非理性。诗中写道:"我把你这古堡称作荒漠。/把这声音称作黑暗,把你的面孔称作缺失。/当你倒在贫瘠的土地上时,/我把载着你的闪电称作虚无。死是你所爱的国度……我摧毁你的愿望,你的形态,你的记忆。/我是你无情的敌人。”诗人要摧毁一切神圣的永福概念，赞美死亡和虚无。

1958年，诗人发表了另一卷诗集《昨天是一片沙漠》。诗集的形式是古典的，语言优美而艰深，后来连诗人自己都承认它“隐晦，在某些地方，几乎是陌生的”。他于是从易于理解的角度加以修改。在以后发表的一些论文中，他讲述了自己的探索历程，并对诗中的某些事实做出澄清。

如果说《论多芙的动与静》让人看到的是死，《昨天，一片沙漠》强调的是瞬间与孤独，那么从《写字石》起，博纳福瓦就转向了他者。在把诗建立在对他者开放的同时，博纳福瓦也指出，写作不是与他者相遇，而是从精神上去创造他者。他把这称作“非创造”。“创造者实际上是不创造他者的人”。写作从本质上看是牺牲他者，是投身于自身之外，是一种异化，是对主观性的扬弃。而与他者相遇引起了存在外形的破裂，世界的扩张，宇宙的膨胀。

在《写字石》(Pierre écrite)中，石头是物质的绝对之夜和不可制服之物的象征，月亮、死亡、阴影、缺乏阳光、幽暗、不存在、无终结、不可分享、无法平静等词汇是诗中大量出现的字词。这个石化的世界，还是在寻找希望，诗歌描述“没完没了的垂死挣扎”，但抱着求生的希望。博纳福瓦的诗表达人类状况的不舒适，死亡无处不在。但这死亡不是绝望，“多芙”如同凤凰一样，从灰烬中再生，“白天越过黄昏，到达每天的黑夜。啊。我们的力量和光荣，你们能洞穿死人的大墙吗?”又如受到威胁的蝾螈的象征，它化成了石头，一动不动，却充满了热情，准备穿越大火：“受惊吓的蝾螈一动不动/假装死了。/就像意识在石头上迈出的第一步，/最纯洁的神话，穿越一场大火，这大火就是精神。”蝾螈是一切纯洁之物、不怕火炼的象征。蝾螈也意味着现今，它给了我们一个赎罪的世界，与永恒相搏斗。诗人表示：“你必须穿越死亡，以便生存，最纯粹的存在是一片抛洒的鲜血。”

博纳福瓦要寻找一个特殊之地，他处在显示真理的门槛上，面对不可见的现实。在《隐蔽之地》中，诗人解释如何寻找改变以往经验的物质之地，也就是寻找失乐园。诗人从语言学中寻找比喻，一步步发展，直至到达这个地方。博纳福瓦认为，我们的世界是不完美的，但这只是一个完美世界的反映。人们逃避当今世界,是为了到另一个世界:“真正的生活在彼岸,在这见不到的另一个地方,这就使得人间具有荒漠的面貌。”这个“真正的地方”、“隐蔽之地”,充满阳光和希望。那里东西不多,但各处都有,如水、火、石头、从山谷里飞出的一只鸟的叫声、树木等,但都是神圣的东西。

在《写字石》与以后的诗集中,夜与光明两种状态间的相互感应逐渐发展,诗人从中发现了新的希望。博纳福瓦的诗揭示了“真正的地方”与光的关系:“我相信光,以至于我认为真正的地方是由光产生的。”博纳福瓦与光的关系不只是视觉的,看见光的眼睛也是一种可感触的眼睛,“在那不断增强的气息中抓住了另一种光”,他与光的关系不但是造型的,能感触到,并且是悦耳的。在那直矗的高峰,梦幻之光与大地之光不断地交流。他的作品向我们展现了这些单纯的东西。

梦是一种思想,这种思想力图从现实的束缚中解脱出来。在博纳福瓦眼里,梦更确切地说是指存在试图超脱于限度之外,也就是说超脱于现代诗给自己指定的场域之外。梦是一种冲动,这种冲动促使存在去否定他者,用天国的幻景去取代那“粗糙的现实”。我们生活的这个世界是不完美的,它是另一个完美世界的反映,此地让人想到的只是不可把握的异地,并使人离开眼下的世界到另一个世界去。诗与期望的等同构成了博纳福瓦全部作品的基础。博纳福瓦指出,他的诗与期望同化了,这不是因为他的诗充满了乐观主义,而是因为他的诗不断地加剧了把焦虑之力变成期望之力的那一运动。

博纳福瓦用诗来对抗艺术。艺术与形式有关,而诗却是在场;艺术是以自身为目的的写作,而诗却是接近的方式。

在博纳福瓦那里,艺术遁入文本之内,而诗却超脱了文本之外,它们是对立的。为了使诗摆脱艺术的束缚,词语与场所应该交换它们内在的东西,以便除去它们之间的界限。如果说艺术指的是一种封闭的语言,那么诗就让话语转向了大地。

博纳福瓦不断地寻索“真处的存在”。无论在他对意大利艺术的研究中,还是在他优美的诗篇中,甚至在他关于神话与宗教的著作中,他都在追求那永恒的东西,那失去的天人合一。

81. 米歇尔·图尼埃
——杰出的“新寓言派”作家

米歇尔·图尼埃(Michel Tounier,1924－)为法国当代“新寓言派”代表,作品富含深邃的哲理与思辨色彩。

米歇尔·图尼埃1924年12月19日出生于巴黎一个天主教家庭,父母都是通晓德语的知识分子,因此他从小受到德语教育及德国文学艺术的熏陶。他在法国取得文学及法学学位后,留学德国攻读哲学。回国后在哲学教授资格会考中失利,无法实现担任大学哲学教授的愿望,图尼埃于是转而进入电台、电视台及出版社,担任编辑及制作人的工作。43岁时,他发表第一部小说《礼拜五或太平洋上的虚无境》(1967),获法兰西学院小说大奖,他又为青少年把这部作品改写成《礼拜五或原始生活》(1971)。三年后他又以《桤木王》(The Erl－King,1970)一书获龚古尔奖,之后便入选龚古尔学院院士,从此奠定了他在法国文坛的权威地位。图尼埃想在小说和故事中传播柏拉图、亚里士多德、史宾沙诺和康德的哲学思想,特别擅长以旧有传说故事作基础,重新诠释,赋予不同的面貌,在法国文坛一片新小说的潮流中,独创一番局面。其他重要作品还有小说《流星》(1975)、《吉尔与贞德》(1982)、《金滴》(1985),短篇集《大松鸡》(1978)及自传性作品《圣灵之风》(1976),并有众多文学评论、短篇及游记等。图尼埃曾于1993年获哥德奖章,并于1997年获颁伦敦大学荣誉博士。

从60年代到70年代,法国文坛上已有几位作家崭露头角,不仅连连获得各大文学奖,而且在读者中和批评界引起重大反响。他们中先有米歇尔·图尼埃,然后是帕·莫迪亚诺和勒克莱齐奥。到80年代,这些作家仍活跃在文学创作第一线,不时有新作问世。尽管他们创作的题材、形式和风格各有不同,但他们全都特别着力于在形象描绘中蕴涵深邃的寓意,于是他们在当代法国文坛上就有了"新寓言派"之美称。

但他们不像其他的派别一样有共同的文学宣言、共同的创作活动;他们甚至也不像"新小说派"作家那样确实形成过一个小圈子。事实上,他们在文学创作上各行其是,只不过他们的作品都不约而同地体现了这么一种哲理寓意,或哲理倾向。

说到小说的哲理寓意,不禁使人想到18世纪以伏尔泰为代表的启蒙主义哲理小说,同时,也使人想起20世纪萨特、加缪等哲人作家饱含丰富"存在"寓意的小说和剧本。不过,"新寓言派"作家作品中的哲理与前辈大师又有所不同,他们不像萨特那样有一个统一的、贯穿于自己全部作品的存在主义哲学总体系,也不像加缪那样有一条内在逻辑联系的、首尾呼应的哲理脉络,他们笔下的哲理似乎没有系统可言。没有体系的寓意倒是更富有朦胧味和多方位的象征含义,对"新寓言派"作品中寓意的分析也就可能有了更多的阐释。

"新寓言派"作品的另一大特点是对古代神话、传说、文学名著的题材进行再处理、再创造,以赋予作品以新的寓意。图尼埃的《礼拜五或太平洋上的虚无境》就是与笛福的《鲁滨逊漂流记》背道而驰的。笛福笔下的礼拜五在鲁滨逊的感化下,从野蛮状态走向现代文明,而在图尼埃笔下,鲁滨逊在荒岛上逐渐摆脱了文明的习性,在礼拜五的帮助下彻底完成了这个脱胎换骨的过程。他的另一部作品《桤木王》也是对歌德的叙事诗《桤木王》的一种颇具新意的仿作。

在"新寓言派"的小说作品中,从主题、人物到背景、插曲,各种艺术形象好像具有或多或少、或深或浅、或大或小的象征寓意:主要人物性格、言行和主要情节的寓意自不待言,就连色彩、人名、地名都蕴涵着某种含义。

"新寓言派"的小说作品还有一个特点:通俗易懂。图尼埃说得好:

"我的作品愈写愈短，愈写愈简练，很多批评家都以为我是在为儿童写作，其实我不是专为儿童而写，但如果儿童也能看懂我的作品，我以为自己就成功了。"也许童话的形式更能表达他们希望在淳朴的心灵中，在未受现代文明熏陶的原始人的自然属性中看到人类本性的东西。人越回归童年，越回归自然，人的天性恐怕也就越是可爱，人们之间也就越是能互相沟通。

《礼拜五或太平洋上的虚无境》讲鲁滨逊在荒岛上逐渐摒弃了现代文明，和礼拜五生活在大自然的怀抱中，他与礼拜五的关系不再是主仆关系，而是平等关系。后来在轮船靠岸时，鲁滨逊拒绝返回英国。

鲁滨逊——一个搭乘荷兰圆头帆船弗吉尼亚号旅行的乘客，成为此船遇难后唯一死里逃生的人。劫后余生，他发现自己身处一个未曾开垦的处女地上，孤零零地，水天苍茫一色，只有充满野性的岛屿。面对不知名的草木、成群的野山羊、凶蛮的秃鹫、不停飞舞的怪鸟，"他感到自己已经沉沦在精神瓦解毫无依傍的深渊中不能自拔。面对这一片世界末日景象，只剩下他赤条条、孤零零一人……"在"不存在任何活人的情景中"，他进入毁灭性的孤独中。

与此同时，逃离的渴望和对救援的期盼，不断地在他心中降临又不断地成为泡影，但这一切没有驱散他活下去的意志。这是一场长久的与自己对峙的征战。对自身的追问，融合于对一个陌生、野性、纯自然、不稳定性的岛屿的探索中。

当意志被彻底瓦解又重新恢复后，他俨然成为被他命名的"希望岛"的总督，他开始了对这座岛屿的精心治理中，其中对秩序的渴望，是他出于对社会性、对文明的一种依恋。凭着从弗吉尼亚号残破的储存室中找到的一些物品，他开始了岛上的"耕种、畜牧，甚至立法、宗教……"等一系列"文明事业"。他模仿着文明社会，这对鲁滨逊来说，意味着"生命之泉始终涌流不息"，意味着"种的长存永续"。

戏剧化的转变终于开始。一群土著人无意闯入岛屿，并在进行"野蛮"的巫术时，他救下了将要被葬身火海的阿劳干人。从此，岛上便有了另一个人。虽然是一个土著，一个不懂"文明"的"野蛮人"，但对鲁滨逊来说，他进入了另一个时代、另一种生存状态，这意味着他对秩序的延续有了一种挑战，一种新的探询。

驯化阿劳干人要比驯化那些野山羊困难得多，虽然他将基督的祭日——礼拜五用作阿劳干人的名字也不能洗涤他身上的“野性”。礼拜五的介入，带来的是一种“可能性的存在”，并不意味着一种人类必然的“发展”。

终于有一天，礼拜五由于为了偷吃旱烟而将鲁滨逊从弗吉尼亚号上运回的火药点燃，随着一声巨响，一切复归于零。活下来的鲁滨逊和礼拜五又退回到空无一物的虚无之中。此时的鲁滨逊和礼拜五毫无区别：秩序被毁灭，存在是纯自然的、敞开式的；失去了规范也就意味着失去了对立、失去了“人类社会语言和行为的罗网”，迎接他们的只是宽阔的自由。

最简单的礼拜五和原本复杂的鲁滨逊此刻变成了同类。他们同时沐浴在阳光下，同时依傍大地，自然的属性和人的意志进行着无时间性的置换，希望岛作为一种结构实践着这种协调而紧凑的转换。在天空和大地这两大永恒不变的元素中，鲁滨逊被天然优美的力量推动至自然本原的状态里，这其中，礼拜五是唯一的诱导。

自18世纪初英国作家丹尼尔·笛福写下他那充满传奇色彩的《鲁滨逊漂流记》后，几乎人人都对这故事耳熟能详。之后，鲁滨逊的各种变体也不断产生。当米歇尔·图尼埃用他富有哲学意味的笔触重温这一事件时，便彻底地解构了鲁滨逊的形象。在图尼埃笔下的鲁滨逊不是作为传奇人物粉墨登场，而是将一个所谓被现代文明熏陶过的人剥离了他文明的外套，让他进行一场赤裸裸的蜕变，群体生活被撤离，规则被瓦解，成为一种“直立在地上的见证”。他不再是孤胆英雄，而是一个脱离尘世围困尝试另一种可能的人。文明的外衣一旦剥离，就完全处于不可言表的澄明之中，这是一种被失窃了的归依感的现代人的精神出路的指代。

现代人的生命是以物为依托的，生命随着物的丧失而丧失，得救的方式也许是对已有的生存结构进行瓦解。这无疑需要寻找超常的途径。在图尼埃笔下，鲁滨逊实现着这种可能；他不是作为导师驯化礼拜五，恰恰是礼拜五有如神赐为他打开了明亮的视域。

图尼埃心中的希望岛充满着神灵之气，它作为文明的偏离体，起着泗渡现代人远离迷津的象征作用。

《桤木王》以二次大战为背景，以第一人称及第三人称交错描述阿贝尔·迪弗热在战争期间的转变。虽然，字里行间看不到战场正面交锋的血腥场面，但对迪弗热种种转变的摹写，却更令人感到唏嘘。战争的残酷不在它对一切有形事物的破坏，而在于对人性造成的变化或扭曲，在于它让人因着对于大环境的无力感，而成长或堕落。在本书中，他以独特的手法，对法西斯时代统治者的邪恶与人生的无奈，做出了极为深刻的描述。

此书获法国文坛最高荣誉龚古尔奖，是奠定了图尼埃在法国文坛权威地位的经典巨作。《法国文学杂志》说："在法国当代文坛，米歇尔·图尼埃可说是"新寓言派"的著名代表人物。其作品既现实又充满想象，不仅深含哲思及浓厚的辩证色彩，更予人一股魔力般的阅读震撼！"《法国快报》称："这部以二次世界大战为背景的小说，透过作者犀利的笔调、大量运用的象征手法，以及对战争、对人性的人微刻画，为我们提供了一个省思的空间。"

图尼埃的作品具有鲜明的象征色彩和深厚的寓意，善于把古代神话和民间传说同现实生活结合起来改写，从而阐发自己的哲理寓意。在《礼拜五或太平洋上的虚无境》中，是与笛福的《鲁滨逊漂流记》背道而驰的现代人难以抑制的向大自然复归本性；在《桤木王》中，是人生与万物不可抗拒的命定性；在《圣诞老太太》中，是玄妙而又实用的折中主义；在《阿芒迪娜或两个花园》中，是人的超越本能与向性的象征；在《皮埃罗或夜的秘密》中，是本体意识的醒悟……总之，他的每一本书的哲理核心都不同，每一篇作品都有各自的新起点和新的寓意内核。

82. 玛格丽特·杜拉斯漫谈

玛格丽特·杜拉斯(Marguerite Duras,1914－1996)是法国当代以高产多才著称、最具轰动效应的小说家和剧作家。她出生在法国占领下的越南,并在那里长大。她4岁时死了父亲,母亲拖着3个孩子在印度支那四处奔波谋生。家庭的不幸、生活的贫苦以及在印度支那的所见所闻给她留下了终生难忘的印象,日后的多部作品都以印度支那和亚洲为背景。18岁时她来到巴黎求学,毕业后到外交部工作。二战期间曾参加抵抗运动,一度加入法共,后脱离。

40年代初,杜拉斯开始了她的文学生涯,1943年,出版了第一部小说《厚颜无耻的人》(Les Impudents)。1950年出版了《挡住太平洋的堤坝》,这部小说后于1957年被搬上银幕,此后,杜拉斯似乎与电影结下不解之缘,1952年发表的《直布罗陀的水手》也改编成电影,1958年出版的《琴声如诉》(Moderato Cantabile)于1960年拍成电影,根据她写的剧本《广岛之恋》(Hiroshima mon amour)拍摄的电影描述了一个哀婉凄切的爱情故事,表现了对人类命运的深切关怀,在1960年的戛纳电影节上荣获金奖,后两部作品的成功使得玛格丽特·杜拉斯跻身于当代法国重要作家行列。杜拉斯初期的作品描写细致,故事相当感人,但从写了《塔基尼亚的小马》(The Little Horses of Tarquinia,1953)和《街心花园》(1955)之后,这位小说家就逐渐抹去了小说情节，而力求用一种非常平淡的风格，更客观、更直接地去发掘心理上的变化。正因如此，一些评论家常将她与当时的"新小说派"作家相提并论。杜拉斯的小说还有另一个特点，那就是兼具戏剧、电影的形式，也就是说作品中充斥着对话与画面。事实上，她写过许多电影剧本，自己也导演过不少影片。玛格丽特·杜拉斯创作甚丰，主要作品还有：《广场》(The Square, 1955)、《洛拉·维·斯泰因的喜悦》(The Ravishing of Lol Stein, 1964)、《英国情妇》(L'Amante Anglaise, 1967, 1970年获易卜生奖)、《她说毁灭》(Destroy, She Said, 1969)、《印度之歌》(India Song, 1974)、《死亡之病》(The Malady of Death, 1982)、《情人》(The Lover, 1984年获龚古尔奖)、《来自中国北方的情人》(The North China Lover, 1991)等等。

杜拉斯的创作过程，大体分为四个时期：一、从40年代初至50年代初为早期，她以现实主义手法开始她的文学生涯，作品主要描写现实生活，情节线索明确，以《抵挡太平洋的堤坝》一书成名。二、从50年代中期至60年代初，她在小说中淡化情节，通过精致的对话直接表现人物的内心活动，采用多角度叙述，开始形成她新颖独特的杜拉斯式的艺术风格，并以这个时期的代表作《琴声如诉》奠定了她在法国文坛上的地位。但是，她这一时期的创作虽具有反传统的手法，可还是迥异于"新小说"那种实验性的创作。三、从60年代中期至70年代(尤其表现在60年代)，她在"新小说"实验性的艺术上进行了大胆的、激进的探索，对人物、情节的处理更加反传统，更加重视写作问题，运用了很多只能算作"新小说"的艺术手法，为此得到了"新小说派"健将的称号。《副领事》(1965)就是这个时期的一部重要作品。四、从80年代起，她的艺术风格改以传统的方法为主，有一种明显的现实主义回归的倾向，这一点与这一时期的作品(如《情人》、《来自中国北方的情人》等)多是自传体小说或带有自传性质不无关系。当然，无论是在哪个时期，杜拉斯式的艺术风格都始终存在。

杜拉斯一生共创作了七十多部作品，在法国文坛上以多产多才著称，她的许多作品被翻译成多国文字在世界上广为流传。在这些作品中，最重要的、也是真正为她带来世界声誉的是她在70岁高龄时创作的自传体小说《情人》。

《情人》和《来自中国北方的情人》是带有自传性质的姊妹篇。前者以30年代在越南定居的一个破落的法国家庭生活为主线，叙述了一个15岁的法国少女与一个中国富商之子的爱情故事；后者是个续集。《情人》叙述了多年以前，在殖民地西贡，一个15岁的白人小女孩遇到一个中国男人，瞬间的相遇点燃了爱情之火，两个人的肉体与灵魂都毫无保留，赤裸于对方面前，交织着爱恋与欲望，那段疯狂的爱成为女孩终生难忘的回忆。《情人》获得了当年法国龚古尔文学奖，全球畅销1 000多万册。

另一部使杜拉斯跻身于法国重要作家行列的作品就是《琴声如诉》。

故事发生在外省的一座海滨小城市。春末的一天，海岸冶炼厂经理的太太安娜·戴巴莱斯特领着她的儿子到小城的另一头，海港区的吉罗小姐家学钢琴。那孩子太过任性，学钢琴心不在焉，而母亲又溺爱孩子，不肯责备他，因此钢琴教师有点束手无策。突然，窗外传来一声女人的尖叫，接着便是人群乱纷纷的闹声。钢琴课结束了，楼下咖啡馆门口乱成一团的人群还未散去。安娜·戴巴莱斯特走近去，询问发生了什么事。她发现，在咖啡馆里面，有一个女人满身血迹，直僵僵地躺在地上，还有一个男人，趴在那女人身上，抓住她的两肩，喊着她。警察过来要把他带走，他深情地在那女人脸上吻了一下，弄得自己脸上血迹斑斑。这场面显然深深地刺激了年轻妇人。第二天她又以散步为借口，带着儿子来到了那个咖啡馆。她进去后，要了一杯酒，抓住酒杯的手却抖个不停。她先与老板娘谈了几句，后又与柜台边一个正在看报的男人聊上了。小孩在外面玩耍，里边的对话也在一步步深入。那男人说他叫肖万，他跟安娜·戴巴莱斯特一样也对昨天发生的那一幕表现出极大的好奇。他们连着喝了好几杯酒，探讨着那幕惨剧。“据我所知，他在她心上打了一枪。”“究竟是为了什么，好像是无法了解到？”“我很希望能告诉您，不过我知道得也不确实。”肖万承认他早就认识安娜：“您在滨海大道尽头有一处很漂亮的房子。还有一座花园，一座门禁森严的花园。”渐渐地，随着谈话的继续，时间一分一秒地过去了，6点钟，一些下班的工人走进咖啡馆，打破了宁静。随后黄昏来临，太阳西沉，他们还在那里交谈着，显然，由于昨天的事件，在他们两人之间产生了一种奇特的亲密感。直到夜幕降临，安娜才依依不舍带着孩子回去。接下来的几天里，安娜几乎天天都带着孩子到那家咖啡馆去，与肖万见面，一起喝酒，聊天。还是谈论那天发生的事，同时肖万也想方设法让安娜谈起她自己的生活。对于他们这种已经形成习惯的会面，连老板娘都感到不快了。下班的工人们见到他们，也都把头扭开，似乎觉得他们这样的行为很不体面。而安娜和肖万两人却旁若无人，不知疲倦地谈论着同样的话题。他们不仅议论那事件的每一个细节，像侦探一样地把事件的前前后后都重现出来，而且还探寻他们的心理，他们为什么要用流血来结束他们的爱情：因为据安娜和肖万分析，那男的显然是应女的请求才朝她开枪的。安娜酒喝得越来越厉害。谈话始终由肖万控制着，不时地，他把谈话引到安娜的生活中去。而且他似乎对安娜非常了解，甚至连她晚上睡觉的一些习惯也都知道。他告诉她，他很早就认识她，去年他还在她丈夫的工厂里工作，头一次发现她是在冶炼厂的职工招待会上。就在他们谈话的时候，安娜的儿子则在海港里玩，看着一条条的大船驶进驶出。肖万甚至有意无意地告诉她，自从那次见到她以后，他便经常在夜里到她居住的那座巨大的别墅附近游荡。为了更好地观察她，他还爬到一棵正对着二楼窗户的山毛榉树上。他就是用这种方法了解到她日常生活中一些隐秘的方面。星期五这天，安娜又带孩子到吉罗小姐那里学钢琴，这一次她更加心神不宁，对孩子的任性更加不闻不问，吉罗小姐气得脸色难看极了。这一堂课拖得很迟，但课后安娜又去了咖啡馆。肖万在等她。他们又是喝酒，谈话，显得很亲密。有时候他们的手和脸甚至都自觉不自觉地碰在一起。安娜·戴巴莱斯特就像一个口渴的人那样，不停地喝酒。她一边叙说着，一边痴痴地将面庞向肖万俯过去，但没有接触到他。肖万往后退缩着。很明显肖万利用她对那个悲剧事件的兴趣（也许她故意表现出那种兴趣）来引诱她，而她则似乎很驯顺地就接受了这种引诱。这天晚上安娜很晚才回去，而她丈夫正在家里举办一个社交晚宴，客人们正在等她。晚宴丰盛而豪华。仆人把鱼送到每一位就坐的客人面前。没有人开口说话，这里的气氛肃静优雅，合乎礼仪。今晚吹着南风。在滨海大道上，有一个男人在往来徘徊。也有一个女人，知道他在那里。鲑鱼按照一定礼仪有条不紊地一人一人顺序传递下去。不过每一个人都心怀鬼胎，唯恐这无比美好的气氛一下被打破，担心不要让什么过于显著的荒唐事给玷污。在外面，在花园里，木兰花正在这初春暗夜酝酿着它那带有死亡气息的花期。女人们都把鱼吃得精光，她们袒露在外的肩头闪闪发光，表现出某种自信。那些男人在看着她们，没有忘记她们就是他们的幸福。这天晚上，她们的胃口普遍都很好，她们当中只有一个人胃口不佳。而且她猜到，肖万就在外面，想要见到她，他躺在夜晚的海滩上，呼唤着一个人的名字。晚宴结束后，安娜回到房间后，她呕吐了，吐了很久。从这天晚上起，她在本城上流社会的名声算是毁了。又过了一天，安娜又来到了那间咖啡馆，又遇到了肖万。这次她是一个人来的，她说，以后由别人带孩子到吉罗小姐家里去上钢琴课。他们心里都明白，这将是他们最后一次会面了，他们又一次谈到了那一对情人的命运。她向他凑近去，往前靠拢，让他们的嘴唇接合在一起，他们的嘴唇叠在一起，就像刚才他们冰冷颤栗的手按照葬礼仪式紧紧握在一起一样。“我真希望您死，”肖万说。“已经死了，”安娜·戴巴莱斯特说。她走出咖啡馆，面对着那用鲜血般的色彩染红城市的落日。

《琴声如诉》从表面上看，写的是一个失败的爱情，失败的原因是男女主人公所处社会地位的差异，当然这其中也有社会道德的束缚以及女主人公的软弱（为了孩子，为了家庭），但还有着深层的意义。男女主人公最后这两句简短的对话充分表达了他们尤其是安娜的那种心灰意冷、恨不能死去的复杂心情。作为一个企业经理的妻子，她并不满足她的生活，或者说她的丈夫不能满足她，也不喜欢上层社会那些虚伪的、冷冰冰的礼节和仪式，她在她那个圈子里感到窒息，她要追求真正的爱情，呼吸新的空气，这样看来，安娜的爱情悲剧并不仅仅限于由于肉欲的缺乏而作通奸的尝试，它具有更深一层的意义。玛格丽特·杜拉斯在《琴声如诉》中采用了一些独特的写作手法，首先，整部作品仿佛是一部电影剧本，对话占了大半篇幅，其他文字要么是对人物活动的背景作一些介绍性的描写，要么是点出次要人物的出场或者是时间的流逝，绝对没有传统小说中对人物的心理描写，或者是作者客观的议论，读这篇小说就像是看一部电影，读者完全是从对话中去了解故事情节的进程或是人物的内心活动。其次，作者很善于调动语言的暗示功能，不是平白直露地去讲述一个故事，而是把一些细节，仿佛是漫不经心地展示给读者，其实是在向读者暗示主人公的某种经历或者是心理活动。这种写法避免了直露的毛病，增加了作品的深度。

杜拉斯的作品着重表现人类境遇的窘迫和尴尬，以独树一帜的创作风格写成现实主义小说。她是一位善于深入揭示人物内心世界的作家，无论是叙述方式还是心理刻画都显得新颖独到。

83. 勒内·夏尔
——法国当代文坛的诗圣

勒内·夏尔(Rene Char,1907－1988)是二次世界大战后法国诗坛最重要、影响最大的诗人之一,被称为法国哲学诗人。1930 年曾与布雷东、艾吕雅合出过诗集《施工缓行》。后期的著作有《在多猎物的雨里》(1968)、《求索集》(1971)等。夏尔擅长写短诗,而且很多作品是散文体的。

勒内·夏尔生于法国南方索尔格河岛镇。他的父亲是小镇镇长。夏尔 11 岁时父亲去世。1924 年他曾去突尼斯,次年进入马赛商学院。1927 年至 1928 年间他服兵役,部队驻扎在尼姆城。

勒内·夏尔的首卷诗集《心上的钟声》(1928)写成于 16 岁至 18 岁间,其中许多诗篇已表现出他深沉、热烈、明确而不妥协的性格。1929 年,他在家乡创办刊物《子午线》并发表诗集《武器库》。这部诗集以全新的语言表现出诗人的独创性。情绪强烈,语调崇高,以及简练的警句形式、深沉有力的节奏,都将是他以后的诗篇保持不变的特色。

夏尔早年参加超现实主义运动,初期的诗作有超现实主义色彩,多描写家乡普罗旺斯的山川景色。如乡土诗《没有主人的锤子》(1934)、《婚礼的面庞》(1938)等。他写的许多诗篇布局严整、结构缜密,主题思想则在诗篇的后一部分才出现,但意向不够鲜明,令人难以捉摸,也缺乏热情。

1937 年,他发表了格言形式的诗集《第一磨房》,以及《学童路上的告示》——这部诗集是因西班牙战争中儿童惨遭杀害而引发的思考。1938年,诗集《屋外,夜已经被控制》颂扬了人的基本价值:进取、自由、友情、爱与反屠杀的斗争,表现出这勇猛而充满柔情的诗人对美的渴求,对未来的热望。在这些诗篇中,他成为一个时代的诗人的良知。

大战开始后,夏尔应征入尼姆城的炮兵队,开赴阿尔萨斯前线。不久,法军溃败,他回到家乡,因被指控是共产党员,受到清查。不久,他转移到阿尔卑斯丘陵地区,加入抗拒德军的游击队。后来他到阿尔及尔与英美军队联络,并参加解放祖国的战斗。

夏尔以极大的勇气,亲身投入抵抗运动的战斗。从超现实主义的狂热梦幻到世界大战的残酷现实,夏尔痛苦地走进事物及存在的深处。他内在地领悟了应该怎样生存在光照和黑暗的岩缝里,以狂暴的激情的铁锤,撞击内心的爱和外部的残酷现实,最终在迸溅的碎片中窥见一己的真实和透彻。

夏尔在五年战争中写下的诗篇,反映了作者参加抵抗运动时的战斗生活和他对人类使命的看法,如加入《狂热与神秘》(1948)中的《伊卜诺斯的纸页》,收集在《上下求索》(1955)中的《游击笔记》、《自由如龙卷风袭来》、《多米尼克·科蒂奇阿托》等篇与某些介入文学作品仅以政治理念取胜不同,都具有很高的艺术价值。夏尔歌颂战斗,是因为他是从战斗中生活过来的,诗人在加入反法西斯斗争时,通过文学深入认识了这场斗争对人类的意义。

以后的十年里,夏尔的诗歌创作十分活跃,诗篇像"汩汩的泉水"一般地涌现,汇入诗集《早起的人们》(1950)、《失去的裸体》(1971)、《沉睡的兔子与屋顶上的门》(1979)中,传递着诗人的使命,使他一跃而成为诗坛的领袖之一,年轻的诗人们视他为新诗的旗帜。

夏尔自始至终是一个反抗者,他的诗总是触及他内心的大矛盾和在精神上为统一大矛盾所进行的殊死搏斗。他的诗是对世界的一种基于悟性的解读。最基本的体悟是,世界充满了对立的力量,这些力量既构成世界的统一性,又使世界动荡不安。于是夏尔的诗有不少显得幽晦艰深。因此,夏尔的很多诗篇里潜伏着一种怀疑不安的情绪。然而夏尔的诗也有其宁静开朗的一面,这主要体现在他重温青少年时代的生活,回忆家乡亲切的地中海风光的作品中。普罗旺斯的阳光和大自然,对夏尔来说意味着童年和土地。为表现这块乡土以及这块乡土上的动物及植物,夏尔写下了松缓、轻松、淡淡不安的怀乡歌。夏尔成年后的激烈冲突,也许正是对童年时代与世界永远失去了的统一性的强烈向往。哪怕在幻想的狂热的意象丛中,哪怕所处的精神状态如此迷醉昏乱,夏尔始终渴望一种清醒,一种哲学意义上的穿透,对整个事物的昭然。

诗歌界曾有人将夏尔的诗歌分为"社会诗"与"自然诗"两大类,称前者致力于呼唤世人的觉醒,后者着笔于赞颂秀丽的自然。实际上,在他的作品中,人们很难将二者截然分开。"夏尔的诗作无处不着眼于人类社会,无处不表现大千世界。他把人类社会放在大千世界中来写,又把大千世界置于人类社会之中,以景状物,以物写人,人类社会和自然世界交织,情爱和暴力并举。"(江伙生译著:《法国历代诗歌》,武汉大学出版社,1996年,第554页)

夏尔在其诗歌中实现的"平衡"不具有静态的性质,他所成就的乃是矛盾的紧张状态的同一或统一,用作者自己的话来说,就"像是弓或竖琴一样,一些相对的力量构成了和谐"。透过这种表面现象进一步分析诗人的作品,我们还会发现其高超之处不仅在于发现矛盾驾驭矛盾,更在于它精于显示一种基本矛盾的重心,具有将矛盾的东西汇集于"诗歌与真实"之唯一世界的能力。他善于并巧于将暂时与永恒结合在一起,因为作品能持续不断地对未知事物进行探测,朝着新的出口或询问开放。说到底,一种光明与黑暗的辩证法主宰着这些不朽的诗篇。

这种光明同黑暗的较量、冲突和暴力的诗学左右着夏尔的很大一部分诗篇。《愤怒与神秘》就是其中的杰出代表。在收入这部诗集的《索尔格河——献给伊万娜的歌》中,每一行诗句几乎都离不开"河"这个中心词语:从"早早启程的河"、"闪电隐形的河"、"多灾多难的河"、"荒废遗弃的河"到"茫然若失的河"、"荒诞离奇的河"、"聪颖超人的河"、"耽于梦幻的河","河"成了浩淼的大千世界和神奇的内心宇宙的象征。诗人在该诗的结尾吟唱道:

传播力量的河，湍流呼啸泻入水城的河，
瓢泼大雨石头葡萄园并报告着玉液琼浆酿成的河。
在这牢笼般疯狂的世上怀着一颗曾被伤残的心灵的河身。
请将海角天涯蜜蜂的情爱和暴戾保留给我们。

诗中的语言虽然杂乱纷呈，但其诉说的情怀却使人产生强烈的共鸣。它说明夏尔的诗情虽然植根于故土，但诗人的诗魂却系于人类的处境。

"夏尔的诗作，是建立在被超越的人生经验和诗文的苦行主义的意志力之间的艰难平衡之上的"（朗贝尔语），而他平衡这种现实力量的方法就是选取简洁、凝练的片断形式。他同佩斯丰富连续的诗歌形成了鲜明的对照。不妨认为，对夏尔来说，他所实现的是内容与形式之间矛盾和对立的内在统一。人们通常把夏尔的这种创作手法称之为"迷人的浓缩法"，他是诗人独创精神的真实体现，也是其诗歌的艺术魅力的圆满再现。这种浓缩手法同样出色地表现在《早起者》这部诗作里，请看收入其中的《早起者红晕的面庞》的节译：

冉冉升起的朝阳它的精神状态令人欣喜，
尽管有冷酷无情的日子和黑暗昏沉的记忆。
殷红的色彩变成曙光中的红晕
强化你的机遇，握紧你的幸福，迎难而上。
他们将养成追随你的习惯

夏尔善于锤炼词语，行文简约，多所省略，意在言外。他喜用警句或格言式的诗句，如："仇恨，在劈开你的基础之后，我们才跪倒在你脚下！""信徒遇到教堂便是他一切的终结。"夏尔是一位语言大师，他的诗歌文采飞扬声情并茂，既气吞山河又深邃隽永，其诗作的神韵与风格始终一以贯之。

当代欧美文学名篇导读

（下册）

主　编　徐　明
编　著　徐　明　张敬品　高　红　石广清

南开大学出版社
天　津

前言

当代欧美文学是欧美文学史上的一个极不寻常的篇章。20世纪下半叶,欧美文坛发生了深刻的变化,显示出突出的特色,也取得了辉煌的成果。这是一个激进实验主义盛行的时代。无数文学新人以前所未有的热情与自觉在艺术上开拓创新,独辟蹊径,推出一个又一个文学新潮。同时,也有众多的作家坚守文学传统,坚持传统的文学创作原则与创作方法。在这个时期,后现代主义文学异军突起;现实主义文学雄风依旧;现代主义文学余波尚存。一时间流派林立,名家辈出,佳作如潮,形成了一片五彩纷呈、盛况空前的繁荣景象。无疑,当代欧美文学以它的形式锐意求新,多元并存共荣,气势宏大壮美等鲜明特征奠定了其在欧美文学史中举世瞩目的地位。

为此,早在世纪之交我们就萌生了一个想法:编一部书,系统全面地介绍二战后欧美主要文学流派、作家和作品。在其后的几年间,我们进行了大量阅读,广泛涉猎了当代欧美文学作品。但真正开始选择的时候才意识到其难度之大。20世纪的西方文学,数量之多,汗牛充栋,名家如林,群芳竞艳,流派纷繁,高潮迭起,定夺起来实属不易。经过认真梳理和反复筛选,我们最后确定了159个题目,力求涵盖二战后欧美主要国家的主要文学流派与代表作家、代表作品。

本书的编写宗旨是站在一定的高度上,对20世纪后半期西方文学作一俯瞰,对其中的名家名作作一概览。本书的特点是:内容系统全面,资料翔实求新,学术性与普及性并重。

一、内容系统全面

虽然战后欧美文学浩如烟海,流派纷呈,百家争鸣,创作多元化,各种形式并存,在编写中我们还是力求最大限度地涵盖其主要文学流派、作家与作品。从“荒诞派戏剧”到“危险喜剧”；从“垮掉派文学”到“黑色幽默”；从“自白派诗歌”到“运动派诗歌”；从“新小说”到“新新小说”；从“废墟文学”到“魔幻现实主义文学”；从传统的现实主义手法到后现代的“拼贴”、“剪切”、“元小说”、“戏仿”等手法；从戏剧到小说，到诗歌；从现实主义，到现代主义，再到后现代主义……诸多方面，基本上全方位地对20世纪下半期西方文学现象作了一番概述。以美国为例，入选的作家中有黑人作家的主要代表，也有犹太作家的代表；既有女性作家的代表，也有南方作家的代表；既有真实再现现实生活的作家作品，也有以夸张、象征手法表现现代人苦闷心情的作家作品；既有现实主义作家及作品，也有后现代作家及作品。内容丰富，覆盖面广。

在编排体例上，我们一般先对一个国家的战后文学作一概括性描述，介绍其社会文化背景、主要作家和作品等，然后对该国的主要文学流派做专门介绍，再对其主要作家、主要作品进行评介。概述部分着重阐述文学总貌、总特征及其形成原因。对作品的简析力求以洗练的语言叙述作品的主要内容、表现的思想内涵以及写作特点等。本书重点部分是英美文学，其篇幅占到了全书的五分之二。其他内容包括法国、前苏联、意大利、德国、西班牙、加拿大、拉美等国家的主要作家与作品。由于澳大利亚与欧洲的历史文化渊源，本书也将澳大利亚的当代文学列入其中。

二、资料翔实求新

编写人员广泛收集资料，其中互联网为我们提供了一个便捷的获取最新资料的途径。在编写过程中，我们力求使材料做到最新，很多作家作品信息都更新到了2008年。比如法国“新小说派”中的诺贝尔奖得主——克劳德·西蒙2005年去世；美国后现代作家多克特罗的《进军》于2005年出版；美国著名作家诺曼·梅勒2007年去世；2007年英国女作家多丽斯·莱辛荣获诺贝尔文学奖。还有一些作家推出的新作，如美国小说家约翰·厄普代克2005年出版了《东威克的寡妇们》，英国著名作家、评论家戴维·洛奇2008年推出了新作《耳聋判决》，活跃在澳大利亚文坛的“新派作家”彼德·凯里在2006年推出了作品《窃亦是爱》后，2008年又有一部新作《他非法的自我》出版，加拿大杰出女诗人、小说家玛格丽特·阿特伍德的新作《上帝的园丁》预计2009年出版。我们还对当代美国后现代主义代表作家如约翰·巴思、菲利普·罗思、罗伯特·佩恩·沃伦、库弗·冯尼格特、多克特罗等作了叙述。可以说本书反映了西方文学的最新发展状况。

三、学术性与普及性并重

本书无意成为纯学术著作。在具有相当的理论与学术内涵的基础上，本书力求内容通俗易懂，语言风格自然轻快，读起来不觉费力。应该说本书首先是一部普及性读物。目的在于让一般读者读后能够对欧美文学有一个清晰、明确、实用的整体了解。同时，它也是专业论著，可供研究西方文学的相关人员参考使用。总之，本书适合于广泛的读者群，专业人士与普通外国文学爱好者均读之有益。为方便读者查寻相关资料，在涉及作家名字、作品名称的地方，我们尽可能地提供英文对照。但鉴于手头掌握的资料所限，有些篇章里需提供英文对照的地方仍有缺失，并非有意遗漏，请读者见谅。

我们希望通过这本书的编写，能够为那些对文学感兴趣的人提供一条快捷、方便的途径，全面、系统地了解20世纪战后西方文学的主要特点，把握其主要脉络。

由于水平有限，书中肯定还存在错误和不足，再加时间仓促，本书还有未尽翔实之处，恳请读者提出宝贵意见。

本书的出版得到天津南开大学出版社的大力帮助，谨在此表示感谢！

编　者

2008年6月

目　录

下册

84.《解冻》与前苏联的解冻文学

1954年5月前苏联文学杂志《旗》发表了老作家爱伦堡(Erenburg,1891－1967)的中篇小说《解冻》,从而在前苏联文坛上引发了一场前所未有的巨大变革。这部小说的故事是这样的:一家机床厂厂长茹拉甫辽夫是一个典型的官僚主义者。他思想僵化,冷漠无情,一心只追求生产指标,对工人的生活毫不关心。他的工厂在生产上总是名列前茅,但厂内工人却一直住在工棚里。上级拨下建房款后,党委书记提出建三幢职工宿舍,总设计师索科洛夫斯基对此坚决支持。但茹拉甫辽夫自作主张用这笔资金盖了精密铸造车间。索科洛夫斯基是个正直、敬业的人。但因他爱提意见而得罪了厂长,厂长在背后诬蔑他有历史问题。索科洛夫斯基一气之下病倒了。对厂长的做法以工程师柯罗捷耶夫为代表的很多人都深为不满。茹拉甫辽夫的妻子莲娜逐渐认识到了丈夫的自私与冷酷,同他产生了隔阂,并同柯罗捷耶夫建立了感情。最后她终于下决心与茹拉甫辽夫分道扬镳。

一天,天气预报说将有暴风雨的袭击。茹拉甫辽夫对此无动于衷。结果风暴来临,刮倒了三排工棚。茹拉甫辽夫因而被解职。听到厂长下台的消息,工人们个个喜笑颜开。索科洛夫斯基病后首次离开床榻。他走到窗前,望着外面的残雪想到:“已经到了解冻时节,春天就在眼前了。”

《解冻》(The Thaw)是一篇艺术上平平但大有思想新意的作品。该小说猛烈地抨击了现实中的官僚主义和历史上的肃反扩大化，展示了社会生活的沉闷局面和人们压抑的精神状态。提出了应该发扬民主，关心人，尊重人，及文艺必须勇于揭批社会阴暗面等尖锐的问题。这些内容迎合了很多人的思想情绪。因此它出版后轰动一时，大受欢迎。此书问世后前苏联文学界形成了一股揭露、批判文学浪潮，史称“解冻文学”。

二战后前苏联文坛盛行“无冲突论”，意即在现实生活中只有先进与保守、好与更好间的矛盾，没有其他冲突。在这种理论的指导下产生的作品如《幸福》、《金星英雄》、《阳光普照大地》等都难免有在正面颂扬社会主义建设成就塑造时代英雄的同时，回避现实矛盾、粉饰浮夸、歌功颂德倾向及概念化、公式化的弊病。斯大林逝世后，随着社会政治生活的变化，苏联文艺界开始有人对文学创作中的这一现象表示异议，提出要写真实，写消极现象，写普通人，要积极干预生活。他们要求打破文学活动中的框框，实现创作自由。1953年4月女诗人奥尔加·别尔戈丽茨发表的《谈谈抒情诗》一文，提出诗人的责任首先是表现自我，抒发自我感受。同年12月作家波梅兰采夫撰文《论文学的真诚》，对文学创作中的公式化及粉饰生活现象进行了抨击。

在创作实践中首先冲破“无冲突论”束缚，大胆揭示社会矛盾的是农村题材作家奥维奇金。他在其发表于1952年的特写《区里的日常生活》中揭露了一些农业领导干部官僚主义严重，给生产带来重大损失的问题。他这篇作品曾被誉为苏联文学新时期的“第一只春燕”。但该特写的揭批力度与影响力均不如《解冻》。

《解冻》发表后具有相同思想倾向的作品纷纷面世，如格拉宁的《个人意见》(1955)，田德里亚科夫的《死结》(1956)、《三点，七点，爱司》(1960)，杜爱采夫的《不是只靠面包》(1956)，尼古捷耶娃的《征途中的战争》(1957)，阿尔布佐夫的《伊尔库茨克的故事》(1959)，爱伦堡的《人·岁月·生活》(1960—1965)，阿克肖诺夫的《带星星的火车票》(1961)，多罗什的《干燥的夏天》(1961)，索尔仁尼琴的《伊凡·杰尼索维奇的一天》(1962)，叶夫图申科的《斯大林的继承者们》(1962)，特瓦尔多夫斯基的《焦尔金游地府》(1963),季亚科夫的《经历过的事》(1963)等。这些作品中有小说、诗歌,也有回忆录。它们中间有的揭露社会矛盾,针砭时弊,批判个人崇拜,有强烈的政治性;有的揭示日常生活中的丑恶行径,市侩作风,有道德批判色彩;有的描写青少年的信仰危机,精神颓废;还有的披露劳改营内幕,展示劳改犯的生活。

"解冻文学"的口号是提倡人道主义精神与写真实原则。不少"解冻"作品也的确实践了这一口号。但在另一方面,此类作品中也有很多不顾生活的本质真实而过分强调事物的现象真实,对苏联历史和现实中的消极现象作了片面、夸大的处理,调子低沉,充满怀疑主义和悲观主义色彩。一些作品甚至走向极端。它们歪曲历史事实,攻击党的领导,彻底否定社会主义制度。"解冻文学"在艺术方面良莠不齐,难以定评。其中许多作品质量粗糙缺乏审美价值。它们的魅力仅在于其"禁区"题材与批判锋芒,其因合乎时宜而获成功。

"解冻文学"的繁荣有深刻的历史、现实原因和一定的社会基础。20世纪50年代之前苏联社会政治生活一直为"左"倾思想所控制,个人崇拜盛行,官僚主义严重,政治运动频繁。人民的生活被忽视,人们的思想受到压制与禁锢,很多无辜的人在精神和肉体上遭到极大伤害。在人民大众中普遍存在着变革的愿望。因此当作家们起来对个人崇拜与官僚主义进行批判时他们自然就受到社会的广泛欢迎。

同时,"解冻文学"从一开始就受到了当时的苏联领导人的支持。1954年12月苏联召开第二次全国作家代表大会,苏共中央在大会的祝词中号召作家们深入研究苏联社会现实,在创作中努力揭示社会生活中的矛盾与冲突,不搞形式主义与粉饰现实。1956年苏共二十大召开,赫鲁晓夫为了全盘否定斯大林并在政治、经济、文化各领域全面修正过去的政策,急需文学的支持。他在会上提出反对个人迷信并指责文艺"落后于生活,落后于苏联社会现实"。他的讲话使苏联文学界形势发生巨大变化。自由化思潮得到大大的加强并形成了一支实力雄厚的自由派作家队伍。1954年被解除《新世界》主编职务的特瓦尔多夫斯基卷土重来,于1958年7月重新担任《新世界》主编,从此使该报成为自由派的堡垒。1961年苏共二十二大开幕会上提出了"一切为了人，为了人的幸福"，和"人与人是朋友、同志和兄弟"的口号。这些口号与原则被正式宣布为苏联文学的"思想旗帜"，使苏联文学界的自由化思潮有了进一步的发展。此外，赫鲁晓夫本人还具体地对文学作品予以支持，促成它们发表，例如特瓦尔多夫斯基的《焦尔金游地府》与索尔仁尼琴的《伊凡·杰尼索维奇的一天》便是在他的直接干预下得到发表的。

随着苏联文艺政策的改变和文艺自由化思潮的发展，一大批过去受到批判甚至镇压的作家如阿赫玛托娃、茨维塔耶娃、布尔加科夫、左琴科、叶赛宁、加尔询等相继被平了反，恢复了名誉。这些人的作品也被重新出版。阿赫玛托娃还被评论誉为"俄罗斯诗坛上的天才和崇高作家"。同时，苏联政府还对20世纪40年代后期所做的几个关于文艺问题的决议做出修改，并对当初受到批判的一些文艺作品重新进行评价。

但"解冻文学"受到了坚持社会主义现实主义的作家们的坚决反对。他们不赞成全面否定斯大林与他领导的社会，反对在文学中片面地突出暴露与否定，强调应该正面反映生活，用共产主义思想教育人。这些作家的代表人物是柯切托夫。1958年柯切托夫出版了著名小说《叶尔绍夫兄弟》，对文学自由化进行反击。在小说中他特意不点名地直接提到并批评了《解冻》，指出如果没有像茹拉甫辽夫那样的厂长在极端困难的条件下拼命抓生产，苏联的工业根本建立不起来。同时他还借书中一位工程师之口说到：我们曾为斯大林而战，因为"我们在他身上看到了党，看到了人民，而不只是一个人"。很快坚持社会主义方向的文学家与批评学家便联合起来，聚集在柯切托夫任主编的《十月》杂志周围，形成了所谓的正统派。正统派与自由派之间展开了此起彼伏、始终不断的论争。进入20世纪60年代后这两派的斗争便集中地体现在《十月》与《新世界》之间的论战上。《十月》是俄罗斯联邦作协机关刊物，《新世界》是苏联作协的重要机关刊物，这两个杂志长期以来已成为了正统派与自由派宣传自己观点的阵地。两刊的论战持续了近10年，争论的焦点是"写真实"、"塑造正面人物形象"、"艺术的本质"、"文艺与现实的关系"等问题，由于两刊都很具权威性，两刊的主编又都在党内有较高的地位（特瓦尔多夫斯基与柯切托夫分别是中央候补委员和中央监察委员会委员)，它们之间的论争特别引人注目。在正统派与自由派的斗争中，以赫鲁晓夫为代表的苏联领导集团明显地偏袒自由派。

1964年赫鲁晓夫被解职。以勃列日涅夫为首的新的苏联当局调整了文艺政策，开始加强控制并努力平息不同意见。1965年《真理报》向文学界提出“既反对抹黑，又反对粉饰”的要求。1967年3月该报又发表编辑部文章，在批评了评论文艺现象的“简单化态度”的同时严厉地批评了文学中热衷于揭露社会阴暗面，描写小人物的倾向，明确地反对歪曲和诋毁现实生活。至此，长达10年的“解冻文学”逐渐销声匿迹了。

85. 当代俄罗斯的“布克奖”与“反布克奖”

前苏联解体后，当年声誉卓著的列宁文学奖与苏联国家文艺奖同时被废除了。然而在此之后俄罗斯却有了越来越多的文学奖项，如托尔斯泰奖、肖洛霍夫奖、普希金奖、国家文学奖、索尔仁尼琴奖、“波罗金诺”奖、布克奖、反布克奖、“莫斯科—朋内”国际文学奖等共计160余种。这些文学奖中有的是政府设立的，有的是由文学派别、文学团体在工商企业的支持下设立的，如传统派作家的“俄罗斯作家协会理事会”在“呼声”股份公司的赞助下于1992年出台的托尔斯泰奖；有的是由商企财团直接创立的，如同在1992年由俄罗斯商界与金融界七巨头之一的别列佐夫斯基的公司创办的，号称为“俄罗斯诺贝尔文学奖”的凯旋文学奖；有的是私人设立的，如索尔仁尼琴奖；还有的是由大型文学杂志、报纸创立的，如《独立报》设立的反布克奖。除此之外，俄罗斯的文学奖中还有一些是由外国人出资设立的，如德国汉堡托普费基金会创立的普希金奖，德国莱比锡文学奖俱乐部设立的优秀俄罗斯短篇小说奖与英国食品业巨擘，专门生产销售鸡肉的布克兄弟公司设立的布克俄罗斯小说奖。

布克奖（The Man Booker Prize for Fiction，简称 Booker Prize）本来是英国的最高文学奖，1991年由英国食品大王引入俄罗斯，1992年开始评奖，每年评一次。布克奖在俄罗斯产生了巨大反响。目前它不仅是俄文坛最重要的外资奖项，而且还事实上成为了全俄最受重视的文学奖，其影响力甚至超过了国家奖。布克奖每年的评奖活动都成为了俄罗斯文坛盛事及全新的热点话题，被媒体炒作得沸沸扬扬。如今俄罗斯很多作家都以获布克奖为自己的奋斗目标，大有不获此奖誓不罢休的意思。布克奖在俄罗斯的走红有多种原因。首先，该奖奖金数额较大，每年 12 000 美元，在目前的俄罗斯这是一笔不小的数目，很具吸引力。其次，获奖作品会被译成英文出版，流传到海外。第三，该奖评奖方式较新颖。它不像俄罗斯其他文学奖那样重视一位作家一生的总的创作成就，而是只根据候选人前一年的一部长篇小说的质量优劣来确定他能否获奖，因此在理论上在该奖面前老作家与文学新人机会均等。正因为如此，该奖特别受到年轻作家的青睐，他们中间有不少人专门为获此奖而写作。此外，布克奖的成功还同它的操作得法有关。它专门雇用一批人为其运作，宣传力度大，各项准备工作做得非常到位，因此取得了较好的效果。

布克奖自我标榜客观、公正，面向所有“用俄语写作的优秀当代作家”，它的吹鼓手也声称作品的“文学、美学价值是其唯一筛选标准”，但事实上它却带有极强的政治色彩。它实际上完全站在了自由派作家的立场上，成为了自由派的最重要的文学奖。从它设立之初到现在的历年评选活动中，评委会成员都是自由派人士，获奖的小说也无一不是自由派作家的作品。1994 年布克奖评委会主席安宁斯基就曾公开宣称他“对文学不感兴趣”，他“注重的是政治思想，是政论性”。由于布克奖评选标准突出了政治性，一些文学质量低劣的小说也获得了此奖，例如 1994 年获奖的奥库扎瓦的《被取消的演出》就是这样一部作品。该小说在艺术上很弱，但政治倾向却非常强。它对苏联人民当年的革命活动进行了极力的嘲讽与全盘的否定。

布克奖在俄罗斯的出现绝非偶然现象。它事实上是西方势力运用金钱手段插手俄罗斯文学界，扶持俄文坛自由派力量的一系列举措中的一个。西方的这一作法早在前苏联时期就开始了。那时他们就给予苏联文学界的持异端者多方经济支持，资助他们出版被禁作品，鼓励他们的反共倾向。当他们在国内呆不下去，流亡国外后，西方势力又出资帮助他们办刊物与出版社，专门出版反共作品，然后再花钱收购这些作品，并通过各种渠道送回苏联国内免费散发。例如前苏联持不同政见作家马克西莫夫1974年来到西欧后，西德出版商施林普格就立即为他提供资金，帮助他创办了以坚决反共著称的"大陆"出版社。

苏联解体后，西方的这一活动不仅没有停止，反而有所加强。他们继续资助俄罗斯作家中的志同道合者，不断加强他们的实力，使他们更好地与俄文坛上坚持社会主义方向的力量相抗衡。例如美国犹太大资本家索洛斯就资助了俄罗斯的《旗》、《十月》、《民族友谊》、《涅瓦》等14家自由派刊物，使它们在每况愈下的经济困境中得以生存下去。

俄罗斯文学界对布克奖的看法是大相径庭的。自由派阵营对它反映热烈，感激有加，极力颂扬。布克奖第一届评委会主席拉蒂宁娜曾盛赞该奖，称它设立的非常及时，是文学领域的一个利他主义的善行义举。1995布克奖得主弗拉基莫夫对此奖的吹捧则更进一步，竟肉麻地说布克公司的鸡救活了俄罗斯文学，正像早年的鹅拯救了罗马军队(当年外敌夜袭罗马时，鹅群突然鸣叫，惊醒罗马士兵，他们奋起反击，击败了敌人)。但传统派作家对布克奖持激烈的批评态度。该派的主要代表之一邦达连科曾言该奖的设立是一个"西方帝国主义用特洛伊木马方式破坏俄罗斯文化的狡诈阴谋"。在自由派媒体爆炒此奖时，传统派报刊却对它不理不睬以显示自己的蔑视态度。

然而否定布克奖的不仅仅是左派力量。很多持中间立场的人与一部分自由派人士也对此奖表示异议甚至反对意见。他们觉得该奖的设立与繁荣严重地损伤了俄罗斯人的民族感情与民族自尊心。著名侨民作家马克西莫夫就曾痛心疾首地谈到"为什么要由外国人来评判俄罗斯的文学？难道一个泱泱大国找不出几千美金来设立自己的奖金?"因此，布克奖引起的争论一度曾非常激烈。

在这种形势下，一个创建于1990年，自称不属于任何政治派别，但在公众中很有影响的报纸《独立报》于1995年推出了反布克奖。该奖的创立宗旨从其名称上就可以看得一清二楚。《独立报》人士曾言设立此奖意在"使那些没有好好想过(民族自尊心)问题的人感到羞耻"。反布克奖面世伊始便处处显示出了与布克奖的对立与不同。首先，它在1995年布克奖公布评奖结果之日宣告诞生，并同时宣布了自己的获奖人选。由于当年布克奖的奖金为12 500美元，它的奖金额定为12 501美元。其次，它突出了自己的民族特色，管委会及评委会全部由俄罗斯人组成，奖金用本国货币发放（鉴于当时俄罗斯经济形势，奖金暂时用美元计算，等通货膨胀结束后将改用卢布）。

由于布克奖的巨大影响及自由派的负面作用，反布克奖问世之初遭到了极大的冷遇。很多人对它态度漠然，有些人甚至对它冷嘲热讽，声称该奖获得者会失去前途，新闻界对反布克奖的评奖活动反映冷淡，自由派的重要报刊如《文学报》、《新世界》等对此更是不加理采，好像此事根本没发生一样，弄得获奖者也很感被动。但是反布克奖的组织者们并没有因而感到气馁。他们以不屈不挠的精神继续想方设法把该奖办好、办活、办出影响。他们首先确保评委会的专业水平与权威性，排除政见干扰，选定具有真才实学和较高声望的专家学者任评委，并决定担任评委会主席，但并非文学专家的《独立报》主编只管组织安排，不参加投票。同时他们力求评奖原则的客观公正，不偏不倚，使获奖作品真正是众望所归的艺术佳作。此外他们还采取措施努力把本奖办出特色。例如他们独出心裁地允许手稿参选以给更多的作品及尚未露出头角的作者以机会；同时又将本奖从最初的单一的小说奖变成覆盖多种文学体裁的综合文学奖。为了使自身的民族特色更加鲜明，他们还给每个单项奖一个俄国式名称，如小说奖叫“卡拉马佐夫兄弟”奖（该名来自陀思妥耶夫斯基的同名小说），诗歌奖为“陌生女人”奖（来自勃洛克的同名诗歌），戏剧奖为“三姐妹”奖（来自契诃夫的同名剧本），随笔奖称“第四散文”（来自曼德尔什坦姆的同名随笔）。

除此之外，为了扩大影响，反布克奖管委会还将每年的颁奖仪式及随后的招待宴会办得规模盛大，隆重热烈。他们遍请历年评委、获奖者、本国文艺界名流及文学大国大使参加此项活动，并聘请超级厨师为宴会准备美味佳肴。

经过五年的不懈努力，反布克奖最终取得了成功。如今已成一项俄罗斯文学大奖，在俄文学界得到广泛的欢迎与尊重。当年起消极作用的文坛自由派也逐渐对它表示认同。《新世界》、《大陆》杂志的主编为它当过评委。《文学报》也对它的一系列活动频频给予报道。2000年4月该报还发文谈道："五年间，反布克奖没有推翻布克奖，但它已被文学界认可为俄罗斯的主要文学奖项之一。"

布克奖与反布克奖在俄罗斯的出现虽极富戏剧性，但也反映了深刻的问题，发人深省。它一方面反映了俄罗斯文学的困境，另一方面也展示了俄文学界民族意识的觉醒，民族自尊心与自信心的增强。相信在未来的岁月里代表俄民族利益的反布克奖会更加得人心，顺民意，越办越好。

86.《这里的黎明静悄悄》——战火中的无限柔情

1969年前苏联《青春》杂志发表了一篇叫作《这里的黎明静悄悄》(The Dawns Here Are Quiet)的中篇小说,迅速引起强烈反响。小说正式出版后发行了四百万册仍供不应求。几年之中它分别被改编成电影、话剧、歌剧、芭蕾舞剧,均获得巨大成功。这部小说先后荣获全苏儿童文学作品一等奖和苏联国家文艺奖,并被列为学校教材。同时,它已被译成多种文字,在几十个国家内成为畅销书。由该小说改编的同名电影在我国电视台播出后也曾博得我国千百万观众的一致好评。这部小说的故事是这样的:

1942年,当卫国战争的战火在苏维埃大地上熊熊燃烧的时候,苏军准尉费多特·华斯科夫正率领两个班的女高射机枪射手守卫着苏联北方一座隐没在密林深处的铁路会让站。这些女兵身世不同,性格各异,但都是些可亲可爱的好姑娘。班长丽达坚毅、沉稳、成熟老练。她在战争初期便失去了丈夫,但并没有被悲伤压倒。她拭去眼泪,把三岁的儿子交给母亲照看,毅然继承夫志参了军;索尼娅出身于医生家庭,战前正在读大学。她性情娴静,精通德语,喜爱诗歌,入伍后还常常独自读诗;莉扎来自林区,在孤寂与艰苦的生活中渡过了自己的童年与少女时代,但从未放弃过对美好明天的希冀。她曾盼望过一位猎人的亲吻,但那猎人冷漠地离开

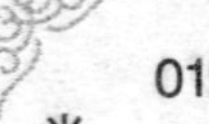

了，只留下一张纸条叫她去学习。如今她正默默地爱着华斯科夫；任卡是红军将军的女儿，天生丽质，坦率真诚大方泼辣。曾经爱上英俊潇洒，年轻有为的有妇之夫卢任上校；加莉娅是个弃儿，她身材弱小，性情孤僻总是耽于幻想，总爱把愿望说成现实。这些女兵虽然不像男兵那样酗酒滋事，却爱吵爱闹，调皮松懈，很令严格刻板、凡事按条例办事的华斯科夫准尉头痛。

一天清晨丽达在树林中发现两个全副武装、身背炸药包的德军士兵，据判断他们可能是要前往沃皮湖方向去破坏基洛夫铁路。于是上级委派华斯科夫带领五名女兵——丽达、任卡、加莉娅、索妮亚、莉扎前去追捕这两个德寇。为了赶在敌人前面到达沃皮湖，华斯科夫决定走一条只有他自己知道的小路。但走这条路要通过一大片难以通行的沼泽地。经过艰难的跋涉，华斯科夫与他的女兵们终于闯过这道难关在夕阳西下时赶到了预定地点，选好了阵地。华斯科夫为每个女兵安排好战斗位置。一切准备就绪后大家各就各位静等敌人的到来。等待中华斯科夫感到一阵困倦，便合上双眼，假寐片刻。朦胧中他看到了辛劳一生的母亲。准尉出身于贫寒的农家，只念过小学四年级。参军后才获得了人生发展的机会。他参加过苏芬战争，并在战争中负伤。然而，当他在前线作战时他的妻子却与人私奔，留下了幼小的儿子，一年后儿子也夭亡了。孩子死后，母亲一直哀伤不止，老泪涟涟。他正要上前与母亲说上几句亲热话，丽达把他碰醒了。他站起身，前去巡视他的战士。在哨位上，任卡在梳理她秀美的长发，索尼娅在念诗，莉扎在冥思遐想，准尉走过去告诉她回去后同她一起唱歌。随后，准尉发现加莉亚紧裹着大衣缩成一团，原来她正在发烧。准尉逼她喝一口白酒取暖，又把自己的军大衣留给她。

一夜过去了，平安无事。尽管大家困倦难当，可还都在凝神注视着。黎明悄悄到来了，太阳从地平线上冉冉升起，万道霞光染红了峭壁。突然，一群飞鸟喳喳乱叫，掠过远处的树梢。随后在朝阳早红的层林尽头德寇出现了。“三个，五个，十六个。”索尼娅悄声数着敌人的人数。敌情突然发生了变化，准尉应该改变过去的战斗方案。他决定部队后撤，并命令莉扎立刻返回驻地请求援兵。

面对三倍于己的强敌，准尉同姑娘们商定要想法迫使敌人绕道而行，从而争取时间，等待后援。为了迷惑敌人，他们在森林里燃起堆堆篝火，做出大群工人正在伐木的假象。森林里立刻热闹起来，传出了铿锵有力的砍树声和吵吵闹闹的喧哗声。但河对岸的敌人并没有立即上当，他们派了两个鬼子过来侦查。见此情景，勇敢的任卡迅速脱去军装，边呼唤伙伴们一同去河里洗澡边向河边跑去。面对十米外敌人的冲锋枪口，她跃入水中，一面唱着歌一面快活地把河水拍得水花四溅。上岸后，她坐在洒满阳光的河滩上，伸直双腿，悠闲自在地晒起了太阳。准尉跑上前去，抱起任卡身边的衣服转身便跑。任卡配合默契地尖叫一声，一跃而起追了上来。这场戏剧性的表演蒙骗了敌人，使他们感到对面有大批的伐木工人。他们退却了，真的去绕路前进了。姑娘们的笑声在林中久久地回荡着，连平时不苟言笑的准尉也开怀大笑起来。

此时，在返回车站的路上，莉扎跌进了深不可测的泥沼，永远无法自拔了。虽然她曾大声呼救，可笼罩天地的死寂吞没了她的声音。临终前她凝视如洗的碧空，回想着准尉与她一同唱歌的允诺，依然充满了对明天的憧憬。

敌情终于又出现了。索妮娅在回转原阵地取东西时遭到敌兵袭击，被刺身亡。狂怒的准尉在任卡的帮助下干掉了两个德寇。任卡第一次杀人，禁不住呕吐抽噎。大家埋葬了索尼娅。准尉痛楚地发现她的阵亡通知书竟无处可投。准尉脱下索妮娅的靴子，让掉了靴子的加莉亚穿上，但她不愿穿，谎称她妈妈是医生。准尉又发现了敌人。他向敌人投出手榴弹，又同丽达、任卡一起向敌人一阵猛射，将敌人击退。然而战斗中加莉娅被吓得双手捂住耳朵，把枪扔到一旁。

丽达请准尉召开共青团会议批评加莉娅，准尉没有同意。他说到下一次战斗再看加莉娅的表现。为了重新盯上敌人，准尉命令丽达和任卡在原地留守，自己带加莉娅进入密林搜索。在路上吓坏了的加莉娅眼前总是浮现出索妮娅死时的情景，准尉努力鼓起她的勇气。他们又遭遇了敌人。加莉娅惊慌地乱跑，被敌人当场打死。为了保护后面的丽达与任卡，准尉决定把敌人全部吸引到自己这边来。他一跃而起，毫不隐蔽地向前猛射一阵，然后跑向大森林。他的手臂突然中弹，但他不顾伤痛挣扎着涉过泥沼地，然后昏倒在地上。他醒来时德寇已经退去，天边开始放亮。他发现远处有一黑色的东西，走近一看原来是身陷淤泥的莉扎。他此时才知道援军无望了。

准尉又返回原驻地寻找丽达与任卡。在河边他听有人轻声呼唤他。他猛然抬头，看见丽达和任卡正从对岸向他跑来。她们跳入河中，他也涉水向她们迎过去。三个人在水中抱成一团，不停地亲吻，像久别的亲人再次团圆聚首。

敌人再次来到河边。最后的战斗开始了。已经做好一切准备的准尉与他的两位女战士向敌人进行了顽强的回击。他们心中只有一个信念：绝不能让敌人前进一步。此时他们感到整个俄罗斯都在他们背后支持他们。丽达不幸受了重伤。准尉赶紧抱起她转移。为了掩护他们，任卡跑向河岸，吸引住了敌人的火力。她也中弹了，但她仍然顽强地向前爬行，不停地射击着。直到生命的最后一息她都充满希望，死后的她依然是那样的骄傲与美丽。

准尉将丽达抱到安全的地方，为她包扎好伤口。然而丽达知道自己不行了。她想起了儿子。为了不连累战友，在准尉转身离开时，她向自己的太阳穴开了一枪。

准尉掩埋了丽达和任卡。由于伤臂剧痛，他没能将任卡掩埋好。他的内心中感到无比的愧疚与悲伤，干裂的嘴唇不停地嘟哝着："原谅我吧，任涅奇卡，原谅我。"

随后，准尉又回转森林，来到敌人藏身的列贡特修道院。他先打死两名敌人，然后将余下的四个生俘。他拼着最后的力气，一边喊一边哭地把俘虏押到自己人的驻地，然后昏了过去。

许多年以后的一天，一位白发苍苍的老人与一位火箭部队大尉来到了这块经历过殊死搏斗、浸透着五位苏军女战士鲜血的土地。老人就是华斯科夫，大尉则是丽达的儿子阿尔培特，他们早已成为了父子俩。今天他们一道前来凭吊旧日战场，并运来一块大理石墓碑。他们找到华斯科夫当年留有记号的坟墓，一起动手立好了墓碑。此时，人们发现这里的黎明静极了,静极了。

小说《这里的黎明静悄悄》的作者是前苏联当代著名作家鲍里斯·瓦西里耶夫。瓦西里耶夫 1924 年出生在一个军人家庭,从小受到部队生活的熏陶。卫国战争爆发时年仅 17 岁的他毅然参军,奔赴前线杀敌报国。战后他进入剧作家包戈廷的戏剧创作讲习班学习写作,并从 1954 年开始发表作品,先后写过剧本、电影脚本和小说。《这里的黎明静悄悄》是他的成名作。该小说的成功原因是多方面的。首先,它不仅详述了五位女兵在准尉带领下同敌人进行的殊死战斗,也描写她们的精神世界与情感生活,描述了她们的理想,她们对美好事物的追求,对幸福明天的渴望,对亲人的思念和对人生的眷恋。这样,小说既写了战争,又写了女性充满丰富性与多向性的内心世界与心理历程,既展现了女战士们视死如归的英雄气概,又揭示了她们的似水柔情、母爱、亲情、友情与爱情。其次,作品叙述生动,描写真实。作者基于在战争中指挥一连女兵作战的亲身经历,将战斗场面描绘得细致入微,生动逼真,惊心动魄,同时又将女兵的形象刻画得有血有肉,栩栩如生。此外,小说通篇凝结着一种诗的意境,一种抒情的情调,并洋溢着浪漫主义的激情。所有这一切都为该小说带来了强烈的艺术感染力。

87.《叶尔绍夫兄弟》
——前苏联当代文学中的红色经典

在苏联某滨海小城城郊有一条叫峡谷街的偏僻街道，那条街上有一栋年久失修的土房子，房子四周是一个小小的樱桃园，这就是叶尔绍夫家的旧居。叶尔绍夫家是钢铁世家。老叶尔绍夫是高炉工人，在卫国战争中为保卫工厂壮烈牺牲。老二依格纳特巴也已经在战争中为国捐躯。如今老大普拉东在钢铁厂高炉车间当总工长，老五季米特里在轧钢车间任技师，老二的儿子安德烈也在高炉车间当工段长，只有老三雅柯夫改行当了剧院经理。随着岁月的流逝，叶尔绍夫家的兄弟姐妹大都搬出了父母留下的老宅，在故事开始只有未婚的季米特里与安德烈叔侄俩还住在这所土屋里。

经常来这所小土房的还有一个人，她就是季米特里的女朋友廖丽亚，一位渔村的织网女工。她每周周末都要到这里来看望季米特里。廖丽亚是个不幸的姑娘。她在战争中失去了所有亲人，自己也被德寇迫害致残：她失去一只眼睛，落下满脸伤疤，内脏被毁，永远失去了生儿育女的能力。正因为如此，尽管她与季米特里感情很深，二人却从来不曾谈婚论嫁。近来季米特里对厂里新来的女工程师伊斯克拉产生了好感，经常在晚上下班后默默地送她回家。对他的作法已经结婚的伊斯克拉既觉别扭，又感不安。

一天钢铁厂调入了一个从莫斯科来的叫阿尔连采夫的人。这个人精明强干，能言善辩，看上去确实是个人才。他过去是冶金部的一位干部，因为搞婚外恋闹得满城风雨，不得已才来到这个小地方暂避一时。来厂后他曾期望得到一个领导职位，为此他还找过市委书记戈尔巴乔夫，但没有得到书记的支持。无奈之下他只好当了一名普通工程师。由于野心勃勃，上班伊始他便开始四下活动，拉帮结派，培植死党。他首先看中的是自命为发明家的厂技校教师克鲁季里契。这个人不学无术却爱想入非非，因此在工作和生活中处处碰壁，穷困潦倒，对现实满腹怨气。他也曾到市委上访，却也没有得到任何结果。阿尔连采夫主动接近他，以关心他为名鼓动他向厂里要地位，要待遇。随后，当阿尔连采夫看到单身女人、厂长秘书卓娅性格软弱，缺乏主见时，便向她大献殷勤，使她成为自己的感情俘虏。此外，阿尔连采夫还同一个当过叛徒，刚刚刑满释放的工程师沃罗别内及新闻界与艺术界的一些人拉上了关系，他们经常在一起聚会，"为友谊而干杯"。

叶尔绍夫家的老四斯捷潘因在战争中被俘后参加了叛徒伏拉索夫的军队而被判刑。他服满刑期后回到家乡，也在自家的旧宅住了下来。一天他独自在家时廖丽亚来看季米特里。当他二人碰面时廖丽亚突然大叫一声转身跑了出去。原来廖丽亚认出他就是自己战前的男友，自己一直不能忘怀的人。斯捷潘了解到廖丽亚的遭遇后更加对自己在战争中的行为感到羞愧。安德烈在一次偶然的机会结识了戈尔巴乔夫的女儿、医学院学生卡芭。他们在一起散步、划船、看电影，很快就进入热恋之中。不久，他们在峡谷街的土屋建立了他们的新家。在他们的婚礼上两个家庭欢聚一堂，唱歌跳舞，尽情地热闹了一番。

由于阿尔连采夫的幕后作用，省报上发表了一篇批评钢铁厂官僚主义严重，排挤压制发明家克鲁季里契的文章。对此全厂上下都很不满意。此时三号高炉出了事故。阿尔连采夫又借机大做文章，上蹿下跳，四下活动。不久，部里下达命令要普拉东退休，并任命阿尔连采夫为副总工程师。厂长契比索夫虽对此非常恼火，却也无可奈何。沃罗别内当上了总工长，克鲁季里契成为厂技术革新研究室副主任，并得到了原定分给伊斯克拉的新房子。

市剧院里一直上演一些趣味低下、庸俗无聊的剧目。对此以老演员古良也夫为代表的许多人都深为不满。他们一致要求改演一些格调高、树正气的作品。古良也夫建议根据老叶尔绍夫的事迹编一出剧名叫《奥库涅夫一家》的新戏。他的主张得到经理雅柯夫的支持，但遭到导演托马舒克的反对。

伊斯克拉搞出一项解决车间秤量车高温问题的发明，得到厂领导的高度重视。阿尔连采夫得知此事后便怂恿克鲁季里契宣称自己早已搞出同样内容的发明计划，并已在半年前就将材料报到了厂办公室。为此阿尔连采夫还哄骗卓娅开了一张假收据，证明自己半年前确实收到了克鲁季里契的发明计划，只是后来将此事遗忘了。消息传开，人们议论纷纷，有人甚至认为伊斯克拉剽窃了克鲁季里契的发明成果。厂党委开始对此事进行调查。契比索夫认为卓娅玩忽职守，一怒之下将她开除出厂。卓娅有苦难言，回到家后便卧病不起。

伊斯克拉心中感到既委屈又难过。但她的丈夫画家维塔里一心只放在自己的美术创作上，对妻子的事情漠不关心。苦闷渐渐地把伊斯克拉推向了季米特里，他们经常在一起散步、谈心，有时甚至一起去看电影。通过接触，伊斯克拉发现了季米特里有很多优点：他善良、正直、忠诚、坚强，在冷漠的外表下，有着火一样的热情。但他们的关系深深地刺痛了廖丽亚。

剧院里古良也夫一方经过斗争终于战胜托马舒克的阻挠，在十月革命节上演了新剧《奥库涅夫一家》。演出获得了空前的成功。演出后古良也夫探望了病中的卓娅，并经过努力使她道出了实情。

戈尔巴乔夫在州委书记处看到了克鲁季里契写的诬告信，气得心脏病发作，不久便病逝了。他去世的当天卡芭生下了一个男孩，一个叶尔绍夫家未来的新一代高炉工人。

钢铁厂召开大会宣布党委调查结果。阿尔连采夫与克鲁季里契坚持谎言，死不改口。卓娅抱病参加大会说出全部事实真相。司法机关鉴定也证实收据与克鲁季里契发明材料的日期是伪造的。至此阴谋家的罪行全部败露。阿尔连采夫被开除党籍,克鲁季里契狼狈溜走,沃罗别内被降职使用。普拉东重返工作岗位,季米特里被选为党委委员。卓娅得到同志们的谅解,也被厂里恢复了工作。

由于性格敏感脆弱,维塔里一直不适应小城的生活与创作环境。此时他又提出要回莫斯科去。伊斯克拉如今已深爱这里的一切,因此坚决反对离开。他们大吵一通后维塔里赌气一个人走了。在极度伤心与痛苦之中伊斯克拉找到季米特里。季米特里将她搂在怀中,温柔地安慰她。不料此时廖丽亚也来看望季米特里,她在窗外真切地看到了屋内的情景。伤心欲绝的她转身离去,并远走他乡。伊斯克拉很快便冷静下来。她挣脱季米特里的拥抱,起身告辞了。回到家中,她惊喜地发现维塔里已经回来,他已改变主意,决定留下来了。

伊斯克拉离开后季米特里明白了一切,廖丽亚的出走更使他意识到自己已铸成大错。生活给他上了深刻而又残酷的一课。他终于认识到只有廖丽亚才是他的真正伴侣,而他苦苦追求的伊斯克拉只是他生命旅途中一团终将散去的迷雾。他决心要找回廖丽娅,哪怕走遍天涯海角也要找到她,他要把她带回峡谷街的小屋,永远、永远不再分离。

这就是前苏联作家弗·阿·柯切托夫的名作《叶尔绍夫兄弟》所讲述的一个动人故事。在当今的俄罗斯文学界已很少有人提起柯切托夫的名字,但在五六十年代他却是苏联文坛上一位举足轻重的人物。柯切托夫(Vsevolod Anisimovich Kochetov 1912 ~ 1973)出生于一个农民家庭,早年当过工人、农艺师、记者。卫国战争结束后开始专门从事文学创作。50年代中期后苏联领导人推行新的政治路线,对斯大林时代的一切进行全盘否定,对此柯切托夫持坚决的反对态度,为此,他写出了一系列反映现实矛盾与斗争、极富政治色彩与论战性的作品,并成为当时苏联文艺界正统派的首领。《叶尔绍夫兄弟》正是在这种条件下产生的。苏共二十大后柯切托夫发现新路线造成了越来越多的问题,政治形势日益严峻起来,于是他放下早已构思成熟的关于卫国战争的小说赶写了这部作品。在这部小说中他对当时苏联社会上修正主义的泛滥作了广泛的揭露。借书中主人公之口他痛心疾首地质问："从哪里刮来的这么一股要毁掉一切的邪风?"

该书1958年出版后以其尖锐迫切的政治内容得到了广大读者与许多评论家的肯定与赞扬，但也遭到了来自最高领导集团的点名批评。《真理报》在小说发表后不久便刊登专文指责作者夸大了苏联社会中的不健康因素，尤其夸大了修正主义思想对知识分子的影响。1959年柯切托夫被解除苏联《文学报》主编职务，降级任俄罗斯联邦《十月》杂志主编。其后，他又一再受到当权者的冷落与排挤。尽管如此，在随后的创作活动中，柯切托夫始终坚持在《叶尔绍夫兄弟》一书中体现出的政治立场，写出了《州委书记》（1961）、《你到底要什么?》（1970）等坚持社会主义方向、批判形形色色错误倾向的作品。今天看来，当年柯切托夫在小说《叶尔绍夫兄弟》表达的修正主义是当时苏联社会主要危险的观点不是没有道理的。

88. 凄婉缠绵的《岸》与邦达列夫

苏联作家尼基金收到汉堡文学俱乐部成员、书商赫伯特夫人的一封来信。信上说他的作品已在此间由韦伯出版社翻译出版并产生了很大影响。因此,她代表本俱乐部邀请他访问西德。为此尼基金同他的翻译、作家萨姆索诺夫一同来到汉堡。在汉堡机场他们受到赫伯特夫人的亲自迎接。见到尼基金后,赫伯特夫人非常激动,目光中透露出惊喜与惶惑交织的神情。她将客人送到一家高级宾馆,交付尼基金一大笔稿费,又给了他们每人一笔零用钱。赫伯特夫人走后尼基金与萨姆索诺夫一同冒着细雨出去游逛汉堡的街景。漫步街头,他们想到那些和善友好的中年德国人都有可能在战争时期向他们开枪射击。他们来到阵亡将士纪念碑,在那里看到了死者战友们敬献的花圈与前来凭吊的人们。他们走进一家影院,不料想那竟是一个地下色情场所。他们被敲掉了三百多马克后方得以脱身。

回到宾馆后尼基金回忆起自己领到第一笔稿费时的一段往事。那时他还很年轻,很难抑制住自己的喜悦与兴奋,当天他邂逅一位青年诗人,便邀请他一同喝酒游玩直至深夜。回家的路上酩酊大醉的他遇到一群小伙子向他要烟抽。当他大方地掏钱为他们买烟时他们却动手抢他的钱。他同他们厮打起来。民警闻声赶来将他与一个小个子带到民警局。小个子反诬尼基金抢他的钱。看到尼基金的醉态民警信了小个子的话。最后尼基金善良的女房东将他保释了出来。

到汉堡的第二天尼基金与萨姆索诺夫来到赫伯特夫人家与德国朋友见面。到场的有韦伯出版社的老板韦伯先生与夫人及该社总编辑迪茨曼先生。会面结束后赫伯特夫人将尼基金单独留下来,说是要与他商量转天辩论会的有关事宜。屋内只剩下他们二人时赫伯特夫人取出一本相册,并指着里面的一张照片问尼基金是否还记得上面的那所房子。尼基金当然还记得这所坐落在柏林近郊柯尼斯托夫镇的漂亮房子,26 年前他曾到过那里并在那留下了一段苦涩而又美好的记忆。

1945 年 5 月炮兵排长尼基金所在的炮车攻克柏林后驻扎在离城 50 公里的小镇柯尼斯托夫。这里环境优美,幽静安谧,并没有受到战争太多的影响。不过苏军到达时当地很多居民还是离家外逃了。尼基金排住进了一栋建在一个苹果园的空无一人的房子里。在这里士兵们渡过了一段短暂但却是战争爆发以来最为平静的生活。此时炮连连长格拉纳图罗夫正在医院养伤,他的职务由一排长克尼亚日科暂时代理。克尼亚日科战前是学文学的大学生,性格刚毅深沉,心地纯洁善良。他与尼基金是好朋友。一段时间以来,由于格拉纳图罗夫与克尼亚日科都爱上了女军医阿克肖诺娃,他们的关系一直有些紧张。

一天晚上连长回连看望战友们。他正与两位排长谈话,突然听到楼上空房内传出了厮打与喊叫声。尼基金急忙上楼查看,发现三炮长麦热宁正在床上按住一位德国姑娘欲强行非礼。尼基金非常气愤,大声叫他赶快住手。麦热宁作战勇敢,但作风散漫,贪财好色,不久前因尼基金要他销毁一包他拣到的德国马克而与排长闹过一次别扭。此时他恼羞成怒,便一口咬定姑娘是个间谍,来此地是要偷军用地图。此时楼下一阵骚乱,原来卫兵又抓住了一个潜入院内的德国男孩子,精通德语的一排长立即对德国姑娘与男孩进行了审问。他很快了解到他们两个是姐弟俩。姐姐叫爱玛,18 岁,弟弟叫库尔特,16 岁。他们就是这所房子的主人。今晚他们偷偷回家是为了取些东西然后去汉堡投奔爷爷。克尼亚日科与尼基金认为他们说的是真话,对他们非常同情,主张立即释放他们。但格拉纳图罗夫因为附近德军残部活动频繁而不相信他们的话，他与麦热宁主张将他们立刻逮捕，送交有关部门。两位排长与连长发生了争执。最后克尼亚日科说到："我是代理连长，我有权决定这件事。"爱玛与库尔特被释放了。次日清晨，尼基金听到敲门声，原来是爱玛。她让弟弟去了汉堡，自己留了下来。由于尼基金救了她与库尔特，她对这位年轻英俊的苏联军官既充满了感激之情又产生了爱慕之心。她为尼基金送来了咖啡。他们借助一本德语会话手册亲切地交谈起来。突然，爱玛猛地搂住尼基金热烈地亲吻他。尼基金也很喜欢这位德国姑娘，于是他们在一起渡过了爱河。

几天后出现了敌情，一股残敌占领了不远处的一个林务所。克尼亚日科率全连参加了攻打该林务所的战斗。战斗中他发现守敌大多数是未成年的孩子。他命部队停止射击，然后独自挥舞着手帕前往敌方劝降。然而麦热宁忍不住又向敌人开了一炮，敌方立刻还击，克尼亚日科中弹倒下了。克尼亚日科牺牲后尼基金万分悲痛，并为此深恨麦热宁。一日他与麦热宁大吵了一场，在狂怒之中他向麦热宁开了一枪，将他击伤。连长将尼基金关了禁闭。爱玛又来禁闭室看望尼基金。在部队开拔前的晚上，他们缠绵缱绻，难分难舍。爱玛强忍泪水，用俄语叫着他的名字，不断地重复一句话："瓦吉姆，亲爱的，别忘了我。"

岁月不居，光阴荏苒，转瞬间 26 年过去了。分手后他们天各一方，音信断绝，再也没有见面。在此期间爱玛来到汉堡，成了老板夫人，丈夫死后自己又成为老板，然而她始终对尼基金一往情深，不能忘怀。一次偶然机会，她在尼基金德国版著作中看到他的照片，一下子就认出了他，于是立即写信邀他访德。

久别重逢，二人内心都很激动，然而又都表现得非常冷静与克制。他们回首过去，虽往往历历，如在目前，但一切都无可挽回。他们已不再是当年的爱玛与瓦吉姆。他们已经双双人到中年，饱经沧桑，各自建立了自己的生活。如今的他们已分别站在了无法逾越的两岸之上。

转过天，尼基金按日程安排同迪茨曼在辩论俱乐部进行了一场精彩的辩论。作为东西方知识界的代表，他们就广泛的问题展开了热烈的讨论。他们时而谈笑风生，诙谐幽默，时而唇枪舌剑，各不相让。辩论会开得非常成功。会后，主人们与客人们又一同来到一家饭店共进晚餐。席间，赫伯特夫人与尼基金跳了舞，又谈起一些往事。

尼基金的西德之行结束了。在返程的飞机上，他心潮起伏，思绪万千，许许多多的旧事与故人相继浮现在他的脑海里。他一面沿着自己人生的轨迹回想着过去，一面执著地思考着生与死，生活的本质，人生的意义等问题。此时他心力交瘁，胸部时时感到剧烈的疼痛。几天来激动的心情，紧张的生活，过量的白兰地和浓咖啡，过少的睡眠与过度的疲劳给他的心脏造成了巨大的压力。渐渐地他的疼痛消失了。他告别了自己，奔向了那“绿色的、天国般的、阳光灿烂的彼岸”。

《岸》是俄罗斯当代著名作家邦达列夫的一部名作，1975 年出版，1977 年获苏联国家文学奖金。根据这部小说改编的同名电影也曾在国际电影节上多次获得大奖。《岸》是一部内容极为丰富的小说。首先，它是前苏联文学史上第一部宣扬东西方“缓和”的作品。它揭示了人类分裂的巨大痛苦，敦促不同政治制度国家的人民消除隔阂，共同发展人类的美好感情。其次，它是一部爱情悲剧。尼基金与爱玛的爱情是贯穿全书的情节主线，构成了小说故事的基础。他们真心相爱，一往情深，但又不得不劳燕分飞，天各一方。同时，它还是一部哲理小说。它通过对战争的反思，对现代文明的探讨及对人生意义的探求进行了深刻的哲理思辨。此外，本书的书名《岸》寓意深远。它同时具有东西方国家之间的界限，情人间不可逾越的障碍，人与人之间在精神道德上的距离，人在对真理的领悟及自我的认识上的差距等多层次的含意。

《岸》的作者尤里·邦达列夫（Yuri Vasilievich Bondalev）1924 年生于乌拉尔的奥尔斯克市，后随全家迁居莫斯科。他战后开始文学创作活动，成为前苏联著名战争文学作家。20 世纪 50 年代他以成名作《营请求火力支援》（1957）、《最后的炮轰》（1959）成为战壕真实派作家群重要代表。此后，他又创作了长篇小说《寂静》（1964）、《热的雪》（1969）、《岸》（1975）、《选择》（1980）、《戏》（1985），及大型电影剧本《解放》等作品。由于在文学创作中的卓越成就，他曾荣获一次列宁文学奖，两次国家文艺奖，并曾担任苏联作协书记及俄罗斯作协第一副主席。

80年代后邦达列夫对前苏联的改革持批判态度，成为传统派作家的主要代表。虽然新当权者曾试图拉拢他，但他丝毫不为之所动。在70岁生日时他坚决拒绝了当局授予他的勋章，以表明他的不妥协态度。他积极参加政治活动，1991年在《告人民书》上签名，1992年又发表《致当权者的一封信》，旗帜鲜明地表明自己的政治观点。他反对一些人对社会主义的“忘恩负义态度”，主张继承和发扬过去社会主义取得的积极成果，走“新社会主义”的道路。

89. 前苏联当代文坛的一代骄子——艾特玛托夫

在前苏联战后文坛上影响最大、国际知名度最高的作家当属来自中亚小国吉尔吉斯的艾特玛托夫。据联合国教科文组织的统计,迄今为止这位小说家的作品已被译成百余种文字,发行了上千万册,在全世界广为流传。据说在德国几乎每个家庭都至少有一本他的小说。由于他杰出的艺术成就,艾特玛托夫成为前苏联唯一一位既获列宁文学奖,又三次得到国家文艺奖的作家。除此之外,他还被授予了奥地利国家文学奖,德国“吕克特”奖,意大利“橄榄枝奖”及西班牙“阿斯图里亚斯奖”。20 世纪 80 年代中期诺贝尔奖评奖委员会还曾将他列入获奖候选人名单。同时,他的十二个中篇小说无一例外地都被改编成电影、电视剧。

钦吉斯·托列库洛维奇·艾特玛托夫(Chyngyz Aitmatov, 1928 – 2008) 1928 年出生在吉尔吉斯塔斯拉山区舍克尔村。他家世代放牧务农,生活贫困。他的父亲靠地方政府的资助在俄罗斯学校完成学业,后成为吉尔吉斯第一代共产党人,并担任了党的州委书记。1937 年苏联大搞肃反扩大化,他的父亲遭到清洗并被处决。他的母亲则是一位有文化的吉尔吉斯妇女。童年时他同全家随父亲住在江布尔市,就读于当地为俄罗斯儿童开办的学校,学会了俄语,接触了俄罗斯文化与文学,从而为他后来成为双语作家打下了扎实的基础。他的父亲死后母亲带着四个孩子返回故土安身。在他们落难还乡后，家乡的父老乡亲给他们提供了很多帮助，使他们顺利地渡过了最艰难的时期。卫国战争爆发后的第二年，由于村里的青壮年都上了前线，十四岁的艾特玛托夫被迫辍学参加了工作。他先后担任过村苏维埃秘书、区财政局税收员、拖拉机站统计员。战争结束后，他相继在江布尔中等畜牧兽医专科学校和吉尔吉斯农学院学习。1953年大学毕业后他来到吉尔吉斯畜牧研究所实验农场工作，任兽医和畜牧技术员。他在战争期间和战后时期丰富多样的生活与工作经历无疑为他日后的小说创作提供了扎实丰厚的素材。

艾特玛托夫对故乡怀有深厚的感情，也从故土获取了许多对其创作活动极为有益的东西。对此艾特玛托夫曾这样言道："一个人的命运孕育在他生长的土地上"，"我的创作立足于本民族的经验与历史。"艾特玛托夫的故乡群山环抱，草原绵延，人民善良勤劳，风尚淳朴，有着古朴的道德观念、价值取向及独特的生活方式。同时，这里保留着丰厚的文化遗产，有着数不清的神话、传说与民谣（艾特玛托夫的老祖母就是"一座巨大的神话和民歌的宝库，有讲不完的真假难辨、无奇不有的趣闻轶事"）。显而易见，这一切赋予了艾特玛托夫独特的审美感受与创作灵感，使他写出了既有浓郁的民族特色，又让全世界的读者产生共鸣的优秀的文学作品。

艾特玛托夫在学生时代就开始了写作练习，1952年在当地刊物发表第一篇短篇小说《报童玖依达》，并在此后每年发表新作。虽然他曾将这些早期作品称作"模仿性的远离生活的习作"，它们却也散发着浓浓的生活气息，显示了一定的艺术功力。1956年他进入莫斯科高尔基文学院深造，使自己的文学修养与才能有了极大的提高。1958年结业后他返回故里，任《吉尔吉斯文学》月刊编辑及《真理报》驻吉尔吉斯特约记者，从此开始专门从事文学创作。1957年他发表了第一篇中篇小说《面对面》。这也是他第一篇由吉尔吉斯文译成俄文的作品，一般看作是他的处女作。

1958年艾特玛托夫发表中篇小说《查密莉雅》，从此一举成名。此后又相继发表了描写一位青年司机爱情波折的《我的包着红头巾的小白杨》（1961），讲述一位退伍红军战士献身山区教育事业经历的《我的第一位老师》（1962），述说一位在战争中丧夫失子的母亲坚强地生活，精心培育下一代事迹的《大地—母亲》(1963),描述一位坎坷一生的老农与他不幸的忠实老马的悲怆故事的《别了,古利萨雷》(1966),及叙述一个赤心童子不能忍受人间罪恶,用生命去追求美好理想的凄美童话的《白轮船》(1970)等中篇名作。进入20世纪80年代后艾特玛托夫开始创作长篇作品,先后出版了《一天长于百年》(又名《风雪小站》)(1980)、《断头台》(1986)及《卡桑德拉印记》(1995)三部长篇小说。《一日长于百年》主要描述老工人叶吉盖为老友送葬的经过及他在送葬过程中的回忆、联想和思考。通过这些描写,小说展示了叶吉盖一生的风风雨雨,三个家庭的悲欢离合,苏联的历史与现实及想象中的苏美对地球的封锁。《断头台》则讲述人类对大自然的侵犯与掠夺引发的一场人狼恶斗及一位年轻记者的坎坷际遇。最后这个被草原狼两次放生的年轻人为了阻止同伴残杀野羚羊而被同伴杀害。《卡桑德拉印记》别开生面,把背景设在美国并述说了一个离奇的故事。一位俄国学者发现如果孕妇额头上出现一个小小的黑色斑点,那么她将生下的孩子就是一个会给人类带来灾难与邪恶的人。这一发现轰动了世界,也影响了美国总统大选。最后这位学者及一位美国科学家因而丧生。

艾特玛托夫的早期作品以现实生活为基础,描写吉尔吉斯青年的情感经历、劳动生活,并吟咏故乡的乡土风物。这些作品从正面歌颂新生活,赞美普通人的美好心灵、高尚情操与纯真朴实的人际关系。为此这些小说曾被称作"人的赞歌"。从《别了,古利萨雷》起他的作品开始发生变化,从此其小说容量不断增大,主题也逐步深化。他开始把目光转向人的价值、人类的命运、人与自然、人与自我、生与死、善与恶等具有普遍意义的问题上。由此他的作品的悲剧性与哲理性都开始增强。

在艺术风格上艾特玛托夫具有突出的个性特征。首先,他的作品具有鲜明的民族与地域特色。他的大多数作品都以故乡为背景,家乡的自然风光、民风民俗、道德伦理、民间文学、历史故事无一不在他的作品中留下深深的印记。其次他在作品中融入大量神话故事与民间传说,并将它们有机地与现实生活结合在一起,使他的作品展现了一种独特的奇妙色彩。此外艾特玛托夫的创作风格还呈现了不断求新、纷繁多样的特点。

他的早期作品风格淳朴，注重故事的流畅自然，娓娓动听，结构上紧凑、严密，人物形象丰满感人，具有浓郁的抒情性。后来他的小说的寓言性逐步增强，开始大量使用象征、梦幻、对比等表现手法。到了后期，他的创作手法则变得越来越具有前卫性。在《卡桑德拉印记》中他运用了新闻报道、电影片断、话剧、散文、纪实等多种艺术手段，明显地显示出后现代主义味道。

艾特玛托夫的小说从 20 世纪 70 年代后期开始陆续被译介到我国，引起了我国读者与评论界的广泛注意，也获得了极大的好评。与此同时，他的作品对我国新时期文坛也产生了重大影响。有关专家的研究表明，我国当代著名作家张承志、张贤亮、张炜等人的作品都从不同的方面，在不同程度上借鉴了艾特玛托夫的一些艺术表现手法。

在前苏联文坛上，艾特玛托夫不仅是一位不多见的在创作中一帆风顺的作家，还是一个少有的在任何历史时期都在政治生活中春风得意、左右逢源的人。在前苏联时代他一直深受当局的器重，得到过许多荣誉，担任过不少重要职务。他在 1968 年四十岁时获得了“吉尔吉斯人民作家”的荣誉称号，1971 年获列宁勋章。1978 年他五十岁生日时又获“社会主义劳动英雄”的称号。从 1966 年起他是历届苏联最高苏维埃代表。他于 1967 年开始担任苏联作协机关刊物《文学报》和《新世界》编委，1976 年当选苏联作协理事会书记处书记。1983 年又被选为欧洲科学艺术文学院院士。同时，他还是吉尔吉斯共产党中央委员、吉尔吉斯科学院院士、影协主席。1985 年戈尔巴乔夫上台后苏联政治风向大变，但艾特玛托夫依然稳坐钓鱼船，于 1990 年任戈尔巴乔夫总统委员会委员。苏联解体后他又得到新的当权者的赏识，被任命为俄罗斯驻卢森堡大使。1993 年又被吉尔吉斯总统任命为该国驻比利时大使兼驻欧洲共同体和北约的代表。

艾特玛托夫在政治生涯中的一帆风顺与他为人处世的精明与圆滑不无关系。在苏维埃时代他对革命事业表现出了高度的热情与忠诚，曾言：“我决心颂扬革命直到我生命的结束，并将嘱咐我的孩子们：把十月革命看作我们时代的起点。”但到了苏联政治形势发生巨变之后，他又反过来说苏维埃政权实行了极权主义统治，对人民进行了欺骗与奴役。在苏联的历史上人民一直敢怒而不敢言等等。同时，他还对西方国家大加赞美，说它们是苏联人应该学习的榜样。

如今艾特玛托夫在艺术上名满天下，在政治上官运亨通，应该是志得意满了。但他还感到自己人生中有一大缺憾——没有获得诺贝尔文学奖。20世纪80年代为了了却这一平生夙愿，他曾邀请诺贝尔奖评审委员会成员到他的故乡做客，对他们盛情款待，礼遇有加。但是令他失望的是，评委们经过讨论，还是没有把奖金给他，而给了已入美国籍的前苏联诗人布里斯基。

90.《查密莉雅》——“世上写爱情写得最好”的佳作

在动身返乡之前，谢依特再次久久地凝视着自己所作的一幅朴素的小画。在这幅画的画面上有两个人正相伴着在秋天的草原上奔向远方。望着这幅画，谢依特禁不住又回想到多年前的一段往事。

在卫国战争的艰苦岁月里，吉尔吉斯少年谢依特家乡的青壮年都上了前线，把集体农庄上繁重的农活留给了妇女和未成年的男孩。谢依特出生在一个由两房组成的大家庭里，他是大房的儿子。原来他父亲的一个叔伯兄弟过世后留下了妻子和两个年幼的儿子，于是他父亲便遵照族规又娶了兄弟的遗孀。如今这两家毗邻而居，一起过日子，由谢依特的母亲当家。战争爆发后谢依特的两个亲哥哥和小房的两个儿子都参了军，当时小房的长子萨特克刚刚结婚四个月。

萨特克的妻子叫查密莉雅，是一个牧马人的女儿。一次赛马会上同是牧马人的萨特克居然落在了查密莉雅的马后，于是他一气之下将她抢来做了妻子。当然，很多人还是说他们是通过恋爱结的婚。不管这一切是真是假，总之她成了谢依特家唯一的儿媳妇。查密莉雅是个漂亮姑娘，身材匀称，头发密长，一双眼睛又黑又亮。她热情开朗，活泼洒脱，浑身透露着青春的活力。可能是因为从小在父亲身边长大的缘故，她的性格中有一股男人的气概，口快心直，泼辣能干，吃苦耐劳。尽管对她过分的活泼有些不以为然，谢依特的父母及婶娘对她仍是非常怜爱，百般呵护。谢依特的母亲已打定主意，让她接自己的班，做这个家庭的当家人。同时，谢依特本人也非常喜欢这个嫂子。

一天，生产队长奥洛兹马特来找谢依特的妈妈，请求她让查密莉雅同退伍的伤兵丹尼亚尔一起去送军粮。为了避免查密莉雅受到欺负，队长还提议让谢依特这个两家唯一的小男子汉一同去为她护驾。谢依特的妈妈开始坚决不同意，后来在队长的一再恳求下，就勉强答应了。当天，谢依特家接到了萨特克的来信，信上说他已负伤住院，秋后能够回家探亲。按照当地的习惯，萨特克的家信永远是一个写作模式：先是问候父母，然后按长幼顺序提及弟妹及族人，最后才像突然想起似地附上一笔："并向余妻查密莉雅致意"。他从来不单独给妻子写信，因为这样做在村里人看来是不体面的。每次接到萨特克的来信查密莉雅都很激动，总是急不可待地仔细阅读。但读到最后，她的脸上肯定会露出失望的表情。

第二天清晨查密莉雅、丹尼亚尔、谢依特一起来到打谷场装粮上车。干活时查密莉雅像往常一样有说有笑，但丹尼亚尔不知为什么却很不自在，有时脸都羞红了。装好车三个人就上路了。他们的路途很远，要经过二十公里的草原和一道峡谷才能到达车站。如果不是战争，只有最强壮的男人才会干这么繁重的活儿。在路上丹尼亚尔始终默默不语，神情忧郁，若有所思。他就是这样一个人，性情孤僻、沉默寡言。他是个孤儿，从小饱尝了生活的辛酸，童年时曾靠乞讨为生，长大一点后当过牧人、民工、矿工，后来参了军。负伤后回到村里。他很少与人交往，一天劳动过后总是独自坐在瞭望台上全神贯注地倾听着什么。到了晚上，他就孤零零一个人在河边过夜。

一连多日，谢依特他们天天往车站送粮。他们早上装车，到车站后再卸车，然后将粮食一袋袋顺着跳板扛到粮堆上。在此期间查密莉雅对丹尼亚尔的态度很随便，不是嘲笑他，便是不理睬他，但丹尼亚尔对此毫不在意。不过谢依特发现他在干活时经常用炽烈而又忧伤的目光凝视着查密莉雅。一天查密莉雅与谢依特同丹尼亚尔开了一个玩笑。他们将一个平时由两个人抬的七普特粮包放到了他的车上。到了车站，丹尼亚尔只得一个人将粮袋扛上粮堆。他腿上的伤还没有完全好,扛起这么重的粮袋自然更加困难。他在高高的跳板上一瘸一拐地挪着步。随时可能掉下去丧命。但他不顾查密莉雅叫他把粮袋扔掉的呼喊,咬着牙,忍着剧痛,硬是把粮包扛了上去。事后查密莉雅和谢依特都很难过,但丹尼亚尔却没有露出任何恼怒的意思。

一天,他们很晚才踏上归程。此时繁星点点,晚风习习,空气中弥漫着醉人的麦香。面对美好的夜色查密莉雅唱起了山歌。她唱得非常动情与感人。她唱到一半时突然停住并要求丹尼亚尔也唱一个。在她的一再坚持下丹尼亚尔终于也放开喉咙唱了起来。他唱得非常好,查密莉雅与谢依特从没料到他会有这么出色的歌喉。他满怀深情地唱着一支支发自心底的歌,抒发着对生活、对大自然的无限热爱。丹尼亚尔的歌声牢牢地吸引住谢依特,更强烈地震撼了查密莉雅。他们由此体会到了他丰富的精神世界与深沉的感情,也认识到了他的可亲与可爱。从此查密莉雅好像变了一个人,她开始喜欢沉思冥想,在遐想中她时而露出梦幻般的微笑,时而显现出困惑与惆怅的神情。

此后的一天查密莉雅决定为丹尼亚尔洗一洗他那身脏军装。她来到河边时那里正有一群姑娘和几个从前方回来的战士在打闹嬉戏。小伙子们看到查密莉雅便把她围了起来闹着要她吻他们。她不答应,他们就把她抛进了水里。大家都笑了起来,查密莉雅也笑得很开心,但这时她看到了面露不悦的丹尼亚尔便负疚地收住了笑容,离开了欢乐的人群。此时站在一旁的谢依特明白了一切。一直深藏在查密莉雅内心的对丹尼亚尔的感情已经成熟。这份感情一直在折磨她,既令她快乐,又令她心神不宁,痛苦不堪。现在谢依特既希望又不希望查密莉雅爱丹尼亚尔,因为她毕竟是他父母的儿媳,哥哥的妻子。

很快萨特克又来信说他马上就要返家,当天晚上电闪雷鸣,风雨大作。就在这个风雨之夜查密莉雅与丹尼亚尔相互敞开心扉,互通心曲,几天后的一天傍晚谢依特看见他们带着简单的行李一同离开了村子。查密莉雅穿着她最漂亮的衣服。谢依特呆呆地望着他们,直到他们消失才如梦方醒般一边呼喊着查密莉雅的名字一边飞跑着向他们追去。黑暗中他被什么东西绊了一下，重重地摔倒在地上。他躺在地上，泪水夺眶而出。他告别了查密莉雅，也从此告别了自己的童年。

查密莉雅抛弃了舒适富足的家庭与一无所有的丹尼亚尔的出走令全村人都不理解，但谢依特知道，虽然丹尼亚尔只有一件破大氅与一双满是窟窿的靴子，但他却是精神上最富有的人。跟着他查密莉雅肯定能够得到幸福。

不久谢依特也离开家乡，先上了艺术学校，后又考取了美术学院。毕业时他画了两个旅伴的油画作为毕业创作。画上的人当然是查密莉雅与丹尼亚尔。这幅画并不完美，但却是他最心爱的作品。

《查密莉雅》(Jamilya)是前苏联作家艾特玛托夫的成名作，问世后引起了巨大的轰动，博得了一片好评，苏联的评论界称其为“苏联少数民族文学的一颗明珠”。法国文学大师阿拉贡说它是“世上写爱情写得最好的一篇杰作，字字句句都能激起心灵的反响。”该小说发表的当年即被译成包括中文在内的多种文字畅销苏联国内外。1963年此小说与艾特玛托夫的其他三个中篇结集出版，获得苏联文学最高奖——列宁文艺奖。

《查密莉雅》是一篇不寻常的爱情故事。它描写了一位年轻女性情感世界的觉醒过程，揭示了新旧道德观念的矛盾与冲突，在某种意义上对女性尊严与独立人格作了充分的肯定与讴歌。小说女主人公查密莉雅是一位纯洁率真、热爱劳动、热爱生活，对爱情生活有着新的理解的姑娘。她不像传统的吉尔吉斯妇女那样满足于丰衣足食、儿女满堂，而是把精神的富有与感情生活的完美看得高于一切。但遗憾的是她的丈夫萨特克对此毫不理解。他对妻子的炽烈感情与热切思念从不理会，更不做积极的回应。他囿于传统礼法，在来信中从来不敢对妻子做任何爱恋的表示。丈夫的感情贫乏与墨守成规深深地刺痛了查密莉雅的心。传统习俗像一堵高墙隔断了他们的心灵交流，造成了他们在对爱情理解上的巨大差异，从而使他们的婚姻毫无生气，名存实亡。正在此时，查密莉雅遇到了丹尼亚尔，并在他那里找到了自己的感情归宿。丹尼亚尔是一个外表冷漠，但精神世界异常丰富、宽广与热烈的人。他坚毅自尊，待人真诚，善解人意。在他与自己内心深处查密莉雅看到了许多共同点：对大自然的热爱，对自由的向往，对真爱的追求。查密莉雅与丹尼亚尔通过歌声实现了心与心的对话与沟通。最后，经过痛苦的灵魂搏斗，查密莉雅终于冲破旧习俗的束缚，离开了不懂爱情的丈夫，投入了丹尼亚尔的怀抱。

在艺术上《查密莉雅》也是一篇极为成功的作品，这篇小说采用第一人称表达方式，情节明晰流畅，叙述简洁生动，真切自然，有浓郁的抒情味道。同时，该小说人物心理刻画细致入微，人物描写独具特色却与人物心理活动相互烘托。另外，这篇作品的文笔既简朴直白又优美动人，有着诗一般的意境。

91. 头抵橡树的牛犊
——记前苏联作家索尔仁尼琴

在当代俄罗斯文学界有一位经历奇特、充满矛盾的人物。他在卫国战争中投笔从戎，战功卓著，可最后在前线上被己方逮捕，锒铛入狱；他两度被癌魔击倒，生命垂危，但又次次化险为夷，死里逃生；他与前苏联当局仇深似海，不共戴天，但又与俄罗斯现政权格格不入，大唱反调；他在社会主义国家里为千夫所指、万人声讨，可在西方世界依然遭人非议、惹人生厌，这个怪人就是俄罗斯当代作家，著名的持不同政见者，1970 年诺贝尔文学奖折桂人亚历山大·伊萨耶维奇·索尔仁尼琴（Aleksandr Isayevich Solzhenitsyn，1918 – 2008）。

索尔仁尼琴 1918 年出生在北高加索的基斯洛沃茨克。他父亲是沙俄军官，在他出生前半年意外身亡。1924 年他跟随母亲迁往顿河河畔的罗斯托夫。9 岁时他对文学产生兴趣，曾试写过短篇故事并与同学自编过文学杂志。1936 年中学毕业后他考入罗斯托夫大学数理系。1939 年又考取莫斯科文史哲学院函授班学习文学创作。大学毕业后他当了中学教员。1941 年战争爆发后他应征入伍，因作战勇敢很快升任炮兵营长，获大尉军衔，并荣获两枚勋章。然而，因为他在给朋友的信中讥讽斯大林并流露出对现实政治的不满，他于 1945 年 2 月在率队攻入东普鲁士时突遭逮捕。此后，他在劳改营中渡过了八个年头。1953 年刑满释放后，他被依法放逐到哈萨克的江布尔州绿杨村，再次成为中学教员。1952 年索尔仁尼琴被诊断得了癌症，并在条件简陋的劳改营医院接受了手术治疗，旋即康复。1953 年他旧病复发，癌瘤已转移到胃。由于耽误了诊治，他的病情非常严重，医生断言他只能再活二到三个星期。然而，经过长时间的治疗，他再一次战胜病魔，出人意料地活了下来。他将这个奇迹归结为上帝的旨意。苏共二十大后赫鲁晓夫全盘否定斯大林，索尔仁尼琴也因而于 1957 年获得平反，回到俄罗斯中部的梁赞市，继续在中学任教。

索尔仁尼琴早在 1936 年就萌发了写作的念头，当时他曾计划写一部关于十月革命的长篇小说。此后，在战争、劳改和流放期间他都没有停止创作活动。在劳改营里由于害怕手稿被查抄，他就把构思好的作品全都记在脑子里。恢复名誉后他便更加勤奋地从事创作。他不停地写，直到 1960 年他突然感到沮丧与悲哀，因为他写出的东西迄今根本没有出路，他只是一个地下作家。1961 年，他发现了政治气候与文坛风向的变化，觉得时机已到，就将自己的中篇小说《伊凡·杰尼索维奇的一天》托人转交给《新世界》杂志总编特瓦尔多夫斯基。通过特瓦尔多夫斯基的鼎力相助，《新世界》1962 年第 11 期发表了这篇小说。该小说在前苏联文学史上第一次描写了劳改营生活，具有很突出的新奇性。同时，它在艺术上很具特色，对劳改营中恶劣的环境及无辜犯人的不幸命运的描述都很生动，因而具有较强的感人力量。小说发表后引起轰动，单行本出版后成为畅销书，受到广泛而热烈的赞扬。《新世界》还推荐该小说为列宁奖候选作品。但同时该小说也在前苏联各界引起了普遍的反对意见。因此，它最终未能获奖。该小说的成功使索尔仁尼琴一跃而成为名人。苏联作家协会未经他本人申请就吸收他为会员，1962 年赫鲁晓夫在接见文艺界人士时还对他提出表扬。然而，由于其强烈的政治对立倾向，嗣后索尔仁尼琴在国内只发表了很少的几篇作品，如《玛特略娜的家》(1963)和《扎哈尔·卡利塔》(1990)。他的其他小说有的手稿被警方抄走，有的只能以手抄本的形式在读者中流传。在此期间，索尔仁尼琴一直努力通过俄国作家安德烈耶夫的孙女、美国女作家奥莉加及其他人将他的作品拿到国外发展。1968 年，他的两部主要作品《癌病房》与《第一圈》相继在英国、意大利与美国出版。这两部小说分别通过对一位曾含冤入狱的癌症患者及一座特殊监狱的描写再次表达了作者对当时苏联政治制度的仇恨与抗议。这两部作品问世后在西方反响强烈,大受欢迎,索尔仁尼琴因而获 1968 年法国“年度最佳作品奖”并被美国科学院文学与艺术部选举为院士。1969 年前苏联作协开除了他的会籍。1970 年,他获得诺贝尔文学奖。由于前苏联当局的强烈反对,他没能出国领奖。

1973 年,索尔仁尼琴的代表作之一《古拉格群岛》(The Gulag Archipelago)在巴黎出版。这本长达两千页,140 万字的洋洋大作是一部全面描写前苏联劳改营的作品。书中“古拉格”一词是“劳动改造营管理总局”的俄文字头缩写词的音译,群岛则指散布全苏各地的大大小小的劳改营。该书根据 227 人的口述、回忆、书信及其他资料写成,内容庞杂,涉及苏联十月革命后四十年的历史,描写了数百人的命运。索尔仁尼琴从 1958 年 4 月至 1968 年 5 月用了 10 年时间始将此书完成,该书是用极端秘密的方法写出的。为了保密,在写作过程中索尔仁尼琴从来不曾将书稿存放在一起,甚至在最后编辑加工时也是如此。此书出版后再次博得西方的喝采。1974 年索尔仁尼琴被苏联政府剥夺国籍、驱逐出境。他先来到德国,受到德国当代著名作家伯尔的热情欢迎,随后他与全家移居美国佛蒙特州卡文迪什镇。索尔仁尼琴到西方之初受到很高的礼遇。他多次接受记者采访,在媒体上频频露面,一时成为人们谈论的中心人物。他领回了诺贝尔文学奖,并于 1974 年获得美国政府授予的“美国荣誉公民”称号。

1975 年索尔仁尼琴出版了自传《牛犊抵橡树》(The Oak and the Calf)。在这本书中他记录了他在 1953 年至 1974 年间的主要个人经历及文学活动,描写了他从一个地下作家变成一名与前苏联当局水火不相容的持不同政见者的全过程。

出国后索尔仁尼琴开始创作他最长的一部小说《红轮》(The Red Wheel),并陆续推出已完成的部分。这部内容庞杂的巨作描写了本世纪初叶在俄国与欧洲发生的一系列重大事件,对十月革命进行了否定与攻击,并对其他一些历史事件与历史人物作了主观的、甚至随心所欲的描述与评价。

索尔仁尼琴文学活动的成功在很大程度上是由政治因素促成的，这一点在西方也得到了评论界的广泛认同。事实上他的所有作品都带有强烈的政治色彩。它们通过对监狱、劳改营、政治恐怖及战乱的描写把整个前苏联历史描绘得一团漆黑，把社会主义制度说成了邪恶的制度。应该说索尔仁尼琴的小说有较高的艺术成就，但这一点并不能掩饰它们作为政治宣传品的本质特征。

索尔仁尼琴在从事文学创作的同时一直热衷于直接参加政治活动。1967 年在前苏联作家第四次代表大会上，他发表公开信要求取消对文艺创作的一切公开的和秘密的检查制度。1970 年参加苏联物理学家萨哈罗夫发起的“人权委员会”，成为持不同政见者的代表人物。1972 年他将自己在国外发表作品所得的稿费变成“援助俄国政治犯的社会基金”。同年，他在瑞典科学院年鉴上发表领取诺贝尔奖金书面演讲，谴责对知识分子的迫害是“对全人类的一种威胁”。1973 年他上书前苏联领导人，宣称马克思主义已“衰老”、“过时”、“从来都不是科学”，要苏共领导改弦易辙，随后，他又写信给俄国大主教皮缅，指责教会已变成政府的驯服工具。来到西方后，他的反共宣传变得更加无所顾忌。他到处写文章、发表演说，把共产主义比做瘟疫与毒药，并要求西方尽快消灭苏联。同时，他还不断攻击中国，污蔑中国是“可怕的，不人道的”军国主义国家，声称与中国交朋友是“不明智的自杀政策”。

索尔仁尼琴的反共言论自然不能见容于社会主义国家，然而，他的许多偏激的观点在西方也遭到了广泛的反对。如他否认进步理论，反对“无限的进步”与“贪婪的文明”的观点；实行“开明的专制制度”的主张及宗教是医治当代文明疾病的论点都遭到西方知识分子的普遍诘难。著名俄裔美籍作家纳博科夫就对他持明确的否定态度。

20 世纪 80 年代中期，前苏联国内开始有人为索尔仁尼琴鸣不平，并提出为他恢复国籍的问题。1990 年前苏联总统戈尔巴乔夫命令恢复索尔仁尼琴的国籍，与此同时他的作品开始大量地在国内发表。莫斯科出版了十卷本的索尔仁尼琴作品集。1991 年因索氏作品的集中问世而成为“索尔仁尼琴年”。

1994年5月，索尔仁尼琴结束了长达20年的流亡生涯回到祖国，定居在莫斯科。他的归来曾在俄罗斯引起很大反响，一时间很多人对此大肆渲染，把他奉为“俄罗斯抵抗运动的精神领袖”。有人还提议让他竞选俄罗斯总统。但他随后的言行很快就令这些人大失所望，从而使他们失去对他的热情。回国后索尔仁尼琴不顾年事已高，依然一如既往地积极参加政治活动。1997年起他开始到俄罗斯各地考察，所到之处与各界广泛接触并发表演说。但他在演说中在继续攻击共产主义的同时对俄罗斯现政权也进行了揭露与批判，他认为现在的改革是愚蠢的作法，是对人民的掠夺，在当今的俄罗斯根本没有真正的民主。此外，他还撰写了一部新著《分崩离析的俄罗斯》(1998)，在书中分析了国家现状，对现当局进行了猛烈抨击，指出这是一个反人民、反民主的政权。他的这些言行不可避免地引起了他与俄罗斯现领导人及他们的支持者之间的龃龉。看来索尔仁尼琴命中注定要永远做头抵橡树的牛犊了。

92.《伊凡·杰尼索维奇的一天》与它的出版内幕

1962年年末前苏联文坛上出现了一部史无前例、震惊全国的作品，它就是俄罗斯当代作家索尔仁尼琴的中篇小说《伊凡·杰尼索维奇的一天》(One day in the Life of Ivan Denisovich)。这篇小说在前苏联历史上第一次披露了一般人闻所未闻的劳改营大墙背后的阴暗生活，在前苏联社会各界引起了前所未有的巨大反响。这篇小说的内容是这样的：像往常一样，清晨五点苏联北方冰天雪地中的一所劳改营便响起了敲击铁轨的叮当声。随着这声响，劳改营中的犯人们纷纷从臭虫成堆的床铺上爬起身来，开始他们一天的劳改生活。住在九号营房的舒霍夫虽然平日总按时起床，今天却没有起来。他从昨晚起就觉得浑身不舒服，他打算今天去看医生，争取一天病假。他因为在战争中当了两天俘虏被关在这里已经8年了。他还算幸运，是在1943年被判的刑，判了10年。如果是在1949年就更倒霉了，因为从那时起不论什么案子都一律要判25年。看守塔塔林走了过来。他一把扯起舒霍夫身上的被子，大声宣布："854号不按时起床，罚三天劳役禁闭。"舒霍夫慌忙穿好衣服，跳下床，跟塔塔林去指挥部。警戒区内两盏巨大的聚光灯发出刺眼的光芒，寒冷的空气中弥漫着令人窒息的烟雾。舒霍夫看了看挂在一根柱子上的温度表，希望上面显示的温度是零下41度。如果是那样，他们就可以免除一天的野外劳作。但今天的气温是零下 27 度。到了指挥部舒霍夫才知道塔塔林不是要关他禁闭,而是让他去擦看守室的地板。舒霍夫擦完地板便赶紧来到食堂。在那里伙伴们已为他留下一份早餐——已经放凉的一碗稀菜汤和一碗小米粥。舒霍夫吃罢早饭,就快步奔向医务室。路上他又看见塔塔林,就机灵地躲开他。这里规定犯人碰到看守要在五步之外脱帽致敬,看守走过去两步后才能再戴上。为了少找麻烦,还是躲开为妙。来到医务室,他看到柯里亚医生正在值班。这里的医生也是犯人。柯里亚过去是学文学的大学生,二年级时被捕入狱。他说自己懂医术,狱方就让他当了医生。见到舒霍夫他就怪舒霍夫怎么昨晚没来看病。他每天只有权准两个人的病假,而今天的两个人昨晚已经订好。他让舒霍夫试了试体温,37.2 度。这样他就更无能为力了。

舒霍夫小跑着回到营房。队里还没有集合,但犯人们已整装待发。他们个个穿上自己的全部破衣烂衫,在身上缠绕上一道道绳子,然后又用破布将半个脸蒙住。舒霍夫找到副队长,领出自己一天的口粮——五百五十克面包和一点点白糖。这种口粮从来没有人用秤秤过,分量总是不够。舒霍夫接过面包,趁人不注意将面包掰成两半,一半放入棉袄口袋,一半塞在褥子里。他要等回来时慢慢吃这一半,这样才能体会到吃东西的乐趣。

队长丘林从生产计划科领任务回来了。他是因为富农出身而被判刑的,如今已在这里待了 20 年。他心肠很好,经常冒着风险照顾本队的人。今天他又为队里办了一件大好事。生产科本来打算让他们队去一个叫"社会主义生活小城"的新工区干活,那里还是一片积雪遍地的荒野,根本没有避风烤火的地方,简直能把活人冻死。刚才丘林给派工员送去一公斤腌板油,才使他同意换另一个队去新工区。

犯人们顶着刺骨的寒风出去干活了,这是一天中最痛苦的时刻。出发前看守们照例对犯人们进行搜身以检查他们是否多带了食物(这是逃跑的迹象)和穿上了自家的内衣(这里规定犯人自己的东西一律上交,释放时发还,但这里还从来没有人被释放过)。今天管理员沃尔科伏依中尉亲自指挥搜身检查。他平时总是手提皮鞭,狼一样恶狠狠地盯着人,时常冷不防往人脖子上狠抽一鞭。由于他在场,看守们搜得格外卖力,要每个犯人在寒风中解开衬衣。犯人中一个过去的海军中校愤怒地对看守们喊道:“你们没有权利这样做,你们不懂刑法第九条。你们不是苏联人,不是共产党人。”中尉勃然大怒,向中校吼道:“禁闭十天。”中校是由于接受了战时结识的一位英国海军上将的礼物而身陷囹圄的。他在劳改营才待了三个月,如果是三年,他就不会这样莽撞了。石砌的禁闭室冰冷潮湿,在那里蹲上十天是会把身体整个毁掉的。犯人们五个一排向工地出发了。众多的押送兵荷枪实弹,站成半圆形紧紧地盯着行进中的犯人。饲犬员牵着狼狗站在一旁。

今天丘林小队被分配到一个已建了一半的热电站工地上干活。上午队长让队员们做了一些准备工作:打扫工地上的积雪;抬来搅拌灰浆用的箱子;装好机房内炉子的烟筒并把炉火生好;把水泥从滑道上运进机房。最后,他又让舒霍夫与另一个队员找来油毡将机房内的三个大窗子堵严。这些活干完后时间就到了中午。他们在工地食堂吃午饭。今天的午饭特别好,是燕麦粥。这种粥很稠,比平日的小米粥要经饱得多。舒霍夫入伍前是农民,从小就用燕麦喂马,没想到今天会为自己喝上燕麦粥而满心欢喜。然而,今天更令他高兴的是他意外地多得到一碗粥喝。午饭后小队又得到了一个好消息:队长为大家争来了一个好百分比,这样全小队就能得到五天的好口粮。

下午大家开始砌墙。舒霍夫过去在家里已经干惯了这种活。他砌得十分专心,什么都不想。工作进行得非常顺利。很快大家便不再觉得冷,反而感到燥热起来。大家干得正欢时,收工的击打铁轨声响了起来。队伍又开始集合了,但在清点人数时发现少了一个犯人。一查,那人原来是个摩尔达维亚间谍。一个间谍跑了!警卫队长吓得脸色大变。他急忙派人去四下里寻找,最后终于在一个脚手架上找到了那个人。他太累了,在那里烤着火睡着了,根本没有听到集合的信号声。

犯人们回到了营地。进门前他们还要接受一次搜身检查。出于多年养成的节约习惯,舒霍夫在工地上拣起一小截锯条放入了裤兜。他没有想把它带回去,但随后把它忘掉了。现在他突然想起此事,心里不禁一阵紧张。如果锯条被查出他就要蹲十天禁闭！情急之下他将锯条放入一只手套，没想到这样他居然逃过了检查。进营地后犯人们拥向了食堂，晚饭还是菜汤，但要比早餐稀得多。不过对于冻饿了一天的犯人来说此时一碗热汤比他们的自由还宝贵。事实上他们就是为了现在这一会儿功夫才活着的。舒霍夫喝着汤，感到一无所怨，既不怨坐牢的时间太久，也不怨一天的日子太长，谢天谢地，他觉得自己能熬得过去。

回到营房，经过两次晚点名舒霍夫就上床躺下了。他吃了早上留下的面包，吸了一支烟，觉得这一天过得很好，心里很满足。邻床的犯人，虔诚的浸礼教徒阿辽沙像每晚一样默默地做着祷告。但舒霍夫心里想：祈祷上帝又怎么样？不管你祈祷多少次，坐牢的时间也不会缩短。刚入狱时，他非常想出去，每天晚上都要算一算刑期过了多少天，还剩下多少天。但很快他就对此感到厌烦，不再想回家的事了。到了现在，他已经不知道自己还想不想再要自由。他把没有洗过的薄薄的棉被蒙在头上，开始睡觉。一天过去了，没有碰上不顺心的事，这一天简直可以说是幸福的，他心满意足地睡着了。

在《伊凡·杰尼索维奇的一天》问世之前，索尔仁尼琴虽已从事文学创作多年，却还没有出版过任何作品。由于自己作品的政治倾向，他一直没有胆量把它们拿出来发表。1961 年 10 月苏共二十二大召开，著名诗人、《新世界》杂志总编特瓦尔多夫斯基在会上作了发言，指出应该更加自由地发表一些内容比较大胆与尖锐的作品。他的讲话令索尔仁尼琴大受鼓舞，于是他决定将早已完成的小说《854 号》投给《新世界》编辑部。为此，他又将该小说反复修改，删去了过去激烈的部分。但他带着手稿来到莫斯科后，却失去了将其面交编辑部的勇气，于是他委托过去的难友科佩托夫转交自己的稿件，由于缺乏信心，他在稿件上没有署名，也没有留下地址。

特瓦尔多夫斯基看到《854 号》后非常欣赏，他破例将它连夜读了两遍，还激动地拿着稿件跑到朋友那里同他们举杯庆贺一位新作家的诞生。但他知道该小说很难通过审查，于是将它交给了当时苏联最高领导人赫鲁晓夫的文化顾问列别捷夫。列别捷夫随后给赫鲁晓夫朗读了这部小说，他听后非常高兴。赫鲁晓夫当时正在掀起批判斯大林的新浪潮，需要文学为他助阵。他立即要编辑部将小说打印23份送交政治局讨论。政治局会议上大多数委员因持不同意见而保持沉默，但也有人直截了当地发问：发表这样的小说究竟对谁有利？然而赫鲁晓夫还是自行决定发表这篇小说。得知此消息后，《新世界》编辑部与检察机关开了一个不大不小的玩笑。他们不做任何解释就将小说校样送去候审。见到稿件后检察机关大吃一惊，打电话给编辑严辞质问。但半小时后又打来电话，客客气气地再索要两份校样，原来他们刚刚接到上级允许该小说发表的通知。经过一番周折，在接到稿件一年之后，《新世界》终于将该小说刊行面世。小说发表前按照列别捷夫的意见加进了直接攻击斯大林的话并根据特瓦尔多夫斯基的建议更名为《伊凡·杰尼索维奇的一天》。

《伊凡·杰尼索维奇的一天》经过作者的多次修改，反复琢磨终于成为其艺术上最成功的作品之一。首先，它虽然集中描写主人公及几位难友一天之内的所遭所遇，但通过多种叙事手段展示了他们坎坷人生的许多阶段并将他们塑造成丰满动人的艺术形象，因此具有很强的艺术概括性与浓缩性。其次，小说结构严谨，节奏鲜明，细节描写客观真实。更兼行文幽默，夹叙夹议，使一个流水账般的叙述过程生动自然，曲折多变，环环相扣，引人入胜。同时，作品语言简洁、明快、朴实无华而生动有力，具有很强的个性特征。

由于《伊凡·杰尼索维奇的一天》具有突出的政治新奇性和较强的艺术感染力，发表后反响强烈，大受欢迎。一时间书报亭被围得风雨不透，两天内近10万本杂志被抢购一空。单行本出版后，第一版发行70万册，第二版又销售了10万册。同时，它还大开同一题材作品的先河，在随后的若干年里同类的小说、回忆录、报告文学作品蜂拥而起，纷至沓来，成为前苏联文学史上的一大景观。

93. 前苏联的"境内侨民"帕斯捷尔纳克与"《日瓦戈医生》事件"

在前苏联文坛70余年的历史中，有许多诗人、小说家因对国家的社会政治制度不满而移居国外，成为一代又一代的侨民作家。同时，还有一些文人没有离开祖国，但与本国政府离心离德，格格不入，在自己的国家里始终是外人，是异端分子，他们宁愿孤独寂寞地在自己的象牙之塔内苦苦挣扎，也不愿将自己的创作融入祖国的文学主流中去，从而成为苏联境内的"侨民作家"。在这一作家群中最具代表性的人物就是被肖洛霍夫称为"寄居蟹"的鲍里斯·列昂尼多维奇·帕斯捷尔纳克（Boris Pasternak，1890－1960）。

帕斯捷尔纳克1890年生于莫斯科的一个犹太艺术家家庭。他的父亲是一位著名画家、美术学院教授和哲学家。他的母亲是鲁宾斯坦的学生，一位很有才华的钢琴家。他的父母与当时俄国及欧洲许多文学家、艺术家都是好朋友。俄罗斯大文豪列夫·托尔斯泰与奥地利著名象征主义诗人莱纳·玛丽亚·里尔克都是他家的座上客，生长于这样的家庭，帕斯捷尔纳克从小就受到文学艺术的熏陶，对音乐、文学及哲学产生了浓厚兴趣。十四岁时他曾下决心当一位音乐家，在莫斯科音乐学院一些教授的指导下，他曾花去六年时间苦练钢琴并学习音乐理论及作曲，但他的学习成绩并不理想。1910年他放弃当音乐家的梦想,考入了莫斯科大学法律系,后又转入文史系哲学专业。1912年他来到德国的马尔堡大学,师从著名的康德与黑格尔专家赫尔曼·科恩教授学习新康德主义。后来,他因恋爱失败放弃在德国的学习回到莫斯科。1913年他从莫斯科大学毕业,并从此告别哲学研究开始全身心投入文学创作中。第一次世界大战爆发后,帕斯捷尔纳克因在少年时代骑马摔跛了脚而被免除兵役。其后他来到乌拉尔山区一家工厂任职员。在那里他曾爱上一位已婚的女人。乌拉尔的生活对他日后的创作产生重大影响,他在写作许多作品(包括《日瓦戈医生》)时都从那段经历中选取过素材。十月革命后他回到莫斯科,开始到人民教育委员会图书馆工作。

帕斯捷尔纳克从中学时代就开始写诗。1914年出版了他的第一部诗集《云中的双子星座》,从而迈出了文学生涯的第一步。此后,他又相继发表了《越过壁垒》(1916)、《生活啊,我的姐妹》(1922)、《主题与变奏》(1923)、《施密特中尉》(1926)、《1905年》(1927)、《再生》(1932)、《早班车上》(1995)等诗集或长诗,以及散文集《故事集》(1925)、《空中路》(1933)。帕斯捷尔纳克认为艺术创作纯粹是艺术家个人的精神活动,是他的主观想象的表现形式,与现实生活无关。在这种思想指导下,他的早期诗歌深受象征主义与未来派的影响,内容上消极悲观,着力表现孤独的个人的情感世界;形式上晦涩艰深,庞杂混乱,令普通人难以读懂。为此高尔基与卢纳察尔斯基曾对他提出批评。20年代中期后他的诗风有所转变,但无根本的改观。他的作品读者很少,发行量很小。后来他不得不从写诗改为译诗。他所翻译的格鲁吉亚诗歌得到斯大林的赞赏,并因而得到他政治上的保护。总的说来帕斯捷尔纳克的文学创作一直脱离苏联文学主流,他本人则一出世就成为有争议的诗人。他特立独行,始终拒绝与时代同步,一贯不愿与大众结为一体。为此政府与文艺界大多数人都不喜欢他,他的个人生活与创作活动也经常很不顺利。

毫无疑问,帕斯捷尔纳克最重要的作品是他的长篇小说《日瓦戈医生》(Doctor Zhivago,1956)。这是一部自传性小说,书中很多内容都是根据作者本人的亲身经历写成的。如果说在过去的创作中帕斯捷尔纳克对政

治采取了回避态度，在这本小说的写作中他却直接、鲜明地表明了他的政治立场。在此书中他无可置疑地袒露了其对十月革命及社会主义制度的怀疑甚至厌恶。该小说发表后在苏联国内外引起了一场轩然大波，制造了轰动一时的政治闹剧——“《日瓦戈医生》事件”。

帕斯捷尔纳克于1948年开始创作《日瓦戈医生》。他躲在莫斯科郊外的小屋内潜心专意地写了8年，于1956年始将全书写成。当时苏联文坛正处于“解冻”时期，他对此书的出版抱有很大的希望。他将书稿寄给了《新世界》杂志编辑部。不料经过审查《新世界》编辑部退还了他的书稿并付上一封措辞严厉的退稿信，信上说：“您的小说的实质是仇视社会主义，小说表明了作者的一系列反动观点，首先是对十月革命后头十年的观点，说明十月革命是一个错误，支持十月革命的知识分子投身革命是一场无可挽回的灾难，而以后发生的一切都是罪恶。”在这种情况下，帕斯捷尔纳克于1956年6月将书稿又寄给米兰的出版商，意大利共产党党员费尔特里耐里，希望此书能在意大利出版，但到了9月份又打电报给弗尔特里耐里索还书稿。在此期间，为了阻止该书在意大利出版，苏联驻意大使馆向意方施加了外交压力。同时，意共高层领导也出面做费尔特里耐里的工作，劝他不要出版此书。但费尔特里耐里拥有出版该书的世界版权。他顶住各方压力，非但没有放弃该书的出版，反而请人以最快的速度将它译成意大利文，并于当年11月将其刊行面世。很快该小说又被译成法语和英语出版。此后不久，该小说即被译成18种文字在欧美国家竞相印行。此书在西方引起轰动，受到极高的赞誉。英国作家彼得·格林将其称作“一部不朽的史诗”。美国俄裔学者马克·斯洛宁断言“该书是我们这个时代最重要的作品之一。它的出版是文学界的头等大事。”该小说在欧美成为风行一时的畅销书。1958年9月该书英文版在美国出版，此时正值俄裔美籍作家纳博科夫的名作《洛丽塔》走红时期。该书于8月份出版以来一直名列畅销书榜首，然而七周之后《日瓦戈医生》便后来居上，击败《洛丽塔》成为畅销书榜上的第一名。《洛丽塔》屈居第二。为此纳博科夫曾十分恼火。当有人要他评价《日瓦戈医生》一书时，他毫不客气地称该书“毫无价值，故作奇异，虚假愚蠢”。

1958年10月23日瑞典科学院决定授予帕斯捷尔纳克该年度的诺贝尔文学奖。帕斯捷尔纳克闻讯欣喜若狂,立即致电瑞典科学院,声称:"无比感激,激动,自豪,惶恐,惭愧。"至此"《日瓦戈医生》热"达到高潮。此时正是东西方冷战时期,西方政界与文学界将该小说当成了攻击社会主义制度的重型炮弹。他们不遗余力地炒作此书事实上是要掀起一次反苏反共的政治浪潮。为此,欧美报刊连篇累牍地吹捧该小说,西方各界人士也纷纷致电帕斯捷尔纳克表示祝贺。

西方对《日瓦戈医生》一书大做文章的做法引起前苏联方面的极大愤慨。各界人士纷纷站出来对此进行抨击。10月26日,《新世界》主编特瓦尔多夫斯基与七名编委联名给全苏作协机关报《文学报》写信,指责帕斯捷尔纳克将书稿交给外国出版商的行为玷污了苏联作家与公民的起码荣誉和良心,并要求发表《新世界》1956年的退稿信。同一天,著名评论家萨拉夫斯基在《真理报》上撰文《围绕一株毒草的反革命叫嚣》,谴责帕斯捷尔纳克是社会主义的"污蔑者","苏联人民的诽谤者"。随后,《文学报》又发表了题为《国际反动派的一次挑衅性出击》的文章,指出给帕斯捷尔纳克授奖是西方"一次怀有敌意的政治行动"。与此同时,许多普通公民也投书各报章杂志对帕斯捷尔纳克及《日瓦戈医生》一书予以批判。10月27日前苏联作协宣布由于帕斯捷尔纳克"政治上和道德上的堕落及对苏联国家与社会主义制度的背叛"而取消他的会员资格。此后高尔基文学院的学生又结队来到帕斯捷尔纳克住宅前举行抗议活动。在庆祝共青团成立41周年大会上,共青团第一书记谢米恰特内发表讲话说"既然帕斯捷尔纳克对苏联如此不满,他完全可以离开苏联到资本主义乐园去。"11月4日,塔斯社受权声明:"如果帕斯捷尔纳克出国领奖后不再回来,苏联政府决不追究"。面对这种局面,本来兴高采烈准备领奖的帕斯捷尔纳克被迫宣布拒绝领奖。他为此致电瑞典科学院:"鉴于我所属社会对此荣誉的解释,我必须拒绝这份我不应得的奖金,请勿因我的拒绝而不快。"随后他又致信赫鲁晓夫,请求不要将他驱逐出境。"对我来说离开祖国就意味着死亡。因此我请求您不要对我采取这种极端措施。"苏联政府没有驱逐帕斯捷尔纳克,前苏联作协在他承认错误后又恢复了他的会籍。此后他孤独而又平静地住在莫斯科近郊的彼列德尔基诺村，继续写作，时而接待一下来自国内外的客人，但再也没能发表作品。此时他已身败名裂，完全游离于苏联社会主流之外。1960 年 6 月 30 日他因病逝世。

80 年代中期前苏联社会政治生活发生了巨大变化，苏联文艺界开始重新评价帕斯捷尔纳克与《日瓦戈医生》一书。此时“《日瓦戈医生》事件”已成为历史，帕斯捷尔纳克如今被公认为伟大作家，他的小说也被认定为经典作品。1986 年举行的全苏作家第八次代表大会上代表们强烈要求为帕斯捷尔纳克建立纪念馆。1988 年，《日瓦戈医生》首次在苏联国内出版。1989 年，作家的儿子叶甫盖尼前往瑞典替亡父领回了迟到 30 年的诺贝尔奖金。1990 年作家诞生 100 周年时，前苏联举办了“帕斯捷尔纳克诞辰 100 周年纪念会”和“国际学术报告会”，并开放了“帕斯捷尔纳克故居博物馆”。与此同时，联合国教科文组织还将 1990 年定为“帕斯捷尔纳克年”。到那时止，前苏联已出版五卷本的《帕斯捷尔纳克选集》，四个版本的《日瓦戈医生》，总发行量达数百万册。至此，帕斯捷尔纳克的哀荣可谓隆重之及。

94.《日瓦戈医生》——凄美动人的诗化小说

一个凄风苦雨的下午，在一个萧瑟森冷修道院的墓地里唱着安魂曲的人们安葬了一位病逝的妇人。新坟落成后，一个10岁的男孩扑了上去放声痛哭。他就是死者的儿子，小说《日瓦戈医生》的主人公尤里·日瓦戈。尤里出身于富商之家，但父亲是个风流浪子，很早以前便遗弃了家庭，在外面眠花宿柳，挥霍无度，最后落得一贫如洗，不得已跳下一列飞驰的火车自杀身亡。母亲死后，小尤里在舅父的安排下寄居在莫斯科的一个亲戚、化学教授格罗梅科家。教授的妻子安娜是一位大铁矿场主的独生女儿。她非常喜欢尤里。他们的女儿冬妮亚与尤里同年，也与尤里成了好朋友。几年后两个孩子都上了大学，尤里学医科，冬妮亚学法律。

一位已经俄国化的法国女人阿米利亚听从已故丈夫的老友、自己的情夫科马罗夫斯基律师的劝告携儿带女来到了莫斯科。她们住进工人区，开了一家缝纫作坊。科马罗夫斯基是个道德败坏的登徒子。他在玩弄阿米利亚的同时又看上了刚刚成年，但美貌无双的拉拉。拉拉天真无知，经不住他的百般诱惑终于被他占有。在与他保持一定关系后拉拉对他厌恶至极，下定决心要摆脱他。她向同窗好友、一位大企业家的女儿娜佳求助，娜佳就邀请她到自己家为妹妹作家庭教师。

拉拉在另一位好友家结识了一个中学生帕沙·安季波夫。帕沙的父亲是一位参加革命的铁路工人,现在已被流放。帕沙狂热地爱上了拉拉,对拉拉百依百顺。拉拉对帕沙也很有好感。得到教职后,拉拉经常背着帕沙替他向房东交食宿费,并不断地给他患病的母亲与流放中的父亲寄钱。三年后,娜佳的妹妹中学毕业了,不再需要家庭教师,拉拉决定离开她家。她想到与帕沙结婚,可心中又充满矛盾。此时她恨透了科马罗夫斯基。在一次圣诞晚会上她看到了他,就向他开了一枪,但误伤了别人。拉拉刺杀科马罗夫斯基时尤里与冬妮亚也在场。尤里见过拉拉,并对她有着深刻的印象。此情此景再度见到她时不禁大吃一惊。枪击事件后拉拉受刺激过甚,一病不起。病愈后,她便与帕沙结了婚。不久他们双双大学毕业,并同时收到乌拉尔尤里亚金市一所学校的聘书。于是他们离开莫斯科,来到乌拉尔尤里亚金一同执起了教鞭,并很快就有了一个女儿卡狄莎。然而一年之后帕沙开始对这种生活感到了厌烦。他意识到拉拉始终把他当成一个孩子,时时处处左右着他的意志。他还感到虽然他对拉拉一往情深,拉拉并不真正爱他,她对他的感情只是一种崇高的责任感。为了摆脱这种烦恼,帕沙志愿参了军。战争开始后拉拉也上了前线,在战地医院当了一名女护士。

安娜病故了。冬妮亚成为了外祖父遗产的继承人。按照安娜的临终遗愿,尤里与冬妮亚大学毕业后就成了亲。冬妮亚美丽、贤惠、温柔,他们婚后夫妻恩爱,生活十分幸福。尤里在圣红十字医院当了医生,在业余时间还写一写诗。不久,冬妮亚生下了一个儿子萨申卡。但是他们的美满生活很快就中断了。战争爆发了。尤里被征入伍当了一名军医。在一次战斗中尤里被德军炮弹击中,负伤住进了一所陆军医院。在那里他又遇到了拉拉。

此时拉拉听说丈夫已经在前线阵亡。她忍住悲痛,在医院里恪尽职守,精心护理伤病员。伤员中有个帕沙的战友加利乌林少尉,他也来自莫斯科工人区,也见过拉拉。他告诉拉拉他同她丈夫在一个团,而且还保存着他的东西。拉拉听罢更加伤心。尤里对拉拉产生了好感。他非常关心她,看到她忧伤的样子心里十分难受。一天他向她表露了自己的这种心情,拉拉听后大吃一惊。

二月革命后尤里回到莫斯科,一家人又团聚了,但儿子根本不认识他这个爸爸。尤里又回到圣红十字医院当医生。很快莫斯科街头又响起了枪声,原来十月革命爆发了。对于新的革命尤里非常高兴,他认为这是革除俄国旧制度溃疡的一次出色的外科手术。革命后当医院里很多人纷纷离开时,他毅然留下来为新政权服务。然而在随后到来的冬天里他们全家却因为食物与燃料的匮乏经受了饥饿与寒冷的折磨。最后尤里还染上了伤寒。在他们最困难的时候尤里的异母弟弟叶夫格拉夫向他伸出了援助之手,为他们弄来了大量的食品。

弟弟的帮助毕竟不能彻底解决问题。无奈之下尤里一家决定迁往乌拉尔尤里亚金市冬妮亚外祖父留下的瓦雷金诺庄园。他们登上一列挤满难民的货车,开始了穿越半个俄罗斯的艰难旅程。火车行进缓慢,时常受阻,沿路地区饱受内战与饥荒的蹂躏,一片凄凉景象。进入东部地区后旅途变得越发不安定。那里盗匪猖獗,叛乱频仍,烧毁的村庄随处可见。列车经常停车接受公安人员的检查。一次大雪封路,全体旅客都被叫下车来清扫了三天积雪。随后为列车补充燃料,乘客们又全体出动锯了一天木料。不过这种劳动倒令人感到充实而又愉快。旅途中尤里见到了一位红军将军斯特列利尼科夫。他就是帕沙。原来他死里逃生,隐姓埋名参加了革命。他坚毅果敢,屡建奇功,成为了边疆地区的传奇英雄。他很想念自己的妻女,但却从来没有回去看望他们。此后,尤里又结识了一位热情友好、神通广大的布尔什维克桑杰维亚托夫。

到达瓦雷金诺后,由于有了物质上的保障,尤里一家的生活安顿了下来。但这个地区并不太平,红军与白军经常在这里展开争夺战。此地的白军首领就是帕沙当年的战友加利乌林。一天尤里来到尤里亚金市图书馆借书。在那他又意外地遇到了拉拉。原来她又回到了这个城市。见到拉拉尤里非常激动,因为分手后他始终在思念她。他们一同来到拉拉家互诉别情。当晚尤里便住在那里。此时尤里感到十分矛盾:一方面他感到对不起冬妮娅,一方面又难以割舍对拉拉的感情。

第二天,在回家的途中尤里碰上一支红军游击队。他被强征为游击队军医。他在游击队里呆了一年多之后找到机会逃了出来。回到尤里亚金后，他才知道因科学院召岳父回去工作，他的全家已返回莫斯科。他找到拉拉，随后便在她家一病不起。病愈后尤里打算回莫斯科与家人团聚，但在这时收到一封冬妮娅五个月前写的一封信，得知由于岳父早年参加过立宪民主党，他的全家已被政府驱逐出境。现在他的家人已在法国。读罢来信尤里昏倒在地。

几天后科马罗夫斯基突然出现在拉拉家。他声称帕沙因为当过沙俄军官已被清洗并枪决。目前拉拉和尤里的处境也很危险。现在新成立的远东共和国政府请他当司法部长。他要拉拉与尤里同他一起逃走。尤里与拉拉拒绝了科马罗夫斯基的邀请，但决定到瓦雷金诺暂避一时。在桑杰维来托夫的帮助下他们来到瓦雷金诺，并在那渡过一段短暂而又美好的时光。在充满幸福与生活气息的宁静中，尤里写下了许多动人的诗篇。但是好景不长。科马罗夫斯基找到这里，再次对他们施加压力陈说利害，提出警告。拉拉终于跟他一起走了。

拉拉走后尤里感到无比悲伤与孤独。这时一位客人突然造访，他不是别人，正是帕沙。他遭到了清洗，但逃了出来，现在正被追捕。他与尤里进行了彻夜长谈。第二天早上他开枪自杀了。

尤里又回到莫斯科。他同冬妮娅家旧日看门人马克尔的女儿玛林娜结了婚，有了两个孩子，并靠打零工维持生活。此时他已变得意气消沉、颓废放纵、性情怪僻、行为乖张。玛林娜对他百般迁就，悉心照料。就这样他们一起生活了七年多。一日尤里突然离家出走，不知去向。原来他又得到弟弟的帮助，想独居一段时间调整自己，做些正事，以便为新生活做好准备。不久弟弟为他在一家医院找好了工作。然而尤里在第一天上班的路上心脏病发作，倒毙街头。在他的葬礼上叶夫格拉夫与拉拉都来了。拉拉与科马罗夫斯基走后始知受骗，但已无可奈何，只能同他生活在一起。后远东共和国垮台，科马罗夫斯基逃到国外，她才来到莫斯科。她同叶夫格拉夫一同整理了尤里的遗稿，并告诉他自己同尤里有一个女儿塔尼亚，现已失散。几天后她在大街上被捕，最后死在北方的一个集中营里。二战期间苏军少将叶夫格拉夫找到了塔尼亚，收养了她，并送她到学校去学习。

《日瓦戈医生》(Doctor Zhivago ,1956)是前苏联作家帕斯捷尔纳克(Boris Pasternak,1890 - 1960)的代表作,也是俄罗斯当代文学史中的一部名著。1958 年它助其作者荣获诺贝尔文学奖。这部作品的成功是由多种因素构成的。首先,它的政治倾向性赢得了前苏联国内敌对分子及西方国家对它的青睐。它对十月革命的否认态度无疑正符合反共反苏势力的需要。其次,该小说自身也具有较高的艺术价值和较强的艺术感染力。文学是人学,一部优秀的文学作品首先应是将人表现深刻、刻画传神的作品。《日瓦戈医生》正是这样的作品。在该小说中,作者以其独到的功力塑造了日瓦戈这一思想畸形的人物形象,并将其描画得细致入微,栩栩如生,真实可信。在作者的笔下日瓦戈是一个充满矛盾、多种内涵并存的人。他心地善良,诚实正直,博才多学,善于思考,同时又个人主义严重,狭隘短视,意志薄弱,优柔寡断。他对旧制度深恶痛绝,又同新政权格格不入。对妻儿至爱不移,又对拉拉一往情深。通过对他的刻画,作者生动地揭示了人类内心世界的多面性、丰富性与复杂性。此外,该小说还具有一股浓郁的抒情味道,通篇充满了诗情画意。书中对人物精神生活及心理活动的描述营造了一种浓浓的情感氛围,对自然景物及浪漫爱情的描写更增添了一种优美的诗的意境。同时,书中很多自然景观与日常事物还带有深刻的象征意蕴,从不同的侧面代表了人物的品质与心境。一些评论家曾称《日瓦戈医生》为“诗化小说”,他们的话所言不虚。

95.《阿尔巴特街的儿女》——梦魇的生动记录

阿尔巴特街是莫斯科市中心的一条历史悠久、非常有名的街道。革命前这里是达官贵人的聚居之地。革命后这里住进了相当多的高级干部、高级知识分子,及普通老百姓。在这条街上最大的一幢楼房里住着一个叫萨沙的青年,他是运输学院四年级的学生,团支部书记。他的父亲是位工程师,现已与他的母亲索菲娅分居。他的舅父马尔克是苏联最大的钢铁厂的厂长,经常受到斯大林的接见,在同一条街上还住着萨沙的儿时伙伴军校学员柯斯京,法学专业大学生沙罗克,女教师妮娜与她的妹妹华丽亚。他们同住在邻街的莲娜、瓦季姆及他的妹妹维卡都是好朋友。

一天运输学院召开党员大会,讨论行政副院长克里沃卢奇科没能按期完成集体宿舍工程的问题。会上院党委书记巴乌林与研究生洛兹加切夫对克里沃卢奇科进行了猛烈的攻击。萨沙知道造成工期拖延的原因是建材短缺。他与系主任杨松为副院长辩解了几句。他们的意见受到巴乌林的压制。大会通过决议开除克里沃卢奇科的党籍。随后巴乌林又把斗争矛头转向萨沙。萨沙曾对讲授社会主义统计学原理课的教师阿吉疆上课时不讲正题而给他提过意见。阿吉疆因而给党委写信,诬告萨沙反对将马克思主义作为统计科学的基础。巴乌林提出了此事,洛兹加切夫发言说萨沙在宣扬科学脱离政治。但院长格林斯卡娅提出此事应交团组织处理,从而将其暂时压下。

然而几天后又出了一件事。萨沙在他编辑的庆祝十月革命专号墙报上刊登了几首他与几个同学相互打趣的滑稽打油诗。党委为此召开了紧急会议,会上巴乌林与洛兹加切夫把墙报、统计学课及萨沙为克里沃卢奇科辩解三件事都说成反党行为。最后会议决定开除萨沙的学籍,撤销杨松的系主任职务并由洛兹加切夫接任。事后不屈服的萨沙到区委为自己提出申诉,但区委第一书记斯托别尔同巴乌林是一路货色,区委支持了学院党委的决定。萨沙决定要继续上告。他的事引起了亲友们的极大不安。邻居米哈伊尔劝阻他说:"政治案件的特点是:你每上诉一次就会多卷进一些人,案子也由此像滚雪球一样,越滚越大。"但萨沙回答说:"我相信党。"他又来到党中央监察委员会,见到了负责人索里茨。索里茨对萨沙深表同情。他立即把学院领导叫到自己的办公室,要他们撤销对萨沙的错误决定。

然而意想不到的事情又发生了。就在萨沙被恢复了学籍的当天夜里他便被公安人员从家里抓走,并从此没有了音讯。索菲娅急得一夜之间从一位美丽的中年妇女变成了满头白发的老太婆。她同喜欢萨沙的华丽亚冒着风雪跑遍了各个监狱打听萨沙的下落都没有结果。马尔克与莲娜的父亲,重工业人民委员会副人民委员布加宁全过问了此事,但也没有得到任何消息。

原来安全部门认为运输学院里有一个以过去参加过"工人反对派"的克里沃卢奇科为首的地下反革命组织,而萨沙很可能与之有牵连。在萨沙被捕的同一天夜里克里沃卢奇科也锒铛入狱。在对萨沙多次审讯未果的情况下,审问他的侦察员季亚柯夫提出只要他在事先写好的承认他所做的事是克里沃卢奇科指使的声明上签个字,就可以释放他,但萨沙坚决地拒绝了。最后他被判处流放西伯利亚三年。在萨沙登程的头一天晚上索菲娅才接到警方通知。她与亲友忙了大半夜才为萨沙准备好全部行装。就在萨沙在火车站被押上列车时,华丽亚也正好来此为朋友送行。她看到了他。她控制不住自己的感情,失声痛哭起来。

萨沙来到了流放途中的第一站康斯克,从这里犯人们将要步行去他们的流放地，萨沙同一个叫鲍里斯的犯人成了好朋友。在鲍里斯的原单位挂着一条标语："技术在改造时期决定一切。斯大林。"一天他为一位可爱的姑娘随便念了一下这条标语。由于他口齿的原因，姑娘觉得他念错了标点符号，把标语念成："技术：在改造时期斯大林决定一切。"姑娘将此事向上级做了汇报，于是他便成了搞反革命宣传的罪犯。离开康斯克后犯人们开始了他们在原始森林中的长途跋涉。一位曾绝食10天的犯人在途中病故。多日后他们终于来到下一个中转站。在这里萨沙与热情、快活的鲍里斯伤心地分了手。

萨沙被捕后他的伙伴们的生活也发生了很大变化，柯斯京军校毕业被派往远东服役，为此他热恋多年的妮娜离开了他。沙罗克大学毕业后被分配到内务部，在季亚柯夫手下工作。此前他早已同莲娜建立恋爱关系，并使她怀孕堕胎。现在他又与维卡勾勾搭搭并将她发展成自己的一个眼线为自己搜集情报。他经常在同一秘密地点与她们二人分别约会。一天莲娜在那里看到了维卡，明白了一切，就和沙罗克分了手。维卡看清了沙罗克的真实面目，也最终与他分道扬镳。萨沙走后华丽亚又交上了新男友，但她依然经常去看望索菲娅。不久她就与男友在索菲娅家租房同居。然而她很快发现男友行为不端而且已婚，于是她坚决与他一刀两断了。她在莫斯科设计院找到了工作，又给萨沙写了一封信，告诉他自己非常想知道他现在正在做什么。

根据斯大林的意见在党的十七大上马尔克被选为中央委员而布加金落选了。布加金在外交部工作时坚持认为希特勒是对苏联的最大威胁，而斯大林反对这一观点。与斯大林意见相左的许多人都受到了降职处分。现在斯大林对基洛夫产生了极大的反感。基洛夫主持列宁格勒的工作。那里过去是季诺维也夫的根据地，斯大林把基洛夫派去是为了让他彻底改组那里的党组织。但他不仅没有这样做，反而将过去支持季诺维也夫的人都团结到了自己周围。此后中央委员叶奴基泽写了一本回忆录，提到当年巴库的地下印刷所是列宁亲自领导的。对此斯大林很不满，他要基洛夫写篇文章证实这个他当时根本不知道的秘密印刷所是他领导的，基洛夫拒绝了他的要求。不久斯大林决定将基洛夫调到中央工作，基洛夫又拒绝了，斯大林将内务部的一个心腹派到列宁格勒工作。后来，基洛夫来莫斯科参加中央全会。会上斯大林让人做基洛夫的工作叫他来中央，但遭到他的再次拒绝。基洛夫回到列宁格勒的第二天便遇刺身亡。

萨沙来到流放地莫兹戈瓦林后日子过得很不顺。他先和房东的无赖儿子打了一架并因而在打猎时险些遭其暗算，后又与蛮横无理的农庄主席发生冲突。为此内务部驻本地特派员找他谈话，告诫他遇事要冷静、忍耐。后来萨沙结识了漂亮的女教师济达，并与她产生了感情。一天，萨沙在森林里意外地看到了鲍里斯。原来他已从流放地逃了出来。他爱上了另一地区的一个姑娘，在一次偷偷去看她时被人捉住，为了免受惩罚他决定逃走。萨沙劝他回去自首，因为冬天到了，他会在路上冻饿而死。鲍里斯没有同意，他只是求萨沙送他一些食物。萨沙回去准备了一大包腌肉与面包干给他送来。二人洒泪分别。

1944 年 6 月的一天深夜，苏军某军军长柯斯京将军正要休息，他们军汽车部队的新任主任前来向他报到。借助昏暗的灯光，柯斯京看到来人不是别人，正是阔别十载的儿时伙伴萨沙。萨沙对他说自己并没要求到他的军中来。由于自己被判过刑，为了不连累朋友，他希望被调到其他部队工作。柯斯京望着萨沙，亲切地对他说道："得了，萨沙，脱掉外衣，让我们为重逢干一杯。"无论怎样，他，萨沙，妮娜，华丽亚他们都永远是阿尔巴特街的儿女。

《阿尔巴特街的儿女》(Children of the Arbat，1987)是俄罗斯当代作家雷巴科夫(Anatoly Rybakov，1911 - 1998)的一部名作。这是一部带有自传性质的作品。同萨沙一样，作者也是生长在阿尔巴特街，就读于莫斯科运输学院，22 岁时被流放西伯利亚，战争爆发后被征入伍，担任一个军的汽车部队主任。此外，书中其他一些人物也可以或多或少在作者生活圈内找到原型。雷巴科夫于 1966 年开始写作此书，1983 年将其全部完成，其间付出了巨大的心血。本书曾有 7 个稿本，最初的构思包括 7 部小说。《阿尔巴特街的儿女》第一部 1967 完稿，当时的《新世界》杂志总编辑瓦尔多夫斯基读后甚为赞赏，立即决定刊登并为此登出预告。但随后即被撤销。雷巴科夫闻讯并不气馁，继续创作小说的第二部与第三部。1978 年

《十月》又发出预告称将要发表此小说，但最后又不了了之。1987年在新的政治形势下这部作品才最终与读者见了面。为此作者整整等了21年。小说发表后反响空前，在当时被称作“近年来苏联文学界最重要的事件。”西方一家报纸称该小说为“莫斯科的一颗文学炸弹。”小说正式出版后立即成为前苏联少有的畅销书，并迅速被译成多种文字流行于世界。美国的出版公司为翻译出版该小说预计了10万美金的版权费并发布了醒目的新书预告。

《阿尔巴特街的儿女》一书通过对主人公不幸遭遇的描写绘制了苏联20世纪30年代社会政治生活的广阔画面，披露了许多鲜为人知的历史事件。同时，它又从独特的视角对斯大林进行了细致入微的形象刻画。这一切都引起了读者广泛的兴趣并使他们作出了强烈的反应。小说最初在杂志上刊载后的一个月内，作者便收到500多封来信，其中大部分表示赞扬，但与此同时也有不少读者对该小说持批评态度。他们认为它片面偏激，不够真实。有的人甚至主张为此把作者再次流放到西伯利亚去。毫无疑问，在当时苏联的社会政治条件下出现对该书的截然不同的看法完全是一个正常现象。

96. 拉斯普京
——当代俄罗斯文坛上的道德问题探索者

在俄罗斯当今文坛上瓦连京·格利高里耶维奇·拉斯普京(Valentin Gritorbevich Raspukin,1937－)无疑是最早走上成功之路的作家之一。他于20世纪60年代正式发表作品,1967年以成名作《为玛丽娅借钱》成为前苏联“农村散文”作家群中的佼佼者。此后,他又以《活着,但要记住》(1974)和《火灾》(1985)两篇小说两次获得前苏联国家文学奖。他的小说影响广泛,深受读者欢迎,被一版再版,并被改编为影视作品。同时,他的作品还被译成多种文字流传于国外。如今拉斯普京已经无可争议地跻身于俄罗斯当代一流作家之列并在国际上享有盛名。俄罗斯著名作家早在1979年便这样评价他:“拉斯普京几乎没有起跑便一下子作为一位真正的语言文学大师进入我们的文学界。不谈他的创作,已不可能对今天的俄罗斯及全苏联文学作真正的讨论。”

拉斯普京是农民的儿子。他1937年生于西伯利亚伊尔库茨克州安卡拉河畔的乌斯特—乌达村。由于生长于清贫的农家,他早年经历过艰苦的生活,同时也熟悉了乡间淳朴的民风人情、道德传统。这一点对他的世界观形成及后来的文学创作活动都产生了深远的影响。他的祖母是一位典型的俄罗斯农村妇女,为人非常善良、朴实、勤劳、热情。她慈祥仁爱的形象深深地留在他的记忆之中,在不同程度上成为他许多作品人物的生活原型。1955年拉斯普京考入伊尔库茨克大学文史系。由于家里无力承担他的学习费用,他在上学期间便开始给报社打工挣钱。1959年大学毕业后,他被分配到克拉斯诺亚尔斯克青年报社工作,开始了记者生涯。此后,他跑遍了西伯利亚的大部分地区,了解了那里的民族风情、自然风貌及社会生活变化,写出了大量优秀的新闻报道与特写。在此期间的生活积累与新闻写作为他日后的文学创作提供了充分的准备。

60年代初拉斯普京开始创作活动。据他本人讲因为他身边的人都热衷于文学写作,所以他自己也难免要试试身手。1961年他写出处女作短篇小说《我忘了问廖什卡》,并将它发表在文学丛刊《安加拉》上。这篇作品写得并不成功,使得他在此后的四年里再也没有写小说。1965年他重新开始小说创作,并接连发表了数篇短篇小说。他的一些作品在1966年于赤塔召开的西伯利亚及远东青年作家会议上受到好评。

1967年是拉斯普京创作生活中的转折点。这一年他发表了中篇小说《为玛丽亚借钱》,使他一举成名。此后,他的其他主要作品《最后的期限》(1970)、《活着,但要记住》、《告别马焦拉》(1976)和《火灾》先后问世,从而奠定了他在俄罗斯当代文坛上举足轻重的位置。拉斯普京在小说创作中主要取材于农村的日常生活。他的作品大都以西伯利亚安卡拉河一带乡村为背景,主人公也基本上都是农村的普通劳动者。

拉斯普京曾被批评家称为道德小说家,他本人也声称"从道德方面研究人的个性"是他的创作特点,这是因为他在创作中一直孜孜不息地进行精神道德问题的探讨,并取得了不容忽视的成绩。他在创作中注意力从不在所叙述的故事,而始终在这些故事中的精神道德内涵。从20世纪60年代开始,前苏联的社会生活发生了很大变化。大量的农村人口流入城市,众多旧式乡村逐渐失去它们往日的风貌。传统的生活方式、价值观念、道德信仰逐步消失,很多人,特别是年轻一代出现了严重的精神危机。社会道德水准严重下滑,功利主义、享乐主义与市侩哲学开始泛滥。在这种形势下,有着强烈社会责任感的拉斯普京怀着培养人的"善良、纯洁、高尚的情感,医治他们精神上的冷漠"的志向登上了文坛。在创作中他始终致力于发掘农村中宝贵的精神财富，展示乡村道德中美好的东西，同时又无情地揭露与批判各种道德滑坡的不良现象并深入探讨它们出现的原因。

拉斯普京在他的主要作品中的道德批判是从《为玛丽娅借钱》开始的。玛丽娅是位古道热肠的农村妇女。为了给乡亲们解决困难，她自愿当了村里的售货员。她热心助人、办事公道，深得大家的爱戴。但由于她文化低，算错了账，亏了店里一笔钱。为此她有坐牢的危险。上级给了她补足亏空的期限。为此她的丈夫四处奔走借钱。人们都知道玛丽娅是清白的，但只有一些上了年纪的人肯解囊相助。期限将到时玛丽娅家还远远没有借到足够的钱。不是人们没有钱，而是人变得自私了，人情变得冷漠了。

《最后的期限》从另一个方面鞭挞了道德沦丧的丑行。乡下老妇人安娜病危时住在城镇的儿女们赶回家为她送终。平时尽管她非常想念他们，他们却很少回来看她。此次回来他们都希望她快点咽气以便办完丧事赶快回去。安娜是个善良无私的母亲，当年忍着在战争中失去丈夫与三个儿子的巨大悲痛吃尽千辛万苦把子女扶养成人。她一生只想着别人，从不想自己。如今她还为自己不能早死、牵累了儿女而感内疚。三天过去了，安娜依然活着，儿女们再也等不及了，纷纷找借口离家而去。在当天夜里，老人在孤寂中凄凉地死去了。

在《告别马焦拉》中，拉斯普京在更为广阔的意义上探讨了道德问题。安卡拉河上有一个叫马焦拉的小岛，岛上有一个同名的村子。为了修建水电站需要淹没这个小岛，岛上的村民都要搬走。此时老一辈的村民感到非常的痛苦，他们对世代居住的家园有着割舍不下的感情。但村里年轻的一代对此却不已为然，他们对故乡毫不留恋，离开它甚至使他们感到高兴。

内容可怕的《失火记》更加尖锐地揭露了世风日下的前苏联社会中的道德堕落现象。一家存放各种商品的仓库突然失火，闻讯赶来的人纷纷趁火打劫，见到什么拿什么。真正出力救火的只有老司机叶高洛夫等几个人。唯一敢于阻止人们哄抢商品的哑巴看门人哈姆卜大叔竟被无赖们活活打死。

《活着，但要记住》是拉斯普京影响最大的一部作品，一般认为是他的代表作。该小说通过对女主人公人生悲剧的描写也深刻感人地揭示了道德主题。卫国战争后期苏军士兵安德烈由于怕死当了逃兵。他回到家乡，在村外荒野里藏匿起来。只有他的妻子纳斯焦娜知道此事。她每天给他偷送食物及生活用品。此时她的心情非常矛盾。她认为丈夫的行为可耻之极，但出于夫妻之情又不能告发他。她多次劝他自首，都被他拒绝了。后来她怀了孕。由于无法向他人讲明怀孕原因，在极度痛苦中她跳入了安卡拉河。妻子死后安德烈逃之夭夭。

拉斯普京的作品在艺术上是很有特色的。细腻的心理描写，尖锐的矛盾冲突，浓郁的西伯利亚地方色彩和充满激情的政论性评论构成了他小说艺术的主要方面。此外，拉斯普京还是一位描写风景的高手，在他的笔下风雪肆虐的荒野，闪烁奔腾的安卡拉河与幽深莫测的原始森林都被描绘得栩栩传神。

前苏联改革开始后拉斯普京一直持保留态度，曾多次公开抨击自由派制造混乱。1991 年他曾在著名的《告人民书》上签名。苏联解体后他对新政权采取批评立场，积极参加反对派组织的活动。在文学领域，他同邦达列夫、别洛夫、普罗斯库林等人组成爱国派阵营，建立了自己的组织"俄罗斯作家协会。"他们以《我们同时代人》、《文学俄罗斯》、《青年近卫军》等刊物同由雷巴科夫、马卡宁、叶甫图申科等人组成的民主派组织"俄罗斯作家联合体"进行了针锋相对的斗争。在这场斗争中拉斯普京旗帜鲜明、立场坚定，称民主派为"俄罗斯的凶恶敌人"。当爱国派内部有人提出与民主派搞联合时，他曾坚决表示反对，并反复强调要维护本阵营的纯洁性。1999 年，当《文学俄罗斯》主编叶廖缅科在办报思想上采取向民主派靠近的态度时他愤然退出该刊物编委会。由于他鲜明的政治态度与杰出的创作成就，他获得了爱国派文学阵营设立的"托尔斯泰文学奖"的首届奖。

97. "农村散文"大师别洛夫与他众说纷纭的小说《一切都在前头》

1966年初苏联一家地方文学刊物《北方》刊登了一篇别开生面的中篇小说《凡人琐事》,引起广大读者与评论界的极大关注。这篇小说通过对一对普通农民夫妇生活悲剧的描写,真实地反映了当时苏联农村的社会现实,生动地展示了俄罗斯农民的精神特征,并从独特的视角揭示了许多深刻而又朴素的人生哲理。由于该小说产生的巨大影响,它成为了前苏联当代文学中的一个重要流派——农村散文派的奠基之作。这篇名震一时的优秀作品的作者就是在当时苏联文坛上还是一个无名小卒的俄罗斯当代著名作家瓦西里·伊凡诺维奇·别洛夫。

别洛夫1932年出生在位于俄罗斯中部的沃洛格达州的一个农民家庭,早年务过农,做过木匠,当过兵。1956年他进入一家地方报社工作。1958年他来到莫斯科,进入高尔基文学院学习,并于1964年毕业。

别洛夫从1956开始发表作品。当时他正热衷于诗歌创作,他的第一首诗发表在杂志《星》1956年第5期上。1961年他出版了诗集《我的林中小村》。此后他放弃诗作,改写小说。从1961年起他相继发表了中篇小说《别尔佳依卡林》、《在三条连水陆路那一边》(1965),出版了短篇小说集《炎热的夏天》(1963)和中短篇小说集《河湾》(1964)等作品。1966年《凡人琐事》面世，使别洛夫一举成为当代俄罗斯小说名家。此后，别洛夫又发表了中篇名著《木匠的故事》(1968)，出版了剧本集《在清澈的水面上》(1973)，中短篇小说集《彩霞相吻》(1975)，短篇小说集《电线在嗡鸣》(1978)，特写集《和谐》(第一部，1979；第二部，1980；第三部，1981)，及长篇小说《一切都在前头》(1986)和《前夜》(1987)。

别洛夫在当代俄罗斯文坛上是一位无可争议的出类拔萃的作家。他在国内具有举足轻重的影响，在国际上也享有很高的知名度。他的作品曾被俄罗斯评论家认定为“完全有权被称为当代经典著作”。英国斯拉夫学者霍斯金在列举能够代表20世纪六七十年代苏联小说主流的九位作家时，将别洛夫放在了首位。他曾这样评价别洛夫的作品：“别洛夫的作品是典型的、深刻而又通俗的哲理小说。他的中篇小说《凡人琐事》和随笔集《和谐》可称作是由一位大学者写的哲理小说。”1981年别洛夫获得苏联国家文艺奖。

别洛夫是一位以描写农民生活见长的小说家，是“农村散文”派的主要代表。然而他也创作过一些城市题材的作品，其中最重要的就是《一切都在前头》。然而这部小说发表后却在前苏联文学界引起了一场引人注目的激烈论争。这是一部讲述莫斯科一些知识分子婚姻生活的作品，其主要内容是这样的：

音乐教师柳芭与在研究所工作的副博士麦德维杰夫是一对感情融洽的夫妻。他们有一个可爱的女儿，家庭生活非常舒心。然而柳芭有一个追求者，她的中学同学米沙·勃里什。勃里什有犹太血统，为人精明灵活，被称为“走在前面的人”。他对柳芭一往情深，一直未婚。他非常嫉妒麦德维杰夫。为了讨好和接近柳芭，勃里什极力鼓动她到国外旅游并为她搞到了旅游证。于是他们二人便同麻醉师伊万诺夫等人一同前往巴黎观光。在巴黎时勃里什故意与记者阿尔卡奇打赌看阿尔卡奇能否给麦德维杰夫戴上绿帽子。他下的赌注是一瓶《白马》牌威士忌酒。然而他们的谈话被住在隔壁房间的伊万诺夫无意中听到。第二天晚上伊万诺夫就看到柳芭把阿尔卡奇带进了自己的房间。伊万诺夫对此事非常气愤，他决心回国后把一切都告诉好朋友麦德维杰夫，让他与柳芭这个“淫荡的女人”

分手。他本人已经离婚。他认为家庭破裂主要是由“妇女解放”造成的。

柳芭旅游回来后麦德维杰夫发现她有了很大变化。后来他听说柳芭他们在国外曾看过黄色电影。麦德维杰夫大为恼火。他是个思想保守、传统观念很重的人。他过去曾因不愿让一个生活放荡、抽烟酗酒、经常做人工流产的女亲戚上门而多次与妻子闹别扭。如今他开始怀疑妻子本人人品有问题,做过见不得人的事情。他们夫妻之间出现了裂痕,家庭中过去那种以诚相待的氛围再也不复存在。不久麦德维杰夫又发现柳芭背着他要去做人工流产,便更为气恼。他与柳芭大吵一通后离家而去。他三天没有上班,天天以酒消愁。不想就在这几天里他领导的实验室出了严重事故,一位年轻助手当场身亡,经济损失达五千万卢布。麦德维杰夫被追究了刑事责任,被法院判处6年徒刑。

很快10年就过去了。在此期间小说中几位主要人物的生活都发生了很大变化。伊万诺夫成了精神病诊所的重要专家。柳芭带着两个孩子与勃里什结了婚,并让孩子们姓了勃里什的姓。勃里什在事业上春风得意,成为了科学博士。而麦德维杰夫在服刑期满后来到莫斯科郊区一家农场的建筑队当了小工。一天伊万诺夫意外地遇到了10年未见的麦德维杰夫。两个老朋友一同来到麦德维杰夫的小棚屋边吃边谈。谈话中麦德维杰夫表达了对科技革命与城市文明的极大厌恶。他认为现代俄罗斯人的出路在“农民的小木屋里”。

麦德维杰夫出狱后非常想念自己的孩子,当他向勃里什提出要见一见他们时勃里什竟说他不应该来破坏自己家庭的安宁。麦德维杰夫勃然大怒,斥责勃里什道:“什么你的家庭!在这个家庭里任何人都不是你的。他们都是你偷来的。”伊万诺夫很为麦德维杰夫抱不平,他跑了许多有关部门为麦德维杰夫争取作为一位父亲的正当权利,但都没有取得结果;最后,他们两个还为此事吵得不欢而散。

《一切都在前头》出版后反响空前,批评家们纷纷撰文对其加以评论。由于他们的观点经常截然对立,因而形成了轰动一时的文学争论。批评家拉克申首先在《消息报》上发文表达自己的看法。他指出该小说对现代城市生活的揭示没有深度,所反映的不健康现象中许多是琐屑小事。同时，它对现代城市女性抱有偏见，把她们大都说成爱慕虚荣，追求享乐并喜欢卖弄风骚。他认为这样的描写有损于艺术的客观性。紧接着评论家乌里亚绍夫也为《文学俄罗斯》撰文批评《一切都在前头》。他认为该小说的主题是科技进步对社会和家庭的负面影响，其故事情节与人物形象都是专为表达这一主题设计安排的，是不真实、牵强附会的。小说作者在20世纪末号召人们恢复自然经济与乡间生活方式是不现实的。同时，作者在描写城市生活时带有愤懑与怒气，这样他就不能客观、公正地反映现实，反映真理。随后女批评家伊万诺娃也写了一篇题为《真理的考验的文章》直截了当地将该小说称为"反城市小说"。她提出在该小说中城市里的一切都是"反和谐"、"反亲切"、"反友谊"、"反爱情"的。在大城市里"善良已成为紧俏货"。莫斯科的面貌成了威胁性与反人类的。该小说的这一倾向是危险的。此后另一评论家佐洛图斯基也指出该小说是一部抨击、否定大城市的作品。他谈到此小说将城里人分为两类——自然人与魔鬼。自然人如麦德维杰夫总是时运不济，而魔鬼如勃里什则永远是福星高照。小说这种"农村是乐园，城市是魔窟"的观点是令人无法接受的。此外，女作家托尔斯泰娅对小说中对妇女的态度做出了严厉的指责。她认为作品不仅是反对妇女解放，而是反对妇女本身并仇视人类。作者把妇女看成恶的化身，要把她们消灭掉。这一态度是很不光彩的。

与此同时，也有很多人著文或发表谈话表达截然不同的论点。批评家戈尔巴乔夫指出《一切都在前头》是一部问题小说和警世小说。它成功地揭示了现代生活中的一种主要邪恶——市侩习气，这一点很有新意。它揭露了市侩习气的破坏性与善搞阴谋诡计的特点。这部小说非常符合时代精神。随后，一位叫谢列戈夫的作者在一篇旨在反驳乌里亚绍夫的文章中表达了相同的观点。谢列戈夫认为该小说是真实客观的。在勃里什身上作者生动地揭示了市侩主义的典型特征：卑鄙无耻，唯利是图，无事生非等。如果没有这样的市侩的陷害，麦德维杰夫是会很有前途的。遗憾的是小说的这种真实性引起了尊敬的批评家（指乌里亚绍夫）的愤怒。同时，还有许多其他人撰文肯定这部小说。他们指出小说中揭露的阴暗面问题早已在媒体上曝光，成为人们日常谈论的话题，为什么作家不能描写它们呢？别洛夫在描述这些消极现象时所持的是一种痛苦与痛心疾首的态度。对他的这种揭露公众应该表示感谢。此外，著名作家普罗斯库林在一次会议上发言批评了托尔斯泰娅对别洛夫的指责。他指出某些批评方式是不可接受的，简直就是“流氓行为”。这种事在批评界不应该发生，这是一种低级庸俗的作风。托尔斯泰娅的一些话是迎合外国利益的。

由于争论愈演愈烈，随后召开的前苏联作协散文委员会会议研究讨论了这个问题。会议认为：对于任何作品都可以提出尖锐的、铁面无私的批评，但任何批评都不应该使用侮辱性的语言与绝对化的形容语，更不能超出道德伦理的界限。

《一切都在前头》引发的激烈争论不是偶然的。作为农村散文派的杰出代表，别洛夫对乡村淳朴的道德文化与生活方式一往情深，同时又对城市中普遍存在的问题如高离婚率、紧张的家庭婚姻关系、人心的不古与物欲的横流等充满了深深的忧虑。因此，他在讲述农村故事时总是持肯定、赞美的态度，而在描写城市生活时则带有明显的揭露与批判倾向。在小说《一切都在前头》中，他无情地揭示了都市生活中的种种不良现象，如人性的冷漠、功利主义、市侩习气的泛滥、妇女的思想道德堕落、家庭的破裂等。他把这些问题都归因于城市文化对人的腐蚀作用。同时，他提出解决这些问题的有效方法就是回归农村，回归大自然。显而易见，虽然别洛夫在小说中真实地反映了城市文明的弊端，但他的完全肯定农村、否定城市的观点却无疑是过于极端与片面的。因此他的小说招致批评与争议自然是不可避免的事情。

98. 安娜·西格斯
——民主德国的文坛领袖

安娜·西格斯(Anna Seghers,1900 – 1983)出生于德国美茵茨的艺术家庭。从1919年起开始学习哲学、历史、艺术史和汉学。1924年获得博士学位。在学习期间,她经常跟一些波兰、匈牙利等国的流亡学生接触,受到很大影响。她于1928年加入德国共产党。1933年逃往法国,1940年又逃到墨西哥。在流亡期间,她积极参加反法西斯活动。1947年她回到德国的苏联占领区,担任民主德国的作家协会主席,直到1978年。1983在东柏林去世。

西格斯的创作最初受到表现主义的影响。她的第一部作品《圣·巴巴拉的渔民起义》出版于1928年,描绘的是被剥削的渔民的困苦生活及他们对船主的英勇斗争,该书获得了克莱斯特奖。这部作品之所以具有很大的魅力,原因在于其创作手法上,作者采用了表现主义及新实际主义互相渗透的手法。而在内容上则显示出作者在许多作品中所一再使用的人性、人道的主题。

《到美国使馆区的路上》(1930)是一篇重要的短篇杰作,叙述的是国际无产阶级为两名被美国司法部判处死刑的意大利无政府主义者萨克和万采蒂而进行的反抗斗争。1932年发表的《伙伴们》描绘的是20年代共产党人的斗争。

流亡期间是西格斯的创作高峰。1935年发表的《二月之路》写的是维也纳工人对傀儡总理杜尔弗斯的斗争和失败结局，作者总结了失败的经验和教训。

1942年出版的《第七个十字架》使西格斯获得了国际声誉。1942年至1944年在美国拍成了电影。小说通过七个从法西斯集中营逃亡的囚徒遭到追捕的过程描绘了法西斯统治下的德国现状：一方面是集中营军官的残忍，他命令七天之内必须把七人逮捕回来，把他们绑在由树身改成的七个十字架上处以死刑；而另一方面则是七个逃亡者在紧张逃亡时的各种经历。他们每个人的思想身份各不相同。最后，六个逃犯都被抓捕回来，绑在十字架上，但第七个十字架始终空在那里，第七个逃犯在许多同志及普通德国人的帮助下已在第八天逃离了德国。这个空十字架不但显示了反法西斯力量的存在，而且它给了那些在集中营中的囚犯及反法西斯战士以无比的勇气，给他们带来了曙光。作者在这里采用了平行并列的蒙太奇手法，情节非常紧张，作者还在这里描绘了她的家乡莱茵地区的风光。

长篇小说《死者青春长在》(1949)的画面非常广阔，涉及了德国1918年十一月革命至第二次世界大战结束的漫长岁月。通过德国尖锐的阶级矛盾反映了这段时期德国社会及各阶层代表人物的活动和斗争。

《死者青春长在》通过一家三代，描写了革命力量的代代相传。这部小说把历史看作为正反两种力量的不断斗争。作者没有把反动势力小丑化和简单化，也实事求是地未把德国的反法西斯力量估计得很高。从这部小说中人们可以看到：摧毁德国法西斯力量统治的并非德国国内的反法西斯力量(地下抵抗运动)，而是国外的受到德国法西斯侵略的国家的反法西斯军事力量。

小说描写的从1919年到1945年的历史是德国历史上极为动荡和最为黑暗的时代，是革命力量不断受挫折的时代，也是德国人民可以从中汲取许多历史教训的时代。

小说开头从德国斯巴达克团成员、老一代工人艾尔文的儿子汉斯的被枪杀(而且凶手是同一个人)，说明革命力量的一再被挫，1919年(小说开头）到 1945 年（小说结尾）反动势力的猖獗。但作者并不因此悲观，她的历史乐观主义正体现在汉斯的女朋友即将生育的后代身上——这个后代将在废墟中诞生，在失败后出世。

小说在情节及结构上以死者艾尔文的后代和亲朋等为一方及以谋杀艾尔文的五个凶手为另一方的对比交织描写，构成了多条线索的齐头并进，展开了一幅德国从 1919 至 1945 年的历史画卷。小说体现了作者对自己民族历史的深刻反思。

西格斯的重要作品还有《选择》（1959）、《信任》（1968）、《加勒比海故事集》（1962）、《漂洋过海》（1971）、《奇遇》（1973）等。

1959 年出版的《选择》描写东德建国前后（1948 年到 1961 年）人们的道路选择：前往西部德国还是留在东部德国？小说的主人公为自己的选择做出了最后的决定。

西格斯的创作总与时代密切联系。50 年代初摆在东德公民面前的一个极重要的问题便是：走社会主义道路拥护社会主义制度，还是相反？《选择》用文学作品回答了这个问题。

小说叙述 1947 年至 1951 年两个炼钢厂的不同发展，一个在东部德国，一个在西部德国，而这两个钢厂的资本家很想重新占有这家在东部的钢厂，因此派遣特务、制造谣言等，想用各种方法来破坏这家东部钢厂，还用各种手段试图诱引该厂的技术员、工人，甚至厂里的一位国际知名的高级技术专家离开民主德国前往西德。可是工厂的工人用劳动竞赛弥补了西部破坏所造成的损失。

坐落在东德的柯辛钢厂——以前的分公司回到了工人的手中，但在西德的本特海姆厂——总公司——的厂主仍然企图借助国际经济势力夺回对柯辛分厂已经失去的经济控制。柯辛的经济复苏和这个过程中各种人物形象的复杂生活经历构成了全书的中心内容。

西格斯的这部作品力图说明：已经改变了的生产关系也改变了人的思想意识，人们已经做出了选择社会主义的决定。小说以一定的篇幅描写了工人的思想转变，因为他们最初也不知道今天的劳动与昨天的劳动有什么根本的区别。

小说情节围绕三个朋友展开，这三个朋友 1936 年同在西班牙参加过反佛朗哥的斗争，他们是理查德·哈根、罗伯特·洛泽、赫伯特·迈尔策。战后，哈根当了党的干部，他如何对从旧厂过来的工人做深刻的思想工作，帮助他们投入新的事业——社会主义建设。曾经出卖过自己老师的洛泽如何反省历史，自愿走上教师的岗位；最富戏剧性的则是迈尔策。迈尔策经亲友帮助到了美国，后来当了作家，准备写一篇真实的关于西班牙战争题材的小说。他在西德探望父母时，因参加工人游行而被警察打死。在东德蓬勃向上的新生活和西德反动势力的旧秩序中做出怎样的选择，是这部小说的主题。洛泽最终决定尽自己的能力为新的秩序服务。迈尔策在美国受出版商威胁，威逼他在小说中歪曲现实，直至他重新倾向革命、在游行中死亡的过程，实际上是他推翻过去的选择，重新选择回到革命阵营的过程。

小说特别描写了一个叫恩斯特·里特尔的工程师的选择：他虽出生于资产者家庭，不仅故乡在西德，而且妻子也在西德，可是他在企业热气腾腾的社会主义建设的感染下，做出了留在东德参加建设的选择。妻子在她的影响下，也由最初的坚决要求丈夫回到西德的态度转变为她赴东德与丈夫团聚，只是在她动身抵达东德边界时，竟在那里因早产而死。

小说最后还特别描写了孤儿托马斯在环境影响与优秀共产党员的教育下如何成为一个坚定的社会主义建设者。安娜·西格斯在她的长篇小说中经常把未来的希望寄托在正在成长的人物身上。《选择》主要描写了经历过战争的一代东德建设者，托马斯则象征正在成长中的东德新一代社会主义者，以表示革命事业后继有人。

在叙述上，这部小说仍采用几股线索齐头并进的方法。把这几股情节线索串连与装配成整体的则是贯穿全书的主题：在东西两个德国面前选择社会主义的东部德国。

在安娜·西格斯看来，这一选择不仅仅表现了德国历史的进程，而且也表现了世界历史朝向社会主义的进程。

《信任》的主题是想说明东德新的社会制度如何在国际阶级斗争的艰难环境中得到巩固和发展。和《选择》一样，故事依然发生在东德的钢厂，人物还大多是原来的人物。如果说《选择》写的是复杂的阶级斗争如何影响到人的内心深处，影响到人们对新旧制度的权衡与选择，那么，《信任》则表现了年轻共和国的顽强生命力。同样是1952年到1953年的柯辛钢厂，这种生命力通过无数紧密相连的平行线索，不断涌现的具体矛盾的解决得到证明。洛泽完成了教师的任务，回到工厂，经过良久的犹豫和内心斗争，他与雷纳诺尔建立联系，并与她们母女生活在一起。迈尔策虽然在《选择》中死在警棍之下，但却活在战友的心中。他的人格甚至影响了本特海姆公司督厂军官的妻子海伦·威尔柯克斯，在她终于认清了引诱东德教授作情报工作的丈夫的阴谋之后，她毅然弃家出走。

信任的危机，有着多方面的原因。普通工人的工资偏低，造成工人的不满；领导干部家长制的工作方法，也引起工人心灵的孤寂。主人公之一，托马斯，已经成为一个积极向上的工人，但是由于受那个教条、僵化的德国自由青年联盟的会员莉娜·萨克塞的消极影响和反社会主义的朋友海因茨、魁勒尔利用工厂暂时的危机进行煽动，终于动摇了他对社会主义的信仰。信任的危机也在于不同的成长道路。厂领导乌尔斯贝尔格就是在苏联受训的专职政治干部，他对参加过西班牙内战、经受过铁窗生涯的理查德·哈根不能说没有政治上的信任，但这种信任并不像出生入死的战友间的信任坚强稳固。只是当哈根了解到乌尔斯贝尔格在苏联肃反大清洗期间差点丧命的艰难过去，他们之间才恢复了真正的信任。书中的人物重建对他人、对自己、对社会主义的信任，西格斯把这场争取信任的斗争溶入国际资本主义与社会主义的生死存亡的斗争之中，表现了人物的思想、感情和行动与历史的发展之间的辩证关系。

西格斯是位语言大师，她的作品反映了她那个时代的德国社会的广阔画面，她善于通过个人的命运、人物的心理反映整个社会时代的精神。她的创作手法丰富多彩，既有传统的现实主义，也有深入剖析人物内在精神的现代派手法。她不但在德国，同时在国际上享有很大的声誉。

99. 雷马克与《凯旋门》

20世纪两次世界大战，给人类造成了巨大的灾难，却也给各国文学提供了丰富的素材。“战争文学”应运而生，出现了一批“战争文学”的名家。雷马克就是这类作家中当之无愧的杰出者之一。反战、反法西斯是雷马克创作的主旋律。战争和流亡是他表现这一主旋律的两大题材。

埃里希·马里亚·雷马克(Erich Maria Remarque,1898 – 1970)德国现代派著名小说家，是德国流亡文学在小说领域内的重要代表。他出生于德国威斯特伐利亚一个小工厂主家庭，全家都虔诚地信奉天主教。1916年一战期间入伍，在西线经历了许多战役，曾五次负伤。战后，他从事过多种职业：小学教师、石匠、墓碑经纪人、汽车试车司机、会计、邮递员等。后任报社的编辑，游历过意大利、瑞士、土耳其等国。1928年11月至12月间，他根据自己在一战中的亲身经历和见闻写成的小说《西线无战事》在报纸上连载，并于第二年出版单行本。小说引起极大的轰动，立即成为畅销书，被译成近50种文字，1930年在美国搬上银幕，影响更加扩大。雷马克因此赢得了世界声誉，被认为是20世纪最有成就的小说家之一。小说生动地描述了当时前方士兵的非人生活和后方人民的深重灾难，对这场非正义的战争提出愤怒的控诉。雷马克遂跻身于欧洲知名作家的行列。他于1931年移居瑞士。1933年法西斯焚烧了他的作品并于1938年剥夺了他的德国公民权。1939年他流亡美国，1947年加入美国国籍。1948年后居住在瑞士直至1970年逝世。

1956年，雷马克发表了另一部力作《黑色方尖碑》，表现了作者在题材和艺术上的又一次探索。其他作品还有：《归来》(1931)、《三个伙伴》(1938)、《流亡曲》(1940)、《生命的火花》(1952)、《生死存亡的年代》(1954)、《老天不怜人》(1961)、《里斯本之夜》(1962)、《天堂里的阴影》(1971)等。

在“流亡——反法西斯”这类作品中，《凯旋门》是艺术上最出色的，也是雷马克第二部取得世界性成功的畅销作品。这是一个爱情和复仇故事。小说不仅以它具有吸引力的情节，而且以它对法西斯暴行的仇恨、对受迫害者命运的关切，赢得了广大的读者。作品在艺术上也取得了成功，作者继承了以前创作上的长处，加强了对不同人物的心理刻画，使其成为美国的一部畅销书。

故事的内容是这样的：

1938年的一个细雨蒙蒙的夜晚，巴黎凯旋门附近的大街上走来一男一女。男的叫雷维克，是流亡到巴黎的德国医生；女的叫琼恩，是从意大利逃到巴黎的演员。

他们是刚刚相识的。几分钟之前，雷维克以一个医生特有的敏感，在塞纳河畔发现这位不像是娼妓、也没有喝醉酒，却又神情呆滞的女人。仔细一打听，方知与琼恩一起来到巴黎同居的拉辛斯基先生不久前猝然死去，在巴黎举目无亲的琼恩，一时不知如何是好。见此情景，雷维克慨然相助，帮助琼恩料理了丧事，并将她安置在一家旅馆里。

第二次世界大战前夕的巴黎，涌进了许多无护照且非法入境的各国流亡者，这些人在阴影下过着不安定的生活；雷维克亦是其中之一。雷维克是五年前逃出纳粹俘虏营而非法入境来到巴黎的。1933年希特勒上台后，为人正直的雷维克曾藏匿和救助了两个被纳粹通缉的朋友，而自己也因此遭禁，受尽酷刑。后来雷维克逃出，到西班牙参加了国际纵队，当战地医生。西班牙共和政府失败后，雷维克只身潜入巴黎。同其他德国难民一样，雷维克既没有证件，又没有护照，因而不能开业。他只能随遇而安，得过且过，在力所能及的范围内帮助别人，也从一些还算正直、善良的人那里，从一些与他处境相同或类似的人那里，得到一点儿温暖和帮助。为了糊口，雷维克只好如幽灵一样躲躲藏藏地行医。目前被一位无能的医院院长雇用，他的生存目标主要是，为了报复曾经逮捕过他，而且残杀了他爱人的纳粹警察头目。而琼恩，出身于小资产阶级家庭，受过一些教育，凭着她的美丽和一点点才能，在繁华而又黑暗的大都市中出没，在人生的海洋中浮沉。

雷维克通过朋友，帮助琼恩在夜总会的歌坛上取得了一席位置。琼恩在极端的窘境中因雷维克的热情帮助而获得了生活的勇气，渐渐地爱上了雷维克。同是天涯沦落人，琼恩的出现也给雷维克带来了一些安慰。

在一家饭店里，雷维克正饮着一杯白兰地。窗外下着小雨，透过雨丝，雷维克偶然间看到一个人。顿时，太阳穴上仿佛挨了一拳，他几乎忘记付账，便一跃而起，跑出拥挤的餐厅追去。然而，街头的人流似乎是不可抗拒的。雷维克终于失去了那张熟悉得不能再熟悉的面孔。一段往事在雷维克的记忆中出现：

柏林。1933 年夏天的一个傍晚。德国秘密警察总部。纳粹秘密警察小头目哈克冷酷的笑脸。几天后，哈克一伙又抓来雷维克的妻子，这位结婚刚刚两年的女子经不住非人的待遇，在妇女集中营里自杀了。

哈克的出现唤起了雷维克复仇的欲望。他一连几天在饭店周围等待哈克再度出现，然而却落空了。等待是使人沮丧的，也许是没有希望的，但是，他还是执著地等待着。

雷维克和琼恩的爱情与一般人的爱情不相同。两个漂泊者不可能安居乐业。琼恩对雷维克有着真实的感情，在生活上却是比较随便的。雷维克意识到，琼恩给予的爱情，不过是“没有生根的快乐、云端的快乐”罢了。就这样，雷维克在矛盾中执著于爱情，在对爱的抗拒中体味着爱的激动。

一天，有个女人被从建筑物上掉下来的梁木砸伤了。路过的雷维克认真地抢救、包扎，可是自己却遇到了麻烦。他遭到警察的盘查。当他被确认是一个没有护照的德国人时，便被监禁起来，继而又被逐出法国。

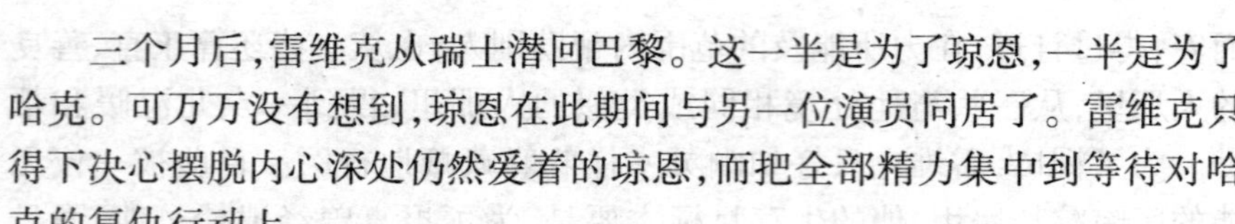

三个月后，雷维克从瑞士潜回巴黎。这一半是为了琼恩，一半是为了哈克。可万万没有想到，琼恩在此期间与另一位演员同居了。雷维克只得下决心摆脱内心深处仍然爱着的琼恩，而把全部精力集中到等待对哈克的复仇行动上。

时机终于来了，哈克又一次在饭店出现。正当雷维克考虑如何行事之时，哈克却主动过来与他搭话。原来，雷维克头上有一块疤痕，哈克将它误认为一个法西斯大学生组织的标志。负有秘密使命的哈克是经常往返于德、法两国之间的。哈克告诉雷维克，他今晚要赶回德国，下星期返回巴黎再与雷维克联系。雷维克没有携带武器，只好放掉哈克。临别，雷维克告诉哈克接头的旅馆。

约期到了，可雷维克并没有接到哈克的电话。在旅馆度过了焦虑、痛苦的五天，雷维克只好怏怏而返。谁知，当雷维克驱车路过一家妓院——他定期为这里的妓女检查身体——进去逗留片刻时，竟意外地发现哈克正在这里寻欢作乐。

雷维克像是等到猎物的猎人，退出妓院隐匿在街角。哈克终于出来了，雷维克推说帮他去一个交际花经常出没的更高雅场所，将哈克请上汽车。车子开出市区，在白天也透不进多少阳光的树丛中穿行了半个多小时，正当哈克略有察觉的时候，汽车猝然刹住，一把沉重的铁钳落到哈克的后脑勺上。哈克连挣扎一下都没来得及，便从座位上瘫倒了。雷维克将尸体埋到森林里。一切处理完毕时，太阳也悄悄升起在地平线上。

琼恩与那位演员同居后，生活并不美满。她曾几次向雷维克表示要重修旧好，都遭到了雷维克的拒绝。一天，那个演员将琼恩打伤了，雷维克闻讯连忙赶去。琼恩见到雷维克，百感交集，用微弱的声音断断续续地说："我刚想开始改变自己的生活，可……当咱们初次相遇的时候……为什么我不能跟你一块儿生活到底呢?"见此情景，雷维克原谅了琼恩。"那全是我的过错!"雷维克说着将奄奄一息的琼恩抱在怀中，吻了吻她的嘴唇。琼恩望着雷维克，轻声说了一句"我爱你"便死去了。

就在琼恩死去的当天，希特勒入侵波兰，法国政府随即宣布与德国作战。雷维克意识到，战争一爆发，法国政府便会立刻将居住在巴黎的德国难民押送到拘留营去。果然不出所料，他回到旅馆时，警察们已赶到。雷维克等人被押上汽车。“逃出了德国集中营，还得进法国的集中营”。雷维克抚今追昔，感慨万端：法国啊！五年动荡不定的生活。汽车疾驰着转上艾杜瓦尔广场。任何地方都没有灯光。广场异常黑暗，甚至连矗立在这里的高大的凯旋门也看不见了。

雷马克的长篇小说在艺术手法上都具有客观、冷静和简洁的特色，和美国的海明威有相似之处，而在思想内容上则充满了人道主义精神，反对战争并不是出于政治观念。雷马克自始至终没有和政治或社会运动发生关系，和“左派”或“右派”都不来往，但却维护人的永恒价值，他的全部作品充满了对军国主义和法西斯主义的仇恨。雷马克作品中的主要人物，一种是被迫在战场上卖命的士兵，一种是在反动势力追捕下逃命的难民，他们都是遭到军国主义、法西斯主义践踏与蹂躏的牺牲品。从这个角度来说，他们可以被认为是 19 世纪某些现实主义作家笔下那种被侮辱与被迫害的“小人物”在新的历史时期的再现。作者熟悉他们，同情他们，然而却不能明确指出摆脱苦难、获取幸福的道路，这就使他的作品总免不了多少带有一种悲观的情调。不过，作为生活在帝国主义时期的作家，能以现实主义的作品，对帝国主义战争和法西斯暴政进行深刻的揭露、猛烈的抨击和愤怒的控诉，这无疑应当给予充分的肯定。

100.“当代德国文学界的歌德”——海因利希·伯尔

第二次世界大战以后，德国分为东德和西德两个国家。西德文学除了反法西斯题材外，主要是反映战后西德历史发展概貌和社会生活，诸如战争结束后头几年的萧条岁月，50年代的所谓“经济奇迹”，军国主义的复活和对战争的谴责，法西斯分子的蠢动，资本主义社会中人与人、人与社会、人与自然、人与自我的关系，等等。在有些作品中，把对现实社会的描绘同德国的历史联系起来，把德意志民族的历次灾难与个人悲剧结合在一起，以加深对德国社会的认识。

战后西德文学中首先出现的作家反映人们生活在一片废墟之中的现实图景和心理状态，称之为“废墟文学”。这是指1945年的“零点”至50年代初期的文学。这时，一些青年作家面对满目疮痍的现状，主张对纳粹执政以来的法西斯语言“砍光伐尽”，对文学传统从思想上、语言上进行冷静的清理。当时，人们生活在废墟之中，他们都蒙受了战争的创伤。战后的西德作家“写战争，写回乡，写自己在战争中的见闻，写回乡时的发现：废墟，于是出现了与这种年轻文学如影相随的三个口号：战争文学、回乡文学、废墟文学”。其中以“废墟文学”最能准确地反映当时人们的心理状态和国家的现实情况。提出“废墟文学”是不致“把同时代人诱骗到田园诗中去”，而是提醒人们：战争已经结束，世界遭到破坏，家园成了废墟，人们应该思索。“废墟文学”的题材大多是描写希特勒法西斯专政和第二次世界大战带来的深重灾难以及人们在心灵上留下的巨大创伤。“废墟文学”都写得很实际,没有什么英雄行为和浪漫主义的情感;社会批评、嘲讽和怪诞是它的艺术风格。

“废墟文学”的作家大多出生于1916年至1925年间,他们是战后一代作家,其主要代表都曾被纳粹政权征召入伍,参加第二次世界大战,战争中或是被俘,或是开小差,也有的战后被遣返回乡。他们作为一个群体有比较强烈的反法西斯意识和独立思考意识,不少成员还具有民主社会主义意识。这种独立意识,包括对事物抱怀疑态度,拒绝一切自认为是绝对正确的观念;反对顺从主义,主张确立新的人道主义等等,这与40年代在法国兴起的存在主义哲学非常吻合。德国新一代作家通过观赏萨特和加缪的宣扬存在主义哲学的戏剧,阅读他们的哲学和文学著作,逐渐接受了存在主义。存在主义宣扬人的“存在先于本质”,崇尚人的“自由选择”,强调人的生活、意识等方面的独立性。

从20世纪40年代末开始至50年代中,存在主义风行于德国青年之中,它实际上已经脱离了哲学的范围,成为强调独立意识的“自由选择”的代名词。“顺从”了12年的德国人在战后不愿再顺从了,年轻的一代认为自己再不能受骗了。这一代作家们在文学作品中结合自己的亲身经历,描绘了世界和人生现实的荒诞性,剖析了人的忧虑和绝望的情感,否定了理性至上的精神和一切意识形态的宣传。

被誉为“当代德国文学界的歌德”的伯尔是“废墟文学”的主要代表。海因利希·伯尔(Heinrich Boll,1917 - 1985),1917年12月21日生于科隆,父亲是专门制造宗教用品的雕刻匠。1937年中学毕业后,到波恩马特书店当学徒。1938年春天,中断学徒生涯,开始练习写作,并被征参加劳动服役半年。1939年入科隆大学学习日耳曼语言文学。同年,应征入伍,直至第二次世界大战结束。曾受过伤,当过俘虏,对法西斯战争深恶痛绝。1946年进科隆大学读书,并开始写作,在报刊上发表短篇小说。他目睹了饥馑和贫困,感受到了精神上的危机和情感上的重负。战争、战后的“废墟”和德国的重建都成为他文学创作的素材。

1947年海因里希·伯尔发表短篇小说《信息》,1951年成为职业作家。这一时期伯尔参加了"以探讨一切当代问题为宗旨"的"四·七"社,并成为该组织的重要成员。他的创作主要取材于第二次世界大战,旨在探索战争给德国及其民族带来的种种灾难。作品基调灰暗、抑郁,主要人物形象大多是士兵。主要作品有中篇小说《正点到达》(1949)、长篇小说《亚当,你到过那里?》(1951)和短篇小说集《流浪人,你若来斯巴……》(1950)等。成名作《正点到达》已成为联邦德国"战后文学"(即"废墟文学")的代表作。

20世纪五六十年代,伯尔创作进入一个新阶段,作品所反映的社会生活面更广阔,技巧也日趋成熟。主要作品有长篇小说《一声没吭》(1953)、《无主之家》(1954)、《九点半钟的台球》(1959)、《小丑之见》(1963)等。这些作品主要写西德战后"经济奇迹"中的小人物的种种遭遇,其中《小丑之见》被称为这一时期形成的"不顺从文学"的重要作品。

70年代,伯尔的创作从内容到形式都达到高峰。1971年发表的《女士及众生相》是伯尔全部创作的结晶,被诺贝尔奖评委会誉为"臻于顶峰"之作。《丧失了名誉的卡塔琳娜》(1974)的发表又引起了强烈反响。由此作家被公认为当代德国的歌德和国际文坛巨擘。他的小说曾多次获国内外文学奖。1970至1974年他先后担任联邦德国和国际笔会主席。他的创作从内容到形式都达到了高峰,以杰出的成就成了著名的"废墟文学"的扛鼎者。

伯尔的小说创作手法基本上遵循批判现实主义传统,但同时也采用了一些西方现代派手法。他的作品大多是回忆式的,叙述故事情节时,时空概念颠倒跳跃,塑造人物形象时大量采用内心独白。

1972年,"为了表扬他的作品,这些作品兼有对时代广阔的透视和塑造人物的细腻技巧,并有助于德国文学的振兴",获得诺贝尔文学奖。

中篇小说《正点到达》被誉为西德战后文学的萌芽。小说描写了一个士兵重返战场时的苦闷心情。《亚当,你到过那里?》描写德国士兵法因哈斯在匈牙利与犹太女教师伊罗娜一见钟情。但不久伊罗娜就在集中营中被杀害;法因哈斯在德军溃败时逃回家乡,却被德军的炮弹击倒在自家的门口。小说通过刻画人物种种令人绝望的处境，深刻揭示了战争的反人性。在形式上，《亚当，你到过那里?》是由 9 个叙述第二次世界大战的故事组成的长篇小说，也可以说是一种“短篇小说”的扩大与延伸。法因哈斯贯穿全书，把各个插曲故事串联起来，构成了一个首尾呼应的整体。而各个故事又具有相对的独立性，从而使人物活动的舞台、反映的生活层面变得更为立体和丰富。

1953 年发表的长篇小说《一声没吭》，以 20 世纪 50 年代西德刚刚出现的“经济奇迹”为背景，通过其“繁荣景象”，描写了普通劳动者在饥饿线上的挣扎喘息。主人公弗雷德·包格纳是一个普通的“小人物”，他凭着战时学会的一点通讯技术，在教会机关谋得一个固定职位。但因工资微薄，不能养家糊口，只得在业余时间去当家庭教师。尽管这样，生活还是捉襟见肘，困窘不堪，以至把他折磨得几乎成了麻木不仁的木偶。他的住处不如富人家的狗窝，因此他经常不出家门，过着孤独、苦闷、寂寞的生活。作品揭示了人们在独裁的统治下，只能呼吸生存所需的空气，而且“一声不吭”，因为即使发出声音，也因脖子被独裁制度的“巨手”所扼住，只好沉默不语。同时，揭露了资本主义制度下的不平等现象，表达了作者对下层人民痛苦处境的同情。

《女士及众生相》以一个上流社会的妇女、画家莱尼的几次婚姻为线索，展示了西德社会生活的广阔画面，描绘了信贷机构派出人员、法院执行官、律师的信差、法警以及堕落的玛格蕾特、阵亡军人的遗孀洛迪等各个阶层的“众生相”。善良正直的主人公莱尼女士没有随波逐流，敢于坚持个人的自我意识、自我选择的自由，结果竟接连遭到迫害，被污蔑为“罪人”、“荡妇”。作品的主要内容由众多人物的回忆、插话、追叙组成，既表现了战争给德意志民族带来的灾难和历史重负，也对人的存在方式做了深层的哲理思考。

《丧失了名誉的卡塔琳娜》叙述了出身于贫寒，成长于逆境，经过苦学奋斗，终于成为家政专家的年轻女子卡塔琳娜·勃鲁姆于宴会中与一年轻男子邂逅，随即陷入热恋中。卡塔琳娜还将他带到自己房间过夜。这位年轻人被警方认为有抢劫银行的罪嫌，因而时刻被警方跟踪。翌日清晨，警察进入卡塔琳娜的房间，不见年轻人，当问及他在何处时，卡塔琳娜十分倔强地沉默不语。于是，一家专门制造绯闻的报纸，立即开始揭露卡塔琳娜私生活的内幕，借着虚实混淆的报道，将她描写为帮助具有危险性暴动思想人物的女性，使她失去了名誉，苦不堪言。因此当"那位记者"强迫要与她发生性关系时，她只有付诸行动的暴力——回答"可以"后随即开枪杀死了他。小说就是通过一个聪颖、正直而且清白的青年女子，在短短四天之内突然成为杀人犯的故事，揭示出警方捕风捉影的"逻辑推理"，新闻界的造谣诽谤，以及由此而形成的社会舆论压力，是使那些孤立无援的小人物走向极端的社会根源。

在伯尔的创作历程中，他坚持以传统现实主义文学为基础，进行了大量的文学形式的创新。伯尔在创作上一直坚持为"小人物"描影画形，因他既注重刻画人物形象，又注重勾勒社会事项，他的形形色色的"小人物"系列和林林总总的生活图像，就构成了从政治、经济、道德等方面对德国战后社会现状的系统而深刻的剖析，从而具有社会风俗画卷的意义。它在创作手法上，既强调展现客观的真实性，又主张艺术表达的多样性，因而具有现实主义与现代主义相杂糅的明显特色。

伯尔在世界上享有盛誉，他的作品已被译成几十种文字，拥有数以万计的读者。

101.《丧失了名誉的卡塔琳娜·勃罗姆》——书及起源

二十七岁的单身女人、家庭助理员卡塔琳娜·勃罗姆在一个周三的晚上来到亲戚沃尔特斯海姆家参加家庭舞会。在那里她结识了一个叫戈顿的青年人。两人一见钟情,一同跳了一晚上的舞。戈顿告诉卡塔琳娜他是个联邦国防军逃兵,现在无家可归,卡塔琳娜舞会后就把他带到自己的公寓住了一晚。她万没想到,从她结识戈顿那一刻起她就被置于警方的监视之下。戈顿来到她家后,她家的电话就被监听,房子也被包围起来。转天早上10点半警察刑事总监带着一伙全副武装的警察闯入了她的家。在对整个住宅进行搜查但没有发现戈顿后总监向卡塔琳娜询问戈顿的下落,卡塔琳娜回答说她对此一无所知,因为她早上醒来时,他已不见了。警察们再次搜查她的房间,并没收了一些东西。卡塔琳娜一再追问这一切究竟是为什么。一位女警官告诉她,戈顿是一个被通缉的谋杀嫌疑犯。

最后卡塔琳娜被带到警察局接受审讯。审讯过程中她详细介绍了自己的个人情况。他是一个矿工的女儿,6岁时父亲病逝。由于母亲多病,家境困难,她从小就帮助母亲干活。后来在沃尔斯特海姆的资助下她上了家政学校并以优异成绩毕业。从此,她依靠做家政服务养活母亲与自己,并接济不务正业的哥哥。不久她与纺织工人布莱特罗结了婚,但婚后半年因感情不和而离了婚。随后她来到审计员菲耐姆博士家当管家,后因菲耐姆入狱又转到工业法律顾问布洛纳博士家,在布洛纳与他当建筑师的妻子的帮助下她以分期付款的方式买下一套公寓住房和一辆二手轿车。她生活态度严肃,从不参加粗野的唱片音乐会之类的社交活动,也很少参加舞会。除周三晚上的舞会外她在四年里只在布洛姆家跳过几次舞。

在审讯的同时警方还在卡塔琳娜的邻居中做了调查。邻居们大都与她不熟悉,但都觉得她很整洁,很和气。只有两个邻居反映说有时有绅士客人拜访她,有时她自己带客人回家。于是审讯就开始追究“绅士客人”问题。卡塔琳娜气愤地反问道:“难道招待客人也违法吗?”随后总监问她是否与戈顿已相识很久,她又坚决地予以否认。最后总监暗示说警方怀疑她在出卖肉体,愤怒已极的她干脆拒绝再作任何回答。

得知卡塔琳娜的事之后,布洛纳的雇主,一位有钱有势的企业家斯特劳布莱德先生开始坐立不安起来。原来他就是那位“绅士客人”。他已结婚,有四个孩子,但他一直在打卡塔琳娜的主意。为了引诱她,他曾硬塞给她一只十分贵重的红宝石戒指和一座郊外别墅的钥匙。他一直希望她能同意与他在那里幽会。但是卡塔琳娜对他非常厌恶,始终拒绝他的勾引。随着案情的发展他一直担心自己的事会暴露出来,特别是不放心钥匙的下落。

与此同时新闻界也开始插手此事。《日报》的记者托特格斯不择手段地设法找到与卡塔琳娜有关系的人,包括布洛纳夫妇,卡塔琳娜以前的雇主,她的前夫等,向他们打听她的情况,然后再无耻地将他们的话歪曲篡改后写入他的新闻报道中。从星期五早上开始,一篇篇恶意中伤卡塔琳娜的案情报道相继出笼了。这些报道暗示卡塔琳娜的住所是一个强盗窝,甚至是一个武器转运站。她的住房是用赃款购得,及她曾恶意地遗弃了前夫等等。

与此同时警方又没收并审查了卡塔琳娜的账本、电话本、相册、护照、信件、文件夹等,基本上没有发现问题。但他们同时也找到了三串钥匙及那只宝石戒指。他们开始追问戒指的来历。对此卡塔琳娜没有作正面回答,只是坚持说它不是非法所得。此外,她还反复强调她与戈顿是在舞会上第一次结识的。

卡塔琳娜的事在她的朋友中引起了极大的不安。他们都非常关心她。布洛纳夫妇正在度假,但他们闻讯后毅然中断假期,立即返回来帮助卡塔琳娜。沃尔特斯海姆女士也向卡塔琳娜伸出援助之手,要她住到自己家来。星期五晚上戈顿给卡塔琳娜打来了电话。原来他正藏在斯特劳布莱德的别墅里。那天晚上他来到卡塔琳娜家后就告诉她他正受到警方的追捕,但她并不相信。不过她还是在转天清晨把他从暖气管道送走,并给了他别墅的钥匙,让他到那里躲一躲。因为她把这一切看成了警察与强盗的一个浪漫故事。但事后她也意识到了事件的严重性。

对卡塔琳娜的审讯暂时告一段落。警方开始对其他有关人员进行审讯。他们提审了沃尔特斯海姆,把戈顿带到舞会的小姑娘海塔及她的女友克劳迪亚等人。她们都证实戈顿在舞会的出现纯属偶然事件。

由于《日报》的造谣中伤,卡塔琳娜的名誉受到极大的损害,人们开始把她看成一个堕落的女人。一些无耻之徒纷纷给她打匿名电话和写匿名信,有的对她讲一些低级淫秽、不堪入耳的下流话,有的则对她进行恶毒的攻击辱骂。

面对这一切卡塔琳娜尽管开始气得发疯,后来却出奇地平静了下来。此时布洛纳夫妇发现《日报》的行为与斯特劳布莱德有关。他的一个属下肯定能够控制住《日报》。他这样做是为了保护他自己。

由于担心戈顿躲在别墅里,斯特劳布莱德来到布洛纳家请他替自己到别墅看一看。他向布洛纳承认了自己与卡塔琳娜及《日报》的关系。同时,他还说托特格斯要单独采访卡塔琳娜,而卡塔琳娜已同意接受采访。布洛纳拒绝了斯特劳布莱德的请求。这时布洛纳夫人走进客厅,告诉他们电台已播出新闻说戈顿已在别墅内被抓获。被捕后戈顿否认了对他的指控并证实了卡塔琳娜的清白。布洛纳夫人讥讽了斯特劳布莱德几句,斯特劳布莱德恼羞成怒,竟差点与布洛纳夫人厮打起来。

此时托特格斯已辗转打听到卡塔琳娜母亲所住的医院,并试图进病房采访她,但遭到医生和护士的拒绝。他被告知,她刚刚经过一次严重但很成功的癌症手术,她不能激动。这时托特格斯看到医院内有不少粉刷匠在工作,就化装成粉刷工混进了病房。他的采访过分地刺激了勃罗姆夫人。她的病情急剧恶化,当场死去了。母亲死后卡塔琳娜并没有被悲伤压倒。当她的朋友们指出她母亲的死与采访有关时,她愤慨地说,这些报业人员的企图就是毁坏无辜人们的名誉与健康。布洛纳劝卡塔琳娜放弃与托特格斯的会面,她没有答应。

第二天中午,托特格斯如约来到卡塔琳娜的寓所。他嬉皮笑脸地想找卡塔琳娜的便宜。卡塔琳娜开枪打死了他,然后向警方自首了。

《丧失了名誉的卡塔琳娜·勃罗姆》(The Lost Honour of Katharina Blum)是德国文学大师海因利希·伯尔(Heinrich Boll,1917 - 1985)的名作。它的写作起因是这样的:1971 年西德某地一家银行被抢。隶属于一家报业康采恩的报纸《画报》立即捕风捉影地宣传这件事系极左派组织巴德尔——麦因霍夫小组所为。三周后伯尔在《明镜周刊》上发表文章批评《画报》,指出它对巴德尔——麦因霍夫小组的指责是凭空妄断。它这样做会夸大该组织的能量,给统治集团宣布非常状态、侵犯人民基本权利提供借口。同时,它这样散布谎言,蛊惑人心,是一种扇动私刑的法西斯行为,在一个法制国家里这种行为是不能容忍的。文章发表后右派报刊立即开始对伯尔大肆攻击。它们用了两个多月的时间,几百篇文章和许多漫画诋毁伯尔,说他是恐怖组织的同情者、支持者和教唆者,他所做的事是为给苏联人帮忙。此外警方在搜捕恐怖分子时也不分青红皂白搜查了伯尔的住宅。媒体的诽谤与警方的无理激怒了伯尔。但此时他不好公开为自己辩护,于是他就决定写一篇小说进行反击。在相当长的一段时间内,他雇用了一位临时助手专门为他搜集《画报》和其他一些专登耸人听闻消息的报刊上的意在制造轰动效应的新闻报道,如某个女演员与导演通奸被丈夫拿获等。他分析研究了这些事件,选取了一些材料,最后构思出了《丧失了名誉的卡塔琳娜·勃罗姆》这篇小说。

这篇小说是一部揭露性、论争性作品,旨在揭露与鞭挞新闻与警方的一些无耻行径,并告诫人们对它们保持警惕。小说揭示了一些报刊为了赚钱,不惜牺牲正派人的清白名誉与身家性命而无中生有,造谣中伤,诬良为盗。而一些警方人员则靠想当然的理由侵犯人权,迫害无辜。为了明确地把抨击矛头指向《画报》及其他同类的下流报刊，伯尔在小说的引言中明确写到："如果故事中描写到某些新闻记者的行为与《画报》的所做所为有类似之处的话，那么，这不是故意，也不是偶然，而是在所难免的。"

这篇小说问世后在西方引起巨大反响。1975 年它被改编为同名电视剧，播放后又轰动一时。1977 年 6 月该小说在我国翻译出版，成为新时期在我国出版的第一部当代外国文学作品，在我国读者当中形成了很大影响，得到了广泛的好评。

102. 君特·格拉斯——人与创作

1927年10月16日,在当时属于德国的多民族混居的但泽市(现今波兰的格但斯克市),二战后德国文坛巨匠,诗人、小说家、剧作家、诺贝尔文学奖获得者君特·格拉斯(Günter Wilhelm Grass)诞生在一个父为德国人、母为波兰人的小商人家庭。格拉斯的母亲是位很有教养、爱好艺术的女性。她喜欢读书,曾加入一个读书俱乐部,还酷爱戏剧,经常出入各剧院。受母亲的影响格拉斯自幼产生了对艺术的爱慕之情。十三、四岁时便立志将来从事某种艺术职业。当时他最向往的职业是绘画、雕刻与舞台设计。他对舞台艺术心仪已久,总是希望有机会学习造型艺术。虽然那时他从没有想过当专业作家却还是对文学有着由衷的喜爱。他13岁起就开始了写作训练。然而遗憾的是格拉斯的青少年时代正值纳粹统治时期,战争中断了他少年时代的所有梦想。他被迫参加了希特勒的少年团与青年团,15岁时加入防空服务团,16岁进入义务劳动军,17岁(中学尚未毕业)便正式应征入伍,充当法西斯的炮灰。1945年4月格拉斯在前线负伤,被送入战地医院接受治疗。不久他在医院被美军俘虏。1946年5月他从美军战俘营获释,成为当时德国无数无家可归的难民中的一员。随后的几年是他生活中最艰难的时期。他当过农业工人、钾盐矿矿工、石匠艺徒及爵士乐乐师。1948年他进入杜塞尔多夫艺术学院学习版画和雕刻艺术，后又转入柏林造型艺术学院深造。1954年他与瑞士舞蹈演员安娜·施瓦茨结婚。

格拉斯于20世纪50年代初期以诗歌与戏剧创作开始文学生涯。1955年他的诗作《幽睡的百合》获南德电台诗歌比赛头等奖。此后他出版了诗集《风信子的优点》(1956)、《三角轨道》(1960)、《盘问》(1967)、《诗歌全集》(1971)等及剧本《洪水》(1957)、《叔叔，叔叔》(1958)、《恶厨师》(1961)、《平民试验起义》(1966)、《在这之前》(1969)等。

虽然格拉斯创作了大量优秀的诗歌与剧本，但其最突出的文学成就还是他的长篇小说。格拉斯创作的第一部长篇小说就是他的代表作《铁皮鼓》。他在1956年移居巴黎后开始写作此书。1958年10月战后德国的重要文学团体“四七”社聚会时他在会上朗诵该小说的片断，获得很大成功，与会者一致同意授予他当年的“四七”社文学奖。翌年《铁皮鼓》正式出版，并在当年的法兰克福国际书展上展出，引起巨大轰动。虽然它曾引发争议(不来梅市政府认为书中的两性关系描写有伤风化，因而拒绝同意该市一个文学奖评奖委员会给其授奖)，但评论界却给予它很高的评价。它的问世一举奠定了格拉斯在当代德语乃至世界文坛上的重要地位。

1961年格拉斯又出版小说《猫与鼠》。该小说描写了一个但泽中学生马尔克的不幸遭遇。马尔克有一个特别大的喉结，活动起来就像一只跳跃的老鼠。由于这一缺陷，命运在他的一生中始终像猫一样不停地戏弄、折磨他这只“老鼠”。由于自幼饱受嘲笑与歧视，自尊心极强的马尔克从小就甘愿冒各种风险去做一些不平凡的事情以赢得人们的尊敬，为此他吃尽了苦头。然而他的所有努力都以失败告终，最后他在儿时常去玩的一条沉船上永远地消失了。

《猫与鼠》原是格拉斯计划写作的一部长篇小说的一部分。这部长篇曾初步定名为《土豆皮》。后来他将这部分抽出来单独出版，剩下的部分就构成了他于1963年出版的长篇小说《狗年月》。

《狗年月》叙述的是但泽的两个青年阿姆塞尔与马特恩从1920年到1958年间遭受的种种苦难与不幸。阿姆塞尔有一半犹太血统，因此他被法西斯抓走并受尽了折磨。他们打掉他的全部牙齿，还把他埋在雪里当雪人。马特恩因对法西斯不满而被投入苦役营，后又被送上前线，也受到了百般摧残。

《铁皮鼓》、《猫与鼠》、《狗年月》各自独立，人物与故事均无连续性，但格拉斯把它们看作一个整体，认为其具有时间与地点的一致性，以及相同的主题：揭露法西斯统治时期德国人的过错，战后出现的新纳粹势力，及共同的艺术风格。在他的要求下，1974 年卢赫特汉德出版社再版这三部小说时给它们补加了“但泽三部曲”的总书名。

格拉斯笔耕勤奋，是个多产作家，除前面提及的作品外他还创作了《蜗牛日记》(1972)、《鲽鱼》(1977)、《在特尔格特的聚会》(1979)、《说来话长》(1995)等多部小说及 10 多本散文集。在小说创作中格拉斯惯用荒诞的笔触描绘历史与现实，作品主人公多是畸形人或拟人化的动物，笔调既机智诙谐，又严肃认真。

格拉斯创作成就卓著，在国内外文坛上均享有盛誉。他曾多次获奖，如 1965 年获毕希纳奖，1968 年获冯塔纳奖，1969 年获特奥多尔·豪斯奖，1999 年获诺贝尔文学奖。此外，他还得到了其他多种荣誉。1965 年美国凯尼恩大学授予他荣誉博士学位。1983 年他被选为西柏林艺术科学院主席。1987 年为庆祝他的 60 岁生日，卢赫特汉德出版社隆重推出第一套 10 卷本《格拉斯选集》。这套选集分精装本与平装本两种，收入了格拉斯已发表的全部重要作品，总计 6488 页。

格拉斯兴趣广泛，多才多艺，在文学创作之余还搞绘画与雕刻艺术。对他来说文学与艺术二者之间不仅毫不矛盾，反而相互促进。他的许多诗集(如《风信子的优点》)中的插图都是其自己绘制的。他经常在写一首诗时构思成熟一幅画，也常常在作画的时候突然产生诗的灵感。在他的笔下，诗与画融为了一体。他的许多画最后都进入了他的诗作的字里行间，成为它们的重要部分。格拉斯到了晚年还经常到野外山间写生。他出版过许多画集并在美、英、法、日、中、南斯拉夫等十几个国家举办过近百次个人画展。

格拉斯在从事文学艺术创作的同时还热衷于政治活动。长期以来他一直是社会民主党的忠实拥护者。1965年与1969年他两度为社会民主党竞选联邦总理奔走呼号，做宣传工作。他与社会民主党前主席、联邦德国前总理勃兰特关系至厚，曾多次陪同勃兰特出国访问。1966年《猫与鼠》改编拍摄电影时勃兰特让两个儿子参加了摄制工作，其次子拉尔斯扮演马尔克。1982年格拉斯在社会民主党在争取连任的竞选失败后最终加入了该党。格拉斯信奉社会民主主义。他反对暴力，主张在正常的状态下逐渐实行社会改革，扩大民主政治。他认为最理想的社会制度是既不同于西方资本主义，又有别于传统社会主义的“民主的社会主义”。

格拉斯非常喜欢出国旅行。1952年以来他先后游历了欧洲、美国、以色列、日本、印度等许多国家和地区。1979年秋，作为当时联邦德国驻华大使的客人，格拉斯曾偕新婚的第二位夫人、管风琴演奏家乌特·格鲁奈特来中国访问。访问期间格拉斯夫妇游览了北京、上海、桂林等城市，并在北京举行了《鲽鱼》一书片断的朗诵会。

103. 响遍世界的《铁皮鼓》

当代德国文学大师君特·格拉斯(Günter Grass,1927~)名扬四海的代表作《铁皮鼓》(The Tin Drum,1959)讲述了这样一个奇特的故事:

奥斯卡·马策拉特是一个身高只有一米二三的侏儒。他鸡胸驼背,四肢短粗,但有着一双漂亮的蓝眼睛。奥斯卡的外祖母安娜当年是一个家住但泽附近的漂亮的波兰村姑。一天她独自在地里干活时看到一个被警察追捕的逃犯。她将他藏到自己肥大的裙子下,救了他。逃犯叫约瑟夫,曾激于爱国热情放火烧了一家锯木厂。他们二人相识后很快就建立了感情,成了亲。婚后约瑟夫改名换姓当了筏夫。不久他们有了女儿阿格内斯。不料几年后约瑟夫被人认出,并在躲避警察抓捕时落水身亡。约瑟夫死后安娜改嫁他的哥哥格雷戈尔,但格雷戈尔不久也病故了。此后安娜便携女住在哥哥家。阿格内斯与表兄杨朝夕相处、两情相悦,最后成为一对恋人。战争爆发后阿格内斯当了护士。她在医院里结识了德国伤员阿尔弗雷德·马策拉特。马策拉特乐天开朗,很讨女人喜欢。不久他便赢得阿格内斯的芳心并与她结了婚。婚后阿格内斯与杨藕断丝连,每周都在一家膳宿公寓幽会。奥斯卡实际上是杨的儿子。此后,马策拉特夫妇在但泽开了一家生意不错的商店,杨也在但泽邮局当了文书。

奥斯卡在娘胎里便已智力发育成熟并有了超常的听力。他本不愿来到这个世界，一出生就想重回母腹，但此时他听见妈妈说要给他买一个铁皮鼓，他很高兴，就改变了主意。他3岁生日时妈妈果然送他一只白色小铁皮鼓做生日礼物。他非常喜爱这只鼓。从此他便天天把它挂在胸前，走到哪儿敲到哪儿。也就在3岁生日这天，由于不愿意长大而继承父亲的商店，奥斯卡决定不再生长。他将自己从地窖的第九级台阶上摔了下去，使自己的身高因而永远停留在3岁孩童的水平上——94厘米。不过他因祸得福，从此变得比成年人聪明三倍并得到一付可以喊碎玻璃的嗓子。他在4岁生日晚会上喊碎了吊灯，看医生时叫碎诊所的玻璃橱，上剧院时喊掉了那里的门窗玻璃，最后还用同样方法震破珠宝店的橱窗，让杨偷到一串金项链送给他母亲。

阿格内斯婚后始终与丈夫貌合神离，同时又为自己同杨的关系感到不安。后来她染上了黄疸病。此时她发现自己又已怀孕。由于不愿生下这个孩子，她开始大吃各种油腻的鱼，最后因食鱼中毒而死。这一年奥斯卡13岁。此时马策拉特早已加入纳粹党。不久但泽局势恶化，纳粹党人开始疯狂地迫害犹太人与波兰人。1939年党卫军占领但泽。杨在德军进攻邮局时被打死。

妻子死后马策拉特由于忙于公务，无暇顾及商店生意，便请邻家一位17岁的姑娘玛丽娅过来帮忙。玛丽娅勤快能干，将商店料理得井井有条，把奥斯卡也照顾得无微不至。她给他穿衣、洗澡，晚上还陪他睡觉。此时奥斯卡已经16岁，明白了男女之事。他暗暗地爱上了玛丽娅。由于他保持着3岁的身高，玛丽娅把他当成了幼儿，对他毫无戒心，自己洗澡时也不避开他，这就更使他欲火中烧。一天夜里他趁玛丽娅熟睡之际与她发生了关系，并使她怀了孕。此时马策拉特也看上了玛丽娅。他们很快就成了亲。婚后玛丽娅生下一子库尔特。他事实上是奥斯卡的儿子。

1943年的一天奥斯卡意外地碰见了老熟人侏儒布贝拉与拉古娜。贝布拉是欧仁亲王的直系子孙，马戏团的音乐小丑。奥斯卡将他视为自己的老师。布贝拉与帝国宣传部关系密切，他如今是德军上尉，前线剧团团长。见面后奥斯卡应布贝拉之邀加入了他们的剧团。此后他们开始在前线巡回演出，到过梅斯、勒阿弗乐、巴黎、诺曼底等许多地方，受到当地官兵的热烈欢迎。奥斯卡与拉古娜成为情人。一年后奥斯卡因拉古娜被炸死，自己又想为儿子过3岁生日而离团回到家乡。1945年11月苏军攻占但泽城。马策拉特因奥斯卡的恶作剧暴露了自己的纳粹党徽，被苏军打死。在埋葬他时奥斯卡将铁皮鼓与鼓棒也一同埋进了墓穴。此时奥斯卡决定恢复长个儿，但只长到一米二三便又停止增长。

苏联人来后马策拉特家的店铺被波兰人没收。玛丽娅带着奥斯卡与库尔特来到杜塞尔多夫投奔姐姐。在这里她们办了一个黑市商品中心，专营人造蜂蜜与火石。6岁的库尔特居然搞到了火石的货源。在此期间奥斯卡来到一所业余大学学习了一个时期。此后，为了生计奥斯卡当过雕刻墓碑的石匠和艺术学院的裸体模特。他向玛丽娅求过婚，但遭到了她的拒绝。此后他单恋上了护士道罗泰娅嬷嬷。不久后他与布贝拉再次不期而遇。布贝拉此时已是一家演出公司大老板。布贝拉让他做了爵士乐鼓手，为他组织了数次旅行演出，还给他灌制了许多唱片。奥斯卡由此赚了很多钱。不久，布贝拉病故，又给他留下一大笔遗产。

奥斯卡发迹后感到非常空虚无聊，极想摆脱这种生活。此时道罗泰娅嬷嬷被人暗害。得知这一消息，奥斯卡便让朋友维卡去向警方控告他是凶手。为了增加此事的戏剧效果，他故意逃到巴黎，让法国警察抓到他再把他引渡回国。他被关进了精神病院。在医院里他渡过了一段平静、安宁的时光，并利用这段时间对往事进行了系统的回忆与思考。在这个特殊的环境里他还庆祝了自己的30岁生日。然而生日刚过他便被告知说道罗泰娅的案子已破，真凶已落入法网，不久他将被无罪开释。朋友们闻讯都为他高兴，但他本人却感到无比的悲哀与失落，因为他冒充凶手原只为找到一块远离尘嚣的安身之地，而现在他又要失去这个地方了。

《铁皮鼓》是一部深受读者喜爱，问世后一直畅销不衰的小说，其魅力之一在于它采用的为广大普通读者所喜闻乐见的流浪汉小说形式。流浪汉小说起源于16世纪，一般有以下几个特点：主人公是一个出身低微的流浪汉，通常是个孤儿，他愤世嫉俗而又玩世不恭，常常闹一些恶作剧，但最后总能逃离困境；小说是假定的自传体，由流浪汉本人叙述；流浪汉在流浪过程中观察到广泛的社会现象；讽刺是作品的基调。17 世纪德国作家格里美豪森的小说《痴儿历险记》就是一部典型的流浪汉小说。该小说的主人公西木卜里切木斯(意即单纯)是一个天性淳朴的孤儿，被斯佩什特一家农民养大。战争爆发后西木卜里切木斯养父母家为战火所毁，西木卜里切木斯被迫逃进森林，被一隐士收留。隐士用基督教教义对他进行了谆谆教诲。隐士死后他开始独自闯荡天下。他当过兵，打过很多仗，也做过一个非常有名的强盗，并因而发了财。他在巴黎逗留过一段时间。在那里他目睹了上流社会的种种丑恶现象，并成为一些贵妇人心目中的白马王子。他与她们逢场作戏，追欢取乐。此时他已完全将隐士的教诲抛到了脑后，邪恶无道的乱世将他变成了一个诡计多端、厚颜无耻的人，在从巴黎返乡的途中他得了天花，容颜尽毁。在经过许多周折后他又见到失散多年的养父母，并向他们表示了自己对过去放荡生活的悔意。后来他再次入伍，随军到了莫斯科。他在战斗中被敌方俘虏，后被当作奴隶卖掉。此后他又到过朝鲜、日本等东方国家。在历尽多种磨难后他终于又回到家乡。此时他决心做一名隐士，回顾自己的一生，最终老死在家园这片净土上。

格拉斯继承和发扬了格里美豪森的流浪汉小说传统，创作了《铁皮鼓》这一现代流浪汉小说。同《痴儿历险记》一样，《铁皮鼓》也讲述了一个来自下层社会的人在战乱的年代里颠沛流离、历尽艰险的故事。这部小说运用奥斯卡的独特视角，通过对他坎坷曲折生活历程的描写，将二战前后德国风云变幻的历史过程和光怪陆离的社会现象进行了全景式的描绘。在该小说中奥斯卡在他三十年的人生中以其机智敏锐的流浪汉目光冷眼旁观了纳粹的种种丑行与小市民阶层的众生相，并对它们进行了淋漓尽致的讥讽与嘲笑。

《铁皮鼓》是格拉斯文学创作的最高成就。该书出版后获得了空前的成功。评论界对它倍加赞赏，称之为西德 20 世纪 50 年代小说艺术的一个高峰，有的人还认为二战后国际上对德国文学的重视是从这部小说开始的。该小说问世后畅销不衰，在 15 年内就发行了 300 多万册并被译成 18 种文字畅销海外。后来西德著名导演福尔克尔·施伦多夫将这部小说搬上了银幕,又获得了巨大成功。影片初映前即获西德最高电影奖——金碗奖,其后又荣获法国戛纳电影节最高奖——金棕榈奖,最后还获得美国好莱坞电影节最佳外国影片奥斯卡奖,在北美走红一时。《铁皮鼓》的出版使格拉斯一举扬名国内外。

104. 德国当代文学巨擘西格弗里德·伦茨

西格弗里德·伦茨(Siegfried Lenz,1926－)德国著名作家,出生于马祖伦区的卢克城,在法西斯的统治下度过童年。1943年曾加入希特勒的青年团,并被征入伍,在纳粹军崩溃时逃往丹麦。战后在汉堡攻读文学史、哲学和英国语言文学。1950年任原西德《世界报》的编辑,从1951年起成为职业作家,并加入了"四七社",1960年成为汉堡艺术自由研究院成员。

伦茨的成名作为1951年发表的小说《空中之鹰》,该作引起文艺界重视,同年获莱辛奖金。此后,伦茨接连发表了长篇小说《与影子决斗》(1953)、《激流中的人》(1957)、《面包与运动》(1959)、《灯船》(The Lightship,1960)、《满城风雨》(1963)、《德语课》(The German Lesson,1968)、《榜样》(An Exemplary Life,1973)等,短篇小说集《苏莱肯村曾经如此多情》(So tender was Suleyke－Masurish Storytellings,1955)、《雷曼的故事》(1964)、《汉堡人物》(1968)等。此外他还写了很多剧本和广播剧。

伦茨的文学主张是艺术为道德服务,认为作家应是社会弊端的知情者和群众疾苦的代言者。这表现在他的创作中,便是普通劳动人民勤恳耐劳地工作却只能收获悲观失望,梦想永远是梦想,现实永远是现实。在艺术描写上,以捕捉和描绘人物的细腻情感见长,形象鲜明、寓意深刻,具有寓艺术性与生活化于一体的内在魅力。

伦茨非常重视他作品的教育价值,但是他的作品的教育性毫不生硬,加上他的作品富有消遣性,叙述结构比较接近传统,因此伦茨的小说的发行量非常大,这使他成为与伯尔齐名的少数几个西德著名作家之一。

他的第一部小说《空中之鹰》,讲述了一个被追逐的战俘在芬兰边境上逃亡的故事。这部处女作使他立刻受到文学界的重视。他的重要小说还有《与影子决斗》,写一个昔日的德军上校重访非洲利比亚战场,受到良心谴责并因此导致精神崩溃。《激流中的人》写一个老潜水员担心被辞退而涂改证件上的年龄。尽管他工作十分努力,并提出许多良好建议,使公司节省了许多经费,但他涂改年龄的事情终于败露,他被解雇。作家在这部作品中抨击了不合理的社会现实。《面包与运动》讲述了战后德国体坛上一个长跑运动员的故事。小说主人公布赫随着岁月的流逝,体力已大不如以前,但为了保持自己的荣誉和随荣誉一起而来的物质利益,仍在运动场上勉为其难,同新崛起的运动员进行力不从心的比赛,最终落得悲惨的结局。

《灯船》中的故事发生在一艘远离港口行将结束自己任务的灯船上。灯船是海洋中秩序和安全的象征。风暴中,人们救起了三个落水人,但他们是被通缉的逃犯。这些逃犯妄图劫持灯船潜逃。在较量中,船长弗莱塔克牺牲了,但灯船又恢复了秩序,海上航行又有了安全的保障。小说一反通常惊险小说所惯用的手法,描写细腻,语言富有哲理,人物形象生动,以其深刻的寓意和艺术性深受读者的广泛欢迎。有的评论家赞誉它是"具有长久生命力的散文。"

伦茨的代表作和成名作是1968年发表的长篇小说《德语课》,这部小说一发表,立刻轰动,这时正是一些先锋分子预言文学和长篇形式已死亡的时候。《德语课》不仅是一部长篇,而且在叙述上基本遵循传统的现实主义创作方法,由此证明:文学和长篇小说并未死亡,传统的现实主义也并未死亡。

《德语课》有几个特点:首先,作者不以第一人称出现在小说情节的主线之中,而是让一个少年犯被罚写的作文来叙述小说的主要情节。这个少年犯具有那些无所不晓的叙述者独有的记忆力和总揽全局的能力。其次,小说故事本身得到广泛同情。一个警察病态地忠于职守帮助执行纳粹规定的禁止画画，而他的儿子出于本能觉得有义务保护画家和他的作品，这些都激发起人们对纳粹国家践踏的公民义务进行反思。

再次，因为父子之间的理解是对立的，而且激化成为荒谬的事情，结果是自然而然地使读者明白书中的倾向：有人（如父亲）在国家违背了本身义务的情况下继续履行国家要求的义务，他就犯了罪；但是，有人（如儿子）在国家履行义务的情况下，干扰了国家在其职权范围内的事务，同样是犯罪。然而，"曾经有某个人，他没有卷进去，因为他及时终止履行义务。"

《德语课》的情节发生在第二次世界大战末到 50 年代中叶（1943－1954），地点是德国北部某地，采用的是第一人称记叙体，这部小说既是现实主义的记叙，反映文艺工作者在第三帝国时代所受的法西斯迫害，它又通过现实的反映表达了某种哲学思考，即忠于职守有时是一种荒唐可笑的行为。德国人把忠于职守看作是自己优秀的国民性，而这部小说中的"忠于职守"的警察却是一个愚夫，作者藉此说明任何道德品质都不是抽象的。小说主人公西吉·耶普森（Siggi Jepsen）是一名少年，因偷窃艺术品而被处以在少年教养院教养三年的处分。一天，在教养院的德语课上，要求以"忠于职守的欢乐"为题写作文，西吉顿时想起了当警察的父亲在第二次世界大战期间如何奉命执行监督一个原来本是他的朋友的表现主义画家南森"禁画"的命令。当时 10 岁的儿子西吉同情画家，为了不让父亲得到南森的画（"禁画"意味着不许作画，如画则必须销毁、没收），便把南森的画藏到一个秘密的地方。即使到了战后，这项希特勒时代的禁画命令早已不复存在了，但西吉一直习惯于把南森的画藏到秘密处，这就使他成了偷窃艺术品的"小偷"而受到教养三年的处分。同样，战后不久，他的父亲在不许南森作画的命令早已取消的情况下，仍然习惯于忠于职守地执行"禁画"命令。该坐牢的其实应该是当警察的父亲，现在却是儿子代替父亲接受处分，下一代在承担上一代所犯的错误了。全书（约 30 万字）便是西吉以第一人称记述自己父亲如何怀着"忠于职守的欢乐"执行第三帝国对南森禁画的命令，及他自己如何把南森所作的画秘密藏好的长篇"作文"。这部小说无疑通过西吉的作文清算着德国的过去。作者通过耶普森这位"忠于命令和职守"的形象及画家的形象，不仅阐述了政治权利下错误的“忠于职守”及艺术创作自由的问题，并一再艺术地烘托那个专制时代的法西斯气氛。全书还展示了北德的农村风光和北德人的冷静气质。小说中的“禁画”则使人想起第三帝国对著名表现主义画家诺尔德(Emil Nolde)的迫害。

《榜样》(1973)写的是60年代末的德国。全书写的是三位教育工作者应州里的委托到汉堡编写7至9年级的教科书的故事。他们已经编好了几个部分，如“劳动与假日”，“家乡和外国”，现在正着手编写“传记与榜样”这一部分。这时他们遇到了很大的困难。这三位教科书专家各自带来了榜样式的人物传记课文，但三人意见分歧很大，认为其中无一可真正地被看作榜样。后来他们打算自己拟定榜样人物的课文，但此举亦未成功。这时有人建议把希腊生物学家露西·贝尔鲍姆的生平编入教科书。这位女科学家在希腊军人政变夺取政权后，为抗议军人政权迫害进步人士及一位生物教授，她在她的家中以希腊监狱的条件生活，后感染肺炎致死。但课文完成后，大家依然意见不一，主要是出版社领导认为：这位女生物学家的反抗不是积极的，因此也是没有成果的，教科书应把积极行动进行反抗的人物当作“榜样”编入教科书。小说呈开放式结构，小说结尾并未说明教科书的编者们是否继续在寻找“榜样”。全书除编选课文这一中心外，还穿插记述这三位教育工作者如何克服各自生活中的烦恼，如一位编者的儿子学业出色，但却在通过中学毕业考试后自杀身死，原因正在于他对儿子教育不当。另一位编者则与妻子生活不睦等。此外，小说还把1968年汉堡的学生运动、游行示威等编入其中。全书的开放式结构或许说明：在当今的现实中，人们找不到可作为榜样的对象。小说又使读者思考：“榜样”必须是怎样的人，我们应怎样设想一个榜样的形象？这同样是作者的一个疑问。像《德语课》一样，《榜样》也同样富于哲学思考，它探讨的是具有榜样意义的人生价值，研究当今时代的人生观。

伦茨是当代德国最杰出作家之一，与君特·格拉斯(Gunter Grass)、海因利希·伯尔(Heinrich Boll)两位诺贝尔文学奖得主齐名，但更受读者欢迎。伦茨曾获多项著名文学奖，包括莱辛文学奖、歌德文学奖和德国书商协会和平奖等。

105. 德国的詹姆斯·乔伊斯——阿尔诺·施密特

阿尔诺·施密特(Arno Schmidt,1914–1979)是德意志联邦共和国(西德)最著名的作家之一,但他不是人人都能读懂的作家。他的作品,特别是60年代之后的创作是供学者、专家、理论家们欣赏的。施密特本人也是一个学者,他的作品在阅读上的困难首先在于其作品那种难以接受的形式,施密特可以说是德国最激进的,同时也是最有争议的形式革新家,他自称自己是形式的"革命家",因此,有的评论家称他为德国的乔伊斯。

施密特的作品所以出众,一个原因是因为它与一个地区紧紧联系在一起。这个地区就是吕内堡草原,施密特从1958年以来就在那里索群独居,过着隐士般的生活。施密特作品中所描写的地区基本上局限在吕内堡草原一带。

他的作品富有科技幻想小说的某些特点和风格。施密特力图在语言上精细地表达意识的过程,如回忆、联想等,为此,他喜欢用第一人称,几乎所有他的叙事作品都采用第一人称叙述形式,这样使读者易于产生"认同感"。施密特不热衷于"情节"或"深刻内涵"等。在意识上,出于自身在第二次世界大战中的经验和经历,施密特坚定地反对军国主义和宗教,他重视科学远胜于重视玄学。施密特是"语言试验派",甚至是"语言革新派",为此,他藐视传统正字法、标点法和句法,他喜欢用日常口语和行话、方言土语，甚至粗话。他最爱描写的题材是风景、悟性和情爱。

他的作品中往往是以战后“小人物”（小职员、农民、难民等）的狭窄的平常世界同处于另一极的具有不加掩饰的自传色彩的第一人称叙事者的志趣加以对照。这些志趣，除了专心致志地研究自然与研究纯科学以外，还有埋头阅读被遗忘作家的作品，研究作家的生活，写作文学作品。因此，在《勃朗特的草原》(1955)中，狭窄的社会常常是参照浪漫派作家富凯(1777－1843)的生平而显现出来的。这部篇幅不大的长篇小说的中心是一个像作者一样的主人公，他刚刚从战俘营释放回来，在极度困难的情况下重建自己的日常生活，并写出了一本关于富凯生平的书。分裂为“双重生活”（一种是狭窄的现实中的生活，一种是在幻想、阅读、研究古籍中度过的生活），也表现在长篇小说《一个好色之徒的生平》(1953)之中。吕内堡草原的一个小公务员在第三帝国时期“内向流亡”，隐居在一间小茅屋里。他在那儿寻找大自然的踪迹，也寻找建造这间茅屋的 1813 年拿破仑军队中的一个逃兵的踪迹，同时也对德国文学史进行“跟踪追击”。

阿尔诺·施密特的这些作品还由于双重的“细节现实主义”而见长。德国北部平原农村小镇的那种狭小的日常世界，大都是通过历史的影射，历史的联想和历史的回忆而显现出来。

学习历史和文学知识可以变成嗜好，这是《铁石心肠·1954 年的历史小说》(1956)的首要主题。这是一个爱书入迷的书籍收藏家的故事，他通过表面的爱情关系把珍贵而古老的“豪华本手册”据为己有。他从东柏林的国家图书馆偷了一本极有价值的书，然后隐居小镇，过着没有公职的学者的生活。与这一叙述而相交的至少还有两条叙事线索，即历史上的“阿尔登公主”的故事和现在的正要解除婚姻关系的故事。除了学者的行话以外，还有充溢着大量各种人物所说的方言（低地方言，柏林方言）。

《学者共和国》(1957)完全是一部幻想小说，情节发生在 2008 年，即小说发表的 50 年之后，地点是某人造的漂浮在海上的名叫 IRAS 的岛上。IRAS 即英文 International Republic for Artists and Scientists（艺术家、科学家国际共和国）的缩写。第三次世界大战已经过去，除 124 个德国人之外，德国人已经全部被消灭。一个叫查理·亨利·魏纳尔的美国新闻记者用英语写了一篇报道,这篇报道则又被悄悄地译成了早已不复存在的德语,为此,译者必须做很多注释。全书情节分为两个部分。第一部分写美国记者前往 IRAS 岛途中的经历,他观察到原子战争后的许多突变、人与野兽之间的斗争以及他与一个半人半兽女子的恋情等。第二部分描写岛本身。这一部分是对时代的尖锐讽刺。德译者为了翻译 IRAS 这一岛名,借用了 18 世纪德国诗人的用词"学者共和国"。这个岛由人工造成;岛的西部属美国人,东部则属俄国人。在这个像船一样漂浮在海上的岛上也笼罩着阴影,双方为了这座"漂浮"岛的漂浮方向不断争吵,固执己见,各自用自己的机器操纵,一个要向前,一个要向后,最后这个"漂岛"只能在原地打转。

岛上的居民有义务每两年交出一件艺术品,否则有被驱逐出岛的可能。这位美国记者参观了 50 小时后离开了该岛。

作者在这部小说中表明:他渴望世界上至少有一块干净的未被冷战污染的净土(人工岛),但他没有得到,哪怕那块土地上的居民是知书识理的"学者",那个地方也渗透着美、苏两大国的互不信任。在形式上,这部小说试图把多种不同文学作品的风格融合在一起,如流浪汉小说、科幻小说、言情小说、政治讽刺小说等。但作者过分追求细节的细腻及偏爱过分矫饰的语言和形式,这使读者失去阅读的耐心,妨碍了读者的接受。

通过《月球殖民地也是穷乡僻壤》(1960),施密特又进一步拓宽了原有的视野。一对夫妻看望姑姑,住在乡下的草原上感到非常无聊。于是丈夫就胡思乱想,设想地球毁灭之后住在美国开拓的一个月球殖民地上的生活是什么样子。当然,不加上点文学史,就不是施密特了。这种多线索的叙事结构只是头脑清醒又有耐心的人才能理解。这部多层次的作品的主题又是集中在施密特作品中占主导地位的那些主题:战争、世界的沉沦、逃遁、劫后余生、自己体验到的自然、被湮没的文学传统。这些主题都汇集成一个反讽幽默的叙事态势。

施密特对于政治化运动采取厌恶蔑视置之不理的态度。自 1949 年起,他以自称的"反对派施密特"姿态出现。然而,50 年代他以无神论者、启蒙者、极端民主派身份反对东西德边界两边的复辟和专制,在孤独的极端主义之中表示抗议。60年代，文学活动开始政治化，开始采纳施密特的意见和立场时，他又以孤独的极端态度脱离文学活动。

在一部篇幅不大的长篇小说《一个好色之徒的生平》中，施密特把那种既拒绝宗教的信仰期望又蔑视政治意识形态和乌托邦的治世保证的现实主义简单地归结为："到头来……留下的只是艺术作品；大自然之美；纯科学。……而且保持原样"。

1963年，他准备完全摆脱文学市场而且坚决拒绝时兴起来的描写当前政治的时代文学，大胆进行叙述文实验。这时，他需要这种"原样"。他在实验中把上述三种基本价值——"艺术作品"、"大自然之美"、"纯科学"——变为幻想式的形式讲究的长篇小说情节：

一部艺术作品就是由阅读以前的文学作品所获得的成果，作家虚构的情节和从语法、正字法的枷锁中解放出来的语言这三者形成的审美游戏，读者通过阅读把这一游戏进行到底；

大自然之美，它把从外界风景到人体表面的魅力乃至内心最深处的精神生活和性生活的一切自然现象并把这一切转化为艺术之美；

纯科学就是各门自然科学、语言学、心理分析等实用学科都要与之结合以共同努力生产艺术。

1970年施密特的这部艺术作品得以问世，这就是《纸条梦》，重9公斤，8开本，1 334页。如正常排版这些篇幅可以排出5 336页，比他以前所写作品的总篇幅还要宏大。施密特假装用这本德国当代文学最厚最重的书告诉大家有关10万世纪末某些人的生活方式和性生活习惯的该死的直接信息，给人以生活和举止的映象或榜样，其实他是在把他的读者引向迷津。这部小说的情节限于四个文学爱好者在一天的时间里散步、娱乐、满足生理需要等活动，并不追求表现当代生活的目的，纯粹是做字母、用词、句子、版面的游戏。总之，纯粹是文学本身的游戏，读者可以根据自己的意愿、兴趣、能力参与这项游戏。但是施密特正是用这种游戏度过了他的"可咒时期"，惩罚了他所蔑视的分裂为二的"德国人的国家"，并且认为当前的追求政治化—激进化倾向是一种最新的典型的"德国式蠢事"因而拒不接受，将它置之一旁不屑一顾。他置身于一种艺术世界里，有时是

“色情的奇幻游乐场”,有时是“杂乱的梦魇”,但总是“玻璃的—炽热的幻想巨大王国”。

施密特以写作“巨书”的非同寻常的行为证明,他是何等认真要摆脱德国的当前现实,进入超时代、超越民族艺术的虚构世界里去。

施密特的作品富有讽刺和批判时代的特色。施密特一生获得过多种文学奖金,1964 年获西柏林冯达诺奖金。

106. 克·沃尔夫作品探微

克里丝塔·沃尔夫(Christa Wolf,1929 -)是德国当代著名的作家。

沃尔夫生于巴伐利亚州的兰茨贝格,父亲是一位商人。她中学毕业后,于 1949 年至 1953 年在那拿和莱比锡攻读德国语言文学。大学毕业后,曾任《新德意志文学》编辑,先后在青犀图书出版社、德意志中部出版社任编辑、主编等职。常到哈勒市一家机车车辆厂体验生活,参加工人创作小组活动。1962 年以后成为职业作家,是德意志民主共和国多项文学奖获得者:如哈勒市艺术奖(1961)、亨利希·曼文学奖(1963)、民主德国国家奖(1964)等。沃尔夫的作品在欧美各国享有盛名,她既写小说,也写散文、评论、随笔和电影剧本。她文学创作的成就主要是小说。

1961 年发表的短篇小说《莫斯科故事》,描写一位苏军上尉帕维尔于 1945 年在德国结识一位名叫维拉的德国姑娘,15 年后这对情人在莫斯科重逢,叙述了他们之间的友谊和爱情的故事,并提出一个社会主义的道德标准问题。《莫斯科故事》是一部散文体小说,文笔流畅隽永、情节完整感人,读后给人一种生活启迪。

《分裂的天空》(Divided Heaven,1963)是沃尔夫第一部最成功、曾引起热烈讨论并给她带来声誉的作品。小说真实、自然地反映德国的分裂所引起的人与人之间的关系变化,两种社会制度的对立以及由此产生的社会抉择。

沃尔夫代表作品还有:《追忆克里丝塔·T》(The Quest for Christa T, 1968)、《楷模》(A Model Childhood, 1976)、《卡珊德拉》(Cassandra, 1983)、《美狄亚》(Medea, 1996)和文学评论集《读和写》(1972)等。《卡珊德拉》和《美狄亚》取材于古希腊神话。在这两部作品里,沃尔夫以其独特的视角,拒绝了卡珊德拉和美狄亚的传统形象,重新讲述故事,挖掘出隐藏在其后的历史真实面貌,引发读者思考当代生活中的诸多问题。

沃尔夫善于捕捉现实生活中的重大题材,主张文学作品就是要表现个人、认识自己、发现自我的过程,喜欢采用的艺术手段主要为意识流、蒙太奇、时空概念颠倒等,从而善于发掘人物内心的奥秘,淋漓尽致地表现人物的意识活动。因而克里丝塔·沃尔夫在西方有民主德国"现代派文学先锋"的称号,不是没有道理。

小说《分裂的天空》是沃尔夫第一部长篇小说,也是60年代民主德国文学中成功的作品之一,1964还被改编成电影。小说探讨了社会中人的个性发展的问题。这部小说以1961年8月13日民主德国在东、西柏林之间修筑柏林墙为背景,深刻揭示了民族分裂局面给德国人民,特别是年轻的一代带来的不幸,给家庭、婚姻和爱情等方面带来的悲剧,以及这种分裂在人的心灵中投下的阴影。

小说的女主人公丽塔·赛德尔是师范学院大学生,在一次不幸事故之后,躺在某所医院的病床上,思绪万千,回顾自己近两年来的生活、学习、下厂实习和个人爱情生活的波折经历:丽塔早年生活在德国中部的一个小乡村,两年前与一位名叫曼弗雷德·赫尔富特的年轻人邂逅相逢。丽塔"知道这个年轻人是受过高等教育的化学家,正在做博士论文。后来,他的论文得了'优',……。"曼弗雷德年长丽塔整整10岁,"高高的个子,瘦削的身材,长长的胳膊,再加上一个年轻人的狭长脑袋,显出一副桀骜不驯的样子。"与他相比,丽塔生活则显得平凡。大战刚结束,由于贫困和得不到前线失踪的父亲音讯,她就随母亲来到德国中部的一个乡村,住在姑妈家里,在那里学习、读书。17岁时在一家县属保险公司当职员。一次乡村舞会上,曼弗雷德邀丽塔跳舞,一见钟情,两人产生了爱慕之情。一星期之后，丽塔生平第一次收到一位男子的来信，激动万分，“她明白，自己身上有足够多的东西讨他（曼弗雷德）喜欢，而且以后还会讨他喜欢。”从此，她心中萌发的爱情之火日趋炽热。一次偶然机会，有一位“招聘教师的全权代表”，来到丽塔所在的县，他名叫埃尔温·施瓦策巴赫，他是师范学院的历史学讲师，是他改变了丽塔多年的乡村生活，使她来到大城市哈雷，获得了大学学习机会。在城里她与曼弗雷德接触机会更多了，并开始了同居生活。丽塔为了当一个称职合格的教师，“信守对施瓦策巴赫许下的诺言”，即合格教师得要下基层，了解大型企业，需要下厂实习锻炼。于是，丽塔得到曼弗雷德父亲的帮助，在他那机车车辆厂劳动实习。在工厂里，丽塔有机会接触到形形色色的人物，其中影响最大的有车辆厂木工组组长埃尔米施、工长梅特纳格夫、厂长文德兰德，还有年轻的小汉斯，并从这些人身上发现和领悟到人生的真谛，以及自我发现的过程。丽塔白天在工厂里实习锻炼，晚上和曼弗雷德一家一起用餐。饭桌上家人所谈的话题三句不离本行：工厂的所见所闻或大家关心的生产、工厂的命运和人际关系等问题。由于观点不同或观察问题的出发点各异，曼弗雷德父子间时而发生争吵，格格不入。曼弗雷德母亲在家干家务，是精明能干、思想偏激、抱有成见的女性，尤其对未来儿媳的所作所为常常大为不满，说什么：“从前年轻的姑娘在寄宿学校里准备着结婚，而如今，却把她们塞到工厂去，放到一堆素不相识的男人当中……。”后来，在一次财务大检查中，工长所负责的那个部门的经济亏损了三千马克，被革职下放到丽塔所在那个小组劳动。通过这件事，丽塔仿佛进一步懂得人生道路的艰巨、曲折。小组内十二个人，最大的六十岁，最小的是十几岁的小汉斯，由于每人经历不同，他们追求和向往的目标各异。机车车辆厂的老厂长逃到“那边”之后，厂里生产每况愈下，材料缺乏、停工待料、生产产量剧烈下降，产品质量也一天不如一天。新厂长文德兰德上任伊始，也未能马上摆脱这一困境：“仍旧是生产计划没完成，缺材料、缺半成品、缺乏劳动力。”不过，文德兰德事业心强，踌躇满志，但致命弱点是与下属关系不佳，一度步履艰难，难以打开局面。以后数月，在全厂齐心协力下，开展劳动竞赛、技术革新活动，终于在工厂实行国营化 15 年那天，第一次全面完成了生产计划，市政委员会还特地举办了一次大型庆祝晚会。那天，曼弗雷德一同去了。舞会上，丽塔成了舞会的王后，宾至如归的感觉使大家感到轻松愉快，丽塔现已对众目睽睽习以为常，她“满面春风地同一个又一个的男人跳舞。”岁月在流逝，丽塔和曼弗雷德之间的关系日趋复杂，两人间的追求也发生了质的变化，彼此之间开始互不理解，各说各的。前者热爱这火一般的生活，并从老一辈身上学到了勤勤恳恳、脚踏实地的精神，追寻社会主义完善过程；后者则因不满现实社会生活，常常与同事们、上级领导产生尖锐的矛盾和严重的思想分歧。曼弗雷德坚持自己的人生信条，即是“人们为了不让别人认识和消灭自己，不得不染上一层保护色”。因而，他在自己的发明成果遭到拒绝之后，利用一次化学家大会机会，到那个“自由”世界去了。曼弗雷德的出走给丽塔精神上蒙上了一层阴影，“她积聚自己最后一点力量，通过沉默进行自卫，……别人叫她干什么，她就干什么”，总觉得自己矮人三分，避开别人，内心苦衷难以启齿。曼弗雷德出走的消息，不胫而走，而各人态度则大不相同：曼弗雷德母亲——埃尔富尔特太太认为：儿子的出逃，只能解释为对自己本人发出信号。她要求丈夫赶紧断绝一切往来。……，两小时内就可以一起逃走……。这种出逃预谋无疑遭到埃尔富尔特的断然拒绝，他不愿离开自己的国家。曼弗雷德的行为给曼弗雷德一家带来了震惊和动荡。某个夜晚，埃尔富尔特太太由于心脏病复发，猝然去世。从这以后，丽塔依然住在埃尔富尔特家中，与老人相依为命，几乎过着独处索居的生活。1961 年 8 月份第一个星期天，丽塔乘上前往柏林的火车去探亲，随身只带了一只小箱子，而且买的也是来回票。她有自己的信念：西柏林在她眼里并不是那么美妙，因此，她做出当晚就回到东柏林这一重大抉择并不显得突然。失去恋人的痛苦虽然折磨着她，但是归来之后，同志们的情谊温暖着她的心，沸腾的生活给予她新的力量，她感到“这儿一切都又热情、又亲切……”，鼓舞她面对现实，重新开始人生新的漫长旅程。丽塔探望曼弗雷德回来后的第一个星期天（8 月 13 日），她从广播里听到震惊世界的不同寻常的新闻：民主德国为采取边境安全措施，在东、西柏林之间筑起了柏林墙。从而德国民族的分裂阴影又一次笼罩着德国人民的心灵。丽塔躺在病床上，回忆着人生的艰辛和爱情生活的悲剧，与前来探望的同事们、领导探索人生的真谛和自我完善过程的途径。

《分裂的天空》这一小说的主题是：由于德国的分裂局面而造成人们心灵上的创伤，导致家庭、婚姻和爱情悲剧和面临现实的抉择。沃尔夫酷爱俄国文学，特别是对以描写俄罗斯少女心理活动和自然风景著称的屠格涅夫很有研究。沃尔夫在《分裂的天空》里，对女主人公丽塔细腻的心理描写和用抒情的笔调描绘气象万千的大自然，独居匠心。作者运用电影中剪接技术，追怀往事都用的倒叙手法；用电影蒙太奇的手法，巧妙地表现出来故事情节，中间的过渡并不十分明显，而空间的画面却是完整而形象化。沃尔夫调动了各种艺术手段，充分揭示作品人物丰富多彩的内心世界。《分裂的天空》中叙述的故事，不仅使用第三人称这常见的手法，直接描写人物的心理活动，而且还采用第一、第二人称，以自述、对话、独白或旁白方式，把人物的心理活动一览无余地展现在读者面前。有时，把主人公的情绪和感受同自然景物融为一体，借以烘托气氛，增强作品的感染力。总之，沃尔夫在小说创作技巧上的探索是有价值的。

沃尔夫是二战后德语文坛最具影响力的杰出作家之一，她以其敏锐的观察力和深刻的社会批判意识，着力表现当代西方社会、思想、文化的重大转型和发展，揭露现实中的矛盾与问题。

107. 博多·施特劳斯——“西德剧坛上空的新星”

博多·施特劳斯(Botho Strauss,1944－),是德国当代最著名的剧作家之一,被批评界誉为“西德剧坛上空出现的一颗新星”。他不仅是戏剧家,还是剧评家和杂文家。

博多·施特劳斯出生于东部德国,第二次世界大战后迁往西德,并在慕尼黑、科隆攻读日耳曼学、社会学和戏剧史。接着施特劳斯在颇有声望的杂志《今日喜剧》当评论家,这一工作成为施特劳斯一生的有决定性的转折点。后来他参加舞台导演实践。施特劳斯和迪伦马特一样,也倾向于喜剧。他的剧本并没有用社会政治问题直接批判社会政治现实,他的剧本呈现在舞台上的是幻想、梦境、个人私事、甚至是极富荒诞色彩的刑事案件,因此,他的剧本时有象征色彩。

施特劳斯的剧本主要反映了人的病态似的精神状态、人间的冷漠和人的不知不觉的异化。他的主要作品有:《熟悉的面孔,混杂的感情》(1974)、《重逢三部曲》(1976)、《献辞》(1977)、《大与小》(1978)。

施特劳斯喜爱的形式是用一个很少变化的情景贯穿全剧(即一个地点,一个社会环境),在这同一情景里让人物在不同的、仿佛偶然形成的场次里活动。《熟悉的面孔,混杂的感情》(1974)和《重逢三部曲》(1976)用的都是这种形式。

《熟悉的面孔,混杂的感情》共七人,三对夫妇和一位男子,这位男子是被其中一位女子的汽车撞伤后与他们生活在一起的。他们住在一幢旧旅店里,一直做出种种努力,想建立一个生活共同体。但是,他们在这个共同体里只感到无聊,只能以练习交际舞比赛的舞蹈打发时光。他们的谈话时而伤感,时而讽刺挖苦,这一切只表明他们想建立互相友好、互相钦慕、互相爱戴的关系的努力是徒劳的。他们已经"熟悉"相互之间的感情,因为这些感情已经属于过去。他们中的所有男女互相之间都有过婚外恋爱丑闻,整个集体成了"激情博物馆"。而实际上,虽然舞台异常热闹,剧本给人的印象却是死一般的僵化。其原因在于,引起谈话的事件都是些微不足道的事,以及该集体与外界完全隔离。剧本的人物与现实的唯一联系是电视,而电视反映的只是异化为电台节目的现实。

剧中取代现实的是情景与人物梦幻般的变化。那位没有结婚的卡尔只想当"牺牲品"(即汽车事故的牺牲品),此外不要求扮演任何确定的角色,他似乎是个魔术师或催眠师。他施展各种幻觉与声光效应,让大家目瞪口呆;第一场结尾,他变出了一个酷似旅店老板娘的女人,旅店老板虽然认出她是个陌生人,有一片刻却对她产生了爱慕之情。旅店老板从噩梦中清醒过来后,真正的妻子告诉他,她怀了他的孩子。当她与其他夫妇庆祝圣诞节时,卡尔躺在一个巨大的冰冻柜里。在最后一场,他冻得直挺挺地躺在厅里,成为"牺牲品"的象征,成为存在于他周围和他自己身上的冷漠感情的象征。

《熟悉的面孔,混杂的感情》的结局虽然并不轻松欢快,象征也有些模糊不清,作者却认为是个喜剧。按照舞台说明,剧本情节发生在"近年"的某个城市,而通过情节勾画出来的德国社会的图画则类似比喻。剧中的某些情节安排表明,施特劳斯想通过象征性事件建立与圣诞故事的关系,利用反差效果(圣诞节,"爱与和解的节日",救世主的诞生)显示存在于所谓充满基督精神的西方文化中的感情冷漠。

施特劳斯的《重逢三部曲》表现的是同一个主题。这出三幕戏剧描写一个社会事件:画展开幕前一天,市艺术协会成员和朋友以及几名新闻界人士参观画展。戏剧几乎没有情节,作者按不同的组合让十五个人物出场。因为画面上有一幅刺激性图画，一位富有的艺术资助者要求关闭画展，这件事在第二、三幕中造成了一种紧张气氛；但从外表上看，他的威胁没有达到目的。剧本取得效果的原因在于施特劳斯掌握了纯熟的艺术技巧，把众多简短的对话既当作不断流动的戏剧运动的因素，又当成一幅五光十色画像的组成部分加以利用，这幅画使我们看到中等阶层的艺术观众如何以参观画展而毫无乐趣地消磨时光。构成这幅图像的依然是施特劳斯作品中的典型人物，即没有能力接受爱和给予爱而痛苦的不幸男女夫妻。他们用过分的激情互相折磨，他们渴望得到理解和安慰，然而他们又极其自私。有的人盲目追求知音和庇护，结果失望而归。因此，在夫妇、离婚者和未婚者之间几乎没有区别。他们全都感到不幸，都沉溺于自己的痛苦之中，没有同情心，阴险狡诈，没有互相倾听对方的能力。所以，他们的谈话不外是自吹自擂的对话，无耻之极的自我表现以及粗野卑俗的互相谩骂。这一切都发生在一个地方，即画展上，在这里，各种绘画作品，意义重大的与不值一提的，美的与丑的，周围所谓创作自由的产品，任意排列在一起展出，真可谓是各种现代风格作品的大杂烩。这一切的意义似乎只在于表现耗尽举办者与参观者精力的忙碌与计谋。处于剧本中心的是一位敏感脆弱的女人——艺术协会会长手下的工作人员苏珊。几乎所有舞台活动都或多或少针对她，而她的所想所言始终围绕着她情绪变化多端的原因：她对会长莫里茨的单相思。剧本的结局是开放的，前一场只稍加改动在这里重演：根据某个会员的建议，绘画重新挂了一次，改变了排列；那位大资助家第二次前来参观。莫里茨把那幅取下的画挂在胸前，以此向那位资助家挑衅。苏珊向他告辞而去。

《献辞》讲的是年轻书商理查德·施罗贝克，他不工作，对什么都不感兴趣，只呆在家里详细记录他的外部状况和内心活动，打算把他的书献给他的女友。这位女友没有任何理由就离开了他；后来，她打电话给他，约定时间会面，向他要钱，去办她的可疑的“租赁商店”——但可能是个窝“赃”所。她邋遢潦倒，喝得酩酊大醉，把理查德送给她的稿子遗忘在出租车上。理查德不得不重新开始写作，他还“没有完全达到目的”。

《喧嚣》指的是贝克尔的具有时代批判性的思想和愤怒的言词。贝克尔从事了多年各种职业活动后，又回到了他12年前作为主编的“左右手”与上司一起创办的新闻社工作。这也是一个走下坡路的故事。贝克尔和他的女儿——一个旅行社老板娘——一起居住，一起旅行；他不断地对女儿谈论他与上司的充满敌意的斗争，而在内心，却依然依附于他。女儿容忍他喝酒的嗜好和乱伦求欢的企图，后来她忍无可忍，对他十分厌恶，在一家旅馆房间里杀死了他。

1981年发表的集子《成双成对，行人》中的笔记和小小说更突出地体现了主题：今天的德国人缺少历史意识，没有能力爱。施特劳斯的人物虽然如此可怜可叹，作者却完全站在他们一边，因为他们是有感情的、坚定地在爱着的人。他们出于无法疗治的创伤，自己选择了与世隔绝的道路。他们没有行动，也不想知道现实中发生的事件。然而，只要他们不是因饥饿、疲乏、忧伤而一时陷入麻木迟钝的状态，如施罗贝克整天地凝视电视屏幕，他们谈论周围发生的事，或者把它们写下来。他们看到了只让他们不快的时代的征兆，他们茫然若失，感到害怕，并且经常从这个角度解释他们生活的时代。从根本上说，施特劳斯在借他们的口说话，比他的剧本中的人物还更直接，因为他常常让他们做长篇大论，把他们的思想变成整篇整篇的评论。这就是施特劳斯小说的形式难以理解的一个原因：叙述者的角色与角度和情景常常跳跃式地转换变化。他的小说中的一切都是为了在读者中产生某种作用而作的有意安排，都是刻意追求的某种风格。施特劳斯以为只有通过这种风格，用作家的自我意识才能对付当今忘记历史的社会，作家用他的语言使人类的记忆复苏，把生活的历史性显示出来：生活是众多现象和现实的连续。他有意使风格不统一，他的小说融合了不同流派的表现手法，援引了各种文学范例。这样他的小说形式就成了四分五裂的时代面貌的反映：这个时代是恐怖与狂妄的时代，怀疑与狂想的时代，错综复杂的联系与致命的孤独的时代。

《大与小》剧本的各个场次就是主人公洛特在人与人无法沟通的社会中所走道路的各个阶段。在这个社会中，连最孤独、完全绝望的人也拒绝任何帮助和关心，用玩世不恭的言论把自己包起来，或者借酗酒吸毒逃避现实。洛特无法适应这种状况；她满怀对他人的所谓的聪明才智和美好情谊的钦佩，表示愿意以朋友、邻居、助手的身份与他们相处，但她得到的报答是冷若冰霜的斥责，她则毫不计较。她这样走了一程又一程，现实关系越来越少，然而她的幻想却丝毫没有动摇。后来她发现，在她生活的世界，圣者被当作傻瓜，受嘲弄遭讽刺。

施特劳斯以他的方式表达了 20 世纪 70 年代以来在联邦德国蔓延的悲观情绪：人们不再认为人能够掌握世界、塑造世界，世界是创造物中受到最大威胁的地方，只有依靠信仰和自我节制才能使这个地方免于毁灭。这种态度也许是因为厌倦技术进步而产生的精神新潮流的反映，但也可能预示着欧洲文化正在发生意义深远的转折。

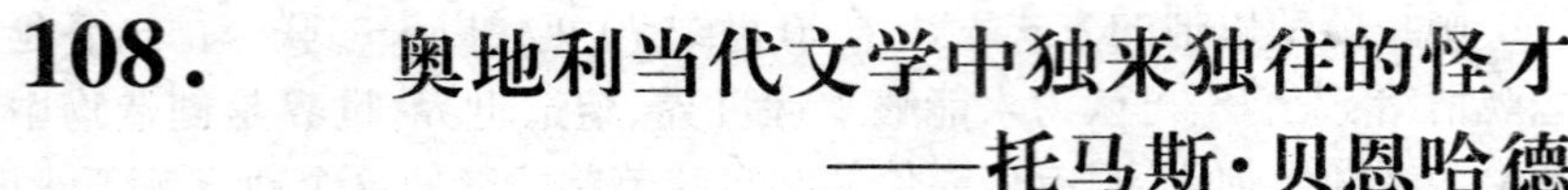

108. 奥地利当代文学中独来独往的怪才——托马斯·贝恩哈德

托马斯·贝恩哈德(Thomas Berhard,1931－1989),奥地利作家。从20世纪60年代起,德语文坛上贝恩哈德的名声与日俱增,他那怪僻悖逆、离群索居的性格,他那愤世嫉俗、独辟蹊径的作品,一直是文艺界的热门话题和关注对象。贝恩哈德的小说、戏剧和诗歌作品,由于他们所具有的独特的思想和艺术形式,其影响远远超出了德语国家的范围。

贝恩哈德的怪僻性格与他的出身经历有密切关系。他出生于荷兰的一家修道院,是私生子,母亲是奥地利一位作家的女儿。他在外祖父母身边度过了童年,受到了艺术熏陶。1947年中学毕业后,去一家商店当学徒,一年后因肺结核住院。在住院疗养时,他的外祖父和母亲相继去世,他精神上受到很大打击,曾几次试图自杀。1952年入萨尔茨堡的莫扎特学院学习声乐、导演和表演艺术。在此期间,他担任当地出版的《民主人民报》记者,并开始在报上发表文学作品。学业结束后去国外旅行,然后作为专业作家住在维也纳。1965年他购得一座破旧的农家大院,自己把它修缮后就定居在那里,过着深居简出的生活,谢绝参加社会活动和文坛纷争。1989年2月12日因肺癌逝世。

对死亡的崇拜是托马斯·贝恩哈德小说(70年代后期的自传体小说

除外)的唯一内容。20 世纪 70 年代后期他的小说的价值在于它让读者了解到他早期文学创作的痛苦经历。此外,贝恩哈德主要写戏剧,直到 1979 年才又发表了许多新小说。

小说常常是由一个第一人称叙述者作的一篇连贯的讲话,它只能由说话人的处境加以解释,而与读者或听者的处境毫无关联。与从前一样,贝恩哈德在这样的独白里展现的是对一个不被周围世界理解的精神英雄的崇拜,这位英雄把毕生精力奉献给了唯一的一项超凡脱俗的事业上,要么完成它,要么与它同归于尽。贝恩哈德的主人公一开始都是些“恪守职责”、“遵守纪律”、“尽善尽美”、“富有天赋”、“性格刚强”的英雄,始终为周围人的平庸而痛苦,他们蔑视一切“正常的东西”,厌恶“群众”。这些主人公为显示自己的崇高伟大而退出社会,与外界完全隔离,专门修炼自己的精神天赋。这样,他们虽然具有种种天赋,却远离了生活,使自己的事业归于死亡。贝恩哈德总是一再地描写这样一位沉迷于自己具有非凡特性这一“狂念”的人反对可能毁灭他的周围世界的斗争。这里,“狂念”指的不外是认识当今世界已经衰败、已经到了该毁灭的时候的能力和这个世界尽快自我毁灭的希望。贝恩哈德的英雄是些孤独的、预言世界毁灭的人,他们只服务于他们的作品的思想。他们不是通过反复修改,自己破坏作品(如《修改》中的洛伊特哈默),就是把他们的作品只当作思想和材料的堆砌(如《石灰厂》中的康拉德)。大部分这类思想不再是荒谬的自我保护的纪念碑;假如社会与国家尚未没落衰亡,那么,这些思想即使是纪念碑也毫无用处。不过,由于这些思想的制造者预言并希望我们的世界毁灭,他们的天赋就使他们整个人生变成了唯一的死亡崇拜。

关于贝恩哈德小说的形式和风格,批评界的看法似乎相当一致,即他的小说的形式和风格恰当地表现了小说主人公生前就已经陷入的死一样的状态——僵化的状态,永远是同样的既无过去又无未来的自我封闭的状态,与在经验中感到毫无意义的世界完全隔离的状态,这个世界分裂为种种矛盾,它的无意义性即使辩证地思考也无法消除。拟想的叙述者或独白者常常是去世不久的主人公的朋友和崇拜者。他叙述的文字具有语言讲究的悼词的特点;对死亡的崇拜常常与审阅和描述死者遗著相联系,

从而表现对死者的崇敬。

贝恩哈德80年代的小说，除了“自大狂”的孤独外，还有同情他人命运的迹象。在1979年发表的小说《是》中，叙述者是一位因孤独和虚荣而患病的无固定职业的学者，他只是为了把他唯一的对话者——地产经纪人莫里茨也拉进他那毫无出路的危机中才离开他位于一个偏僻村庄的房子。他滔滔不绝地向他讲了一通充满恶意指责的话，告诉他，长期以来，他的研究工作停滞不前，由于“厌倦”和“隔绝”，他精神消沉不振，有发疯的危险。经纪人的两个顾客——一位瑞士人和他的出生于伊朗的伴侣——的出现不仅结束了叙述者的长篇大论，而且给他的生活带来了转折。他发现在伊朗女人与自己之间有一种不可解释的、包括他们生活各个方面的一致；她像他一样是一个“精神人”。贝恩哈德完全没有把这种关系写成爱情，而是写成某种命运的显现，叙述者由于这种命运安排而离开了自我关闭的状态。小说的结局重复了《石灰厂》的主题：富有的瑞士人在一块偏远的、潮湿的林中草地上为他的女伴盖了一栋房子，自己则前往美国，从而断绝了与女伴的关系。冬天，伊朗女人在没有完全盖好的房子里过着非人的生活。叙述者到那里最后一次看她。当他问她会不会自杀时，她回答“会的”，几星期后她冲到一辆卡车下自杀。几乎可以说，她代替叙述者经受了外部的孤独与绝望——“通向死亡的疾病”。伊朗女人虽然不顾她的怀疑与绝望，每天都重新挑起她40年前开始的生活的担子，那时她决定为她所爱的人放弃她自己的科学研究事业；但她毫不掩饰地承认，这种生活完全是一场“败仗”，而且也有她一份责任，因为她与其说更爱这个男人，不如说更爱他的“天才”。她自食其果，被所爱的人推向毁灭。

贝恩哈德的长篇小说《水泥》(1982)和《灭亡者》(1983)情况也类似。在这两部小说中各有一个研究工作失败的学者——一个怪人——报告他的自给自足的、无望的生活，但是处于中心地位的是其因生活中的失败而精神崩溃的人的痛苦。在《水泥》中，中心人物是叙述者在马略卡岛认识的安娜·赫尔特，一位来自慕尼黑、死了丈夫的年轻女子。这位寡妇要为孩子操心，债台高筑的电器商店又被偷盗一空，正面临无法解决的困难。

我们时代——安娜是它的牺牲品——冷漠与严酷的象征是水泥：她丈夫在马略卡岛的帕尔默市，从一家旅馆阳台上跳楼自杀后血肉模糊地躺在水泥地面上；安娜自杀后，与她的丈夫埋葬在一起，他们的墓也是水泥砌的。叙述者在回忆安娜时也试图自杀，只是未遂而已。《灭亡者》中的灭亡者是钢琴家韦特海默尔，从波兰来的犹太难民的后裔。他的厄运是与拟想叙述者一起在钢琴学习班上认识了后来享誉世界的钢琴家格莱恩·戈尔特。与天才的相遇也打乱了叙述者的生活轨道，使他放弃了音乐。而韦特海默尔和戈尔特却因音乐而毁灭。前者毁灭的原因是对自己的平庸感到失望，孤独寂寞，无法继续忍受这种平庸，后者则毁于他的艺术的极度升华，在他的感受中，这种艺术是"毫无出路"的。

即使这些人物归根结底是由于毫无意义的偶然事件而遭遇上述命运，并且没有超出贝恩哈德通常的描写痛苦的范围，通过他们的命运依然可以看到对人生和社会的不同看法。与贝恩哈德通常的英雄那种夸夸其谈的、玩世不恭的雄辩相比，这些人物则没有多少长篇大论。

贝恩哈德在早期的小说中，由于不断地、稍加变化地重复同一些词句和表达，从而使他对社会、对文化、对各种机构，归根结底对生活的诽谤很快减弱了挑衅性和刺激性。这些诽谤原则上没有具体原因，它们无非是些文字游戏，用悲喜剧的夸张手法表达了主人公对人的恨，同时也是作者的嘲讽的自画像。

如同他的小说一样，他的剧本也是孤独的、怪僻的人的独白，这些人自视为蔑视世界的聪明人，不属于任何群体。这类剧本的戏剧效果首先取决于演员朗诵长篇独白的技巧。这些剧本类似性格描述，其特点是各个剧本中独白者的性格和处境很少变化。独白者大多是荒诞可笑的人，他们的痛苦源于无法解释的奇思怪想。滑稽闹剧《社会改良家》(1978)的主人公是一位患自大狂的、没有公职的学者。《伊马努埃尔·康德》的主人公是一个疯子，顶着德国哲学家康德的名字，以教授身份前往美国领奖。他们的独白虽然通过漫画式的扭曲暴露了他们只不过是呆傻的、患虐待狂的人，但独白本身却毫无意义。这一点类似"荒诞派戏剧"，尤其是贝克特的剧本。

贝恩哈德的另一类剧本接近讽刺型，如《退休之前》(1978)和《群峰一片沉默》(1982年首演，副标题为《1980年左右一个德国诗人的一天》)。《群峰一片沉默》分十一场，表现作家莫里茨·麦斯特一天的生活。麦斯特刚刚完成一部四卷集小说，并希望人们把这部小说看作他的毕生巨著。他的四部曲的主人公是某位施蒂格里茨教授，麦斯特显然通过他的嘴表达自己的全部思想和信念。剧本除了“四部曲”这个词，用得最多的套语是“施蒂格里茨教授说……”。贝恩哈德的每个剧本都有这一类反复出现的套语，从形式上把独白分成段落，并表明这些独白是反复循环的思维运动的文字记录。《群峰一片沉默》有两个说话角色：莫里茨·麦斯特和他的妻子安妮；两人基本上只谈论他们自己；谈论麦斯特的著作和荣誉、作品的朗诵会和文学奖金、书籍、业余爱好；他们也谈论安妮为丈夫所做出的牺牲：她中断了音乐家生涯。一位想以麦斯特为题写博士论文的年轻女子和一位记者是几乎不说话的听众；他们的处境十分可笑：因为他们需要得到有关尊敬的作家的各种材料，而麦斯特虽然滔滔不绝，却不着边际，没有提供他们所需的材料。剧本标题引用了歌德的一句诗，表示莫里茨·麦斯特在模仿处于魏玛崇敬者心中的歌德。他要求别人承认他是“精神巨人”，这恰好更加清楚地表明他是个爱好虚荣、追名逐利的平庸之徒，他的思想充满民族与种族的偏见。他和安妮谈论歌德的“德国”诗人气质和“犹太问题”时，总是使用那些美化德国现代史的陈词滥调。

贝恩哈德在《退休之前》一剧中充分利用了讽刺手法。他在该剧中通过主人公法院院长鲁道夫·霍勒尔的形象，反映以前在“第三帝国”执行司法的帮凶们在联邦德国所过的不太引人注意的双重生活。该剧表现了热衷于权力的主人公虐待折磨次要人物的暴虐游戏，这场游戏是剧本真正的内容。游戏似乎变成了反映历史现实的精确图画。

贝恩哈德的第三类剧本具有荒诞悲剧的倾向。《米奈蒂》(1976)是一篇长篇独白。米奈蒂在一个除夕之夜来到比利时港口城市的一家旅馆，据说他与德国一家地方剧院经理约好在此见面，他对旅馆门房和一位坐在门厅里的女人说，人们曾邀请他在该剧院成立二百周年时扮演李尔王，这是他舞台生涯中最重要的角色。而他，米奈蒂，有一次曾“拒绝演出古典文学”,此后三十年他从来不曾在什么地方登过台。他已经“贫困潦倒”,他一方面是“腐败社会”的牺牲品,另一方面又是他自己“对真理的狂热追求”、“过分敏感”和“迫害狂”的牺牲品。他盼望的剧院经理没有来,于是这位老者在最后一场把一位早就去世的艺术家为他制作的国王面具放在海滨长椅上,服毒自杀。贝恩哈德总是一再地通过这些形象为一个平庸的、随波逐流的、追求享乐的人的社会提供精神至上的理想。

109. 彼得·汉特克与他的艺术创新

彼得·汉特克(Peter Handke 1942 –)奥地利著名剧作家和小说家。是当代德语文学、尤其是格拉茨市立公园论坛派中富于哲学兴趣的典型代表。

汉特克出生于奥地利格里芬市的一个普通工薪家庭,父亲是铁路职员。他曾就读于格拉茨大学,学习法律,但他并不喜欢自己的专业,而是着迷于文学,所以在毕业前夕辍学并移居西德,立志要成为职业作家。大学期间,汉特克就创作了四部标新立异的戏剧,在西德剧坛上崭露头角。1968 年,他因上演彻底反传统的剧本《咒骂观众》一举成名,荣获西柏林自由人民剧院盖尔哈特豪普特曼奖金。

汉特克早期进行了种种反文学、反戏剧的创作试验(《咒骂观众》、《卡斯帕尔》、《罚点球时守门员的恐惧》),想以此一扫已经成为习惯的描摹现实的方法,在种种试验后,他发现描写是符合他特点的写法。所谓描写,按他的理解,就是用语言表达他的主观世界。这并不排除描述现实经验(如对《无以复加的不幸》中他母亲命运的描述),如果描述者始终清楚他只是完成语言作品,他对世界的发现在这些作品中是通过写作过程表现出来的。汉特克从一开始就否认艺术能为认识社会和改变现实服务。即使在政治化的年代,他也拒绝任何“使命”。

《卡斯帕尔》是汉特克的第一部长剧,戏剧以历史人物卡斯帕尔·豪塞为创作原型。1828年,人们在纽伦堡的大街上发现卡斯帕尔时,他已经在一所林中小屋里住了16个年头了。此时,他远离尘嚣,离群索居,只会说一句话:"我要成为像我父亲那样的一位骑手。"人们发现他时,教他恢复语言学习。汉特克选取这样一个人物,是想描述他的整个学习与恢复语言的过程,从中分析语言的社会功用。

《驰骋在博登湖上》(1974)以一则德国古老的寓言故事为框架,反映了当代德国人如履薄冰的生存境遇。在剧中他写出了时代的危机,并把西方人比喻为穿越博登湖之人。

汉特克在他的创作中集中探讨人的心灵中"世界的重量"。他的小说创作的代表作是《慢归故里》(1979)。小说描写一个认识过程。此后发表的《塞因特·维克多的教训》(1980)、《儿童故事》(1981)以及戏剧诗《关于村子》(1981)继续描写这一过程。在所有这些作品中,世界重量的测定不再靠许多偶然事件的相加,而是通过在宇宙万物的相互作用中发现个人幸福。

《慢归故里》说的是地质学家瓦伦亭·索尔格从阿拉斯加一条大河边的工作场所回欧洲的故事。在这部三卷集小说的第一卷《史前时代形式》中,叙述者谈到了索尔格的科学在人烟稀少的北极圈里所获得的新的特性,它变成了"宗教"。对空间关系的观察和对地球结构的测定使索尔格具有"建立关系的能力",并以此把他许久以前产生的追求"幸福"——这种幸福并不针对上帝——的需要化为对世界的信任。这种信任表现为与他的同事的少言寡语的合作关系,与周围的人和物融为一体的感觉(同时又自觉保持一定距离),与印第安女人的无拘无束的爱情关系。在索尔格的报告中,这个只有少数几个人居住的地区完全不是世外桃源,而被写成永远充满和平的未来天国的一种可能性。小说第二卷描写具有转折意义的危机,其高潮是突然体验到的"空间禁令"。这个事件发生在索尔格作为客座科学家在加利福尼亚大学逗留期间。虽然这件事纯粹是心灵深处的活动,叙述却具有客观报道的色彩,诚然,这篇报道只包含那些索尔格在外部世界感受到的、描写他的危机的场景。索尔格追求全面的"和谐、综合的喜悦欢娱"，同时又需要"有罪"与"惩罚"，他的这种略显单纯的要求其实只不过是寻求"与人类文化的认同"。孤独者渴望得到拯救，这种渴念像幻想那样消失了，取而代之的是回归要承担责任的世界、回归现实的意志。第三卷题为《法则》，索尔格依然通过外界和观察自我而逐渐完成他的转变。在落基山脉脚下中途着陆后，他想去拜访一位朋友，然而这位朋友几天前去世了。他为此感到悲哀，并梦见死者。在纽约，一位陌生旅客请他和他谈话。他们约定在市里见面，这位男子讲述了他的痛苦，索尔格只是听他讲，却以此减轻了他的痛苦。在此之前，他经历了"立法"时刻，这使他感到有责任去"熟练地干预"。他先是在幻觉中感到现时的历史性，继而感到有异乎寻常的认识能力。在熙熙攘攘的行人中，索尔格看到了"他故去的亲人的图像"，他们不是鬼怪，仿佛是些活人，是流过现时的普遍"生命运动"的一部分。这样，他对时间的理解发生了变化，时间对他来说不再是"孤独"和"毁灭"，而是——至少在有新感觉的片刻——一个"好"的"上帝"。索尔格通过螺旋式上升的运动引导他的叙述者进入一种热诚肯定世界的状态。

汉特克一再通过圆圈运动来完成对这种革新认识的探索，这一点表现的最清楚的是《塞因特·维克多的教训》一书。塞因特·维克多是法国南部的一座山，法国印象派画家保尔·塞尚(1839－1906)上世纪曾多次画过这座山。汉特克的小说探索塞尚的画所表现的这座山的秘密。叙述者有一种预感，觉得他自己身上所有自觉不自觉的因素互相都有联系，构成一个统一体。通过叙述者这个自我，当前周围环境的种种回忆联系在一起，不存在什么偶然的东西。这样，艺术与自然就形成一种只能通过人的主观意识才能传达的互相映照的关系。在看见自然时，回忆释放出无数对艺术的印象，叙述者对这些印象作联想式、象征式的阐释，也即当作对感受方式与感受内容的提示。作了三次徒步旅行后，山的"教训"才显现出来；这教训向作者表明他属于"形式之国"；"写作的权利"可看作是"爱"的权利。按这个说法，作家是一个——正如塞尚早已认识到的那样——其事物行将消失的世界的护卫士。

《儿童故事》中，叙述者与妻子分手后，女儿是他生活的唯一伴侣。小女孩完全依赖这位孤独的男子，然而她是个自主的、默默地给他提供教训、惩罚他、为他赎罪的人，她和他一起生活，一起为世界忍受痛苦，经受了世界的考验。在《儿童故事》中，小女孩那双会说话的眼睛做到了《塞因特·维克多的教训》里画中之画——那幅伟大的艺术作品所能作到的一切：拯救处于危险中的事物。

汉特克试图把观者和思者的综合认识能力解释为他的生存理由。《痛苦的中国人》(1980)这部小说似乎在他的全部创作中开始了一个新的阶段。书名是个比喻。叙述者安德烈亚斯·罗塞尔是一个请事假的老师，在小说结尾，他总露出痛苦的表情，眯缝着眼睛像个中国人。他忍受着在地狱生活并愿意在那里生活而不感到有罪人所受的痛苦。他把这种痛苦作为"孤独"加以体验。

《罚点球时守门员的恐惧》出版于 1970 年，描写一个潜逃杀人犯的恐惧心理。装配工约瑟夫·布洛赫曾为有名的足球守门员。一天，他去上工，发现大家都不理他，认为有被解雇的可能。于是，他离开工地，出入食品店、电影院和体育场，打电话给朋友和前妻，接着陪送电影院女出纳员回家，同宿后又把她掐死，然后返回工地，取出全部证件，逃往边境某小城市。与此同时，小村庄里发生了学生被杀事件，警方正在侦察。布洛赫从报上看到通缉令，整天提心吊胆，到处游荡。后查实，学生是因事故死亡，布洛赫得以暂时宽心。一次在体育场看足球时，他对一个不相识的人描述罚点球时守门员的心情，他感慨地说，只有在双手接住了罚点球者射来的球，守门员的紧张心情才会松弛下来。小说借助足球守门员描写了凶杀犯的心理状态。

把政治作为工具或作为解决人类问题的办法，为汉特克在他的系列叙述体作品中所抛弃。作者要脱离政治的一切"政治化"倾向这一点是在《错误的运动》(1975)中提出来的。在这本书中，搞写作的主人公误以为认清了政治是"无拘无束生活的障碍"这一点。在《真正感受的时刻》(1975)中，一位政治上积极的外交官在政治生活中的懊恼是建筑在他的下述认识基础上的：政治就是"忙忙碌碌残暴地掩饰毫无意义的行为"，因此，"世界各地都推行地方自治政策"。最后，在《左撇子女人》(1976)中，只有“造反者”或“杀人狂”的政治行动才能得到人们的理解——这是彻底摆脱政治。从此作家的创作转为描写各种人的个人感觉。这种感觉又是在夫妻双方的性生活领域得到检验;并且要研究,夫妻双方能否自由地尽兴地享受性生活,他们的关系能否有助于实现人的自我。在这个意义上,汉特克在具有极高文学价值的叙事体作品《无以复加的不幸》中,显示了他的母亲如何“被人骗走了自己的历史和自己的感觉”:国家、社会、工作、婚姻使人无法具有个人的自决权,这驱使她自杀。与之相反,汉特克在《短信话长别》(1972)中描写了一对情意不和的夫妻为了“和和气气地分手”各自找到自我而竞相学习的过程。在《左撇子女人》中,他以女主人公为例证明,离开丈夫可以成功地实现自我解放的行动。

彼得·汉特克是战后德语文坛备受争议的人物,在创作上多才多艺。汉特克借助最具有艺术性的艺术手段去表现内心最深处的自我历史,这成为他揭示最真实的真理的办法。除了小说和剧本创作甚丰外,还在诗歌、散文、编剧上颇有收获,自编自导《左撇子女人》(1977),并与德国明星导演文姆·文德斯合作,担任电影《柏林苍穹下》(1987)的编剧。如此诸多成就为他赢得了代表德语文学最高荣誉的布希纳奖(1972)和卡夫卡奖(1979)。90年代以后,他隐居巴黎郊外,逐渐淡出文坛。2006年他被杜塞尔多夫市提名德国最重要的文学奖项“海涅文学奖”,但终因政治原因而未能如愿。

110. 20世纪意大利最杰出的抒情诗人埃乌杰尼奥·蒙塔莱

埃乌杰尼奥·蒙塔莱(Eugenio Montale,1896 - 1981)意大利诗人,被誉为"隐逸派"代表作家。隐逸派诗歌其实是象征主义诗歌在意大利的变种,盛行于20世纪三四十年代,重要诗人有埃乌杰尼奥·蒙塔莱、萨尔瓦多雷·夸齐莫多(1901 - 1968)、朱泽培·翁加雷蒂(1888 - 1970)、卢齐、翁贝尔托·萨巴(1883 - 1957)等。意大利的隐逸派诗歌,力求回避现实生活的重大题材,排斥抽象的观念,不与丑恶的现实同流合污,逃遁到个人情感世界中去,借助独特的意象和隐喻,刻画人的内心世界的微妙情绪和瞬息间的感受。隐逸派诗歌立意新颖,语言含蓄而凝练,刻画人物细腻入微。隐逸派诗歌是中小资产阶级在法西斯专制的重压下消沉、孤独、哀怨的精神状态的表露,又是他们执著地追求自由与民主、维护个性尊严和人的价值的意识的曲折反映。

1896年10月12日蒙塔莱出生于意大利北方热那亚的一个风景美丽的海滨小镇利奇瑞恩。自幼学习音乐,成绩优异,青年时代热衷过歌剧,他的一些诗作标题与诗行中饱含着谐调的韵律,均得益于音乐修养。青少年时期的蒙塔莱孜孜不倦地研读各国文学作品,尤其是英国文学和法国文学。1916年,他创作了《夏日中午的漫步》,登上了意大利诗坛。

第一次世界大战爆发以后，蒙塔莱于1917年应征入伍。目睹了战争造成的社会动荡和日益腐朽的社会现实，他的心情异常忧郁、怨愤。1919年退役后，攻读过哲学。1925年他的第一部诗集《乌贼骨》问世，由于诗集中汇集了诗人早年居住地利奇瑞恩海岸的景象和山水，展示了与众迥异的热那亚风格，立即轰动了意大利文坛，使蒙塔莱一跃成为意大利20世纪最著名的抒情诗人。

《乌贼骨》这部处女作体现了隐逸派诗歌的主要特点，在表现大自然美的同时，着意抒写了"生活的邪恶"和人生"不可捉摸的痛苦"。这部诗集为他一生的创作奠定了基调。1929年蒙塔莱迁居佛罗伦萨，完成诗集《守岸人的石屋》，获安·费多尔文学奖。1938年他因不愿参加法西斯党，被解除维苏克斯图书馆馆长职务。40年代流亡瑞士，参加反法西斯斗争。

第二次世界大战后，蒙塔莱当过记者、音乐评论家，长期任米兰《晚邮报》的文学编辑。他拒绝参加任何党派，坚持一个原则：忠实于自己，超然于一切"主义"之外。此间连续出版三本诗集。以后，他埋头于英、美、西班牙小说和戏剧的翻译工作，同时继续诗歌创作。1956年，蒙塔莱出版了诗集《风暴及其他》。1962年，他荣获意大利林琴科学院颁发的文学奖。

进入60年代后，意大利出现了经济"奇迹"，但高度发展的物质文明掩盖了精神世界的空虚、停滞和倒退。面对意大利文艺创作的危机，蒙塔莱沉默达10年之久，直到70年代，他的新诗作《萨图拉》(Satura，1971)、《1970－1972诗歌日记》(Diary of 1971 and 1972，1973)、《未发表的诗》(Other and Uncollected Poems，1981)等才相继问世。这些诗作展现了蒙塔莱的新风采和他对现实的哲理性探索和揭示。

1967年，意大利总统授予他"终身参议员"称号。1975年，"由于他独树一帜的诗歌创作，以巨大的艺术敏感性和排除谬误与幻想的生活洞察力，阐明了人的价值"，获得诺贝尔文学奖。1981年秋，蒙塔莱病逝于米兰。

蒙塔莱是20世纪意大利诗坛上造诣最高的一位诗人。他的诗作以其超凡的艺术独创性表现了处于“生活之恶”重压下的人们内心的感受，以其敏锐的观察力和丰富的表现力揭示了个人的感情世界，以其独特的方式抒发了整整一代人的生活经历和思想历程。他的诗具有“纯诗”特质，如丰富的音乐性、自我象征等等，他探索这个破碎的世界，对生命、死亡、命运予以关注并加以深刻地表现而非解答什么。

蒙塔莱的诗歌创作长达半个世纪，可以分为三个时期。这三个时期是互相交融、不可分割的一个整体。以他的三部诗集《乌贼骨》(1925)、《境遇》(1925－1939)、《风暴及其他》(1956)为标志。他的早期创作多以故乡热那亚为背景，其代表作是《乌贼骨》。这部以他近十年心血结晶而成的诗集，体现了隐逸派诗歌的主要特点。《乌贼骨》共包括了22首无题短诗，它们虽非在同一时期写成，但是反映了诗人相同的思想状态，以象征主义的手法着力刻画现代人的精神危机，抒发了在充满罪恶和虚假的现实世界中人的痛苦，挖掘了人心灵深处丰富细腻的思想感情。这22首无题诗堪称是20世纪欧洲诗坛造诣最高、颇有独特风格的佳作，并从思想内容和艺术风格上为蒙塔莱此后一生的诗歌创作奠定了基调。

《乌贼骨》这个标题本身就渲染出贯穿整部诗集的那种颓废悲观的思想色彩，它形容整个客观世界就像是渣滓和废物，就像那个漂泊在海滨的白色乌贼骨。

《乌贼骨》当时发表在自由派作家皮耶罗·戈贝蒂(1901－1926)所创办的杂志《自由派革命》上，诗歌所抒发的那种与现实世界不可调和的“反骨”精神，正合乎当时自由派人的思想和立场。它像是在教诲人们弃绝对现时世界盲目乐观的思想，破除向往美好生活的神话，认识生活之恶，这在一定程度上激励人们去认识罪恶的法西斯主义，并投身于为正义而斗争的洪流之中。蒙塔莱就是以他那种表现“生活的邪恶”和“人生难以捉摸的痛苦”的悲观主义世界观而获得了“生活之恶的歌手”称号的。

蒙塔莱第二时期的诗歌创作以诗集《境遇》的问世为标志。《境遇》是蒙塔莱中期创作的代表作。诗集题名的含义，就是期待着可能会出现或者意想中发生的一种神秘的、奇迹般的情况：即一种迹象，一种预感，一种神秘的预示。这是他诗歌创作的成熟阶段，反映了诗人艺术生命的新的高度，抒发了在法西斯铁蹄下呻吟的人们精神上的痛苦，表现了现代人的惶恐不安的心理以及人的个性遭到暴力践踏的现实。《剪子，莫伤害那张脸》一诗最典型地表现了蒙塔莱这一时期诗歌的特色。

“剪子呀，莫伤害那张脸
它只能随着时光的流逝
才逐渐暗淡模糊，
别让阴霾笼罩着面容
它是我唯一幸存下来的记忆。
刮起了一阵朔风……
猛地截断了树梢。
受伤的洋槐，
把附着在树上的蝉的外壳，
抖落在初秋的淤泥之中。”

此诗写于 1937 年，诗篇虽短但极富表现力，表现了诗人想挽留住昔日的回忆，而无情的现实生活却使记忆消散、破碎因而伤感的心情：罪恶的现实像重重的浓雾使故人的面容和往事都变得“模糊暗淡”了，想从对往日的回忆中寻求解脱的希望破灭了。这瞬间产生的忧郁伤感之情是通过瑟瑟的秋风来渲染烘托的，在朔风骤起的一瞬间，伤感地直觉到整个人生都是虚无的存在，人生不是超凡的，于世上其他万物一样，最终都难免逃脱化于“淤泥”之中的命运。

诗人用“剪子”来比喻无情流逝的时光，用“面容”来隐喻昔日美好生活，用夏日里欢乐歌唱的“蝉”象征幸福宁静的生活。“阴霾”笼罩着“面容”，影射着美好的生活被生活的罪恶所吞噬，而“一阵朔风”猛地截断了“树梢”，把“蝉的外壳”“抖落在初秋的淤泥之中”，又进一步形象地比喻往日幸福的生活已沦为“外壳”，就像心爱的人的躯体已变成了枯骨，只剩下尚留在记忆中的“面容”，而那时光的“剪子”却像斧子似的猛砍下来，把那唯一幸存的“记忆”推向浓雾之中，使其“暗淡”、“模糊”了。

第三个时期的代表作《风暴与其他》是蒙塔莱在 40 年代和 50 年代所创作的诗篇。在那个时代中诗人重新感到了与他人展开“对话”的需要，他迫切需要的是“合唱”，而不再是“独唱”。诗作中“暴风雨”的意境不断出现，是喻指法西斯的独裁统治和残酷的战争，这严重破坏了诗人内心的平衡；“暴风雨”也象征着世间的恶，这充满人间罪恶的现实使人们向往一个崭新世界的幻想破灭了。诗人从新的高度用诗歌来抒发内心地感受：世界已失去了它的色彩和魅力，奇迹已不再出现，时光不紧不慢地流逝着，失去了使社会获得进步和自由的一切希望，目睹亲身面临的真正悲剧，使人精神上蒙受了真正的创伤。

纵观蒙塔莱整个诗歌创作的过程，他着力刻画处于“社会之恶”重压下的人的感觉世界，他的幽思衷肠。他在诗中咏叹，人的幸福似“眼前瑟缩摇曳的幽灵”，是短暂、不可捉摸的（《幸福》），人的心灵如“不和谐的乐器的丝弦”，难以得到慰藉（《英国圆号》）；人，在支离破碎的生存中，得不到喘息和安宁（《生活之恶》）；人，甚至也无法维护自己的回忆（《汲水的辘轳》）。“生活之恶”无情地吞噬一切生命的血和肉，只遗留下一副骸骨。《乌贼骨》即是生活的象征。

然而，蒙塔莱绝不是沉湎于无病呻吟的消极受难者。他在一些诗篇中，用曲折的文笔，抨击法西斯主义，表达对“黑暗中狂舞的群魔”的憎恶，期待“黎明”把“曙光洒向所有的人”（《希特勒的春天》）。他也有许多记叙日常生活，或献给他的亡妻，或对人生作冷峻的、哲理的思索。

蒙塔莱的诗歌在艺术上更多地借用隐喻、象征的手法，现实与幻觉、现今与往昔、景物与回忆错综重叠，浑然交融，艺术境界朦胧而深远。他的诗歌讲究音韵，注重诗句的雕琢，具有典雅的美，但有时又隐晦费解。

蒙塔莱作为隐逸派诗歌的开创者，其诗歌具有象征主义的特征，专注自我的内心世界，善于把描绘自然风光与抒发忧伤的情思融为一体。在艺术上，蒙塔莱的诗讲究音韵，以运用象征和隐喻手法著称，对意大利诗坛影响甚大。

111. 莫拉维亚文学生涯纪事

早在墨索里尼执政初期,意大利文坛就涌现出一大批才思敏捷、风格新颖、文笔超逸的反法西斯青年作家。但由于反动当局的文化高压政策,他们的创作只能以家庭丑闻影射当代生活,反映法西斯统治给人民造成的精神危机,或者采用隐喻手法讽刺大独裁者、大战犯墨索里尼。这些作品的反法西斯政治倾向虽然还不十分明朗,但已具有浓厚的时代气息、深邃的思想内涵和大胆的创新精神,展示了现代主义的艺术风采。随着法西斯政权的崩溃,那些在抵抗运动中经受过战争洗礼和生死考验的文艺家们重新获得言论自由,都渴望把自己的亲身经历和所见所闻表达出来。这种迫切要求描述战争经历和切身体验的强烈愿望,很快汇成一股声势浩大的文艺思潮,这股新的文艺思潮,便是以小资产阶级为主体的新现代主义文艺运动。作为反法西斯斗争的产物,新现代主义把抵抗运动的激情和理想融注于文学艺术当中,并以争取社会进步、民主、平等为思想旗帜,以忠实地反映历史的真实和面临的现实为艺术纲领。

新现实主义继承了真实主义的文学传统,开创了战后意大利文学的新局面。当代许多著名作家受过它的影响,莫拉维亚、普拉托利尼、维多里尼、卡尔维诺、莎沙的文学成就几乎都同新现实主义有关。

阿尔贝托·莫拉维亚(Alberto Moravia,1907 - 1990)人称"意大利的巴

尔扎克”,是意大利当代最著名的作家。莫拉维亚 1907 年 11 月 28 日生在罗马。父亲是画家、建筑师。少年时曾大量阅读文学作品。1929 年发表小说《冷漠的人们》,初获声誉。《冷漠的人们》采用现实主义手法,描写一个资产阶级家庭庸俗、虚伪而又麻木不仁的生活,揭露法西斯统治初期意大利资产阶级的空虚、堕落的精神状态。因与当局鼓吹的健壮强盛、雄姿勃勃的意大利大相径庭,被法西斯当局禁止刊印。20 年代末 30 年代初,他采取同墨索里尼政权不合作的态度,因而多次被迫出国。他的小说如《未曾实现的抱负》(1935)、《阿谷斯蒂诺》(1944)、《罗马女人》(1947)、《违抗》(1948)、《随波逐流的人》(1951)等,大多描写资产阶级的庸俗、自私,表现他们对现实生活从试图“违抗”到屈服于环境的压力以至“随波逐流”的过程,或者描写资产阶级家庭的关系。这些作品基本上采取客观主义的描写,注重心理分析,有弗洛伊德精神分析学说的影响,色调比较灰暗。其中的《假面舞会》(1941)叙述贫家少女误入青楼的悲惨命运,通过对假想的一个南美国家独裁者的讽刺,批判墨索里尼政权,揭示法西斯执政时代意大利社会的黑暗,以及人们心灵的扭曲和世态的炎凉。《瘟疫集》(1944)是一部短篇小说集,以夸张和近于离奇的手法,嘲讽资本主义社会种种畸形现象。

短篇小说集《罗马故事》(1954)和《罗马故事新编》(1959)是莫拉维亚的代表作。他受到抵抗运动和新现实主义文学的影响,作品描写店员、工人、仆役、清道夫、失业者、小偷等下层人物在第二次世界大战后的意大利罗马求生的挣扎。故事的内容几乎都是“奇谈偶闻”(作者语),故事中的许多主人公,在战后艰难的岁月里,为生活所困,走投无路,最后只得铤而走险,千方百计地、有时甚至是不择手段地为自己的生存而寻找各种出路:他们有的不得不忍痛抛弃刚出生的亲生骨肉,以免无辜的婴儿与家人一样忍受贫困的熬煎(《婴儿》);有的则因受不了饥肠辘辘的折磨,到曾与自己一起服过兵役的战友开的饭馆里骗一顿饭吃(《罗莫洛和雷莫》);有的为了还债、竟冒用假钞票而落得“偷鸡不着蚀把米”的可笑境地(《假钞票》);还有“从一家大小四双眼睛里看到的都是同样的饥饿的表情时,觉得自己活像是一群饿狼窝里的公狼”似的父亲,在一个寒冷的夜晚,偕同其妻子到一座教堂里去偷盗祭品而成了被警察逮捕的小偷(《教堂里的小偷》);在圣诞佳节里,终年生意清淡的文具店老板用文具笔墨代替圣诞大蛋糕的做法令街坊好友瞠目结舌,却惟妙惟肖地揭示了在商品社会中“文化贬值”浪潮的冲击下,以“文”为生的人们的寒酸、无奈和愤懑(《聚餐》);因朋友作假证而无辜服了2年刑跟监狱长刚道了别、说过“再见”的囚犯,却因“仇人相见,分外眼红”而又成为肇事者再次入狱(《再见》);他们是社会的弱者,命运总是捉弄他们(《他过的日子》)……他们心中没有明天,只求糊口度日。那雄伟的古罗马斗兽场、那带有美丽的神话传说的台伯河、那神秘的天使古堡、那寂静的古罗马水道,都冷漠地观望着他们的遭遇,目睹他们在饥饿和贫困线上挣扎,即使到了穷途末路也无法帮他们改变悲惨、困苦的命运。

莫拉维亚的《罗马故事》充满了人生哲学,从这些小人物日常所遭受的种种经历中,使人悟出许多人生哲理,读后令人哑然失笑,却又从那些可怜、可笑而又可恨的人物身上,看到了存在于现实生活中某些人物形象的缩影。一个爱上了大户人家女佣的扫垃圾的清道夫,生怕姑娘知道自己所从事的卑微的职业而谎称自己是户籍工作人员,结果,那个女佣就跟当初跟他一起扫垃圾的另一个清道夫订婚了。原来“她就爱背着垃圾袋戴着清道夫帽子的男人”(《正好轮到你》;年轻美貌长得跟天使般的房东小姐,却没完没了地跟顾客漫天要价贪得无厌,在诱人的天使般的外貌下却藏着一颗爱钱如命的冷漠的心,最后她居然嫁给了一个拥有半个大区财产的昏庸老朽的大财主,论年龄他都可以当她的爷爷了(《中间人》);因为怕自己年过半百,认为自己不可能再受到年轻姑娘青睐而不敢向姑娘求爱的理发师,后来却发现那姑娘竟与店里一个比他更老更丑的伙计结婚了(《老混蛋》);梦寐以求想当电影女明星的年轻漂亮的邮局女职员没被制片厂的导演录用,而陪同她前去应聘的长着一脸坏相在邮局当差的小伙子却正因为其貌不扬而被录用当上了各种配角(《一脸坏相》)……

作品的幽默还表现在对其笔下人物的种种遭遇,总是带着善意的同情和谅解。对于他们的恶习不是鞭挞而是善意的嘲讽,对于他们所采取的各种伎俩不是谴责,而是含蓄地启示开导,并以成功的对人物心理的细腻贴切的描写和刻画,揭示了从事各种职业的人物那种无奈、无力、无助、无谓的生存方式和绝望的心态。

小说以第一人称叙述,令人感到真挚亲切,似乎故事中的人物是面对面地在向你叙述他们的亲身遭遇,故事都是那么平常和普通,然而从平凡中见真实,从普通中瞥见本质,故而能引起读者共鸣,使他们跟随故事中的人物一起进入了二次大战后罗马平民百姓所处的各种生活境遇中去感受和体验他们的愁绪和忧患。每篇小说最后那些独具匠心的戏剧性结尾妙趣横生、恰到好处,往往起到画龙点睛的作用,更增添了作品的艺术感染力,起到了令人意想不到的效果。

作者以敏锐的观察力,细腻的笔触,细致的心理分析,真实地表现了这些普通人的希望和痛苦。刻画出一个个栩栩如生的人物形象,给人以身临其境的感觉。幽默地嘲讽现实生活对他们的不公正,正是莫拉维亚的《罗马故事》的独到的魅力所在,令人读后余味无穷。

长篇小说《乔恰拉》(1957)是献给抵抗运动的作品。作者没有正面描写抵抗运动,而是以罗马一个小店铺的女店主逃难期间的经历为线索,广泛地表现德国法西斯入侵后的灾难,把法西斯主义作为一种邪恶的力量予以谴责。

20 世纪 60 年代,他的作品大多描写资产阶级的"异化"。长篇小说《愁闷》(1960)写一个资产阶级家庭出身的青年画家把艺术创作、情欲当作摆脱"愁闷"的出路,遭到失败。这部小说客观地暴露了当代西方资产阶级的颓废苦闷和悲观厌世,有过多的猥亵描写。短篇小说集《不由自主》(1962)、长篇小说《注意》(1965)和 70 年代的《天堂》(1970)、《我和它》(1971)、《内在生活》(1978)等小说主要表现资产阶级的异化与思想危机,指出人的异化现象乃是现代人愁闷与烦恼的社会根源。这些作品以其娴熟的技巧、细致入微的心理剖析,展示西方"福利社会"富裕的物质生活同贫困的精神生活的尖锐对立,透过繁华的表象暴露西方社会的荒唐和堕落,揭示了资产阶级的思想危机,具有一定的认识价值。但这些作品常常过分渲染人物的两重性、病态的心理和荒唐的行为,又有一定的消极因素。长篇小说《内在生活》(1978)以 1968 年意大利的学生运动为背景,揭露大、小资产阶级都丧失了一切理想,各以财富或革命口号为追求享乐的手段。《嘿》(1976)中的主人公都是资产阶级女性,莫拉维亚通过她们的遭遇和感受,反映资产阶级富裕、舒适的物质生活同空虚的精神生活之间的对立。

从《冷漠的人们》(1929)到《内在生活》(1978)长达半个世纪的创作中,留下了意大利社会各个时期兴衰沉浮的印痕,可以说,莫拉维亚和他的作品是意大利从法西斯专政到抵抗运动和战后几十年发展变化的最好见证。莫拉维亚把敏锐的目光主要投向资产者的精神世界,以娴熟的技巧,锋利的解剖,比较深刻地暴露了这个阶级日益丧失理想,陷入无可挽救的思想危机,展示出西方畸形的"福利社会"里富裕的物质生活同贫困的精神生活的尖锐矛盾。莫拉维亚受到弗洛伊德学说的影响,某些作品又可看出抵抗运动和新现实主义的影响。

莫拉维亚曾任国际笔会主席,《新论证》杂志主编,《快报》周刊的专栏影评家,在长达半个世纪的创作中,先后完成了 17 部长篇小说、12 部短篇小说、10 部剧本、10 部评论集和游记。莫拉维亚 1990 年 9 月 26 日逝世。

112.《山猫》——意大利当代文学史中的划时代作品

朱泽培·托马齐·迪·兰佩杜萨(Giuseppe Tuomaqi di Lanpeidusa, 1896－1957)意大利作家。出生在西西里的一个没落贵族世家,本人是世袭的兰佩杜萨亲王。从小勤奋好学,兴趣广泛,跟随母亲旅行过很多地方,后毕业于都灵大学法律系。第一次世界大战时,加入陆军,在一次战斗中被俘,后逃出战俘营回到祖国,继续在军队中服役,直到1925年退役。墨索里尼上台后,他拒绝与当局合作,长期旅居英、法等国。40年代返回西西里。生前一直很不得志,晚年在家赋闲,间或参与一些文学活动。

长篇历史小说《豹》(1958)出版后,轰动文坛,被誉为“划时代的佳作”。作品以十九世纪加里波第领导的意大利统一运动为背景,通过一个没落贵族家庭在社会变革中的经历,表现了民族复兴运动在古老的西西里激起的波澜和封建贵族阶级的没落。兰佩杜萨善于以复杂场面中的复杂性格揭示复杂时代的复杂风貌。《豹》出现在意大利文学中的现实主义文学由盛转衰的时期,它以其深厚凝重的历史感,悲观失望的怀旧感,以及内容的丰厚性、情节的细切性,突破了当时意大利文学的沉闷气氛。因此,有的评论家说它是一本“标志着新现实主义文学的结束和现代主义文学的开始”的作品。

《豹》描写1860年民族复兴运动高潮至1910年第一次世界大战前夕

这一历史时期的事件，主人公西西里贵族范布里齐奥·萨利纳公爵在资产阶级革命风暴冲击下丧失权势，他的侄子唐克雷迪不甘心贵族家庭的没落，投奔加里波第率领的千人团，最后投靠暴发的资产阶级权贵。小说比较真实、细致地反映出意大利封建制度的崩溃，对资产阶级的贪得无厌也有一定的揭露。但作品中也流露出作者对封建贵族阶级的衰亡表示的惆怅和对民族复兴运动的结局感到失望的情绪。

故事的内容是这样的：

1860年5月的一天，在西西里巴勒摩城郊萨利纳亲王范布里齐奥的府邸里，亲王全家正聚集在客厅里做晚祷告。在大厅的墙壁上，挂着萨利纳家族的族徽，上面画着一只后腿站立的张牙舞爪的豹。亲王虽然年近五旬，但依然身材魁梧、体格健壮，就像他家族族徽上的那只豹，充满活力，威严地统治着萨利纳家族。

萨利纳家族几个世纪以来都是只管奢华不问债务的。亲王是这个名门望族中唯一一个对数字和天文有浓厚兴趣的人，并发现了两颗小行星，把萨利纳家族的声望传扬到火星和木星之间的浩瀚宇宙之中。不过，这一切都不能挽救他所属的这个阶层的没落和家产的毁灭。眼看家道日趋没落，他不仅无能为力，一筹莫展，也没有加以补救的愿望。眼下，已有两个儿子出门自谋生路，家中还有一个小儿子和三个待嫁的女儿。

范布里齐奥的长子法兰西斯科懒散而毫无作为，他最宠爱的次子乔瓦尼也突然离家出走，宁愿作一个小职员，独立生活，也不愿在窒闷的安乐窝虚度一生。在家中陪伴他的，除了傲慢而又善感的王妃外，只有三个女儿卡罗莉娜、贡切达和卡特莉娜和年仅16岁的小儿子保罗。

一个月前，西西里岛爆发了一场农民起义，但遭到了政府军的血腥镇压。青年意大利党人加里波第闻讯后率领一千名身穿红衫的志愿军前来援助，他在西西里岛的马尔萨拉登陆，首战告捷，大大鼓舞了西西里人民。

同一家人用过晚餐，范布里齐奥抚摩着王妃孩子般的小手，脑子里突然闪过情人玛利亚尼娜的倩影，他大声吩咐仆人备马，说自己要和彼罗内神父去巴勒摩。王妃怕他在乱世的夜晚遇到什么不测一再苦苦规劝他不要出门，他毫不动摇。路上，他途经法尔克内家族破败的府邸，想起了这个家族的继承人、自己的外甥唐克雷迪。这个在父母去世、家业衰落后托他监护的21岁青年,只知道无忧无虑地到处寻欢作乐。亲王原来对他很陌生,但慢慢感觉到他生气勃勃、乐于纵情的性格能给自己带来某种快乐,而渐渐地喜欢起这个外甥了。

到了巴勒摩,范布里齐奥把神父留在隐修院作祷告,自己去找情人。他在心里不断地为自己开脱:他是爱给他生了七个孩子的王妃的,但她现在既凶又老,精力旺盛的自己怎么能满足于这样一个女人呢?想到这里,他欣慰起来,坚定地敲开玛利亚尼娜的门,和她一起度过了愉悦的两个小时。在回家的路上,他的身心都沉浸在与玛利亚尼娜幽会的满足之中。

第二天早晨,亲王的外甥唐克雷迪神采飞扬地来向亲王辞行,他要投奔加里波第,以便将来成立共和国时,好杀个"回马枪"。看到他那副机灵样,亲王笑了。亲王给了唐克雷迪一袋金币,唐克雷迪留下了一句"你资助革命了"便飞身离去。

夏天到了,萨利纳全家照例要到领地多纳富加塔避暑。此时,加里波第的军队已占领了西西里岛,波旁王朝倒台,但是巴勒摩的社会依然如故。唐克雷迪已成为加里波第军队的中尉军官,由于他的关系,萨利纳一家在旅行中得到许多便利。

多纳富加塔上流社会的头面人物都来迎接亲王一家。当晚,亲王按照惯例将在府邸举行宴会,新上任的市长塞拉达和女儿安吉丽卡也在应邀的名单之列。

塞拉达是个暴发户,在战争中发了财,购了大量的地产。又因在加里波第的军队登陆时表现积极而当上了市长。他的财产已经可以与萨利纳家族分庭抗礼了。但是,由于他是一个出身低下的暴发户起家的,所以穿着土气,举止粗俗,很为贵族社会的人们看不起。

亲王和夫人在客厅里等待客人,但他没有按照惯例穿燕尾服。因此,当他的小儿子气喘吁吁地跑来告诉他"塞拉达穿着燕尾服来了"时,他受到的打击并不亚于听到加里波第在西西里岛登陆的消息时所遭受的打击。他骄傲的自尊心受到了伤害,但见到市长时,他又乐了:市长的礼服不合身,显得土里土气。可是他那从佛罗伦萨读书回来的女儿安吉丽卡却出落得像个贵族小姐——容貌出众,举止大方,使萨利纳一家十分惊讶。唐克雷迪对她一见钟情,而暗中爱着他的表妹贡切达却气得流泪。

不久,唐克雷迪便与安吉丽卡订了婚。塞拉达答应给女儿一份丰厚的嫁妆,这样便挽救了萨利纳即将衰败的家族,而塞拉达也因能跟大贵族攀亲而沾沾自喜。

10月中,西西里岛进行了全民投票,结果一致赞成西西里归并意大利。都灵派来了使者,邀请萨利纳亲王作为名门贵族的代表,参加议会工作,但却被他拒绝了。他对使者说:他不对任何政权抱任何希望。

然而革命后,果然一切如故,新政府并没有给这个沉睡了两千多年的岛屿带来任何变化,特别是加里波第在阿斯普罗特战败后,巴勒摩上流社会的生活恢复了常规,贵族们频频举行舞会,庆幸劫后余生。

安吉丽卡同唐克雷迪结婚后,在丈夫的一番调教下,很快掌握了上流社会的一些礼仪和应酬。一次,萨利纳全家去参加舞会,安吉丽卡的美貌吸引了所有的人,她表现得不卑不亢;完全符合一个王妃的身份,深得贵族社会的好感。然而,在这热闹非凡的欢宴和通宵达旦的舞会中,亲王却倍感孤独。他离开了喧闹的人群,独自躲在一间书房里,对着一幅表现死亡的油画陷入沉思。

舞会结束时已是黎明,他独自徒步回家,欣赏清晨寂寥的街景。

1883年,26年过去了。已到垂暮之年的范布里齐奥感到生命之流正缓缓不停地从他的身体内离去,他不得不去那不勒斯就医。但从那里回来时一下火车就晕倒了。这只曾经是强壮异常的"豹",在身体状况一再恶化之后,感到心衰力竭。他需要休息了,终于于1886年,他73岁时倒下了。

1910年,范布里齐奥去世已22年。在巴勒摩城郊的府邸里,萨利纳家族的人已东零西散,只剩下三个年近70的老小姐:卡罗莉娜、贡切达和卡特莉娜。曾经风流一时的唐克雷迪也已去世三年了。这时,也年近70的安吉丽卡来看望三位老小姐,并告诉她们,巴勒摩城正在筹备庆祝加里波第解放西西里50周年的纪念活动,她是筹备会的成员之一;她还感叹道:萨利纳和法尔克内两大家族只有她一个人参加纪念活动,真是难以想象的事。

贡切达在家中十分空虚无聊，尤其是看到家中还保存着父亲生前最喜爱的爱犬——本迪科的一张皮时，便又勾起辛酸的回忆。她吩咐女仆把狗皮拖走扔掉它。在它被从窗子里扔出去的那一刻，它飞翔在空中，刹那间重现了它的形态。人们仿佛看见它在空中张牙舞爪的样子，然后无声无息地又落到了一堆垃圾上。

113. 卡尔洛·莱维与《基督不到的地方》

卡尔洛·莱维(Carlo Levi,1902 – 1975)意大利作家、画家。出生于意大利北方城市都灵,1923 年毕业于医科大学,后来不久改行从事绘画。而后从事过新闻和文学评论工作。他积极参加反法西斯的地下活动,参加了自由社会党人哥白迪的“自由革命”组织,并且是行动党的长官。后遭到逮捕,1935 至 1936 年被流放到南方偏僻的农村卢卡尼亚。释放后侨居法国。1943 年回国参加抵抗运动,后被推选为民族解放委员会委员,参加抵抗运动的领导工作。全国解放后,莱维先后任佛罗伦萨《人民国家日报》、罗马《自由意大利报》的主编。1963 年他作为意大利共产党的代表当选为参议院议员。

莱维作为一名政治活动家和新闻工作者,擅长以敏锐的眼光及时报道各种社会问题,贫苦落后的南方是他关注的焦点,而特写是他得心应手、运用自如的文学体裁。他的作品既有政治家的理性剖析,又有画家精细的白描,融深刻性与形象性于一体,风格独特,行文简洁,语言自然而纯净。

频繁的政治活动赋予了他丰富而翔实的创作素材,除小说外,他还写有不同题材的新闻报道、随笔、评论文章及政治演说词。1950 年他发表了带有明显巴洛克文化特征的作品《钟》,以战后罗马一次内阁危机为主题，采用象征比喻的艺术手法，淋漓尽致地描写了战后罗马社会的腐败，表达了一个曾经为自由而战的知识分子面对意大利现实社会失望和沮丧的心绪。1955年问世的《铁证如山》，揭示了意大利南方“黑手党”骇人听闻的恐怖活动，隐喻当时意大利社会尖锐复杂的阶级斗争和潜伏着的政治危机。

《基督不到的地方》(Christ Stopped at Eboli，1945)是一部记叙作者流放期间见闻的特写集，它写于莱维被关押的牢狱中。这是战后意大利文坛上一部反映意大利南部地区贫困落后的、具有深刻社会意义的纪实性长篇小说，是莱维于1943年元旦至1944年7月底在佛罗伦萨居住期间写成的，当时意大利正面临着严重的政治形势和严酷的战争局面。他“在记忆里重游”30年代的流放地卢卡尼亚。小说生动而又深刻地描述了作者在流放期间的经历和体验，反映了他作为作家的敏锐观察力和作为医生的深切同情心，曾先后被翻译成多种文字出版，并被搬上银幕。

小说的标题“基督不到的地方”是流传在巴西利加达的一则民间谚语，意为“被历史遗忘的角落”。作者独具匠心地用它直接点明了小说的主题。

打开书卷第一页，一个为风俗和忧患所束缚的、与历史和国家相隔绝的世界顿时呈现于读者的面前。这是意大利南方的一个贫困落后的小镇，这里土地贫瘠，田园荒芜，在炎炎烈日下，大片久旱的土地龟裂，成群的苍蝇黑压压地密布在墙上，到处是盘踞在草丛里的毒蛇，跳跃着跳蚤的石板地，爬满了扁虱的青草，盘旋在空中的乌鸦和猎鹰，光着膀子的孩子们跟在一只母山羊后面奔跑……

农民在贫瘠、荒凉、终年灰白的土地上过着一成不变的生活，他们与牲畜一起住在开凿于深涧陡壁上的幽暗的洞窑里。农民们个个面色蜡黄，衣不蔽体，骨瘦如柴，指靠卖青、借债糊口。这没有舒适和安慰，有的只是到处流行的疟疾、沙眼、癌症、瘟疫，有的只是永世的贫困和永远的忍气吞声。农民的旗帜也只有一种颜色，那就是他们的悲哀阴郁的眼睛和衣服的颜色，其实也称不上什么颜色，只是土地和死亡的阴影而已。这便是时间、个人、幸福、理性、历史和因果关系都没有来过，基督也没有来过的卢卡尼亚的真实写照。更准确地说，这是卢卡尼亚农民世界的写照。

同农民的世界相对照的，是另一个世界，是卢卡尼亚上流人物的世界。属于这个世界的有不学无术、横行霸道、独揽全村大权的法西斯村长；有昏庸的老医生；有村长的妹夫，他担任法西斯党的书记、教师，他的学生读了几年书后还是个文盲，连姓名也不会写；有专干造谣、告密勾当的太太们，趋炎附势、勾心斗角的官吏们和终日在广场上没完没了地清谈的绅士们。

作者试图通过对那里的人们的生活环境和心理状态两方面的考察和思索，去理解和解释他们的这种状况：从物质条件上看，那里的气候条件恶劣，土地贫瘠，山丘荒芜，终年受到山崩和干旱的威胁和侵袭，到处是沼泽和盐碱地，疟疾四处蔓延；从历史上来看，那里的人民几个世纪来身受历代统治者的奴役和愚弄，统治者内外勾结，对贫困人民实行残酷的剥削和压迫，致使贫困和落后的状况更为加剧。几百年来长期生活在这里的自然条件和历史条件下的人们，对社会和政治问题麻木不仁，他们忍受惯了，也疲惫了，对一切都无动于衷。这就是大自然与社会历史赋予卢卡尼亚人们的命运，让他们生活在非人的贫困境地，使他们对于命运所抱的态度就是忍耐。作品有力地揭示和鞭挞了历代统治者在那里作威作福，榨取农民劳动血汗的罪恶行径，并指出这是早期意大利南方经济上贫困和文化上落后的根本原因。作者还隐喻了现代社会的发展给人们带来的新疾苦：环境的污染，大都市的噪音以及工业发展给社会带来的种种公害，都是社会经济发展进程给人类带来的危害。所以小说具有鲜明的现实性和社会性，读来发人深思。

莱维无情地揭露了这个丑恶的世界和它的蛛网般的错综复杂的生活，猛烈抨击他们的卑鄙和性欲、懒惰、倦怠、贪婪、无能。作家努力揭示，这个世界是同农民世界为敌的，法西斯的政策同农民的利益背道而驰。农民们不理解，敢情“罗马的家伙们”要让农民去打仗？既然有钱打仗，为什么不修复村子里一座倒塌多年的桥呢？要不，建造一座河坝，打几口井也好。可有一点农民们是清楚的：国家对于农民，比天堂还遥远，带给他们的痛苦也更大。

作者采用比喻和回忆的艺术手法，揭示意大利南方的贫苦落后面貌，谴责警方和国家官僚机构对农民的残酷压迫，描摹乡村秀丽的山水，刻画农民的传统习俗，以及他们逆来顺受、听天由命的禀性。小说中的农民尽管在忍无可忍的情况下也有所反抗，但在厄运和暴虐面前，他们的斗争总是以惨败而告终。尽管小说展现的是一幅在法西斯统治下湮没无闻的农村生活画面，但小说中勤劳、敦厚的农民同样具有朴实的自尊和高尚的人格。

《基督不到的地方》触及了意大利社会深层的状况，触及了南方问题的实质。意大利人所说的南方问题，实际上是意大利历史上遗留下来的痈疽。由于资产阶级革命的不彻底性，从 19 世纪末起，意大利发生两极分化，北部发展成为交通发达、大都市林立的工业区，而南方却依然是贫困、落后的农业区。农村屈从于大城市，南方屈从于北方，南方实际上沦为北方的殖民地，这正是意大利资本主义畸形发展所遵循的路线。莱维的功绩在于他深刻地指出，法西斯统治使南方的问题雪上加霜，进一步恶化发展。这样，这部反映南方问题的作品，又无情地鞭挞了法西斯制度，并揭露了它的反人民的性质，从而洋溢着炽热的反法西斯精神。

莱维是从道德的层面来谴责法西斯制度的。他把法西斯当作城市文明的代表，把法西斯同农民的对立看成是城市文明同农村文明这两种文明的对立，进而提出了"农村自治"的乌托邦主张。

莱维摒弃资产阶级文人美化乡村的创作方法，以沉痛的心情，真实、细腻的笔触，形象地记叙了被饥饿、疾病、忧患、死亡所笼罩的卢卡尼亚的现状，勾画了意大利南方农村触目惊心的悲惨景象。恶劣的自然环境和统治者的横征暴敛使农民处于赤贫而绝望的境地。在这里时间停滞了，历史凝固了，与外面的文明和进步相隔绝。"基督不到的地方"是被历史遗忘的角落。作者无情地鞭挞法西斯制度，揭示出它同农民的尖锐对立，其是农村一切灾难的祸根。

从小说的表现手法上，它既像是日记，又像是写景叙事的散文，既像是报告文学，又像是个人在流放期间的回忆录，既像是剖析南方的历史和社会问题的杂文，又像是对生活在南方的人们的悲苦命运的悲叹。语言朴素、自然,夹叙夹议,真实性和抒情性相结合,是这部作品的艺术特色。它是意大利早期新现实主义的优秀作品之一,对其后以“南方问题”为题材的文学作品产生很大影响。

莱维的另一部特写集《语言就是石头》(Words Are Stones,1955),描写西西里磷矿工人的斗争,塑造了一个农民运动领袖的母亲的感人形象。他在法国期间写下了《恐惧与自由》(Of Fear and Freedom,1946),说明虽然人们天生对知识自由存在恐惧,其存在是必要的;其他作品如《手表》(The Watch,1948),描写战后罗马的内阁危机;《椴树》(The Linden Trees,1962)描写战后德国,分析了一个容许纳粹兴起的国家的根源;《未来有颗古老的心》(Future has an Ancient Heart,1956)仍然采用报告文学的体裁,保留了他的创作特色。

莱维的纪实性作品引起了意大利文坛很大的轰动,加强了战后意大利文学走向社会现实主义的趋势。

114. 卡洛·卡索拉——描写“赤裸裸事实”的多产作家

卡洛·卡索拉(Carlo Cassola,1917 - 1987)是20世纪意大利文坛一位颇有影响的多产作家。他出生在罗马,但自幼生活在他母亲的家乡意大利中部托斯卡纳地区的伏尔泰拉。他的父亲是职业记者,在父亲的影响下,他从小爱好文学。大学法律系毕业后,即从事记者工作。

自23岁那年起,卡索拉定居伏尔泰拉,大战期间又曾在那里参加反法西斯游击战争。他的文学作品几乎都是以伏尔泰拉一带秀丽的山川为写作背景,他在感情上同这座历史古城始终保持着割舍不断的情缘。1956年出版的小说《费拉第尔路上的房子》,叙述的正是作者对这一段罗马生活的回忆。他20岁左右就开始从事文学创作,并先后在一些文学杂志上发表短篇小说,抒发人生的悲凉。二战爆发后,他毅然辍笔,积极投身于反法西斯政治斗争,直到1945年意大利解放之后才重新挥笔著书。数年颠沛流离和动荡不安的生活给卡索拉提供了丰富而详实的创作素材,其中《福斯特和安娜》、《老战友》等都是以游击战争为写作题材的长、短篇小说,描写青年知识分子在战争中的经历及其丰富多彩的个人感情生活,具有浓厚的生活气息。

1954年出版的题为《伐木》的中篇小说使他一举成名,誉满文坛。故事主要描写一位伐木工人缄默的性格以及他在丧妻后内心深切的痛苦。在这一时期，卡索拉还先后在几所高级中学执教，同时为报社和《当代》、《世界》等杂志社撰稿。尔后，他又写了好几部在文学艺术方面十分成功的作品，为此先后荣获多项意大利文学奖，1960 年他的长篇小说《布培的未婚妻》再度获奖。

就写作风格而言，卡索拉擅长运用细腻的笔触描写一些不为人们所注目的生活琐事，刻画普通人内心的欢乐和痛苦，文笔朴实、素静，但作品的内容显得比较平板起伏不大。他在后期创作的作品有《一颗干涸的心》(1961)、《猎人》(1964)、《难忘的岁月》(1966)、《地方铁路》(1968)、《阿达的故事》(1967)、《重温旧梦》(1969)、《人与狗》(1977)、《动物的天堂》(1979)等。

卡索拉的作品不受当时占主导地位的文学潮流的影响，始终保持自己独特的写作风格，擅长在每日间平凡的小事上着墨，以此努力挖掘人生的意义和普通人物的内心世界。他追求的是朴素淡雅的文笔，以“赤裸裸的事实”描摹小人物平淡简朴的生活，作品中很少有过于浪漫主义的描写。倘若我们剖析卡索拉一生的著作，我们将不难发现，他的早期作品带有一定的隐逸派特征，60 年代以后的作品则标志着一个新的转折，即更加关注当代的社会现实，并对彻底改变意大利社会的可能性寄予殷切的希望。

《伐木》和《布培的未婚妻》是卡索拉的两部佳作，语言简洁、朴实，情节亲切感人，富有浓厚的人情味和乡土气息。《伐木》叙述的是一则凄切伤感的故事。小说的主人公古里艾默是一位 38 岁的伐木工人，3 个月前刚丧妻，心中充满了忧伤；为了抚平内心的伤痛，他和几个朋友合伙买下了一片林子，并雇佣工人一起去那里伐木；从寒风萧瑟的秋天到呵气成霜的严冬，工人们忍受着种种的困难和艰辛，在恶劣的生活环境中不辞辛劳地干了 5 个月的活儿；与工人们的朝夕相处使古里艾默暂时忘却了精神上的悲痛，也让他深刻领悟了人生的坎坷；5 个月后，他又回到家里，当他看到自己幼小的女儿，莫名的孤寂和忧伤再一次笼罩在他的心头。卡索拉以平铺直叙的写作手法，通过伐木工人的举止和谈吐，细腻地描述了他们日复一日的单调、枯燥的生活，抒发了他们的内心的感受和直面人生的勇气。在小说的末尾，卡索拉巧妙地安排古里埃默与一位烧炭工人之间一次推心置腹的谈话，两人都意识到：尽管每日间乏味的劳动使他们深感疲惫，但也给他们带来了生活的自豪感，因为它是构筑他们人生价值的一个重要元素。在小说的最后一段，古里艾默出于对亡妻罗莎的深切思念，在她的墓穴前驻足良久，迟迟不愿离开。

《布培的未婚妻》是一部以意大利反法西斯抵抗运动为写作背景的纪实性小说，在意大利当代文学史上占有一定的地位，曾被搬上银幕。小说讲述了年轻的游击队战士布培因无法融入战后的现实社会而触犯刑律被捕入狱的故事。小说通过布培与其未婚妻玛拉相恋、分手和最终和好的心路历程，揭示了人们在战后精神上的彷徨和痛苦。布培原是一个血气方刚、性情暴躁的游击队战士，战争结束后，他仍以战时的行为准则处理个人之间的恩怨；为替一位死去的战友报仇，他竟然无视法律的存在，擅自处死了一个宪兵上士和他的儿子；后来他被警方逮捕，并被判处 14 年徒刑；面对残酷的现实，玛拉最终勇敢地决定等他出狱与之结为夫妻。在这部小说中，卡索拉充满柔情地描绘了家乡秀丽、妖娆的山川，以及布培与其未婚妻玛拉之间美丽、纯洁的爱情，借此烘托人物的思想感情，展现了面对难以挽回的不幸命运，人们精神上的痛苦和思想上的彷徨，以及人与现实社会之间的矛盾和冲突。

这也是作品发表后在评论界引起争论的关键所在。因为从政治思想观点上看，作者的立场是模糊的、模棱两可的，似乎抵抗运动中的英雄人物在战后的社会生活中犯了伦理道德上的罪行是历史造成的，似乎是严酷的政治斗争使布培学会了用暴力手段进行报复。当代著名的作家卡尔维诺对此曾有过精辟的评论："小说的价值就在于它反映了人物的思想感情与社会存在之间的矛盾和冲突。""处在没有道德标准的历史年代里，道德完全是个人的尺度，完全是内心的选择。""玛拉为一个完全不值得她为之牺牲的人而做出了牺牲，因为只有这样，才能显出生命的价值所在。"(《布培的未婚妻》，1982 年再版序言》。

历史留给人们的课题是十分现实的，它往往要求人们做出严峻的抉择。布培在对待自幼就认识的老神父的问题上，反映了人物内心政治上的使命感和个人感情之间的尖锐冲突。那位老神父是个老法西斯分子，他作恶多端，引起镇上的公愤，战争结束之后，他本该逃离该镇远走他乡才是。然而，布培从感情上既憎恨他又怜悯他，他多次掩护老神父躲过镇民的谴责，但当镇民同仇敌忾地对神父群起而攻之的时候，布培出于正义感，毅然以“复仇者”的气概狠狠地惩罚了他。

小说的艺术感染力还体现在它的浓厚的抒情色彩。小说的第一部分向读者展现了托斯卡纳地区诗一般的自然风光，而布培与其未婚妻玛拉之间那种田园诗般纯洁的爱情，就是在那诗情画意般的美丽的山丘酝酿成熟的，山丘上那所茅屋就是他们爱情的见证，他们久久地依偎在一起。那种甜美真挚的爱情正是玛拉最后抉择的基础，她心甘情愿地等服完刑出狱的那一天的到来，因为她对布培的激情与爱，“似乎是一生中只能有一次的”。小说的语言朴实自然，简洁清新，优美而不落俗套，并富有音乐感，读来像诗一般娓娓动人。

20世纪60年代以后，卡索拉的文学创作进入了一个新阶段，从对人生意义的发掘进入到对个人内心世界的发掘。作者像是一位非常耐心的侦探一样，从日复一日的平淡乏味的日常生活中去深入地探察人物的内心世界。标志着卡索拉的创作进入到一个新的阶段的小说是《一颗干涸的心》，作品带有存在主义色彩，书中写到：“日常生活是由诸多大大小小的事物组成的，如饮食起居，婚丧嫁娶，生老病死，然而真正的生活却犹如光线和太阳的热能那样神秘和难以把握。”而卡索拉则力图赋予日常生活中的那些静止不动，千篇一律，习以为常的东西以实质性的意义，想竭力把握住那些“难以把握”的特性。《猎人》(1964)、《难忘的岁月》(1966)、《地方铁路》(1968)、《阿达的故事》(1967)、《重温旧梦》(1969)等作品都以进一步挖掘当代人的孤寂和忧伤的内心世界为创作主题。

富有象征意义和讽喻性的小说《人与狗》(1977)的主角是一条叫杰克的杂种狗。有一天，杰克因偷吃邻居家的一只鸡而被主人撵出了家门。后来它被人哄到偏僻之处，给绑在一个木柱上，最后活活饿死了。整篇故事就像一篇寓言，以拟人的手法表现，用“丧家之犬”杰克的悲惨结局比喻现实生活中的人奴性难改，习惯在他人的羽翼下生活，一旦获得自由后又不知道如何生活下去了。卡索拉后期的另一些作品，如《一个孤寂的人》(1978)、《瞎眼巨人》(1976)等，流露出作者本人政治思想上的一种虚无主义的空想。

卡索拉创作的小说，无论是题材上还是风格上都有其独到之处，他对历史、现实和人的心理状态都有非凡的敏感性。有人把卡索拉的创作风格归纳为自然主义表现手法的一种抒情的“升华”，并把他的创作手法象征性地比作“听海的海螺”，读他的作品，犹如拿着海螺在海的一隅去倾听整个大海的心声一样，通过它所剖析的生活横断面，可以体察到整个社会生活的全貌。

卡索拉作品的艺术风格是融纪事性与抒情性于一体，笔调淡雅，语言简朴流畅而不矫揉造作；不过卡索拉的作品就像它们所反映的生活本身一样比较单调平淡。

卡索拉的作品不仅真实地反映了一个时代的历史环境，而且表现了现代人生活的状态。他笔下的人生是惨淡的、苍白的和令人绝望的，人物的内心世界是伤感的、惆怅的；卡索拉着力于挖掘现代人对外部世界的内心感受，是赤裸裸地无情地挖掘。他参加过反法西斯的抵抗运动，对战后意大利社会现实都感到失望，所以他既是历史事实的见证人，又是现实社会的见证人。卡索拉像是个现代社会的受害者，带着一付慰藉世人的面孔，悲叹现代人的命运。

卡索拉于 1987 年逝世于意大利路加省的蒙特卡罗镇。

115.《意大利历史》——战后意大利现实主义文学的杰作

瓦斯哥·普拉托利尼(Vasco Pratolini,1913－1991)意大利作家。出生于佛罗伦萨贫民家庭,因家境贫寒,9岁开始当学徒、工人,依靠刻苦自学走上了文学创作道路。30年代末成为记者,并和诗人加托共同创办和主编文学刊物《校场》。40年代,参加了反法西斯抵抗运动,陆续发表小说。中篇小说《马加志尼街》(1941)具有自传性质,有浓郁的抒情色彩。作品通过少年瓦雷利奥进入社会以后对周围现实的观察和感受,反映出法西斯统治时期少年一代的成长。故事以作者的诞生地马加志尼街为背景。战争的爆发打破了瓦雷利奥原来那种宁静的生活,也改变了生活的节律,他念书的小学变成了兵营,青年们纷纷告别了亲人,应征入伍奔赴前线而从此一去不复返。瓦雷利奥的父亲也上了前线,原来总浮现着迷人而安详的微笑的母亲,目光里总凝聚着悲痛和忧郁。从瓦雷利奥身上可以看到在那灾难深重的岁月里意大利青少年一代思想意识上的成长。瓦雷利奥是作者自身经历的缩影,小说抒发了个人精神上的痛苦和无穷无尽的忧虑,展示了人生的变幻莫测。作品书法的情感自然、朴实而且委婉动人,可以看出作者模仿“艺术散文”的痕迹,透过少年的目光和感受,描写战争期间青年一代的生存状况。

长篇小说《街区》(1945)描绘佛罗伦萨工人住宅区4个少年不同的成长道路,谴责法西斯对青年的毒害,指出年轻一代在前进的道路上虽然会遭遇曲折,付出代价,但必定能够掌握自己的命运。《街区》实际上是30年代佛罗伦萨以至意大利劳动人民生活的缩影。

1947年发表的长篇小说《苦难情侣》(1947),在意大利当代文学中占有重要的地位。作者在小说中成功地描绘了佛罗伦萨一条普通街道的贫苦居民的日常生活,以及他们逐渐成为自觉的反法西斯战士的过程,塑造了一个体现意大利民族性格和劳动人民品德的共产党员科拉多的形象,指明人民的力量必胜的前景。

这部长篇小说以1925年至1926年为历史背景,当时社会党领袖马泰奥蒂惨遭暗杀,法西斯彻底掌握了全国政权。小说描述了法西斯全面执政后在佛罗伦萨一条普通街道上所发生的故事。这是一条长50公尺,宽5公尺的小街,“肮脏的街头被猫扒开的垃圾堆在夜空中散发着恶臭。”住在这条街上的人们职业各不相同,但共同的命运把他们紧紧地连结在一起,犹如一个和睦的大家庭。他们之中有进步人士,也有流氓歹徒,有出卖肉体的妓女,也有靠别人供养的情妇。但没有人因为个人的不幸遭遇而受他人的冷落或歧视,小偷可以在这里藏身,妓女也可以得到别人的帮助。他们中很多都是几经离合散聚的情侣,他们自发地组合成一个群体,团结在以铁匠为职业的共产党员科拉多的周围。

这条街是整个社会的缩影,那充斥着各种恶习,到处是贫困,人们迫于生计而实施暴力,有人偷窃,有人堕落。暴风雨来临了:法西斯分子开始对进步人士大肆进行搜捕和屠杀。为了营救处境危急的同伴,科拉多与另一位名叫乌戈的战友驾驶着摩托车去通风报信,在归来途中,不料与法西斯匪徒相遇,科拉多在搏斗中英勇牺牲了。科拉多的死唤醒了街上人们的觉醒,乌戈积极投入抵抗运动后不幸被捕入狱,然而人们坚信:法西斯政权建立的所谓“新秩序”能维持的日子已是屈指可数,乌戈获得自由的日子不会太远了。

小说反映了第一次世界大战后至法西斯制度确立这段历史时期意大利政治形势的变化,成功地塑造了反法西斯战士科拉多的英勇形象。在这位淳朴的铁匠身上，体现了意大利民族的优秀特性，并热情地讴歌了他纯洁的心灵、热爱劳动的品德和自我牺牲的精神。作者对生活在这里的人们寄予了深切的同情，以非凡的艺术手法，准确、真实、贴切而又满怀深情地反映了这条街上的世道人情和所经历的风风雨雨，表现了正义事业必胜的坚定信念。

《苦难情侣》的问世，标志着普拉托利尼的创作已进入了一个新的阶段。经历过抵抗运动洗礼的普拉托利尼认识到群体的力量和社会现实的严酷，他的作品也从描述个人的经历和表现自我，过渡到描述人民大众的群体，体现作者对社会问题和人民命运的关注，一改过去那种只是孤立地表现个人思想感情的格调，而是直面社会，揭示人生的孤独和现实社会的罪恶，使作品具有深刻的人民性和现实性。《苦难情侣》是一部描写人民大众斗争业绩的英雄史诗，它给意大利文学注入了新鲜血液，开创了一条以新的方式来理解和解释现实的道路，并以它所反映的题材的现实性和接近民众生活的特点，给意大利文学注入了新现实主义的精神，即把个人的历史融合在人类整体的历史之中，并把其置于一个正确的位置上，寻觅与民众共同的脉搏和激情。

《理智的永恒》截取第二次世界大战结束至60年代这一历史横断面，以佛罗伦萨青年工人布鲁诺的生活为主线，描绘了战后意大利面临的饥馑、失业、经济萧条和50年代中期出现的“经济奇迹”，广泛地展现这一时期意大利社会生活的特征以及经济、社会、思想领域的变化。小说的名字取自但丁的《新生》，借以表现理智必将战胜邪恶。

普拉托利尼的代表作《意大利历史》三部曲包括《麦泰洛》(1955)、《豪华》(1960)、《讥讽与嘲弄》(1966)。三部曲描写19世纪70年代意大利资产阶级民主革命取得胜利直至第二次世界大战结束后这一漫长历史时期的生活。它像一幅巨型的历史画卷，以磅礴的气势展现了19世纪末到20世纪60年代的意大利社会的现实。它的问世，标志着普拉托利尼在现实主义的文学创作方面已达到了一个崭新的高度。

《麦泰洛》表现泥瓦工人麦泰洛在生活和斗争中经过艰苦的磨练，从无政府主义者成长为工人领袖，艺术地概括了19、20世纪之交意大利的社会生活和意大利工人运动艰难曲折的发展。主人公麦泰洛·萨拉尼是个孤儿,他母亲在他一生下来就去世了,父亲是个船工,不久也淹死在阿尔诺河里。还是婴儿的麦泰洛由乡下的一家农夫抚养成人。当麦泰洛15岁时,因乡下闹饥荒,就来到佛罗伦萨城内寻找工作。他先是当搬运工,后又当泥瓦匠,艰苦的劳动生活像是一所社会大学,在实际生活中,麦泰洛与伙伴们建立了密切的关系。后来,麦泰洛服了兵役,开始体验了人生,并逐渐形成了一种独立不羁的豪放性格,孕育了一种追求正义的理想。他结识了一位无政府主义者,深为他的叛逆精神所打动。在这位无政府主义者死于工伤事故之后,麦泰洛就和他的女儿埃尔西利亚结了婚。1896年前后的意大利社会动荡不安,物价飞涨,而工资却停留在原有的水平上。麦泰洛在伙伴的影响下,参加了工会斗争,在一次示威游行中被捕入狱,惨淡的铁窗生涯成了他深入认识社会的又一所社会大学。出狱后的麦泰洛参加了社会党,领导了1902年全国建筑工人的大罢工,然而麦泰洛却始终处于警察的严密监视之下。在持续46天的罢工斗争中,麦泰洛磨练成为一名出色的政治鼓动家,成功地领导了战友们为争取提高工资而进行的斗争,并取得了初步胜利。在紧张的罢工斗争中,麦泰洛曾与一位漂亮的资产阶级小姐伊迪娜萌生了爱情,但后来他意识到庄严的斗争使命而毅然地挣脱了情网。就在罢工胜利的第二天,麦泰洛与其他20多位同伴又被捕了,他们在狱中仍坚持斗争。后来麦泰洛被释放出来,妻子埃尔西利亚在狱门外迎接他。

《麦泰洛》描述的是一个普通人的故事,但它却概括地反映了19世纪末到20世纪初整个工人阶级的主要斗争经历,并把它置于意大利社会的发展过程之中。小说不仅展示和描绘了人物个人的道德观念、思想感情,而且赋予人物所经历的事件以一定的历史意义,把主人公麦泰洛个人的遭遇同他成长的历史环境和过程紧密地联系在一起。作品超越了他早期创作中抒发自我感情的局限性,使小说具有一种更深刻、更广泛的人民性和现实性;麦泰洛思想上的成熟和政治觉悟的提高,与他所从事的斗争实践是相辅相成的,这就使他身上所体现的优秀品质更富有说服力。

《麦泰洛》以它的时代性和人民性而轰动了当时的意大利文坛,它摆脱了新现实主义文学那种新闻报道式的窠臼，塑造出麦泰洛这样一个有血有肉的人物形象，这是普拉托利尼对新现实主义文学的自然主义倾向的一种革新，标志着他的文学创作进入了一个新的阶段。

《豪华》是《意大利历史》三部曲中的第二部，以20世纪初第一次世界大战后至法西斯上台的最初年代为背景，通过资产者科尔西尼从信奉社会主义思想转而追随法西斯以至成为法西斯的牺牲品的情节，展示意大利自由资产阶级的堕落。小说又回复到传统的文学路子上，以描写和刻画资产阶级的腐朽堕落和知识分子的精神危机为特色。但小说中对资产阶级腐朽的精神状态的描写，失之于冗长、烦琐。

三部曲中的第三部《讥讽与嘲弄》描写了1935年至1945年期间所发生的故事，主人公是个从信仰法西斯主义转变为信仰共产主义的知识分子，他个人的经历与他生活在其中的社会和所处的时代紧密相连。主人公的自白和自责涉及到整整一代人的经历，反映了社会生活的各种矛盾和冲突。小说采用日记的形式，以主人公的独白和说教，以讥讽和嘲弄的口吻，对过去的一切做出了理性的分析，揭示出产生一切罪恶的根源。

普拉托利尼的代表作《苦难的情侣》、《意大利历史》三部曲受到新现实主义的影响，但又摆脱了纪事性，描写意大利工人运动的发展历程和青年一代的生活、爱情以及反抗法西斯的英勇斗争，是战后现实主义文学的杰作。

116. 伊达洛·卡尔维诺——意大利后现代主义文学俊杰

伊塔洛·卡尔维诺(Italo Calvino,1923－1985)意大利小说家,是一位多产的作家。

卡尔维诺在1923年10月15日出生于古巴哈瓦那附近圣地亚哥的一个名叫拉斯维加斯的小镇。父亲原是意大利圣莱莫人,后定居古巴,是个出色的园艺师;母亲是撒丁岛人,植物学家。1925年卡尔维诺刚满两岁,全家就迁回到父亲的故乡圣莱莫。他们住的那幢别墅既是栽培花卉的试验站,又是热带植物的研究中心,因此,卡尔维诺自幼就与大自然结下了不解之缘,他不仅从父母亲那里学到很多自然科学知识,熟知名目繁多的奇花异草以及树林里各种动物的习性,还经常随父亲去打猎垂钓。这种与众不同的童年生活,给卡尔维诺后来的文学创作打上了深刻的烙印,使他的作品始终富有寓言式童话般的色彩而别具一格。卡尔维诺长大后,进入都灵大学,本来打算研究农学,后来改习文学,1947年毕业。

第二次世界大战期间的1943年,他加入意大利反法西斯抵抗运动,后来又与入侵的德军打游击战,卡尔维诺曾把这段经验写进他的第一本小说《通向蜘蛛巢的小路》和短篇小说集《某个午后,亚当故事集》。卡尔维诺于1945年加入共产党,并开始撰写评论文章,刊登在左派刊物上,同时在艾因奥蒂出版社任职,直到1957年,前苏联入侵匈牙利之后,才正式宣布退出共产党,但其一生之中,卡尔维诺不断地在意大利的报纸杂志上发表文章,并担任艾因奥蒂出版社的编辑或顾问工作,在意大利的文化界一直扮演着积极的角色。

卡尔维诺曾长住法国巴黎约十五年之久,文学观念受结构主义和后结构批评的影响颇深。卡尔维诺于1980年返回意大利罗马定居。1985年夏天,在滨海别墅度假,突然患脑溢血,住院期间,意大利报纸每天竞相刊载医院的病情报告,全国上下一致关心他的安危,包括读过他所编写的童话和寓言的儿童以及党政要员、总统等等。负责为他开刀的医生表示自己未曾见过任何大脑构造像卡尔维诺的那样复杂、细致,作品又那样令人困惑不解。身为读者,他决心全力营救。但这位闻名国内外的作家终于在1985年9月19日辞世。

卡尔维诺的早期作品《通向蜘蛛巢的小路》(1947)和《某个午后,亚当故事集》(1957)基本上属于当时流行的新写实主义,但也隐约可以看出作者喜好寓言和幻想的蛛丝马迹。《通向蜘蛛巢的小路》用非英雄化的手法反映游击队的生活。采用一少年做主角,以他不脱童稚的观点来看待世界,给叙述染上一层寓言性质。

20世纪50年代,卡尔维诺的作品逐渐脱离新写实主义,开始诉诸离奇的想象来凸显战后意大利的社会问题,并加入轻松和幽默成分,其中最广为人知的要推合称为《我们的先人》三部曲:《分为两半的子爵》(1952)、《树上的男爵》(1957)、《不存在的骑士》(1959),既似现实中的童话,又像童话中的现实,借助离奇的情节来表现当代社会里被异化的人的境遇。《分成两半的子爵》由一个孩童,叙述他叔父参加东征,被炮弹击中,身体被切成两半,每半部各有一只手、一条腿、一个眼睛、半张嘴巴、半个鼻子,一半邪恶,一半善良。邪恶的一半回到家乡,杀人放火,无恶不作;善良的一半则好得令人不敢相信。后来,两人决斗,伤及从前被劈裂成两半时的旧伤痕,经医治缝合,便又结成一个完整的人,既不坏,也不太好,好坏兼备。论者不免在这个分成两半的子爵身上看到马克思所说的(现代人的)疏离或弗洛伊德所谓的压抑。《树上的男爵》叙述一个十八世纪的贵族,因为拒喝姐姐烹调的蜗牛汤，被父亲斥责，于是爬到树上，从此不再踏足陆地，在“树上的理想国”度过一生。这部中篇凸显主角拒绝顺从世俗幸福，堪称文学史上最坚决的违抗文学。《不存在的骑士》描述一套武士盔甲，自称是查里曼大帝手下的一名骑士，凭借自身的意志力，始终严遵纪律，敬忠职守。故事的叙述者是一个被关在修道院中的修女，她对自己所叙述的骑士奇遇的场景，显然并无现场目睹或亲身体会的经验，这一点她颇有自知之明，但她肆无忌惮，一直不停地动笔写下去，发明编造，竟然编得比真实更真实。荒诞离奇的故事蕴含着作家对社会现实和人的命运的哲理的思考，把西方世界中人丧失自我本质的境遇淋漓尽致地表现了出来。当代小说家拉什迪(Salman Rushdie)认为卡氏三部曲在寻常琐事中凸显奇幻，足可媲美加西亚·马尔克斯的《百年孤独》。卡氏三部曲使作家获得世界声誉。

20世纪六七十年代，卡尔维诺的小说添加了科幻成分，这或许受到当时国际间日益注重太空探险、遗传工程学、传播技术所影响，同时也与当时的语言学和符号学研究强调意义理论有关。卡尔维诺本人学识渊博，不但熟谙文哲著作，还广泛涉猎现代物理、化学、数学理论、天文学，更重要的是，他懂得把抽象观念和自然科学转化成小说情感，并赋予人性的诠释。这一类作品中要算《宇宙连环图》(1965)和《时间零》(1967)最有名。在这两个系列短篇中，一位名叫Qfwfq的主角，目睹并演绎宇宙演化的重要转变阶段，诸如银河系的形成、软体动物爬出地球海底、恐龙与两栖动物的进化等等。

卡尔维诺70年代的名著之一是《看不见的城市》(1972)，内容是旅行探险家马可·波罗在御花园内，衬映着夕阳余晖，对逐渐老迈的忽必烈汗讲述55个看不见的城市，这些如幻似真的城市，一方面令人联想到乌托邦，一方面叫人想起但丁笔下的地狱。

该书共分九章，头尾两章各写了10个城市，其他七章各写5个城市。马可·波罗共描述了55个城市，但实际上只有11个城市，因为每个城市他都视察了5次。那11个城市的名字分别是：“记忆中的城市”，“理想中的城市”，“有标记的城市”，“冷清的城市”，“贸易的城市”，“亲眼目睹的城市”，“有名称的城市”，“死亡的城市”，“天国里的城市”，“连绵不断的城市”，“隐秘的城市”。全书的九章代表了人体的9个部位(头、双臂、胸腔、生殖器、双腿和双脚)，每个城市各视察5次，则象征着人体的5个感觉器官(双眼、双耳和嘴)。卡尔维诺把故事的历史环境后退到马可·波罗所处的年代，是为了使自己与历史拉开距离，以能更好地观察现代社会的今天与明天，即赋予人们以更多的“空间”，让人们能在“历史”中体现自己的价值；面对现代人地狱般的生活，马可·波罗默默思考；“有两种超脱的方式：一种是接受地狱，成为地狱的一部分而麻木不仁，这对很多人来说是容易做到的；另一种方式比较冒险，即是在地狱中寻觅并善于识别人和事物，这需要专心致志地学习。”

马可·波罗的描述，旨在提供道德寓意，教导忽必烈汗如何赋予生命新的意义，具体解说了作者与读者的关系。忽必烈汗则扮演读者(听众)的代言人，一面聆听如谜的素描，一面诠释、发问、辩驳，并尝试找出其中的类型与意义。这部作品并无传统小说观念中的情节发展可言，也许不宜称做小说，最为人称道的是描述文字优美如抒情诗篇，它被世人公认为是卡尔维诺“最美丽的书”。

卡尔维诺设想最离奇诡异的作品要推《命运交织的城堡》(1973)，其框架故事是一群朝圣者，经过一座森林，突然失去说话能力，而后来到一座城堡——在第二部分，地点又变成一家客栈，真相不得而知。这些旅人被迫以塔罗牌(tarot cards)，辅以手势和脸部表情，来交代自己的旅行遭遇。每个旅人的实际遭遇和我们所读到的故事也许有关，也许没啥牵连，因为我们所读的是叙述者的解说，而叙述者本人自己经常面对诸多诠释的可能，语气不敢确定。各个旅人在尝试表达自己的故事时，有时候得使用别的旅人已使用过的牌，但用意却可能不同。当七十八张牌全部摊在桌上时，叙述者所诠释的所有故事的交错连锁变得复杂而微妙得令人难以置信：那是透过伊底帕斯、帕西法、浮士德、哈姆雷特、李尔王、麦克白夫人等角色所显示的全人类之意识的历史——因为朝圣香客一再提到他先前的作品。

卡尔维诺最广受欢迎的小说应属《寒冬夜行人》(1979)。《寒冬夜行人》是小说中套小说：一位男性读者买来一个叫卡尔维诺的人新出的一本名为《寒冬夜行人》的小说后，急不可待地读起来，读到32页，发现装订有误，无法再读，便到书店去更换，书店老板说，已接出版社通知，该书在装订时与《在马尔堡市郊外》一书弄混了，可以更换。此时有一位叫柳德米拉的女读者也来换书，二人因此相识。故事由此展开，卡尔维诺设置的是一个双线并行的复式叙述结构，一条线是男女主人公每换一本书回来都发现读到一定程度就读不下去了，这样他们一连读了十部小说的开头；另一条线是男女主人公在读书换书探索书的过程中产生了爱情。

按照传统的写法，这十部书的开头应该只是故事的引子，其内容不会真正切入文本，但卡尔维诺不是这样处理的，这十部书的开头连同对它的阅读过程作为必不可少的一半被认真地镶嵌进了两个人的爱情故事，成为《寒冬夜行人》一个有机的部分。因为这十个开头连缀起来正是一个有意味的故事，每一篇故事的开局与上一篇故事的结尾是相关的，这样就使该书始终保持着"欲知详情如何且听下回分解"的那种悬念，使读者欲罢不能。卡尔维诺在书中说，"我真想写一本小说，它只是一个开头，或者说，它在故事展开的全过程中一直保持着开头时的那种魅力，维持住读者尚无具体内容的期望。"我们欣喜地看到，在《寒冬夜行人》中，卡尔维诺所追求的这种效果已经达到了，他独特的构思使作品充满了活的气息与张力。

《寒冬夜行人》的成功很大程度上取决于它的形式，而形式本身就标志着内容。卡尔维诺一生都在坚持不懈地进行创作手法的探索，新颖而精妙的表现形式是卡尔维诺小说写作一贯的美学追求，正是在这个意义上，我们称卡尔维诺为作家中的作家，而作为卡尔维诺的代表性作品，《寒冬夜行人》则当之无愧地是小说中的小说。

卡尔维诺以想象诡谲，风格多变，擅长杂糅实际和幻想以及抽象的哲学和科学观念，并诉诸具体生动的叙事方式呈现而闻名国际文坛。他的作品在叙事上保留了传统的手法，但在内容上常常以人的异化为主题，具有极强的寓言性，其故事情节往往超常怪异，而传达现代人精神生活的信息却准确、传神，独出心裁的作品渗透了现代人的欢乐与痛苦，表达了他们的追求与希望。作品无论是用写非英雄人物的手法来表现抵抗运动，或借助离奇的情节来反映当代社会里人被异化的现象，都蕴含着对人和社会命运的沉思。美国小说家约翰·嘉德纳(John Gardner)称赞他为“世界上最好的寓言作家之一”，另一位著名的小说家约翰·厄普代克(John Updike)夸他是“最有魅力的后现代主义大师”。

117. 卢伊吉·马莱尔巴 ——意大利新先锋派的重要作家

卢伊吉·马莱尔巴(1927 –)是意大利新先锋派的重要作家,“六三社”成员。他出生于北方小镇贝尔切托,毕业于法律专业,一直从事文艺工作。1950年他进入罗马电影界当编剧,曾独立编导新现实主义风格的历史片《女人与士兵》。

自20世纪50年代末期,意大利文学革新与探索空前活跃。新的理论著作和文学刊物纷纷涌现。它们就文学艺术的许多理论问题,诸如作家与现实的关系、文学与意识形态的关系、文学与工业化的关系、语言与方言的关系等等,展开一场激烈的论战。青年诗人、作家、批评家显得尤为活跃。他们勇于接受外来的文学与思潮,探求新的方法论,热衷于试验,从而形成对战后意大利文学的第二个冲击波——新先锋派。

新先锋派大致有这样几个特征:

在新先锋派看来,资本主义社会是对个性自由表现的一种压迫,是一种损害,是集人间一切不正义之大成。因此他们把叛逆的矛头明确地对准资本主义社会。

新先锋派认为,艺术家的首要任务,是确立自己同现实的关系,但他们又强调艺术家的主体是第一位的,全盘否定意识形态的价值,拒绝遵循意识形态的原则来反映现实。

新先锋派的崛起是基于高度工业化社会的开放性的商品文化，取代以农业社会为基础的地区性的传统文化的结果。伴随经济繁荣而来的消费主义对思想文化的侵蚀，知识阶层在苏共二十大后经受的信仰危机，恐怖主义的活跃，意大利社会陷入了新的不安与动荡，这些都是新先锋派问世的催生婆。结构主义对语言技巧和文学形式的探索与革新，也对新先锋派起到了推波助澜的作用。

这一派的作家主张，文学必须同现实建立一种新的关系，文学作品必须选择同现代工业世界相适应的形式，以新的手法来建构、来完成，因此，它同传统是势不两立的。他们又把资本主义世界同文学传统混为一谈，一概排斥，进而断言，传统的、如今业已过时的文学形式、技巧、语言，已经无法对现实做出真实可信的反应，必须进行彻底的革新。

1963年，新先锋派聚会于西西里首府巴勒摩，宣布成立"六三社"，进一步竖起否定现行社会秩序，打倒文学传统，摒弃语言规范，向新的文学形式开放的旗帜。由此可见，新先锋派是对资本主义社会的叛逆，是对文学传统的叛逆。

新先锋派是思想上、艺术上对新现实主义的反动。他们敏锐地感觉到了西方社会经历的外在的和潜伏的危机，但又错误地把经济和社会结构的变革，把艺术的发展，看作是生存的混乱，这就不能不导致虚无主义。而全盘否定意识形态的原则，也就是否认文学作品应当以理性的阐释和历史的、道德的评判为内核，这样文学势必沦为事实的消极的记录。他们对文学传统采取彻底推倒的态度，就割断了今天的文学同昨天的文学、甚至同明天的文学的关系。

新先锋派在小说领域的作用在于，它破坏了被新现实主义张扬和推到极致的审美规范，迫使文学家去对社会的结构和艺术的发展进行自我反省与自我调节。

新先锋派是迄今为止意大利文学史上最后一场文化运动，它带着矛盾的两重性在文坛上活跃了10余年，对意大利社会和文化的发展产生了一定的影响。

卢伊吉·马莱尔巴是意大利新先锋派的重要作家。早年曾编导过具有新现实主义特征的影片，后来成为六三社的成员。他的叙事体作品题材广泛，风格亦不尽相同。六七十年代，他追随实验主义的路子，发表了短篇小说集《字母表的发现》(1963)，长篇小说《蛇》(1965)、《筋斗》(1968)、《主角》(1973)，这使他成为新先锋派的主将。

在这些著作中，马莱尔巴全身心投入了同叙事文学的常规特征相悖的试验。他着意营造了一个个非理性的世界，主人公们的一言一行，他们的情绪与心理，失去了理性之光的照耀，因为科学与文明的进步使他们异化了。以合乎逻辑的反映生活为基础的传统小说结构被打破了，幻想性与现实性、荒诞性与真实性、试验与梦幻……始终融合在一起，一方面是抽象的叙事方式，另一方面是形象的叙事方式，这些小说成为新旧叙事模式之间的桥梁。小说的语言扬弃了传统的含义，获得了新的内容。

《字母表的发现》是黑色幽默式作品，将农村悲惨生活用喜剧的方式加以描绘。《蛇》、《筋斗》、《主角》三部作品臆造了一个非理性的客观世界，揭示了充斥各种潜伏危机的社会中人们的变态心理，书中主人公的行为举止荒诞不经、滑稽可笑，完全把自己禁锢在自我封闭的世界里，无法与外部世界的人进行沟通。在这些叙事体作品中，作者还有意识地杜撰了几起近乎“侦探片”的凶杀案。作品均以破案的侦探过程为情节线索，既不以案件的侦破为目的，也不探究犯罪的思想动机，而是在扑朔迷离的情节中设置很多悬念，然后用新先锋派的存在观念去解释悬念。案情只是他诱导读者的虚构圈套。作品意在表现现代人的孤独处境和人性异化。小说《主角》(1974)，仿效贝克特和尤内斯库用跳跃式的“快速”语言和滑稽的口吻描写出癫狂的、古怪的或愚昧的农民形象。作品没有明显的情节线索，是一个头尾混淆的环形结构，描写的事物显示出荒诞性。

这些小说主要在结构上标新立异，而后来的作品则在语言上花样翻新。1975 年问世的《帝国的玫瑰》，以隽永的冷嘲抨击当权者的残忍和强暴，书中象征权力的玫瑰沾满了死囚殷红的鲜血。1978 年发表的《碑文》则以想象中充满饥馑和暴力的中世纪为创作背景，书中不规范的拉丁语、古意大利语和意大利中部拉齐奥地区的乔恰利亚方言交替使用。《废弃的语言》(1977)企图用农村的方言土语和特别词汇重现已经消失的古老乡村文明。小说中充斥着种庄稼、养牲口的农业劳动术语和行话,农民使用的俚语和谚语。对于农业文明的赞美和语言上的返璞归真,仍然是新先锋派的思想和艺术追求。

马莱尔巴晚期的小说随着新先锋派的退潮而减少了非逻辑与非理性因素。长篇小说《一个梦幻者的日记》(1981)、《蓝色的行星》(1987)和短篇小说集《印质的头》(1988)中,马莱尔巴以艺术家的敏锐,以充斥社会的忧虑和恐惧发表见解,他在着意刻画人物的人格分裂的同时,把梦幻和潜意识作为唯一没有受到毒化的净土,作为"第二现实世界",予以着力勘探,进而折射陷入危机深渊的社会形态。在非逻辑性的文学形式中,在非理性的艺术因素中,常常蕴含着富于批评精神的哲理性和社会性。

《一个梦幻者的日记》记叙他在 1979 年里所作的 365 个梦。与其他现代派作家不同,他不追随弗洛伊德的精神分析理论,认为做梦是人的正常精神活动,是日常情绪的曲折反映,是"第二现实"。这 365 个梦是一个心灵的自白,也是 365 个生活片断场景,充分展示了生活中的喜怒哀乐,勾勒出现代人的精神面貌。

《蓝色的行星》围绕避暑胜地出租公寓里一个房客神秘失踪的故事展开,伴随一个工程师的日记、另一个主人公的评论以及一个故事叙述者的介入,着重描写人的潜意识,通过刻画人的纯粹的下意识自动反应,说明人格分裂是具有时代特色的人性悲剧。作品借助一位政界要人沦为杀人凶手的事实,无情地嘲弄意大利政治体制的腐败。

到了 90 年代,马莱尔巴放弃他一直推崇的实验主义创作倾向,转而采用传统的平铺直叙的笔路和平易、简练的语言,以致在这一时期中创作的好几部历史小说均取得了可喜的成功。《希腊之火》(1990)描述了发生在拜占庭宫廷里一系列扑朔迷离的凶杀案;《飞石》(1992)取材于当代社会,着力刻画一位成功画家的生活,残酷的现实迫使他对自己的内心世界做了一番贴切详明的剖析;《假面具》(1995)则以 16 世纪初叶教廷内部的矛盾为写作背景,叙述两位红衣主教之间的权力之争。他的最后一部小说《永恒的伊萨卡》(1997),是希腊古诗《奥德赛》最后一部分的翻版,作者巧妙地以现代手法叙述奥德修斯回到希腊伊奥尼亚群岛7个主要岛屿之一的伊萨卡复仇的故事，着重描写他与其妻子珀涅罗珀之间微妙和难以捉摸的关系。与荷马的原著讲述的故事不同的是，在马莱尔巴笔下，珀涅罗珀一下子就认出了上门行乞的丈夫，但她默不做声，只是扪心自问，他为何对儿子忒勒马科斯和牧羊犬而不向她袒露自己的身份。整部小说的构思充分显示出作者后现代派的创作风格。

马莱尔巴也是出色的儿童文学作家，《狗怎样成为人的朋友》(1973)、《烟蒂历险记》(1975)、《小故事集》(1977)和《忧心忡忡的母鸡》(1980)等寓言、童话故事也深受读者喜爱。

118. 夏侠与他的黑手党小说

莱奥纳多·夏侠(Leonardo Sciascia,1921 - 1989)1921年1月8日生于意大利西西里岛阿格里琴托地区一个矿工世家。1941年毕业于卡塔尼瑟塔的师范学院,取得小学教师资格。1949年开始在拉卡穆托的小学任教,先后在家乡当过职员、教师达26年。1950年展开与文学界的频繁接触,出版了第一本书《独裁的童话》。1956年《雷卡佩特拉教区》的出版广受好评。1958年出版《西西里大叔》。此后他被调派到罗马的教育部。1961年放弃教职,定居卡塔尼瑟塔。1961年《白天的猫头鹰》的出版引起各方瞩目,唤起全国舆论对黑手党问题的重视,从此也确立了夏侠在意大利文坛的地位。随后出版了几部作品:《埃及参事》(1963)、《宗教裁判官之死》(1964)、《各得其所》(1966)、《前因后果》(1971)、《像酒一样颜色的海》(1973)、《千方百计》(1974)。他还著有历史小说《埃及卷宗》、《检察官之死》,抨击政界显要的《议员》,记叙震惊世界的红色旅谋杀意大利前总理莫罗始末的《莫罗事件》,哲理小说《康迪多》、《记忆的戏剧》,文艺批评集《皮兰德娄与皮兰德娄主义》、《魔绳》以及研究西西里古老习俗的《西西里的宗教节日》。夏侠还是一位著名的政治家,曾当选欧洲议会会员、意大利众议员、西西里区议员,在意大利政坛深孚众望。其作品被翻译成数十种语言,许多小说并被改编成戏剧,拍成影片。1989年11月20日,夏侠于巴勒摩病逝。

夏侠，一生从未放弃过他出生的那块土地，不管他的小说或评论，都紧紧地与那苦涩的岛屿联系在一起。他对西西里的人事沧桑和新旧交替有深切体验，他的作品就像是开矿工作，以坚毅不挠的精神，试图要把数代已经沉淀、凝固的灵魂和理性从西西里的意识底层挖掘出来。夏侠这个名字，今日已成为那笼罩在黑手党暴力阴影下的小岛和在那儿痛苦挣扎的老百姓的代名词。

西西里有它坎坷的历史命运。公元前八世纪希腊人移民至此，公元三世纪时改受罗马人统治，五世纪是汪达尔人的土地，十世纪归撒克逊人管辖，十二世纪与意大利南部一起被入侵的诺曼人称为西西里王国；十三世纪中安久王朝开始统治，十三世纪末有“西西里晚祷”起义，反抗安久王朝暴政，试图建立自治城邦；十四世纪转手给阿拉贡王朝，十六世纪时，西西里直接隶属西班牙国王，但十八世纪初则归奥地利，直至1734年又由波旁王朝（西班牙）统治；十九世纪初展开复兴运动，到1860年加里波底远征军的凯旋后，西西里岛才成为意大利王国的一部分；从1946年起，成立自治区，实行特别法。这久远而复杂的历史变迁的结果，正如夏侠在《白天的猫头鹰》中所说：“国家，对我们而言是国家的国家，被摒除在外”，而黑手党的形成，根据第一次世界大战末期的意大利总理奥兰多的看法“要感谢加里波底……，西西里人被迫放弃他们与世隔绝的天性……，进入国家和欧洲的范畴中，但并未因此弃绝他们深层独特的理性。”

频繁的改朝换代，与行政机构及长官之间的陌生关系，酝酿出西西里人寻求地下人民领袖的欲望，黑手党便以保护者之姿扎稳了根基。当这个世纪初，黑手党悄然伸出它的势力之爪时，意大利政府当局的忽视造成了今日不可收拾的局面。

夏侠说：“……黑手党……，是控制和运作西西里经济利益，并属于我们定义为资产阶级的一个权力体系。它不是趁国家‘空虚’时（也就是说，国家法律及国家功能衰微或不足时）发展的，而是在国家‘里面’发展的。总之，黑手党是一个寄生的资产阶级，专事剥削利用。”

黑手党已然成为西西里的理想人物类型。他们“能用自己的方法解决一切问题，能够不受任何威胁地生活，不从事手工劳动，不顾虑日常琐事，博学、聪明、高雅。”这种观念与现代民族国家推行的道德伦理完全相悖。于是，它成了一种亚文化。

夏侠为了表明自己反黑手党的立场，不仅采用了“犯罪小说”的形式，而且强烈地渲染在面对犯罪时正义力量的疲软，从而试图抵达亚文化后面的社会背景。

早期小说《雷加佩特拉教区》从自身经历中汲取素材，描摹西西里的日常生活与社会风情；中篇小说集《西西里大叔》表现西西里的历史与现状，展示当地善与恶的斗争。倾注了作者对西西里岛的命运的关切和对世世代代水深火热中的人民的深切同情。此书的发表使当时的意大利文坛为之一振。

《白天的猫头鹰》、《各得其所》、《前因后果》、《千方百计》给他带来世界声誉。作家以犀利的笔锋，揭露黑手党在其巢穴西西里的猖狂肆虐，勾画统治者腐败懦弱，同黑社会势力狼狈为奸的本相。夏侠借鉴侦探小说的某些手法，把具有典型意义的日常生活，冷峻深邃的哲理剖析，融汇于曲折有致的艺术结构，通过西西里这面镜子，凸现了意大利严重的社会政治问题。

1961出版的《白天的猫头鹰》是夏侠的第一本描写黑手党—侦探小说，取材自发生在1947年的共产党及工会分子米拉亚凶杀案(尽管夏侠在《后记》结尾嘲讽地写着：“在小说中没有人物或事件与现实中的人物及发生的事件有所关联，如果不是因为巧合的缘故。”)，勾勒出黑手党以营建炒作起家，及与政治圈来往密切的轮廓。作者以《白天的猫头鹰》一书描述黑手党一事，而奠定其在意大利文坛的地位。

《白天的猫头鹰》讲述宪兵上尉贝洛迪排除重重干扰，机智侦查一宗发生在广场上的凶杀案，眼看一切都要水落石出了，却有一种来自上层的无形的力量使他的努力前功尽弃。在《白天的猫头鹰》里，代表执法力量和正义感的宪兵上尉贝洛迪着手侦破刑案的过程，是与黑手党头目与政治要人的眉来眼去完全平行的线索。小说揭示了“腐败”植根于西西里社会的官方政权历来的软弱，以及人民习惯性的不信任。这样，我们才能解释为什么宪兵上尉贝洛迪的破案不得不依赖黑手党内部的“告密者”。再联系到黑手党头目能够获得众多德高望重的士绅——“道德免检品”的伪证庇护，我们便不难得出结论：黑手党是有着深厚土壤的社会组织，它的定性已经不是带有贬义色彩的“犯罪集团”，而是较为中性的“亚文化”——一种散发着血腥味的亚文化。

《各得其所》中，小城的药剂师曼诺和医生罗西奥在狩猎季节的第一天，被人杀害。中学教员拉乌腊纳发现了案情的疑点，独立进行侦查，当他就要发现案件的真相时，他却被暗杀了。

作者通过这两部作品，表现了在黑手党势力猖獗的意大利西西里岛，正义力量与黑暗势力进行的顽强不屈的斗争。通过正义力量的碰壁与失败，揭露了社会的黑暗面和人们的麻木冷漠。

《前因后果》一书集中反映了夏侠对前途悲观失望的世界观，因为通过长期的思考和观察分析，他意识到历史给西西里岛留下的创伤和弊病是无法根治的，而且这种势力已从西西里岛发展到整个意大利，盘根错节地渗透到意大利的政体和经济机体之中。

中篇小说《一个简单的故事》和《骑士之死》进一步揭露并抨击了现存的资产阶级国家政体的黑暗，一针见血地指出了“政权的稳定是建立在公民人身的不安全的基础之上的”，当政者不仅不能阻止黑手党势力的蔓延和滋长，他们所奉行的资产阶级民主制度恰恰成了黑手党滋生的温床，正是他们为黑社会提供了合适的土壤并使之得以长期埋伏在社会的各个角落。早在 1957 年夏侠就对黑手党有过精辟的论述：“实际上，黑手党在西西里是一种势力，除非这个社会来个彻底的完全的改革。要是将来黑手党从庄园移居到城市，并在那里生根，深入到各大区的官僚机构当中，渗透到西西里岛的工业化进程之中，那么，在今后许多年内，就还得涉及到这一重大问题。”当今意大利社会动荡不安的政局和严重的经济形式正应验了夏侠当时的预言。

夏侠之所以能以视死如归的大无畏气概选择“黑手党”这一十分棘手的社会问题作为他的创作题材，这是因为他有着一颗纯洁的心，对社会的罪恶现象痛恨至极，孜孜不倦地追求他那维护人的尊严和伸张正义的人生目标。

夏侠创作的小说不仅反映了西西里社会的面貌，而且通过西西里岛这面镜子，照出了社会的阴暗面，并围绕着黑手党这一罪恶的社会现象，揭示了残存在西西里人头脑中的那些根深蒂固的习俗和一成不变的痼疾，指出黑手党这种邪恶势力，这种有历史根源的阴谋集体，已经形成了一种靠人的本性难以灭除的东西。所以夏侠的作品反映的社会问题已远远超过了西西里岛的范畴，而是整个意大利社会的缩影。

夏侠是写黑手党题材的高手。他借鉴推理小说的手法，但又绝不是推理小说。这些小说读起来颇艰涩，文字略嫌生硬，但哲理性、批评性强。

119. 达里奥·福的戏剧创作

达里奥·福(Dario Fo,1926－),意大利演员、剧作家。1926年3月24日出生于意大利北部瓦雷塞省。他从小就受到了大众戏剧和叙事文学传统的熏陶。祖父是一位寓言作家,父亲是铁路工人,母亲务农。他自幼在下层人民中间长大,有强烈的社会责任感和民主意识,自称是普通大众的一分子,“一生下来就有政治立场”。

他小时候深受意大利民间说唱艺术的影响。青年时代,曾就读于米兰布莱拉美术学院和工学院建筑系。但由于酷爱表演,毅然走上了戏剧道路。曾在广播剧《可怜的小矮人》中担任角色,在咖啡馆和娱乐场所演出过综合节目,在电台、电视台表演过喜剧独白,并创作一些歌舞小品。1954年他创作了第一部剧作《一针见血》,上演后获得好评。同年,他与女演员弗兰卡·拉梅结婚。1959年又创建了自己的剧团,由妻子拉梅任领衔女演员。自己则集编剧、编舞、导演、演员、舞台设计为一身。此后,他创作并演出了一系列通俗易懂的政治讽刺剧,对意大利的政治机构、官僚体制、军事系统和天主教会等进行了无情的鞭挞。

在长期的艺术实践中,达里奥·福摸索出了一条宽广的戏剧之路。他经常深入民间,了解下层人民的愿望,不拘形式创作戏剧,对现实政治予以抨击和讽刺。他的戏剧被称为是“富有战斗性的戏剧”,“真正的人民戏剧”。

达里奥·福深谙戏剧之道，并且从中世纪以来，意大利优秀的即兴戏剧(也称假面喜剧)中吸收了丰富的养料。他的戏剧贴近人民生活，反映大众心声，语言通俗易懂，妙趣横生，形式灵活多样，演出不受场地限制，戏剧场面热闹，演出效果很好。

达里奥·福本人是个在现代演艺界少见的多才多艺的艺术家，不仅集编剧、导演、演员于一身，而且歌唱、舞蹈、器乐演奏、舞台美术、服装、布景、道具、演出海报设计，无所不通，可谓戏剧全才，还常常一个人在剧中扮演多个角色，人称“魔术师演员”。

1970年，他曾加入意大利共产党，后因政见不和退出该党。但揭露黑暗、针砭时弊一直贯穿于达里奥·福的戏剧创作活动中。他曾说过：“我曾跟玻璃工、渔民、走私犯的子女们生活在一起。他们告诉我的故事尖锐地讽刺了官僚和中产阶级的伪善，政客、律师和教师的虚伪。我天生是个爱谈论政治的人。”正因为他一生创作了许多政治讽刺剧，因而树敌颇多，意大利国家电视台曾禁止播放他的作品。

迄今为止，他已创作了70多部戏剧。包括讽刺剧、独幕滑稽剧、黑色喜剧、荒诞剧等。他的戏剧大多充满了揶揄、嘲弄、反讽、戏谑、夸张、变形等喜剧因素，即使比较严肃的主题，他也习惯在笑声泪影中，达到抨击时弊的目的。他认为，“真正的人民戏剧总是充满情趣的”。其重要剧作有：1959年创作的讽刺政治恶习的《天使长们不玩电动台球》；1960年创作的揭露政治机构和黑社会狼狈为奸的《他有两支长着白眼睛和黑眼睛的手枪》；1969年创作的《滑稽神秘剧》；1970年创作的《一个无政府主义者的意外之死》；1972年创作的《突击队员》；1974年创作的《不付钱！不付钱！》；1980年创作的《喇叭、小号和口哨》；1989年创作的《教皇与女巫》；1997年创作的《有乳房的魔鬼》等。

1997年，达里奥·福因“他在嘲弄权贵和维护被压迫者尊严方面堪与中世纪的弄臣媲美”而获得诺贝尔文学奖。诺贝尔文学奖评委会对他的戏剧创作给予了高度评价：“他的脚本都是与观众互相交流后经过长期精雕细琢始告完成的。快速变幻的情景推动剧情的发展，塑造出各种角色。

演员台词的节律、机智的语言以及即兴发挥的才能,与他寓意深刻、不断出现的机智闪光中的强烈感情和艺术热情相结合。”福与夫人决定,将获得的诺贝尔文学奖的全部奖金捐献给残疾人组织。

《滑稽神秘剧》为系列剧,它继承了意大利民间戏剧的传统,从中世纪的民间传说中汲取素材,借鉴民间戏剧的表现手法,借古喻今,借古讽今,用以抨击时政,揭露黑暗,嘲讽社会上的道德沦丧和不正之风,尖锐深刻、入木三分。由于剧作取材于“神秘”的民间传说,以及其中作者设计的滑稽动作、情节等,故名“滑稽神秘剧”。舞台上,往往全仗唯一一个演员的独白和滑稽的表演来吸引观众。这种融古今戏剧形式和表演手段为一体的新的探索,轰动了剧坛,获得了观众的好评。

《一个无政府主义者的意外死亡》是达里奥·福的杰出作品,他并以此获得1997年度诺贝尔文学奖。这是一出根据真人真事创作的政治讽刺剧。它的背景是1969年右翼极端分子在意大利创造的一系列爆炸案。米兰火车站发生炸弹爆炸后,警方把这归咎于无政府主义分子,逮捕了一个无辜的嫌疑犯。就在拘留审讯期间,这个嫌疑犯突然从拘留所五楼的窗户“摔下”致死。这出戏就是描写这一事件的。在这一剧作中,一个“疯子”偶然发现此案的全部内情。他伪装成最高法院的代表重审此案,披露事情的真相,从而揭露了司法当局颠倒是非、捏造事实,诬陷左翼人士的行径。

这部喜剧延续了达里奥·福一贯的“笑里藏刀”风格,尖锐地揭露出一个事实:所谓执法者其实只是一些犯罪从业人员。全剧始终处于荒诞、怪异的情景之中,令人忍俊不禁的笑料俯拾即是,插科打诨、冷嘲热讽、旁敲侧击、装疯卖傻。剧中的“疯子”说话似乎语无伦次,细细回味却丝丝入扣;警官们说话句句言之凿凿,一副道貌岸然的样子,可是稍加诘问就漏洞百出,庄严的审问变成滑稽的表演。

《不付钱!不付钱!》写一群家庭主妇不堪忍受物价的飞涨,联合起来,高喊着“不付钱!不付钱!”哄抢超市的故事。剧本描述了主人公安东妮亚和玛格丽塔两个家庭主妇在哄抢超市后所表现出来的种种恐惧心理,以及他们的丈夫乔瓦尼和路易吉对前来搜查的警察的巧妙应付,从中着重叙述了他们对这件事情的评价，表现出普通人面对物价高涨和资本家剥削的无奈抗争，同时也抨击了统治者的错误政策。

《有乳房的魔鬼》是一部以文艺复兴为背景的讽刺喜剧。剧中主角是一位热衷于功名的法官和一位受魔鬼控制的妇女，演出了人鬼之间令人啼笑皆非的故事，对当今社会上存在的种种弊端和不良现象进行了无情的揭露和批判。剧作也因主角之一为"魔鬼控制的妇女"而得名。

达里奥·福的戏剧创作善于运用幽默乐观的目光注视世界和人生，甚至在疾病和死亡中也寻找到了滑稽可笑的内容。他娴熟地运用笑声，无论是多么严肃或无聊的琐事，其外在的价值指向均在笑声中得到溶解。在达里奥·福的喜剧中，幽默是一种进攻的武器，嘲谑是一种逃遁的方法，讽刺是一种抵御系统。他创造性地吸收传统民间戏剧的精髓，嘲弄进攻现代社会。通过对福的喜剧分析，我们可以得到一些更为深刻的认识和启示。

从艺术的角度看，福的喜剧创作有如下特征：第一，他继承和发展了古罗马喜剧传统。第二，他把 16 世纪到 18 世纪的假面喜剧的特有表演方式加以利用，进行即兴表演或戴假面的表演。第三，福的戏剧善于捕捉热点时事问题，因而加强了戏剧与现实、戏剧与观众的联系。后期，他的戏剧大多对国内外重大事件和百姓们敏感的问题迅速做出反应。

在几十年的戏剧生涯中，达里奥·福用自己的心灵来观察社会和生活，他自始至终把戏剧当作投枪和匕首使用，在逗人发笑、引人入胜的同时，对社会的丑恶和不公进行针砭，同时也提供了不同的思考角度，让观众通过笑声获得启迪和审美愉悦，因而深受大众喜爱，获得了世界性的声誉。达里奥·福的作品充满活力，手法高超，且题材广泛，给人印象至深。

120. 西班牙可怕主义大师 卡米洛·何塞·塞拉

卡米洛·何塞·塞拉(Camilo Josê Cela 1916 – 2002)西班牙小说家。1916年5月11日出生于西班牙加利西亚省的小镇帕德隆。父亲是西班牙人,母亲是英国人。塞拉在马德里念完中学后,先后学过医学、哲学和法学。此后,开始写作。1935年出版第一部诗集《踩着可疑的阳光走》从此踏上文坛。1936年西班牙内战爆发,他中途辍学参军。1939年内战结束后,他退役回到马德里,曾先后当过斗牛士、画家,也做过官员和电影演员。1942年出版的长篇小说《帕斯库亚尔·杜阿尔特一家》轰动文坛。这部作品开"战后小说"的先声,奠定了作家在西班牙文学史的地位。1951年长篇小说《蜂巢》出版,再次引起文坛轰动,作品被誉为"一部开创了西班牙小说新时代的伟大作品",从而进一步奠定了他在西班牙文坛的重要地位。1957年当选西班牙学院院士,稍后又担任国会参议员。60年代曾到英、法、美大学作巡回讲学。1983年获得西班牙国家文学奖。以后又多次获得各种奖项。

塞拉是位多产作家,在他从事文学创作的50多年里,出版的作品已达40多部,其中重要的还有《静心阁》(1943)、《小癞子新传》(1944)、《考德威尔太太与儿子的对话》(1953)、《金发女人》(1955)、《1936年的圣卡米洛节》(1969)、《连接与分解》(1969)、《复活节早祷式第五集》(1973)、《为两个死者演奏的玛祖卡舞曲》(1983)、《圣安德烈斯的十字架》(1994)等。此外还有大量的短篇小说、散文、游记、诗歌和剧本等。

在西班牙文学史上，塞拉是继塞万提斯、加尔多斯之后又一个里程碑，是当今西班牙最负盛名的作家。他在创作上受流浪汉小说影响较大，他的现实主义既是对西班牙古老文学传统的继承又与先辈大不相同，显得极不“规矩”，被称为西班牙的新浪潮派。他的作品暴露了佛朗哥政权给人民带来的苦难，对反动统治发出了抗议。在艺术上，多用譬喻，语言隐晦，曾有人专为他写了一部辞典:《塞拉用词的奥秘》。

塞拉是个勇于创新的艺术大师，为了把一幕幕暴力场面尽可能真实地呈现在读者面前，他采用了大量的自然主义手法，以流浪汉小说的自传结构，生动、流畅、甚至带点巴罗克风格的雕饰语言，成功地塑造了帕斯库亚尔“反英雄”式的悲剧人物，开辟了西班牙小说史上的新流派——可怕主义(恐怖主义)。

《帕斯库亚尔·杜阿尔特一家》(1942)被评论界誉为可怕主义的代表作。有人说塞拉有一种才能和偏好，好描写最坏的人、社会和生活。他的《帕斯库亚尔·杜阿尔特一家》中的杜阿尔特可以说是西班牙所有同类题材小说中最恶的恶人，因此，人们称塞拉为“恐怖大师”。对此，塞拉有他自己的看法，他认为“生活并不是美好的，人也如此……，虽然有时人会表现出善良和理智，但那是因为他躲在了面具的后面，你切不要上当受骗”。这种对世界所持有的怀疑、否定态度，不由让人想起了塞拉极为推崇的1898年一代作家巴罗哈的关于人的存在的悲观主义的观点。然而，实际上，塞拉不单纯是“恐怖大师”，他同时也是一位细腻的情感大师。他同样能带着叙述残忍场面时的那种强烈的情感去叙述人的同情心和爱心。因为在他看来，人即使处在邪恶之中，也总会存在无法泯灭的爱火。

《帕斯库亚尔·杜阿尔特一家》开创了西班牙战后小说重新反映社会现实的新路。这部作品通过帕斯库亚尔·杜阿尔特这位西班牙农民回忆他一家的遭遇，向读者展示了一个被人遗忘的社会阶层——农民的悲惨生活和命运。小说的主人公帕斯库亚尔·杜阿尔特是个被判处死刑的囚犯，在狱中等待死神。行刑之前，他怀着忏悔的心情回顾了自己血腥而罪恶的一生：饥饿、贫苦、肮脏的童年，从来没享受过家庭的温暖。父亲整天酗酒，喝醉后就撒酒疯，与妻子斗嘴动手，对孩子不闻不问、不管不顾。母亲生性粗暴，毫无母爱，与人私通生下一个痴呆儿马里奥。孩子像个动物似的苟延残喘。有一天竟被猪咬去双耳，11岁那年，淹死在油罐里，惨不忍睹。帕斯库亚尔的妹妹罗萨里奥，由于贫穷和缺乏教养，当上了妓女。帕斯库亚尔曾两次结婚。第一个妻子在他出走期间被人占有、怀孕，受惊而死。第一个儿子未满周岁就夭折。在他的一生中，吵架斗殴、杀人流血从未停息，因为家庭和社会的双重压力，帕斯库亚尔除了一次又一次地犯罪外，仿佛别无出路，直至最后杀死亲生母亲，因为他认为母亲应该对子女的不幸负责，"她除了把我带到这个世界上来受罪之外，什么也没有给我。"

《帕斯库亚尔·杜阿尔特一家》由于深刻地反映了西班牙20世纪初特定的历史时期的农村现实，塑造被黑暗、落后、愚昧的社会环境所吞噬的下层人帕斯库亚尔的形象，加上小说家塞拉为了达到此目的而大胆采用的各种艺术技巧和手法，这部作品因而具有不寻常的历史价值，被评论家们公认为西班牙战后社会现实小说的先锋，并开辟了西班牙战后小说的一个新流派——可怕主义。

塞拉的代表作《蜂巢》由于对佛朗哥政府提出了尖锐的批评，因此尚未出版就遭到查禁，它的第一版是在阿根廷首都出版的，该小说被算作西班牙当代第一名著。评论家们认为，要谈西班牙战后文学，第一要谈《蜂巢》。

《蜂巢》真实地描绘了西班牙战后残酷的社会现实。故事没有开头也没有结尾，没有核心人物，以大量对话、独白、摄影机式的客观描述展现了人物的日常生活与拜金主义的人际关系中出现的饥饿、性欲、恐惧。西班牙文学评论家巴勃罗·希尔·卡萨多认为："他的两部小说《帕斯库亚尔·杜阿尔特一家》和《蜂巢》的出现，标志着西班牙现代小说的新生，把现实主义向前推进了一大步。"这两部作品的出现，表明了西班牙内战后文学重新纳入中断了十五、六年批判现实主义的轨道。

《蜂巢》是一部现实主义的小说。这部耗费了他五年时间写成的小说描述内战结束三年后的1943年冬季马德里街上小咖啡馆三天之内发生的事，刻画了上百个形形色色的人物，反映了二战期间中下层人民的贫苦生活。他的作品为西班牙战后沉寂的小说创作带来了生气。

那时正是西班牙在国际上受到空前孤立的时期，政治上，国内佛朗哥政权采取了高压政策，恐怖、暴力处处可见，经济上，国家濒临破产的边缘。小说从各个不同侧面反映了社会底层的人们深受生活贫苦的煎熬。在这个总的主题指导下，在全书的六章和一个尾声中，还侧重、突出了各章的重点主题：第一章，羞辱；第二章，贫困；第三章，百无聊赖；第四章，性；第五章，掩饰；第六章，重复；尾声，威胁。

全书出现365个人物，他们当中没有高官显贵，更没有大智大勇的英雄豪杰，他们是一个普通人的群体，并且被安排在短短几天之内的冲突与事件当中。由于时间有限而人物众多，作者没有选择贯穿始终的主人公，也没有惊心动魄的故事情节，但作者的主导思想明确，在他的笔下描绘出了芸芸众生的贫苦悲惨生活。

《蜂巢》是塞拉的一部经过精心设计、巧妙构思的扛鼎之作。《蜂巢》这个标题与小说的内容、结构以及内容与结构之间的搭配达到了三位一体的完美结合。熙熙攘攘的马德里犹如一个巨大的蜂巢，人们居住、逗留的场所是一个个的小蜂巢，人们像蜜蜂一样寄居在蜂房里，不断地为生活奔波，求得生存。

作者就是通过许许多多小人物的生活遭遇及其相互关系，客观真实地再现了当时西班牙政治动荡、经济困难、人民困苦不堪的凄凉景象，描述了人民饱受贫困、饥饿、疾病、绝望、空虚等肉体和精神上的折磨，以及他们那只知追求金钱和情欲的庸俗可悲的心态，反映了作者对国家的现状、人民的困苦、社会的弊端的关注和忧虑。《蜂巢》不过是日常、粗暴、亲切而痛苦的现实的真实反映。无论叙事写人，状物绘景，作者总是客观地不加评论地叙述，给人一种生活就是这样的真情实感。

塞拉的创作真实地反映了西班牙战后城乡各阶层人民的生活，他在继承西班牙古老文学传统的同时，又具有创新的精神，使西班牙文学登上新的高峰，为振兴西班牙文学作出了重大贡献。1989年，由于他的作品“带有浓郁情感的丰富而精简的描写，对人类弱点达到的令人难以企及的想象力”，获得诺贝尔文学奖。1995年，塞拉又获塞万提斯文学奖。

121. 贡萨洛·托雷特·巴耶斯特尔创作谈

贡萨洛·托雷特·巴耶斯特尔(Gonzalo Torrente Ballester, 1910 – 1999)西班牙剧作家。

他出生于西班牙加利西亚地区一个中产阶级家庭。自幼就受到充满神奇魔幻色彩的加利西亚的传说、鬼怪故事的熏陶,后来这些东西经常出现在他的文学创作中。中学时期如饥似渴地读易卜生、伏尔泰以及西班牙古典文学作品。由于受到父亲的影响酷爱戏剧。1926 年中学毕业后,根据家长意愿攻读法学。后来开始接触先锋派文学,阅读乔伊斯、普鲁斯特等人的作品,扩大了文学视野,并为刊物撰稿。内战爆发后,他边教书边创作。虽然他从 20 世纪 70 年代才成为西班牙小说界最有声望的作家之一,但回顾他一生的创作历程,应该说历尽坎坷。他经历的三十多年的默默耕耘,过去不曾被人们认可。但无数次的失败并没有阻挠他坚持创作的决心,终于取得最后的胜利。最近三十多年来,他终于获得无上荣光,受到读者青睐,得到评论界的认可并获得重大文学奖。1975 年被接纳为西班牙皇家语言学院的院士,1982 年获得阿斯图里亚斯亲王文学奖,1985 年获得塞万提斯文学奖。特别是在《欢乐和阴影》(Delights and Shadows)三部曲——《老爷光临》(The Lord Arrives, 1958)、《风儿转向的地方》(With the Liking of the Winds, 1960)、《凄凉的复活节》(Bitter Easter,

1962)——以电视剧形式出现在观众眼前的时候,巴耶斯特尔奇迹般地成为家喻户晓的作家,过去长期无人问津的、被冷落多年的现实主义作品《欢乐和阴影》一书竟创销售量百万册的记录,过去一直滞销的其他作品也接二连三地再版。进入60岁以后巴耶斯特尔转而全力以赴开始创作试验小说。

他的三部曲《欢乐和阴影》是按传统现实主义风格进行写作的第一个尝试,获得了极大成功。作品以19世纪北欧神话为模式,结合现实主义的叙事手法,描写加利西亚一个小镇两个家族——分别以医生卡洛斯·德萨和船厂主卡耶塔诺斯为代表——之间的个人和社会冲突。小说塑造了一系列充满矛盾与痛苦的人物,体现了两种不同的生活方式、政治立场和传统文化的价值观。巴耶斯特尔对现实的描写不仅仅是为了呈现和揭露西班牙社会当时的种种矛盾,而且试图探讨人性更深层次的问题。

在《欢乐和阴影》三部曲的第一部《老爷光临》中,故事发生在西班牙第二共和国成立后的最后几年的加利西亚濒海城镇普埃布拉努埃瓦。当地的贵族子弟卡洛斯·德萨外出闯荡多年回到家乡。他曾在维也纳学习,师从弗洛伊德学派的弟子,成为心理分析医生。当地人称他为“疯子们的医生”。镇上邱鲁查奥斯家族的人们很早就盼望卡洛斯回来再现家族的昔日辉煌,因为以卡耶塔诺斯·萨尔卡多为首的新生资产阶级统治着全镇,使得金钱统治一切,抵消了贵族头衔的威慑力量。卡洛斯之所以回来是出于两个原因:他十分怀念童年时期经常玩耍的一个塔楼,也是他父亲工作的场所,但自从父亲突然出走之后,塔楼便被母亲堂娜·马蒂尔塔下令封闭。堂娜·马蒂尔塔死后,家中的土地由堂娜·玛丽亚娜代管,并经常给卡洛斯写信通报家乡情况。这次是经她游说卡洛斯才回来的。他回来后,了解到父亲出走的原委,家乡百姓的生活现状,他也很珍惜并努力维护家族的传统。

堂娜·玛丽亚娜和卡耶塔诺斯是镇上势不两立的一对冤家对头。堂娜·玛丽亚娜拥有大片的土地和渔船,而且还是船厂的重要股东。卡耶塔诺斯是镇上船厂的厂主。由于他精明强干,善于经营,他成为小镇的首富,称霸全镇。从而使得封建贵族与这个新生的资产阶级发生激烈斗争。

后者试图争取卡洛斯站到自己这方面来，以高薪聘请卡洛斯担任船厂的厂医，但遭到卡洛斯的婉言谢绝，然后又试图以高价收买他从父母处继承的遗产——土地，也被卡洛斯回绝。卡洛斯不愿卷进这场两个家族之间争斗的漩涡之中，试图保持中立。然而，卡耶塔诺斯有自己的一套逻辑，他认为，不能成为朋友就只能变为敌人，没有第三条路可走。另外一件事，使得他们两个人的关系更加紧张，卡洛斯夺走了卡耶塔诺斯的所爱——他的情人罗萨里奥，实际上是这个女人爱上了卡洛斯并设圈套使得卡洛斯坠入情网。气急败坏的卡耶塔诺斯试图杀死卡洛斯。

在第二部《风儿转向的地方》，第一部出现的主人公，在这部书中成为次要人物，书中重点描写了新的人物。神父奥索里奥布道时所讲的内容有悖于现任修道院院长的观点，院长禁止奥索里奥神父查阅前任院长留下的显示深邃宗教思想的信件。奥索里奥神父一气之下离开修道院，去了马德里。在那里靠为一家具有共产主义思想倾向的出版社翻译作品为生。邱鲁查奥斯家族的成员胡安·阿当、伊内斯·阿当以及克拉拉·阿当都对奥索里奥神父佩服得五体投地，特别是从精神上爱着神父的伊内斯更是跟踪来到马德里。胡安是卡洛斯童年时的朋友。他向渔民们提出向堂娜·玛丽亚娜租赁渔船的一揽子计划，但当他看到成效不大时，就借口去马德里帮助解决伊内斯的问题，甩手走开，抛弃了渔民。一天风暴突然来临，堂娜·玛丽亚娜为了搭救正在海上作业的渔民，不顾个人的面子与卡耶塔诺斯的恩怨，顶着瓢泼大雨亲自出面向死对头卡耶塔诺斯求救，请他派拖船救生，但堂娜·玛丽亚娜却因此患了急性肺炎。死前立下一张荒谬的遗嘱，要求卡洛斯在她死后替她掌管家产直到合法继承人赫尔马伊内回来。后者与她的父亲客居巴黎。卡洛斯原来已经下决心离开这是非之地，但这时只得暂时留下来。第二部以卡耶塔诺斯打了一顿罗萨里奥并与当地一个名叫拉蒙的农民结婚结束，极具讽刺意味的是，卡洛斯以庄园主的身份参加了他的雇农拉蒙的婚礼。

第三部《凄凉的复活节》中叙述邱鲁查奥斯家族重新修缮布拉塔圣玛利亚教堂。根据祖上立下的规定，家族的妇女有在圣坛前坐在板凳上的特权。他们将这座教堂—家族的财产视为他们家族的祠堂。欧亨尼奥神父(家族的成员)曾在巴黎向现代派画家学习过绘画,在教堂修缮过程中他以自己的美学准则绘出圣经故事,从而惹起轩然大波,激怒了镇上的其他神父和忠实信徒。镇上的药剂师巴尔多梅洛一把火烧掉修缮一新的教堂,它的新派绘画也同归于尽。赫尔马伊内回到小镇,当卡洛斯看到无法说服她留下继承堂娜·玛丽亚娜的遗志,继续管理庄园和渔船时,与她达成一个协议,遗产的绝大部分变卖后由她带走,剩下的极少部分留给卡洛斯处理。卡洛斯将渔船送给渔民以便让他们脱贫。但是打渔业依然十分萧条,最后只得向政府求助。西班牙大选,在镇上人民阵线获得胜利。教师堂·利诺当选为代表,但卡洛斯继续以贵族身份在镇上指手画脚,利诺不愿意当卡洛斯的傀儡,奋起反抗。卡耶塔诺斯获悉克拉拉对卡洛斯有意,便主动勾引她,但遭到对方的拒绝。于是产生报复心理,在俱乐部的某些无耻之徒的挑唆下,他便强奸了克拉拉。当他回到俱乐部时,遇见了卡洛斯和已经从马德里回来的胡安。他们三人之间的一场恶斗已经是如箭在弦。这两个家族,邱鲁查奥斯家族和萨尔卡多家族的火并,最后以邱鲁查奥斯家族的失败而告终,卡洛斯带着克拉拉双双远走他乡。

这部作品展现了加利西亚地区的社会文化景观,通过这些景观,作者描绘、分析了集体的和个人的、政治的和文化的问题。通过趣味盎然的故事、轶事,作者深入到事物的核心,将各种矛盾交织在一起。三部曲如实地反映了30年代加利西亚地区的村镇生活,指出封建贵族的没落,展示出资本主义工业化后,现代社会将以不可阻挡之势取代枯木朽株的封建贵族。

巴耶斯特尔第一部有影响的实验小说是1972年发表的《J.B.神话传说与消逝》(The Legend/Flight of J.B.)。这是一部独树一帜的反映加利西亚地区历史和现状并预言未来的,充满神秘、魔幻色彩的作品。

故事发生在一个虚构的地方:喀斯特罗福尔特。那是个与世隔绝的小镇,人们过着近乎刀耕火种的原始生活。在那里,神话萨迦的力量依然强盛,印第安人被称作赛尔塔人,而统治他们的人是哥特人。作者试图通过"先知"式的人物解读历史,同时明显含有重构人类历史的意图。正因为如此,其中的男性人物和女性人物被赋予了群体化和象征性色彩。唯有J.B.与众不同,他们可比《百年孤独》里的吉普赛人梅尔加德斯,预先参透"禅机",发现了喀斯特罗福尔特。但拯救喀斯特罗福尔特的代价是他必须变成凡人。

这是一部史诗性小说,结构复杂,类似复调音乐。从书中涉及的内容上看,显示出作者的渊博学识,从繁琐的经院哲学到结构论,从神学到社会语言学,在这部作品中几乎涉及到所有的社会学科。小说在不偏离现实的基础上,通过丰富的想象力展示出作者出生地加利西亚所特有的神秘色彩。作者立足于加利西亚的现实与他的想象,他把宗教与世俗、文化与返祖寻根、文学与风俗志荟萃一堂,达到完美的结合。这是一部画面广泛,博大精深之作。还应强调的是这部作品写作手法上诙谐手笔与滑稽模仿贯彻始终。巴耶斯特尔在这部小说中,戏剧性地模仿实验小说的新潮技巧,对西班牙60年代中期小说一味追求形式和技巧的极端倾向予以反击,被视为战后小说史上划时代的作品。

1980年,巴耶斯特尔的另一部小说《风信子被折的小岛》(The Island of Cut Hyacinths)获得成功,它一改《J.B.神话传说与消逝》的抽象和艰涩,绘声绘色地描述了一个富有现代意识的爱情故事。故事发生在美国哈佛,前往访学的西班牙老教授不慎坠入爱河,与一个名叫阿里阿德涅的女生形影不离。然而,阿里阿德涅却另有所爱,她早已和一位历史教授两情相悦,而这位历史教授正潜心创立一种即将改变人类历史的学说:否定拿破仑的存在。最后,西班牙教授邀请阿里阿德涅到一座小岛度假。小岛明显暗喻克里特岛。于是,老教授得以一饱眼福:领略姑娘的美丽,但真正得到的也许只是阿里阿德涅的"线团"。

80年代巴耶斯特尔的另一部力作是《菲洛梅诺,我不情愿的这个名字》(Filomeno, in spite of mel: memories of an young man disturbed,1988)。小说以富家子弟菲洛梅诺回忆往事的口吻,通过回顾他个人从少年到成年在爱情、文学、政治等方面的一系列不凡经历,再现了西班牙从30年代内战爆发到战后佛朗哥独裁统治的历史风云。与《J.B.神话传说与消逝》相比,这部作品虽然没有在艺术创新方面有更大的突破,但它引人入胜的情节、充满幽默和调侃的口语化语言、强烈的时代感赢得了广大的读者。

巴耶斯特尔的其他重要作品还有《末日碎片》(Fragments of apocalypse,1977)、《复活的阴影》(1979)、《达佛涅与梦境》(Daphne and Dreams,1983)、《也许被风带往无边无际》(1984)、《风玫瑰》(1985)、《我自然非我》(1987)等。佛朗哥时代结束以后,他进入了西班牙王家语言学院,不久获得阿斯图里亚斯亲王奖和塞万提斯文学奖,从而奠定了他在西班牙文坛的地位。1997 年,他以八十多岁的高龄,顽强地创作了长篇小说《犹疑的岁月》(The Undecided Years)。小说以西班牙内战前夕的共和国时期为背景,表现了青年主人公在人生、理想面前的迟疑和失落。

巴耶斯特尔在他的作品中,成功地把现实主义和神秘幻想有机结合起来。他的人生观以及创作与其家庭以及家乡加利西亚密切相关。他从加利西亚的背景中获得灵感,而他的家人都非常迷信,对他的幼年思想的形成产生极大影响,从而进一步激发了他的创造力,使他的作品一方面具有现实主义和智慧的特点,另一方面又充满神秘想象力的气息。

122. 胡安·戈伊蒂索洛与他的小说创作

胡安·戈伊蒂索洛(Juan Goytisolo,1931－)是西班牙重要的小说家、理论家和文学评论家。他坚定地反对佛朗哥的统治,他的作品最初在西班牙是禁书。

胡安·戈伊蒂索洛出生于巴塞罗那的一个大资产阶级家庭。其兄是著名社会诗歌派诗人,其弟是战后新浪潮派小说家。胡安·戈伊蒂索洛从巴塞罗那大学获得法学硕士学位。从青年时代起就对政治问题十分关注,经常参加各种文艺沙龙的活动。1956年移居法国,在巴黎伽里玛出版社任编辑兼翻译,同时进行文学创作。1959年,以长篇小说《变戏法》在文坛上崭露头角,一举成名。随后,《马戏团》、《天堂里的决斗》和《节日的结局》等陆续获得各种文学奖。60年代末,他曾在美国加利福尼亚大学任客座教授。现居住在马拉喀什。

在"半个世纪派"作家中,胡安·戈伊蒂索洛被视为成就最突出的知识渊博的小说家,也是最富有国际声誉的作家。他的才干主要显示在小说创作上,但他在其他方面的贡献亦不容忽视;他还是一个能言善辩、颇有影响的议论文作者。他以其深邃的西班牙文学知识,在为探讨西班牙近半个世纪的创作美学走向问题上施展了他的影响。他在1959年出版的《关于小说》被"半个世纪派"的作家们奉为指导自己写作的理论根据。戈伊蒂索洛在内容方面注重反映现实，在形式上力求不断创新。他的主要作品已经被译成为多种外国文字，因而享有较高的国际声誉。

胡安·戈伊蒂索洛的创作生涯可以分为两个阶段。受意大利和美国文学的影响，早期作品以现实主义手法描写战后西班牙社会为主，在人物的刻画上采用近似象征主义的手法。这个阶段的主要作品有：《变戏法》(1954)、《天堂里的决斗》(1955)、《马戏团》(1957)、《岛屿》(1961)和《节日的结局》(1962)等。这些作品叙事的主观性强，对现实采取清醒的、逃避的解释。

后期的创作，作者在表达方式、艺术风格和故事结构等方面均有所革新，其批判性和政治性加强，特别是采用内心独白的方法，加强对人物心理的描写和分析，使他们的形象栩栩如生，产生撼人心魄的魅力。这个阶段的作品有：《证明记号》(Marks of Identity，1966)、《堂胡利安伯爵的复辟》(Count Jalian，1970)、《没有土地的胡安》(Juan the Landless，1975)。

《变戏法》和《天堂里的决斗》，这两部作品是作者创作的第一阶段的代表作。

《变戏法》描述一群来马德里求学的二十几岁的资产阶级子弟，他们生活条件优越，前程似锦。但他们“不想做自己家族的孝子贤孙”，也不想接受父辈们灌输给他们的陈旧的价值观念和理想情操。他们想成为“真正的男子汉”，幻想在西班牙社会变革中干一番“大事”，但又不清楚什么才算是干大事，于是哀叹“我们永远成不了男子汉了”。干不成大事，他们便热衷于酗酒、斗殴、欺诈、淫乱、扰乱社会秩序，并且组织万能兄弟会之类的团伙，以无政府主义者自居，干尽了种种坏事。后来在一个年轻女工的挑唆下，决定派人前去刺杀一位老年议员——腐败落后的标志。他们怀着“杀死他就等于给他所代表的人生观以致命打击”的信念，派一个名叫戴维的伙伴，化装成新闻记者前去议员宅第执行任务。但被派去行刺的团伙成员戴维胆小如鼠，临阵逃脱，未能完成任务，反而被团伙的另一个成员阿古斯丁将他当成叛徒处死。同伴之死反使他们更加感到自己无能。于是他们最后绝望地说道：“杀死了戴维，好像是杀死了我们自己；否定了阿古斯丁，也就是否定了我们自己的生命。”

从技巧上看，作者遵循行为主义原则撰写，乍看起来，小说似乎没有说明什么，也没有描写什么。而是让读者自己通过人物言谈话语、他们各自的外在表现逐步地发现书中人物。换句话说，让读者通过对方的行为举止，认识、了解现实生活中的人们。

此书的现实意义在于作者较真实地反映了部分青年(特别是富裕家庭出身的子弟)在思想上不安于现状，幻想有所作为却又不知该如何作为的迷惘心情。五十年代的西班牙在政治上已经逐步摆脱二次世界大战期间投靠法西斯德国而造成的与国际社会孤立的状态，经济上在美国发达国家的扶持下也逐渐复苏，但与欧美发达国家相比，仍相当落后。因此广大民众普遍要求变革，渴望迎头赶上。受此思潮影响，小说中的这群年轻人也侈谈起变革来。他们既不知道变革的途径，也不知自己原是一群资产阶级父母培养出来的毫无作为的庸碌之辈。因而，他们的所作所为，不但改变不了现状，反倒成了人们的笑柄。

《变戏法》虽是作者早期写的小说，但我们从中已能看出戈伊蒂索洛在形式上不因循守旧、力图创新的意向。

首先，小说摒弃了传统小说中常见的作者以说书人身份在作品中出现的做法，让自己退居“幕后”。他既不介绍人物，也不发表议论，一切均由人物自身的言行来体现。这样做可以使作者通过小说传达给读者的信息更真实可靠。

其次，我们可以看到，《变戏法》中似乎没有主角。其实主角是有的，那就是团伙的全体成员，称“群体主角”。尽管书中的各个人物均有自己的个性，但作者着力刻画的却是这一群人的总特性：好逸恶劳、庸碌无为、幼稚无知、灵魂空虚。作者要传达给读者的信息正是通过这些“群体主角”的个性刻画来实现的。

小说中作者多次运用了现代小说常用的意识流等手法。运用得最为成功的是戴维行刺未遂回家卧床反思这一场面。这里作者将意识流与梦幻交替使用，细致入微地表现了戴维由于行刺未果而引起的自贬自责、害怕同伙惩罚的复杂心境。

另一部作品《马戏团》，据作者自称，是“一场坏结局的闹剧”。但实际上并非如此，它是一部带有讽刺性的小说。它通过主人公——街头画家的种种遭遇，讽刺加泰罗尼亚沿海地区存在的陈规陋习。作者把戏剧性、诗意与小说的特点巧妙地融合在一起，读起来乐趣横生。

后期作品《证明记号》是环绕主人公阿尔瓦尔展开的，它描写内战前后巴塞罗那大学师生的工作、学习、生活和思想情况。男主人公(带有作家本人的影子)旅居国外多年后重返西班牙，追溯往昔的历史，试图寻找一些能使自己与故土认同的身份特征。但这一寻根的企图失败了，男主人公感到自己在西班牙是个陌生人。

作品通过一个曾经显赫一时的大资产阶级家庭的最后一个成员——阿尔瓦尔·门迪奥拉的个人回忆，通过他的观点、视野对西班牙民族进行了自我剖析，从而在读者面前展现了一幅幅多场景的西班牙历史画面。流亡到巴黎的阿尔瓦尔是一个摄影师。由于工作上的原因，中断流亡生涯，暂时回到西班牙。心脏病突然复发，他就回到了巴塞罗那附近的自家庄园里休养。故事从1963年8月的某一天的晚上六点五十分开始，讲述了两天半里发生的事情。主人公一边听着莫扎特的音乐，饮着酒，一边翻弄着家族的相册、被保留下来的打算拍摄有关西班牙工人海外移民状况记录片说明的文件夹子、一本地图册、一包曾祖父的旧信，他脑海里出现了从1932年个人和民族的桩桩往事，浮想联翩。那些文件使他回忆起在不同地方(巴塞罗那、巴黎、哈瓦那)和不同时期(共和国、内战、战后、目前)暴露出来的"西班牙所经历的被揭示的黑暗面"。不管是时间和空间上，还是主观的表白或者客观的叙述上，作者通过并行交替展开故事情节的手法，讲述了西班牙国内和流亡在国外的、资产阶级的和无产阶级的、过去的和现在的状况。

小说的特点是将情节发展与联翩的浮想、人物所见与所想有机地结合起来。作者通过主人公的所想抨击西班牙的政治、社会。抨击的矛头指向社会各阶层：中产阶级、无产阶级和农民。阿尔瓦尔几乎抨击了方方面面。在祖国逗留期间，原本希望能够找到国家在文化、历史、政治诸方面发生变化的证明，但结果使他极为失望。他寻根的结果，得出最后的结论：现在的西班牙已无可救药。家庭、文化、政治、社会各个方面都让他大失所望，使他感到自己犹如一棵没有根的浮萍，最后患了具有象征性的病——心病,他唯一的出路只有迅速离开这个国家。小说结尾处,描述主人公从高山上遥望脚下喧闹的巴塞罗那城,他感到原来那么亲切的城市现在变得如此陌生。可以说,这部作品抨击了佛朗哥政权统治下,西班牙人民生活困苦、无新闻自由、经济萧条等状况。《证明记号》是一部悲剧色彩浓郁的作品。

它的出版意味着胡安·戈伊蒂索洛后期创作的开端。《证明记号》采用逐个分析法,分析各种"证明记号",例如,从家庭成员到社会关系,从出生日期到1963年,从历史到地理环境等等。从巴塞罗那、南部西班牙到巴黎,再到哈瓦那。从结构上来看,小说的每个章节都是一个证明记号。小说的表现手法属于客观现实主义。

这种无限的失意感,对整个西班牙社会和它的历史、文化的否定也是小说《堂胡利安伯爵的复辟》的主题。《堂胡利安伯爵的复辟》和以后的《没有土地的胡安》,虽然他们并不是同一部中的三部曲小说,但他们在主题上有内在的联系。

1980年、1981年和1982年,他发表了三部富有东方神秘色彩的小说:《马克巴拉》、《撒拉逊记事》和《战后风景》(Landscapes of War)。这些作品和"伤痕文学"所形成的反差,使一些读者对他感到了失望。但时过境迁,到了80年代中期,随着西方文坛意识形态色彩的明显淡化,他的一些作品再次受到读者欢迎。《禁区》(Forbidden,1985)和《派系王国》(Realms of Strife,1986)是他根据自己在西班牙和法国的亲身经历写成的小说,也是札记、信件、照片等生活记录汇成的两盘令人目眩的大杂烩。但1988年的小说《孤独鸟的德行》又回到了神秘:写西班牙宗教诗人胡安·德·拉·克鲁斯修士和伊斯兰神秘诗人伊本·阿尔法里德,但着眼点却是现代人类面临的核战争和艾滋病两大灾难。他近期的作品有《马科斯家族传奇》(The Marx Family Saga,1993)、《秘密花园》(The Garden of Secrets,2000)等。

戈伊蒂索洛的作品多次获奖。2002年,他荣获了墨西哥作家奥克塔维奥·帕斯基金会颁发的奥克塔维奥·帕斯年度诗歌散文奖。2004年,他又荣获了该年度拉丁美洲和加勒比地区颇有影响的文学奖——胡安·鲁尔福文学奖。2008年获得西班牙文学国家奖。

123. 胡安·马尔塞与他的批判现实主义小说

胡安·马尔塞(Juan Marsé,1933 -)被评论家视为西班牙文坛最有潜力和前途的作家之一。

胡安·马尔塞出生于西班牙的巴塞罗那。他没有接受很多的教育,凭自学成才,1946 年他 13 岁起就在当地一家首饰工厂当工人,一直干到 1955 年。后来为一家杂志写电影戏剧评论专稿,从此开始了他的文学创作生涯。1959 年第一次在一家文学刊物上发表短篇小说,并于同一年获得芝麻开花故事奖。1960 年发表了他的第一部长篇小说《关起门来玩同一个玩具》(Locked up with a Single Toy)。两年后,出版了他的第二部作品《月亮的这一面》(This Side of the Moon),自此又先后发表了多部作品。

他的早期作品《关起门来玩同一个玩具》和《月亮的这一面》涉及的主题都是一代年轻人在一个无法实现自我的社会里所遭受的失败。小说尽管有意避开内战这个题材,但仍反映了未直接参加内战的那代人所承受的战争苦果。《关起门来玩同一个玩具》描写三个有着不同的工作经历的青年男女的遭遇,反映了战后青年一代的苦闷与彷徨。小说语言洗练,行文流畅。

他的代表作《和特雷莎度过的最后几个晚上》(Last Evenings with Teresa,1965)是 60 年代出现的最佳作品之一。《和特雷莎度过的最后几个晚上》标志作家进入一个新的创作时期。从其技巧、文风和意图上看，如果说在这部作品之前发表的小说属于半个世纪派的新小说的话，那么这部作品则是沿着马丁·桑托斯开创的革新模式撰写的小说了。作者的视线仍对准年轻人，剖析了一群不与社会妥协的大学生的肤浅生活，从侧面触及了劳动阶层和巴塞罗那的底层人民。从艺术角度讲，小说是对社会现实主义文学不注重艺术性的一个批判。作品充满幽默，叙事性强。

《和特雷莎度过的最后几个晚上》的故事发生的时间、展开的地点极为具体：1956年6月23日夜晚的巴塞罗那城。主人公之一，马诺洛·雷耶斯，绰号"皮厚扒得"，一个专门偷窃摩托车的盗贼，混进一家富翁的花园。那里正在举行酒会。在欢快的歌舞氛围里与一位名叫马露哈的女孩邂逅并成为朋友。"皮厚扒得"将这个女孩当作这家的小姐并和她约会。若干天后，马诺洛在海边游泳时再次看见马露哈陪着一个衣着漂亮的女士进入靠近海边的别墅。当天夜里，马诺洛偷着进入别墅，从窗户爬进马露哈的房间与她幽会。天亮时，马诺洛发现马露哈只不过是这家的一个女仆人。气急败坏的马诺洛打了女孩几个耳光，但他又觉得这个女孩颇有几分姿色，于是便决定继续与她交往。在几个月的交往中，马诺洛了解到这家真正的小姐名叫特雷莎·塞拉特。

女仆在意外事故中失去知觉，自幼就与马露哈相识的小姐照顾看护女仆。马诺洛借探望女友的机会与特雷莎相识。其实特雷莎也早有此意，因为她是一个"思想左倾"的大学生，并且还是学运领袖，她误将这个小偷当成一个工人，与马诺洛相识便圆了她与工农结合的梦想。

昏迷不醒的马露哈长时间卧床不起，而这位"工人"与这位女大学生的关系也日益亲密，从而小说也进入了其精华部分。叙述开始转向介绍知识界的各式各样的主要人物，作家以讽刺的笔触描述他们的种种行径：高谈阔论、自以为是、酗酒，等等。在作者的眼里，这群所谓的进步知识分子只不过是一群江湖骗子而已。在小说的结尾处，描述了"皮厚扒得"因再次偷窃摩托车，被其一个女友告发而被捕，最后被判处两年监禁。

作者在作品中，突出了两个主要人物：特雷莎和马诺洛，来自两个截然不同的阶层，最高层和最底层的代表。

特雷莎是一个金发女郎,漂亮的女大学生,巴塞罗那城一个大财主的娇女,50年代西班牙学生运动的领袖之一。评论界认为,特雷莎是西班牙战后小说中塑造的人物里最为成功的一个。

这是一个背叛本阶级的、具有叛逆精神的妇女形象。她与自己的资产阶级家庭保持距离,对凡与资产阶级有瓜葛、联系的人物都统统回避,敬而远之。她把向工人阶级靠拢视为自己叛逆的标志。在她眼里,这个工人阶级的理想代表就是马诺洛。其实,特雷莎与"皮厚扒得"建立的这种亲密关系不是建立在牢靠的政治基础与正确的指导思想上的,而是出于厌烦自己过去的纸醉金迷的资产阶级小姐生活,但也不能否认她身上的某些社会正义感,某种模糊的革命要求。但革命对她来说,还只是一种新鲜而又时髦的事情。她只是想从厌倦的资产阶级生活圈子里走出来,走向具有新鲜感的底层世界。从而盲目地把能言善辩的"皮厚扒得"当作工人阶级的具体代表,视为自己与之相结合的理想对象。在马尔塞眼里,以特雷莎为代表的所谓的革命派并非真正要改变世界,他们只是把革命当作时髦的事情或抬高自家身价的政治筹码。作品的深刻的讽刺意义也在这里。此外,不管作者是否有意,小说也说明了,当时西班牙的学运缺乏一个正确的领导,这也符合50年代西班牙的实际情况。

马诺洛·雷耶斯是小说的另一个主要人物。这是流浪到巴塞罗那求生的众多安达卢西亚人群中的一个。他是一位侯爵家的女仆的次子。他的身世本身就是个谜。传说他是他妈妈与侯爵的一个英国朋友的爱情结晶。但自幼马诺洛就否认此事,但愿意人家叫他"小侯爵",就是说愿意当侯爵的儿子,从小他的虚荣心就表现得相当突出。他11岁时,就开始在当地为旅游者搬运行李并兼导游,从而认识了一家法国游客。法国游客的太太十分赏识马诺洛的机警、聪明和能干,曾表示愿意带他去法国巴黎学习。从此,马诺洛便幻想有一天自己能成为一个富家子弟。当然,他的梦想并未成真。尽管如此,趋炎附势、向上爬的愿望永远铭刻在心。而这次与特雷莎的交往,只不过是过去他曾与法国富家小姐保持的那种关系的再次延续而已。他长大成人之后,没有工作,只得靠偷窃摩托车为生。这次与特雷莎偶然相识再次勾引起他几乎死了心的向上爬的欲望,使之死灰复燃。他为了征服貌美的大学生,不惜采用欺骗手段,让特雷莎把他当作工人阶级的代表,工人领袖。但最后还是南柯一梦,他被逮捕判刑。他的梦想是建立在沙滩上的宫殿,最终还是倒塌了。在小说中,他是马尔塞讽刺的另一个重要人物,告诫人们马诺洛的路是行不通的。

从技巧上看,作品将不甚复杂的故事用复杂的方式进行表述,一反社会小说所惯用的模式。作者克服了纯客观的描述方式,而采用传统小说中惯用的全知全能的说书人视角,极尽讽刺、评述之能事。

七八十年代马尔塞发表了两部重要小说《穿金色短裤的姑娘》(Girl with the Golden Panties,1978)和《吉纳尔多巡逻队》(1984)。前者写佛朗哥时期的社会状态,通过一个前长枪党人与其侄女的对话,表达了胜利者的痛苦的内心和心有余悸的忏悔,作品获普拉内塔奖。另一部小说同样以佛朗哥时代为背景,构成了《巴塞罗那》三部曲的最后一部。

在《难以启齿的蒙特塞表妹的故事》(1970)中对泰罗尼亚地区资产阶级的思维方式和行为举止做了入木三分的揭露。在这部小说中讽刺和幽默让位于嘲弄和戏谑。

他的《如果别人对你说我倒下了》(If They Tell You Fell)因当时新闻审检的刁难,1973 年在国外发行,直到 1977 年才正式在西班牙国内出版。作品描写了一群无政府主义者反对当局的种种暴力活动以及战后西班牙社会各阶层的贫困没落。这部作品的出版表明作者在文学创作上进入了成熟时期。

胡安·马尔塞是一位批判现实主义作家,他的作品经常揭露社会的不公,批判不道德的现象。作品风格既标新立异,又继承了优秀的民族传统。他的其他作品有《女人四十》(1991)、《萨拉赫沃手册》(1993)、《地方的地方》(1995)和《花园的星期》(1997)、《蜥蜴尾》(Lizards' Tails,2001)、《上海幻梦》(The Shanghai Spell,2002)、《洛丽塔的俱乐部》(Lolita's Club,2007)等。

胡安·马尔塞的作品多次获奖。1978 年,他以小说《穿金色短裤的姑娘》获得了普兰塔奖,声明大振;1997 年又得到胡安·鲁尔福拉丁美洲和加勒比文学奖。2008 年,他获得了有西语世界诺贝尔奖之誉的塞万提斯奖,成为 2008 年西班牙文坛最大赢家。

124. 卡门·拉福蕾特与她的《一无所有》

卡门·拉福蕾特(Carmen Laforet,1921－2004)是西班牙“36 年一代”的唯一的女作家。她于 1921 年出生于西班牙的巴塞罗那。两岁那年随同全家移居拉斯巴尔马斯岛,并在那里度过童年和少年时代。18 岁时重返故乡,先后在巴塞罗那和马德里接受高等教育,专攻哲学、文学和法律。1945 年,年仅 23 岁的拉福蕾特以其处女作《一无所有》(Nada)获得首届西班牙文学大奖纳塔尔文学奖,成为反映西班牙现实的著名女作家。于 1955 年又获得马略卡岛文学奖后,翌年再获得国家文学奖。其他作品还包括:《岛屿和魔鬼》(The Island and the Devils,1953)、《新女性》(The New Woman,1956),短篇小说《请求》(1954)、《日照病》(Sunstroke,1963)。

卡门·拉福蕾特以她的作品《一无所有》闻名于西班牙文坛。拉福蕾特的这部作品与塞拉的《帕斯库亚尔·杜阿尔特一家》、《蜂巢》共同形成西班牙战后叙述体文学中的里程碑式作品。这部作品的重要性相当程度上在于为西班牙文学低谷带来一阵清风,因为当时西班牙战后文学充斥着大量的所谓“英雄业绩”小说,即用以歌颂佛朗哥分子军事上辉煌成就的作品。

《一无所有》通过一个女大学生的种种经历,在家庭和学校的各种复杂关系和封闭、窒息的环境中挣扎,暴露了战后初期西班牙资产阶级的贪得无厌和精神及物质上的贫困。女主人公强烈地意识到在战后表面的太平盛世下正发生着一场道德没落、经济贫困的生存危机。

《一无所有》的故事具体地点位于战后的巴塞罗那。该书采用传统叙事手法,文体简洁,语言流畅。小说将读者带进一个封闭式的、令人窒息的、即将没落的中产阶级家庭。小说主人公女大学生安德烈娅以第一人称讲述个人在巴塞罗那的经历。安德烈娅父母双亡,孤身一人,来到巴塞罗那求学,并栖身于外祖母家。故事是围绕外祖母一家人之间的活动而展开的。内战使这个濒于破产的大家庭经济上更趋于拮据,动荡不安的政局引发家庭成员之间意见不一,分歧多端。这是一个充满敌意与不和、充满明争暗斗的破落家庭。安德烈娅的外祖母是家中唯一一个心理正常、对自己的两个儿子胡安、罗曼给予过分的爱心的和蔼可亲的老人。而她的两个儿子则是极为反常、残暴、虐待狂、歇斯底里式的人物。胡安与格洛里亚结婚。家中的另一个成员是主人公安德烈娅的姨母安古斯提阿斯。

家庭的矛盾往往体现在胡安、罗曼兄弟俩以及安古斯提阿斯和胡安之间。兄弟之间的不和来自于胡安清楚地知道他的妻子格洛里亚与罗曼有染,婚前的这种不正当关系,婚后仍然继续维系着。胡安与安古斯提阿斯之间的矛盾由主人公赠送给她的女友安娜的一块披肩所引发。它原本是主人公的外祖母在她生日时赠送的礼物。当发现披肩不见了时,罗曼怀疑是安古斯提阿斯偷着将它卖掉,从而引发了一场争斗,争斗的结果使安古斯提阿斯进入修道院当了修女,以躲避现实。

书中还描写了安娜的母亲与罗曼当年的一段恋爱史。当他们俩还是音乐学院的学生时,前者热恋上了罗曼,但后来又被罗曼抛弃。当安娜了解到实情后,决心为她的母亲进行报复。这个年轻美丽的姑娘佯装成酷爱音乐,经常拜访罗曼,听他的小提琴演奏,使得罗曼坠入爱河,无力自拔。当安娜认为时机成熟时便抛弃了他,从而成为促使这位小提琴手自杀的主要原因之一。

故事以主人公安德烈娅离开巴塞罗那,去马德里投奔业已在首都安家的女友安娜而结束。

卡门·拉福蕾特的写作笔法细腻、明快,遣词造句朴实无华。从总体上来看,她用的是传统现实主义写作手法,也夹带着可怕主义的手法。在战后文学中,《一无所有》起着披荆斩棘的先锋作用,它的出版给当时处于“孤军”状态的可怕主义文学流派一个有力的支持,使战后文学,尤其是小说的创作,又回到了反映社会现实的道路上来。

这部作品对西班牙社会具有一定的抨击作用,尽管力度不大,仅仅触及到社会的皮毛。至少作者将刚刚结束内战的西班牙国内危机四伏、困难重重、物质匮乏、道德沦丧、绝望悲伤等现象展现在读者面前。同时通过这部作品我们还看到人们缺乏相互了解和沟通,整个家庭断绝与外界的各种联系,如同生活在不食人间烟火的巢穴之中。

《岛屿和魔鬼》是卡门·拉福蕾特的第二部长篇小说。故事发生在大加那里群岛。小说的内容是作者孩提时代的见闻。这部小说的特点与《一无所有》相仿,例如主人公是女性,而且是一位年仅15岁的姑娘,名叫玛丽亚·卡米诺。

《呼唤》是她的一部短篇小说集,于1954年问世,收到了良好的效果,受到了好评。

《日照病》属于三部曲《时间外的三步》的第一部小说,同样获得成功,反响很大,特别是拉福蕾特在对背景的描写上有一个彻底的改观。遗憾的是三部曲未能写完。

拉福蕾特的小说主题只有一个,即一个慷慨、善解人意的心灵,对周围肮脏的世界所产生的失望,而它又大都体现在女性人物身上。如《一无所有》中的安德烈娅,《岛屿和魔鬼》中的玛丽亚·卡米诺及《新女性》(1955)中的女主人公。细腻的心理刻画和真实的环境描写是拉福蕾特的小说的两大特征。

125.《沉默的时代》——西班牙新浪潮小说中的一朵奇葩

路易斯·马丁·桑托斯(Luis-Martin Santos,1924 - 1964)是西班牙战后文学史上承上启下的一位锐意革新的小说家。他早年曾从事精神病的研究,反对佛朗哥的独裁统治,加入了当时的社会党。他的知识分子立场和精神分析理论属于马克思主义思想范畴,他的艺术审美观也是现实主义的。

他是一位学识渊博、知识全面的知识分子。他精通医道,酷爱哲学(对马克思学说和存在主义颇有研究),熟读经典文学作品(他是西方古典名著的热心读者,同时还是塞万提斯、卡夫卡、乔伊斯、福克纳的崇拜者)。

他的唯一一部小说《沉默的时代》(1962)对社会小说在艺术和精神上的贫乏发出了震耳欲聋的宣言。它揭露的是西班牙战后的现实生活(发生在 1949 年左右的马德里),但它不局限于对一个孤立事件做报导式介绍,而是从历史和哲学的角度来分析生活,借比喻和讽刺来愚弄当局的新闻审查制度。另一方面,马丁·桑托斯继承了文学传统,并融合了 20 世纪欧洲小说革新的技巧,试图将萨特和马克思协调起来。因此,《沉默的时代》不仅是对现实社会的批评,更是对人类自由发展的可能性的思考。

《沉默的时代》的故事情节非常简单,但叙述、表达方式却很复杂。它的情节主线描述一个青年研究人员佩德罗的人生失败历程。他出于情面不得已去为一个姑娘做非法人工流产,病人因流血过多死去。佩德罗因此而被捕入狱。在弄清事实真相后获释,但丢掉了饭碗,不得不远离京城到乡村当一名医生。

主人公佩德罗是马德里一家研究所的一名公费生,通过小白鼠进行抗癌病毒的试验。试验过程中,发现小白鼠业已用完。为了不中断试验,佩德罗和他的助手阿马多尔需要找到鼠源。正巧,过去向研究所提供做试验用动物的绰号叫"鬼脸"的人手中有这种老鼠,他曾从研究所偷着带回几只老鼠进行繁殖以备"研究所老鼠告罄时向它出售这种老鼠"。佩德罗只好到贫民区去找"鬼脸"。

佩德罗住在马德里的一家简陋的膳宿公寓。公寓的老板娘是个军官的遗孀。膝下有一个女儿多拉,和一个外孙女多利塔(私生女)。这三个女人有一个共同的心愿,就是让佩德罗与多利塔结为连理。

"鬼脸"的远亲阿马多尔陪着佩德罗去位于马德里郊区的贫民区去买老鼠。通过佩德罗的贫民窟之行,读者可以领略居住在那里的人是如何生活的。在那里还出现了另外一个人物卡尔图乔,是个爱动刀子的无赖,"鬼脸"的大女儿弗洛利塔的男友。他们与"鬼脸"成交后,那天正值周末,根据往日的习惯,佩德罗就到一家咖啡馆与他的朋友马蒂亚斯会面。与往日一样,那里文人墨客云集,高谈阔论。佩德罗和马蒂亚斯两个人喝得半醉,离开咖啡馆,又到了堂娜·路易莎开的妓院鬼混。佩德罗与马蒂亚斯分手后,回到膳宿公寓。他发现多利塔一个人睡在屋里,这实际上是公寓女主人们设下的圈套,佩德罗犹豫了一阵之后,终于掉进了"陷阱"。

清晨,"鬼脸"就来找佩德罗,因为他的大女儿弗洛利塔大出血,生命垂危。当时佩德罗考虑到救人要紧,并没有想到自己还是一个没有资格单独行医的实习生。他便急匆匆地带上医疗器械和助手阿马多尔赶到"鬼脸"家。到了之后,佩德罗才发现弗洛利塔是由于非法堕胎造成的大出血。这是父女乱伦造成的结果。佩德罗决定为处于半死亡状态的弗洛利塔进行手术以便挽救她的生命,在手术进行过程中弗洛利塔死了。

卡尔图乔,死者的男朋友一直在屋外窥视着"鬼脸"家中发生的一切,他怀疑他的女朋友之死与这些人中的一个有关。当助手阿马多尔提着药箱离开时，被卡尔图乔用匕首威逼到一个角落，在刀子的威胁下，助手只好谎称让他的女朋友怀孕的正是“这个医生”。

手术失败后，佩德罗跟马蒂亚斯一道回到这位阔少爷的家。这是一所富丽堂皇的宫殿式建筑。从马蒂亚斯的母亲处获悉第二天有一个关于哲学方面的学术报告会。他们一道出席这个会议，这时，多利塔匆匆跑来告知警方正在寻找佩德罗。佩德罗和马蒂亚斯大惊，决定暂时避避风声再说，他们就到堂娜·路易莎开的妓院躲避几天。

然后马蒂亚斯找到佩德罗的助手阿马多尔并让他出面澄清事实，这时，卡尔图乔为了复仇，进行报复，他一直跟踪着他们三个(医生、医生的朋友以及他的助手)。而便衣警察则跟踪着所有的人。于是便发现了佩德罗的藏身之所并将他关进监狱审问。而恰恰在这个时候，“鬼脸”的妻子由于阻挠法医验尸而被警方逮捕，盘问中她道出了造成女儿死亡的真正元凶。佩德罗无罪释放后，去研究所所长办公室说明原委，但他得到的回答令他诧异不已：取消他的奖学金资格。他今后只能自找门路了。多利塔一家为了庆祝佩德罗无罪释放和宣告这对未婚小夫妇订婚，搞了个茶点会。然后，佩德罗陪着多利塔去剧场看歌舞、杂耍演出，然后又到游乐场玩耍。在游乐场上这对年轻人又唱又跳，沉浸在幸福欢乐的海洋里，真是乐不可支。当佩德罗离开去为多利塔买东西的时候，一直跟着他们的卡尔图乔利用这个空当，在人不知、鬼不晓的情况下刺死多利塔。伤心已极的佩德罗决定离开马德里到别的村镇谋求职业。路上，他感慨万千，觉得一切希望都变成泡影。他觉得自己被社会所抛弃，这个社会剥夺了他所爱过的、他所渴望得到的一切，如今一切皆空，而且还要他沉默。现在他一无所有，什么都干不成，甚至连喊一声都喊不出声音来：“不，这一切都是因为什么呢，这是个沉默的年代。”

小说叙述了主人公的不幸遭遇，突出了主人公的失败以及其贫困境地，广而言之，这也是贫困的西班牙的真实写照。

小说向读者展现了马德里社会的不同阶层的生活状况：

上层贵族社会是以马蒂亚斯一家为代表，马丁·桑托斯抨击这个阶层倚仗权势、经济实力作威作福，置饥饿的西班牙于不顾，缺乏文化教养，过着因循守旧、醉生梦死的生活。

属于中产阶级的有经常光顾咖啡馆的人们，还有在研究所工作的人们。如佩德罗、多利塔一家、律师等。他们居住在城里，个个渴望提高社会地位以便跻身于资产阶级行列。作者抨击他们对上层的眉来眼去、溜须拍马，他们之间的妒忌成性以及安于现状。

而下层社会的人物，即无产阶级，书中出现不多，只有阿尔多尔、仆人、更夫等。他们在上级或地位更高的人们面前表现得唯唯诺诺，还缺乏关心本阶级利益的阶级意识。

而在“鬼脸”居住的贫民窟、西部公墓、堂娜·路易莎的妓院的妓女等都属于被排除在社会之外的、更为下层的边缘人物。他们只能住在郊区的贫民窟里整日与垃圾、破烂打交道。靠“合法生意”过活的“鬼脸”以及“半个罪犯”的卡尔图乔是这个阶层的代表。他们的生活被饥饿、贫困、无知、暴力所左右着。但是，更为严重的是，在这个小社会里，还不断地繁衍出各种新的陋习、不公，甚至分化出新的等级。有的类似于土皇帝、地头蛇，他们称王称霸、作威作福、以强压弱。“鬼脸”就以老住户自居，蔑视刚刚流入到贫民窟的新户——失业大军。

作为外科医生的马丁·桑托斯极其善于利用自己手中的手术刀——这支饱蘸正义的笔，分解、剖析、刻画各个阶层的人物特征、他们生活的环境以及那里所发生的一切。作者对人物观察细腻，描绘的人物形象逼真。作者向读者展现了一个重病缠身的西班牙，被社会的不公、分崩离析、只顾个人、嫉妒仇恨所缠绕着的西班牙，一个缺乏抗议饥饿、痛苦和不公意识的西班牙，一个道德完全沦丧，物质极其匮乏的西班牙，在这里只有沿着社会阶梯向上爬。作者以诙谐、幽默的笔触对人物和发生的事件进行猛烈抨击。在这部作品中，挖苦讽刺手法是作者惯用的重要武器。在他抨击丑陋现象的同时，还向读者提出一系列问题：从现代西班牙人身上我们还能期待些什么？他们为了自己的前途、命运又将会怎样？对这些疑问，作者自己也找不到确切的答案。同时也会发现在这些讽刺挖苦的背后，只有悲观、痛苦和彻底绝望。这种伤感悲观情绪是自 1898 年以来，西班牙绝大多数作家所共有的特点。

《沉默的时代》叙事手法丰富多样。受乔伊斯影响，马丁·桑托斯大量采用意识流和内心独白，并以第二人称“你”来指代自己，进行自我反思。因作者早年曾从事精神病理研究，所以也在《沉默的时代》中运用心理分析的手法挖掘人物的潜意识。《沉默的时代》以细腻的心理分析、大量的内心独白，刻画了形象鲜明的、不同社会层次的人物，反映了内战后各阶级的思想状态，为六七十年代小说的发展开辟了新方向。

126. 米盖尔·德利维斯
——具有乡村文学精神的西班牙作家

米盖尔·德利维斯(Miguel Delibes,1920 -)1920 年出生于西班牙的巴利亚多里德。他是商业学院教授兼律师的儿子。尽管生活在一个富裕的家庭里,他的童年并不是过得很幸福。1936 年内战爆发时,由于大学关闭,刚刚中学毕业的德利维斯进入商业专科学校学习。一年后,与他的好友们一起加入海军,他被分配在巡洋舰上服役。内战结束后,进入巴利亚多里德大学继续学习法律和商学,并获得商业检察官头衔。当过漫画师和银行职员,以后又担任过报纸编辑。1944 年在家乡的商学院执教,与此同时,开始从事文学创作。1947 年,他的处女作《柏树的影子拉长了》获"纳达尔"奖,从此一举成名。1975 年入选为西班牙皇家学院院士。后在巴利亚多里德大学任教,并兼任《卡斯蒂利亚北方》报的顾问。

德利维斯是一位多产作家,共出版了 11 部长篇小说,3 部短篇小说集和一些杂文随笔集。主要小说有:《柏树的影子拉长了》(1947)、《道路》(1950)、《一个猎人的日记》(1955)、《一个依据外国人的日记》(1958)、《老鼠》(1962)、《和马里奥在一起的 5 个小时》(1966)、《一个溺死者的寓言》(1969)、《被废黜的王子》(1973)、《我们祖先的战争》(1975)和《卡约先生的有争议的选票》(1978)等。

米盖尔·德利维斯的创作风格是属于现实主义的。他的作品富有感情,但往往具有痛苦的感觉。德利维斯的小说创作经历了两个阶段:

1944年到1949年为第一阶段,前期作品有两部:《柏树的影子拉长了》(1947)和《仍然是白天》(1949),初期作品中的描写显得过分详细,小说带有分析性,其特点是基本采用了19世纪现实主义的传统情节框架,探讨一些存在主义哲学问题,如死亡与孤独。小说的主人公往往生性孤僻,悲剧色彩浓厚。

1950年开始为第二阶段。这些作品虽然都是现实主义的,但是综合性的,是仔细观察和深刻分析事物的结果,因此,更具有概括性。最后发展到不求描写的细腻仅用诙谐的笔法讽刺社会的丑恶现象。对于一些社会问题他的批评总是直接的而且是严厉的,并且如实地反映在自己的作品中。因此,文学评论家萨因斯·德·罗夫莱斯指出:"德利维斯的现实主义是依据现实题材,从社会下层选择和概括人物,采用丰富而普通的语言,形成他的创作特色。"(《中国大百科全书,外国文学》,第241页。)

无论在生活或是作品中,德利维斯都自觉地采取深思熟虑的态度和乡村文学的精神,并捍卫它的价值。德利维斯小说的特点是故事内容均选自于他的家乡巴利亚多里德。喜欢写些淳朴的东西,避开混乱和现代生活中的"非人道"的题材。至今,这位作家仍坚持这一主张,并大声疾呼反对"不人道"。

《柏树的影子拉长了》是他的代表性作品。小说分为两个部分,以第一人称讲述。主人公——叙述者佩德罗是个孤儿,尽管他的叔叔是他的监护人,但又把他放在私塾老师堂·马特奥家里,请老师照顾、教育。他度过童年的这个地方既阴暗又冷漠,令人厌烦、十分乏味单调的生活对12岁的孩子来说,简直无法忍受。教师是个悲观主义哲学的宣扬者,将胸无大志、胆小懦弱等弱点传授给他的弟子们——佩德罗和他的好友同班同学阿尔弗雷多。有几件事在佩德罗幼小的心灵里留下深深的烙印:一次,一行送葬的队伍从他面前走过,他看到队伍里有一个年纪轻轻的鳏夫,从而使他得出这样的结论:一对夫妻肯定有一个要为另一个送终;他最喜欢的小狗被车子压断了腿;好友阿尔弗雷多因患肺病过早地夭折。在这些事情的影响和打击下，佩德罗变成一个自我封闭、孤独、神经机能不健全的孩子。他不愿意与外部世界接触，不愿意爱别人，也不接受他人的爱。他对生活采取了“若想无所失，就甭去索取”的态度。后来成为海员，漫游全球，最后还当上了船长。

一个偶然的机会，他遇见了玫瑰姑娘简。这次相逢改变了佩德罗的生活方式。为这次结婚，佩德罗购置了房子、家具，打算愉快地度过下半生。幸福美满的生活刚刚激起他乐观向上的情绪，突然不幸的灾难临头，他的妻子因车祸身亡。

佩德罗回到度过童年时代的故乡，再次陷入悲观颓废的泥坑。在他的头脑里，经常出现死亡的念头。他拜谒了好友阿尔弗雷多的陵墓，并将妻子的结婚戒指也放进朋友的墓中。

整个小说几乎是以叙述为主，夹杂着一些对话，饱含激情地叙述个人的经历，并围绕着生与死的哲理问题阐述见解。据作者本人说，他很小的时候就无法摆脱死亡的问题。

作者采用的风俗志作家惯用的细腻描绘手法与娴熟的叙述技巧以及主人公的不幸命运使我们想起自然主义流派的作品。

从《道路》(1950)起，他开始了他的农村系列作品的创作。德利维斯密切观察卡斯蒂利亚农村在工业文明的侵蚀下所发生的重大变化，并将农村与城市、落后与文明的对立反映在他的作品中。写作技巧也更成熟。《道路》描写了一个儿童艰难的成长经历；在《我宠爱的儿子西西》(1953)中则对平庸保守的中产阶级夫妻间、父子间的关系进行了分析；《红叶》(1959)所反映的主题是小资产阶级的孤独、他们与社会的隔阂。

《一个猎人的日记》和《老鼠》都是第二阶段的佳作，读起来引人入胜，妙趣横生。尤其是《老鼠》一书是德利维斯小说创作的重要里程碑。作品描写了一个抓老鼠的人和一个孩子的日常生活，德利维斯的社会批判意识第一次得到了真正体现。评论界认为，在这部小说里他以前一些在语言上的欠缺已经不复存在了，并且使语言严格地适应了叙述、描写和对各种不同情景的需要。

《和马里奥在一起的5个小时》是德利维斯最近的和最有名的小说，

当然也是最受人喜爱的小说。它在表现技巧上有所突破，采用内心独白"意识流"的形式。小说的结构、语言和内容都显得与前不同。《和马里奥在一起的5个小时》的故事发生的时间正巧是子夜到拂晓的5个小时。就在这段时间内，一个名叫卡门的女士在一座小教堂内，泣立于她死去的丈夫身旁为他守灵。小说是以丧夫之妇和她丈夫谈话的形式展开的。妻子诉说他们夫妻结婚20年来的风风雨雨，并回忆穷教授丈夫坎坷的一生，揭示了穷人和富人之间的紧张关系、知识和愚昧的矛盾，以及恶习成灾的社会中道德观与个人自由和伦理尊严之间的矛盾。

马里奥，一个省会中学的教授突然逝世。他的妻子卡门接待着一个又一个前来吊唁的客人。当送走客人以后，卡门要求她的子女让她单独一人在丈夫灵柩旁边为他守灵。

翌日清晨即将送葬，她要与死去的丈夫在灵堂里共度最后的五个小时。小说的标题即来源于此。这是回忆往事、吐露隐私的五个小时。通过未亡人的长篇独白，读者逐步获悉卡门和马里奥过去夫妻生活中的生活琐事与导致关系不协调的情感纠纷。卡门是资产阶级传统观念的代表人物，而这个穷教授马里奥在许多方面的表现都使他妻子耿耿于怀、抱怨不满，是导致夫妻不和的事由——具有进步思想，对社会问题的关注，对文化方面所表现出的浓厚兴趣。

作品用现代小说中经常使用的手法——内心独白写就。但事实上，并不是一个单纯的独白，而是缺乏对方反馈的一场对话，因为对方就是她死去的丈夫马里奥，这是一种单向式的对话。这个长时间的独白展现了这个女人触景生情时，她头脑中的所思所想。她一边守灵，一边拿起放在她丈夫床头柜上的一本圈圈点点的圣经，都是马里奥喜欢、欣赏的段落和句子。每当卡门读完一段马里奥过去圈点过的经文，就引发出这个女人对着死者发表一通议论或对往事的回忆。最后卡门勇敢地承认了她不忠于马里奥的行为：出于羡慕他人的阔绰，自己与青梅竹马的朋友、直到现在还依然爱着她的、当今的阔老帕科保持着不慎重的往来——尽管尚未陷入私通的泥潭。

小说围绕着两个基本主题展开：卡门从来没有向他坦白过的对丈夫

的不忠和60年代西班牙人对生活的两种不同理解所酿成的隔阂。此外，还有一些次要的问题，如同社会小说那样，触及世人的精神面貌：60年代西班牙的经济发展问题、国内的文化生活、有关妇女在社会上的地位与作用、对30年前爆发的内战的回忆、个人和社会的伦理道德等。

这是一部抨击社会弊端的小说，读者从中了解到战后西班牙存在的两种新旧对立思想斗争的状况。

《海上遇难者的谶语》是60年代中后期西班牙实验小说盛行时德利维斯向欧洲先锋小说靠拢的一个尝试。小说情节类似卡夫卡的《变形记》，主人公哈辛托·圣何塞厌倦于在堂阿布东公司的单调刻板工作。在这个世界他感到生活毫无意义，甚至对生存的必要性也产生怀疑，因而受到惩罚，变成一头绵羊，在野外找到他的出路。《海上遇难者的谶语》具有深刻的隐喻性，表达了现代人在异化的社会里被取消做人的权力的恐惧感。

70年代以后，他的作品开始为更加广泛的读者群体所接受，以至于进入了畅销书的行列。表现失宠儿童恶作剧的《被罢黜的王子》(1973)，讲述农民帕西菲科从天真无邪的孩童变成罪犯的《我们先辈的战争》(1975)。1981年，他的长篇小说《无辜的圣人》采用卢梭式的社会寓言，塑造了一个典型的西班牙农民形象。作品除了“自然人”那自然流露的、不动声色的幽默和淳朴，还刻意注入了明显的现代音乐节奏。之后，他又以《377英雄的A.马德拉》(1987)等作品显示了自己高涨的创作热情。小说富有自传色彩，但其中人物对于西班牙内战的反思却证明他已经远远超越了主观情感。90年代，德利维斯仍笔耕不辍，发表了《聊天》(1990)、《兔子》(1991)、《最后的界标》(1992)、《写作的猎人》(1994)、《退休者日记》(1995)和《异教徒》(1998)等长篇小说，并终于以无可非议的成就赢得了晚到的荣誉——塞万提斯奖(1993)。

德利维斯创作小说方面的天才已被一致承认，特别是以对农村为背景的故事情节的叙述和描写以及在这种背景下人物的刻画，真是下笔入神，令人赞叹。

127. 南斯拉夫诺贝尔奖折桂人——伊沃·安得里奇

1961年,一位南斯拉夫作家以其"以史诗般的力量从祖国历史中摄取主题并描绘人类命运"的非凡作品摘取了诺贝尔文学奖桂冠。这是南斯拉夫人第一次,也是迄今为止唯一一次获得这份殊荣。这位作家就是南斯拉夫著名诗人与小说家伊沃·安德里奇(Ivo Andric 1892－1975)。

安德里奇1892年生于波斯尼亚的一个贫苦的手工业者家庭。那时波斯尼亚还是奥匈帝国版图内的一个省份。安德里奇两岁时父亲去世,母亲一人承担起养活全家的重担。安德里奇13岁时自家乡小学毕业,进波西尼亚首府萨拉热窝上中学。毕业后又相继到萨格拉布、克拉柯夫、维也纳等地的大学攻读哲学和历史。1923年他在奥利利的葛拉兹大学获得博士学位。此后,他进入外交界工作,先后担任南斯拉夫驻意大利、罗马尼亚、西班牙和德国的大使。第二次世界大战期间,他在德国法西斯进攻南斯拉夫前几个小时离开柏林。他刚到达贝尔格莱德,德国的飞机便开始了对该市的狂轰滥炸。二战结束后,安德里奇曾任塞尔维亚科学院、南斯拉夫科学艺术院通讯院士及南斯拉夫作家协会主席。同时他还作为波斯尼亚地区人民代表出任过南斯拉夫联邦议会议员。

早在中学时代,安德里奇就参加了波斯尼亚人民反抗奥地利统治,争取民族独立与解放的斗争事业,成为"青年波斯尼亚"组织中的积极分子。

1914 年 6 月 28 日，该组织的青年革命家加夫里洛普林西普刺杀奥国王储斐迪南大公，从而触发了第一次世界大战，他受到株连，被奥地利当局逮捕入狱，当时他 22 岁，刚刚获得律师资格。此后他在狱中度过了整个一战岁月，直至 1917 年才获得释放。

伊沃·安得里奇童年在波斯尼亚的维舍格列城度过，故乡大桥的种种传说和故事在他心灵深处播下文学种子。安德里奇的文学声音是从写诗开始的。安德里奇 1911 年开始写作。1918 年，《南方文学》杂志创刊，安德里奇即是该刊的创始人之一。以后，他以《南方文学》为阵地，发表了一系列充满爱国主义激情的诗歌、散文诗和文学评论，积极献身于民族解放事业。一战结束后他出版了两部哲理性散文诗集《黑海之滨》和《动乱》。它们的主题是人生的苦难与无常，因而充满了惶恐、悲观与绝望的色彩。20 年代后他放弃诗歌创作改写小说，并最终在这个领域获得了举世瞩目的辉煌成就。他最初写的都是中短篇小说。在这些作品中他描写了波斯尼亚各族人民的悲惨生活以及他们不幸历史。第二次世界大战期间，南斯拉夫被德军占领。他隐居贝尔格莱德，拒绝同法西斯合作。这样也使他得到了可以全力以赴地从事文学创作的时间。在此期间他潜心专意地投入到他的传世之作，被称为“波斯尼亚三部曲”的三部长篇小说中，并于战争结束时将它们全部完成。“三部曲”从波斯尼亚历史中摄取素材，以记事体方式融个人命运、历史变迁及民族兴衰与一炉，生动而全面地描绘了南斯拉夫漫长曲折的历史进程。1945 年这三部作品同时出版：长篇小说《德里纳河大桥》(The Bridge over the Drina, 1945)(又名《维舍格列纪事》)、《特拉夫尼克纪事》((Chronicles of Travnik, 1945)和《萨拉热窝女人》((The Woman from Sarajevo, 1945)，这使他赢得了国际声誉，获得“南斯拉夫的托尔斯泰”的称号。

“波斯尼亚三部曲”取材于波斯尼亚历史，采用记事体，注重历史事实的准确性，并大量运用民间传说和神话故事。

“三部曲”中的第一部《德里纳河大桥》是安德里奇的代表作，也是他最重要、最优秀的小说。这一长篇巨著是一部史诗作品。它详述了在维舍格列德里纳河桥从兴建到被炸毁的 450 年间发生的种种事件，展示了波斯尼亚人民在异族统治下经受的各种苦难和他们的反抗斗争。这是一部思想性很强、艺术性很高的优秀作品。同时该小说在写作手法上也极富特色。小说没有传统的叙事结构,而由若干个独立成篇的故事组成,之间没有一个中心,故事也没有一个贯穿始终的主要人物,全书仅由对大桥历史的叙述巧妙地连成了一个整体。

“三部曲”的第二部《特拉夫尼克纪事》,写法国驻波斯尼亚领事达维尔寻求正确的人生道路及其理想的幻灭。故事发生在拿破仑战争时代的古城特拉夫尼克。它生动地描述当时发生在那里的一系列血腥事件,深刻地反映了当地人民多灾多难的不幸命运。特拉夫尼克是土耳其总督府所在地,法国大革命后法国与奥地利都在该城设立了领事馆。法国人与奥地利人互相仇视,两国领事之间展开了一系列的明争暗斗。此外,城中的穆斯林、基督徒与犹太人之间也矛盾重重,进行了你死我活的宗教斗争。与此同时,塞尔维亚与克罗地亚的农民也发动了反抗压迫的武装起义。由于特拉夫尼克是东西方文明的交汇处,作品生动地揭示了东西方两种文化、风俗、道德观念与价值取向的深刻不同及它们之间的尖锐冲突。

“三部曲”的最后一部《萨拉热窝来的女人》与前两部迥然不同,这部小说取材于现实生活,描写第一次世界大战期间,来自萨拉热窝的一位女士拉伊卡·拉达科维奇的一生和她所受到的不公正待遇。书中女主人公是萨拉热窝的一个独身的女高利贷者。她的父亲是一位破产的商人。他在临终时嘱咐女儿要无情地保卫自己的财产,因为有了财富才能在残酷的世界上立足。因此女高利贷者一生中只醉心于聚敛钱财。这部小说细腻地刻画了人物形象,同时在描写现实时紧密地结合了历史。作者以从容不迫的叙述,深刻而冷峻地剖析了金钱社会里物质追逐者的荒诞与劣根性,挖掘出产生道德堕落的毒根。

除波斯尼亚三部曲外,安德里奇还著有《大臣的象》(1948)、《新短篇小说集》(1948)、《罪恶的庭院》(1954)等中短篇小说。

其中1954年出版的《罪恶的庭院》是作者后期创作的一部重要作品。它虽然是一部历史小说,写的是一个无辜的东正教修道士陷入土耳其牢狱的不幸遭遇，实际上是整个人间和现实生活的象征，罪恶的牢院是一切时代暴政的缩影，展示了奥斯曼帝国末日时期土耳其统治者的暴政及波斯尼亚广泛的社会生活。这部小说虽有现实主义题旨，但许多地方成功地运用了意识流的表现手法。

安德里奇是一位长于历史题材的作家，他描绘了南斯拉夫四百年的历史画卷，表现了南斯拉夫人民在苦难中可贵的斗争精神。但在描写历史时他使用的确是现代人的意识与眼光。历史与现实的紧密联系是他所有作品的显著特点。在安德里奇看来，过去与现在实际上已以相同的现象、相同的问题呈现在我们的面前，它们是相通的。因此他在他的历史小说中关注的是现代人关注的问题，即人与人的处境问题。

安德里奇长期担任南斯拉夫作家协会主席。1956 年，曾来中国访问，参加鲁迅逝世 20 周年纪念大会，写下《鲁迅故居访问记》等文。1975 年 3 月 13 日逝世于贝尔格莱德。他逝世后为了纪念他为祖国文学事业所作出的巨大贡献，南斯拉夫政府以他的名字设立了文学奖金并建立了纪念馆。此外，国家还用南斯拉夫各民族语言出版了他的 16 卷文集。他的遗稿《我的期望与遭遇》（1976）和《孤独的房子》（1977）也在故去后问世。

128. 从历史中追寻主题
——《德里纳河大桥》

南斯拉夫作家伊沃·安得里奇擅长历史题材，因被称为“波斯尼亚三部曲”的长篇小说《德里纳河大桥》、《特拉夫尼克纪事》和《萨拉热窝女人》赢得了国际声誉。其代表作是“波斯尼亚三部曲”中的第一部《德里纳河大桥》(1945)，又名《维舍格列纪事》。

《德里纳河大桥》取材于波斯尼亚历史。作品以一座大桥为主线，通过德里纳河畔小城维舍格列从16世纪开始建桥，直到第一次世界大战爆发桥被炸毁这漫长的450年间发生在桥上的各种事件，通过一系列各自独立但又有内在联系的真实感人的故事，反映了波斯尼亚人民在奥斯曼帝国和奥匈帝国占领下所过的悲惨生活以及他们为争取民族独立而进行的英勇不屈的斗争，描绘了南斯拉夫四百年的历史画卷，表现了南斯拉夫人民在苦难中可贵的斗争精神。德里纳河大桥，凝聚着波斯尼亚和塞尔维亚多少代人的民族压迫与斗争的血泪。

原来，德里纳河并没有这座桥，是奥斯曼帝国王公大臣穆哈默德·巴夏于16世纪中叶下令兴建的。

穆哈默德·巴夏原系波斯尼亚土著，10岁时被土耳其帝国的军队抢走，起初作公卿的童奴，被拉到土耳其禁卫军中，置身异国他乡。后来他终于发迹，在历史上出尽了风头，先是土耳其宫廷年轻有为的军官，渐渐因功升为舰队总司令，再成为索科里大帝的驸马爷、王公大臣，成为土耳其苏丹统治人民的得力工具。这位巴夏与波斯尼亚上层社会中的许多大人物一样，在土耳其占领巴尔干半岛后，为了讨得主子的欢心，保全自己的地位和特权，竟然改变信仰，唯土耳其统治者之命是从。

只因为童年时代在渡口与家乡亲人临别时那份痛楚始终搁在他心头深处，成为一种负担，想到万里外的德里纳河渡口一天不想办法解决，那里的人就一天脱离不了悲惨的命运。于是就想到如果真能有一座桥把两岸永远连起来，使波斯尼亚和东部交通既安全又方便，使自己现在生活的地方和早年自己生活的地方能接通，不再被德里纳河蛮横地垄断，那就非常有意义了。就这样，要建筑一座大石桥的决定就在他的心中形成了。

从此，这座大桥就和维舍格列城居民的生活发生了悠久而密切的联系，以至于在任何场合都不能把它们截然分开。因此，关于大桥的建设和变迁的传说也就是一部有关维舍格列城及其世世代代的居民生活、奋斗的历史。大桥就像一个饱经沧桑的老人，向人们讲述了一连串饱含着血泪的故事。

本来，穆哈默德·巴夏建桥的目的是为了造福于乡邻，他不仅建了桥，而且在桥建成后，还在临近设队商旅馆，使远地来的旅客晚上有个舒适的歇脚处，连马匹和货物都能获得妥善的安顿。但事与愿违，从建桥之日起，这儿就成了波斯尼亚和塞尔维亚人与土耳其帝国统治者的民族矛盾与民族斗争的焦点。信奉基督教的“赖雅”(平民百姓)坚决反对他们在德里纳河上建桥，更反对官员的趁机横征暴敛。他们在暗地里组织起来，千方百计地破坏这项给维舍格列人带来无穷灾难的工程，于是一场建桥与反建桥的生死斗争就这样惊心动魄地展开了。

起初被派来建桥的指挥阿拉比达迦是个极其贪婪而又残暴的家伙。他克扣粮饷，工人们拿不到工资，还要自己出伙食费，自带便当。于是遭到了当地人民的极力反对，有些人不断地破坏建桥过程。乡民拉底斯拉夫就是在这一斗争中涌现出来的成千上万民族英雄的突出代表。他虽然个儿矮小，沉默寡言，而且有点神经质，但却非常善于鼓动，经常人不知鬼不觉地来到乡民中间进行宣传，“弟兄们，这种日子我们受够了，我们应当起来自卫。谁都看得出来，这个工程会把我们的命断送，每一个人都不能幸免。"后来，破坏大桥工程的事故不断发生，破坏的程度时大时小，同时，关于河神不让在德里纳河上建桥的谣言也越来越甚嚣尘上。土耳其统治者对拉底斯拉夫恨之入骨，把他绑在桥头上，施以桩刑，如同烤叉串小羊，不同的是，木桩的尖头不是从嘴里出来，而是从背上出来，鲜血从木桩的进口和出口处一滴一滴地往下流，在木板上汪了一滩又一滩。他的两肋上下起伏，颈上血管的跳动清晰可辨，他的一双眼睛一直不停地、慢慢地转动着。从他那紧闭的牙缝中透出喃喃的声音，"土耳其人……土耳其人……"他咒骂道，"造桥的土耳其人……你们不得好死……你们不得好死……"统治者的野蛮暴行丝毫也没有吓住勇于斗争的维舍格列人。在他们看来，上身裸露、四肢被捆、头靠在木桩顶上的拉底斯拉夫的挺直的身躯是不会倒下的，他像一尊塑像，高高在上，不怕风吹雨打，永远屹立在那里。在拉底斯拉夫英雄形象的鼓舞下，乡民们组织过一次又一次的起义，进行过多种形式的斗争。后来穆哈默德·巴夏知道了底细，改派了指挥，改善了工人们的待遇，前后历时15年，总算把大桥建成了。

但这座宏伟富丽的大桥，除了在较为太平的年代成为人们纳凉、闲聊，或青年人谈情说爱的处所之外，在政治紧张或是战争年代，就成了贴通告、杀头示众的场所。于是，德里纳河大桥连同造桥的主人穆哈默德·巴夏一样，都成了土耳其帝国的得力的工具。

岁月流逝，几个世纪过去了，随着人们的不断反抗斗争，终于使土耳其帝国由盛变衰，帝国的边界被迫退到遥远的南方海边。然而，波斯尼亚人民并未从此得到解放，他们又沦落到奥匈帝国占领军的铁蹄之下。从表面上看，奥匈帝国要比土耳其帝国"文明"得多，他们开银行，建筑铁路，铺设供水管道，似乎给小城带来一片"繁荣"和"进步"的景象，使得原来的一座古老的维舍格列城也涂上了一层欧洲式的色彩。但是，随之而来的却是物价昂贵，通货膨胀，小城居民依然生活在水深火热之中。罗蒂卡，"大桥酒家"的老板，一个精明强悍、深谋远虑的犹太女人，开设的酒家起初因经营有方，生意兴隆。她能够巧妙地运用她那完美的身躯、非常狡猾的手段以及相当大的胆量，把每一个欲火难忍的人镇住。每一个顾客都瞩目于她，为了得到她的青睐和满足自己的私欲，把大量的金钱和时间扔在了酒家。而她则把赚来的钱用于周济穷亲戚，过问他们的生活琐事，安排他们的婚事，让他们的小孩去读书或者学手艺，让病人去治疗，并告诫和责备那些懒汉和挥霍浪费的亲人，表彰勤劳和苦干的美德。然而好景不长，在妓院竞争、股票下跌的打击下，她最终仍没有逃脱破产的命运，落得精神瘫痪的下场。

另一个代表人物阿里霍扎，出身于城里最悠久、最受人尊敬的家庭。他为人忠厚，性情耿直，在近代文明咄咄逼人的进攻面前一直采取消极抵抗的方式。在整个城市遭受战争浩劫的同时，他感到自己生命的火花已日趋暗淡，这是否标志着世界的末日已经到来？最后他也只能同代表伊斯兰古代文化的大桥同归于尽。

但是，随着近代文明以及交通的发达，这里的青年终于也有不少受到了高等教育，随着20世纪初期几度席卷巴尔干半岛的民族觉醒浪潮的高涨，这里的青年也一变过去一味闲聊或是在大桥上谈情说爱的旧习，他们也开始忧虑国家和民族的前途，常常在桥头举行热烈的讨论，探求如何奋起，摆脱外来侵略者的压迫。他们已成为民族复兴的希望。

1914年，这一年来得很慢，但各种事件层出不穷，令人眼花缭乱。随着第一次世界大战的爆发，德里纳河大桥终于被炸毁了。这正是在人类即将迎接曙光——1917年10月革命的历史转折关头，它象征着古老的波斯尼亚以及她的被占领、受屈辱的历史永远结束，而新的、自由独立的波斯尼亚一定会在斗争的烽火中诞生。

那位土耳其人当初建造这座桥的目的，是要让奥斯曼帝国的地理中心上，有一条联络东西方的通道。历史尽管几经波折，可这座桥却成了几世纪永恒和延续的象征。作品不以刻画人物为中心，通过大桥的兴废来记述历史的进程和人物的命运。桥，是历史的见证人，它的被毁，象征着波斯尼亚长期被异族占领的时期结束和其新生的到来。

《德里纳河大桥》这部表现形式新颖别致的小说，仅用20多万字的篇幅就概括了一个国家450年的历史。它既准确地描述了几个世纪以来维舍格列城一系列重大历史事件，也细致地勾画出一幅幅情趣盎然的生活场景，成功地塑造了几十个不同历史时期的典型人物，小说涉及的历史事件如此之纷繁，描写的人物又是如此之众多，但并没有给读者留下支离破碎、东拼西凑的印象，相反，读过之后却觉得作品前后浑然一体，互为关联，这部小说之所以能得到这样完美的艺术效果，关键在于作者新奇巧妙的艺术构思。德里纳河上的桥即是作者构思的焦点，几乎成了小说主人公的化身。它在地理上连结着东方和西方，在时间上联结着过去和现在。它更像人民苦难的目击者，亲眼看到波斯尼亚儿童像羔羊一样被土耳其侵略者送往异地充当"血贡"；亲眼看到成千上万的乡民像小鸡一样被抓到工地上服苦役；还亲眼看到勇敢无畏的维舍格列人怎样组织起来，用自己的热血和生命谱写了一曲曲斗争的颂歌。总之，这座大桥好似反映波斯尼亚历史的万花筒或多棱镜。有了这样一个万花筒或多棱镜，作者便可以在浩如烟海的历史事件中随心取舍，自由驰骋。不管任何人物与事件，只要能和大桥联系起来，便可纳入作者构思的网络。这就使得小说的跨度异常浩大，头绪极为繁多。然而，它并不是一部谨严的历史著作，而是一部塑造众多具体生动的艺术形象的小说。譬如乡民拉底斯拉夫在小说中出场的场面并不是很多，但是通过对其在桥头所受桩刑的具体描绘，他的高大形象在读者心中即深深扎下了根。同样，罗蒂卡的精明强干和乐善好施，作者也是通过与酒鬼周旋和救济乞丐、病人这样一些具体场面来加以体现的。至于为了更深刻地说明阿里霍扎对大桥的挚爱以及大桥在其生活中的重要位置，作者索性在小说的结尾安排他与大桥同归于尽。虽然，大桥和他的生命都不存在了，但是他的灵魂则得到了真正的升华。

另外，《德里纳河大桥》还创造了长篇小说的新形态，可以说它是用小说形式写成的有关波斯尼亚人民的苦难和抗争的庄严史诗。安德里奇以大桥为媒介，辅之以民间文学的多种表现手法及各式民间故事传说，大大增强了小说的传奇色彩，读来格外引人入胜，这是小说另一个显著的艺术特色。这部作品具有浓烈的地方色彩和一定的历史意义，在南斯拉夫曾有"巴尔干人民的史诗"之称。评论家说它兼有"托尔斯泰的纪念碑式的风格"和"屠格涅夫的抒情情调"。

129. 多才多艺的波裔美籍作家切斯拉夫·米沃什

切斯拉夫·米沃什(Czeslaw Milosz,1911 - 2004),美国诗人、作家。1911年6月30日出生于当时属波兰的立陶宛首府维尔纽斯附近的谢泰伊涅。父亲是一位土木工程师。他幼年随父亲住在俄国,第一次世界大战后回到家乡。曾在维尔纽斯的泰凡·巴托雷大学攻读法律。1934年至1935年间留学巴黎,回国后,在波兰电台文学部工作。

30年代,他根据波兰历史上几经列强侵略、并吞、瓜分的情况,预见到波兰将遭受新的侵略,他组织和领导了一支地下斗争力量,即"遭受灾难的人们"小组,同波兰统治者和新出现的法西斯主义势力进行斗争。

第二次世界大战期间,波兰被法西斯德国侵占,他所预见的新的灾难已经来临。他目睹华沙城在德军的破坏下变成了废墟,20万人在机枪的扫射下丧失了生命。面对残酷的现实,诗人密切关注着遍地创伤的国土和骨肉同胞的命运。他积极参加波兰的抵抗运动,在沦陷的华沙与法西斯德国进行了艰苦的斗争。

战争结束后,成立了波兰人民共和国。米沃什曾任波兰驻美国的文化参赞,驻法国主管文化的一级秘书。由于对波兰当局的政策不满,特别是文艺政策使他无法忍受,于1951年初要求在法国政治避难。

米沃什在法国流亡了十年,1960年移居美国,在加利福尼亚州伯克利分校任该校斯拉夫语言和文学教授，于1970年加入美国国籍。他30年代初开始诗歌创作，并写下了不少散文、小说和文艺论著等。其主要作品有：1933年出版的诗集《僵冻的时代》；1943年发表的长诗《鲜花广场》；1953年出版的诗集《白昼之光》、杂文集《被禁锢的思想》和散文集《乌罗的土地》；1955年出版的小说《夺权者》、《伊莎之谷》；1962年出版的诗集《中了魔的古乔》；1965年出版的诗集《战后波兰诗选》；1968年出版的自传《自然王国：对我的探索》；1969年出版的诗集《无名的城市》和论著《波兰文学史》；1973年出版的诗集《诗选》；1974年出版的诗集《日出日落之处》；1978年出版的诗集《冬日钟声》；1980年的作品《拆散的笔记簿》。其代表作为诗集《僵冻的时代》和长诗《鲜花广场》。

米沃什主张诗歌不能脱离现实，而现实生活只给诗人提供创作的素材，诗人应赋予它“真正的”现实性。所以他的诗歌创作不仅艺术地反映了现实的真实，而且常常表现出对现实发展的预言。

米沃什的诗风质朴、精确、硬朗，一生的特殊经历使他的写作中始终贯穿的悲伤语境，对生活本质有着极强的穿透力。米沃什的创作经历同他的生活道路一样是曲折的。早期作品具有象征主义特点，常常流露出悲观的情绪。战争期间的诗歌表现了渴望和平反对战争的强烈愿望。后期作品则深入到政治、哲学、历史、文化等各个方面，以冷静的笔触揭露现实生活的虚伪和丑陋，真实地展现了人类生存的荒诞境况。米沃什的诗歌富于哲理，风格自然流畅，善用典故、神话、传说等作比喻，冷峻而幽默。他写过散文、随笔、文艺理论和文学史等著作。

诗集《僵冻的时代》反映了20世纪30年代波兰人民遭受列强侵略的情况，沉痛地描述了波兰人民的苦难生活，并预言波兰人民将遭受大屠杀，中欧文化也将遭受毁灭性的破坏。这种思想和预言在当时起着警钟、号角作用。但因诗人预感到波兰灾难的来临，诗集中也流露出苦闷、彷徨的情绪。因为集子中的诗歌写那个灾祸即将来临之前的未开化、没有活力的冰冷时代，所以书名命为《僵冻的时代》，也预示着波兰度过这个“僵冻的时代”，将会有一个冰雪消融的“暖春时代”。

长诗《鲜花广场》是指意大利的鲜花广场，本是个繁华美丽的地方，然而,1600年2月17日,意大利著名哲学家、天文学家乔尔丹诺·布鲁诺却被判处火刑,烧死在这里。"犯罪"原因是:他接受并发展了哥白尼的学说,认为宇宙是无垠的,太阳系只是许多星系之一;宇宙又是统一的,有自己的运动规律,并不会像教会所说的那样是服从上帝意志的。诗人写这首诗的目的是:哀悼为科学献身的乔尔丹诺·布鲁诺以及华沙的为争取自由、自主而献身的人们,于其中表达了诗人的悲痛和景仰之情。

《鱼》是一首描述人类生命存在异已化的力作。全诗通过对人的生存境况与鱼的存活境况的对比,揭示了人的异化存在无异于鱼,甚至不如鱼的存活,把人的生命状态赤裸裸地凸显出来。诗的开篇便直截了当地把人类存在的境况突出地显露出来。人置身的世界是怎样一个世界呢? 人置身"在汪汪乱叫之中,在神魂颠倒的呓语里,在喇叭尖叫、锣鼓喧闹的场合"。这是一个表面上热热闹闹、冠冕堂皇的世界。它以神圣正义的名义遮掩黑暗中的狡诈的血腥,用虚假的正义迎合大众的媚俗心态,显然,诗人对这样的世界是不满的,但又是无可奈何的。诗人的无可奈何并不在于他畏惧强权的血腥镇压,他真正畏惧的是众多的人已被虚假的正义所欺骗、所蒙蔽,甚至已被其所同化。他们对命运逆来顺受,如同养在鱼缸中的鱼。米沃什用他那种无可奈何的态度体现了现代式的绝望和虚无。在诗中,鱼已不再是人的生存状态的比喻,鱼已经成为人的生存状态的一个参照系。正是由于诗人引进了这样一个生命的参照系,才把人的生命存在的全部荒谬性和无奈感赤裸裸地展露出来。在诗中,鱼的存活与人的存在构成了一个无可奈何的怪圈。人像鱼一样,在异化的环境里把生存变成了存活,丧失了自己,疏离了自己,出卖了自己,放逐了自己。"我对命运的安排逆来顺受,毕竟我只不过是人。"但是,人毕竟是人。鱼的存活状态是一种本能的、无意识的存活,而人的生存则应该是一种自由自觉的存在。人永远也不能像鱼那样逆来顺受地被环境所完全同化。因而,人为之痛苦,为之畏,为之烦。"然而我感到痛苦,渴望变成跟鱼一样的生命。"这确是一种西方现代式的绝望,这是面对巨大的无可抗拒的异化世界时所发出的无可奈何的叹息,在这叹息声中我们看到了虚无和绝望,然而,它又何尝不是对异化世界的坚决抗争,大概这就是现代式的"绝望中的希望”。

从战后至今是米沃什诗歌创作最丰富、最成熟的时期，这一时期的诗歌主要是揭露现实生活中的虚伪、欺骗和浮夸等现象。这一时期的诗大多是在他流亡中写的，尽管祖国的现状令他忧虑，个人生活中也有伤痛，但他对生活并没有失去信心，他还是赞美生活。他虽有创痛和不幸，但并非出自个人的恩怨，他还要挺起身来，面向现实，颂扬美好的生活。

米沃什的诗富有独创性，他吸收了古典的和现代各个流派的长处，形成了他独特的具有悲剧力度的质朴而自然的风格，具有强烈的艺术感染力和吸引力。

米沃什的写作才能是多方面的，除了诗歌之外，他还写了不少散文、小说、文艺论著等。其中杂文集《被禁锢的思想》和小说《夺权者》比较成功，前者写人们在极权统治下的生活状况，后者描写了备受战争创伤的一群波兰的年轻的激进分子。前者被人称作是“一部意义深远的历史文献，具有透彻的分析力”，后者获得了欧洲文学奖。

除此之外，米沃什还是一位翻译家。他精通波、俄、英、拉丁、希腊、希伯来文。他翻译了大量美国黑人和拉丁美洲的诗歌，翻译了彭斯、华兹华斯、勃郎宁、弥尔顿、波德莱尔、艾略特等人的作品，以及莎士比亚的剧本。他还把《圣经》中的诗篇翻译成波兰文。1973 年波兰笔会为了表彰他在翻译和介绍博览方面的成就，授予他翻译文学奖。

1980 年米沃什荣获诺贝尔文学奖，获奖理由：“他以不妥协的敏锐洞察力，把人们在一个充满严重冲突的世界中的处境淋漓尽致地描述了出来。”

130. 希姆博尔斯卡
——波兰诗坛的才女

维斯拉瓦·希姆博尔斯卡(Wislawa Szymborska,1923 –),波兰著名女诗人。1923年7月2日出生于波兹南省附近库尔尼克县的布宁村。1945年至1948年,她进入克拉科夫雅盖仑大学攻读社会学和波兰语言文学,兼学哲学、自然科学和艺术史。此间,她开始了文学创作。最初写过短篇小说但没有发表。1945年3月14日在《克拉科夫日报》发表处女诗作《我在寻找词句》后,一发而不可收。1948年与诗人亚当·符沃德克结婚,1954年离婚后,又与作家科尔内尔·费利波维奇结婚。1952年第一部诗集《我们为此而活着》出版。1953年至1981年,她一直在克拉科夫《文学生活》编辑部主持文学部的工作,并长期为该刊物"课外读物"专栏撰写随笔。到1996年,她发表了9部诗集,作品被翻译成英语、德语等几十种语言,曾多次获得瑞士、德国和波兰的文学和诗歌奖。她与塔杜施·鲁热维奇、兹贝格涅夫·赫伯特并称为波兰当代诗坛三杰。其主要著作有:1954年出版的诗集《询问自己》;1957年出版的诗集《呼唤雪人》;1962年出版的诗集《盐》;1967年出版的诗集《一百种乐趣》;1972年出版的诗集《以防万一》;1976年出版的诗集《大数目》;1985年出版的诗集《桥上的人们》;1993年出版的诗集《结束和开始》。她还把《文学生活》上发表的系列文学评论和随笔收集成册,先后出版了两卷《课外必读作品》。她还翻译过法国的许多诗歌作品，如缪塞的《诗选》，波德莱尔的《诗选》等。由于在诗歌创作上的杰出成就，她曾多次获得克拉科夫文学奖和波兰国家文学奖，并于 1955 年获得国家颁发的“杰出贡献金质奖章”。1996 年获得诺贝尔文学奖。

希姆博尔斯卡早期的诗歌大多以战争和波兰战后的和平建设为题材。诗人看到了世界大战给人类带来的灾难，对一些战争罪犯的法西斯刽子手战后没有得到应有的惩罚表示愤懑，但她也看到了战后充满希望的现实，为祖国从压迫和奴役中获得解放而感到无比的欣慰。

希姆博尔斯卡是一位富有哲理的诗人。她在 1956 年以后，对波兰政局的变化虽曾表示关心，但她更多地是把她创作的着眼点投向了世界从古到今的发展乃至宇宙天地间所出现的各种自然现象，从而大大扩展了其诗歌创作的题材，创作了一系列新的篇章。她年轻时就对哲学和自然科学感兴趣，在大学学习期间也丰富了这方面的知识。因此她的诗歌不仅通过对大自然和人类历史的研究提出了一系列深刻的哲理，因而以她丰富的艺术想象创造了一幅又一幅新奇、美妙而又包罗万象的宇宙和社会图景，形成了她的独特的创作风格。这正如瑞典诺贝尔奖评奖委员会对她的诗歌所作的评语中所说的：“以精确的讽喻揭示了人类现实中若干方面的历史背景和生态规律。”

在希姆博尔斯卡看来，宇宙和世界从古到今都是一个进化和不断发展的过程。人们通过考古发现，当然可以了解大自然过去存在的状况，但是考古发现只能给我们提供零散的知识，因此艺术家要发挥想象，想象不仅能够填补考古发现的不足，而且能把各种自然现象联系起来，使之形成一个宇宙世界的整体，给人们提供关于宇宙世界的较为全面的知识。诗人有时想到了人类进化史上的近亲猴子，有时又想到了世上早已灭绝的爬行动物蝾螈，有时甚至想到了传说中的“雪人”。人类之所以和动物不同是因为它的进化，在进化的基础上创造了一个文明世界，而动物却没有这种进化。人类因为那超越动物的长足进步，使动物世界处于其统治之下，在诗人看来，这也是一种生存竞争。这种竞争虽不一定导致某种动物种族的灭亡，但人类可以随心所欲地利用动物来满足自己的各种需求，使动物完全失去了自由。人们在娱乐中往往迫使动物去模仿自己的动作，如跳舞、骑自行车等，将动物“人化”，实际上是让动物听凭人的摆布，“所以/整个人类的文化都产生在动物的祭祀上/也就是说是以动物的牺牲为代价的”。

希姆博尔斯卡后期的诗歌，无论是题材、主题，还是形式和风格都要显得更加多姿多彩，想象力也更为丰富、更富于哲理性和思辨性，她的诗歌进而表现人的生存环境和个人与历史的关系等重大主题，探讨了人在历史上和自然环境中的位置。认为个人既受到生物学规律的制约，又为历史必然性所限制，常常感到身不由己，无能为力，经受着希望无法实现所带来的痛苦。希姆博尔斯卡还在自己的一些作品中，通过个别事物和特殊境遇，去表现个人与现实社会的矛盾和冲突，并力图在平凡和偶然的事件里表现出当代人的内心感受，使人感到人与人之间是无法理解、无法调和的，甚至还常常受到别人的威胁，诗人既同情人们的痛苦，又与他们保持一定的距离，因此她的一些诗歌往往流露出一种悲观主义的情调，然而这种悲观的情调又常常被她诗歌里幽默和讥讽的笔触所冲淡和掩盖，她的这种历史和生物学观点在诗集《呼唤雪人》和《一百种乐趣》中表现得尤为明显。例如《呼唤雪人》这首诗，通过寻找雪人这件事表现了人与自然的关系，呼唤雪人的回归，而反对人类对自然的破坏。在《一百种乐趣》这首诗中，诗人把从原始状态到科技社会人类追求幸福、追求真理的美好理想和种种努力，比喻为孩童的乐趣。

希姆博尔斯卡的哲理诗除了一部分表现了对于现实社会的看法之外，她的大部分作品的描写和叙事都是超时空的，因为她认为她所见到的这些事物和现象存在于宇宙天地，存在于整个世界的发展过程中，她对世界的看法既具体又抽象。为了形象地表达她的哲理思想和她对世界的看法，她在诗中采取了多种艺术手法，主要的如怪诞、幽默、讽刺等。

在创作形式上，希姆博尔斯卡的诗歌大多采用抒情主人公独白、对话、问话，甚至发表讲话等易于为读者所接受的方式。她诗中的对话除了人和人的对话之外，还有人和动物、石头的对话；在提问时，主人公除了问别人之外，还询问自己。一些极富哲理性的问题并不抽象、并不深奥晦涩,而是用简洁明了的诗句和形象的画面展示出来,给人以深刻的印象。她的交谈也显得较为亲切,仿佛朋友在交谈似的。但是,无论是直接提问,还是交谈,都是诗人用来进行哲学思辨的一种手法、一种依托,往往在平淡无奇的问题的背后,隐含着极其深刻的内涵,可供读者去做进一步的思索,或者做出自己的判断。她的诗歌中的这种哲理性,深受当代青年诗人们的喜爱和推崇。

希姆博尔斯卡擅长寓深刻哲理于作品的字里行间,她的诗作《呼唤雪人》和《结束与开始》,都着力表现人在自然与历史中的内涵。

《呼唤雪人》诗集中的诗作表达了诗人对民主、自由和文明世界的追求。诗集名称取自诗人的诗歌《来自于登上喜马拉雅山的活动》中的诗句:

“雪人,并不只有罪恶
才会在我们那产生,
雪人,并不是所有的言论
都注定要灭亡。”
“雪人,我们拥有莎士比亚,
雪人,我们会演奏小提琴。
雪人,每当黄昏来临,我们便点起了灯光。”
“这儿,不是月亮也不是大地,
这儿连眼泪都变成了冰柱。
啊!传统中的雪人,
请你留下吧!请你回来吧!”
“在冰雪围成的四面墙中,
我呼唤着雪人。”
(林洪亮 译)

“雪人”是一个象征,诗人呼唤他,反映了对“专制主义”的厌恶,对现实社会的不满,以及对传统美满、丰富多样生活的向往。这种思想和情绪在诗集中具有代表性。

《结束与开始》展示了小至个人大到宇宙的社会中充满的矛盾和哲

理。其中诗人描绘自身特征就有这样的诗句：

“我是这么一个人
狂喜和绝望凝于一身。”

标题诗《结束与开始》就是描写了战争的结束以及新生活的“开始”：

“每次战争过后，
总会有人去清理，
把战场打扫整洁”，
“总会有人把瓦砾/扫到路旁边，
好让装满尸体的大车，
畅通无阻地驶过。”
“桥梁需要修复，
车站需要重建。
卷起袖口，
已经破成了碎片。”
“那些目睹过/战火的人，
不得不把位置让给/对战争了解较少的人，
了解较少的人，甚至毫无了解的人。”

(林洪亮 译)

这些诗句描述了世界大战给国家带来的灾难与战后充满了希望的现实，寓有一定的生活哲理。

希姆博尔斯卡的作品并不算多，大多是些短小的抒情诗。但她的诗多是精心构思、精心创作的，正如有的评论家所说：“每首都是精品”。她的诗格律严谨，语言简洁明了，有的幽默诙谐，有的含蓄深沉，有的明白如话，有的寓意艰深，有的诗句较短，往往带有警句和格言的意味，令人回味无穷，从而使她的诗歌在波兰诗坛上独树一帜，也使她成为波兰当代最受推崇的一位女诗人。

131.《老妇还乡》——对金钱万能论的绝妙讽刺

当代某国一个叫作居伦的小城正在饱受一场严重的经济危机之苦。这里工厂停产,公司倒闭,市库空虚,老百姓缺吃少穿,到处是一片萧条衰败的惨景。正当居伦人一筹莫展之际,他们突然得到一个喜讯:在居伦出生长大的美国石油大王的遗孀,亿万富婆克莱尔·察尔纳西安将于近日回乡访问,并向家乡父老捐赠一笔巨款。消息传开,居伦城人人精神振奋,欣喜若狂。市政府为了给这个衣锦还乡的女财神一个隆重热烈的欢迎与接待而提前做了充分的准备。在克莱尔预定到达那天,以市长、牧师、校长、警长等城中头面人物为首的欢迎队伍早早地便来到了破败不堪的居伦火车站。此时车站里人头涌动,一片繁忙。在市长的预先安排下,一位画家正用红油漆在一面旗帜上书写"欢迎克莱尔"的大字,青年俱乐部的合唱队正准备迎宾曲的演唱。

在欢迎的人群中有一个人心情特别激动,也特别高兴,他就是穷困潦倒的杂货店老板阿尔弗雷德·伊尔。伊尔在45年前曾是克莱尔的情人,后因故"被迫"与她分手。此番克莱尔重返故里,他一心想和她和好如初,重温旧情。市长得悉伊尔与克莱尔有特殊关系后立刻对他另眼看待,许诺让他接替自己做下任市长。

离克莱尔定好乘坐的火车到达时间还差两个小时的时候,从不停靠居伦站的“疯狂的罗兰”号特别快车突然一个急刹车，停在了这个小站，使车站上的人个个大吃一惊。原来克莱尔已经改乘这列火车。她在列车来到居伦站时私自拉动紧急煞车，让它停了下来。随后身穿黑衣，满脸怒容的她便在她的总管波比、第七任丈夫及其他随从的簇拥下走下火车。令在场的人更加目瞪口呆的是她的随员们竟抬着一口黑漆棺材。

虽然克莱尔的提前到达打乱了事先计划好的迎接部署，但一切又都很快被调整就绪。克莱尔在众人的前呼后拥中走进了迎宾馆，守候的人群齐声欢呼，市府乐队奏起欢快的乐曲随后欢迎宴会开始。但令大家不解的是贵宾中的重要成员——克莱尔的丈夫却不见踪影。面对众人疑惑的目光克莱尔漫不经心地宣布她已与她的第七任丈夫离婚，并马上要同一位德国电影明星再结连理。席间市长发表了热情洋溢的欢迎词。她历数了克莱尔的嘉言懿行，盛赞了她的无量功德。紧接着克莱尔也讲了话，她首先毫不客气地指出市长所说的她的那些善行义举都是胡编乱造，然后又宣布她将捐给居伦10亿元，5亿给市政府，5亿由居民平分。但捐款有一个附加条件：她必须讨回一个公道，这个公道就是伊尔的死刑。

原来45年前伊尔曾与穷姑娘克莱尔相恋，使她怀了身孕。但后来他又看上了一位富家小姐，便抛弃了克莱尔。走投无路的克莱尔到法院告了他，但他用一瓶白兰地收买了两个流浪汉柯比和罗比，让他们作伪证说他们曾与克莱尔发生过关系，致使法庭做了错误的判决。此时克莱尔既身败名裂，又无处伸冤，最后只得在人们的耻笑中屈辱地流落异邦谋生。到美国后她身无分文又找不到工作，不得已只得操起卖笑生涯。后来她结识了石油大王察尔纳西安。察尔纳西安迷上了她的一头红发，与她结了婚，使她从此一步登天。丈夫死后她继承了遗产，成了一个富可敌国的女人，拥有油田、铁路、广播公司等多种产业。但从此她也从一个纯真少女变成了一个凶狠恶毒、专横跋扈、喜怒无常、玩世不恭的刁妇。她念念不忘过去受到的伤害，千方百计寻找旧日的仇人以向他们施以严厉的惩罚。她先后在加拿大与澳大利亚找到了柯比与罗比，让人弄瞎了他们的双眼，阉割了他们，然后让他们像狗一样永远跟着自己，现在她又来到居伦，要与伊尔算清旧账。为此她一直在暗中操纵居伦的经济，使其濒临崩溃的境地。为了向居伦人证实自己的话,她还带来了三个证人:罗比、柯比和波比。波比当年是居伦的法院院长,后来被克莱尔雇为管家。他首先向众人介绍了1910年他所受理的克莱尔控告伊尔一案的始末详情。随后罗比和柯比也分别揭露了伊尔唆使他们作伪证的前后经过。听罢克莱尔与证人的话在场的人个个面面相觑,哑口无言,大厅内长时间一片死寂。最后市长站了起来,严肃而又庄严地说到:"我代表居伦的全体公民拒绝接受你的捐赠。我们宁愿永远受穷,也决不能让我们手上沾上血迹"。他的话赢得了一片掌声。但克莱尔毫不在意,她坚信金钱的力量,她相信居伦人最终能够觉悟。

居伦城开始悄悄地发生了变化。人们开始一反常态地大手大脚地生活,用赊账的方法放心大胆、随心所欲地购买各种贵重商品,好像每个人都有雄厚的资金后盾。一直生意清淡的百货店一下子变得非常红火。面对这种情况伊尔开始感到不安和恐惧。他决定寻求当局的保护。他先找到警长,可刚刚镶了金牙的警长对他待理不理。他又面见市长,但市长正忙于拟定新市政厅的建设计划,根本无心管他的事。伊尔感到自己已身逢绝境。他最后下决心逃离居伦,前往澳大利亚。当他提着旅行箱来到火车站的时候,全城的人,包括警长和市长,都不约而同地赶来为他送行。大家紧紧地把他围在中间,一面祝他旅途愉快,一面坚决地挡住他的去路。令他寸步难移。火车到站后又开走了,伊尔绝望地瘫坐在地上。

很快克莱尔便宣布举行她的第八次婚礼。全世界的各界要人闻讯后纷纷赶来向她表示祝贺。但此时身披婚纱的克莱尔却告诉大家她又离婚了。接着她又宣布她马上要举行她的第九次婚礼,她的新任丈夫是一位考古学家,诺贝尔奖金获得者。

居伦城的变化越来越大,经济完全复苏,人民一举脱贫致富。伊尔自己的家也得到了巨大的益处。他的儿子买了豪华汽车,女儿有了高级网球拍,妻子购置了高档皮衣。居伦人个个心满意足,只有伊尔一人度日如年。校长为伊尔之事拜访了克莱尔,恳求她慈悲为怀,饶恕伊尔,但遭到她的拒绝。她斩钉截铁地对校长说:"既然这个世界把我变成了一个妓女,我就要把整个世界变成一个大妓院。"

决定伊尔命运的时刻来到了。居伦市召开了群众大会,会上市长与校长都发表了演说,号召人们不要宽恕不公道的事情,最后包括伊尔妻子儿女在内的全体居伦人一致同意为克莱尔主持“公道”。伊尔被处死了。医生宣布他死于突发的心脏病。克莱尔复了仇,交给市长一张10亿元的支票,然后同随行人员带着装有伊尔尸体的棺材离开了居伦。从此居伦城百业俱兴,一片繁荣景象。

以上就是当代瑞士德语戏剧大师迪马伦特蜚声20世纪50年代世界剧坛的名作《老妇还乡》(The Visit)的主要情节。

《老妇还乡》虽然讲述了一个遭人始乱终弃的女人的复仇故事,它的主题却是现代社会中金钱对人的灵魂的腐蚀作用。该剧表明,在当今世界上金钱是万能的,为了金钱有些人可以牺牲亲情、职责及他人性命,同时还将自己的丑行美化为维护正义的行为。

在创作手法上《老妇还乡》别具一格,采用的是迪马伦特擅长的悲喜剧形式,情节离奇、人物怪诞,但体现严肃的主题思想。

二战后瑞士德语文学的巨擘弗里德里希·迪马伦特(Friedrich Dürrenmatt,1921-1990)于1921年出生在伯尔尼的一个牧师家庭,虽然他曾想当一位画家,但后来还是在伯尔尼和苏黎世学习了文学、哲学和自然科学。大学毕业后他曾担任苏黎世《世界周报》的美术和戏剧评论编辑。1947年他成为专业作家,不久后便以戏剧成名于世。迪马伦特一生创作了19部戏剧,主要作品有《罗慕路斯大帝》(1948),《天使来到巴比伦》(1953),《老妇还乡》(1956),《物理学家》(1962)等。其中《老妇还乡》是迪马伦特第一部获得世界声誉的剧作。迪马伦特的戏剧多属讽刺性喜剧或悲喜剧。在他的作品中他惯用荒谬、夸张、即兴联想的情节对现实事物作哈哈镜般的处理,使它们扭曲、变形、漫画般地出现在读者与观众面前,引发他们深入思考,从而更深刻地理解它们的本质。除戏剧外,迪马伦特还创作了许多极富特色的犯罪小说,同样获得很大成功。由于迪马伦特杰出的文学创作成就,他曾获得西德的席勒奖、瑞士的伯尔尼文学奖等国际、国内重要的文学奖金,被评论界誉为可以和阿里斯托芬、易卜生以及肖伯纳相比美的戏剧大师,并被苏黎世大学及美、英、法、以色列等国的大学授予名誉博士学位。此外,他还是世界上剧目演出最多的戏剧家之一。

迪马伦特是我国读者与观众非常熟悉和喜爱的作家,他的《老妇还乡》在20世纪60年代便有了汉语译本,其他重要的戏剧和小说也在80年代后全部在我国翻译出版。他的《老妇还乡》、《罗慕路斯大帝》、《物理学家》和《天使来到巴比伦》于80年代在北京、上海两地被搬上了舞台,受到我国观众的热烈欢迎。

1990年12月13日,正当人们为筹办他的70寿辰庆典(1991年1月5日)而忙碌的时候,一代喜剧大师迪马伦特因心肌梗塞与世长辞。

132. 西默尼·希尼
——从田野中走来的诗人

1995年，继叶芝、肖伯纳与贝克特之后第四位爱尔兰人摘取了诺贝尔文学奖的桂冠。这位幸运者就是爱尔兰文学院院士，“植根于爱尔兰土地”的诗人西默尼·希尼(Seamus Heaney 1939 -)。希尼的获奖是人们期待已久之事。进入20世80年代后希尼就被公认为是自叶芝以来最伟大的爱尔兰诗人及当今最重要的英语诗人之一。从那时起便常常有人议论说希尼获诺贝尔奖只是个时间问题。1992年加勒比诗人沃尔科特在获得诺贝尔文学奖后曾表示当时应该获奖的是希尼，而不是他自己。

西默尼·希尼1939年4月13日出生在北爱尔兰伦敦德里郡(爱尔兰人称之为德里郡)贝拉吉村一个世代务农的天主教徒家庭。他的父亲拥有一个小农场。身为8个兄弟姐妹中的老大哥的希尼从小就跟随父亲在田间劳作。美丽的田园风光培养了他对大自然的无限热爱，早年的辛劳生活成为了他日后创作的不尽源泉。

希尼6岁时进入一所英国政府出资创办的小学读书。由于学校实施正规的英国教育，他在学校中学习了英国的语言、历史与文化，读了英国文学经典作品如拜伦和济慈的诗作(当时他曾感到这些远离爱尔兰人生活的诗歌读起来既难懂，又索然无味)。与此同时，在家庭邻里环境中希尼又自然而然地接受了本民族文化的熏陶，掌握了大量爱尔兰民歌、民谣、叙事诗等口头文学作品。当时每当家庭聚会或有亲友来访时大人们就要把希尼叫来背诵一两首爱尔兰歌谣。希尼12岁时升入圣·克鲁勃学院寄宿中学学习。此时他已从莎士比亚、乔叟、华兹华斯、阿诺德、弗罗斯特的诗作中体会到英诗的伟大,感受到学习英诗的快乐,从而开始了他在英诗的天地中的自由徜徉。中学时期他还熟悉了拉丁语诗歌,并开始写一些模仿之作。当时他常常在课堂上让同学传阅他作的格律工整的拉丁语六音步诗。中学结业后希尼进入贝尔法斯特女王大学学习。此后他又对英语音韵诗及马娄、韦伯斯特的戏剧产生兴趣。1961年希尼以第一名的优异成绩从女王大学文学院毕业,获文学学士学位,并从此走进缪斯女神的殿堂。

大学毕业后希尼先是在一所中学任职,后转入圣·约瑟大学执教。在教学工作之余他始终坚持诗歌创作。1966年他的第一部诗集《一个自然主义者之死》(Death of a Naturalist)问世,获得极大成功。这部诗集的出版使他进入母校女王大学任现代文学讲师,并使他荣获艾里克·乔治奖与霍姆德雷奖。1968年希尼又与人合出了诗集《韵律的空间》,并在同年获毛姆文学奖。此后,他在1969年连续发表了两部诗集《讷湖组诗》和《通向黑暗之门》。进入20世纪70年代后希尼以饱满的创作激情开始了他诗歌创作的高峰期,出版了《黑夜行》(1970),《在外过冬》(1972),《北方》(1975),《野外作业》(1979)等多部诗集。由于希尼在诗歌领域的辉煌成就,70年代也成为了爱尔兰及英语诗歌光辉灿烂的时代。嗣后,希尼又陆续发表了诗集《朝圣岛》(1984),《山楂灯》(1987),《幻觉》(1991)等。

希尼的早期诗歌充满了浓郁的乡土气息。它们吟咏故乡的风物景色,民风民俗,描写农庄的生活、劳动和诗人的成长过程。这些诗作反映了古老的爱尔兰民族精神,表达了作者对土地、农家生活、父辈传统的热爱及对故乡的依恋之情。例如在希尼的第一部诗集的第一首诗《挖掘》中,希尼描述了父亲挖土豆与祖父掘泥炭的情景(土豆与泥炭是爱尔兰农民的传统食物与燃料)及他从一个农家子变为一个诗人的过程。在这首诗中他歌颂了父辈作为劳动者的力量与自信,表示了他对他们的爱与敬重,抒发了他以诗歌来为民族服务的决心。希尼写到:

土豆发霉的冰冷气味，砸碾潮湿泥炭的
辟啪咔嚓声，锋刃在根茎上
草率的割痕在我头脑中苏醒。
可是我没有铁锹，不能跟他们一样干。
在我的食指和拇指之间，
躺着粗壮的钢笔，
我要用它去挖掘。

由于历史原因希尼的故乡北爱尔兰一直动荡不安，枪声与爆炸声不断。在那里占主导地位的、信奉新教的英格兰、苏格兰人后裔一贯歧视与压迫信仰天主教的土著爱尔兰人，造成了双方之间很深的积怨。因此多年来在北爱尔兰新教徒与天主教徒之间，主张独立的爱尔兰共和军与英国政府军之间的矛盾与冲突时松时紧，连绵不绝，暴力与流血事件屡见不鲜。但这一切在希尼的前期诗作中反映不多。青年时代的希尼不甚关心时政，因此他的诗歌中的政治倾向也较弱。这一点同当时北爱尔兰当权者对天主教徒采用怀柔、安抚政策，政治局面相对平静有关。然而到了20世纪60年代后半期北爱尔兰局势发生了很大变化。一方面新教徒对天主教徒的歧视在加剧，另一方面天主教徒争取公民权利的斗争也在加强。因此北爱尔兰的民族、宗教矛盾开始激化，暴乱事件接连发生。1969年4月20日天主教徒在举行抗议活动时与英国军警展开了激烈的搏斗。1972年1月又出现了“血腥的星期日”。此时希尼正在北爱尔兰首府的女王大学任教，从而亲眼目睹了这一时期的政治动乱。希尼的诗歌创作指导思想由此发生了转变。他曾这样谈到这种变化：“从那一时刻起，诗人问题便从简单地获取令人满意的文字图像转向寻求足以表现我们的苦难境遇的意象和象征了。”因此，在此后的诗歌创作中希尼开始站在本民族与本宗教的立场上写出了反映民族与宗教矛盾，表达天主教徒心声的诗作。他随后发表的《在外过冬》、《北方》等都是这样的作品。在《在外过冬》(Wintering Out)中他主要从文化历史的角度探索了天主教徒与新教徒、爱尔兰人与英国人冲突的根源，没有就现实问题做出政见表白。在《北方》中希尼的态度变得更加明确。这部诗集展示了天主教徒对北爱尔兰政局的看法。诗集中的《安泰》与《赫克勒斯与安泰》暗示了英国殖民者必然要失败的结局。安泰离开了土地便丧失了力量。而英国人来到爱尔兰就离开他们的土地。

总的说来希尼诗中的政治表态是委婉、间接、若隐若现的。这样他就引起了新教徒与天主教徒两方对他的不满。天主教徒们希望他能写出直接反映现实动乱的作品来。1972 年,由于受到天主教徒的非议与新教徒准军事组织的恐吓,希尼在北爱尔兰的生活变得很不安宁。无奈之下他决定举家南迁。他们先来到爱尔兰威克洛暂住,后来定居在都柏林。

希尼的诗歌经常使用传统的韵律、简洁质朴的语言及新颖别致的意象,因此呈现出了朴实平易、生动有力、爱尔兰民族色彩浓郁的总体风格。希尼提倡诗歌与大众的沟通,因此他常常将自己的诗作拿到群众中间去朗诵,从而获得了"真正的民众诗人"的美誉。

20 世纪 80 年代后希尼在英语诗坛的重要地位逐渐确立。他的诗作得到了评论界与读者越来越多的青睐,销路甚好,名望日升。他此时不仅被认为是当代爱尔兰最重要的诗人,而且被看做当时英国诗坛上的一位主将。企鹅出版公司 1982 年出版的《当代英国诗歌》就把他排在了首位,从此时起他在国际文学界获得了极高的声誉。1988 年英国牛津大学聘他作诗学教授。随后美国哈佛大学又聘请他去讲授英语文学。目前希尼已被很多人视为英语世界中最著名的诗人。

希尼获诺贝尔文学奖之事在爱尔兰引起了巨大轰动。消息传开,都柏林一片沸腾,从玛丽·罗宾逊总统到普通市民无不欢欣鼓舞。他们都把希尼看作为本民族争了光的文学英雄。希尼领奖归国之日爱尔兰总理约·布鲁顿亲自到机场迎接他并当着许多记者的面拿出一本希尼的讲演集让他签名。当时罗宾逊总统又在官邸举行香槟酒会为他接风。此后都柏林所有书店中希尼的作品被抢购一空,连他的诗作评论文集也供不应求。

希尼的获奖应该说与政治不无关系。由于希尼的民族与宗教背景,他明显地倾向于爱尔兰与天主教徒,并处于同英国当局对立的立场上。他非常希望南北爱尔兰重新统一。然而他又爱好和平,坚决反对暴力,反对恐怖活动。1994年北爱尔兰各敌对力量宣布停火后希尼声称他的感觉是“黑暗的屋顶被打开,灿烂的阳光射了进来”。重大政治问题与政治事件对诺贝尔奖的评选历来有很大的影响。因此,在北爱尔兰正在举行和谈的时候将为希尼授奖自然是一件很合时宜的事。对希尼获奖之事中的政治因素西方很多有识之士都看得清清楚楚。爱尔兰总理布鲁顿就曾言希尼获奖是北爱尔兰和平的象征。

如今希尼在欧美各国已是大名鼎鼎,在爱尔兰更是家喻户晓,老幼皆知。据说当他在都柏林大街上出现时出租车司机都认识他,而且总有人给他拍上几张照片。

133. 加勒比的骄傲——沃尔科特

德里克·沃尔科特(Derek Walcott)(1930 –),圣卢西亚诗人,1992 年诺贝尔文学奖得主,20 世纪加勒比海最优秀的英语诗人。

沃尔科特 1930 年生于圣卢西亚首都卡斯特里。母亲是教师,父亲喜欢绘画。幼时丧父,他与姐姐和兄弟是在堆满了书籍的房间里长大的。中学时代是在以传统教育著称的圣玛丽学院度过的。毕业后,他考进了牙买加金斯敦西印度群岛大学学习,1953 年取得学士学位。曾先后在圣玛丽学院和牙买加学院任教,1981 年迄今执教于美国波士顿大学。

他从 60 年代初开始引起国际诗界的注目,1962 年,他的《在一个绿色的夜晚》(In a Green Night)的出版,成为加勒比海地区英语文学的里程碑,获得吉尼斯基金奖。此后,诗集《乘船遇难者及其他诗作》(The Castaway and Other Poems,又译为《海难余生》,1965)获得海涅曼奖,《海湾及其他诗作》(The Gulf and Other Poems,1969)获得肖尔姆德雷奖,戏剧集《猴山之梦》(1970)获得奥比戏剧奖。1973 年,他出版了自传体长诗《另一种生活》(Another Life),接下来几乎是每两三年就出版一本诗集:《海的葡萄》(Sea Grapes,1976)、《星星苹果王国》(The Star-Apple Kingdom,1979)、《幸运的旅行者》(The Fortunate Traveller,1981)、《仲夏》(Midsummer,1984)、《自选集 1948 – 1986》(1986)、《阿肯色的遗嘱》(The Arkansas Testament,1987)、《奥梅罗斯》(Omeros,1990)。这一时期,他的戏剧创作成就也很辉煌,继《猴山之梦》之后,他接连出版了《查拉旦》(1974)、《塞维里玩笑》(1974)、《嗅,巴比伦》(1978)、《记忆》(1977)、《哑剧》(1980)、《小岛声音难入耳》(1982)、《最后的狂欢》、《牛排,不是鸡》、《蓝色尼罗河的支流》(1986)。当瑞典皇家学院在250名候选人中挑选最佳作家时,《最后的狂欢》正在斯德哥尔摩上演。

1992年12月10日,斯德哥尔摩举行了隆重而盛大的庆典,瑞典文学院在颁奖词中指出,授予沃尔科特1992年诺贝尔文学奖是由于他的诗"具有伟大的光彩,历史的视野,是献身多元文化的硕果"。"沃尔科特在他的文学作品中为他的文化环境定了位,并通过它们向我们每一个人说话",这是瑞典文学院对他的评语。他获得这一世界性的殊荣,也可以说是多元文化作用的结晶。

加勒比海西印度群岛中的圣卢西亚岛,是1979年才获得独立的岛国,面积六百余平方公里,人口十二万。加勒比海湾地区是个风光迷人却"没有民族"、"没有历史"、"没有书籍"的地方,那里混居着从世界各地漂来的黑种人、白种人、黄种人。他们艰苦而多彩的生活需要被记录,这个地方注定要产生伟大的歌者。沃尔科特本人有英国、非洲与荷兰血统,使用英语,多种文化在这里交叉,然而他的国家缺乏自己的历史和文化传统。德瑞克·沃尔科特就是在这里土生土长的一位杰出诗人。他自比古希腊的荷马,要把自己的史诗唱给世人听。

沃尔科特自己以及论者最常谈及的,是他在殖民地长大的混血儿身份,造成精神、文化、生活都处于矛盾、对立、多重的困境。

德里克·沃尔科特在他那首著名的《远离非洲》中写道:"现在我没有民族,只有想象力/当权力倾斜到黑人那边,他们/也像白人那样不要我了/白人牵起我的双手道歉:'历史'/黑人则说我不够黑,不足以使他们骄傲。"这是混血的沃尔科特在民族(种族)归属上遇到的两难处境。

沃尔科特的痛苦不仅是现实的反差,精神上的错落,更重要的是语言的介入。他认为种族冲突基本上都是愚蠢的,他表白自己:"我忠诚于语言。"他说:"我是一个信徒,我向来怀有一种诚挚的感激,我为某一种才能深怀感激，也为大地之美深怀感激，大地之美，亦即围绕我们的生活之美。对于我来说，诗是一种天赋，是一种祝福。我们不能不信宗教，我们也不能没有诗。”他甚至有时处在六神无主的地步：在语言与人民、土地的撕裂中生存，是一件颇为困难的事。

在其剧作《猴山梦》序言中，沃尔科特提到他“精神分裂的童年时代”，那时他过着“双重生活：诗的内部生活和行为与方言的外部生活。作为在殖民地长大的混血儿，他的“精神分裂”远不止此，而且必将伴其终生。难怪他的血统与文化中黑人与白人、臣民与宗主、加勒比本土与西方文明的二元对立在他的创作主题中占主要地位。在他经常被引用的早期诗作《来自非洲的遥远呼声》中，沃尔科特直露地道出了处于种族与文化交混中身不由己的矛盾心态：

我，染了他们双方的血毒，
分裂到血管的我，该向着哪一边？
我诅咒过
大英政权喝醉的军官，我该如何
在非洲和我所爱的英语之间抉择？
是背叛这二者，还是把二者给我的奉还？
我怎能面对屠杀而冷静？
我怎能背向非洲而生活？

在另一首诗《飞行号双桅船》中，诗人借一位水手之口道出了混血儿在黑白分明的社会中的尴尬地位。

于是，沃尔科特成了不同文化之间的“精神分裂”者和无家可归的流浪者。这是祸也是福。祸是没有祖先传给他固定的遗产；福是因此他可以不受羁绊地靠自己去定位。

沃尔科特能够清晰地用自己置身于欧洲、非洲、北美洲三种传统之中产生的混血特质在诗歌中表达出自己的位置感。他同其他几位来自于诗歌边缘地带的诗人，他们置身其中的特殊历史传统与地域特征在其作品中发挥着重要的作用。他们写出了自己与这个世界的遭遇，也很大程度上写出了自己的民族与这个世界的遭遇。

他的欣悦来自那片鲜为人知的群岛:“这片土地尚未被写过,尚未被画过。这就意味着我是位先驱。我是第一个仰望这座高山并试图描绘它的人。我是第一个凝视这片海湾、这方土地的人。瞧,我拥有成为第一个描绘者的巨大优势。我们这一代西印度群岛的作家都体验到了绝对的发现感。”

沃尔科特的诗作尽管富于加勒比海特色,但却相当高度概括了英美文化背景,他被另一位诺贝尔文学奖得主约瑟夫·布罗茨基誉为“我们面前的巨人”。

在欧洲传统方面,沃尔科特崇尚希腊古典文化和英国伊丽莎白时代诗歌传统,然而他并不以此为自己的家传衣钵。他笔下的“爱琴海”实际上是热带的加勒比海,他笔下的荷马与希腊英雄则是印第安巫师和加勒比海渔夫。同时,在他诗中也表现了他与非洲的血缘关系和反殖民主义的激情。

尽管为种族、文化以及政治上的“精神分裂”所苦,沃尔科特并不拒斥他既已承受的一切,而是选择了拥抱本土和殖民文化两方面的精华。“作为两种充满生机的丰富文化的继承者,他利用其一,再利用其二,最终从中创造出他自己的个性化风格。”与他所羡慕的爱尔兰英语诗人谢默斯·希尼相似,通过个人奋斗,沃尔科特成了文化分裂的受益者,而不是牺牲品。在《港口》一诗中,他把这种个人奋斗比作充满危险的“秘密出航”,为的是要寻求内心的平静:

可是此时目睹我在一片比任何情话
都残酷的海面上向外航行的其他人
会在我内心看到我在一场古老的骗局中
逆行开拓新水域的航程所制造的宁静;
免于思想之危险者可以安全地爬上大轮船
听有关溺死在群星附近的玩水者的小道消息。

向外航行是为了看世界,也是为了向世界证实自己的存在。沃尔科特选择了文学作为他闯天下的手段。他把文学创作看得非常严肃而崇高,以至于诗本身和练习用英语写作的学艺经验都成了他的诗中经常出现的主题。

作为“边缘诗人”的沃尔科特自行其是，独树一帜地表现出丰富华美的诗风，这是由诗歌语言、音乐因素、绘画因素的奇妙交织形成的。在语言上，他吸收了伊丽莎白时代古典诗的富丽与巧妙，而西印度群岛的多语言背景更加使其丰富多彩；在音乐性上，他在格律诗已经过时的20世纪使用因变体而现代化的格律写诗，大量采用半韵、偏韵和谐声，以丰富的音乐形成如歌如诉的律动感；而沃尔科特又是一位画家，尤以水彩画见长，他的诗与画一样，充满鲜明热带色彩与形象，使读者感到仿佛漫步于法国印象派的画廊。

如果说沃尔科特的诗作多以意象和隐喻暗示个人经验，那么他的剧作则直接呈现加勒比人的集体经验。它们多以加勒比海湾地区的历史和现实为题材，而且多以本土方言写成，例如《亨利·克里斯朵夫》就再现了18世纪前期奴隶亨利·克里斯朵夫在海地称王的故事。有论者认为，沃尔科特希望创造一种“对社会变革或至少对社会认同起催化作用的戏剧”。他试图直接对他的人民说话：“对我来说，最大的挑战是尽可能写得强有力……以使大体的情感能够被一个渔夫或流浪汉吸收，即使他不是每行都懂。”

沃尔科特是一位富于爱心的诗人，尽管异化主题、海难主题隐隐贯串在他的诗中，但他诗中同时又有一种生活的厚实感和韧性的活力，使人得以海难余生。

沃尔科特目前执教于美国波士顿大学，每年夏季则住在西印度群岛。

134. 休·麦克伦南
——加拿大现实主义小说之父

休·迈克伦南(Hugh MacLennan,1907 - 1990)在加拿大小说发展史上是一位举足轻重的小说家。他出生于新斯科舍省格勒斯湾镇,父亲是苏格兰医生,母亲爱好音乐和美术。他靠罗德兹奖学金赴英国牛津大学进修,并且游历欧洲,后来又在美国普林斯顿大学获得古典文学博士学位。在普林斯顿读书期间,他也开始尝试写小说,然而为生计所迫,他只得在1935年去蒙特利尔下加拿大学院教授拉丁文和历史。1936年与美国女作家多萝西·邓肯结婚。邓肯鼓励他创作,最初他写了两部描写国外生活的小说,均不成功。于是妻子引导他以自己熟悉的加拿大风情为题材。他根据1917年在哈利法克斯的童年经历,撰写了《气压上升》(Barometer Rising,1941)。后来他又创作了《两种孤寂》(Two Solitudes 1945)、《悬崖》(The Precipice,1948)和散文集《穿越田野》(1949)这三本书都获得加拿大文学最高奖——总督奖。他的另一部散文集《30和3》(1954),使他又一次荣获总督奖。1959年,在多萝西·邓肯逝世的激励之下,他创作了充满激情的《长夜漫漫》(The Watch That Ends The Night,1959),并且因此第五次得到总督奖。一般认为,这是他的最优秀的作品。他的主要作品还有《每个人的儿子》(Each Man's Son,1951),《斯芬克斯归来》(Return of the Sphinx,1967)和《时代的不同声音》(Voice In Time,1980)以及散文集《苏格兰人归来》(1960)和《加拿大的七条河流》(1961)等。从1951年起,他一直在麦吉尔大学任教,1979年退休后,住在魁北克省北哈特利。

休·迈克伦南被称作是“第一个运用小说形式开创加拿大传统”的小说家,从他的作品中读者可以看到自己的影子,感到自己国家的存在。他获得成功的主要原因是将自己的作品植根于加拿大生活土壤之中,即从自己所熟谙的加拿大生活中汲取创作素材,探讨加拿大问题。他认为,一个小说家必须用真实的地点作为他作品的背景,在必要的时候用近似纪实的手法对此进行描写,即“敢于指出我这个世界中的名字”。第一部小说《气压上升》直接点出了哈利法克斯城,并对其进行了细腻的描写。评论家称此书是“第一部关于某个具体的加拿大城市的长篇小说”。书中的故事只可能发生在加拿大,发生在哈利法克斯城。他开拓加拿大小说传统的第二个办法是,突出写跟加拿大和加拿大人有关的问题。《气压上升》以第一次世界大战为背景,描写了战时的状况,男人远离祖国,人人感到了时代脉搏的跳动,小说巧妙地把人物的命运跟国家的命运连接在了一起,把两次世界大战联系在了一起,使读者联想到当代科技发展可能给人类带来的危险。另一部力作《两种孤寂》以魁北克乡村和蒙特利尔市为背景,写加拿大统一问题,写英裔加拿大人和法裔加拿大人的关系问题。《悬崖》探讨了美加关系问题。《每个人的儿子》写清教主义思想残余影响问题,有教诲意义,有加拿大特色。

迈克伦南非常重视对艺术形式的探索,因为他要运用最精练的小说形式来表达其内容;其次是为了经济原因,在加拿大和美国都要有读者。他运用的是“浪漫主义和现实主义”相结合的格局。他也很重视情节的安排,有跌宕起伏的故事。

另一部力作《斯芬克斯归来》也以蒙特利尔为背景,集中探讨了60年代中期加拿大英语区和法语区之间出现的紧张关系问题,实际上正是加拿大普遍存在的社会和政治动荡不安问题在作品中的反映。在此书中,作者运用了第一人称叙述的传统写法,似乎是比前一部作品《长夜漫漫》更像是因袭了传统小说的手法。

《时代的不同声音》在创作方法上另辟蹊径,以50年代以后的蒙特利尔为背景，写由于计算机偶然失误所引发的大规模原子战争使该市遭受彻底的毁灭性破坏的惨状，其影响扩大到世界范围，导致了人类文明的崩溃。一个幸存者努力回忆1970年北美洲发生的事件的真实状况，回忆欧洲30年代和40年代初期的状况，通过展示日记、录相带和传记片等方面的情况，烘托出一个整体的印象。作者运用时空交错方法，先托出骇人听闻的结局，造成了强烈的悬念，吸引住读者，然后再细细追逐其原因。作者两次探讨了这样的主题：不能接受历史教训，不能维持文明观念，将导致西方世界的毁灭。

《长夜漫漫》被公认为麦克伦南的代表作，这部小说主要刻画了三个形象鲜明、性格各异的人物：乔治·斯图尔特、凯瑟琳·卡里和杰罗姆·玛特尔。作者通过这三个人物的经历和彼此之间的爱情婚姻纠葛，揭示了三、四十年代加拿大人的生活观念和命运。展示了加拿大30年代至50年代之间广阔的社会生活画面，成功地塑造了一个坚强的理想主义者人物杰罗姆。他牺牲个人利益，为理想的社会主义事业、为人类的正义事业奋斗。作者选择了合适的叙事人并运用了第一人称的叙事角度，也是小说成功的一个重要原因。

乔治和凯瑟琳都出生于古老的移民家庭，虽然住在被称为国际城市的蒙特利尔郊区，但是受传统文化的影响，他们对于都市的气氛感到格格不入。他们似乎更迷恋淳朴、幽静的田园生活，这种生活酿就了他们的诗一般的初恋，也塑造了他们的懦弱胆怯、耽于安逸、缺乏自信的性格。他们虽有理想，却总是摆脱不了旧道德意识的阴影；虽然接受了不少外来的新观念，却抑制不住对传统文化的深深的眷念。这在当时的加拿大颇有代表性。从三、四十年代的世界局势看，加拿大仿佛是一块世外桃源，远离政治、军事和经济的冲击，大部分加拿大人对世界上的动荡不安只是冷眼旁观，漠不关心。但是，也有少数敏感、活跃、敢于接受新思想的人其行为与此截然相反，杰罗姆·玛特尔就是一个典型。他是个倔强自信、敢做敢为的人，不论对于事业还是爱情，他都表现出一种果断、坚决的作风。他并没有那种病态的乡土观念，而是关心国外的事变，甚至包括与国内生活毫无关系的西班牙内战。他富于正义感、充满献身的热情，为了支持异国他乡人民的革命斗争,他甚至不惜抛弃优越的生活和温馨的家庭。毫无疑问,杰罗姆代表一种新的观念,这种观念震撼了加拿大古老的田园诗般的生活。不过,作者似乎并没有以赞扬的笔调歌颂杰罗姆这种人,相反,他对乔治和凯瑟琳倾注了更多的同情。也许他认为杰罗姆的行为带有太多的政治色彩,或者说他本人也像乔治一样,对往昔的恬适、优雅有着扯不断的情丝。从小说的描写来看,作者似乎想把古老的牧歌和新时代的交响曲调和起来。当然,作者也看到生活正在发生不可逆转的变化,已不再会是一池宁静湖水。杰罗姆的归来就表明了这一点,它使乔治和凯瑟琳表面平静的生活顿时掀起波澜,这不仅是感情的冲击,而且是心灵的震荡。最后,杰罗姆虽然走了,凯瑟琳的生命也终于结束了,这似乎意味着一种生活的结束。也就是说,不管人们愿意与否,世界还是变了。乔治最后说:“我周围的世界已经开始变得模糊一团,我却比以往更爱它”,似乎他也向往新生活,可是仍然觉得有点把握不住,这里显示出新旧观念之间的矛盾。

这部小说采用了倒叙的形式,但是在回顾中间又几次把镜头拉回来,这样便产生了一种对比的效果,使读者既能把握故事的脉络,又渴望知道下文。此外,这种方式也大大增加了作品的容量,因为,用平铺直叙的手法很难在这样篇幅里展示如此广阔的历史场景。而作者正是以娴熟的技巧,描绘了整整一代人的命运。以第一人称来叙述,也是该书的一个优点,在三角关系处于较被动地位的乔治被作者安排为第一人称叙事人是最为理想的,讲的故事显得真实可信。他像作者一样是大学教师、作家和社会问题评论员,成了一个比较自然的教诲人物,对经济问题、社会不平等和法西斯主义威胁等问题的看法比较容易为人们所接受,也是不言而喻的。这个“我”既是叙述者,又是书中的一个角色,不仅可以省去许多笔墨,而且使读者感到更亲切、更可信。

这部小说给人最突出的印象是它的抒情味,作者仿佛在利用一切机会抒发对自然、对田园生活和对纯洁真挚的爱情的赞美,这显示出作者对于加拿大的大自然、生活和风土人情的热爱。

麦克伦南的小说以描写加拿大的现实生活为主,具有浓厚的地方色彩，堪称加拿大民族文学的代表作家。他敢于正视人生，他的小说基本上是写实的，写重大社会问题，富有深邃的哲理寓意，成为一位杰出的现实主义小说家，是加拿大严肃小说的开拓者之一。他的小说和散文先后五次荣膺总督文学奖和其他奖项。

135. “加拿大的托尔斯泰”——马格丽特·劳伦斯

玛格丽特·劳伦斯(Jean Margaret Lawrence, 1926 – 1987)是加拿大最负盛誉的女作家。加拿大著名文学评论家乔治·伍德科特曾把她与文学巨匠托尔斯泰相提并论。因为她与托尔斯泰一样,“有着对生活的广泛了解和深刻见解”。运用她那敏锐的洞察力和丰富的想象力,刻画了在现实生活中所深刻感受到的东西,为后人保存了流逝的年代和当时社会的生动画面,使生活在今天的人们能了解过去,同时更深入了解加拿大是一个有着高度民族自尊心和自觉性的国家。

玛格丽特·劳伦斯出生在加拿大曼尼托巴省的尼帕瓦镇。她将地处大平原的小镇,改造成马那瓦卡镇,作为其五部系列小说的背景:《石头天使》(The Stone Angle, 1964)、《上帝的嘲弄》(A Jest of God, 1966)、《受尽煎熬的人》(The Fire-Dwellers, 1969)、《笼中之鸟 》(A Bird in the House, 1970)和《先明者》(The Diviners, 1974)。劳伦斯年幼时在尼帕瓦镇就受到家庭成员死亡的沉重打击,这其中包括在她四岁时去世的母亲,以及在她九岁时去世的父亲。她的苏格兰祖父、祖母为长老教信徒,传授给她上帝裁断功过的威严形象。这些经历,在所有的马那瓦卡镇系列小说中都刻上了印迹。正像《笼中之鸟》的主人公凡妮莎那样,少年时的劳伦斯觉得被禁锢在祖父的住宅里。1943 年,她获得了一份曼尼托巴省奖学金,去温尼伯的联合学院就读，才得以解脱，开始了独立的生活。

玛格丽特·劳伦斯 1948 年和杰克·劳伦斯结婚，1949 年与当工程师的丈夫移居英国，第二年又搬迁去了非洲，一直居住到 1957 年。劳伦斯是在旅居非洲时开始写作的。最先是翻译《贫困之树》(A Tree for Poverty)，重现了索马里的诗歌和故事。而后，她又创作了一系列的故事，描述了正处在从古老部落转向现代社会的非洲大陆。她所撰著的非洲短篇小说，描写的是黄金海岸(即今日的加纳)。到 1954 年，这些作品逐渐在各家期刊上发表，后来被收入题为《驾驭未来的人》(The Tomorrow Tamer，1963)的短篇小说集里。劳伦斯在旅居非洲时还撰写了其他三本书：《约旦河岸》(This Side of Jordan，1960)写的是加纳人民争取独立的斗争；《预言人的驼铃》(The Prophet's Camel Bell，1963)记述了劳伦斯在索马里的两年生活经历，小说是根据她的日记整理而成的；《长鼓与大炮》(Long Drums and Cannons，1968)思维敏捷地评论了阿尔及利亚的英语作家。作者在《预言人的驼铃》中写下了自己在一个全然陌生而遥远的国家里所得到的感受。该书既是作者对生活的深刻认识又是她对自我认识的写照。索马里是那么干旱、荒凉、贫穷。但她从观察索马里人身上看到的是形成他们生活的那种信念，而不是寻找那否定他们十分严酷生活的另一部分。这就促使她不断探索人们的精神世界，而在探索过程中又加深了她对现实世界的认识。虽然《约旦河岸》只算得是劳伦斯的习作，有关非洲的短篇小说却是她的最佳之作。她目睹了非洲各国人民，为自由、民族而进行的斗争，也增强了她对加拿大的认识。加拿大也是个新建立的国家，也以自己特有的方式，接受着本国殖民主义的历史。

劳伦斯很重视旅居外国时所获得的观察事物的角度。在回返加拿大五年之后，她与丈夫分居，并迁居英格兰，在那儿撰著了马那瓦卡镇系列小说的头三部：《石头天使》、《上帝的嘲弄》、《受尽煎熬的人》。这些小说在加拿大产生巨大影响，揭示了地方文学的威力与普遍性，劳伦斯被称誉为加拿大六十年代首屈一指的小说家。1969 年至 1970 年，她回到加拿大，在多伦多大学当客座教授，同时发表了系列小说的第四部《笼中之鸟》。1971 年，劳伦斯被选入加拿大名人榜。次年，她回加拿大定居。

1974年，劳伦斯发表了《先明者》。小说集中了其他四部马那瓦卡镇系列小说里的人物和主题，与《石头天使》竞相呼应，从而正式终结了这个小说系列。继《上帝的嘲弄》之后，《先明者》使劳伦斯又一次荣获总督奖。从此以后，劳伦斯主要撰写出版儿童读物和非小说体裁作品。散文集《陌生人的心》(Heart of a Stranger，1976)收录了她在过去的十二年里撰著的短篇文章。

从以非洲为体裁的早期作品，到其后期小说，甚至在她所撰写的儿童作品中，劳伦斯都反复地描述了人人追求着的一种生活，这种生活不但自由自在而且充满了快乐。然而，一股股强大的势力阻止着个人对这种生活的追求，正像《石头天使》中九十岁高龄的女主角哈格·希伯利，在小说快结束时所说的那一段感人肺腑的话："这种认识对我冲击很强烈，把我砸得七零八乱的，我从来都没有像这样愤世嫉俗过。我一如既往，所希望的只不过是心情舒畅；可不知是怎么了，我从来就没有心情舒畅过。我曾经有过喜悦，在丈夫那儿，在孩子身上，甚至从平凡无奇的晨光中，从脚踏实地的步履下所获得的。但又有碍于要做出个适度的仪表，得到的喜悦一下子就被僵硬化了。咳，对谁来讲是适度的呢？傲慢好似荒野，恐惧是把我误入荒野的魔鬼。我孤身一人，毫无建树，从不自由，重负着心灵的枷锁，锁链从我这儿漫延开来，把我抚摸过的东西都禁锢起来。"

然而，尽管哈格和她同时代的女人，似乎既没有完全得到幸福也没有完全得到自由，在《石头天使》之后的作品中，劳伦斯的主角则向着实现理想靠近了一步。哈格与命运的搏斗解放了小说《先明者》中的女主角墨娜格。哈格的生活经历感动和帮助了墨娜格，表现了劳伦斯作品中的一个重要的主题：继承传统。在她所有的马那瓦卡镇系列小说中，继承传统都是个永恒的主题。这不仅仅只是血脉的相传，而且表现了文化、社会和环境对人所产生的潜移默化、根深蒂固的影响。一方面，传统通常会对我们所追求的加以限制；而另一方面，传统则是我们力量的主要源泉，这个力量使我们在一个疑惑迷茫的世界里赖以生存。

《石头天使》通过哈格·希伯利从小姑娘到九十高龄老妇的成长史，反映了加拿大的社会现实，塑造出哈格这一骄傲、自强、不畏人生艰难的女性形象，富有浓厚的人文色彩。

《石头天使》以女主人公哈格·希伯利当下的生活事件为线索，她的思绪不断地因某个生活细节的触动而陷入往日的时光中，同时又不断地被拉回现实。玛格丽特把她的"英雄"的时间打碎了，一块块地呈现给我们，像是电影蒙太奇的拼贴(这是现代美学的一个重要特征)。

对哈格来说，她的生活不仅仅是她当下的生活事件，她过去的生活也是现在她之为她的不可或缺的部分，甚至是无比重要的部分。玛格丽特将哈格的时间打碎，正是真实描绘了她的生活状态。这一点在一开始就已给我们暗示："此刻，我怎么也无法抑制自己回忆的思绪。以往我并不常常沉溺于此，至少没像近来这么频繁。一些人会对你说，上了年纪的人总是生活在往日的时光里——那是胡说。直到最近，昔日平淡的日子才令我感到新奇，我欣赏它们，像是欣赏花瓶，又像欣赏刚刚破土而出的蒲公英，我们完全可以不去计较它们的杂乱无序，而只去惊叹它们的势如破竹。"小说的主题便是在这种表面的"杂乱无序"中展开的。

哈格的母亲因她的出生而死去，所以哈格从小便认为她的母亲是个懦弱、脆弱的人，独立的骄傲感由此在她心里生了根，她怒斥别人的脆弱，也怒斥自己的脆弱，无论这种脆弱是表现在男人面前，还是表现在女人面前，抑或是时间加诸于身体上的；就像"怒斥光明的消失"。她就是哈格，一个独立的个体，她甚至容忍不了女儿、妻子、母亲这样的角色。而当最后我们看到九十高龄的她躺在病床上喝水都要自己把杯子抓在手中时，可以看出独立在她的心中是多么重要而执着。

玛格丽特有意把哈格独立的骄傲品性放在她与三代男人的关系中揭示：她的父亲杰森·卡利、她的丈夫布拉姆·希伯利，以及她的两个儿子玛文和约翰。她的父亲是她对抗的第一个男人。当她犯了错，父亲用尺子打她的手时，"我不能让他看见我流泪，我愤怒已极……看见我的眼睛是干涸的，他便愈加愤怒，仿佛我不流泪便是他的失败一样"。后来，当哈格遇到布拉姆，尽管她父亲认为他"像宠物猪一样懒惰，他不是个勤快人"，她还是按自己的意愿结了婚。她父亲没有参加她的婚礼。

布拉姆是唯一一个把她"视为哈格——而不是女儿、姐妹、母亲、甚至妻子——的人”，这也许是因为他是个不折不扣的粗鲁的人，他永远也没有像哈格希望的那样变得温文尔雅、学会系领带和正确使用语法。他们的结合也许正像哈格本人所发现的，正是由于那样他们彼此不能忍受的行为举止。这让哈格得以正确地审视他们的关系。他们婚后不久，她就感到她的血液和感官与他很和谐了，然而这隐藏着丧失独立的危险，无论是精神还是身体，哈格都不能容忍它们对其他人产生依赖感。她对自己能保持自己的骄傲而感到自豪。而后来，当她离开布拉姆时，他也没有留她，因为他知道他根本留不住。而她之所以离开他，是因为她的独立受到了威胁，她要自己找个地方，找份工作，带着儿子约翰。

在哈格的眼中，大儿子玛文是个比较迟钝的人，并且好像对生活没有什么热烈的兴趣，而小儿子约翰则在上学前就能流利地数到一百，在她眼中，他像她自己的父亲那样具备一种自强不息的精神，这与哈格自己是一样的，所以她更喜欢约翰。然而她看错了，约翰并不像天使雅各那样明确地知道自己想要什么，他华而不实，喜欢新奇刺激，最终因此失去了性命。而玛文实际上却正是她理想中的那种自强不息的人，尽管这种自强不息是以一种平庸甚至卑微的生活进行的。玛文十七岁就参军上了战场，从战场上回来，先是伐木，之后又当了搬运工。然而在哈格看来，玛文是个无名战士，是那种谁也不知道名字的小卒，而她需要的是一个天使，一个雅各。在玛文身上，玛格丽特寄托了这样一种信念：每个人，无论有名还是无名，只要坚定自己的生活信念，都可以成为有力量的天使。他貌似被生活所驱逐，实际上却是在现实的而非理想的条件下，对生活的一种选择。

玛格丽特的深刻之处在于她虽然从女性意义出发，最终却超越了性别的斗争，探讨的是人对自我、对他人的认识，对光明的理想。小说以一个词“而后”结尾，暗示的不仅是生命的延续，更是奋斗精神的永不终止。

《笼中之鸟》中的主人公凡妮莎，是一位追求精神解脱、渴望自由、希望能享受平等和尊严的时代女性。凡妮莎的童年回忆，向读者清晰地展示了儿童心目中复杂的成人世界，一幅在儿童眼中所能解释的往昔的画图。凡妮莎在逐渐成长、丰富人生阅历的过程中，也丰富了她自己的内心世界。

《上帝的嘲弄》讲述的是34岁的单身小学教师雷切尔·卡梅隆困在自我的牢笼中的故事，荣膺1967年的加拿大总督文学奖，并被改编成电影。《受尽煎熬的人》描写了一位中年妇女心理上的混乱和孤独。

劳伦斯的这些小说没有曲折的情节，生活内容也颇狭窄，但她笔下的妇女形象，却有血有肉。人们不仅能看到他们，还能听到他们的心声。这些人物都有明显的孤独感，无法认识世界。她们生活艰辛、苦涩，充满着困惑和混乱，但并不憎恨生活。她们在生活中挣扎，沿着一条承认并接受现实生活的路走下去。作者通过对生活中狭窄题材的探索，加深了对客观世界的认识，这成了她创作的巨大力量和源泉。她的小说是三四十年代加拿大妇女生活和心态的写照，构成了一幅复杂而秀丽的加拿大风情画。

136.《转手的幸福》
——第一部走向世界的魁北克小说

加布里埃尔·鲁瓦(Gabrielle Roy,1909－1983)加拿大法语女作家,是当代魁北克最优秀的小说家之一。她的作品因题材的广泛和挖掘的深度,使之在魁北克文学史上占有极为重要的地位。

加布里埃尔·鲁瓦于1909年出生在加拿大西部的马尼托巴省的法语小城圣波尼法斯,早年当过8年小学老师。在加拿大西部度过的童年和青年时代给加布里埃尔·鲁瓦留下了挖掘不完的回忆和题材。二战前夕,她远渡重洋来到向往多年的法国。鲁瓦正是在巴黎发现了自己的写作欲望和才能。她在法国和英国逗留一段时间之后,于1939年回到加拿大,住在蒙特利尔,在一家报社当记者。记者这个职业使她有机会接触了蒙特利尔底层的劳动人民,了解了他们的困苦,也使她显示了自己的敏锐的洞察力。她为报社撰写的关于加拿大新北部的系列报道,使她加深了对移民问题和不同民族及种族之间的关系的思考。这些思考后来都在她的文学作品中反映出来。

1945年,加布里埃尔·鲁瓦创作了第一部小说《转手的幸福》,通过一个饭店女招待员的经历,再现了第二次世界大战期间蒙特利尔一个工人区的生活,着重描写劳动者因经济萧条所遭受的失业和贫困的痛苦。这部作品是魁北克小说史上一个重要的里程碑,作者用巨大的画卷,宏伟的气势,全面地展示了从农村来到蒙特利尔这座大都市的法语加拿大人的艰难处境。加布里埃尔·鲁瓦开了用文学表达对现实不满的先河,这种文学在整个60年代——平静革命的年代——占据了文坛的主流。作品一问世,立刻受到广大读者的热烈欢迎,得到评论界的一致好评。这部小说获得1974年法国费米纳文学奖,并很快被翻译成多种文字,在世界各地广为传播和销售,给魁北克文学带来了从未有过的荣耀。在这部作品中,城市取代了乡村,蒙特利尔也堂而皇之地以世界大都市的面貌出现在世人面前。

蒙特利尔是当时加拿大最大的城市,是权利和成功的象征,是富人的天堂,同时也是穷人的地狱。《转手的幸福》描写的是蒙特利尔地狱的一面,讲述的是二战前夕住在蒙特利尔圣亨利贫民区的一个失业工人阿扎留斯·拉卡斯家的种种不幸。

拉卡斯家的大女儿弗洛朗蒂娜是餐厅服务员,在她身上体现了父母从乡下带来的传统价值观与她要融入现代大都市的强烈愿望之间的冲突。她是个软弱的女孩,却肩负起从父母那难以割舍的旧世界向现代社会过渡的重任。她所爱的技工让·勒维克就是这座她要融入的现代化城市的化身。但是地位相对优越的让·勒维克并不真的爱她。在他看来,个人前途远远比爱情重要,他的雄心壮志,就是进入英语加拿大人居住的蒙特利尔西区,即富人区,那里是成功的象征。因此,他很快就中断了与弗洛朗蒂娜的来往。弗洛朗蒂娜怀上了勒维克的孩子,却找不到孩子父亲的下落。在当时的魁北克,未婚母亲备受歧视,堕胎是违法的……弗洛朗蒂娜陷入了绝望之中。

拉卡斯家的子女越来越多,房子越来越拥挤。母亲罗丝·安娜终日为寻找一套既宽敞又便宜的房子而奔波、而发愁。

阿扎留斯失业了,一家大小的吃穿都成了问题,小儿子又患了白血病……他到处寻找工作,到处碰壁。

战争成了拉卡斯家的救星:弗洛朗蒂娜嫁给了即将奔赴战场的埃马努埃尔,不仅为肚子里的孩子找到了一个爸爸,而且还得到一笔参军费;阿扎留斯也在妻子又为他生下一个儿子时,穿上军装,他在上前线之前,把“卖身钱”留给妻子，解决了家里的断炊之急。连还未成年的大儿子也报名参了军，完全是为了摆脱等待他的漫长的待业岁月。

拉卡斯家的种种危机暂时都一一解决了，然而，战争带来的这种“幸福”能持久吗？这能称得上是幸福吗？

《转手的幸福》对城市问题的探索，无论在深度还是广度上，都远远超过同类小说。这部小说的成功，也给作家本人带来了极大的荣誉，使她成为世界级的加拿大作家。

此后她陆续出版了多种作品，包括：《小水鸡》(la Petite Poule d'ear, 1950)描写加拿大西部开拓者艰苦创业的生活；《亚历山大·舍纳维尔》(Alexandre Chenevert, 1954)写一个银行出纳员为了追求有意义的生活而挣扎了一生；短篇小说集《德香堡街》(Rue Deschambaut, 1955)和长篇小说《阿尔塔蒙之路》(1966)具有自传性质，记述了作者青年时代在故乡的生活；《神秘的大山》(La Montagne secrete, 1961)，写画家、猎人比埃尔·卡托莱渴望前往僻远的、被人类遗忘的地方，一生都在漂泊与浪游中度过；《天边的花园》(le Jardin au boutdumonde, 1965)写离乡背井奔向远方的移民的生活；《我生活里的孩子们》(Ces Enfants de ma vie, 1977)是作者对早年在马尼托巴的教师生活的回忆；另外还有《永不停歇的河流》(la Riviere sans repos, 1970)和《这个欢畅的夏天》(Cet Ete qui chantait, 1972)。这些作品或表现了开发者不断探求的精神和人们追求新生活的愿望，或描绘了加拿大中西部平原的景色。

鲁瓦的作品描写了从东部到西部几乎整个加拿大以及普通劳动者和社会下层的人民，表达了他们的愿望与要求以及他们与现实生活的矛盾。语言洗练，文笔朴素，被认为是当代加拿大法语文学最重要的小说家。

1983年，加布里埃尔·鲁瓦在魁北克市附近的夏勒瓦逝世。但是，她留下的篇篇作品，特别是《转手的幸福》，为她树立了一座不朽的丰碑，使她的名字永远响彻加拿大和世界文坛。

137．玛格丽特·阿特伍德
——"加拿大文学皇后"

玛格丽特·阿特伍德(Margaret Atwood,1939－)是20世纪一位享有国际声誉的加拿大杰出女诗人、小说家,被誉为"加拿大文学皇后",在欧美的影响极大。她的诗不仅表现出女性的细腻,而且还显示了对人类深刻的洞察力,意境开阔而又睿智,从中描绘出一幅幅人类的存在环境的图画。她的诗从另一方面体现出诗人独特的艺术感染力,语言凝重、语感犀利,对20世纪加拿大诗歌的发展产生了十分重要的影响。作为一名女作家,阿特伍德的小说大多以妇女生活为题材。她关心现代社会中妇女的命运,小说中的主要人物大多是职业女性,当这些女性的固有的观念受到冲击时,她们不得不重新衡量自己、调整自己的看法。

玛格丽特·阿特伍德于1939年11月18日出生在加拿大首都渥太华,父亲是森林植物学家,母亲毕业于多伦多大学,主修家政。阿特伍德7岁时,全家移居多伦多,父亲则任教多伦多大学。她童年时代在安大略和魁北克北部地区度过,1961年毕业于多伦多大学,后又获哈佛大学文学硕士学位。她后来在加拿大多所大学任教,并做过编辑。

她从1956年开始文学创作,创作了大量的诗歌和小说,先后出版了诗集、长篇小说、短篇小说集和文学评论集30部,取得了卓越的成就。诗集有《圆圈游戏》(The Circle Game,1966)、《那个国家的动物》(The Animals in That Country, 1968)、《强权政治》(Power Politics, 1971)、《你是快乐的》(You Are Happy, 1974)、《真实的故事》(True Stories, 1981)、《无月期》(Interlunar, 1984)、《诗选》(Selected Poems, 1986)、《诗选续集》(Selected Poems II)、《焚烧过的房子中的早晨》(Morning in the Burned House, 1995)等多卷;小说有《浮升》(1972)、《女法师》(Lady Oracle, 1976)、《肉体伤害》(Bodily Harm, 1981)、《侍女的故事》(The Handmaid's Tale, 1986)、《猫眼》(Cat's Eye, 1988)、《可吃的女人》(The Edible Woman, 1991)、《强盗新娘》(The Robber Bride, 1993)、《阿利亚斯·格雷斯》(Alias Grace, 1996)及《盲刺客》(The Blind Assassin, 2000)皆以独特的阿特伍德叙事手法、复杂的情节铺陈以及女性意识的勾勒,吸引广大的读者。此外她还写过不少文学评论,编过权威本的《牛津加拿大英语诗选》(1982)。她曾于1981年~1982年担任加拿大作家协会主席,并且多次获得国际国内文学奖,如加拿大总督文学奖、《星期日泰晤士报》1993年度最佳作家奖、阿瑟·克拉克科幻小说奖、2000年英国布克奖和加拿大吉勒文学奖等,她获得12个荣誉学位,并获法国文学艺术骑士勋章。她还多次被提名为诺贝尔文学奖候选人。

《可吃的女人》是阿特伍德的第一部长篇小说。这部小说笔调轻松,语言幽默,在很多方面不乏喜剧色彩,但是它的主题却是十分严肃的。该书探讨了妇女在现代社会中的地位问题。1969年,小说出版后立即引起了文学评论界的注意。当时妇女解放运动恰好席卷西方世界,不少评论家异口同声地指出它是一部女权主义抗议文学作品。尽管作者在1979年为本书写的序言中指出,她在创作此书时女权主义运动尚未兴起,但这部小说所表现的内容确实反映了西方社会的现实。

小说的女主人公玛丽安是个受过大学教育的年轻女性,从表面上看,她的工作与爱情生活似乎都比较顺利,但是,在她内心深处却始终存在着一种迷茫的感觉,她下意识地感到无论是在职业生涯还是婚姻生活中,都无法把握自己的命运。作者巧妙地把她精神上这种无形的压力通过其食欲表现出来。随着婚姻的临近,玛丽安渐渐地无法正常进食,精神上日趋崩溃。在故事的最后,她决心摆脱这个社会强加在她身上的一切,就在婚礼之前,她烤了一个女人形状的蛋糕,将这个"可以吃的女人"作为自己的替身献给自己的未婚夫，从而与过去的一切一刀两断。

在阿特伍德笔下，进食被巧妙地用来隐喻男女之间微妙的地位差异和权力关系。玛丽安原来饮食正常，但是她与男友彼得订婚之后，她的进食发生了问题。随着她婚礼的日益临近，她在潜意识中感受到被吸收同化的危险，她的身体排斥越来越多的食品，几乎到了无法进食的地步。玛丽安失去正常进食能力正是失去自我的外在表现。不妨说，她肉体上对食物的抗拒正是潜意识中对现实中女性地位的反抗。正如书中另一人物邓肯所说："也许你这是代表了现代青年对现存体制的一种反叛心理……"。在全书结尾玛丽安同彼得断绝关系之后，她的食欲又恢复了正常。因此，玛丽安作为一个女人进退维谷的困境不过反映了那个商业社会里每个人所面临的问题。

《猫眼》叙述了一个似乎每个人都会经历的童年、少年、青年时期的生活故事，用看似平常却深含波澜壮阔的韵律之笔，将惊雷之声埋藏在日常柔美的逝水之中，点点波浪连绵起伏，却汇聚起壮美无垠的大海。

主人公伊莱恩·瑞斯利是一位年届四十但算不上很成功的女画家，她只身来到家乡多伦多举办作品回顾展。漂泊多年之后的故地重游，不由得使她心潮波动，回忆泉涌。往事历历在目，人物命运多变，令她扼腕叹息。喜爱星空的哥哥在参加一次物理学研讨会途中，被恐怖分子从飞机的机舱中推下，飘逝在星夜里。少年同学科迪莉娅怪诞、阴鸷的性格最终导致她走入疯人院，但仍然像幽灵一样缠绕在主人公的生活左右。伊莱恩自己从初恋起就坠入三角私情中并沉迷不起，而后又经历数次情感危机才体会到平淡是真。

这本书就像一幅世俗画，以油画棒那样浓重的笔触描绘日常生活；也像心路历程的写照，记录了主人公在心海世界航行的轨迹。每一个章节交织穿插着现实的遭遇和儿时的回忆，一些人生琐事被作者生花妙笔刻画得熠熠生辉。生命旅程镌刻在水晶似清澈的文本中，人生往事凝固于诗歌般隽永的叙事里；宛如琥珀将刹那的感叹留驻于永恒的凝思。"猫眼"是主人公儿时玩耍的一个被特别珍爱的玻璃弹子，成年后被年事已高的母亲在整理杂物时不经意地从小皮夹子中掉落，霎时，它就像接通了时空隧道，打开了通往过去的大门，往事纷至沓来，欲罢不能。《猫眼》是通过玻璃球弹子象征着对往事的窥视，宛如女巫转动着水晶球观察人生梦幻的格局，但它并不对未来做出预言，而是将过去一一呈现。书中叙述的语调犹如从隔着的另一时空中传来的回声那样遥远而怅然，就如同作者在书的扉页上意味深长地援引斯蒂温·W.霍金《时间简史》中的话——“我们所记得的为什么是过去，而不是未来？”——那样令人感慨万千。

小说《盲刺客》在2000年8月出版、立即就获得布克图书奖。阿特伍德展开了好几条叙事线索，被一些评论家称为“小说中的小说”，采用了多情节、多时空、多视角和多体裁的叙事手法，结构复杂，耐人寻味。

《盲刺客》叙述两姊妹的故事，既有浪漫爱情又含神秘奇情色彩，扑朔迷离的剧情，探寻一个女子一生长达一个世纪的故事。小说一开始，艾丽丝就告知读者，1945年世界大战结束的第10天，她的妹妹罗拉的车子冲下桥。是单纯的自杀事件还是意外？阿特伍德以错综复杂的情节铺陈“故事中的故事”，呈现层层布局，综合回忆录、小说、报纸文章、科幻小说各种体裁。阿特伍德在书中以八十多岁的艾丽丝追溯她的一生及生活中的人物。同时，罗拉的遗作，也叫《盲刺客》，在她死后两年出版，叙述者是两名在后巷小房间里幽会的情人，内容是科幻小说。阿特伍德的叙述深具魅力，将艾丽丝的社会及心情地图一一呈现，有亲情、爱情，有背叛，但也有希望。这部令人迷惑的小说充满了贪婪、爱及复仇。开篇时阿特伍德用祖母的口气讲述了一对姐妹的故事。在1945年的多伦多，25岁的罗拉·蔡斯开车冲落桥下身亡。她的姐姐艾丽丝很在意到被记者包围的太平间认尸要穿什么衣服，并且对罗拉的死表现得相当冷漠。事实上，艾丽丝混乱的记忆揭示了她们姐妹俩扭曲的生活，或许这就是她们同时代人生活的写照。艾丽丝的思绪之乱由此可见一斑：当汽车冲下桥时，她在想什么？悬挂在半空，像一只蜻蜓一样在午后的阳光下闪烁，在坠落前有一瞬间的屏息？想到阿历克斯、理查德、坏运气、我们的父亲、他的遗骨、上帝，或者还有她的命运？阿特伍德展开了好几条叙事线索，甚至采用了小说套小说的形式。她在故事中引用了死亡的妹妹罗拉·蔡斯的小说《盲刺客》，说这是1947年出版的后现代小说。在这第二层故事里，阿特伍德讲述了一个贵妇人与蓝领工人的恋爱，这个女人沉醉于男朋友编造的故事里，他说他来自一个外星球，那里有许多盲人杀手从天而降，与自愿献身的女人展开恋情。尽管整个故事为死亡的阴影所笼罩，但故事中的每一个人都能用平静的视角去看待他人身上发生的事。正如艾丽丝在书中所说："我发现，没有什么事情比理解死亡更难了，但没有什么事情比忽视死亡更危险。"

阿特伍德的创作，既体现了浓厚的民族意识，同时，作为女性作家，又体现了强烈的女性意识。她的小说和诗歌，主要反映的是现代社会中人类的生存问题，特别注重表现人和大自然的关系，凸现男女两性之间的分离和对立。尤其独树一帜的是，她在自己的创作中显示了独特的女性视野和敏锐的洞察力。她小说中的主人公，大多是现代社会中的知识女性，通过描述她们的生活经历，展示了女性的心理和精神世界。

138. 解读艾丽斯·门罗

艾丽丝·门罗(Alice Munro,1931 -)为加拿大当代最优秀短篇小说家之一,她几乎得过所有加拿大最享盛名的文学奖。如国际图书评论界奖,兰南奖,史密斯奖,并且三次荣获加拿大最高文学奖——门罗曾在 1968 年、1978 年、1986 年分别以《快乐阴影之舞》(Dance of the Happy Shades, 1968)、《你认为你是谁》(Who Do You Think You Are?, 1978)、《爱的进程》(The Progress of Love ,1986)三部短篇小说集摘取了当年的加拿大最高文学奖——总督文学奖桂冠。在这半个多世纪的加拿大文学发展史上,两度荣膺总督文学奖的作家不乏其人,如布赖恩·莫尔、戴维·沃克、玛格丽特·劳伦斯、鲁迪·威布等人,梅开三度者则唯有休·麦克伦南和门罗两人而已。在 1986 年之前,门罗仅有 6 部作品问世,其中就有 3 部获得总督文学奖,可见其写作功底不一般。门罗以短篇小说蜚声于加拿大和世界文坛,在北美小说界,她经常被引与优多拉·威尔蒂和佛兰奈利·奥康奈尔等名家相比较,甚至不少文学评论家经常把她和俄国的契诃夫相提并论,这是相当不易的。

门罗 1931 年生于安大略省休伦湖畔的小镇温厄姆一个农场主家庭,父母曾患帕金森症,幼年生活不太幸福,这一点有类于契诃夫。门罗读高中时就尝试写作,曾人西安大略大学念英文,但两年后辍学与大学同学詹姆斯·门罗结婚,随丈夫搬到西部的温哥华居住,后来离了婚,此前她当过侍者、佣人、图书馆员,开过书店。1976年再婚,又搬回了安大略,她现在住的克灵顿离她的出生地温厄姆相当近。

门罗的不少小说都是以温厄姆镇的人事为原型和背景的,乡土气息浓厚。门罗观察生活非常敏锐,描摹也相当精细。

门罗的短篇小说在形式上具有鲜明的特色。迄今为止,门罗共出版了9部作品集(另有一部短篇精选),这些作品集中的短篇小说往往是相互联系的,可以视为不连贯的系列小说,也有人把一些集子当作是由许多故事插曲缀合而成的长篇小说,但门罗不同作品中的短篇相互联系的方法又各有不同。如《我有话一直想对你说》(I' ve Been Meaning to Tell You,1974)是通过各篇的行文结构彼此关联的,《你认为你是谁》则是因各篇中都出现了弗洛和罗斯这两个人物而确立内在联系的。门罗更为惯用的手法则是让每一作品集中的短篇不以形连,而以"意"合。其"意"何在,则是仁者见仁,智者见智了,这种写法,使得每部作品集中的各个短篇之间形成了一种"文本间性",极大地拓展了读者的想象空间,深化了单篇小说的思想内蕴,从而充分地开发了短篇小说的潜能。主要作品有《快乐阴影之舞》、《姑娘和妇女们的生活》(Lives of Girls and Women ,1971)、《我有话一直想对你说》(1974)、《你认为你是谁?》(1978)、《朱比特的月亮》(The Moons of Jupiter ,1982)、《爱的进程》(1986)、《我年轻时的朋友》(Friend of My Youth ,1990)、《自选集》(Selected Stories ,1996)等。

美国著名作家厄普代克1996年在《纽约时报书评》上评论门罗的小说时说,"来自内心的呼唤"始终贯穿在她的作品之中,这种呼唤使其作品具有回首往事和自传的特点。

门罗1968年出版的《快乐阴影之舞》是她的成名作。它生动逼真地绘制出一组加拿大的田园写生画,再现了作者少女时代的小镇生活。

她的《姑娘和妇女们的生活》,一般认为是以门罗自己的生活为模型写出的,作品从已婚女作家黛尔·乔丹的视角叙述她少女和青年时代的生活和心理演变过程:一个天真、淳朴、对人生充满好奇和幻想的小姑娘,在经历了孤独、苦闷及生活中的种种矛盾与冲突后,逐渐成熟起来,积极寻找“真正的生活”——创作小说。从女性角度审视了众多普通女性的生活以及女主人公黛尔如何由一个无知少女逐渐成长为艺术家的过程，尤为值得注意的是，她的成长过程包含了其对男性特征的认识过程。加拿大广播公司于1973年将这部作品拍成连续剧，并由门罗的女儿杰妮主演。

1990年的集子《我年轻时代的朋友》也是如此，如其中的一篇《不一样地》通过一位中年妇女对往昔的追忆，细致入微地反映了本世纪中叶以来妇女解放运动对道德观念所带来的冲击以及个体在道德转换过程中所付出的痛苦代价，其中不无作者的心影。

门罗的新作《善良女子的爱》亦不例外，字里行间充满了追忆和怀旧。除一篇之外，该集中的其他小说都是从20世纪60年代开篇的，描写的都是那个时代的人们。集子的主题也完全是典型门罗式的：爱、秘密、背叛以及日常生活的本质。其文字简约精当，往往于细微处见精神。

《你认为你是谁?》讲述女主人公罗斯从少女到中年的经历，以及她为争取独立而作的斗争，揭示了她的意识和心理活动。

短篇小说集《逃离》(Runaway，2004)是她的第11部短篇小说集，所收小说均为女性主题，涉及各个年龄段和多种背景的女性主人公。对书中人物——经常是住在安大略省郊外的女性——鲜活、不寻常的生活有着托尔斯泰式的描写。

在《逃离》中，门罗再次揭示出普通中产阶级生活的真实景象，展现简单表象下面的复杂内在。在门罗的笔下，作品人物都具有丰富的内心世界，不一定是宗教的内心世界，也不一定信仰上帝，但他们都具有复杂的精神世界，深刻而丰富。那些奇特的内心和精神，不是由小说作家叙述出来，而是用如契诃夫一样传神之笔，通过作品人物的生活细节体现出来，就像现实的人们一样，因而能够紧紧抓住读者的感受。

门罗的小说，极少紧张情节，更少哲理意味的醒世警句。那些能够让读者过目不忘的神来之笔，常常难以让人觉察，但已深入人心。也许对于门罗而言，现实生活本身是太平凡了，普通人在普通地方过着普通生活，从来没有惊心动魄的意外发生，也没有紧张曲折的事件发展。普通人的生活，几乎说不上有什么色彩，完全缺乏魅力，根本无法动人。

但是相比于单调而无聊的社会生活，人的内心却总是充满幻想和灵动，无边无际。门罗作品中的人物，都是女性，因为女性的内心更加敏感和丰富。她们经常会孤独地生活在自己的内心里，被自己的幻觉激动和迷惑，甚至忘掉现实和幻觉之间的距离，把现实当作幻觉，用幻觉来对待现实。

比如她的《逃离》中的一个短篇小说《骗术》，作品主人公罗宾，见到丹尼罗才几个钟头，就开始无时无刻地思念他。“她感觉到一种闪光，照耀在自己的身体上，在她的声音里，不管她做什么。”即使分别了一年之后，“记忆仍然深深地埋在她的意识里面”。直到结尾，罗宾才突然之间意识到，是自己的眼光欺骗了自己。

在《逃离》中，有三个相互关联的短篇《机会》、《马上》和《沉默》，主人公都是一个叫做朱丽叶的女子。她的母亲认为人死之后会有第二次生命，朱丽叶不同意而且没有做出过任何回应，母女因此疏远了很多年。她的母亲临危之际，母女两个都明白，但是朱丽叶仍然不让步，没有向垂危的母亲作任何宽容的表示。母亲在失望中死去，然后朱丽叶开始怀上一种对母亲的负罪感，十分沉重。朱丽叶自己的女儿，为寻找生命的意义，加入一个原教旨教派，离开了母亲。女儿跟朱丽叶的感情关系很淡薄，也因为朱丽叶同自己母亲的关系很疏远。那之中是否有什么原因？值得深思。

在短篇小说《穿行》中有这么一句话：生活的真谛是，保持双眼的开放，注视所有的可能，在你所遇见的每一个人身上，发现人性。从某种意义上讲，对于门罗作品中的人物来说，那都是一个很大的挑战。她笔下的人物，经常沉迷在自己的感情梦幻中，不能从周围人身上发现人性，甚至不能发现他们自己的人性。他们的生活变成了简单的“他爱我，我爱他”。在《逃离》和《穿行》两篇小说中，同性恋者是“她爱她，他爱他”。而且这种孤独和僵化的自我梦幻意识，又总给他们带来许多麻烦。

艾丽斯·门罗的短篇小说，通常都不注重于叙述，而更多着墨于意识中的情景交错，所以作品中的人物就比较不容易区分哪些是现实的真实，哪些是他们想象中的幻觉。如果他们内心里有一部分感觉是真实的，那么就是真实的，所以就是现实。但那可能是真实的，也可能不是。

而对于读者来说，要想确定了解哪些是真实，哪些不是，就必须明了作品中的各种细微之处。如果一时疏忽而遗漏了某处细节，读者便会感觉混乱，不得不重新阅读前面部分，有时几段，有时几页。不过门罗的小说中，每当情景有变，总会通过一句话或一个场景，交代转换，所以作品人物都清楚那个转换，以及转换的意义。通过这些交代，读者也自然就会有所了解。

艾丽斯·门罗的小说作品中，几乎每个字都很重要，都必须认真去阅读，因为所有的字都具有双重甚至三重意义。例如标题"跳离"，是指人和宠物二者。对于作品中的女子们而言，要么开车逃离，要么坐火车逃离，甚至让幻觉控制自己，也是一种逃离现实的方式，使她们的情感都逃离掉了。当作品人物注视往事或者现实的时候，不论她们是否带着玫瑰色的眼镜，生活自身总是在若干不同的层次，同时消失。艾丽斯·门罗的才能和她的成功，在于能够细致地写出这一切。

门罗的后期作品在观念和技巧两个方面都超越了现实主义，试用了许多种现代主义试验手法，从题材到写作手法都更趋多样化，如作品中赋予"真相"以多种解释，并逐渐采用复杂的多层次叙事手法，她的人物在过去与现在之间徘徊，内心矛盾，犹豫不决。门罗的小说常常强调不确定性，为阅读制造出某种悬念和神秘感，以激发读者的想象力和探究事实真相的好奇心。

门罗从事创作 40 多年，出版的长、短篇小说不超过 10 部，却几乎件件是精品，三次获加拿大总督奖。她的作品被翻译成多种文字。

139. 罗伯特·克罗耶维奇——将乡土气息与文学新潮相结合的后现代派作家

罗伯特·克罗耶维奇(1927 –),加拿大著名小说家、诗人、文学评论家和教授。他出生在艾伯塔省一个农场主家庭,从小热爱西部草原,对这一带的风土人情、土著神话、民间传说等都非常熟悉。他就读于艾伯塔大学,1948 年获得学士学位,毕业后在北方流浪,干过各种各样的工作。这段漂泊不定的生活经历为他的文学创作提供了丰富的素材。1955 年他进入麦吉尔大学,一年后转入美国佛蒙特州的米德尔贝利学院,1956 年获文学硕士学位,后又进入美国艾奥瓦大学的作家研习班,于 1961 年获博士学位,而后在美国纽约州立大学任教长达 14 年。1975 年他返回加拿大,相继在卡尔加里大学、莱恩布里奇大学、马尼托巴大学和艾伯塔大学任驻校作家,现已退休。他属于后现代主义作家。

在加拿大和美国求学和工作的双重经历使他的小说创作也带上了双重性。一方面,他依恋自己的祖国,特别是家乡的西部大草原,将自己的文学创作深深地植根于艾伯塔这块肥沃的土壤中——他所有的小说都以加拿大为主要场景,人物绝大多数也是土生土长的加拿大人;另一方面,他还勇于借鉴叙述学、魔幻现实主义、解构主义、后现代主义等国际文学新理论和新方法,不断开拓新的创作“疆界”。

他的处女作《我们是天涯沦落人》(1965),以洛基山脉和马更些河为背景,取材于他在北方的流浪生活,以现实主义手法和明快简洁的语言反映了人与人之间的竞争、无理性和自我摧残等社会现象。此外他采用神话、戏仿等非现实主义写作技巧,使作品具有神秘色彩和深刻蕴涵。这种倾向在他以后的著作中日益明显。

在其"西部草原三部曲"——小说《我的吼叫》(1966)、《养种马的人》(1967)和《沉沦的印第安人》(1973)中大胆尝试现代主义、魔幻现实主义,还运用了互文性、元小说、自我指涉、高度的不确定性等后现代主义的各种创作手法。三部小说都以西部草原为背景,借助历史、神话、民间传说、寓言等,讲述萧条的30年代、战后的40年代和70年代三个不同时期的历史进程与社会变迁。其中《养种马的人》是代表作。它通过戏仿希腊神话《奥德赛》,讲述主人公哈萨德·利佩兹在草原流浪,寻找已经灭绝的种马的故事,并借用后现代主义等多种写作技巧,对主张高尚严肃主题的文学传统进行了嘲讽,又以诙谐幽默的语言和离奇怪诞的情节多层次地探讨了加拿大的社会与人性问题。小说获加拿大总督文学奖,成为加拿大当代文学的经典之作。

克罗耶维奇创作的小说还有《贫瘠地》(1975)、《乌鸦的话》(1978)、《不在现场》(1983)和《操纵木偶的人》(1992)等。

20世纪60年代克罗耶维奇在纽约州立大学教授美国诗歌,此后产生了研究现代长诗的兴趣。70年代他发表了一系列诗集:《石锤诗集》(1975)、《分类账》(1975)、《种子录》(1977)、《悲伤的腓尼基人》(1979)、《田园笔记》(1979)、《给萨洛尼卡的信》(1981)和《补充完全的田园笔记》(1989)等。他的诗歌属于后现代派,题材多为探索自我以及道德观念、文学传统等加拿大人关心的问题,形式新颖多样,语言自由松散。他诗中表现的日常生活常被蒙上梦幻色彩,这对读者的理解是一种挑战。1985年出版的诗集《对朋友的忠告》收集了他致亲人和朋友的诗歌,表达了真挚的感情,其中的散文诗《寄自中国的明信片》,记录了作者随加拿大代表团访华的真实感受。

克罗耶维奇还是加拿大当代重要的文学评论家。他与美国学者威廉·维·斯巴诺斯一起创办了著名的《疆界2:后现代主义文学杂志》,探讨和推广后现代主义文学理论,并在创作实践中加以实验,从而激发了加拿大人对作为文学和文化运动的后现代主义的兴趣。他的文学评论集除了《创作》(1970)外,还有《声音的迷宫》(1981)、《散文集》(1983)、《语言的可爱的背叛》(1989)等。他的文学理论和评论在加拿大文坛颇有影响,经常被人援引。

克罗耶维奇的小说、诗歌、文学评论等多方面的成就一直受到加拿大学术界的关注,人们出版了许多评论克罗耶维奇的专著、论文、期刊专辑,还数次召开过他的专题学术研讨会。此外,他于1968年出版了一本旅游指南《艾伯塔》,1995年出版了自传性回忆录《可信的故事:写作生涯》。

140. 亚瑟·黑利和他的畅销小说

亚瑟·黑利(Arthur Hailey,1920 - 2004),加拿大籍著名作家。1920年生于英国贝德福郡卢顿镇,父母都是普通职员,他是家中唯一的孩子。曾在卢顿任过办事员。第二次世界大战期间,参加英国皇家空军。战后的1947年,移居加拿大,但长期旅居美国。1956年开始文学创作,先以写作电视剧剧本为主,1959年起转入长篇小说创作。有一次,他在飞机上正在享受空姐给他送来的午餐时,一个奇怪的念头忽然跑进了他的脑海:如果飞机上的机组人员都因食物中毒而死了,情形会是什么样子。他从这个念头开始构思,写出小说《危险之旅》,这成了他的第一本畅销书。自此以后,黑利就一发不可收拾,逐渐成为文学界引人注目的领军人物之一。他总是在深入研究某一行业的基础上进行创作,作品除了情节紧凑、构思巧妙、引人入胜以外,还让读者对他所细致描述的那个行业有深入的了解。他的主要作品有《最后诊断》(The Final Diagnosis,1959)、《达官显宦》(In High Places ,1962)、《大饭店》(Hotel,1965)、《航空港》(Airport, 1968)、《汽车城》(Wheels,1971)、《钱商》(The Moneychangers,1975)、《超载》(Overload,1979)和《烈药》(Strong Medicine,1984)、《晚间新闻》(The Evening News,1990)、《侦探》(The Detective,1997)等。据统计,他的11部作品在40个国家被翻译成38种文字,总印数超过1.7亿本。

亚瑟·黑利原是英国人，后移居加拿大，最后定居美国。由于他曾两次改变国籍，因而对国际文学市场十分敏感。他当过军人、不动产经纪人、商业报刊编辑、主管经销和广告的经理，他的这些人生阅历，成为他创作的丰富源泉，使得其作品题材广泛，风格独特。

亚瑟·黑利的小说创作，注重生活场面的全景性描写，擅于挖掘社会行为的深层侧面，又十分注意到形式上的故事性营造，因而作品具有实证性和可读性相结合的特点，深得不同阶层的读者的喜爱。

黑利的妻子希拉(Sheila)曾说："他每天虽只限定写600字，但这些字往往却要花上六七个小时。"据说，亚瑟·黑利创作一部小说一般需要4年:1年构思，1年研究，1年写作，1年出版。而其中第二年就是到各地旅行，与三教九流各类人物结交往来，大量收集资料，对书中涉及的实业部门作一番深入细致的调查研究。力求一切都写得精确无误。如要写一个人在厨房洗涤槽里装水泵，他要追根问底地问管子工怎么装。他不想让管子工在读小说时发觉这段描写或这句话不真实，进而怀疑书中其他部分的真实性。亚瑟·黑利以作家身份，选取医院、酒店、汽车公司等为自己的生活据点，积累了足够的行业生活。他在完成调查后，把材料分门别类，整理成笔记然后发展为小说，如《最后诊断》、《大饭店》、《汽车城》等，他以自己精细的观察、丰富的积累与恰到好处的虚构力度，成为风靡一时的畅销小说作家。他的小说信息容量大，在不少问题上渗透着深刻见解。由此，我们不难理解他的作品为什么总是充满生活气息和真实感，为什么他对许多社会部门，即使是那些高度现代化的专业技术部门的描写，总是浅显易懂、引人入胜。有人认为通俗文学作品是不登大雅之堂的，是只能供人们消遣的，亚瑟·黑利却说："通俗的也是严肃的。"看来他是这么说的，也是这么做的。

黑利曾自称他的大脑"无时无刻不在编织故事"。从事创作以来，亚瑟·黑利的作品都是以美国社会为背景，在美国文坛享有较高的声誉。他的每一部作品都是通过讲述发生在一个行业内部的故事，来展示当时美国社会生活的某一个片断画面。比如《最后诊断》写一个医院，《汽车城》写汽车制造厂，《钱商》写一家银行，《大饭店》写一个旅馆，《航空港》写一个民航机场,《烈药》写药品生产厂家,《晚间新闻》写电视台等等。他笔之所到,往往就是当时美国乃至世界万众瞩目的热点,举凡公民权利、种族纷争、交通拥挤、轿车普及、银行倒闭、能源危机、药品推销黑幕以及恐怖主义行动等,都成了他书中故事的背景。这种紧贴现实的写法,常常使当时的美国读者感同身受。实际上,亚瑟·黑利在欧美文坛是有着"社会问题小说家"的称号的。他用现实主义手法刻画各阶层的生活,比较广泛地描写了美国三教九流人物,多少暴露了当代美国社会的丑恶面貌。

亚瑟·黑利作品的魅力并不仅仅在于题材,更主要还在于作者是位讲故事的个中高手,文笔运筹间就把一些看来平凡的人和事表现得扣人心弦、引人入胜。他的大部分小说的特点可以归纳为:情节紧凑,高潮迭起。书中故事一般都被设置在一个比较短的时限内,在一个相对固定的场所,一开始就引入主要人物和场景,全无枝蔓,在交代人物和事件关系的同时,也点出了矛盾冲突。随后,人物与事件就交相错杂而进,矛盾迭生,波澜起伏,直至故事的最高潮。

最典型的就是《航空港》:整个故事从傍晚六点半钟到翌晨一点半,前后不过七个小时,地点就在"美国中部的林肯国际航空港",而机场人员之间的勾心斗角、暴风雪对机场运转的妨害、环保人士示威造成的混乱、骗保自杀者对航班的威胁……,一个个事件纷至沓来,令人欲罢不能,非得一口气读完不可。

再比如《钱商》:全书内容自始至终也就是两个月的时间,主要情节都发生在"美利坚第一商业银行"内,其间就发生了银行高层权力之争、内部人员盗窃案、储户挤兑风潮、伪造信用卡大案、银行破产危机等惊心动魄的事件,几乎是一波未平,一波又起,让读者为之紧张急迫,浑如置身其中了。他的其他作品,虽故事情节迥异,其引人入胜之妙却无不如此。

《汽车城》以美国汽车城底特律为背景,围绕着"参星"汽车的设计、投产、销售的主要场面,对 1967 年美国生活作了广泛的描绘。资产阶级的花天酒地、荒淫无耻、男盗女娼、尔虞我诈、勾心斗角、残酷剥削;劳动人民,尤其是黑人的悲惨凄凉、挣扎死亡;知识分子的不满现状、无可奈何;流氓集团的作恶多端、互相火并;司法当局的为虎作伥、营私舞弊;有闲阶级妇女的百般无赖、偷情盗窃，这一切如同古罗马帝国崩溃前夕的重现。黑利比较逼真、比较细腻地写出了美国社会的阶级矛盾和种族矛盾。在小说里，在隆隆的车轮声中，隐隐约约夹杂着雷声——抗暴斗争后的雷声，狂风暴雨前的雷声。一边略有雷声，一边却又大刮阴风，统治阶级用什么社会福利、困难救济，企图缓和矛盾，扑灭斗争火焰……凡此种种，黑利在这部小说中都有所涉及。

《大饭店》出版于1965年，小说情节发生在四天半的短暂的时间内，故事一开始，就写到圣格雷戈里饭店面临着财政危机，可能被大财阀收购，于是，从经理到清洁工都面临着生存与工作的选择。从始至终，书中都弥漫着紧张的角力，各方势力在争夺经营控制权上使尽手段。此外，书中也闪烁着浪漫的亮点，这是指在其中的几对恋人，更是指最后出人意料的大结局安排。如今，《大饭店》已成为饭店管理专业大学生必读的"教科书"。

亚瑟·黑利是畅销书作家，但是他没有通过玩弄噱头、肮脏下流的手法去迎合某些读者的感官刺激以牟取暴利。例如《烈药》是作者的传记体小说，该小说通过女主人公西丽亚从一名普通的药品推销员爬升到跨国公司总裁的打拼故事，展现了一个小人物在复杂的资本世界中的命运沉浮。这类小说之所以畅销，不仅因为它是作家本人从贫穷者跃升到著名畅销书作家的成功奋斗史的缩影，更在于它在很大程度上迎合了正在拼搏奋斗、追求成功的读者的心理，在现代社会你死我活的拼杀中需要的就是向上冲的勇气。显然，这比卿卿我我、玩弄风月、消磨斗志的一般港台言情小说更有意义。

由于亚瑟·黑利作品中的场景大多设置为一个相对固定而又开放的场所，因而牵涉的人物可谓来自五湖四海，比如《最后诊断》里，有医护人员，有患者，有推销药械的商人，还有记者；《大饭店》中，有饭店员工，有住店的顾客，有临时来开会的人，有私人侦探，甚至还有小偷。——这些人物看似庞杂，互不关联，却又非常自然地凑在一起。对许多人着墨不多，却常能惟妙惟肖，使其形象跃然纸上。而书中的主要人物，或高尚睿智，或勇敢坚强，或私欲旺盛，或颟顸糊涂，一个个都被用白描的笔法塑造得如见其人，如闻其声，令人读后掩卷难忘。

读亚瑟·黑利的小说，在其引人入胜的故事之外，总还能感到一丝隐忧：在高度发达的社会中，人似乎成了由一个个机构组成的大机器上的小小的齿轮或零件，既能维持机器的正常运转，有时又难免成为机器故障的牺牲品。书中发生的那些反映社会现实的事件，许多就是人类社会化进程的产物。人类组成了社会，创造了方便生活的社会机构和社会规则，但人类是不是能真正把握它呢？也许，亚瑟·黑利在小说中是想提出自己的疑问，而读者们是否因此而有所思考呢？

亚瑟·黑利于 2004 年 11 月 25 日在巴哈马(Bahamas)的家中去世，享年 84 岁。黑利的妻子希拉对媒体说："我很震惊，但也很平静，""黑利整个一生异常精彩，他实现了自己的最大梦想——把名字留存在书本上，留在世上。"事实上也正是如此，亚瑟·黑利曾创造了其小说在全球销售 1.7 亿册的骄人业绩。

141. 加拿大“文坛贵妇”——安娜·埃贝尔

安娜·埃贝尔(Anna Hebert, 1916 - 2000)是法国—加拿大小说家、诗人,特别以她对魁北克人生活的描写而闻名。埃贝尔把现实主义和象征主义相结合,对历史小说的传统进行了再创造。在她的诗歌中,她采用自由韵文的形式,加上众多的、几乎是超现实主义的意象。她的小说明显地受到法国“新小说”派和后现代叙述技巧的影响。

安娜·埃贝尔出生于距离魁北克 25 英里的圣凯瑟琳。她父亲是当地的一个公务员,也是一位著名的文学评论家。在父亲的影响下,她十几岁就开始写诗。另一位对她产生影响的人是她的诗人表兄,只可惜他 31 岁就死于心脏病。安娜·埃贝尔在魁北克上大学,1950 年至 1953 年在加拿大电台工作。50 年代中期她迁居到巴黎,但经常回加拿大。她的第一部诗集《平衡的梦》(Les Songes en Éguilabre)1942 年出版。1950 年发表了短篇小说集(The Torrent),1953 年,她的第二部诗集《王冢》(Le Tombeau des Rois)出版,使她成为魁北克闻名遐迩的诗人。1954 年,她获得一笔奖学金,赴法国学习。1956 年,法国色伊出版社把她的两部诗集《王冢》和《语言的奥秘》(Mystere de la parole)汇集成一册,题为《诗》。从此以后,安娜·埃贝尔开始专门从事文学创作。她不仅写诗歌,而且还涉猎了戏剧、电影、小说等文学创作的各个领域。

安娜·埃贝尔的第一部诗集《平衡的梦》收集了44首诗。其中构成诗集核心的两部分是写孩子的童真世界。前面一部分题为《梦》,描述的是诗人的遐想。诗人在那些充满孩提纯真可爱的遐想的诗句里擦亮了自己的武器,并从中提炼了几根栋梁,用来构筑自己未来的诗歌和小说世界。

如果说第一集里"梦"是主旋律的话,那么在《王冢》里,"水"和"死"就成了主旋律。《王冢》共收集了27首诗。在这部诗集里,诗人的语言更加朴实无华,更加严谨,更加有力量。她非常冷静地探索了自己的痛苦,成熟以后的令人窒息的责任、压抑和反叛,特别是在国王和教堂压迫下的魁北克的生活。

自《语言的奥秘》之后,安娜·埃贝尔又写了一些零散的诗歌。她的诗作虽然不多,但由于内容丰富,语言纯洁,风格独特,因而被视为魁北克文学中最优秀的诗人之一。60年代以后,她主要致力于小说创作。

1958年,安娜·埃贝尔发表了她的第一部小说《寂静的房间》(The Silent Rooms/Les Chambres de bois),并获迪维尔奈奖。1970年,发表了第二部小说《情天孽海》(Kamouraska,又译为《卡穆拉斯卡庄园》),获得法国书商奖和比利时皇家学院奖,80年代初又被搬上银幕。这部小说奠定了她的魁北克当代最伟大小说家的地位。1975年出版了《黑色安息日的孩子》(Children of the Black Sabbath/Les Enfants de Sabbat),1980年发表了《吸血鬼》(Héloïse),1982年发表的另一部力作《狂鸥》(les fous de Bassan)获法国费米纳奖。1988年和1992年又分别发表了《第一座花园》(le Premier Jardin)和《多梦的孩子》(l'Enfant charge de songes)。

安娜·埃贝尔于1960年当选为加拿大皇家学院院士,1969年被多伦多大学授予名誉博士称号,1979年被魁北克大学授予名誉博士称号,是魁北克获奖最多的作家之一:三次获加拿大最高文学奖——加拿大总督奖,两次获魁北克最高文学奖——大卫奖,还获得过迪维尔奈奖,法兰西—加拿大奖,魁北克省文学奖,法国出版社评委会奖,法国诗人协会奖,加拿大艺术委员会莫尔森奖,法兰西学院奖,以及其他奖项。安娜·埃贝尔是当代国际上知名度最高的加拿大作家之一。

《寂静的房间》(1958)是关于一个女人的故事,她的丈夫对性怀有极大的恐惧，女主人公凯瑟琳，对这种婚姻监狱进行反抗，从房间里冲出去。

凯瑟琳出于家庭的压力，嫁给了性格古怪、沉默寡言的钢琴家米歇尔，随他来到巴黎的寓所。丈夫的反复无常和专横跋扈使家庭生活变得难以忍受。笼罩在几间木屋里的令人窒息的气氛，不管白天黑夜随时都会响起的钢琴声，米歇尔同他姐姐之间那种近乎情人般的暧昧关系让凯瑟琳备受折磨，终于病倒，卧床不起。医生建议她更换生活环境，于是她就跟女佣人阿丽娜一起来到阳光灿烂的海滨。在那里，凯瑟琳不仅得到了自由，而且也得到了爱情。

小说分为三部分：第一部分描写凯瑟琳向往一种理想的生活，希望在密歇尔加的那座古老的庄园里宁静地度过自己的一生；第二部分写她那美好理性的破灭，庄园被米歇尔的姐姐卖掉，他们只能在巴黎那牢笼似的木屋里生活，米歇尔希望在妻子那里得到的不是爱情，而是母爱，夫妇俩成了一对陌生人，互相回避，一个躲在钢琴曲里，一个躲进自己的忧郁之中；第三部分，女主人公又从地狱回到天堂，重新得到了爱情和生活的欢乐。

《情天孽海》(1970)是根据安娜·埃贝尔的妈妈给她讲述的一个故事再加上历史研究写成的。故事发生在19世纪的魁北克，讲述了一个女人伙同她的情夫杀死了她的丈夫。安娜·埃贝尔几乎把这个故事原样搬上小说，但凭着她那高超的写作技巧，丰富的想象力和独特的语言，为这个平淡的情杀故事注入了非同寻常的生命力，使它变得扣人心弦。安娜·埃贝尔的叙述从第一人称转化成第三人称，她进入女主人公伊丽莎白的大脑，揭示了在她顺从的外表下的反叛。

伊丽莎白的命运是多舛的。在漫长的夏日，伊丽莎白困倦地守候在奄奄一息的丈夫的病榻前。面对即将离去的丈夫，她开始回忆自己走过的人生路程。她17岁那年嫁给了镇上的财主塔西。塔西是个吃喝嫖赌无恶不作的恶棍，常常酒醉回家以后对她拳脚相加，伊丽莎白在绝望中苦熬着时光。这时候她认识了镇上的医生尼尔森，把希望和命运托付给这位正直的年轻人。尼尔森医生十分同情伊丽莎白的凄苦，对塔西的放荡和暴戾行为极其憎恶。于是他杀死了塔西，以抚慰伊丽莎白受伤的心灵。

但是尼尔森在犯下了血案以后逃往美国，再也没有回来，而她却被投进监狱。后来，伊丽莎白被保释出狱，与公证人罗兰律师结婚生子，度过了18年表面看来平静的岁月。

伊丽莎白在一生中经历了塔西、尼尔森和罗兰三个男人，但是始终没有得到孜孜以求的幸福。在与塔西生活的日子里，她逆来顺受。在遇到尼尔森医生以后，她陷入了理智和情感的冲突，呼喊出"我要活"，"我要爱"，"我要在别人没有走过的路上寻回自己的灵魂"。但是当得知尼尔森杀死了自己的丈夫以后，她又从内心里严斥尼尔森是"魔王"。伊丽莎白一生渴望着幸福，到头来只落得内疚、自责和违心的顺从。

这部小说的构思和语言有很多的独到之处。其构思特点是多层次叙事，主人公伊丽莎白站在丈夫的床前，回忆着件件往事，时而是现时情景，时而是茫茫的往事。这样的多层次叙事显得浑厚、宽广且自然。

《黑色安息日的孩子》(1975)是关于魔法、乱伦和与魔鬼交流的一本书。

在《吸血鬼》(1980)中，故事的主角与其他吸血鬼一起都住在废弃的巴黎地铁站。他在地铁站附近出没，吸食地铁乘客的血。

《狂鸥》(1982)标志着安娜·埃贝尔文学生涯的另一个高峰。这部小说也是以1936年夏天发生在圣劳伦斯河下游地区的一个真实事件创作的。故事情节很简单：三个表兄妹之间由于爱情纠葛发生了争吵，表哥先失手杀死了一个表妹，为了灭口，只好将另一个也杀死。这样一个普通的社会新闻，在安娜·埃贝尔的笔下变成一个既引人入胜，扣人心弦，又不落俗套，独具匠心的艺术珍品。作家没有把它写成一个普通的情杀案，她的笔下既没有凶狠恶毒的凶手，也没有对凶手恨之入骨的受害人；既没有惊心动魄的凶杀场面，也没有起伏跌宕的破案情节。整个作品分为六个部分，分别从五个人物的不同角度叙述这同一件事，一个是村里的牧师尼古拉·琼斯，一个是凶手的弟弟佩斯瓦尔·布朗，还有三个当事人：表哥史蒂文斯·布朗，表妹娜拉和奥莉维娅。作者在这一部分中所使用的语言跟人物的性格和精神状态非常贴切，因此显得格外生动。在同一部小说里同时使用这么多不同的题材、不同风格的语言，反映了这位大师级魁北克作家的高超的写作技巧。

《狂鸥》也因此获当年法国最重要的文学奖之一的费米纳奖，安娜·埃贝尔在魁北克文坛和世界文坛的地位也就更加巩固了。

90年代末，安娜·埃贝尔在得到她身患绝症的消息后，回到了加拿大。2000年1月她在魁北克蒙特利尔死于骨癌。安娜·埃贝尔终生未嫁，也没有子女。

142. 澳大利亚现代主义文学大师帕特里克·怀特

帕特里克·怀特(Patrick Victor Martindale White,1912 – 1990)澳大利亚小说家、剧作家。生于英国,祖父母是英国人,19 世纪 20 年代移居澳大利亚新南威尔士。他的父母是澳大利亚人。他的父亲在澳大利亚拥有一个牧场,他的童年一部分时间是在澳大利亚度过的,另一部分在英国度过。怀特自幼喜爱文学,9 岁就能读懂莎士比亚戏剧。13 岁时他进入英国切尔滕纳姆的私立学校学习。他充满憎恨地称此经历为“四年的监狱服刑”。1932 年至 1935 年,怀特赴英国剑桥皇家学院研读现代语言、法国文学和德国文学,毕业后留在伦敦,在那儿,他写了几部未发表的作品。第二次世界大战期间,他服役于英国皇家空军情报部门,赴中东工作五年。1948 年回澳大利亚定居,先经营农牧场,后专门从事写作。

帕特里克·怀特早期受劳伦斯、乔伊斯等人的影响,广泛运用意识流手法,后来逐步形成自己的独特风格。所写小说不以情节取胜,而着重人物的塑造和心理刻画,常常通过对性格孤僻者或与社会格格不入者的描绘剖析,深入探索人生的真实含义。

他广泛吸收世界各国文化传统,兼受西方哲学和东方哲学、基督教文化和印度教及佛教文化的深刻影响,其作品兼有 19 世纪现实主义大师式的对社会问题的关切、对资本主义生活方式的尖锐批评和乔伊斯的“意识流”等现代派手法的巧妙运用，成为传统主义与现代主义、本土文化与世界文化结合的典型。

他厌弃劳森的“新闻体现实主义”，广泛而巧妙地使用自由联想、跳跃描写等手法，常常打破语法规范遣词造句、频繁使用生造词、冷僻语，使其作品独具一格，但有时也晦涩难懂。怀特精巧的构思、深刻的洞察、对人物内心世界的艺术性开拓极其独特的风格、富有诗意的语言，使他的作品受到普遍的赞誉，成为一代楷模。

怀特的作品大多以澳大利亚的社会为背景，反映澳大利亚人的思想和生活，既有强烈的时代特色，又有浓郁的乡土气息；而写作风格和艺术手法却迥异于传统的澳大利亚作家，无论是遣词造句，还是谋篇布局，都独树一帜。因此，怀特的作品为澳大利亚文学揭开了新的一页，成了澳大利亚文学发展史上一块新的里程碑，把澳大利亚文学推向世界，“引进世界文学领域”。在这一点上，怀特有着不可磨灭的功勋。

怀特早年深受欧洲文化传统的熏陶，师法英国作家劳伦斯、乔伊斯、沃尔夫的写作技巧。在创作实践中，他主张探索人的精神世界，剖析人的灵魂，从而来解释和反映纷繁复杂的客观世界。正因为这样，怀特的作品不以曲折的情节取胜，而以人物的心理刻画见长，形成了与众不同的创作风格。而怀特的作品的基本主题是：探索隐藏在日常生活表象下面极易被忽略的人性，寻找人类劣根性的来源，追求生活的真谛。

怀特的第一部小说是《快乐的山谷》(Happy Valley,1939)以新南威尔士为背景。随后他又出版了《生者与死者》(1941)，以战前的伦敦为背景。成名作是《人类之树》(The Tree of Man,1955)，这部长篇巨著获“澳大利亚的创世纪”之称，给作家带来国际声誉，奠定了他在世界文坛的地位。他一生一共发表了 11 部长篇小说、两部中短篇小说集、六部剧本、一部诗集、一部自传。1990 年 9 月 30 日逝世于悉尼市郊。

他的重要作品还有：1948 年出版的长篇小说《姨母的故事》(The Aunt's Story)；此后又发表了《沃斯》(Voss,1957)、《乘战车的人》(Riders in the Chariot,1961)、《可靠的曼陀罗》(The Solid Mandala,1966)、《活体解剖者》(The Vivisector,1970)、《树叶裙》(A Fringe of Leaves,1976)、《特莱庞的

爱情》(The Twyborn Affair,1980)等长篇小说和《烧伤者》(The Burnt Ones,1964)、《白鹦鹉集》(The Cockatoos)等短篇小说集,以及剧本《在沙萨帕里拉的季节里》(The Season at Sarsaparilla,1961)、《快乐的灵魂》(A Cherry Soul,1962)、《秃山之夜》(Night at Bald Mountain,1962)等。1973 年,怀特发表了他最著名的长篇小说《风暴眼》(The Eye of the Storm),1974 年获诺贝尔文学奖,以表彰"他那史诗般气概和刻画人物心理的叙事艺术,把一个新大陆介绍到文学领域中来"。怀特将这笔奖金捐出,设立了"怀特文学奖"。1980 年出版了自传《镜中瑕疵》。

怀特的作品有明显的神秘主义、象征主义和现代心理分析学说的影响。他善于运用意识流的手法,大跨度地将情节与人物内心活动编织在一起,细致深刻地描绘人物的内心世界,给人一种迷离变幻的感觉。他曾对英国广播公司的记者说:"对我来说,人物是至关重要的,情节我不在乎。"他的小说大多篇幅浩瀚,用字冷僻,善于比喻和景色的描写。有人说他的小说是只有他自己才明白的天书,是文学味太重的散文。尽管对怀特的创作有争议,但评论界一致公认他是当今世界上富于才华并卓有成就的作家之一。

长篇小说《人类之树》叙述了拓荒者斯坦一家生活的变迁。主人公斯坦携新婚妻子艾米来到荒林野地垦荒。自斯坦举起斧头砍倒第一棵树起,他们夫妻就过着艰苦的小木棚生活,后历尽艰辛,终于靠自己的辛勤劳动,建立了自己的农庄。在那生儿育女,过上了平静的田园生活。然而工业化和大城市的出现,分化了他们幸福的家庭。儿子雷受城市生活的吸引,离开农庄,到城市去另谋生路。后来雷与一杂货商的女儿罗拉结了婚,并生下了一个男孩。但他不安心所做的低级工作,结果陷入黑社会组织,曾因侵入他人住宅行窃而蹲了几次监狱,最后在某一夜总会被人开枪打伤肚子而死亡。女儿塞尔玛在悉尼女子商业学校毕业后,成为律师福斯迪克的太太,居住在城里。斯坦一家的农庄也成了工业城市悉尼的郊区。随着岁月的增长,斯坦一代拓荒者已作古,但归根结底,还是一片树林,它们生长在谁也不想耕种的那块贫瘠的土地上。关于书名《人类之树》,书中有这样一个细节,斯坦拿着一本诗集读着:

人类之树永远不会安静，

那时是罗马人，现在轮到了我……

这蕴涵了斯坦一代拓荒者和其他国家的许多拓荒者有着共同的命运，人类的历史犹如绵延不绝的树木，一代连接一代。书中多次提到的斯坦宅旁的蔷薇，从幼嫩的枝芽成为粗壮的大树，就具有一定的象征意义。作品展示了广大拓荒者的奋斗精神、生活状况和内心世界，也描绘了澳洲大陆的自然景色、社会状况以及生活方式。

《可靠的曼陀罗》以悉尼的郊区沙萨帕里拉（虚构）为背景，描写了英国移民的一对孪生兄弟瓦尔多和亚瑟的痛苦一生。兄弟俩代表了人的两个方面。瓦尔多代表野心、嫉妒、不道德和残忍的一面，但具有知识分子的趣味和创造天才，非常注重实际；亚瑟代表人天真善良的一面，他没有"自我"，性情温和，几乎到了女性化的程度，因而被世人当作半个白痴。一次，亚瑟偶尔从一本书中看到，曼陀罗在东方象征着宇宙和世界的统一性。于是精神有了"可靠"的寄托，就向他最喜欢的一些人赠送他心爱的曼陀罗雕像，但只有瓦尔多拒绝接受他的礼物。作品表达了作者对人的一种看法：人的理智和感情相互依存，但是又始终处在冲突之中，两者的统一永远是一种无法实现的美好愿望。

长篇小说《风暴眼》故事很简单：一位澳大利亚贵夫人生病了。她久居欧洲的儿女回来看她。故事中的人物不多，围绕亨特夫人的主要是护士、律师、儿子和女儿。即使卧病在床，亨特夫人还是能对这些人产生很大的影响。

儿子巴兹尔是一位封了爵位的著名演员，曾出色地扮演过莎士比亚戏剧中的人物；女儿多鲁菲远嫁到法国，嫁给了一位法国王子，但与丈夫不和。在他们的父亲病危时，两人都借口不能脱身而没有回国探望。当得知母亲即将去世，他俩才匆忙飞回悉尼。两个人都陷入了财政困境，这是他们回来的部分原因。

他们看到母亲并无即刻就死的征兆，都大失所望。他们对家里每天的大量开支极为不满，因为这意味着财产的减少。两人本来不和，为了遗产更是互相猜忌，但是在催促老人尽早离开人世上，两人是不谋而合的。

儿子说，只有母亲的死才有利于他的生；女儿认为不应该鼓励老人无休止地活下去。在无聊的期待和等候的同时，巴兹尔整天和母亲的护士鬼混，多鲁菲在梦里都想勾引母亲的律师。

亨特夫人终于去世了。她断气时，巴兹尔和多鲁菲无视天伦道德正在床上乱搞。在律师的主持下，大家对遗产的分配没有什么异议。根据遗嘱，律师的夫人也分得五千元。然而在亨特夫人的葬礼上，遗产继承人没有一个露面，都以各种借口推脱掉，这对于生前最讲排场的亨特夫人来说，不能不使人寒心。

同时，小说通过亨特夫人的内心独白和自由联想，既叙述了她享乐放荡而又孤独寂寞的一生，以及她的理想、憧憬、情感和际遇，也描绘了她经历的世事风云和接触过的种种人物。她追求别人的崇拜和服从，渴望得到真正的爱。可是她自己却盛气凌人、自私自利、冷酷无情。她一生都处于想被人爱却又不肯爱人的矛盾中，经历了许多爱情和痛苦的风暴。风暴眼——风暴的中心处，据说最平静不过了。晚年的亨特夫人想进入那样平静的境界。然而，她真正的“风暴眼”，只能是她那一方荒凉的墓地。只有在那，她才能真正得到解脱，获得永久的安宁。

《树叶裙》叙述了19世纪30年代英国绅士奥斯丁携妻子艾伦去澳大利亚，探望被放逐多年的胞弟加耐特。艾伦是朴实农民的女儿，婚后十多年始终毫无怨言地细心照顾着比她大20岁、对她毫无爱情的多病的丈夫。狂放不羁的加耐特爱上了敦厚健美的艾伦，艾伦也身不由己地为他的健壮和热情所深深吸引，因而陷入苦恼之中。为了忠实于丈夫，她不得不找借口，让奥斯丁带她匆匆离开加耐特的庄园，又迫不得已地搭上了一条小货船回国。结果船只遇上风暴，在昆士兰岛附近触礁搁浅，奥斯丁夫妇和船员驾救生船在大海上漂泊多天，才登上一座荒岛。由于白人船员在岛上无端开枪射杀土人，导致了土人的报复，唯一的幸存者艾伦被他们俘虏。自此，艾伦随着土人过着吃生食，以树叶为“裙”遮羞避体的原始生活。最后，一个逃亡的无期徒刑犯搭救了她。在荒无人烟的孤岛上和逃亡犯单独相处的日子里，她解除了资本主义文明社会加在身上的精神枷锁，恢复了自己的天性，而后得以重返文明社会。作品把情欲当作人的一个最基本、最重要的天性进行了着意的描述，揭露了资本主义文明社会的道德习俗对女性的精神束缚，呼吁人的天性的“回归”。

怀特把批评的锋芒对准传统现实主义文学，揶揄其为“沉闷乏味的新闻体现实主义的产物”，认为澳洲传统文学拘泥于表面真实，缺乏深度，不足以反映现代生活的复杂性，因此他注重探索人的精神世界，通过刻画现代人的内心来反映纷繁复杂的客观现实。由于怀特在文坛上有举足轻重的地位，他的创作实践有广泛影响，其文学主张得到了其他作家的呼应，因此出现了一批把人的内心生活作为主要表现对象，写作风格又比较接近的怀特派作家。怀特派作家与传统现实主义小说家在很多方面是针锋相对的。在作品反映的内容方面，传统派着力刻画人与外部世界的冲突，即人与人之间的矛盾和斗争；而怀特派则着重反映人本身内心的矛盾和冲突，人对自我的认识和考虑。在表现手法上，传统派十分注意情节的完整性与连贯性，而怀特派却根据人的心理活动的无规律性和跳跃性的特点，用不系统的、零碎的、不连贯的画面代替了有头有尾的情节；在结构上，传统派小说大多是单线条或多线条，随情节发展直线展开的；怀特派小说的结构是多层次、立体式的。在细节的运用上，传统派强调细节的真实性，通过大量细节的积累来再现客观世界；而怀特派则频繁地使用象征手法，赋予细节以象征意义，着眼点不在于细节与现实之间外表上的酷似，而在于细节所蕴蓄的深刻内涵，读者对这种内涵的领悟往往是通过费力的思考和联想得以实现的。

他的作品的一个突出主题是：“苦难与赎罪”。怀特认为“单纯和谦卑的境界”是人类唯一的理想境界；而人类只有自觉地经受苦难，洗涤心灵的污垢，才能接近这个“理想境界”，“苦难愈纯粹，进步就愈大”（《幸福的山谷》，1939），二者“苦难与赎罪”的主题又是通过刻画孤僻的、精神上扭曲了的人物，来加以表现的。因此，在怀特的作品中有7部的主人公是性情古怪的人物。《姨母的故事》中的希奥多拉、《人类之树》中的斯坦·派克、《沃斯》中的沃斯和劳拉、《乘战车的人》中的希姆尔法勃、黑尔小姐、高德博尔德太太和土著画家德博、《可靠的曼陀罗》中的亚瑟、《活体解剖者》中的艺术家赫特尔，以及《特莱庞的爱情》中的特莱庞，都无不如此。这些人秉性孤僻，性情沉郁，不为社会所理解，而自觉地从中游离出来，去经受苦难的磨炼，探索人生的意义。他们的努力多半以失败而告终，但在精神上他们都是伟大的胜利者。小说《沃斯》中的主人公沃斯，相信只要经得起苦难和凌辱，人人都可以成为上帝。他抛弃了悉尼市区的优越生活，率领一支探险队去探索中部沙漠的奥秘，有意寻求磨难。途中他忍受饥渴的煎熬，谦恭地为腹泻不止、臭气熏天的伙伴擦洗身体。后来，大多数队友死于疾病和饥饿，他本人也惨遭土人的袭击而不幸身亡。他所领导的横跨澳洲大陆的壮举以失败而告终，但是道德上他胜利了。他越过茫茫的精神荒漠，到达了"单纯和谦卑"的"理想境界"的彼岸，而成为他女友劳拉心目中的"上帝"。《姨妈的故事》中的姨妈希奥多拉，相貌平平，性情古怪，同家庭和社会格格不入，认为人们神经都不正常，"只有椅子和桌子没有发疯"，最后她终于选择了一条飘零海外、探索自我的道路。

澳大利亚著名诗人和评论家詹姆斯·麦考利指出，怀特小说中的人物体现了现代人的形象，这些现代人无所依托，不再相信上帝，不再相信传统的价值观念，不清楚自己与世界的关系，因而狂热地追求着自我。怀特正是通过这些心灵上被扭曲的人物及"苦难和赎罪"这一主题，反映在病态社会中，人们在迷惘中寻求出路而一无所获的痛苦经历。怀特的小说是澳大利亚现代社会的写照。

143.《风暴眼》赏析

《风暴眼》写于1973年，是帕特里克·怀特最重要的作品。因为他擅长的创作主题、表现手法和语言技巧等等特色都在这部50余万字的小说中得到充分的体现，因此，有的评论家推崇《风暴眼》是“怀特25年来全部作品的大规模集中”。

一名叫伊丽莎白·亨特的年迈的富孀到了风烛残年，儿子巴兹尔和女儿多鲁菲怀着共同的目的——夺取遗产，匆匆从国外赶来，在老太太的病榻周围进行着尔虞我诈、煞费苦心的明争暗斗。也就在这张笼罩着勾心斗角气氛的病榻上，亨特太太在恍惚中重温了她的一生，疯狂地追寻着命运、探索人生的意义和价值。

这样的题材在文学上是屡见不鲜的，但怀特却用独特的表现手法赋予它新意。他不是直书金钱社会中的丑劣，而是把笔触到人物内心深处，从心理剖析入手，表现人与人之间的隔阂和敌对，在揭示人物腐朽堕落的灵魂的同时，促使人们去思考那个社会。

作品淋漓尽致地揭露了金钱社会人际关系的混乱和冲突，并充分展示了人物内心的深刻矛盾，爱与恨、生与死的主题贯穿全篇。

亨特夫人整日整夜躺在床上，她年逾八旬，双目失明，生活不能自理。她的丈夫死时给她留下一大笔遗产，可以保证她继续过奢华的生活。在她的病床前有三位训练有素的护士轮流照看她，其中曼胡德小姐精通美容术，她常常费尽心机为亨特夫人化装。要想使这张死气沉沉的老脸显得有活力确实不容易。曼胡德用油脂来湿润那干枯的皮肤，用白粉来抹平每一条沟壑般的皱纹。除了护士，亨特夫人还有专门的律师为她料理财产，女管家经常以自己优美的歌喉为主人解闷。

亨特夫人曾经体验过风暴眼的宁静，在现实生活中她也希望达到这种境界，然而在她的一生中尽是暴风，没有宁静、安详的时刻。她是一个想被人爱却又不肯爱人的女人，时常感到痛苦万分。如今她像个婴儿，被人侍候照看，唯一不同的是她有钱而不可爱。她在床榻上所能做的仅仅是追忆往事。年轻时她也放荡过，那位律师就做过她的情人，还有其他一些男人也跟她勾勾搭搭。她似乎爱过自己的丈夫，在丈夫生病时，竟学着为他打针。他们有一双儿女，如今都在国外，亨特夫人并不喜欢他们。儿子巴兹尔是著名演员，曾出色地扮演过莎士比亚戏剧中的人物；女儿多鲁菲远嫁到法国，但与丈夫不和。在他们的父亲病危时，两人都借口不能脱身而没有回国探望。当得知母亲即将去世，他俩才匆忙飞回悉尼。

《风暴眼》中的三个主要人物，亨特太太、儿子巴兹尔、女儿多鲁菲在性格上是迥然各异的。伊丽莎白·亨特太太出身贫寒，以自己的美貌叩开了金钱的大门，成了富甲一方的大牧场主休伯特的娇妻，享尽荣华富贵，拥有极大的权势和荣耀。然而，权势和荣耀有多大，她承受的孤独和寂寞也有多大。尽管在物质生活上可以称自己为女皇，但精神上却是极度空虚的孤家寡人。尤其到了晚年，孤独像毒蛇一样纠缠着她的生活，吞噬着她的心，使她在痛苦中重新评估人生的真正价值。她渴望有人做伴，渴望有人理解，感到只有将自己编织进别人的生活图案，才能满足空虚的灵魂，结果却发现自己根本不能取信于人，连自己的亲生子女也只关心她的金钱。她终于明白，“人人都是海岛，尽管有海水、空气相连，但谁也不会向谁靠拢”，而且，“最冷峻、最褊狭的海岛，莫过于自己的儿女。”因此，这个曾经显赫一时的富孀只能僵卧病榻，在梦幻中追寻往昔，自叹自怜；同时在梦幻中自我反省、自我发现、自我否定。

亨特太太的女儿多鲁菲年轻时远嫁法国，出场时是一个被遗弃的公爵夫人。在她身上,明显地表现出两种不同的自我,顽固、吝啬的澳大利亚的自我和自命不凡、装腔作势的法国的自我。这两种相互矛盾的自我既使法国人鄙视她,也使澳大利亚人憎恶她。可是它们却在追求钱财时世俗地统一了。为了夺取母亲的遗产,她不择手段,时而与弟弟勾心斗角,明争暗斗,时而又沆瀣一气,甚至不惜在双亲的卧榻上乱伦!小说中有一段揭示她灵魂潜意识的描写,赤裸裸地暴露了她回澳大利亚的目的:"就是要从一个老太婆手里骗取一笔数目可观的财产。而这老太婆碰巧是我的母亲。有时,我固然爱她,但同时又恨她(天哪!确确实实地恨她!)"

所以,一旦诱骗不成,勒索就顺理成章。何况她自己就是一个最大的恶棍,而如果诓骗和勒索兼告失败,"将一个行将就木的老太婆,或者母亲,置于死地又算得了什么呢?"这段内心独白典型地反映了她的性格,也入木三分地揭露了她心中只有金钱的丑恶灵魂。

儿子巴兹尔是著名演员,早年在英国舞台上有过成就,得过爵士头衔。但他沉溺于酒色,已经途穷落魄。这次回澳大利亚的目的就是攫取母亲的钱财,按他自己的话说,"多一点,好一点"。当然,由于他具有演戏的才能,因此他善于见风使舵,逢场作戏。仅仅由于这一点,他才有别于同样是贪得无厌的姐姐。

他们看到母亲并无即刻就死的征兆,都大失所望。他们对家里每天的大量开支极为不满,因为这意味着财产的减少。两人本来不和,为了遗产更是互相猜忌,但是在催促老人尽早离开人世上,两人是不谋而合的。儿子说,只有母亲的死才有利于他的生;女儿认为不应该鼓励老人无休止地活下去。他俩劝说母亲搬到乡下养老院去住,说这有利于她的健康。亨特夫人坚决不允,同时养老院人员已满。他俩天天盼着养老院死人好腾出床位来给母亲住。在无聊的期待和等候的同时,巴兹尔整天和母亲的护士鬼混,多鲁菲在梦里都想勾引母亲的律师。

亨特夫人终于去世了。她断气时,巴兹尔和多鲁菲无视天伦道德正在床上乱搞。在律师的主持下,大家对遗产的分配没有什么异议。根据遗嘱,律师的夫人也分得五千元。然而在亨特夫人的葬礼上,遗产继承人没有一个露面，都以各种借口推脱掉。葬礼草草了事，这对于生前最讲排场的亨特夫人来说，不能不使人寒心。

同时，小说通过亨特夫人的内心独白和自由联想，既叙述了她享乐放荡而又孤独寂寞的一生，以及她的理想、憧憬、情感和际遇，也描绘了她经历的世事风云和接触过的种种人物。她追求别人的崇拜和服从，渴望得到真正的爱。可是她自己却盛气凌人、自私自利、冷酷无情。她一生都处于想被人爱却又不肯爱人的矛盾中，经历了许多爱情和痛苦的风暴。风暴眼——风暴的中心处，据说最平静不过了。晚年的亨特夫人想进入那样平静的境界。然而，她真正的"风暴眼"，只能是她那一方荒凉的墓地。只有在那，她才能真正得到解脱，获得永久的安宁。

怀特在《风暴眼》中频繁地使用意识流的手法，通过飘忽的梦幻，把人物不同时期的不同经历有机地结合起来，并串联她一生的理想、憧憬、爱憎，组成亨特太太生平经历的画面。在依稀的梦境中，她有时返回到孩提时代与好友尽情戏耍的林荫河畔，表现了她当时天真无邪的童心；有时依偎在丈夫怀里，反映夫妻间日常生活中的缠绵之情；有时，搂抱在情夫的手中，裸露着她肮脏和淫荡的嘴脸。在布龙比岛上度假时，她和女儿同时对一位在岛上考察的生态学教授产生爱恋之情，梦幻恍惚时的再现，把她内心错综复杂的矛盾刻画得活灵活现，她在那场差点送命的大风暴中自然流露出来的思绪，虽只是火光似的一闪即逝，却表现了一个人在濒临死亡时尚存的一丝理性和良知。

怀特是位语言大师，对人物的刻画非常到位，同时驾驭语言的功夫令人赞叹。他锻语练句，用字细腻、精确，还往往不拘一格，冲破传统语法规则的束缚，根据实际需要锐意创新，甚至用不完整的句子充当段落，使之具有独特的表现力，在描写梦幻和潜意识过程中，怀特模仿了乔伊斯在《尤利西斯》中的写作技巧，整段整段，或者几页几页地不用一个标点，有力地表达了思维的不可分性。怀特的作品为澳大利亚文学揭开了新的一页，成了澳大利亚文学发展史上一块新的里程碑。

144. 弗兰克·哈代的现实主义小说

19 世纪 90 年代澳大利亚形成时期,亨利·劳森等师承世界现实主义文学大师狄更斯、马克·吐温等,立足本国现实,开创了澳大利亚现实主义小说的先河。这种现实主义小说经过劳森的后继者亨利汉德尔·理查逊、万斯·帕默尔和苏珊娜·普里查德等人的进一步发展,逐渐形成了具有澳洲特色的传统小说。这类小说主要反映人与外部世界的斗争,尤其是与严酷的自然环境的冲突。

传统派小说采用现实主义的表现手法,强调细节的真实性,着意刻画人物性格,常常通过有头有尾的情节和典型环境的描绘,塑造人物形象,来反映作者对人生和社会的看法。

传统派小说发展至当代,已经发生了很大的变化。首先,小说的题材更加广泛,不仅有反映农村生活的小说,而且有了更多反映城市生活的小说,有反映土生土长的澳大利亚人的作品,也同时出现了影响不小的描写移民的作品。其次,小说的样式增多,家世小说、历史小说、自传体小说、寓言体小说都一一出现。最后,随着澳大利亚社会生活日趋现代化,小说中田园牧歌式的乡土生活气息大大减弱。传统派小说由于其深远的历史渊源,以及人们长期以来形成的欣赏习惯,在当代澳大利亚文坛拥有众多的读者。弗兰克·哈代就是其中之一。

弗兰克·哈代(Frank Hardy,1917－1994)反对把文学作品写得晦涩难懂并始终坚持现实主义创作方法。他自称在长篇小说的写作上,深受美国批判现实主义作家西奥多·德莱塞的影响,而短篇小说创作则得益于亨利·劳森,在哲学思想和艺术观方面受过"马克思和弗洛伊德的著作"的影响。主要作品有《不光荣的权利》(Power Without Glory,1950),不仅揭露了40年代澳洲政界的黑幕,而且也生动地勾勒了现代资产阶级发迹的历程;《赛马彩票》(The Four-Legged Lottery,1958)揭露嗜赌造成的悲剧;《艰难的历程》(The Hard Way,1961),描述《不光荣的权利》一书的写作及出版后卷入的诉讼案;《富尔加拉的流浪者》(The Outcasts of Foolgarah,1971),一出反映垃圾工人生活的闹剧;《死者众多》(But the Dead Are Many,1975),刻画了一位由于政治上和个人生活上陷入困境而自杀的信仰马克思主义的知识分子;《谁枪击乔治·柯克兰》(Who Shot George Kirkland,1980),是《不光荣的权利》中部分情节的扩展。除长篇创作外,哈代还在短篇小说方面取得了较大的成就。其中最为出色的要推短篇小说集《本森谷中的传说》(Le gends from Benson's Valley,1963),其中的作品反映了萧条时期人们在饥馑中求生的奋斗,作者把自己的同情献给了在经济危机中首当其冲的穷苦人。这些作品结构精巧、语言简洁、富有地方特色。还有短篇小说《比利·勃克的故事》(The Yarns of Billy Borker,1965)和《比利·勃克的故事续集》(Billy Borker Yarns Again,1967)。

弗兰克·哈代1917年出生于一个信仰社会主义的工人家庭,1929年由于经济危机被迫辍学,到一家农场去作雇工,以后当过筑路工、水手、售货员和士兵,1944年加入澳大利亚共产党。他17岁开始写作,第二年即1945年,以真实反映澳大利亚劳动群众苦难生活的短篇小说初次出现在文坛上,迎来了战后左翼文学蓬勃发展的时期。哈代的短篇小说,如《一车木柴》描写工人小黑热心而又勇敢地帮助陷入困难境地的工友;《工会会员之死》描写工会会员埃迪为支持罢工冒险到峡岛打鱼不幸牺牲,等等,着重表现了在一部分觉醒工人身上的革命精神和崇高品质。

1950年,他出版了第一部长篇巨著《不光荣的权利》。以辛辣的笔触和详尽逼真的细节,描绘了流氓恶棍约翰·威斯特,从1893年在墨尔本开设一家非法的分彩赛马赌场起，如何用尽卑鄙野蛮的手段来追求财富和权利，通过贿赂和恐怖手段，爬上政治舞台的过程，直到他成为澳大利亚最大的资本巨头，并能操纵政党活动以左右政局，从而揭开了澳洲政界损人利己、尔虞我诈的肮脏内幕。小说一直写到1950年，虚实并举，尤其着力揭露了一系列或大或小的右翼工党领袖。这部作品的真实性极其批评锋芒，使某些执政者惊慌不堪，因而以所谓的“恶意诽谤罪”对作者提出指控并把哈代拘捕入狱。主持正义的群众针锋相对地组织了“哈代辩护委员会”，于是掀起了一场长达九个月震动全澳洲的轩然大波，最后哈代获得了胜利。这一切说明了小说的揭露力量。

小说主人公约翰·威斯特出生于墨尔本近郊一个穷苦工人家庭，利用赛鸽赚来的钱作资本，开设一家伪装成茶馆的非法赌场，生意越做越大。他在精明干练的律师戴维·加赛德的帮助下，巧妙地逃避了法律的制裁，并使自己的投资带来了巨大的经济效益。从此他的赌场声名远扬，甚至骗取了许多平民百姓的信任，认为“他的赌场是公平交易的，约翰·威斯特办事公道，说话算数，而且谁要是有难，他总归尽力帮忙的。”约翰·威斯特由于大胆、狡黠、爱冒险，迅速聚敛财富，到1890年时家产已达50,000镑。若干年后他每周的收入激增至5000镑，他的生意扩大到体育、矿产、农村资产、旅馆商店和工厂等社会生活的各个方面。为攫取财富，他不择手段，软硬兼施，策划了三次谋杀，以除掉对手，同时通过明目张胆的贿赂，网罗越来越多的人为威斯特家族效劳，从普通警察到警察局长，从州议员到州财政部长，乃至州总理，14名工党议员中竟有8人受他贿赂。就这样，威斯特在社会势力的庇荫之下，丧心病狂地掠夺社会财富，而成为墨尔本首屈一指的富豪。当然威斯特并不单纯是“经济动物”，他是活生生的人，小说细致地刻画了他的家庭生活，突出了事业上的发达与家庭的不幸之间的强烈反差。妻子和瓦匠私通；女儿违背父亲嫁给了一个德国人，最后死于纳粹集中营；儿子酗酒并自戕；小女儿加入共产党，在父女达到和解之前而不幸死去。这位商业巨贾终于成了孤家寡人。到了晚年，威斯特自知作恶甚多，害怕死后遭到惩罚，便转而成为一个虔诚的教徒，并变得精神神经质，生怕有人谋害，外出时带枪。枕头下不放枪就难以入睡。有一次心脏病后,他向上帝忏悔时说自己“在思想上、言语上、行动上罪孽深重”,无可奈何地等待死亡的来到。

《不光荣的权利》虽然在艺术技巧上不够洗练和过分拘泥于事实真实等缺点,但它通过威斯特的发迹史,揭示了整个资产阶级虚伪、腐朽的阶级本性,并以生动的细节以及丰富的社会生活内容勾勒出了战后澳大利亚的时代风貌,因而批评家杰克·林赛称它为“一部真正的史诗”。

弗兰克·哈代特别熟悉和喜爱有关赛马赌博的题材,他在50年代所写的另一部著名小说,题目就叫《赛马彩票》。小说假设保尔·魏泰基受吉姆·罗勃兹临刑前之托,在狱中把吉姆悲剧的历史记述下来,同时穿插个人生活回忆和狱中经历描写,以加强小说的批判力量。吉姆和保尔都毁于赌博,而赌博根源于贫困和由此造成的生活不稳定,作者意图是批判资本主义制度。不过从客观效果来看,小说给人印象深刻的,还是赌博本身所产生的罪恶。

弗兰克·哈代在《不光荣的权利》一书的《作者后记》中,曾经一再表示他对巴尔扎克的仰慕,并且指出:“我这一部小说并不鼓吹阶级斗争,但却承认它的存在。”因此,他的长篇小说的主要目标是揭露澳大利亚社会的腐朽和黑暗。如哈代所说:“虽然我们愈加注意作品的形式和技巧,但倘与社会问题、道德问题和政治问题相比较,形式和技巧是居次要地位(或至少是互为补充)的。”

50年代后期,哈代还担任澳大利亚现实主义作家协会主席。他的创作涉及多个领域,他既是小说家,又是记者、剧作家、歌词作者、电台和电视台撰稿人。

弗兰克·哈代的作品具有如下特点:一是描绘了广阔的社会背景,对现实生活作了客观真实的反应,为人们了解澳洲社会提供了可靠依据。二是塑造了丰满而典型的人物形象。三是对现实社会进行了无情的暴露和批判。

145. 风靡世界的《荆棘鸟》

考琳·麦卡洛(Colleen McCullough,1937 -)是澳大利亚著名女作家。1937年出生于澳大利亚新南威尔士西部,她是澳大利亚仅次于诺贝尔文学奖获得者帕特里克·怀特的著名作家。她多才多艺,除了小说,还有传记、散文、杂文和音乐剧。她的长篇小说《荆棘鸟》(Thorn Birds,1977)自1977年问世以来,不仅走红美国,而且迅速风靡世界,被改编成电影、电视连续剧等。作者还应有关方面的邀请,与作曲家合作,亲自将《荆棘鸟》改编成面向德国观众的音乐剧。时至今日,无论是电视剧还是小说原作,仍打动亿万读者和观众的心。就其所引发的巨大热情和持久不衰的影响,只有半个世纪前,美国作家米切尔的长篇小说《飘》能与之媲美。

这本书是一部澳大利亚的家世小说,以女主人公梅吉(Maggie)与神父拉尔夫(Ralph)的爱情纠葛为主线,描写了克利里(Cleary)一家三代人的故事,时间跨度长达半个多世纪之久。

年富力强的神父一心向往罗马教廷的权力,但他却爱上了牧主克利里的女儿、美艳绝伦的少女梅吉,内心处于权力与爱情的深刻的矛盾之中,从而引发出一连串感人至深的故事。以两位主人公为中心,展开了克利里家族十余名成员各自的人生悲欢离合;尤其是小说的时间跨度恰好横越了第二次世界大战,因而两代人之间截然不同的人生观所产生的冲突,更是引人注目。

这部小说情节曲折生动,结构严密精巧,文笔清新婉丽。在描写荒蛮广漠的澳大利亚风光时,颇有苍凉悲壮之美。而作为一位女作家,对女人爱情心态的探索,又十分细腻感人,故本书有澳大利亚的《飘》之誉。本书1977年在美国出版后,印数超过了800万册,与《教父》、《爱情故事》、《穷人、富人》、《洪堡的礼物》等作品一起,被《时代》杂志列为十大现代经典作品。

故事的内容是这样的:

1919年12月8日,梅吉·克利里度过了她最愉快的第4个生日。梅吉一家原来住在新西兰,全家唯一的生活来源是父亲替别人剪羊毛。可偏偏就在这一年,父亲失业了。在一家人的生存濒临绝境时,梅吉在澳大利亚的姑妈考虑到自己年事已高,准备让他们去继承遗产。梅吉一家就高高兴兴地上路了。

经过一路的奔波之后,他们来到澳洲大陆的德罗海达。梅吉的出现,立即引起当地神父拉尔夫的注意。他非常喜欢这个小女孩。实际上,拉尔夫是爱尔兰人,他是被天主教会派来担任教士的,很想在教会中大干一番,争取谋个重要职位,由于政治上和经济上没有靠山,直到三十多岁还一事无成。梅吉的姑妈是当地最富有的孤孀,拉尔夫有意识地跟她交往,以求对自己的升迁有所帮助。

梅吉一家很快适应了这里的新生活,并且跟拉尔夫神父建立了深厚的友谊,随着梅吉年龄的增长,拉尔夫跟她的感情也不断加深。这一切都被梅吉有些乖戾的姑妈看在眼里,恨在心上,决心找机会报复。在梅吉17岁的时候,姑妈因年老将不久人世。死之前,她将一封信交给拉尔夫,嘱咐他,只能在她被埋葬之后,才能拆开,并且要他起誓,拉尔夫答应了她的要求。

当拉尔夫拆开信的时候,被信中所讲的情况惊呆了,梅吉的姑妈在信中讲到:她有1,300万英镑的财产,原来曾立了一个遗嘱,财产由梅吉一家来继承。现在决定废除以前的遗嘱,立下这个新遗嘱,由于拉尔夫神父的辛勤工作和良好表现,愿将这笔财产献给天主教会,由拉尔夫永远管理和使用，梅吉一家可以继续住在这里，但工资由拉尔夫决定支付。拉尔夫在看完信后，陷入了十分矛盾的境地，他完全可以将这个任何人都不知晓的新遗嘱付之一炬，让梅吉一家成为财产的合法继承人，这从他和梅吉的感情而言，是合情合理的；但从他想在教会中有所作为这一点来看，放弃这笔财产，也就永远放弃了晋升的希望，心里成了良心与魔鬼斗争的战场，最后，拉尔夫被自己的野心所征服，公布了新遗嘱，离开了德罗海达和梅吉。

梅吉一家搬入了姑母原来居住的大宅子，重新按自己的爱好做了装修，从此以后，他们将作为德罗海达牧场的代管人长久居住在这里了。拉尔夫给他们寄来足够多的钱以使他们能够维持不错的生活，梅吉的母亲也一改以往郁闷的心情变得快乐起来。但当她从报纸上看到她最疼爱的长子弗兰克被判处终身监禁时，这快乐也转瞬即逝了。

梅吉的爸爸帕迪在一次野外转移羊群时遇到大风暴，雷电引发草原大火，迅速地吞噬着早已久旱的草原，也吞噬了梅吉的爸爸和羊群。这时，她的一个哥哥也被野猪的獠牙刺死，全家陷入悲痛的深渊。正在这时，拉尔夫神父回来了，查看灾情、埋葬死者之后，他告诉梅吉，虽然内心很爱她，但永远不可能作她的丈夫，然后，就匆匆离开了。

梅吉家新雇了一个剪毛工卢克，这个人长相很像拉尔夫，梅吉感到心神不宁。在卢克非常老练的追求下，梅吉嫁给了他，离开了德罗海达，来到昆士兰。卢克拼命挣钱，想将来自己拥有一座牧场，他当初疯狂追求梅吉，就是因为她在银行有一笔存款，每年可得到一笔年金。他计划用梅吉的钱，加上自己苦干得来的钱买一个牧场。所以婚后不久，他就带着梅吉到昆士兰，自己去割甘蔗，而让梅吉到邻居家去做家务，并把梅吉所有的钱都存到银行。其实，他并不爱梅吉，甚至在梅吉生第一个孩子时，他也拒绝回来看梅吉。

这时，已经升任大主教的拉尔夫来到梅吉的身边，他对梅吉的感情始终不渝，这剪不断的情感时时让他感到痛苦不堪，他终于控制不住自己的感情，带着梅吉来到一个孤岛，一起渡过了他们一生中最幸福的时光。之后，拉尔夫到罗马担任重要职务去了，梅吉则怀上了他的孩子。梅吉离开卢克,回到母亲的身旁,生下拉尔夫的孩子,名叫戴恩。梅吉的母亲一眼就看出戴恩是拉尔夫的孩子,她很能理解女儿的做法,并且她自己当年也爱过一个人,还与他生下了大儿子弗兰克。事情发生后,她被高贵的家族驱逐出去,才嫁给梅吉的父亲帕迪。

梅吉一家在德罗海达平静地生活着,她的女儿朱丝婷和儿子戴恩逐渐长大成人,由于朱丝婷我行我素,加之又是卢克的孩子,所以梅吉不怎么喜欢她,而是把全部的情感都寄托在儿子戴恩身上,从戴恩身上她看到了拉尔夫的身影。

第二次世界大战期间,拉尔夫晋升为红衣主教,成为梵蒂冈极具影响的人物,加之在战争中,他运用自己的地位使罗马免遭损害,受到了人们的高度赞扬,但在他的内心深处,仍然时时牵挂着梅吉的命运。

梅吉的女儿长大后当了演员,活跃于澳大利亚和英国的话剧舞台,最后嫁给了德国的一位内阁大臣。而戴恩却提出要当教士,这对梅吉来说,是个沉重的打击,思虑再三,她把戴恩送到罗马的神学院,让拉尔夫照顾他。拉尔夫和戴恩相处融洽,梅吉沉浸于父子二人的亲情当中。但好景不长,在一次游泳中,戴恩因心脏病突然发作,溺死在海里。

这一切使梅吉对人生有了新的认识,“一切都是我自己造成的,我谁都不怨恨,我不能有片刻的追悔。”

《荆棘鸟》得名赖于作者题记中介绍的一个传说,这个传说为人们揭示了一个最深刻的人生哲理:“最美好的东西只能用深痛巨创来换取。”由此,为全书定下了基调:小说从荆棘鸟那凄婉的歌声开始,又在那凄婉的歌声中结束,来展示人生爱与命运的沉重主题。小说表现了克利里三代人的人生和情感历程,特别是梅吉与拉尔夫之间那种刻骨铭心的爱情,更是感天地泣鬼神。小说揭示了这样一个道理:任何美好的东西都需要付出巨大的代价。正如小说结尾时所描写的那样:“鸟儿胸前带着棘刺,她遵循着一个不可改变的法则。她被不知其名的东西刺穿身体,被驱赶着,歌唱着死去。在那荆棘刺进的一瞬,她没有意识到死亡之降临。她只是唱着、唱着,直到生命耗尽,再也唱不出一个音符。但是,当我们把棘刺扎进胸膛时,我们是知道的。我们是明明白白的。然而我们却依然要这样做。我们依然把棘刺扎进胸膛。"小说这种悲剧性的结局和浓厚的神秘色彩,使人们感到命运的沉重和生活的艰辛。

这部作品的中心人物是克利里的女儿梅吉。小说情节从她4岁生日得到一个心爱的玩具娃娃开始,到她晚年收到女儿朱丝婷举行婚礼留居欧洲的电报而结束,梅吉的少女——妻子——母亲的生活轨迹贯穿全书。梅吉有水晶般美好的心灵:她勤劳能干、淳朴善良、不慕虚荣、倔强自尊。梅吉的性格是在远离尘嚣的德罗海达的环境中形成的,是在长期与自然环境搏斗中磨炼而成的,她是一位纯洁而坚强的女性。

梅吉形象最富魅力最激动人心之处,是她对爱情的大胆追求和对爱情的忠贞不渝,作品通过描写她一生缠绵悱恻的情感历程,揭示其丰富美好的心灵世界。梅吉是一个为爱而生的情的化身。围绕梅吉的爱情生活,作品设置了以梅吉为中心的人物对照。

与梅吉的纯情执著形成鲜明对照的是具有双重人格的神父拉尔夫。他处在连接上帝和凡人的特殊位置上。一方面,他的人生使命就是传播上帝福音,以抛弃自我牺牲情欲而达到"灵魂净化";另一方面,他又是社会生活中具体的人,作为一个有血肉之躯的男人,他无法摆脱强烈的权利欲望和爱情需求。因此,他的神职身份和禁欲主义给他埋下了不幸的种子,使他陷入上帝与情欲,权力与爱情的尖锐冲突之中。拉尔夫与梅吉对照,鲜明地衬托出梅吉爱情的纯洁执著以及她热爱生活、反抗命运的可贵性格。拉尔夫的人生悲剧深刻批判了宗教禁欲主义对人性的摧残,对爱情的扼杀,也表明宗教戒律的虚伪。

梅吉,这位普通而美好的女性,就如凯尔特人古老传说中那只泣血而啼的荆棘鸟一样,在尖利的荆棘刺进胸膛的巨大痛苦中,却以热血和生命高唱一曲无比美妙的歌。

146. 澳大利亚女性作家中的佼佼者 伊丽莎白·乔丽

伊丽莎白·乔丽(Elizabeth Jolley,1923 – 2007)是澳大利亚著名作家,她由于刻画了异化的人物和他们孤独、苦闷的性格而引起评论界的广泛关注,她的作品多次获奖。

伊丽莎白·乔丽出生于英国伯明翰,父亲为英国人,以教书为业,母亲来自维也纳,是奥地利一位将军之女。乔丽在英国长大,11 岁时离家进入寄宿学校受教育,前后共 6 年。毕业后又在医院受训 6 年,培养成为一名护士。时值二次世界大战期间,她亲眼目睹伤员肉体和心灵的创伤,以及不可避免的死亡,使她对医院生活有了较深刻的认识。1959 年乔丽与丈夫及 3 个孩子移居西澳大利亚州,做过护士、室内清洁工、上门推销员及短期的房地产工作。1974 年至 1985 年在弗里曼德尔艺术中心教授写作和文学,而后又在柯廷大学等学校担任教职。乔丽在少女时代就开始写作,但直至 60 年代中期年过 40 时才将几个短篇寄出投稿,并被英国广播电台播出,另一些短篇则发表在澳大利亚的杂志上。1976 年她的第一部短篇小说集《五英亩处女地及其他故事》(The Five Acre Virgin and Other Stories,1976)出版,此后她很快获得文坛承认。1983 年在长篇小说《斯克比先生之谜》(Mr. Scobie's Riddle,1983)和《皮博迪小姐的遗产》(Miss Peabody's Inheritance,1983)出版后,引起了英美评论界的注意。乔丽是当代澳大利亚的一位重要作家。

乔丽的主要作品有:长篇小说《银鬃马》(Palomino,1980)、《克雷蒙特街的报纸》(The Newspaper of Claremont Street,1981)、《斯克比先生之谜》、《皮博迪小姐的遗产》、《牛奶和蜂蜜》(Milk and Honey,1984)、《可爱的婴儿》(Foxbaby,1985)、《井》(The Well,1986)、《代理母亲》(The Sugar Mother,1988)、《我父亲的月亮》(My Father's Moon,1989)、《幽闭烦躁症》(Cabin Fever,1990)和《乔治一家的妻子》(The Georges' Wife,1993)。短篇小说集《五英亩处女地及其他故事》、《巡回演出者》(The Traveling Entertainer,1979)、《灯影中的女人》(Woman in a Lampshade,1983)。此外,她还写过不少广播剧,由澳大利亚广播电台播出。乔丽的作品曾多次获奖,其中包括澳洲文学最高奖迈尔斯·弗兰克林奖。

在技巧上,她融合了现实主义和现代主义表现手法。虽然她曾说过,"我的方法是传统的,采用了故事、人物、比喻、象征和节奏",但从她的作品中不难看出,她也采用了现代主义作家所惯用的时空倒错、内心独白、蛛网式结构、象征手段和意识流等手法,并把两种差异很大的手法巧妙地结合在一起,使她的小说既具有现实主义文学作品因故事生动、人物鲜明所造成的较强的可读性,又不乏现代主义文学深入现代人的内心揭示其内在本质的深度。

乔丽运用了一种通过重复句子、短语、段落、事件、形象、人物等的前后照应的手法,造成了一种强烈的艺术效果。作者将某种情景、人物之间的某种关系、人的某种欲望和洞察力等有意多次重复,有时出现在多部作品中,有时出现在同一部作品中。

乔丽的小说在技巧上常常有意混淆事实和虚构、真实和幻想,甚至作者与普通人、作者与批评家之间的界限,造成一种虚幻朦胧的印象,并使她与现代主义作家靠拢。

从内容上看,乔丽的小说也是逆传统的。它所表现的一个重要内容是女性之间的爱,即同性恋。她作品中很多女主人公都是同性恋者,渴求着女性的爱。她们往往脱离家庭而独居,不必承担家庭的责任;经济上都有稳定的收入,在社会上享有特权,不必为生存担心,因而也更感到生命的空虚和孤独;她们在感情上不必依赖别人,也没有追求浪漫生活的欲望,一般说来都是些头脑冷静的女人。乔丽的作品在一定程度上反映了有闲阶级妇女的生活,尤其是她们迫切要寻找同性别性伴侣的需要。这其实也是经济发展、生活有保障的现代社会中的一种城市病。这些人物无论是在现实中,还是文学创作中,以前是很少有她们的地位的。

她的作品也写一部分小人物,普普通通的男人和女人,有的甚至是犯人,往往是个人与整个群体对抗,作者一般都以客观的态度刻画他们,让读者自己去做道德评判。

从乔丽的写作内容和技巧来看,她受到过来自各方面的文学影响,现实主义、浪漫主义、现代主义都在她的作品中留下了清晰的烙印。她在多个场合提到自己爱读托尔斯泰、塞万提斯、契诃夫、托马斯·曼、弗兰纳里·奥康纳等人的作品,便是一个很好的佐证。

《皮博迪小姐的遗产》是一部探索阅读与写作过程、生活与艺术、真实与虚构之间的关系的小说。皮博迪是一位天真却乏味的老处女,在伦敦的一家办公室工作,同时要服侍卧病在床的母亲。小说的另一位主人公名叫戴安娜·霍普韦尔的澳大利亚作家,她写了一部题为《马背上的天使》的关于同性恋的小说。皮博迪小姐写信给戴安娜,表示对她的小说的赞赏,作家戴安娜随即寄了她先前发表的作品给皮博迪小姐,两人开始通信,后者成了前者的忠实读者,并分享了创作过程的愉快,同时也为作家提供了自己的某些设想和有关澳大利亚丛林的情况,于是生活的脉搏与创作的脉搏发生了共鸣,艺术与生活融为一体。正如戴安娜所说:"真实与虚构之间的差别微乎其微"。

《斯克比先生之谜》以老人院为背景,通过对其中老人的刻画,探索人们灵魂深处的贪婪、自私和对死亡的恐惧。斯克比先生既被他的亲人所抛弃,又被养老院的女管家所冷落。这部亦庄亦谐的小说向人们指出,这些晚景暗淡的老人是冷酷社会的牺牲品,成了失去自身特点的怪癖的人物。

《牛奶和蜂蜜》描写主人公雅克布(Jacob)13 岁时作为学音乐的学生住进一个从维也纳来澳大利亚避难的难民家里,这个人口众多、关系复杂的家庭与澳大利亚的现实生活隔绝，始终维系着欧洲带来的文化传统。雅克布陷入矛盾的漩涡，深感压抑，向往外界的现实生活。他深爱着一个名叫马奇(Madge)的姑娘，却鬼使神差地与另一个姑娘路易丝(Louise)订了婚。小说结尾，雅克布已经放弃早年心爱的音乐，成了上门的推销员，双手变得与脚爪无异，远离妻子与女儿，失去了情人马奇的爱，内心充满了莫名的悔恨，过着朝不虑夕的生活。小说写了那些生存错位，又难以自拔的人所陷入的痛苦的困境。

《井》描写独身老年女人赫斯特·哈普(Hester Harp)与一个16岁的姑娘凯瑟琳之间的同性恋关系，后者为一孤儿，与前者生活在一起。由于怪癖的性心理，赫斯特千方百计要拴住凯瑟琳，而春情萌发的凯瑟琳则试图摆脱赫斯特。在夜晚与赫斯特一起驾车外出时，意外撞死了一个路人，为了掩盖罪证，她们把这人丢进了自己别墅旁边的一口井里。不久赫斯特发现藏在别墅里的大笔钱款被盗，究竟是井里的死人偷的呢，还是凯瑟琳所为并故意撞死行路者以嫁祸于人？就像有的评论家所说的那样，这是一部没有侦探的侦探小说，没有结尾的惊险读物。当然，女同性恋者的老题材再次得到了表现，而凯瑟琳又是一个陷入困境、急于摆脱而不能的"囚犯"。

《我父亲的月亮》、《幽闭烦躁症》和《乔治一家的妻子》是三部互为关联的小说，可视为"三部曲"，被评论家认为体现了乔丽小说的最高成就。这些半自传体的小说，又把读者带到了作者年轻时所生活的英国。《我父亲的月亮》中，主人公维拉用第一人称叙述了自己在第二次世界大战期间，进护士学校学习，并与不值得她爱的梅特卡夫医生发生关系而怀孕的经历。《幽闭烦躁症》写维拉住在第24层的旅馆房间内，因为早到，正等待着一次研讨会的开始。研讨会的内容包括诸如"恐惧性紊乱症状"、"隐秘关系的研究"、"道德精神失常之展望"等等。房间里非常闷热，维拉又闲着无事，于是便出现了一种"幽闭烦躁症"病，也就是想干某事而一直久等未干所产生的一种精神紊乱症。小说中举了个例子来说明这种现象，即两个人去雪山度假，住在山脚下，其中一个年轻人蜷缩在温暖的火炉边，望着山上皑皑白雪，久而久之竟无意出门了，于是他的伙伴对他说，你得了“幽闭烦躁症”，无论如何该去室外走动走动。两人全副武装，走出门去，年轻人见一结冰的小溪，怕冰碎坠河不敢走过去，他的同伴鼓励他，结果双双坠入溪中，浑身湿透。所谓“幽闭烦躁症”实际上就是一种内心的恐惧，即“怕冰裂开，而不得不面对冰底下的东西”。为了消除这种症状，必须搜集生活的经验，克服害怕心理。

乔丽的最后一部小说《乔治一家的妻子》，书名之所以为“乔治一家”的妻子，是因为维拉既是乔治先生的妻子，又是乔治姐姐的妻子。在三部曲的最后一部中，维拉被乔治家所接受，成了他们的管家和保护人。她与乔治生了一个名叫雷切尔的女儿，但她与乔治姐姐的身份因为世俗的原因，始终未能公开。她推着此时已经坐在轮椅上的乔治，虽然有了个生活的避难所，已不用为糊口和养活 4 岁的女儿海伦发愁，但是面对着身残又缺乏共同语言的乔治，维拉再次产生了孤独和无家可归的感觉。尽管从三部曲的第一部里她已经开始寻寻觅觅，但到了此时，经历了人生的种种折腾和磨难之后，依然没有找到自己的位置，在家庭和社会中，她始终是错位的。这最后一部作品，也像作者先前的作品一样，人物的思绪不断地飘向往昔，与前两部发生的事件和出现的人物相呼应。因此乔丽的三部曲与澳大利亚以往作家按时间顺序来写的方式不同，她用不断闪回、前后呼应、打乱时序的手法，有进一步凸现人物的优点，但用得过多也有重复、啰唆之嫌。

伊丽莎白·乔丽一生中写了 15 部小说和 4 部短篇小说集。不仅她的作品多次获奖，而且她在文学写作课上教授的学生也多次赢得各种奖项。和其他澳大利亚作家一样，乔丽在她的作品中表达了她对澳大利亚气候、风光、自然环境和人民的深深的理解和热爱之情。

147. 彼得·凯里
——澳大利亚新派小说的杰出代表

在当今澳大利亚文坛上活跃着一批“新派作家”(New Writers)。70年代初期,澳大利亚文坛出现了一批无视文学传统,刻意标新立异的青年作家。他们的文学见解与众不同,他们的作品无论在内容还是形式上都迥异于在此以前的文学作品,所以被称为“新派作家”。而又因为他们大都居住在悉尼市内的“巴尔门”地区,故又名“巴尔门派”(Balmain School)。

他们的崛起,与60年代末70年代初的政治风云有着密切的联系。当时,由自由党和乡村党所组成的联合政府,卷入了美国在越南进行的一场国际性战争,从而结束了澳大利亚“偏安一隅”,平静隔离的状态,使它与整个风云激荡的世界沟通起来,并受到了各派政治见解、各种思潮(包括文艺思潮)的冲击,一部分青年作家希望冲破狭隘的“澳大利亚化”,创立一种带有国际色彩的文学。他们把目光从澳大利亚19世纪末20世纪初的传统作家身上移开(连怀特也被弃之一旁),转向美国、拉丁美洲及欧洲(而不是英国),提倡一种无论在内容还是形式上都不受任何传统框框束缚的新创作,宣称“劳森、乔伊斯、海明威等尽管都是伟大的短篇小说家,但他们的‘现实’不等于我们的‘现实’,无法使用他们曾经使用过的技巧。”他们认为小说不需要有头有尾的情节和首尾呼应的故事;他们的作品不以刻画人物为主,而着眼于创造一定的情景;他们刻画追求小说叙述方式、叙述角度和语气的新颖;在表现技巧上,其中一些作家采用超现实主义的手法,把梦幻与现实糅合在一起。在内容上,新派作家的作品竭力反映典型的城市生活,尤其是知识分子的生活,有些还闯入了六十年代文学的禁区——性和吸毒。这派作家的代表人物有迈克尔·怀尔特、弗兰克·穆尔豪斯、默里·贝尔、彼德·凯里、莫里斯·卢尔等人,他们都以写短篇小说为主。

彼德·凯里(Peter Carey, 1944 -),出生于墨尔本附近的一个小镇,曾就读于蒙纳西大学理科,因考试不合格而弃学步入社会,一面从事广告设计,一面撰写短篇小说,在国内多家文学杂志上发表。1974 年,他结集出版了《历史上的胖子》(A Fat Man in History, 1974)一书,一举成名,被批评家誉为"'新派'作家中最富有独创性、最有才华的作家之一"。1979 年,凯里出版了第二个短篇小说集《战争的罪恶》(War Crime, 1979),得到广泛的赞扬,人们认为他的作品"使澳大利亚小说为之增色"。除短篇小说外,凯里还著有长篇小说《幸福》(Bliss, 1981)、《魔术师》(Ill whacker, 1985)、《奥斯卡和露辛达》(Oscar and Lucinda, 1988)和《税务检查官》(The Tax Inspector, 1991)。其中《幸福》获迈尔斯·弗兰克林奖,《奥斯卡和露辛达》获布克奖和迈尔斯·弗兰克林奖。2001 年以其作品《凯利·甘的真实故事》再次赢得了布克小说奖。他于 2006 年推出了作品《窃亦是爱》(Theft A Love Story),2008 年出版了新作《他非法的自我》(His Illegal Self)。

凯里喜爱并推崇美国黑色幽默小说《第二十二条军规》和拉美魔幻现实主义小说《百年孤独》,并认为自己的创作曾多少受过福克纳和索尔·贝娄等人的影响。凯里擅长写纯属虚构的故事。他的小说情节具有超现实主义作品所采用的客观态度,运用在深刻观察生活基础上所积累的生动细节,描绘出一个个神秘奇幻的世界,借物托情,针砭时弊,给人以深刻的启示。小说中的细节精确逼真,以致读者常常分不清哪是幻景,哪是作者所刻画的真实世界。

小说《螃蟹》写一对青年人驱车到了远离城市的露天影场,电影终场时发现汽车轮胎被盗,无法返回。他们做出种种设想,在幻境中挣扎着,却始终没有摆脱困境。这是一个近似寓言的故事,映射现代人陷入了无

法摆脱的危机。

小说《美国梦》则通过一件乡镇奇事展示了战后澳大利亚人憧憬美国生活方式而又眷恋朴实的乡土生活的矛盾心理，以其独特的构思为读者所称道。凯里的作品风格淡雅，语言清丽，节奏舒缓，含义隽永。

《奥斯卡和露辛达》讲的是一个旧传统和新兴产业结合一道的成功试验。19世纪的某一天，主人公奥斯卡牧师和他的许多市民朋友一样，离开了自己的故乡，登上了海船，想在新世界寻找一些刺激性的东西。和别人不完全一样的是，他雄心勃勃的移民打算里还包括了他对赌博的爱好。虽然这种爱好似乎和他的牧师职业格格不入，却体现了他身上的资本主义个性，即将个人的命运押在对未来的冒险和孤注一掷上面。这种对赌博的痴情一直伴随着他去澳大利亚的整个旅途，也让他结识了有着同样赌博爱好的玻璃厂女厂主露辛达。

他们之间的默契由于带有许多社会文化内涵，远非一种普通的安排。玻璃教堂代表着一种完美的结合，既反映了当时的宗教和思想信仰，又反映了当时最新的产业技术。玻璃教堂的意义还可以进一步从其环境背景中去认识。那就是一个有待西方人探索和建立的殖民地，那里居住着不文明的野蛮人，要从肉体上和精神上予以征服和驯服。这迎合了当时普遍的要求，在全国各地引起公众的注意和热情。可不幸的是，它最终还是失败了。这是因为它的操作不大实际，过程太复杂。

故事本身表现了一种阴暗的悲剧性，凸现了基督教的失败。基督教原本是改变异教徒的思想工具，用于制服和控制非文明和非基督的世界。传统的基督教意识在西方人当中曾经很受欢迎，但现在已经失去了那种无往而不胜的魅力和力量。随着玻璃教堂的崩溃和奥斯卡的淹死，主人公想要实现基督教理想的梦想也就彻底毁灭了。这意味着基督教无法征服野蛮人，也显示了宗教信仰的苍白无力。

发表于2002年并荣获次年度英国文学最高奖——布克奖的历史题材小说《"凯利帮"真史》(True History of the Kelly Gang)是彼德·凯里在世纪之交的又一经典力作。《"凯利帮"真史》是根据澳大利亚殖民时期的"历史记忆"——墨尔本公共图书馆的13卷有关内德·凯利的"历史档案”——对逝去的殖民主义历史所做出的全新的阐释。这部重新审视爱尔兰后裔在欧洲受苦受难史的小说，一反澳大利亚社会以往按官方定论把内德·凯利描写成一个暴徒、窃贼和杀人犯的做法，而把他刻画成一个民族英雄，一个敢于反对殖民压迫的自由斗士。

彼德·凯里是小说界的掘宝高手。《纽约时报》在评价《“凯利帮”真史》的时候，引用了著名的文学评论家安东尼·奎因(Anthony Quinn)的一段话：“彼德·凯里无疑是文学宝库伟大的探索者之一……他将瑰丽的色彩、耀眼的光芒，赋予一个早已褪色的故事；将滚烫的血，温暖的肉赋予一个久远的神话。”凯里善于挖掘历史的宝藏，他最优秀的作品融合了维多利亚的宏伟气势与澳大利亚的乡土气息。从《魔术师》里那荒诞不经的139岁的流放犯，到《奥斯卡和露辛达》里充满喜剧色彩的赌徒和玻璃教堂；从《杰克·迈哥斯》(Jack Maggs，1997)里狄更斯式的伦敦高雅与粗俗并存的生活，到《“凯利帮”真史》里澳洲内地罗宾汉式的冒险生涯，他的作品无不表现出高超的创造小说氛围的能力。读者看到的是两种截然相反的品质巧妙地融合在一起：幻想与现实、怪离与真切、严肃与嬉闹、嘲讽但又不失宽容。正是凭借这样的艺术特质，《“凯利帮”真史》以全新的视角，独特的叙事，人性化的刻画，来解构被官方肆意歪曲的“历史档案”，消解片面的、甚至错误的“历史记忆”，从而达到改写帝国代码、恢复历史“真面目”的目的。

小说《“凯利帮”真史》的主人公内德·凯利是澳大利亚家喻户晓的绿林好汉，作者在大量历史资料的基础上，以凯利写给女儿的信为框架，并穿插报刊对“凯利帮”的种种报道，把内德·凯利塑造成一个民间英雄和自由战士，重构了“凯利帮”的起义历史。

小说以内德·凯利写给未曾谋面的女儿的13封信为线索，讲述了主人公25年间的生活历程。小说除了在开篇和结尾处，各有一篇第三人称的叙述外，其余的13章节的“正文”均采用第一人称的叙事策略，以增加文本的亲切感和真实感。

凯利从小就是一个正直、善良和勇敢的孩子，一个同学溺水，他不惜冒死相救。当落水儿童的父亲赠给他刻着感激之语的孔雀绿腰带时，凯利感到"爱奈尔的新教徒们见识了一个爱尔兰男孩的优秀品质,这是我早年生活的伟大时刻。"这样一位"根红苗正"的孩子最终却被国家机器的腐败警察、乡绅逼上了造反之路。但即使遭到警察的追杀,他也表现出非常人性化的一面,甚至冒着自己被别人发现的危险,去帮助即将死去的警察。

《"凯利帮"真史》似乎在向读者表明,内德·凯利是被大英帝国无数邪恶的仆从逼上"造反"道路的。凯利并不想偷马,但为生活所迫,不得已而为之。他也不想杀人,但却不断受到警察的恶意伤害,不得不铤而走险。作者通过对主人公极具人性化的塑造,从根本上戳穿了内德·凯利是一个"爱尔兰疯子",一个"旷古未有的恶魔"的谎言。

凯里的创作态度极为严谨,所以他并不是一个高产的作家,但他所创作的每一部小说几乎都是上品,深受读者与评论家的赞赏,他的作品多次获奖。

148. 学者诗人 A.D.霍普

阿列克·德温特·霍普(A. D. Hope,1907－2000)澳大利亚诗人、评论家。出生于澳大利亚新南威尔士州德库马,父亲是基督教长老会教派牧师。童年时代曾在塔斯马尼亚度过一段时间。1928 年,霍普毕业于悉尼大学文科,同年赴英国牛津大学就读,1931 年从英国返澳后,曾作过中学教师,同时在悉尼大学攻读心理学。这以后在悉尼师范学院和墨尔本大学教书。从 1951 年到 1968 年退休前,他一直是澳大利亚国立大学英文系教授。退休后仍任名誉教授,并常来系里讲课和参加其他活动。1965 年、1967 年、1968 年和 1969 年四次获得国内外文学奖。

霍普是当代澳大利亚最主要的诗人,他在诗坛的地位堪与怀特在小说界的地位相提并论。他的读者群超越了澳大利亚国界,广泛见于欧美,他的作品在英美评论界享有很高的声誉,他被认为是本世纪用英语写作的最优秀的诗人之一。其作品受到国内外广泛的赞扬,先后数次获得过澳大利亚和美国的诗歌奖。美国著名文学杂志《西旺尼评论》称他是 20 世纪 80 年代以来英语国家中最优秀的诗人之一。评论家认为他的诗语言精炼,有高度造诣,在内容和形式上达到了较完美的结合。尽管霍普在性格上颇多浪漫主义气质,但他自认为自己的诗歌属于古典派。在学术上他是一位保守主义者,反对现代主义,毫不留情地抨击艾略特与庞德,反对自由诗，而严格按传统诗歌的格律、句式进行创作，采用多种诗体形式，如书信体、颂诗体、浪漫诗体和民谣体等。从内容而论，他写有讽刺诗、抒情诗、叙事诗和哲理诗等。霍普初以讽刺诗人而闻名，那些诗歌锋芒毕露，借托恐怖与怪诞之物，讥讽现代人的平庸、无能和轻信及现代生活的枯燥乏味。霍普诗歌的独创性表现在对题材的独特处理、对语言的巧妙运用和新颖的观察角度上。他有很多诗涉及男女性爱，因寓意深刻，颇为成功。

霍普主要作品有诗集《漂流的岛屿》(The Wandering Islands，1955)、《诗歌》(Poems，1960)、《诗选》(Selected Poems，1973)、《答案》(A Book of Answers，1978)、《漂流的大陆和其他诗》(The Drifting Continent and Other Poems，1979)、《浮士德的悲剧史》(The Tragic History of Dr. Faustus，1982)、《理性的时代》(The Age of Reason，1985)、《奥菲士》(Orpheus，1991)、《巧遇》(Chance Encounters，1992)等多种。此外，霍普还是一位优秀的诗评家，著有诗评集数种：《洞穴与春天》(The Cave and the Spring，1965)、《本地同伴》(Native Companions，1974)、《奥托里卡斯一伙人》(The Pack of Autolycus，1978)、《新克雷提拉斯》(The New Cratylus，1979)等。

霍普早期的诗多属讽刺诗，有讽刺诗人之称。他的讽刺诗锋芒毕露，借托恐怖怪诞之物，讥讽现代人的平庸、无能和轻信，以及现代生活的枯燥乏味。伦敦的一位出版家称霍普诗歌讽刺的尖锐性是自斯威夫特以后很少感受到的。对此霍普不以为然。他说至少讽刺不是他的目标。他坚持诗歌的传统形式，严格按传统诗歌的格律和句式进行创作，采用诸如书信体、颂诗体、散漫体和民谣体等多种诗体写作，反对现代主义和自由诗，常以性和性爱做诗歌的题材或某种象征。霍普弃绝以写澳大利亚景物的澳诗传统，他的诗很少以澳大利亚为题材，而倾向于展示心灵和情感的世界。他曾说："澳大利亚诗人们已经将这个国家的所有有价值的东西都利用得差不多了，这种过程的结果就是枯竭和腐蚀。"他下定决心不去仿效他们。霍普诗歌的独创性表现在对欧洲神话典故的灵活运用、对题材的独特处理、语言的熟练掌握和新颖的观察角度上。

霍普诗歌所表现的一个重要主题是人的孤立和寂寞。诗人深深感到，随着现代文明的发展，一切都“标准化、机械化，现代工业使人失去了个性”，人似乎也变成了机器。人与人之间感情疏远了，现代人在茫茫宇宙中感到了一种难以排遣的孤独。人的心灵“没有邻居”，人与人之间就像那些浮动的岛屿那样，“相距越来越远”。诗人认为只有借助创造性的成就和顽强的意志，才能在这个没有宗教信仰的世界上，摆脱人自身的孤独。

这种孤独感在霍普早期的诗歌《漂流的岛屿》中得到了充分的表现。这是作者于 1955 年出版的同名诗集中的一首诗。这首诗是针对英国 17 世纪玄学派诗人堂恩的名句“没有人是岛屿”，反其意而写的。霍普通过这首诗说，每个人都是一个岛屿，一个漂流的、失落的岛屿！人们互相孤立存在，心灵永远无法将他们沟通，事实上，却将他们“越来越彻底地分开”。每一个孤独的个人——“船失了事的水手”只能“梦想得救”。虽然漂流的岛屿有时候会偶然相遇，“打破心灵的长期孤独”，但他们很快就又漂流开去；人们绝望地听见那单调的无时不在的声音在说：“得救的事是不会发生的”。

霍普的许多诗都带有这种浓厚的悲观主义和宿命论的调子。因为，按照他的观点，人类得到拯救的可能性总是遥远和渺茫的。它对于人类在一个对人类生活冷漠甚至又敌意的宇宙中彼此疏远或者隔膜的看法，最清楚地表达在《鸟之死》之中了。

《鸟之死》是诗人在一次旅行途中，见到一只鸟离群独飞，有所感触而写成的。诗中的候鸟作了生命中最后一次飞行，在旅途中形单影只，终因力不从心而死去。诗人借这只候鸟的经历揭示了生命与死亡、恋家与放逐、个人与社会的辩证关系。离群的候鸟象征着现代人失去信仰，精神上无所依托，在迷惘中不断求索而又一无所获的痛苦经历，表现了他们那种难以摆脱的孤独感。诗歌结尾写到，大自然以它“宏大的谋划”“讥笑”候鸟“渺小的智慧”，“接受了它死亡的微乎其微的重量”，正是要说明在茫茫的宇宙中人类不过是沧海一粟，而花开花落，生生死死，是一种客观的自然现象，是谁都无法改变的规律。

诗人将常见的生活图景与自己对生活的深邃思考有机地融合在一

起，创造出一种既鲜明生动又发人深省的诗的意境。因此此诗历来被推崇为诗人的代表作。

从表面上看，《鸟之死》这首诗非常简单易懂；不过写了燕子对故土的眷恋、她的飞行和她最后的命运。其明白透彻，宛如一块被海水磨平了的水晶石。但别忘了，诗人有时会将石子投到内涵的深井里，激起意义的涟漪和反响，让读者去思索和诠释。这首诗也是如此。

霍普的诗往往具有意思上的双重性。在《鸟之死》中，鸟的栖所的双重性与存在于诗人本质和世界本质之间的双重性相呼应。在他的作品中，矛盾是普遍存在的：黑与白，男性和女性，善与恶，灵与肉，生活与神话之间的矛盾几乎出现在他所有的诗歌之中。

这种意思和矛盾的双重性在《鸟之死》中得到了充分的表现。一方面，这首诗可以看作是人生的一个寓言：人生是一次旅程；我们受着这样那样的驱使，被记忆和欲望牵动着。我们渴望去到其他的地方，但无论去到何处都觉得失望，甚至在人群中也感到一种本质上的孤独。到了某个时候，每个人都会面临死亡；另一方面，如前面提到的，这首诗表达了与“漂流的岛屿”相同的主题。诗人在此描写了人类在宇宙中的孤独、冷漠、彼此疏远和矛盾的心境。鸟至死对她矛盾、分离而孤独的心境也没有找到最后解决的办法。地球最后接受了她的尸体，使她终于得到了安宁和统一，因此诗的结尾几乎是带着一种胜利的调子。因为死对鸟来说是作为一种安慰而不是悲伤到来的。

《澳大利亚》是霍普的一首成功之作。有别于以“澳大利亚”为题写诗的其他澳洲诗人。不少澳洲诗人多以强烈的爱国热情，颂扬澳大利亚年轻而充满希望。然而，霍普的《澳大利亚》一诗却与此大唱反调，诗中直言不讳地指出，“他们称她年轻的国家，可是他们在撒谎”，诗人甚至还把澳大利亚比作“早过了更年期的女人”，已经衰老，而并没有伟大的前程。霍普如此描写澳大利亚，并非为了标新立异，而自有其深意在，分析一下全诗的结构，便可窥见其用心。诗歌的前五节描述了澳大利亚的缺陷：她的自然环境单调而丑陋；她的河流抑或消失在茫茫沙漠之中，抑或给人民带来灾难；她的五大城市像“溃疡”一般吸干了“她的躯体”；她的土地上居住着过去的“二等欧洲人”,饱尝了谋生的艰辛。这样的描绘虽然带有艺术的夸张,但应该说还是比较符合事实的,表现了作者的求实精神。但如果诗人仅仅写到第五节的话,那么这首诗只能唤起颓丧、失望的感受。然而从第六节起,诗人笔锋一转,指出尽管自然条件如此之差,他还是很乐意地回到了这块土地上,因为这是他的“家”,更何况这里虽然是“人类思想的阿拉伯沙漠”,但毕竟存在着肤浅的文明世界——“现代思想茂密的丛林”所没有的深刻性;体现着一种独特的精神“粗犷、鲜明的色彩”。这样,前五节诗对澳大利亚阴暗面的描绘和后半部分作者所要抒写的对这片土地的热爱形成了鲜明的对比,前面对后面起了反衬作用,突出了诗人追求真理和理想的精神。诗歌的调子,也一下子转为高亢了,从而突出了诗人追求真理和理想的精神。诗人创作的独创性由此可见一斑。

霍普因为博览群书,熟谙文学、哲学、历史、科学等多门类学科知识,加之由于年轻时攻读语言,对语言流变历史的熟悉,以及过目不忘的记忆力和极强的模仿能力,所以他能博采诸家诗派之长,为己所用,又能驾轻就熟地运用欧洲文化中,尤其是希腊文化中的典故,从而使他的诗显得厚实深沉,同时也表露出诗人所受的来自多方面的影响。众多的典故、复杂的内涵、机智深沉的语言、悲愤有力的调子,构成了霍普诗歌的总体特点。从他的诗中可以看出霍普那种大海容纳百川而成其大的博大胸怀。他是澳大利亚有影响的诗人,其评论文章和专著在文学研究方面也占有重要的地位。

149. 朱迪思·赖特与她的诗歌创作

朱迪思·赖特(Judith Wright,1915－2000)澳大利亚女诗人。生于新南威尔士州的一个牧场主家庭,自幼生活于乡民、农人和牧场主之间,饱览了澳大利亚的乡间景色,为她以后撰写反映澳洲风物的诗歌创造了条件。她在襁褓中母亲便念诗给她听,早在6岁时就开始写诗。1933年进悉尼大学主修英文,大量涉猎了英、法、意文学,以及有关历史、心理学、人类学和哲学等方面的书籍,她诗歌的广泛题材与此时所经历的文化修炼不无关系。第二次世界大战爆发前的1937年,她游历了奥地利、德国、匈牙利、瑞士和法国等地。回国后先在一家商号工作,后去悉尼大学任地理教授助理。1943年去昆士兰大学任职员,并协助编辑著名文学杂志《米安津》。1946年出版第一部诗集《流动的形象》,此后从事专业写作。60年代起积极从事环保工作,为此奔走呼喊。她已成为一个知名度很高的公众人物,被7所大学授予名誉博士学位,1970年当选为澳大利亚文学院院士,1992年被授予女皇诗歌金奖,是澳洲获此殊荣的第一个诗人。她的诗歌曾多次获奖。她的诗作受现代派诗人艾略特、庞德等人的影响,题材广泛。

赖特的主要诗作有:《流动的形象》(The Moving Image,1946)、《女的对男的说》(Woman to Man,1949)、《通道》(The Gateway,1953)、《两场大火》

(The Two Fires, 1955)、《鸟儿》(Birds, 1962)、《五种感官》(Five Senses, 1963)、《诗选》(Selected Poems, 1963)、《城市日出》(City Sunrise, 1964)、《第四季度和其他诗歌》(Fourth Quarter and Other Poems, 1976)、《虚幻的寓所》(Phantom Dwelling, 1985)等。此外,她还写过短篇小说、儿童文学作品及相当数量的文学评论,出版了论著《澳大利亚诗歌导读》(Preoccupations in Australian Poetry, 1965)。

赖特的诗才是多方面的。她写抒情诗,再现自己青年时代所生活的新英格兰乡村的风景;她写哲理诗,探究时间与人的关系,揭示爱的意义和其所带来的新生和创造力,反映社会和自然环境的变迁,阐释因袭的欧洲观点与澳大利亚现实之间的关系;她也写对社会的丑恶现象表示谴责的诗,尤其在后期,使人越来越关注现实,不少诗歌涉及越南战争、土著民族、环境污染和生态遭到破坏等政治问题和社会问题。在她的作品中,那些篇幅短小的诗篇最为出色,尤其是那些从诗人个人具体的经验生发开去,来表现带有普遍意义的内容的篇章。她的创作颇受欧美诗人艾略特、叶芝、庞德、迪伦·托马斯等人的影响。

第一部诗集《流动的形象》得名于希腊哲学家柏拉图的名句"时间是永恒的流动的形象"。出版以后,就受到国内外的普遍赞扬,被公认为是很有成就的诗人。

《北方的河》刻画了乡间童年的世界:

有着鹿一样眼睛、胆小的袋鼠,
在拂晓时不再光顾你的水潭。
但是驯服而谦卑的畜群,
会把水池搅浑。

在《成年时戴的戒指》一首中,诗人唤起了人们对历史的回顾,尤其是土著人与白人关系的历史:

歌声已消逝,
舞蹈也因为跳舞者已长埋地下,而成为秘密。
仪式已毫无意义,
种族的事迹消失在陌生的故事里。

在《牛车夫》一诗中,表现了这样的景象:在荒凉的原野上,慢吞吞地走着一辆牛车。车上的羊毛堆得像小山一样。而在那拉车的阉牛和颤巍巍的“小山”之间,端坐着手握鞭子的牛车夫,这就是充分体现澳大利亚放牧时期特色的“牛车夫”形象。

他走在沉甸甸的牛车队旁边,
天旱口干,冷雨浇身,
风风雨雨,不停跋涉,
直到岁月在脑海中一片混沌。
直到长长的孤道上,
摇晃的重荷镌刻下深深的印痕,
道路也踩得杂乱不齐,
魔鬼和天使都踩着他的足迹。
艰难的旅程越走越长,
他这位年老的摩西的奴隶,
连同艰辛顽强的牛车队,
都成了一个发疯的先知的梦。
随后在晚间的营帐里,
灰暗的树干底下,
他对着锥形的夜空,
大声地祈祷和预言。
他经过营火红色的光环旁边,
繁星点缀的黑暗笼罩着他。
世世代代牲畜身上的挂铃,
回响着甜蜜不安的声音。
野草漫过了车道,
犁耙触到了野草底下的尸骨。
葡萄园覆盖了所有的斜坡,
那里逝去的牛车曾经路过。
呵,葡萄藤呀,请盖住那尸骨,

你扎入土地的手紧紧把它捧住，
先知摩西滋养着葡萄，
这片乐土呀，丰收又富饶。

以往的这类诗都采用现实主义的手法，客观地描绘牛车夫的形象，反映了早期开发时代的生活，虽然显得逼真，但缺乏深刻。赖特却采用了现实主义与浪漫主义相结合的手法，为自己笔下的普通牛车夫提供了一个浪漫主义的背景，给他抹上了一层令人目眩的圣洁光环。诗人用“魔鬼”、“天使”、“先知”、“奴隶”、“祷告”、“预言”等意象和词汇，渲染了神秘而圣洁的宗教气氛。在这样的氛围中又推出了先知摩西，很自然地把开拓者牛车夫和摩西联系了起来，并赋予这种联系以深刻的寓意：就像摩西率领以色列人找到“乐土”一样，当年的牛车夫以他辛勤的劳动开辟了通向“乐土”澳大利亚的道路。牛车夫的形象和圣经典故中圣人的形象交织在一起，构成了澳大利亚的“创世纪”。这样，呈现在读者面前的不仅是一位普通的赶车夫，还是一位伟大的开拓者。

《流动的形象》所描写的内容确实是地区性的。它涉及诗人所生活的乡间的风景、早先的历史、土著民族的往事、被束缚的动物、逝去的隐士、农人和牛车夫等等，很有地域特色。但是赖特诗歌所涵盖的远远超出了地域的范围，诗人自己也是极力调动一切手段和技巧扩大诗歌的内涵。在诗的题记中，引用柏拉图“时间是永恒的流动的形象”，以赋予整部诗以哲理意义，同时通过创造意境、形象乃至神话，把有关土著人、流浪汉、农人、牛车夫等内容升华为整部澳大利亚历史的结晶，使诗歌所塑造的整体形象不只是诗人的故乡新英格兰，而是整个澳大利亚。

赖特擅长用细腻而独到的观察以及象征的手法热情歌颂大自然和生活，同时也反映种种社会问题。与霍普不一样，赖特是一个面对澳洲本土和现实而写作的诗人，同时也乐意吸收现代主义的技巧。她的诗题材广泛，小到花鸟鱼虫，大到人类的命运，都是她关注的对象。

赖特的诗集《女的对男的说》探索了爱的意义，表达了女人对男人，女人对未出世的孩子的感情，它不是诗人的自我表白，而是写出了所有女人的柔情。其中好的诗篇有《公牛》(The Bull)、《棕榈树》(The Cycads)、《古老的监狱》(The Old Prison)、《面鸽藤》(Wonga Vine)、《星星》(Stars)等。

《流动的形象》和《女的对男的说》两个诗集之后的作品，水平似乎呈下降趋势，评论家对它们的评论是总体上不如以前的作品。诗歌集《鸟儿》揭示人与自然之间的关系；《通道》寻找失去的自我；《两场大火》探索创造和毁坏两大支配世界的力量；《虚幻的寓所》则又回到了描摹自然、爱、家庭和以往田园牧歌式的生活。

在朱迪思·赖特的诗歌中，我们也可以看到其蕴藏的一些思想是以现代派为基调的，而且表达了20世纪中期西方文化的危机，如世界趋向于功利的堕落，原子弹的爆炸以及爱情的匮乏等。赖特的这种手法通过60年代对自然界的贴近观察和描绘得以充分体现，如1963年发表的《鸟儿》，其主题都是用隐喻来表达的。赖特的现代派风格大都是通过难以言表的内涵意义来体现的。她的作品题材广泛。诗风受现代派影响；后期如《人类模式》(A hluman Pattern, 1990)与《燃烧的树》(The Flauce Tree, 1993)等诗作同情土著居民的遭遇，对一些社会现象加以抨击。

150. 豪尔赫·路易斯·博尔赫斯
——作家的作家

1999年是一位拉美文学巨匠的百年诞辰，为此全世界各地的文学界都以自己的方式举行了纪念活动，其中拉美文学界的庆祝活动尤为隆重盛大。这位受到如此崇拜的大师就是阿根廷当代诗人、小说家与散文作家豪尔赫·路易斯·博尔赫斯(Jorge Luis Borges,1899 - 1986)。半个多世纪以来，大文豪博尔赫斯以其渊博的学识，闪光的智慧，超凡脱俗、独具一格的作品征服了各国的读者，赢得了世人的仰慕。

博尔赫斯1899年8月24日出生于阿根廷首都布宜诺斯艾利斯。他的祖母是英国人，父亲是位律师、语言学家、心理学家、翻译家，精通英语，爱好文学；母亲出身望族，亦博览群书，学识出众。生长在这样一个家庭里，博尔赫斯从小受到了良好家庭教育与文化熏陶，获得事实上的两种母语——西班牙语与英语。他从幼年起便养成了爱读书的习惯，整天身着单色长衣，趴在父亲书房的地板上专心致志地看书。他那时便涉猎大量文学名著如史蒂文生、威尔斯、王尔德等人的作品。他很早即显示出不凡的文学才华与强烈的创作欲望。6岁时他对父亲表示长大要当一名作家，受到父亲的鼓励，7岁便用英语写了一篇希腊神话，8岁时用西班牙语创作了故事《致命的眼罩》，9岁将王尔德童话《快乐王子》译成西班牙文发表在《国家报》上，其译文之成熟竟令人认为是出自其父之手。

1914年博尔赫斯全家出游欧洲，在游历过伦敦、巴黎后定居在瑞士日内瓦。旅居欧洲期间博尔赫斯读完中学，在学校学习了法语与拉丁语。其后他又通过德语字典与海涅诗歌自学德语，几个月后可不借助字典阅读德语原作。1919年博尔赫斯家移居西班牙。此后博尔赫斯开始诗歌创作并与马德里先锋派诗人密切交往，共办文学期刊并积极撰稿。当年他发表了第一首诗《致大海》。此时他曾对俄国十月革命心驰神往，认为它开创了人类共享和平的新纪元并为它创作了一首题为《红色的旋律》的颂诗，但这首诗从未发表过。旅欧时期博尔赫斯利用当时便利的语言书籍条件进一步如饥似渴地阅读了英、法、德、西、美等国文学、哲学原著及德译本的中国文学经典作品。此番苦读使他开阔了眼界，汲取了营养，为他日后的文学创作打下了坚实的基础。1921年博尔赫斯家返回阿根廷。回国后博尔赫斯与友人创办了文学杂志《棱镜》、《船头》，同时进行文学创作、讲学等活动。1923年他自费出版第一部诗集《布宜诺斯艾利斯激情》(Ferver of Buenos Aires)，从此以诗人身份登上文坛。此后他又连续发表两部诗集《面前的月亮》(LUNA DE ENFRENTE, 1925)，《圣马丁札记》(CUADERNOS SAN MARTíN, 1929)。他的这些诗作具有明显的先锋派特征，热情洋溢而又带有神秘色彩。

1937年博尔赫斯遵从父亲的劝告，来到市图书馆任管理员。1938年圣诞节前夕他不慎将头碰撞到敞开的窗户上，受伤昏倒在地。随后他住院治疗了三个星期。从此以后他感觉到自己最适合小说创作，于是就写了短篇小说《特隆，乌克巴尔，奥比斯·特蒂乌斯》。这篇作品后来成了后现代主义元小说的代表作之一。1935年他的第一部短篇小说集《恶棍列传》(A Universal History of Infamy)问世，其独特的写作风格引起了评论界的注意。1941年他的包括其同名代表作在内的小说集《交叉小径的花园》(The Garden of Forking Paths)出版，博得广泛的好评。从此他开始扬名国内外。1942年他在友人的鼓励下以《交叉小径的花园》参加了阿根廷全国文学奖的评选，但最终落选。对此阿根廷文学界许多人大为不满。他们纷纷为博尔赫斯鸣不平并指责评委办事不公。为此《南方》杂志发表专刊登载一组抗议文章，总标题是《给博尔赫斯赔礼》。对此事博尔赫斯本人却处之淡然,他认为评委的决定可能是对的。当他看到朋友们的声援文章时甚至感到非常吃惊。为了还博尔赫斯一个公平,1944 年阿根廷作家协会特意破例设了阿根廷作协荣誉大奖,并将该奖授予了博尔赫斯。

1946 年庇隆成为阿根廷总统。博尔赫斯在反对其独裁统治的宣言上签了名。随后他便被革去图书馆的职务并被派去当市场家禽稽查员。面对强权博尔赫斯毫不畏缩。他拒绝了侮辱性的任命并发表公开信表示抗议。他的行动得到了知识界的普遍支持。从此他主要靠讲学、办学习班为生。1950 年在广大作家的一致拥戴下博尔赫斯当选阿根廷作家协会主席。1955 年庇隆下台,博尔赫斯被新政府任命为国家图书馆馆长。共和国总统亲自在总统府玫瑰宫给他颁发了委任状。此外,他还被任命为阿根廷人文学院院士。

博尔赫斯一生勤奋笔耕,硕果累累,共写下作品 35 卷。其主要著作除上面提到的外还有诗集《诗人》(1960),《影子的颂歌》(In Praise of Darkness,1969),《老虎的金黄》(The Gold of Tigers,1972),《深沉的玫瑰》(The Profound Rose,1975);短篇小说集《手工艺品》(Ficciones,1944),《阿莱夫》(The Aleph and Other Stories,1949),《布罗迪的报告》(Dr. Brodie's Report,1970),《沙之书》(The Book of Sand,1975),散文集《探索集》(INQUISICIONES,1925),《我希望的尺度》(1928),《讨论集》(Inquisitions,1932),《讨论别集》(Other Inquisitions,1952),《文稿拾零》(1986)等。此外博尔赫斯还是一位出色的翻译家,翻译过美国作家福克纳,奥地利作家卡夫卡,英国作家伍尔芙等人的许多作品。

博尔赫斯的作品具有鲜明的个性特征。其风格有人说属于魔幻主义,有人说属于梦幻主义或幻想主义,总之是别具一格,自成一派。一般说来,他的作品有以下几个特点。首先他的散文、小说、诗歌有着内在的相似性与互通性。小说像散文,散文似小说,而诗歌又是诗化的散文。其次,他的题材有极强的幻想性。博尔赫斯在创作中很少取材于阿根廷现实生活。他的选材原则经常是古、远、奇与异国情调。他的故事中有很多都发生在遥远的古代东方与欧洲,或像特隆那样的虚构的国度里,其内容也大多是荒诞不经,出人意料,宛若出现在梦境之中。其实他的小说《环形废墟》就是讲一个人做梦的故事,而他的诗集《铁币》中的一首诗又是他在梦中所做,醒来后记录下来的。此外,博尔赫斯的作品还具有丰富的知识内涵与深刻的哲理性。基于其博大精深的学识,博尔赫斯在他的故事中注入了大量哲学、神学、语言学及其他专业知识,并将这些知识同故事情节有机地融合在一起,使他的作品具有了极强的玄学与思辨色彩,启人心智,耐人寻味。事实上他的小说经常是探讨哲理问题的一种形式。同时,博氏作品的写作手法有很显著的新奇性。在小说创作上博尔赫斯打破了传统的追求清晰流畅的叙事方法,以若有若无、似是而非、亦真亦假、亦虚亦实为自己的情节原则,利用故事套故事、情节套情节等手段使自己的作品情节扑朔迷离、真假难辨、完全笼罩在神秘主义氛围之中。

博尔赫斯毕生献身文学事业,成就辉煌,赢得了世人的一致赞誉。为此,他获得过阿根廷国内外数不清的奖励与荣誉。1956 年他获得阿根廷国家文学奖,1961 年获国际出版家协会颁发的福门托奖,1962 年获法国文化艺术骑士勋章,1963 年获阿根廷国家艺术基金大奖,1965 年获英国高级勋爵称号、秘鲁太阳勋章及意大利佛罗伦萨第九届诗歌奖,1968 年获美国艺术科学院荣誉院士称号及意大利共和国勋章,1970 年在巴西获美洲文学奖,1971 年获以色列耶路撒冷奖,1973 年获墨西哥阿方索·雷耶斯奖,1979 年获西班牙塞万提斯文学奖、法兰西学院金质奖章、联邦德国荣誉勋章。1981 年获意大利—瑞士巴尔赞基金会文学奖和墨西哥奥林·约利兹奖,1982 年获西班牙智者阿方索十世大十字勋章和法国荣誉骑士勋章,1984 年获意大利大十字骑士勋章。此外,他还是从 1956 年至 1971 年 15 年间的诺贝尔文学奖候选人及美、英、法、意、拉美等国的许多著名大学的荣誉博士。此外,博尔赫斯的文学建树还受到了同行们的广泛推崇。多年来拉美著名作家聂鲁达、略萨、马尔克斯、帕斯及法国作家莫洛亚等人都对他的作品给予了极高的评价。

如今博尔赫斯的作品已被译成多国文字在全世界畅销不衰。由于他的作品的巨大影响,在布宜诺斯艾利斯市出现了专售他的著作的博尔赫斯书店,他的许多小说还被拍成了电影。由于博氏作品具有极高的学术价值,它们多年来一直是西方学者研究的主要课题之一。据墨西哥学者古斯塔沃·林的不完全统计,截止到1999年底欧美各国共发表关于博氏作品的专著700多种,其中四分之一是博士论文。而探讨博学的文章则是不计其数。

博尔赫斯不仅是位作家,还是位杰出的学者。他终生在书海里遨游,与古今智者交流对话,成为了世上少有的饱学之士。他的大脑事实上就是一座图书馆。在创作活动之余他一直从事教学,先后在阿根廷英国文学学会及布宜诺斯艾利斯大学任英国文学教授,并被美国德克萨斯大学聘为客座教授。另外,他还应邀在英、美、法、瑞士、以色列等国多所大学进行过讲学活动。

博尔赫斯的个人生活有很强的悲剧色彩。早在1938年他的视力就因意外事故严重受损,开始靠母亲及友人帮助从事写作。到1956年他的眼睛已近失明,医生已严禁他读书写字。到了晚年他则完全陷入了黑暗的世界。然而面对厄运他没有低头。他凭借顽强的毅力与深厚的文学功底,以口授别人代笔的形式始终坚持文学创作活动。

博尔赫斯的婚姻也不如意。1967年他与孀居的埃·阿·米连结婚,三年后又离异。令他感到幸运的是在他最困难的时候有一位善良的女性始终陪伴着他,成为他生活和事业上的好帮手。这位女士就是玛丽娅·儿玉。儿玉是一位日本移民工程师的女儿,20岁时与博尔赫斯结识,同他一起学习过古英语和冰岛语,后来成为他的写作秘书。他们在一起相处了20年,心心相印,感情至深。晚年双目失明的博尔赫斯曾有一次十分认真、动情地对儿玉说:"玛丽娅,我看到你的轮廓了。"感动得儿玉一时热泪盈眶。他们在1986年博尔赫斯逝世前一个月结婚。博尔赫斯逝世后儿玉主持博尔赫斯基金会的工作。

博尔赫斯对中国人民极为友好,对古老的中国文化更是情有独钟。他借助英、德、法等译本阅读过《红楼梦》、《水浒传》、《聊斋志异》、《诗经》、《老子》、《易经》、《庄子》等许多中国古典文学及哲学著作,并从中汲取大量有益的东西。他对《红楼梦》最为崇拜,对书中梦幻部分最感兴趣。他认为该小说中的神化与梦幻使其写实内容变得更加真实可信。不难看出,博氏作品中似是而非,似非而是,真中有假,假中有真的创作原则与

《红楼梦》中“假做真时真亦假,无为有处有还无”的艺术境界是有相通之处的。

博尔赫斯多年来一直热切地盼望有机会来华访问。他曾言“不去访问中国,我死不瞑目。”“长城我一定要去。我看不见,但能感受,我要用手抚摸那些宏伟的砖石。”到了晚年,他经常双手摩挲在唐人街买到的中国竹制手杖,以表示其对中国人民的深厚感情。

博尔赫斯的作品于20世纪70年代末开始被译介到我国,受到我国读者的喜爱,并成为我国新时期文学最重要的外来影响之一。(博尔赫斯与马尔克斯是我国评论界公认的对新时期文学影响最大的外国作家)我国的先锋派小说家格非、马原、余华、孙甘露等人都在不同程度上从博氏作品中获取过文学营养。十几年来国内许多学者都对博尔赫斯对我国新时期文学的影响做过深入研究并就此题写出过大量优秀论文。1999年,我国浙江文艺出版社经过五年的努力首次推出了中文版《博尔赫斯全集》。

1986年6月14日,一代文学大师博尔赫斯在瑞士与世长辞,终年86岁。

151.《交叉小径的花园》——一座奇特的叙事迷宫

1916年7月，英军在法国某地集结了重兵以对德军发动一场大规模攻势。为了保证战役的胜利，英军新调集了大量炮火部队并增设了炮火阵地。但一切准备就绪后进攻的时间却比计划推迟了整整五天。有人说进攻延期的原因是当时连天的暴雨，但后来一位德国间谍俞琛博士的证词最终揭露了事情的真相。

俞琛是中国人，曾任青岛大学英语讲师。后来他受雇于德国情报部门与另一德国间谍鲁纳伯格一同来到英国的斯塔福德郡从事谍报活动。现在俞琛已摸清了英军最新的炮兵部署状况，这一天他打电话联络鲁纳伯格，不想接电话的人竟是英国特工马登上尉。他的心一下子就凉了下来。他明白事情已经败露了。鲁纳伯格肯定已经被捕或被杀，他本人也将随时落入马登之手。由于自知无路可逃，俞琛此时已将生死置之度外。他唯一想做的事就是及时将情报送出。他的上级已知道他掌握了英军的情况，正在焦急地等待他的消息。他这样做并非因为他忠诚于德国人，他是想让德国人明白只有受他们歧视的黄种人才能拯救他们的军队。俞琛冥思苦想，最后在翻看电话号码本时终于想出了一个办法。这个办法用起来很可怕，但他只能这么做了。他要去找一个叫斯蒂芬·阿尔伯特的人，这个人可以帮助他把情报传给他远在柏林的上级。他整理好自己的东西，带上只剩下一颗子弹的左轮手枪匆匆离家奔向了火车站。俞琛乘坐的火车刚刚启动，他就看见马登气急败坏地跑上了车站月台。他不觉有些得意。他在目的地阿希格罗夫村下了车。他看见站台阴影里站着两个小孩。他们问他是不是要找阿尔伯特博士，并说他家离这里还很远，去他家他必须走左边的路，然后每逢交叉路口都要向左拐。俞琛将身上唯一的一枚钱币给了两个孩子后便上了路。

总要向左拐的路途使俞琛想起了一些迷宫的中心院落的寻找方法。他对迷宫是十分了解的。他的一个当过云南总督的曾祖崔朋就曾辞官还乡，用了 13 年的时间写了一本人物众多的小说并建造了一座迷宫。后来他这位曾祖被一位来历不明的人暗杀。当然，如今他的迷宫也已无处可寻了。俞琛一路上不停地想着曾祖的迷宫，想象着它仍完好无损，或立于神秘的峰巅，或藏于水底，或躺在田野下面，它无限广阔，拥有河川、州县、国家、包容过去与未来，甚至以某种方式囊括了星辰。他完全沉浸在了想象里，几乎忘记了自己此行的目的与被追捕的境地。夜色非常美好。明月当空，微风拂面，远方隐约传来悦耳的音乐声。不知不觉间俞琛来到了一扇高大的铁门前。透过栅栏，他看到里面有一条林荫道和一座凉亭。音乐声就是从凉亭上发出来的，是中国音乐。他扣打了门环。不一会儿一个身材高大的人便提着一盏鼓形纸灯笼走出院内深处的房屋，向大门口走来。他就是斯蒂芬·阿尔伯特。阿尔伯特打开铁门，用中文慢条斯理地说到："原来是郗本仁兄驾到。我想您是要观赏我的交叉小径的花园吧。"原来他将俞琛误认为了一位叫郗本的中国领事了。此时俞琛不知为什么竟顺口说到："那是我曾祖崔朋的花园。"听到他的话阿尔伯特非常惊讶，表示没想到著名的崔朋竟是客人的祖先。阿尔伯特将俞琛让进院子。俞琛感到院内潮湿的、曲曲弯弯的小径同他儿时记忆中的小路完全一样。

他们一同来到一间摆满东、西方书籍的书房。在房中俞琛看到一部黄绢面的中国明朝第三代皇帝下令编纂的手抄本百科全书。这部书从来没有出版过。原来阿尔伯特是位汉学家，当年曾在天津当过传教士。他们坐了下来。俞琛估计马登一小时之内不可能赶到这里，自己还有时间。于是他就同阿尔伯特攀谈起来。他们自然而然地谈到了崔朋，谈到了他的小说与迷宫。阿尔伯特告诉俞琛他已研究出了崔朋迷宫的秘密,即他的小说就是他的迷宫。阿尔伯特因为没有人见过崔朋的迷宫,同时他的小说错综复杂又同迷宫很相似,他早就怀疑这两者本来是一回事。后来他看到了崔朋的一封残简,便更加坚信自己的想法。说罢他站起身,背向俞琛,打开了一张黑漆写字台的一只抽屉,拿出一张纸给俞琛看。俞琛看到纸上写着:"我将我的交叉小径的花园留给各种不同的'并非全部的未来'。"俞琛把信交还阿尔伯特,阿尔伯特又将它放回了抽屉。然后阿尔伯特接着谈他的看法。他说以前他总认为如果要一本书变为无限,只能让它的首页和尾页完全相同,使它成为一本循环不已的书。然而读过了崔朋的信后他就改变了想法,因崔朋在信中提示他还有另一种方式可使一本书成为无限,他的小说提供了这种方法。在其他小说里,当人们面临多种选择时他们都只选一种,而在崔朋这本题为《交叉小径的花园》的小说中主人公却做出了所有的选择。这样他就创造了许多不同的未来、不同的时间。这些未来与时间各自分开,又相互交叉,小说的矛盾就由此产生。《花园》一书是一部寓言,它的主题是时间,然而它的作者却又没有一次用过"时间"这个词。该小说是崔朋设想的一幅宇宙图画,用以表达他的时间观。他认为时间有无数的系列,背离、汇合及平行的时间构成了一张不断增长的时间网,这张网包含了一切可能性。在一个时间内有这个人,在另一个里有那个人。在某个时间里他们都存在,但在大多数时间他们又都不存在。听到这里,俞琛声音颤抖地对阿尔伯特说道:"在所有的时刻,我都会感谢和敬重您。您重建了崔朋的花园。""不会是所有的时刻,时间是永远交叉的,直到无可数计的将来,在将来某一个交叉点上,我是您的敌人。"就在这时俞琛看见马登出现在花园里。他正沿着小径快步向书房走来。俞琛必须马上行动了。他笑着对阿尔伯特说道:"将来已是现在的事实。不过我是您的朋友。我能再看看那封信吗?"阿尔伯特站了起来,转身去拉写字台的抽屉。就在他背向俞琛的几秒钟内,俞琛掏出手枪向他扣动了扳机。他一声没吭就倒在地上,立时毙命了。

随后马登冲进屋内,逮捕了俞琛。俞琛被判绞刑。英国报纸马上刊登了一条新闻,说著名汉学家阿尔伯特被一个叫俞琛的人刺杀身亡,刺杀动机不明。这条消息登出的当天,德国飞机就对法国一个叫阿尔伯特的小城进行了猛烈轰炸。原来英军新增的炮兵阵地就设在那里,而这也就是俞琛掌握的情报。由于身处绝境的俞琛实在想不出其他传递情报的方法,他只有杀掉一个与英军炮队所在地同名的人。他在翻看电话号码本时看到了这个名字,对俞琛深为了解并时刻关注他的一举一动的德国谍报机关对他的这种做法自然心领神会。俞琛成功了,但他却杀害了一个无辜的人。他确实不愿意这样做,这件事使他感到无限的悔恨与厌烦。

短篇小说《交叉小径的花园》(The Garden of Forking Paths,1941)是阿根廷文学大师博尔赫斯的一篇名作,也是他公认的代表作。这篇小说表面上讲述了一个间谍的故事,但实质上却是一篇深刻的哲理探讨。该小说首先阐述了一种奇特的时间观,即认为时间是由无数分散、交叉、平行的时间线组成的无限扩展、错综复杂、千变万化、超越时空的一张网,或一个迷宫。在这个时间网或时间迷宫内有着无穷无尽的可能性与偶然性。其次,小说表明时间中的无限可能性与偶然性主宰着人的命运。对于这种无所不在、又不可知的可能性与偶然性人既不能把握,又不能改变,更无法逃避。时间的迷宫就是人生的迷宫。在时间的迷宫里人生既没有目的,又没有出路。

博尔赫斯以其迷宫般的叙事策略著称于世。《花园》正是他迷宫风格的典型范例。该小说中充满了蓄意安排的情节空白(两个儿童不知为何事先知晓俞琛对阿尔伯特的造访);深奥难解的隐喻(同为一古书,一花园及本小说名称的"交叉小径的花园"事实上是指时间迷宫);新奇神秘的细节(充满异国情调的人物与著作,总要向左转的路径);意想不到的巧合(崔朋与阿尔伯特都遭暗杀);无小说的结构设计(在小说中讲述同名的另一小说),及虚幻迷离的故事氛围等典型的博尔赫斯叙事技巧。此外,该篇丰富广博的内容、哲理思辨式情节及充满智慧的笔触也都鲜明地体现了博氏艺术风格。总之,《花园》在艺术上别具一格,独树一帜,已成为当代短篇小说中不可多得的精品与传世之作。

152. 阿斯图里亚斯——拉美第一位诺贝尔奖折桂人

安赫尔·阿斯图里亚斯(Miguel Angel Asturias,1899－1974)是危地马拉杰出的文学家、魔幻现实主义文学的先驱。在拉丁美洲文学史上占据着十分重要的地位。

20世纪,拉丁美洲的文学成就巨大,特别是第二次世界大战后,异军突起,迅速走向当代世界文学的前列。先是在1945年,智利女诗人米斯特拉尔(Gabriela Mistral,1889－1957)成为拉丁美洲第一位诺贝尔文学奖获得者,之后,60年代以来,危地马拉的阿斯图里亚斯、智利的巴勃鲁·聂鲁达(Pablo Neruda,1904－1973)和哥伦比亚的加西亚·马尔克斯(Gabriel Garcia Marquez,1928－),先后于1967年、1971年和1982年获得诺贝尔文学奖。此外,一大批作家获得了广泛的世界声誉。人们把拉丁美洲文学这种高度繁荣的局面称为"文学爆炸"。

魔幻现实主义作家一般都很关注国家和人民的命运,很多又都是社会活动家,他们的作品具有丰富的社会内容。他们不仅在国家文化生活中,就是在政治生活中都很有影响。这些作家都很看重自己肩负的社会政治使命。正因为如此,他们在作品中体现的社会政治态度往往十分鲜明。《危地马拉传说》、《总统先生》、《佩德罗·帕拉莫》、《百年孤独》、《家长的没落》等魔幻现实主义代表作品,淋漓尽致地揭露了当代拉丁美洲的政治寡头、大庄园主和帝国主义的丑恶嘴脸，表达了作家对人民的同情，对民族与人民的命运的思考。

魔幻现实主义的基本题材都来自现实，但却被作家改变了本来面目，而披上了一层神秘色彩；同时，作家又大量引入各种超自然的力量，这样就创造了一种扑朔迷离的新现实。用明晰的现实主义的传统手法是难以创造出这样的"幻境"的，这就决定了魔幻现实主义在具体的表现手法上的特点。作家们常常不顾传统的空间、时间的观念，不顾生与死、现实和梦幻、人物的内心独白和实际的行动等等的界限，把不同时间、空间、发生在不同人物身上的事件，甚至活人与鬼魂都错乱地集中到同一画面上，用这套手法创造了一个超时间、超空间，超乎生与死的光怪陆离的魔幻世界。作品还常常广泛使用变形、象征、暗示的手法。

魔幻现实主义的另一个特点就是它鲜明的民族色彩和广泛的群众性。魔幻现实主义深深地植根于拉丁美洲的现实，由于它的独特的文化背景，由于许多作家在民族化方面的孜孜不倦的探索，使魔幻现实主义以鲜明的民族特征而特别引人注目。这也是一些优秀的魔幻现实主义作品获得世界性声誉的重要原因。

1899 年 10 月 19 日，阿斯图里亚斯出生在危地马拉城，父亲是一位正直的律师。当时的危地马拉正处于埃斯特拉达·卡布雷拉的独裁统治之下。童年和少年时代的阿斯图里亚斯目睹了独裁者利用军警镇压、迫害革命群众所造成的白色恐怖。为了躲避反动军警的迫害，阿斯图里亚斯一家迁居到内地省城萨拉马。阿斯图里亚斯因此有机会广泛接触土著印第安人。阿斯图里亚斯怀着极大的关切与同情，逐渐了解了他们的风俗习惯、宗教信仰、思想感情和古老的印第安文化，这一切对他一生的创作产生了决定性的影响。后来，阿斯图里亚斯先后到英国和法国求学。通过 5 年的系统学习，阿斯图里亚斯极大地丰富了自己关于印第安文化传统的知识，为他后来的文学创作提供了丰富的素材，对他艺术风格的形成产生了潜移默化的影响。1930 年他的第一部故事集《危地马拉神话》(Legends of Gualemala)在西班牙出版。1946 年他的代表作《总统先生》(The President)在墨西哥出版，从此蜚声拉丁美洲文坛。后来又创作了长篇小说《玉米人》(Man of Maize,1949)、《疾风》(Strong Wind,1950)、《绿色教皇》(The Green Pope,1954)、短篇小说集《危地马拉的周末》(Week - end in Guatemala,1956)和《被埋葬者的眼睛》(The Eyes of the Interred,1960)。晚年的作品有《丽达萨尔的镜子》(The Mirror of Lida Sal,1967)、《马拉德龙》(Maladrón,1969)和《多洛雷斯的星期五》(1972)。阿斯图里亚斯还创作了不少诗歌,主要诗集有《十四行诗集》(Sonnets,1937)、《云雀的鬓角》(Temple of the Lark,1949)、《贺拉斯主题习作》(1951)和《博利瓦尔》(Bolivar,1955)。此外,他还是一位剧作家,主要剧作有《索鲁娜》、《讹诈》、《国境线上的正式会见》。1974 年,阿斯图里亚斯逝世于西班牙首都马德里。

阿斯图里亚斯是魔幻现实主义的先驱。他的第一部故事集《危地马拉神话》描写了西班牙人来到之前玛雅人的生活和文化,以玛雅族印第安人的民间故事、神话传说为题材,创作了一系列极其优美、富于魔幻色彩的故事,反映了印第安人的宗教信仰、世界观和文化传统。他的作品善于把印第安人的神奇意境和危地马拉的现实生活融会在一起,因而被称为"危地马拉的新神话"。作者以诗一般的笔触描绘出印第安人生活的神奇和魔幻的气氛。法国著名诗人保尔·瓦莱里称该作品为神话、梦幻和诗的结晶。

1949 年长篇小说《玉米人》出版,这也是一部将拉丁美洲的现实与印第安传统观念、神话有机地结合起来的名著。作者借助神话传说的虚构意境,描写山区农民的现实生活,以印第安人和土生白人之间在种植玉米问题上发生的冲突为线索,揭示了传统观念与现代思想之间的矛盾。书名和故事内容都来源于印第安神话传说中的一个典故。在印第安古典名著《波波尔乌》的记载中,世上本来是没有人类的,造物主用玉米作材料创造了人类,玉米因此成为印第安传统信仰中神圣不可侵犯的东西。在小说中,一批西班牙人和土著白人以获利为目的种植玉米去出卖;印第安人则认为买卖玉米等于是出卖自己的种族。双方因为对玉米观念不同而发生了殊死的斗争,结果是印第安人失败了,但白人方面也按照印第安人的观念而全部遭到了横死的报应。很显然,作者是站在印第安土著居民的立场上,以符合印第安人传统观念的方式对白人入侵者进行了道义上的处罚。

从1950年到1960年的十年间，阿斯图里亚斯创作了反映危地马拉香蕉种植园生活的三部曲:《疾风》(1950)、《绿色教皇》(1954)和《被埋葬者的眼睛》(1960)。这三部长篇小说是阿斯图里亚斯作品中带有明显的抗议文学性质的作品。小说的主题思想虽然是揭露美国垄断资本"联合果品公司"对危地马拉农业工人的压迫与剥削，并且歌颂了群众的英勇斗争，但绝没有陷入简单的控诉与说教，而是运用了丰富多样的艺术表现手法，满怀深情地描绘了危地马拉的自然风光，字里行间充溢着作家热爱祖国和痛恨殖民主义者的激情。

《总统先生》成功地塑造了一个拉丁美洲专制暴君的典型形象。在他的统治下，全国充满了混乱、死亡与毁灭的恐怖气氛。作者以大量的笔墨描写人们在独裁统治下的恐惧心理。

小说中的独裁者没有姓名，只称作"总统先生"。他的亲信爪牙松连特上校在一天夜里被一个精神失常的乞丐掐死，"总统先生"乘机借此大做文章，栽赃政敌，清除异己，牢牢巩固了自己的独裁统治。像"总统先生"这样的人物，在第二次世界大战后的拉美国家具有十分典型的现实意义。这部小说在写法上具有很强的艺术感染力，它的主题是写独裁者的暴行，但作为全书主角的总统先生却只出场过5次，他的内心活动和阴谋都是通过其他人物的言行来传达的，他被描写得像一个似有若无的幽灵一般，极少露面而又无处不在，在权利和阴谋的漩涡中间，他始终处于主宰一切的地位。这部小说的内容处处显得既神秘又真实可信。

《总统先生》没有停留在一般地谴责独裁者个人的行为上，而是以高度概括和集中的凝练手法，揭露出独裁统治的社会根源，即反动的社会制度、帝国主义的侵略和干涉以及千百年流传下来的宗教意识和宿命论思想影响等。阿斯图里亚斯揭露独裁统治的目的在于唤醒民众。他要把人民群众从噩梦中唤醒，激起人民对独裁统治的义愤，并且明确指出屈从命运只能继续过地狱般的生活，只有奋起打碎暴政的锁链，并且同时破除迷信和宿命论的桎梏，才有可能赢得自由和解放。

作品运用复杂的场景、恐怖的气氛、富有表现力的语言把这部作品变成了一个寓言故事,生动而深刻地揭示了普遍盛行于拉美大陆的专制制度的丑恶。此外,作者还将印第安人玛雅——基切古代传说巧妙地融进了小说情节中,使作品披上了浓重的拉丁美洲地方色彩。

阿斯图里亚斯是拉丁美洲当代文学的开拓者之一,魔幻现实主义的先驱。他的作品始终植根于拉丁美洲文化和社会现实之中,富有鲜明的民族特色。他多年从事对印第安古代文化的研究和整理,并将这份宝贵的文化遗产加以发扬。他把印第安神话传说同拉丁美洲现实生活结合在一起的创作手法为后来的拉丁美洲魔幻现实主义文学的形成开辟了道路。阿斯图里亚斯调动所有的现代文学的创作手段,从多种角度反映拉丁美洲的现实。1967 年“由于出色的文学成就”、“作品深深植根于拉丁美洲的民族气质和印第安人的传统之中”,获得诺贝尔文学奖。

153. 马尔克斯
——20世纪最响亮名字中的一个

加夫列尔·加西亚·马尔克斯(Gabriel Garcia Marquez,1927 –)是20世纪拉丁美洲魔幻现实主义文学(Realismo magico)的杰出代表。马尔克斯于1927年出生于哥伦比亚一个依山傍海、盛产香蕉的小城镇阿拉卡塔卡。父亲原来学医,后来成了当地邮电所报务员。外祖父马尔克斯·伊瓜兰是受人尊敬的老自由党人。阿拉卡塔卡镇过去是美国公司的香蕉种植园,在"香蕉热"时期有过繁荣的阶段,后来,国际市场上香蕉的价格暴跌,美国公司撤离,阿拉卡塔卡立即衰落下来,社会矛盾随之恶化。1928年,也就是马尔克斯出生那年,香蕉工人举行大罢工,政府派军警来镇压,死亡800余人。此后,居民大量外迁,阿拉卡塔卡成了孤独、萧条的地方。马尔克斯自幼在外祖父家长大。外祖父经常对他讲当地的历史故事。外祖母更是一位讲故事能手,对他讲了许多印第安人的神话传说。她相信人死以后灵魂继续存在,为了不让亡灵们感到孤独,她特地为他们安排了两间空房,经常与他们谈话。这对马尔克斯以后的文学创作产生了深远的影响。马尔克斯的姨妈也笃信鬼神,有一天,她感到自己将要死亡,便坦然地躲进自己的房间,成天在里面织尸衣。孤寂而带有神秘色彩的阿拉卡塔卡给作家留下了深刻的印象,培养了他独有的审美情趣。

12岁时,马尔克斯来到首都波哥大教会学校读书。18岁后在波哥大大学读法律，参加了自由党。1948年内战爆发时，他中途辍学，不久进报界工作，同时进行文学创作。他曾到过意、法、英、苏、波、捷、匈等国，1959年回国，担任古巴“拉丁社”驻哥伦比亚办事处的负责人。1961年任该社驻联合国记者，后迁居墨西哥，至1976年才返回哥伦比亚。1981年，受军政府迫害而流亡墨西哥。1982年，哥伦比亚新政府成立，才得以返回故土，从事文学创作。当年获诺贝尔文学奖。

马尔克斯在大学时期就开始文学创作。从1947年到50年代初期，是他的学习创作阶段。此时，他在《观察家报》上先后发表过14篇短篇小说，模仿海明威、福克纳、卡夫卡的手法进行写作，主要内容是写个人对死亡的忧虑。他的第一个短篇小说《第三次无可奈何》(1947)写一个已死的儿童的孤寂感。虽然他继续得到母亲的关怀，而且仍在继续生长，不久又第二次死亡，被人活埋，无可奈何地忍受死后生活的孤寂。他幻想在第三次死亡时能获得再生。然而，老鼠已经在贪婪地将他啮咬，他将化为乌有。这篇作品说明他在模仿前辈的同时，在选材上和手法上，已经表现出自己的某些特色。

1955年后，他发表了一系列中短篇小说，如《伊莎白尔在马孔多的观雨独白》(1955)、《周末后的一天》(1962)、《枯枝败叶》(1965)等。这些作品以奇特的想象、新颖的构思和深刻的寓意，表现了处于深重灾难之中的拉美人民的独特感受。神奇的土地，恶劣多变的气候，接连不断的灾难，与处在落后、保守的社会环境中的人物的孤独感交织在一起，构成一幅幅令人难忘的图景。这些作品已经表现出魔幻现实主义的某些特征。从《伊莎白尔在马孔多的观雨独白》开始，马尔克斯把神奇的“马孔多”镇作为自己描写的主要地点。小说描写马孔多久旱之后突然天降暴雨，马孔多人丧失了行动自由。伊莎白尔感到腹痛。她预知灾祸将要来临。果然，暴雨来势凶猛，三天不止。伊莎白尔又感到腹中有异物蠕动。她大声呼救，无人听见，结果，庞大的植物从腹中萌芽，毒蘑在她的腋下生长，苔藓在周身蔓延。她却全无自救的能力。“马孔多”本是阿拉卡塔卡附近一个庄园的名称，马尔克斯用来取代阿拉卡塔卡，并赋予它神奇的色彩。小说以象征的手法写灾难的降临。《枯枝败叶》则是写出孤独的马孔多人所遭受的数不尽的人为的灾难,包括党派争端、帝国主义侵略等等。

进入60年代,马尔克斯的创作达到成熟时期,1961年他发表长篇小说《恶时辰》(In Evil Hour),获美国埃索石油公司在波哥大举办的埃索文学奖。同年,他发表了自认为是"写得最好的小说"——中篇小说《没有人给他写信的上校》(Nobody Writes to the Colonel)。作品的主人公是一个退伍的上校,他在内战中出生入死,在选举中为自由党尽了力。战争结束时,政府答应给他退伍金。15年来,他一直在等待这笔钱。他的儿子由于散发地下刊物而被打死,只留下一只斗鸡。他自己到老年已穷困潦倒,孤独得无人过问。老妻病饿在床,家中所有的东西都已变卖,但是他还要强装笑颜,维持自己的荣誉。上校的形象中融进了作家外祖父的经历和作家自己在《观察家报》被封后生活艰难时的切身体验,因而这一形象塑造得极为成功。作家用幽默诙谐的笔法来写他忧郁沉重的心情,使作品具有一种独特的艺术感染力。

1962年,马尔克斯发表了短篇小说《格兰德大妈的葬礼》(Big Mama's Funeral),描写马孔多一个权势显赫的女族长活了92岁,终于病死的故事,其中穿插了不少离奇的情节。她的家族统治马孔多达两个世纪之久。她自己从22岁开始当族长,谁也不知道她的祖产有多少,政府要员都必须尊重她的意志。她死后,总统、教皇、政府各部长都来奔丧。她占有一切,连雨水也不能幸免,她的遗嘱中竟然包括地下资源、领海和国家主权、自由选举等。格兰德大妈实际是美国势力的化身。马孔多则影射着哥伦比亚乃至整个拉丁美洲。小说通过一个荒诞的故事,影射美国对于拉丁美洲的长达两个世纪之久的掠夺和统治。格兰德大妈的死,暗示这种控制的衰亡。

1967年,马尔克斯发表了他的代表作——长篇小说《百年孤独》(One Hundred Years of Solitude),达到了他的创作的辉煌时期,而且也奠定了他作为拉美魔幻现实主义文学大师的地位。70年代以后,马尔克斯的创作虽然没有离开魔幻现实主义的轨道,然而现实主义成分显著增强。1975年发表的《家长的没落》(The Autumn of the Patriarch)是马尔克斯用8年的时间写成的一部长篇小说:1976年就被美国《时代》周刊评为当年世界十大优秀作品之一。这是一部用魔幻现实主义手法写成的反独裁统治的小说。主人公尼卡诺是拉丁美洲许多独裁者的艺术概括，他的统治极其凶残暴虐。在一次遇刺之后，他怀疑侍卫长是这次阴谋的后台，便将其活活烤熟，强令反对派吞吃。为了排斥异己，他安排一出假死的丑剧，当人们为此欢庆之时，他突然复活，下令逮捕那些兴高采烈的人，并处以极刑。他的妻儿被狗咬死，便下令在全国大开杀戒。他把国库挥霍殆尽，便出卖国家主权和国家专利。尼卡诺的暴政引起了人民的不满。为了镇压人民的反抗，他派出大批特务。这些人到处横行，残杀无辜。不久，军队哗变，尼卡诺下令全国戒严，封锁港口，实行大屠杀。结果陈尸遍野，酿成一场可怕的瘟疫。外国占领军不敢居留，纷纷撤走。临走时把房屋割碎装成箱，把草原卷起来，把大海切成块，都运了回去，这个国家成了茫茫荒原。尼卡诺也耳聋眼瞎，倒在污地上孤独地死去。作品就这样运用象征、寓意和高度夸张的手法，打破了时空的限制。一切都服从于揭露专制统治的创作目的，不受任何陈规的束缚。

1981年，马尔克斯结束了“文学罢工”，重新开始文学创作。这一年发表的中篇小说《一件事先张扬的凶杀案》(Chronicle of a Death Foretold)，描写青年人圣地亚哥·纳赛尔无辜被杀的故事。小说以采访式的纪实手法，深刻分析了产生这种悲剧的原因，揭露哥伦比亚的落后现实，批判封建观念和仇杀行为。

1982年，马尔克斯因《百年孤独》的成功而获诺贝尔文学奖。获奖之后，马尔克斯继续辛勤工作，创作新作品。1985年发表的《霍乱时期的爱情》(Love in the Time of Cholera)是一部以爱情为主题的力作。作品以一对男女在青年时期未能成功而到老年才接续旧情的故事为主线，引出了各种各样的爱情故事，批判了拉美社会的特有的封建等级制度和拜金主义。作家一改其拿手的魔幻现实主义手法，用接近传统现实主义的方法，写出了这部不同凡响的作品。1989年，马尔克斯又出版了长篇小说《迷宫中的将军》(The General in His Labyrinth)，写19世纪拉丁美洲解放者玻利瓦尔的斗争事迹。作品写的是伟人及其光辉业绩，但并不加以神化。

《百年孤独》的主题之一是孤独，孤独的产生既有内在的原因，也是外部势力影响的结果。小说追忆了往日的马孔多，它是一个和谐、欢乐的世外桃源。老布恩地亚亲自安排每户人家房屋的位置,让大家走同样的距离到河边汲水,让每一间屋子都能享有同样多的阳光。人人平等,互敬互爱。人们生气勃勃,没有一个人超过30岁,也没有一个人死亡。然而,随着外界文明的入侵,马孔多失去了昔日的生活方式,逐渐蜕变为充满喧嚣争斗,情欲横流的城镇。专制独裁、血腥内战、党派斗争、外国资本的经济掠夺都出现了。面对外来文明的冲击,这里的人们不仅失去了自己的"根",抛弃了传统的价值观念、宗教信仰和文化习俗,而且疯狂地执著于贪欲、情欲、权欲的追求和满足。布恩地亚家族充满了血腥的暴死,怪异的疯狂、畸形的乱伦。作者侧重揭示了人们普遍具有的落后、不健康的心理。马尔克斯认为:人在时间和历史的年轮下,必须妥帖地运用现在的时光,把握现世的生命,才有意义。人应该恐惧的是生命一旦沦为无意义的重复,生存的价值也就受到质疑了。生命无意义的重复是荒谬的,但没有能力相爱的生命也是可怕的。马尔克斯曾说:"上校失去了他对家人的爱,因为战争使他心死了——但是他确实不曾爱过任何人,连他的妻子雷梅苔丝都不爱,更不用说那些只有一夜夫妻之名的女人了——甚至他的儿子。"因此,他呼吁,人类只有靠团结,勇于付出爱和关切,才有希望。

《百年孤独》的问世曾引起拉丁美洲"一场文学地震"。这本小说,将现实、神话、魔法、政治热情、非政治艺术、性格描写、漫画性讽刺、幽默,恐怖等各色花样混在一起。这部"爆炸文学"中的佼佼者成为"魔幻现实主义"的经典之作,它遵循"变现实为幻想而又不失其真"的魔幻现实主义创作原则,从而取得"似是而非,似非而是"的魔幻效果。马尔克斯像拉丁美洲所有的严肃文学家一样,认为魔幻现实主义虽然允许采用极端夸张的手法,但必须以现实为基础,决不能背离拉丁美洲的现实,因此,魔幻现实主义具有强烈的民族性。

瑞典文学院在将1982年诺贝尔文学奖授予加西亚·马尔克斯时,给作家的评语是:他在《百年孤独》中"创造了一个独特的天地,那个由他虚构出来的小镇。……那里汇聚了不可思议的奇迹和最纯粹的现实生活,作者的想象力在驰骋翱翔;荒诞不经的传说、具体的村镇生活、比拟与影射、细腻的景物描写,都像新闻报道一样准确地再现出来。"这一评语无疑是肯切的。

154. 拉美魔幻现实主义的不朽丰碑
——《百年孤独》

被誉为“再现拉丁美洲历史社会图景的鸿篇巨著”的《百年孤独》，是加西亚·马尔克斯的代表作，也是拉丁美洲魔幻现实主义文学作品的代表作。小说以“汇集了不可思议的奇迹和最纯粹的现实生活”荣获 1982 年诺贝尔文学奖。

全书近 30 万字，内容庞杂，人物众多，情节曲折离奇，再加上神话故事、宗教典故、民间传说以及作家独创的从未来的角度来回忆过去的新颖倒叙手法等等，令人眼花缭乱。但通读全书，读者便可以领悟，作家是要通过布恩地亚家族 7 代人充满神秘色彩的坎坷经历来反映哥伦比亚乃至整个拉丁美洲的历史演变和社会现实，促使读者思考造成马孔多百年孤独的原因，进而去探寻摆脱命运摆弄的正确途径。

故事梗概：

何塞·阿卡迪奥·布恩迪亚是西班牙人的后裔，住在远离海滨的一个印第安人的村庄。他与乌苏拉新婚时，由于害怕像姨母与叔父结婚那样生出长尾巴的孩子，乌苏拉每夜都穿上特制的紧身衣，拒绝与丈夫同房。因此遭到邻居阿吉拉尔的耻笑，何塞杀死了阿吉拉尔。从此，死者的鬼魂经常出现在他眼前，鬼魂那痛苦而凄凉的眼神，使他日夜不得安宁。他们只好离开村子，外出寻找安身之所。经过了两年多的奔波，来到一片滩地上，由于受到梦的启示决定定居下来。后来又有许多人迁移至此，建立村镇，这便是马孔多。布恩迪亚家族在马孔多的历史由此开始。

刚开始，马孔多俨然是一个和谐、欢乐的世外桃源。布恩迪亚亲自安排每户人家房屋的位置，让大家走同样的距离去河边汲水，让每一间屋子都能享有同样多的阳光。人人平等，互敬互爱。人们生气勃勃，没有一个人超过30岁，也没有一个人死亡。她和平、宁静、闭塞、落后。人们播种，畜牧，与世无争；但也近亲通婚、伦常错乱。后来，随着吉普赛人、阿拉伯人、欧洲各地的人以及美国人不断涌进这个世外桃源，各种各样的“新奇”东西也随之进入这个闭塞的小镇。布恩迪亚为那些新奇的东西而兴奋着迷。他从吉卜赛人那里看到磁铁，便想用它来开采金子。看到放大镜可以聚焦太阳光，便试图研制出一种威力无比的武器。他从吉卜赛人那里得到航海用的观象仪和六分仪，通过实验认识到“地球是圆的，像橙子”。他不满于自己所过的贫穷落后的生活，他向妻子抱怨说：“世界上正在发生不可思议的事情，咱们旁边，就在河流对岸，已经有许多各式各样神奇的机器，可咱们仍在这儿像蠢驴一样过日子。”因为马孔多隐没在宽广的沼泽地中，与世隔绝。他决心要开辟出一条道路，把马孔多与外界那些伟大发明连接起来。他带一帮人披荆斩棘干了两个多星期，却最终以失败告终。他痛苦地说：“咱们再也去不了任何地方啦，咱们会在这儿活活地烂掉，享受不到科学的好处了。”后来他又沉迷于炼金术，整天把自己关在实验室里。由于他的精神世界与马孔多狭隘、落后、保守的现实格格不入，何塞陷入了深深的孤独之中不能自拔，以至于精神失常，被家人绑在一棵大树上，几十年后才在那棵树下死去。何塞死后，乌苏拉便成为家里的顶梁柱，她活了将近120岁。

布恩迪亚家族的第二代有两男一女。老大何塞·阿卡迪奥是在来马孔多的路上出生的，在那里长大。他像他父亲一样固执，但却没有他父亲那样的想象力。在和一个叫皮拉苔列娜的女人私通后，有了孩子，他十分害怕，后来与家里的养孩子蕾蓓卡结婚。但一直以来，他对周围的人们都怀有戒备之心，渴望离开马孔多去浪迹天涯。随吉卜赛人出走回来后变得放荡不羁，最后莫名其妙地被人暗杀了。

老二奥良诺生于马孔多,在娘肚里就会哭,睁着眼睛出世,从小就有预见事情的本领。少年时的他像父亲一样沉默寡言,整天埋头在父亲的实验室里做首饰。长大后爱上镇长的千金雷梅苔丝,但在此之前,他与哥哥的情人生有一子,名叫奥雷良诺·何塞。妻子暴病去世后,他参加了内战,当上了上校。为了反对保守党独断专制,滥杀无辜,奥良诺上校率众反抗,投入自由党革命军行列,他发动过32次武装起义,32次都失败了。他跟17个女人生了17个儿子,但一夜之间,一一惨遭杀害。他一生遭遇过14次暗杀,73次埋伏和一次枪决,均幸免于难。然而内战带来的是希望的幻灭。当他意识到"现在自由派和保守派的唯一区别不过是自由派五点钟去做弥撒,而保守派八点钟去,他们是一丘之貉"的事实时,绝望的奥良诺结束了这场不知为谁卖命的战争,回到马孔多。退身后把自己关在小屋里炼制小金鱼、一天做两条,达到25条时便放到坩埚里熔化,重新再做。他像父亲一样一直过着与世隔绝、孤独的日子,直至到死。

老三是女儿阿马兰塔,她爱上了意大利技师,因为爱情不如意,便故意烧伤自己的一只手,终生用黑色绷带缠起来,并决心永不嫁人。但与此同时,她内心感到异常孤独、苦闷,甚至和刚刚成年的侄儿厮混,想以此作为"治疗心病的临时药剂"。然而她还是无法摆脱内心的孤独,将自己终日关在房中缝制殓衣,缝了拆,拆了缝,直至生命的最后一刻。

第三代人只有何塞·阿卡迪奥的儿子阿卡迪奥和奥良诺的儿子奥雷良诺·何塞。前者不知生母为谁,竟狂热地爱上自己的生母,几乎酿成大错。后来成为马孔多的从未有过的暴君,贪赃枉法,最后被保守派军队枪毙。后者则过早成熟,热恋着自己的姑母阿马兰塔,因无法得到满足而陷入孤独之中,于是参军。进入军队之后仍然无法排遣对姑母的痴迷,便去找妓女寻求安慰,借以摆脱孤独,最终也死于乱军之中。

第四代即是阿卡迪奥与人私通生下的一女两男。女儿俏姑娘雪梅苔丝楚楚动人,她身上散发着引人不安的气味,这种气味曾将几个男人置于死地。她总愿意裸体,把时间耗费在反复洗澡上面。尽管她很漂亮,但因不懂家务、不晓世事而得不到人们的信任和理解,因此只能"在孤独的沙漠里徘徊"。最后神奇地抓着一个雪白的床单乘风而去,永远消失在空中。

她的孪生子弟弟名叫阿卡迪奥第二和奥雷良诺第二。阿卡迪奥第二在美国人开办的香蕉公司里当监工,鼓动工人罢工,成为劳工领袖。后来,他带领三千多工人罢工,遭到军警的镇压,三千多人只有他一人幸免。他目击政府用火车把工人们的尸体运往海边丢到大海,又通过电台宣布将工人们暂时调到别处工作。阿卡迪奥四处诉说他亲历的这场大屠杀揭露真相,反被认为神志不清。他无比恐惧失望,把自己关在房子里潜心研究吉卜赛人留下的羊皮手稿。吃饭、睡觉、大小便全在一间房内,弄得臭气熏天,一直到死他都呆在这个房间里。

奥雷良诺第二没有正当的职业,终日纵情酒色,弃妻子于不顾,在情妇家中厮混。奇怪的是每当他与情妇同居时,他家的牲畜便迅速地繁殖,给他带来了财富,一旦回到妻子身边,便家业破败。他与妻子生有二女一男,最后在病痛中与阿卡迪奥一同死去,从生到死,人们一直没有认清他们兄弟俩谁是谁。

布恩迪亚家族的第五代是奥雷良诺第二的二女一男,长子何赛·阿卡迪奥儿时便被送往罗马神学院去学习。母亲希望他日后能当主教,但他自己对此毫无兴趣,只是为了那假想中的遗产,才欺骗母亲说他在神学院学习。母亲死后,他回家靠变卖家业为生。后来发现乌苏拉藏在地窖里的 7,000 多个金币,从此过上了更加放荡的生活,不久便被抢劫金币的歹徒杀死。

大女儿梅·雷梅苔丝爱上了香蕉公司汽车库的机修工毛里西奥·巴比洛尼亚,但母亲却禁止他们来往。两个年轻人暗中在浴室相会,母亲发现后以偷鸡贼为名打死了毛里西奥·巴比洛尼亚。万念俱灰的梅·雷梅苔丝怀着身孕被送往修道院。

小女儿阿马兰塔·乌苏娜早年在布鲁塞尔上学,在那里与资产者加斯东结婚,婚后二人回到马孔多。看到一片凋敝的阿马兰塔·乌苏娜决心重整家园。她朝气蓬勃,充满活力。仅三个月就使家园焕然一新。她的到来,使马孔多出现了一个最特别的人。她的性格比这个家族的任何人都好。她决定定居下来,把一切陈规陋习打入十八层地狱,拯救这个灾难深重的村镇。

布恩迪亚家的第六代是梅送回的私生子奥雷良诺·布恩迪亚。他出生后一直在孤独中成长。唯一的嗜好便是躲在吉卜赛人梅尔加德斯的房间里研究各种神秘的书籍和手稿。他甚至能与死去多年的老吉卜赛人对话,并受到指示学习梵文。他一直对周围的世界漠不关心,但对中世纪的学问却了如指掌。他不知不觉地爱上了姨母阿玛兰塔·乌苏娜,并发生了乱伦关系,尽管受到了孤独与爱情的折磨,但他们认为两人是人世间唯一最幸福的人。后来阿玛兰塔·乌苏娜生下了一个男孩:“他是百年里诞生的布恩迪亚当中唯一由于爱情而受胎的婴儿”,然而,他身上竟长着一条猪尾巴。阿玛兰塔·乌苏娜也因产后大出血而死。

那个长猪尾巴的男孩就是布恩迪亚家族的第七代继承人。他被一群蚂蚁围攻并被吃掉。就在这时,奥雷良诺·布恩迪亚终于破译出了梅尔德斯的手稿。手稿卷首的题辞是:“家庭中的第一个人将被绑在树上,家族中的最后一个人将被蚂蚁吃掉。”原来,这手稿记载的正是布恩迪亚家族的历史。在他译完最后一章的瞬间,一场突如其来的飓风把整个儿马孔多镇从地球上刮走,从此这个村镇就不复存在了。

从 1830 年至 19 世纪末的 70 年间,哥伦比亚爆发过几十次内战,使数十万人丧生。本书以很大的篇幅描述了这方面的史实,并且通过书中主人公带有传奇色彩的生涯集中表现出来。政客们的虚伪,统治者们的残忍,民众的盲从和愚昧等等都写得淋漓尽致。作家以生动的笔触,刻画了性格鲜明的众多人物,描绘了这个家族的精神孤独。在这个家族中,夫妻之间、父子之间、母女之间、兄弟姐妹之间,没有感情沟通,缺乏信任和了解。尽管很多人为打破孤独进行过种种艰苦的探索,但由于无法找到一种有效的办法把分散的力量统一起来,最后均以失败告终。这种孤独不仅弥漫在布恩迪亚家族和马孔多镇,而且渗入到了国民的狭隘思想里,成为阻碍民族向上、国家进步的一大包袱。所以,《百年孤独》中浸淫着的孤独感,其主要内涵应该是对整个苦难的拉丁美洲被排斥在现代文明世界的进程之外的愤懑和抗议,是作家在对拉丁美洲近百年的历史,以及这块大陆上人民独特的生命力、生存状态、想象力进行独特的研究之后形成

的倔强的自信。

加西亚·马尔克斯遵循“变现实为幻想而又不失其真”的魔幻现实主义创作原则，经过巧妙的构思和想象，把触目惊心的现实和源于神话、传说的幻想结合起来，形成色彩斑斓、风格独特的图画，使读者在“似是而非，似非而是”的形象中，获得一种似曾相识又觉陌生的感受。作家似乎在不断地变换着哈哈镜、望远镜、放大镜甚至显微镜，让读者看到一幅幅真真假假、虚实交错的画面，从而丰富了想象力，收到强烈的艺术效果。

155. 巴勃鲁·聂鲁达
——智利当代最伟大的诗人

巴勃鲁·聂鲁达(Pablo Neruda,1904－1973)智利诗人。原名内夫塔利·里卡多·雷耶斯·巴索阿尔托,1904年出生于智利中部的帕拉尔城。在他刚刚满月的时候,母亲就去世了。1906年他随父亲迁往南部新开发的特木科小镇。虽然有个同父异母的妹妹,但他最亲密的童年伙伴却是森林中的花草树木、飞鸟虫鱼。少年时代就喜爱写诗。1917年6月,杰出的捷克作家扬·聂鲁达的一篇小说引起了他很大的兴趣,为了纪念扬·聂鲁达,不满13岁的他,开始用笔名巴勃鲁·聂鲁达在当地报刊上发表文章。16岁入圣地亚哥智利教育学院学习法语。同年以长诗《节日之歌》获全国学联文艺竞赛一等奖。1923年发表第一部诗集《黄昏》(Book of Twilights),1924年发表成名作《二十首情诗和一支绝望的歌》(Twenty Love Poems and a Desperate Song),引起文坛很大反响,自此登上智利诗坛。1924年至1927年间,由于他放弃大学学习,专心从事文学创作,引起父亲不满,中断了他的生活费用。他只能靠打工、翻译维持生活。在这期间,他发表了诗集《无限之人的努力》(1925)、《戒指》(1926)和小说《居民及其希望》(1926)。1927年,经友人帮助,谋得缅甸领事职务,从此进入外交界。先后任驻斯里兰卡、雅加达、新加坡、布宜诺斯艾利斯、巴塞罗那、马德里领事、大使等职。此间,从未间断文学创作,写下了大量诗作。这个时期的诗作有《大地上的居所》(Residence on Earth,1933)及其第二集(1935)。1936年6月,西班牙内战爆发,他积极参加保卫共和国的战斗,并为此被迫离职。1937年他发表了著名诗集《西班牙在我心中》,从此诗风产生了深刻的变化。《献给斯大林格勒的情歌》等诗篇就是那时的代表作。1945年在聂鲁达的人生旅途中是个重要的里程碑:他被选为国会议员,并获智利国家文学奖,同年加入智利共产党。后因国内政局变化,流亡国外。1950年《漫歌集》(Canto Genera)在墨西哥城出版。这部巨著的创作于1948年完成,时断时续地经历了十个年头。1949年2月他离开智利,先后出访欧美各国,投身于保卫和平运动,曾当选世界和平理事会理事,1950年获斯大林国际和平奖金。1952年智利政府撤销了对他的通缉令,人民以盛大的集会和游行欢迎他归来。回国后专心致志地从事诗歌创作,先后出版了《元素的颂歌》(1954)、《元素的新颂歌》(1956)和《颂歌第三集》(1957)。1957年任智利作家协会主席。60年代以后,国际政治风云的变幻,个人生活条件的优越,不能不对他的创作灵感产生影响。然而在一个历尽沧桑的诗人的心中,希望之光是不会泯灭的。他从未停止对人生和自然的探索,并将自己的感受提炼为诗。1969年9月,他接受了智利共产党总统候选人的提名,但当得知阿连德是共同候选人时,他理解地退出竞选,全力支持阿连德直至阿连德取得胜利。1971年4月,阿连德政府任命他为驻法国大使。同年获诺贝尔文学奖。1973年9月11日,智利发生军事政变,阿连德总统遇军事政变而英勇就义,12天后,聂鲁达逝世。

他的主要作品还有《葡萄与风》(1954)、《爱情十四行诗100首》(1959)、《英雄事业的赞歌》(1960)、《智利的岩石》(1961)、《黑岛纪事》(1964)、《鸟的艺术》(1966)、《世界的终结》(1969)、《烧红的剑》(1970)、《孤独的玫瑰》(1972)以及回忆录《我承认,我历尽沧桑》(1974)和散文集《我命该出世》(1974)等。

《漫歌集》是他的代表作,于1938年开始创作,1948年完成,1950年在墨西哥城问世,同时在智利秘密出版发行。诗人创作的初衷在于以马克思主义的观点来观察和反映拉丁美洲的历史:将矿工、农民、士兵等被压迫的劳动人民作为社会历史舞台的主要人物，同时却将总统、司令、将军、征服者、统治者作为他们的陪衬。全书由 15 部长短不一的组诗构成，内容大致可以分为 3 部分。诗集的前 6 章（《大地上的灯》、《马丘·碧丘之巅》、《征服者》、《解放者》、《背叛的沙子》、《亚美利加，我不是徒然地呼唤你的名字》）是第一部分。其中第一至第五组诗基本上是按照时间顺序写的。它反映了诗人对拉丁美洲历史的看法。《大地上的灯》向我们描述了拉丁美洲的诞生和那里的自然风貌（“植物”、“兽类”、“鸟儿”、“河流”、“矿藏”和“人类”）。第二组诗《马丘·碧丘之巅》可以独立成章，是全书的精华，是大史诗中的小史诗。它反映了诗人从空虚的个人主义者变成被压迫者的代言人的转变过程。这组诗分为 12 小节，描写了坠入深渊的“我”又登上了印加帝国的古城马丘·碧丘的顶峰。这是一次在历史中的遨游，表达了诗人对建造这座古城的无名英雄们的崇敬。马丘·碧丘是人类向大自然挑战的象征。它是用“巨石和语言”构成的永恒的丰碑，然而它又是“由那么多人的尸骨堆成的”。正是这座宏伟、壮观的建筑将深渊与高峰、死亡与永恒融为一体。在登上马丘·碧丘高峰之后，诗人便开始褒贬“征服者”、歌颂“解放者”、谴责“背叛者”，并在《亚美利加，我不是徒然地呼唤你的名字》中，抒发了自己与劳动群众的手足之情。从第七到第九组诗是全书的第二部分。在《智利漫歌》和《名叫胡安的土地》中，诗人表达了自己对故土的热爱相对那些默默无闻、辛勤劳作的工人和农民的敬意。第九章《伐木者醒来》同样可以独立成篇，这里的伐木者指的是美国总统亚伯拉罕·林肯（1861—1865）。他在青年时期曾以劈木为生。聂鲁达认为林肯是美国民主、自由的象征。他呼吁林肯重现人间，使美洲恢复民主与自由。在这首著名的长诗中，作者将美洲大地的山川、景物人格化，并巧妙地运用历史典故，表现拉丁美洲人民渴求解放的迫切心情。全书的第三部分，也就是第十到第十五组诗，记述了聂鲁达个人的经历。在第十组诗中，诗人回顾了自己的“流亡”生涯，字里行间充满着对独裁统治的憎恨，洋溢着与人民群众血肉相连的阶级感情。《布尼塔基的花朵》反映了农民和矿工的苦难生活和英勇斗争。《歌的河流》是诗人致友人米格尔·奥特罗·席尔瓦（委内瑞拉诗人）、拉斐尔、阿尔维蒂（西班牙诗人）、贡萨莱斯·卡巴略(阿根廷诗人)、席尔维斯特·雷布埃尔塔斯(墨西哥作曲家)、米格尔·埃尔南德斯(西班牙诗人)的诗篇。《新年大合唱,献给我黑暗中的祖国》和《汪洋大海》表达了诗人对处在水深火热之中的祖国的赤子之心。全书的最后一组诗《我是》与美国诗人惠特曼的《自我之歌》异曲同工,描述了诗人的人生历程:从出生一直写到 1949 年 2 月 5 日——《漫歌集》完成的时候,其中包括诗人的家庭、童年、爱情、外交生涯的见闻、西班牙内战期间的感受……乃至诗人的《遗嘱》与《后事》。

《漫歌集》是一部宏伟巨著。诗人在这部作品中倾注了全部感情、全部经验和全部理想。这是聂鲁达诗歌创作的顶峰,显示了他广阔的视野、博大的胸怀和卓越的天赋。就其规模和深度而言,在拉丁美洲诗坛上是空前未有的。《漫歌集》是聂鲁达的代表作,是他创作生涯的里程碑,是他献给整个拉丁美洲,当然首先是献给智利的史诗。在这部庞大的诗集中,聂鲁达已经成了人类的代言人。就其本质而言,《漫歌集》是一部政治性很强的作品,然而它不是政治口号的堆积,不是简单的宣传手册,而是神话与历史、政治与艺术、内容与形式的完美的结合。对他来说,诗歌创作是一种传递和表达思想信息的手段。聂鲁达的创作意图不仅是表现世界,而且要理解世界并揭示理解的过程和途径,以达到改造世界的最终目的。他作品中的"我"是既有共性又有个性的实实在在的"我"。聂鲁达的诗又是美的结晶:他很注意诗的形象、节奏、词藻、句式和神韵。聂鲁达是一个既瞄准现实又富于联想的诗人,因而他的诗歌世界是多姿多彩的。诗的结构严谨,文字凝练,意境清新,视野开阔,具有鲜明的主题。

《漫歌集》所展示的历史画卷是绚丽多姿、雄浑悲壮的。在这部辉煌巨著中,聂鲁达继承并发扬了诗歌的传统,同时又没有摒弃自己作为先锋派诗人的艺术风格。因此,这部作品不仅是内容与形式统一的典范,也是继承与创新的楷模。

聂鲁达生前发表的诗集有数十部,达 2,000 页之多。他的诗歌题材广泛,艺术风格多样,深受广大读者欢迎。国际理论界公认他对拉丁美洲诗坛的贡献有三:

1. 与智利女诗人米斯特拉尔和秘鲁诗人巴列霍一道,将拉丁美洲诗歌从现代主义后期的没落境地引导出来，开创了拉丁美洲诗歌欣欣向荣的新阶段；

2.开创了拉丁美洲政治诗歌的一代新风，并且以他的政治诗歌闻名于全世界；

3.兼收并蓄法国先锋派、西班牙谣曲、美国惠特曼的自由体诗体和前苏联马雅可夫斯基政治诗歌的优点，奠定了拉丁美洲20世纪诗歌的创作基础。

聂鲁达在拉美文学史上是继现代主义之后崛起的伟大诗人。他的诗歌既继承西班牙民族诗歌的传统，又接受了波德莱尔等法国现代派诗歌的影响；既吸收了智利民族诗歌特点，又从惠特曼的创作中找到了自己最倾心的形式。他的诗歌以浓烈的感情、丰富的想象，表现了拉美人民争取独立、民主、自由的历程，具有高度的思想性和艺术力量。由于“他的诗作具有自然力般的作用，复苏了一个大陆的命运与梦想”，聂鲁达于1971年荣获诺贝尔文学奖。

156. 读不尽的富恩特斯

卡洛斯·富恩特斯(Carlos Fuentes 1928 -)是以魔幻现实主义手法起家的墨西哥作家之一,出生于印欧两大文明交汇的墨西哥城。青少年时代,富恩特斯便随从事外交工作的父母遍游欧美,成人后又承父业开始外交生涯,先后出使瑞士、西班牙、法兰西等国。

正因为如此,才有了他的处女作——短篇小说集《戴假面具的日子》(1954)。在《恰克·莫尔》、《特拉克索尔卡索》等短篇小说中,欧化了的现代文明的假面具掩盖不住墨西哥人的民族特性。作者借印第安神话发思古之幽情甚至厚古薄今地"谈玄",使人不能不慑服于印第安诸神的魔力。

《戴假面具的日子》收有6篇短篇小说,其中《恰克·莫尔》是最具代表性的一篇。小说写一个叫菲里佩尔的墨西哥公子哥儿因突然家道中落,沦为贫民,一时无所依托而颓废堕落的故事。然而,在他茫然失措、走投无路之际,恰克显圣了。恰克是古印第安神话中的风雨之神,他使菲里佩尔返本还源,皈依祖宗。菲里佩尔易名恰克·莫尔,成为雨神的化身。

在富恩特斯后来的作品中,神话的色彩明显减弱,但美洲古代文化和现代墨西哥人的血统混杂仍是他小说创作的主要着眼点。这一点在他的长篇小说《最明净的地区》(Where the Air is Cleaner, 1958)中表现得十分清楚。

《最明净的地区》既是表现三千年墨西哥的一幅不可多得的历史画卷，又是对现实生活的包罗万象的写照。至于形式，则绝非三言两语可以概括。在这部复杂甚至有点显得冗长的作品里，只有一个人物是贯穿始终的，他就是半人半神的伊斯卡·西恩富戈斯。他身在现代墨西哥，但记忆却留在了历史——古代印第安美洲。所以有人说他是"应当用金笔大写"的墨西哥人，一个无处不在的混血儿：伊斯卡（印第安名）+西恩富戈斯（西班牙姓）。

在小说前半部分，西恩富戈斯是个普普通通的混血儿，但随着画面的展开，他貌似平凡的背后，逐渐闪现出一颗极其丰富的内心。它是墨西哥混血文化的缩影，古代美洲和现代世界在这里矛盾地并存、戏剧性地汇合。他时而从现实跳到过去，时而从过去跳到现实；既不能完全摆脱过去，又不能完全逃离现实。这不可避免地使他成为令人同情的悲喜剧人物。

作品以处在"野蛮"与"文明"、"地狱"与"天堂"的"十字路口"的墨西哥城为背景，全方位地展示了墨西哥社会的过去与现在、矛盾与机会，表现了新旧生产方式和价值体系的激烈冲突。从某种意义上说，伊斯卡·西恩富戈斯是读解这个社会同时也是这部作品的一把钥匙：他活像个摆锤，在过去和现在、美洲和欧洲之间不停地摇摆；他更像神灵，超越时空，却又从不同角度俯视和干预着复杂的社会生活。

历史像一条长河，人是河中之舟，不断受到前浪后涛的撞击，永远沉浮于过去、未来之间。这的确是富恩特斯在许多作品中昭示的主题。50年代末，富恩特斯急流勇退，放弃了魔幻现实主义之类的令原型批评家们入迷的神话传说和图腾崇拜，开始了新的、更为广泛的探索。

于是便有了他的《好良心》（The Good Conscience，1959）、《奥拉》（Aura，1962）、《阿尔特米奥·克鲁斯之死》（The Death of Artemio Cruz，1962）、《盲人之歌》（1964）、《换皮》（The Change of Skin，1967）、《神圣的地区》（1967）、《生日》（1969）等。

《好良心》继承欧洲最优秀的文学传统，撷狄更斯、巴尔扎克、司汤达、托尔斯泰之精华，同时又不甘因袭传统、步人后尘。在《好良心》的前半部分，富恩特斯几乎毫不掩饰地仿效欧洲艺术大师的做法，但是他很快感到：作为一个20世纪的墨西哥作家，前人的做法已经难以为继，尤其是他们保守的政治观和单调的结构形式已不足以塑造复杂的人物形象、反映变幻莫测而又贫困落后的社会现实。他需要同时表现不同的世界观、历史观，多层次、多视角地观察始终轮回、循环转换的奇特现象。因为在这个无所不有、无所不能的世界里，过去将不仅仅是过去，而且也是现实。为此，它必须摆脱19世纪经典作家的做法，创造一种适合于墨西哥现实的话语风格。

《阿尔特米奥·克鲁斯之死》采用复合式心理结构形式以表现人物弥留之际内心活动的三个层次。阿尔特米奥·克鲁斯时而清醒，时而神志恍惚，希望与绝望、恐惧与自慰、过去与现在、想象与梦魇通过不同"频道"即人物分裂的"你"、"我"和"他"展示出来。"我"是他临终时的痛苦、恐惧和对外界的感觉和知觉，是基本理智；"你"则是他的"自我"的外化，他的生存本能、潜意识、半昏迷状态的心理活动，恰似一幕幕互不相关的蒙太奇镜头在他的"第二频道"的意识屏幕上层见叠出；"他"即他的过去——记忆，作品将他的一生切割成十二个记忆段，分别穿插在"你"、"我"两个意识层次之中。

阿尔特米奥·克鲁斯农民出身，秉性怯懦，却不无野心。墨西哥革命时期，他眼见许多无业游民飞黄腾达，遂壮起胆子，参加革命。在战斗中他贪生怕死，当过逃兵，出卖过战友。战争结束后，他隐瞒历史，招摇撞骗，混入政界。从此他权欲熏心，踩着别人的肩膀往上爬。末了，他依仗权势，侵吞他人财产，并乘国内经济危机之机，勾结外国资本家，出卖民族利益发国难财。直到临终仍表现出强烈的利己主义。他诅咒前去探望他的亲友，祈求上帝降灾于他们，让他们替他去死。

在《阿尔特米奥·克鲁斯之死》中，占人物心理活动主导地位的是意识，此外"你"、"我"、"他"三个层次是密切相关的，而不是孤立的。首先是"我"感到剧痛，然后进入半昏迷状态；在半昏迷状态中，"你"感到了"自我"的分裂，而分裂的"自我"仍然"感觉"着，"非我"地感觉着、无意识地感觉着；最后是"他"，那是他的过去、他的记忆——他过去的感受，与上述两个层次有着历史的、必然的联系，同时也是独立于上述两个层次的，非“我”、“你”所能及。富恩特斯将三者有机地编织在一起，表现了一个投机家的丑恶嘴脸，折射出一个时代的广阔画面。

这种把人物心理分化为不同层次的表现方式或可称之为复合式心理结构。它的长处是既合乎心理活动的层次性和跳荡有致、变幻无常的特点，又能保证作品内容完整、脉络清晰。人物的意识纵然头绪纷纭、转换神速，也不至于使整个作品杂乱无章。

正因为富恩特斯运用了这种复合式心理结构，他也便和秘鲁的略萨、阿根廷的克塔萨尔一起，被誉为拉美结构现实主义大师；《阿尔特米奥·克鲁斯之死》也便和《跳房子》(1963)、《绿房子》(1965)等作为拉美结构主义的铸范典模而载入史册。

富恩特斯的第二次超越到70年代才得以实现。那是一个回归的年代，同时又是一个综合整治的年代。久违了的现实主义和历史题材焕发出新的青春，现代主义的狂飙也已经逐渐消退。整合代替了探索。于是，便有了富恩特斯的《我们的土地》(Terra Nostra, 1975)和《水蛇头》(The Hydra Head, 1978)、《疏远的一家》(1980)等等。在这些作品中，《我们的土地》无疑是代表性的、至为重要的一部。在这部作品中，富恩特斯恢复了他的“元气”——巴罗克风格，同时也给自己注入了新的活力——后现代主义的消解与模糊。

在富恩特斯看来，拉丁美洲文学具有正视历史的传统。是的，在征服时期的纪事文学、独立战争以后的叙事体文学以及后来的反独裁小说和墨西哥革命小说中，诸如此类的例子俯拾皆是。富恩特斯继承了这一传统。如果说它的前期作品(《最明净的地区》、《好良心》、《阿尔特米奥·克鲁斯之死》)都是以墨西哥革命作背景的话，那么《我们的土地》或许投进了历史的海洋，给人以海阔凭鱼跃、天高任鸟飞的自由度与放纵感。正史与野史并存，历史与虚构并列；真真假假，虚虚实实。作品由三大部分组成：西班牙帝国与美洲，罗马与墨西哥，基督与盖查尔科阿特尔。但沉重的历史包袱却是通过三个私生子展开的。他们都是主的儿子，背上都有一个清晰可辨的十字标记，脚上又都比一般人多两个脚趾。

这些无疑具有虚幻色彩,但它们又不乏历史依据。在富恩特斯看来,历史本身就是一部人为的作品,充满了幻想。在这样的前提下,虚构历史便势所必然要成为历史虚构的反动。通过虚构,现在与过去可以换档,过去和将来也可以调个。而作品的戏剧性就在于游戏所消解或者拼凑的巧合与模糊、幽默与深邃。

《我们的土地》是一部历史和幻想的交响曲,是作者的历史观和艺术观的体现和综合,具有明显的片面性和或然性倾向。用作者的话说,使尽可能地去发掘一切被埋没或可能被埋没了的历史:“可能发生却没有发生的事件”——用假设、用幻想。

巨大的文学成就使他成为欧美多所著名学府的客座教授或名誉博士,并获得了西班牙语世界的几乎所有重要文学奖项,如 1967 年西班牙简明图书馆奖、1977 年的罗慕洛·加列戈斯奖、1979 年的阿方索·雷耶斯奖、1984 年的墨西哥国家文学奖、1987 年的塞万提斯奖等。目前,他是诺贝尔文学奖获奖呼声最高的拉美作家。

157. 墨西哥诗坛的世纪巨匠——奥克塔维奥·帕斯

奥克塔维奥·帕斯(Octavio Paz,1914 - 1998)墨西哥诗人、散文家、文论家和翻译家。生于墨西哥城。父亲是记者、律师,曾任墨西哥革命中著名将领埃米里亚诺·萨帕塔驻纽约的代表。母亲是西班牙移民的后裔、虔诚的天主教徒。祖父是记者和作家,还专门收藏墨西哥古代史并出版印第安小说,祖母是印第安人。帕斯的童年就是在这样一个充满自由与宗教气氛的环境中度过的。帕斯从5岁开始学习,受的是英国及法国式教育,并和阿玛丽娅姑妈学习法文,少年时期就开始阅读卢梭、雨果等法国作家的作品。从14岁开始诗歌创作。为满足父母的要求,曾入墨西哥大学哲学文学系和法律系学习。但他本人更愿自学。受祖父的影响,大量阅读古典的和现代主义的诗人的作品,如浪漫主义、帕尔纳斯派、象征主义,并受西班牙“二七年一代”和法国超现实主义诗风的影响。

1931年帕斯开始文学创作,曾与人合办《栏杆》杂志。两年后又创办了《墨西哥谷地手册》。当时他对哲学与政治兴趣很浓,曾阅读大量具有马克思主义倾向的作品。1937年在尤卡坦米岛创办一所中学,在那里他发现了荒漠、贫穷和伟大的玛雅文化,《在石与花之间》(Between the Stone and the Flower)就是那时创作的。同年他去西班牙参加了反法西斯作家代表大会,结识了当时西班牙及拉丁美洲最杰出的诗人如聂鲁达、巴列霍、维多夫罗、维尔努达等。纳粹法西斯灭绝人性的暴行和西班牙内战残酷的现实使他深受震动，促使他从过去单纯抒发个人情感与愿望的创作思想转向关心整个人类社会，在他心中激起了用诗表达人类命运和理想的热情。《在你清晰的影子下及其他西班牙的诗》就是在那里出版的。回到墨西哥以后，又发表了《不许通过》(No Pasarán，1937)、《人之根》(Raiz del hombre，1937)和《在法西斯的炸弹下》(1937)等诗作。1939年又出版了诗集《在世界的边缘》和《复活之夜》。

帕斯积极投入了援救西班牙流亡者的工作，并创办了《车间》和《浪子》杂志。1944年赴美国考察研究，在那里结识了艾略特、庞德、威廉斯、斯蒂文斯等著名诗人。1945年开始外交工作。先后在墨西哥驻法国、瑞士、日本、印度使馆任职。旅欧期间，参加了超现实主义的文学活动。1953年至1959年回国从事文学创作。后重返巴黎和新德里，直到1968年为抗议本国政府镇压学生运动而辞去驻印度大使职务。从此便致力于文学创作、学术研究和讲学活动。在履行外交职责期间，帕斯从未停止过写作，而且外交职务给他提供了扩大交流、拓宽视野的机会。在欧洲任职期间，他结识了萨特、加缪等著名作家，研究过超现实主义、存在主义、结构主义等西方当代文艺思潮。在印度任职期间，他又得以了解和研究东方文化，特别是印度的佛教思想、中国的“孔孟老庄”和日本文化。在《翻译与消遣》(1973)中，他翻译了我国唐宋一些诗人如李白、杜甫、王维、苏轼等的作品。

帕斯的主要诗作有《太阳石》(1957)、《假释的自由》(1958)、《火种》(1962)、《东山坡》(1969)、《清晰的过去》(1974)、《转折》(1976)、《向下生长的树》(1987)等。其中《太阳石》是他的代表作，曾轰动国际诗坛。散文作品有《孤独的迷宫》(1950)、《弓与琴》(1956)、《榆树上的梨》(1957)、《交流》(1967)、《连接与分解》(1969)、《仁慈的妖魔》(1974)、《索尔·胡安娜·伊内斯或信仰的陷阱》(1982)、《人在他的世纪中》(1984)、《印度纪行》(1995)等。帕斯的诗歌与散文具有融合欧美，贯通东西，博采众长、独树一帜的特点。1963年曾获比利时国际诗歌大奖，1981年获西班牙塞万提斯文学奖，1990年由于“他的作品充满激情，视野开阔，渗透着感悟的智慧并体现了完美的人道主义”而获得诺贝尔文学奖。同年出版了《作品全集》。

长诗《太阳石》(Sunstone)发表于 1957 年。太阳石是墨西哥古代阿兹特克人的太阳历石碑,碑重 24 吨,高 3.58 米,中间是阿兹特克神话中的太阳神,四周被 20 个日符、纪元符和代表天、地的象征物所环绕。《太阳石》全诗共 584 行,与阿兹特克太阳历的纪年年份相同。诗人借助这一石碑,赞美辉煌的古代文化的同时,将生与死、爱与恨、历史和现实、神话与梦幻等等融进诗歌的字里行间,赞叹了古代文化的辉煌,表达了诗人对祖国山河的热爱和美好理想的追求。

在艺术技巧方面,这首诗有两个鲜明的特点:1.在结构上采用电影“蒙太奇”的手法,从而给人以动态的感觉。为了取得这样的艺术效果,帕斯将各种手法结合使用:形象剪接、诗句重叠、明喻隐喻交替、标点符号省略等。2.象征主义是他主要的艺术手段。如诗中的维纳斯,她是金星、是爱神、是诗中的梅露茵娜、劳拉、艾萝伊沙、伊莎贝尔、玛丽亚、佩尔菲弗娜。这些女性,不仅是神、是仙、是人,而且都具有女性的多重品格:情人、母亲、女儿。她们是一切女性,又不是任何女性。用金星做她们的象征,最为贴切,因为她同样具有多重性格,既是启明星,又是长庚星,既出现在黎明,又出现在黄昏。她是一座“生灵之门”。作为爱神,她将诗人引向那“闪光的躯体”、那短暂的“瞬间”:个人在那里挥发,世界在那里融合。全诗以描述开始,反复吟咏,一气呵成,分成几十个段落,句末和段末多用逗号,除长诗结束用一句号外,其余无一句号。首节和末节诗句相同,具有首尾呼应、大开大阖的结构。在这首诗中,帕斯完全打乱了时间和空间的界限,将神话、现实、回忆、憧憬、梦幻融为一体,充分展示了诗人激越的情感、深邃的思考和丰富的想象力。

《太阳石》具有史诗的气魄、抒情诗的风采、政治诗的恢弘、哲理诗的神韵和田园诗的流畅,它不愧是一部脍炙人口的优秀诗作。

《狂暴的季节》汇集了诗人从 1948 年至 1957 年创作的诗篇。其中包括写于那不勒斯的《废墟的颂歌》、写于威尼斯的《黎明的面具》、写于阿维尼翁的《泉水》、写于巴黎的《夜晚的浏览》、写于新德里的《马图拉》、写于东京的《没有出路?》、写于日内瓦的《河》和写于墨西哥的《打碎的陶罐》等。这些诗主要写了一些城市的现实、历史以及留给的印象。它们注重内在节奏,并没有拘泥于一般格律,挥洒自如,别具一格。

《向下生长的树》是帕斯后期重要的作品,帕斯自称这是"一本由自然而然诞生的诗篇积累而成的诗集"。全书由五部分组成。第一部分是简洁明快的短诗;第二部分是散文式的自由体诗,主题是"我们";第三部分的主题是"死亡";第四部分主要是表现和赞扬几位画家的作品;第五部分则以"爱情"为主题。诗集的表现形式丰富多彩,风格朴实。

帕斯不仅是位著名诗人,也是一位杰出的散文家和文论家。《孤独的迷宫》(Labyrinth of Solitude)是他的散文代表作。全书分八章和一个附录,从历史、文化、宗教、种族、政治等不同角度探索墨西哥民族的特性,墨西哥人孤独性格的根源,对宗教和生死的态度,墨西哥人的人生观和处世方法,以及他们那胆怯、多疑的心理。因此,可以说,它是一部墨西哥和墨西哥人的历史学、民族学、民俗学和心理学专著。

帕斯在诗歌理论和文学评论方面也有独到的见解和建树。《弓与琴》(1956)、《榆树上的梨》(1957)、《十字路口》(1966)、《田野之门》(1977)、《交流》(1967)、《深思熟虑》(1979)、《索尔·胡安娜·伊内斯或信仰的陷阱》(1982)、《人在他的世纪中》(1984)、《伟大的日子的简记》(1990)等都已成为拉美和西语文论中的重要作品,反映诗人对前期作品的总结和反思,对未来文学的前瞻和探索。

帕斯不但精通西方哲学、文学和历史,而且在论理学、心理学、语言学和人类学方面也有很深的造诣,他还崇拜古老的东方文化,潜心研究过"老庄孔孟",熟谙《周易》、佛经,从而使他在创作上形成了融合欧美、贯通东西、博采众长而又独树一帜的风格。他的作品题材多样、视野开阔、想象丰富、构思奇妙,既富抒情美感,又充满深邃的哲理。在他的作品中,既流动着古印第安文化的血液,又跳动着欧洲超现实主义的脉搏,同时也具有印度佛教的神秘色彩和中国"老庄"哲学的深奥玄机。

158. 略萨与他的“结构现实主义”小说

马里奥·巴尔加斯·略萨(Mario Vargas Llosa,1936 -),当代秘鲁作家。略萨1936年3月28日生于秘鲁第二大城市阿列基帕。早在出生前父母即已离异,出生后一年随母去玻利维亚,与外祖父住在一起。1945年其父母重归于好,略萨随母返回秘鲁,在皮乌拉定居。1946年全家迁居利马。1950年迫于父命入莱昂修·普拉多军事学校,但他对军队中的黑暗深恶痛绝。1957年他毕业于利马圣马可大学文学系,1959年到法国深造。在巴黎他一方面开始进行写作,一方面工作,并大量阅读和研究法国文学,深受福楼拜和萨特,以及骑士小说的影响。在巴黎期间还结识了许多拉美作家,如科塔萨尔、卡彭铁尔等,并承认自己在创作中也受到这些作家的影响。

1963年,略萨出版了第一部长篇小说《城市与狗》,被认为是“不妥协文学”的开端,获得了西班牙“简明文库”奖。使略萨跻身于拉美重要作家先列的是他出版于1966年的长篇小说《绿房子》(The Green House)。该小说以其高超的技巧、宏伟的结构,被列入60年代以来魔幻现实主义的优秀作品。小说采用“零件组合法”的结构方式,将几个故事拼成一个统一的整体,写出了秘鲁社会从原始森林到海滨城市、从土著部落到外来流浪者的形形色色的生活经历,显示了20世纪以来秘鲁长达40年的社会生活,成为结构现实主义的代表。1968年略萨推出了第三部长篇小说《幻兽们》(The Cubs and Other Stories),揭露了秘鲁社会的腐败本质。此后连续发表的长篇小说有《酒吧长谈》(Conversation in the Cathedral,1969)、《潘达雷昂上尉与劳军女郎》(Captain Pantoja and the Special Service,1973)都显示了略萨"不妥协文学"的创作原则。《潘达雷昂上尉与劳军女郎》是一部揭露、讽刺秘鲁前军政权的长篇小说,文笔辛辣,妙趣横生,它灵活地运用了多角度和多镜头对话与独白的手法,是当今拉美四大流派之一——结构现实主义的经典之作,艺术上有一定的借鉴价值。其他作品还有《胡莉娅姨妈和作家》(1977)、《世界末日之战》(1981)、《迈塔的故事》(1984)、《谁是杀人犯?》(1986)、《后母的奖赏》(1988),此外,他还著有短篇小说集《首领们》(1959)、《小崽子》(1967);剧本《塔克纳城的小姐》(1981)、《凯蒂与河马》(1983)和《琼加》(1986)以及论文集《加西亚·马尔克斯——弑神者的故事》(1971)、《永恒的狂欢:福楼拜和包法利夫人》(1975)和《逆风顶浪》(1983)。由于他在文学创作上的成就,于 1976 年当选为国际笔会主席,这是第三世界作家第一次当选为这个组织的主席。此外,他还担任秘鲁语言科学院院士、伊比利亚世界合作学会理事会理事。并多次应邀到世界许多著名大学任客座教授。

西方文学界认为,略萨的作品都以政治和社会为题材,带有鲜明的倾向性,富于批评精神,他的"不妥协文学"的立场在拉美造成了强烈效果。在艺术上,更以新颖的结构见长,他在小说结构上的大胆创新,被称作"结构现实主义大师"。

《绿房子》描写了秘鲁原始森林和海滨城市的生活,是一幅当代秘鲁的风俗画,在艺术手法上已带有较浓的魔幻现实主义特色。

荒凉的皮乌拉城来了一个身份不明的外乡人堂安塞尔莫。此人能言健谈,慷慨大方,弹得一手好三角琴,很快就赢得了当地人的好感。他定居下来并了解了当地的风俗习惯后,就在城郊曼加切利亚区盖了一幢外表刷成绿色的房子。这就是该城的第一座妓院。于是城里的年轻人,甚至老年人开始了荒唐的生活。富商基罗加夫妇在一次旅行中被土匪杀害,其养女安东妮娅亦被兀鹫叼瞎了双眼。众人救活了安东妮娅,由洗衣妇胡安娜·保拉收留抚养。光阴似箭,安东妮娅长大成人后,一次在广场上被堂安塞尔莫诱至绿房子。不久安东妮娅怀了孕，生下琼加后死去。堂安塞尔莫受到良心谴责，将此事告诉了保拉。消息传开后，群情激愤，加西亚神父率众烧了绿房子。从此堂安塞尔莫一蹶不振，带着私生女琼加在曼加切利亚区的各酒店中游荡。洗衣妇保拉出于同情又收养了琼加。皮乌拉城不断发展，日益现代化，高楼大厦盖起来了，柏油马路铺起来了，而且有了四个妓院。此时琼加也发了迹，开了个妓院，亦称“绿房子”，堂安塞尔莫同另外两个人，“年轻人”阿历抗德罗和汽车司机“圆球”组成了一个乐队，就在琼加的妓院舞厅中伴奏。巴西籍日本人伏屋抱着“穷人胆小就一辈子也富不起来”的人生哲学，从巴西越狱，来到亚马逊河流域的秘鲁境内，在依基托斯市结识了商人列阿德基，一同作走私橡胶的生意，他们来往于土著部落之间，贱买贵卖，从土著手中搞到橡胶、皮毛，转手卖给美国人。琼丘族印第安人的一个村社首领胡姆就是由于反抗这种掠夺和剥削，想组织合作直接进城贩卖橡胶，而遭到列阿德基(当时是圣玛丽亚·德·聂瓦镇镇长)等商人和警察的镇压。走私活动引起了政府的注意，走私犯和商人遭到政府的追捕，但列阿德基与官府有勾结，几次都安然无恙，而伏屋却不得不东躲西藏，他带着从依基托斯诱拐来的情妇拉丽达来到一个岛上，占岛为王，杀人越货，无所不为。他以此岛为据点，在其左右手潘达恰和阿基里诺的帮助下干着烧杀掠淫的勾当。一日，他和情妇拉丽达搭救了一个遭土著居民袭击而不得不跳水逃脱的士兵聂威斯。备受伏屋虐待的拉丽达同聂威斯发生了爱情。在伏屋患了麻风病，不得不接受阿基里诺的劝告而去某地接受隔离治疗的前夕，二人双双私奔。拉丽达随聂威斯来到圣玛丽亚·德·聂瓦镇定居下来，生儿育女，日子过得倒也不错。这个镇上有个西班牙修女办的传教所，修女们为了“开化”土著居民，开办了一个女子学校，土著居民不愿把女儿送来学习，她们就请警察帮助四处搜捕学龄女童。女童入学后，学习西班牙文，学习文化和教义，二三年后，由于同家人失去联系，就只能被当地军官和过路的橡胶商人和工程师带去作女佣人。一日孤女鲍妮·法西娅出于同情，打开传教所的后门，放走了思念故乡的小姑娘们，而她本人则因此被驱逐出传教所，聂威斯和拉丽达收留了她，并有意安排让她认识了当地警长利杜马。

利杜马非常爱她，最后同她结为夫妇。婚后二人迁回利杜马的老家皮乌拉城。在此之前，利杜马曾受命率领四名警察去逮捕被认作是开小差和伏屋帮凶的聂威斯。由于二人是要好朋友，利杜马有意放掉他，于是命手下警察包围聂威斯的住处，自己则借口打探虚实进去通知聂威斯逃跑，正在此时，警察们破门而入，聂威斯逃跑未成，被捕入狱。出狱后去了巴西。拉丽达则同一名外号叫"讨厌鬼"的警察结婚，一起去故乡依基托斯与自己同伏屋生的儿子住在一起，有了归宿。

利杜马携鲍妮·法西娅回到皮乌拉，仍然当警察，但也继续同以前的老朋友猴子、何塞、何塞费诺混在一起，这四个人本来就是能把全城闹得鸡犬不宁的二流子。一日利杜马同当地庄园主塞米纳里奥发生口角，最后二人赌起俄式决斗左轮枪，塞米纳里奥对自己脑袋开了一枪，恰中子弹。利杜马因此被捕，被解往利马坐牢。鲍妮·法西娅则落入何塞费诺手中，成了他的情妇，并被他送进琼加的妓院"绿房子"当了妓女，艺名为"塞尔瓦蒂卡"(意为"丛林中的女人")。利杜马获释回来后，得知此事大发雷霆，但木已成舟，他也无奈何，只得满足于靠塞尔瓦蒂卡生活，终日鬼混游荡。堂安塞尔莫活了80岁，一日在演奏时死去。为之守灵的有其私生女琼加、利杜马等四个二流子、抢救过安东妮娅的当地医生塞瓦约、塞尔瓦蒂长，还有曾经率众烧掉第一所绿房子的神父加西亚。

《绿房子》这部长篇小说概括了本世纪20年代以来整个秘鲁北部，从森林地区到沙漠地区长达40年的社会生活。其结构设想是庞大的，它感情充沛、文笔流畅，雄浑有力，每一页中所表现的想象力有如高山瀑布。一个庞大的血液循环系统通过布遍全书的无数毛细血管维持着作品的生命。书中的情节与事件仿佛间歇性的岩浆喷射，形成一股难以阻挡的巨流。全书由5个故事组成：1.鲍妮·法西娅的故事，包括她同利杜马的婚姻；2.伏屋的一生（这是通过他同阿基里诺在前往隔离区的船上谈话叙述出来的）；3.安塞尔莫的一生以及绿房子的兴衰史；4.胡姆的反抗；5.四个二流子的故事。5个故事是分别在皮乌拉城、圣玛丽亚·德·聂瓦镇和玛腊尼昂河各支流上发生的。作者把这5个故事加以小块切割，然后把这些小块打乱时间次序巧妙地安排在四个部分和一个尾声之中。其中每一部分的开始主要是叙述圣玛丽亚·德·聂瓦镇和圣地亚哥河上发生的事。第一、三两个部分中，每章各包括5个场景，这5个场景就是被切割出来的5个故事的小块。第二、四两个部分中，每章各包括4个场景，因为到后来胡姆的故事消失了，鲍妮·法西娅的故事同二流子的故事合并到一起。尾声部分的各章则是全部故事的结局。在这样的结构的安排过程中，时间和空间被分割成若干小块，然后打乱次序被安排在各个场景之中。初读起来颇感吃力，但越往下读，就会逐渐发现每章每个场景都是经过精心安排的，读者会被几个悬念同时抓住，产生一种非一气读完不可的好奇心，直到最后得到一种恍然大悟的感觉，因而觉得回味无穷。如果说有的小说一个章节代表一个场景，几个章节变来变去，使读者如同在看一部电影，那么《绿房子》的一个特点，就是共场景的转换就像镜头的转换一样，并且是镜头的急剧转换。如在北方星旅馆中安塞尔莫同欧塞比奥抢着付钱，镜头一转，转到过去，使人看到那是欧塞比奥在绿房子里嫖后付账。有时两人对话，镜头一转插入了第二者，第四者，甚至第五者，由后者来回敬或解释前者的提问。有时一组人的对话是描述一个事件，而另一组人就是当事人，正在进行前一组人所描述的事；两组对话同时出现，使读者仿佛一边听着前一组的描述，一边用望远镜观看后一组在过去的行动。作者把这种写作技巧称为“中国套盒式”的写法。凡此种种多角度的镜头的转换，都是在瞬息间完成的，既无区分章节的符号，也没有标点符号。对白与独白混在一起，对话与叙述混在一起，幻想与现实混在一起，所以读者不能像读一般小说那样一字一字地，一行一行地去“读”，而是要像看多镜头的电影画面，或是看万花筒那样几个场景同时去“看”。此外，作者在写到人物在喝醉、垂死、或者极端惊恐紧张时，就使用了乔伊斯式的语言，如直接引语与间接引语不分，人称互相变换等等，以渲染气氛。作者使用上述种种写法，一是能使读者进入并置身于作品的气氛之中，与书中人物息息相通，即巴尔加斯·略萨所说的缩短作者、作品与读者的距离。二是节约文字，本来需要经过叙述或解释才能使读者跟得上的情节，只要人称一变，读者就能明白，原来是换了镜头，这就解决了问题。这种方法，可以说是一种浓缩式的写法，也是巴尔加斯·略萨“结构现实主义”的一个特色。

159. 寻找佩得罗·帕拉莫
——鬼魂世界里的一次旅行

8月里的一天，胡安·普雷西亚多遵照母亲的临终遗愿冒着酷暑前往科马拉去寻找他的父亲佩德罗·帕拉莫。他的父亲遗弃了他们母子，他母亲对他至死怨恨不已，要儿子找到他后狠狠地整治他。胡安在路上遇到一个赶驴人，便与他结伴而行。沿途道路崎岖，荆棘丛生，景象凄凉。胡安对赶驴人讲了他此行的目的，赶驴人就告诉他自己也是佩德罗的儿子，并说佩德罗是仇恨的化身。随后，他又告诉胡安前面不远处是半月庄，那地方整个是佩德罗的。但佩德罗已死多年，半月庄现在没有人了。

胡安他们在黄昏时分走进了半月庄。庄内空无一人，一片死寂。走到街口时胡安看见一个头戴面纱的女人一闪而过，仿佛根本没有存在过。天黑了下来，赶驴人与胡安分了手，他要继续赶路。临行前他告知胡安他叫阿文迪奥，并让胡安去找爱杜薇海丝太太。胡安来到爱杜薇海丝家，发现她正在等着他。她说他的妈妈多罗莱斯刚刚告知她他将要到半月庄来。胡安非常惊讶，因为他妈妈已经死了7天了。爱杜薇海丝听罢说道：“怪不得她的声音听起来那么微弱。”随后胡安告诉她自己是阿文迪奥领到这里来的，她便说阿文迪奥早已故去。接着她告诉胡安她是他妈妈的好朋友，他妈妈结婚那天由于听人说自己当晚不宜同男人同房，便请她与佩德罗睡了觉。胡安在庄上住了下来。当晚他又见到了佩德罗过去的女佣达米亚娜，并从她那里得知爱杜微海丝早已死去，自己已进入人们从来打不开的房间及半月庄内充满了发白洞穴的清晰的说话声等情况。此后他听到了一些谈话并从中了解到一些有关父亲的事情。最后他碰到一对乱伦的兄妹，并在与那个人妹妹睡觉时神秘地死去了。很快他便在坟墓里醒来。他与一个叫多罗脱阿的鬼魂谈了话，并听到了一些鬼魂自言自语，从而全面地了解了他的父亲。

佩德罗是一个家道败落的庄园主的儿子。他小时候纯真善良，经常帮奶奶干活，并一心一意地爱着一位矿工巴托洛梅的女儿苏珊娜。他的父亲很看不上他，认为他是一个废物。他成年后他的父亲在一次婚礼上被一颗本来射向新郎的子弹击中身亡。父亲死后佩德罗决心不择手段地重振家业。在管家富尔戈尔的帮助下他做了很多伤天害理的事来聚敛家财。为了赖债，他同他家最大的债主女庄园主多罗莱斯结了婚，但不久后就逼她远走他乡并吞并了她的财产。接着他便诬陷邻人阿尔德莱德侵犯了他的权益，让富尔戈尔将他骗到爱杜微海丝开的客店用酒灌醉后勒死，从而霸占了他的田产。此后，他又在农民加利莱奥根本不知道的情况下“买”下了他的土地。这样，在不长的时间内佩德罗便占有了科马拉所有的农田与畜牧场，从一个穷小子一跃而成为称霸一方的大庄园主。此后，他变得更加专横凶残，嗜血成僻。为了给他父亲复仇，他不分青红皂白地几乎将当年参加婚礼的人尽数干掉。当他的儿子米盖尔杀了人，死者的妻子前来哭诉时他竟对富尔戈尔说死者本来就根本没有存在过。

佩德罗荒淫无度，奸污了很多妇女，生下了数不清的私生子，但他只承认了他们中间的一个为自己的儿子，这就是米盖尔。米盖尔一生下来他母亲便去世了，但她死前在忏悔时将一切告诉村里的神父雷德里亚，于是雷德里亚就把小米盖尔抱到了佩德罗家，告诉他这个婴儿是他的儿子。不知为什么佩德罗就收下了米盖尔，将他定为自己的继承人，并对他百般宠爱。米盖尔长大后成了一个凶狠残暴，嗜杀成性，贪淫好色的恶少，像他父亲一样飞扬跋扈，横行乡里，无恶不作。他动辄杀人，连有一定社会地位的神父雷德里亚的弟弟也成了他的牺牲品。同时他以小恩小惠收买行乞的老太婆多罗脱阿做他的密探，专门打探哪家的姑娘独自在家，以便使自己能够乘虚而入，行奸作乐。他甚至在杀害了雷德里亚神父的弟弟的当天晚上来到他家奸污了他的女儿安娜。后来他又看上了邻村康脱拉的一个姑娘，一天夜里在骑马赶往姑娘家的路上坠马摔死。米盖尔死后雷德里亚神父拒绝为他祝福，并公开宣称他是个不可饶恕的坏蛋，永远进不了天堂。佩德罗没有办法，只得对神父一再哀求并捐了一笔香火钱。无奈之下神父最后答应宽恕米盖尔。

佩德罗父子作恶多端，却能始终逍遥法外，这一方面因为他有钱有势，另一方面还因为他有一个像狗一样忠实地为他效力的律师赫拉尔多。赫拉尔多从他父亲在世时就为他家办事，一连服务于他家三代人，为他家立下了汗马功劳。赫拉尔多至少有 15 次使佩德罗免受牢狱之灾，又在米盖尔出了人命案、强奸案后多次替他私下了结，使他免上法庭，从而为他家省了大笔钱财。然而佩德罗对赫拉尔多却毫不领情，而且待他非常苛刻。不仅平时经常拖欠他的酬金，在他告老还乡之时也不给分文。

后来发生了革命，革命军找到佩德罗，要他捐款 5 万比索。佩德罗捐了 10 万，并派了庄上 300 人参加了革命军，从而牢牢地控制住这支队伍。

佩德罗一生为所欲为，心想事成，但在他与苏珊娜的爱情问题上却始终不能如愿。他与苏珊娜两小无猜，一同长大，儿时一起放风筝，裸身游泳，结下了深厚的情谊。但苏珊娜长大后却遵父命嫁给了别人，给佩德罗心灵上留下了难以愈合的创伤。虽然后来他生活中有过很多女人，他却始终对苏珊娜一往情深，不能忘怀。他在得知苏珊娜丈夫已死的消息后便立即命人不惜一切代价寻找苏珊娜，最后终于将她找到。在苦苦地等待了 30 年后终于同她结为了夫妻。但是此时苏珊娜已不是当年那个可爱的姑娘，生活的重重磨难已彻底改变了她，使她成了一个神志不清，疯疯癫癫的女人。婚后她整天躲在房内睡觉，不睡觉时也好像是在睡觉。佩德罗无奈只得长时间站在床边默默地看着她。他自以为了解她，但事实上并非如此，她内心深处的秘密是他永远都不会知道的。不久，苏珊娜便痛苦地死去了。

苏珊娜死后佩德罗一下子就垮了下来。他变得精神颓丧，万念俱灰。

他诸事不理，每天只是呆呆地坐在一张皮椅上疑视送苏珊娜去墓地的那条路。无人管理的土地很快就荒芜了，害虫漫延，杂草丛生。佩德罗干脆让人把家里的农具统统烧毁了。村里的人们生活无着，便纷纷离乡背井，各奔东西了。一天阿文迪奥因丧妻心痛，喝醉了酒。他在回家的路上正看见坐在村口思念亡妻的佩德罗。他们话不投机，争执起来，阿文迪奥一时心头怒起，便拔刀刺死了他的父亲佩德里·帕拉莫。

以上就是墨西哥当代著名小说家胡安·鲁尔弗（Juan Rulfo，1918－1986）的名作《佩德罗·帕拉莫》（Pedro Param，1955）讲述的一个奇异的故事。

鲁尔弗1918年出生在墨西哥哈里斯科州一个在1910年大革命中家境败落的庄园主家庭。他幼年时父母先后故去。他先是被孤儿院收留，后又寄住在叔父家中。他上过几年中学。1935年他以优异成绩考取了内政部移民局的公务员。他在移民局工作了十多年，后来又相继当过汽车轮胎推销员和一些书刊杂志的编辑。1962年他进入墨西哥土著民族研究所工作。

鲁尔弗在供职移民局期间开始文学创作活动。他曾构思过一部书名为《苦孩子》的长篇小说，但因文学功力不足而未能写成。从此他开始专心阅读一切能够到手的国内外文学作品并在大学旁听文学课。1942年，他在文学杂志《面包》上发表了他的第一篇短篇小说《生活本身并不严峻》。此后他又陆续发表了一系列以故乡生活为背景的短篇小说。1953年他的短篇小说《平原烈火》出版，使他名声大振，他的这部小说被译成多种欧洲文字，其中部分内容还被改拍为电影。1955年他的中篇小说《佩德里·帕拉莫》问世，轰动了欧美文坛，使他一举成为当代墨西哥最著名的作家及拉丁美洲魔幻现实主义文学的杰出代表之一。如今他已被人们誉为“拉美的现代小说的先驱”。

《佩德罗·帕拉莫》是一部魔幻现实主义的经典作品。这部小说运用时空、人鬼、现实与虚幻相混的魔幻手法及象征、意识流、内心独白等现代派技巧讲述了一个发生在20世纪初墨西哥农村的真实可信的故事。尽管故事表面荒诞离奇，但它的深层内涵却是现实主义的，它深刻地反映当时墨西哥乡村的社会现实。

《佩德罗·帕拉莫》出版后被译成了 60 种文字，在世界各地畅销不衰，被称做当代拉美最优秀的小说之一。马尔克斯称能将它倒背如流。20 世纪 70 年代后它被编入墨西哥中学语文教材。1970 年，鲁尔弗因这部小说荣获墨西哥国家文学奖，1983 年又获西班牙阿斯图里亚斯文学奖。《佩德罗·帕拉莫》面世后，鲁尔弗一连沉寂了 26 年，直到 1980 年才出版了三部中短篇小说集《金鸡》。1986 年鲁尔弗逝世。

主要参考书目

Aldridge John W. *Classics and Contemporaries* Columbia and London: University of Wisconsin Press, 1992.

Alexander, Edward. *Isaac Bashevis Singer*, Boston: Twayne Publishers, 1990.

Allen, William Rodney *Understanding Kurt Vonnegut*, Columbia: University of South Carolina Press, 1991.

Anderson Richard *Robert Coover*, Boston: Twayne Publishers 1981.

Andrews, David Aestheticism, *Nabokov, and Lolita* Lewiston: The Edwin Mellen Press 1999.

Aubrey, James. *John Fowles*: A Reference Companion. New York: Greenwood Press, 1991.

Baker, Jr. Houston A. *The Journey Back*: *Issues in Black Literature and Criticism*, Chicago: University of Chicago Press. 1980.

Bercovitch, Sacvan, *Reconstructing American Literary History*, Cambridge, Mass.: Harvard University Press, 1986.

Berney, C. W. E.. *A Critical Introduction to Twentieth Century American Drama*: *Beyond Broadway*, Cambridge, Cambridge University Press, 1994.

Bigsby, C. W. E. ed. *The Black American Writer*, New York: Penguin Books

1985.

Birch, Eva Lennox. *Black American Women's writing: A Quilt of Many Colors*, London: Harvester Wheatsheaf, 1994.

Bloom, Harold, ed. *The Twentieth Century American Literature*, New York Chelsea House Publishers, 1986.

Bloom, Harold, ed. *Modern Critical View: Thomas Pynchon*, New York Chelsea House Publishers, 1986.

Bloom, Harold, ed. *Modern Critical View: Ralph Ellison*, New York Chelsea House Publishers, 1986.

Bloom, Harold, ed. *Modern Critical View: Samuel Beckett*, New York Chelsea House Publishers, 1986.

Bloom, Harold, ed. *Modern Critical View: Contemporary Poets*, New York Chelsea House Publishers, 1986.

Bloom, Harold, ed. *Modern Critical View: Joyce Carol Oates*, New York Chelsea House Publishers, 1986.

Bloom, Harold, ed. *Modern Critical View: Bernard Malamud*, New York Chelsea House Publishers, 1986.

Bloom, Harold, ed. *Modern Critical View: Harold Pinter*, New York Chelsea House Publishers, 1986.

Bloom, Harold, ed. *Modern Critical View: Tennessee Williams*, New York Chelsea House Publishers, 1986.

Bloom, Harold, ed. *Modern Critical View: Jorge Luis Borges*, New York: Chelsea House Publishers, 1986.

Bloom, Harold, ed. *Modern Critical View: Edward Albee*, New York: Chelsea House Publishers, 1986.

Bloom, Harold, ed. *Modern Critical View: John Le Carre*, New York: Chelsea House Publishers, 1986.

Bloom, Harold, ed. *Modern Critical View: Norman Mailer*, New York: Chelsea House Publishers, 1986.

Bloom, Harold, ed. *Modern Critical View*: *Arthur Miller*, New York: Chelsea House Publishers, 1986.

Bloom, Harold, ed. *Modern Critical View*: *Iris Murdoch* New York: Chelsea House Publishers, 1986.

Bloom, Harold, ed. *Modern Critical View*: *Sean O'Casey*, New York: Chelsea House Publishers, 1986.

Bloom, Harold, ed. *Modern Critical View*: *Philip Roth*, New York: Chelsea House Publishers, 1986.

Bloom, Harold, ed. *Modern Critical View*: *Anthony Burgess*, New York: Chelsea House Publishers, 1987.

Bloom, Harold, ed. *Saul Bellow's Herzog*, New York: Chelsea House Publishers, 1989.

Bloom, Harold, ed. *Gabriel Garcia Marquez*, New York: Chelsea House Publishers, 1989.

Bloom, Harold, ed. *Holden Caulfield*, New York: Chelsea House Publishers, 1989.

Bloom, Clive and Gary Day, ed. *Literature and Culture in Modern Britain*: 1956—1999 London: Longman, 2000.

Bradbury, Malcolm & Dvid Palmer, ed. *The Contemporary Writers on Modern Fiction*, Glasgow: Fontana, 1977.

Bradbury, Malcolm, ed. *The Modern English Novel*, London: Penguin Books, 1993.

Brooker Peter, *Modernism and Postmodernism*, London: Longman, 1992.

Chevalier, Tracy, ed. *Contemporary Poets*, Chicago: James Press, 1991.

Cohn, Ruby, *New American Dramatists*: 1960 - 1980, London: The Macmillan Ltd., 1982.

Connor, Steven, *The English Novel in History*: 1950 - 1995, London: Routledge, 1997.

Crossland, Margaret, *Beyond the Lighthouse*: *English Women Novelists in the*

Twentieth Century, London: Constable, 1981.

Davis, Hora, *Moving in Mountains: The Women's Movement in America Since 1960*, New York: Simon & Schuster, 1991.

Dix, Carol M., *Anthony Burgess*, London: Longman, 1972.

Elliott, Emory, ed. *The Columbia Literary History of the United States*, New York: Columbia University Press, 1984.

Elliott, Emory, ed. *The Columbia History of the American Novel*, New York: Columbia University Press, 1991.

Esslin, Martin, *The Theatre of the Absurd*, New York: Penguin Books 1985.

Evenson, Brian, *Understanding Robert Coover*, Columbia: University of South Carolina Press, 2003.

Fogel, Stan, *Understanding John Barth*, Columbia: University of South Carolina Press, 1990.

Ford, Boris, ed. *The New Pelican Guide to English Literature*, London: Penguin, 1983.

French, Warren *J. D. Salinger*, Boston: Twayne Publishers, 1976.

Friedman, Lawrence S., *Understanding Isaac Bashevis Singer*, Columbia: University of South Carolina Press, 1990.

Gaensbauer Deborah B., *The French Theater of the Absurd*, Boston: Twayne Publishers 1991.

Gallagher D.P., *Modern Latin American Literature*, London: Oxford University Press, 1973.

Gasiorek, Andrzej, *Post – war British Fiction: Realism and After*, London: Edward Arnold 1995.

Gatrell, Simon, *Macmillan Modern Novelists: John Fowles*, London: The Macmillan Ltd., 1988.

Gayle, Addison, *The Way of the New World: The Black Novel in America*, Anchor Books, 1976.

Gindin, James, *Macmillan Modern Novelists: William Golding*, London: The

Macmillan Ltd., 1988.

Gregor, Ian & Mark Kinkead - Weekes, *William Golding*: *A Critical Study*, London Faber & Faber, 1967.

Hassan, Ihab, *Contemporary American Literature*, New York: Frederick Ungar Publishing Co. 1973.

Head, Dominic, *The Cambridge*: *Introduction to Modern British Fiction* 1950—2000, Cambridge: Cambridge University Press, 2002.

Hilfer, Tony, *American Fiction Since* 1940, London and New York: : Longman, 1992.

Hinchliffe, Arnold P., *The Absurd*, London: Methuen 1981.

Hoffman, Daniel, *Harvard Guide to Contemporary American Writing*, Cambridge: Harvard University Press, 1990.

Hudgens, Michael, *Thomas Donald Barthelme Postmodernist American Writer*, Lewiston: The Edwin Mellen Press, 1999.

Kenyon, Olga, *Women Novelists Today*: *A Survey of English Writing in the* 70'*s and* 80'*s*, Brighton: Harvester, 1988.

Lodge, David, ed. 20*th Century Literary Criticism*. Longman, 1972.

Lumpley, Fredrick, *New Trends in Twentieth Century Drama*, New York: Oxford University Press, 1967.

Luscher, Robert M., *John Updike* Boston: Twayne Publishers, 1976.

Maddox Lucy, *Nabokov's Novels in English*, London: Croom Helm, 1983.

Malcolm, Bradbury, *The Modern American Novel*, Viking, 1993.

Malin, Irving, ed. *Contemporary American - Jewish Literature*, Indiana University Press, 1979.

Malin, Irving, *Saul Bellow's Fiction*, Southern Illinois University Press, 1979.

Maltby, Paul, *Dissident Postmodernists Barthelme*, *Coover*, *Pynchon*, Philadelphia: University of Pennsylvania Press, 1981.

Massie, Allan, *The Novel Today*: *A Critical Guide to the British Novel* 1979 - 1989, London and New York: Longman, 1992.

McEwan, Neil, *The Survival of the Novel: British Fiction in the Later Twentieth Century*, 1997.

McEwan, Neil, *Macmillan Modern Novelists: Graham Greene*: London: The Macmillan Ltd., 1988.

McHale, Vrian, *Postmodernist Fiction*. London: Routledge, 1999.

McMichael, George, ed. *Anthology of American Literature*, New York: Macmillan Publishing Company, 1985.

Meally, O. Robert, ed. *New Essays on Invisible Man*, Cambridge: Cambridge University Press, 1988.

Mercier, Vivian, *The New Novel*, New York: Farrar, Straus and Giroux, 1979.

Merrill, Robert, *Joseph Heller*, Boston: Twayne Publishers, 1987.

Merrill, Robert, *Critical Essays on Kurt Vonnegut*, Boston: G. K. Hall & Co. 1990.

Minta, Stephen, *Garcia Marquez Writer of Columbia*, New York: Harper Row Publishers, 1987.

Meyers, Valerie, *Macmillan Modern Novelists: George Orwell*, London: The Macmillan Ltd., 1991.

Moseley, Merritt, *David Lodge: How Far Can You Go?* San Bernardino: the Borgo Press, 1991.

Moseley, Merritt, *Understanding Kingsley Amis*, Berkeley & Los Angeles: University of California Press, 1993.

Page, Norman, *William Golding: Novels*, 1954 – 67, London: The Macmillan Ltd., 1978.

Palmer, William, *The Fiction of John Fowles*, Columbia: University of Missouri Press, 1991.

Parinin, Jay, *The Columbia History of the American Poetry*, New York: Columbia University Press, 1991.

Pinsker, Sanford, *Jewish – American Fiction* 1917 – 1987, Boston: Twayne Publishers, 1991.

Potts, Stephen W., *Catch - 22: Antiheroic Antinovel*, Boston: Twayne Publishers 1991.

Pratt, Alan A., *Black Humor: Critical Essays*, New York: Garland Publishing Inc. 1993.

Rovit, Earl, ed. *Saul Bellow: A Collection of Critical Essays*, Prentice - Hall Inc., 1979.

Rubenstein, Roberta, *The Novelistic Vision of Doris Lessing*, Urban, Chicago & London: University of Illinois Press, 1979.

Schaub, Thomas Hill, *American Fiction in the Cold War*, Madison: The University of Wisconsin Press, 1981.

Schulz, Max F., *Black Humor Fiction of the Sixties*, Ohio: Ohio University Press 1973.

Schulz, Max F., *The Muses of John Barth*, Baltimore: The Johns Hopkins University Press, 1990.

Seed David, *The Fiction of Joseph Heller*, London: The Macmillan Ltd., 1989.

Serafin, Steven R, ed. *Encyclopedia of American Literature*, New York: The Continuum Publishing Company, 1999.

Shourie, Usha, *Black American Literature*, New Delhi: Cosmo Publications, 1991.

Strehle, Susan, *Fiction in the Quantum Universe*, Chapel Hill: University of North Carolina Press, 1992.

Tanner, Tony, *Thomas Pynchon*, London: Methuen, 1982.

Trachtenberg, Stanley, *Understanding Donald Barthelme*, Columbia: University of South Carolina Press, 1990.

Trachtenberg, Stanley, *Critical Essays on American Postmodernism*, New York: Macmillan Publishing Company, 1995.

Vinson, James. ed. 20*th - Century American Literature*, New York: St. Martin's Press, 1980.

Vinson, James, ed. *Contemporary Dramatist*, London: St. James. Press.

Whittaker, Ruth, *Macmillan Modern Novelists*: *Doris Lessing*, London: The Macmillan Ltd., 1988.

The Norton Anthology of American Literature, New York: W.W. Norton & Company, Inc., 1985.

The Oxford Companion to American Literature, New York: Oxford University Press, 1990.

[法]阿兰·罗伯-格利耶 著:《窥视者》,郑永慧 译,译林出版社,1999。

[法]阿兰·罗伯-格利耶 著:《嫉妒 去年在马里安巴》,李清安、沈志明 译,译林出版社,1999。

[法]阿兰·罗伯-格利耶 著:《橡皮》,林秀清 译,译林出版社,1999。

[美]阿瑟·米勒 著:《推销员之死》,英若诚、梅绍武、陈良廷 译,上海译文出版社,2008年7月。

[加]阿瑟·黑利 著:《汽车城》,朱雯、李金波 译,上海译文出版社,1979年。

[美]埃里森 著:《无形人》,任绍曾 译,译林出版社,1998年8月。

[美]艾丽斯·沃克 著:《紫色》,杨仁敬 译,北京:十月文艺出版社,1987。

[南斯拉夫]安德里奇 著:《德里纳河上的桥》,周文燕、李雄飞 译,人民文学出版社,1979年1月。

安雷克巴夫 著:《阿尔巴特街的儿女》,刘宗次 译,译林出版社,1998年8月。

[德]安娜·西格斯 等著:《民主德国作家短篇小说集》,严宝瑜 等译,人民文学出版社,1959。

[德]安娜·西格斯 著:《死者青春常在》,上海文艺联合出版社,1954年。

[美]奥康纳 著:《奥康纳短篇小说选》,温健 译,今日世界出版社,1975。

[英]奥斯本 著:《愤怒的回顾》,黄雨石 译,中国戏剧出版社,1965年7月。

[智利]巴勃罗·聂鲁达 著:《聂鲁达诗选》,黄灿然 译,河北教育出版社,2003年。

[英]巴恩斯 著:《10 1/2 卷人的历史》,林本椿、宋东升 译,译林出版社,

2002年12月。
[秘鲁]巴尔加斯·略萨 著:《绿房子》,孙家孟 译,云南人民出版社,1996年。
[美]巴思 著:《曾经沧海——一出漂浮的歌剧》,吴其尧 译,译林出版社,2002。
[苏]鲍里斯·瓦西里耶夫 著:《这里的黎明静悄悄》,王金陵 译,湖南人民出版社,1984年。
[德]贝恩特·巴尔泽 等编著:《联邦德国文学史》,范大灿 等译,1991年5月。
贝克特、尤金·尤奈斯库 等著:《荒诞派戏剧集》,施咸荣等 译,上海译文出版社,1980。
[澳]彼德·凯里 著:《凯利帮真史》,李尧 译,人民文学出版社,2004年1月。
蔡春露:"威廉·加迪斯小说《小大亨》中的熵",外国文学,2004年第3期。
陈世丹:《美国后现代主义小说艺术论》,辽宁师范大学出版社,2002年。
陈振尧 主编:《法国文学史》,外语教学与研究出版社,1989年10月。
[意]达里奥·福 著:《一个无政府主义者的意外死亡》(达里奥·福戏剧作品集),吕同六 译,译林出版社,1998年10月。
[英]戴维·洛奇文集(卷四):《美好的工作》,罗贻荣 译,作家出版社,1998年2月。
[圣卢西亚]德瑞克·沃尔科特 著:《德瑞克·沃尔科特诗选》,傅浩 译,收入世界诗歌译丛第五辑,河北教育出版社,2003年12月。
[瑞士]迪伦马特 著:《老妇还乡》,叶廷芳、韩瑞祥 译,人民文学出版社,2002年6月。
董衡巽 主编:《美国文学简史》,人民文学出版社,2003年1月。
杜瑞清 主编:《西方文学名著选读》,西北工业大学出版社,1999年9月。
[美]多克特罗 著:《拉格泰姆时代》,常涛 等译,译林出版社,1996。
[英]多丽丝·莱辛 著:《金色笔记》,陈才宇、刘新民 译,译林出版社,2000。
范小玫"唐·德里罗的《人体艺术家》",中华读书报,2007年3月21日。

冯建文、高兰芳“加拿大诗人纳尔逊·鲍尔诗风初探”,《兰州大学学报》(社科版),1998年第3期。

傅景川:《20世纪美国小说史》,吉林教育出版社,1996年4月。

[美]弗拉基米尔·纳博科夫 著:《洛丽塔》,主万 译,上海译文出版社,2006年4月。

[美]弗兰纳里·奥康纳 著:《智血》,周欣译,译林出版社,2001年12月。

高中甫、宁瑛著:《20世纪德国文学史》,青岛出版社1998年10月。

[英]戈尔丁 著:《蝇王》,龚志成 译,上海译文出版社,2006年8月。

[德]格拉斯 著:《铁皮鼓》,胡其鼎译,上海译文出版社,1990年3月。

[英]格雷厄姆·格林 :著《布赖顿硬糖》,王宏 译,译林出版社,2002年10月。

[西]戈伊蒂索洛 著:《变戏法》,屠孟超、陈凯先 译,外国文学出版社,1988年5月。

[德]海因里希·伯尔 著:《女士及众生相》,高年生译,漓江出版社,1991年6月。

[德]海因里希·伯尔 著:《丧失了名誉的卡塔琳娜·勃罗姆》,孙凤城、孙坤荣译,人民文学出版社,1977。

[阿根廷]豪·路·博尔赫斯 著:《交叉小径的花园》(《博尔赫斯全集》),王永年 译,浙江文艺出版社,1999。

[美]赫勒 著:《第二十二条军规》,南文 译,上海译文出版社,1981年。

何仲生、项晓敏 主编:《欧美现代文学史》,复旦大学出版社,2002年7月。

侯维瑞“B.S.约翰逊与英国小说的极端主义形式创新”,《外国文学》,1998年第1期。

侯维瑞 主编:《英国文学通史》,上海外语教育出版社,1999年11月。

[墨]胡安·鲁尔福 著:《胡安·鲁尔福全集》,屠孟超 译,云南人民出版社,1993年。

胡全生等编著:《20世纪英美文学选读－后现代主义卷》,上海交通大学出版社,2003年8月。

黄源深 著:《澳大利亚文学史》,上海外语教育出版社1997年3月。

黄源深 编:《澳大利亚文学作品选读》,湖南教育出版社 1986 年 10 月。

[加]加布里埃尔·鲁瓦 著:《廉价的幸福》,北岳文艺,1989 年。

[法]加缪 著:《局外人》,孟安 译,上海:作家出版社上海编译所,1961 年 12 月。

[法]加缪 著:《局外人·鼠疫》,郭宏安、顾方济、徐志仁 译,桂林:漓江出版社,1990 年。

[哥伦比亚]加西亚·马尔克斯 著:《百年孤独》,吴健恒 译,云南人民出版社,1994 年。

[美]杰弗里·迈耶斯 著:《奥威尔传》,孙仲旭 译,东方出版社,2003 年 11 月。

[美]杰克·凯鲁亚克 著:《在路上》,王永年 译,上海译文出版社,2006 年。

[美]杰罗姆·大卫·塞林格 著:《麦田里的守望者》,施咸荣 译,译林出版社,1998 年 9 月。

[英]金斯莱·艾米斯 著:《幸运的吉姆》谭理 译,湖南人民出版社,1983 年 8 月。

[德]君特·格拉斯 著:《铁皮鼓》(《格拉斯文集》),胡其鼎 译,上海译文出版社,2005 年。

[西]卡门·拉福雷特 著:《一无所获》, 顾文波、卞双成 译,南京:江苏人民出版社,1982。

[美]卡森·麦卡勒斯 著:《咖啡馆之歌——麦卡勒斯中短篇小说集》,李文俊 译,上海三联书店,2007 年 4 月。

[美]卡森·麦卡勒斯 著:《心是孤独的猎手》,陈笑黎 译,上海三联书店,2005 年 8 月。

[澳]考琳·麦卡洛 著:《荆棘鸟》,胡曾 译,译林出版社,1998 年 7 月。

[法]克劳德·西蒙 著:《弗兰德公路.农事诗》,林秀清 译,漓江出版社,2002 年。

[苏]柯切托夫 B. 著:《叶尔绍夫兄弟》,龚桐、荣如德 译,北京:外国文学出版社,1982 年 10 月。

[美]肯·凯西 著:《飞跃杜鹃巢》,石幼珊、钟杏译,海口南海出版公司,

1991 年。
[美]库尔特·冯内古特 著:《五号屠场》,云彩、紫芹、曼罗 译,译林出版社,1998 年 8 月。
[意]夸齐莫多·蒙塔莱 等著:《夸齐莫多 蒙塔莱 翁加雷蒂诗选》(二十世纪外国文学),钱鸿嘉 译,外国文学出版社,1988 年。
[英]拉金 著:《菲利普·拉金诗选》,桑克 译,河北教育出版社,2003 年 1 月。
[德]雷马克 著:《凯旋门》,朱雯 译,上海译文出版社,1997 年 11 月。
李明滨 主编:《二十世纪欧美文学史》,北京大学出版社,1999 年 4 月。
李公昭 主编:《20 世纪英国文学导论》,西安交通大学出版社,2001 年 12 月。
李公昭 主编:《20 世纪美国文学导论》, 西安交通大学出版社,2000 年 1 月。
李维屏 著:《英美现代主义文学概观》,上海外语教育出版社,1997 年 11 月。
廖星桥:《外国现代派文学导论》,北京大学出版社,1998 年 12 月。
[德]雷马克 著:《凯旋门》,高长荣 译,天津人民出版社,1981。
林骧华 编著:《西方现代派文学评述》,上海人民出版社,1987 年。
刘象愚 选编:《现代主义文学作品选》,高等教育出版社,2002 年 7 月 第一版。
刘象愚、杨恒达、曾艳兵 选编:《从现代主义到后现代主义》,高等教育出版社,2002 年 8 月 第一版。
柳鸣九 主编:《新小说经典小说选》,北岳文艺出版社,1995 年 5 月。
柳鸣九 主编:《从现代主义到后现代主义》,中国社会科学出版社,1994 年 11 月。
[法]罗伯 – 格里耶 著:《吉娜.嫉妒》,南山译,上海译文出版社,1997 年 12 月。
[美]罗伯特·库弗 著:《公众的怒火》,潘小松 译,译林出版社,1997 年 7 月。

罗钢 选编:《后现代主义文学作品选》,高等教育出版社,2002 年 7 月第一版。

罗鹏、孙凤城 等主编:《欧洲文学史 3》,商务印书馆,2002 年。

[英]马丁·艾米斯 著:《伦敦场地》,梅丽 译,译林出版社,2003 年 6 月。

[英]马丁·艾米斯 著:《夜行列车》,王之光 译,译林出版社,2001 年 12 月。

[哥伦比亚]马尔克斯 著:《百年孤独》,高长荣 译,北京:十月文艺出版社,1984 年。

马尔克斯、阿斯图利亚斯 等著:《拉美四作家作品精粹》(世界文学博览),陈叙敏 等选编,河北教育出版社,1994。

[法]玛格丽特·杜拉斯 著:《情人.乌发碧眼》,王道乾、南山译,1997 年 12 月。

[美]马克·斯特兰德 著:《1940 年后的美国诗歌》,马永波 译,北京师范大学出版社,1999 年 5 月。

[美]马拉默德 著:《马拉默德短篇小说集》吕俊、侯向群 译,译林出版社,2001。

[秘]马里奥·巴尔加斯·略萨 著:《绿房子》,孙家孟、马林春 译,外国文学出版社,1983。

[秘鲁]马里奥·巴尔加斯·略萨 著:《绿房子》(拉丁美洲文学丛书),孙家孟 译,云南人民出版社,1996 年 5 月。

[澳]麦卡洛 著:《荆棘鸟》,胡曾 译,文化艺术出版社,1990 年 6 月。

[美]麦克勒斯 著:《伤心咖啡馆之歌》,倪培耕主编,盛 宁编选,北京:团结出版社,1995。

毛信德 著:《美国小说史纲》,北京出版社,1988 年。

[法]米歇尔·阿勒芒 著:《阿兰·罗伯 - 格里耶》,刘苓、苏文平 译,上海人民出版社,2004 年 7 月。

[法]米歇尔·图尼埃 著:《桤木王》,许钧 译,上海译文出版社,2000 年 4 月。

[波]米沃什 著:《切·米沃什诗选》,张曙光 译,河北教育出版社,2002 年 7

月。

[英]缪丽尔·斯帕克 著:《驾驶席·布罗迪小姐》,袁凤珠译,译林出版社,2000年4月。

[美]莫里森 著:《爵士乐》,潘岳、雷格 译,南海出版公司,2006年12月。

[美]纳博科夫 著:《洛丽塔》(二十世纪外国文学精选),梅绍武 译,外语教学与研究出版社,2005年。

[法]娜塔莉·萨洛特 著:《天象仪》,周国强、胡小力 译,译林出版社,2000年11月。

[英]奈保尔 著:《幽黯国度:记忆与现实交错的印度之旅》,李永平 译,生活、读书、新知三联书店,2003年8月。

[英]奈保尔 著:《米格尔街》,王志勇 译,浙江文艺出版社,2003年1月。

[智利]聂鲁达 著:《聂鲁达诗选》,黄灿然 译,河北教育出版社,2003年1月。

聂珍钊、姜岳斌 等主编:《20世纪西方文学》,华中师范大学出版社,2001年12月。

[美]诺曼·梅勒 著:《刽子手之歌》,邹惠玲、司辉、杨华 译,春风文艺出版社,1988。

[墨]帕斯 著:《太阳石》,赵振江 译,广州:花城出版社,1992年8月。

[苏]帕斯捷尔纳克 著:《日瓦戈医生》,蓝英年、张秉衡 译,人民文学出版社,2006年1月。

[澳]帕特里克·怀特 著:《风暴眼》,朱炯强 等译,(获诺贝尔文学奖作家丛书),漓江出版社,1992年7月。

[澳]帕特里克·怀特 著:《探险家沃斯》刘寿康、胡文仲 译,译林出版社,2002年5月。

[美]普拉斯 等著:《美国自白派诗选》,赵琼、岛子 译,漓江出版社,1987年3月。

濮阳翔 编著:《美国文学手册》,社会科学文献出版社,1991年。

[美]契弗 著:《约翰·契弗短篇小说集》,张柏然 编译,译林出版社,2001年。

[美]乔伊斯·卡罗尔·奥茨 著:《他们》,李长兰、熊文华 等译,译林出版社,1998年9月。
[英]乔治·奥威尔 著:《一九八四》,刘子刚、许卉艳 译,中国致公出版社,2001年1月。
[英]乔治·奥威尔 著:《动物农庄》,刘子刚、许卉艳 译,中国致公出版社,2000年10月。
阮炜:"巴恩斯和他的《福楼拜的鹦鹉》",《外国文学评论》,1997年第2期。
[爱尔兰]萨缪尔·贝克特 著:《等待戈多》,施咸荣 译,北京:人民文学出版社,2002年1月。
沈石岩:《西班牙文学史》,北京大学出版社,2006年3月。
沈萼梅、刘锡荣 编著:《意大利当代文学史》,外语教学与研究出版社1996年10月。
[美]斯坦培克 著:《愤怒的葡萄》,胡仲持 译,北京:外国文学出版社,1982年。
宋兆霖:《诺贝尔文学奖全集》下册,北京:燕山出版社,2006年1月。
孙桂荣 著:《魁北克文学》, 外语教学与研究出版社,2000年7月。
[美]索尔·贝娄 著:《赫索格》,宋兆霖 译,上海译文出版社,2006年12月。
[俄]索尔仁尼琴 著:《伊凡·杰尼索维奇的一天》,斯人等 译,人民文学出版社,2008年1月。
[美]唐·德里罗 著:《白噪音》,朱叶 译,译林出版社,2001年。
[美]唐·德里罗 著:《天秤星座》,韩忠华 译,译林出版社,1997年10月。
唐正秋:"A.D.霍普(A. D. Hope)和他的《鸟之死》",《世界文学》,2003年4月。
陶德臻 等 主编:《世界文学史》,高等教育出版社,1991年10月。
[英]特德·休斯 著:《生日信札》,张子清译,译林出版社2001年1月。
童燕萍 主编:《世界著名文学奖获得者文库》,工人出版社,1988年7月。
[美]托妮·莫瑞森 著:《所罗门之歌》,胡允桓 译,上海译文出版社,2005

年5月。
[意]瓦斯科·普拉托利尼 著:《苦难情侣》,黄文捷 译,译林出版社,2001年。
王宁:《20世纪西方现代派文学名著导读》,天津人民出版社,2000年1月。
王守仁主撰《新编美国文学史》,上海外语教育出版社,2002年10月。
王宇:"钟形坛"中的"战争",《译林》,2004年4月。
王佐良编:《英国诗歌史》,译林出版社,1997年7月。
[美]威廉斯 著:《玻璃动物园》,鹿金 译,上海译文出版社,1982年。
[美]威廉·斯泰伦 著:《苏菲的选择》,未人、寇天斯 译,北岳文艺出版社,1990年。
吴元迈 主编,阮炜 等著:《20世纪英国文学史》,青岛出版社,1999年1月。
吴元迈 主编,陶洁、王守仁 编:《20世纪外国文学史》,凤凰/译林出版社,2004年12月。
吴元迈 主编,杨任敬 著:《20世纪美国文学史》,青岛出版社,2000年1月。
吴岳添 著:《法国小说发展史》,浙江大学出版社,2004年12月。
[美]西尔维娅·普拉斯 著:《钟形罩》,杨靖 译,译林出版社,2007年8月。
[德]西格弗里德·伦茨 著:《德语课》,顾士渊、吴裕康译,文汇出版社,2006年9月。
[爱尔兰]西默斯·希尼 著:《希尼诗文集》,吴德安 等译,作家出版社,2001年1月。
[波]希姆博尔斯卡 著:《呼唤雪人》,林洪亮 译,漓江出版社 2000年1月。
[波]希姆博尔斯卡 著:《诗人与世界:维斯瓦娃·希姆博尔斯卡诗文选》,张振辉 译,中央编译出版社,2003年1月。
[美]辛格 著:《卢布林的魔术师》,鹿金、吴劳 译,上海:上海译文出版社,1979年10月。
徐曙玉 等编:《20世纪西方现代主义文学》,百花文艺出版社,2002年1

月。
杨仁敬:《美国后现代派小说论》,青岛出版社,2004 年 5 月。
杨仁敬:《20 世纪美国文学史》,青岛出版社,1999 年。
杨仁敬“论美国后现代派小说的蝉变”,《山东外语教学》2001 年第二期。
[苏]伊·格·爱伦堡 著:《解冻》,钱诚 译,桂林:漓江出版社,1997 年。
[意]伊塔洛·卡尔维诺 著:《看不见的城市》,张宓 译,译林出版社,2006 年 8 月。
[意]伊塔洛·卡尔维诺 著:《如果在冬夜,一个旅人》,萧天佑 译,译林出版社,2007 年 1 月。
尹玲夏“质朴的形象 纯真的吐露——雷蒙德·苏思特和他的诗作”,《当代外国文学》,1998 年第 1 期。
余匡复 著:《德国文学史》,上海外语教育出版社,1991 年 10 月。
余匡复 著:《当代德国文学史纲》,辽宁教育出版社 1994 年 8 月。
袁可嘉等编选:《现代主义文学研究》,上、下册,中国社会科学出版社,1989 年 5 月。
[美]约翰·巴思 著:《路的尽头》,王艾、修芸 译,译林出版社,1998 年 5 月。
[美]约翰·厄普代克 著:《兔子,跑吧》,刘国枝 译,上海译文出版社,2007。
[美]约翰·厄普代克 著:《兔子归来》,罗长斌 译,上海译文出版社,2007 年。
[英]约翰·福尔斯 著:《法国中尉的女人》,刘宪之等 译,百花文艺出版社,1986 年。
[美]约翰·霍克斯 著:《血橙》姜薇、孙全志 译,重庆出版社,2007 年 1 月。
[美]约翰·契弗 著:《猎鹰者监狱/重现经典》,朱世达 译,重庆出版社,2007 年 4 月。
詹树魁:“霍克斯《第二层皮》的后现代主义创作技巧”,厦门大学学报,1999 年第一期。
张和龙 著:《战后英国小说》,上海外语教育出版社,2004 年 7 月。
张立新 编著:《二十世纪美国文学导读》,辽宁人民出版社,2002 年 1 月。

张世华 著:《意大利文学史》,上海外语教育出版社,2003 年 4 月。

张绪华 著:《20 世纪西班牙文学》,上海外语教育出版社,1997 年 12 月。

张玉书 主编:《20 世纪欧美文学史》,北京大学出版社,1995 年 12 月。

张泽乾 等著:《20 世纪法国文学史》,青岛出版社 1998 年 10 月。

张子清:《二十世纪美国诗歌史》,吉林教育出版社,1995 年。

赵德明、赵振江、孙成敖编著:《拉丁美洲文学史》,北京大学出版社,1989 年 1 月。

赵毅衡 编译:《美国现代诗选》,外国文学出版社,1985 年。

郑克鲁 编著:《法国文学史》下,上海外语教育出版社,2003 年 11 月。

[英]朱利安·巴恩斯 著:《福楼拜的鹦鹉》,汤永宽 译,译林出版社,2005 年 1 月。

朱荣杰:"谈英美现代主义、后现代主义小说对 20 世纪文学的影响",解放军外语学院学报, 第 21 卷第 2 期,1998 年 3 月。

《世界文学评介丛书》德语文学简史,http://www. lantianyu. net/pdf33/ts069066-3. htm

《世界文学评介丛书》超现实的梦幻,http://www. lantianyu. net/pdf33/ts069015-3. htm